日本古典文學大系 55

風来山人集

中村幸彦校注

岩波書店刊行

監修者

高木市之助
西尾實
久松潜一
麻生磯次
時枝誠記

題字 柳田泰雲

平賀鳩渓肖像 (戯作者考補遺所收)

志道軒肖像　(天理圖書館藏)

目次

解説

一　平賀源内略伝

生前死後、早くから伝説につつまれた平賀源内の伝記は、水谷不倒(明治二十九年刊平賀源内など)・暉峻康隆(昭和二十八年刊近世文学の展望所収平賀源内研究など)・野田寿雄(昭和三十六年刊近世小説史論考所収風来山人論など)の三氏、その他多くの人々の研究によって、次第に伝説の溟濛から、脱却しつつある。

源内は、讃岐高松藩の小吏白石茂左衛門良房(一に国久)の三男として支度浦に生れた。没した安永八年(一七七九)に五十二歳とする平賀家の系譜類によれば享保十三年(一七二八)の誕生である。その系譜類はまた幼名四方吉、後に伝次郎・嘉次郎などと称し、名も国棟《くにむね》と称したことを伝える。年少、才能を認められ、藩主松平頼恭の近くに仕えたというが、寛延二年(一七四九)父の死によって、兄達早逝の故をもって、家をついだ。その時、信濃源氏平賀源心より出た系譜(平賀氏由来之事)によって、平賀姓に改め、通称は元内また源内、字は士彝、名は国倫《くにとも》と称した。ついでをもって号を上げれば、鳩渓は、専ら学問の上に用い、戯作では風来山人・天竺浪人・紙鳶堂などと様々に称している。ただし天竺老人とあるは別人である。一時の戯号に、志道軒門人悟道軒(痿陰隠逸伝など)、もし銅脈先生の太平楽府の跋者、福内鬼外をも彼とすれば、そこでは桑津貧楽と号している。福内鬼外は、また浄瑠璃作に用いた号である。家をついだ二十二歳前後までは、李山と号して大阪の椎本芳室とその系統に属して俳諧に遊び、若く文学的好尚をいくつかの俳書に示す以外に伝えるべきはない。

宝暦二年(一七五二)、二十五歳の秋、藩主の命によって、長崎に留学、約一カ年滞在した。この時の収獲は伝説(平賀実記)以外によくわからないが、その柔軟な頭脳に、外国殊に和蘭の新知識を十分に吸収した。それと共に、かねがね大志ある彼の精神も、これを機として生長したことは、その後の彼の生涯を見て、後半生を決定的とすることがらが打ち続くことから推察できる。一に、宝暦四年(一七五四)、後に権太夫と称した従弟を、妹の婿として、平賀家の家督を相続せしめた。二に、同年にはまた藩の許可を得て、江戸へ出て、官医田村元雄号藍水の門に入って、本草学を専攻し初めた。故里と家庭を捨てて、学問と栄達に身をゆだねたのである。官途出世の道でも飽和状態にあった当時、彼の如く才能ある者の入る道の一つであった、学問の新分野本草学に入る方法を選んだのである。早く接したらしい新井白石の実学思想も、この進路の選択に影響したかも知れない。かくて長崎で得た知識によって、磁針器を作ったりしながら、学問に専念した。林家の門人帳である升堂記三、宝暦七年六月二日の条に、中村彦三郎の口入で、平賀源内入門のことが見える。この後、聖堂に住したのは、この関係である。頃は正懿先生即ち宝暦八年没の林榴岡の時であるが、その子鳳谷や高弟達の指導をうけたのであろう。この塾へは讃岐人、後藤芝山や柴野栗山が、前後して入門したのであるが、彼らとの間にそれ程に交渉のないのは、源内の学は、儒になくして本草であり、書籍の上でなくして、実利の面にあったからであろう。藍水を進めて、物産会を開き、自らも亦主催した。またこの間様々の物産を発見もした。よって宝暦十年(一七六〇)戸田旭山が大阪で物産会を開いた時は、その記録の文会録に、「皇和宝暦庚辰仲夏、讃岐平賀国倫謹識于東都聖堂偶舎」として跋した。本草学者として漸く学界に認められ出した証である。のみならず宝暦十一年(一七六一)には、和蘭医官ガランスが、源内の知識をたたえて博物書ドドニヤウス、コロイドホツクの二書を送ることさえあった。

博物採集調査は、時を見て絶えず続けられた。宝暦十一年にも、後に紀州物産志として、その結果をまとめた、紀州への貝類その他の調査があり、讃岐国内でも種々の薬草の発見があった。宝暦十二年自ら主催した薬品会のすり物には「諸本草並ニどゝにゆらす・ころいとぼつくといへる阿蘭陀の本草等に出るところ、大体は外国より渡らずとも日本産物にて事足りなん」と述べて、その仕事に自信を持って来た。藩からは、宝暦九年医術修行の為三人扶持を与えられ、宝暦十年には薬坊主格で切米銀十枚四人扶持を給された(松平家譜)。

しかしその自信と、今はわからぬ事情、たとえばその時よりも働き甲斐ある地位への移動の可能性なども、その一つの原因であったかも知れないが、高松藩へ有名な禄仕拝辞願(新撰洋学年表宝暦十一年の条所載)を出したのが宝暦十一年(一七六一)であった。その時の藩の命辞が、問題となるので、同藩の家老であった木村黙老の聞くままの記の、源内の条の、上欄書入によって示そう。

宝暦十一巳九月廿一日

一　　源内事　平賀　元内

其方儀医業心掛執行仕候処、師匠儀老極仕候ニ付此節昼夜手ニ附出精不仕候而者、芸術成就難仕候間、踏込修行仕度存念罷在、左候得者自然御奉公疎ニ相成候而者、甚恐多奉存、当惑仕罷在候段、御内々達　御耳、格別之思召を以御扶持切米被　召上、永御暇被下置候、尤御屋敷江立入候儀者、只今迄之通可被相心得候

但他江仕官之儀者御構被遊候

とある。源内がこの行動に出た理由を、その書入は又「鳩渓は原小吏の子たるによりて、其身登用せられても同僚の者、彼を侮慢する事やまず、又其中には君寵を得たるを妬殺の意味もありしゆへ」としるす。封建制度の様々の封鎖性が、彼の自由を束縛した故と、ほぼ同時代人も解したのである。その許可の命辞も同様、封建的な束縛を物語る以外のもの

でなかったし、事実源内は他へ仕官せずして、これからの生涯を浪人で通したのである。が、三十歳代の源内の元気はそれでおとろえることがなかった。宝暦十三年(一七六三)物類品隲の出刊は、彼のこれまでの本草研究の整理であるとともに、これからの発展の礎石となるものであった。ともかくも自由を得た源内の新しいものへの興味は益〻甚しく、一に、平線儀制作や火浣布の創出(明和元年)となった。二に、一時は危険思想視された、新しい精神科学である、賀茂真淵の国学に共鳴して、宝暦十三年九月には、その門に入った(県居門人録)。三に、新しい形式の文学である談義本に筆をとって、風流志道軒伝・根南志具佐(前編)を著した。俳諧以来その素質を持った文学面の活躍もかくて始ったのである。談義本風なうがちの風体で、まだ余裕のある態度ながら、彼を疎外した封建武家社会の機構や、進歩の度を停止した当代社会の欠陥に、揶揄をなげかけている。

明和年間に入っての前半、四十歳前後の一時期は、源内にとって、精神的に最も落ちついた、そしてその文学にとっても最も収獲の多い時のようである。この頃の彼の周囲には、彼を理解する、同好同趣のよい友人があった。その著水濃往方(明和二年)で、源内に序を求め、逆に源内とその愛童芳沢国石を題材として、二国連璧談(森銑三氏「平秩東作の生涯」に明和二年成ると推定)を書いた平秩東作がいた。明和四年その神田白壁町の寓居に源内を初めて訪い、その著寝惚先生文集初編に序を請うた大田南畝もいた。南畝はそのかわり、根無草後編(明和六年)に序を送った。真淵門下としても、跖婦伝(宝暦二年)の著者として戯作の面でも、先輩である山岡俊明とも、何時か交渉が出来て、根無草後編には面白い跋を送られた。宝暦十一年の木に餅の生弁(飛花落葉所収)に、門人無名子として見えるのは、後年もこの称を用いた森島中良であろうから、この後源内の文学に最も関係深い一人である彼も、それから絶えず、源内に接近していたはずである。以上は、才もあり、心もすぐれた人々であった。そしてすぐれた文学の創作と鑑賞の能力の持主達であった。源内も明和四年(一七六七)長枕褥合戦、明和五年痿陰隠逸伝、同六年根無草後編を著し、明和七年には浄瑠璃の処女作神霊矢ロ渡も上演された。天狗髑髏鑒定縁起の小文のなったのもこの年である。以上は、宝暦十三年の二つの小説と比較して、気負った所はなく、また諷刺的なはげしさも減少している。かえって弄文のゆたかな気分が濃厚である。痿陰隠逸伝の条で後述するが、その書には、社会悪の世相下では、才能ある士は、退隠逃避して世を渡るべしとの主張さえ見える。それは以上に掲げたこの頃の彼の友人達の生き方に共通するものだったのである。又杉田玄白や中川淳庵などの着実な自然科学者達とも交渉がしげくなって行ったかと想像される。その間に明和二年、先に創製した火浣布について火浣布略説を出版し、明和五年にはタルモメイトル(寒暖計)を製して、日本創製寒熱昇降記を書いたりした。紅毛虫譜などの和蘭の書籍を求めて、理学や本草学の専らに学問的な研鑽に志している如くである。が生来の活動性が、ここで絶えるべくもなかった。秩父地方の採集のはてに、そこに鉱山発掘の計画が起って、度々秩父に足をはこんだのもこの間である。暉峻氏の考証によると、明和六年、田沼意次の世話で、和蘭飜訳御用として長崎へ出発して以来は、しばらく続いたおだやかな生活の反動の如く、源内の実際的な活動が甚しくなってくる。彼のいわゆる国益の為に奔走し始めるのである。明和八年(一七七一)、天草の陶土で輸出向の陶器を作ることを天草代官に建言した陶器工夫書が書かれた。その年長崎からの帰途、関西に滞在しては、大和の吉野山の鉱脈調査や摂津多田の鉱山の改良に関係した。又、綿羊の毛によって、羅紗を織った。後に国倫織とて自讃する所のものである。安永元年江戸に帰ってからは、もっぱら秩父中津川の鉱山に関係する一方、同二年(一七七三)には、秋田藩主の嘱をうけて、遙に秋田領内の鉱山調査をもした。いずれ一つをとっても大事業であるのに、源内の文学ずきは、この間に、彼の知人への手紙によれば、生活の為とは云え、後に示す如く、浄瑠璃を次々と上演して好評を博した。又、秋田藩で知人となった小田野直武や、藩主曙山公佐竹義敦に、彼が殆ど独学で体得した西洋画法を教える関係をも結ぶのである。

源内の実際家としての活動はしかし、安永三年(一七七四)、長年手がけた秩父鉱山の失敗によって大きな蹉跌を来たした。この失敗については、その方面の鉱山日誌には「目論見人平賀源内大しくじり有之故也」とあるそうで、自らも亦、その失敗を、平賀権太夫への書翰中に認めている。かくて、独創家や自由人を入れがたい、停滞した世間によって、かつて源内が難じた山師の悪名が、彼自身の上にかむされるに至った。自尊心のつよい彼には一段とそれがきびしく感じられたのであろう。この後の彼の行動と言辞からは、明和前半に見せた文人的落付きが失われてゆく。秩父で炭を焼いて江戸へ出すことを計画したり、菅原櫛とか金唐革を製して、生活の資にあてたりする。その中で、源内の科学的根性を発揮したのが、苦心の結果になったエレキテル(摩擦起電機)の復原成功である。この日本の物理学史上の画期的仕事も、当時においては、科学と認めず、見世物同然にされた。彼はそれを憤るが、当時の彼の周囲には、いかさまな人物が集って、一般人からは、そう見られる原因もあったのである。源内とすれば、しかし雅俗さまざまの人物に接することは、彼の自由であると考えたはずである。かかる結果、「其行ひは任侠に近し、常に食客十数人を置」くとか、晩年において、高利貸の盲人の家で人の恐れる凶宅(三田村鳶魚氏著足の向く儘には、鳥山検校の神田久右衛門町の宅と考証)を買う様なことにもなり、当時の常識では、士君子の関係すべからざる仕事にもかかずらわったのである。要するに生活がすさんで行ったようである。作品も亦すさんだ。安永三年の吉原細見里のをだ巻評をはじめとして、後に解説する、六部集又は六々部集に収まる、放屁論・放屁論後編・菩提樹之弁・飛だ噂の評などの小戯文が書かれた。皆、時事小言であり、世相の評論である。多く常識的な世評の見解をしりぞけて、彼の独自の評を加えているが、重点は、俗世間への悪罵と、自己を語ることについやされている。一般に諷刺文学と称されるけれども、その称はあたらないようである。第一に一見自虐の如く見える中で、感情もあらわに自己をうったえて、読者は同情をしいられる。第二に、論理に矛盾があって、自分自身への反省が薄い。総体に沈潜した思考が不足して、感情のうわずりの気味がある。第三に、年代順に彼の作品を読んで来れば、この頃の小品の内容は、既に前作で示した考えばかりであって、愚痴のくり言の感さえある。自分の精神感情をさえ整理できないものに、諷刺文学として高い評価は与えられない。この作品群中の代表と見なすべき放屁論後編で、「兎角是は古方家に下させずば、此肝積はなほるまい」と、登場人物にいわせているが、その癇癪を、彼一流の平賀張りで打出したものであって、その狂文の祖だと称される文章と、当時の作品又は全日本の古典中にも特異な自我の執念な表出に、これらの作品の特色を認めるべきである。がそれさえも他を罵ることの甚しさで、その面の強さを減ずる如くである。これらを通じても、この頃の源内の精神的なすさみが感じられる。

安永中葉の生活と精神のすさびから見ても、何がしかは、うなずける所であるが、彼の所へ集るいかさまな人物達である、富松町孫右衛門店秋田屋久左衛門倅久五郎、佐久間町松本十郎兵衛（御勘定奉行になった松本伊豆守）家中丈右衛門の二人を、安永八年十一月二十一日、自家において殺傷する事件が起った（代地録）。その事情についてはこの代地録や聞くままの記に伝えられている。いずれが正しいとしても、智恵の人源内としては異常の沙汰であった。直に入牢して、その十二月十八日牢中で、多彩の生涯を終った。病死であるという。屍を送られた、家督をうけた権太夫（一説に池永道雲）は、橋場の総泉寺に葬った。友人達は、その異常の才物の異常の死を甚しくいたんだ。杉田玄白は私財を投じて、その墓碑を建てた。法名は智見霊雄居士。玄白は又「処士鳩渓墓碑銘」を作って、「嗟非常人、好非常事、行是非常、何非常死」と嘆じた。安永九年（一七八〇）、太平館主の編した六部集に、森島中良は序を送って、その著は「酔た浮世に廻さるゝ、酔潰共に目を明す」ものだと師の本意の存する所を述べた。編纂癖の大田南畝は、源内の断片の文を四方に求めて、天明三年（一七八三）飛花落葉小本一冊を出した（天明八年増補改題されて風来先生仮名文選という）。片々たる小冊子ながら、南畝・東作・中良などは勿論、根南志具佐をまなんで、古朽木の著をなした朋誠堂喜三二・朱楽菅江・天放山人など、当時軽文学界の重鎮の序跋をそろえる。戯作文学における源内の地位と、後輩の尊重を示すものである。現に、天放山人の跋に「筥根から此方に何やらのなきこのかた、狂文戯作《おもしろほん》の弘まりしは、此風来子に止メたり、首創は功をなしがたく、因循の業は致しよく(下略)」と、戯作・狂文の創始者の位置を与えている。

源内は、きびしい歴史的検討からは、戯作の創始者とはいえないであろうけれども、影響の面から考えれば、確にそうした地位にある。単に戯作に限らず、彼が関係したあらゆる学芸において、洋画・物理学・本草学などなど、その我が国の歴史における創始期のかがやかしい存在となっている。玄白の文に「我ガ方知ラレザル所ノ薬物及ビ火浣布之類、自ラ発明スル者百有余種」とある。創始・独創者の名は、いわれる如く彼に冠するに最もふさわしい文字であろう。

著述は、昭和十年、平賀源内先生顕彰会発行の平賀源内全集に殆どおさめられている。なお、飛花落葉に附した伏見屋善六の戯作目録には、早くから諸本に予告された虚実山師論・当世野夫論をはじめ、十五部の書の近刻が予告されているが、当時にも存したかいなか余り信用されないようである。源内の肖像はいくつかあるが、最も信をおくべきは、同藩の木村黙老が「乙巳(弘化二年)仲秋、黙老漁隠因故老之説摸写」して、その著戯作者考補遺に収めるものである。既に所々に紹介されているが、今度口絵とすべく、補遺の原本を求めたけれども、郷土では戦災で焼失したのだろうとのことで、見るを得なかった。平賀源内全集の口絵より転写して、この書の始めにもかかげることにした。

二　作品解説

一　根南志具佐(前編)

勿論、「前編」の文字はどこにも認め得ないが、次の後編に対しての称呼である。半紙本五巻五冊。後刷にして刊記を欠く二冊本もあるが、初刷は、「宝暦十三癸未霜月吉辰　書肆　江戸神田白壁町岡本利兵衛蔵板」(平賀源内全集に次出の風流志道軒伝と同じ奥附あるは、何かの誤りか、或はしかる本もあるか)とするものである。根南志具佐の文字については、さまざまの書き方をしている。内題に「根南志具佐」「根南志草」「根南之久佐」「根奈志具佐」「根奈志草」、外題に「根無艸」「禰奈之久左」「ねなしくさ」など。今序の初めの文字によって標目とした。後刷の一本(平賀源内全集所収)に、初めからあったかと思われる見返し(初め包紙で後に見返しに附したものか)があって、それには「紙鳶堂風来画」として源内自らの閻魔と香台の煙の中に花を示す即ちねなし草を描いて、また「根南志具佐」とあるからである。柱刻はない。版下の文字は序跋本文ともに源内筆かと思われる。従って、序者黒塚処士も、跋者扇放さず山に住人も、烏有山人で、源内一人の手になったものと考えている。挿画は巻一に二葉、以下の各巻に各一葉、計六葉。画者は明記がないが、この後編を画いた橘岷江の画風に似ている。

宝暦十三年六月十五日、市村座出勤の女形荻野八重桐が、同僚との舟遊山で、蜆をとりに出て溺死した一件は、太平の江戸では噂の種となった。自序によれば貸本屋の岡本が、この一件の戯文を求めたらしい。岡本の住居白壁町はまた源内の住所でもあった。当時、世態・世相をうがって、作者の批判を加え、或は滑稽に或は教訓的な中間読物、談義本が流行し出していた。談義本は、その内容から見て、知識人の筆と思われるものが多いので、貸本屋が希望し、既に高松藩の禄を拝辞した自由な源内が、これに応じて、この一書となった。過去の人を登場せしめる読物の形式に、地獄ものがあり、談義本の流行と共に、この形式も再燃して来た。早く元禄の西鶴作と偽称する小夜嵐のことは、源内も作中にその名を引くが、これは古風な合戦物であった。地獄に舞台をかりながらも、当世をうつしたものに、江戸の不埒物語(宝暦五年)、上方の地獄楽日記(宝暦五年)が既に出刊されていた。若干頭注に、その類似を指摘したが、これらに否定できない影響をうけて、地獄物の姿をとった。が、問題は、その形式よりも、その中で作者の試みたうがち方にあろう。対象としては神代の暗黒の中として写される、遊里や歌舞伎の顔見世のさまなど、二悪所が重で、竜宮城からのしのびの者の報告する、下賤の輩の生活も採り上げてある。が問題は更に、以上のやや報告的なものよりも、寓意諷刺的な部分にあることは、従来も云われる如くである。その目ぼしいものをいくつか上げると、一に、閻魔王が瀬川菊之丞にうつつをぬかし政務を忘れ、臣下に迷惑をかけるのは、越後新発田の城主溝口直範が菊之丞を愛したこと(当世江都百化物)を諷している。二に、竜王が閻魔王の命に戦々兢々たるは、将軍対大名の関係。竜王臣下の家老・儒臣達の、当世気質を示して河童に批判させたのは、その自己中心的で、封建社会の官僚性の諷刺である。源内をして俸禄生活を去らせた本質的な原因は、この封建機構の腐敗にあった筈である。その外、本草学者としてしばしば接する医者・山師・僧侶などの、社会的欠陥を指摘している。がこれらは、源内をもって始めとするものでなく、前出の談義本も作品により重点のおき所が違うが、大なり小なり採り上げた所である。また諷刺の度も、源内において殊に甚しいことはない。むしろ特長的なのは、その文章である。後世から平賀ばりと称される一種の調子や、その奇警にして、時に鬼面人をおどろかし、時に拍案せしめて、修飾形容の妙を示している。両国橋近傍の雑踏を描く如き、彼が青年時遊んだ俳諧の文章の影響をうけて、一種の俳文とも見えるが、両国にならぶ京四条河原の涼を描く支考の涼賦(本朝文鑑)に比較すれば、その俳文から出て、また別趣を持つことが明らかであろう。源内は、ここで種々の弄文を試みた。俳文以外に、浄瑠璃的調子があって、情味を出す所、文の首尾の部分に殊に顕著である。も一つは菊之丞と河童の化した若侍との恋の場、即ち「物語」をなす部分は、歌語をつらねて、擬古文の体である。この頃賀茂真淵に入門の前後で、和文への関心がうかがわれる。さすがに才人一応こなしているが、この部分が一番見おとりがするのは、源内の物語的才能の欠乏を示すものであろうか。

しかし記事あり抒情あり、叙景も論説もあり、神祇・釈教・恋・無情、俳文・浄瑠璃・物語、悉くを合せもつこの一篇は、正に奇文と称してよい。その文章の面白さに、事件は世に広がった俳優の噂がもと、作者は薬品会や物産会で、世上の注目をあびて来た人物とあって、相待って人気を呼んだ。作者自身のいう所、三千部をこえて売り出されたと。

古朽木（安永九年）序に、当世下手談義（宝暦二年）とならべて、「宝暦始終の華」とあるのも、その流行を称したものである。「根無草」の名は、志道軒の元無草（延享五年）によるとする説も、無視すべきでないが、根なしごとの意も勿論もっている。当世を上述した如くうがったのだが、万事ねなし草、実は根も葉もないことだというが、諷刺家のカモフラージュである。現にこの序にも、人情をつくした虚言八百の類であると述べてある。また後年であるが、源内自ら、大田南畝に、小説の書き様として語って、「譬へば、針を棒に云ひなすは虚の虚なり、箸を棒とするは虚の実なり、棒を棒にて削りて遣ふは実の虚なり、棒を棒にて遣ふは実の実なり、都べて小説は箸を棒にて遣ふ体にて然るべし」（一語一言四十五）と云った。この言は根南志具佐などの実作の経験から得た所として、この書の鑑賞にも、その気持でのぞむべきであろう。なお序に、「宝暦癸未秋九月」とある故に、同年同時期の奥附をもつ風流志道軒伝に、先立つものと一般に考えられているが、志道軒伝の着手の方が早いかとも思われることは、同条に述べることとし、通説によって、先ず、前に配することとした。

二　根無草後編

半紙本五巻五冊。「明和六己丑正月吉辰　書肆　江戸神田下白壁町岡本利兵衛」刊のものが初版である。奥附を欠く後刷もある。書名は内題は「根無草」で統一されるが、外題には「根南志艸」「禰奈志具左」「ねなしくさ」「根南之久佐」などの文字も見える。柱刻に書名なし。内題によってかかげる。書肆岡本は前編の出版店、明和四年四月十二日市川雷蔵、明和五年五月四日二代目坂東彦三郎の死によって、これを材とし、再び利を得んと、源内に求めた所であろう。挿画は巻一に二葉、以下各巻一葉で、計六葉。画者は最初の画に署名して、橘岷江である。名は正敬、玉樹軒と称し、怪談国土産（明和五年）・操草紙（明和八年）・新撰小夜時雨（安永七年）など小説類の挿画に筆をとっている。この前編や風流志道軒伝も似た画風であるが、この書の出来が最もよい。万象亭(森島中良)の反古籠に「風来先生の根無草の後編の初め鉄門屋の所に、鬼の通者出る、其の比の風俗見るが如くに書かれたり、插画は珉(ママ)江筆を揮へり」と云う。明和戊子秋即ち五年秋に序を送った寝惚先生陳奮翰は、大田南畝で、その前、四年九月に彼が寝惚先生文集初編を出した時、請うて源内の序を得た、その礼の如きものである。この頃才気ありながら、貧士にして認められぬ境遇にあった若い南畝は、かなりこの先輩に共鳴する所があったらしい。自序あって、跋者大蔵の千文は、山岡俊明である。俊明も早く職を退いて、跖婦伝(宝暦三年)に認め得る如き社会への不満と批評心を学問と風流三昧にやっていた頃である。源内と相通じる思想や態度の持主であった。こうした同好同趣の中にあった為か、この頃の源内には、何か落ちつきがあったのではないか、この作品には、社会に対する諷刺的なとげとげしい気分は、前編に見える程度にも認められない。談義本一般のもつ気味は勿論あるが、弄文の方が目立っている。思想的なものよりも、軽いうがちが多い。巻一の、こりや又組・上方者・半可通などの話をうつしたくだりは、源内の観察のするどさ、表現のたしかさ、殊に言葉に対する敏感さを示している。後続の洒落本や滑稽本の、写実的な会話文の発展を刺戟した所大であった。十王や弘法大師があつまっての、吉原や歌舞伎界の様相を論じた部分が、本書の圧巻で、彼の文才を十分に示したものである。

三　風流志道軒伝

半紙本五巻五冊。内題・外題・柱刻・見返し皆、同じく風流志道軒伝とある。「宝暦十三癸未霜月吉辰　書肆　江戸神田白壁町岡本理兵衛・同室町三丁目本屋又七」と奥のあるものが初版である。岡本理兵衛は、前二書の版元岡本利兵衛と同人物であろう。插画は、口絵として、志道軒の肖像と、彼の自筆の一詠がある。これは、賤のをた巻に志道軒を述べて、「晩年には己が像を板行にして売りたりしが、諸人我も〳〵と求めて、見るほどのことなり」とある、板行のものを模したので、売るにあたって、自筆の詩歌を書きそえたのである。恐らくは、源内に与えたものをのせたのであろう。なお天理図書館蔵の別の一幅を参考までに本書の口絵にもかかげておく(一五八頁参照)。挿画は各巻二葉計十葉で、画者の署名がないが、橘岷江に似ている。なお後刷の一本に見返し(初め包紙で後見返しに附したものか)に、葭簀ばりの水茶屋の図、中央に「風流志道軒伝」としたものがある。恐らくは初刷からあったものであろう。癸未(宝暦十三年)冬日として独鈷山人なる人の序があるが、何人か未詳。自序あって、跋は「于時宝暦未の冬、洛東わらひの岡しい茸干瓢子、筆を精進斎中に採る」とある。文字通り、京都東山に住した僧侶であろう。想像される人物もないではないが、想像の域を出ないので、未詳としておく。

この書は当時、浅草奥山で評判の舌耕家、深井志道軒を主人公にかり、それが諸国遍歴の経験の姿にして、当時をうがち諷した談義本の一である。志道軒については当時の雑著に様々の記載があり、あつめて岡田甫氏著奇談にある。なおそれと重複しないもの若干を拙著近世小説史の研究にのせたので、詳述はさける。志道軒は深井氏、栄山、無一とも号した。この無一は時に一無堂とも号されたが(諸本に一無堂また無一堂とさまざまの伝あり)、明和二年乙酉三月七日没したことをつげる墓碑(浅草勢至堂金剛院に建ち、今蒲田の安泰寺にありと—岡田氏)には一無堂栄山大徳とある。享年も種々伝(八十二、八十九など)を異にするが、本書に見える「八十四」を宝暦十三年のこととすると、明和二年八十六となるはずである。八十五と署した自筆も残るので、八十六歳がよいのでなかろうか。前半生は、護持院の知事僧の堕落したもの(一話一言)との伝があるのみで、明らかでないが、後年は妻子を持って、いわゆる狂講調の舌耕を行ったのである。そのさまは補注に引いた山岡俊明の紫のゆかりや本書が伝えている。元無草(延享五年)・迷処邪正按内拾穂抄(一名三国独合点)(宝暦八年)・可笑穴物語弁談(宝暦十一年、未見)・五癖論(後人編、写本)などの著述もあった。本書をなすにあたって、源内が志道軒に弟子入した折の滑稽を、南畝の金曾木が伝える(一五七頁頭注七)が、志道軒はまた、彼として一見識の持主であって、永富独嘯庵が面談した時のことは、その著篠光秘録に見えて、思想的には源内などと同傾向の人であった。それにしても人をくった源内で、この作中では、風来仙人即ち源内自らが、浅之進即ち志道軒の青年時の指導者になって、十分にその所懐を述べている。

この書の遍歴物の形態も、ガリバー旅行記との類似で問題となるが、彼が想を得たと思われるものを、いくつか列記して見よう。小道を通って仙境に入るは桃花源記、美女の案内するのは、やはり遊仙窟によるものであろう。どこか似通った風俗遊仙窟(寛延二年)が既に出版されていた。国内での遍歴物は仮名草子以来珍らしいことでないが、浅之進を異国に出したのが、源内の創意として、その国々は、彼の机辺にあったはずの和漢三才図会や増補華夷通商考に悉くのっている。また後宮に入る一条は、江島其磧以来、色々の書が出た豆男本、女護島は好色一代男などの趣向であった。が、いずれにせよ、源内の小説では、最も構成に努力した作であるといってよい。ここでも問題は、その一々の素材に彼が加えた寓意である。その素材には江戸の年中行事や全国花街の紹介もあるが、多くは当時又は近い頃の出来事、社会の様相にあったはずである。その相当すると思われるものは、頭注欄に書き加えたので、ここでは述べないでおく。根南志具佐前編においてものべたが、その諷刺性なるものは、他の談義本と比較して、さほど甚だしいものでない。事は彼一身上に関せず、国家社会の問題にとり組んでいて、源内の精神内にまだゆとりの存在したことが、諷刺性の稀薄さとなっているのではないかとも思われる。

その構成にかなり手の込んでいる点、うがちの対象も広範囲にわたり、巧みに配してあるなどから見て、若干の日時をかけた作品ではないかと思われる。前述した如く従来、この作より根南志具佐前編を、その序の日次故に先とするのが通説であるが、執筆は少くとも、本書をもって前とすべきであろうか。名物六帖の中に見える、むつかしい漢字を用いるのが、彼生涯の癖であるが、この作品には殆ど見えないで、根南志具佐からは絶えることなく続いているなども、その一証になるかも知れない。

この書は長く板木が残って、後刷された。見得た三種を上げる。一は半紙本二冊に装釘されて、「東都書肆　大坂屋茂吉板」のもの、その奥に「年中書状箱文海堂先生筆全一冊・蓮池堂手翰仮名附全一冊・根南志牸風来山人作全二冊・風流志道軒伝同全二冊」の広告があるので、幕末の刊であり、根南志牸前編の二冊本も亦、大坂屋から出たことを知る。二に見返しに「平賀鳩渓先生戯著　風流志道軒伝　松雲堂旧蔵」とあり、「書林　大阪府下第一大区八小区安土町四丁目鹿田静七(松雲堂)」の奥のつく二冊本がある。勿論明治になってからの刊である。三に「書肆　東都江戸橋四日市上総屋利兵衛」の奥書ある本をも見た。これが後刷三者の中で、最も早いはずであるが、再調し得ないので詳かに述べられない。本書の追随書としては、その遍歴物の系列が、検討されているが、ここに志道軒伝評論難答誌なる明和三年、不濡山人翠応軒著の一写本がある。志道軒自らの著述としたまとはずれもあるが、仏教の立場から、この書を難じたもの、当時、かかる思想的読み方のあった一証となるものである。

四　風来六部集

底本としたのは、「書林　江戸下谷池之端仲町通ﾘ大観堂伏見屋善六」版である。数部の同じ本を見たが、どれも初刷本とは思われなかった。現に天竺老人の序は「書林太平館」が六部を合して二巻としたと見える。伏見屋は大観堂で太平館ではない。百方求めたが太平館本を見出し得ず、版木は恐らく同じであろうとの推定のもとに、大観堂本によった。小本上下二冊。内題・外題とも風来六部集とある。「安永九年五月十八日　下界の隠士天竺老人」の序がある。天竺老人は、その印記に「森羅萬象」とあって、その号の主、森島中良である。のみならず、天竺老人と署したあるものを源内作とした一時の見解は誤りで、早く林若樹氏の云われた如く、悉く中良である。天竺浪人と天竺老人は、森銑三氏の説の如く(国語国文二の四「洒落本覚え書」)、全く別人である。成立の事情はその序に「頃日書林太平館其小冊にして読足らず、且ちよぼくさと数多きは回覧するの煩はしきを厭ひ、六部を合して二巻となし、是を号て風来六部集と題す」とあるによって明らかである。その六部とは、上に収まる、放屁論・放屁論後編・痿陰隠逸伝、下に収まる飛だ噂の評・天狗髑髏鑒定縁起・里のをだ巻評であり、その各々は序によってもわかる如く、一つずつ単行されたものであった。これを集めて六部集と称したのは、序にある増穂残口の著述をあつめた残口八部書や、俳諧七部集などにならったものであろう。後述する如く、見るを得た単行のものと比較するに、旧版を用いて覆刊したことが一見に明らかである。ただし、振仮名など若干を改め、序・本文・跋の日附などを削った部分もある。以下一々について簡単に説明する。

放屁論　単行本未見。且つ序跋の年次を削ってあって、刊年を明らかにしない。がこの論の主題となった放屁男の江戸両国での見世物は、安永三年四月からのことである。よって同年中の出刊と見てよい。安永三年七月の跋のある、里のをだ巻評の奥「東都書林　春寿堂」の風来先生著述目録には「放屁論　出来」とあって、七月までの間に出て、版元は春寿堂であることを示す。この放屁の名人にかこつけて主張する所は、当世社会の諸芸諸職にたずさわる人の、旧習を墨守して、進取専念の志をうしなったを嘆じ、「吁済世に志す人、或は諸芸を学ぶ人、一心に務れば、天下に鳴ん事、屁よりも亦甚し」と結論する。源内の如く進取の志と、それを可能ならしめる才能の持主には、崩壊の一歩前、停滞の気が満ちたマンネリズムの徳川封建社会は耐えがたいものであったことの嘆息の一巻である。その論の下に、彼のいだいた一種の個人主義の萠芽を認める。序跋共に自らのものである。この書の先蹤作に、「宝暦七ひのとのうし歳正月吉旦　浪花書肆　大坂北勘四郎町前川幸助」刊の薫響集(小本一冊)がある。放屁のことを古今集の序にもじった戯文であるが、明らかに影響がある。その重な所は頭注で示した。巻頭の花咲男の小屋の前、看板の図は、この見世物の最も信ずべき資料をなすものである。この書名は世の諺に、何の価値なく空しいものを「屁の如し」というによって、論そのものもまた、価値なしとの自嘲の意を下にこめている。

放屁論後編　単行本は小本一冊。所見本奥附なく、版元未詳。自序に「安永六年丁酉五月」とあって、その時の刊と認めてよいであろう。飯塚春武(十七歳)の二葉の插画があり、葛西士民姑射杜老の跋があるが何人か未詳。この版下は源内著作中で、最も語法文字の正しいものであるが、筆蹟若き大田南畝の手に甚だ似る。或は南畝が源内の為に筆をとったのでなかろうか。内容は自らを貧家銭内として登場せしめ、彼の発明したエレキテルを見に来た石倉新五左衛門なる狂儒者に対し、放屁男の話を例にしながら、自己の所懐を述べる。それに、菅原櫛を製した時、木室卯雲から送られた狂詠にこたえる、本文と同内容の一文を追加とする。この一書では、自己の社会に認められない、また誤解されている一事から、社会万般にわたる不合理の指摘、その他、源内がこれまでの作品でもとりあげた社会悪諸般が、列記されている。のみならず言はするどく、源内の総作品のエッセンスといってよい。が言のするどさに比して、論理の矛盾があり(例えば、新時代向の成上り者の非難と自己の不遇の嘆息との間など)、感情の整理さえもしないで余りに源内その人が出ていて、作品化の点から見れば、未熟な点もある。彼の友人平秩東作が、飛花落葉の序で、「憤激《ザレ》と自棄《ワザクレ》ないまぜの文章」と評したが、それに全く該当するものが、この一篇である。その点で内容・文章共に、よかれあしかれ源内の代表作である。

痿陰隠逸伝　単行本は未見。序に「明和五年春三月風来山人題悟道軒」とあり、跋には「皇和明和戊子春二月後学陳勃姑書于勢臭斎」とあって、明和五年中の刊と見てよかろう。前出の里のをだ巻評(安永三年)の奥「東都書林　春寿堂」の風来先生著述目録に「痿陰隠逸伝　同(出来)」とある。版元は春寿堂であった。陳勃姑は一時の戯れ、皆源内の手になるものであろう。悟道軒と署するものに、長枕褥合戦(明和四年)があり、志道軒高弟悟道軒とある。本書にも、祭先師志道軒図が口絵としてあって、賛がつく。賛に無名禅師撰とあるのは、門人無名子と署したことの多い森島中良ではないかと想像する。本書は従来、内容猥雑として飜刻に不適当となされて来たが、長枕褥合戦などとは全く性質を異にした、明和五年における源内の心情を知る不可欠の材料でもある。本書の前半は、神代より徳川時代に至る歴史の大勢を、陰にかこつけて論ずる、一種の史論である。論の内容は源内のものであるが、かかる形式は、あるいは古戦物語を説きつつ、猥雑を話したという志道軒の狂講の一端を模したのではあるまいか。それで祭志道軒の図をも挿入したのであろう。後半は、痿陰にたくして、自己の心懐を述べる。戯文であるだけにかえって、その心の深部が現われるというべきである。論は、士にして才能あれども、用いられることがない。それは社会が悪いので、用いられないことをむしろ士のほこりとして、痿陰のままに生きる道を見出そうというにある。ちょうど根無草後編で、南畝や俊明の間に伍して、諷刺性のない弄文性の濃い作品を示したその前年である。放屁論後編と比較して、おだやかな明和期の彼を知るに逸すべからざる作品ではあるまいか。この題名は、晋の葛洪の隠逸伝、我が国の元政の扶桑隠逸伝など、古来数多いそれらの書名にならったこと勿論である。この書の異本志道軒伝については補注参照。

飛だ噂の評　単行本は未見。序に「戌の九月」、本文末に「時に安永七の年、飛だ噂と菊月上旬」とあれば、安永七年九月のこと、かかる際物の常として、この頃の刊行と見てよい。五世市川団十郎が、門人市川八百蔵没後、その後家と通じたことが瓦版となって、江戸中の大評判となった。この一件には、こみ入った事情があるらしいが、ともかくも、源内はこれをとりあげ、彼一流の処世観を披歴したのである。作中、門人に示した「盗・博奕・密夫」の三つを禁ずる文を挿入した。平凡ながら、これが彼の処世観であった。知識人の談義本作者達と同様、源内も一個のモラリストなのである。これが表面で、額面通り教訓ととってよいのだが、その中に、教訓よりも見逃し得ないあるものがある。源内は団十郎は何人なるかを改めて問い、後家と通ずることは当時のこととしては珍しからざるをいい、そうしたことを問題にすべきでないと論ずる。一種の自由主義である。封建社会の各面における欠陥を、生理的に感じていた彼の、それへの反撥としてあらわれた様々の要素の、これも一つであった。

天狗髑髏鑒定縁起　単行本は小本一冊。門人戯蝶の序に「申霜降月」、大場豊水の序に「安永五年丙申十一月日」、自跋に「申ノ極月」とある。申は安永五年、この序跋の年次からすれば同六年正月出刊であろう。版元は奥があって清風堂。戯蝶は未詳。大場豊水は、やはり源内門で、画をよくし、源内作の大小暦に描いたりしたという(反古籠)。この豊水が明和七年、一異物即ち天狗の髑髏と称するものの鑒定を求めたことから、医家・本草家の無能をののしったもの。本文末に「庚寅秋九月」とある。庚寅は即ち明和七年。この年次も、序のそれと共に六部集本では削ってある。本文の成立は、刊行は安永六年となったが、この明和七年をもってあてるべきである。口絵にその異物の図、插画として一葉人々相談する図がある。源内を甚だ老人に描いたのは、安永七年、五十一歳で、五十歳の坂を越した意でもあろうか。

里のをだ巻評　単行本は小本一冊。本文末に「甲午の初秋」、無名子の跋に「安永三年甲午秋七月」とある。この二つの日次は六部集にも残っている。安永三年中の刊と見てよかろう。単行本には、末に風来先生著述目録があり、「東都書林　春寿堂梓」と、出版元の名をかかげる。自序はしばらくおいて口絵、插画各一葉がある。画者未詳ながら、口絵も插画中の麻布先生なる人物も、源内自らを示す如くである。跋者の門人無名子は、その名で後に田舎芝居(天明七年)を著した万象亭こと森島中良なることは、既に森銑三氏(国語国文二の四)が明らかにされている。内容はその頃、吉原の一枚刷の細見「里のをだ巻」なるものが発行されたについての論である。三人の人物の論談の形式で、問題は、深川その他の岡場所の遊女が、とらえられて吉原に入れられたことから、この前後の洒落本でも取材したものがある、吉原対岡場所の問題にひろがって、その価値の勝劣、吉原のとるべき態度など論じる。飛火して江戸をはじめ全国の私娼に関する知識が披露される。序で「所々の地名なんどは、人の耳馴たるに便りて、直に其名を出せども、固作り物語なれば、実に此事の有にはあらず」と弁解している。しかし風流志道軒伝にも見える全国の遊里遊所と合せて、その数も多く、極く早い頃の文献として、後々の調査は、その実際なることを、次第に明らかにしている。むしろこれは、卑事にわたることの弁解であろう。花景なる人物は、岡場所の私娼を加えて、吉原は益々盛んとよろこぶ現実派、古遊なる人物は、かくて吉原の古格の次第に乱れるを慮る保守派、源内にあたる麻布先生は、吉原・岡場所それぞれに長所があり、何といっても最高は吉原に置くべしとの結論。岡場所を認める所、ここにも一種の個人主義的思考を認めるが、結論はなお、現実と妥協して終った。

以上の六部に示された源内の時事小言には、彼の社会観、人生観さまざまのものがうかがえるが、その中心は、当代の封建社会の欠陥の指摘と、それへの反撥としていだかれた、かりに自由主義・個人主義などと称して来た新しい思想の萠芽におくべきであろう。その点から見ればしかし、源内の論には、新古さまざまの矛盾があり、発言は対症療法的であり、放屁論後編の如き感情論にもなるのである。源内の実際的な性格からしても、社会現象の深部をさぐって、本質的なものを求め、哲学的に推考するべく努力する人物ではない。為に感覚的な判断がともなう。思想としては不徹底だが、そこに鋭さがあって、当時の文学としては面白いものとなっている。

この六部集に、更に追加して、風来六々部集と題する、小本で前篇二冊、後篇二冊計四冊のものが出た。「今年はてふど庚申」と述べた小胆山人の風来六々部集跋があって、この題の初刷は寛政十二年庚申と考証されている。後刷多く、版元のあるを見ないが、前・後編の見返しに、次の文がある。

風来先生書捨給ひし反古を、太平館主人拾集て六部集といふ、其言意外に出て、一家の文法古今独歩といふべし、今に至りても我人共に見んことを欲す、しかるにかの集はやくより世にともしく成もて行まゝに、こたび桜木に彫、猶残れる花をもあつめて、六部を増補し、前後四巻となし、六々部集とはなりぬ　余貨楼銅多言

余貨楼なる書肆はまた物臭斎蔵梓ともあるが、未詳。ここでは六部集を集めたのを太平館主人とのみ呼ぶ。それなら

ば狂詩の大家で、その大平楽府に、福内鬼外の跋あって、源内との関係も想像できる銅脈先生畠中観斎であるが、これのみで明らかでない。各冊所収は次の如くである。前篇上(六部集序・放屁論・放屁論後編・痿陰隠逸伝)・前篇下(力婦伝・蛇蜕青大通・太平楽巻物阿千代之伝)・後篇上(飛だ噂の評・天狗髑髏鑒定縁起・里のをだ巻評)・後篇下(飛花落葉・同書が風来先生仮名文選と増補改題の時に追加された細見嗚呼御江戸序と仮名文選の万象亭序・菩提樹之辨・風来六々部集跋)。この中、既に明らかなことながら、附言すれば、前篇下収める力婦伝・蛇蜕青大通・太平楽巻物阿千代之伝の三部は、天竺老人こと森島中良の著述であって、源内のものではない。後篇下の三部は、源内の作と認めるべきであるが、今は六々部集を、六部集の一異版として紹介するのみにとどめる。

五　神霊矢口渡

源内の文章にはじめから浄瑠璃調のあることに気がつくのは、当時の人々も既にしかりで、その上、彼に浄瑠璃執筆をすすめたのが、当時江戸二丁町外記座の作者吉田冠子であった。執筆の時は跋によれば明和六年末で、明和七年正月十六日、同座で上演の日から、さほど以前でないと読みとれる。ただしこの浄瑠璃の執筆には、種々の伝説がある。新田大明神の祠官の依頼で、神社振興策として作った(水谷氏紹介)とか、明和五年秩父滞在中の作である(暉峻氏紹介)とか。が今それを正す方法がないので、ただに記載するにとどめる。丸本の末に見えて、外記座は当時、名代薩摩小平太、座元は豊竹新太夫であり、跋に云う、源内の作でない初段の切、三段目の口は、「福内鬼外戯作」の文字に続き、「補助吉田冠子・玉泉堂・吉田二一」とのせる、三人の玄人が作ったことになる。吉田冠子は、人形づかいとしても作者としても令名あった冠子吉田文三郎の二代目で、彼も一方で女形遣いの名手であった(南水漫遊拾遺二の巻)。玉泉堂・吉田二一はいかなる人物かは知らないが、この三人の合作は、既に蝦夷錦振袖雛形(明和六年、肥前座)・時代世話女節用(同)として、上演されていた。この補助作者達は、人形づかいや太夫との間にむつかしい約束のある浄瑠璃のこととて、全体に玄人としての補助を加えたと見るべきであるが、それは演技に関した面で、文章の上では、源内の作たることを示す如く、従来の丸本類には見えない、むつかしい文字を、殊さら名物六帖などから引用しているし、文章の端々の才気は、かいなでの作者の及ばないものを見せている。作品の大筋は、新田大明神の祭神となる新田義興の矢口渡における戦死の後、その遺子をもり立てる二忠臣の誠忠に、義興の弟義岑をめぐる傾城うてなと田舎娘お舟の恋、この二つの筋へ、お舟の父で義興の死の原因を作った頓兵衛以下の悪人を配した。勇壮・誠忠・悲愛・奸悪、浄瑠璃で必要な人物と場面は適当に出ている。これらの中にめぐらされた部分の趣向については、万象亭の反古籠に、

> 此浄瑠璃の六郎と兵庫は、左伝の程管杵臼にて、一躰は眉間象貴なり、道念の狐場は愛護若の茶道口なり、渡場の場は仁徳天皇難波梅の生捕なり、頓兵衛は仁王なり 上手の作を上手が盗む故、尻尾も見えず面白く化すなり

と述べている。六郎と兵庫のことは、中国古典から一変化した曾我物語巻一の「杵臼程嬰が事」によるとするのが、大田南畝の説で、それによって注をしておいた。愛護若は宝暦三年上演の愛護稚名歌勝関で、中段のいわゆる竜骨車の段に、狐つきになって旧主を救おうとする場があり、本書の四段目の口、道念の場に成程似ている。仁徳天皇難波梅なる丸本は未見で何ともいえないが、頓兵衛の姿は仁王の見立であるとするのは面白い。根南志具佐で二世市川団十郎が閻魔に似せた扮装をたたえた源内の、いかにも行いそうなことだからである。以上の外にも先行浄瑠璃との関係もあるだろう。お舟が義岑の身がわりになるのは、列女伝の京師の節女による。この如き古典籍からのものもあろうが、趣向と表現の最大の源泉は、源内が幼年時から愛読した太平記であった。頭注では一々に記したが、大きな筋に関する部分でも、坊門清忠と義興の対立は清忠と楠正成のそれ。義興・義岑兄弟のわかれは、楠父子の桜井のわかれ。義興の奮戦は武蔵野合戦をかり、神霊の祟は太平記のその条を用いている。細部にわたる太平記利用を検討すると、知識人らしいセ

ンスがあって、源内の作たるに間違いない。

それでも、素人らしいよさと悪さを、いくつか指摘できる。一に構成は、素人にしてはゆきとどき、伏線照応などあざやかである。小説で物語の部分の巧みでない彼であるが、機巧上の天才であるだけに、劇的構成には適した才能というべきであろうか。二に、これは素人故に出来たことであろうが、浄瑠璃としては珍しく、江戸浄瑠璃としては今から考えて当然に、江戸の言葉を多く用い、江戸近傍を舞台にして、江戸の風俗をも写している。これがこの作成功の一因であったことは、既に司馬江漢の春波楼筆記も述べる所である。当時の江戸の風俗となると、根性を持った人間は、いかにも源内らしくよく書けるが、よわよわしいをよしとする人間は書き得ない。よって女性が余りよく出来たといえない。中で頓兵衛の強慾一途の性格が、古来好評を得ている。お舟も傷ついてからが生き生きとなっている。

これを上演した豊竹住太夫らについては、頭注で紹介したので略するが、太夫達も、この作で名を上げると共に、作そのものも安永六年の評判記の儀多百晶(ママ、鼎)負に、上上吉に上げられ、「近頃の大でき矢口の渡切より五段目迄ぬけめのないが此上るり」とか「兵庫が屋かた二の切嶋台の文句迄は(ママ、よ)く書ました、四の切頓兵への幕面白い事〳〵」「夫より大切迄面白事〳〵鬼外丈の一の大でけ珍重〳〵」など称された。よって幾度も上演され、やがて上方へも及び、最も好評あった四段目は、今日も歌舞伎にまで上演されている。この浄瑠璃再演の日次などは、邦楽年表義太夫之部などにゆずって省略する。この流行は、丸本をも度々出刊させることとなった。所見の後刷・異本の類を上げておく。

(一) 須原屋単独版　「書肆　江戸室町三丁目須原屋市兵衛上梓」とあるもので、これが初版であろう。今度の底本とした所で、詳には本文につかれたい。丸本の例で、以下のどれも同じく半紙本一冊。柱は「矢口壱」から「矢口五十四ノ五」があって「矢口九十七大尾」で終る全九十六丁。「九十七」の末が跋になっている。別に奥附が裏表紙にはられ、表表紙には、これも本文に出した初演の時の太夫の役割がある。又、巻頭の内題下に「座本豊竹新太夫」とある。

㈡ 須原屋・山崎二肆合版　これが二版であろう。須原屋単独版と全く同じくて、ただ版元の処が、「江戸書肆　室町三丁目須原屋市兵衛・本石町三丁目山崎金兵衛梓」とあるもの。

㈢ 山崎単独版　これが三版と見るべきもの。同じ版木であるが、摩滅が甚しい。奥附は「右之本云々」の文句はなく、神霊矢口渡以下、源内作の浄瑠璃五部の広告があって、末に「本石町三丁目十軒店山崎金兵衛版」とある。

㈣ 上方版ともいうべきもの　上方で新しく版をおこした、似ているが全く異版である。見返しに同じく初演の折の役割があり、巻頭「座本豊竹新太夫」とある。柱は「矢口壱」から「矢口五十四ノ五」をへて「矢口八十三」まで、その後は「矢口船頭ノ三」から「矢口船頭十六丁」まで、最も末の五段目の二丁は丁附けがない。全九十八丁。初演の日次や作者連名は同じだが、跋はない。奥附は「右謳曲以通俗為要故文字有正俗且加文釆節奏為正本云爾　名代薩摩屋小平太　座元豊竹新太夫」とあり、書肆としては「京寺町通松原上町菊屋七郎兵衛板・大坂淀屋橋南詰倉橋屋仁助板・同北堀江市之側綿屋喜兵衛板」の連名である。この本は誤脱が多く、読みにくいものとなっている。

元来浄瑠璃ずきの源内は、この好評に気をよくして、その時々の助手はあったが、源氏大草紙(明和七年)・弓勢智勇湊(明和八年)・嫩窠葉相生源氏(安永二年)・前太平記古跡鑑(安永三年)・忠臣伊呂波実記(安永四年)・矢口後日荒御霊新田神徳(安永八年)・霊験宮戸川(安永九年)・実生源氏金王桜(寛政十一年)などを作った。冠子の請が江戸浄瑠璃界の第一等の作者の発掘となったのであるが、知人への手紙では、これによって源内は浪人生活の資を得る一方法ともしていたようである。

凡例

根南志具佐・根無草後編

一　底本には、宝暦十三年及び明和六年刊の岡本利兵衛刊の初版を用いた。

一　本文は、本大系の趣旨に従い、次の点で底本を改めた。

1　新しく段落をもうけ、会話や引用文には、「　」『　』をほどこした。

2　底本は、後編の自序以外は、全く句読点はほどこされていない。その他の句読は、新しく加えたものである。

3　明らかな誤字や極端な異体字以外の漢字は、現行活字をもって印刷できる範囲内で、そのままに存した。仮名はことごとく現行字体に改めた。若干、私意によって、改訂したものは、頭注にその由を断った。

4　底本の濁点・半濁点は不統一であり、また欠くものも多いので、一々断らずによろしきに従って改め、また加えた。ただし、この大系の諸本でも既に注意されて来た、「む」と読んだ「ねふり」などの「ふ」、澄んで記載されている「かかやく」の「か」、「秘蔵」の「さう」の如く、当時の用法を示す姿は、そのままに残した。

5　仮名づかいや語法は、すべて底本のままである。

6　振仮名についても、底本にあるものは、ことごとく残す方針を採ったが、更に読過の便を思って、新しく補った。（　）印を加えたのがそれである。

7　送仮名は、底本に振仮名で示したものは、本行と重複する場合をも合せて、そのままに存した。欠くものは、本行中に補って、（ ）印を加えた。その際、作者の送仮名法に従おうとしたが、合理的で統一したものが、なかなか見出しがたいので、歴史的仮名づかいによって、活用語尾の部分を送った。為に底本の送仮名法と相違する例も出ている。

8　反復記号は、すべて底本のままにした。

9　明らかに脱字と思われるものは、〔 〕でかこんで補った。

10　序跋の漢文は、底本のままにし、新しく、読み下し文を試みて附した。

一　頭注は、解説・凡例・補注とともに、現代仮名づかい・当用漢字を用いた。引用文は自ら別である。引用の漢文は、片仮名まじりに読み下すを原則としたが、本文に読み下した形の存するものは、原文のまま掲げたのもある。また、和文の引用には、送仮名を補い、随意に句読点をほどこした。

一　頭注は次の如き用意の下に行った。

1　見開きごとに、注を要する語、または句に番号を附し、その順に語釈や一部の口訳、出典やその他必要な記事をあてた。

2　風俗語の注釈は、できるだけ当時の参考書によるべく努めたが、適当なものを見出し得ないものは、前後の時代の書によった。

3　名物六帖・和漢三才図会を引くことが多いが、ともに作者机辺の書であったと思われるからである。

4　本文の仮名づかいや文法に乱れたものが多いが、頭注においては、その余白がないため、それを指摘し、訂正することは殆どしておらない。

5 紙面に余裕のある所においては、鑑賞上の注記を少しく加えた。

一 補注は、頭注に書き得ない長文のものや、頭注以上の詳細な説明が必要と認められたものにあてた。

風流志道軒伝

一 底本には、宝暦十三年の岡本理兵衛・本屋又七刊の初版を用いた。

一 本文作成の用意は、本書も、根南志具佐同様、句読点全くなく、仮名づかいなども乱れているので、同書と同じ要領によった。

一 頭注・補注も、根南志具佐の要領に従った。

風来六部集

一 底本には、安永九年天竺老人の序がある、伏見屋善六刊のものを用いた。ここに所収の六部の単行初版本を求めたが、解説で述べた如く、里のをだ巻評・天狗髑髏鑒定縁起・放屁論後編の三部を見得たのみであり、その三部との比較から、六部集本は、単行本のかなり忠実な覆刊と思われるからである。

一 本文作成の用意は、大体根南志具佐に等しいが、次の点が相違する。すなわち、句読はすべて 。で示されているので、句点・読点の別をしたが、その場所は底本のままである。ただし単行初版本を見得た三部はそれによった。また行末で文の中止・終止して 。、のないものは、これを加えた。いずれも一々にことわってない。底本に句読点のない、風来六部集序・放屁論自序・放屁論三丁裏・同四丁裏・同五丁裏・放屁論後編跋なども、他の部分に照合して、適当に加えた。

一　頭注及び補注の要領は、根南志具佐の場合に等しい。

一　単行本を見るを得た、前掲三部については、校合した結果を、次の要領によって書き入れた。

1　文字の相違は頭注で示した。

2　覆刊の際、単行本にある振仮名を略したと思われるものは、〈 〉印を附して、加えた。

神霊矢口渡

一　底本には、江戸須原屋市兵衛刊の初版本を用いた。

一　本文は、次の如くに底本を改めた。

1　五段にわかれた各段中も、ヲロシ・オクリ・三重の所、また、舞台の変化や大きな気分転換のある所は、行を改めた。なお登場人物の行動や、所作の区切のあるフシ落の所など、小さい区切の所は、本文の中に」印を以て示した。浄瑠璃の文章鑑賞の便を思ってである。

2　句読点は、語りものの詞章たるを思って底本のままとした。

3　誤字・異体字・仮名・濁点などの統一や補正については、すべて根南志具佐の要領によった。

4　仮名づかいと語法は、すべて底本のままである。

5　振仮名・送仮名で、読過の為に補うべきは、すべて振仮名の中で行い、（ ）印をもって示した。

6　節付は、文字の形で示しうるものは、ことごとくこれを採用した。ただし、その位置が、一語や一句の間にあるものは、読み物の性格上、一語一句の上下に移動せざるを得なかった。

7　反復記号はすべて底本のままにした。

一　頭注及び補注は、根南志具佐の要領に従った。

一　節《ふし》については、その解説を頭注に於いてせず、別に祐田善雄氏の節章解説を附した。前述の改行・区切と共に、全く同氏の協力に負うものである。

一　以上の各底本については、解説を参照されたい。

一　解説は、本大系の趣旨により簡を専らとした。

一　底本については、京都大学文学部研究室・府立大阪図書館・大東急記念文庫・天理図書館・吉永孝雄氏・横山正氏・神保五弥氏、口絵については、天理図書館の御好意を得、原稿作成については、松田修氏・植谷元君、それに祐田善雄氏の援助を得た。乍末端、感謝の意を表する。

根南志具佐

根南志具佐序

[一]

余讀《ムヤ》二斯《ノ》篇《ヲ》一也。不レ覺[二]擊《テ》レ節《ヲ》[三]鷩呼《シテ》曰《ク》。[四]咄[五]人邪《カ》鬼邪《カ》。[六]無二能名《クルコト》一焉。蓋《シ》可《クシテ》レ[七]測《ル》而測《リ》。可《クシテ》レ[八]言《フ》而言《フ》。[九]旦暮《ニ》二[一〇]萬古《ヲ》一。[一一]咫尺《スルモ》二[一二]六合《ヲ》一。世有《テ》[一三]若《ノコトキ》人二而《シテ》爲《ス》二若《コトキ》事《ヲ》一。亦曷《ソ》[一四]異《ン》レ之《ヲ》。[一五]若《シ》乃《チ》[一六]冥途[一七]潜府《ハ》[一八]幽昧[一九]浩渺《タリ》。[二〇]瞿曇氏《ハ》者姑《ク》舎《ク》。其《ノ》他雖レ有《ト》二[二一]明者一。不レ能二[二二]窺測《ルコト》一也。而《シテ》[二三]斯《ノ》篇能《ク》測《リ》二其《ノ》不《ルヲ》一レ可レ測《ル》也。能《ク》言《フ》二其《ノ》不《ルヲ》一レ可レ言也。[二四]紀事詳悉。[二五]屬辭壯快。[二六]波瀾[二七]變幻不レ可二[二八]端倪《ス》一。嗚呼人邪《カ》鬼邪《カ》。果《シテ》[二九]無二能名《クルコト》一焉。[三〇]童子[三一]秉《ル》レ燭《ヲ》。曰《ク》、[三二]儻《クハ》有レ類二[三三]黄帝華胥《ノ》之遊《ニ》一者非《カ》邪。

寶曆[三四]癸未秋九月

[三五]黑塚處士題

[三六]

一「止何處」。 二 元来は楽器を打ち鳴らして、歌声や他の楽器に和することをいうが、源内の作品では、「拍案」に似て、甚だ感情の動く時に用いる。 三 驚きの声を発して。 四 韻会「咄咄ハ鷩怪ノ声也」。 五 後に歌舞伎十八番に数えられた市川流の暫に出るセリフの語をかりた(五八頁参照)。 六 人なのか鬼なのか、何と申しましょうか。 七 推測する。 八 表現する。一般では、可能の範囲で、推測したり、それをいいあらわしたりするのだが、例外もあるかも知れない。 九 朝夕。きわめて短い時間。 一〇 永遠。極めて長い時間を、極めて短くちぢめる。 一一 咫は八尺。極めて短い距離。 一二 初学記「天地四方、之ヲ六合ト謂フ」。極めて広い空間。極めて広い空間を、目の前にちぢめる。 一三 こんな能力の人があったなら、こんな事もするだろう。 一四 不思議がって見ても始まらない。 一五 たとえば。訓訳示蒙に若を「実ニ其事ノアルデハナクシテカリニモフケコシラヘテモシカフアツタナラバカフト云フ意ナリ」。 一六 死者の行く世界。 一七 竜宮城。 一八 明かでないさま。楚辞の離騒「世幽昧以眩曜」。 一九 広くはるかなるさま。 二〇 釈迦。釈迦の説く所、即ち仏説はしばらくおいて。 二一 賢明な人。 二二 うかがい知ることができない。 二三 それなのに。 二四 叙述した事柄。 二五 作文修飾すること。 二六 事件のうつりかわりの甚しいさま。 二七 変化の予知できない程であること。 二八 端は山巓、倪は水涯。その始終をうかがい知ることができない。 二九 やっぱり、何ともいいようがない。 三〇 召使の子供。 三一 灯火をかかげて持って来た。読みふけって日の暮れるのも気づかなかったのである。 三二 若(もしくは)に同じ(訓訳示蒙)。 三三 列子の黄帝篇に見える故事。中国上古の三皇の一人黄帝が、

(根南志具佐序

余斯《こ》の篇を讀むや、覺えず節を撃ちて驚呼して曰く、「咄、人か鬼《き》か。能く名づくること無し」と。蓋し測《はか》る可くして測り、言ふ可くして言ふ。萬古を旦暮にし、六合《りくがふ》を咫尺《しせき》とするも、世に若《かくのごと》き人有りて、而して若《かくのごと》き事を爲す。亦曷《いづくん》ぞ之を異とせん。若《も》し乃ち冥途潜府は幽昧浩渺《いうまいかうべう》たり。瞿曇氏《くどんし》は姑《しばら》く舍《お》く。其の他明者有りと雖ども、窺ひ測ること能はざる也。而して斯《こ》の篇能く其の測る可からざるを測り、能く其の言ふ可からざるを言ふ也。紀事は詳悉、屬辭《しよくじ》は壯快、波瀾變幻端倪《たんげい》す可からず。嗚呼、人か鬼か。果して能く名づくること無し。童子燭を秉《と》る。曰く、「儻《もしく》は黄帝華胥《くわしよ》の遊に類する有る者に非ざるか」と。

寶曆癸未秋九月　黒塚處士題す)

天下の治まらぬのを憂え、心身つかれたので、しばらく政事から遠ざかった休養の昼寝の夢に、華胥の国に遊んだという。ここもこの読書が、昼寝の夢の如くに思われるの意。その上に作者が世潮を慨する意をこめてある故に、この語を用いた。↓補注一。二四 宝暦十三年。二五 何人か未詳。黒塚は奥州安達が原にあって、鬼が籠るとの伝説の地。謡曲の黒塚(一名、安達原)の舞台。作中の鬼の縁で用いた一時の戯号。二六「安達之印」「字余曰子原」。離騒に「字余曰霊均」などにならう。「子」は「之」に通じ、安達之原を二印にわったもの。また黒塚の縁。

一 中国人。この頃普通には、唐人は朝鮮人、毛唐人は中国人の意。源内は正しく用いた。寝惚先生文集の彼の序にも「唐人之人別ニ入ランコトヲ禱ル」。二 外国語殊に中国語や漢字のわからないこと。転じて道理のわからぬ人。寝惚先生文集「毛唐　陳奮翰子角」。三 印度地方の昔の称。四「おん」は梵語風に冠した。御の字つきの大馬鹿。梵字のあて方は正しく、O. be. ra. bo. u(悉曇字記)と読める。↓補注二。五 和蘭・和蘭人。六 からっぽの意。この蘭字のあて方は、Su. Tu. He. L. Ho. Mu で、大体よい。七 無茶苦茶を朝鮮語のようにいった。朝鮮字で正しくは、무・쟈・引・구・쟈・引(倭語類解)とあるべき所。八 有髯男子でありながら。九 まあひどいことをおっしゃるなあ。一〇 しゃくにさわる。この磔野郎。磔をはっつけとなまり、人をののしる語。一一 一休咄、一に、一休が世法は如何と問われた答に「よの中は食うて糞(はこ)して寝て起きて扨其後は死ぬるばかりよ」。一二 めちゃに。一三 人の感情。一四 変る。一五 論語の衛

自序

[一]唐人の[二]陳紛看《ちんぷんかん》、[三]天竺《てんぢく》の[四]《おんべらぼう》、[五]紅毛《をらんだ》の[六]《すつべらぼん》、朝鮮《てうせん》の[七]《むちゃりくちゃ》《り》、京の男の[八]髭喰《ひげくひ》そらして、[九]あのおしやんすことわいな、江戸の女の口紅《くちべに》から、[一〇]いま〳〵しい、はつつけ野郎《やらう》なんど、其詞は遠へども、[一一]喰《くふ》て糞《はこ》して寐《ね》て起《おき》て、死(ん)で仕舞ふ命《いのち》とは知《しり》ながら、[一二]めつたに金《かね》を慾《ほし》がる[一三]人情は、唐《(から)》も大倭《やまと》も、昔も今も[一四]易《かわる》ことなし。[一五]聖《せい》人も「學《まなべ》ば祿《ろく》其中にあり」と、[一六]旨《うまく》云(つ)て[一七]喰付《くい》(か)せ、佛は[一八]黄金の膚《はだへ》となりて[一九]慾《ほし》がらせ、[二〇]初穂《はつほ》なしには神道[二一]加持力も頼(ま)れず。皆是[二二]金が敵《かたき》の世の中なり。一日[二三]貸《かし》本屋何某《(なにがし)》來(つ)て、予に乞(ふ)ことあり。其源を[二四]尋(ぬ)れば、こいつまた慾ばる病の[二五]膏肓《かゝ〱》に入(り)たる親父なり。是を治せんとするに、[二六]鍼灸藥《しんきうやく》の及(ぶ)べきにあらず。是を戒《いましむる》に儒《じゆ》を以てすれば、彼曰(く)「聖人物を食《しよく》せざりしや」。神道《しんどう》を以てすればまたいわく、「貧しく[二七]正直なりがたし」。佛法を以てすれば又曰(く)、「[二八]未來《みらい》より現在《げんざい》なり」。[二九]冀《ねがはく》はまづ鉤《かぎ》と繩《なわ》とを賜《たま》へ、家内の[三〇]口を天井《てんじやう》へつるして、而《シテ》後教《をしへ》を受《うく》べし」。予答(ふる)に辭《ことば》なく、即《チ》筆を執(と)

靈公篇「子曰ク、君子ハ道ヲ謀ツテ食ヲ謀ラズ。耕セバ餒其ノ中ニ在リ、学べバ禄其ノ中ニ在リ。君子ハ道ヲ憂ヘテ、貧シキヲ憂ヘズ」。一六 禄がある、即ち金儲けとなるとうまいことといって。一七 学問に従わせ。一八 三十二相の第十四に金色相があり、仏像の身体を悉く真金色とするをいう。一九 仏像をほしがらせて、仏法にさそう。二〇 神道名目類聚抄「昔ハ耕作シテ已ニ取リヲサムレバ、先是ヲ神ニタテマツル、是ヲ初穂ト云フ。今、金銀米銭ヲ神ニタテマツルヲ初穂ト云フ。是ニナラヒテナリ」。二一 神道名目類聚抄「祈禱加持ハ事ヲ神明ニ祈リテ冥助ヲ蒙ル、我ガ誠心神ニ通ジ、神是ヲナシ給フ、是感応冥助一ナルモノナリ。加持ハ此ニ居リテ彼ヲ治ムルノ妙術ナリ(下略)」。二二 金銭が争のもとで身をほろぼす意の諺。転じて、金を第一の目あてにする意。二三 本書の出版店岡本利兵衛にあたる。この頃貸本屋が発達していた。↓補注三。二四 原稿が欲しいというも、やはり金がほしい為だとの意。二五 快癒の望めない程病状の悪くなること。二六 針とお灸と医薬。二七 諺「正直の頭に神やどる」による。二八 仏教ではあの世の成仏をすすめるけれども、大事は現世で生きることである。二九 字典に「欲也」。三〇 口をしっかりくくり上げて、物を食べないようにする意。寝惚先生文集の源内の序に「議論ハ鼻トトモニ高シトイヘドモ、口ヲ天井ニ鉤ルスコト能ハズ」。

一 山伏や僧侶など多くは宗教家の、口先でうまいことをいって、詐欺的行為をする者。↓補注四。二 老子・荘子。三 でたらめな言葉。荘子などは、いわゆる寓言で、作り話をかまえてある

をいう。四 源氏物語の作者(九七八―一〇一六推定)。五 大うそ。寝惚先生文集の源内の序「寝惚先生ノ詩ニ於ケルヤ、旧(とも)虚言八百首有リ」。源内の国学の師、賀茂真淵の説によるか。↓補注五。六 自分のこの根南志具佐を、仏典・老子・荘子・源氏物語など古来の名著と比較はとてもできないが。七 人情を述べるものとの文学観は、儒者・国学者ともに、この時代の進歩人の一様に持ったものだが、ここも真淵の説によったか。↓補注六。八 孟子の公孫丑下篇「孟子斉ヲ去ル。充虞路ニ問フテ曰ク、夫子不予ノ色有ルガ如シ。然ルニ前日虞諸ヲ夫子ニ聞ク、曰ク君子ハ天ヲ怨ミズ人ヲ尤メズト。曰ク彼モ一時也、此モ一時也」。それはそれこれもこれだの意。古今和漢の文学も人情を論ずるには同じだというも、蘐園の人々をはじめ、当時一般の文学観であった。↓補注七。九「安本元」は「安本丹」の語路。馬鹿もののこと。寝惚先生文集「門人安本丹(アンポンタン)」。一〇「うそつき」とよむ。「嘘をつく」の語路。一一「みそか」とよむ。味噌を上げる、即ち自慢するの意をかける。一二 平賀源内の戯号。定業のない浮浪の士をいう俗語。浪人たる自嘲をふくませる。一三「風来之印」。風来山人はまた彼の戯号。風来坊即ち、身をよせる所のない者の意。一四「紙鳶堂」。寝惚先生文集の序に「ショクドウ」とよむ。いかのぼり(たこ)のこと。風のままにさまよう者の意で、また彼の戯号。

一五 古詩源所収の箜篌引の詩句。一六 崔豹の古今注に、狂夫の水死を止めえなかった妻の歌で、朝鮮の霍里子高の妻麗玉の編したものとある。↓補注八。一七 妻の古語。雄略紀「吾妹、汝雖親昵」。万葉、二(二〇七)「吾妹子(わぎもこ)がやまず出で見し」。一八 旧暦六月。一九 二世八重桐。女形。

(つ)て此篇をなし、名(づけ)て根南志具佐といふ。釋迦《しやか》の鳩《はと》[一]の卵《かい》、老莊《らうそう》[二]の譫言《たわごと》[三]、[四]紫式部が虚言《うそ》[五]八百に比《ひ》[六]すべきにはあらざれども、只人[七]情を論ずるにおいては、[八]彼も一時なり是も一時なり。

[九]安本元年虚[一〇]月三[一一]十一日

天[一二]竺浪人志

[一三]

[一四]

根奈志具佐一之巻

「[一五]公無レ渡レ河《こうかをわたることなかれ》、公竟渡レ河《こうついにかをわたる》、堕レ河而死《かにおちてしす》、當二奈レ公何一《まさにこうをいかんすべき》」と詩《からうた》に作(り)しは、見ぬ[一六]唐土《もろこし》の古《いにしへ》、夫《おつと》の水に溺《おぼれ》て死(し)たるをなん、かなしみに堪《たへ》ざる[一七]妹子《わぎもこ》の歎《なげき》とかや。されば宝暦十あまり三の年[一八]水無月《(みなづき)》の頃、[一九]荻野八重桐となんいへる[二〇]俳優人《わざをぎびと》の、水に入(り)て死(し)たる事、[二一]世の取沙汰《(とりざた)》のまち[二二]〳〵にして、それと定(まり)たる事を知(る)人なし。

其由(つ)て來る處を尋(ぬる)に、「[二三]皓々《かう〳〵》の白を以て、世俗の塵埃《ぢんあい》を蒙(ら)んや」と憤《いきどほり》て、[二四]汨羅《べきら》に沉《しづみ》し[二五]屈原《くつげん》が[二六]流《たぐい》にもあらず、[二七]龍宮の玉を取(ら)んと、海底《かいてい》に飛(び)入(り)て命を捨(て)たる[二八]蜑人《あまびと》にも異《こと》なり。此世にもあらぬ世界の極樂《ごくらく》と地獄《ぢごく》の眞《まん》中《なか》に、[二九]閻魔《あんま》大王となんいへる、[三〇]やんごとなき方ぞまし〳〵ける。此大王[三一]三千世界を領《りやう》し給ふことなれば、[三二]十王を始として、朝廷《てうてい》の[三三]臣下數もかぎらず、それ〴〵の役を司者《つかさどるもの》多し。されば人間の[三四]世渡《(よわたり)》、[三五]士農工商《しのうこうしやう》の各隙《ひま》なきも断《ことはり》ぞかし。閻广

歌舞伎年表に、宝暦十三年六月十五日没、三十八、釈義善。→補注九。 二〇 神代紀、上に俳優を「わざをぎ」とよむ。歌舞伎役者。 二一 世間の噂。 二二 諸説があって本当の事情を知る者がない。 二三 屈原の漁父辞「安能以皓皓之白、而蒙世俗之塵埃乎」。古文真宝後集諺解大成の注に「何ぞ皓皓(潔白粋瑩貌)のいさぎよき心を以ていながらと也」「今の世の人のきたなき心に従つて、塵に交はらんやと云ふ心也」。 二四 旧注に長沙の汨羅洲。今の中国湖南省の北部。 二五 中国の昔、楚人。名平。懐王・襄王に仕えたが、讒に逢って用いられず左遷。汨羅に入水して没(前三三―前二九三)(史記の屈賈列伝)。 二六 余流。類。 二七 謡曲の海士のシテ。自分の乳の下を切って隠し、面向不背の玉を、竜宮から取りかえした讃岐志度の浦の海女。 二八 康熙字典、蜑の条に「一ニ蜒ニ作ル、或ハ蛋ニ作ル」。蜑は日本では海士(海女)に用いる。 二九 十王経などに見える地獄の主。→補注一〇。 三〇 高貴な。古物語風なふざけた書き方。 三一 仏化の及ぶ範囲の世界。閻魔の領地はそうでないが、広くいったもの。→補注一一。 三二 地獄の所々を司る十人の王。初秦広王・二初江王・三宋帝王・四五官王・五閻羅(閻魔)王・六変成王・七太(泰)山王・八平等王・九都市王・十五道輪王。閻魔はその長で別にする。 三三 十王経「獄司候官・司命令神・司録記神・閻魔使者・羅刹婆・無量異類・無数鬼神・部類従属」。 三四 生業。 三五 徳川社会を形成する四身分。

一 ねじけ心になった。日本書紀の姦の字の訓。
二 この世の悪人の地獄におちてなった罪人。
三 従来からの。 四 元来は鉱山業者のこと。転じ

王宮も、昔はさのみ閙敷《いそがわしく》もあらざりしが、近年は人の心もかたましくなりたるゆゑ、様〻の悪作る者多く、日にまして罪人《ざいにん》の數《かず》かぎりもあらざれば、前〻より有來《ありきたり》の地獄にては、中〻地面不足なりとて、閻广王こまり給ふ折を窺《うかゞい》、山師共は我一と内證より付(け)込(み)、役人にてれん追從賄賂《ついしやうまいない》などして、さま〴〵の願《ねがひ》を出し、極樂海道《かいどう》十万億土の内にて、あれ地を見たて、地藏井《ぢぞうぼさつ》の領分、茄《なす》子畠《びばたけ》の邊までを切(り)ひらき、數百里の池を掘(り)、蕪枋《すはう》を煎《せん》じて血《ち》の池をこしらへ、山を築《つき》ては劔《つるぎ》の苗《なへ》を植《うゑ》させ、罪人をはたく臼《うす》も、獄卒《ごくそつ》どもの手が屆かざればとて、水車を仕懸《しかけ》させ、焦熱《せうねつ》地獄には人排《たゝら》を仕かけ、其外叫喚《きやうくわん》・大叫喚《だいきやうくわん》・等活《とうくわつ》・黑繩《こくじやう》・無間《むげん》地獄等の外に、さま〴〵の新地《ぢ》獄《ごく》をこしらへて、岡場所《をかばしよ》地獄と稱し、三途川《さうづがわ》の姥《ばゝ》も一人にては、なか〳〵手がまはり得ぬとて、久敷《ひさしく》地獄に墮《おち》居たりし、淺草《あさくさ》の一ッ家の姥・安達《あだち》が原の黑塚姥《くろづかばゝ》・

て投機的事業をやり、人をかたるを常とする者。当時本文に見るごとき請負業の山師が多く出たことの諷刺。↓補注一二。五 先を争って。六 裏面から手を廻して。七 人をあやつりだます方法。八 へつらい。九 極楽へ行く道筋が即ち十万億土である。阿弥陀経「是ヨリ西方十万億仏土ヲ過ギテ世界有リ、名ヅケテ極楽ト曰フ」。一〇 発見し。目をつけ。一一「井」は菩薩の冠のみを一つにした古い頃の略字。ササボサツという。領地は賽の河原をいう。不埒物語（宝暦五）、一「死出の山の谷中よりほそくながるゝながれのすへ、さいの川原につゞきてかう〳〵たる景地あり（中略）、此地はむかしより地蔵の領内たりといへども」。一二 河原相応の茄子畠。なお江戸の岡場所大根畠に対する洒落。一三 重訂本草綱目啓蒙、三一「蕪枋　和産ナシ。舶来多シ。（中略）ソノケズリクズヲ水ニテ濃煎ジ物ヲ染ムルトキハ紫色ニ近シ。故ニ紫色ノ役トス。コレヲ烏紅ト云フ。白礬ヲ加ヘ染ルトキハ色紅ナリ。故ニ紅色ノ役トス」。一四 俗説で地獄にある血をたたえた池。産で死んだ女人が堕ちるという。紅蓮地獄から出たか。一五 剣の山を作る。俗説で地獄の難処の一。往生要集にも刀剣のうわった難処が見える。一六 往生要集の衆合地獄の条「或は鉄臼に入れ、鉄杵を以て擣く」。一七 水車を利用して臼をつく仕掛。一八 八大地獄の一、猛火が絶えない。一九 大仕掛のふいご。二〇 各八大地獄の一。往生要集などに詳しい。↓補注一三。二一 江戸の私娼街。多くは新地にあり、地獄と呼ばれたからの洒落（岡場遊廓考）。二二 あの世の葬頭河の別名。姥は奪衣婆。ここは娼女の監督をするやりて婆などの気持。二三 隅々までゆきとどかぬ。二四 江戸浅草の明王院姥が池にまつわる石枕伝説の悪婆。↓補注一四。

[二六]堺町の笋《たけのこ》姥、其外娑婆《しゃば》にてよく[二七]婦《よめ》をいぢり、繼子《まゝこ》を憎《にくみ》たる悪姥どもの罪《つみ》を御赦《しゃ》免《めん》あり、三途川の姥の加勢《せい》に入(れ)て、段々地獄も廣《ひろ》まりければ、彼山師共また〳〵願を出し、何とぞ新地獄町の[二八]大屋に成(り)度(し)との願、しかし[二九]餓鬼道《がきどう》の分は[三〇]掃除代《そうじ(だい)》が上らざれば、[三一]節句銭《せっくせん》を貮百文づゝに御定(め)下され度(し)と願(へ)ば、或は[三二]舌《した》を抜鋏《ぬくはさみ》の[三三]入口《(いれくち)》、[三四]銕《てつ》の棒《ぼう》・[三五]火の車の請おひ、[三六]釜も新敷《(あたらしく)》仰(せ)付(け)られ候よりは、古《ふる》地獄にて底《そこ》のぬけたるを取(り)集《あつめ》て鑄懸《(い)かけ》させ、[三七]竹の根を掘(る)燈心《とうしん》も、[三八]蠟燭屋の切屑《きりくず》を御買上になさるゝが至極[三九]下直《げじき》に付(き)候、少々の事にても、地獄の年數は、仮初《かりそめ》にも百万[四〇]劫《ごう》などゝ[四一]久々の事なれば、[四二]塵積《ちりつもっ》て山師共の謀《はかり》、又は三途川の[四三]古着《ふるぎ》を一人にて[四四]座に仰(せ)付(け)られば、其かはりには[四五]獄卒《ごくそつ》衆中[四六]樗蒲一《ちょぼいち》に御まけなされ、虎《とら》の皮のふんどしを質《しち》に御置(き)なさるゝとも、随分[四七]利安《りやす》に仕らん。左ある時は、惣地獄の御[四八]うるほひにも

↓補注一五。 二五 謡曲の黒塚(又は安達原)で「安達が原の黒塚に、籠れる鬼の住所なり」とある、人食鬼の化した婆。 二六 宝暦六年没した、江戸堺町の芝居金をかしたり比丘尼・陰間宿などした因業な老婆。↓補注一六。 二七 康熙字典「女子已ニ嫁セバ婦ト曰フ」。 二八 貸屋の持主。新地の大屋の希望者の出たのも、当時の風。地獄楽日記(宝暦五)二にも、血の池新地を預る願、築地改修の願などを、同趣向で諷してある。 二九 六道の一。ここの亡者は喉が細くなり、食物は火と燃えて、飢餓に苦しむ。 三〇 糞の礼金。農夫から大家へ送った。餓鬼は食事せぬので糞が溜らぬの理。↓補注一七。 三一 守貞漫稿、三「又五節句毎、宅居に応じ五七十文より五六百文、或は二朱一分を家主に呈す。号けて節句銭と云ふ、京坂に更無之」。 三二 往生要集の大叫喚地獄の条「獄卒熱鉄の鉗《かなばさみ》を以て、其の舌を抜き出す」。 三三 口入。周旋。 三四 往生要集の等活地獄などの条で、獄卒が鉄杖・鉄棒で打つとある。 三五 重悪人を地獄にむかえる車。↓補注一八。 三六 往生要集の焦熱地獄などの条に熱鉄の鑊《かま》に入れるとある。そんな大きな物の鋳掛もおかしい。 三七 灯心で笋を掘る苦難を与える地獄。↓補注一九。 三八 灯心の代用品。 三九 安価。 四〇 劫は極めて大きい時限をいう仏語。↓補注二〇。 四一 長い。久しい。 四二 諺「塵積って山となる」。少々のことも積って大利になると山師どもがの意。 四三 奪衣婆のはいだ衣を古着に売る着想。 四四 幕府監督下に、その専売を特許された商人。 四五 地獄の士卒。↓補注二一。 四六 采の各の目に金をかけ、出た目にかけたものが勝つ采博奕の一(宮武外骨著賭博史)。 四七 利子を安くしてかすこと。 四八 上の恩恵で、下々の豊かになること。

相成(り)申(す)べしと、己が勝手は押(し)かくし、お為ごかしに數通の願書、地獄の沙汰も錢次第、油断《ゆだん》せぬ世の中とぞ知られける。

閻王もさまぐ＼の政《まつりごと》を聞(か)せられければ、少の暇《いとま》もなきをりふし、獄卒ども地獄の地の字の付(き)たる高挑灯《たかてうちん》を先に立(て)、一人の罪人を引(つ)立(て)來れり。閻王はるかに御覽あれば、年の頃廿計の僧の、色白く瘦《やせ》たるに、手かせ首かせを入(れ)、腰のまはりに何やらん、ふくさに包《つゝみ》たるものをくゝり付(け)てぞ有(り)ける。「此者いかなる罪にてか有(る)」と尋(ね)給へば、かたはらより倶生神《ぐしやうじん》罷(り)出(で)て申(し)けるは、「此坊主《ぼうず》は南瞻部州《なんせんぶしゆう》大日本國、江戸の所化《しよげ》なるが、堺町《(さかひちやう)》の若女形、瀨川菊之丞といへる若衆の色にからくれない、錦《にしき》の戸帳は師匠《ししやう》の身代染(め)られて、道具《どうぐ》市にひるがへり、行基《ぎやうき》の作の弥陀如來《みだによらい》は、質《しち》屋の藏へ御來迎《らいがう》、若衆の戀のしすごしに、尻《しり》のつまらぬ尻

一自己の利をはかりながら、表面は人の為と見せること。二諺。何処でも金銭で自由がきく意。三ぬけ目のない。四高張提灯を用いた奉行代官の役宅のていを摸した。五和漢三才図会「鉄ヲ以テ両拳ノ形ニ為リ、枢機有リテ之ヲ開闔シ、別ニ小鎖有リ、其ノ罪未ダ籠獄ニ及バザル者多ク之ヲ用フ」。六鉄や木で作り、首にはめ、罪人の自由を制する刑具。七上製裏つきの風呂敷風の布。八閻魔王庁の使臣。選注十王経の注「倶生神ハ畏ルベキ夜叉之儀ニシテ、悪業ノ者之死ノ時ノ札ヲ掌ル神也」。「此ノ神人ニ侍シ、行住坐臥ニ随ヒテ人身ヲ離レズ、小悪ヲモ遺サズ悉ク記スル也」。九仏説で須弥山の南方の鹹海中にある大洲で、そこに日本国があることになっている。一〇能化に対し、受業の学徒の僧。また住持に対して役僧。一一今の東京都中央区日本橋蠣殻町の北にあたり、葺屋町・木挽町と共に江戸の大劇場街。一二歌舞伎の役柄の一。女主人公などの若い女性となる。一三二代目菊之丞。浜村屋・王子路考と称され美貌をうたわれた(一七四一―一七七三)。→補注二二。一四色若衆。男色の相手となる者。ここではその俳優。一五美しさに魅せられて。一六師の僧。一七財産。一八師の金をかすめとって、空(から)にする意。下へは唐紅の錦と続く。一九仏像をおさめた所や帳台の前にさげたとばり。上製の布を用いる。二〇古道具市の売り物となる。勿論所化が売却した。二一奈良朝の名僧(六六八―七四九)。俗に行基作と称する本尊は多かった。二二信仰者の臨終に、弥陀如来が、聖衆をともない紫雲にのって、極楽へ導きにくること。ここは弥陀の縁で、ただ移ったの意。二三後々が悪いの意。若衆の縁語。二四悪事が露顕して。二五狂人や放蕩者を、家庭の一部に格子など作り、牢の如く禁足する

所。二六 とじ込めの身で菊之丞をしたっても。二七 伊勢物語、九段「駿河なる宇津の山辺のうつゝにも夢にも人に逢はぬなりけり」。「身をうつ」は、身を苦しめる。二八 現世を地獄から見て「あの世」といった滑稽。二九 断末魔。臨終の苦しみ。三〇 浮世絵師。二世清信。紅画を多く残して優美な画風。系譜については諸説あって不明(草双紙と読本の研究など)。三一 ここは一枚画の役者画。三二 選注十王経の注に「二ノ童子、亡人ノ罪福ノ諸業ヲ以テ、金鉄ノ札ニ録シテ閻王ニ奉見ス、次ノ文ニ二意有リ、初ニハ倶生神ノ札ニ依ツテ推問シ、次ニハ人頭幢ノ所見ヲ以テ、法王(閻魔)ニ奏ス」。三三 殊勝に仏に仕えるさま。三四 一生懸命になり。三五 賀茂明神からの洒落。三六 神主を弥宜というからの洒落。ただし他の例は未見。源内の創作か。坊主の女色や隠語は当世の風をうがったもの。↓補注二三。三七 名物六帖「優童(ヤロウ)」泉南雑志――媚趣者不ㇾ吝二高価一」。三八 前出(四〇頁)。三九 剣の山へやる罪を一段軽くして。四〇 男色で若衆を弄することを、「お釜をほる」といい、男童のことも「おかま」という(松屋筆記、六六)によった洒落。釜のことは前出(四一頁)。四一 人間界。四二 男性にして、同じ男性を性欲の対象として愛する習慣。源内は甚だこれに興味をもち、野良の評判記に序を送り、愛童をも持っていた。四三 男を陽、女を陰にして、陰陽相合うを自然といったもの。

一 中国にも、はるかむかしから。二 儒教で聖典視する五経の一。五雑組、八「男色ノ興ル、伊訓ヨリ、頑童ヲ比(チカヅクル)之戒有レバ則知リヌ、上古已ニ然ルヲ」。書経の伊訓篇に「遠二耆徳一、比二

がわれて、[二五]座敷牢《らう》に押(し)込(め)られ、[二六]したふかいなく己《おの》が身を、[二七]宇津の山部《やまべ》の現《うつゝ》にも、逢《あは》れぬ事を苦《く》に病(み)て、むなしく[二八]あの世を去(り)けるが、[二九]だんまつまの苦《くるしみ》にも、忘《わすれ》得ぬは路考が俤《おもかげ》なりとて、此處までも身をはなさず、アノ腰《こし》に付(け)たるは、[三〇]鳥居清信が画《ゑがき》たる菊之丞が[三一]繪姿《ゑすがた》なり。若気とは云(ひ)ながら、師匠親の目をかすめたる科《とが》、一〻[三二]鉄札《てつさつ》に記置《しるしをき》たり。しかしながら、今時の坊主表むきは[三三]抹香《まつかう》くさい皃《かほ》しながら、遊女狂ひに[三四]うき身をやつし、[三五]鳧《かも》を明神、[三六]葱《ねぎ》を神主などゝ名付(け)、取(り)喰ふから見れば、坊主の[三七]優童《やらう》狂ひは、其罪輕《つみかるき》に似たれば、[三八]劔《つるぎ》の山の[三九]責《せめ》一等を許《ゆるし》、彼《かれ》が好《このむ》處の[四〇]釜《かま》いりに仕らん」と窺《うかゞへ》ば、閻王以《もつて》の外怒《いから》せ給ひ、「いや〳〵、彼が罪《つみ》輕(き)に似て輕からず。都《すべ》て[四一]娑婆《しやば》にて[四二]男色といへる事有(る)よし。我甚(だ)合点《がてん》ゆかず。夫婦《ふうふ》の道は[四三]陰陽《いんやう》自然《しぜん》なれば、其はずの事なれども、同じ男ををかすこと決《けつし》て有(る)べからざる事なり。

[一]唐土《もろこし》にては久しき世より有(り)て、[二]書經《しよきやう》には『[三]頑童《ぐわんどう》を近(づく)る事なかれ』といましめ、[四]周穆王《しゆうのぼくわう》は[五]慈童《じどう》を愛《あい》してより、[六]菊座《きくざ》の名始(ま)り、[七]彌子瑕《びしか》・[八]董賢《とうけん》・[九]孟東野《もうとうや》が類《たぐひ》、また日本にては、[一〇]弘法《こうぼう》大師[一一]渡天《とてん》の砌《みぎり》、[一二]流沙川《りうさがわ》の川上にて、[一三]文殊《もんじゆ》と契《ちぎり》をこめしより、文殊は支利井《りぼさつ》の号を取(り)、弘法は若衆の祖師《そし》と汚名《をめい》を殘《のこ》し、[一四]熊谷の直実《なをざね》は、無官の太夫[一五]敦盛《あつもり》を須广《すま》の浦《うら》にて引(つ)[一六]こかし、[一七]ハリハドッコイなされけるとうたはれ、[一八]牛若は[一九]天狗に[二〇]しめられ、[二一]増賀聖《ぞうがひじり》の[二二]業平《なりひら》、[二三]後醍醐帝《ごだいごてい》の[二四]阿新《くまわか》、[二五]信《のぶ》長《なが》の[二六]蘭《らん》丸、其名も[二七]高尾《たかを》の文覚《もんがく》は、[二八]六代御前に[二九]うつゝをぬかし、いらざる謀反《むほん》をすゝめこみ、[三〇]頼朝《よりとも》のとがめを受《うけ》しより、娑婆《しやば》にて[三一]尻《しり》の來るといふ詞《ことば》始(ま)れり。[三二]但馬《たじま》の城《き》の崎《さき》・[三三]箱根《はこね》の底倉《そこくら》へ湯治するもの多きは、皆此男色の有(る)ゆゑなり。昔は坊主計がもて遊(び)し故にや、痔《じ》といふ字は疒冠《やまいか(んむり)》に寺といふ字なり。しかるに近年は僧俗《そうぞく》[三四]押(し)なべて好(む)こと、甚(だ)以(て)不埒《らち》の至りなり。今より娑婆世界にて、男色相止《やめ》候様に、急度《(きつと)》申(し)渡(す)べし」との勅命《ちよくめい》。皆々「はつ」とお請を申(し)けるが、十王の中より[三五]轉輪王進出《てんりんわうすゝみいで》て申(し)けるは、「勅《ちよく》定を返し奉るは恐多《おそれおゝ》きに似たれども、[三六]思ふ事いはでやみなんも、腹《はら》ふくるゝわざ也。仰の通り男色も亦害《がい》なきにはあらず。しかはあれども、其害《がい》女色に比《ひ》すれば至(つ)て輕くして、中〳〵[三七]同日の談《だん》にあらず。譬《たとへ》ば女色はその[三八]甘《あまき》こと蜜《みつ》の

頑童ニ時、謂ニ乱風ニ」。三 男色の相手とする少年。四 中国古代周五代の王。五 彼注には異説あり。彼土の伝説で、穆王の愛童。謡曲「菊水慈童」の主。六 尻の異名。菊水慈童の縁による洒落。七 中国戦国の代に衛の霊公の愛童。↓補注二四。八 漢の哀帝の男色の相手。断袖の故事の主。↓補注二五。九 唐の詩人。名郊。韓退之と男色関係を云々され、雲竜の交の故事の主。↓補注二六。一〇 真言宗開祖の名僧(七七四—八三五)。我が国男色道の祖といわれる。↓補注二七。一一 天竺へ旅行すること。一二 中国河北省昌平県にある白河の支流。一三 梵語で文殊師利(翻訳名義集)という釈迦侍座の菩薩。師利と尻と音通じて、男色に関係づけられる。↓補注二八。一四 源氏方の武将(一一四一—一二〇八)。一の谷合戦に須磨の浦(神戸市)で平敦盛を討ったのを、男色関係とした。一五 平経盛の子(一一六九—一一八四)。従五位下で官のない故「無官の太夫」という。麓の色「経正の弟音寿丸敦盛、又無双の美童なり」。一六 こかして弄したの意。一七 からくりの文句か。未詳。一八 源義経の幼名。源氏再興の武将(一一五九—一一八九)。↓補注二九。一九 俗説に牛若丸、鞍馬山僧正谷にて天狗に武芸を学ぶという。二〇 おかされ。二一 平安中期奇行の名僧(九一七—一〇〇三)。ただしここは真雅僧正の誤。↓補注三〇。二二 在原業平。平安朝歌人、古来美男の代表(八二五—八八〇)。二三 九十六代、建武中興の天皇(一二八八—一三三九)。二四 太平記に見える日野資朝の子。↓補注三一。二五 戦国の武将織田信長(一五三四—一五八二)。二六 信長の寵愛の小姓森蘭丸(一五六五—一五八二)。二七 高雄神護寺中興の僧。流罪中に死(一一三〇—)。二八 平維盛の長子(一一六三—一一九八)。文覚の願により一旦死を許されたが、文覚の乱の時に斬罪。二九 ほれ込み。三〇 源頼朝。鎌倉初代将軍(一一四七

ごとく、男色は淡《あはき》こと水のごとし。[三九]無味《むみ》の味は[四〇]佳境《かきやう》に入(ら)ずんば知(り)がたし。是は畢竟《ひつきやう》大王の若衆御嫌《きらい》なるがゆゑ、[四一]上戸の餅《もち》屋をやめさせ度(し)と申(す)がごとし。其上娑婆《しやば》の評判《ひやうばん》を余所《よそ》ながら、菊之丞が[四二]絶色《ぜつしよく》なる事、兼てよりかくれなければ、せめて此世の思ひ出に繪姿《ゑすがた》なりとも見まほしシ。此義は何とぞ御免を蒙(り)たし」と願へば、閻王は不機嫌にて、「[四三]蓼《たで》喰ふ虫も好《すき》〴〵とは其方が事なり。然れどもたつての願もだしがたし。繪圖を見る事は勝手次第たるべし。しかしおれは若衆を見るは嫌《きらい》なれば、繪の有(る)内は目を閉《とぢ》て見まじき程に、早とく〳〵」と[四四]御目を閉(ぢ)させ給へば、彼罪人が持(ち)たりし姿繪を柱に掛(け)けるに、[四五]清如三春柳含二初月一《きよきことはしゆんりうのしよげつをふくむがごとく》、艶似三桃花帯二暁烟一《ゑんなることはとうくわのぎやうゑんをおぶるにたり》、その姿《すがた》の[四六]あてやかなる事ゑもいはれざれば、[四七]人〻は目もはなさず、はつと[四八]感《かん》じて暫《しばらく》は鳴《なり》もやまず。

誠《まこと》や娑婆《しやば》にてうつくしきものは、[四九]天人の天降《あまくだり》たるといへども、それは畢竟《ひつきやう》[五〇]遠(き)が花の香《か》なり。此國の極樂にては、[五一]几巾《たこ》を登す同然《どうぜん》に、常《つね》に見る天人なれば美《うつく》しいとも思はず。路考とくらべて見る時は、[五二]閻广王の冠と餓鬼《がき》のふんどし程の違ひあり。聞(き)しにまさる路考が姿《すがた》、古今無双《ぶそう》の器量《きりやう》かなと、十王を始として、[五三]見る目は目玉《めだま》を光らし、かぐ鼻《はな》は鼻をいからし、其外一座に有(り)あふ

一二九)。三一 悪事あらわれて罪の責を負う。三二 兵庫県の有名な温泉。三三 箱根七湯の一。共に痔疾にきくといわれていたのであろう。三四 一統に。三五 十番目の五道転輪王。本地阿弥陀仏。三六 徒然草、十九段「おぼしき事いはぬは腹ふくるゝわざなれば」(大鏡にも)。三七 相違の甚しいこと(史記の遊侠列伝などに見える成語)。三八 荘子の山木篇「君子之交ハ淡キコト水ノ若(ごと)ク、小人之交ハ甘キコト醴ノ若シ、君子ハ淡クシテ以テ親ミ、小人ハ甘クシテ以テ絶ツ」。三九 老子、六十三章「為二無為一、事二無事一、味二無味一」。四〇 面白い境地。四一 酒ずき。四二 すぐれてよい器量。四三 文選の放歌行など中国から出た諺で、人の好みはさまざまの意。四四 閻魔が目を閉じたさま、子供らしく、その体思うだけでもおかしい。四五 出典未詳。四六 優雅なこと。四七 地獄で人々も一寸おかしい。四八 感嘆の声を大いに発したさま。四九 仏説で、浄土にあり天上を飛行する女形の人。天楽を奏し、天華を散じ、天香を薫らし、仏事を讃嘆する(法華経の如来寿量品)。美人の出現を「天人の影向」などという。五〇 諺。倭訓栞「花の香は遠く聞くによろし、よて近く狎るれば貴からぬに喩へたる諺なり」。ここは遠方のものがゆかしい意に用いる。五一 鳳巾(書言字考「イカノボリ」)の略字。天人の飛行になびかす羽衣をいかの足に見立てた語。五二 普通は冠と沓を並べる。上下貴賤の差甚しいを、地獄風に閻魔と餓鬼に配した。五三 閻魔の庁にある人頭幢上にある二つの首。小夜嵐、三「人頭形は胴体はなく、赤白二つあつて、罪人しやばにて所作の罪科、冥途にては当座の所存のほどまで、胸をわりて見るがごとくいふによつて、見る目かぐはな共申すなり」。

たる牛頭《ごづ》[一]・馬頭《めづ》・阿防羅刹《あほうらせつ》[二]まで、額《ひたい》の角《つの》を振《ふり》立(て)て、感《かん》ずる聲止(ま)ざりければ、閻[三]王覚へず目をひらき御覧じけるに、越《こよ》[四]なふあてやかなるに心動《うごき》、初《(はじめ)》笑(ひ)しことはどこへやら、只茫然《ぼうぜん》と空蟬《うつせみ》[五]のもぬけ[六]のごとくになりて、覚(え)ず玉《ぎよく》[七]座《ざ》よりころび落(ち)給へば、皆〻驚《おどろき》いだき起《おこ》し奉れば、漸(く)正気付(か)せ給ひ、ため息《いき》をほっとつき、「扨〱かた〲が見る前面目《めんぼく》もなき事ながら、我思はずも此繪姿の、みやびやかなるに迷《まよい》たる心を、何と遍照《へんぜう》[八]が哥のさまなる我(が)ふるまひ、扨つく〲と按《あん》ずるに、古より美人の聞え[九]数もかぎらぬ其中にも、またならぶべき人もなし。西施《せいし》[一〇]がまなじり、小町[一一]が眉《まゆ》、楊貴妃《やうきひ》[一二]が唇《くちびる》、赫奕姫《かぐやひめ》[一三]が鼻筋《はなすじ》、飛燕《ひえん》[一四]が腰《こし》つき、衣通姫《そとほりひめ》[一五]の衣裳《いしやう》の着《き》こなし、ひっ[一六]つくるめたる此姿《すがた》、桐《きり》[一七]は御[一八]守殿《しゆでん》、山丹《ひめゆり》[一九]は娘盛《むすめざかり》と瞿麥《なでしこ》の、などゝは並《なみ》〱の事、花にも月にも菩薩《ぼさつ》[二〇]にも、又あるべきともおもほえず。まして唐・日本の地にかゝるもの二度生ずべきにあらざれば、我も是より冥府《めいふ》[二一]の王位を捨《すて》、娑婆に出(で)て此者と枕《まくら》をかわさば、王位の貴《たつとき》も何かはせん」と、御目の内もしどろ[二二]にて、うかれ出[二三](で)んとし給ふ処に、宗帝王《そうてい》[二四]かけ出(で)、御袖《そで》をひかへ、にがり切[二五](つ)て申(し)けるは、「こはけしからぬ大王の御振舞《ふるまい》、わづか一人の色におぼれ、此冥府の王位を捨《すて》、娑婆《しやば》に出(で)て人間にまじわり給はゞ、地獄極樂の政《まつりごと》は執行者《とりおこのふもの》もなく、善悪[二六]を正す

一 牛頭又は馬頭の獄卒。十王経「牛ヲ苦シメ牛ヲ食ヘバ牛頭来リ、馬ニ乗リ馬ヲ苦シメバ馬頭多シ」。二 五苦章句経、一「獄卒阿傍ト名ヅクル八牛頭人手、両脚牛蹄、力壮山ヲ排シ剛ノ鉄釵ヲ持ッ」。十王経の注に「羅刹ハ食人鬼ト翻ス」。三 この所は天照大御神の天の岩戸の条によった。四 この上なく。五 もぬけの枕詞。六 気のぬけたさま。七 天子の座。八 僧正遍昭。混じて遍照とも書く。六歌仙の一人(八一六—八九〇)。古今、四、僧正遍昭「名にめでて折れるばかりぞ女郎花われ落ちにきと人に語るな」。九 評判。一〇 越王勾践が呉王夫差に送った中国古代の美人。西施の顰(眉をしかめる)にならう故事がある。一一 六歌仙の一。日本の代表的美人。一二 唐の玄宗の寵姫。中国の代表的美人。一三 竹取物語の主人公。天女の生れかわった美女。一四 漢の孝成帝の妃趙飛燕。身軽く舞をよくした(漢書の外戚伝・飛燕外伝など)。よって「腰つき」という。一五 允恭天皇妃忍坂大中姫の妹。允恭紀に「容姿絶妙無比、其艶色徹レ衣而晃(テル)レ之」とある。よって「着こなし」という。一六 一つに合せた。一七 俗謡の一句。→補注三二一。一八 将軍の姫君の三位以上の大名に嫁したものの尊称。一九 大和本草、六「ヒメユリト云フ物山丹也」。二〇 仏菩薩は三十二相をそなえる故に、あの世らしく並べた。二一 冥途。二二 とりみだしたさま。二三 恋にうかれてさまよい出る。二四 十王の第三。本地文殊菩薩。二五 渋い面をして。二六 原本「正ず」。今改めた。亡者の善悪を判断して、地獄・極楽とふりわけること。二七 前出(三九頁)。二八 極楽浄土は自然の七宝を合成して地とする(阿弥陀経)。十王経「無仏処ニ於イテ、別ニ浄土ヲ立テ、金沙ヲ地ニ満テ、銀玉ヲ道ニ畳ミ」。二九 所有。三〇 金の生木(安永九)に「古来よりの

童謡(わざくれ)に、酒桶井とな、金の生る木がわしやほしいといへることとあり」。三一 流行語で、親玉とか、えらいものなどの意。三二 仏教の開祖(前五六六―前四八六)。仏像として金色に作られる。三三 ふる金の売買業。三四 釈迦没後、弥勒出生までの間、六道の衆生を導く菩薩。殊に賽の河原にあって、児童の亡者を保護する。よって「子供のなぶりもの」となるという。三五 宝暦の頃江戸市中を徘徊し、子供のなぶりものとなった乞食。↓補注三三。三六 迦陵頻伽。極楽浄土に住する鳥。人頭鳥身に画かれるから、見世物にはもってこい。三七 今東京の中央区と墨田区の間、隅田川にかけられた橋。当時この辺一体盛り場で、見世物小屋も多かった(七二頁参照)。三八 前出(四五頁)。三九 人身売買、殊に遊女や妾を専門に周旋する業者。四〇 前出(四〇頁)。四一 江戸では、洗濯用ののりを、辻番や老婆が片手間に製して売っていた。四二 寺の門を守る金剛力士。大男で強そうで露祖なので、駕籠かきに見立てた。四三 街頭に客待ちしてのせる、粗雑だが軽便な当時の交通機関。四四 見る見るうち。四五 流行に従って。四六 視聴草「明和の頃までは、蝙蝠羽織とて丈弐尺壱寸(宝暦現来集は「居りて折返らず」)にして、至て短きはをり、武家町人ともに著用す」。↓補注三四。四七 長身の脇指。これも流行。四八 道普請(安永二)、一「銀のきせるをかた手にもち。片手にて本田のまげをいぢりながら。出て行く」。↓補注三五。四九 名物六帖「男娼(ヤロウ)」。癸辛雑識「禁二―一二」。五〇 もてる。五一 江戸歌舞伎役者二代目市川団十郎(一六八八―一七五八)。↓補注三六。五二 寛延元年中村座正月興行の餝鰕鎧曾我の時か。↓補注三七。五三 あやしい。五四 関東の町方地方で、民政自治機関の中心となった世話役。

べき所なければ、[二七]三千世界の衆生は何を以て教《おしへ》とせんや。かゝる貴き御身をば、優童買《やらうかい》と成果《なりはて》給はゞ、極樂に滿《みち》ゝたる金の[二八]砂《(いさご)》は、忽に堺町の[二九]有《ゆう》となり、いくら有(り)とも使《つかい》足らずば、[三〇]金のなる木がわしやほしいと、悔《くやむ》段に成(り)ては、極樂の[三一]先生[三二]釈迦如來《しやかによらい》の黄金《わうごん》のはだへまで、潰《つぶし》に掛《かけ》て[三三]下金《したがね》屋へ賣(り)てやり、[三四]地藏《ちぞう》𦬇《ぼさつ》は[三五]長太郎坊主同然に、子共のなぶりものと落《おち》ぶれ、[三六]びんが鳥は[三七]兩國橋の見せものとなり、[三八]天人も[三九]女衒《ぜげん》の手に渡り、[四〇]三途川の姥は[四一]のり賣姥と変《へん》じ、[四二]仁王は[四三]辻《つじ》竹輿《かご》かくやうに成(り)行かば、地獄極樂破滅《はめつ》せんは[四四]目《ま》のあたりなるに、其気の付(か)ざる御年ばいにもあらず、また譬(へ)[四五]當世を見習(ひ)て、[四六]蝙蝠《かうもり》羽織に[四七]長脇《わき》指《ざし》、髪《かみ》は[四八]本田に銀ぎせる、[四九]男娼買《やらうかい》と見せ掛(け)ても、[五〇]色のとれる御顔《かほ》にてもましまさず。昔[五一]海老藏《えびぞう》が[五二]景清《かげきよ》の狂言《きやうげん》にて、御姿を似せしさへ、娑婆の者共はおぢおそるゝに、其御姿にてぶらつき給はゞ、[五三]うさんな者と召捕《めしとら》れ、大屋を詮議《せんぎ》せらるゝ時、大屋は釈尊《しやくそん》、[五四]名主は[五五]大日《(だいにち)》と云(う)たりとも、證據《しやうこ》に立(つ)者もなければ、[五六]無縁法界《むゑんほうかい》の[五七]無宿《むしゆく》仲ヶ間へ入(れ)られて、憂目《うきめ》を見給はんは[五八]案《あん》の内、それとも御得心《とくしん》なくば、此[五九]宗帝《そうてい》王御前にて、腹《はら》かつさばき申(す)べし。御返答《へんとう》承らん」と、席《せき》を打(つ)て諫《いさめ》ける處に、平等《びやうどう》王しづ〳〵と立(ち)出(で)申されけるは、「宗帝王の諫言《かんげん》は、[六〇]比干《ひかん》が胸《むね》をさかれ、[六一]呉子胥《ごししよ》が眼《まなこ》をぬかれ、[六二]木曾の忠太が[六三]義《よし》仲《なか》を諫《いさめ》て腹《はら》切(り)たるにも、をさ〳〵おとるべうはあらねども、日頃御偏意地《かたいぢ》の大王、一旦《いつたん》仰(せ)出(だ)されたる事は、変《へん》じ給はぬ御気質《きしつ》。[一]一杯の水を以(て)車薪《しやしん》の火は救《すくい》がたし。いか程に諫《いさめ》給ふとも、[二]馬の耳の風、[三]牛の角の蜂《はち》とやらで、[四]さして御爲にもなら[五]山の、この手柏《てがしわ》の二面《ふたおも》に、[六]男とも見え女とも[七]みめよき[八]路考が姿《すがた》故に、此冥府《めいふ》を捨(て)給はんとは、世上の[九]息子の了簡《りやうけん》にして、地獄極樂の主たる大王の智と云ふべきにあらず。是非〳〵御望《のぞみ》とある事ならば、使をつかはし召捕《めしとり》て參(ら)んに、何条事の有(る)べきや。[一〇]何れもいかに」と申されければ、一座の人〻口を揃《そろへ》、平等《びやうどう》王の評議《ひやうぎ》甚(だ)道理に當《あたつ》て、碎《くだ》(く)る大王も尤と聞(か)れければ、いざや路考を召捕に遣(は)すべき使を詮議《せんぎ》せられけるに、[一一]泰山《たいざん》王申されけるは、「それ人生れては、[一二]定業《ぢやうごう》にあらざれば、此土へは來らざる習なり。いざ〳〵[一三]定業帳を詮義あるべし」とて、取(り)出させつく〴〵とくり返して申されけるは、「[一四]午の霜月[一五]佐野川市松、[一六]未の七月[一七]中村助五郎、腫物《しゆもつ》にて死すべしとは有(れ)ども、菊之丞が命はいまだ尽(く)べき時節にあらず。御使を遣(は)されたりとも、彼國には[一八]伊勢・八幡を始として、[一九]彼が氏神王子の稲荷《いなり》なんどとて、[二〇]四も五も喰はぬ手あひにて、此界をも[二一]直下《ちよつか》に見下す、[二二]おへない[二三]親父が沢山《たくさん》に守り居れば、中〳〵[二四]表立(つ)ての御使にては存(じ)もよらず。此義いかに」と申さ

五五 真言宗の本尊大日如来。万物を哺育する仏なので名主にあてた。五六 仏菩薩と縁を結ばぬ世界。ここは弔い手(引取り手)のない死者の意で、無宿の序。五七 江戸時代に戸籍に登記のない者。五八 予想通りきまっている。五九 十王の第八。本地観音。六〇 中国の昔、殷の紂王を諫め死んだ忠臣。→補注三八。六一 中国の古、呉王夫差を諫めた重臣。→補注三九。六二 越後中太能景。→補注四〇。六三 木曾義仲。源氏の武将(一一五四―一一八四)。

一 孟子の告子上篇「今之仁ヲ為ス者ハ、猶一杯ノ水ヲ以テ、一車薪之火ヲ救フゴトキ也(下略)」。二 中国の馬耳東風から出て、むだの意の諺。三 本朝俚諺に禅蒙亀鑑の「如蚊子上鉄牛」を引く。効果なき意の諺。四 蜂の縁。五 万葉、十六(三八三六)「奈良山の児手柏のふたおもにかくにもねぢけ人の友」。上からは「ならず」の意でつづき、下へは和歌をはさんで二面即ち、男女両様に見えるとつづく。六 謡曲の井筒「女とも見えず男なりけり業平の面影」。七 上から見えるとかかり、下へは美しい意で続く。八 菊之丞の俳名。九 息子株。色におぼれる習の若輩。一〇 成否はともかくも、事を実行にうつそうとの意の諺。一一 十王の第七。本地薬師如来。一二 定まった業報。きまった寿命。一三 俗説に閻魔の庁にある人間の寿命を記した帳。誤って死したものもこの帳によって生き返るなどいう。一四 宝暦十二年十一月(十二日)。一五 若衆方・女形の歌舞伎俳優(一七三三―一七六三)。一六 宝暦十三年七月(十三日)。一七 道化の名人仙石彦介の子で、実悪役の歌舞伎俳優。一八 伊勢大神宮・八幡宮。日本の神の代表。一九 路考は補注二二の如く武

れければ、[二五]初江《しょこう》王進(み)出(で)て申(し)けるは、「それこそ安(き)事なんめり。[二六]愛《あた》宕《ど》山の太郎坊・[二七]比良《ひら》山の次郎坊などに申(し)付(け)なば、忽《たちまち》抓《つかむ》で参(ら)んことといとやすし。誰《たれ》かある、[二八]天狗どもを召(し)寄(せ)よ」と呼(ば)はり給へば、[二九]五官王しばしと押(し)とめ、「いや〳〵此評議宜(し)かるまじ。情を知らぬ天狗ども、力にまかせ引抓《ひつつかむ》で、もし疵《きず》付(け)ては悔《くやん》で返らず。それより[三〇]疫神《やくじん》を遣(は)さるゝが近道ならん」と申さるれば、[三一]変生《へんせう》王かぶり打(ち)ふり、「イヤ〳〵疫病神《やくびやうがみ》といへども、[三二]のふさんころり山椒味噌《さんしよみそ》と、手短《みじか》に殺《ころす》事はなりがたし。[三三]大陽經《たいやうけい》から段〻[三四]傳經《でんけい》をしている内には、大王御待遠なるべければ、疫病神は御無用たるべし。一向それより近道は、今世上に沢山ある医者《いしや》どもに申(し)付(く)れば、[三五]一ふくにてもやり付(く)る事、疫神などのおよぶべき所にあらず。此使は医者共に申(し)付(け)ん」と申さるれば、皆尤とうなづき、「先よく殺(す)医者は誰〳〵ならん」と評定ありけるに、「[三六]一向文盲なる医者は、こはがつて[三七]めつたなる藥はもらず、何見せても、[三八]六君《りつくん》子《し》湯《とう》・[三九]益気湯の類、一服の掛目[四〇]わづか五分か七分の藥にて、白湯《さゆ》に[四一]香煎《かうせん》も同前、つまる所は一ふくで何分ヅ、の[四二]わりを以(て)、謝礼《しやれい》をせしめる計にて、毒《どく》にもならず藥にもならざれば、そろ〳〵[四三]干《ほし》べりのするは[四四]格別《かくべつ》、急に殺《ころす》ことは成(り)がたし。[四五]小文才のある医者は、人を殺(す)が商賣なれ

蔵王子の産。王子稲荷は、江戸で最も信仰の広く深い社で、大晦日には諸方の狐(命婦)が寄るなどいわれた(江戸名所図会)。二〇 どんな方法でも処置しがたい。二一 軽蔑する。お安く見る。二二 手におえない。おっかない。二三 うるさ方。二四 表面からの。正式の。二五 十王の第二。本地釈迦如来。二六 京都の北西にある愛宕権現をまつる山。天狗で有名で、太郎坊は柿本紀の僧正の変身。二七 比叡山の北、琵琶湖の西に聳える山。ここの天狗の名は次郎坊ではない。↓補注四一。二八 この世で驕慢で恨を残して死んだ人がなるとされた。二九 十王の第四。本地普賢菩薩。三〇 疫病神。三一 十王の第六。本地弥勒菩薩。三二 簡単に片付くことをいう諺。↓補注四二。三三 漢方医学における経脈の一で、いわゆる十二経の中に、足大陽膀胱経百二十六穴、手大陽小腸経三十八穴を数える。陽の脈とは傷寒論によれば、大・浮・数・動・滑のものである(和漢三才図会に図がある)。三四 漢法医学では病状変化を、次第に経脈を伝ってゆくことで説明する。そのこと。三五 薬一服で殺してしまう事。当世俗間の医者を諷した。医者談義(宝暦九)など談義本にも同態度が多い。三六 全く無学な。三七 でたらめな。三八 医道重宝記「気虚して痰ある者脾胃衰へて湿ある者を治す、人参・白求・茯苓・陳皮・半夏各等分甘艸少し、右六味姜と棗を入れ煎ず ○脾を益し、胃を補ひ痰を化し、湿を去るの妙剤なり、痰なき人にも亦用ゆ、又虚弱外感のもの此方を主とし加減して用ゆべし」。三九 前者同様の補強薬。↓補注四三。四〇 それも薬材は少ししか入れないで。四一 大唐米のこがしに陳皮など香料を入れた粉で、湯に入れてのむ嗜好飲料。四二 歩合。四三 野菜など干して水分を自然となくすること。

ここは病人の自然の衰弱。四四 ならばいざしらず。四五 小学問。なまじっか少しの学問のある。儒医と称するかかる医者の横行したのを諷した。

一 あちこちつぎ合せる普請。出典のある語を集めて詩文する古文辞風を罵った語。二 とびとびに。伊勢物語、九段「鹿子まだら」などに対する洒落。三 伝張仲景著で、急性熱病の治療法を論じた。当時漢方殊に古方医学の臨床の聖典。四 輪読会。五 古医方家。後藤艮山・香川修庵など主唱し蘭学流行直前流行した医学。宋明の医学をしりぞけ、張仲景を重んじ、内経・傷寒論をもとに、経験を尊んだ。六 儒者を兼ねた医家。香川修庵が儒医一本の説を立ててから、称する者が多かった。七 鉱物の一。薬剤としては、中風・寒熱・心下・逆気・驚喘等を治すが、殊に熱と痛を去るとされた(和漢三才図会など)。八 鉱物の一。薬剤としては下剤や利尿剤に用いられた。→補注四四。共にきつい薬。九 貧相で寒そうなさまをいう諺。一〇 張仲景。漢人。傷寒論の著者に擬され、古医方家の尊敬のまと。一一 正しくは思邈。隋唐間の人。千金要方などの著者。一二 張従正。金人。儒門事親の著者。皆中国列世の名医。一三 人真似を笑う諺「うの真似をする烏水を飲む」。鸕鷀の文字は本草綱目にも所見。一四 烏の声に擬した。一五 艶姿。一六 やせ細った形容。一七 情交の深いさま。一八 互に手枕を交して。一九 美濃と近江の寝物語の語路。二〇 縁は異なものだから。二一 各釈迦の十大弟子で、弁舌第一、知恵第一、神通第一といわれる。上から肌をふれるとつづく。二二 当時の通言で、「ない」の意。中橋は江戸の大通り京橋と日本橋の間にあった橋。早く橋はなくなって、地名のみ残る。二三 六道の一。こ

ば、一ぷくにても験《しるし》あるべし」と申(し)上(ぐ)れば、閻王暫《しばらく》御思案《しあん》あり、「イヤ〳〵、近年の医者どもは、切[一]つぎ普請《ぶしん》の詩文章でも書(き)おぼへ、所[二]まだらに傷寒論《しやうかんろん》[三]の會《くわい》[四]が、一ぺん通り濟《すむ》やすまずに、自《みづから》[五]古方家或は儒医《じゆい》[六]などゝは名乗れども、病は見えず藥は覚えず、漫《みだり》に石膏《せきかう》[七]・芒消《ばうせう》[八]の類を用(ゐ)て殺《ころす》ゆゑ、死(ん)で此土へ來るもの、格別《かくべつ》に色も悪《わる》く瘦《やせ》おとろへて、正眞《しやうしん》[九]の地獄から火を貰《もらひ》に來たと云ふやうな形《なり》になる事、是皆當世の医者共、己が盲《めくら》はかへりみず、仲景《ちうけい》[一〇]・孫子邈《そんしばく》[一一]・張子和《ちやうしくわ》[一二]など同じやうに心得て、鸕鷀《う》[一三]の眞似《まね》をする烏《からす》なれば、かあいや[一四]路考も藥毒《やくどく》に中《あたり》て死(ん)だらば、花の姿[一五]も引(き)かへて、火著《ひばし》[一六]に目鼻《めはな》と瘦《やせ》おとろへば、呼(び)寄(せ)てから詮《せん》もなし。何とぞ無事に取(り)寄(せ)て、互《たがひ》[一七]ちん〳〵ち[一八]がひの手枕《たまくら》に、娑婆《しやば》[一九]と冥途《めいど》の寐物語《ねものがたり》、縁《ゑん》[二〇]につるれば、日の本の若衆の肌を、冨《ふ》[二一]樓那《るな》の弁《べん》、舎利弗《しやりほつ》が智惠《ちゑ》、目蓮《もくれん》が神通《じんづう》をかりてなりとも、片時《へんし》もはやく呼寄《よびよせ》て、朕《ちん》が思ひをはらさせよ」と、しほ〳〵として宣《のたま》へば、さしもの十王方便《てだて》に尽(き)、「もはや我ゝが智惠《ちゑ》も中橋《なかばし》[二二]なれば、此上は修羅道《しゆらどう》[二三]へ使を立(て)、太公望《たいこうぼう》[二四]・孔明《こうめい》[二五]・韓信《かんしん》[二六]、張良《ちやうりやう》[二七]・孫子《そんし》[二八]・呉子《ごし》、武則《たけのり》[二九]・義經《よしつね》[三〇]・正成《まさしげ》、道鬼《どうき》[三一]が類の軍師どもを召(さ)れ、御評議《ひやうぎ》然(る)べし」と申(し)上(ぐ)れば、末《ばつ》座より色至(つ)て赤《あかく》、眼《まなこ》の光

鏡《かゞみ》のごとく、口耳のきわまで切(れ)て、首《くび》有(り)て形なきもの出(づ)るを見れば、人の一生の事を見届(け)て、帳に記《(しる)》す[三二]横目役《よこ(め)やく》、[三三]見る目と云(へ)る者なり。

閻王の前にすゝみ出(で)、「かた〳〵の御評議御尤には候得ども、[三四]是式の事に修羅道《しゆらどう》へ人を遣(は)し、軍師どもを召(さ)れんことは、此界の恥辱《ちぢよく》といふべし。其上彼等が智謀計畧《ちぼうけいりやく》にて、此方の智恵《ちゑ》を見すかされなば、いかなる謀をなして、[三五]小夜嵐《さよあらし》の騒動《そうどう》以後、太平の地獄界、再《ふたゝび》乱世となるならば、上閻王より下獄卒《ごくそつ》に至(る)までの難義なれば、[三六]軍者を御招《まねき》は御無用たるべし。私は人の[三七]かたに居て、善悪を規《たゞす》が役目なれば、人々心に思ふ事をも、明白に是を知れり。菊之丞を初として其外の役者ども、舩遊《ふなあそび》に出(づ)べき[三八]きざし有(る)事、兼てより存(じ)たり。此[三九]虚《きよ》に乗(じ)て謀《はかり》給はゞ、やわか御手に入(ら)ざらん哉《(や)》」と、聞(く)より大王悦び給ひ、「[四〇]それ〳〵つきやうの事なめり。水邊の事なれば、いそぎ[四一]水府《すいふ》へ使を立(て)、[四二]龍王を呼(び)寄(せ)よ」。「畏候《かしこまり》」とて、数多《あまた》の鬼の中より、[四三]足疾鬼《そくしつき》とて、またゝく内に[四四]千里行(き)て千里戻《もどる》、地獄の[四五]三度仲ヶ間へ、仰(せ)付(け)られければ、兎角《とかく》する間もなく、[四六]八大《はちだい》龍王の惣頭《そうかしら》、[四七]難陀龍王参内《なんだりうわうさんだい》と披露《ひろう》させ、衣冠《いくわん》正しき其よそおひ、[四八]頭《かしら》に金色《こんじき》の龍をいたゞき、[四九]瑪瑙《めのう》の冠、瑠璃《るり》の[五〇]纓《えい》、珊瑚《さんご》虎珀《こはく》の[五一]石

の世で闘諍を事とした人の死後に堕ちる所。二四 呂尚のこと。周の武王の軍師。二五 諸葛亮。蜀漢の軍師。二六 漢の劉邦幕下の将軍。二七 劉邦の軍師。二八 共に中国の古代の代表的兵法家。二九 清原武則。源頼義に従い、安倍氏を討った(前太平記、三十)。三〇 源義経・楠正成。共に日本の代表的兵法家。三一 武田信玄の軍師山本勘介の号。三二 監督役。三三 前出(四五頁)。三四 これほどの小さいことに。三五 元禄十一年刊の小説。源平の将士らが地獄で謀反し、閻魔王の軍と戦って、討滅する筋。小夜嵐を引いて軍将らを出すことを止めるのは、地獄楽日記、一にある趣向。↓補注四五。三六 軍学者。三七 肩。俗説で、京伝の地獄一面照子浄頗梨「みるめかぐはなはよくしやばの事を日〳〵しるものゆへ」とある。三八 前兆。三九 すき。四〇 好都合な。もっけの幸。四一 水の神のいる所。竜宮城。四二 竜は仏説に想像の動物。蛇属の長で、神力をもち雲雨をおこす。その王が竜王。水府に住する。四三 速疾鬼。羅刹の一で足の早いもの。四四 俗謡曲の舎利「是なん足疾鬼が奪ひしを」。四五 三度飛脚。江戸と京阪の間を月に三回(二日・十二日・二十二日)出て、郵便の役にあたった業者。その間を六日で行く早いものであった。四六 法華経序品に、難陀・跋難陀・娑伽羅・和修吉・徳叉迦・阿那婆・摩那斯・優鉢羅の八竜王をあげる。四七 八王の筆頭。七竜頭で護法の竜神の第一位にある。四八 絵に見る如くなのがおかしい。四九 金・瑪瑙・瑠璃・珊瑚・玻璃は七宝の中、虎珀は植物性の石、瑇瑁は介甲類の甲で、共に装飾に用いる。本草家らしいならべ方。五〇 冠の後にさげる附属具。瑠璃の玉で飾ったつもり。五一 石帯。束帯用の帯。革製で、宝石類で飾っ

の帯《おび》、玻璃《はり》の笏《しやく》、瑇瑁《たいまい》の履《くつ》、異形異類《いぎやういるい》の[一]鱗《うろくづ》ども、前後をかこみ参内あり、御階《(み)はし》の本にひれ伏(せ)ば、大王はるかに御覧あり、「珍しや龍王、只今召(す)こと余の義にあらず、此大王[二]うそ恥しくも、[三]心をくだく戀人は、南瞻部州《なんせんぶしゆう》日本の地に、瀬川菊之丞と云ふ美少年あり。是を我(が)手に入れんため、さま〲と評議せしに、彼菊之丞近日船遊に出(づ)るとの事ゆゑ、水中は汝《なんぢ》が領分《りやうぶん》なれば、急ぎ召(し)捕(り)來るべし」とありければ、龍王は恐入《おそれいり》、「勅《ちよく》定の趣いさい畏り奉る。私支配《しはい》の者どもには、鰐《わに》・[四]魦魚《ふか》を初として、[五]水虎《かはたらう》・[六]水獺《かはをそ》・[七]海坊主《うみばうず》なんど、人を取(る)こと妙を得て候へば、此者共に申(し)付(け)、急に召(し)捕(り)差(し)上(げ)て、[八]宸襟《しんきん》をやすめ奉(ら)ん」と、事もなげに勅答《ちよくとう》あれば、大王[九]怡悦《いえつ》ましく〲て、「然(ら)ば菊之丞が來(る)迄は、奥の殿に引籠《ひきこもり》、天人どもに三弦彈《さみせんひか》せてなぐさまん。此砌に罪人《ざいにん》どもが見へたりとも、大抵《たいてい》輕(き)は追(ひ)返(へ)し、重きやつは先、[一〇]六道の辻の[一一]溜《ため》へ打(ち)込(ん)で置(く)べし。また最前《さいぜん》の坊主め、菊之丞に身[一二]を打(ち)し事、初は憎《にく》しと思ひしが、朕《ちん》が心にくらぶれば、若い者の有(り)そふな事なれば、再《ふたゝび》娑婆《しやば》へ返《かへす》べし。しかし此後菊之丞買(ふ)ことは法度たるべし。[一三]弁蔵・[一四]松助・[一五]菊次なんどを初として、其外[一六]湯嶋・[一七]神明に至るまで、外の者は免

てある。国性爺合戦、三「珊瑚琥珀の石の帯」。

一 魚類。二 小恥しい。三 気をもむ。四 魦は鯊に通じ、又魦に通じる。魦は「ふかざめ」のこと。五 河太郎は河童の一名。水経注などにのる水虎を河童と解してこの訓を附した。六 訓は「かはうそ」の訛。古来ばけて、人を殺すの伝説がある。七 黒く坊主の如き怪物で、海上に出て船中に杓を請う。与えれば水をかき入れて船をくつがえすという。中国の海和尚と同類か(譚海、八・燕居雑話、六など)。→補注四六。八 王の心配をなくする。九 甚だよろこぶこと。一〇 衆生が死後、この世の因業によって行く六つの道即ち地獄・餓鬼・畜生・修羅・人間・天上への岐れ道。一一 病人や年幼い罪人をおいた牢。ここはそれにならい、罪人をためておく牢。一二 堕落する。一三 二代目市川門之助。新刻役者綱目「今の門之助は、始二代目の滝中秀松とて、宝暦九卯の年より、市村座へ出、同十二の冬、中村座にて、市川の門葉と成りて、弁蔵と改め、若衆形を勤め、又明和七年の霜月より、古人門之助の名を継ぐ。去りとはりゝしき仕出し、よいぞ〲」。一四 尾上松助。当時は女形。明和元年刊、水虎山人即ち源内序の男色評判記に「此頃、門之助の秀松、淀五郎の菊次、当世の七蔵、尾上松助、此四人高名の色子なり」。→補注四七。一五 沢村菊次、後の二代目沢村淀五郎のこと。若衆細見三つ朝にも堺町の大竹屋弥七(初代淀五郎)かかえで、沢村菊治として見える。→補注四八。一六 湯島天神近辺。東京都文京区。塵塚談「男色楼芳町を第一として、木挽町・湯島天神・糀町天神・塗師町代地・神田花房町・芝神明前、此七ヶ所、二三十年前已前まで楼あ

りけり、近歳は四ケ所絶えて芳町・湯島・神明前のみ残れり」。一七 芝神明宮前。東京都港区。
一八 浄瑠璃の序の切れの体で収めてある。

許なるぞ」と勅定ありて、一八 御簾《れん》さつとおりければ、龍王は水府に帰り、皆〻退出したりけり。

根南志草一之巻終

根南之久佐二之巻

抑[一]狂言の濫觴《らんしやう》[二]を尋(ぬる)に、地神五代[三]の始、天照太神《あまてらすおほん(がみ)》[四]此日の本を治《おさめ》給ふに、御弟素戔嗚尊《そさの(をのみこと)》[五]、御性質《うまれつき》甚(だ)きやん[六]にてましませば、何事も麻布《あざぶ》[七]にて、様〻ど[八]うらくをなし給ふ。太神《おほんがみ》是を愁《うれひ》給ひて、あの通の安本丹[九]にては、行末心もとなしとて、色〳〵御異見ありけれども、「久[一〇]しいもんじや。ソリヤないぴい」などとて請(け)付(け)[一一]給はず、後にはいろ〳〵の悪[一二]あがき長じければ、太神《おほんがみ》慍《いかり》[一三]まして、天石窟《あまのいはや》に入(り)まして、磐戸を閉(ぢ)て籠《こもり》給ふ故に、六合《くに》の内常闇《とこやみ》にして、昼夜の相代《わいだめ》[一四]をも知らず、初の程は行燈・挑灯にても用を弁[一五]じけるが、何[一六]が家〳〵にて昼夜不断とぼす事なれば、俄《にわか》に蠟燭・油の切[一七]もの、次第に直段《ねだん》は高間《(たかま)》[一八]が原、神の力にも自由にならぬは金銀なれば、中[一九]以下にては、挑灯とぼすことなどもならざれば、馬士《(まご)》[二〇]の神・車《くるま》引の神などは、あ[二一]られぬ所へ引(つ)かけて、神[二二]ンたゝきに扣《たゝき》合(ひ)、神抓《かんつかみ》に抓《つかみ》合(ひ)、町〳〵小路[二三]〳〵にて、喧咙《けんくわ》のたゆる隙《ひま》

一 歌舞伎狂言。二 はじまり。孔子家語「江始メ岷山ヨリ出ヅ、其ノ源以テ觴ヲ濫ス可シ」。三 我が国の神代、天神七代に対し、天照太神・天忍穂耳尊・瓊々杵尊・彦火火出見尊・鸕鷀草葺不合尊をいう(釈日本紀)。四 書言字考「アマテラスヲホンガミ」。五 書言字考「ソサノヲノミコト」。「嗚」は底本「鳴」。六 勇み肌。七 気の程がわからぬ意の成語。→補注四九。八 放蕩。九 馬鹿。一〇 ふるくさい。聞きあきた。一一 意見を聞き入れない。一二 悪業。いたずら。日本書紀にある重播種子・毀其(田)畔・放天斑駒などのことをさす。一三 神代紀のこの条に「由レ此、発レ慍乃入二于天石窟一、閉二磐戸一而幽居(コモリマシヌ)焉、故六合(クニ)之内、常闇而不レ知二昼夜之相代(アヒカハルワヤモ)一」。一四 区別。一五 間にあわせたが。一六 何といっても。一七 品切。一八 高天原。値段が高いと、神代の世界の高天原をかける。一九 中流の階層以下の人々。二〇 高天原なので神をつけた。馬士や車引の労働者など。この所万事、当世を神代風にいう滑稽である。二一 とんでもない所へ馬や車をぶっつけて。二二 神の行動と見立て、「神集(つど)集へたまひ神議(はか)議りたまひて」(六月晦大祓祝詞)の類におかしくいったもの。二三 大通りより引込んだ小道。二四 闇夜の礫など同じく、わからぬ意の成語。ここは文字通り、闇夜でめくらめっぽうにたたき合うことでもあっておかしい。二五 訴訟事にしても。二六 弁別しがたい、動きがとれぬ意の諺。二七 どっちがよいやら悪いやら。二八 前出(四七頁)。二九 家主。三〇 訴訟を中止して、下げること。三一 そまつな衣服。三二 倹約。三三 あての違う意の諺。三四 ここでは特に吉原をさす。三五 遊里の夜間営業。吉原では昼は九ツより七ツまで、夜は六ツ(午后六時頃)から四ツ(十時

もなし。されども闇夜《やみよ》の盲《めくら》打、誰《たれ》相手と云ふ事も知れず、公《おほやけ》へ持(ち)出しても、くらがりに牛つないだ様にて、是非のわかちも付(け)がたければ、先《(まづ)》世の中の明るく成(る)までは、名主の神大屋の神へ御預との事なり。扨また世間のつきあひ等は、麁服《(そ)ふく》にても目に立(た)ねば、始末《しまつ》にはよけれども、或はいつ何日《(いつ)》に御出合申(す)べしといふ事も、正眞《(しやうしん)》の闇夜《やみよ》の鉄炮《てつぽう》にて、あてどもなく、物を洗《あらふ》ても、火であぶるより外は干《ほす》べき手だてもあらざれば、士農工商《しのうこうしやう》の神〳〵、業《わざ》を勤(む)る事もならず、中にも色里にては、いつを夜みせと時も知れねば、物日などゝいふ事もなく、花の時やら燈籠《とうろう》やら、わけもなくなりゆき、客も初の程はしつぽりとして、結句能(い)などゝて來るものも多かりしが、次第に世間かまびすしくなりければ、後には遊(ぶ)者もなく、太夫・格子・さんちやより、河岸女郎に至(る)まで、さしも多かりし馴染《なじみ》の客も、科戸《しなと》の風の、天《あま》の八重雲《(やへぐも)》を吹(き)はなつことのごとく、繁《しげ》木が本《(もと)》を、燒鎌《やいがま》の敏鎌《とがま》を以て打(ち)掃《はら》ふ事のごとく、こととふ者もあらざれば、忘八《くつわ》夫婦《ふ》は頭痛《つう》八百、やりて・若い者などを呼寄《よびよせ》、「コリヤマアどふしたらよかろふ」と、四人額《ひたい》に皺《しは》をよせ、八の耳をふり立(て)て、色〳〵評《ひやう》議の詮《せん》もなく、口に諸〳〵の噂はすれども、目に諸《もろ〳〵》の客を見ず、借《さがり》の有(る)茶屋・舩宿は、拂(ひ)給へ清《きよ》め給へとせがむべき相手もなく、

頃)までの許可を、九ツ(十二時頃)までにし、九ツに四ツの拍子木を打って引ケ四ツとよんだ(吉原大全など)。 三六 紋日。祭日や節句の日をえらび、遊女の必ず売らねばならぬ日と定めたので、殊に賑わしかった。この頃の吉原の物日は吉原大全の吉原年中行事の条などに見える。 三七 吉原で春毎に、中の町に花を植え、青竹で欄干を作り、にぎやかにする催。↓補注五〇。 三八 吉原で毎年七月一日より盆にかけて、中の町茶屋で、揃の灯籠、つづいて思い思いの灯籠を飾った催。↓補注五一。花・灯籠の間は、その見物も廓に入って殊ににぎやかであった。 三九 情趣があって。 四〇 やかましく。古事記の天岩戸の条「是に万の神の声(おとなひ)は、さ蝿なす皆涌き、万の妖悉におこりき」。 四一 吉原最上位の遊女。 四二 第二位の遊女。 四三 散茶。初めは太夫格子などと違い、揚屋入せず客をとり、客を振らぬを立前とした吉原独得の遊女。↓補注五二。 四四 吉原の堀側の河岸と呼ばれる所にあった局女郎。即ち最下位の遊女。 四五 吉原では、三度目からの客をいう。 四六 以下六月晦大祓の祝詞による。↓補注五三。 四七 訪問する。大祓に「語(こと)問ひし磐根樹立」。 四八 女郎屋。書言字考「忘八(クツ)或ハ云フ、孝弟忠信、礼義廉恥、八ノ者ヲ忘ル、故ニ名ヅクト」。 四九 甚だ苦にやむこと。 五〇 上級の遊女について、身の廻りや客席を世話監督する年ゆきの女(吉原大全など)。 五一 まわし方。女郎屋で客あしらいの男(吉原大全など)。 五二 大祓の祝詞「高天原に耳振り立て」。四人なので八となる。 五三 祓の言葉「口に諸の不浄を云はず、目に諸の不浄を見ず」のもじり。 五四 勘定の未払のもの。 五五 引手茶屋。 五六 隅田川一帯の水上交通用の船をあつかう店。ここは専ら吉原通の為の山谷堀の宿

[一]牽頭《たいこ》が貰ふた[二]紙花《かみばな》も、[三]坎艮《かんごん》・震巽《しんそん》の卦《け》に當(つ)たとの悔言《くやみごと》、其外上下押《おし》なべて、勝手によいといふものは、只鼠《ねづみ》と朝寐好《あさねずき》の男より外にはなし。是では世間[四]さゝほうさになりてたまるまいと、[五]八百万《をよろづ》の神天《あま》ノ安《やす》ノ河邊《かはべ》に會《たちつどひ》て、色〳〵評義ありけれども、さして[六]尤らしき事もきこえず、或は「石匠《いしや》に入札させ、天窟屋《あまのいはや》を切(り)開(か)ん」といへば、「イヤ〳〵若《もし》太神《おほんがみ》怒《いかり》給ひて飛(び)去(り)給はゞ、甚(だ)難澁《なんじう》なるべし」と、評義さらに一決《けつ》せざりし處に、[七]近松氏の祖《とをつをや》、[八]思兼《おもひかねの》神《かみ》進(み)出(で)て宣ひけるは、「中〳〵外の事にて御機嫌は直(り)給ふまじ。太神常に[九]狂言を好(み)給へば、岩戸の前にて狂言を初(め)なば、極(め)て岩戸を開かせ給ふべし」と申(し)ければ、皆〳〵「至極尤なり。是は慥《たしか》に當《あたり》そふな[一〇]趣向《しゆこう》なり」とて、扨《さて》役者をぞ撰《えらま》れける。

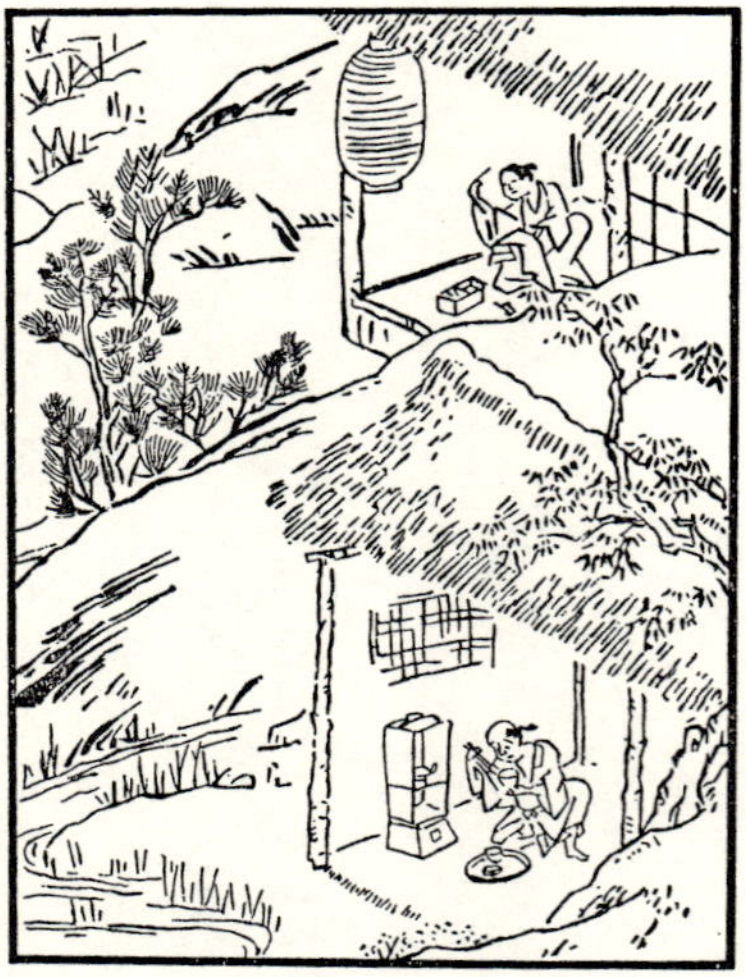

[一一]先《まづ》[一一]立役《たちやく》・[一二]荒《あら》事・[一三]角《すみ》かづらにての[一四]一《い》ち枚看板《まいかんばん》、[一五]手力雄《たぢからをの》神《かみ》、[一六]丹前《たんぜん》所作事・[一七]やつし色《いろ》

をさす。[二七] 金を払えと、祝詞の言葉をかけてある。[二八] やかましくいう。

一 太鼓持。遊客を案内し、芸でもてなす男芸人。二 花は心づけ。遊里の客の太鼓持やりてへの心づけに、一時鼻紙を与えて、後で金とかえる習があった。一枚一分の計算。三 坎艮は ☵ ☶ の卦。震巽は ☳ ☴ の卦。ここは卦の表にかかわらず、ただ巽を損にあてたもの。四 無茶苦茶。紙花のもらいぱなしで、金にかえようがない。五 神代紀「于レ時、八十万神、会二合(カミツドヒ)於天安河辺(カハラ)ニ」。六 筋の通った説も出ない。七 近松門左衛門を始め、近松姓を名のる歌舞伎浄瑠璃作者が多いので、狂言作者の先祖ぐらいの意。八 天岩戸の時、太神引出しの計を考えた思慮深い神。九 この所、歌舞妓事始(宝暦十二)などによるか。同書「抑歌舞妓の起は、天照大神天石窟に入り、磐戸を閉ぢて幽居、ゆゑに六合(くに)の内常闇にして、昼夜の相代るも知れざりき。此時に猿女君の遠祖、天鈿女命、則手に茅纒の矟(ほこ)をもち、天石窟戸の前にたつて、巧に俳優す。此とき天照大神聞えのたまはく、いかんぞ天鈿女命、斯のごとく嘘楽するやとのたまひて、乃御手をもつて、磐戸を細開けて、これを窺し給ふ、是歌舞妓の根元なり」。一〇 工夫。一一 歌舞伎の役柄の一。古今役者大全「立役といふ事は、全体女形の外は、実事仕、てき役、道外迄一くるめの号なれども、自然と其かしらにたつ故、実事仕の事のみになれり」。一二 立役の一つに荒事仕というがあり、勇武な英雄や怪異の物凄さを演ずる。一三 かずらの一。角を入れた前髪の形。一四 勘亭流で演題を書いて入口に立てる名題看板のこと。ここはその上部に絵姿がのる一座の中心の立役のこと。一五 この時、岩戸事師には、天児屋命《あまつこやねのみこと》[一八]、敵役《かたき》[一九]には太玉命《ふとたまのみこと》[二〇]、わけて其頃名も高き黒極上〻吉[二一]、女房[二二]方・娘方・おやま、所作事引(つ)くるめて若女形[二三]のて[二四]つぺん、天鈿女命《あまのうずめのみこと》[二五]、其外居[二六]なり・新下り[二七]、惣座中残(ら)ず罷(り)出(で)、第四番[二八]

目まで仕(り)、御目にかけまするとのはり紙、明日顔《かほ》[二九]見せと聞(き)つたへ、諸見物山のごとく詰懸《つめかく》れば、芝居の内より茶屋[三〇]の門〳〵、それ〴〵のひいき[三一]の定紋付(け)たる挑灯は星《ほし》のごとく、天香山《あまのかぐ》[三二]の五百箇眞坂樹《いをつまさかき》を植《うへ》て気色《けしき》をかざり、常《とこ》世《(よ)》の長鳴鳥《なきどり》を吸ものにして呑掛《のみかく》れば、常闇《とこやみ》の世も明《あけ》たる心地、神〳〵はいさみをなし、思ひ〳〵の積《つみ》[三三]物、天神組《てんじんくみ》[三四]・地神組と左右にわかち、花[三五]をかざりきらを尽《つくし》けるが、いつ[三六]あくるともなく、約束の刻限《こくげん》に成(り)ければ、木戸口[三七]はどや〳〵もや〳〵、錐《きり》[三八]を立(つ)るの地もなく、誠に[三九]天地開闢《ちかいびやく》以來、かゝる大仕組《(しぐみ)》[四〇]はあるまいと、知るも知らぬも、老(い)たるも若きも、我一との人群集《くんじゆ》、式三番[四一]も終

を開き大神をつれ出した大力の神。一六 風流な踊の入った舞踊劇的な歌舞伎の演技。一七 身おちぶれて色事をする演技、それを得意とする立役が色事師。一八 書言字考「アマツコヤネノミコト」。天岩戸の時、祝詞を奏した藤原氏の祖神。一九 歌舞伎役柄の一。専ら悪人に扮する。二〇 児屋命と、諸準備進行にあたった忌部氏の祖神。胆玉がふといに通じて敵役にあてた。二一 役者評判記の位付の一。古今役者大全「第三極上上吉、是は名人さへ出来たらば、三人も五人もあるべし。芸の極位に至りたる儀、此内にはおのずから、無類(第二)の人もあるべし」。極・吉などの文字に白・黒の別あり、黒が上位。二二 女形のややふけ役・若娘役・遊女役。二三 前出(四二頁)。二四 ナンバーワン。最上。二五 この時、舞を演じた女神。二六 当時一年契約が普通であったが、二年以上にわたって同座に出演する役者。二七 本年の顔見世から、江戸のその劇場へ出た役者。二八 四番続の狂言の終りまで。二九 当時各座、一年毎に新構成の劇団を入れる。その初興行。江戸は十一月一日から開いた。三〇 観劇の案内をする芝居茶屋。三一 贔屓役者。三二 神代紀「聚二常世之長鳴鳥一、使二互長鳴一、掘二天香山之五百箇真坂樹一」。三三 贔屓連中が、木戸前に送って景気をつける酒樽・米の類。↓補注五四。三四 いわゆる手打連中。神々なので、天神・地祇(神)とわけたのがおかしみ。↓補注五五。三五 花やかに美しくかざり立てる。三六 常闇のこの芝居では、普通の顔見世と違っておかしい。三七 劇場の出入口。鼠木戸という。三八 元来は少しの所有地もない意が、誤用されて、群衆の甚しいさまを形容する。三九 天地開闢の話だから、「誠に」がよくきく。四〇 大がかりな芝居。四一 顔見世や正月

り、お定《さだまり》[一]の口上も相濟(み)ければ、是より天浮橋瓊矛日記《あまのうきはしさかほこにっき》、一番目より段〳〵狂言に実《み》[二]がいり、程なく第三[三]番目に至(つ)て、天兒屋命《あまつこやねのみこと》は磤馭盧《おのころ》丸、本名伊弉《いざ》[四]諾尊《なぎのみこと》の役、天鈿女命《あまのうずめのみこと》は傾城浮橋《けいせいうきはし》[五]、本名伊弉冊尊《ざなみのみこと》、つもり〳〵し揚代《あげだい》[六]、三百兩の金の代に、天瓊矛[七]を揚屋[八]が方へとられしを、太玉命は大戸之道尊《おほとのぢのみこと》の役にて、兩人の瓊矛《さかほこ》を詮議し給ふ検使《けんし》[九]の役、此處にて検使のつよさ[一〇]、兩人の愁《うれひ》の所、諸見物は感《かん》に堪兼《たへかね》、「イヨおらが鈿女《うずめ》のよ」「イヨ兒屋《こやね》様」「太玉《ふとたま》様」など、桟敷《さじき》[一一]も[一二]下も聲〳〵に、暫鳴《しばらくなり》もしづまらず。此時天照太神《あまてらすおほんがみ》聞し召(し)て、下地《したぢ》[一三]は好《すき》なりたまられず、御手を以て磐戸《いはと》を細目《ほそめ》に開(き)て、是を窺《みそなは》[一四]す。折よしと三人《みたり》の尊《みこと》立(ち)寄(り)て、岩戸を明(け)んと手をかけ給へば、太神《おほんがみ》はたてんとし給ふ。互《たがい》[一五]にえいやと引(く)力、勝負《しやうぶ》は更《さら》に付(か)ざりけり。時に向の切幕《きりまく》[一六]より、「暫《しばらく》[一七]〳〵」と掛聲《かけごへ》あり。太神《おほんがみ》御聲うるはしく、「今朕《ちん》が岩戸《いはと》をたてん、いやたてさせじと争《あらそふ》ところに、暫《しばらく》と留(め)て出たは何者なるぞ」と宣ふ内、拍子木《ひやうしぎ》俄《にわか》にわた〳〵〳〵、大[一八]薩摩尊《ざつまのみこと》浄瑠理《じやうるり》をかたり給へば、切幕《きりまく》をさつと明《あけ》、柿《かき》[一九]のすはうに大太刀はき、市川流[二〇]の㒵《かほ》のくまどり[二一]、「鬼か」「イヽンニャ」「神か」「ム、エイ手力雄尊《たちからをのみこと》だ[二二]モサア」とせりふに、味噌[二三]を八百万《やをよろづ》[二四]程上(げ)て、つか〳〵と立(ち)寄(り)、何の苦《く》もなく岩戸を取(つ)てつまみ砕《くだき》、天照太神《あまてらすおほんがみ》を引(き)出し奉る。中《なか》[二五]

の初の芝居でする三番叟。→補注五六。

一 太夫元・座頭などが新座員を紹介し各挨拶する式。二 熱をおびて来。三 一番山をなす所。原本「伊弉諸」。今改めた。四 各〻天神七代の神々に扮している。五 神代紀の天浮橋による命名。六 遊女を呼んだ代金。この頃の芝居は必ずの如く傾城の出る所があったのを模した。七 神代紀に見える矛だが、歌舞伎で問題となる宝刀などの気持。八 遊女を呼んで遊ぶ家。九 実情調査の使者。歌舞伎では多く悪人がこれにあたる。一〇 きびしさ。一一 上等の見物席。上下にわかれ各〻に名前がある(劇場新話など)。一二 土間・切落など下等の見物席を総称した(劇場新話など)。一三 諺に「下地は好なり、御意はよし」。根が芝居好。一四 神代紀「窺之(ミソナハス)」。一五 草模引に摸した。一六 戯場訓蒙図彙「花みちの出入り口にかゝる花いろ地に白にて座元の定紋を大紋にてそめ出す」。一七 江戸で発達した荒事芸の典型的な一演出の「暫」のさまをうつしてある。→補注五七。一八 大薩摩節は江戸の大薩摩主膳太夫の初めた豊後浄瑠璃の一。剛健なかたり口で、芝居音楽としてつづいた。暫にはきまりの節。何でも尊としたのが滑稽。一九 柿色の素袍。暫定めの扮装。二〇 暫の演出は初代市川団十郎の参会名護屋でまず形が定まり、二代目団十郎が続いて、扮装や形式を整理したものである(河竹繁俊著歌舞伎名作集下など)。二一 歌舞伎の扮装の一で、主に顔面に役柄に応じて青・赤・黒で、色どったもの。二二 関東のいわゆる「モサ」言葉を用いる。→補注五八。二三 手前味噌。自慢。二四 暫のつらねの段をさしたもの。二五 沢山。二六 神代紀「於レ是、中臣神・神代なのでいう。

臣神《とみのかみ》・忌部神端出之縄《いむべのかみしりくめなわ》を引(き)渡す。日の神出(で)させ給ひければ、昔のごとく明るくなり、人の面[二六]しろ〳〵と見えしより、芝居を見て面白《おもしろ》やといふ事は、此時よりぞ始りける。

扨また同じ神代に、彦火〻出見尊《ひこほゝでみのみこと》[二七]の太夫元《たゆふもと》[二八]にて、火酢芹命《ほのすそりのみこと》[二九]など狂言興行ありけれども、金元《かねもと》なかりし故に、赭《そぼに》[三〇]とて赤き土を、手にぬり貞《かほ》に塗《ぬり》て勤(め)られしかども、一向に入もなくて、太夫元の名代《(なだい)》[三一]もつぶれける。又翰林葫蘆集《かんりんころしう》[三二]などを考(ふ)れば、古は神樂《かぐら》とも云(ひ)しを、聖德太子《しやうとく》[三三]、神樂の神の字の眞中《まんなか》に墨打《(すみうち)》[三四]をして、秦河勝《はだのかはかつ》[三五]に鋸《のこぎり》にて引割《ひきわら》せ、是を名付(け)て申樂《さるがく》[三六]といふ。其後の人、申《さる》[三七]の字の首《くび》と尻尾《しつぽ》とを打(ち)切(り)て、田樂《でんがく》[三八]と号して專《もつぱら》行(は)れけり。其後は田の字の□《かこみ》をとりて、十樂など〻も名付(く)べきを、永祿[三九]の頃出雲《いづも》[四〇]のお國といへる品《しな》[四一]者《もの》、江州[四二]の名古屋三左衛門[四三]となんいへるまめ男[四四]と夫婦となり、哥舞妓《かぶき》と名をかへ、今様[四五]の新狂言を出す。夫より千変万化《せんぺんばんくわ》に移《うつり》かはり、江戸は江戸風、京は京風と分れ、物の名も所によりてかはるなり[四六]、浪華《なには》の芦屋道満《あしやどうまん》[四七]が、伊勢座[四八]から名[四九]古屋の繁昌《はんじやう》、安藝《あき》[五〇]の宮嶋、備中《びつちう》[五一]の宮内《(みやうち)》、讃岐《さぬ》[五二]の金毘羅《こんぴら》、下總ノ銚子《てうし》[五三]まで、行(き)渡らぬ所もなく、三歳の小兒も團十郎[五四]といへば、にらむこと〻心得[五五]、犬打(つ)[五六]童もぐに[五七]やつく事は、冨十郎[五八]なりと覚ゆ。されば太平の世の翫《もてあそび》、人を和する

忌部神則界二以(ヒキワタシ)端出(シリクメ)之縄一」。二六 古語拾遺「当二此之時一、上天初晴、衆倶相見、面皆明白、伸レ手歌舞相与称曰、阿波礼阿那於茂志呂(アハレアナオモシロ)」。二七 瓊々杵尊の第三子。神代紀の山幸海幸伝説の山幸。二八 演劇興行する名義人。江戸では座元がかねていた。二九 海幸にあたる彦火々出見尊の兄。この所古今役者大全によったか。→補注五九。三〇 大全訓「そほに」。赤色の土。三一 興行権の所有者。三二 禅僧の景徐周麟(一四四〇—一五一八)の漢詩文集。十七巻。以下のことは同書十一巻「観世小次郎画像」にあり、猿楽伝記も既に所引。→補注六〇。三三 用明皇子。推古の皇太子で、飛鳥文化の中心人物(五七四—六二二)。三四 墨縄で線を引くこと。太子を大工の祖とする俗説によっていう(草蘆漫筆など)。三五 推古期に、秦氏を起した人(新撰姓氏録)。三六 猿楽。早くは神楽の余興の雑技。後に能楽の称となる。三七 倭訓栞「或説に神楽を析て申楽とし、申楽を削りて田楽とすともいへり」。三八 中世に流行した品玉(しなだま)などを加えた一種の遊芸。三九 正親町天皇の代の年号(一五五八—一五七〇)。四〇 歌舞伎の始祖といわれる。慶長年間の人。この所、古今役者大全による。→補注六一。四一 美人。四二 近江。滋賀県。四三 名古屋山三郎と同人を異称で伝えたものか。→補注六二。四四 好色男。四五 新風。当世風。四六 諺「物の名も所によりてかはるなり難波の蘆は伊勢の浜荻」による。四七 浄瑠璃の芦屋道満大内鏡などに出る人物。実在の平安朝の陰陽師。四八 伊勢古市(今の伊勢市)の中の地蔵の芝居をさす。→補注六三。四九 名古屋の若宮八幡・清寿院境内などにあった芝居。→補注六四。五〇 広島県厳島神社のある島。→補注六五。五一 岡山県吉備津神社の門前町。→補注六六。

の道にして、孟子にいわゆる、[一]世俗《せぞく》の樂《がく》たりとも、また捨《すつ》べきにはあらず。しかはあれども、[二]高貴の人 自《みづから》其わざを学び、[三]烏帽子《ゑぼし》の緒《を》を掛《かく》る顔《かほ》を、紅白粉《べにおしろい》にて塗《ぬり》よごし、[四]政《まつりごと》をも談《だん》ずべき口にて、せりふなど吐《はき》出して、みづから樂《(たのしみ)》とおぼゆるは、片はらいたき事なり。或 愚《おろかなる》人、我死(し)て先の生《(しやう)》は松魚《かつを》になり度(し)といへるを、傍《かたはら》の人聞(き)て、何故松魚《かつを》になり度(き)やといへば、松魚はうまきものなればなりといへるに同じ。松魚も喰ふてこそ味あるべけれ、我松魚《かつを》になりて人に喰(は)れては、我はうまくはあるまじ。狂言も役者にさせて見るはよし、自《みづから》是をするとも面白(く)はあるまじきことなれども、[五]樂はまた其中に[六]有馬筆《(ありまふで)》、[七]人形まわしや狂言にて、日を暮す貴人の心の、樂とする處の[八]ひれつなる事は、我(が)心に問(ひ)て知(る)べし。[九]曾子《そうし》は飴《あめ》を見て老を養(は)んことを思ひ、[一〇]盜跖《とうせき》は是を見て錠《ぢやう》をあけんことを思ふ。下戸は萩《はぎ》を見て[一一]ぼた餅を思ひ、歯なしは淺漬《あさづけ》を見て[一二]蔊菜卸《わさびおろし》を思ふも、皆人〲の好(む)處へ、[一三]情の移《うつる》が故なり。[一四]好《すき》こそ物の上手なりとて、[一五]親好《おやずき》は孝行の名を上(げ)、主好は忠臣の名を殘す。是等の好は[一六]積《つむ》ことをいとはず。其餘の事は好なりとて、心をゆるす時は害《がい》をなすこと少からず。食は躰《たい》を養ふ物にして、過《すぐる》時は命をそこない、[一七]酒は愁《うれひ》をはらふといへども、[一八]内損《ないそん》の愁《うれひ》はのまぬ先の愁にまされり。火事がこわひとて、一日

三三 香川県琴平神社の門前。↓補注六七。三三 千葉県銚子市。↓補注六八。三四 市川団十郎。江戸荒事の本家。この頃四代目(一七〇八―一七七八)。三五 荒事をする故。三六 幼童。三七 ぐにゃぐにゃする。三八 若女形名人中村富十郎(一七一九―一七八六)。ぐにゃ富とあざ名された。

一 孟子の梁恵王下篇「寡人ハ能ク先王之楽ヲ好ムニアラズ、直ニ世俗之楽ヲ好ム耳」。二 当時、松平出羽守や溝口出雲守など芝居にふけったことを諷した。↓補注六九。三 官位のある人の意。四 天下一国の政治にあたる大名達をさす。五 論語の述而篇「子曰ク、疏食ヲ飯ヒ水ヲ飲ミ、肱ヲ曲ゲテ枕トス、楽亦其ノ中ニ有リ」。六 上から有りとかかる。有馬名産人形筆。嬉遊笑覧「其柄の中にからくり人形あること人形筆のごとし、この筆は津の国有馬の産物なり」。七 上の有馬筆の縁。操人形(浄瑠璃)と歌舞伎狂言。八 卑劣。行為品性のいやしいこと。九 淮南子に見える故事。柳下恵とあるを孝行な孔門の高弟曾子にかえてある。↓補注七〇。一〇 孔子と同時の大盗。一一 ぼた餅又おはぎという。↓補注七一。一二 山葵(わさび)をする用具。浅漬もおろして食したいの意。↓補注七二。一三 心が引かれる。一四 諺「好こそ物の上手なれ」。一五「好」の語で、ここの如く論をすすめる許六の蕎麦論(本朝文選所収)に学んだか。一六 いくらかさねてもよい。一七 中国からの伝えで、「酒は愁を掃ふ玉箒」の諺がある。一八 腹中を悪くする。一九 この世。二〇 益か害かは用途によっておこる。二一 仏教や朱子学の文学に対する論。道徳的宗教的によい内容は、それによって善をすすめ、悪い内容は、かくあるべからずと示す為のものと思って鑑賞創作すべしという説。二二 当時の

も火を焚《たか》ずしては、逗留《とうりう》のならぬ[一九]浮世《うきよ》なれば、[二〇]兎角得失《とかくとくしつ》はみな其用(ゐ)る處にありと知るべし。芝居も[二一]勸善懲惡《くわんぜんちやうあく》の心にて見る時は、教《おしへ》ともなり戒《いましめ》ともなれども、是に溺《おぼる》る時は、其害《がい》少からず。或はまた人の妻女の、[二二]櫛笄《くしかうがい》に役者の紋を付(け)て頭《かしら》にいたゞくを、涎《よだれ》たらして見て居る亭主《ていしゆ》の鼻毛《はなげ》、[二三]三千丈たはけによつてかくのごとく長《ながし》と、[二四]李白《りはく》に見せたら、詩にも作(り)そふな[二五]親玉《おやだま》も世に多し。

扨また役者も昔は名人多かりしが、[二六]寄年《よる》の[二七]引道具《どうぐ》には、[二八]拍子木《ひやうしぎ》の相圖もいらず、そろ〳〵あの世へ[二九]せり出し道具、[三〇]蓮《はす》の臺《うてな》へ[三一]早替《はやがわ》りしてより、[三二]堺町・ふきや町・木挽町《こびきちやう》、[三三]三方の芝居に[三四]餝海老《かざりゑび》なく、狂言の骨《ほね》も[三五]ぬけたか屋の高助を始として、名人の名をむなしく[三六]印《しるし》の石にとゞめしより、又名人と呼(ば)るゝ人の希《まれ》なるは何ごとぞや。されば諸藝《しよげい》押(し)なべて、昔の人よりおとれるは、近世人《(ひと)》の心[三七]懦弱《だじやく》にして、[三八]小利口《こりこう》にして大馬鹿《ばか》なる故なり。昔の役者は師に隨(ひ)て、隨分其業《わざ》を傳へ、昼夜《ちうや》心を用(ゐ)たるゆゑ、名を揚《あげ》しもの多し。近年の役者は、師匠と云ふも名字を貰ふ計にて、[三九]山上《さんじやう》参りの[四〇]權大僧都《ごんだいそうづ》の官《くわん》にのぼる様に心得て、[四一]気と給金《きうきん》計が高く成(り)て、修行《しゆぎやう》すべき藝《げい》は学《まなば》ず、兎角女に思ひ付(か)るゝを第一とし、我より目上なるをも非《ひ》に見なし、[四二]味噌を上(ぐ)ればよいことゝ心得て、[四三]作者の詞《ことば》をも用(ゐ)ず、[四四]縦一花《たとへいつくわ》の思ひ付にて、[四五]評判《ひやうばん》を取(る)といへども、其おと

流行。談義本にも諷する所である。↓補注七三。
二三 李白の詩「照㆑鏡見㆓白髪㆒」に「白髪三千丈、縁㆑愁如㆑箇長、不㆑知明鏡裏、何処得㆓秋霜㆒」。鼻毛をのばすとは女房に甘い意。
二四 杜甫と並称される中国最高の詩人。
二五 あんぽんたんの親玉。
二六 年寄って人生を退場する意。
二七 劇場の仕掛の一。大道具や俳優を乗せたままで左右や後へ移動できるようにした車つきの台。
二八 引道具を動かす相図にうつ拍子木。
二九 舞台や花道の一部で、しかけで上下するように作った所。亡霊や妖術つかいの出現や、突然姿を消す時など、役者をのせて上下する。現世から死んで姿をけすの意。
三〇 極楽では蓮台の上に座すという。
三一 一人の役者が、一つの場面で、二人以上の役に急にかわる演出法。ここはただ早く替るの意。
三二 共に江戸の劇場街。各中村座・市村座・森田座の大芝居があった。
三三 前の三町三芝居を、正月に飾る三方にいいかけた。
三四 宝暦八年に没した江戸の名物二世市川団十郎(海老蔵)を、正月の餝海老と見立てた。
三五 助高屋高助。名人立役初代沢村長十郎(一六六四—一七五六)が宝暦三年より用いた号。狂言の中心である名人が死んだ意をかける。
三六 墓石。
三七 いくじなし。
三八 少し利口なのがかえって。
三九 山上ヶ岳即ち大峰へ、峰入といって参詣すること。
四〇 この経験者は、先達とて、庶民も僧綱を称した。これをかりの位だけ高くなるのたとえにした。
四一 気位を持ち、いわゆる千両役者になる(給金のこと芝居乗合話に詳しい)。
四二 牛馬問、一「近年東都より時花出し、尾州辺にも自慢する事を、ミソヲアゲルといふ」。
四三 狂言作者。この頃役者の権力強くなり、作者が従となった悪弊は、芝居乗合話などに見える。↓補注七四。
四四 一時さかんな人気。

ろへの早きこと、鉄炮《てつぽう》の玉に帆《ほ》を掛《かけ》たるがごとし。是皆心を用(ゐ)る事疎《うとき》が故なり。今は昔[一]沢村小傳次といへる若女形、河内《かわち》の[二]藤井寺の[三]開帳へ参りて、[四]小山といふ處に宿しけるが、小傳次曰(く)、「一日[五]竹輿《かご》にゆられて、[六]血暈《ちのみち》がおこりし」といへるを、連《つれ》にて有(り)ける、[七]竹中半三郎・[八]小松才三郎・[九]尾上源太郎など、笑(ひ)ていわく、「いかに女形なればとて、男に血暈《ちのみち》とは」と腹《はら》をかゝへけるを、其座に[一〇]西鸖《さいくわく》も居合(せ)けるが、大に感《かん》じて曰(く)、「稚《おさなき》より形《なり》も詞《ことば》も女のごとくならんと、日頃にたしなみしより、[一一]仮初《かりそめ》の頭痛《づつう》を血暈《ちのみち》と覚えしは、扨〳〵[一二]しほらしき事なり」といへるとなり。実《げ》に其業《わざ》を専一に勤(む)るものは、皆ゝかくのごとくありたきものなり。然(ら)ば敵役《かたき》は常《つね》に人をいじめ、或は芝居でするごとき悪工《わるたくみ》をして、日に二三度も[一三]本《(ほん)》に殺《ころさ》れても見るやと、理屈《りくつ》いふべけ〔れ〕ども、是又左にあらず。悪き事は似せる事易《やす》し、譬《たとへ》芝居でなくとも、悪人になるは何の[一四]ぞうさもなき事なり。只善に移《うつ》る事は、勤(め)ずんばなりがたし。殊に男にて女と見せる事は、至(つ)て心を用(ゐ)ずんば、上手には成(り)がたし。小傳次がたしなみ誠に感《かん》ずべき事なんめり。近年は若女形にて、舞臺《ぶたい》へ出(で)たる處はやさしくも見ゆれども、常の身持は、けふもあさつても[一五]鮫鞘《さめざや》の大脇指を[一六]ぼつこみ、うでまくりして、茶碗《ちやわん》で[一七]清左《せいざ》を[一八]もぢりちらし、[一九]無上に[二〇]たれを[二一]かきさ

四五　好評をうけても。

一　初代小伝次。沢村長十郎の兄で、元禄期の俳優。初め若衆方、後に若女形。この話は古今役者大全、五など。→補注七五。

二　大阪府南河内郡の古刹。西国五番の札所。本尊千手観音。

三　本尊の扉を開き礼拝させる仏事。

四　藤井寺近く、大和川の南岸。　五　駕籠に同じ。

六　月経の異常に原因する眩暈・頭痛・発汗などの症を広くいう。

七　天和貞享頃の若衆方(貞享三年難波立聞昔語・なにはの良はいせの白粉など)。

八　若衆方か。西鶴の男色大鑑に見える。

九　延宝天和の頃の若衆方(伊原敏郎著歌舞伎年表)。　一〇　井原西鶴(一六四二―一六九三)。元禄期を代表する大阪の俳諧師兼浮世草子作者。また演劇通。

一一　つい一寸した。　一二　かわいらしい。

一三　本当に。原本「いふへけども」。意によって「れ」を補。　一四　手数がかからない。

一五　鞘や柄をさめの皮で巻いた太刀。詳しくは鮫皮精鑒録に見える。伊達な指料。

一六　無造作にさし。

一七　酒の隠語(操芝居関係から出て一般化した。風俗八色談、二・無量談など当時に所見)。

一八　食うことの隠語。源内の誤りで、酒をのむのは「けづる」というべきである。粋のたもと(安永九)せんぼうの条「くふ事ヲもじる」。教訓不弁舌(宝暦四)、一「けづる　酒をのむ事」。

一九　やたらに。無性のあて字か。

二〇　女の隠語。粋のたもと「おなごヲたれ」。

二一　漁色する。　二二　高圧的にかけ合うこと。

二三　口悪く文句をならべること。　二四　しなし。行動。　二五　甚しい相違のたとえ。普通は、「月と

がしまわした跡での[二二]はりこみ[二三]惡たい、舞臺《ぶたい》で見た時の[二四]仕打《しうち》とは、[二五]お月様とひし餅、下駄と人魂《ひとだま》程遠ふたるよし、假《たとへ》一應評判よくとも、名人の名を得る事には至りがたかるべし。

かゝる中にも[二六]蓮葉《はちすば》の、濁《にごり》にしまぬ[二七]玉の姿《すがた》、瀬川菊之丞となんいへる若女形あり。此人先菊之丞が[二八]実生《みせう》には[二九]あらがねの、[三〇]土の中より掘《ほり》出したる[三一]分根《わけね》なるが、[三二]二葉の時よりも、生立《おひたち》[三三]野菊の類にあらずと、評判は[三四]高作《たかつくり》、器量《きりやう》は外に[三五]並《ならび》夏菊ともてはやされ、今[三六]三ヶ津に、此歳にして此藝《げい》なしとの[三七]是沙汰《(これざた)》、末頼もしき若者にてぞ有(り)ける。頃しも[三八]水無月の十日あまり、わけて今年は去(り)し頃、[三九]霖雨《りんう》の降《ふり》つゞきて、俄《にわか》に照《てり》あがりたる跡なれば、暑《しよ》はいつよりも強《つよく》、[四〇]風見《(かざみ)》は[四一]作(り)付(け)たるがごとく、[四二]草は画《ゑがけ》るに似たり。道行(く)人は[四三]汗となりて消(え)なんかと苦《くるしみ》、犬の舌《した》は[四四]解《とけ》て落(ち)んかと疑《うたが》ふ。人〳〵暑をさけん事をのみはかりけり。菊之丞も我(が)家にありて、暑《あつさ》をなん苦《くるしみ》居ける處に、同じ若女形荻野八重桐來りけるが、[四五]同座の勤といひ、共に戴《いたゞく》[四六]紫《むらさき》ぼうしの、[四七]ゆかりの色も有(る)中なれば、心置(く)べきにしもあらず、そこらを[四八]三保の松ならで、[四九]羽衣《はごろも》をぬひで、[五〇]掛《かけ》ざほの[五一]掛かまいなく打解《うちとく》れば、菊之丞が妻は馳走《ちそう》ぶりと、後《うしろ》から扇《あふぎ》の風も既《すで》にそよ〳〵、[五二]深川にて[五三]人なれし者なれば、[五四]葛水《(くずみづ)》も[五五]つめたい所へ心を付(け)てのも

すっぽん」「下駄と焼味噌」というのを変えてある。 二六 古今、夏「はちす葉の濁りにしまぬ心もて何とて露を玉とあざむく」。 二七 美しい姿。 二八 菊を種から蒔いて作ること。根分の対。栽菊玉手箱「菊実生之事　菊の種冬至の頃に取り置き、春の彼岸頃に蒔くなり」。菊の縁語で、実子でない意。 二九 土の枕詞。あらずとかかる。 三〇 田舎より。王子の生れ。→補注二二。 三一 根を分けて菊をふやすこと。栽菊玉手箱「根分は春の彼岸を旬とする也」。ここは養子のこと。 三二 おさない時から。菊の縁語。 三三 雑草の野菊でない。 三四 人工で手入れをして美しく高く作ること。花壇養菊集に長作とあると同じであろう。→補注七六。評判が高いにかけてある。 三五 並びなしとつづく。夏菊は夏時開花する菊の種類。 三六 京・大阪・江戸。大芝居のあった所。 三七 もっぱらの評判。 三八 旧暦六月。 三九 長雨。ここは梅雨の長かったをいう。 四〇 鳥の形などを屋上・船上につけて、風の方向をしる具。 四一 少しも動かない体。 四二 草をなびかす風もない。 四三 全身汗まぶれ。 四四 だらりとたらした切りの姿。 四五 評判記によれば共に、この年市村座出勤。 四六 男髷を結った前につけていた紫ちりめんの布。左右に錘がつく。野郎帽子の変形で、女形なるを示すもの。 四七 「紫のゆかり」で縁語。女形同士で且つ関係もある中だから。 四八 謡曲の羽衣で有名な静岡県の松原。見まわしもしないでの意をこめ、下につづく。 四九 夏かたびらを三保の縁でいった。 五〇 衣紋かけ。「掛かまい」の枕にした。 五一 何の遠慮もなく。 五二 江戸で最繁栄の岡場所。そよ〳〵と吹くを「フカ」にかける。 五三 客あしらいになれた者。 五四 葛湯をひやした夏ののみ物。 五五 殊につめたく心をつけて。

てなし、一ッ二ッの物語も、半《なかば》は暑《あつさ》の噂なるが、八重桐が云(ひ)けるは、「わけて今年は暑もつよき故、涼船《すゞみ》[一]の多き事、是までになき賑《にぎは》ひなり。幸此砌《みぎり》[二]は芝居も休《やすみ》の事なれば、一日出(で)なんはいかに」と云ふ。菊之丞曰(く)、「我も兼て其望《のぞみ》ありながら、事繁《しげき》にまぎれて打(ち)過(ぎ)ぬれば、いざや一日出(で)て遊(ば)んとの催《もよほし》」。「然らば連《(つれ)》をも誘ふべし」。「しかしあまり大勢もそう〱しければ」とて、夫より來ル十五日と日を定(め)て、鎌倉平九郎[三]・中村与三八[四]なんどへ、使していひ[五]ものしけるに、何れもしかるべしとの返事なれば、いよ〱十五日早朝《そうてう》よりときはめ、船中の事などつど〱[六]に約《やく》しつゝ、八重桐は我(が)家《(や)》にぞ帰りける。

根南志草二之巻終

一 江戸で夏時に、隅田川に船を出して涼をとることが流行したのをいう。
二 節。
三 敵役の俳優。宝暦十三年にはまた市村座出勤。
四 明和元年中村富次と改めた嵐与三八のことであろう。当時女形であった。
五 いい伝えた。
六 こまごまと。

根奈志具佐三之巻

去程に[七]龍宮城には、先達(つ)て閻魔《えんま》大王の勅命を蒙りければ、急ぎ菊之丞を召(し)捕(る)べき評定あるべしと、諸の[八]鱗《うろくず》ども列を正して相詰(め)ければ、龍王仰(せ)出さるゝは、「我閻广王の[九]幕下《ばつか》に属《しょく》し、此水中界の主となり、(おほく)多の鱗《うろくず》を養ふ事、皆大王の御恩なれば、かゝる時節に忠義を尽さずんば、いつの世にかは御恩を報じ奉(ら)んや。しかはあれども、[一〇]世界をへだてゝの事なれば、容易《たやす》く取り得る事かたかるべし。(もし)若此度の御用を仕損じなば、其[一一]祟《たゝり》は三途川の[一二]川ざらへか、極樂の御[一三]修覆《しゆふく》など仰(せ)付(け)られては、近年は押(し)なべて[一四]金魚銀魚の[一五]手はまはらず、[一六]ほう〱より[一七]緋鯉《ひ》に[一八]せつかれ、世間の[一九]しびも、白魚の[二〇]ひしこと[二一]つまりし時節なれば、甚(だ)難義たるべし。若[二二]逆鱗《げきりん》つよき時は、我ゝ此水中を離《はなれ》て、いかなる所へか追(ひ)立(て)られん。もし[二三]三十三天の内などへ[二四]左迁《させん》などとある時は、道中にて皆ゝ[二五]枯魚《ひもの》となるべければ、[二六]仮初《かりそめ》ならぬ一大事、急ぎ菊之

七 竜王の都。八 魚類。九 閻魔を将軍、竜王を大名に配した言。一〇 水中界・人間界と別々。
一一 原本「祟」。誤刻として改。一二 川の浚渫作業。幕府がしばしば諸大名に命じたものである。
一三 諸大名が又、幕府に命ぜられる神社仏閣の修理にたとえた。共に大費用を要して、諸藩の苦痛であった。一四 金・銀のつもり。竜王だけに魚づくしで物をいう。和漢三才図会、四八、金魚の条「老レバ則チ又白ニ変ジテ銀ノ如シ。之ヲ銀魚ト名ヅク、本一種ナリ」。
一五 自由にやりくりができず。
一六 諸方。魚の魴鮄にかける。
一七 借銭乞のつもり。
一八 やいやいせめられ。鯉が餌の麩をいそがしそうにつつくのを、「せつく」という。
一九 首尾と魚の鮪をかける。世間向。世間に対する都合。
二〇 小さい魚類をなま乾しにしたもの。「ひっし」とつまったの語路。
二一 八方ふさがりになった。
二二 人君のいかり。韓非子の説難篇「夫レ竜ノ蟲タルヤ、柔ニシテ狎レテ騎ルベキ也。然レドモ其ノ喉下ニ逆鱗ノ径尺ナルモノ有リ、若シ人ノ之ヲ嬰スル者有ラバ則チ必ズ人ヲ殺ス、人主モ亦逆鱗有リ」。竜王が他の逆鱗をおそれる所が滑稽。
二三 仏説で、世界の中央、帝釈天のいる須弥山をめぐる忉利天のこと。結構な所だが、何しろ山行のこと魚類には迷惑であるというのがおかしい。→補注七七。
二四 位を下げて遠方へ流されること。
二五 三十三天の説明に日月山を遶るとある。これでは枯魚になるはず。
二六 軽々しくあつかえぬ。

丞を召捕《めしとる》べき思案あるべし」との仰。[一]一の上座に坐し居たる鯨《くじら》[二]ゆう〱と立(ち)出(で)申(し)けるは、「仰の通り、御上《(おかみ)》[三]の御大事此時なり。私義は身不肖《せう》ながら家がらたるを以て、代ゝ大老職[四]相勤(め)、是に並(み)居る鰐《わに》・鱶魚《ふか》なんども、家老[五]の座に連り、しび・まぐろなどは用人[六]を勤むれば、彼等とも内ゝ評議致せし處、所詮《しよせん》人界の様子委く聞(き)居(け)たる上ならでは、謀《はかりごと》は出(づ)まじく存(じ)付(き)、手下の者共の内にて、才覚《さいかく》[七]ある者どもを忍び[八]に遣(は)し置(き)たれば、定(め)て様子相知れなん」と申(す)詞も終らぬ處へ、「御注進[九]」と呼はり〱、眞黑《まつくろ》[一〇]になりてころ〱とこけ[一一]出(づ)るは、本庄[一二]邊に住居《(すまゐ)》する業平蜆《なりひらしじみ》[一三]にてぞありける。龍王は御聲高く、「彼等ごとき下郎[一四]たりとも、甚(だ)急ぎの事なれば、直《(ぢき)》[一五]に聞(く)べき」との御諚[一六]、蜆《しじみ》恐れ入(り)て口[一七]を明《あけ》、「私儀人界へ忍びの役目を承り、籠《ざる》の中へはかり込[一八](ま)れ、人の肩《かた》にかつがれ、方ゝと歴《へ》廻り、大抵《たいてい》人界の様子承りて参(り)たり。先私罷(り)通りし所は、處ゝの新道[一九]裏店《うらだな》[二〇]が第一なれば、大名小路[二一]は勿論《もちろん》、通り筋[二二]などの様子は存ぜず。先始《(はじめ)》参りし所にて、何かは知らず私をかつぎし男、『一升十五文[二三]』と申せば、歳《とし》の頃三十計の女房立(ち)出(で)、『五文にまけろ』と云ふ。かつぎし男腹を立(て)、『とつぴよふずもない[二四]。盗物《(ぬすみもの)》では有(る)まいし、半分殼《から》でもそふ[二五]は賣らない』と惡[二六]たいついて立(ち)出

一 最高の席。二 鯨の泳ぐさまを示す。三 御前様。四 家老の最上。五 藩主を助けて、藩政をすべる職。役の内容は藩によって相違するが、数名ある。六 藩主・家老の下に、政治の実際にあたる職。七 気のきいた者。八 敵陣や世情をこっそり調査探索する職。忍びの者。九 歌舞伎・操芝居などで、注進の役のいう文句。一〇 一生懸命になって。気をあせって。蜆の姿をも示してある。一一 倒れる、転ずの二義のある「ころげる」に、倒れる意の「こける」をあてて、転ずるの意に用いた混合。一二 本所。江戸の隅田川東岸一帯。今は墨田区の一部。一三 続江戸砂子「業平橋蜆　中之郷なり平橋の堀にて取ル　名産也」。業平橋は隅田川の支流「大ヨコ川」(江戸砂子)にかかる橋。一四 身分のいやしい者。一五 直接に。一六 お言葉。一七 蜆の水中で口を明けるていを用いる。口上を始め。一八 蜆は升ではかり売をする故の語。一九 大通りからわかれた小道路。地主と町会所の相談で公許を得て作る道。普通は商家が多い。二〇 道路から入込んだ長屋街。労働者など貧しい者が住む。二一 江戸の八代洲川岸から鍛冶橋御門へ出る一帯。大名屋敷が多かった。二二 江戸の大通り。大商店が軒を並べていた。二三 文は銅銭一個にあたる。二四 とてつもない。とんでもない。二五 そんなに安くは。二六 あくたれ口。罵言。二七 相当に。二八 源内は他の書でも、江戸の女の言葉の悪いことを述べている。ここもその一つ。二九 おとなしくしておればよいかと思って。三〇 大嫌いな。三一 ごてる奴。ぶつぶつ言ってうるさい奴。三二 啖呵を切る。教訓差出口、一

「彼闇雲はり込の面々。夜宮からの酒機嫌」。
三二 少し聞えても。 三三 しもたや風にすこし上品にした構え。 三四 かなきり声で。
三六 小娘。 三七 身分や身代のよい上流階層。
三八「小」の誤りか。貧しい生活。
三九 麻糸類を平織にしてさらさないもの。
四〇 この頃小紋の夏羽織が流行した。寛保延享江府風俗志「絹小紋の片面染なりしが、ちり緬張とゆふ者出来て、宝暦頃より専らはやりし也、是より両面小紋にぞなりし。尤福者は縮緬小紋の羽折用ゐし也」。口入業の男と思われる。
四一 次に出るように、大名の妾に出すこと。
四二 一国の程の意。 四三 宮古路豊後掾の豊後節から出た、いわゆる豊後浄瑠璃。ここは宝暦頃流行の常磐津節をさすらしい。↓補注七八。
四四 丹念に美容をしたならば。 四五 パスしそうに思われる。 四六 常磐津文字太夫を通人ぶって呼んだもの。宮古路豊後掾の門で、江戸に下り常磐津節を創めた(一七〇九—一七八一)。
四七 弟子になって「文字」の文字をもらう。↓補注七九。 四八 契約をすます。
四九 妾に出る準備金。
五〇 周旋料。中に立った人に渡す金。 五一 大名。
五二 米又は金で与える扶助。褒賞・給料など性質はさまざまである。一人扶持は幕府では、米にして一日五合。大体はそれにならった。
五三 甚だ手易いことのたとえ。
五四 娘に諸芸を習わせ、大名の妾にする例のままあった諷刺。寛保延享江府風俗志「中にはおどりにて、大名の妾とも成りて、両親御部屋様の親子様のと、あがめらるゝ仕合なども儘有る故(下略)」。 五五 親切。
五六 一升の四半分で、二合半。少しの酒。
五七 仏壇の下部を戸棚に作ったもの。 五八 小銭。

(づ)れば、跡《あと》にて女房さし[二七]も小美《こうつくし》い良《かほ》しながら、[二八]『[二九]えいかと思ふて、[三〇]いけすかないごて[三一]れつめ。そんな悪たいはうぬがかゝにつけろ』と、[三二]はり込(む)聲のほ[三三]の聞《きこへ》ても、かつぎし男は聞(か)ぬ良して、『蜆やく〱』と賣(つ)て通れば、とある[三四]格子作《(か)うしづくり》りの内に、[三五]かなぎつた聲で、[三六]はなたれ娘が三弦《せん》をぞ彈《ひき》居たる。此龍宮界にては、琴《こと》・三弦《さみせん》などは[三七]能衆《(よいしゆう)》ばかりの翫《もてあそび》かと思ひしに、かゝる[三八]少き暮《くらし》にて、娘に三弦彈《ひか》すとは、扨々人間と云ふものは、おごりしものかなと思ふ内に、[三九]きびらの帷子《かたびら》着《き》て、[四〇]小紋羽織を手に提(げ)た男來りて、『お娘《むす》はいよ〱[四一]やらしやるつもりに相談はきまりましたか。一昨日もいふ通り、向《(むかふ)》は[四二]國家の御大名、お妾の器量《きりやう》えらみ、中ぜいで鼻筋《はなすじ》の通(つ)た、[四三]豊後《ぶんご》ぶしを語《かたる》のがあらばとの事、爰《(ここ)》なお娘《むす》を[四四]すりみがきしたら、[四五]いけそふなものかと思ふ。殊に先様御好《(このみ)》の豊《ぶん》後節はなるなり、弥《(いよいよ)》やらしやるなら、[四六]文字《じ》に頼(ん)で[四七]弟子分にして貰ひ、[四八]濟(ま)せる様にしませふ。[四九]支《し》度金は八拾兩、[五〇]世話ちんを二わり引(い)ても、八ゝ六拾四五兩の手取、もし若殿でも産《うん》で見やしやれ、こなた衆は[五一]國取の祖父《(ぢい)》様・祖母《(ばあ)》さまなれば、[五二]十人扶持《ぶち》や二十人ぶちは、[五三]棚《たな》に置(い)た物取(る)よりはやすい事。いよ〱やらしやる合点《がてん》か』といへば、[五四]夫婦《ふうふ》はよろこび、『イヤモ、[五五]御深切《しんせつ》なおせわの段々、どれかゝ、[五六]小半《こなから》買ふて來ふ』と、佛壇《ぶつだん》の[五七]下戸棚《(したとだな)》から、[五八]はした錢とり出し、[一]かんなべさげて[二]足も空《そら》、[三]どぶ板をふみぬきながら、[四]裾《すそ》をまくつて走り行(く)。かつぎし男は[五]付(け)込(ん)で『御祝に蜆《しじみ》買(は)しやれ』と云(ふ)を聞(く)より、もし我等も賣(ら)れてはなるまいと、[六]大勢を押退《おしのけ》て、籠《ざる》の底《そこ》へかゞんで、ちいそふなつて聞(き)居ければ、女房は盃を洗《あらい》ながら、『けふの祝は蜆では濟(ま)されぬ。[七]かばやきでも買(は)ふ』との事故、かつぎし男ふせう〳〵にふりかたげ、又二三丁程行(き)て四辻《(よつ)つぢ》を左へまがれば、今度はそこら大さわぎ。[八]大どろぼうめと抓合《つかみあい》、組んず[九]こけつの[一〇]人くんじゆ。格子《(かう)し》はめり〳〵、皿鉢はぐわら〳〵、手桶《おけ》の輪《わ》がきれて水が飛(べ)ば、疊からは[一一]黑煙《けぶり》、[一二]腕《うで》に彫物《ほりもの》した男ども、大はだぬぎに成(つ)てのさわぎ、聞(い)た處が[一三]姦夫《まおとこ》出入。初は今も切(る)か[一四]挨《つく》かと見る内に、イヤ[一五]親分《おやぶん》じやの、[一六]割《わり》を入(れ)るのと、兎や角《かく》と云ふ内に、酒五升と[一七]けんどん十人前と、[一八]下らぬ文言な誤《あやまり》證文一通で、討果《うちはたす》ほどの出入が、ついぐにや〳〵と[一九]むづ折して、我等をかつぎし男めも近付《ちかづき》かして、仲ヶ間へ入(り)、茶碗《ちやわん》で[二〇]したゝか引掛《ひつかけ》て、[二一]千鳥足《ちどりあし》にて歸がけ、馴染《なじみ》の内へ立(ち)寄れば、死(ん)だ息子の七回忌《くわいき》とて、[二二]天窓《(あ)たま》に輪《わ》の入(つ)た道心が、[二三]きやり聲をはりあげて、鉦《かね》たゝいて[二四]百万遍《べん》、[二五]世帶佛法腹念佛《せたいぶつぽうはらねぶつ》、豆腐《とうふ》のくづ[二六]煮に[二七]干《ほし》大根のはり〳〵で濟(ま)せば、蜆《しじみ》はいらぬと[二八]はねられて、かつぎし男腹を立(て)、『[二九]あたけたいな、いま

一 酒をあたためる鍋風の器。これを用いて酒の酌をするのは卑賤の風習(和漢三才図会)。二 急ぐ形容。三 足も空に「飛」と、溝のどぶをかける。溝を覆った板を、踏みはずして、足を溝に入れる。当時の裏店の通路は中央に溝を作るのが普通。四 どぶで汚した裾。五 その様子をこれ幸と見て。六 沢山な蜆。七 鰻のかばやき。八 世事百談「江戸には盗賊をどろぼうといひ、大阪にては放蕩物をどろぼうと云へり(下略)」。ここは盗賊。それも女房どろぼうであった。九 →六六頁頭注一一。一〇 人群衆。人だかり。当人達が争うのに人が集っている意。一一 火が畳へ落ちて、くすぶるさま。一二 職人達である。一三 姦通に関する紛争。一四 玉篇に「挨 衝挨也」。一五 職人労働者などの一団を世話をし率いる人。一六 仲裁者。調停者。一七 汁で煮たうどんや蕎麦を盛り切りにしたもの。本朝世事談綺「これをけんどんと号くるは、独味をして人にあたへざるの心、又給仕もいらず、あいさつするにあらねば、そのまま慳貪なる心、又無造作にして倹約にかなひたりとて倹鈍と云ふと、此説よろし」。一八 読みの下らぬ。十分意の通じない。一九 急に折れて。中途から気分がかわって。二〇 酒をかなりにぐい飲して。二一 ほろ酔機嫌の足どり。二二 以前労働者であって、日常頭に鉢巻をはなさなかった者が、怪我などで俄出家した道心。これもかつての仲間の一人。二三 木遣歌(木材など運搬する時の労働歌の一種、江戸では祭礼にも用いて、職人仲間に流行)を歌うような声。以前のくせがまだぬけない道心。二四 大きな数珠を廻しながら念仏を百万回(多く)となえる浄土宗式の法事。二五 仏法を説き念仏をとなえても、要するに日々生活の為であるの意の諺。ここは法要もすぐに、飲食すること

〳〵しい』と、歸りに川へ[三〇]さらへ込みしを幸と、干汐につれて[三一]息を切(つ)て歸りし」と語(り)もはてぬ處へ、背に角をおふて[三二]一文字に成(つ)て來るものは、拳螺《さゞえ》にてぞありける。

是も忍びの[三三]役人なれば、龍王見給ひ、「人間界《げんかい》の様子いかに〳〵」とせめ給ふ。其時さゞえ[三四]にじり出(で)て申(し)けるは、「私は[三五]小田原町から[三六]通り筋を一ぺん廻り候が、先珍《めづら》しきは[三七]石町の角に、[三八]朝鮮《てうせん》人行列《ぎやうれつ》附の看板《かんばん》を、おびたゞしくかざりたて、賣子大勢にて賣(り)あるき、又珍説《ちんせつ》は[三九]旦那《だんな》のねつた膏藥賣《かうやくうり》が、[四〇]奥州の相馬《(さうま)》にて主の敵《かたき》を討(ち)しとの[四一]取沙汰より外、さして替りたる事も承らず」と申(し)上(ぐ)れば、龍王大にいかりをなし、「汝等評議《ひやうぎ》は何として、ケ様の役に立(た)ず共を忍びには遣(は)せしぞ。此方の入用は、菊之丞が舩遊《ふなあそび》の日限《にちげん》なるに、其事は聞(か)ずして、役にも立(た)ぬ事どもを見て歸りしとて、[四二]いかめしそふに申(す)段、言語同断につくいやつ。是と云ふも[四三]家老・用人共が、面〻の身勝手計を考へて、下〻の難儀はかへり見ず、[四四]鰮《いわし》やすばしりの類を、沢山《たくさん》してやろふと計心がけて、役儀をおろそかにするゆへ、かゝる大事に魚らしきものもやらず、さゞえや蜆をやりし段、[四五]以の外の不届」と[四六]鱗《うろこ》をさか立(て)怒《いか》り給へば、其時[四七]鯨鰭《くじらひれ》をうごかし、「仰御尤には候得共、遣(はす)べきもの詮議《せんぎ》致せど、他の

に転ずるの意で、次に続く。二六 葛煮。豆腐のあんかけ。二七 大根を薄く輪切にして干したもの。酢の物などに用いる。二八 断られ。二九 不思議な、不愉快なの意の上方語。源内の誤用か。甚だ気持の悪い。しゃくにさわる。三〇 籠の中のものをすっかり捨てた。三一 貝類の水泡を出すを、「息をする」というからの語。三二 まっしぐらに。急いで。殻の棘状の突起を角といい、長い突起を負って急ぐを、「一」の字に見立てた。

三三 役目を持つ人。

三四 拳螺の動くさまの見立。

三五 日本橋の東河岸で、この一帯が魚市場。今の中央区室町の一部。

三六 日本橋へ出ると、その南北の筋が通町で、江戸の大通り。

三七 本町の北で東西に通り、通町に交る。

三八 未詳。朝鮮飴の販売か。

三九 浪花見聞雑話「宝暦のすへに奴二人連にて、一人は梅を持ち、一人は桜を持ちて旦那が練った膏薬成りとて奴揃の姿にて、町中を売り歩行く。大坂を出て江戸へ行く、其道にて敵を討ちとりしと成り」。↓補注八〇。

四〇 今の福島県相馬市。

四一 評判。

四二 重大そうに。

四三 当世の家老用人の堕落を諷した語。

四四 ぼらの稚魚。私腹をこやすことをたとえた。

四五 案に相違の。

四六 君主の怒を逆鱗(↓六五頁頭注二二)という。竜の場合は、正にその通り。

四七 歌舞伎など、こんな殿中評定の場で、発言する時、大紋の袖を正すのを、鯨の場合に見立てた。

者は水を離《はな》れては働《はたらく》こと相ならねば、水を出(で)て息《いき》の長(き)ものを撰《えら》(び)出せし處に、御用に立(た)ざりし段、不屈千万、急度《(きつと)》申(し)渡(す)べし。今一人忍びに入(れ)しは、兼而《(かねて)》上にも御存《(ごぞんじ)》の龍蝦《かまくらゑび》なり。年罷(り)寄(つ)たれども、酒はそこぬけ、ぴんしやんとはねる所が、當世のひんぬきなりとて、留守《るす》居役相勤(む)れば、元日より人間にまじはり、諸寄合・無尽會《むじんくわい》、吉原《よしわら》・堺《さかい》町・岡場所《おかばしよ》を初(め)、兎角向ふへ廻りたがり、年の暮の淺草市まで、年中人にすれるが役目なれば、定(め)て聞(き)届(け)参(ら)ん」と申(し)上(ぐ)る折から、「龍蝦《かまくらゑび》只今罷(り)歸(り)候」と案内させ、例《れい》のごとく眞赤《まつか》になり、腰《こし》をかゞめて立(ち)出(づ)れば、

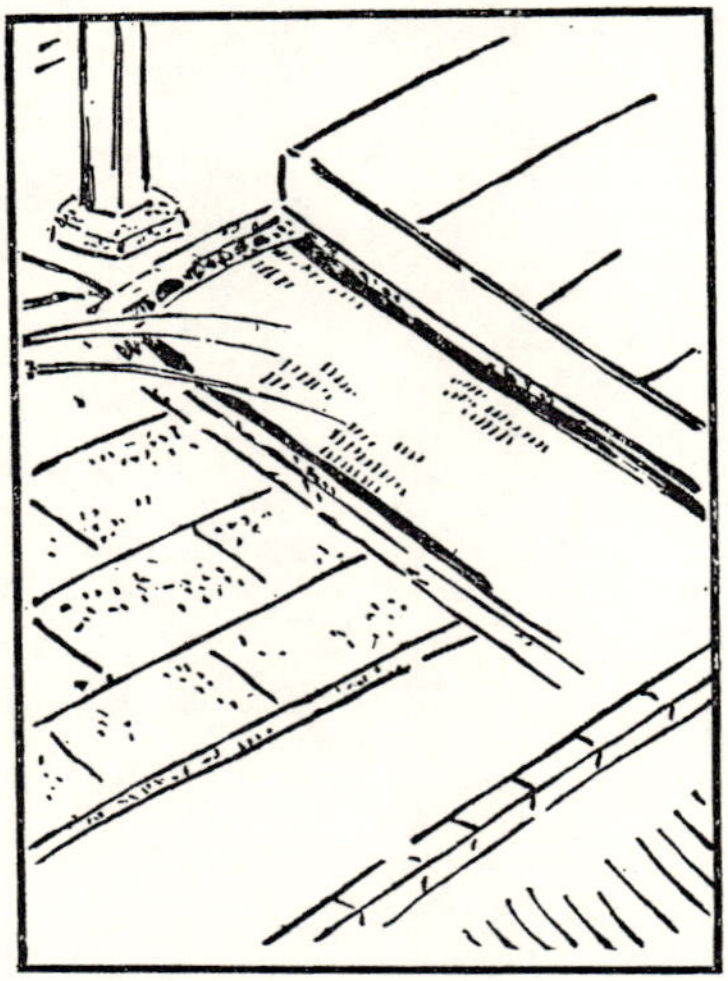

龍王御覧じ「様子いかに」と尋(ね)給へば、「さん候。私儀は堺町からふきや町・樂屋《がくや》新道・よし町邊へ入(り)込(み)、能々様子承り候處、來ル十五日菊之丞を始として、荻野八重桐なんど、微《み》舩遊びに出(づ)るよし、

一 重訂本草綱目啓蒙「イセエビハ閩書ノ蝦魁ナリ、一名蝦杯、竜蝦(共ニ同上)(中略)勢州ヨリ京師ニ来ル故ニ伊勢エビト云フ、江戸ハ鎌倉ヨリ来ル故ニ鎌倉エビト云フ」。
二 海老の腰がまがっている故にいう。
三 きりのない上戸。ゆがくと赤くなる故にいう。
四 才気あって立廻ることにたとえた。
五 現代。当時の流行語。
六 生粋。典型的なもの。
七 諸藩で江戸に在勤し、幕府や他藩との交渉にあたる役。京都にもあった。社交的で洗練されたことが必要であった。
八 正月三方の飾海老となる。
九 無尽講(一種の頼母子講)を、茶屋料理屋で催す風があった。→補注八一。
一〇 江戸の公娼街。今の東京都台東区。
一一 江戸の劇場街。前出(四二頁)。
一二 江戸で私娼街をいう。この頃から増加繁昌した(岡場遊廓考参照)。
一三 はでな所へ顔を出したがる。
一四 続江戸砂子「(十二月)十七日十八日(昼夜)浅草市　江府第一の大市、浅草橋より市物みち〳〵御蔵前駒形並木にうつり、雷神門の大道東西五丁がほど三側四側に並び、境内寸地なし(中略)。武士かた町百姓此市に立ちて、正月物を求むるを嘉例とす」。海老も正月用。
一五 人中でもまれる。
一六 さようでございます。この所、諸事演劇調に作ってある。
一七 前出(四二頁)。
一八 岩代町の通称。続江戸砂子「岩代町　さかい町北新道を云ふ。芝居茶屋あり」。
一九 堀江六軒町、葺屋新道の通称。陰間茶屋が

あった。共に歌舞伎界の噂のよく聞き得る所。
二〇 ほんの少しでも間違った所がない。
二一 当時の流行語で、人の過失・欠点・癖・内情・世間の裏面などを広くさす。これを指摘することが「うがち」で、この語も流行語。この全巻も、当時の穴をうがったものといってよい。(中村幸彦「うがち」―川柳しなの、昭和二十九年一月号所収参照)。
二二 けなげな。
二三 面目顔、きばった様の形容。海老の髭にかける。
二四 海老の座したさまをいって妙。
二五 菊之丞をとらえる役。
二六 魚類にひれ(鰭)はつきもの。
二七 両国橋。又その一帯の称。隅田川の末、吉川町と本所元町の間にかかる九十六間の大橋。いわゆる川開きの五月二十八日から、八月二十八日まで、この辺で納涼の涼船が公許されていた(江戸名所図会)。
二八 永代橋。隅田川の最も下流、箱崎(永代島)と深川佐賀町にかかる百十間余の大橋。この辺風景よく涼船も下った(江戸名所図会)。
二九 君主の人材使用を誤ること多い諷刺。
三〇 別の人。
三一 →補注四六。

塵毛頭《ぢんもうとう》相違なし」と詞少《すくな》に申(し)上(ぐ)れば、龍王甚(だ)悦び給い、「流石《さすが》留守居役を勤(む)る程あつて、世間の[二一]穴を能(く)知つて、堺町とは気が付(い)たり。[二二]神妙の働《はたらき》」と御褒美《ほうび》に預(り)て、[二三]髭《ひげ》喰(ひ)そらして[二四]うづくまる。

龍王鰐《わに》・鱶魚《ふか》を近く召(さ)れ、「[二五]此度の役目、汝等罷(り)向ふべし」と有(り)ければ、兩人ハツト[二六]ひれ伏(し)申(し)けるは、「凡《およそ》人を取(る)事私どもにつゞくものなし。海中の儀にて候はゞ、いなみ申(す)べきにあらねども、艀遊と承れば、[二七]兩國[二八]永代の邊なるべければ、私共力におよびがたし。虎の勢強(し)といへども、鼠を捕《とる》事猫《ねこ》におとるの道理、譬《たとへ》ば[二九]最上の智者たりとも、つかひ處悪き時は、却(つ)て其智の出(で)ざるがごとし。是は[三〇]餘人に仰(せ)付(け)られしかるべし」と申(し)上(ぐ)れば、龍王暫《しばらく》御思案あり、「然(ら)ば[三一]海坊主《うみぼうず》に申(し)付(く)べし」

とて、召(し)出(だ)されければ、[一]油揚《あぶらあげ》にて[二]眞黑《まつくろ》にふとりたるが、白帷子《しろかたびら》に[三]紋呂《もんろ》の衣《ころも》・[四]五条の袈裟《けさ》をかけ、[五]珊瑚《さんご》の珠數《じゆず》をいと殊勝《しゆしやう》げにつまぐり、罷(り)出(で)て申(し)けるは、「[六]私儀佛弟子となり、身には[七]三衣(さんえ)を着し、口に[八]佛名を唱へて、[九]厭《ゑん》[一〇]離穢土懇求浄土《りゑどごんぐじやうど》、此界の衆生どもは、[一一]火宅にあらぬ、水宅をのがれて、[一二]南無網《あみ》の目にすくいとられ、往生の[一三]素懐《そくわい》をとげる様にと、導《みちびく》こそ出家の役目なれ。かゝる事など、勤(む)べき身にしもあらねども、近年は私にかぎらず、諸宗とも皆〻風俗惡くなり、出家の身持に有(る)まじき[一四]栄耀栄花に暮す故、中〻定りの[一五]布施《ふせ》もつにては、遊女狂ひ[一六]お花の元手、[一七]重箱で取(り)寄(す)る肴代に不足なれば、葬礼《とむらい》を[一八]かき入(れ)石塔を質《しち》に置(い)ても、思ふ様に[一九]まはらざれば、もの云(は)ぬ佛を[二〇]だしに遣ふて、愚癡無智《ぐちむち》の姥《うば》かゝを[二一]たらしこみ、こうすれば佛になると、經文にもなきうそ八百をつきちらし、[二二]堂《どう》の寄進[二三]釣鐘《きしんつりがね》のほうがなど[二四]いひ立(て)、衆生をたぶらかすゆへにや、いつとなく[二五]化物《ばけもの》仲ヶ間へ入(れ)られ、[二六]姫路におさかべ赤手ぬぐいと一口に謡(うた)(は)るゝ事、佛の敎に有(る)べき事にもあらざれども、御上にも能(く)御存(ごぞんじ)の上からは隱(す)べきにもあらず。しかし他所の御用ならば、人間を[二七]たぶらかすは坊主共の得手ものなれば、早速御請(け)申(し)上(ぐ)べけれど、此度の御用には[二八]心苦(し)き事の侍る也。其故は涼舩《すゞみぶね》の往來する[二九]兩國永代の

一 精進食の栄養物の代表。二 油ぎったさま。絵の海坊主も真黒にかかれる。三 呂の布に地紋を出したもの。四 五幅(いつ)の布で作った袈裟。五 珊瑚の玉を用いた上製の数珠。いかにも竜宮らしい。六 出家して。七 釈氏要覧「一ニハ僧伽梨(即チ大衣也)、二ニハ鬱多羅(即チ七条也)、三ニハ安陁会(即チ五条也)」。僧の風体を整えること。八 南無阿弥陀仏など。九「おんり」が正しい。けがされたこの世を離れること。一〇「欣求」が正しい。浄土の往生をこい願うこと。浄土教の教。一一 現世で煩悩になやむを火に逢った宅にたとえる仏語。竜宮故、水宅としゃれた。一二 南無阿弥陀仏に救われ往生すると、魚類だから、網に掬われて死ぬ意をかける。一三 かねがね願う往生安楽。一四 原本「栄曜」。意によって改。当時の出家の実情のうがち。一五 檀家から送られる金銭品物。一六 お花独楽による博奕。→補注八二。一七 重箱中に隠して、魚類をとりよせるをうがった。一八 抵当にする。葬礼のあった時支払うことを条件として金をかる。一九 家計がうまく行かない。二〇 手段にして。二一 だまして信用させ。二二 堂宇建立の為の寄附。二三 釣鐘作成の為に奉加帳を廻すこと。二四 名目にして。二五 当時の流行語。くわせ者。→補注八三。二六 姫路城の天守閣で長壁大明神として祭られていた狐(甲子夜話続篇、八十)。二七 口さきでうまくいってだます。二八 困った。二九 両国一帯は当時の見世物の興行地で、殊に人出の多い涼みの頃は甚しかった。三〇 見世物に出した異国産の鳥。宝暦八年に名鳥(鸚鵡・錦鶏・音呼など)宝暦九年に孔雀が両国広小路

に出た。「唐鳥を両国橋の岡見かな　旧室」(朝倉無声著見世物研究)。三一 全身に熊の如く毛のはえた女。宝暦九年境町に出た(見世物研究)。三二 二十歳で一尺二寸の身長の女が、碁盤の上で、花笠をもって踊って見せたもの(見世物研究)。三三 宝暦九年の孔雀の不成績を補注八四。三四 放屁論後編にも「馬の立合狗の芸」とあって、興行年次未詳ながら、実際にあったもの。三五 未詳。三六 きびしく物をさがしもとめる形容。三七 いたいめに逢うのは想像通り。三八 一度俗世間を出離した出家だから。三九 しくじる。四〇 仏縁のない人は、教化して仏教信仰に入らせることはできない意の諺。四一 寺から追放されても。身勝手な諺を引く所が滑稽。四二 侍溜りなどあるべき所を、海中なのでいった語。四三 善知識。高僧。四四 江戸城の大奥(将軍の妻妾子女や奥女中のいた所)へ通ずる御錠口には、鈴がさげてあって、出入の時には音がするようになっていたによった。四五 極彩色の奥女中式風姿。四六 おかめの体相。「少」は「小」の誤。四七 伝説で有名な竜宮城の姫君。四八 半の意で、上下の女中の中間の仕事をする女房。四九 位の高い立派な人々。五〇 気おくれする。五一 諸事はすはな言葉を使用させる。「やんす」「なさんす」「わっち」「ありやす」など。五二 御案じの文字言葉。御心配。五三 お気の毒。五四 姫御前。女性なのをかえりみず。五五 植木屋の娘で木が多い。毒気が多いのしゃれか。五六 ふくれっつらする。鰒の習性を用いていった。五七 民間語源説を用いてたわむれた。五八 禍も年がたつと、幸のいとぐちになることもあるの意の諺。「禍も三年おけば用に立つ」。「禍も三年おけば福の種」。

邊には、見せもの師共甚(だ)多く、[三〇]唐鳥《からとり》・[三一]熊《くま》女・[三二]碁盤娘《ごばんむすめ》なども古《ふるく》、[三三]孔雀《くじやく》にも入《(いり)》がなければ、[三四]犬にかるわざをさせ、[三五]甘藷《さつまいも》に笛まで吹(か)せる程《ほど》の者共、何がな珍しき物見出さんと、[三六]鵜《う》の目鷹《たか》の目にてさがし求(む)れば、私などのやうなる異形《いぎやう》の者、あの邊へ㒵《かほ》出しせば、忽《たちまち》にからめとられ、[三七]憂目《うきめ》を見んは案の内なり。もとより[三八]出家の事なれば、死(ぬ)る命はいとはねども、大切の御用[三九]間違(は)ん事本意なく覚ゆれば、餘人に仰(せ)付(け)らるべし。[四〇]縁《ゑん》なき衆生は度《ど》しがたし。假《たとへ》[四一]寺を開(く)とも、此儀は御辞退《じたい》申(し)上(げ)ん」と、[四二]魚溜りへぞ引(き)退く。

當時諸人に敬《うやまは》れ[四三]智識《ちしき》と呼(ば)るゝ海坊主さへ、御辞退《じたい》申(し)上(ぐ)るからは、我参(ら)んといふもの一人もなき處に、[四四]奥の方に鈴《すゞ》の音して、[四五]いとなまめける姿《すがた》にて立(ち)出(づ)るを見れば、[四六]頬《ほう》高く鼻《はな》少く、脊はひきく腹《はら》ふくれたるは、まがふ方なき[四七]乙姫《おとひめ》に召使《めしつかはる》る、[四八]おはしたのお河豚《ふぐ》なり。[四九]諸歴ゝ《しよれき〳〵》の並(み)居る眞中《まんなか》、[五〇]おめる色なく立(ち)出(で)、龍王の前に畏《かしこま》り、「最前《さいぜん》からの御評議《ひやうぎ》を一ゝあれにて聞(き)[五一]やんすれば、大切のお使に皆様こまりなさんすよし、龍王様の[五二]御案《あん》もじが[五三]御笑止さに、[五四]姫《ひめ》ごぜの身で大膽《だいたん》ながら、わつちが思案を申(し)上(げ)ます。世の人毎《ごと》にわつちをば、[五五]植木屋の娘か何ぞのやうに、毒じや〳〵と云(ひ)ふらされ、腹が立(つ)て[五六]頬《ほう》をふくらせば、[五七]おふぐ〳〵と笑(は)れしが、[五八]災《わざはい》も三年と、今度の御用を承り、君[一]が情に妾が百年の命を捨(て)、菊之丞が腹[二]へ飛(び)入(り)て、連來《つれ》[三](ら)んは、ほんに〱心[四]に覚へがありやす」と、白歯《しろいは》[五]をむき出し、口[六]をすぼめて申(し)上(ぐ)れば、龍王は思案の躰。傍《かたはら》にひかえたる棘鬣魚《たい》[七]、鰭《ひれ》[八]を正してしづ〱と立(ち)出(で)、「かやうに申せば、物知り皃に似たれども、僕儀《ぼく》[九]は何によらず、祝儀[一〇]の席をはづさず、仁義礼智[一一]のはしくれも覚へしとて、儒者[一二]の數に加へらるれば、かゝる折から差(し)扣《ひか》(へ)んも、尸位素餐《しいそざん》[一三]にて候へば、覆《ふく》[一四]藏《ぞう》なく申(し)上(げ)ん。惣じてむかしは人間も質朴《しつはく》[一五]にありし故、毒《どく》といふものは喰(は)ぬ事と心得、河豚を恐るゝ事蛇蝎《じやかつ》[一六]のごとくなりしが、次第に人の心放蕩《ほうとう》[一七]になりゆき、毒と知(つ)て是を食す。人に君たる方是を憂ひ給いて、河豚《ふぐ》[一八]を喰ふて死(し)たる者は、其家断絶《だんぜつ》とまで律《りつ》をたてゝ、上仁を好(め)ども、下義を好まず、ふぐや〱と大道を賣(り)歩行《ある》(き)、煮賣店にも公《おほやけ》に出(し)置(く)事、上をかろんずるの甚(だ)しきといひ、父母より受(け)得たる身躰髪膚《しんたいはつぷ》[一九]を、口腹《こうふく》[二〇]の爲に亡(ぼ)さん事、五刑《けい》[二一]の類三千にして、罪不孝より大なるはなしと云ふ、聖人の教にそむくこと、天命[二二]のがるゝ所なし。剰《あまさへ》河豚なき時は、外の魚をふぐもど[二三]きと名付(け)て喰ふ事、歎かはしき事なり。古人の詞にも、『牢《ろう》[二四]を画(き)て其内に坐せず』とて、仮《かり》にもけ[二五]がれたる名は嫌ふことなり。『非礼見ることなかれ、

一　白氏文集の「井底引銀瓶」に「為君一日恩、誤妾百年身」。ここは主君の御恩がえしに、一命をちぢめ。二　菊之丞に食われ。三　殺して冥途へつれてくる。四　自信。五　鰒の白歯と、このおはした年増のくせに白歯で男しらず、美男を殺すという、したたるい気持を出している表現。六　鰒の姿だが、しなを作ったてい。七　大和本草「棘鬣魚　本邦ノ俗鯛ノ字ヲ用フ」。八　威儀を正して。鰭を大紋の袖に見立てる。九　儒者らしい言葉。ただし正しくは対等のものに対する自称。一〇　鯛はいわゆるめでたいで祝儀用。一一　儒教の最大の徳目。一二　竜の都という上方絵本でも、鯛は儒者にあてられている。一三　功なくて徒に禄をはむこと。漢書の朱雲伝「朝廷ノ大臣、上ハ主ヲ匡スル能ハズ、下ハ以テ民ヲ益スルナシ、皆尸位素餐ナリ」。一四　うちあけて。一五　「しつぼく」。生まじめ。一六　「だかつ」。へびとさそり。嫌い忌むものの甚しいもの。一七　きまま。一八　谷巖著ふぐにも、このことが見えるが、何人の話か未詳。一九　孝経「身体髪膚之ヲ父母ニ受ク、敢エテ毀傷セザルハ孝之始也」。二〇　飲食の欲。二一　中国古代の五つの刑。墨・劓・剕・宮・大辟。孝経「五刑之属三千ニシテ、罪、不孝ヨリ大ナルハナシ」。二二　天帝の命令の意であるが、ここは天帝の下す罰。二三　鯛や鯒などの皮をはぎ、河豚の如く料理して、汁などに作って食す。鯛の怒るのはもっとも。二四　史記自序(佩文韻府所引)「地ニ画キテ牢ト為ス、議シテ入ラズ、木ヲ刻シテ吏ト為ス、誓ッテ対セズ」。二五　説苑の説叢篇に「邑ノ勝母ト名ヅクレバ曾子入ラズ、水ノ盗泉ト名ヅクレバ孔子飲マズ」の類をいう。二六　論語の顔淵篇「子曰ク、非礼視ルコトナカレ。非礼聴クコトナカレ。非礼動クコトナカ

[二六]非礼聞（く）ことなかれ』と申（す）ことを、知らざる世上の文盲《もんもう》[二七]なるものは、是非もなし。小文才有（る）男、或は人に毒《どく》[二八]だちなどを教（ふ）る医者《いしゃ》なんどに、好んで食ふものあり。是等は一向食をむさぼる犬猫のごとし。かく乱（れ）たる風俗なれば、菊之丞も河豚《ふぐ》は好《(すき)》なるべけれども、天の時[二九]を以て申さば、今水無月[三〇]の半にて、河豚《ふぐ》を喰ふ時ならざれば、此御評議御無用ならん」と申（し）上（ぐ）れば、龍王もせんかたなく、「無用の長詮議《せんぎ》に時うつるとも、所詮埒《しよせんらち》は明（く）まじければ、此上は此龍王一人自身立（ち）向ひ、雲[三一]を起し雨を降《ふら》し、菊之丞を引抓《ひつつかん》で、閻广王へ奉（ら）ん」と、波[三二]を蹴立《けたて》て立（ち）給ふ。

一座の鱗《うろくず》前後をかこい、「鶏《にはとり》[三三]をさくに何ぞ牛の刀を用（ゐ）給（は）ん。今一御評議《ひやうぎ》」と留（め）ても留らず、前後左右を踏《ふみ》飛（ば）し、黑雲[三四]を起し出（で）給ふ処に、御門に扣へたるものつゝと出（で）、御腰をむづ[三五]とだく。ふりほどかんとし給へども、中々容易動《たやすくうごき》得ず。「御所[三六]の五郎丸にてはよもあらじ。何者なるぞ爰《こゝ》をはなせ」とふりむき給へば、天窓《あたま》に皿《さら》を戴《いたゞき》たる水虎《かつぱ》[三七]にてぞ有（り）ける。龍王は御聲高く、「己《おのれ》下郎の分として推参《すいさん》[三八]至極」と、御手[三九]をふり上ゲ打（た）んとし給ふ処を、大勢の鱗《うろくず》ども左右の御手にすがり付（き）、御とゞめ申せしは、「水虎《かつぱ》が君への忠義なれば、惡[四〇]くばし聞し召（さ）れそ。先々御座に御直り」と無理に引[四一]（つ）

レ。」この三は克己復礼の目。私慾をおさえる方法である。二七 無学。二八 病状に毒な食物を取るを禁ずること。諺に「医者の不養生」。二九 四時運行を考えると。三〇 旧暦六月。河豚は冬季のたべ物。三一 竜の得意のわざ。汪道孔の竜の詩(円機活法所引)「雲ニ乗ジ雨ヲ帯ビテ千里ヲ飛ブ」。三二「席を蹴立て」とあるべき所、水中なので「波」。ひどい勢で。三三 小事に大きな器具のいらないたとえ。王自ら出馬の必要なしの意。論語の陽貨篇「子武城ニ之(ゆ)キ、弦歌之声ヲ聞ク。夫子莞爾トシテ笑ヒテ曰ク、雞ヲ割クニ焉ゾ牛刀ヲ用ヒンヤ」。三四 画に描いた竜の様を想像されたし。三五 しっかりと。三六 曾我物語、九「五郎召し捕らるゝ事」の条で、頼朝の寝所へ打入らんとした曾我の五郎を、組みついてとどめた七十五人力の強者。三七 想像の動物。幼童の如き形で、水中にあり、頭に皿をいただき、その皿に水が絶えると死に、人の尻をぬくと伝える。三八 生意気千万。さし出がましい。三九 皿が破れては大変。四〇 悪くとらないで下さい。「ばし」は係助詞「は」と強意の「し」とついた助詞。ここは下の禁止をつよめている。四一 つれてゆき。

一 これが涸れると死ぬ水虎が、それも惜まず大泣きして。二 はばかりながら忠義からのことです。三 大事に不惜身命は臣下の務。四 列席した。五 分に過ぎて沢山の知行地(領地として与えられて、そこから上る収入を俸禄とする土地)。六 立派な衣裳。七 網代即ち竹や檜のへぎ板を組立(て)、もとのごとく御座になをせば、龍王猶も怒り給ふを、水虎《かつぱ》御前ににじり寄(り)、[一]天窓《あたま》の水もこぼるゝばかり、涙《なみだ》をはら〱とながし、「下郎の身をかへり見ず、無礼せしも[二]寸志の忠義、[三]事にのぞんで命を捨(つ)るは、臣たる者の職分なり。是に[四]並(み)居る海坊主《うみぼうず》など、日頃[五]過分の知行を給わり、身には[六]錦繡《きんしゆう》をまとひ、[七]網代《あじろ》の輿《こし》に打乘《うちのり》、[八]御菩提所《ぼだいしよ》の[九]上人のとあほがれても、スハ君の御大事にのぞんでは、弁說《べんぜつ》を以て我(が)身を[一〇]かこふ不忠者、私は漸(く)御門番を相勤(め)、塵《ちり》より輕《かるき》足輕なれども、忠義においては、[一一]高知の方にもおとるべからず。[一二]寺坂が昔を[一三]思(し)召(し)あてられて、此度の御大事、拙者に仰(せ)付(け)られかし」と、[一四]思ひ込(ん)で願ふにぞ、龍王面を和げ給い、「彼が[一五]申分といひ、力量といひ、用に立(つ)べき奴《やつ》なれば、此度の役目申(し)付(け)んと、我も[一六]頓《とく》より氣の付(か)ざるにはあらねども、彼は[一七]若衆好の[一八]沙汰あれば、[一九]猫にかつをの番とやらで、[二〇]心にくゝ思ひしかども、只今の忠義にめで、大事の役目申(し)付(く)る。[二二]天窓に水のつゞかんだけ、[二一]随分ぬかるな早急げ」と仰をうけし水虎《かつぱ》が面目《めんぼく》、飛(ぶ)がごとくに走(り)行(く)。

根奈志具佐三之卷終

合せて作ったもので張った輿。格の高い寺の和尚や高級の侍医などがのった。八 君主の旦那寺。九 ここでは僧侶の尊称。一〇 かばう。一一 高い禄をはむ人。一二 仮名手本忠臣蔵中で、足軽ながら仇討の人数に加った寺坂吉右衛門。仮名手本忠臣蔵の七段目に「僅か三人扶持取る拙者めでも、千五百石の御自分様でも」の名文句がある。なお「足軽なれど」「高知を戴き」の語も見える。一三 寺坂同様だと思われて。一四 一途に。ひたすら。一五 主張。一六 早くから。一七 尻をぬくという伝説から、肛門を弄する若衆道に関係させたおかしみ。一八 評判。一九 危険千万の意の諺。「猫に鰹節あずける」とも。二〇 古語の用法で、不安である。気がかりなの意。源内の師賀茂真淵の伊勢物語古意「心にくゝは内におもふ意のおぼつかなく、つゝまれてみゆるをいふ」。二一 生命のつづくだけの意。二二 以下、歌舞伎浄瑠璃の調子で、この巻をとじてある。二三 方丈記冒頭の文句。二四 方丈記の著者。賀茂神社禰宜の家の出で歌人。後に日野の外山に閑居(一一五三—一二一六)。二五 筆なぐさみ。二六 筆の縁で硯の海、「すみ(墨)」だとつづく。意味深くして今に伝わる。二七 江戸東部を南北に流れる有名な川。伊勢物語、九段「下総(しもつふさ)」。二八 江戸砂子「此川を武蔵(東京都)と下総(千葉県)の境といふによりこの名あり、元来むさし下総の境は利根川なるを中昔のあやまりなり」。二九 伊勢物語、九段(すみだ川で都鳥を見)「名にしおはばいざこと問はん都鳥わが思ふ人はありやなしやと」。三〇 伊勢物語古意「みやこ鳥鷗の一名と見えたり」。三一 土佐日記「みな人々の舟いづ。これを見れば、春の海に秋の木の棄しも散れるやうにぞありける」。三二 阿房宮賦「長橋ノ波ニ臥スハ、未ダ雲ナラズシテ何ノ竜ゾ」。↓補注八五。三三 両国広小路にあった。↓補注八六。三四 地でも雷があるかと、天上の雷も顔まけする程。三五 冷しそうめんの見世のさま。↓補注八七。三六 新古今、冬 赤人「田子の浦に打出でて見れば白妙のふじの高根に雪はふりつつ」の歌で下へかかる。又、そうめんの水を切って「振りつつの手つき」のもじり。三七 両国やげん堀四つ目屋忠兵衛で売る媚薬。↓補注八八。三八 もちろん女子と知るべし。見るも気恥しいもの。三九 雑踏中にスリの用心。両国栞の案内者「はぐれなさひますな、ふところの用心をなさいまし」。四〇 口達者な。四一 放下師。芥子の助流の手品師。↓補注八九。四二 夏時両国の名物。両国栞「大西瓜〳〵本なれ〳〵」。四三 看板の赤い行灯で、品物の赤い新鮮さがわからなくなるのは残念。論語の陽貨篇「子曰ク、紫之朱ヲ奪フヲ悪ム」。四四 両国栞「冷水虫売は木陰に足を止む」。↓補注九〇。四五 冷水売。↓補注九一。四六 新古今、夏 西行「道の辺に清水流るる柳陰しばしとてこそ立ちどまりつれ」を変じた。四七 小屋がけで上演した。土場浄瑠璃ともいう(八景聞取法問、四)。四八 低い声。四九 大山の石尊へ祈願又は参詣前の水垢離。↓補注九二。五〇 両国広小路の化粧品店五十嵐兵庫。銅葺屋根に冠髪香の大看板。五一 辻売の蒲焼。両国の名物。五二 まける。五三 遠近法を用いた浮画ののぞき目鏡式見世物。↓補注九三。五四 別世界にある思がすること。漢書の壺公の故事。↓補注九四。五五 硝子を舞台で色々の色形に吹分けて見せ、作品を見物に売った見世物(見世物研究)。↓補注九五。

根奈志具佐四之巻

「[二三]行(く)川の流《ながれ》はたへずして、しかももとの水にあらず」と、[二四]鴨《かも》の長明が筆[二五]のすさみ、[二六]硯の海のふかきに殘《のこる》、[二七]すみだ川の流清らにして、武藏と下總《しもつふさ》のさかいなればとて、[二八]兩國橋の名も高く、[二九]いざこと問(は)むと詠じたる[三〇]都鳥に引(き)かへ、すれ遠ふ舟の行方《へ》は、[三一]秋の木の葉の散浮《ちりうかぶ》がごとく、[三二]長橋《ちやうきやう》の浪に伏《ふす》は、龍の昼寐《ひるね》をするに似たり。かたへには[三三]輕業《かるわざ》の太皷《たいこ》雲に響《ひゞけ》ば、[三四]雷《かみなり》も臍《へそ》をかゝへて迯《にげ》去(り)、[三五]素麪《そうめん》の高盛《たかもり》は、[三六]降《ふり》つゝの手尓葉《てには》を移《うつし》て、小人嶋の不二山《ふじさん》かと思ほゆ。[三七]長命丸の看板《かんばん》に、[三八]親子連《づれ》は袖を掩《おほ》ひ、[三九]編笠提《あみがささげ》た男には、田舎侍《いなかさむらい》 懐《ふところ》をおさへてかた寄(り)、[四〇]利口《りこう》の[四一]ほうかしは、豆と德利を覆《くつがへ》し、[四二]西瓜《すいくわ》のたち賣は、[四三]行燈の朱《あけ》を奪《うば》ふ事を憎《にくむ》。[四四]虫の聲〻は一荷の秋を荷ひ、[四五]ひやつこい〳〵は、[四六]清水流《ながれ》ぬ柳陰《やなぎかげ》に立(ち)寄(り)、[四七]稽古《けいこ》じやうるりの[四八]乙《おつ》は、[四九]さんげ〳〵に打消《うちけさ》れ、[五〇]五十嵐《いがらし》のふん〴〵たるは、[五一]かば燒の匂ひに[五二]おさる。[五三]浮繪《うきゑ》を見るものは、[五四]壺中《こちう》の仙を思ひ、[五五]硝《びい》子細工《どろざいく》にたかる群集《くんじゆ》は、夏《なつ》の氷柱《つらゝ》かと疑《うたが》ふ。[一]鉢植《はちうへ》の木は水に蘇《よみがへり》、[二]はりぬきの龜《かめ》は風を以て魂《たましい》とす。[三]沫雪《あはゆき》の塩からく、[四]幾世餅の甘たるく、[五]かんばやしが[六]赤前だれは、つめられた跡所《(ところ)》斑《まだら》に、[七]若盛《わかもり》が二階座敷は好次第の馳走《ちそう》ぶり、[八]燈籠《とうろう》賣は[九]世帯《せたい》の闇《やみ》を照《てら》し、[一〇]こはだの鮓《すし》は諸人の[一一]酔《ゑい》を催す。[一二]髪結床《かみゆいどこ》には[一三]紋を彩《いろどり》、[一四]茶店には薬鑵《やくわん》を[一五]かゝやかす。[一六]講釈師《かうしやくし》の[一七]黄色なる聲、玉子〳〵の[一八]白聲《(しらごゑ)》、あめ賣が[一九]口の旨《うまき》、[二〇]榧《かや》の痰切《たんきり》が[二一]横なまり、[二二]燈籠草《ほゝづき》店は珊瑚樹《さんごじゆ》をならべ、[二三]玉蜀黍《とうもろこし》は[二四]鮫《さめ》をかざる。[二五]無縁寺の鐘《かね》は[二六]たそがれの耳に響《ひゞき》、[二七]浄觀坊《じやうくわんぼう》が筆力は、どふらく者の[二八]肝先《きもさき》にこたゆ。[二九]水《すい》馬《ば》は浪に嘶《いなゝき》、[三〇]山猫は二階にひそむ。[三一]一文の後生心は、甲に万年の恩を戴《いたゞき》、[三二]淺草の代参りは、[三三]足《あし》と名付(け)し錢のはたらき。釣竿《つりざは》を買ふ親仁は、[三四]大公望《たいこうばう》が[三五]顔色《がんしよく》を移シ、[三六]一枚繪を見る娘は、[三七]王昭君《わうせうくん》が[三八]おもむきに似たり。天を飛(ぶ)[三九]蝙蝠《かうもり》は蚊《か》を取(ら)ん事を思ひ、地にたゞずむ[四〇]よたかは客をとめんことをはかる。水に[四一]舩か〳〵の自由あれば、陸《くが》に[四二]輿《かご》やろふの[四三]手まはしあり。僧あれば俗あり、男あれば女あり、[四四]屋敷侍の田舎《いなか》めける、[四五]町ものゝ[四六]當世姿《すがた》、[四七]長櫛《ながきくし》[四八]短《みじかき》羽織《はおり》、若殿《わかどの》の供は[四九]びいどろの金魚をたづさへ、奥方の附〴〵は[五〇]今織《おり》のきせる筒《づゝ》をさげ、[五一]もゝのすれる妼《こしもと》は、己《おのれ》が尻《しり》を引(き)ずり、[五二]渡り歩行《かち》の[五三]いかつがましきは、[五四]大小の長(き)に指(さ)れたるがごとし。流行医者《はやりいしや》の人物らしき、俳諧師《はいかいし》の風雅《ふうが》くさき、[五五]したゝ

一 鉢植の花木をにない売る者の店(守貞漫考)。 二 風船の如くふくらす亀の形の玩具か。 三 淡雪豆腐。あんかけの豆腐。両国橋東詰の二階作りの日野屋東次郎が有名な店。 四 小松屋喜兵衛店で売る餅。↓補注九六。 五 料理店か。 六 仲居女などがする前垂。 七 料理屋か。 八 盆用の灯籠を売る者。 九 生計を立て。 一〇 このしろの小さいもの。金曾木に宝暦の流行の落首「(前略)こはたの鮓に花が三文」。 一一 鮓を酒の肴とする。 一二 橋詰にあった床(都のてぶり)。 一三 髪結床の入口の障子に紋を出したもの。 一四 川側の葭簀がけ茶店(都のてぶり・旧観帖)。 一五 かがやかす。 一六 仮小屋で店をはった講談。↓補注九八。 一七 かん高い声。 一八 りきむ声。 一九 口上が飴より旨い。両国栞「こふばしいあめ〳〵」。 二〇 榧の実を用いた痰切飴。 二一 田舎出で方言の口上。 二二 螺類の卵の袋に赤・青の色をつけた海ほおずき。子女のならす玩具。文字は植物のほおずきのもの。珊瑚で店頭を飾る。 二三 両国栞「とうもろこしのやき立〳〵」。 二四 大つぶの所。 二五 回向院。↓補注九九。 二六 夕方をつげる。 二七 静観坊好阿。当世下手談義(正続篇)の著者。↓補注一〇〇。 二八 その教訓がきびしくこたえる。 二九 水中馬術。↓補注一〇一。 三〇 江戸寺社境内にいた隠し売女(瀬田問答)。天明頃回向院前に金猫銀猫と呼ぶ私娼が有名だが、その前身が既にあったものと見える。 三一 一文で買う亀を放生すること。故に甲、万年の文字を出す。 三二 願人坊主の浅草観音への代参。↓補注一〇二。 三三 おあしは銭の別称。 三四 周の名臣呂尚。渭水に竿をたれて周王に発見された(史記など)。 三五 顔付をしている。 三六 浮世絵の一枚絵(絵本でないの意)。 三七 前漢の元帝の後宮に仕えたが、画工が姿絵に手心を

るくてぴん[五六]とするものは、色有《いろあり》[五七]の女妓《おどりこ》[五八]と見へ、ぴんとしてした〻るきものは、長局《ながつぼね》[五九]の女中と知らる。劔術者《けんじゆつしや》の身のひねり、六尺[六〇]の腰のすはり、座頭[六一]の鼻《はな》哥、御用達[六二]のつぎ上下[六三]、浪人の破袴《やぶればかま》、隠居の十徳[六四]姿、役者ののらつき[六五]、職《しよく》人の小いそがしき、仕事師[六六]のはけ[六七]の長き、百姓の鬢《びん》のそ〻けし、芻蕘《すうぎやう》[六八]の者も行(き)雉菟《ちと》[六九]の者も來る、さま〴〵の風俗、色〻の良つき、押(し)わけられぬ人群集《くんじゆ》は、諸國の人家を空《むなしく》して來るかと思はれ、ごみほこりの空に滿(つ)るは、世界の雲[七〇]も此處より生ずる心地ぞせらる。世の諺《ことわざ》[七一]にも、朝より夕まで兩國橋の上に、鎗《やり》の三筋たゆる事なしといへるは、常の事[七二]なんめり。夏の半より秋の初まで、凉《すゞみ》[七三]の盛《さかり》なる時は、鎗《やり》は五筋も十筋も絶《たへ》やらぬ程の人通りなり。名にしおふ四条河原[七四]の凉《すゞみ》なんどは、糸鬢《いとびん》[七五]にして僕《でつち》にも連(れ)べき程の賑《にぎ》はひにてぞ有(り)ける。又か〻るそう〴〵しき中にも、戀といへるもの〻あればこそ、女太夫[七六]に聞(き)とれて、屋敷[七七]の中間《ちうげん》門[七八]の限《かぎり》を忘れ、或はしほらしき[七九]後姿《うしろすがた》に、人を押(し)わけ向へ立(ち)ま〔は[八〇]〕れば、思ひの外なる貞《かほ》つきにあきれ、先へ行(き)たる器量を譽《ほむ》れば、跡から來る女連《をんなづれ》、己が事かと心得てにつと笑(ふ)もおかし。筒の中から飛(び)出(づ)る玉屋[八一]が手ぎは、闇夜《やみよ》の錠《ぢやう》を明(く)る鍵《かぎ》屋[八二]が趣向、「ソリヤ花火」といふ程こそあれ、流星《りうせい》[八三]其處に居て、見物是に向ふの河岸《かし》から、橋の上まで人なだれを

加えなかった為、匈奴に送られた薄倖の美女。三八 姿絵を見る所が似る。三九 川端なので蝙蝠も亦名物。四〇 夜鷹。二十四文で最も安い街娼。→補注一〇三。四一 船子の需要を求める声。両国栞「舟か〳〵、塩とめ新ばし五百らかんのり合は」。四二 辻駕籠の客引の声。四三 便利。四四 勤番侍。四五 江戸町人。四六 流行スタイル。四七 流行の町形櫛。→補注一〇四。四八 →補注三四(蝙蝠羽織)。四九 硝子の器に金魚を入れる。流行して春信の画にも残る。五〇 京都で織出した金襴の一種。五一 肥えふとった。五二 年季奉公で諸家を渡りあるく歩士。五三 えらぶったさま。五四 太刀にしばられたてい。五五 色好みらしく。五六 袖を引くとはねつけるさま。五七 相愛の男を持つ。→補注一〇六。五八 踊子。橘町を本拠として、踊など諸芸で、客席をとりもつ女達。江戸芸者の前身。→補注一〇七。五九 大奥の局式の長い建物。ここに住むものは禁慾生活をしている。六〇 富家貴人につかえる駕籠かき。六一 危げなさそうに気どったさま。六二 幕府及び諸藩出入の商人。六三 肩衣と袴の色柄の違った上下。六四 江戸時代では、袴なしに、衣服の上につける羽織様のもので、儒・医や老人が用いた。六五 歩きぶり行動の悠長さ。六六 さへづり草「かの仕事師を鳶人足の者とよべるを(下略)」。六七 髷の先。六八 草刈や木樵。孟子の梁恵王下篇「文王之囿、方七十里、芻蕘ノ者モ往キ、雉兎ノ者モ往ク」。六九 狩人。七〇 世界中の雲。七一 日本永代蔵、三「此橋の上に。馬乗一人。出家壱人鑓壱筋。朝から晩迄絶ゆる事なく」。七二 特に賑しくない平常。七三 隅田川の涼は五月二十八日より八月二十八日まで公許。七四 京の鴨川原の涼は六月七日より十八日まで。→補注一〇八。七五 中剃をそり下げて鬢を細くした奴などの髪

の風。四条の涼を子供の従者とする主人格の賑しさである。七六 豊後節を語る小屋の女(都の手ぶり)。七七 武家屋敷に奉公の中間。七八 門限の時間のきたのを。七九 様子のよい。八〇「は」原本脱。意によって補。八一 花火屋玉屋市兵衛。八二 花火屋。六代目の鍵屋の番頭が別家した家。先祖は万治から江戸へ出て玩具花火をはじめ、享保頃から大花火をはじめたその方面の老舗。八三 花火の一種。論語の為政篇「子曰ク、政ヲ為スニ徳ヲ以テス、譬ヘバ北辰其所ニ居テ、衆星之ト共ニスルガ如シ」。

一 うろうろ船と称して、物売の船が涼船をぬって出た。二 呼び声。三 唐の李璡。譲皇帝憲の子、汝陽王となる。杜甫の飲中八仙歌「汝陽三斗始メテ天ニ朝ス、道ニ麴車ニ逢ヒテ口涎ヲ流シ」。四 唐代の詩人李太白。飲中八仙歌「李白一斗詩百篇、長安市上酒家ニ眠ル」。五 晋の劉伶。酒徳頌を作った愛酒家。六 持金全部を酒に投出す。七 謡曲の猩々にある、潯陽江の酒ずきの怪。八 腹中にあって、酒を吸込むという酒吸石。九 茶を売る舟。大阪の茶舟とは別(和漢船用集)。一〇 和漢船用集「通船のひらたく大なるを呼ぶ者也」。一一 やげんの形をして小さく一人乗りの快足の小舟。隅田川の交通に用いた。一二 寒暑をさける為にひらだに屋根をつけた舟。一三 大船で、部屋の如きを船上につけたもの。一四 美しく飾る吉野の縁。一五・一六・一八・二一・二三 皆屋形船の名。↓補注一〇九。一七 紅袖で舞うを紅葉の名所高尾の縁でいう。一九 仲間でかり切った船。えびすは商いの神で、商人と縁。二〇 坊主の内妻を大黒という縁。二二 平清盛が兵庫に築島した縁。肴を盛り上げた。二四 この頃の拳の流行は時津風(延享二)や辰巳園(明和七)に見打(つ)てどよめき、川中にも[一]煮賣の聲〳〵、[二]田樂《でんがく》酒・諸白酒、[三]汝陽《ぢよやう》が涎《よだれ》・[四]李白《りはく》が吐《へど》、[五]劉伯倫《りうはくりん》は[六]巾着《きんちやく》の底《そこ》をたゝき、[七]猩々は[八]焼石を吐(き)出す。[九]茶舟・[一〇]ひらだ・[一一]猪牙《ちよき》・[一二]屋根舟、[一三]屋形舟の數々、[一四]花を餝る[一五]吉野が風流《ふうりう》、[一六]高尾には踊子《おどりこ》の[一七]紅葉の袖《そで》をひるがへし、[一八]えびすの笑聲は商人の[一九]仲ヶ間舟、[二〇]坊主のかこひものは[二一]大黑にての出合、酒の海に肴の[二二]簗嶋《つきしま》せしは、[二三]兵庫《ひやうご》とこそは知られたり。琴《こと》あれば三弦《さみせん》あり、樂《がく》あれば囃子《はやし》あり、[二四]拳《けん》あれば[二五]獅子《しゝ》あり、[二六]身ぶりあれば聲色《こわいろ》あり、[二七]めりやす舟のゆう〳〵たる、[二八]さわぎ舟の[二九]拍子《ひやうし》に乘(つ)て、船頭も[三〇]さつさおせ〳〵と艣(ろ)をはやめ、[三一]祇園《ぎおん》ばやしの鉦太皷、[三二]どらにやう鉢のいたづらさわぎ、[三三]葛西《かさい》舟の悪《わる》くさきまで、入(り)乱(れ)たる舟・[三四]いかだ、誠にかゝる繁栄《はんゑい》は、江戸の外に又有(る)べきにもあらず。

去程に菊之丞が[三五]仕出し舟、荻野八重桐・鎌倉平九郎・中村与三八なんどは、藝《げい》はもとより珍しからず、さわぎも又うるさし、役者の舟遊に三弦浄《さみせんじやう》るりを翫《もてあそぶ》は、学者の書を講じ、出家の經を讀《よみ》、米つきの杵《きね》をかつぎ、大工の手斧《ておの》を腰にさして、花見遊興に出(づ)るがごとくなればとて、いと靜《しづか》に酒酌《くみ》かはし、見らるゝ人のさわぎを見て[三六]歩行《(ある)》(く)は、[三七]月夜に挑灯《てうちん》のいらぬと同じ道理にて、見らるゝ者も恩に着せず、見る者は心遣《(こころづかひ)》もなく、さりとは又能(き)慰《なぐさみ》なり。一同あそこ爰と漕《こぎ》廻りけるが、いざやさわがしき所を離《はなれ》て遊(ば)んとて、舩を[三八]三股《みつまた》てふ處へこぎ寄(せ)て、四方の気色を見渡せば、南は[三九]蒼海《そうかい》[四〇]漫々《まん〳〵》として、[四一]雲と海との色もさやかには見へわかず、行(き)かふ帆《ほ》は蝶《てう》の飛(び)かふがごとく、[四二]安房《あは》相模の海にそふて出(で)たるは、只一筆にて画《ゑがき》たるに似たり。西は[四三]箱根大山なんども幽《かすか》に見へわたり、けふは水無月[四四]其日なれば、かの[四五]望《もち》に消《け》ぬれば其夜ふりけりと詠じたる、冨士《ふじ》の高根《たかね》も[四六]いとしるく、近きあたりは人の家居のみ多くして、民の竈《かまど》の夕煙《ゆふけふり》たなびき渡り、さしもに[四七]廣《ひろき》武藏野も、人の住(み)わたらぬ處もなく、[四八]草より出(で)て草に入(る)、昔の月に引(き)かへて、軒《のき》より出(で)て軒に入(る)ともいふべき風情、道行(く)人は只[四九]蟻《あり》なんどの行(き)かふがごとく見へ渡れば、さながら仙境に入(り)たる心地なんして、覚へずも[五〇]舷《ふなばた》をたゝき、[五一]いとしめやかに諷(ひ)たるに、[五二]舟やかたの塵《ちり》もちり、空行《そらゆく》雲もたゞよひぬともいふなる。人々は興に乘じて、[五三]香包取(り)出して一炷《(ひとたき)》くゆらせ、いとしづかにたのしみけるが、いざや[五四]中洲の邊へ行(き)て蜆とらんと、皆々小舟に乘(り)移(る)。菊之丞曰(く)「我は[五五]案じ掛(け)し[五六]發句《(はつく)》あれば、跡より行(か)ん」とて、一人舟にぞ殘(り)居たりける。

頃しも水無月の中の五日、日は西山にかたむき、[五七]月代《つきしろ》東にさし出(で)て、水

える。二五 流行の中将棋の駒。二六 役者その他の身ぶり声色をすること。二七 しんみりとした芝居唄の一つ、めりやすを歌っている船。→補注一一〇。二八 さわぎ歌でにぎわしい船。→補注一一一。二九 歌の拍子につれて。三〇 歌のはやし言葉の一。里のをだ巻評に、深川を述べ「サッサヲセ〳〵の浮拍子も皆此里を始とす」。三一 原本「祇」。今改めた。京都の祇園会に用いる特殊のはやし。→補注一一二。三二 銅鑼・鐃鈸。共に法会用の楽器。三三 下糞をはこぶ船。三四 原本「いがた」。今改めた。三五 わざわざ準備した船。三六 さまよう。三七 無用の意の諺。三八 隅田川の末、大橋と永代橋の間の浅瀬。江戸砂子「干潟一里ばかり也、此洲にて沖よりの浪を防ぐ」。安永にここを新地とし繁栄したが、寛政元年廃された。三九 大海。東京湾。四〇 水のみちたさま。四一 水平線のあたりが明らかでない。四二 千葉県の南端。神奈川県の東端。白帆が点綴してあらわれるさま。四三 相模(神奈川県)の西方北方の山々。四四 十五日。四五 万葉、三「不尽がねにふりおける雪はみなづきのもちに消ぬればその夜ふりけり」。四六 はっきりと見え。四七 東京都・埼玉県にわたる昔の広大な原野。四八 古歌(出典未詳)「武蔵野は月の入るべき山もなし草より出でて草にこそ入れ」。四九 小さく見えること。淳于棼が、夢に蟻の国、槐安国に遊んだ南柯の夢(異聞集)の故事で、次の仙境に応じる。五〇 蘇東坡の前赤壁賦「是ニ於イテ酒ヲ飲ミテ、楽シメルコト甚シ、舷ヲ扣キテ之ヲ歌フ」。五一 しずかに、低い声で。五二 土佐日記「かくうたふに船屋形の塵も、空ゆく雲も漂ひぬとぞいふなる」。塵は、劉向別録(芸文類聚所引)に見える、魯人虞公が発声すると、梁の塵も動いた故事、雲は、列子の湯問篇に見え

の面[一]漣漪《さゝなみ》立(ち)ていと涼しく、頃日《(このごろ)》の暑も忘る(る)ばかり、別世界に出(で)たる思ひをなしければ、菊之丞硯取(り)寄(せ)てかく、

　[二]浪の日を染(め)直したり夏の月

となん書(き)しるして、黄昏《たそがれ》の気色能(く)も[三]云(ひ)かなへたりと、獨笑《ひとりゑみ》をふくみ、吟じ返(へ)しける折から、何《(いづ)》ちともなく、

　[四]雲の峯から鐘も入相

と[五]ほの聞へければ、菊之丞は不思議《ぎ》の思ひをなし、[六]何人かわかゝるしほらしきわきをなんせしと、あたりを見廻せば、[七]一葉《いちよう》の舟に[八]梶取《かんどり》もなく、若き侍の只一人、笠ふか〳〵と打(ち)かつぎ、釣竿をさしのべて餘《よ》念《ねん》もなき躰なり。扨は只今の脇は、此人にこそ有(り)けんと思へば、[九]心ばへ奥床《おくゆか》しく、舩ばたより打(ち)ながむれば、彼男もふりあをのきしを能(く)見れば、年

る、秦青が、薛譚の帰るを送って、節を撫して歌った所、声は林木を振い、響は行雲をとどめたという故事による。　三三 香道で用いる香をつつむ具。　三四 三股の一部で、洲となっている所の称。　三五 考えかけた。　三六 俳諧の発句。俳句。　三七 月のこと。

一 詩経「河水清且漣漪」。小波。
二 夕日に金色に染った波の色も、夏月いでて、染め直した如く銀波となって、涼味しきりである。青年時俳諧に遊んだ源内の自作か。
三 十分に表現しつくした。
四 雲の峰は夏季で発句と同季。韻字どめで正しい脇句。折から雲の峰もくずれさらんとする。その辺からか、いずこともなく入相の鐘の声がする。発句は視覚、脇は聴覚の涼しさを加えた。
五 かすかに。
六 こんな殊勝な脇句をつけるのは誰だろうかと。
七 一艘の小舟。前赤壁賦「一葉之軽舟ニ駕(の)リ。」
八 梶取の音便。舟子。枕草子、八「渡りする折のかんどり」。
九 心境。

の頃二十四五計にして、色白く清らなるが、路考を見てにつと笑(み)し面ざしに、[一〇]包《つゝむ》にあまる戀衣《ごろも》、[一一]胸《むね》に思ひの十寸鏡《ますかゞみ》、[一二]正目《まさめ》には見もやらず、水に移れる俤《おもかげ》を、やゝ見とれたる其風情、さすが[一三]岩木にあらざれば、[一四]我ゝ思ふ人の捨(て)がたく、やゝ打(ち)[一五]ながめ居たりしが、互に云(ひ)出(づ)る詞もなく、折しも風のそよと吹(き)ければ、彼男ふりあをむきて、

[一六]身は風とならばや君が夏衣

と吟じければ、菊之丞取(り)あへず、

[一七]しばし扇の骨を垣間見《かいまみ》

是より少し[一八]ほころびて、彼男舟さし寄《よせ》、菊之丞が舟に[一九]つなぎ捨(て)て打(ち)のりつゝ、日の暮(れ)てより[二〇]越《こよ》のふ涼しくなりたりなんどゝ、[二一]よそ事にいひものすれば、菊之丞は手づから銚子盃なんどたづさへ來り、「先程[二二]ふつゝかなる口ず

一〇 恋心をつつみかねて、顔付にあらわれている。つつむ・衣・胸など縁語。
一一 胸に思いが増すと、十寸鏡にかけ、十寸鏡を枕詞として正月を出す。冠辞考「真蘇比と真須美の語の通ひにて、真澄の鏡てふ意なるべし、然れば右の真そ鏡は、真須美鏡の美を略き約めて冠辞とせしなりけり」。
一二 正面から。まのあたり。万葉、十三(三二五〇)「まそかがみ正目に君を相見てばこそ吾が恋やまめ」。
一三 路考も情を解さないではないから。
一四 自分を思ってくれる人。
一五 伊勢物語古意「ながめは心に物思ひある時、黙然として物を久しく打まもりをるを云ふ」。
一六 自分は風となりたいものだ。そして君の夏衣の中へ入りたい。君は恋の語。
一七 私もしばらく風をさそう扇の手をとめて、その骨の間から垣間見のように君をのぞき見した。垣間見は恋の語。扇は夏の季語で且つ風につく。前句のさそいの情に応ずる情を示した。
一八 気持がとけて。
一九 自分の舟をつないだままにしておいて、菊之丞の舟に乗って来て。
二〇 甚しくの雅語。この所、甚だ古物語的文章を弄する。この巻の初めの俳文調とがらりと文趣をかえてある。
二一 世間なみの話に、まぎらわしていうので。「ものす」は、ここでは「いう」をおぼろげにした語。
二二 下手に吟じた発句。

さみに、[一]やんごとなき御脇給はりしより、[二]只人ならず見参らせたり。[三]一樹《じゆ》の陰《かげ》一河《が》の流《ながれ》も、一かたならぬゐにしとなん聞(き)侍りたり。[四]何國《(いづく)》の人にてましますぞや、御名[五]ゆかし」と尋(ぬ)れば、「我は濱《はま》[六]町邊に住(め)るものなり。夏の間は暑をさけんため、[七]人なんどもつれず、我一人小舟に棹さし、此風景を樂《たのしみ》とせり。しかるにけふ思はずも、君が姿《すがた》を垣間《かいま》[八]見しより、思ひははれぬ天雲《あまぐも》[九]の、ゆ[一〇]くら〳〵と釣舟の、浪にたゞよふ梶枕《かぢまくら》[一一]、一夜の情有磯海《ありそうみ》[一二]の、深(き)心を明(か)し合はゞ、此世の願足(り)なん」とて、路考が手を取(り)よりそへば、さすが上[一三]なき粋《すい》ながら、向ふよりは思ふ事のいとふかく、我もまた此人ならではと、思ふ心のお[一四]もはゆく、詞はなくて銚[一五]子取(り)つゝ、盃をさし寄(す)れば、彼男丁《(ちやう)》[一六]と請(け)て、つゝと干[一七](し)て路考にさす。呑(ん)ではさしさしてはのみ、合[一八]もお[一九]さへも二人なれば、數ゝめ[二〇]ぐり逢ふことも、結《むすぶ》[二一]の神の引合せ、夜もはや五[二二]ッむつごとの、雲[二三]となり龍とならんと、月[二四]夜烏《がらす》を心のせ[二五]いし、互のちぎり淺からず、こけるともなく寐るともなく、互の帯の打(ち)とけし、二ッ枕のさゞめ言、いかなる夢を見しかいざしらず。

根奈志具佐四之卷終

一 かたじけなく立派な脇をいただいてから。
二 凡人。
三 諺。遇然に同じ樹の下に宿り、同じ河水を飲んだと思っても、前世からのなみなみならぬ因縁あってのことの意。
四 係結が乱れている。「たる」とあるべき所。
五 知りたい。
六 両国橋の下流右岸隅田川ぞいの一帯。
七 伴人。八 ちらと見てから。
九 天象や「行く」などにかかる枕詞。上から晴れぬの縁で雲と出し、枕詞として「ゆくら」にかかる。
一〇 ゆらゆらと。万葉、十三(三二七三)「天雲のゆくらゆくらに葦垣の思ひ乱れて」。
一一 舟・波と縁語。舟旅で寝ること。
一二 一夜の情が有っての意で上から、下へは海の関係で、深いにつづく。この所、万葉その他の歌語をつらねて長歌の一部の趣をなしている。
一三 極上の。一四 恥しく。一五 酒をつぐ器。
一六 盃を銚子にあてて、ちゃんと。
一七 のみあけて。一八 間。盃のやりとりの間に、第三者がのむこと。
一九 さされた盃を受けないで、おしもどすこと。共に酒宴の用語。
二〇 盃が度々廻ってくることと、くしくも相逢うたの意をかねる。二一 縁むすびの神。
二二 午後八時前後。次に六ッをむつごとにかえてある。二三 男色の情交密なることをいう。韓愈孟郊の故事。↓補注二六。
二四 月明を夜明とまちがえてなく烏。
二五 誓紙。熊野権現から出す牛王(ごおう)の誓紙には烏の印が多くおしてある。よってここも烏を牛王の誓紙のつもりで、心に深くちかっての意。

根奈志草五之巻

[二六]定《さだめ》なき世と人ごとにいへども、世の定なきよりは、只[二七]定なきは人の心にてぞ有(り)ける。古人[二八]春宵一刻値千金《しゆんしやういつこくあたいせんきん》と、[二九]めつたに高ばれば、又[三〇]浮世《うきよ》を三分五厘と[三一]捨賣《すてうり》にする男もあり。然(れ)ども春宵一刻に千金出して、買(ふ)たわけもなく、[三二]三分五厘に賣(つ)て仕舞ふ、[三三]出來合の浮世もなし。いかに口から[三四]地代《(ちだい)》の出ぬものなればとて、[三五]出る儘のいひたい事、つまる處は能(く)も惡(く)も[三六]いひなし次第の浮世にて、浮世の定なきは、人の心の定なきなり。[三七]聖《せい》人も[三八]父母の國を[三九]尻引《しりひつ》からげて去(り)給ふは、[四〇]魯國《ろこく》廣(し)といへども、[四一]馬の合(ふ)た相手なきゆゑと見へたり。また[四二]程子《ていし》に逢(ひ)て[四三]蓋《きぬがさ》をかたむけ、途《と》中にて[四四]しびりの切(れ)る程長咄しは、初對面《しよたいめん》から心の合(ひ)たるが故なり。[四五]心合(は)ざれば、親子兄弟も仇敵《あたかたき》のごとく、心が合へば[四六]四海みな[四七]兄分ともなり、[四八]若衆ともなるとは、[四九]酸《すい》も甘《あまい》も喰(つ)て見たる詞なり。されば今評判随《ひやうばんずい》一の[五〇]路考なれば、誰《たれ》か一人[五一]望《のぞま》ざるものなからんや。皆能器《よいき》

二六 人生無常の嘆。列代の歌集にもこの語が多い。 二七 「定めなき人の心」の語も亦、歌集に多く見える。 二八 蘇東坡の春夜詩「春宵一刻値千金。花有清香月有陰」。 二九 むちゃに高値をつければ。 三〇 現世をよいかげんに考えて。普通は「浮世」というが、源内は風流志道軒伝自序にも「浮世三分五厘店の寓居」。 三一 そまつにする。 三二 分は銀一匁の十分の一。厘は分の十分の一。 三三 レディメードな。そまつな作りの。 三四 地代金。土地の借料。口を使っても金を取られないからとて。 三五 口から出まかせの。 三六 言い方。口に出る言葉のもとである思い方次第で、この世は能くも悪くもなるものだ。 三七 孔子。史記世家によれば、孔子五十六歳の時、故国魯を去って、諸国をさまよい、六十八歳に帰国すると。 三八 生れた国。孟子の尽心下篇「孔子之魯ヲ去ルヤ曰ク、遅遅タルヤ吾行也、父母ノ国ヲ去ルノ道也」。 三九 早々と旅立つさま。 四〇 孔子の生国。今の中国山東省。 四一 気の合った。 四二 孔子家語「孔子郯ニ之(ゆ)ク。程子ニ塗(みち)ニ遭フ、蓋ヲ傾ケテ而シテ語ルコト終日。甚ダ相親ム」。岡竜洲の補注「程子ハ名ハ本、字ハ子華、晋人也、荘子ニ子華子ト称シ、韓ノ昭侯ニ見ユル者是也」。 四三 身分ある者の外出にさしかけた大きな傘様のもの。 四四 待ち遠しいことのたとえ。 四五 博覧古言の不依親疎篇「志合ヘバ則胡越モ昆弟ト為ル、由余子蔵是ナリ。志合ハザレバ則チ骨肉モ讎敵ト為ルハ、朱象管蔡是ナリ」。 四六 論語の顔淵篇「四海之内、皆兄弟也」。世の中の人が皆兄弟の如くむつみ合う意を、男色道にいいなした。 四七 男色道の年長者。 四八 男色道の年少者。 四九 世間の表裏をつぶさに経験すること。 五〇 瀬川菊之丞の俳号。 五一 若衆にほしいと思う。

一 結綿。綿をたばね中央をくくった形を図案化したもの。路考の紋。上から「よい器量といふ」とつづく。 二 自分の若衆とする人。 三 至極の達人のたとえ。 四 思わせぶりな表現。 五 もとの場所に座りなおして。 六 つくづくと見つめて。 七 しんぼう出来ない内心が、外面に自然とあらわれて。 八 うれわしげな情をあらわした動作を示す。 九 物思いの御様子でおいでなのですか。 一〇 ねんごろ。 一一 とかく。 一二 上から「なく」とつづく。たださめざめと泣くのみである。 一三 男色道では殊に心意気を尊ぶ。 一四 かくし事をなさるのですか。 一五 伊勢物語、十三段「武蔵鐙さすがにかけてたのむには問はぬもつらしとふもうるさし」「問へばいふとはねばうらむ武蔵鐙かゝる折にや人は死ぬらむ」(古意「鐙は左右にむかへてかゝる故にかけて思ふといはん冠辞とせり」)による。鐙の縁で「かゝる」。 一六 こんなに厚い情。 一七 人間にては非ずと荒波がかかる。とんだ葛の葉もどきが滑稽である。 一八 住居として。 一九 気をおちつけて。 二〇 そこらあたり、気味悪いようすをいったもの。 二一 魔よけの呪言。或は河童よけの呪言。中陵漫録に、豊後の某の河太郎を禁ずる霊符を述べ、「若し猟に行き、或は怪しき水を渡りし時は、此歌三遍祝すべし。其害を防ぐ事、信にしかりと云へり。ひやうすへに川たちせしを忘れなよ川たち男我も菅原」(諸国里人談にも)。 二二 あなた。 二三 顔の涙を。 二四 鎌倉時代の荘園におかれた職だが、ここは、その国その地の領主の意。 二五 前出(五一頁)。 二六 一途。ひたすらに忠義からの謀。 二七 原本振仮名「じんべん」。 二八 無理な。 二九 情が深い意を、深緑として、下の松を引出す語。 三〇 松の縁で、千年も長く情交をつ量《りやう》[一]とゆひ綿《わた》の、紋を見てさへ心動者《うごくもの》多し。されども獨《ひとり》も[二]手に入レる者なきに、いかなれば彼男、俄《にわか》の出會にて、かゝるさまに手に入れしは、誠に此道の[三]氏神ともいふべし。程なく二人は起《おき》あがりて、[四]何かは知らず、手水《(てうづ)》などせしさまいと心にくし。また[五]もとの座に直りて、酒酌《くみ》かはせし躰、何となう始のほどよりは、一入《ひとしほ》打(ち)とけてぞ見えける。月も漸(く)さしのぼり、舩中は昼《ひる》のごとく、川風そよと吹(き)渡(り)て夏去(り)秋の來たる心地、いと興あるさまなりけるに、彼男路考が顔《かほ》を[六]つれ〴〵と打(ち)守り、初は物がなしき躰なりしが、猶[七]たえかねし思ひの色外にあらはれ、泪《なみだ》をはら〳〵と流《ながし》ければ、菊之丞[八]すり寄(つ)て、「何とてかく[九]物思はせ給ふ躰のましますや」と、いと[一〇]念頃《ねもごろ》に尋(ぬ)れども、彼男は猶さらにさしうつむき、[一一]とかうの詞も[一二]泪《なみだ》より外いらへなし。路考も心濟(ま)ざれば、「扨はわらはが[一三]心いき、御気に染《そま》ぬ事もや有(り)けん。かく打(ち)とけし中に、何とても[一四]ものを包《つゝみ》給ふや」と打(ち)うらみたる躰なりければ、彼男泪をおしぬぐひ、「かほどに深《ふかき》御身の志を仇《あだ》になして、いはぬもつらし[一五]武蔵《むさし》鐙《あぶみ》、[一六]かゝる情の其上に、わらはが心の氣に染《(そま)》ぬかとの一言、胸《むね》にこたへて覚ゆれば、子細をあかし侍るなり。必(ず)〳〵驚《おどろき》給ふべからず。我実は人間にては[一七]あら波《なみ》くゞり、水底《みなぞこ》を[一八]家と定(め)て、住《すみ》なれし水虎《かつぱ》といふものなり」と、聞(く)

より路考はあきれけるが、いかなる子細にてあるらんと、心[一九]をしづめ聞(き)居たれど、思はずぞつと寒けだち、すみ〴〵[二〇]も見らるゝ心地なりけれども、漸(く)に胸押《むねおし》しづめ、心の内にとなへ[二一]ごとなどして、猶も様子をぞ聞(き)居たりける。彼男は皃《かほ》[二二]押(し)拭ひ、「我かく人間の姿と成(り)て來りしわけを語るべし。故有(り)て閻广王[二三]御身を深く戀(ひ)したひ、何とぞ冥途《めいと》へつれ來れと、我〻が地《ぢ》[二四]頭《とう》難陀《なんだ》[二五]龍王へ勅定《ちよくぢやう》下り、龍宮にて色〳〵評義有(り)ける處を、某命《いのち》に懸(け)て申(し)上(げ)、漸と此役目を承り、何とぞ御身を連《つれ》行(か)んと、忠義一圖《いちづ》[二六]の謀《はかりごと》、乗捨《のりすて》し舩を盗《ぬすみ》、かく侍の姿《すがた》と変《へん》じ、神変《じんべん》[二七]を以(て)俳諧《はいかい》の句などを吟《ぎん》じ、近寄(り)て御身を引(つ)立(て)、水中へ飛(び)入(ら)んと、兼てよりはかりしが、思はずも御身の器量《きりやう》に心まよひ、わりなき[二八]戀をいひ懸(け)しに、君が情の深緑《ふかみどり》[二九]、松に千《ち》[三〇]年《とせ》と藤浪《ふぢなみ》[三一]の、思ひまとひし[三二]戀衣[三三]、互《たがい》[三四]の帯《おび》の打(ち)とけし、其むつごと[三五]のわすられず、又の逢瀬《あふせ》[三六]と兼言《かねごと》[三七]の、兼て[三八]工《たくみ》し我(が)心も、きのふ[三九]に替《かはる》飛鳥川《あすかがは》[四〇]、渕《ふち》[四一]と瀬川[四二]の君ゆゑに、我(が)身を捨《すつ》る覚悟《(か)くご》なれば、是より我は龍宮へ歸(る)とも、菊之丞を取(り)得(る)事、中〳〵力およばずと申(し)上(げ)なば、龍神より罪《つみ》せられんは案[四三]の内、昔[四四]も乙姫《おとひめ》病気の時、猿《さる》の生膽《いきぎも》の御用に付(き)、水母《くらげ》[四五]に仰(せ)付(け)られしを、いはれぬ[四六]口をしやべりし故、龍神のいかりを請(け)[四七]、筋骨《すじぼね》[四八]ぬかれてかた

づけたいとの意。三一 藤の花房をたとえた語。ここは、和歌の常套の修辞である松に藤がまといつく様を、精神上にかえて、思いまとってとした修辞。三二「まとふ」即ち身につける衣と下につづく。ただし「思ひまとひし」は、以上の如き修辞の外に、「思ひまどひし」で、恋にくれるの意もかねる。三三 歌語で、恋する人の着た着物。ここは下の帯と縁語。三四 衾を共にしてしたしんだ。三五 恋仲のかたらい。三六 又相逢う機会をもってとの約束。この前後はすべて歌語、しかも恋の言葉をつらねている。三七 約束。恋の言葉。また下の兼ての序。三八 前述の竜宮にうばい行くたくみ。三九 きょうは昨日とすっかりかわって。四〇 古今、雑下「世の中は何かつねなる飛鳥川きのふの淵ぞ今日の瀬となる」で、世の変りやすいたとえにひかれる。近世江都著聞集、六「瀬川路考が発句集に、女形女の気にてあすか川、秋の夜中は男気も出て」。淵と瀬川との縁語。四一 淵と瀬の如く全く変っての意。四二 瀬川路考即ちあなたの為に。四三 予想通り。四四 昔話の「猿の生胆」の筋(島津久基著日本国民童話十二講参照)。四五 水母が命令をうけた伝えはない。源内がかえたものであろう。燕石雑志、四「竜王の少女病みて、猿の胆の炙を嗜めり。よりて亀を島山へ遣し、猴を詭きて貝闕(ばいけつ)へ誘引はせしが、門卒なりける海蛇(くらげ)そと謀を漏せし程に、猴又偽りて、わが胆は乾して島山なる林にあり、しばし放ちてかへらし給はば、携へ来てまゐらせんとて、脱去りし」。四六 いらぬ。無用の。四七 原本「を」一字衍。よって除く。四八 童話では水母の骨のない理由とする。水中より生物を捕えて来る所が水虎と似ている。

わとなり、恥《はぢ》を殘せしためしもあり。我は其上大勢の鱗《うろくず》どもの並(み)居る中にて、[一]廣言吐《はき》しことなれば、何《(なに)》面目にながらへん、[二]山林《さんりん》へも身をなげて、死(ぬ)る覚悟《かくご》と極(め)たり。君を助《たすけ》てそれ故に、死(ぬ)る我(が)身は本望ながら、死(ぬ)れば忽《たちまち》[三]生《(しやう)》をかへ、あさましき姿とならば、さぞやあいそも尽《つき》給(は)ん。其上また世の人は、死して[四]未來《みらい》と契れども、君は閻王の寵《てう》を請《うけ》、我は又はかなくも[五]畜《ちく》生《せう》道に落行《おちゆけ》ば、相見る事もなりがたし。[六]薄《うすき》えにしと思ふほど、胸《むね》の[七]氷のとけやらず、必(ず)〳〵死(ん)だ跡にて、一ぺんの御ゐかうも、君が[八]口より請(く)るなら、未來《みらい》の苦《く》げんものがるべし。去ながら我死すとも、龍宮城にはさま〴〵の[九]手だれあれば、[一〇]かまへて水邊へ出(で)給ふべからず」と、事こま〴〵と物がたり、又なみだにぞむせび入(る)。路考も袂《たもと》をしをりしが、「御身の上の物語、始(め)て聞(い)て驚入《おどろきいり》たり。[一一]生《せう》をかゆるとは云(ひ)ながら、た

一 大きな口をきいたから。
二 水中とあるべきを、反対にいうは滑稽。
三 ここでは正体をあらわして、ほどの意。
四 あの世で同じ蓮台の上でなどと約束するが。
五 六道の一。この世の悪業の果で、死後畜生に生れかわって苦をうける世界。
六 縁のない運命。
七 原本「水」。意によって改。思いつめた気持のはれやかにならない。
八 あなたの口から廻向して下さい。その廻向をうけたなら。
九 手練者。手ごわい連中。
一〇 注意して、水(海や川)の近くへ。
一一 普通生れかわること。ここは動物・植物の人間の姿になることをいった。

一二 淵鑑類函引く竜城録に、随の開皇年中、趙師雄が羅山の酒店で、素粧の美人で芳香人を襲う女と共に飲んで寝た。翌朝梅の精であるとわかった話がある。

一三 信田妻の伝説の主。安倍の晴明の父で、和泉の国信田の森の狐とちぎり、一子安倍童子(晴明)を生んだ後、狐は「恋しくば尋ね来て見よ和泉なるしのだの森のうらみ葛の葉」の一詠を残して去った。

一四 何で悪いことがあろう。ついちょっとでも。「くるしからず」「かりそめながら」を一つにした。

一五 男色道の道にそむくこととなる。

一六 あなたは死なないで下さい。

一七 「恩を仇でかへす」の諺を、情にかえて、また、一つの諺となっている。情をかけてくれる人に、悪い仕方で対することの意。

一八 世間の噂。

一九 原本「れ」文字なし。意によって補。

二〇 美しい顔。

二一 水中で相果てること。平家物語の先帝御入水「未だ十歳の内にして、底の水屑と成らせ御座す」。

二二 あなた。二人称の尊称だが、江戸時代では、情愛をこめた場合に用いられる。

二三 命をすてての意と、舟中のことで捨小舟とつづけた。

めしなき事にもあらず。[一二]唐土《もろこし》にては非情《ひじやう》の梅さへ、其精靈《せいれい》美人と成(り)、契《ちぎり》をこめしと聞(き)傳ふ。日のもとにては[一三]安部の保名《やすな》、狐《きつね》と夫婦の契《ちぎり》をなせば、[一四]何かはくるしかりそめながら、枕かはせし其人を、我(が)

身のかはりに死なせては、わらは[一五]情の道立(た)ず。其上我は閻王のしたひ給ふと聞(く)からに、とてものがれぬ命なれば、是非〳〵我を連行《つれゆ》(き)て、[一六]御命全ふし給ふべし」と、いひつゝ立(つ)て舟ばたより、飛(び)入(ら)んとする處を、彼男いだきとめ、「お志は嬉しけれども、今御身を殺しては、流石《さすが》いやしき畜生《ちくせう》ゆゑ、[一七]情《なさけ》を仇《あた》にて報《はう》ぜしと、[一八]世の取沙汰をせら(れ)[一九]ては、我(が)身ばかりの恥《はぢ》ならず。國に殘せし親兄弟、一門までの恥辱《ちぢよく》といひ、其上[二〇]玉の顔《かんばせ》を[二一]底《そこ》の藻屑《もくず》となさん事、見るに忍《しのび》ぬことなれば、必(ず)はやまり給ふまじ。我さへ死(な)ばことおさまる」。「いや[二二]主《ぬし》を殺《ころし》ては、わらは情の道立(た)ず」と、互《たがい》に[二三]命捨小《すてを》舟、死を

争《あらそふ》折からに、「やれ待(ち)給へ」と聲をかけ、立(ち)出(づ)るは荻野八重桐なり。

二人は驚《おどろき》飛(び)のかんとするを、[一]兩手にて押(し)しづめ、「必(ず)さわぎ給ふべからず。最前蜆《さいぜんしゞみ》取(ら)んとて、中洲《なかず》まで行(き)けるが、[二]醉《ゑひ》つよくして堪《たへ》がたく、小舟に乗《のり》て立(ち)歸(り)、お二人の閨《ねや》の内いぶかしくは思ひしが、邪广《じやま》せんもいかゞなり、または様子も聞(か)んものと、舟のあなたに身をひそめ、始終の様子は聞(き)たるぞや。[三]かげろふの夕を待(ち)、夏の蟬《せみ》の春秋を知らざるさへ、命を惜習《おしむならひ》なるに、お二人の死を争ふとは、扨〳〵[四]やさしき事ながら、路考どの御事は閻广王戀(ひ)したひ給ふと聞(け)ば、とてものがれぬ命なり。去ながら見ぬ戀とある事なれば、某を[五]身がはりに立(て)、路考どのを助《たすけ》てたべ。[六]何故の身替と御不審《ふしん》は有(る)べきか。路考どのには能(く)御存《ごぞんじ》、我(が)荻野の系圖《けいづ》といふは、[七]元祖荻野梅三郎より、親[八]八重桐に至(る)まで、代〳〵名代の女形にて、[九]三ヶ津にて人に知られ、上方にては[一〇]座元迄を勤(め)しゆゑ、隱《かくれ》なき家筋なり。然るに我(が)父八重桐、[一一]浮世《うきよ》をはやく去(り)ける時、某はまだ三歳、母の懐《ふところ》にいだかれて、[一二]知るべの方へ身を忍《しのび》しに、五(ツ)の歳母に別《わかれ》、たよる方なき孤《みなしご》にて、乞食《こつじき》非人《ひにん》ともなるべきを、路考どのの親[一三]菊之丞どの、我(が)親とのしたしみ[一四]ありとて、[一五]不便《びん》を加へ、我を養ひ[一六]産《うみ》の子も同前に、[一七]お乳《ち》やめのとゝかしづきて、漸

一　二人に対する心づかいを示したさま。
二　酒の酔がひどくて。
三　徒然草、七段「命あるものを見るに、人ばかり久しきはなし。かげろふのゆふべを待ち、夏の蟬の春秋を知らぬもあるぞかし」(出拠は淮南子「蜉蝣朝生而夕死、而尽其楽」。荘子の逍遥遊篇「蟪蛄不知春秋此小年也」)。かげろふは蜻蛉に似た小虫。
四　殊勝な。
五　いかにも歌舞伎役者らしい言葉でおかしい。
六　この一句はむしろ読者にいったもので、源内は以下で、自らのこの身がわりの趣向を説明する。
七　未詳。古今役者大全、四「荻野といふ苗氏は一通り申さねばならず。上村吉弥出の人に、巴屋勘兵衛といふあり。此子分に荻野長太夫といふ名高き女形ありて、其弟子に荻野左馬之丞、これも名だかし。同荻野八重桐、是は三ヶ津にかくれなき極上上吉の女形、今さらいふにおよばず。扨荻野長太夫わか死せし故、巴屋勘兵衛実子是を二代めの長太夫といふ。三代めは梅之介にて、梅之介弟分に立ちたるが伊三郎也。是実は初の長太夫といふ一説あり(下略)」(役者大系図も大体同じ)。梅之介と伊三郎を合してこしらえたか。
八　元祖荻野八重桐。元禄より享保十七年頃までの女形。極上上吉の位にいたる。
九　京都・大阪・江戸。
一〇　上方では劇団の興行名義人。一座の重要の俳優がこれにあたった。八重桐は正徳・享保の間京都で数度座元となる(伊原敏郎著歌舞伎年表・日本演劇史)。
一一　逝去する。元祖八重桐没年未詳。
一二　知人の所でこっそり生活した。

(く)人と成(り)し頃より、小哥・三弦《さみせん》・[一八]扇《あふぎ》の手、身ぶり聲色《こわいろ》さま〲に、教《おしへ》給いて人となし、幸我に子もなければ、家をも繼《つが》すべけれども、其方我(が)家を繼《つぐ》ならば、荻野の名字たえはてば、先祖の[一九]跡《あと》とふ人なしとて、我を親の八重桐が名に改《あらため》、こなたをむかへて[二〇]養子とし、兄弟と思へとある呉《くれ》〲の御詞、今我不《ふ》肖《せう》の身ながらも、[二一]三ヶ津の舞臺を踏《ふむ》こと、親にもまさる[二二]大恩は、養《やしない》親とも師匠《ししやう》とも、一かたならぬ情ぞや。[二三]今はのきはにも枕元《まくらもと》に招《まねき》寄せ、我(が)身ばかりか[二四]菊次郎まで、名人の名を殘せば、死(ぬ)る命は惜からねど、心にかゝるは[二五]吉二が事、何とぞ其方我にかはり、吉二を守り立(て)、二代目の菊之丞といはせてくれよと、涙《なみだ》を流せし末期《まつご》の詞、[二六]心《(しん)》こんにしみ渡り、命にかへても後見し、名を上(げ)させ申(す)べし、御氣遣《きづかひ》あられなと、聞(い)てにつこと打(ち)笑ひ、此世を去(ら)せ給ひしを、思ひ出すも泪ぞや。まだ幼《よう》少の路考殿、せわにせしは恩返し、父御《ちゝご》に習(ひ)し藝《げい》の祕傳《ひでん》も、[二七]五年以前に又傳授《でんじゅ》、次第に名高く見物も、路考〲と評判《ひやうばん》は、我(が)身の名を上(ぐ)るより、悦しさは百そうばい。評判を取(る)度ごとに、位牌《いはひ》に向ひ[二八]くり言の、自慢《じまん》も師匠の末期の詞、忘れ置(か)ぬ我(が)寸志《すんし》、しかるに今日の[二九]入(り)わけにて、路考どのを死なせては、[三〇]師匠への言《(いひ)》わけなく、二ッには又瀬川の名字、断絶《だんぜつ》させては[三一]本意ならず、我は死すとも子

一三 元祖瀬川菊之丞(一六九一―一七四九)。大阪の人。美貌と舞踊をもって極上上吉にいたった有名な女形。
一四 親交。
一五 同情。
一六 実子。
一七 大事に養育するさまをいう。
一八 舞踊。
一九 死後をまつる。
二〇 二代目菊之丞を養子としたこと前出(六三頁)。
二一 三都の大劇場に出演すること。二代目八重桐は評判記には宝暦二年頃から見える。
二二 大恩であって。その大恩はと下につづく。
二三 臨終。
二四 瀬川菊次郎(一七一五―一七五六)か。初代菊之丞の弟で、極上上吉にいたった女形。古今役者大全「とかく本の上手、真実の仕手は、此人との評判」。
二五 二代目菊之丞の幼名。→補注二二一。
二六 強く感銘して。
二七 宝暦六年十一月に、菊之丞の名を襲って、若女形として、市村座に出演。その翌七年の評判記に、上白上吉として、若女形の最高におかれたことを指す(伊原敏郎著日本演劇史・歌舞伎年表)。
二八 同じことをくりかえしくりかえしいうこと。
二九 こみ入った事情。
三〇 初代瀬川菊之丞をさす。
三一 希望に反する。

もあれば、荻野の名字は絶《たへ》まじければ、五ッの歳より守(り)立(て)られ、親にもまさる師の大恩、報《ほう》ずるは今此時、必(ず)〳〵妻子の事、見捨ずせわを頼(み)入(る)。心にかゝるは是ばかり、閻广王へ行(き)たりとも、こなたの器量《きりやう》にくらぶれば、[一]雪《ゆき》と墨繪《すみゑ》の鷺《さぎ》をからす、云(ひ)[二]くろむるは[三]舞臺の功、返す〳〵も路考どの、[四]身持大事に酒過《(すご)》さず、世上の[五]評判落《おとす》まいと、ひたすら藝《げい》を修行《しゆぎやう》して、親にも[六]伯父《おぢ》にもまさりしと、いはるゝ程になり給ふが、[七]草葉の陰《かげ》の思ひ出」と、いと[八]念頃《(ねんごろ)》に語(る)にぞ、二人もなみだにくれながら、菊之丞はとりすがり、「親に別れて其後は、さま〳〵の御教訓《きやうくん》浅《あさ》からず思ひしに、[九]身にかはらんとの御詞、[一〇]生々世々忘れはおかじ、去ながら御恩ある御身をころし、何とて我(が)身をながらへん。是非此身を」。「イヤ我を」「イヤ某」と三人が、死を争ふてはてしなき折から、平九郎・与三八舩頭など、蜆《しじみ》なんどをとりもたせ、どや〳〵と立(ち)帰れば、三人あはてる其中に、彼男は影《かげ》のごとくきえて行衞は見へざりけり。菊之丞はいましばしと、いふもいはれぬ[一一]他人の中、水面を見やる折から、八重桐は覚悟《かくご》をきはめ、[一二]やぐらの上よりざんぶりと、水中に飛(び)入れば、ばつと立(ち)たる水け[一三]ふり、[一四]かたみに残る[一五]うたかたの、[一六]泡《あは》と消行《きへゆく》[一七]玉の緒《を》の、絶《たへ》てはかなくなりゆけば、舩中俄《にはか》にさわぎたち、八重桐入水《じゆすい》と聲〳〵に、いへど

一「雪と墨」、「鷺を烏(といひなす)」は、ともに大違いの意の諺。「墨絵の鷺」で二つをつなぎ、「云ひなす」を、「墨絵」「からす」の縁で「くろむ」にかえた。
二 いいまぎらす。
三 役者として舞台経験をつんでいるから、うまくやりとげる。
四 路考は私生活が奢侈で、酒を好んだのでこの語をはさむ。艶占奥儀抄(明和八)は、占に見立て役者のうがちをした書、路考の条に「御病気はおごりなんすがつよいから、お勝手は火の車でござんす、それにまたおさゝもすぎやんすに、しやうぶごとがすきなんすからたまるものではござんせん」。
五 評判の悪くならぬようにして。
六 瀬川菊次郎をさす。
七 死んだ後の心なぐさみ。
八 懇に。ま心を示して。
九 私。
一〇 生れかわった後の世まで。未来の末々まで。
一一 平九郎らをさす。事情を知らない人々をいう。
一二 やかた舟の舟やぐら。
一三「けぶり」ではなく、「けむり」とよむ。当時「む」を「ふ」で書きあらわす習慣があった(本大系の近松浄瑠璃集下、凡例参照)。
一四 死後の形見とては、水の泡のみで、何もない意。
一五 泡の枕詞。
一六 はかなく死んでゆく。
一七 命の枕詞から転じて、命の意。
一八 答えもあらず(ない)と、夜嵐の吹く意をかける。
一九 無駄である。無益である。

こたへもあらし吹(く)[一八]、なみの間に〳〵そこ爰と、さがせどさらに詮《せん》[一九]もなし。菊之丞は涙《なみだ》ながら、明《あけ》ていはれぬ身の上の、生《いき》ては義理も立(ち)がたしと、ともに入水と覚悟《かくご》の躰《てい》、何の様子も知らねども、此躰に驚(き)て平九郎押留《おしとどめ》、「尤そこの催《もよを》せし船遊とは云(ひ)ながら、八重桐が入水せしは畢竟怪俄《ひつきやうけが》[二〇]の事といひ、公《(おほやけ)》[二一]我〳〵とても此船中、一所にありし事なれば、こなた一人のとがにあらず、兎《(と)》[二二]なりとも角《(かく)》なりとも、皆〳〵一所[二三]なるべし」と、与三八船頭へ申(し)上(げ)、諸《もろ》共に、詞[二四]を尽(し)て留(む)れば、明(け)ていはれぬ胸の內、いた[二五]はしなみだし[二六]きなみの、そこよ爰よと大舟[二七]の、思[二八]ひ頼(み)て求(む)れど、姿も水[二九]のつ[三〇]れなくも、い[三一]づこに流夜《ながれよる》の雨の、ふり[三二]かゝりにし憂事《うきこと》を、神に祈《いのれ》どせんすべの、渚《なぎさ》[三三]におりて玉梓《たまぼこ》[三四]の、道をたどりて若[三五]草の、妻《つま》にかくぞと告《つげ》ければ、消《きゆる》[三六]ばかりの露《つゆ》[三七]の身は、置[三八](き)所さへし[三九]ら波の、跡[四〇]なき人を戀(ひ)しとふ。されば古哥にも、「洄潭《いりぶち》[四一]に偃《ふし》たる公《きみ》をけふ〳〵と來んと待(つ)らん妻がかなしも」と詠ぜしも、我(が)身の上とかき[四二]くどく、歎《なげき》は濱《はま》[四三]の眞砂《まさご》にて、かきつくされぬ筆[四四]の海、聞(く)人袖をぞしをりけり。

根南志具佐五之巻大尾

二〇 あやまち。
二一 変死人なので、奉行所へ報告するのである。もし咎めをうけるならばの意をふくむ。
二二 どういうことになるにしても。
二三 一同ともどもに行動しましょう。
二四 様々に話して。
二五 同情の涙。かなしみの涙。
二六 万葉、二(二三〇)「おきみれば、しき浪立ち」(万葉考「重浪とは重々(じゅ)に立来る浪をいふ」)。同十三(三三三五)「敷浪のよする浜辺に」。そこ(底)・大舟とは縁語で、上からはしきりにの意でつづく。
二七 「たのむ」にかかる枕詞。ただし舟にのって屍をさがした意をこめる。万葉、四(五五〇)「大船のおもひたのみし君がいなば」。
二八 ここでは、せめてもと望をかけての意。
二九 見えずを水にかける。屍を求めたが見えない。その筈で竜宮へ行ったのである。
三〇 無情に。
三一 何処へ屍が流れ寄ったかに夜をかける。
三二 「夜の雨」がふりかかるの序となる。ふってわいた。突然の。 三三 し方がないと渚がかかる。海岸に上った意。この所、長歌風の文章で、万葉集の言葉をちりばめてある。 三四 道の枕詞。
三五 つまの枕詞。妻は八重桐の妻である。
三六 悲しみにきえいる程。 三七 はかない身の上。
三八 その不幸に自分の処置すべきをしらず。
三九 知らずと白波をかける。古今、恋一「白波の跡なき方に」。 四〇 屍のない人。即ち夫八重桐。
四一 万葉、十三(三三四三)「洄潭(いりぶちに)偃為公(こやせるきみ)を今日今日とこむとまつらん妻しかなしも」(備後国神島浜調使首見屍作歌の反歌)。 四二 愁嘆する。 四三 下の「つくされぬ」にかかる序。
四四 硯。筆硯でよく書き尽されぬ嘆。

爰に爪《つめ》[一]とらず髪《かみ》ゆはず、朽葉衣《くちばごろも》[二]に世をのがれたる人あり。自(ら)天竺《てんぢく》[三]浪人と稱す。此人横《よこ》[四]ぐわへに草をかんで、其毒氣[五]一角となる。其長さ三寸[六]ばかり、其角(つの)額《ひたい》にあらず、頭《かしら》にあらず、常《つね》は唇《くちびる》[七]に隠《かく》れて見へずといへども、今此根南志草を味ふにおよんで、其角長きこと三丈《たけ》[八]あまり、彼を破《やぶり》[九]是をつんざく。抑藥[一〇]や、毒にあらずしてまた何ぞ。

扇[一一]放さず山に住(む)人跋

[一二] 

[一三] 

嗣出書

風流志道軒傳　全部五冊　出來

當世智囊抄　全部五冊　近刻

寶暦十三癸未霜月吉辰

江戸神田白壁町

書肆　岡本利兵衛藏板

一 当時医者本草家が祭った神農(中国の三皇の一。農商医薬を始めた人と伝える)の肖像が、爪長く、髪は長くたれて頭上一角あり、木葉の衣をつけ、口に木草をくわえた体に画かれた。源内が本草家なので、神農のていにした。

二 木の葉をつづった雨露をしのぐ具。仙人などの着料とする。木葉衣。

三 平賀源内の戯号。

四 横にくわえることで、神農の姿だが、一に諸芸を少しくたしなむを横ぐわえという。少々本草学をやったの意を含む。

五 憤まんの気、痛罵の志をさす。

六 舌三寸といって、痛罵の舌のこと。

七 舌端を動かさないが。

八 大いに長広舌をふるうの意。

九 社会の諸般を諷刺する。

一〇 毒舌だが、これが社会に薬となるの意。毒薬変じて薬となるの諺の逆をいった。

一一 万葉、九(一六八二)「とこしへに夏冬ゆけやかは衣扇不放(はなたぬ)山に住む人」による。この跋の文字は、本書自序、風流志道軒伝の自序と同じく源内の手であり、志道軒伝に、風来仙人として自分を登場させる。ここも山人即ち仙人を気どる源内自らである。

一二 「今男之印」。当世男の意。

一三 「玉巵有當」。巵は酒漿器、さかずき。當は底。徒然草、三段「よろづにいみじくとも、色このまざらむ男は、いとさうぐ〵しく、玉の巵(さかずき)の當(そこ)なき心地ぞすべき」による逆。自らを色好みとした。本書の性質からして、その色は男色道。実際にも源内はその道をたしなんだと伝える。

根無草後編

序

[一]風-來山-人。登《リ》二[二]萬-國《ノ》之東-側《ガハニ》一。觀《テ》二[三]娑-婆《ノ》[四]大-劇-場《オホシバヰヲ》一。有下小《ナリトスルノ》二[五]舞-臺《ブタイヲ》一之志上。於《テ》レ是《ニ》以《テ》二[六]紅-毛千-里-鏡《ヲランダノトヲメガネヲ》一。觀《ル》二[七]冥-途樂-屋《メイドノガクヤヲ》一。仰《ギ》二[八]天堂《ゴクラクニ》一俯《シ》二地-獄《ニ》一。啖《クハセ》二[九]抹-香《マツカウヲ》於閻-魔《エンマニ》一。被《カブセ》二[一〇]犢-鼻《フンドシヲ》于地-藏《ニ》一。倒《サカシマニシ》二[一一]舍-利-弗《シャリホツガ》智-嚢《チエブクロヲ》一。振《フルフ》二[一二]富-樓-那《フルナノ》辨-舌《ヲ》一。[一三]三-摩《タビナデ、》二佛《ホトケノ》面《カホヲ》一。始《テ》知二[一四]黄-金膚《ノハダヘナルコトヲ》一。嘆《ジテ》曰。[一五]地-獄天堂《ゴクラク》金次-第《カネシダイト》矣。退《テ》著《シテ》二[一六]一-書《ヲ》一。寓《ス》二[一七]言《ヲ》[一八]八重《ヤエ》桐《ギリニ》一。間《コノゴロ》聞《テ》三[一九]柏-車[二〇]薪-水[二一]御《サソハル、ト》二無常《ムゼウノ》風《ニ》一。繼《テ》爲《ツクツテ》二此《ノ》編《ヲ》一。以《テ》傳《フ》二[二二]諸借本屋《コレヲカシホンヤニ》一。[二三]一-子《ノ》[二四]追-善。莫《シ》レ大《ナルハ》レ焉《ヨリ》。此編《ノ》也《ヤ》。掛《ケテ》二一《チ》[二五]-枚看《マイカン》-版《バンヲ》一。而行《レン》二於[二六]三箇《ンガノ》津《ニ》一矣。[二七]明-和戊子秋。

[二八]寐惚先生陳奮翰《チンプンカン》撰

二九

三〇

一 平賀源内の戯号。 二 仏説に宇宙をさす須弥の世界の東方にあるという日本。 三 仏語で現世。 四 清の康熙帝の語「天地一大戯場」。現世を劇場に見立てた。 五 日本の現実を舞台と見て軽く見る大志。 六 望遠鏡。雅遊漫録、三「正字通ニ云フ、今西洋国、千里鏡、玻瓈ヲ磨シテ成ス所ノ者、長筒ヲ以テ之ヲ窺ヘバ数千里ヲ見ル、復小者ヲ扇角ニ制ス、近視者ハ能ク之ヲ遠カラシムト。山泉遠望の地に遊ぶに、携レ之ば甚興有り。舶来花夷の制、此土にて制する物、品類美悪あり(下略)」。 七 死後にゆく、あの世の内幕。この書の前編で閻魔王庁の様をとりあつかったのをいう。 九八 天上仏神在住の極楽。仰天俯地の成語を用いて、極楽地獄をうかがって、題材としたこと。 九「抹は」原本「株」。意によって改。渋面顔をいう諺に「抹香なめた閻魔のやう」。瀬川路考を思慕して、閻魔に渋面をさせたこと。 一〇 書言字考「犢鼻褌(フドシ)」。一休が関の地蔵の首をふんどしでくくらせた咄(一休咄)。その如く奇抜な話を、根なし草前編でつらねたの意。↓補注一。 一一 釈迦の十大弟子の一で、智恵第一と称された。舎利弗の如く満々たる智恵を作品一杯にぶちまけた。 一二 釈迦の十大弟子の一で、弁舌第一と称された。富楼那の如く雄弁ともいうべき、流れる如き文章を書いたこと。 一三 諺「仏の面も三度なでれば腹立つる」による。 一四 仏体が黄金膚であることがわかった。前編は、表面は滑稽であるが、三度読めば、その内部に、社会諷刺の黄金の如き本質のあることをいった。 一五 諺「地獄極楽金次第」。以上の結果である。 一六 以上前編の内容を、源内冥途における経験と見て、それを一書に盛ったとする。 一七 荘子一巻を寓言と見るにならう。 一八 前出(三九頁)。前編は八重桐の水死事件に事をかっ

（序

風來山人、萬國の東側《がは》に登り、娑婆の大劇場《おほしばゐ》を觀て、舞臺《ぶたい》を小なりとするの志有り。是《ここ》に於いて紅毛《おらんだ》の千里鏡《とほめがね》を以て、冥途《めいど》の樂屋《がくや》を觀る。天堂《ごくらく》に仰ぎ地獄に俯し、抹香《まつかう》を閻魔《えんま》に喫《く》はせ、犢鼻《ふんどし》を地藏に被《かぶ》せ、舍利弗《しやりほつ》が智囊《ちゑぶくろ》を倒《さかしまに》し、富樓那《ふるな》の辨舌を振《ふる》ふ。三たび佛《ほとけ》の面《かほ》を摩《な》でて、始めて黃金の膚《はだへ》なることを知り、嘆じて曰く、地獄天堂金次第《ごくらくかねしだい》と。退きて一書を著して、言を八重桐《やへぎり》に寓す。間《このごろ》柏車・薪水無常《むじやう》の風に御《さそ》はるると聞きて、繼ぎて此の編を爲《つく》つて、以て諸《これ》を借本屋《かしほんや》に傳ふ。二子の追善、焉《これ》より大なるは莫《な》し。此の編や、一枚看《いちまいかん》版《ばん》を掛《か》けて、而して三箇《が》の津《つ》に行はれん。明和戊子の秋、寐惚先生陳奮翰《ちんぶんかん》撰す。）

ている。一九 一世市川雷蔵の号。作中に詳しい。→補注二。二〇 二世坂東彦三郎のこと。作中に詳しい。→補注三。二一「風に御す」（風にのってゆく）を意訳したもの。死んで行った。二二 貸本屋。借を貸に用いるはこの頃の習い。前出。→根南志具佐前編補注三。 二三 二人、即ち柏車・薪水。二四 死者の冥福を祈って仏事などをいとなむこと。二五 名題看板・芸題看板ともいう。劇場前にかかげる大看板で、勘亭流で、芸題即ち狂言名を書き、その上部に立者を絵であらわし、四隅の金物には座元の紋を打込むもの。ここは大いに広告しての意。二六 大芝居のあった所でもある、京・大阪・江戸の三都会。二七 明和五年（一七六八）。二八 大田南畝の戯号。この前年明和四年秋九月、南畝は、「毛唐陳奮翰子角著」として、狂詩集の寝惚先生文集初編を出刊。源内は「風来山人題紙鳶堂」として序をよせている。二九 印文「陳奮翰」。三〇 印文「盲千人」。世の人は皆明盲にして、風来山人源内の真価を知らずの意をふくむか。

一 味噌の看板を模したもの。上々の品で卸売の意。本文の初に応じて、味噌（自慢）の問屋の意。二 風俗七遊談「カラ味噌を揚げて粋自慢をしなんす」など例は多い。三 江戸。四 通言。流行語。五 国学者の古典を注する態を模す。六 口達者。七 高まって。麹また味噌のもと。材料。八 ついで。塩また味噌の材料。九 語源を知る人も知らぬ人も万人とも。一〇 自慢気とかさ気のない人はない。一一 孔子。一二 論語の述而篇「子曰、天生徳於予、桓魋其如予何」。→補注四。一三 孔子の自慢は理屈ばる意と、臭い玉味噌と

[一] 

自序

[二]味噌《みそ》を上《あげ》るとは。自慢《じまん》といへる[三]東都《とうと》の[四]俗言《ぞくげん》なり。[五]謹《つゝしん》でその言《ことば》の意《こゝろ》を考《かんがふ》るに。[六]口豆《くちまめ》が[七]かうじ〳〵て話《はなし》の[八]塩《しほ》にいひ出せるより起《おこ》れり。されば[九]しるも知らぬも此[一〇]味噌を漏《もる》ることなし。[一一]唐《から》の親父《おやぢ》は。[一二]天徳《てんとく》を予《われ》に生《な》せりと[一三]理屈臭《りくつくさ》ひ[一四]玉《たま》味噌を上(ぐ)れば。[一五]天竺《てんぢく》の謊《うそ》つきは。[一六]唯我獨尊《ゆいがどくそん》と[一七]頭《あたま》がちの[一八]脳《なう》味噌を上(げ)。[一九]汨羅《べきら》に沈《しづ》みし[二〇]偏屈者《へんくつもの》が。[二一]身《み》の皎ゝ《けう〳〵》たるといふより[二二]白味噌に思ひ付(け)ば。[二三]引込思案《ひきこみじあん》の世間《せけん》知らずが。[二四]郷里《きやうり》の小人《しやうじん》に腰《こし》を折《おる》まじといへるは。これ[二五]五斗《と》味噌の始《はじめ》なるべし。予嘗《かつ》て[二六]根無草を著《あらは》す。[二七]塩加減《しほかげん》の薄《うす》味噌なるも[二八]當世《たうせい》の口に叶《かな》ひ。[二九]隣《となり》の糝汰馥《ぬかみそかうば》しからんと[三〇]評判四方《へうばんよも》に隠《かく》れなく。遠近《ゑんきん》より尋《たづね》來り。これを鬻《ひさぐ》こと[三一]三千部《ぶ》に餘《あま》れりとて。書肆《しよし》の歡斜《よろこびなゝめ》ならず。爰《こゝ》ぞ[三二]駄《だ》味噌の上(げ)どころと。又筆《ふで》を採《とり》て後編《こうへん》を著《あらは》し。[三三]株《くひぜ》を守《まもり》て兎《うさぎ》を獲《とらへ》ば。よき[三四]吸物《すいもの》の献立《こんだて》ならんと。[三五]眞《まつかい》赤な赤《あか》味噌に神儒佛《しんじゆぶつ》の[三六]ざく〳〵汁《じる》。教《おしへ》のはしくれにもならんかと。いらざる世話《せわ》を[三七]燒《やき》味噌に微意《びい》あることを記《しる》せども。[三八]牛《うし》の糞《ふん》やら[三九]胡麻《ごま》味噌やら。そのわかちなき人には。[四〇]味噌を敷《しき》たる

かかる。一四 味噌を作って之を団子状にし藁苞につつんで炉辺において乾燥。数年保存して使用する。臭く品質は悪い。一五 釈迦。一六 天上天下唯我独尊。釈迦誕生の時唱えたという偈。天下に我に及ぶものなしの意。一七 傲慢な。一八 頭の縁。一九 前出(三九頁)。二〇 屈原。前出(三九頁)。二一 漁父辞で一身の潔白をいった文。前出(三九頁)。二二 上の「皎々」は潔白の意。その縁で白。二三 消極的な人生観の持主で、世間的経験の乏しい人。官界を嫌い故郷に隠遁した詩人陶潜、号淵明(三六五―四二七)。二四 晋書の隠逸伝に、郡の督郵に束帯して会えといわれて、「吾、五斗ノ米ノ為ニ腰ヲ折リ、拳々トシテ郷里ノ小人ニ事フルコト能ハズ」といった。二五 元来は豆二斗・糠二斗・塩一斗で製した味噌。製法種々あり(俚言集覧など)。五斗の縁。二六 宝暦十三年刊の前編のこと。二七 塩味の少い上に、その味噌の少い汁。ぼんやりした作柄と謙遜。二八 世好に合った意。二九 糠を主材料にする粗悪な味噌。他人のものがよいように思われる意の諺「隣の糂粏(じんた)味噌」による。三〇 世上もっぱらの評判。三一 多いという意のたとえ。三二 自慢のし所と。「駄」はつまらぬ意の接頭語。三三 ここは前の幸運によって、再び僥倖を求める意。↓補注五。三四 材料乏しくて、見てくれのみよい意か。三五 真赤なうその意を含む。三六 種々の材料を混じた汁。三教まぜこぜ。三七 世話を焼く、即ちおせっかいをする意を、焼味噌にかけた。味噌をあぶって別趣の味を出したもの。三八 玉石の区別のつかぬことの諺「味噌も糞も一所」。三九 炒った胡麻を味噌にすり合したもの。ここは胡麻をすったもの、即ちへつらいの言葉の意を含む。四〇 味噌の上にもぐさをおいて灸する習慣があった。

一和漢三才図会「擂木、擂槌　俗ニ須利古木ト云フ」。自慢する意の鼻を高くすることを、味噌の縁でたとえた。二自慢することをまた、天狗という。出立は衣裳、次の「柿の衣云々」に応ずる。三歌舞伎の暫のつらねの最後をまねた。このつらねも亦、一種の味噌を上げたものである。四前出(五七頁)。顔見世興行のある十一月の意をこめる。五山伏の姿をしているという天狗の姿。又一方、市川流の暫は柿色の素襖をつけるからいう。六山伏のつける布製で、十二のひだのある頭巾。七山伏の衣の上につける麻製の衣。八前出(五八頁)。九前出(五八頁)。一〇天狗の縁。又、暫で出る豪傑が敵役をとりひしぐにかける。自慢顔を面目なしにしてしまう。一一印文「古今獨歩」。一二印文「我慢坊印」。この我慢は高慢の意。天狗らしい称。

一三古今、恋四の詠。八代集抄「偽といふ事なき世ならば人のことの葉皆誠にてあるべければいかほどうれしかるべきと也」。一四諺「女郎の誠

灸《きう》のごとく。應《こたえ》ること少《すく》なからんと。高慢《かうまん》の鼻擂槌《はなすりこぎ》一のごとく。天狗《てんぐ》二出立《でだち》の味噌尽《づく》しとホヽ、三敬白《うやまってもうす》。

明和五年子の顔見せ。四柿《かき》五の衣《ころも》に兜巾《ときん》六篠懸《すゞかけ》七。風來山人切幕《きりまく》八より。暫《しばらく》九と声掛《かけ》て。

世上の作者《さくしゃ》の鼻をひしぐ。一〇

一一

一二

根無草後編一之巻

「[一三]僞《いつは》りのなき世なりせばいかばかり人の言《こと》の葉《は》嬉《うれ》しからまし。」されば[一四]卵《たまご》の方《しかく》と倡妓《じよらう》に實《まこと》なきのみならず、佛法に[一五]方便《はうべん》あれば、軍法《ぐんばう》に計策《はかりごと》あり。浮世に追《つい》從《しやう》[一六]輕薄《けいはく》あれば、[一七]参會《であひ》に[一八]座《ざ》なり[一九]おはむきあり。虚言《うそ》あれば、[二〇]てれんあり。僞あれば、[二一]手くだあり。だますといひ、[二二]こんたんといひ、[二三]文《あや》なすといひ、[二四]懸《かけ》るといふ。[二五]手《て》尓《に》於《お》葉《は》の違《たが》ひはあれど、つまる所は引(つ)くるめて[二六]謊《うそ》で丸めた世の中に、只僞ならぬもの迚《とて》は、[二七]産《うま》れた者の死《しぬ》ることにて、[二八]北州《ほくしう》の千年[二九]蜉蝣《かげろふ》の夕《ゆふべ》、長き短《みじか》き限《かぎり》あれども、貴《たつと》きも賤《いや》しきも、賢《かしこ》きも愚《おろか》なるも、[三〇]猫《ねこ》も飯鍪《しやくし》も[三一]おしなべて、[三二]此道をもるゝことなし。されども人情《じやう》の淺はかなる、[三三]門松《かどまつ》は冥途《めいど》の旅《たび》の一里《り》塚《づか》とも氣はつかで、[三四]無上《むしやう》に[三五]新春の御慶と壽《ことぶ》き、[三六]懸《かけ》棘《だ》鬣魚《ひ》も魚の死骸《しがい》と悟《さと》らねば、めつたに目出度(き)ものとのみ覚え、[三七]熨《の》斗《し》蚫《(あはび)》を顛倒《かへせ》ばしのと讀《よま》れ、[三八]四の字をきらへば、五の字にも[三九]ごねるといへば油斷《ゆだん》ならず。

と卵の四角あれば晦日に月が出る」。一五 仏説で衆生を化する手段。諺「うそも方便」。以下皆各方面のいつわりを並記。一六 おせじ。一七 人つきあい。一八 その場かぎりをつくろう言葉。一九 へつらい。二〇 史林残花「客妓ヲ欺クヲ手練ト曰フ」。一般にも用いる。二一 もと遊里の語で、相手をだます方法。二二 たくらみ。二三 うまく持っていって相手を思う通りにする意の遊里語。二四 史林残花「妓客ヲ欺クヲ懸(カケル)ト曰フ」。その反対をもいう。二五 表現に多少の相違はあるが。二六 うそで表面はきれいに見せかける意の成語。二七 生者必滅の意。二八 北狗廬洲のこと。そこの住人は寿一千歳に満つという(西域記)。謡曲の楊貴妃「北州の千年つひに朽ちぬ」。長寿のたとえ。二九 昆虫の一種。淮南子の説林訓「蜉蝣朝ニ生ジテ夕ニ死ス」。短命のたとえ。三〇 何も彼もの意の諺。名物六帖「飯鍪(シヤクシ) 註釈雑子木之ヲ為ス、俗ニ飯匙ト云フ」。一休咄「生れては死ぬるなりけりおしなべて釈迦も達磨も猫も杓子も」。三一 皆ひとしく。三二 死の道。三三 俗伝一休の詠「門松は冥途の旅の一里塚めでたくもありめでたくもなし」。正月毎死に近づくの意。三四 むやみに。三五 年始の言葉に「何屋何右衛門新春の御慶申し入れます云々」というを用いた。三六 滑稽雑談「和俗、塩蔵の鯛二尾を以て、譬へば戸或は竈のうへ、神の棚などにも揚げて、是を懸鯛と称す。六月朔日にいたりて、是を取って食事にあてて祝する也」。大和本草「棘鬣魚(タヒ) 本邦ノ俗用鯛字」。三七 鮑の肉を細く薄くへいでほしたもの。正月の蓬萊台にかざる。三八「死(し)」の音をいんで、万事に「し」を用いず、数字も「四」をさけるかつぎの風習をいう。三九 死ぬことをいう卑語。「門松は」以下の文章は仮名世説に妙文として引用。

いざや其死《しん》で行(く)先々を尋《たづ》るに、[一]釈迦《しやか》の工夫《くふう》の大狂言、[二]切落しから[三]落の來る、[四]万代不易《ばんだいふえき》の當り劇場《しばゐ》、地獄《ぢごく》極樂數多《あまた》ある中に、[五]六道の街《ちまた》となんいへるは、繁花《はんくわ》いはん方もなく、[六]車轂撃《しやこくうち》、人肩摩《じんけんすり》、[七]弘誓《ぐぜい》の舩宿[八]川岸《かし》に招《まね》けば、[九]紫雲《しうん》の[一〇]逵《つじ》[一一]肩輿《かご》[一二]通りに遮《さへぎ》リ、[一三]五々の菩薩《ぼさつ》の[一四]めりやすは、[一五]楓紅《ふうこう》・露友《ろゆう》が[一六]おもむきをうつし、[一七]呵責《かしやく》の鬼の催促《さいそく》は、[一八]日なしの親方《おやかた》[一九]火の車をめぐらし、[二〇]蓮花《れんげ》の大屋店賃《たなちん》を[二一]債《はた》れば、[二二]脱衣《だつえ》の老婆《ばゞア》[二三]勧化をせつく。実《げに》や現在《げんざい》を見て、過古《くわこ》未來をしり、明樽《あきだる》を見て[二四]沢菴《たくあん》漬《づけ》を思ふ、油断せぬ世の中なれば、[二五]三途《さうづ》川の遠干潟《とほひがた》に、數《す》千丁の土手《どて》を築《つき》出し、白波変《しらなみへん》じて[二六]平地となれば、國ニ[二七]懸出《かけだ》しをするがごとく、後々《ごく》末代に至るまで、其益すくな[二八]芥子味噌《からしみそ》、鼻《はな》の穴《あな》迄ぬけめなき、[二九]鉄門《てつもん》屋が[三〇]仕出《しだ》し料理《りやうり》、[三一]しゆんかんの筍《たけのこ》には、[三二]石女《うまずをんな》に燈心《とうしん》をあてがひ、[三三]硯蓋《すゞりぶた》の蓮根《れんこん》には、極楽の[三四]ねだをはづす。[三五]死手《しで》の薯蕷《やまいも》、三途《づ》の川鱒《ます》、[三六]八寒《はつかん》地獄《ぢごく》の[三七]煮凍《にこゞり》に、[三八]西《(さい)》の河原の

一 冥途と仏説でいうを釈迦の作とした。二 芝居小屋の平土間前方の入込みで最下等の見物席。大衆席。↓補注六。三 喝采を受ける。四 永遠にかわらず評判のよい。五 地獄・餓鬼・畜生・阿修羅・人間・天上の六道の分れ路。六 車の軸の中心部。人車の往来のはげしいさま。戦国策、斉「車轂撃チ人肩摩ス」。七 仏達の衆生を彼岸に導く大きな誓願を船にたとえた。以下は、冥途と当世の江戸の生活をつきまぜた弄文である。八 前出(五五頁)。船宿は江戸隅田川交通の舟かし業者。九 仏菩薩の乗る紫の雲。早いをもって駕につける。一〇 康熙字典に爾雅の注を引き「四道交々出デ復旁道有ル也」。一一 名物六帖「肩輿(カゴ)(正字通を引く)」。辻駕。一二 辻待して客をはこぶ民間の駕。一三 通行客に利用を求める。一四 二十五菩薩。信者往生の時、弥陀三尊来迎、その時楽と共に紫雲に乗ってあらわれる菩薩達。それで「めりやす」とつけた。一四 長唄の一種。短くしんみりとかたる。歌舞伎の下座音楽として発達。一五 富士田楓江・荻江露友。共に長唄の名手。↓補注七。一六 歌い風に似ている。一七 地獄の罪人をせめる鬼。下へは無情な催促の意でつく。一八 その日の中に返す契約の金貸、又その金。一九 家計の苦しいのを火の車という。益々家計を苦しくする。二〇 極楽では蓮の台(うてな)に座すというを、借家に見立てた。二一 催促する。二二 三途川の脱衣婆の死者の衣をはぐを、おうば勧進なる物乞いの、ほどこしを乞うにかけた。↓補注八。二三 仏寺の寄付を求めたり、仏教に関係する物乞の金銭をもらうこと。二四 漬物桶に恰好と思う。二五 前出(四〇頁)。二六 干拓工事をすること。源内は印旛沼の干拓を計画したと伝える。二七 建物の一部を、水上などに突出して用いるもの。

二八 上から「すくなからず」、下へは「鼻の穴へぬける」の形容。 二九 閻魔国の鉄門による名。十王経のその条「四方ニ鉄門ヲ開ケリ」。
三〇 当時の江戸では珍しかった。
三一 以下仕出し料理の内容。 笋干。蒲鉾・玉子などと共にだしにて煮る笋料理。
三二 前出(四一頁)の灯心地獄のさま。
三三 口取肴などを盛る器。
三四 床下の横木。極楽の蓮台の根にあたるの意。
三五 死出の山。十王経「閻魔王国ノ堺、死天山ノ南門ナリ」。 三六 八種の極寒の地獄。
三七 魚の煮たのを葛や寒天を加えてこごらせた料理。寒い地獄だからいう。 三八 賽の河原。冥土で、小児が父母供養の塔を作り、地蔵に救われるという所(燕居雑話)。
三九 未詳。 四〇 はずみ。 四一 味をならべる文飾。せちがらいこの世に、間のぬけた連中。
四二 人声も無く、「浪の音」とかかる。
四三 草木の風に少しくゆれるを居眠のこくりこくりに見立てた。
四四 当時の迷子をさがす呼び声。滑稽で奇抜。
四五 鉦・太鼓で山野を求めるのが、当時の迷子さがしの習慣。
四六 和漢三才図会「結縷草(かうらいしば・からしば)」。芝居。
四七 目あてに。 四八 「椶」の略字。椰子色・鳶色。
四九 この文字、出典未詳。
五〇 碁盤の如く縦横に交った縞。
五一 前出(四六頁)。
五二 前出(四六頁)。
五三 前出(四一頁)。
五四 こっそり所在をかくすこと。男女共にでなくともいう。 五五 我々。
五六 感情をたかぶらせて、争うこと。鬼の角による洒落。

[三九]地藏燒《やき》、好《このみ》次第飲《のみ》しだい、夜の内からの人群集《くんじゆ》、是ぞ此地の名物と、詞の塩[四〇]に錢出して、辛《から》[四一]ひ浮世に甘《あま》き族《やから》も、暮《くれ》を限《(かぎり)》に立(ち)歸《かへ》れば、跡は人聲も浪《なみ》[四二]の音のみして、更行《ふけゆく》夜半のそよ〳〵風に、草木もおのづから居眠《ゐねふり》[四三]をそゆる、星の光《ひかり》かすかなる、闇路《やみぢ》はるかに声立(て)て「迷《まよ》[四四]ひ子の焰魔《ゑんま》様ァ〳〵」と、[四五]鉦太鼓《かねたいこ》の音哀《あはれ》げに、小提灯《てうちん》の明りを頼(み)、うそ物淋《さみ》しき三途川の邊《ほと》り、西を東南を北と、立(ち)別れ尋(ね)つかれて、追々にとある結縷原《しばはら》[四六]を目印[四七]に、赤鬼・黑鬼・斑《まだら》鬼、棕色《とびいろ》[四八]・正官綠《もえぎ》[四九]・碁盤嶋《ごばんじま》[五〇]、五色・八色さま〴〵の貞形《かほかたち》、一角《いつかく》・兩角・一眼《がん》・二眼、牛頭《ごづ》[五一]・馬《め》頭・あほう羅殺《らせつ》[五二]なんど、異類異形《いるいいぎやう》の獄卒《ごくそつ》[五三]ども、一ツ所へ寄集《よりあつま》り、「是程にさがしても、焰广様のお行方《ゆくへ》しれず。地獄極樂創《はじまり》て、終《つゐ》どない旦那の亡命《かけおち》[五四]。尋に出るこち[五五]とが難儀《なんぎ》」と、口々にわめきちらし、振(り)廻ス頭《あたま》の數々、角目立《(つのめだ)》[五六](つ)とは是なるべし。

地獄の果《はて》でも[一]なひ智恵《ちゑ》ふるふ、[二]社長《なぬし》・[三]戸頭《ごにんぐみ》と思しき鬼、しかつべらしく正中《まんなか》に居並び、「扨々毎《まい》日丁々《てうく》の[四]いかひやつかい、昔と違《ちが》ひ地獄極樂ともに近年の大不景氣《ふけいき》、日にまし死(ん)で來る人はふへる。そう〳〵[五]餓鬼道計《がきどうばかり》へも遣《やら》れねば、日々《にちく》の喰潰《くひつぶ》し、段々[六]米は貴《あがつ》て來る。粥喰《かゆくは》してもつゞかれぬに、娑婆《しやば》で[七]欠《あくび》の序《ついで》ながら申(し)た念佛を[八]恩《おん》に着せ、[九]百味《ひやくみ》の飲食《おんじき》かはかしおり、[一〇]うぬらが[一一]夫妻相對《めうとあいたい》の内證《ないしやう》事を大そふらしく、[一二]一蓮《いちれん》たく生と契りましたかゝアが跡から成佛《じやうぶつ》いたし、格別《かくべつ》尻《しり》が大《(おほき)》ひから、出來合《できあい》の[一三]蓮臺《れんだい》では[一四]ほうがへしも成(り)ませぬ。蓮臺をひろげるとも、お臀《いど》の方を削《けづる》とも、お指圖なされて下さりませと願《ねが》ふやら、菩薩達《ぼさつたち》の[一五]箔《はく》の置替《おきかへ》、天人衆を釣下《つりさげ》る[一六]道具立《どうぐだて》の[一七]大物入、扨又地獄の[一八]責《せめ》道具《ぐ》も、請負《うけおひ》方で[一九]高ばる故、近年御勝手[二〇]不如意《ふによい》の只中、焔魔様の無分別《むふんべつ》、捨置《すておい》ては[二一]三千世界《せかい》が暗《くら》闇《やみ》に成(る)事じやと、[二二]十王様の[二三]とちめん棒《ぼう》[二四]ふつてわいた地獄の騒動《さうどう》、毎日毎夜尋(ね)ても、[二五]まだにお行方《へ》しれざること、旁《かたく》いかゞ思はるゝ」と[二六]小首《こくび》かたむけ問掛《とひかゝ》れば、又[二七]跡の月頃田舎《いなか》から[二八]山出しと見えて、[二九]荷持瘤《にもちこぶ》の跡[三〇]しやちこばつた黒《くろ》鬼《おに》の長助、大勢《ぜい》の中遠慮《えんりよ》もなく、[三一]「それ様達《タチヤ》ア、どふ思ふておんじやり申(す)。焔广様の亡命《かけおち》とはヲヤ[三二]てんこちもなひ、[三三]肝《きも》サアがでんぐりかへるにョ。大方[三四]年内の借金《しやくきん》につまり申(し)て、[三五]逐電《ちくでん》をし申されたか、毎日さがせど影《かげ》サアも見え申

一無理に考えることの諺「ない智恵をふるふ」。二名物六帖「社長(シヤウヤ)(李義山雑纂を引く)」。三名物六帖「戸頭(ゴニンクミノカシラ)(冊府元亀を引く)」。ここも五人組では、意通ぜず、隣保の主だったものの意である。四ひどい迷惑。五前出(四一頁)。ここの罪人は食事をしないからの意。六明和四年米一石七十数匁。明和五年七十六匁。明和初年の六十匁前後より騰貴をいう(三貨図彙)。七俗に念仏をかみつぶすなどいい、老人などロぐせにした念仏。八もったいらしくして。九仏説でいう種々の珍味。極楽の満ち足った食生活を示す。一〇相手をいやしめていう代名詞。一一夫婦中の相談で出来た秘密。一二極楽で同一の蓮台の上で往生すること。一三仏像の座す蓮華座で示された如きもので、人々も極楽往生すれば、その上に座するをいう。一四しまつにおえない。ただし源内は「方返し」と解して、むきをかえることとも出来ぬ意か。一五仏像につけた金箔をつけかえること。一六芝居の大道具に見立てた。一七大失費。一八業の秤・浄頗梨の鏡の類をさす。一九高く落札する。当時の幕府や諸侯と商人の関係を諷した。二〇会計の都合の悪い最中。二一前出(三九頁)。二二前出(三九頁)。二三大あわてすることを「とちめん棒ふる」という(用捨箱中)。二四ふるを転じた、突然におこった。二五いまだに。二六思案にあまるさま。二七先月。二八田舎からのぽっと出。二九常に荷を持ち、為に肩に出来たこぶ。三〇瘤のあとも、行動もごつごつしている。三一お前様達。三二物類称呼「あるまじき事をするといふ詞のかはりに、東国にててんこちもないと云ふ、又つがもないと云ふ詞も是にひとし」。三三腹の立つことにいうが、ここは驚嘆する意であろう。

さなひ。扨《サアチヤ》うらゝ迄が宿なしに成(り)申(す)は悲《かな》しいこんだと、流涕《りうてい》こがれてとこぼへ申(す)」と、譬《たとへ》に違(は)ぬ鬼の目に涙《なみだ》ぐんで物語《ものがた》れば、額《ひたい》をぐつとぬき上《あげ》、さかやき延《のび》たがつたり天窓《あたま》、腕《うで》に彫《ほり》物した赤鬼の八兵衞、懐手《ふところで》してずつと出(で)、「つがもない、こつとらが身代《しんだい》でも、五両三両の借金にせつかれ、内外《うちと》で濟(ま)ぬこんなら、高が砂利《ざり》をつかむと思へば、借る時の地藏顔、なす時の旦那の面《つら》だ。貸《かし》た奴《やつ》がのたまく云や、横ぞつぽうはりのめすに、素氣《ずだい》の短《みじか》い旦那殿、がふぎに亡命《かけおち》されるとは、あて事もない、外聞《がいぶん》を失《うしな》つて、おいら迄が顔が立《たゝ》なひ。何《なん》のこんだ咄《はな》しの様《やう》な」と、めつたにりきめば、そばからねそ〳〵上《かみ》方《がた》の産《うま》れと見えて、西瓜《すいくわ》に蠅《はい》のとまつた様な、髮の曲《まげ》は寐《ね》てもそんぜぬ勘弁《かんべん》ごと、白鬼《おに》はよごれめ見え、黑鬼は弱《よは》からふと、地の太《ふと》き伊勢嶋《いせじま》鬼、不思儀《ふしぎ》そふな顔つきにて、「わしらはとんと呑込《のみこま》ぬわひの。熖广様の身代はゐらァいもんじやさかいで、いくら借金が有(つ)た迚、ちつと始末《しまつ》なさつたら、つゐ直《なお》りそふな物《も》ンじやわいな。こふいへばわしがのが少《ちゆつさい》了簡《れうけん》の様なれど、ひどふ積《つも》りて、代物《しろもの》の隨分《ずいぶん》利口《りこう》に付(く)やふに、菩薩達《ぼさつたち》の黃金《わうごん》の膚《はだへ》も、御堂前の出來合《あい》同前、倭鉛《とたん》・鍍金《めつき》で間を合(は)せ、極楽へ毎日の仕出も、百味《ひやくみ》の飲食理《おんじきことはり》いふて、仕掛《しかけ》で壹匁五分膳《ふんぜん》ぐらいで濟《すみ》そなもの。其上でまだ不足なら、娑婆中へふれを

三四 大晦日の。三五 にげ走ること。三六 さては。三七 下賤の輩の用いる一人称。三八 主人がなくなる故。三九 大いに泣くこと。中世小説や古浄瑠璃に多い、時代がかった語。四〇 泣きさけぶ。四一 諺「鬼の目にも涙」。四二 額口を広く剃ったさま。四三 鬢の根がゆるく後や横にまがったさま。労働者の頭風。四四 途方もない。四五 自分達。四六 家庭や町内。四七 お白洲の砂利場に平伏する意で、せいぜい裁判沙汰を覚悟なら。四八 諺。なす時の閻魔顔を旦那といった滑稽。この諺にある通りだ。下にかかる。四九 酒に酔ってくだを巻くこと。ここはそのようにわからぬ文句。五〇 横面をしたたか打てばよいのに。五一 元来。五二 威勢よく。五三 途方もない。五四 ここに写された当時のいさみ連中は、何かというと、外聞や顔の立つ立たぬをいった。五五 世間に対して面目ない。五六 甚だ珍しいの意。五七 間だるくて、ねっとりしたさま。五八 鬢の小さく、月代に青黛をぬったさま。五九 倹約・始末。六〇 これも、経済的に着物を選ぶさまを見立た。六一 伊勢(三重県)から出た木綿の縞織物。地即ち織糸が太い。六二 いっこうに理解できない。六三 物類称呼「畿内近国の助語に、さかひと云ふ詞有り。関東にて、からといふ詞にあたる也」。六四 きびしい見積りをして。六五 利勘などと同義に用いたか。得になるように。六六 大阪南久太郎町の本願寺別院前。六七 レディメードの安い仏具屋があった。六八 和漢三才図会は亜鉛として「広東省ヨリ出ル者ヲ上ト為シ、東京琶牛之産之ニ次グ、今唐金真鍮ノ諸器ヲ造ル者並ニ亜鉛ヲ加ヘザルトキハ則チ成ラズ」。六九 名物六帖「鍍金(メッキ)」。七〇 仕出し料理。仕出し弁当。七一「断り」のあて字。七二 定食。壱匁の「匁」に「ゐム」と振仮名あり、省略。

一 亡者の路金と云って、棺桶に入れる六文銭。↓補注九。 二 新鋳造の一枚四文にあたる銭。↓補注一〇。 三 八大地獄の一。↓補注一一。 四 一枚一分(一両の四分の一)の札。 五 日本経済史辞典「催主より富札を配布して広く一般に買はしめ、一定の期日に買主を集め、抽籤の方法によつて当籤者に予定せる多額の賞金を与ふる懸賞的博奕の一種」。↓補注一二。 六 畜生道で馬に生れ変った亡者を売る理財法。 七 剣の山の剣を古物店で売る方法。 八 橋町一丁目。今の東京都千代田区。古着店があった。 九 筋替橋と浅草橋の間南側の土手。今の東京都千代田区。古道具の床見世が出た。 一〇 一時の窮乏はしのげる。 一一 風変った。 一二 茶を煎出したを合せた塩粥。上方商家では朝食に茶粥を常とした倹約を評した語。 一三 上方人の理屈っぽいを、江戸人のさっぱりした気象に対していう。 一四 弁舌の立つ。 一五 通人。↓補注一三。 一六 前出(四七頁)。 一七 脂が雁首へ下る意で、煙管を前下りにくわえること。 一八 万金産業袋、四「同(唐)更紗(正字印華)幅三尺九寸、皆白地にてもやういろ〱、水に入れて落る事なし、色ちや類、あさぎ、ねづみ等、みな和にての目利なり」。 一九 前出(四七頁)。 二〇 閻魔のこと。以下当時の通言をつらねる。 二一 ほれっぽい性質。 二二 仏説で天上界に飛行する美女。 二三 綺麗なのにすこぶるまいって。 二四 たわむれること。 二五 羽交じめを天人なのでかえた。 二六 す早く情交すること。 二七 妊娠させて。 二八 「を」の誤字。 二九 御殿女中など休暇で自宅へ帰るを宿下りというが、天人故「宿上り」とした。 三〇 全く無視すること。↓補注一四。 三一 大日如来。真言宗の本尊で一切の世界をめぐむという仏。 三二 閻魔、人名に「州」をつけていうが

廻し、[一]六道銭《せん》に[二]新鑄《しんぶき》の當四銭《しもんぜに》を入(れ)させ、[三]無間《むげん》地獄の蛭《ひる》を止《やめ》て、[四]壹歩札にて三百《びやく》兩の[五]冨を突《つか》せ、[六]畜生道《ちくしやうどう》で馬市をはじめ、[七]劔《つるぎ》の山を[八]一丁目か[九]柳原へはこんでも、[一〇]一方は防《ふせ》がれるに、焰广様は[一一]味《あぢひ》な了簡、わし等《ら》はとんと呑(み)込(め)ぬわひの」と、[一二]茶粥《ちやがゆ》の腹《はら》の減《へり》をもおぼへず、[一三]上方理屈《りくつ》いひ並《なら》ぶれば、鬼仲間《なかま》でも[一四]口を利殺鬼《きくさつき》といへる[一五]通リ者、[一六]銀煙管《ぎんぎせる》[一七]脂下《やにさがり》にくはへ、[一八]唐《とう》ざらさのじゆばん腕《うで》まくりに、[一九]本田あたま打振《うちふり》て、「イヤ[二〇]親玉《おやだま》の亡命は金《かね》でなしの色《いろ》事。目玉光《めだまびかり》の赤面《つら》、髭《ひげ》むしやの口廣《くちびろ》で、見掛に似ぬ[二一]近惚《ちかぼれ》、[二二]天人衆の奇麗《きれい》事に、[二三]頗《すこ》いきの[二四]いちやつき、[二五]羽衣じめの[二六]ちよんの間、[二七]おれこましのからだ[二八]おも、[二九]宿《やど》上りも[三〇]ずい流《なが》し、そこで[三一]大日腹を立《たて》、[三二]焰刕《えんしう》には似合《にやは》ぬ身持と、[三三]尻《しり》われのぐつとこまり、[三四]ずいにげのぐひはづし、推量《すいりやう》遠ひ[三五]中の丁、[三六]打《ちつ》て置《おけ》チヨン」と[三七]そゝり立(て)れば、鼠《ねづみ》色の[三八]へんてつに、[三九]東《たう》坡巾《ばきん》かぶりしは、[四〇]すかんぴんの[四一]宗匠鬼《そうしやうおに》、[四二]朝鮮扇《てうせんおふぎ》しやに

かまへ、「イヤ〳〵大王の亡命は、中〻左様の事ならず。[四三]紀《き》の貫之《つらゆき》が[四四]古今《こきん》の序《じよ》に、『[四五]繪に画《かけ》る女を見て、心を動《うごか》すがごとし』とは、[四六]僧正《そうじやう》遍照《へんじやう》が哥《うた》の[四七]評判《ひやうばん》、それは昔《むかし》の[四八]筆の跡、かゝるためしを[四九]目のあたり、眉目容《みめかたち》類《たぐ》ひなき、[五〇]瀬川菊之丞が繪姿《あすがた》に、焰广大王現《うつゝ》をぬかし、龍神《りうじん》に勅定《ちよくぢやう》ありし、一部始《し》終《じう》の委《くわし》い事は、[五一]根無艸《ねなしぐさ》に書《かき》しるし、世上《せじやう》に隠《かく》レ[五二]なみ〳〵ならぬ、其戀人《こひびと》を思ひ[五三]川、[五四]流《ながれ》て末《すへ》の逢《あ》ふ瀬《せ》あらばと、待《まち》わび給ふ折からに、龍神《りうじん》の下知《げぢ》を請(け)、手下《した》の水虎《かつぱ》が働《はたらき》にて、伴《ともな》ひ來ル路考が姿《すがた》、聞(き)しには似も付(か)ず、[五五]存の外の不《ぶ》器量《きりやう》に、一座大にあきれ果《はて》、定《さだめ》て訳《わけ》の[五六]有磯海《ありそうみ》、[五七]不覚《かく》を取《と》りし其様《やう》子、包《つゝ》まず白《はく》状《じやう》仕《つかまつ》れと、水虎《かつぱ》を御吟味《ぎんみ》有(り)けるに、己《おの》が心に覚有(り)、[五八]疵持足《きづもつあし》の氣味惡《わる》く、御白洲《す》にひれ伏《ふし》〳〵、誤《あやまり》入(り)たる有様より、かつぱと伏《ふす》といふ事は、[五九]此時よりぞ初《はじまり》ける。され共[六〇]漢子《きやつ》も[六一]去《さ》ル者にて、[六二]詞をかざり[六三]鷺《さぎ》を烏《からす》いひ[六四]くろめ[六五]んと、[六六]淨《じやう》

通。三三 悪事が発覚して。三四 ずっとかけおちをして、ぐっと怒をはずした。中の丁は吉原の中央通り。三五 真中という を地名につづけた。三六 それで話はしまい。三七 勢い込んで述べ立てる。三八 褊綴。十徳のようで袖が長く、すそを五寸程縫わずに作る。医者・隠居などの着料。三九 東坡の画像に見る如く、みじかい唐風の頭巾。四〇 貧乏者。四一 ここは俳諧の先生。四二 朝鮮産の扇。四三 平安朝の歌人(—九四五)。四四 古今和歌集。延喜五年、紀貫之等が編した勅撰歌集。四五「僧正遍照は、歌のさまは得たれども、誠すくなし。たとへば絵にかける女を見て、徒に心を動かすが如し」。四六 遍昭。六歌仙の一人(八一六—八九〇)。四七 批評。四八 ここは文章の意。引き事も宗匠らしくしてある。四九 現在もあって。五〇 前出(四二頁)。五一 根南志具佐前編に見えることの広告。五二 隠れなしの意と、一通りでなく思う意をかねる。五三 思いの深いことを川にたとえる歌語。新拾遺、恋二「人知れぬ心のうちの思ひ川流れて末のたのみだになし」。五四 続千載、恋二「涙川したにもかよふ心あらばながれて末の逢ふ瀬頼まむ」。やがて菊之丞に逢う機会があったならと。川・流・瀬は縁語。五五 案外の。五六 訳のあるを、歌語でいったもの。五七 失敗した。五八 自分に弱点を持つことのたとえ。五九 この頃の青本・黒本などに、こうした滑稽な由来を記したものの多いのにならった。六〇 名物六帖「漢子(ツヤ) 輟耕録 今人賤丈夫ヲ謂ヒテ漢子ト曰フ」。六一 したたかな奴。六二 上手な物言いをして。六三 非を理にいいまげるたとえ。六四 ごまかす。六五「くろめれど」の誤刻か。六六 十王経に、閻魔国の光明王院にあるとする鏡で、「此ノ王鏡ニ向ツテ、自

心ノ事、三世ノ諸法、情非情ノ事ヲ鑑ルニ、皆悉ク照ラス」と。

一 前出(三九頁)。 二 前出(三九頁)。 三 人に従うようで、馬鹿にすること。胡蝶の夢「ちやにする　着ニすると書、ちやくの下略也　人のいふ事をどのよふな事でも、もっともとうけたかほをする、なに事もさきの人につくといふ心にてちやといふ也」。 四 もってのほかに。 五 冥途。 六 上からは体を借るの意、下へは、軽々しくもの意で続く。 七 千人の若衆を相手とするを発願して、男色狂いをすること。 八 「障化」のあて字。 九 菊之丞への恋情がやまない。 一〇 菊之丞が死ぬ寿命でないので。 一一 調子にのって。 一二 お上から役をあてられて。 一三 江戸の芝居町。前出(四二頁)。 一四 鬼やらいのやらわれ役。 一五 いやといわれず、鰮(鰯)の臭をこらえ。節分の夜、鰯を炙串として家の門々にさすと、かぐ鼻という鬼をさけるという(壒囊抄)。 一六 和漢三才図会「狗骨(ひいらぎ) 俗ニ柊ノ字ヲ用ユ」。鬼の目つきともいい、鰯の首をさして門口にさすは節分の風習。 一七 目を突きながら、しみじみと。 一八 青味のかったしぶい色。二世路考の好みから起り当時の流行色。 一九 女性達が、帯その他の衣服にひいきの役者の紋を刺繡したのを、褌以外に衣類のない鬼にひきあてた滑稽。 二〇 路考の紋。前出(八六頁)。 二一 原本「首(くび)だけ」。意により改。すっかりほれた、即ち「首たけはまる」を、路考の屋号にかけた。 二二 前出(九七頁)。 二三 京都の東北の山。ここの天狗は僧正坊。 二四 愛宕山の誤り。京都北方の山。太郎坊・次郎坊という。 二五 摂津有馬郡の湯の山即ち有馬温泉の地。有馬坊はでたらめの名。 二六 出羽の霊山。ここの天狗はさんかう坊

頗梨《はり》の鏡に掛《かけ》ての詮儀《せんぎ》故、のがれぬ所と覚悟《かくご》して、路考が情《なさけ》に大事を忘《わす》れ、[一]荻《おぎ》野八重桐《のやえぎり》といふ女形を、身替《みがわ》りに連來《つれきた》れること、有の儘《まゝ》なる白状《はくじやう》に、焔王甚《えんわうはなはだ》怒《いか》らせ給ひ、[二]三千世界《せかい》を司《つかさど》る、此大王を[三]茶にしおるは、[四]言語道断《ごんごどうだん》につくき奴《やつ》と、忽《たちまち》水虎《かつぱ》を蹴殺《けころ》し給ふ。したが娑婆にて死(ん)だ者は、[五]此所へ來れども、此所で死(ん)だ者は、行(き)所がない故に、魂《たましゐ》娑婆へ迷《まよ》ひ行(き)、人のからだを[六]仮初《かりそめ》に、[七]男色《なんしよく》千人切《ぎり》の馬鹿《ばか》を尽《つく》すも、皆此水虎《かつぱ》の亡魂《ぼうこん》の[八]障礙《しやうげ》をなすとしられたり。それより年を重《かさ》ねても、焔王今に[九]熱《ねつ》さめず、路考をこがれ給へども、[一〇]定業《でうごう》にあらざれば、大王の御威光《いくわう》でも、呼寄《よびよせる》事叶《かな》はぬ故、いつそ娑婆へ尋行《たづねゆか》んと、思ひ詰《つめ》ての亡命《かけおち》ならん」と、始終《しじう》の咄《はなし》を聞居《きゝゐ》たる、茶色の鬼が[一一]圖《づ》に乗《のつ》て、「おれも[一二]御用に撰《えり》出され、去年と今年《ことし》の[一三]堺町《さかいてう》、節分《せつぶん》の夜の[一四]にくまれ役も、いやと[一五]鰮《いわし》の臭《くさゝ》をこらへ、[一六]狗骨《ひいらぎ》で目を[一七]つく〲と、路考に見とれし贔屓《ひいき》の證據《しやうこ》、赤鬼・白鬼・黒鬼のと、昔から定法の仲《なか》まをはづれ、おれ一人が[一八]路考茶《ちや》鬼、コレ見よ[一九]虎《とら》の皮《かは》の犢鼻褌《ふんどし》に、金絲《きんし》で[二〇]ゆひ綿縫《わたぬは》せたは、おらも[二一]首《くび》たけ濱村《はまむら》屋、今[二二]三ケ津《さんがのつ》の希《まれ》者、鼻《はな》の高い天狗仲《てんぐなか》ま、[二三]鞍馬《くらま》山の太郎坊・[二四]宕岩《あたご》山の治郎坊・[二五]湯《ゆ》の山の有馬《ありま》坊・[二六]羽黒山《はぐろさん》の出羽《では》坊を始《はじめ》として、贔屓《ひいき》の連中[二七]山の手から[二八]下町《したまち》はいふに及ばず、[二九]蝦夷松前《えぞまつまへ》の果《はて》までも、路考を[三〇]引《ひか》ぬ者《もの》なければ、旦那の惚《ほれ》たも無理ならず」と口〻評儀《へうぎ》に

という。二七 江戸のやや高台である本郷・小石川(文京区)・牛込・四谷(新宿区)一帯。武家が多かった。二八 江戸の低地帯、浅草・下谷(台東区)・神田(千代田区)・日本橋(中央区)・芝(港区)・本所(墨田区)・深川(江東区)一帯。町家が多かった。二九 北海道の渡島半島の西南端の一帯。当時日本の北端。三〇 ひいきしない。三一 せっかち。三二 盛んになって。三三 陰間。三四 名物六帖「急脚子(ヒキャク)東軒筆記、向夕忽来使有リ、俗ニ急脚子ト謂フ者、状ヲ宣ス」。三五 ふすぼり。煙ですすけた顔。三六 急ぐさま。三七 江戸両国の地名。続江戸砂子「薬研堀不動　よこ山町明王院」。三八 市川団十郎の荒事流。所作事不動は、二代目団十郎以来市川家の芸であった。三九 仏体から出る光をかたどって、仏像の背に附したもの、不動の場合は火焰。四〇 見たことのない例で、面白いたとえ。四一 名物六帖「急足(ヒキャク)(名山蔵を引く)」。四二 浅草寺の本尊。一寸八分の観音として最も有名な仏。四三 浅草(台東区)の隅田川一帯の地名。閻魔堂は称光山長延寺のこと。伝運慶作の本尊。四四 人手不足。四五 浅草二王門前にある俗伝久米の平内の石像(江戸砂子)。→補注一五。四六 石像だからもっとも。四七 浅草寺南の総門である雷神門の左右に祀る二神。四八 通る道筋。四九 年少の召使。名物六帖「小豎(コワッパ)(剪燈新話を引く)」。五〇 心得たを、「たんぼ道」にかけた通言。五一 童形をした不動明王の二人の脇士。五二 男色道の噂。五三「物騒」のあて字。おだやかでない。五四 うるさいことをいう意の諺。五五 名物六帖「捷歩(ヒキャク)(書叙指南を引く)」。五六 乗物なしで歩いて渡ること。五七 火に水なので、

社長《なぬし》の[三一]いらち、「咄《はなし》[三二]がかふじて長休《ながやす》み、あんまりたばこ呑過《のみすご》し、[三三]男倡《かげま》の地獄見るやうに、尻《しり》から焰《ほのふ》の出ぬ先に、サア最一息《もふひといき》尋(ね)て見よふ」。「コリヤ尤」と大勢が、立(ち)さはぐ最中《さいちう》に、[三四]急脚子《ひきやく》と見えてすた〳〵走《ばし》り、色眞黒《まつくろ》に[三五]ふすもり顔《がほ》、[三六]眞《ま》一文字に行(き)過《すぐ》るを、獄卒共《ごくそつ(ども)》引(き)とゞめ、「我〻《われ〳〵》に理《ことはり》なしに何國へ通る」ととがめられ、「誰《たれ》とはおろか、恭《かたじけな》くも[三七]藥研《やけん》堀に隠《かく》れなき、不動明王《ふどうめうわう》を見しらぬか」と、[三八]市川流《りう》で白眼《にらみ》付(く)れば、獄卒共《ごくそつ(ども)》うろたへて、「能〻《よく〳〵》見れば不動様、[三九]後《ご》光《くはう》の火焰《くわえん》がござらぬ故、[四〇]頭巾着《き》ぬ大黒同前、見違《ちがへ》し」とのわび言に、不動明王打(ち)うなづき、「おれが[四一]急足《ひきやく》に來りし様子《やうす》は、今朝《けさ》[四二]浅草《あさくさ》の觀音殿《くわんおんどの》から呼《よび》におこされ、焰广様が[四三]藏前の出店に、かくれて御座らしやる。潜《ひそか》に迎《むかひ》をよこす様にと、地獄へ飛脚《ひきやく》がやり度《たい》が、參りの多い時節《せつ》故、寺内《じない》でも[四四]人少《ずくな》、隙《ひま》で居る[四五]久米《くめ》の平内は、見る通り[四六]おもたひからだ、急《いそ》ぐ間には合《あい》にくい。[四七]雷《かみなり》や風の神では、[四八]通り筋《すじ》の小言《こごと》も氣の毒《どく》、そちの[四九]小豎《こぢよく》をやつてくれ、ヲツト[五〇]心得たんぼ道、安《やす》うけ合に請合《うけやつ》て、[五一]制吒迦《せいたか》・矜羯羅《こんがら》に行《ゆけ》といへば、近年は地獄でも、[五二]若衆《わかしゆ》の沙汰が[五三]物窓《ぶつそう》なれば、[五四]酢《す》の蒟蒻《こんにやく》のといやがる故、しやうことなしに自身《じしん》の[五五]捷歩《ひきやく》、三途川《さうづ》を[五六]歩行《かち》渡《わた》リ、先祖代〻《せんぞだい〳〵》持傳《もちつた》へし、脊中《せなか》の火焰《くわえん》を[五七]微塵《みじん》にして、大事の[五八]後光株仕舞《ごくはうかぶじまい》、德はいかひで不動[五九]そん、見違《ちがへ》しも無理ならず。焰广の[六〇]どやがしれたれば、外をさが

すに及《およぶ》まひ」と、聞(き)て皆々色を直し[一]、「去《さり》とはいかひ御苦労《くらう》様、安《やす》[二]い佛に楽《らく》をさせ、御自身《じしん》の急足《ひきやく》とは、本ンの次第《しだい》[三]ふどう明王《めうわう》、娑婆《しやば》の若衆にうつぽれて[四]、路考[五]じやうどにうかれ出る[六]、これも他生《たしやう》[七]のゐんま様、迷《まよ》ひ子の焔广様」と、へ[八]ちまな地口《ぢぐち》口々[九]に、鉦《かね》ちやん〱と打鳴《うちな》らし、藏前さして尋行《たづねゆく》。

根無草後編一之巻終

だめになったこと。めちゃめちゃにして。
七八 すっかりだめになることを「台座後光を仕舞う」という。ここは不動としては株になっている後光の火焔を台なしにしてしまった。
七九 損にかける。 八〇 宿所。特殊な職業人の隠語から一般化した語。

一 心配顔を直し。安堵の色になって。
二 安っぽい。格の低い。
三 次第不同を不動にかけた。
四 すっかり惚れて。
五 「どこ(何処)をしょうど(先途の訛)」の地口。何処を目あてとするでもなく。
六 さまよい出る。
七 袖ふり合うも他生の縁などいう他生の縁を、閻魔にかけた。何がしかの前世からの縁であろう。
八 下手な。
九 口々にいいながら、また鉦をならしながら。また迷い子をさがすていである。

根無草後編二之巻

それ造化《ざうくわ》のかぎりなき、小見《しやうけん》を以てはかるべからず。田鼠《でんそ》化《け》して鴽《うづら》となり、雀《すゞめ》水《みづ》に入(つ)て蛤《はまぐり》となり、童奴《でつち》変《へん》じて伴當《ばんとう》となり、婦《よめ》化《け》して姑《しうとめ》となる。漆蟹《うるしかに》を得《え》て泥《どろ》のごとく、海参《なまこ》藁《わら》を得て水のごとく、大戸《じやうご》酒《さけ》に呑《のま》れて酒風漢《のたまく》となり、少年《むすこ》倡妓《じよらう》にたらされて飄客《うてんつ》と成(る)。千変万化《せんぺんばんくわ》のかぎりなき、張華《ちやうくわ》も博物《はくぶつ》の看《かん》板《ばん》をおろし、東坡《とうば》も相感志《さうかんし》の店をたゝむ。

爰《こゝ》に市川雷藏なる者あり。此者の変化定《へんくわさだま》りなき其源《そのみなもと》を尋《たづぬ》れば、父は代々瓢《ひさ》象《かた》の、都《みやこ》の方に隠《かく》れなく、冨《とみ》さかへぬる武家《ぶけ》に仕《つか》へて、渡部《わたなべ》義兵衛となんいふ人《ひと》なりしが、朋輩《はうばい》の連坐《まきぞへ》にて、浪々《らう〳〵》の身と成(り)けるより、老たる母と妻子《さいし》を、養育手次《はごくまんたづき》にもと、住《すみ》なれし都《みやこ》を離《はな》れ、うき數々《かず〳〵》に大津の町のわび住居《ずまゐ》、弓《きう》馬《ば》の道《みち》は廻り遠《どほ》く、外に営《いとな》むべき業《わざ》なければ、絵の事は先素人《まづしろうと》ながら、つい出《で》來易《きやす》き所の名物《めいぶつ》、げほうのあたまへ階子掛《はしごかけ》ても、我身《わがみ》の上《うへ》の下り坂《ざか》、主持《しうもた》ぬ身

一〇 天地。 一一 小見識で推量出来ない。 一二 もぐらもち。礼記の月令に「季春之月、田鼠化シテ鴽ト為ル」。 一三 礼記の月令に「季秋之月、爵大水ニ入ッテ蛤ト為ル」。爵は雀。造化の変化の限りなき例とした。 一四 丁稚。 一五 番頭。名物六帖「伴当（ハントウ）（幼学須知、会典を引く）」。 一六 和漢三才図会の漆の条「漆蟹ヲ得テ水ト成リ、蟹ハ漆ヲ見テ乾カズ、蓋シ物性ノ相制スル也」。又蟹の条に「蟹ノ黄ナルモノ能ク漆ヲ化シテ水ト為ス、故ニ漆瘡ニ塗リ之ヲ用フ」。 一七 和漢三才図会の海鼠の条、五雑組に海参の文字をあてるをいい、「凡ソ海鼠性稲藁ヲ忌ム、如（モ）シ之ヲ犯セバ則体解ケテ泥ノ如シ」。 一八 名物六帖「大戸（ゼウゴ）」。→補注一六。 一九 へべれけに酔うたさま。名物六帖「酒風漢（サケノヨヒ）」。 二〇 手管にかかって。 二一 通り者。半可通。名物六帖「飄客（ケイセイカヒ） 類書纂要 飄客ハ人ノ身ヲ花柳之中ニ軽ンジテ物之流ノ定ル無キガ如キヲ言フ也」。 二二 人生天地の変化甚しいをいう。 二三 晋代の文人。正続二十巻、世界の奇事を述べた博物志の著者。 二四 著書に博物などの名をつけない。 二五 蘇東坡。名は軾。宋代の文人。 二六 未詳。 二七 そうした名前をひっこめる。 二八 初代市川雷蔵（一七二四—一七六七）。江戸の立役の俳優。 二九 数奇な運命。 三〇 天や都の枕詞。天はひさご形故に枕詞となるという賀茂真淵の説による文字。 三一 他人の罪に関係し、共に罪をうけること。 三二 浪人の境遇。 三三 手段。 三四 滋賀県大津市。 数々のつらいことに逢うとかかる。 三五 武士の諸芸は、すぐに生活の為に役立たない。 三六 大津絵のこと。東海道山城近江の国境辺で売っていた（東海道名所図会）。 三七 上部大きく下の小さい頭。大津絵の画題。 三八 自分の身は零落一方。

の一徳と、[一]浮世《うきよ》は輕《かろ》き[二]瓢單《へうたん》で、押(さ)へる[三]鯰《なまず》のぬらりくらり、犬《いぬ》のくわへて引(き)あるく、[四]先士《ざとう》の坊の褌《ふんどし》さへ、[五]しまりなき世渡《よわたり》の、いつ果《はつ》べき事にしもあらず。其上に民之進《たみのしん》とて一人の忰《せがれ》あり、容貌百人《ようばうひやくにん》にすぐれ、[六]心さとくして滞《とゞこふ》らず、手習・学問・[七]鎗兵法《やりへやうはう》、遊藝《ゆうげい》迄も器用《きよう》なれば、末ゝは能主取《よきしうどり》をもさせんとて、[八]江戸の稼《かせぎ》を心掛(け)て、薄《うす》ゝ用意は有(り)ながら、老(い)たる母女房なんどの、しらぬ[九]吾妻《あづま》の長旅《ながたび》を、如何《いかゞ》有(ら)んと[一〇]思ひすごし、一日過《すぎ》二日過(ぎ)、早三年の月日さへ、[一一]立(ち)寄(る)べき方もなく、[一二]有附《ありつく》べき主人迚《とて》も、[一三]なが〳〵の浪人住居《ずまゐ》、母女房も氣[一四]〔の〕毒がり、いつそ江戸へ出て見てはと、思ひ立(ち)は立《たち》ながら、兎《と》して角《かく》してと隙取(る)内、思ひ掛《がけ》なく母の中風、旅立《たびだち》どころにも有(ら)ばこそ、わけて義兵衞は孝行なる男にて、看病《かんびやう》に[一五]手ぬけもなく、あなたこなたの醫者よ祈禱《きとう》よと心遣ひ、もとより[一六]手薄《てうす》き身代《しんだい》なれば、諸方に[一七]穴《あな》も秋の末より、冬《ふゆ》の半《なかば》に打(ち)つゞき、義兵衞も脊《せな》に[一八]癰《よう》を發《はつ》し、初《はじめ》は母の病苦《べやうく》の[一九]障《さわ》りと、隱《かく》しても隱《かく》しとぐべき病《やまひ》ならず、段ゝと腐入《くさりいれ》ば、中ゝ《なか〳〵》一通りにて[二〇]快氣《くわいき》しがたしと、[二一]下地《したぢ》せつなき其上に、又此才覚《またこのさいかく》にかてゝくわへ、少(し)も所縁有方《ゆかりあるかた》は、段ゝ無心もいひ尽《つく》し、貯《たくはへ》し兵器諸什器《ぶぐしよどうぐ》、[二二]指《さし》がへの大小の[二三]反《そり》はなけれどまげ[二四]仕舞《しまひ》、夫婦が[二五]着《き》がへ夜《よる》の衾《ふすま》、後は[二六]銅壺《どうこ》・[二七]茶鈴《ちやがま》まで[二八]賣代《うりしろ》なし、漸《やう〳〵》殘る物迚《とて》は、四人が[二九]口をとぢ[三〇]蓋《ぶた》

一 浪人なので世間体をかまわず軽く住すの意。
二 「瓢箪」の誤字。以下同じ。瓢箪は下の「押さへる」を引出す語。瓢箪なまずは又大津絵の画題。
三 和漢三才図会、鮎(なまず)の条に、又この文字をかかげる。
四 名物六帖「先士(ザト)訓蒙字会 盲或ハ之ヲ尊ンデ先士ト曰フ」。座頭。又大津絵の画題。
五 下へ続いて、生計も確固としない意。
六 聡明鋭敏。
七 剣術。
八 参観交代で諸侯の多い江戸へ出て、奉公先を求めようと心がけ。
九 関東方面への。
一〇 心配しすぎて。
一一 身をよせて世話になる。
一二 主取りして禄をもらう。
一三 上から、なくとかかる。
一四 「の」一字、意によって補。困っての意。
一五 手落ち。
一六 か細い。乏しい。
一七 穴も明きと秋をかける。諸方に借金も出来て。
一八 悪質の腫物。
一九 知らせると心配して母の病気にも悪いと。
二〇 全快。気分がよくなる。
二一 元来家計の苦しい上に、この病の治療費の捻出が重なって。
二二 予備の太刀と脇差。
二三 太刀類の峰の弧形をしている部分。
二四 質に置いてしまい。「反」の縁。
二五 衣類寝具。
二六 銅又は鉄製の湯をわかす具。長火鉢に用いる。

の、破鍋《われなべ》にさへ[三一]金氣もなく、[三二]せつなき餘リの一寸のがれ、高利の金を[三三]かりそめにも、[三四]足元《あしもと》を見ては、猶物の哀《あわれ》をしらぬ[三五]族《やから》、日夜朝暮《にちやてうぼ》の[三六]詰催促《つめさいそく》、義兵衞は重《おも》き病氣の上、母の耳《みゝ》へ入(れ)まじと、断《ことはり》いふ程責《ほどせめ》かけられ、詞の[三七]劔《つるぎ》理づめの鎗先《やりさき》、千騎《せんぎ》万騎の敵よりも、防ぎ兼(ね)たる浪々《らうく》の身を、悔めば女房の心遣、身をそがるゝよりせつなけれども、智惠才覚にも出來《でき》がたき、[三八]金が敵《かたき》の世の中なれば、[三九]只しみぐ〵と明暮《あけくれ》に、年の寄《よる》より外はなし。或夜母のすやすや〳〵寐入《ねいり》しを窺《うかゞ》ひ、義兵衞女房に向《むかつ》て申(し)けるは、「いかなれば我々《われく》程果報《くわ》拙《つたな》き者あらじ。京都にて勤《つとめ》し時も、何の仕落《しおち》なき身ながら、朋輩《はうばい》のまきぞへにて、御暇給《おんいとま》はりし。それよりかゝる浪人住居《ずまゐ》、仕《し》つけぬ業《わざ》の世渡リも、今の難儀にくらぶれば、[四〇]うしと見し世ぞ今は戀《こひ》しき。母の病氣我腫物《わがしゆもつ》、剰《あまつさへ》其上に、[四一]四百四病《しひやくしびやう》にまさるといふ、貧《ひん》の病身《やまひ》にせまり、[四二]耆《ぎ》婆《ば》[四三]扁鵲《へんじやく》が藥《くすり》でも、生延《いきのび》られぬ我(が)おとろへ、今日《けふ》の醫者の詞にも、母の病氣も中風なり、我(が)腫物も腐つよく、いづれも[四四]人参《にんじん》の力ならでは、中々療治なりがたし。[四五]外へ見せよとにげらるれど、[四六]其日の煙立《けふりたて》兼(ね)て、知《し》る通の躰なれば、死(し)たる者が蘇《よみがへり》、枯木《かれき》に[四七]栄《はな》の発《さけ》ばとて、人参《にんじん》のことは扨置《さておき》、毎日毎夜の催促《さいそく》に、最早いふべき[四八]詞も尽《つき》、貧苦《ひんく》の上に我(が)大病、手がまはらねば、母人の看病《かんべやう》までが疎畧《そりやく》に成(り)、不孝の罪《つみ》もおそろしけ

二七 名物六帖「茶鈴(チャガマ) 典籍便覧 金鉄之ヲ為リ、用ヒテ以テ茶ヲ煮ル」。
二八 売って金銭にかえ。
二九 日々の食事をする。
三〇 諺「破鍋に綴蓋」を用いるが、意は粗末な家具のみで。
三一 土鍋で、金に縁あるもの全くなし。
三二 苦しさの一時しのぎ。
三三 上から借り初めた意、下へは少しのことでもの意で続く。
三四 人の弱点につけこんで。
三五 高利貸をさす。
三六 ひまのないきびしい催促。
三七 詞や理窟のはげしさを武器にたとえた。
三八 金銭故に苦しむ意の諺「金が敵の世の中」。
三九 苦しみながら月日を送るのみの意。
四〇 新古今、雑下(百人一首にも)「ながらへばまた此頃やしのばれむうしとみし世ぞ今は恋しき」。つらかった浪人の初めの頃がなつかしい。
四一 諺「四百四病の疾より貧ほどつらきものはなし」。四百四病はあらゆる病気の意。
四二 古代印度、釈迦と同時の名医。
四三 中国の戦国時代の名医。合せていかなる名医の薬でも。
四四 本草綱目に「人参ハ薬ノ切要為リ」とあって、最も珍重した薬材、朝鮮人参を上とした。源内の物類品隲、巻六の前半に詳かな論がある。
四五 他の医者。
四六 日々の生活も出来かねて。
四七 康熙字典に礼記の注を引いて、「栄ハ華」。あり得べからざる程珍しいことのたとえ。次に貧と病から脱することが出来ぬ意を補う。
四八 断りの言葉。

れば、我は今宵《こよい》腹切《はらきつ》て相果《あいはて》ん。我死(し)たりと聞《きく》ならば、貸方《かしかた》にてもあきらめて、催促にも來ルまじ。左すれば貧苦《ひんく》と我(が)看病、二ッのなんぎを助《たすか》りて、母壱人の[一]看病しとげ、いかなる人にも[二]身をまかせ、奉公宮仕《ほうこうみやづかへ》をしてなりとも、悴《せがれ》を守立《もりたて》人となし、家の名字《めうじ》を繼《つが》せてくれ。頼(み)置(く)は是計《こればかり》」といふ内も、腫物《しゆもつ》の痛熱《いたみねつ》の[三]往來《わうらい》、胸迄《むねまで》せき來《く》る無念の涙《なみだ》、痰咳《たんせき》とともにむせび入《いれ》ば、女房[四]夢の心地《こゝち》にて、藥《くすり》あたへつ抱《だき》かゝへ、漸《やう〳〵》咳《せき》をさすりしづめ、母の目や覚《さめ》んかと、声《こゑ》をも立(て)ずないじやくりして、夫の顔をうらめしそふに打(ち)ながめつゝ、「いかに難儀のかさなればとて、日頃《ひごろ》にも似《に》ぬ不了簡、今[五]自滅《じめつ》し給はゞ、母御《はゝご》も生《いき》ては居《ゐ》給ふまじ。わらはもながらへ居《ゐ》らるべきか。さすれば可憐《かはいひ》民之進は、誰が殘(つ)て[六]人となさん。さはいふものゝいかなれば、貧苦といふも[七]程有(ら)んに、其日の煙も立(て)兼(ね)て、昨日《きのふ》も藥は貰《もらひ》ながら、煎《せん》ずべき薪《たきゞ》なければ、わらはが髪《かみ》の中を剃《そり》、漸《やう〳〵》少(し)の價《あたい》にて、買調《かひとゝのへ》し落葉《おちば》さへ、涙にしめりもえ兼(ぬ)る。寒氣つよき此時節、[八]夜の物なく火の氣もなく、姑御《しうとめご》といひ御前の大病、次第に募《つの》る苦《くる》しみを、[九]病目《やむ》より見る目のせつなさ。人参で愈《なを》ると聞(け)ば、せめて此身が若《わか》かりせば、[一〇]君傾城《きみけいせい》に身を賣(り)てもし[一一]しやう模様《もやう》もあるべきに、それさへも叶《かな》はぬ因果《いんぐわ》、天道にも佛神にも、見かぎられたる身の上」と、夫婦手

一　十分に看病して。
二　再縁して。
三　上り下り。ここは上りの方をとる。
四　驚いた気持。
五　自刃。自殺。
六　一人前に成長させよう。
七　程度があるものだのに。
八　夜具。
九　病人より介抱するものが苦しい意の諺「病む身より見る目」の訛。
一〇　君も傾城も遊女のこと。
一一　すべき方法。

に手を取(り)合(つ)て、忍《しの》ぶ[一二]にあまる泣声《なきごゑ》を、初よりつく〲と、寐《ね》たふりにて聞《きゝ》居《ゐ》たる民之進が、子心にも堪《こらへ》兼《かね》て泣出《なきいだ》せば、夫婦は驚きいかゞせしぞと尋(ね)ながらも、様子聞(き)ての事なるかと、心遣ひかぎりなし。民之進もせきくる涙《なみだ》明《あか》さば猶しも苦《く》[一三]の上ぬりと、こはい夢《ゆめ》見ておそはれし[一四]と、何氣《なにげ》なく取(り)なす内、夜明烏の声諸共、母の目も覚《さめ》ければ、藥よ湯よと女房の心遣、哀《あわれ》なりともいふばかりなし。

其日も終日《ひめもす》民之進は、獨《ひと》しみ〲泣《なき》居《ゐ》たれども、何となすべきてだても出ず、此上頼(む)は神佛の力ならんと、稚《おさな》心に思ひ付(き)、暮《くれ》にまぎれて内を抜ヶ出(で)、あたりの渕《ふち》にて垢離《こり》[一五]を取(り)、所も名にし逢坂[一六]の、関の明神[一七]へ裸《はだか》[一八]参り、神前に打(ち)伏(し)て、「死(な)ふといふ父の命、祖母の命諸共に、金さへ有(ら)ば助《たすか》るとや。何卒《とぞ》金を調《とゝのへ》て、病苦《びやうく》貧苦を救《すく》はせ給へ。夫《それ》も叶はぬものならば、一寸も動《うご》くまじ。爰にて我《われ》を蹴殺《けころ》してたび給へ」と、脇目《わきめ》[一九]もふらず祈《いのり》けるが、頃しも冬の半《なかば》なれば、次第に夜陰《やいん》の空寒《そらさむ》く、雪吹交《ふゞきまじ》りに吹(く)風は、身内を切(る)がごとくなれども、固《もとより》気丈の生《うま》れつきに、一心の誠をあらはし、少(し)もたゆまずこたゆれども、寒氣五臓《ござう》[二〇]にしみ渡《わた》り、からだは氷《こほり》のごとくなれば、何かは以《もつ》てたまるべき、正氣《しやうき》[二一]を失《うしな》ひ打(ち)たほれしは、目もあてられぬ次第なり[二二]。折節《おりふし》

一二 おさえようとするが、つい声に出た泣声。
一三 両親の苦しみを倍加しようと。
一四 うなされた。

一五 神仏祈願の前に、身を清浄にすべく、冷水をあびること。
一六 「名にし負ふ」即ち有名なの意と、地名をかける。近江山城国境にある峠。
一七 東海道名所図会「関明神祠 逢坂上片原町、左の上方にあり。此辺より大津清水町までの産土神とす、(中略)祭神二座、一座は猿田彦命、又道祖神、或は幸神とも称す、一座は蟬丸の霊を祭る」。
一八 寒中裸体で詣る行をして祈願すること。
一九 一生懸命に。よそ目もせず。
二〇 肝・心・脾・肺・腎の五つの内臓。ここは体内一杯に。
二一 気絶して。
二二 あわれなる限り。

近所《きんじよ》にて心易き柏屋《かしはや》の長右衞門といふ人、[一]牙郎《きもいり》[二]宿願《しゆくぐわん》の事有(り)て、此宮へ詣《まふで》けるが、此躰《このてい》を見て介抱《かいはう》し、羽織を脱《ぬい》で打着《うちき》せ、あたりの家に伴ひ行(き)、巨燵《こたつ》に暖《あたゝ》め藥をあたへ、さま〴〵といたわりければ、漸《やう〳〵》に心付(き)けるが、又かけ出して行(か)んとするを、人〻とゞめ様子を問《とへ》ば、右のあらまし物語(る)。此上はいか様《(やう)》なる奉公にも、身を賣(り)て、家内の難儀すくひ度《たき》との稚《おさな》心、有(り)あふ人も感《かん》に堪《たへ》、長右衞門も哀とは思ひながら、「年端《としは》も行(か)ぬ稚《おさな》き者《もの》、[三]年季《ねんき》奉公に出(で)たりとも、高のしれたる給《きう》金也。いつそ[四]宮川町へ身を賣(り)て、男倡《やらう》奉《ぼう》公に行(く)ならば、[五]いつかどの金にもなるべし」と、[六]つど〳〵にいひ聞(か)すれば、「相應《おう》の金にも成(り)、父母の難儀をすくふならば、身は[七]八ざきにさかれ、生膽《いきぎも》をぬかるゝとも、さら〳〵厭《いと》ふ所存にあらず」と、流石《さすが》日頃の氣質《しつ》程《ほど》有(り)て、[八]惡《わる》びれもせぬいひぶん、長右衞門[九]呑込《のみこん》で、民之進を人

一 名物六帖「牙郎(スハイ・キモイリ) 輟耕録 今ノ駔儈ノ者ヲ謂ヒテ牙郎ト為ス、本之ヲ互郎ト謂フ、互市ノ事ヲ主ルヲ謂フ也、唐人ノ書、互ヲ牙ニ作ル(下略)」。
二 以前からの願いごと。
三 江戸時代の町家で、一定の年期を定めて奉公に出ること。十年乃至二十年程で、丁稚から番頭までつとめあげて、別家をしてもらう習慣である。
四 京都の賀茂川東岸、四条以南の一帯。野郎街であった。
五 かなりの額の。
六 こまごまと。
七 ずたずたに裂かれること。次の生胆と共に、いかなる苦しみに会ってもの意。
八 全く未練げのない言葉。
九 承知して。引きうけて。

に送《おく》らせ、わづか[一〇]三里の道なれば、[一一]其身は宿へも帰らずして、直《すぐ》に京都へ急《いそ》ぎ行(く)。

されば[一二]孺《じゆ》子の井に入(ら)んとするを見ては、[一三]惻隠《そくいん》の心ありといふ。[一四]親父の寐言《ねごと》[一五]野夫《やぼ》ならず、斯《かく》て民之進は

宿に帰れば、家内は案《あん》じ居けれども、立願の訳《わけ》[一六]いひくろめ、其夜も過(ぎ)て翌《よく》朝より、長右衞門を待居《まちゐ》ける、孝行ふかき心の内、けなげにも又哀《あはれ》なりけり。程なく昼にも至りければ、長右衞門が案内にて、京都の[一七]子供屋扇屋藤助、義兵衞が内に入(り)來れば、民之進出(で)むかひ、二人を伴《ともな》ひ内に入(り)、父母の前に手をつかへ、「祖母様と申(し)[一八]父上の久々の御病気、貧苦《く》にせまり、父上の死(な)ふと覚悟《ご》し給ふを、寐《ね》たふりにて聞(き)たりしが、子の身としては[一九]うか〳〵と、聞(い)ていられぬ[二〇]命の瀬戸、せめて廿年《はたち》にもなるならば、仕様模様《もやう》も有(る)べけれ共、若《じやく》年の私故、外になすべき手だてもなく、是《これ》なる長右殿を頼《たのん》で、宮

一〇 大津と京都の間。東海道名所図会の大津の条「京よりこゝまで三里」。
一一 長右衛門自身は自宅へ帰らず。
一二 幼な子。孟子の公孫丑上篇に「人皆人ヲ忍バザル之心有リト謂フ所以ノ者ハ、今人乍(たちまち)ニ孺子ノ将ニ井ニ入ラントスルヲ見テハ、皆怵惕惻隠之心有リ(下略)」。
一三 集注に「惻ハ傷之切也、隠ハ痛之深キ也」。
一四 孟子の前掲の言をさす。
一五 ここは正に然りの意。長右衛門の民之進に感じたのに、この言は合致するの意。
一六 言葉でごまかし。
一七 野郎屋。男色を業とする者。
一八 この下「その上に」の語を補ってとく。
一九 ぼんやりと。
二〇 命を捨てるか、生きるかのわかれめ。

川町へ奉公に参り度《たふ》御座りまする」と、涙《なみだ》と共に願ふにぞ、祖母も夫婦も思ひよらねば、顔と顔とを見合(せ)て、[一]とかふの詞も出(で)ざれば、長右衛門[二]引(き)とりて、「ない習《ならひ》でもござらねば、マアそふでもして[三]身の代(しろ)で、諸方の借金をも[四]つぐのひ、人参でも調(へ)て、心ながふ養生《ようじやう》なされい。[五]いつも闇《やみ》ではない習《なら》ひ、わしが[六]請に立(つ)からは、金さへ出來リヤ、何時でも[七]請(け)返(へ)さふと自由《じゆう》な事、御子息の孝行を[八]無にせまいと思ふ故、[九]夕部から夜も寐《ね》ずに、京へ六里の[一〇]たて通し、兼て懇意《こんい》の親《おや》方故、諸事[一一]しめくゝりして置《おき》たれば、判さへ出來れば金渡さふ」と、詞に付(き)て扇屋も、「長右殿の咄《はなし》に違《ちが》はず、孝行といひ器量といひ、[一二]目の内に見処《みどころ》あれば、此子は[一三]一はねはねふと思へば、[一四]飛《とび》つく程慾《ほどほし》いから、[一五]六年切(つ)て百兩」と、金子の包《つゝみ》さし出せば、父は涙《なみだ》の顔を上(げ)、「何れもの御世話、悴《せがれ》が孝行、[一六]過分《くわぶん》にはござれ共、拙者《せつしや》も[一七]故有(る)武士の浪人、いかに貧《ひん》苦《く》にせまり果《はて》、病気難儀なれば迚《とて》、天にも地にも只《た》ッタ一人《ひとり》の[一八]おひ先《さき》有(る)悴を賣(つ)て、其身《み》の代《しろ》で[一九]命をつなぐは、我(が)子の肉《しゝむら》を食《しよく》する同前、先祖《せんぞ》へ對《たい》して云訳《いひわけ》なく、犬猫《いぬねこ》にもおとりたれば、譬砂《たとへすな》をかみ餓死《うへしぬ》とも、此儀は決《けつ》して相《あい》ならず」と、得心《とくしん》すべき気色《けしき》もなし。民之進もしほれ居《ゐ》しが、父の詞を聞《きく》よりも、傍《そば》なる脇指《わきざし》ぬきはなし、切腹《せつぷく》と見るよりも、皆〻驚《おどろ》きいだき止《とむ》れば、祖母も[二〇]行《ぎやう》

一　とかく。何という。
二　話のあとをつけて。
三　身を売った金。
四　返却し。
五　人生はたえず暗い面のみでない、明るいことも廻ってくる意の成語。
六　請人。保証人となった以上は。
七　身請けする。身売りした者を代金をはらって買いもどすこと。
八　無駄。
九　夕。昨夜。
一〇　旅をしつづけの意で、強行軍。
一一　かっちりと約束を結んでおいたから。
一二　目つき。
一三　一盛り盛りの時を待とう。
一四　欲しいことの甚しい形容。
一五　六年の年期にして。
一六　身に余って有難いが。
一七　ゆいしょある。
一八　将来のある。
一九　生きのびる。
二〇　歩行。

歩は叶はねども、共〻《ともぐ》に這《はひ》よりて、「短気《たんき》をするな、どふなりとも、そちが望《のぞみ》にまかせん」と取〻《(とりどり)》[二一]になだむれば、「どふで生《いき》て詮《せん》なき命、祖母様や父上《ちゝうへ》の御難儀を、見んよりは死《しな》せてたべ」とかこち歎《なげ》けば、父も涙の目を押《おし》のごひ、「氷《こほり》[二二]の魚《うを》雪《ゆき》[二三]の筍《たかんな》、其孝行にもおとるまじ。日頃一徹短慮《ひごろいつてつたんりよ》なりと、呵《しか》られし程有(り)て、十二や三の子心にて、年に似合《にあ》ぬ丈夫《じやうぶ》[二四]の魂《たましゐ》、此上は留《とめ》ても留らじ。汝《なんぢ》が望に任《まか》すべし。去(り)ながら、此年迄養育《やういく》せしは、主人を見立(て)奉公させ、世に出[二五](だ)さんとこそ思ひしに、ふがいなき親《おや》故に、年端《としは》も行(か)で苦労かんなん、不《ふ》便《びん》の次第」とふるふ手を、長右衞門が介抱《かいほう》にて、證文《しやうもん》[二六]に印形《いんぎやう》すれば、祖母と母とは左右《さゆう》にすがり、涙《なみだ》ながらに髪かきなで、思ひつゞけし數〻《かずく》の、胸《むね》[二七]にせまりて詞なし。二人[二八]も哀《あわれ》にくれながら、用意[二九]の竹轎《かご》をさし寄《よせ》させ、民之進をいたわり乗せ、名殘《なごり》は尽《つき》じとそこ〳〵に、暇乞《いとまごひ》して立(ち)歸る、跡のなげきいはん方なし。かくて果《はつ》べき事ならねば、彼《かの》身の代にて大醫《たいい》をむかへ、價《あたい》の貴《たか》き人参を用ひ、殘(る)[三〇]方なき養生《やうじやう》に、母の病も全快《ぜんくわい》し、義兵衞も程なく平愈《へいゆ》しけり。これ偏《ひとへ》に民之進が世《よ》に類《たぐゐ》なき孝心の、天《てん》に通《つう》ぜし故ぞかし。彼唐土《かのもろこし》の郭巨《くわくきよ》[三一]てふ人、母の爲《ため》に子を埋《うづ》まんとして、金の釜《かま》を掘出《ほりいだ》せしに、類等《たぐいひと》しき孝行なり。

それよりも民之進は宮川町へ引(き)移《うつ》り、昔の武藝《ぶげい》引(き)かへて、三絃《さみせん》・小《こ》

二一 それぞれに。
二二 二十四孝の一、王祥の故事。母が寒冬に生魚を欲したので、肇府の川の氷の上に裸身を臥して、魚のないのを悲しむと、氷がとけて魚が二つおどり出た咄。
二三 二十四孝の一、孟宗の故事。母が冬に筍を欲したので、雪の竹林で、天に祈って竹によりそうと、大地ひらけて筍が沢山出た咄。
二四 勇気ある男子。
二五 出世させよう。
二六 身売証文に判を押す。
二七 万感千思が胸にみちて。
二八 長右衛門と藤助。
二九 準備して来た駕籠。
三〇 ゆきとどいた。
三一 二十四孝の一。貧しく母の食事にも事欠いたので、口をへらすべく三歳の子を埋めて殺そうとして、黄金の釜を掘り出した咄。

一 新刻役者綱目の市川雷蔵の条にも「故雷蔵は、始あらし玉柏とて、色子にて京へ出で」。二 京都四条河原の歌舞伎の大劇場。ただ売色のみの

哥《うた》・舞《まひ》の手なんど、日數《ひかず》もたゝで覚《おぼへ》ければ、[一]嵐玉柏《あらしたまかしは》と名《な》をかへて、[二]四条の劇場《しばゐ》へ出《いだ》しけるが、[三]卞和《べんくわ》が玉磨《たまみが》ゝれては、瓦石《ぐわせき》と類《たぐ》ひすべきにあらねば、全盛《ぜんせい》つゞく者もなく、江戸よりも聞傳《きゝつた》へ、段〳〵の[四]云入《いひいれ》に、親方の相談極《さうだんきはま》り、[五]堺町《さかいてう》へ[六]下《くだ》りけるが、わけて其頃押[七](し)なべて、男色盛《なんしよくさか》ンの時節なるに、梅《むめ》の[八]ずあいの[九]すんとして、[一〇]態《わざと》ならぬ色香《いろか》あるは、東《あづま》の人《ひと》の気象《きしやう》に叶《かな》へば、風流《ふうりう》の客《きやく》前後を争《あらそ》ひ、[一一]色子の内も評判つよく、元服して[一二]海老藏《えびざう》が[一三]弟子《でし》と成《なり》、[一四]栢延《はくえん》の一字を貰《もら》ひ、誹号《はいどう》を栢車《はくしや》と名乗《なの》り、[一五]村上彦四郎の[一六]荒事《あらごと》より、次第〳〵に評判よく、[一七]上方よりも招《まね》かれて、当《あた》リを取《とる》其内に、初の名は遠慮ありとて、雷藏《らいざう》と改名《かいめい》し、再《ふたゝび》江戸へ下《くだ》りてより、益《ます〳〵》贔屓《ひいき》の人多し。此人常《つね》の詞にも、「我《われ》は仕合惡(く)して、かゝる身となりたれば、形《かたち》は[一八]武門《ぶもん》に返《かへ》りがたく共、心はなどか昔《むかし》の武士を忘《わすれ》んや」と、其志《こゝろざし》古《いにしへ》の[一九]朱家《しゆか》・劇孟《げきもう》が[二〇]おもむきを移《うつ》し、物ごと至(つ)て正直にて、[二一]任俠《じんけう》をこのみ[二二]劔《つるぎ》を愛《あい》し、弱《よは》き人には[二三]下れども、強《つよ》き者には一寸も引(か)ず、酒を飲角力《のみすまひ》をすき、又[二四]拳《けん》の上手にて、世上にならぶ者《もの》もなし、されば段《だん》〳〵評判よく、当《あた》り狂言多き中に、[二五]しのぶ賣《うり》・[二六]あかん平・[二七]総角《あげまき》の助《すけ》六なんど、類《たぐ》ひなき大入にて、世上の評判[二八]樂屋《がくや》のもてなし、取わけ女中の贔屓《ひいき》つよく、雷藏〳〵とはやし立《たて》、[二九]仕出《しだ》し團扇《うちは》・櫛《くし》・笄《かうがい》、[三〇]三升《(みます)》の中へ雷《らい》の字を付(け)たるは、[三一]屋敷も町も嬉《うれ》しがり、

陰子から、舞台にも立つ色子にしたこと。三 韓非子の卞和篇の故事。ここはよい素質の持主に、磨きがかかると、一般とは断然区別を示すの意。↓補注一七。四 申込み。五 前出(四二頁)。六 役者綱目に「同(寛保)二の冬、江戸市村座へ初下り」とある。その後の評判記に女形又は若女形として、嵐玉柏が見える。七 世間一統に。八「すはえ」の訛。直線的に長くのびた若枝。九 しなやかにはりのあるさま。一〇 しつこくない。一一 売色を主としながら舞台をもつとめる、位置の低い女形や若衆方の少年俳優。一二 二世市川団十郎。前出(四七頁)。一三 役者綱目「宝暦三霜月、中村座にて海老蔵の弟子と成り、市川升蔵と改め」。宝暦四年の評判記に、角鬘立役、升蔵と見える。一四 栢莚とあるべき所。海老蔵の号。一五 宝暦三年十一月中村座の顔見世百万騎兵(つはもの)太平記の中の役割。一六 前出(五六頁)。一七 役者綱目「同(宝暦)八年霜月、大阪中山座へ上り、評よく、五年ぶりにて江戸中村座へ帰り、此時より市川雷蔵と改名し」。評判記には宝暦十二年に、升蔵改雷蔵として見える。一八 武家。一九 魯の朱家・雒陽の劇孟ともに、史記の游俠列伝に見える任俠の徒。二〇 気風。二一 同「楚田仲以俠聞喜剣」。二二 謙退する。二三 こぶしのしぐさで勝負を争う遊戯。二四 常磐津「垣衣草(しのぶぐさ)千鳥紋付」の所作事。↓補注一八。二五 明和二年十一月森田座の顔見世の勝時栄源氏の中の演技。↓補注一九。二六 役者綱目「同十四(明和元年)の春、中村座にて、始て祐経の大でき、二番目、助六大当り」。二七 待遇。二八 新案の団扇。二九 市川宗家の紋。三〇 武家屋敷へ奉公の女中達や町方の女達。三一 相手にされること。三二 立役の一種で、色男役を専門

鳴雷《なるかみなり》はこはがれども、此雷はかわゆがり、[三二]抓《つか》まれたがるも多かりき。

爰《こゝ》に又[三三]色事師[三四]坂東《ばんどう》彦三郎薪水《しんすい》といふ者《もの》有(り)。[三五]先の彦三郎が実子《じつし》にて、稚名《をさなな》を[三六]菊松となん呼《よび》けるが、[三七]父薪水泉下《ちゝしんすいせんか》の客と成(り)てより、菊松《きくまつ》父の名を繼《つい》で、[三八]二代の彦三郎と成(り)にけり。元來《ぐわんらい》父彦三郎は、[三九]くれ竹の[四〇]伏見《ふしみ》の里の産《うま》れにて、是《これ》も武士《ぶし》の悴なりしが、故有(り)て役者と成(り)、舞臺《ぶたい》も[四一]武道《ぶどう》を専《もつぱら》とし、[四二]実の實といふ仕内《しうち》にて、眞《しん》の上手《じやうず》ともてはやされ、家老職《からうしよく》のおも〱しさ、其頃續《つゞ》く役者もなし。然《しか》るに薪水四十に至《いたり》て、子なき事をうれへけるが、人の教《をしへ》にまかせつゝ、[四三]隅田川《すみだがは》の龍神《りうじん》へ、三七日の[四四]通夜《つや》をして、祈出《いのりいだ》せし[四五]申子は、即《すなはち》後《のち》の薪水なり。実や[四六]びんがは卵《かいこ》の中より、其声衆鳥《しうてう》にまさるとかや。薪水[四七]子役より[四八]愛《あい》敬《けう》つよく、[四九]若衆形にて大入を取(り)、僧俗《そうぞく》男女心をうごかし、扇《あふぎ》・[五〇]牙杈差《やうじさし》・[五一]煙《たばこ》袋《いれ》、哥発句《うたほつ》はいふに及ばず、薪水が手で墨を付(け)ても、兒女子《むすめごども》の嬉《うれ》しがること、[五二]羲之《ぎし》が墨蹟《せき》・[五三]定家《ていか》の色紙にもまされり。父は堅《かた》きを[五四]仕《し》にせとし、後の薪水は初より、色事師の[五五]名代にて、舞臺の風《ふう》はかはれども、常の[五六]行跡《かうせき》父にもまさり、贔屓《ひいき》の人ゝ招《まねけ》ども、[五七]等閑《なをざり》にては[五八]茶屋へも行(か)ず、若據《もしよんどころ》なく行時《ゆくとき》は、いつも袴《はかま》を脱《ぬが》ざる故、客《きやく》も却(つ)て窮屈《きうくつ》がる程、行義正しき生質《うまれつき》にて、流石《さすが》昔の[五九]あづさ弓、[六〇]引《(ひく)》かたの女中なんどは、[六一]鴈《かり》の便《たより》を求《もとめ》ては、[六二]玉の緒《を》の絶《たえ》なんとかこち、

とするもの。三四 前出(九七頁)。三五 初代彦三郎。宝暦元年(一七五一)一月一日没。三六 新刻役者綱目「其子菊松、寛延二巳の霜月より、市村座へ子役に出で」。三七 死没して。泉下は黄泉、冥途のこと。三八 役者綱目「宝暦元霜月より、二代目の坂東彦三郎と改め」。三九 伏見の枕詞。四〇 古今役者大全の彦三郎の条「山城国伏見出、両刀をも帯せし人の子と聞き伝へぬ」。四一 武士武将の忠勇を写実的に見せる歌舞伎の一手法。四二 古今役者大全の記事による評。→補注二〇。四三 隅田川の水神をまつる水神社。木母寺の持ちで、その近くにあった。四四 終夜社寺に参籠して祈願すること。四五 神仏からさずかった子。四六 迦陵頻迦。仏説で極楽にいる妙音を出す鳥。法華文句に「頻伽在卵、声勝衆鳥」。「せんだんは二葉より香し」と同意の諺。四七 幼年者が劇中の子供になる役柄。四八 甚だ愛敬があり。四九 美少年に扮する役柄。五〇 名物六帖「牙杈(ヤウジ)」。歯刷に同じ。五一 名物六帖「煙袋(タバコイレ)(本艸備要を引く)」。五二 王羲之。中国東晋の人。古今第一等の書家とされる。五三 藤原定家(一一六二—一二四一)。鎌倉時代の歌人。定家流というその筆と、小倉百人一首を書いた色紙は、好事家に尊重された(集古十種)。五四 得意芸。五五 令名ある人。五六 ふるまい。五七 一通りの関係では。五八 料理茶屋・芝居茶屋のたぐい。色茶屋ではない。五九 引くの枕詞。六〇 贔屓にする。六一 前漢の蘇武が、匈奴のとらわれから、鴈の足に書状をつけて、漢朝廷にしらせた故事から、手紙のこと。ただし、ここはその手紙を託すつてを求めての意。六二 命の枕詞から転じて命。死ぬ程思いこがれるとうらみなげき。新古今、恋一「玉の緒よたえなばたえねながらへば忍ぶることのよわりもぞする」。

[一]人目の関《せき》を忍《しのび》兼(ね)ッヽ、したひ來るも多かりしが、自然《しぜん》と[二]柳下恵《りうかけい》が行《おこな》ひに等《ひと》しく、[三]みだりなる事怪我《けが》にもなし。女はつれなしと恨《うらむ》れども、其[四]守《まも》りの堅《かた》き事、[五]大人君子《くんし》も恥《はぢ》ぬべし。初薪水孤《みなしご》にて、親類迚《しんるいとて》もあらざれは、[六]尾上梅幸を親《おや》と頼(み)、又此栢車《はくしや》が男気を見込(み)、[七]兄弟分の約《やく》をなし、[八]雲と成(り)雨とならんと契《ちぎ》りしが、[九]元服の後も交《まじは》リ絶へず、實《じつ》の兄弟より睦《むつまじ》し。いかなる[一〇]過去《くわこ》の約束にや、[一一]戌の秋より雷蔵は、何となふ煩《わづらひ》出《だ》し、[一二]押(し)て勤《つとめ》は勤(め)ながら、次第に気分悪《あし》ければ、[一三]亥《い》の二月より舞臺を引(き)て養生《やうじやう》しけるを、薪水も日ゝ行(き)て看病おこたる事もなし。され共さらに快気《くわいき》も見えず、次第におもる病《やまひ》の床、贔屓の方にも聞(き)傳(へ)、そこの立願《りうぐわん》かしこの祈禱《きとう》、様ゝ《さまぐ》心を尽せども、其験《そのしるし》も見えざりけり。

根無草後編二之巻終

一 歌語。人に見とがめられる遠慮をもこらえかねて。
二 中国春秋の頃の魯人。孟子の万章下篇「柳下恵ハ聖之和ナル者也、孔子ハ聖之時ナル者也」。
三 女性との不倫。
四 節操の堅いこと。
五 大人も君子も。ここは道徳の高い人の意。
六 初代尾上菊五郎(一七一七―一七八三)。女形から後に立役。京都の人だが、江戸にも長くおった。
七 衆道の約束をすること。
八 情交の細かなのをいう。文選、高唐賦の雲雨の交りの故事による。
九 彦三郎が前髪を切って成人となった宝暦元年より後。
一〇 前世の因果。
一一 明和三丙戌の年。
一二 無理をして。
一三 明和四丁亥の年。伊原敏郎著歌舞伎年表、同年中村座の条「二番目ニ、本町丸ノ綱五郎(雷蔵)病気ニつき(高麗蔵)つとむ」。

根無草後編三之巻

「[一四]かやうに候者は市川の雷蔵にて候。我久《われひさ》ゝく の病気《べうき》にて、醫療《いりやう》手を尽《つく》すといへども、更《さら》に快気《くわいき》もなかりし処に、此程淺草の觀世音《くわんぜおん》を念《ねん》じ奉《たてまつり》ける驗《しるし》にや、いつに勝《すぐ》れて快《こゝろよく》覚《おぼへ》候程に、御禮の爲《ため》淺草に参詣《さんけい》せばやと存(じ)候」。[一五]浮世《うきよ》の夢《ゆめ》も短夜《みじかよ》の、[一六]まだ晴《はれ》やらぬ雲井の月、[一七]心の駒《こま》を引(き)立(て)て、[一八]法《のり》の爲には[一九]藏前《まへ》の、焔广堂《えんまどう》にぞ着《つき》にけり〳〵。

淺草迄は程遠し、爰《こゝ》にていざや休《やすま》んとて、堂のかたへに蹲踞《うづくまり》、暫《しば》し[二〇]念珠《ねんじゅ》し居ける所《ところ》に、拝殿俄《はいでんにはか》に物音して、昼のごとく照り渡《わた》り、焔王中央《ゑんわうちうわう》に座し給へば、左右に[二一]十王列《れつ》を正《たゞ》し、表《おもて》の方には[二二]獄卒《ごくそつ》共、[二三]數《かず》もかぎらず並居《なみゐ》たる。焔广大王御声高《こゑたか》く、「是《これ》迄[二四]心を尽《つく》せども、戀の叶《かな》はぬ[二五]業腹《ごうはら》まぎれ、[二六]朕闇雲《ちんやみくも》に亡命《かけおち》して、此所に至《いたり》し心は、[二七]堺町をぶつこはし、[二八]玉《たま》をこつちへ引(つ)さらはんと、心は[二九]やたけにはやれ共、日本は神國《しんこく》にて、[三〇]伊勢・八幡・王子《わうじ》の稲荷、[三一]おへない[三二]手相《てあい》が多け

一四 謡曲流の出にしたのは、以下が雷蔵病中の夢で、趣が変るから。 一五 夢の如く憂き現世ははかなく短い意と、雷蔵が病む夏四月のみじか夜にかけた。 一六 夜がまだ明けはなれず、雲井即ち空に残月がある意と、まだ現世を脱却して彼岸を願う悟りの心境に達せぬ意をかねる。
一七 悟れなくて情意に心がたかぶるを心の駒で示し、病気にめいった心を引き立ててとかかる。
一八「駒」と乗りで縁語。仏法信仰悟りの為に。
一九 鞍、来るにかかる。前出(一〇九頁)。
二〇「念誦」のあて字。仏号を称し、経をとなえること。 二一 前出(三九頁)。 二二 前出(四一頁)。
二三 無数多数にならんでいる。 二四 気をもみ心をつかった。 二五 いまいましい腹立ちの余りに。
二六 当時の流行語。むこう見ずに。無茶に。
二七 前出(四二頁)。芝居街。 二八 大事な目あてのもの。美人などに限っていう。瀬川菊之丞をさす。 二九 いよいよますますはやり心になるけれど。 三〇 伊勢神宮・八幡大菩薩・菊之丞の氏神である王子の稲荷。前出(四八頁)。
三一 手に合わないしたたかな。 三二 連中。

一 日本の婆婆をさす。冥途から見てのこと。
二 若衆道。易の繫辞上篇「乾道成レ男、坤道成レ女」とあるによっていう。 三 弘法大師に相当。弘法を日本若衆道の開祖とすることは前出(四四頁)。 四 前出(四四頁)。この王、前編にも男色派。 五 注意。助言。 六 高野に相当。弘法大師が入定した真言宗の霊山。 七 さようでございます。
八 川崎市の中。ここに俗に川崎大師と称して、弘法を本尊とする寺、金剛山平間寺がある。これを下屋敷即ち別荘と見た。 九 次の間。
一〇 人から人へ連絡して呼ぶ。 一一 香色。黄がか

れば、漫《みだり》に[一]他領《たりやう》へ踏込《ふみこみ》がたし。[二]乾道《わかしゆ》の事は[三]教法大師《だいし》の支配《しはい》なれば、呼(び)寄(せ)て申(し)付(け)よと、[四]轉《てん》輪王の[五]心付《(こころづけ)》、尤に思ふ故、[六]廣野《くはうや》へ呼(び)に遣はせしが、定(め)て使歸《つかひかへ》りつらん」と、勅定《ちよくぢやう》あれば轉輪王《てんりんわう》、[七]「さん候。教法《けうほう》が儀は幸《さいわい》と、[八]大師河原の別業《しもやしき》に逗留《とうりう》せし由承り、[九]御次《つぎ》迄召寄置《めしよせおき》たり。それ〳〵」と呼(び)[一〇]次《つげ》ば、[一一]香《かう》の衣《ころも》に[一二]九条《じやう》の袈裟《けさ》、御衣《ぎよい》の袂《たもと》[一三]の香を残《のこ》す、[一四]縹帽子《はなのぼうし》の花々しく、いとも殊勝《しゆしやう》に着座《ざ》あれば、焔王近くと招《まね》かせ給ひ、「汝《なんぢ》を召事《めすこと》餘《よ》の儀ならず、聞(き)も及ばん此大王《このだいわう》、見《み》ぬ戀《こひ》に身を[一五]やつす。[一六]御坊《ごばう》は名高き若衆の開基《かいき》、此道一派《このみちいつぱ》の祖師《そし》なれば、[一七]諸分《しよわけ》功者と聞(き)及ぶ。何卒《とぞ》路考《ろこう》を手に入(る)る、[一八]魂膽《こんたん》は有(る)まひか」と、[一九]惚《ほれ》ゝとして勅定あれば、教法《きやうぼう》の詞を待《また》ず、[二〇]宗帝王《そうていわう》[二一]居丈高《ゐだけだか》に成(り)て、「毎日《まいにち》毎夜諫《いさめ》ても、[二二]金言耳《きんげんみゝ》に[二三]逆《さか》馬の、[二四]指(し)つまりたる御所存かな。三千世界《かい》の其中には、日本といひ唐といひ、天竺《ぢく》・阿蘭陀《おらんだ》をはじめとして、數万《すまん》の國ゝありといへども、皆それ〴〵の司《つかさ》有(り)て、國を治《おさ》め民《たみ》を教《をしへ》、万《ばん》國太平を楽《たのし》むこと、[二五]皆上一《みなかみいち》人《にん》の徳によれり。されば古唐土《もろこし》にて、[二六]呉王劔《ごわうけん》をこのまるれば、民《たみ》きづつく者多く、[二七]楚王《そわう》女の腰《こし》の細《ほそ》きをすけば、宮《きう》女に餓死多かりしも、[二八]上《かみ》の好所《このむ》下必隨《しもかならずしたが》ふならひ、君《きみ》は世界《せかい》の[二九]惣司《そうづかさ》にして、[三〇]過去《くわこ》・現在《げんざい》・未來までの善悪《ぜんあく》を正《たゞ》し給ふ、大切の御身を以て、稚子《をさなご》の[三一]小路《こうじ》がくれ、[三二]二才《にさい》野郎《やらう》の[三三]抜参《ぬけまい》りのごとく、地獄《ちごく》を逐電《ちくでん》

った薄赤い色。一二 布の九幅を横に合せて作った袈裟で、大衣三品の一(釈氏要覧)。一三 衣の袂にたきしめた香の匂がする意と、下の縹(花)を引出す修辞。一四 縹ははなだ即ち薄藍色であるが、ここは能楽の装束で、法体・出家の用いる花の帽子のこと。幅の広い白・薄紫などの絹で顔の下部を包む。冒頭の謡曲の気持が続いている。又次の花々しくの序。一五 やせる程の物思い。一六 貴僧。僧侶への敬語。一七 恋のふるまい、かけひきが上手。一八 たくらみ。一九 恋に根性を失ったさま。二〇 前出(四六頁)。この王、前から諫言役。二一 いきり立ったさま。二二 諺「金言耳に逆ふ」。従うべき名言も実際には聞き入れられない意。二三 将棋で、主将が敵の陣に入ること。よって「指し」にかかる。二四 つきつめた。窮屈な。二五 上にある為政者。二六・二七 諺草に後漢書を引いて、「呉王剣客ヲ好メバ、百姓ニ瘢瘡多ク、楚王細腰ヲ好メバ、宮中ニ餓死多シ」。二八 孟子の滕文公上篇「上ニ好ム者有レバ、下必ズ焉(これ)ヨリ甚シキ者アリ」。二九 総支配者。三〇 三世にわたって。三一 子供が町の小路でかくれんぼをすること。三二 青二才。若僧。三三 江戸時代の風習で、親や主人に無断で、青少年の伊勢参宮すること。途中の人々もこれを補助し、主親もしからなかった。三四 もっての外。三五 同じ悪い仲間をいう諺。三六 禅定。僧侶の死。伝説では弘法大師は生きて禅定の姿で死についた。三七 芋の化石。弘法大師に与えなかった故に石とされた伝説がある。→補注二一。三八 蛤の化石。同じく弘法大師の封じて石とした伝説がある。→補注二二。三九 前出(一〇八頁頭注三)。四〇 今の茨城県古河市。古河の並木通東へ入町泥川町九丁目(名水染分絞)に弘法大師の法水がわいたと群集し

た一件。↓補注二三。 四一 ひとりでに石臼の目が切れていて、それは弘法大師が悪病を救う印であるとする流言があった。↓補注二四。
四二 共に野郎街。 四三 浄瑠璃の石田詰将棊軍配にも「坊様忍ば、闇が能い、月夜には、天窓がぶらりしやらりと、サイナ〱」。 四四 名物六帖「煮茶礶(クワンス)(居家必備)」。 四五 大師匠。
四六 「密教」の誤り。以下同じ。秘奥真実の教法で、深密、幽玄故に名づけた真言・天台二宗の称。 四七 言うと、魚河岸の夕の市の意をかける。
四八 密教の根本義を示す語。阿字は文字の根本の如く、一切の諸法は不生不滅なりとの理を説いて、鰺をかける。 四九 鰺など鱠さしみにするに、臓物をとり、骨つきのまま木口切りに庖丁をねせて作る法。 五〇 今のさしみとなますを合せいう。下の酢を出す修辞。 五一 いきすぎた。程度の狂った。 五二 密教の名僧とは表面のみ。
五三 隅田川東岸葛西の農民が、江戸の糞尿をはこぶ船。 五四 厠のこと。禅家よりの名。神は中国で紫姑神。仏家で烏瑟沙磨明王(塩尻一四)。
五五 摂社。男色は尻に関係するからいう。
五六 真言宗。 五七 新しく仏門に入ったもの。ここは新しく寺に入った男色の対象となる少年僧。
五八 男色道の薬を作るねりぎを売る店。↓補注二五。 五九 男色に尻を用いて痔になること前出(四四頁)。 六〇 真の道。 六一 愚雑俎「雷火の災は、按ずるに火を焚かざる処尤甚し。正火を設る処は雷落ちても火災に及ばず。既に大仏殿又は天王寺の塔などの雷火の災あるがごとく、世俗つねに云ふ事なれど、時にとりて狼狽すべからず」。

一 大乗法数「嗔恚者即チ忿怒之心也」。火にたとえて、怒をもやすという。 二 人倫仏法に害な

し給ふさへ、[三四]沙汰《さた》の限《かぎ》りの事なるに、寐《ね》ても起《おき》ても若衆の噂《うはさ》、[三五]一ッ穴の狐《きつね》とやらで、教法迄を呼寄《よびよせ》て、言語道断《ごんごどうだん》の御しかた。是に居《ゐ》らるゝ教法大師《けうぼうだいし》も、廣野《くわうや》へ[三六]入定《にふじやう》めされて此來《このかた》、まだに戯家《たわけ》がやまぬかして、動《やゝもすれ》ば[三七]石芋《くはずのいも》[三八]石蛤《くはずのかい》で人を[三九]ちやかし、[四〇]古河《こが》では水でじやうだんをはじめ、役《やく》にも立(た)ぬ[四一]臼《うす》の目を切《きり》、折《おり》〱は[四二]堺町・葭《よし》町通ひもめさるやら、『[四三]坊ン様忍ぶは闇《やみ》がよい、月夜にはあたまがぶらりしやらり』と諷《うたは(れ)》る。天地自然《しぜん》の女色《しよく》さへ、淫《おぼ》るゝ時は身をしくじり、家を失ひ國を亡(ぼ)す。況《いわんや》男色の無理非道《ひどう》なること、耳の穴へ食《(めし)》を喰《くひ》、[四四]煮茶礶《くわんす》で味噌《みそ》を摺《する》がごとし。かゝる不埒《ふらち》を行《おこな》ひながら、此宗一派《いつぱ》の[四五]洪匠《こうしやう》とあをがれ、[四六]蜜教《みつけう》とやら[四七]夕河岸《ゆふがし》の、[四八]阿字本不生《あじほんぶしやう》の[四九]脊《せ》ごし[五〇]膾《なます》、[五一]酢《す》の過(ぎ)た衆生《しゆじやう》を化す、[五二]上《うは》べ計《ばかり》の見せかけにて、[五三]葛西《かさい》舟の舩頭、[五四]雪隠《せついん》の神《かみ》の[五五]末社《まつしや》も同前、己がなくば我ゝも、実《げに》かゝる憂《うき》目は見まいぞと、此[五六]一宗の[五七]新発意《しんぼち》が、祖師のあたまを叩《たゝ》くといふも、尤と覚ゆる也。いそぎ教法を追《おひ》まくり、廣野《や》山と[五八]黄蜀葵根店《ねりぎだな》を、片時《へんし》も早く破《は》却《きやく》して、[五九]痔病《ぢやみ》の愁《うれひ》を除《のぞく》べし。ソレ〱」と下知すれば、轉輪王押(し)とゞめ、「宗帝王の詞は、皆理屈《りくつ》と申(す)物にて、[六〇]大道《だいどう》をしるの理にあらず。焰王の御身持諫《いさむ》るは臣下の道とは申(し)ながら、譬《たとへ》ば[六一]雷火《らいくわ》に水を掛(く)れば、其火ます〱さかんなれ共、合せ火をなす時は、其火却(つ)て消《きゆ》るがごとし。浮世に此理を知

らぬ者、人のすること皆非《ひ》に見え、[一]獨嗔恚《ひとりしんい》を燃《もや》しつゝ、世をうらむる族《やから》も多し。又教法の若衆好《ずき》は、其人の一癖《いつぺき》にて、[二]道を害《がい》するに至《いた》るべからず。なくて[三]七癖《なゝくせ》といふ諺《ことわざ》あり。[四]王濟《せい》が馬癖《ばへき》、[五]和嶠《くわきやう》が財癖《ざいへき》、[六]杜預《どよ》が[七]左傳《さでん》、[八]慈鎭《じちん》の倭歌《わか》、[九]盛親僧都《じやうしんそうづ》の芋魁《いもがしら》、[一〇]宗祇《そうぎ》法師の髭《ひげ》を愛《あい》せしも、皆人ゝの癖ぞかし。志《こゝろざし》尋常《よのつね》にして、癖大なる者は、癖の爲《ため》に[一一]とらかされ、志大にして、なみ／＼の癖ある者、何ぞ癖の爲に[一二]志を奪《うば》ゝれんや。大師の若衆を愛するは、一には癖、二には[一三]糟糠《さうかう》も腹《はら》にみつれば、[一四]八珍《はつちん》をかへり見ず。[一五]末世の坊主男色にて事を濟(ま)せ、[一六]女犯《ぼん》の害《がい》をまぬがれしめんと、遠きを慮《おもんばか》る[一七]權者《ごん(ざ)》の心、[一八]不学無術《じゆつ》の輩《ともがら》の、容易《たやすく》しる所にあらず」と、[一九]詞を放《はなつ》て云(ひ)返《かへ》せば、[二〇]初江王《しよこうわう》すゝみ出(で)、「轉輪王の詞面白し。しかし坊主は左《さ》も有(ら)んが、女色を[二一]いましめぬ俗人《ぞくじん》の男色を好(む)事、甚《はなはだ》以て其意得ず。大王も只今より、路考が事を思ひ切(り)、是《これ》より[二二]三谷《(さんや)》通ひと出掛《でかけ》、[二三]土手をしつぽり[二四]雪《ゆき》の鷺《さぎ》、只一人は[二五]用心いかゞ、我等《われら》御供仕らん。それ郭《くるは》通ひの風流《ふうりう》なる、[二六]宿の出入に人目を忍《しの》び、家業《かげう》の[二七]いとまに我(が)身を竊《ぬす》む。或は[二八]兜籠《かご》、或は舩、[二九]黄帝《くわうてい》車を製《せい》すれ共、[三〇]四ッ手の輕《かろ》き案じは出(で)ず。[三一]梶原逆櫓《かぢはらさかろ》を爭《あらそ》へ共、[三二]猪牙《ちよき》の早きに心付(か)ず。[三三]末世の手まはし[三四]浮世の才覚、[三五]腰《こし》のすはり櫓《ろ》の手練《しゆれん》、[三六]飛鳥《ひてう》と成(り)て雲に入(ら)ざれば、射《い》る矢《や》と成(り)て[三七]空《くう》をしのぐかと疑《うたが》ふ。舟か

し。三 人は皆それぞれ癖を持つの意の諺。四 中国晋の武帝の賢臣。馬を愛しその性を知った。↓補注二六。五 前者同時の人。性至吝で産をなした。↓補注二六。六 同時の人。左伝集解・左伝釈例の著者。↓補注二六。七 春秋左氏伝。左丘明の著と伝え三十巻の春秋の注書。八 慈円(一一五五—一二二五)の号。天台座主にして歌人。その詠「皆人のひとつの癖はあるぞとよ我には許せ敷島の道」。九 徒然草、六十段所見。↓補注二七。一〇 有名な連歌師(一四二一—一五〇二)。髭をたくわえて種々逸話がある。↓補注二八。一一 癖に流されて悪くなる。一二 本志を失って悪くなる。一三 粗食。一四 様々の珍味。周礼の天官に「珍用八物」。↓補注二九。一五 ここは後の世の意。一六 五戒の一の不邪淫戒。一七 仏の化身。一八 学術のない。一九 放言して。二〇 前出(四九頁)。二一 禁止されない。二二 吉原通い。山谷は東京都台東区で吉原の所在地。二三 日本堤の土手。二四 雪中みのを着て一人通う姿の見立。二五 無用心。二六 自宅の出入。二七 いとまを見てぬけ出す。二八 名物六帖「兜籠(カゴ)(事物紀原を引く)」。駕籠。二九 中国の神話時代五帝の一。蚩尤を討つ時指南車を作る(十八史略)。三〇 江戸民間の辻駕籠。陸路吉原通いに用いる。三一 平家を四国に追い討つ時、源義経に対し梶原景時が逆櫓を献言して争う(平家物語)。↓補注三〇。三二 猪牙船。隅田川の水上交通、従って吉原通いの軽い早い小舟。前出(八〇頁)。三三 現代の段取のよさ。三四 この世の思いつきのよさ。三五 こぎ手の腰つき。三六 猪牙舟の早いさまの形容。三七 空をわって行く。三八 人と舟の関係。静かに平座するのが乗り上手。三九 隅田川の景。月はさえぎるものなく早く上る。四〇 火縄を入れた箱。猪牙に持込む。四一 両岸を往来の人。

ろく人重《おも》く、[三八]動《うご》けばうごき鎭《しづ》まればしづまる。[三九]潮《うしほ》引(き)ては橋杭《はしぐゐ》長く、月出(で)ては登ること早し。[四〇]火《ひ》繩《なは》箱にくゆれば、吸《すひ》がら舩《ふなばた》をたゝく。声は聞へず[四一]往來《ゆきゝ》の人、目は届《とゞ》く左右の河岸《かし》、[四二]椎《しゐ》の木はやねを[四三]しのびて高く、[四四]首尾の松は波《なみ》をくゞりて栄《さか》ふ。[四五]竹町の渡[四六]十文字に過(ぎ)、[四七]駒形《こまかた》の堂斜《どうなゝめ》に見渡す。[四八]遠きもの自《おのづから》近《ちか》づき、近き物忽《たちまち》遠ざかる。程なく[四九]盧崎《いほざき》・眞乳《まつち》山、[五〇]三圍《みめぐり》の鳥居恨《うら》めしそふに覗《のぞ》けば、洲《す》の上の芦《あし》心有ﾘげに[五一]招《まね》く。[五二]今戸橋少《ちひさ》しといへども、通る人よりくゞる人多く、[五三]堀の舟宿多しといへども、出る舟あれば入舟あり、懸方燈《かけあんどう》水を照《てら》せば、[五四]提燈《てうちん》の火は土手に映《えい》ず。[五五]道哲《どうてつ》の鉦《かね》耳をすませば、[五六]煙《けふり》の臭鼻《にほひはな》をつらぬく。金なき男は無《む》常《じやう》を観《くわん》ずれども、時めく人は遊《あそば》ぬが損《そん》也と悟《さと》る。[五七]草青々《くさせい〱》と萌《もえ》出(で)ては、別世界殊更《ことさら》春めき、月皎々《かう〱》と照(り)ては其俤《おもかげ》益《ます〱》ゆかし。螢《ほたる》かすかに飛《とん》では、心の風凉《すゞ》しく、雪《ゆき》ちら〱と落《おち》ては、醉覚《ざめ》の顔《かほ》心地よし。野路《のじ》の風景《ふうけい》他《た》に異《こと》なるを、[五八]見れども見えず聞(け)ども聞《きこ》えず。[五九]衣紋坂《えもんざか》・[六〇]大門口、人の風俗常にあらざれば、我(が)心我《われ》にあらず。[六一]仙人も通を失ひ、石佛《いしぼとけ》もうかれ出(づ)る、衣裳《いしやう》の伊達《だて》[六二]あたまの物好《ずき》、三人一般《いちやう》ならざれば、万人亦同じからず。しる人あればしらぬ人あり、見ぬふりあれば見せるふりあり。[六三]待合《まちあひ》の辻《つじ》・[六四]中の町、[六五]大道直《だいどうなをふ》して髪《かみ》のごとく、料理《りやうり》潔《いさぎよふ》して[六六]玉のごとし。[六七]茶屋の饗應《もてなし》[六八]牽頭《たいこ》の洒落《しやれ》、[六九]小戸《げこ》は茶漬《ちやづけ》に

四二 大川の東岸本所松浦邸のいわゆる嬉の森にある椎の大木。 四三 「しのぎて」の誤り。 四四 江戸砂子「椎の木の向御蔵の川はたの松、川面へさし出でたる松也」。共に吉原通いの目じるし。 四五 浅草竹町の渡し。浅草材木町から本所中の郷へ。 四六 隅田川の流れと直角。 四七 駒形(こまかた)町の川端にあり、本尊馬頭観音。竹町よりは下流右手斜。 四八 舟の進むさま。 四九 共に隅田川畔の歌枕。盧崎は諸説あって不明。真乳山は今戸橋の南、聖天宮を祭る。万葉、二「まつち山夕越行きていほ崎のすみだ河原に独りかもねむ」。 五〇 三囲稲荷社。向島にあり其角の夕立の句で有名。社が土手のそばにある鳥居に隠れて見えないので恨めしい。 五一 風にゆれるさま。 五二 山谷堀の口にかかる橋。吉原通いの船はこの下をこして舟宿につく。 五三 隅田川交通の船の世話をする宿。山谷堀南岸に並ぶ。 五四 客を案内する提灯。 五五 今戸橋の南詰にある弘願山専称院西方寺。ここに巡誉道哲なる道心者が居たのでいう。 五六 日本堤の南、火葬場の煙。 五七 四季共に吉原遊びの趣あるをいう。 五八 大学「心ココニ在ラザレバ、視レドモ見エズ、聴ケドモ聞エズ」。既に心は吉原に飛んで景色にはない。 五九 土堤より大門の方へ下る坂。↓補注三一。 六〇 吉原廓の正門。 六一 久米仙人が女人の肌に通を失った故事による。 六二 髷の風。 六三 江戸町一丁目二丁目の角。↓補注三二。 六四 吉原の中央通り。 六五 儲光義の洛陽道「大道直ウシテ髪ノ如シ」(唐詩選)。 六六 美しいこと。 六七 遊女屋に客を案内する引手茶屋。↓補注三三。 六八 太鼓持。 六九 下戸。名物六帖の大戸(ゼウゴ)の条「余冬序録 人能ク飲ミ、飲ムコト能ハザルニ、大小戸之称有リ(下略)」。すぐ酒をやめ食事をする。

正躰《たい》をあらはし、[一]底《そこ》ぬけは[二]先《まづ》底を入(れ)る。[三]垣間見《かいまみ》の隣座敷《となりざしき》は、[四]見し玉簾《たまだれ》の内ぞ床敷《ゆかしく》、行過《ゆきすぐ》る[五]道中には、[六]乙女《おとめ》の姿《すがた》しばしとゞめよと思ふ。挑灯寸《てうちんすん》[七]をはづれて大く、定紋紙にあまつて目立つ。花美《くわび》を極《きはむ》る繡《ぬひもの》には、[八]鳳凰《ほうわう》も[九]文彩《ぶんさい》を恥《はぢ》、[一〇]照《てり》を撰《えら》べる[一一]瑇瑁《たいまい》には、名玉《めいぎよく》も光輝《ひかり》を失ふ。道筋《みちすじ》[一二]糸をはゆるがごとく、[一三]足音[一四]節《せつ》を打(つ)に似《に》たり。[一五]禿《かぶろ》のさはやかなる、[一六]新造《しんざう》の花やかなる、[一七]やりての[一八]一くせ有(る)顔色《がんしよく》も、[一九]芝蘭《しらん》の室《しつ》に入(り)て自《おのづから》香《かふば》しき、[二〇]常の嫗《おうな》とはたがへる様におもほゆるもおかし。[二一]江戸町・京町[二二]前後《ぜんご》に在《あつ》て、各《おの〳〵》左右二町に分《わか》れ、[二三]すみ町亦其中にはさまれて、獨南《ひとりみなみ》一町にかたよる。[二四]五丁町の名遠近《ゑんきん》に傳《つた》へ、[二五]夜店《よみせ》の気色古風《けしきこふう》を変《かへ》ず。[二六]身仕舞濟《みじまひすん》で[二七]鈴《すゞ》の音聞へ、日暮《くれ》て後[二八]格子《かうし》賑《にぎは》ふ。[二九]座《ざ》は位を定め、衣裳《いしやう》は新古をわかつ。[三〇]油煙《ゆゑん》天に登《のぼ》り、[三一]三絃《さみせん》地に響《ひゞ》き、[三二]文《(ふみ)》は誰《たが》爲に書《かき》、咡《さゝやき》は何事をかいふ。[三三]地廻りの[三四]下駄《げた》、鼻哥《はなうた》と共に去《さ》り、[三五]はむきの町人[三六]新吾左と伴《ともな》ひ來ル。老《おや》

一 大酒のみ。 二 酒をしっかりのむ(頴原退蔵著川柳雑俳用語考)。 三 すきま見。 四 謡曲の鸚鵡小町の「雲の上は有りし昔にかはらねど見し玉だれの内ぞゆかしき」による。 五 吉原大全「道中といふ事は、女郎揚や又は中の町へ出るをいふ」。 六 古今、雑上「あまつ風雲のかよひ路吹きとぢよ乙女の姿しばしとゞめむ」。 七 ずはずれて。吉原大全に道中を述べて「ことさら夜は女郎の定紋付きたる大挑灯」。 八 想像上の瑞鳥。山海経「五采而文、名ヅケテ鳳皇ト曰フ」。 九 あや。 一〇 瑇瑁のつやのよいのを。 一一 鼈甲(海亀の一種瑇瑁の背甲)。遊女の櫛笄はこれで作る。 一二 「はる」の誤りか。道中のゆうゆうたるさま。 一三 道中の三つ歯の下駄の音。 一四 前出(三五頁)。 一五 格の上の遊女の召使う小女。 一六 禿から上った年若い、姉女郎つきの見習女郎。 一七 格の高い遊女につき万事の世話をする年ゆきの女。 一八 意地の悪いものと見なされていた。 一九 孔子家語「善人ト居ルハ芝蘭之室ニ入ルガ如シ、久クシテ其ノ香ヲ聞カズ即チ之ト化ス」。 二〇 民間の婆さん。 二一 吉原の町名。各一丁目(大門入って右)・二丁目(左)がある。 二二 江戸町は大門に近く前、京町は奥で後。 二三 角町。中央左側の町名。 二四 吉原の一名。以上合せて五丁。 二五 夜に廓を開き店をとること。古風とは鐘四ッ引ケ四ッの習。→補注三四。 二六 化粧。 二七 張見世をする合図の鈴。 二八 張見世の窓は格子作り、そこから夜に入って見る人がふえる。 二九 お職を中央に遊女の位置は定まっていた。 三〇 灯火を大いに明るくしたさま。 三一 店すががきの音。→補注三五。 三二 張見世で遊女達は手紙を書き私語する。 三三 その地を縄張として遊ぶ若者。吉原では多くはひやかし。 三四 地廻りは日和下駄をはく。 三五 へつらい。世

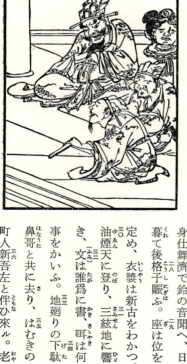

辞。ここは武士を招待した町人。 三六 花街で武士をあしざまにいう語。↓補注三六。 三七 前出(一二二頁)。 三八 通人。↓補注一三。 三九 放蕩。徹底して放蕩する気。 四〇 僧は医者の体で吉原に遊ぶかり着。 四一 黒色頭巾に黒仕立の遊客が群をなすと、その所闇の如し。 四二 編笠の形の見立。 四三 服装。 四四 雑草の一。孟子の趙注に「莠ノ茎葉ハ苗ニ似タリ」(康熙字典より)。 四五 山海経に燕に嬰石ありの郭璞注「石ノ玉ニ似テ、符彩嬰帯有ルヲ云フ、所謂燕石」。 四六 遊女と客の第一回目。婚礼を模した盃事がある。 四七 その時の遊女の挨拶。川柳「十人が十人初会たべんせん」。 四八 おさだまり。 四九 当時昼三と称された最上の遊女の宴席での行儀を云う。 五〇 下品なことをしない。 五一 空席にしない私語しない。 五二 太鼓持芸者がさわいでも、その中へまきこまれない。 五三 私娼街の江戸にての称(岡場遊廓考参照)。 五四 宴席から遊女の部屋又は座敷へ行って、床につく。 五五 着かえに行った遊女がもどって来る事。 五六 吉原の習いで、普通の四つ(午後十時頃)は鐘でつげ、九つ(午後十二時)に、遊女が張見世より引揚げ夜見世のおわる時、拍子木で又四つを知らせること。 五七 見世より帰る遊女の上草履の音が廊下にする。 五八 引手茶屋。客を遊女屋へ案内する業。 五九 翌朝に迎えに来る時間。 六〇 遊女屋の男衆が灯火の油を加えに来る。 六一 遊女と客の痴話喧嘩。 六二 拾遺、恋二「何せぬに結び初めけむ岩代の松は久しき物としる〳〵」などから、和歌に多い発想。小歌は未詳。 六三 この狂言も未詳。 六四 洒落本などに多い発想。廊下の上草履で自分の相手かと思えば、そうでなく。

爺《ぢ》あれば少年《むすこ》あり、醫人《いしや》あれば[三七]先士《ざとう》あり。野夫《やぼ》あれば[三八]通《とお》り者あり、[三九]どらは尽《つく》す始《し》終《じう》の氣《き》、[四〇]僧《そう》は忍《しの》ぶ借《か》り着《ぎ》の紋《もん》、頭巾《づきん》は一むれの[四一]闇《やみ》を生《しやう》じ、[四二]編笠一片《あみがさいつぺん》の山を画《ゑが》く。種々《しゆぐ》の[四三]出立さま〴〵の風俗、波《なみ》のごとく寄《より》、雲の如《ごと》く集《あつま》る。人の心各《おの〳〵》異《こと》に、物好《ずき》亦一般《いちやう》ならず。日本に惚《ほれ》れば口元《もと》になづみ、鼻筋《はなすじ》に見込《こめ》ば靨《えくぼ》に打込《うちこみ》、[四四]莠《はぐさ》と苗《なへ》と、[四五]燕石《えんせき》と玉と、何《いづ》れをか捨《すて》、何《いづ》れをか殘《のこ》さん。[四六]初會《しよくわい》の盃《さかづき》おもむき古く、[四七]給《たべ》えせぬも[四八]久しいもの也。[四九]作法《さはう》を崩《くづ》さず、[五〇]位を落さず、[五一]座を明《あけ》ず咡《さゝやか》ず、[五二]さはぎの拍子《ひやうし》に乗(ら)ざること、[五三]岡場所《おかばしよ》の企《くはだて》及《およぶ》べきにあらず。料理出(で)[五四]床《とこ》おさまり、[五五]來《く》る事おそく待《まつ》事長《なが》し。[五六]引ヶ四ッの柝声《ひやうしぎ》ほの聞《きこ》ゆれば、[五七]廊下《らうか》の足音耳に響《ひゞ》き、[五八]茶屋は[五九]迎《むかひ》の刻限《こくげん》を約《やく》し、[六〇]男僕《をとこ》來りて油をつぐ。隣《となり》の[六一]口舌《くぜつ》よそのむつ言《ごと》、浦《うら》山しき風情《ふぜい》ありて、[六二]『待(つ)は久しき物にぞ有(り)けり』の、小哥の文句《もんく》も身にこたへ、『モフ來そふな物じや』といふ[六三]狂言も思ひ出す。[六四]上草《うはぞう》

履《り》の音扱こそと待(て)ば、夫にはあらで行(き)過(ぎ)たるも本意《ほい》[一]なく、亮隔《しやうじ》[二]の明(く)は是《これ》[三]なんめりと思へば、新造《しんざう》[四]來りて厨櫃《たんす》[五]を鳴《な》らすもにくし。長ふなり短《みじか》ふなり、右に寐《いね》左に起《おき》、咽乾《のんどかはい》て手をならせば、丫鬟《かぶろ》[六]の返事《へんじ》[七]もなが〳〵[八]しき夜を、独《ひとり》かも寐んかといと心細《ぼそ》し。欠《あくび》し伸《のび》し心氣労《つか》れて、纔《ゑいやつと》[九]來りたばこくゆらすも、亦思はせぶりなり。初會《しよくわい》[一〇]の遊《あそび》は、蓄《つぼめ》る花の色を含《ふくみ》て日を待(つ)がごとく、谷《たに》の報春鳥《うぐいす》[一一]枝《えだ》に來て、聲を出さゞるに似《に》たり。かゝる内なん、九郎助稲荷《いなり》[一二]もいまだ講中とは思はず、出雲《いづも》[一三]の神も先當座帳[一四]に記《しる》すなるべし。行(く)に解通《とけかよ》[一五]ふに馴染《なじみ》[一六]、[一七]白き糸の染《そま》ルにたとへ、陽《やう》気に物の暖《あたゝま》るがごとく、茶屋[一八]にむかへ大門におくり、先座《せんざ》[一九]の委細巨細《いさいこざい》、新造[二〇]の人身御供《ひとみごくう》、させ[二一]ども貰《もら》ひ[二二]もめれ[二三]ども來る。愈思へば愈思はれ、可憐《かあい》がれば又がられ、連《つれ》あれば行(き)一人も行く。異見《いけん》いふを野夫《やぼ》と見くだし、馬《むま》[二四]の合(つ)たを粋《すい》なりと思ふ。惣仕舞[二五]は門帷《のれん》[二六]をおろし、居《ゐ》[二七]つゞけは浴室《ふろば》を覚《おぼ》え、雪《ゆき》の旦《あした》の小鍋立《なべだて》[二八]ニは、丫鬟《かぶろ》向《むか》[二九]ふの人を呼《よ》び、雨《あめ》の夜のしつぽり酒[三〇]には、内の女郎追ゝ《おい〳〵》に集《あつま》る。語尽《かたりつく》して歸ると思へど、別《わか》れになれば詞殘《のこる》がごとく、逢《あは》[三一]ねばならぬ用ありと呼《よば》れて行《ゆけ》ば、又左《さ》のみ外に用なし。枕《まくら》の定紋[三二]ほくろ[三三]の命、箸《はし》[三四]紙客《きやく》の替名をしるせば、文[三五]には己《おの》が本名《ほんめう》をあらはし、昔を明(か)し行《ゆく》末《すへ》をかたり、神に誓《ちか》ひ佛に祈《いの》り、或は指《ゆび》[三六]或は爪《つめ》、實《まこと》と見える虚《うそ》あれば、虚より

一 残念で。 二 名物六帖「亮隔(シヤウジ)」訓蒙字会 竹障俗ニ亮隔ト称ス」。 三 相方は是。 四 相方附きの新造が、姉女郎の持物を求めて、箪笥の金具の音をさせる。こんな時は別に馴染客があると知るべし。 五 名物六帖「厨櫃(タンス)」文房清事」。 六 禿。名物六帖「丫鬟(コメラウ)」類書纂要 丫鬟ハ小女垂鬟ノ小婢也」。 七「アイー」と長い。 八 拾遺、恋(百人一首にも)「足曳の山鳥の尾のしだり尾のなが〳〵し夜をひとりかも寝む」。 九 主語は相手。川柳「一ぷくや二ふくで初会寝ころばず」。 一〇 吉原の初会は客と情を通じないのが普通。三会目にして帯をとく習い。川柳「御大法通り待たせる初会なり」。 一一 鶯。大和本草「或曰クウクヒスハ月令広義ニ所謂報春鳥也」。 一二 廓内東南の隅にある稲荷。縁むすびの利益があるという。 一三 縁結びの神出雲大社。ここに帳簿あって男女の縁を記すという。 一四 その時々即座に仮につけておく帳。「講中云々」と共に、縁の程はまだ確かでない意。 一五 情がとけ。 一六 三会目から馴染という。 一七 次第に変化するたとえ(淮南子)。→補注三七。 一八 相方の遊女が引手茶屋迄むかえに来、大門口まで見送ってくる。 一九 前日出会の座をもめごとの種とする。 二〇 新造を代理にして他の客に出ること。新造に手をふれない習い。 二一 別の客に出て支障がある。 二二 別の客に出た娼女芸妓を、方法をとって、自分の方へよぶこと。 二三 事むつかしくなる。 二四 気心のあった。 二五 遊女屋の遊女を全部あげること。 二六 名物六帖「門帷(ノレン)」。暖簾を下して、一般に売らない証。 二七 日を続けて遊女屋に遊ぶこと。 二八 小鍋で手軽に料理を作り、つつき合うこと。 二九 吉原語。魂胆惣勘定「むかふの人とは商人のこと也」。 三〇 しっぽりとのむ酒。 三一 さそい出しの手紙の内容。

出る實もあり。[三七]若飛鳥川《もしあすかがは》の渕瀬《ふちせ》定(ま)らず、[三八]月草のうつろふ色あれば、[三九]捕手《とりで》待(ち)伏勢《ふせぜい》おこり、羽織さかれ髪切《かみき》られ、男は女の操《みさは》を守れば、女に男の[四〇]意気地《いきぢ》あるも、実《げに》此里のならはせなり。[四一]物日の約束《やくそく》[四二]夜具《やぐ》の敷初《しきぞめ》、[四三]袖留《そでとめ》・[四四]つき出し・[四五]身請の祝儀、[四六]物を貰(ひ)てやり手と呼《よば》れ、角《つの》なくて[四七]牛《ぎう》といはる。[四八]臺《だい》は[四九]喜《き》の字《じ》に定《さだま》り、[五〇]豆腐《たうふ》は山屋に名高し。[五一]袖の梅・[五二]巻せんべい、[五三]漬《つけ》菜・[五四]昆布巻《こぶまき》・[五五]甘露《かんろ》梅、[五六]群玉《ぐんぎよく》庵《あん》は河漏《そば》に名をなし、[五七]最中《もなか》の月は竹村に仕出《し》す。[五八]小買《こがい》の淺漬《あさづけ》茶碗の煮《に》豆、宵の[五九]文蛤《はまぐり》[六〇]夜明《よあけ》の按摩《あんま》、世に並《ならび》なく外に類なし。遊の興《けう》多き中にも、[六一]大黒舞のいさましき、[六二]燈籠《とうろう》の花〴〵しき、[六三]二日・七種藏開《なゝくさくらびら》き、初午《はつむま》・涅盤《ねはん》・事おさめ、上巳《じやうし》・灌仏《くわんぶつ》・衣更《ころもがへ》、端午《たんご》・七夕《しつせき》・盂蘭盆會《うらぼんゑ》、八朔・重陽・えびす講、いのこ・餅《もち》つき・淺草市、[六四]櫻《さくら》の風流《ふうりう》[六五]月見の趣向《しゆこう》、善尽《ぜんつく》し美《び》を尽す、[六六]一時の栄花《えいぐわ》に千歳《ちとせ》をのべ、白髪《はくはつ》忽《たちまち》黒きに変《へん》ず、世に譬ふべき楽《たのしみ》あらんや。かゝる風流を知《し》らずして、若衆を愛《あい》し給ふ事は、[六七]夏《なつ》の虫氷をしらず、[六八]乞食《こじき》の女房搗立《つきたて》の餅を喰《くは》ざるにひとし。サア返答《へんとう》を承《うけたまはら》ん」と、席《せき》を叩《たゝい》て演《のべ》らるゝ。

根無草後編三之巻終

三二 客の紋を枕につけて、誠意を示す。 三三 心中立のいれぼくろに、「某命」とほる。 三四 客と共に食事をしない習いの遊女が、したしんで共に食事をし、客専用の箸を作り、それを入れた紙に、客の遊里でよばれる異名(表徳)を書く。麓の色「馴染かさねて客と共に物食い、箸紙に客の名をかき」。仮名世説「風来山人芳町及び南方にのみ遊びて、北里の事は不通なりしが、箸紙客の替名をしるせば、文にはおのが本名をあらはしといへる語。山人の自讃なりき」。 三五 手紙に遊女の本名を書くも馴染のしるし。 三六 指や爪を切って送る遊女の心中立。 三七 古今、雑下「世中は何か常なるあすか川昨日の淵ぞ今日は瀬となる」。 三八 新勅撰、恋四「月草のうつろふ色の深ければ人の心の花ぞしをるる」。浮気な行動があったら。 三九 客が外の遊女に馴染むことあると、相方の方では中の町・大門口で沢山で待ちうけて、散切り桶伏せなどの私刑を行った(吉原青楼年中行事)。 四〇 吉原の遊女は意気地を尊ぶが特色。 四一 前出(五五頁)。 四二—四五 客の物入の場合を上げる。↓補注三八。 四六 客より心づけを貰う。 四七 遊女屋の若い者。↓補注三九。 四八—五七 吉原の名産を列挙したもの。↓補注四〇。 五八 遊女が「下卑ぞう」とて、自室で食事をする為に求めた副食物類。 五九 和漢三才図会「文蛤(はまぐり)」。昨夕の台の物に出た残りの蛤。 六〇 按摩の明方でも来る便は他にない。 六一 正月二日より二月初午(時に十日)まで、毎日、大黒面を被った男が、面白い歌をうたい、軽い狂言をしたもの。↓補注四一。 六二 前出(五五頁)。 六三 以下吉原の年中行事、その日は又物日でもあって、殊に廓は賑わった。↓補注四二。 六四 鉢植の桜を中の町にかざる習。前出(五五頁頭注三七)。 六五 前後二回の月見も吉原の大物

根無草後編四之巻

初江王の弁舌《べんぜつ》に、焰王を初として一座大きに驚《おどろ》き入(り)、詞《ことば》を出す者もなし。其時大師莞尓《くわんじ》として曰(く)、「[一]鮑魚《はうぎよ》の肆《いちぐら》臭《くさ》き事を覚えず、[二]蓼《たで》の虫葵《あふひ》にうつらず。女色に淫《おぼ》るゝ輩《ともがら》は、我(が)男色の貴《たつと》きことを知らず。それ男女の交《まじは》りは、陰陽《いんやう》自然《しぜん》の道理にして、[三]大倫《たいりん》の根元なれば、[四]いきとし生《いけ》る者[五]此道にもるゝことなし。然るに末世に至(つ)ては、かゝる貴き男女の道を切賣にして、遊所と名付(け)人の心を蕩《とらかす》より、[六]家を傾《かたむ》け國をかたむく、其災《わざはい》少《すくな》からず。我これを慮《おもんばかり》て男色の淡《あは》きを以て、其災を減《げん》ぜしむるは、[七]塩茶にて餲《かはき》をとゞめ、むかへ酒にて宿酒《ふつかゑひ》を醒《さま》す。又男色の上品《じやうひん》なるは、劇場《しばゐ》の地を専《もつぱら》とす。これ亦[八]楽《がく》の[九]餘風《よふう》にて、[一〇]人を和《くわ》するの器《どうぐ》となり。惡を懲《こら》し善を勸《すゝ》め、[一一]欝《うつ》を散《さん》じ憂《うれひ》を忘《わす》れ、[一二]太平に居て乱世《らんせい》の趣《おもむき》をさとり、安きに座して危《あやう》きの理を知り、愚夫《ぐふ》も仁義《じんぎ》のはしくれを聞き、兒女子《じじよし》も古人の姓名《せいめい》を覚ゆ、実《じつ》に[一三]治世の玩《もてあそ》びなり。抑《そも〳〵》芝居のさかんなる、[一四]二

日。補注四二参照。　六六 吉原の繁栄で命をのべ気も若がえる。　六七 荘子の秋水篇「夏虫ノ以テ氷ヲ語ルベカラザルハ時ニ篤ム也」。　六八 もらい物の古い物ばかり食べているからよい物を知らぬ意。前と共にかたくなを笑うたとえ。

一 孔子家語「不善人ト与ニ居ルハ鮑魚之肆ニ入ルガ如シ、久シクシテ其ノ臭ヲ聞カズ」。鮑魚は塩づけの魚。肆は市。前出芝蘭之室云々に対す。　二 楚辞「蓼ノ蟲葵藿ニ従フヲ知ラズ」(注に蓼の虫は苦悪を食いつけて葵藿の甘美を食わないと)。共に悪い道に入れば、その欠点を知らないの意。　三 人倫の大道。孟子の公孫丑下篇「内則父子、外則君臣、人之大倫也」。夫婦によって父子生ずる。四 生命のある者は皆。古今集序「生きとし生ける者孰れか歌を詠まざりける」。　五 男女陰陽の道。　六 傾国傾城の文字による。家国をつぶす。　七 たくみな比喩。　八 儒でいう六芸の一としての楽。　九 後世変化したもので。　一〇 楽と同じく、人の間を和睦せしめる。　一一 気ばらし憂さばらし。　一二 劇中の乱世騒動を見て、太平安泰の身にも反省するの意。　一三 太平の世の慰楽。　一四 堺町・葺屋町をあわせていう。各前出(七〇頁)。　一五 堺町にあり、座元太夫元を代々中村勘三郎と称した大芝居。　一六 葺屋町にあり、市村羽左衛門を太夫元座元とする大芝居。　一七 堺町中村座の筋向いにあった操人形座。当時座元豊竹新太夫、名代薩摩小平太。　一八 葺屋町の市村座筋向いにあった操人形座。座元名代辰松八郎兵衛。　一九 堺町にあった操人形座。座元名代豊竹肥前掾の肥前座。　二〇 一年毎顔見世で各座の役者のメンバーの替ること。　二一 入替り番附ともいい、役者の新メンバーを記したもの。　二二 十月十日頃芝居茶屋から贔屓へ、又一般に

丁町の賑《にぎ》〳〵敷《しき》、[一五]中村座・[一六]市村座、[一七]外記座・[一八]辰松・[一九]肥前掾《のぜう》、軒《のき》をならべ入を争《あらそ》ふ。わけて哥舞妓兩座を以て根元《こんげん》とし、大劇場《しばゐ》と称《しやう》す。顔見世・[二〇]入替り定《さだまつ》てより、[二一]役者附[二二]四方に散じ、[二三]世界《せかい》定め・[二四]はなし初、[二五]讀初稽古《よみぞめけいこ》・[二六]惣ざらへ、[二七]下リの[二八]乗込《のりこみ》一座のさはぎ、酒酒を飲(み)人人にたかる。[二九]雪霜の夜の寒さを忘《わす》れ、[三〇]一陽來復《やうらいふく》先此地より初(ま)る。[三一]紋看板《もんかんばん》には[三二]甲乙《かうおつ》を顯《あらは》し、[三三]繪姿《ゑすがた》[三四]藝《げい》のあらましをしらしむ。[三五]提灯《ちやうちん》連《つらなつ》て定紋まばゆく、行燈《あんどう》争《あらそつ》て趣向《しゆこう》を尽《つく》す。[三六]左右の埒《らち》酢《すし》[三七]のごとく押(し)、前後の群集《くんじゆ》桃《もゝ》を盛《もる》に似たり。行(か)んとすれども人分《わか》らず、退《しりぞか》んとすれども顧《かへりみる》に隙《ひま》なく、押《おさ》れて動《うご》きもまれて止《とゞま》り、[三八]氣頭《かうべ》に登《のぼ》り足地を踏《ふま》ず。贔屓《ひいき》の[三九]きをひ[四〇]手打の連中《れんぢう》、[四一]ひろめの帨巾《てのごひ》歪《よこちよ》にかぶり、我慢《がまん》の[四二]弓張筋違《すぢかひ》に提《ひつさげ》、虎《とら》のごとく[四三]翺狼《かけりおほかみ》のごとく叫《さけ》び、十里の谽谺《こだま》[四四]ヨイ〳〵〳〵と響《ひゞ》き、歸《かへり》の禮義《れいぎ》お目出度《(めでた)》と騒《さは》ぐ。[四五]積《つみ》物峨[四六]々《が》として山よりも高く、[四七]張札翩翻《へんぽん》として雪のごとく飄《ひるがへ》る。[四八]迎《むかひ》の提灯[四九]烈缺《いなづま》を欺《あざむ》き、[五〇]二階《にかい》のさはぎは雷《らい》の落《おつ》るかと疑《うたが》ふ。[五一]どぶ板厚《あつ》ふして足音高く、拔露地《ぬけろぢ》狭《せま》ふして小便流る。東西の街《ちまた》南北の道筋、碁盤《ごばん》のごとく又蜘手《くもで》に似たり。來る人行(く)人止る人、[五二]貨食者《にうり》は煮《にる》にいとまなく、[五三]賣擔子《つじうり》は[五四]逵《つじ》にむらがる。橋は群集の人にたはみ、川は[五五]蹴上《けあげ》の流塵《ごみ》に埋《うづ》む。[五六]一番太鼓《だいこ》は[五七]八声に先立(ち)、[五八]三番叟《ばさう》は明《あけ》るを待(た)ず。[五九]木戸の[六〇]仕着せ揃《そろひ》の定紋、手巾《てのごひ》長ふして[六一]頷《おとがひ》に餘《あま》り、[六二]扇大《おほ》きふして招《まね》く

も辻配りにした。二三 毎年九月十二日に行う顔見世出演戯曲の世界を定める主な関係者の会合。→補注四三。二四 十月十七日夜、太夫元とその年の惣役者作者と寄り合い、名題役割など発表する会合。一名寄り初め。→補注四四。二五 本読み即ち脚本を読み合う初めの稽古。二六 初日の前日衣裳もつけてする仕上げの総稽古。二七 その年上方から江戸へ下った役者。二八 出勤芝居への挨拶の式。その式は盛大で群衆が雑踏した。二九 十一月の顔見世前の夜。三〇 陰暦十一月又は冬至の来たこと。十月で陰極まって次いで陽にかえるの意。三一 役者の紋と名前を一枚毎に書いて木戸側に並べる看板。三二 高さや色で役者の上下がわかる。→補注四五。三三 小名題看板・二番目看板・だんまり看板・浄瑠璃看板の如く絵を画いたものの絵姿。三四 役者の演技や狂言の筋の大体。三五 劇場新話「十月晦日になれば芝居其外茶屋役者の家々挑灯を出す、其外表通新道迄茶屋〳〵の軒にかざりものあり」。三六 木戸の左右に作った柵。三七 見物おしあうさま。三八 上気して押されて足は宙にうく。三九 勇み肌の連中。四〇 →前編補注五五。四一 披露に配った役者の手拭。名物六帖「帨巾(テヌゴイ)」。和漢三才図会「帨(てのごひ)」。四二 我先を争う弓張提灯。四三 説文に「翔也」。四四 手打の声が遠方までこだまする。四五 前出(五七頁)。四六 そびえるさま。四七 積物に附した寄贈者など書いた札。四八 役者をむかえに行く提灯。四九「列缺」のあて字。電光のひらめくこと。楚辞「上至列缺兮」。急ぎ行き交うさまの形容。五〇 楽屋の二階(実際は三階で名目の二階)。座頭はじめ立役その他のいる所。以上は初日前日からその朝へのさわぎを写す。五一 以下二丁町のさわぎ。五二 名物六帖「貨食

に便《べん》なり。[一]仕切場《しきりば》・[二]留場・[三]桟敷番《さじき》、[四]半疊・[五]中賣・[六]火縄賣、[七]衣裳《いしやう》目立(ち)鬢《びん》光り、勢《いきほ》ひ猛《もう》に声高し。貴賤《きせん》・老若《ろうにやく》・僧俗《そうぞく》・男女、[八]胸《むね》さはぎ魂《たましゐ》飛(び)、足を空になして脇目《わき》をふらず、[九]衆星《しうせい》の北辰《ほくしん》に共《むか》ひ、[一〇]河水《かすい》の海に朝《てう》するに似たり。[一一]上桟敷・[一二]下桟敷、[一三]内簾《みす》・[一四]太夫・[一五]新格子《かうし》、場所の善悪[一六]手筋を求《もと》め、[一七]茶屋の云込前後を競《きそ》ふ。[一八]毛氈《もうせん》の紅葉《もみぢ》衣裳の花、[一九]羅漢《らかん》の人は俵《たはら》のごとく重《かさな》り、舞臺の透間《すきま》は蠅《はい》のごとくたかる。[二〇]向桟敷・[二一]土間桟敷、[二二]切落し・[二三]追込なんど、分《ぶん》に應《おう》じ好《このみ》にしたがふ。膝《ひざ》と膝肩《ひざかた》と肩、人氣蒸《むし》火縄くゆり、[二四]番附・つらね・新浄瑠璃《じやうるり》、饅頭《まんぢう》・煎茶《せんじちや》・おこし米、蜜柑《みかん》・弁當《べんたう》・酒肴、[二五]無遠慮《ぶゑんりよ》に越大股《こへまた》にまたぎ、[二六]割込《わりこみ》は近所の膝《ひざ》を痛《いた》め、烟草《たばこ》は隣《となり》の羽織をこがす。[二七]袖と袖との色事には、あたりのやきもち騒々《さうぐしく》敷、足を踏《ふま》れし諠譁《けんくわ》には、留場《とめば》來りてかつぎ出す。[二八]しらせの撃柝《ひやうしぎ》[二九]替名《かへな》の讀立《よみたて》、幕明《まくあい》てより殊更《ことさら》に[三〇]どよみ、花道の[三一]出場《では》[三二]手打《てうち》の祝儀、下リ役者の[三三]謁見《めみえ》には、[三四]ひろめの取なし贔屓《ひいき》を願《ねが》ひ、[三五]座附の口上[三六]玉を連《つら》ぬ。家々の藝《げい》得手〳〵の所作《しよさ》、[三七]頭《あたま》の物好《ずき》天下に流《なが》れ、衣裳《いしやう》の[三八]仕出し都鄙《とひ》に傳《つた》ふ。音曲《おんきよく》は[三九]呂律《りよりつ》を極《きは》め、鳴物《なり》は[四〇]拍子《ひやうし》を尽す。[四一]作者の趣向《しゆこう》[四二]道具の見え、[四三]故《ふるき》を温《たづね》新《あたら》しきを工ミ、[四四]或は勇《いさ》み或は戯《たはむ》れ、或は笑《わら》ひ或は愁《うれ》ふ。諸見物の心々、[四五]響《ひゞき》の声に應《おう》ずるがごとく、りきめばりきみ、泣《なけ》ば泣《なき》、私《ひそか》に感じ顯《あらは》に譽《ほめ》、[四六]はづみのかけ声、人並《なみ》のヤンヤ、鼻毛《はなげ》延《のび》涎《よだれ》流る。しつぽりの

者(ニウリ)」。煮売屋。五三 名物六帖「売水担子(ミヅアキナヒウリ)」。飲水の辻売。五四 前出(一〇二頁)。五五 足で蹴上げて川に落とした。五六 劇場新話「一番太鼓は夜八ツ(午前二時頃)時比也」。五七 暁方の鶏の声。五八 前出(五七頁)。劇場新話「式三番十一月朔日暁也」。五九 芝居の入口。六〇 木戸の係に揃の紋の入った衣服を一様に座元より出したもの。六一 頬かぶりした姿。六二 まねぎの為の扇。→補注四六。

一 劇場新話「仕切場といふは鼠木戸の側札売場也、木戸より左の方桟敷出入口より右縁側に簾のかゝりたる所をいふ」。二 同「留場は先ヅ見物の防ぎ也」。→補注四七。三 見物席係。→補注四八。四 下等の見物に半畳(畳表へ布地をつけた敷物)を貸す係。声番や道具係もする。五 芝居で食物などを売る係。六 煙草用の火縄を売る係。七 はでな衣裳・身なり。八 芝居に身も心もいそぐさま。九 論語の為政篇「譬ヘバ北辰其所ニ居テ、衆星ノ之ニ共フガ如シ」。一〇 書経の禹貢「江漢海ニ朝宗ス」。朝は朝貢する。一一—一五 皆見物席桟敷の名称。→補注四九。一六 つて。一七 芝居茶屋間で、劇場への申入れが前か後かを争う。一八 桟敷の赤い敷物と見物の美しい衣裳を花紅葉に見立てた。一九 悪い見物席の一。→補注五〇。二〇—二三 見物席。→補注五一。二四 つらねや新浄瑠璃の文句の印刷物。この前後皆中売りの品物であり呼び声である。二五 立ち上ってゆく人の動作。二六 見物席の一枡の中へ他人と同席すること。二七 ここで袖ふり合うて出来た情事。二八 幕明けを知らす拍子木。二九 役割の発表。三〇 声がひびきこもる。三一 役者が花道を出た所でする舞踊的な演戯。三二 劇半途で贔屓

[四七]ぬれ事には、[四八]女中の上気耳《じやうきみゝ》を熱《あつ》がり、[四九]老女も昔《むかし》に還《かへ》らまほしと思ふ。[五〇]着替《きかへ》ては媚《こび》を争《あらそ》ひ、[五一]のべ鏡《かゞみ》は化粧《けはひ》を補《おぎな》ふ。[五二]東の上は[五三]てら〳〵と輝《かゝや》き、[五四]西のうづらは興《けう》を催《もよほ》す。[五五]舞臺の出這入《ではいり》[五六]ちよんの間盃、[五七]手折《たお》れる花のあたりに目立(ち)、水の月影《かげ》所を定めず。[五八]追〻《おひ〳〵》に跡出(で)てより、程なく[五九]正月二の替り、[六〇]嘉例《かれい》の曾我《そが》に種〻《しゆ〴〵》の[六一]持込、[六二]春狂言・[六三]曾我祭り・[六四]土用休《やすみ》・[六五]秋狂言、又顔見世の入替り、[六六]環《たまき》の端《はし》なきがごとく、[六七]年〻歳〻人同じからず。[六八]茶屋の混雑勝手《こんざつかつて》の騒《さは》ぎ、下女飛《とん》で八百屋に至り、[六九]魚ながしに踊《おど》る。かまどに[七〇]陽炎《かげろふ》もえ出(づ)れば、[七一]擂盆《すりばち》地下に雷を發《はつ》し、[七二]剉刀《はうてう》に電光《いなづま》あれば、[七三]いり鳥鍋《なべ》に[七四]液雨《しぐれ》の声あり。四季の気色《けしき》目前にあらはれ、はからずして[七五]仙境《せんけう》に入(る)かと疑《うたが》ふ。[七六]二階《かい》はれやかにして間取無造作《むざうさ》に、[七七]割正し《きりめたゞしく》て器物潔《きぶついさぎよ》し。茶屋の[七八]むかひ送《おく》りの提灯《てうちん》・[七九]編笠面《あみがさおもて》を覆《おほ》ひ[八〇]振袖《ふりそで》地を拂《はら》ふ。[八一]綠《みどり》の髪《かみ》雪の脛《はぎ》、小袖きらびやかにして徃來《ゆきゝ》の目を驚《おどろ》かし、足音しとやかにして[八二]待(ち)人の胸《むね》に響《ひゞ》く。追〻に來り程〻に座す。氣どりは[八三]旭《あさひ》の昇《のぼ》るがごとく、風情《ふぜい》は若竹のうるはしきに似たり。小哥勇《いさみ》ありて三絃俗《さみせんぞく》ならず。酒はづみ興闌《けうたけなは》にして、舞《まひ》の身ぶり狂言のおもむき、[八四]旃檀《せんだん》は二葉より香《かうば》しく、[八五]蛇《じや》は一寸にして其氣を得る。[八六]ぽんぱち・[八七]火まはし・[八八]道具まはし、[八九]八べ衞〳〵八兵衞《びやうえ》、[九〇]地口・[九一]どぐわんす・[九二]羅漢舞《らかんまひ》、[九三]蔭繪《かげゑ》・[九四]声色《こはいろ》・[九五]中返《ちうがへ》り、[九六]男は女は・[九七]獅子《しし》ちよきりちよ、[九八]投壺《とうこ》の[九九]矢數・拳《けん》

連中が手を打って祝う式。　三三 見物への挨拶。　三四 座頭格の人が披露して取りなす。　三五 その座に属したことの披露。　三六 美辞麗句。　三七 髷風が世の流行となり。　三八 衣裳の新案が又世にひろまる。　三九「ろりつ」。調子の粋を示し。　四〇 拍子のさまざまを示す。　四一 狂言作者。　四二 大小の舞台の道具を美しくし。　四三 論語の為政篇「温古而知新、可以為師矣」。　四四 歌舞の演技の様々に見物のひかれるさま。　四五 反応のあざやかなたとえ。　四六 演技の急所に拍子よくかける声援。　四七 男女の情事恋愛を描く演出。　四八 御殿女中。お屋敷づとめの女性。　四九 御殿女中の上役。も一度年若になりたいと。　五〇 お屋敷女中は観劇中に衣裳を着かえ、互に美をきそう。　五一 手中の鏡を遠方にのばして見ること。　五二 東側の上桟敷。舞台にむかって右側。最もよい席。　五三 客種のよいをいう。　五四 西側の下桟敷。ここもよい席。　五五 見物が楽屋へ役者を訪ねること。　五六 役者が間を見て客席に挨拶に来て、ちょっと盃をもらうこと。　五七 舞台に用いる小道具の造花や月をいう。　五八 顔見世狂言の幕の進むさま。　五九 顔見世狂言の次の意で正月興行。　六〇 江戸では正月は曾我狂言に定っていた。　六一 曾我の世界へ色々の趣向を持ちこみ、とり入れあわせること。　六二—六五 各芝居年中行事の重要なことを列記。↓補注五二。　六六 古代の輪形の装飾品。年中行事の循環をいう。　六七 唐詩選の代悲白頭翁の詩「年年歳歳花相似、歳歳年年人不同」。　六八 芝居茶屋。この所仮名世説引用。混雑之四季に配した戯文。　六九 礼記月令、春の初めに「魚上レ氷」。　七〇 竈の火を春のかげろふに見立てた。　七一 名物六帖「擂盆(スリハチ)」。　七二 名物六帖「剉刀(キザミホウテウ)」。とぎすましての光を電光に見

の変化《へんくわ》、[一]蛇《へび》は蛞蝓《なめくぢ》にまけ、[二]里長《なぬし》は狐に誤《あやま》る。我を忘《わす》れ人を忘れ、[三]童《わらんべ》に還《かへ》り愚《ぐ》に及ぶ。[四]臨《りん》気應変《おうへん》千変万化、遊《あそび》の骨髄《こつずい》に入(り)騒《さは》ぎの妙所に至る。或は通《かよ》ひ或は馴染《なじみ》、こつそりと逢《あひ》しめやかに語《かた》る。いやみなく[五]いちやつかず、意気地《いきぢ》あり拍《ひやう》子《し》あり、[六]己《おのれ》を立(つ)るの計策《はかりごと》少く、[七]末を契《ちぎ》るの慾《よく》もなし。傾城《けいせい》は[八]甘《あま》きこと蜜《みつ》のごとく、[九]串童《わかしゅ》は淡《あは》きこと水のごとし。甘きものは味尽(き)淡きは[一〇]無味《むみ》の味《あぢはひ》を生ず。倡妓《ゆふぢよ》の実は[一一]慾《よく》より出(で)、[一二]優童《わかしゅ》の實《じつ》は[一三]義より出(づ)。[一四]鳳凰《ほうわう》・孔雀《くじやく》・雉《きじ》・鶏《にはとり》、雌《めとり》は雄《をとり》の見事なるにしかず。[一五]腜子《ゆうぢよ》・[一六]女妓《おどりこ》・[一七]町・屋形、女は男娼《わかしゅ》の美《び》なるに及ばず。まして二丁町の他に勝《まさ》れる、[一八]花の都《みやこ》の[一九]錦《にしき》を分《わけ》ては、柳櫻《やなぎさくら》の艶《たへ》なるを撰《えら》び、[二〇]浪花江《なにはえ》に[二一]身をつくしては、よしあしの品《ひん》をさがす。千人の中より百人をすぐり、百人より又一人を出す。名代の[二二]小倡《わかしゅ》古今《ここん》絶《たへ》ず、此地の繁花《はんくわ》四時をわかたず。[二三]二月の瓜九月の[二四]獨活《うど》、寒中の笋《たけのこ》には、孟宗《もうそう》のお袋《ふくろ》小言を云(ひ)やみ、[二五]四方《よも》が[二六]仕似せの[二七]沃泉水《たきすい》には、美濃の孝子も[二八]荷嚢《きんちやく》をたゝく。[二九]福山の[三〇]河漏《そば》・[三一]虎屋の菓子、[三二]家橘《かきつ》・[三三]盛府《せいふ》が[三四]油店、[三五]雷藏おこし・[三六]鹿子餅《かのこもち》、月々に流行《はやり》日々に弘《ひろま》る。うかれては暮(る)るを覚えず、騒《さは》ひでは明(く)るをしらず。元《げん》気を引(き)立(て)[三七]積欝《せきうつ》を散《さん》ず、[三八]不老《ふらう》延年《えんねん》の藥《くすり》たりとも、いかでかこれに勝《まさ》るべけんや。彼利に[三九]入りし倡妓《ちよらう》買の、[四〇]陰《いん》症《しやう》の[四一]傷寒《しやうかん》に類《るい》せると、[四二]日を同(う)して語るべからず。かゝる繁花の其中に、

立てた。七三 鳥肉を炒って料理する鍋。油のはねる音を時雨に見立てた。七四 和漢三才図会「液雨(しぐれ)」。七五 四季を一時に見るからいう。七六 茶屋の二階。志道軒伝一の仙境のてい参照。七七 料理の切り目。七八 芝居茶屋によぶ男色の役者(野郎)の送迎。七九 以下又その野郎のてい。八〇 長い振袖。八一 黒い髪白い脛。八二 待つ客人。八三 気位高く。八四・八五 少年にして名優となる素質ありのたとえ。↓補注五三。八六—九八 野郎遊びでする遊技。↓補注五四。九九 種類の違った拳を続けざまにすること。拳会角力図会には交拳とあるものか。

一 蛇・なめくじ・蛙の三種ある虫拳。二 名主・狐・猟師の三種ある庄屋拳。名物六帖「里長(シヤウヤ)」。三 少年達とそのような遊技にふけると。四 時と気分に応じて遊び方を変える。五 べとべとしない。六 年少で、生活の為を考えない。七 女と違って、将来を考えない。八 前出(四四頁)。九 名物六帖「串童(ヤロウ)」。一〇 前出(四五頁)。一一 一身の幸福を考える欲。一二 前出(四三頁)。一三 客を思う義理。一四 仮名世説所引名文とする。一五 名物六帖「腜子(ユウジヨ・ウカレメ)」 輟耕録 腜子ハ賤娼濫婦ヲ総ル之称」。一六 名物六帖「女妓(ヤヒコ)」。踊子のこと。前出(七九頁)。一七 町方の女・武家方の女。一八 以下京・大阪よりも美少年を求め集めた意。一九 古今、春上「見渡せば柳桜をこきまぜて都ぞ春のにしきなりける」。二〇 大阪。二一 努力して。身を(水尾)つくし・よしあしは浪花江の縁語。二二 名物六帖「小唱(ヤロウ)」。二三 唐詩選の宮苑早春の詩「二月中旬已進瓜」。以下と共に珍味。二四 前出(一一九頁)。二五 和泉町の四方久兵衛。銘酒滝水をうる。出店も中村座の向いにあった。二六 老舗せ

三ヶの津にて一人と呼《よば》れし、菊之丞が其容貌《すがた》、誉《ほむ》るにも詞なく、譬《たとへ》んとするに物なし。[四三]餻《だんご》のお仙[四四]小指をくわへ、[四五]銀杏《いてう》のおかん[四六]はだしにて迯《にげ》、[四七]雪溪《せつけい》が[四八]花鳥も色を失《うしな》ひ、[四九]春信《はるのぶ》も筆を捨《すつ》。[五〇]帽子《ばうし》に瀬川の名目《めうもく》あれば、染物に[五一]路考茶あり、[五二]路考《ろかう》娘・[五三]弓町路考、似たるに名付（け）美《うつく》しきに譬ふ。我此一派開基《いつぱかいき》以來、かゝる器量《きりやう》は見初なれば、焰王のこがれ給ふもゆめ〳〵僻《ひが》事と思ふべからず」と、教法大師の弁説に、一座も大に感《かん》心し、大王猶しもうかれ給ひ、「扨〻[五四]餅は餅匠《や》とやら、さすが男倡《わかしゆ》の祖《そ》師程有（つ）て、驚（き）入（つ）たる諸分《わけ》の功者《こうしや》、迚もの事に御坊を頼（み）、路考を迎《むかひ》に遣はすべし。早〻用意」とせかせ給へば、[五五]倶生神《ぐしやうじん》[五六]かぶり打（ち）ふり、「イヤ〳〵それは宜《よろ》しからず。かゝる名代の若衆好を、路考が迎に遣はされんは、[五七]燒鼠を狐に預け、[五八]猫に佳蕪魚《かつほぶし》の番とやらにて、必定《ひつぢやう》しくぢりの基《もとひ》なり。既《すで》に以（て）先達て、龍神に勅《ちよく》定ありしに、若衆好の水虎《かつぱ》めを迎にやりし[五九]不調《てう》法故、あつたら玉を取（り）にがし、只今に至る迄、地獄のさはぎと成（つ）たること、[六〇]前車《しや》の覆《くつがへ》るをみす〳〵も、教法を遣はされんは、以の外の誤《あやまり》也。只今大師申（す）通り、天下に一人の器量《きりやう》にて、[六一]四角四面の大王さへ、戀（ひ）こがれ給ふからは、誰《たれ》をやりても忽惚《たちまちほれ》、[六二]木乃伊《みいら》取（る）とて木乃伊《みいら》と成（れ）ば、[六三]億《おく》万劫《ごう》をふる迚も、容易《たやすく》御手に入（る）まじければ、此以後の懲《こら》しめの爲、龍神を呼（び）寄《よせ》て、

た。二七 養老の滝の孝子。二八 名物六帖「荷嚢（ヤンチ ヤク）」。財布をからにする。二九 市村座の隣のけんどんや福山平兵衛。三〇 蕎麦。三一 和泉町の有名な饅頭屋。顔見世にはここの蒸籠を積物にした。三二 太夫元市村羽左衛門の号。その油店は葺屋町。三三 若衆方佐野川市松の号。その油店も葺屋町。三四 化粧品店、殊に伽羅油を売る店。役者が多く内職とした。三五 市川雷蔵を商標にしたおこし（菓子）。三六 人形町で嵐音八が始めた餅や。三七 つもるうさをはらす。三八 若さをたもち長寿を得る薬。三九 勘定ずくの。四〇 病が内にこもってなおりにくいこと。四一 伝染性の熱病の一。チフスの類という。四二 大相違の意。史記の游俠伝「不同日而論矣」。四三 和漢三才図会「餻 俗ニ団子ト云フ」。当時評判の美女笠森のお仙。→補注五五。四四 たじろぐさま。四五 浅草観音境内楊枝見世の評判娘。→補注五六。四六 遥かに及ばぬことをいう成語。四七 楠本雪渓（宋紫石）（―一七八六）。江戸で行われた画家。源内の物類品隲に插画をかいた。四八 唐風の極彩色の花鳥画。四九 鈴木春信（一七二五―一七七〇）。錦絵版画を考案した浮世絵の名手。五〇 瀬川帽子。享保十九年初代菊之丞が屋敷女中に扮した時用いたのが流行した女性用帽子（嬉遊笑覧）。五一 前出（一〇八頁）。五二 橘町の評判娘。明和の娘評判記のあづまの花軸に「瀬川菊之丞にいきうつしなるゆへろかう娘と称す（下略）」。五三 未詳。五四 専門家をほめる諺。名物六帖「餅匠（モチ ヤ）（北夢瑣言を引く）」。五五 前出（四二頁）。五六 否定するかたち。五七 鼠の油揚。狂言の「こんくゎい」にも見えて狐の好物という。五八 好物をまかすと危険なことの諺「猫に鰹節を預ける」。五九 不行届。六〇 前の失敗を見て、後の人が戒めとするとの

罪《つみ》に行ひ給はずんば、焰王の政道暗《せいどうくら》きに似たり。即(ち)水中の惣司《つかさ》、[一]難陀《なんだ》龍王の幕下《ばつか》、此淺草の川上、[二]隅田川の龍神を召(し)給ひて、急度《きつ》御吟《ぎん》味有(る)べし。ソレ〳〵」との早使、[三]足疾鬼《そくしつき》に引(つ)立(て)られ、隅田川の龍神参内《さんだい》あれば、焰王怒《いかり》の御声高く、「先達て路考がこと、難陀龍王に申(し)付(け)しに、不吟味なる取計《はからひ》故、水虎《かつぱ》めが大しくじり。汝此《なんぢ》川筋を守りながら、しらず顔《がほ》にて打(ち)過(ぎ)しは、言語同断《ごんごだうだん》の仕かたなれば、其罪《つみ》汝一人に歸《き》す。早く刑罰《けいばつ》に處《しよ》すべし」と、仰の下より獄卒《ごくそつ》共、鉄の棒《ぼう》をふり立(て)〳〵、龍神を取(り)まはし既に、かうよと見えければ、傍《かたへ》に居合(は)す雷藏が、椽側《えんがは》よりあゆみ出(で)、「[四]暫《しばら》く〳〵」

と声を掛《かけ》ずつと出(で)て、獄卒を取(つ)てつきのけ[五]はりとばし、龍神を後《うしろ》にかこひ、焰广王をはつたと白眼《にらみ》、[六]「東夷南蛮北狄西戎《とういなんばんほくてきせいじう》、四夷八荒《くわう》天地乾坤《けんこん》の其間、[七]あるべき者の知らざらんや。長病にて痩《やせ》たれども、[八]海老

たとえ。説苑の善説篇「公乘不仁曰ク、周書ニ曰ク、前車ノ覆ルハ後車ノ戒メト、蓋シ其ノ危ヲ言フナリ」。六一 厳格な性質の人のたとえ。六二 一つの目的で行動する時、その目的をはたさないのみか、その反対の結果を得た時のたとえ。六三 永久に。劫は仏説で、きわめて長い時間をいうに用いる。

一 前出(五一頁)。
二 前出(一二一頁)。
三 前出(五一頁)。
四 歌舞伎の暫のごとくに登場せしめた。
五 なぐりとばす。
六 暫のせりふの冒頭によく用いるもの。天明二年十一月市村座上演台本(歌舞伎名作集より)に「東夷南蛮北狄西戎、四夷八荒天地懸隔、相違した敵役め等、荒事師、まつかな連ねのしばらくを云々」。中国で四方の野蛮人をいう語。その四つが即ち四夷で、八荒は八方。乾坤も天地の意。あわせて世界中の意。
七 生きている者。
八 市川海老蔵。雷蔵の師二世市川団十郎。

が譲《ゆづり》の[九]暫役《しばらくやく》、[一〇]天幸まがひの焰广殿、[一一]鬼瓦から[一二]つりを取(る)、[一三]あてこともなひし[一四]やつ面《つら》で、身の程しらなひ色ぜんさく、傍《そば》から[一五]見る目かぐ鼻《はな》の、[一六]いはれぬ[一七]ちよこざい[一八]出かしだて、おらが[一九]若衆の[二〇]産砂《うぶすな》の龍神までを呼(び)出ひて、いじめる所へぴつかりと、[二一]ひかりに出かけた雷藏が、[二二]ぐわた〳〵鳴《なり》の[二三]荒《あら》事に、うぬらが[二四]臍《へそ》の用心しろ」と飛(び)掛《かゝつ》て、大王の[二五]がんづか抓《つかん》で投付《なげ》〳〵れば、「ソレのがすな」と取(り)巻《まく》を、取(つ)てはなげのけつかんでは、[二六]十王みじんの鬼[二七]味噌ども、當《あたる》を幸踏《ふみ》ちらし、すつくと立(ち)し夢覚《ゆめさめ》て、雷藏は病の床《ゆか》、冷汗《ひやあせ》流《なが》してうなさる声、妻《つま》をはじめ病家《びやうか》の人〻、様〻に介抱《かいはう》すれば、漸《やう〳〵》に正氣と成(り)、いとくるしげなる息《いき》をつぎ、我《われ》長病のつかれにて、まどろむともなき其内に、不思議なる夢を見しとて、始終《しじう》の様子物語(り)、「これぞ正しく我(が)命《めい》の終《おは》るべき時《とき》至り、焰广の廳《ちやう》に至(る)といふ、佛の告《つげ》と覚えたり。しる

九 暫を演ずる立役の中の演技。
一〇 実悪の名手中島三甫右衛門(一七〇二―一七六二)の号。役者大全に「男つきすさまじく、大きにして声に一流あり。悪玉などにして、かぶりにひげ。すさまじくかけさせては、つゞく人なし。(中略)実事よりは悪の方。人相に応じてよし。江戸名題の一人也」とあって、閻魔に似た役どころの持主。
一一 こわいみにくい顔をいうたとえ。
一二 それ以上であるの意。
一三 予想しないの意。ここはとんでもなくひどい。
一四 顔をののしっていう語。
一五 前出(五一頁)。
一六 無用の。
一七 さしでごと。
一八 気がきいた如く見える行動。
一九 自分の弟分。薪水をさす。
二〇 氏神。
二一 光ると叱るをかける。
二二 「雷」の縁で、大あばれの荒事。
二三 前出(五六頁)。
二四 これも雷の縁語。普通は「首の用心」とある所。
二五 髪のつかね。もとどり。以下暫の「荒事に多い立廻りのてい。
二六 縦横無尽のもじり。四方八方にあばれ廻って、十王を粉微塵にするの意をかねた。
二七 表面は強そうに見えて実は弱い者のたとえ(醒睡笑、一にこじつけの語源説あり)。適当な用い所である。

通り幼《よう》少より、うき艱難《かんなん》の世の中[一]を、渡《わた》りくらべてしるといふ、阿波《あは》の鳴戸の[二]なみ〳〵ならぬしんぼうしとげ、世の人の贔屓《ひいき》に預《あづか》り、世話《せわ》に成りし恩《おん》もおくらで、果んこと返すぐ〳〵も口惜《くちおし》し。二には兼《かね》てより、我は此身で朽果《くちはつ》るとも、忰《せがれ》を守り立(て)人となし、父の名字《めうじ》をつがせんと思ひし事も水[三]の泡《あは》、是ぞよみ[四]ぢの障《さは》りぞ」と、涙と供に物語れば、妻や子供はしやくり上(げ)、とかふの詞も出(で)ざれば、薪水は力を付(け)、「尤《もつとも》病は輕《かろ》からねど、死《しぬ》るといふにも極《きはま》るまじ。藥の効《かう》佛神の力を頼(み)給ひッ、、心しづかに養生《やうじやう》あれ。譬《たとへ》お命終《いのちおは》るとも、我らかくて有(る)からは、跡《あと》の案《あんじ》はし給ふまじ」と、念頃《ねんごろ》に力をそゆれば、いと嬉《うれ》しげにうなづきて、何かいはんともがけども、舌強《したこはば》リて声出(で)ず、漸に筆《ふで》をとりて、辞世《じせい》の一首《いつしゆ》かく計《ばかり》、

[五]終《つゐ》にゆく道《みち》とはしれど子規《ほとゝぎす》なきつる方にむかふ極楽《ごくらく》

市川柏車と書(き)終り、四十四歳を一期《ご》とし、明和四年亥四月中の二日子[六]の下《げ》刻《こく》、眠《ねむ》るがごとき臨終《りんじう》に、人〻夢の心地にて、[七]前後不覚《かく》の歎《なげ》きの躰《てい》、目もあてられぬ次第なり。扨有(る)べきにしもあらざれば、[八]野邊《のべ》の送《おく》り取(り)おこなひ、所縁《ゆかり》有(る)菩提所《ぼだいしよ》なれば、下谷の[九]常林寺《じやうりんじ》に葬《はうむり》て、蓮華院詠行信士《れんげいんゑいかうしんじ》と書《かき》しるす、

一 兼好「世の中を渡りくらべて今ぞ知る阿波の鳴門は波風もなし」。
二 一通りでない。
三 希望や努力の全く出現不可能無効になること。
四 あの世へ行く道。死んでゆく者にとって、心残りで、往生出来ない原因となる。
五 伊勢物語、百二十五段「つひにゆく道とはかねて聞きしかど昨日今日とは思はざりしを」による。子規はしでの田長(たおさ)と別名(古今、誹諧など)して、冥途の死出の山にいて、亡者を案内すると俗説がある。歌意は、かねて覚悟した死が来た。死出の田長の鳴く方にむかって、極楽の道をたどろう。
六 明和四年は一七六七年。子の下刻は午前一時頃。
七 正体を失ってしまったさま。
八 葬式。
九 下谷は今の東京都台東区の一部。江戸砂子によれば浅草の条、寺町(別の地図によれば下谷より)に妙満寺末の法華宗恩田山常林寺がある。これであろう。伊原敏郎著歌舞伎年表は何によるか、下谷長林寺(有無不明)に葬るとある。

一〇印《しるし》の石は朽《くち》せねど、贔屓の人の涙《なみだ》の雨、一一朽(ち)ぬ袂《たもと》はなかりけり。

根無草後編巻之四終

一〇 墓石。

一一 雨の縁でいう。雨で物の朽ちくさる如く、泣くこと雨の如く、ぬれた袂もくちる程であるの意。

根無草後編巻之五

「[一]萬《よろづ》のことはたのむべからず」と、[二]吉田の法師が[三]筆《ふで》の跡《あと》、頼《たのみ》にならぬ[四]娑婆世《しやばせ》界《かい》、さしも日頃健《すこやか》なりし、市川栢車世を去《さ》れば、世上の驚《おどろ》き大かたならず、遠近親疎《ゑんきんしんそ》の差別《しやべつ》なく、或《あるひ》は惜《お》しみ、或は歎《なげ》き、わけて贔屓《ひいき》の婦人《ふじん》なんどは、思ひ乱《みだ》れて「[五]泣《な》く涙《なみだ》、雨とふらなん渡《わた》り川、水まさりなばかへり來るかに」などゝ[六]かこてども、[七]三ツ途《づ》の川に[八]川留《どめ》なく、[九]死手《しで》の関《せき》の[一〇]戸閉《とざゝ》ねば、[一一]反魂香《はんごんかう》の煙《けむり》さへ、[一二]仇《あだ》に立(ち)行(く)月と日の、[一三]七日《なぬか》〳〵の[一四]訪弔《とひとむら》ひ、諸事《しよじ》薪水が身に[一五]引(き)請《うけ》、[一六]事故《(ことゆゑ)》なく取(り)まかなひ、殊《こと》に悴雛《せがれひな》藏は、父栢車が稚立《をさなだち》にひとしく、伶俐《れいり》なる生質《うまれつき》にて、育《そだち》も賤《いや》しからざれば、[一七]先祖《せんぞ》の家名《かめい》を繼《つが》せんとて、[一八]父の傳《つた》へし業《ぎやう》を止《やめ》させ、頼母《たのも》しき人引(き)とりて、[一九]教訓《けうくん》殘る方もなし。其外稚《をさな》き娘なんども、所縁《ゆかり》の方に[二〇]宮仕《みやづかへ》、[二一]天道人を殺《ころ》さずにて、皆それ〴〵にかた付(け)けり。

されば[二二]南山雲起《なんざんくもおこ》れば、[二三]北山《ほくざん》雨下《くだ》るの習にて、[二四]翌年《よくねん》の春の頃より、薪水も[二五]氣の

一 徒然草、二百十一段「万の事は頼むべからず、愚なる人は、深くものを頼む故に、うらみ怒ることあり」。 二 吉田兼好(一二八三―一三五〇)。歌人にして徒然草の著者。 三 遺書。遺文。 四 現世。 五 古今、哀傷「なく涙雨とふらなむわたり川水まさりなば返りくるかに」(八代集抄「なく泪雨とふれわたり川の水まさりなば別れゆく人の帰り来べきにと也」)。 六 うらみごとをいう。 七 前出(四〇頁)。 八 洪水のために通行人の川渡りをとめること。東海道の大井川・富士川などであった制度。 九 死手の山の関。作者が箱根(山)の関に擬して仮に作った名。 一〇 関所の門を閉して、通行禁止にしないので。 一一 漢の武帝が李夫人の死後、たいたという、死者の魂をこの世に返すという香。謡曲の花筐など以来我が国文学作品にも多く見える。→補注五七。 一二 むなしく。 一三 死後七日毎、四十九日迄七回の供養をする。 一四 追善供養。 一五 一身にひきうけ。 一六 支障なく。 一七 前に初代薪水を述べて「是も武士の悴なりしが」。 一八 役者稼業。 一九 武士たるべき教育。 二〇 武家奉公。 二一 天の慈悲の大なるをいう諺。 二二 中国の陝西省終南山。周の都の南にあたる。 二三 南山に対し北にある山。連鎖してことがおこる意のたとえ。 二四 明和五年(一七六八)。 二五 癆症。今日の結核性のブラブラやまい。 二六 灸のおろし方で、背中に四角の紙を貼り、その四隅に点をおいてすえる。陰虚・労瘵・労熱・骨蒸を治すといわれる。 二七 後生安楽即ち死して極楽浄土にゆけるように信仰作善すること。 二八 釈迦がこの世に現われた本意。聖道門では、法華の開権顕実開迹顕本をその本懐とする。ただし、浄土門では念仏往生にこれをおく。 二九 法華経。大乗経中でも最も有名な、天台・法華宗の所依する経。 三〇 二十八品を八

かたにて、どこ悪しきとも覚えねども、只何となふ心重く、次第に形容瘦《かたちやせ》おとろへ、盗汗《ねあせ》・朝熱《てうねつ》・痰咳《たんせき》に、藥《くすり》よ鍼《はり》よ[二六]四花患門《しくわくわんもん》、祈禱《きとう》立願残る方なく、さま〲に養生《やうじやう》すれども、中ゝ快気《くわいき》の躰《てい》にも見えず、其身も所詮生《しよせんいき》らるべき病とも覚えねば、[二七]後世《ごせ》の営《いとなみ》おこたらず、兼《かね》てより聞《きけ》るにも、[二八]佛出世《しゆつせ》の本懐《ほんくわい》を、[二九]妙法蓮華經と名《なづ》け、法華の[三〇]八軸《はちぢく》は[三一]八葉《よう》を表《ひやう》し、[三二]四要品《ようぼん》の中には、[三三]普門《ふもん》品を[三四]咽喉《のどくび》とし、[三五]觀音《くわんおん》薩埵《さつた》の[三六]妙智力《めうちりき》、[三七]三十三身無量《しんむりやう》の容《かたち》を標《あらは》し、[三八]南方[三九]於帝庭古天《おててこてん》の[四〇]廣小路《ひろこうじ》、[四一]補陀落《ふだらく》の[四二]切通《きりどほし》にて、種ゝ《しゆぐ》の[四三]手づまをはじめ給ふ。就中聖《なかんづくしやう》[四四]觀音は餓鬼《がき》道にての[四五]化主《けし》の助と呼《よば》れ、衆生濟度《しゆじやうさいど》の方便《はうべん》には、[四六]豆と徳利《とつくり》の妙をやらかし、[四七]一紙半錢《いつしはんせん》の手の内には、[四八]むしやらくしやらの大明神、[四九]唵阿嚕力迦沙縛訶《ふんあろりきやそわか》ととなへて、掌《たなごゝろ》より[五〇]甘露《かんろ》をふらし、[五一]餓鬼趣《しゆ》に施《ほどこ》し給ふ故、[五二]大慈《だいじ》觀世音と申(す)なり。[五三]金龍山淺草寺《きんりうざんせんさうじ》に安置《あんち》し給ふ因縁《いんゑん》は、[五四]推古天皇《すいこてんわう》の御宇《ぎよう》に当《あたつ》て、[五五]檜熊濱成《ひくまはまなり》・武成《たけなり》とて、兄弟の[五六]漁父《ぎよほ》有(り)けり。[五七]憂世《うきよ》渡りの網《あみ》の中より、顯《あらは》れ給ふ尊像《そんざう》にして、古今の靈驗《れいげん》いちじるく、[五八]日頃念《ねん》じ奉れば、ましてかゝる時節《じせつ》なれば、普門品を念誦《じゆ》して、[五九]懇情《こんせい》少(し)も怠慢《たいまん》なし。頃しも[六〇]皐月《さつき》初つかた、いとゞ短《みじか》き終夜《よもすがら》寐《ね》る隙《ひま》もなき、なが〱の看《かん》病《びやう》に労《つか》れ果《はて》、妻をはじめ[六一]病家の人ゝ、眠《ねむ》らじとは思ひながら、[六二]皆それなりに打(ち)こけて、跡《あと》の様子は[六三]白川の、夜舟糟《こぐ》てふ鼾《いびき》の音に、薪水は目を覚《さま》し、讀《よみ》か

三一 八葉の蓮華。密教でいう胎蔵界曼陀羅の第一院中台のさま。三二 二十八品の中、方便品・安楽行品・寿量品・普門品を殊に重んずる。三三 第二十五品観世音菩薩普門品で、観世音が三十三体を示現して一切衆生を仏道に円通せしめる内容。観音経ともいう。三四 最も大切なもの。三五 薩埵は菩薩のこと。大慈大悲・音声に観じて衆生を解脱せしめる菩薩。三六 不思議な仏力をもって。三七 普門品の内容をいったもの。→補注五八。三八 南方は補陀落のある方。三九 於帝庭古天はおででこ芝居(小芝居見世物の類)を、仏達の天上の地名にしたもの。四〇 上野広小路に見世物が多かったのを用いた。四一 印度の南方秣羅矩吒国秣刺耶山の東にあって、観音の住所。四二 山や丘を切りぬいた通路。鎌倉の極楽寺の切通しのもじり。四三 さまざまの示現を手品に見立てた。四四 観音の諸能諸形をわけて六観音などという、その一。又正観音。正常基本の姿をいう。餓鬼道の能化を能とする(観音霊験抄)。四五 当時有名な手品師。手づまの縁。観音の縁で芥子を能化の主の文字にかえた。↓前編補注八九。四六 芥子助の得手の芸。→前編補注八九。観音の像に宝瓶(徳利形の瓶)を持つものがあるから。四七 少しの布施寄進。四八 無茶苦茶の意。何とか大明神の本地などと無茶に定めることをいう。上から「むしや」ぶりつく即ちほしがって取る意で続く。四九 観音の真言「唵阿嚕力迦沙縛訶」。五〇 仏説で諸神の飲料。蜜のごとく、飲めば不死。五一 餓鬼道。五二 摩訶止観。「大慈観世音餓鬼道之障ヲ破ス、此道ノ飢渇ハ宜ク大慈ヲ用フベシ」。聖観音にあたる。五三 いわゆる浅草観音。本尊は聖観世音。五四 三十三代天皇(五五四—六二八)の御代。五五 浅草寺開基伝説中の人物。普通「ひのくま」。

けし經《きやう》にかゝり、一一心稱名觀世音菩薩《いつしんしやうめうくわんぜおんぼさつ》、卽時觀其音声《そくじくわんぎおんじやう》皆得解脫《かいとくげだつ》、と念じつゝ、信心《しんじん》おこたることぞなき。されば二水晶大陽《すいしやうたいやう》の火をよび、水淸《きよ》ふして月影《かげ》をうつす、三気にむかへ心にまねき、四思ひ〳〵て止《やま》ざれば、鬼神告《きしんつぐ》るの習にて、五異香《いきやう》四《よ》方《も》に薫《くん》じ、音樂《おんがく》の声聞え渡れば、六薪水不思儀の思ひをなし、ふりさけ見れば大《おほ》空《ぞら》より、淺草の觀音忽然《こつぜん》として顯《あら(は)》れ給ひ、これへ〳〵と招《まね》き給へば、薪水夢《ゆめ》の心地《こゝち》にて、病の床《ゆか》を立(ち)出(づ)れば、自然《しぜん》と病苦《く》も覚えずして、行(く)ともなく歩行《あゆむ》ともなく、と有(る)所に隨《したが》ひ行(く)。菩薩御手をのべ給ひ、かたへなる卯の花の、雪にまがふを手折《たをら》せ給ひ、「それ世の人の口ずさみに、我大悲《わがだ(い)ひ》の力《ちから》にては、七枯《か》れたる木に花咲《さく》とのみ、一筋《すじ》に覚えたるは、八皆凡俗《ぼんぞく》の迷《まよひ》なり。生ずべき時節《じせつ》に生じ、九枯《かれ》べき時節に枯(る)ることは、天地自然定《さだま》れる數《すう》にて、一〇破鏡重《はきやうかさね》て照《て》らさず、落花《らくくわ》枝に上《のぼ》りがたし。一一釈迦《しやか》・達摩《だるま》・顔囘《がんくわい》・孔《こう》

↓補注五九。五六 漁夫。五七 貧乏な生業の。五八 主語は薪水。五九 誠をつくして少しもなまけない。六〇 五月。六一 病家の看病の人々。六二 そのままに。着物のままで。六三 何も知らずに寝ることのたとえ。上から「知ら」ずとかかる。

一 普門品(観音経)中の文。苦にのぞんで一心に観音の御名をとなえると、その声に観じて観音が力を示し、苦から解脱するの意。
二 和漢三才図会の日中に艾に火をうつす火珠の条に「按ズルニ火珠ハ即チ水精ヲ碾リ成ス者也、舟人用ヒテ洋中之宝ト為ス」。
三 ひたすらそれを願ったならば。
四 管子「之ヲ思ヘ之ヲ思ヘ、又重ネテ之ヲ思ヘ、之ヲ思ウテ得ズンバ鬼神将ニ之ヲ告グベシ。」
五 世にことなるよい香。仏出現の前ぶれ。
六 不思議のあて字。
七 千手陀羅尼経「念彼観音力、枯木華更開」。謡曲の田村「げにも枯れたる木なりとも、花桜木の粧」。
八 さとらざる輩。
九 「べし」は活用語の終止形(ラ変は連体形)に接続するが、近世では、時にこの如く未然形につくことがある。一子相伝極秘巻、一「下る時はまきろくろにてさげべし」。↓補注六〇。
一〇 一旦こわれたものは、再びもとの姿にならない意の諺。伝燈録「落花難上枝、破鏡不重照」。
一一 宗教上の覚者や思想界の賢者の例に引く。
一二 黒い烏と白い鷺、生けるものは皆の意でならべた。

子《し》、[一二]深山烏《みやまがらす》も白鷺《しらさぎ》も、のがれがたきは[一三]此道なり。悟《さと》れば安く迷《まよへ》ばくらき、生死二の道に[一四]うとく、[一五]私《わたくし》の法を立(て)、得手勝手の教をもうけ、[一六]皆己《おの》が田へ水をひく、不埒《ふらち》の族《やから》多き故、世上の俗人益《ますく》愚にして、[一七]箸《はし》のこけたも神子《みこ》山伏、[一八]屁《へ》を放《ひつ》たるにも[一九]加持祈禱《かぢきとう》、奇妙《きめう》の[二〇]呪咀卜筮人《まじないうらやさん》、[二一]一犬吠《いつけんほへ》て万犬《ばん》吠(え)、應《きく》といへばきくかと思ひ、祈禱を頼《(たのみ)》の不養生より、身を失ひ家を亡《ほろぼ》す。[二二]『心だに誠《まこと》の道に叶《かな》ひなば祈らずとても神や守《まもら》ん』との教《をしへ》の哥は、[二三]『丘之禱《きうがいのること》久矣《ひさし》』といふ孔子《こうし》の詞《ことば》に符合《ふがう》せり。人は[二四]天地の靈《れい》なれども、[二五]私の雲に覆《おほは》れ、[二六]人欲《じんよく》の雨風はげしき故、災《わざはひ》を生じ病を生ず。事に臨《のぞん》で祈(る)といふは、[二七]人欲の私をしりぞけ、[二八]浮雲《ふうん》を拂《はらつ》て清《せい》天を望《のぞ》む、これ[二九]一心の誠より、其本にかへるなり。譬《たとへ》ば此卯《う》の花の白きは、花の持まへにて、天より授《さづ》かる色なれども、人家の垣《かき》根《ね》に咲(く)時は、風塵埃《ごみほこり》の爲によごれ、煙にふすぼり、灰に穢《けが》さる。息《いき》にて拂《はら》

一三 死ぬこと。
一四 生死の道理に暗く。
一五 宗教の一宗一派を開くものをいう。
一六 自分をのみよしとしたり、自己の利益のみをはかるたとえ。「我が田へ水を引く」「我田引水」とも。
一七 わずかのこと。
一八 何でもないことにも。
一九 神子(巫女)山伏をまねいて加持祈禱する。この所、自然科学者たる著者の加持祈禱無用論である。
二〇 売卜者。
二一 潜夫論「一犬形ニ吠ユレバ百犬声ニ吠エ、一人虚ヲ伝フレバ万人実ヲ伝フ」。当時いかさまの呪詛者や売卜者で、噂が噂をよんで流行した者のあったを諷したもの。
二二 歌林四季物語に北野神詠として見える。
二三 論語の述而篇「子疾(ヤ)ム。子路禱ラムコトヲ請フ、子曰ク、コレ有リヤ、子路対ヘテ曰ク、アリ、誄ニ爾ヲ上下ノ神祇ニ禱ルト、子曰ク、丘(孔子自ら)之禱ルコト久シ」。
二四 書経の泰誓篇「惟天地万物父母、惟人万物之霊」。天地の霊をうけて、それを本性とするもの。
二五 私の感情や私の理窟で、天成の霊性があらわれなくて。
二六 人間的欲望にはげしくかられて、ほしいままな生活をして、心身をそこねる故。雨風は雲の縁。
二七 私のよこしまな欲望感情をひっこめ。
二八 前出の「私の雲」に従う修辞で、天来の霊性を発揮することをいう。
二九 さればその霊性こそ誠というべきであり、人間の本来なのであるの意。

ひ水にて洗《あら》へば、本の白きにかへれども、願(は)くば初よりよごさぬやうに気を付(く)れば、穢《よごれ》を払ふ煩《わづら》ひなし。よごれを拂ふを頼《たのみ》にして、よごるゝをかまはぬ故、[一]スハといへば狼狽《うろたへ》まはり、ソリヤ御祈禱よ立願よと、[二]せつなひ時の神だゝき、[三]地黄《ぢわう》を頼の[四]不養生、[五]袖の梅を[六]楯《たて》につひて、[七]内損《ないそん》をするがごとし。彼《かの》観音の力を念《ねん》ぜば、[八]『火阬変成池《くわきやうへんじやうち》、[九]刀尋段々《たうじんだん〱》壊《ゑ》』と説《とか》れしは、釈尊一時《しやくそんいちじ》の[一〇]方便にて、実《まこと》の[一一]観音を説《とく》にあらず。[一二]正法《しやうぼう》に奇特《きどく》なし、[一三]飯縄《いづな》・[一四]放下《ほうか》の類にはあらず。何ぞや[一五]業欲《ごうよく》[一六]無慙《むざん》の祈禱者の、言《こと》を巧偽《たくみいつはり》をもうけ、謝禮《しやれい》をむさぼる族《やから》を頼(み)て、凶事《けうじ》を祈(り)病を退《しりぞけ》んとするは、[一七]開帳場《かいちやうば》にて[一八]巾着切《きんちやくきり》に紙入を預《あづけ》るに似たり。又[一九]人の名をなし事をなすは、草木の花さき実《み》のるにひとし。牙《きば》ある者には角《つの》なく、重瓣《やへ》の花に実少《すくな》きは、[二〇]造化《ざうくは》といへる[二一]件當《ばんとう》の、[二二]入(れ)合せたる筭用《さんよう》なり。汝が花は[二三]二葉より、人に優《まさ》れる[二四]栄名《あいめい》ありしは、早く咲(か)ば早く散《ち》る花の譬《たとへ》と思ふべし。さきに栢車が病中に、我を[二五]念ずること切《せつ》なりし故、[二六]浮《うき》世のはかなき有様をしめし、生死の道を悟《さと》らしめんと、焔王だも煩悩《ぼんなふ》のまよひ、まぬがれがたきをしらせ、人の樂《たのし》み多き中に、[二七]虚《うそ》を賣実《うりまこと》を買《かう》、吉原・堺町の面白きこと世にならぶべきものなく、人の心をとらかせども、皆是[二八]一睡《いつすい》の夢《ゆめ》の樂《たのしみ》なることを示《しめ》し、栢車が[二九]よみぢの迷ひをはらせり。いざや薪水、汝《なんぢ》が命《いのち》久しからざる因縁を語《かた》り

一 一旦病気というと。 二 困った時になって突然やたらに神信心する意の諺。 三 地黄丸。精力をます薬。江戸では室町桐山三竜、本町岡田忠助等で売ったが、早くから自家でも製して用いた。→補注六一。 四 精気をへらす色欲の上の不養生。 五 前出(一三一頁)。 六 たよりにして。 七 酒量がすぎて腹中をいためること。 八 普門品「仮ニ便チ害意ヲ興シテ、大火坑ニ推シ落ストモ、彼観音力ヲ念ズレバ、火坑変ジテ池ト成ル」。 九 同「或ハ王難ノ苦ニ遭ヒ、刑ニ臨ンデ寿ヲ終ラント欲スルトモ、彼ノ観音力ヲ念ズレバ、刀尋(ツ)デ段々ニ壊ル」。 一〇 方便のうそであって。 一一 観音の功徳。 一二 神儒仏とも正しい教には、不思議はない。不思議は幻術であるの意(本朝俚諺)。 一三 茶吉尼を祭り狐を使って人の目をくらます邪法(茅窓漫録など)。 一四 伝統的な奇術曲芸の一種(朝倉無声著見世物研究など)。 一五 強欲のあて字。大欲。 一六 悪をなして恥としないこと。 一七 秘仏秘宝などを、一定の場と時を定めて見物に見せる所。江戸時代春秋の頃は諸国の神社仏閣のものが催されて雑踏した。 一八 すり。 一九 名誉を得、成功するのは。 二〇 万物を創造化育する天地の主宰者。 二一 番頭。切盛りする者の意。前出(一一一頁)。 二二 さしひきして埋め合す。天二物を与えない。 二三 幼年時を花にたとえた。 二四 はえ。名声。 二五 祈願することしきりであった。 二六 現世。 二七 遊女野郎は虚を売り、客はそれらの実を買おうと努力する。 二八 一炊の夢を一般にこの文字で書く。人間一生の栄枯のはかなさをいう。枕中記中の故事による。→補注六二。 二九 成仏のさわりとなる迷い。 三〇 ま心こめて。

聞(か)さん。汝が父彦三郎四十に及(び)て子なきことを愁《うれ》へ、隅田川《すみだ》の龍神に、[三〇]たんせいをぬきんでゝ祈るといへども、天より授《さづけ》し子種《たね》なき故、龍神の力にも叶はず。去リながらあまり切《せつ》なる志《こゝろざし》にめで、龍神自形《みづからかたち》をわかち、汝が母《はゝ》の胎内《たいない》にやどり、出生《しゆつしやう》せし子は其方なり。去(る)によつて、汝が體《からだ》は隅田川の龍神とは一躰分身《いつたいふんじん》[三一]の姿《すがた》なり。栢車が夢中《むちう》にしらせしごとく、隅田川の龍神無失《むじつ》[三二]の罪《つみ》にしづみ、其科《とが》のがれがたき事あり。是《これ》龍神の飛行自在《ひぎやうじざい》、大小変化《へんくわ》の妙術《じゆつ》も、死(す)べき時節はまぬがれがたく、去ル四月五日の夜[三三]、天人の五衰《どすい》[三四]とて、多《おほく》[三五]の天人、甍《いらか》[三六]をならべ作り立(て)たる家ゝの、忽《たちまち》一時の灰燼《くわいじん》[三七]となる。其砌《みぎり》龍神も煙《けむり》に巻《まか》れ、燒死《やけしん》で其尸《しかばね》[三八]世に殘り、龍の頭《あたま》と評判《ひやうばん》せしは、焰王の命《めい》にそむき、路考が代リに八重桐を連行《つれゆき》し、水虎《かつぱ》が科のとばしり[三九]故に相果《はて》し、隅田川の龍神の遺骨《ゆいこつ》也と、思ふべし。龍神死(し)ては程もなく、汝が命終《をは》るべきは、極《きはま》れる命《めい》[四〇]數《すう》なり」といふかと思へば、忽にかき消《けす》ごとく失給《うせ》ふ。

薪水はぼう然《ぜん》と、元《もと》の病の床の内、夢ともなく現《うつゝ》とも思ひ掛《がけ》[四一]なき教《(お)しえ》を請《うけ》、心のまよひ晴行《はれゆけ》ば、病の苦痛《くつう》はなけれども、とても必死《ひつし》[四二]の症《しやう》なれば、次第〳〵にをとろへて、辞世《じせひ》一首「艶[四三]なるや我はめいどへ花あやめ」、明和五ツ戊子《つちのへね》の歳五月四日の曉《あかつき》に、終《つゐ》に空《むな》しく成(り)にけり。戒名《かいめう》は妙果院薪水日成《めうくわいんしんすいにつせい》と、深川の

三一 振仮名正しくは「ぶんしん」。仏が衆生をみちびく為に、色々のものに姿を示すこと。
三二 前出の水虎のしくじりのせめを負わされたこと。
三三 半日閑話、十二「明和五年四月五日夜丑三刻新吉原五丁町より出火して廓中残らず焼る、火元は四つ目やとかや」。
三四 仏説で、悦楽きわまりない天上の人も、命終る時には、その衰えの様相を呈すること。↓補注六三。
三五 吉原の遊女達を天人に見立てた。
三六 屋根瓦。立派な作りの吉原の妓楼のこと。
三七 焼けて灰となった。
三八 半日閑話は前文に続け「焼灰の中よりあやしき骨出でたり、火竜といふ」として、図あり、動物の頭蓋骨の形。高さ一尺五寸、首のつけねの直径一尺五寸、髯にあたる所又一尺五寸、横の長さ三尺余。二寸五分の歯上下に十六本づつあり、眼穴三寸、鼻の穴一寸五分とある。
三九 とばっちり。まきぞえ。
四〇 寿命。
四一 上から「現とも思」わず、下へは「思い掛けず」はからずもの意。
四二 必ず死ぬ病状。
四三 花あやめはさぞ今年も美しいであろうが、自分は、よくも見ずして冥土へ死んでゆくの意。

一 江戸砂子によれば法苑山浄心寺、法華宗で身延山末、寺領百石の大きな寺。二 墓石も立派に作って。三 時運がそうなったのであり、これも天命なのである。四「いかに」の序。古今、雑体の長歌中に「伊香保の沼の、いかにして、思ふこゝろを、のばへまし」。五 仕方がない。六 芝居に対して乗気、積極性がすくなかった。七「冬来りなば春遠からじ」と同義で一旦衰えたものも、やがて栄える時があるの意。某家香合(群書類従五五二所収)「戴叔倫が、盧橘花開

[一]浄心寺《じやうしんじ》に[二]石《いし》の印《しるし》いちじるく、贔屓の参詣《さんけい》絶間《たえま》なし。[三]嗚呼《あゝ》時《とき》なる哉《かな》、命《めい》なる哉。さしも名高き栢車・薪水、二年の内に故人《こじん》となり、劇場《しばゐ》も何か物足らぬ風情《ふぜい》にて、[四]いかほの沼《ぬま》の[五]いかにせんと、世上の[六]いさみうすかりしが、[七]楓葉《ふうよう》衰《おとろへ》て盧橘《りよきつ》花發《ひら》く習《ならひ》にて、[八]當《たう》顔見世の入替りより、若手《わかて》の役者[九]新下り、[一〇]花を競《たくら》べ色を争《あらそ》ひ、木戸の大入世上の評判《ひやうばん》、一時の煙《けぶり》となりたりし、吉原も建《たて》つゞき、日〻に繁昌《はんじやう》いやまして、美麗《びれい》昔《むかし》に十倍《ばい》せり。[一一]人間萬事塞翁《にんげんばんじさいおう》が、[一二]うまれた時は裸《はだか》にて、又死《しぬ》時《とき》もはだかなり。[一三]飲《のめ》や謳《うたへ》や一寸先は[一四]闇《やみ》の夜に、鳴《なか》ぬ烏《からす》の声聞(け)ば、拾《ひろは》ぬ先の金ぞ戀《こひ》しき。かやうの[一五]たわけ世に多《おほ》きも、実《げ》に太平《たいへい》の御代の春、[一六]事もおろかやかゝる世に、住《すめ》る民とて豊《ゆたか》なる、君《きみ》の惠《めぐみ》ぞありがたき。〳〵。

根無草後編五之巻大尾

楓葉衰、出門何処望京師と、時節の景気をあり〳〵とつくり(下略)」。八 明和五年十一月の顔見世。九 前出(五七頁)。一〇 美しさをきそう。一一 人間の禍と福は定まらず、はからず廻って来るの意で、淮南子の人間訓に見える塞翁が馬の故事による。→補注六四。馬と生まれるとをかけた。一二 道歌の一部で、楽天的な人生観をすすめるもの。一三 人生未来はわからないから、現実を享楽せよの意の諺。一四 一休が禅のさとりを詠んだものと伝える「闇の夜に鳴かぬ烏の声聞けば生まれぬ先の父ぞ恋しき」のもじり。一五 以上すべて享楽的で現世をたのしむの意の諺をかさねるので、たわけとは享楽家をいう。一六 いうまでもなく。一七「あづま」の枕詞。一八 記紀に見える日本武尊が碓氷峠を越えた時、弟橘媛を思っての言葉。一九 神の枕詞。二〇 記紀のはじめの伊弉諾・伊弉冉二神国生みの時の教。二一 恋愛。二二 万葉考の相聞(アヒギコエ)の注「こは相思ふ心を互に告げ聞ゆれば、あひぎこえといふ、後の世の哥集に恋といふにひとし」とあるなどによる訓。二三 二神の唱和から日本武尊の言葉をへて相聞歌に伝統となって。二四 吾妻(関東地方)と関係ある。江戸とつづく。二五 藍色のかった紫。紫と上の由縁は縁語。二六 女形の役者が額にあてる紫色の布で、鬘が不自由な時の名残であるが、その頃と同じ名でよんだ。二七 男色道の方が女色にまさるの意。二八 以下「川」の縁による修辞。その系統の人が多いので。二九 三津(浪速の中の地名、と見つ)の序。三〇 芳町。前出の江戸の野郎街。ここは同音で「よしあし」の枕詞。三一 小ざかしい好悪を口にしない。浪速の縁。三二 江戸神田の野郎街(塵塚談)。「あだ」の序詞。三三 花の縁で歌語を用いた、別れの意。

跋

[一七]鶏が鳴(く)[一八]吾妻《あがつま》はやと、[一九]千早振(る)[二〇]神の教の[二一]和事《やわらぎ》より、[二二]相聞《いろごと》の[二三]根に通ひ、[二四]由縁《ゆかり》ある[二五]江戸紫の[二六]冶郎帽子《やらうばうし》は、ことにその[二七]色香も深からずや。とりわき此道の聖《ひじり》とあふぐ、市川・瀬川の兩流は、その[二八]源遠くその末廣(く)して、流をくみ取(る)人多ければ、[二九]浪速《なには》のみつと聞(く)とにつけて、[三〇]芦《よし》町の[三一]よしあしをいはず、[三二]花房町のあだなる[三三]散《ちり》のわかれには、[三四]湯嶋の[三五]わきかへる胸《むね》をこがし、[三六]底倉《そこくら》の温泉《ゆ》の、[三七]そこひなき[三八]渕に身を沈むるともと、思ひ入(り)たる意氣知《いきぢ》の、をゝしさ男氣の[三九]いきはり有(り)、[四〇]是に増(さ)る情《なさけ》やはある。[四一]はしきやし[四二]郎女《をんな》のなからひは、[四三]久方の[四四]ひさしいもので、[四五]舊衣《ふるころも》の[四六]事ふりにたれば、朝夕の[四七]飯《をもの》を調(ふ)るが如く、是を[四八]包丁の人料理の家とは、いかでかいはん。[四九]山鳥の尾の長ゝしき、[五〇]河漏麪《そばきり》の[五一]淡薄《あじなき》をめで、[五二]隼人《はや》の薩摩なる、[五三]金粟酒《あはもり》の[五四]酷烈《ひんとしたる》をもてはやすこそは、[五五]風流《みやびと》のしわざなるべき。学《まなび》の窓に[五六]気を屈《つめ》て、[五七]古文《しかくなじ》をよみ、[五八]烏几《つくゑ》の上に筆を曲《かゞめ》て、[五九]篆隷《めゝず》を書(く)を、文人書家といふもみな、是なりがたきを樂として、[六〇]醴《あまざけ》の如(き)をすてゝ、[六一]水の

三四 前出江戸湯島天神前町の野郎街。「わきかへる」の序詞。三五 思いのはげしいさま。三六 前出(四四頁)。「そこひなき」の序詞。三七 底もない深い淵。三八 深く恋情におぼれること。もう一つはたとえ病気で底倉へ行ってもの意で滑稽。三九 意気地をはること。四〇 男色道。四一 愛すべき。万葉語。四二 女との恋情。四三 ここは「ひさしい」の枕詞に用いる。四四 陳腐で。四五「ふり」にかかる序詞。四六 古くさくなってから。四七 日常の食事をする如くで。四八 料理人。女色は改った面白さがない。四九 柿本人麿詠によって、「長々しき」の序詞。五〇 蕎麦切。河漏は本草綱目所見の語、蕎麦にあてる。あじなきの序詞。五一 男色の淡くして水の如き情をよろこび。五二 薩摩の序詞。男色をいう今は適当の語。五三 泡盛。五四 よくこたえる。男色のいきはりにたとえる。五五 雅人。五六 一生懸命になって。五七 古文辞学でいう、秦漢以前の古文であろう。五八 そまつな机。名物六帖「烏几(クロカハニツヽミタルツクヱ)(杜詩を引き、その注に、「邵害ノ云フ烏几ハ烏皮ヲ以テ几ヲ縛ス、至陋之物」)」。五九 篆書隷書のくねくねしたを、蚯蚓と見ての訓。六〇 女色の甘くして醴の如きに似て、一般の口あたりよき学問をいう。六一 男色の交の如く水の如きで、俗世間と交渉のすくない学問。

一「し」は強めの助詞。春毎に。二 水母の如くの意で「のらりくらり」にかかる枕詞。記上に「くらげなすただよへる時」とある所、紀には「譬猶游魚之浮水上也于時」とある。三 遊惰。遊びの道は、次の例によると、手なぐさみ即ち賭博の意。四 音頭の文句。→補注六五。五「や」にかかる枕詞「百不足」のよみ。六 音頭の文句の続き。「八百」より多く「千条」とかかる修辞。

如きにしたがふならずや。今や時太平に治る　御代の春しご[一]と、[二]遊魚《くらげ》なすの[三]らりくらりの遊の道は、[四]ながいも有(れ)ばみじかいも、[五]百《もゝ》たらぬ[六]八百屋の縁の下より多く、[七]宝《ほう》引の糸の千条《ちすじ》にわかれ、[八]紋付の数の[九]百《もゝ》箇に替(る)が如く、[一〇]坪皿《つぼざら》の[一一]そこはかなく[一二]二乗《あげづゝ》をくひ、[一三]瓜造《うりつくり》にはあらぬ、[一四]獨楽《こま》の[一五]詐《てめ》も有(る)めれど、是等はみな[一六]うまざけの[一七]蜜《みつ》をねぶらせて、終には[一八]うつはぎに剝《はぎ》とられ、[一九]裸菟《はだかうさぎ》の[二〇]きりめに、塩のしむうきめ見んよりは、しかじ此道の[二一]左祖《かたうど》して、[二二]春はよふ〳〵曙白くなり行(く)比より、[二三]評判記を待(ち)受(け)、[二四]品定の[二五]九品《(くぼん)》[二六]十体の[二七]月旦評《へうばん》に、[二八]二の替・[二九]三の替の[三〇]未來記を思ひ量《はかり》、顔見せに[三一]お取越の正月して、[三二]時ならぬ花を咲(か)せたるは、[三三]玉だれの[三四]小瓶《(こ)がめ》の中の、乾坤《よのなか》もかうかしらず、[三五]三千世界に外にはないぞや。古人のいへる、[三六]狂言綺語《けうげんきご》も法の声と。[三七]空海師《くうかいし》の[三八]蒼海《あをみのはら》よりひろき[三九]眞言祕密のをしへ、[四〇]在原の朝臣の、童すがたになづみし[四一]岩つゝじの和哥什《やまとうた》を初として、[四二]代々の哥集に撰み入(れ)られしも、[四三]松帆物語の見るにゆかしき、[四四]みな此道の[四五]器《うつはもの》なるをや。先に根無草の冊子の、[四六]行(く)河の水のまに〳〵、[四七]大邦《よのなか》に流行《(はや)》(り)しに、今[四八]衆妙門《たへなるかど》の教にもとづける成(る)べし。[四九]今ニ見るべし、[五〇]あら金の地を走る[五一]犬じもの、[五二]久方の天をかける鳥の類ひは、雌雄《めを》相交る心のみ有(り)て、[五三]童子を相おもふ道をしらず。是を思へば、今[五四]艶治《わかしゆ》の情をすてゝ、僻《ひが》事

七 宝引は正月に行われた福引の一種。→補注六六。その引く糸の多い意で千条(品さまざまある意)の序詞。八 正月に改め着る紋付。九 何人でも皆違っている如く。一〇 采賭博で、采を入れて盆ござの上にふせる物。普通籐製椀形。「そこ」にかかる序。一一 わけもなく。ぼんやりしていて。一二 坪皿の底を二重にしてあるインチキにかかり。一三 催馬楽の瓜作りをふんで、「こま」にかかる序詞。→補注六七。一四 お花ごま。前出(七二頁頭注一六)。一五 賭博用語で、インチキ。一六 三輪・みきにかかる枕詞。ここは「みつ」にかける。一七 始めはうまい目をさせて。一八 神代紀、上「全剝(うつはぎ)ニシテ」。賭博にまけて丸裸にされること。一九 剝の縁で古事記の稲羽の白兎の伝説を持ち出し、「きりめに塩」の序とした。二〇 苦痛のかさなることの諺。二一 原本「左祖」。意によって改。史記の呂后紀の、賛成者は左の袖をぬがせた故事によって、賛成する意。二二 枕草子冒頭の文句。ここの春は新春正月のこと。二三 役者評判記。正月二日の売初めの日に発売するのが恒例であった。二四 役者の位づけで、評判記の各巻巻頭にある、上上吉などの類(古今役者大全「役者位の事」など)。二五 仏教で品をわけるに用いる上中下三位の各々を又上中下にわけて九段階とする方法。二六 和歌などでその風体を十にわける分類法。二七 後漢書の許劭伝の故事によって、人や物を批評すること。→補注六八。二八 前出(一三五頁)。二九 三月三日より始まる狂言。→補注六九。三〇 後のことを考えての意を、狂言によく出る未来記(正成天王寺の未来記披見など)の語であらわした。ただし上へは十体を示した伝定家作の歌論書未来記の意で続く。三一 真宗の家々で、正忌十一月二十八日の親鸞忌を十月に行

なり、あらぬ[五五]外道《げどう》なりとそしる輩は、[五六]人の面《おもて》は有(り)ながら、獣の心なりといはゞいかゞはせん。あに人として[五七]鳥にしかざるべけんや。

[五八]明和戊子のしはす、[五九]足をそらにする夜、來(る)春を[六〇]はま町のやどりに、[六一]大藏千文《(おほくらちぶみ)》しるす。

嗣出書

當世智嚢抄　全部五冊　近刻

虛實山師辨　全部五冊　近刻

金神論 前編 後編　全部五冊　近刻

明和六己丑正月吉辰

江戸神田下白壁町

書肆　岡本利兵衛

うこと。ここは十一月に賑々しく顔見世するを正月のお取越と見た。三二 十一月で自然界に花はないが、歌舞伎界は花やぐの意。三三 小簾にかかるが、ここは「こ」にかかる枕詞。三四 漢書の方術伝に見える仙人壺公の壺の中の世界。↓前編補注九四。三五 乾坤の縁で、歌舞伎の如きは全世界にないの意。三六 白楽天の文から出て、はかない戯曲小説も亦仏教に入る縁であるの意。↓補注七〇。三七 弘法大師。三八 大海原。三九 真言宗。四〇 在原の業平。↓前編補注三〇。四一 古今、恋一「思ひいづる常磐の山の岩つゝじいはねばこそあれ恋しきものを」。四二 北村季吟著岩つゝじなどに集めてある。四三 松帆浦物語。岩倉の僧宰相と藤侍従なる稚児との室町期の若衆物語。四四 以上の宗教も文学も。四五 垂仁紀などこの一字にこの訓がある。道具。四六 根無草が水の流れのままに行く意で、且つ下の流行を形容する句。四七 大きい国の意。ここはその国中の意に用いた。四八 老子「玄之又玄。衆妙之門」。天地にわたる微妙の理についての教で、微妙な意味があるのであろう。四九 それについて考えて、現実を見ると。五〇 地の枕詞。五一 元来は「伏す」にかかる枕詞。転じて犬の如きもの。獣類。五二 天の枕詞。五三 男色道。五四 なまめかしく美しい意。美少年の気持で訓じたか。五五 道にはずれた行い。五六 人面獣心。元来は徳義心なき人をいう語だが、滑稽に転用した。五七 鳥におとってはならぬから男色道に遊べの意。五八 明和五年十二月。五九 徒然草、十九段「晦日の夜いたう暗きに(中略)足を空にまどふが」により晦日のこと。六〇 元旦を待っている浜町の家(東京都中央区)。六一 山岡俊明(一七二一—一七八〇)の狂号。通称佐次右衛門、字子亮、明阿弥と号す。戯作をもたしなんだ国学者。

風流志道軒傳

叙

吾友風来山人。栖二栖タルコト市門一ニ數年矣。其ノ發興所レ著ス。詼達多端。洸洋自ラ恣ニス。蓋シ有リト二微意一云。此ノ冊成ル矣。余與レ客讀レ之ヲ。客槌テレ案ヲ而歎シテ曰ク。辨哉。假令シメハ在二於六國之時一ニ。目ハ如二輝星一ノ。舌ハ如二電光一ノ。與二蘇張范蔡之徒一カ。周二旋セン於中原一ニ者ノ。其レ在二斯人一ニ歟。余曰ク。否。若二山人之才一ノ。文ルニレ之ヲ以二禮樂一ヲセハ。令下二太史ヲ謂中非レ龍ニ非上レ虎ト。而未レ可レ知也。而戰國術士ノ。豈爲二山人一ノ願レ之ン乎。客嘿シテ而去ル。人或ハ責ムルニ。以下ス非レハ二法言一ニ不中敢テ言上。盖シ以テレ此ヲ概スル二山人一ヲ。固ヨリ非ナリ也。以テレ此ヲ病ムルモ二山人一ヲ。又非ナリ也。士苟モ學テ焉成スレ志ヲ。何ソ必シモ銖トシレ銖ヲ寸トシレ寸ヲ。若二膠シテレ柱ニ刻ムカレ舟ニ一ナランヤ。今題ニ數語一ヲ。聊爲二山人ノ解一ノレ嘲ヲ。雖レ獲二阿好之謗一ヲ。所ナリレ不レ辭也。癸未冬日

獨鈷山人撰

一平賀源内の戯号。風来坊の意によってつけた。二いそがしいさま。論語の憲問篇「丘何為是栖栖者歟」。三町の門。市井・市中などと同意。四精神をふるいおこして。五思い切りふざけること。六議論や学説の深いさま。史記の荘周伝「其言洸洋、自恣以適己」。漢書の東方朔伝「其詼達多端」。七自分の意志の謙称。少しく意を寓したものである。八机。槌は康熙字典に「撃也」。感情を発したさま。九康熙字典の引く周礼の注に「辨ト八辨然事ニ分明、疑惑有ルナキヲ謂フ也」。一〇かりに。もしも。一一中国の春秋戦国の時、斉・楚・燕・韓・魏・趙の対立していた乱世。一二稲ずま。舌の早いさま。一三皆六国の代の遊説家。蘇秦(史記、六十九)・張儀(同七十)・范雎・蔡沢(同七十九)。一四奔走して事を処理する。一五中国の中央。政治の檜舞台。一六論語の憲問篇「之ヲ文ルニ礼楽ヲ以テスレバ亦以テ成人ト為スベシ」(集注に「之ヲ節スルニ礼ヲ以テシ、之ヲ和スルニ楽ヲ以テスレバ、徳ヲシテ内ニ成ラシメ、文ヲシテ外ニ見ラシム、則チ材全ク徳備ル」)。一七史記の編者太史公司馬遷。一八史記、三十二、大公望呂尚の条に、西伯出猟前の占に「獲ル所ハ竜ニ非ズ彲ニ非ズ虎ニ非ズ羆ニ非ズ、獲ル所ハ覇王之輔ナリ」。ここも覇王の輔(天下統一の輔佐の臣)の意。一九策士。蘇秦・張儀の輩。二〇術士の如きを山人に期待しない。期待はもっと大きいのだの意。二一玉篇に「黙ト同ジ」。二二論語の子罕篇「法語之言、能ク従フナカランヤ、之ヲ改ムルヲ貴シトナス」(集注に「法語ハ正シク之ヲ言フ也、(中略)法言ハ人ノ敬憚スル所故ニ必ズ従フ」)。法にかなった正しい言でなければいっていけないという点で責める人があろう。二三けなす。韓非子の説難篇「毋以其

難概之也」。二四 批難する。論語の雍也篇「堯舜モ其レ猶語ヲ病メリ」。二五 説文に「二十四銖ヲ両ト為ス」とあって、古代の重さの小単位。二六 長さの小単位。小さいことにこせこせと正しさを守ること。二七 規則にこだわって変化を知らぬたとえ。文子の道徳篇「老子曰ク、一世ノ法籍ニ執ツテ伝代之俗ヲ非トスルハ、譬ヘバ猶柱ニ膠シテ瑟ヲ調スルガ如シ」。二八 旧を守って新しい時勢に応じないこと。楚人が剣を舟から堕して舟に刀で印をきざみ、自分の剣はここからおとしたといった呂氏春秋に見える故事による。法言といって古きになじむことはよくないの意。よろしく大にして進歩的な志をなすべしとの意。二九 人のあざけりを弁解する。三〇 自分の好みにおもねる。三一 一向にかまわない。三二 宝暦十三年(一七六三)。三三 未詳。三四 印文「別荘主人」。三五 印文「山水有清音」。

（叙

吾が友風來山人、市門に栖栖《せいせい》たること數年なり。其の發興して著す所、詼達《くわいたつ》多端、洸洋《くわうやう》自ら恣《ほしいまま》にす。蓋し微意有りと云ふ。此の冊成る。余、客と之を讀む。客案《あん》を槌《う》ち而して歎じて曰く、「辨なる哉、辨なる哉。假令《かりに》六國《りくこく》の時に在らしめば、目は輝く星の如く、舌は電光の如く、蘇・張・范・蔡が徒と、中原に周旋せん者、其れ斯の人に在らん歟」と。余曰く、「否、山人の才の若《ごと》き、之を文《かざ》るに禮樂を以てせば、太史をして、龍に非ず虎に非ずと謂はしめむも、而も未だ知る可からざる也。而るを戰國の術士、豈《あに》山人の爲に之を願はん乎《や》」と。客嘿《もく》して而して去る。人或は責むるに、法言に非ざれば敢へて言はざるを以てす。蓋し此を以て山人を概《がい》するは、固《もと》より非なり。此を以て山人を病《はづかし》むるも、又非なり。士苟《いやしく》も學んで志を成す、何ぞ必ずしも銖《しゅ》を銖とし寸《すん》を寸とし、柱に膠《にかは》し舟を刻《きざ》むが若《ごと》くならん哉。今數語を題して、聊か山人の爲に嘲《あざけり》を解く。阿好《あかう》之謗《そしり》を獲ると雖も、辭せざる所也。癸未冬日

獨鈷山人撰）

自序

夫馬鹿《そればか》の名目《みやうもく》一ならず。阿房《あはう》あり、[一]雲津久《うんつく》あり、[二]部羅坊《べらぼう》あり、たはけあり、また[三]安本丹の親玉あり。但同じ詞《ことば》にて[四]兄ィといへば、少しやさしく、[五]利口にないといへば、人めつたに腹を立(て)ねど、つまる處は[六]引(つ)くるめて、たはけは同じたはけなり。爰に[七]志道軒といへる大たはけあり。[八]浮世の人を馬鹿に[九]するがの不二《ふじ》よりも、其名高(き)は、誠にたはけの親玉となんいふべし。しかはあれども、また其たわけに[一〇]頷《おとがひ》を落《をとし》、[一一]淺草の地内から、[一二]腹をかゝへて出る雲津具ども、日に幾人といふ數を知(ら)ず。世にはたはけも多きものなり。我また産(れ)た時、ぎやつと云(ふ)からのたはけなれば、今彼が傳五巻《いつまき》を著(す)。安本丹にあらずして又何ぞや。或は是を書し、是を画するの雲津具《うんつく》あれば、[一三]梓《あづさ》にちりばめんといふべ羅坊あり。若《もし》此書を取(つ)て、[一四]しかつべらしく讀(む)ものあらば、それこそ眞のたはけにあらずや。[一五]紙鳶《しあん》堂風來山人、一名[一六]天竺浪人、[一七]浮世三分五厘店の寓居に書す。

[一八] 

[一九] 

一智恵のたらぬ者をののしっていう。二前出(三七頁)。三前出(三八頁)。ただし嬉遊笑覧「宝暦十三年の頃あんぽんたんのおや玉といふことはやり出でたりとぞ」。四余り賢明でない男をおだてて呼ぶ時などに用いる語。五「利口」にはやや悪賢い意が含まれている故。六一つにして。七解説参照。金曾木「風来、志道軒伝を作りし時、志道軒を湯島の茶屋にむかへて、風来麻上下にて一書読みあげしとぞ。是入門せし心なるべし。其中におかしかりしは、序の文に、こゝに志道軒といへる大たわけ有りと云へる所ありて、さすがに其人に対していかゞとや思ひけん、之は追つて直しますといひしもおかしかりき。稲毛東作(松民)の物語なり」。八現世。九上から「馬鹿にする」とかかり、下は「駿河の」富士山よりと続く。一〇大いに笑うこと。一一浅草観音の境内。志道軒は「堂(観音堂)のかたはら、大きなる松の木のもとにいでて、いさゝかなるあしのかり屋をもふけ」(紫のゆかり)て舌耕していた。塵塚談は「浅草観音堂脇三社権現の宮前に葭簀張をしつらひて」とある。一二可笑しさに耐えられないさま。一三出版しようという。梓は中国で版木に用いる木。一四もっともらしく。一五源内の堂号。いかのぼりの風まかせの意をふくむ。一六勤先も定職もない浮浪の徒の意。又浪人をあしざまにいう語。浪人の身を自虐した号。一七世の中を軽く見るのを「浮世一分五厘」という(一分五厘とは三田村鳶魚著江戸生活のうらおもてによれば一人一日の米の価と)。それの転用で、世を軽く見て安価な借家ずまいの意。店は借家。一八印文「風来之印」。一九印文「裸百貫」。諺「男は裸百貫」による。この諺、男子は無一物でも百貫の値あるの意だが、ここは無一物の意を重に見る。

一 この図は、志道軒自らが印刷して、多く自筆の和歌俳諧などを書入れて、人に配布したという印刷物に模したもの。口絵にのせたのもその一葉。外に「玉はしるしたつ岩ねにしきみちて露やくもらぬ日のみ影かな　八十五志道軒」とした一幅の紹介もある（集古四十年一号）。なお志道軒の肖像は、山崎美成編の耽奇漫録第一集・浮世絵三十九号梨花庵主人「志道軒の紅画に就いて」・浮世絵名家集成の奥村政信の条、その他彼を主人公とした談義本類の插画に見える。

二「思ふ事有もうれしき
　我かみさへ
こゝろのこまの
　世につなかれて
八十四
　志道軒（印）
　右志道軒自筆」
恐らくは源内が志道軒から送られた像にしるしてあったものであろう。歌の意は、あの世で安楽におくるより、この世で物思いのある方がよいと考えている自分だが、さて現実には、思うにまかせず、駒のつながれる如くであるのが、物思いの種である。

一

二

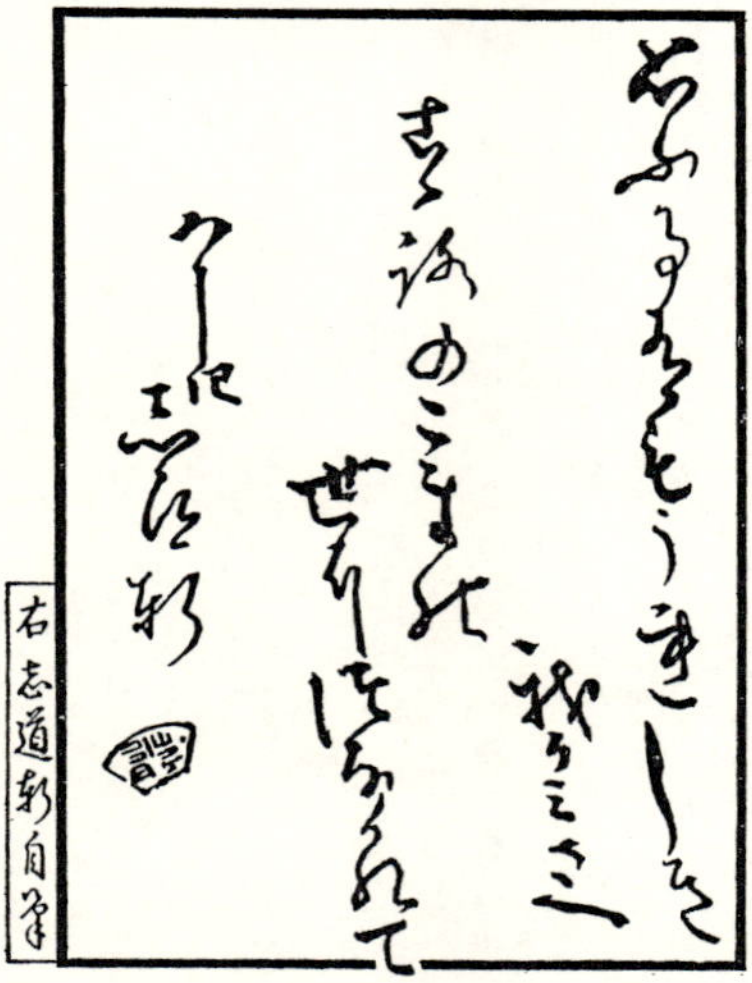

風流志道軒傳巻之一

爰に江戸淺草[三]の地内に、志道軒といへるえせものあり。軍談《ぐんだん》[四]を以て人を集《あつめ》、節《せつ》[六]を撃《うつ》て諸人の臍《へそ》[七]を木にて作(り)たる松茸《まつたけ》[五]の形したる、をかしきものを以て、宿がへさせる、猥雑滑稽《わいざつこつけい》[八]、耳を抓《つかん》[九]で尻《しり》のごふ程、取(つ)ても付(か)[一〇]ぬ歯《は》なしの口をくひしばり、そこら[一一]だらけが皺《しは》だらけなる顔《かほ》打(ち)ふり、或は白眼《はくがん》[一二]にして、他の世上の人を、味噌[一三]八百のめつぽう[一四]矢八、九十に近き痩《やせ》親父にて、女形の身ぶり聲色まで、其趣を写(す)[一五]こと誠に妙を得たりと云(ふ)べし。其説《とく》ところは、神儒佛《しんじゆぶつ》のざく〳〵[一六]汁、老荘《らうそう》の芥子《からし》[一七]ぬた、氷[一八]の吸物、稲光の油あげ、跡[一九]も形もないて居る子も笑(ひ)出し、草履《ざうり》つかむやつこらさまでが、何[二〇]やら坊といへば、志道軒としる程の、古今無双の坊主なり。されば江戸に二人の名物あり。市川[二一]海老蔵と此志道軒親父なり。然るに柏莚《はくゑん》[二二]は世を去(つ)て、今殘(る)處の志道軒、江戸に一人の名物といふべし。故に一[二三]枚繪・今戸[二四]燒を始として、祭[二五]のあんど・

三 前出(一五七頁)。 四 表向は古戦物語と看板を出した浮世絵もあって軍談師。宝暦八年の当代江都百化物「志道軒ト云フ癖坊主、軍書講釈シテ久シク御当地ヲ化ス者アリ」。 五 口絵にのる男根形の木片。賤のをだ巻「八九寸の木にて男根をこしらへ、夫を手に持ちて拍子を取り(トントンとたたく)面白きわる口おどけをいふ」。
六 前出(三五頁)。ここも机を打っての意。
七 大笑いをさせる。 八 みだらな且つ滑稽な話をし。その内容は山岡俊明の紫のゆかり等に詳しい。 九 とってもつかぬたとえ「耳とって鼻かむ」を、更に甚しくいいかえた。 一〇 上からはちぐはぐな話をする意で続き、下へは口をしめても歯のかみつかぬ意。 一一 皺の甚しいこと。紫のゆかり「つらつきしわみ、まゆの末さがりて」。
一二 晋書の阮籍伝の故事により、人を嫌うそぶりをする、冷遇すること。志道軒の場合は僧と女の聴衆に対して。→補注一。 一三 上からは見るの意、下へは自慢たらだら。 一四 でまかせをいう意の「めっぽうやたら」を、仮名手本忠臣蔵、六段目の「口から出次第めつぽう弥八」という端役の名をとる。又「八九十」と下へ続く。
一五 その様紫のゆかりに見える。→補注二。
一六 汁の味を簡単に色々と混じたもの。三教混淆。 一七 芥子のきいたぬた。ぬたは魚や野菜の酢味噌あえ。老子荘子の思想を混淆。
一八 下の跡形もない例を、上からの料理尽しで上げた。 一九 たわいもない話。下へ「泣いて居る」と続く。 二〇 べらぼうのこと。
二一・二二 二代目市川団十郎。前出(四七頁)。宝暦八年没。 二三 本にならない一枚摺の浮世絵。
→補注三。
二四 江戸の今戸で焼いた粗樸な土器。人形が多い。 二五 献灯に粗画をかいた。

髪結床の障子《しやうじ》にも、此親父が形を画《ゑがき》、[一]すばしりの頭・松茸[二]を見ても、志道軒を思ひ出してをかしくなるは、誠に目出度(き)親父なり。

此人何が故にかゝる事をなしけると、其源を尋(ぬる)に、元來此志道軒が親は、さる屋敷の用人[三]を勤(め)て、其志[四]淺からぬ、深井甚五左ヱ門といへる、筋[五]目正しき人にてぞ有(り)ける。此甚五左ヱ門四十に及(び)て、男子なき事を深く憂《うれひ》、夫婦一所に淺草の觀音へ、三七日の通夜籠《つやこもり》[六]をなんして祈《いのり》けるに、満《まん》[七]ずる夜の曉、南の方より金色の松茸《まつたけ》、臍《へそ》の中へ飛(び)入(る)と見て懐胎《くわいたい》し、男子出生有(り)しは卽(ち)此志道軒なり。夫婦は悅のあまり、淺草觀音のもうし子[八]なればとて、稚名《をさな》を淺之進と号《なづけ》、蝶《てう》[九]よ花よといつきかしづき、初春祝ふ破广《はま》[一〇]弓も、千年を我(が)子へゆづり[一一]はと、人ももちゐ[一二]の鏡より、幟画《のぼりゑ》[一三]の尉《じやう》[一四]と姥《うば》も、猶[一五]いつまでかいきの松、是も久しき[一六]親心のまよいなるべし。或は髪《かみ》[一七]

一 ぼらの稚魚。頭が志道軒の頭に似る。
二 手の木片を思い出す。三 前出(六六頁)。
四 勤めも忠義なの意と、深井にかかる。
五 氏血統。六 神社仏閣におこもりして、終夜祈願すること、二十一日間。七 心願のみちる二十一日目。八 神仏に祈願してさずかった子。
九 幼子を寵愛する形容。一〇 正月に幼男子の祖父母や両親などが送るかざりの小さい弓矢。はまと称する輪形のものを中に矢を飾ってある台。魔をはらって長生を望むものとした。
一一 その葉を三宝やしめ飾りに用いる、たかとうだい科の常緑木。滑稽雑談「此木は諸木にかはりて、新葉生い出で旧葉退謝する木なれば、父子相続を祝ひてかざれるならし」。
一二 人々も「ゆづり葉」を用いると、鏡餅の意をかねる。「より」は「以上の正月の祝儀を初め以下」の意。一三 五月の節句の幟の画。
一四 謡曲の高砂による老翁老嫗。
一五 高砂「なほいつまでか生の松、それも久しき名所かな」。なお何時までも生きていてほしい。
一六 親心にお定まりの、子に対する盲目的な愛。
一七 小児三歳の十一月十五日にする儀式。江府風俗志「同十五日には子供悦び髪置とて、末広扇子に奉書に包み、麻苧をさげ、しらがと名付る物を頭にかぶらせ、生土神へ参詣したる也」。
一八 四季草「近世世上に行ふ所は男子五歳の五月五日に袴着の祝をなす、親類并に其家の重だちたる者着せる。小児は碁盤の上にて之を着るといふ(下略)」。風俗志には「かちんの上下に子持筋付け、紋処には宝来を付けたる也」。
一九 月日のすぎるのは矢よりも早いの意。
二〇 寺小屋へ通い初めること。当時は大体八歳頃(小学の説による)初午の日にする習慣。

置《おき》・袴着《はかまぎ》[一八]なんど、光陰[一九]は鉄《てっ》炮《ぽう》のごとし。淺之進七八歳の頃より、寺入[二〇]の初清書[二一]、人の親の心は闇《やみ》にあらねど[二二]も、子を思ふ闇に、眞黑な[二三]牛の角文字ゆがみなりも[二四]、器《き》用《よう》な手筋[二五]と譽《ほめ》そやし、早《はや》そろ〳〵と、大学[二六]は孔氏の

遺書にして、初学徳《とく》に入(る)[二七]にも出るにも、人を付(け)置(き)、なをざり[二八]ならぬ養《よう》育《いく》に、また生性《うまれつき》勝れたれば、人心付(く)[二九]《(ひとごころつ)》頃より、酒掃《さいそう》[三〇]・應對《おうたい》・進退《しんたい》の節《せつ》も、年よりはおとなしく、弓馬[三一]の道は云(ふ)もさらなり、立花《(りつくわ)》[三二]・茶の湯・鞠《まり》[三三]・揚《やう》[三四]弓《きう》・詩哥・連誹[三五]を始として、其餘の藝能《げいのう》ぬけめなく、十五歳に成(り)ければ、父母つく〴〵と思ふやう、佛に祈(り)て産(み)たる子といひ、又かく人に勝れて發明《はつめい》なる子は、必(ず)短命《たんめい》なるものなり。其後は不思議にも、二男・三男の出來たるこそ幸なれば、何とぞ此子を出家させば、自(ら)《(おのづか)》長命なるべく、また先祖の菩提《ぼだい》[三六]をも問(は)せんと、其よしかくと告(げ)ければ、さのみ望にはあらざれ

二一 手習の初めての清書。
二二 後撰、雑一「人の親の心は闇にあらねども子を思ふ道にまどひぬるかな」。「闇に」は盲目的での意で、「誉そやし」にかかる。
二三 闇の縁、又牛の形容、そして初清書のそこらよごした紙のさま。
二四 いろはの「い」文字。徒然草、六十二段「ふたつ文字牛の角もじすぐな文字ゆがみ文字とぞ君はおぼゆる」。
二五 筆つき。
二六 四書の一で、当時は尊んで素読させた。早そろ〳〵と大学を、以下の如く素読させるの意。その冒頭に「子程子曰、大学孔氏之遺書、而初学、入徳之門也」。
二七 家庭の出入にも供をつけて。
二八 一通りでない。
二九 少しは物がわかり出した頃。
三〇 論語の子張篇「子游曰ク、子夏ノ門人小子、酒掃・応対・進退ニ当ツテハ則チ可ナリ、抑モ末也」(集注「威儀容節之間ニ於テハ則チ可ナリ、然レドモ此小学之末耳」)。酒掃は掃除。応対の振仮名は原本「ようたい」、意によって改、応接。進退は振舞。節は行儀、おこない。
三一 武芸。
三二 花木や樹葉を、大瓶に生ける花道の一。
三三 蹴鞠。堂上家に伝統的な芸であるが、この頃の江戸の民間でも流行。
三四 本末の筈をのぞいて二尺八寸の小弓、九寸二分の矢をもって、七間半前の三寸以下の的を射る遊戯(遊花小言など)。又民間の流行。
三五 連歌と俳諧。
三六 極楽往生して仏果を得ることを祈らせよう。古からの諺に「一子出家すれば七世の父母成仏す」というをふむ。

ども、父母の命[一]もだしがたく、それより世ゝの[二]旦那寺なれば、[三]光明院といへる寺へぞ遣しける。

淺之進は稚心《をさな》に思ふ様、我好(み)て出家せんとにはあらざれども、父母のかく宣ふは、偏《ひとへ》に[四]佛縁《ぶつゑん》のなす處なれば、此上は一筋に佛法の奥儀を極《きわめ》、天下の名僧と成(り)て、[五]衆生を濟度《さいと》せんものと、日夜・朝暮佛經《ぶつきやう》に眼《まなこ》をさらし、[六]行《ぎやう》・住《ぢう》・坐《ざ》・臥《ぐわ》の勤おこたらず、学問の外餘の交《まじわり》は、夏《なつ》の夜の[七]花火見に誘《さそは》れても、俗人のたのしみ、まさに[八]電光石火《でんこうせきくわ》のごとしと悟《さとり》、春は[九]飛鳥山の花盛も、[一〇]むれつゝ人の來るのみぞあたら櫻のとがには有(り)けりとつぶやきて、[一一]雪を寄《よせ》、螢《ほたる》を集《あつむる》こそ、古人の心なんめりと、獨竹窓《ひとりたけまど》のもとに、[一二]日ぐらし硯にむかいて、[一三]見ぬ世の人を友とし、四方の氣色うらゝかに、春しり顔に咲乱《さきみだれ》たる、庭前の桃の盛《さかり》なるに、[一四]仙境《せんきやう》の趣を思ひ出(し)つゝ、餘念《よねん》もなき折から、軒《のき》に巣《す》をくふ燕《つばくら》の、窓《まど》より内に飛(び)入(り)つゝ、机《つくゑ》の上におり居たり。淺之進は身を動(かさ)ば、燕の驚(か)んかと、ひそまりて見る内に、[一五]彼燕机の上に卵《かいこ》を一ッ産落《うみおとし》て、何《(いづ)》ちともなく飛(び)行(き)けり。淺之進は卵《かいこ》を取(り)上(げ)、巣《す》もあらば入(れ)なんと思ふ内、彼卵二ッに破《われ》て、中より人の形したるものぞ出(で)たりける。昔[一六]竹採《たけとり》の翁《おきな》が、竹の中より取(り)得たる[一七]赫奕姫《かぐやひめ》の類ならんかと、打(ち)守(り)て居る内に、

一 無視することができず。 二 菩提寺。宗別帳があり、先祖以来の仏事を依頼している寺。 三 根拠のない寺名であろう。志道軒のいた寺は諸書に成満院・護持院とある。 四 仏の導き。 五 一般人を教化して、成仏せしめること。 六 行くと止まると、坐ると臥すとの四つ。仏教ではこの日常の行動に心身の律をみださぬように修行することになっていて、四威儀という。 七 隅田川の花火見物。前出(七九頁)。 八 極めてみじかい時間で、人生のはかなさを示す語。花火の縁。 九 今の東京都北区にある。享保頃からの桜の名所。 一〇 玉葉、春下「花見にとむれつつ人の来るのみぞあたら桜のとがにはありける」(西行)。 一一 蒙求に「孫康映雪、車胤聚螢」とある故事。貧にして油のない孫康は雪にてらして、車胤は螢を袋に入れて、書を読んだ。勉強につとめることの例。 一二 徒然草、序段「つれ〳〵なるまゝに、日ぐらし硯に向ひて」。 一三 同十三段「見ぬ世の人を友とするぞ、こよなうなぐさむわざなる」。 一四 次の記事からして、陶淵明の桃花源記に述べた仙境をさす。 一五 史記殷本紀に、その祖契は、母簡狄が玄鳥即ち燕の卵を呑んで生まれたとあるなどに想を得たか。 一六 竹取物語中の人物、讃岐造麿のこと。 一七 竹取物語の女主人公。 一八 竹取物語「この児やしなふ程に、すく〳〵と大きになりまさる。三月許りになる程に、よきほどなる人になりぬれば」。 一九 適当な背丈の大人となった。 二〇 顕証。きわだっているさま。ここは特別に

すく〲とおほきになりまさりて、忽《たちまち》[一九]能(き)程の人になりて、其形の[二〇]けそうなる事、世に類なく、玉[二一]の顔《かんばせ》[二二]緑《みどり》の眉《まゆ》、[二三]三十二相の形を備《そなへ》、浅之進を見てゑみを含めば、覚(え)ずも心とろけて酔《ゑゝる》がごとく、彼美女はしづ〲と庭に立(ち)出(で)、顧《かへりみて》て浅之進をさしまねく。浅之進も庭におりたちけるに、彼女[二四]手をたづさへ、いとしづかに假山《つき》のあたりへ歩行《あゆみゆき》、咲《さき》乱(れ)たる[二五]桃花の下、石なんどのありて、其中に[二六]小き穴《あな》の有(り)けるが、其穴の中へ伴ひ行(き)たり。此穴上より見たる時は、わづか五六寸の穴なりけるが、行(く)時はまた人の身の通ふべき程の道とぞ成(り)たり。行(く)こと十間あまりになれば、其内[二七]平にして、[二八]犬鶏の聲なんどのほの聞えて、さま〲の木草生《おひ》しげり、[二九]梅が枝に木傳ふ鶯あれば、かたへには[三〇]卯の花の垣根《かきね》いと白く、[三一]雲井には[三二]子規《ほとゝぎす》のおとづれ、紅葉に鳴《なく》小男鹿《さおしか》の聲、或はまた[三三]川風さむみ千鳥のむれ居て、雪の降《ふり》しく處もあり、[三四]四時の花實《くわじつ》時をあらそひ、砂の色も常ならず、行(く)水の音までも、其清ゝたる事また有(る)べきにもあらず。それより遙歩行《はるかあゆみゆけ》ば、ゑならぬ匂ひの薫來《かをりき》て、[三五]管弦《くわんげん》の音ほの聞えつゝ、玉をかざれる楼閣《ろうかく》あり。[三六]金銀の砂を敷(き)渡し、[三七]瑠璃《るり》の階《きざはし》・[三八]馬脳《めのう》の欄干《らんかん》、また譬(ふ)るにものなし。浅之進は此處に至りて、少し[三九]猶豫《ゆうよ》し居たれば、彼美女、「かく來れ」とて先に立(ち)、幾間ともなく廊下《ろうか》を傳ひ行(き)て、

美しい意。
二一 光るばかり美しい顔。
二二 緑に見える程に黒い眉。
二三 仏から転じて、諸事一切に整って美しいことをいう。→補注四。
二四 手をひいて。
二五 木の下に穴があるさまは、淳于棼が槐安国へ行った「槐下穴」に想を得たか。
二六 小穴の人を通すは桃花源記による。記に、「忽チ桃花ノ林ニ逢フ。(中略)山ニ小口有リ、髣髴トシテ光有ルガ如シ。(中略)口ヨリ入ル、初メハ極メテ狭ク、纔ニ人ヲ通ズルノミ、復タ行クコト数十歩」。
二七 同「土地平曠」。
二八 「雞犬相聞ユ」。家畜家禽あって人の住むさま。
二九 以下四季の景を一時に見る仙境の説明。玉葉、春上「花はなほ枝にこもりて鶯のこづたふ声ぞいろはありける」。
三〇 同、夏「ほとゝぎす空に声して卯の花の垣根も白く月ぞ出でぬる」。三一 空。
三二 子規・小男鹿共に和歌的な表現。
三三 拾遺、冬「思ひかね妹がり行けば冬の夜の川風さむみ千鳥鳴くなり」。
三四 四季の花や果実が、一時に先を争って咲きみのり。
三五 管・弦の楽器を合奏すること。遊仙窟「忽聞内裏、調箏之声」。
三六 謡曲の咸陽宮に「内に三十六宮あり、真珠の砂瑠璃の砂、黄金の砂を地には敷き」。同邯鄲「庭には金銀の砂(いさご)を敷き、四方の門辺の玉の戸を」。また遊仙窟の描写に似る。
三七・三八 七宝の一。
三九 ためらって。

一間なる所へ請じ入(れ)けり。數多の美女立(ち)かわり茶の給仕しつゝ、樣〴〵の菓子なんど出すを見れば、何《（いづれ）》も初メ卵《かいこ》の中より出(で)たる女にもまさりてあでやかなるに、思ひ〳〵の繡《ぬいもの》[一]して、いときらびやかなる衣類をかざり、立(ち)かわり入(れ)替(り)て、出(づ)る度に酒肴の數〳〵、善盡(く)し美つくし、今樣[二]をうたひかなで、或は美なる女の來て、手を取(り)足をさすりつゝ、ひとかたならぬもてなし、淺之進は興《きやう》に乘じ、思はずも酒をすごして、美女の膝《ひざ》に打(ち)もたれ、とろ〳〵とまどろみけるが、暫《しばらく》して目を覚(ま)し[三]、あたりを見れば、今まで有(り)つる美女の姿も、酒肴も、宮殿《きうでん》もなし。

扨は夢にて有(り)けるか、と打(ち)見れば、松柏《せうはく》は枝[四]をつらね、岩にくだくる溪《たに》水の音のみして、我住(み)し寺内の躰にもあらず、扨は狐狸《きつねたぬき》の爲にまどはされしかと、忙然《ぼうぜん》[五]としてながめ居たる處に、一むれの雲下りて、中よりあやしき姿せしもの、木の葉を以て衣とし、頭には巾《きん》[六]をいたゞき、左に藜《あかざ》[七]の杖をつき、右に羽扇《うせん》[八]を持(ち)て、淺之進をさしまねき、「善哉《ぜんざ(い)》〳〵汝《なんぢ》教《おしゆ》べき事ありて、我仙《せん》術《じゆつ》を以て招寄《まねきよせ》たり。少(し)もあやしむべからず」とて近寄(る)を見れば、形はさながら老人めけども、顏色《がんしよく》は玉のごとく、年の頃三十[九]歳に過(ぎ)ず、髮《かみ》黑く髭《ひげ》長く、目の中さわやかにして、威《ゐ》有(つ)て猛《たけ》からざる姿なれば、淺之進はひざ

一　刺繡。遊仙窟「刺繡裙腰鸚鵡子」。美女の多く出るは、遊仙窟による。
二　今流行の唄の意を、所がら何か違うようにいったもの。
三　この所、謡曲の邯鄲に盧生が夢さめて「さばかり多かりし女御更衣の声と聞きしは、松風の音となり、宮殿楼閣は、たゞ邯鄲の仮の宿」とあるによる。
四　立ち並んでいるさま。
五　「茫然」のあて字。
六　唐風の頭巾。
七　あかざ科の一年草の茎で作った杖。老人の持物とされる。
八　羽で作った扇。天狗や仙人の持物。これが魔力をもつことは、古来の説話にある。
九　この仙人は、多く源内自身の属性が与えられている。宝暦十三年で彼は三十六歳。
一〇　物の価値を知らずして、むざむざと放擲するたとえ。
一一　涅槃のこと。煩悩を去って静寂の境に入る教。以下仏教の方便説を難じる。
一二　中国風の陰陽五行説による説。
一三　名も功もなく、人に知られず生涯を終ること。唐書の高倹竇威伝賛「与草木倶腐者、可勝咤哉」。

まづきて是を拜す。其時仙人告《つげ》て曰(く)、「汝元來《ぐわんらい》生れつき衆人に勝れたるに、父母佛法にとらかされ、出家させせんとする事、一〇金を泥《でい》中へ抛《なげうつ》がごとし。我是を救(は)んがため、汝を爰にまねけり。それ佛法は一一寂滅《じやくめつ》を教《をしへ》とし、地獄《ちごく》極樂なんど名を付(け)て、愚痴無智《ぐちむち》の姥嬶《うばかゝ》を教(ふ)る方便《はうべん》にして、智ある人を導《みちびく》べき教にはあらず。人は陰陽の一二二ッを以て躰をなす。譬《たとへ》ば石と金ときしり合(ひ)て火を生ずるがごとし。火の薪《たきゞ》ある内は人の一生のごとし。火消(ゆ)る時、跡に殘《のこる》所の炭《すみ》は卽(ち)死骸《しがい》なり。其時消《きへ》たる火地獄《ぢごく》へ行(く)や、極樂《ごくらく》へ行(く)や、汝此行衞を知らば、地獄極樂有(り)とすべし」と。淺之進手を拍《うつ》て大に悟《さとり》て曰(く)、「先生の教《をしへ》を受《うけ》て、是までの迷豁然《まよひくわつぜん》として夢《ゆめ》の覚《さめ》たるがごとし。今より出家の志を止《(とゞ)》(む)べし。しかれども人世の中にありて、一三只草木と共に朽果《くちはて》んは本意ならず。願(はく)ば先生、我に業《ぎやう》とすべき道を教(へ)よ。」

其時仙人羽扇をあげて曰(く)、「汝能《よく》我(が)言を信ず。今我(が)身の上と汝が生涯《せうがい》を示《しめ》さん。我は其昔一四元暦年中の生れにして、一五源平の戦なんどは、稚心《おさな》の耳に殘《のこり》、漸(く)天下治《おさまり》て、一六鎌倉將軍政を專《もつぱら》にし、諸人一七太平の化《くわ》をたのしむ。我は一八片田舍《かたゐなか》に長《ひとゝなり》けるが、つく〴〵思ひめぐらすに、一九高祖は二〇三尺の劍《けん》を提《ひつさげ》、二一漢朝《かんてう》四百年の基《もとひ》をひらき、『二二相將豈種《しやう〳〵あにたね》あらんや』とは楚《そ》の二三陳涉《ちんしやう》が詞なり。今諸國の大

一四 安徳・後鳥羽天皇時代の年号(一一八四—一一八五)。
一五 治承年間におこり、寿永四年(一一八五)平家壇の浦の敗滅にいたる源平二武家の争。
一六 建久三年(一一九二)源頼朝征夷大将軍となる。この前後鎌倉幕府の基かたまる。ただしここは徳川幕府によって太平になったことをさす。
一七 太平の恩沢をうけて、楽しく生活する。
一八 源内自ら讃岐の高松で生長したをいう。
一九 漢の劉邦(前二四七—前一九五)。秦後の乱戦中より前漢王朝を打ち立てた。
二〇 史記の韓長孺伝「高帝曰ク、三尺ノ剣ヲ提ゲテ天下ヲ取ル者ハ朕也」。同、高祖本紀「吾布衣ヲ以テ三尺ノ剣ヲ持(一本提)チ天下ヲ取ル、此天命ニ非ザル乎」。
二一 前漢後漢を合せば、前二〇二年から二二一年まで約四百年。
二二 史記の陳渉世家「且壮士不死即巳、死即挙大名耳、王侯将相寧有種乎」。
二三 陳勝。字渉。呉広と共に反秦の兵を初めて上げて楚王となった(陳渉世家)。

一 源頼朝(一一四七—一一九九)。初代鎌倉将軍。二 前出(四四頁)。三 すぐれた人の後に従うこと。蒼蠅が駿馬の尾について千里を行くことからの語。四 下郎。ここの大小名も徳川時代のことをいう。五 太平の世。六 武器をもって戦をおこし名をなすこと。七 以下諸芸の無益を論ずる。八 竹匙のこと。九 茶席の広さ。一〇 窮屈。一一 にじり口。茶席の出入口。幅一尺九寸五分、高さ二尺二寸五分が定法。→補注五。一二 にじり口の履物は自分でかたづけるが法。一三 浪化の誹諧発願文(風俗文選所収)「わづか五寸の瓶に、千山万水のおもひをこめむも」をかえた。諸の草木の趣

小名を見るに、[一]頼朝・[二]義經の[三]驥尾《きび》について、[四]匹夫《ひつぷ》よりして家を起《おこ》すもの少《すくな》からず。我は[五]治世に育《そだち》たれば、[六]劔戟《けんげき》を起《をこさ》んは天にさかふの罪あり。然(ら)ば[七]藝《げい》を以て家を起《おこ》さん事を思ふ。しかはあれども、世の俗人の藝と称する、茶の湯は、古茶碗《ふるちやわん》・[八]竹べらなんどに千金をつひやして、[九]四疊半の[一〇]氣づまりに、手づからに[一一]じり込の[一二]草履《ざうり》をつかむ事、大丈夫の業《わざ》にあらず。立花は、一瓶《べい》の中に[一三]千草万木の趣をこむるといへども、[一四]釘にて打(ち)付(け)、はりがねにてため直す事、自然の風景にあらず。[一五]碁を打(つ)ものは、ならべて崩《くづし》くづして並《ならべ》、其智、[一六]三百六十目の外に出(で)ず。[一七]此人死(し)ては[一八]西《さい》の河原へ行(き)て、[一九]一目打(つ)ては父恋し、二目打(つ)ては母恋しと、[二〇]地藏𦬇《ぢぞうぼさつ》の袖《そで》にすがりて、[二一]獄卒《ごくそつ》の鉄《てつ》の棒《ぼう》をうらむとかや。將棊は、[二二]軍のかけ引なりといへども、[二三]韓信《かんしん》・[二四]孔明《こうめい》將棊をさしたる噂《うわさ》も聞へず。今試《こゝろみ》に將棊の上手に[二五]採配《さいはい》とらせて軍させば、敵《てき》の[二六]龍馬《(りゆうめ)》に踏殺《ふみころされ》、[二七]桂馬の高飛歩兵《ぶ》の餌食《ゑじき》となるべし。香を聞(く)ものは、鼻を以て天下を治(むる)がごとき顔《かほ》をしかめ、[二八]沉外息脉《ぢんぐわいそく》の極祕《ごくひ》を極め、[二九]聞香悉能知《もんかうしつのうち》と高ぶるとも、[三〇]高が無用の翫《(もてあそび)》[三一]、六國なんどゝ、文盲《(もんまう)》第一の名目を立(つ)る事、[三二]片腹痛《いたき》こと也。揚弓《やうきう》は、[三三]百射《い》て五百中《あたり》たりとも、鼠《ねづみ》を射《ゐ》る足《(たし)》にもならず。鞠《まり》が上手なりとて、[三四]腹の減《へる》と、金出して[三五]色よき装束《しやうぞく》着るより外に能《のう》なし。尺八の名人が、女郎の屁《へ》に蒔繪《まきゑ》置

を表現する。一四 誹諧発願文「屈曲を好みて、鉄釘に打ちつけ、針がねにしばりかゞめて、見るめもくるしかるべし」。一五 誹諧発願文「碁うつ人は、(中略)碁石のかぎり蒔き尽す時、何のをし気もなく打ち崩したるは」。一六 碁盤の目の数。盤上以外に及ばない。一七 誹諧発願文「此人死したらん後は、かならずさゐの河原に生れて、父母恋しがる子共に立ちまじはり、地蔵おぼさつの御衣の下にかくれ」。一八 賽の河原。前出(一〇二頁)。一九 地蔵和讃の文句による。↓補注六。二〇 前出(四〇頁)。二一 前出(四一頁)。二二 周武王が紂を討つ時に考案したもので、軍術の方法を示すと伝える。二三 漢創業の時の名将。二四 諸葛亮(一八一―二三四)の字。蜀漢の丞相兼軍師。二五 采配。軍陣の指揮の道具。二六 駿馬のこと。中将棋の強力な駒の名(また、小将棋の成り角の称)。二七 小将棋で桂馬が前に出て歩にとられることとの成語。先に飛び出て名もなきものに殺されようの意。二八 香の功能の一。二九 香の功能の一。名香合(群書類従三五七)「さこそはとり〳〵のにほひ成けめと。たちまち聞香悉能智の徳は(下略)」。三〇 つまる所が。三一 万芸間似合袋「伽羅・羅・真名賀・真盤・寸門陀羅・佐曾羅、右合せて六国なり、香木出る国の名なり、伽羅国より出づるを伽羅といひ、羅国より出で候を羅国といふ」。こんな国名はない故に無学文盲という。↓補注七。三二 笑うべきの甚しいこと。三三 どれほど上手にてもの意。三四 宝暦十一年万句合「鞠場からりつぱな形りでひだるがり」。三五 上達すれば、飛鳥井家などの鞠の家に献金して、紫などの許しの色のひたたれ着用を許されたこと。三六 虚無僧になり尺八をふきながら敵をさがす風習をさしたもの。三七 笛類を吹くと歯をいためるという。

(き)たるがごとき、やさしき音を吹(き)出しても、[三六]敵討《かたきうち》に出る用意より外、何の役にも立(た)ざれば、[三七]歯《は》のぬけるだけの損《そん》なり。鼓《つゞみ》の[三八]ヤツハア、太鼓のテレックスツテン〳〵、[三九]とんと上手に成(り)おふせても、耳へ入(つ)てぬける間の樂《(たのしみ)》にて、名の不朽《ふきう》に傳(ふ)べきにあらず。其外[四〇]俗の藝と云(ふ)は、皆小兒の戲《たはふれ》なり。只人の学(ぶ)べきは、学問と詩哥と書画の外に出(で)ず。是さへ教あしき時は、[四一]迂儒《うじゆ》[四二]学《がく》究《きう》とて、上下《かみしも》を着て[四三]井戸をさらへ、[四四]火打箱で[四五]甘藷《さつまいも》を焼(き)、[四六]唐の反古にしばられて、我(が)身が我(が)自由にならぬ具足《ぐそく》の虫干見るごとく、[四七]四角八面に喰(ひ)しばつても、[四八]ない智恵は出(で)ざれば、却(つ)て世間なみの者にもおとれり。是を名付(け)て[四九]腐儒《くされがくしや》といひ、また[五〇]屁《へ》ッぴり儒者ともいふ。されば[五一]味噌のみそくさきと、学者の学者くさきは、[五二]さん〴〵のものなりとて、又是を[五三]見破(り)たる先生たち、[五四]宋儒《そうじゆ》の頭巾氣《づきんぎ》ととなへ出せし[五五]卓見《たくけん》も、[五六]角《(つの)》を直さんとて牛を殺《ころす》。其末流《まつりう》の[五七]木の葉儒者には、[五八]猪牙《ちよき》に乗(り)て[五九]ひちりきを吹《ふき》、三弦《さみせん》に[六〇]唐音《とういん》を乗《のせ》、甚しきに至(り)ては、天下を[六一]運《めぐら》す掌《たなごゝろ》の内に、[六二]お花とやらをめぐらする、[六三]言語同断《ごんごどうだん》の学者も有(る)よし。是皆[六四]中庸《ちうよう》を知(ら)ざると、[六五]鼻毛《はなげ》をぬかざるより起りたるたはけなり。唐は唐、日本は日本、昔は昔、今は今なり。[六六]三代といへども[六七]礼樂《れいがく》は同じからず、立(つ)て[六八]拱《(きよう)》するが礼なりとて、今貴人の前で立(た)れもせず。聖人の政なりとて、

三八 鼓の時の掛け声。 三九 甚しい。上から「…テン〳〵トン」と音をかける。 四〇 一般の。 四一 世事にうとい学者。 四二 村学究即ち田舎儒者。 四三 伊藤仁斎のことをふむ。↓補注八。 四四 火打道具を入れておく箱。 四五 青木昆陽のことをふむ。↓補注九。 四六 中国の古典籍に盲従して。 四七 りきんで謹厳に振舞っても。 四八 諺「ない智恵は出せぬ」。 四九 名物六帖「腐儒(ヤクニタタヌジュシヤ)」(杜詩から引用)」。 五〇 放屁論「志道軒が腐儒をさして、屁ひり儒者といひ初しも、尤千万の詞なり」。 五一 夢遊集、上「みその味噌くさきと、僧の法くさきを、わろきものと、世話にいひきたれり、是は知見に知を立つれば、無明の本也、知見に見なければ、斯涅槃の真浄といふがごとし」。僧を学者にかえた諺。 五二 見ておれぬもの。 五三 見ぬいた。 五四 宋学(朱子学)信奉の儒者の威儀をやかましく、儒服して頭巾をつけたがる律義な臭みをののしった語。 五五 徂徠派の見識をさす。 五六 少しの欠点を改めようとして大害をおこす意の諺。 五七 木葉天狗を転じ用いた。末輩。 五八 前出(八〇頁)。 五九 太宰春台のことをふむ。↓補注一〇。 六〇 中国語。ここはその歌。徂徠の門に訳社なる唐音研究会があって、よくする人が多かった(石崎又造著近世日本における支那俗語文学史)。 六一 思うままにする意。孟子の梁恵王上篇「天下ヲ治メ之ヲ掌上ニ運ラス可シ」。 六二 前出(七二頁)。 六三 「言語道断」のあて字。 六四 不偏不易の理を知らない。ここは不埒な学者。 六五 自説におぼれるをいったか。 六六 中国上代の聖代とされる夏・殷・周。 六七 徂徠学ではその三代の礼楽を最も重く見た。 六八 両手の親指の先を合せ、他の四指を組む形を作る、中国古代の礼の一。

[一]井田《せいでん》の法を行(は)ば、百姓どもには[二]安本丹の親玉にせられなん。しかれども、不学無術《ふがくむじゆつ》にては、もとより行(ふ)べきにあらず。只[三]墨《すみ》がねを能(く)覚へて、[四]手の利《きゝ》たる大工と、[五]鍛《きたひ》のよひ刀を能(く)研《とぎ》たるにあらずんば、大功はなしがたし。我もまた[六]なまくらならねば、[七]鎌倉《かまくら》に至(り)て[八]人間の益《あき》をなさんと、[九]裏店《うらだな》の渕《ふち》に身をひそめ、鰻鱺《うなぎ》・泥鰌《どぢやう》と同じ様に、[一〇]ぬらりくらりと世を渡(り)つゝ、つら〱世上を窺ふに、[一一]平家西海に沉《しづみ》て後、上下太平の化《くわ》にほこり、[一二]賢者《けんじや》あれども登《あげ》庸《もちゆる》ことを知らず、[一三]北条・梶原に傳《つて》なきものは、[一四]位に進《すゝむ》事あたはず。[一五]大江・秩《ちゝ》父《ぶ》なんどの賢諸侯《けんしよこう》ありといへども、近寄(ら)んとすれば、左右の俗士賢《ぞくしけん》をいむこと甚しく、其餘、[一六]和田・佐ゝ木・土肥・千葉以下は、自《みづから》紅白粉《べにおしろい》をぬりて、[一七]狂《きやう》言綺語《げんきぎよ》の戯《たはふれ》、『イヨ[一八]市川の殿様』とほめられ、或は[一九]大磯《いそ》・小磯より[二〇]女妓《おどりこ》なんど召(し)抱(へ)、昼夜を分(か)ず、『サツサヲセ〱、[二一]おせゝの

一三代の世の田制。→補注一一。二前出(三八頁)。三規矩法。建設の各部を、実物大の図で示したもの。政治の理想をはっきりさせること。不学では出来ない。四才能ある人にたとえる。五経験をつんだ手腕にあたる。無術では不可能。六鈍刀即ち凡才でないので。七幕府の所在地で、大体江戸にあたる。「なまくら」「かまくら」韻をふむ。八源内が常に口にする国益。九前出(六六頁)。敗者のたまりのようなので淵という。一〇どうやらこうやら生活する。鰻鱺・泥鰌の縁。一一寿永四年平家一族壇の浦で滅亡したこと。これは西の方大阪での豊臣氏滅亡をさす。一二宝暦頃の社会の実情。「享保以来文雅草莽ニ下ル」(駒谷芻言)などともいう。一三北条時政・梶原景時。鎌倉幕府に重んじられた奸佞の臣の例。一四政治にあたる位置。一五大江広元・秩父(畠山)重忠。鎌倉幕府の文武の面での賢臣の例。ともに浄瑠璃歌舞伎の例による。一六和田義盛・佐々木高綱・土肥実平・千葉常胤。頼朝の幕僚。一七歌舞伎狂言のまねごとをして。当時、松平出羽守(宗衍)、溝口出雲守(直範)らの芝居を好んだことを諷したもの。一八団十郎に対する掛声に模したもの。一九鎌倉時代遊廓のあった所と、歌舞伎や伝説でされる地。ここは後々の戯作でもそうしているように深川一帯をさしたもの。二〇踊子。前出(七九頁)。当時の林大学頭(信充)などが、踊子ぐるいをしたことを諷した。→補注一二。二一「お世話のかば焼」に同じく、当時の通語で、「大きにお世話」と同意。里のをだ巻評「サツサヲセ〱の浮拍子」。三二厚顔のさま。顔の皮のあつい さま。二三そのくせ相手に与える感じの

かば焼』。[二二]ぬつぺりとして[二三]和《やわらか》な[二四]讒諂《ざんてん》[二五]面諛《めんゆ》の者にあらざれば、[二六]左右に近付(く)事なく、種〲のおごり日〻に長じ、[二七]内證は[二八]いすかの觜《はし》、[二九]悔《くい》て返《かへら》ぬ家老・用人、[三〇]興も明日《あす》もさめるに、早ひ薬鑵《やくわん》天窓《あたま》を打(ち)ふつて、[三一]三人寄《よれ》ば文殊《もんじゆ》の智恵《ちゑ》、百人寄(つ)ても[三二]出ぬは金なり。さすが[三三]人がらぶつて、おとなげなく[三四]無間の鐘もつかれず、お出入の[三五]金賣橘次に、[三六]塵《ちり》をひねつて[三七]頼のしるし、[三八]一の谷・[三九]屋嶋《やしま》の軍に、[四〇]命を的《まと》にして奉公したる[四一]譜代の家來も、格式《かくしき》有(つ)てめつたには貰はれぬ、[四二]虎の威《い》を借る定紋付を、狐狸《きつねたぬき》が着《ちやく》すれば、さながら[四三]上下のわかちも見えず、其時代に流行《はやる》ものは、[四四]坊主・金もち・女の子、三弦《さみせん》・じやうるり・たいこもちの類なれば、[四五]和氏《くわし》が璧《たま》の[四六]夜光なるは知らじと、我もそれより世を遁《のがれ》、山林に隠《かくれ》、木の實《み》を食して餓《うゑ》をしのぎけるが、いつとなく仙術《せんじゆつ》を得て、飛行自在《ひぎやうじざい》の身となり、風に任《まか》するからだなれば、自《みづから》[四七]風來仙人と号して、五百

やわらかな。二四 人をしい上にへつらうこと。二五 人にへつらうこと。孟子の告子下篇「讒諂面諛之人ト居レバ、国治マラント欲スレドモ得ベケンヤ」。この所当時の諸侯の堕落より、財政窮迫に至って、秩序の乱れるに至ったことを諷した。二六 諸侯の側近に用いられない。二七 財政状態。二八 事のくい違って思うにまかせぬことのたとえ。二九 今となって後悔先に立たぬ。三〇 今迄楽しんだ遊びの興は早くも全くさめて。「さめるに早い」は薬鑵にかかる。三一 一人一人よりは相談すればよい智恵が出る意の諺。三二 諺に「無いものは金」で、相談では何ともならない。三三 人柄の手前で。三四 前出(一〇六頁)。三五 源義経を奥州の藤原秀衡の所へ案内したと、伝説や演劇でいう富商。ここも諸侯へ出入の富有な御用商人の意。三六 体裁悪く、恥かしいさま。ここはいいにくい、金の融通をたのむこと。三七 その依頼のしるしとして、下に見える定紋付の衣服を、その商人に送る意である。三八 今は神戸市の中、寿永三年二月、源平の激戦地。三九 今は高松市の中、寿永四年二月源義経が大いに平家の軍を破った所。大体大阪冬夏の両陣に相当させてある。四〇 身命を投げ出して。四一 代々その主家につかえて来た家来。四二 上の威勢をかって、下のいばるをいう諺、「虎の威をかる狐」を二つにわけて利用。殿の定紋付の衣服を着ればいいばれるが、それを、狐狸の如き御用商人が貰って着ると。四三 下剋上の弊が生ずる。四四 宝暦の江戸にはばをきかすものを数え上げたのである。四五 前出(一二〇頁)。四六 夜光の玉なること。中国の宝珠。見た所石の如きも本質の宝珠なるを知る人なしの意。四七 平賀源内の戯号をもじる。

余年の星霜《せいそう》を經《へ》たり。一今の世の風俗は知(ら)ねども、汝出家を止《やめ》たりとも、必(ず)〱藝能《げいのう》を以(て)ほこる事なかれ。また二誠の道を以てするとも、却(つ)て俗人近寄《ちかよら》ざれば、後には三世を捨《すつ》るか、世に捨《すて》らるゝの外には出(で)ざるべければ、只四東方朔《とうぼうさく》が五昔を追(ひ)、六滑稽《ひやうひやく》を以て人を近寄(せ)、よく近く譬《たとへ》をとりて、俗人を導(く)べし」と。

此時淺之進進《すゝみ》出て申(し)けるは、「謹(ん)で先生の教を受《うく》。しかれども我若年にして人情に精《くわし》からず、此事如何《(いかが)》してかしかるべき」。其時風來仙人手に持(ち)し羽扇をあたへて曰(く)、「是は我(が)仙術の奥儀をこめし團扇《うちわ》なり。抑《そも〱》此團扇を以てあをげば、暑時《あつき》は涼風《すゞしきかぜ》出(で)、寒時《さむき》は暖《あたゝか》なる風を生じ、飛(ば)んと思へば羽ともなり、海川にては舩ともなり、遠近を知(り)、七幽微《ゆうび》を見る。身をかくさんと思へば、忽《たちまち》に見へざる、八奇妙奇代《きめうきたい》の重宝なり。是を以て天地の間を往來し、諸國の人情を知（る）べし。只人情の九至(る)處は、色慾《しきよく》を第一とすれば、諸國の色里なんどをも遊行すべし。諸國を經る内には、面白(き)事かなしき事、幾度も有(る)べけれども、必(ず)〱苦《くるし》とばし思ふべからず。汝が修行成就《しゆぎやうじやうじゆ》して、再《ふたゝび》此土へ歸(り)し時、また對面をなすべし。さらば〱」といふ聲は、障子に殘《のこる》風一〇の音、淺之進は一一忙然《ぼうぜん》と、光明院の一二窓《まど》の内に、寐るともなく覚《さむる》ともなく、

一 諷刺的文学の常として、十分に述べて、かくとぼけたもの。
二 永富独嘯庵の葆光秘録に、志道軒の語として「高議シテ及ブベカラザルハ卑論ノ功アルニ若カズ」とあるに相応する。
三 葆光秘録の語は続いて「古ノ人道義ヲ抱負シテ一世ノ用ヲ為スコト能ハズシテ、耕渓ノ間ニ隠ルルモノアリ、乃チソノ天下ヲ憂フルノ心ヲ以テ秉耜利セザルヲ憂フルノ心ヲナス、夫ノ風雲ノ興会ニ乗ジテ、其ノ情ヲ顕ハシ、水魚ノ遭遇ニ得テ、其ノ志ヲ伸ブルモノト、其ノ蹟異ナリト雖モ而カモ其ノ意ハ、則チ未ダ嘗テ同ジカラズンバアラズ、我ガ意モ亦此ニ在リ」。
四 前漢の武帝の臣。学が深かったが、その弁舌文章の巧みをもって、諧謔奇行をことしとした(漢書の東方朔伝)。
五 昔の例にならい。
六 気軽でおどけをこととすること。
七 かすかなこと。
八 「奇妙稀代」のあて字。甚しく不思議な。
九 人情のきわまる所。至極の人情。
一〇 夢中の声か、障子をおとずれる風の音か、わからぬままに心づくさま。
一一 「茫然」のあて字。
一二 一室内で。

机《つくゑ》にかゝりて、もとのごとく坐し居たるに、側《かたへ》を見れば、彼の夢中に授《さづか》りし羽扇ばかりぞ殘(り)ける。

風流志道軒傳卷之一終

風流志道軒傳巻之二

淺之進は光明院に有(り)て、つく〴〵思ひめぐらすに、彼風來仙人が教《をしへ》の詞、一として理にあたらざる事なく、其上暫《しばらく》寺に居て、諸宗の風儀を試《こゝろむる》に、何れの出家も表をかざり、錦繍《きんしゆう》を身にまとひ、人もなげに高座に登(り)、口に説《とく》ところは、衆生《しゆぜう》を導《みちびき》、往生の素懐《そくわい》をとげしめんと、極楽の店請《たなうけ》にも立(つ)やうに説《とき》ちらせば、愚痴文盲《ぐちもんもう》の同行どもは、わた持の如來様と信仰し、金銀財宝《ざいほう》をなげ打(て)ば、御殊勝《しゆしやう》にとばかりにて、忝(し)ともいはねども、心の内には笑《ゑみ》を含《ふくみ》、其金つかふ胸算用《むなざんよう》はすれども、佛の恩さへ思はず、あげ法事頼(み)て來れば、名聞《みやうもん》の盛物《もりもの》も、人の見る方は餝《(かざ)》れども、佛には巻藁《まきわら》ばかりをかざませ、剰《あまつさへ》むしがへしをくらわせ、朝晩の勤も随分外へ聞へる様に、鉦《かね》も高くは叩《たゝけ》ども、砂かむよりはじゆつない念佛、金持は金遣はず、鑓もちは鑓遣はず、髪《かみ》結我《ゆひ》(が)髪結《(ゆ)》(は)ず、弁當もち先へ喰(は)ず、とりあげ姥子《(ばば)》を産《うま》ず、風呂焚《ふろたき》は垢《あか》

一 道理にかなわない。 二 仏教の諸宗派。以下当時の僧侶の堕落を諷す。 三 風習をためしうかがうに。 四 法衣袈裟の類。 五 高慢ちきに。 六 極楽往生の平常からの願。 七 家をかる時の保証人を引きうける。 八 信仰の団体に属する人々。 九 腹わたを持った意で、生きた阿弥陀如来。 一〇 おしげもなく寄附する。 一一 本人が善根をつむことだから、その信仰心を殊勝とほめるだけで、自分にもらうのでないから礼をいわない。 一二 死者を自宅でまつり死後四十九日や百カ日などの後、寺方に依頼する法要。 一三 世間体を作る。 一四 仏前の供物。 一五 藁をたばねたもの。盛物の台又はしんに用いた。「かざませ」はかがせること。 一六 同じものを再度三度供えること。 一七 勤行(ごんぎやう)。朝夕の仏前の誦経。 一八 無味乾燥なことの形容。 一九 仕方のない。苦しい。ここは仕方なくあじけない誦経。 二〇 乙州のそれ〴〵草「持ってつかはぬは弁当持・鑓持・銀持なりといへり」などあって、三つは諺。以下は源内の並べ上げたもの。源内の風流餅酒論(飛花落葉所収)「鑓持は鑓を遣はず、金持は金をつかはず、弁当持先へ喰はず」。 二一 うどん屋。「けんどん」前出(六八頁)。 二二 箕であおって、穀物などにまじる屑やごみをのぞくこと。 二三 諺に医者・坊主をならべていう。 二四 枕草子に法師を「ただ木のはしなどのやうに思ひたらんこそ、いとほしけれ」。やはり人間で、欲情感情を持つの意。 二五 精進物をならべた。末は「ナムアミダンブ」を豆腐にいいかけた。 二六 満足出来ないので。 二七 柔和忍辱とて、柔順温和、何ごとにもたえしのんで怒をおこさない意の仏語に、臭い食用の植物にんにくをかけた。 二八 にんにくや葱をきざみ込んだ雑炊。精力増進用。 二九 乙州のそ

だらけ、[二一]けんどん屋飯を喰ひ、箕《み》賣は笠で[二二]ひると、[二三]医者《いしや》の不養生、坊主の不信心、昔よりして然り、出家もと[二四]木のまたからも出(で)ず、旨《うま》ひ物の旨ひと、面白ひ物の面白ひは、皆同ジ事なり。[二五]椎茸《しひたけ》・干瓢《かんぴやう》・長芋《ながいも》・蓮根《れんこん》、南無阿弥豆腐《どうふ》の油揚《あぶらあげ》にて、中〳〵[二六]心にたらざれば、[二七]柔和《にうわ》[二八]にんにく葱《ねぎ》ぞうすい、[二九]むき玉子、松魚《かつを》の[三〇]雉焼《きじやき》、[三一]厭離《あんり》江戸前大かば焼、[三二]鰺本不生《あじほんぶせう》の[三三]早鮓《はやずし》を、[三四]じんばら腹の[三五]はれる程に取(り)込(み)、[三六]八功徳水《(はつくどくすゐ)》のあつがんを引(つ)かけ、[三七]雑修《ざつしゆ》[三八]自力《じりき》の心をふり捨《すて》、[三九]只一心に女郎狂ひ、[四〇]妙法恋慕《れんぼ》の闇《やみ》に迷《まよい》、弘誓《ぐぜい》の船の[四一]四ッ手竹輿《かご》、内には[四二]念彼観音力《ねんぴくわんおんりき》、刀刃《たうじん》段〳〵通へども、[四三]本來無一物の客なれば、女郎は[四四]見立(て)、[四五]花はくれなゐと、[四六]若イ者にもうるさがられ、或は薬師《やくし》の[四七]瑠璃《るり》の[四八]壺《つぼ》入、[四九]おんころ〳〵と[五〇]蹴《け》ころばし、[五一]眞如《しんによ》の月のまん丸な[五二]比丘尼《びくに》の頭巾《づきん》、[五三]うば玉の[五四]闇より闇に迷ひ入(り)、それも若きはまだしもなれども、額《ひたひ》に[五五]歳の波をよせ、[五六]眉《まゆ》に八字の[五七]霜天に登りつめたる老僧の、寺内に弟子は多けれど、魂郭《たましゐくるわ》に入(り)ぬれば、一人もともなふものぞなき。されば世の諺《ことわざ》にも[五八]「落(ち)そふで落(ち)ぬものは、二十《はたち》坊主と牛のきんたま。落(ち)そもなくて落(ち)るものは、五十坊主に鹿の角」。是はまた足利時代の譬《たとへ》にて、今は只老(い)たるも若きも、貴きも賤きも、[五九]野分の枝の熟柿《じゆくし》にて、一ッも落(ち)ぬはなかりけり。たとへ堅固に守(り)たりとも、[六〇]頭陀《づだ》の行乞食

れ〳〵草「精進の料理に、或は卵豆腐、或は鳥もどき、或は雉子焼、或は狸汁とて、色品名付けて楽しむは」。三〇 豆腐を小さく切り塩をつけて焼いたもの。ここは松魚を材料とした。三一 仏説の厭離穢土(おんりえど)(けがれた此の世をいとうこと)をかけた。江戸前は江戸の前の海(その土地)でとれた魚を用いる意。三二 阿字に魚の鰺をかけて、鰺の早鮓の意。前出(一二五頁)。三三 魚類を漬けて数日の後に食せる如くした鮓。↓補注一三。三四 光明真言の文句の一部「じんばりはらはりたや」のもじり。三五 腹一杯にくらい。三六 八つの功徳がある極楽の池の水。ここは酒をいう。三七 専修の対で、雑行を修めて往生を願うこと。三八 他力の対。自分の修行で往生を求めること。これらを排したのは一向宗である。三九 一向一心に念仏するを女郎狂いにかえた一向宗を指す。四〇 法華宗も妙法蓮華経が、恋慕にかわって女郎狂いの迷に落入る。四一 乗るは弘誓の船でなく、吉原品川への辻駕。前出(一二六頁)。四二 観音経の文句を段々の序とした。前出(一四六頁)。四三 禅宗の悟道を示す語。一切の万物実有にあらずの意。四四 様子を見て取り。ここは懐加減の悪い禅宗の客の意。四五 物の自然の理をいう禅語「柳ハ緑、花ハ紅」のもじり。ここの花は心づけ。四六 遊女屋・茶屋の召使の男。四七 薬師如来一名瑠璃光如来によって、壺の序。四八 遊女・野郎を正式の手続きで呼ばず、その抱主の家で遊ぶこと。↓補注一四。四九 上の関係で薬師如来の真言「おんころころせんだりまとうぎそわか」の一部を、次の語の序とした。五〇 下谷深川などにいた賤妓。五一 仏説で真如即ち宇宙の真実が、あきらかになるを月光にたとえたもの。ここは「まん丸」の序。五二 尼体の賤妓。

↓補注一六。五三 闇の枕詞。五四 比丘尼の頭巾の黒繻子で又闇にかかる。恋の闇路に迷う意。五五 年老いて額に皺の多いこと。五六 八字の眉の白くなったさま。五七 張継の楓橋夜泊(唐詩選)「月落チ烏啼イテ霜天ニ満ツ」による。最高位に登った長老。五八 出典未詳。五九 野分に吹かれた熟柿の枝の意。六〇 僧の物乞いして歩く修行。

一 憂き世をのがれようとした仏道は、悟のない暗い所なので、やはりもとの此世に在る方が有明の月のあかるさがあってよいの意。二 寺小姓であったのを、成人の髪風に額をぬいたこと。三 東京都千代田区神田の一角。多くは丘陵地。四 人家のつんでいない中にあるの意。五 伊勢物語、初段「しるよしして、狩にいにけり」のもじり。仮寓した。六「景色」のあて字。七 明らかには。八 鏡の如く写した意。九 今東京都品川区。東海道の日本橋より二里の第一駅。一〇 今東京都板橋区。中仙道の日本橋より二里の第一駅。一一 今東京都新宿区。甲州街道の日本橋より二里の第一駅。一二 今東京都足立区。日光街道の日本橋より二里の第一駅。これで江戸四里四方となる。一三 近々と。一四 どんな小さい音までもの意。視覚的にも聴覚的にも自在の意。一五 以下江戸の年中行事風俗の紹介(月は悉く陰暦)。一六 仏語で、ことの真実を心中で思念すること。一七 凍て。一八 カチカチになったさま。一九 大晦日の夜の闇。二〇 無情に。やたらに。二一 鶏。二二 赤くかがやく意で、日などの枕詞。二三 元旦の朝日の光。二四 古語拾遺の天石窟より、天照大神が出た時「此ノ時ニ当リテ、上天初メテ晴レ、衆《もろもろ》倶ニ相見ルニ、面皆明白《あしろ》」。二五 正月のしめ縄。これも天岩戸の

に似たりと、淺之進は悟《さとり》をひらき、かたへに有(り)合ふ筆をとりて、

一のがれんと思ひし道のくらければもとの浮世に有明の月

と墨くろ〲と障子《しやうじ》に書(き)付(け)、彼仙人より授《さづかり》し羽扇《うせん》ばかりをたづさへて、光明院を忍び出(で)、髪結床《かみゆひどこ》に至(り)て二元服しつゝ、住(む)べき處求(め)んと、方〲とさまよひあるきけるが、三駿河臺《するがだい》のわたり小高き所に、四まばらなる庵の有(り)けるを、主に賴(み)ものしつゝ、此處に五仮《かり》に居にけり。

淺之進は庵にありて、四方の六氣色を打(ち)ながむれども、立(ち)つゞきたる家居の數〲、ひきゝは高きにおゝわれ、或は雲烟《くもけぶり》のたなびきて七さやかには見へ分(か)ず。爰にこそ彼羽扇ならんと、取(り)出しつゝ八移《うつ》し見るに、南は九品川、北は一〇板橋、西は一一四ッ谷、東は一二千住の外までも、一三手に取(る)ごとく見へわたり、一四しらみの足音、蟻《あり》の咡《さゝやく》まで聞ゆれば、初(め)て羽扇の妙

神代に似る。 二六 続江戸砂子の江府年行事、正月一日の条「御一門方御普代大名衆御礼、装束」、二日の条「国大名衆御礼、装束」。 二七 官位に従って、朝廷で定った冠服をつけること。 二八 城の外門、番兵のいる所。ここは江戸城の見付。 二九 下馬札の立っている所。ここは江戸城の大下馬。今の千代田区大手町。 三〇 非人の女性が、新服に編笠姿、三味線で鳥追の唄その他をうたって、元日より中旬頃迄門々を廻ったもの(守貞漫稿など)。 三一 江府年行事の元日の条「万歳・大黒舞」とあり、鳥追と共に正月から出た祝儀の物乞の一。 三二 三河国から江戸へ出た万歳。烏帽子大紋に両刀、才蔵なる脇役をつれて、鼓で正月の祝辞、続いて滑稽猥雑な所作かけ合で、笑わせた雑芸者。上からは「立ちて見る」とかかる。→補注一七。 三三 万歳の祝辞のはじめの言葉。 三四 追羽根の風に流れるのを。

一 綿を丸めて表を色糸でかがった毬。多くは数え歌になった唄にあわせてつく。 二 五つをかける。毎年の如く、春の遊びにする東海道五十三次の道中双六。 三 前出(一五〇頁)。 四 前出(一〇一頁)。 五 炒ってはぜさせた糯米。蓬萊台の下に敷く用で、元日早暁に売り歩いた。 六 一調子高い声。 七 年始のあいさつのきまり文句。めでたい人名にかえてある。安永三年の小噺稚獅子「大黒屋福右衛門御慶申し入れます」。 八 桟留縞。赤や青・浅黄などの入った唐風の織物(万金産業袋)。 九 粗末な扇子を二本箱に入れた年玉。 一〇 関係。下へは紫のゆかりの色で縁語。 一一 紫色で皮に似せた紙製の箱。 一二 年中のへつらいの一番目。 一三 夜にげ。 一四 心のはれぬ気持。 一五 飯の上に副食物をおくこと又そ

なる事をしり、猶また一[一五]ト年のありさまを見んと、暫《しばらく》心に觀《くわん》[一六]ずれば、忽に気色かわりて、吹(き)來る風もいと寒く、道の邊はいて[一七]かへりて、土[一八]とも石ともわきがたきに、霜いたくふり渡り、師走[一九]闇の心[二〇]なく暗《くらき》も、[二二]くだかけの聲せはしく、鳥の飛(び)かふにつれて、東に横雲《よこぐも》たなびき、あかね[二一]さす初[二三]日影のさし出(づ)れば、彼神代の昔にはあらねども、物の形もしろ/\[二四]と見えわたり、家/\にはしめ引[二五](き)はへ、松竹餝《かざり》たる間より行(き)ちがふ人の數/\、國/\の大[二六]小名はけふを晴《はれ》と出(で)立(ち)、裝[二七]束《しやうぞく》の袖春風に吹(き)そらし、馬の蹄《ひづめ》竹輿《かご》の足音、其こだま十里にひゞき、見[二八]つけ/\もきらびやかに、下[二九]馬先の礼おごそかなり。公《おほやけ》の事はいふもさらなり、町は家/\戸をさして、いとしづかなるに、鳥[三〇]追・大[三一]黒舞の拍子《ひやうし》面白く、皆出(で)立(ち)て、三[三二]河の萬歳、春[三三]立(ち)返るあしたより、嵐に迯(ぐ)る羽子《(はね)》[三四]を追(ひ)行(く)、振袖《ふりそで》のなまめける、

手[一]鞠《てまり》哥一ィ二フ三ィ四フ、[二]いつもかはらぬ道中双六、上下男女入(り)乱れ、福[三]引の銭、[四]かけ鯛には[五]ぜ賣の聲わかちなく、門口から[六]辰巳《たつみ》上り、「物もう」「どれ」「[七]大黑屋槌《つち》右ヱ門・惠美壽屋鯛兵衞、年始の御祝儀申(し)入(れ)ます」とさん[八]とめの綿入《わたいれ》着て、尻《しり》はせをりたる、でつちが差(し)出す扇子[九]箱も、礼に來べきゆ[一〇]かりある、[一一]紫紙の似せ皮を、まづ[一二]諂《へつらい》の先走《さきばしり》、夕部までは借金にせつかれ、[一三]欠落《かけおち》せふか首くゝろふかと、[一四]くつたくを持(ち)越(し)て、雑賁の膳にはすはりながら、餅はまだ咽を通さず、[一五]上置のこぶや牛房《ごぼう》をかぢつて、五六十年の歳を一度に寄(せ)て、[一六]片息《かたいき》になつて居る亭主《ていしゅ》をとらへて、[一七]「お若ふおなりなされました」と虚《う》[一八]言《そ》八百の[一九]正月詞、門松錺《かざり》、[二〇]竹の千代萬代と壽《ことぶく》も、元が[二一]根のなきこしらへもの故、[二二]常盤《ときは》の色も請(け)合(ひ)がたし。其外俗の嘉例《かれい》などには、をかしき事も多かんめれど、害《がい》なき事はくるしからず。但古人の詞にも、[二三]「一日の計《はかりごと》は朝にあり、一年の計は元日にあり」とは、其本乱[二四](れ)て末をさまりがたきをいふ。わけて初春は、一しほに心を改め、悪しき事はなすまじきことなるに、正月といへば、童までが[二五]宝引《ほうびき》・[二六]穴一《あないち》の類をする事と心得て、親〳〵も、[二七]宝引せねば蚊《か》がくふとやら、[二八]馬《ば》鹿律儀《かりちぎ》におぼえこむにはあらねども、人〳〵の好(む)所より、[二九]埒《らち》もなき理を付(け)て、稚《をさなき》時より見習(へ)[三〇]ば成人《せいじん》するに随(つ)て、[三一]御器用なる御子息

の物。ここは雑煮の餅の上においたのをさす。昆布を加えた雑煮は滑稽雑談所見。 一六 あお息と息のさま。一七 正月はじめ人に逢ってかわすきまり文句の一。一八 まったくのうそ。一九 正月にいう縁起のよい、礼儀正しい、相手をよろこばす言葉。二〇 世諺問答に門松を「松はちとせをちぎり、竹は万代をかざる草木なれば」とある。二一 門松の松・竹・梅をいう。二二 千代万代をさす。二三 月令広義「一日之計ハ晨ニ在リ、一年之計ハ春ニ在リ」。事の用意は初めにせよの格言。二四 左氏伝「本必ズ顛レテ而シテ後枝葉之ニ従フ」。二五 前出(一五〇頁)。二六 賭博史「路上に小穴を掘って、其中へ銭を投げ込めば勝と成るばくちである。路上に線を引いて其の線内に投げ入れもする。穴一は穴打の転であらう」。種類のあることは博戯犀照参照。二七 この頃の俗説。↓補注一八。二八 俗説をひたすらに信用するのではないが。二九 逆に自分が好きなので、根拠のない理窟をつけるので。三〇 宝引・穴一のとばくを見習うので。三一「御」はふざけた用法。三二 親が子を家庭から出して法律的経済的関係を絶つこと。役所の帳面に登記して、その効力を生じたその帳(石井良助著江戸時代漫筆)。三三 正月二日二の替り狂言の初日。前出(一三五頁)。三四 興行の投資家。三五 劇場正面屋上に構えた櫓上の太鼓。資本多い時はその音も威勢がよい。↓補注一九。三六 前出(五九頁)。三七 段取。三八 温故知新(論語の為政篇の語)で、古い題材を新しい狂言の世界や趣向とする。三九 類似の文は宝暦四年の下手談義聴聞集所見。↓補注二〇。四〇 工藤にかけて、くどくどいわないの意。四一 曾我仇討の原因。四二 曾我物語「伊豆国に伊東・河津・宇佐美、この三箇所をたばねて、萳(くす)美の庄

達、[三二]勘当《かんどう》帳につく事は、皆親〳〵のあやまちなり。[三三]二日からは初芝居、[三四]金元の
勢は[三五]屋倉《(やぐら)》太鼓のひゞきにあらはれ、[三六]太夫元の手[三七]まはしは幕《まく》の間《(ま)》の遅速《ちそく》に知らる。
[三八]故《ふるき》をたづねて新しき、[三九]八百屋お七に取(り)まぜし、曾我《そが》兄弟が敵討、[四〇]くどふ云
はねど、[四一]其由來は[四二]葛見《くづみ》・宇佐美・河津《かわづ》の庄、[四三]三ヶ日から[四四]七日の賑ひ、飯焚《めしたき》に笑
(ひ)出されて、[四五]七種の拍子《ひやうし》を遠へ、[四六]帳とぢの祝には、[四七]錐《きり》を嚢《ふくろ》に入(れ)た様な番頭
も[四八]活氣《くわつき》を出し、大盃の酔が廻り、[四九]上書《(うはがき)》の大福入が[五〇]三十程に見へるは、もうけの
有(る)[五一]前表《ぜんぴやう》と、なんぼ酔(う)ても數は忘れぬ、どう慾《よく》なくだ巻舌《まきした》に同じ事を幾度
か、[五二]十五日は[五三]綱引《つなひき》・[五四]粥杖《かゆづゑ》・[五五]爆竹《どんど》の[五六]煙空にきへて、行衛もしらぬ奉公人も、[五七]やぶ
入小袖の花やかなるに、[五八]裏店《うらだな》の露路《ろじ》かゝやけば、風流の若ィ者は[五九]魂のおり所を
知らず、[六〇]コリヤマタ組が[六一]はり込《(こみ)》も、いま〳〵しい程美しいと、[六二]云(は)れぬ世話
を[六三]やき餅も、歯《は》にこたへて來る時分は、[六四]もふのらつきも[六五]廿日正月、[六六]柳は色を含《ふくみ》、
梅は香を吐《はき》出す、鳥の囀《さへづり》さわやかに、東風《こち》吹(く)空の長閑《のどか》なるを、ふりさけ[六七]三《み》
輪《わ》の神ならで、[六八]いとゆう〳〵と吹(き)すさむ[六九]几巾《たこ》の數〳〵は、[七〇]天をいろどり、
垣根《かきね》には薺《なづな》・蒲公英《たんぽゝ》の花盛なるに、隣《となり》の姥《ば》様もうかれ出し、[七一]涅槃《ねはん》參の珠數《じゆず》袋に、
[七二]臍《へそ》くり金の底《そこ》をたゝき、[七三]彼岸《ひがん》といへば、只だんごとのみ覚(え)たるもをかし。
[七四]白酒賣の聲春めきて、[七五]十軒店のわたりどよみ出せば、[七六]菱餅《ひしもち》のこしらへいそがし

と号する」。この三つの庄園にまつわる、河津・工藤の確執が仇討の原因と演劇にも見える。四三 三ヵ庄を、正月三ヵ日にかえる。四四 七日正月又七種の節句という。四五 この日なずなを俎板において、拍ちはやす拍子。→補注二一。四六 江府年行事、正月十一日「町中帳とぢ蔵開をいわふ」。商家帳簿を製し大福帳などと書し祝う日。四七 平常は遊興の方の鋭鋒をあらわさないたとえ(史記の平原君伝の故事「嚢中之錐」)の転用。四八 元気を出し。四九 表紙。五〇 目のちろちろする酔態故に。五一 前ぶれ。五二 十五度もいう意で続く。五三 滑稽雑談は十四日の行事とする。→補注二二。五四 →補注二三。五五 →補注二四。五六 新古今、雑中「風になびく富士の煙の空に消えて行へも知らぬ我が思かな」。行方もしらぬは遠方の出で、帰る所の江戸にない意。五七 正月十六日閻魔の縁日から三日間が春の藪入。藪入に着る晴着。五八 宿元のある裏長屋。五九 女の奉公人を見てぞっこん恋慕するさま。六〇 乱暴な職人連。→補注二五。六一 前出(六三頁)。六二 入らざる。六三 世話をやくと、正月の餅が堅くなって焼いてたべるにかける。六四 正月に仕事を休んでぶらぶらすること。六五 廿日間休んで廿日正月になったの意。正月最後の祝日で、小豆粥や団子を祝う。六六 以下春色を述べる。六七 上から見るとかかり、下へ三輪の大物主神が女にかよい、へそ麻をつけられた故事(古事記、中)によっていと(糸)にかかる。六八 大変ゆっくりと。六九 前出(四五頁)。七〇 たこの絵で空が彩色された如し。たこなので糸のゆっくりするとにかける。七一 二月十五日。釈迦入滅の日の仏会。涅槃図を寺々に出す。七二 内緒でたくわえた金を全部つかい。七三 春の彼岸。二月中。彼岸団子を仏に供える。

く、[一]鶏合《とりあはせ》の人だかり、[二]汐干《しほひ》の蛤《はまぐり》、[三]まだふみも見ぬ尼《あま》法師まで、[四]梅若參、我一《(いち)》と[五]まつさきの田樂《でんがく》も、[六]焼野《やけの》の雉子《きゞす》[七]ほろゝ打(ち)、昨日今日《きのふけふ》と移行《うつりゆく》、[八]飛鳥山の花盛に、[九]染井のつゝじ色を争ひ、[一〇]毛氈《もうせん》の[一一]虹《にじ》道にたなびき、[一二]掛香の匂ひは草に殘る、[一三]鋲乘物《びやうのりもの》のしとやかに、[一四]繫馬《つなぎ》の不遠慮なる、聲色淨瑠璃《こわいろじやうるり》のかまびすしき、なま醉の腕《うで》まくりと、未熟《みじゆく》なる詩哥發句に、あたら櫻を穢《けが》さんよりは、只友どち打(ち)むれて、靜《しづか》なる所に酒酌《くみ》かはしたるぞ、[一五]越《(こよ)》なふ奥ゆかしと見ゆ。或は其日も暮方の[一六]朧《おぼろ》月夜に、敷《(しく)》ものもなく獨楽《どくらく》の樽枕に、いかなる夢《ゆめ》を結《むすぶ》かはしらず、いびきの聲の聞ゆるは、[一七]もぎどふにてまたをかし。[一八]御影供《みゑいく》の參を[一九]頼《(たより)》に、江戸の田舎《いなか》の片ほとりにも、煮賣店の立(ち)つゞく、[二〇]大師河原のにぎはひ、世は[二一]空海《くうかい》とぞ知られたり。

　程なく卯月は[二二]衣更、[二三]佛の産湯《うぶゆ》の時も過(ぎ)、[二四]初松魚《はつがつほ》の賣聲高く、[二五]子規啼《ほとゝぎすなく》や五尺のあやめふく、[二六]餝兜《かざりかぶと》[二七]幟《のぼり》の

二四 雛祭用。二五 本町と石町(東京都中央区)の間の大通。雛市が立って賑う。二六 雛祭用。

一 三月三日の闘鶏。二 三月三日。江戸は品川・深川の沖で行う。三 金葉、雑上「大江山生野の道の遠ければまだふみも見ず天の橋立」。上から蛤ふむとかかる。四 三月十五日、謡曲の隅田川で有名な梅若丸の忌日とて、向島の梅柳山木母寺で大念仏がある。五 木母寺の対岸真崎稲荷の有名な田楽店。真先をかける。↓補注二六。六 野焼は春の季題。田楽を焼くとかかる。七 雉や山鳥の羽ばたいて鳴く。八 今東京都北区の桜の名所。↓補注二七。九 今東京都豊島区。そこの植木屋伊兵衛の園にあったもの。↓補注二八。一〇 以下花見の賑いを叙した。一一 緋毛氈を山の所々にひろげた見立。一二 香を小袋に入れ紐で左右の袖に入れた香袋。一三 鋲を打った武家の婦人ののる駕。↓補注二九。一四 青年武士の花見。一五 甚だ。一六 新古今、春上「照りもせず曇りもはてぬ春の夜の朧月夜にしくものぞなき」。一七 無法。無作法。一八 三月二十一日真言宗の寺で、宗祖空海忌の法会。御影を拝す。一九 好い機会として。二〇 前出(一二四頁)。ここも参拝客の為に食物店が賑う。二一 食う界にかけた洒落。二二 江府年行事の四月朔日「更衣　今日より五月四日まで袷を着るゆへ、けふを衣がへといふ、けふより九月八日まで足袋をはかず」。二三 四月八日灌仏会。釈迦の誕生日の法事。諸寺でその像に甘茶をそそぐ。二四 江戸の初夏の景物。値も高かった。二五 芭蕉「時鳥啼くや五尺のあやめ草」(伊達衣など)。あやめを屋根にふくは、五月五日の端午の飾り。二六 模造の鎧兜。屋内に飾る。二七 自家の紋(母方のも下に示す)や鍾馗などを描いた幟。屋外に立てる。插

氣色、空には[二八]五色の雲ひるがへり、[二九]粽柏餅《ちまきかしわもち》の[三〇]おとづれに、蒔繪《まきゑ》の[三一]重箱はせちがひ、夏の気色を[三二]荷出《にない》す、[三三]はんじ團扇《うちわ》・澁《しぶ》團扇、[三四]あをげばいよ〱[三五]高荷の蚊《か》や賣、[三六]水鶏《くいな》のたゝく頃より、五月雨の降《ふり》つゞきて、衣類に黴《かび》も[三七]みな月の[三八]氷餅《(こほりもち)》、[三九]氷室《ひむろ》の使、[四〇]不二祭《ふじまつり》の群集《くんじゆ》の足にごみ踏立《ふみたつ》れば、[四一]麥藁《むぎわら》龍も[四二]雲を起《おこ》すかと疑《うたがは》れ、[四三]花火の盛《さかり》は[四四]兩國を照し、[四五]舩は水をかくし、人は地を覆《おほふ》。空にも[四六]恋は天の川、[四七]星の手向《たむけ》のいとしほらしく、琴《こと》の爪音《つま》かきならす、[四八]十三日より盂蘭盆《うらぼん》の、[四九]苧がら蓮《はす》の葉瓜茄子《うりなすび》に、[五〇]懸乞《かけごひ》の入(り)みだれ、[五一]聖靈祭《しやうりやうまつり》・[五二]生身魂《いきみたま》、郭《くるわ》には[五三]燈《とう》籠《ろう》にさま〲の美を盡《つくし》、[五四]八朔の白妙に約束《やくそく》の客待宵《きやくまつよい》より、[五五]月見のさわぎ、[五六]すがゞきの上づり客、人がらには[五七]人形まはし、隣《となり》の趣向《しゆかう》もうそならぬ、[五八]本田組の一むれが、まけぬ氣の[五九]河東ぶし、聲の響《ひゞき》は[六〇]山彦《やまひこ》のばち音も、[六一]清見《きよみ》八景皆こがれよる[六二]舩の内、人の心も[六三]浮瀬《うかふせ》に、[六四]里神樂《さとかぐら》[六五]三番叟、目出度(く)[六六]鈴《すゞ》をまいらせふと、臺《だい》

画参照。 二八 吹流しの風にひるがえるさま。 二九 五月節句の祝儀の食品。 三〇 到来。 三一 やったり、もらったり餅を入れた重箱の行違うさま。 三二 荷ない売の団扇屋。 三三 一つの図柄の中に、文字や別のものの図を隠して発見させるようにした謎絵を画いた団扇。 三四 論語の子罕篇「之ヲ仰ゲバ弥高シ」。 三五 売物を背に高く負うさま。→補注三一。 三六 徒然草、十九段「水鶏のたゝくなど心細からぬかは」。 三七 水無月。陰暦六月の異称。上から「みちる」などの意で続く。 三八 六月一日氷室の節に食する餅。寒冷の頃、もち米を糊様にして寒気で晒し凍らせ、適当な大きさにして天日で乾したもの。この日へぎ餅をも併用。 三九 六月一日氷室を開き寒中貯えた氷雪を朝廷に献上した使。江戸では加賀侯が将軍に雪を献上。 四〇 六月一日江戸駒込の富士参詣。→補注三二。 四一 富士詣の土産の蛇。→補注三三。 四二 ごみがもうもうと立って、手にさげた蛇が、竜のおこした雲の中にある如く見える。 四三 前出(七九頁)。 四四 武蔵下総二国。両国橋の両岸。 四五 両国の花火見の雑踏。 四六 人込の中にも恋があるが、天上の恋は二星天の川の会合。 四七 七夕乞巧奠の詩歌手芸の供。 四八 琴の糸十三本にかける。 四九 盆の聖霊の供物。 五〇 盆節季の借金取。 五一 俗にあの世より帰るという死者の霊を祭る盆の仏事。 五二 盆の月に生きている両親を饗応する行事。 五三 前出(五五頁)。 五四 吉原大全「八月朔日、此日中の町へ出る女郎は、皆々上着まで白無垢を着す、故事なり」。→補注三四。 五五 八月十四・五・六日の吉原月見の紋日。→補注三五。 五六 前出(根無草後編補注三五)。すががきで興奮した客。 五七 月見の一趣向。 五八 ほん(真実)だとかかる。本田髷の連中。前出(四七頁)。

の蒲萄《ぶどう》に牽頭《たいこ》が[一]口合《(くちあひ)》、客の羽織を[二]萩《はぎ》の花、[三]芒《すゝき》のやうな目はすれども、心の慾《よく》の穂《ほ》に[四]出(づ)る、[五]花車・やりて・若ィ者、さま〴〵口を[六]菊《きく》月には、九日の節句、[七]後の雛・[八]十三夜の月見には、[九]我(が)朝の風流を増(す)。[一〇]中菊《(ちゆうぎく)》の盛《さかり》なるには、[一一]澁谷《しぶや》の隠居《いんきょ》が物好を傳ふ。[一二]目黒の餅花、[一三]神明の生姜《せうが》市、[一四]亥猪《いのこ》、[一五]十夜の時も過(ぐ)れば、[一六]御影講《おめいこう》の[一七]餝《かざり》物は、銭とらぬ見せもの〻ごとく、[一八]恵美壽講の[一九]百万両は、商人の虚《う》言《そ》をかざる。[二〇]顔《かほ》見せの先ぶれは、[二一]番附賣八方へ散じ、芝居の[二二]挑灯はそれ〴〵の紋を照す。[二三]帯解《おびとき》のすそ長〳〵しく、[二四]報恩講《ほうおんこう》の尻《しり》もつたて、おの字を千ほど云(ひ)ならべる[二五]口切、[二六]ふいごまつりなんども事終(り)て、[二七]乙子《おとご》の餅祝ふ頃より、雪《ゆき》霰《あられ》なんどしげ〳〵にふりまさりて、風は身をそぐがごとくなれば、冨(め)ル人〴〵は冬籠《ふゆごもり》の巨燵《こたつ》に、[二八]藥喰《(くすりぐい)》の用心するさへ、手水鉢の[二九]檜杓《ひしやく》も氷にとぢられ、軒の氷柱《つらゝ》は釼《つるぎ》を逆《さかしま》に植(ゑ)たるがごとくなれば、おのづから寒気にあてらる〻に、其日のいとなみ事しげき者は、さま〴〵の[三〇]業《わざ》に雪氷をもいとはず、西を東、南を北と立(ち)さはぎ、手足にはひゞあかぎれ、我(が)身を損《そん》ずるをもいとはず、或はつよき力わざする者なんどは、か〻る寒《さむ》時にさへ、肌《はだへ》をあらはし汗《あせ》をながし、わづかの價の爲に使はる〻、下ざまの世渡を、貴キ人は思ひはかるべき事にぞ有(り)ける。わけて[三一]煤拂《すゝはらい》の[三二]そう〴〵しき、布子の上に単《ひとへ》なるを引(つ)ぱり、

五九 十寸見河東創始で、当時通人愛好の江戸浄瑠璃の一。六〇 二代山彦源四郎(―一七九二)。河東節三味線の名手。響と山彦は縁。六一―六五 河東節の曲名。→補注三六。六六 三番叟の文句をとり、葡萄を鈴に見立てての戯。鈴は陽物の一部鈴口のしゃれ。

一 地口。二 その口合の賞に羽織をはぎとるとかかる。三 細い愛想のある目つき。四 外へあらわれる。芒の縁。五 茶屋の女主人。穂に出る花とかかる。六 九月。口をきく(物をいう)とかかる。七 滑稽雑談「女児雛遊びをなす事(中略)今又九月九日に賞する女児多し。(中略)是を名附けて後の雛祭とす」。八 九月十三夜、後の明月。九 この行事は日本に始まる。→補注三七。一〇 菊の一種。中位の大さで花の終りに狂い咲きとなる(裁菊玉手箱)。一一「巣鴨」の誤りか。→補注三八。一二 九月二十八日目黒不動の縁日。餅花はその土産。→補注三九。一三 九月十四日―十六日芝神明宮の祭日に立つ生姜の市場。→補注四〇。一四 十月はじめの亥の日の祝。玄猪の餅(牡丹餅)をくばり合う。一五 十月五日より十五日朝迄、念仏を修める浄土宗の法事。一六 十月十三日日蓮忌の法事。一七 供物は華美をつくした。→補注四一。一八 十月二十日商家で夷神を祭り繁栄を祈り盛宴をはる。一九 その時、高値で、その席の物のせり売の真似をする。二〇 十月晦日三芝居の顔見世前のさわぎ。二一 前出(一三三頁)。二二 前出(一三三頁)。二三 十一月十五日七歳の女子のする祝儀。→補注四二。二四 十一月二十八日親鸞忌の法要。法要が長々しく腰をもじもじするの意。二五 同じく退屈する茶の口切は大体十月中。夏にたくわえた茶壺の口を開いて催す茶会。二六 十一月八日金物工

常は[三三]事たらぬ道具なれども、かゝる時は多きやうに覚ゆるを、手〳〵《(てんで)》に持(ち)はこびて、[三四]御祓《おはらひ》は屏風の内に鎮座《ちんざ》まし〳〵、[三五]持佛は[三六]半櫃《はんびつ》の上に[三七]來迎《らいごう》あり、用にも立(た)ず捨(つ)るにもをしかりしものなんども、澁紙《しぶかみ》に包込《つゝみこま》れ、久敷《(しく)》見へざりし器《うつわ》など、物のそこより出(で)たるも嬉しく、または全《まつたき》道具を持(ち)はこぶとて損《そん》じたるを、我は知らぬなんど、[三八]下部《(しもべ)》はとがをゆづり合(ひ)、疊《たゝみ》のごみもたゝき仕舞(ひ)て、諸道具片付(け)たるさま、さながら淸《きよ》らには見ゆれども、からだを見れば、手足も[三九]鍋《なべ》の底《そこ》なんどのごとく、目斗《(ばかり)》きよろつきて、鼻の下の一しほ黑(き)もをかしく、追〳〵湯に入(つ)て後、初(め)てもとの人間になりたる様にぞ覚ゆ〔る〕。次第に[四〇]暦も人の心もせまりて、道行(く)人の足も、跡から追(ひ)來る人も有(り)やと見ゆるばかり、町〳〵には賣物の[四一]山草・[四二]折敷《をしき》・[四三]ほんだはら・はご板、[四四]何やかやかちぐり、[四五]淺草市の人だかり、[四六]節季《せき》ぞろのせはしなく、[四七]餅つきのかしましき中にも、親《したしき》 出合の[四八]年忘《としわすれ》、[四九]拳酒《けんざけ》の[五〇]九十《きうとふらい》、めつたに[五一]手をひろげても、[五二]義太夫ぶしの五段目、大三十日まで[五三]かたりつめては、[五四]八人藝《げい》でも間に合(は)ず、ソリヤ[五五]獅子も浮《うい》て來ず。掛乞は[五六]皮財布《かわざいふ》を膝《ひざ》に敷(き)て、[五七]達磨《だるま》のやうな目をむき出し、[五八]九年面壁《めんべき》の居催促《ざいそく》、[五九]あてはなくてもまだ寄(ら)ぬとの一寸のがれ、此時に至(つ)ては愚なるも富(め)ル者はさかしく見へ、賢《かしこき》も貧《まづしき》は愚なるが如シ。

の祝日。二七 十二月一日。年中最後の朔日の意で餅を作り祝う。二八 滑稽雑談「和俗寒に入りて三日・七日、或は三十日が間、其の功用に応じて、鹿・猪・兎・牛等の肉を喰ふ、是を薬喰と称する也」。二九 書言字考の柄杓の注「和俗ノ用ユル所又檜杓ニ作ル」。三〇 生業。この所下賤の労働への同情であるが、彼の立場は為政者高貴の側にある。三一 十二月十三日に定っていた(江府年行事など)。三二 さわがしい。三三 平生は不足をかこつ世帯道具。三四 伊勢神宮その他の御札。神体として家々に祭るもの。三五 家々で祀る仏像。三六 長櫃の半分大のひつ。三七 往生人を仏達のむかいに来ること。ここは上の鎮座と共にうつしたことのしゃれ。三八 召使。三九 まっ黒なさまの形容。四〇 暦の年末に近くなり、心はいそがしくなって。四一 裏白。以下正月用品。四二 神の供物を盛るまげ物。四三 穂俵。海藻の一。米俵の形にして祝う。四四 何やかやとかけて、榧の実と搗栗。共に正月の蓬萊や膳部にのせる祝儀の品。四五 十二月十七・十八日、浅草における正月物の市。↓補注四三。四六 節季候。十二月中旬より門々に立って、祝言を述べる物乞。赤い布で覆面し編笠をかぶる。四七 十二月二十日すぎ多忙の中の正月用餅つき。出入の者が集り、賑わしくつき、知人にも配る。四八 忘年会。四九 拳を打って負けたものに罰盃をのます遊び。五〇 拳に用いる唐音。↓補注四四。五一 諸方面に仕事をひろげても。五二 義太夫浄瑠璃の最後の段。五三 義太夫ぶしの縁。せまっては。五四 座頭一人で八人前の楽器を鳴らし、声色や歌曲を合せて聞かせる芸(朝倉無声著見世物研究)。五五 大晦日に来る物乞の獅子廻し。これも八人芸の座敷の浮く如くうかないの意。万事がはじまらないの意。

[一]節分《せつぶん》の狗骨《ひゝらぎ》[二]、鰮《いわし》[三]の頭も信仰からとはいへども、豆[四]に迯(ぐ)る鬼ならば、來りたりともまた何事をかなさん。やく[五]拂の西の海[六]は、十[七]二文の惡事災難《さいなん》、有(つ)たとて邪广《じやま》にもならじ。惡夢を喰ふとは云(ひ)傳(ふ)れども、貘《ばく》[八]の糞《ふん》を見た者なく、家[九]〳〵に敷(い)ては寐れども、宝[一〇]舩に舩大工もなし。思[一一]ひ付に形を画《ゑがき》て、身[一二]勝手ばかりの心やりなり。一[一三]年の内には千変万化《せんぺんばんくわ》の世渡りも、つまる處は金と云ふ一字に歸し、人慾《じんよく》[一四]の私に使(は)るゝが故なりと、淺之進羽扇をなぐれば、有(り)し駿河臺の庵の内に、焚懸《たきかけ》[一五]し飯のいまだ熟《じゆく》せざる内なりければ、益《ます〱》羽扇《うせん》の妙を感《かん》じ、彼風來仙人の敎《をしへ》にまかせ、是より日本はいふに及(ば)ず、唐・天竺より諸の外國までを、廻り見んとぞ思ひ立(ち)けり。

風流志道軒傳巻之二終

三六 達磨坐禅のていの見立。三七 大きな目。
三八 達磨が嵩山少林寺で、絶壁に面した九年の坐禅。てこでも動かぬ催促のていのたとえ。
三九 かした金があってもらえるあて。

一 立春の前夜。旧暦では正月前後。
二 本草綱目はこの文字を柊とする。これに鰯の首をさして、節分の門前の柱にさす。鬼の目突という。
三 節分の鰯に、何でも信仰すればそれだけ効ありの意の諺をかける。
四 節分の豆撒は、この夜、夜行する鬼を払うという。
五 節分・大晦日の夜、人家に立ち、厄払と呼び、祝詞を述べる物乞。翌年厄にあたる人に銭をもらい、鶏の真似をして去る(滑稽雑談)。
六 厄払の言葉の一句。「あゝらめでたいな」で始まり、「いかなる悪魔が来るとも、此厄はらひがひつとらへ、西の海とは思へども、ちくらが沖へさらり」(守貞漫稿)。
七 厄払に与える銭の十二文。
八 夢を食うという伝説想像の動物貘の絵を、枕の下にしいて寝る。大晦日・節分夜の習慣。
九 この一句上下にかかる。
一〇 上方では大晦日、江戸では二日初夢に七福神がのり、「なかきよのとおのねふりのみなめさめなみのりふねのおとのよきかな」と廻文の歌を書き又は印刷した宝船の図をしきねする。
一一 想像で。
一二 自分に好都合にした気やすめだ。
一三 以上の変化ある一年に生業も変化する。
一四 人間が欲の私心に動かされる。
一五 枕中記に見えるいわゆる邯鄲之夢の故事で、盧生が、黄粱の蒸せない間に、一生の栄枯盛衰

風流志道軒傳巻之三

[一六]天神七代の始は、男女《をとこをんな》の道をしらざれば、男色《なんしよく》ばかりをたのしみて、甚(だ)窮屈《きうくつ》なる世界なりしが、伊弉諾《いざなぎ》・伊弉冊《いざなみ》の二神《ふたばしら》、[一七]天《あま》の瓊矛《ぬぼこ》を指下《さしをろ》して、めつたむしやうに滄海《あをうなばら》を探《かきさぐり》しかば、其矛《ほこ》の鋒《さき》より滴瀝《したどれ》る潮凝《しほこり》て[一八]焼塩となる。是よりして[一九]からき浮世といふ事始(まり)ける。此時[二〇]始(め)て[二一]合交《みとのまぐばへ》せんとするに、其術《みち》をしらず。時に[二二]鶺鴒《にはくなぶり》飛(び)來(り)て、其尾をぴこ〱搖《うごかす》を、[二三]味噌豆に[二四]研槌擂盆《すりこぎすりばち》、始(め)て交《とつぎ》の道を得たりと。今時そんな野夫《やぼ》な事にはあらず。書物の とぢ目に生ずる[二五]白魚《しみ》、肌着《はだぎ》の縫合《ぬひめ》の[二六]花見虱《しらみ》まで、[二七]いきとし生(ける)もの皆陰陽の形あり。形有(り)て後此交《(まじはり)》をなすこと、天然自然の道理なれば、其後の若ィ者は、[二八]つがもない、[二九]脊令《せきれい》ぐらいを先生には頼(ま)ず。

去程に淺之進は、駿河臺の庵を立(ち)出(で)、何心なふ通りけるに、かたへより[三〇]「竹輿《かご》やろふ〱」の聲〱を聞(き)流して打(ち)通れば、跡から頬《ほう》か[三一]ふりせ

を夢見たに想を得た。
一六 日本開初の神々。国常立尊・国狭槌尊・豊斟渟尊・「埿土煮尊・沙土煮神」・「大戸道尊・大戸間辺尊」・「面足尊・惶根尊」・「伊弉諾尊・伊弉冊尊」(日本書紀)。
一七 日本書紀「廼チ天之瓊矛ヲ以テ、指シ下ロシテ探之(カキサグリシカバ)、是ニ滄溟(アヲウナバラ)一書ニ滄海ヲ獲キ、其ノ矛ノ鋒ヨリ滴瀝(シタヾ)ル之潮凝リテ一ノ嶋ト成レリ」。
一八 かたまったというので焼塩とした。
一九 つらいこの世。塩の縁。この頃草双紙などおどけた由来を説くにならった。
二〇 書紀一書「遂ニ将ニ合交(ミトノマグハヒ)セントスルニ、而モ其ノ術(ミチ)ヲ知ラズ、時ニ鶺鴒(ニハクナブリ)有リ、飛ビ来テ其ノ首尾(カシラヲ)ヲ揺(タヽ)ク、神見(ミツナヽ)ハシテ、之ニ学(ナラ)ヒテ即チ交道(トツギノミチ)ヲ得ツ」。
二一 書紀「遘合(ミトノマグハヒ)」。書言字考「交合(ミトノマグハヒ)男女閨中交会」。
二二 せきれい。 二三 見てをかける。
二四 書言字考「擂盆(スリバチ)擂槌(スリギ)又研槌ト云フ」。この二者を男女陰陽に比すは当時普通。
二五 紙魚。書言字考「衣魚(シミ) 白魚・蟫魚並ビニ同ジ」。
二六 花見頃に繁殖し上ばいしてくる虱をいう。
二七 生物たるものは。古今集序「生きとし生けるもの」。
二八 「何だつまらない」程の意。とんでもない。市川流の荒事に常に用いる所から流行した語。
二九 「鶺鴒」の略字。
三〇 辻駕の呼び声。ここは吉原籠といわれた、陸路吉原通いの常用する四手籠。
三一 この「ふ」のままで、当時は「む」とよみならった(本大系の近松浄瑠璃集下の凡例に詳しい)。

一 柳多留、十一「乘りそうなやつへは四ッ手小声なり」。二 土手八丁といわれる日本堤。山谷堀の堤防で、吉原の通い道。三 日本堤の別称。その辺一帯が山谷。四 好都合をいう諺。土手と渡・舟は縁。五 駕籠や荷物をかく相手。相棒。この所四手客をさそうを描いて細かい。六「さ」は接頭語で、渡る雁。歌語。飛ぶが如くに走るさま。七 沖ゆく船。歌語。ゆらゆらするさま。八 日没時につく鐘。午後六時頃。九 芭蕉「花の雲鐘は上野か浅草歟」(続虚栗)。一〇 駿河台から吉原への途中、上野・浅草を通って。一一 遠方も短時間でゆく意の諺。一二 道祖神即ち旅中を守る神の加護と続く。吉原の遊女は手紙の封じめに「通ふ神」と書して、客の安全をいのった。一三 日本堤を吉原へ下る坂。「是より吉原へいたる万客、このほとりにて多く衣紋などかひつくろうゆへ、かく名付けたり」(吉原大全)。一四 無いとかかる。吉原廓の中央を東西に通る大通り。一五 引手茶屋。中の町に多く集ってあった。一六 茶屋の夫婦。一七 あわてて人をもてなすことの成語「槌で庭掃く」。一八 知らないとかかる。どんな料理のあんばいか知らぬが、普通の吸物も酒も、茶屋のがうまい。一九 機嫌を取るとかかる。膳部に乗ったのとは別に出す料理。二〇 ここは夜見世。酉の時(くれ六つ)頃から遊女屋の見世に、一家の遊女が並ぶ、即ち張見世をすること。二一 江戸町一丁目二丁目の間、中の町の辻。前出(一二七頁)。待つとかかる。二二 器量のよい悪いの堺とかかる。吉原大門口からの左側三筋目の通り。二三 殊更今日見るとかかる。一番奥の通りで、中の町をおいて大門口から右左に京町一丁目・二丁目とある。ここはその一丁目をさす。二四 京町二丁目の前名。

し男、ちよこ〳〵走にて追(ひ)掛(け)、[一]小聲に成(つ)て、「旦那[二]土手までやりませふ」となんいへるに心付(き)て、名にしおふ吉原の、[三]さんや堤《づゝみ》の土手ならば、[四]渡《わたり》に舟と打(ち)うなづき、乘(ら)ふのゝ字を半分聞(く)と、「ソレ[五]棒組《ぼうぐみ》」といふ間もなく、竹輿《かご》すへる、乘(る)、かき上(ぐ)る、「コリヤサ〳〵」の掛聲は、[六]さわたる厂《かり》か[七]洋漕《おきこぐ》舩、ふらり〳〵と居《い》眠の、寐耳《ねみゝ》へはいる[八]暮六《くれむつ》も、[九]鐘《かね》は[一〇]上野か淺草を、過(ぐ)る間もなき[一一]千里一はね、是も偏《ひとへ》に[一二]通ふ神の竹輿《かご》よりをりて、すそ打(ち)はらい、少し繕ふ[一三]衣紋《えもん》坂、まだ知ル人も[一四]中の町、[一五]茶屋が内に着(き)ければ、[一六]夫婦は[一七]槌《つち》でにわかのもてなし、「ソレお茶よ煙草盆《たばこぼん》」、今日初(め)ての客なれば、どんな加減《げん》か[一八]白魚の吸ものに、柚子《ゆず》の匂ひはかはらねど、外よりは何となう酒も一入味よく、亭主は機嫌[一九]取肴《とりざかな》に、[二〇]みせの出(づ)るを[二一]待合の辻、色の上下の[二二]境町《さかいまち》、見るも殊更[二三]京町から、[二四]新町より[二五]河岸の邊まで、ぐるりと

廻りてすみ町は、[二六]遊びの時を江戸町[二七]と、口合[二八]まじりに見渡せば、行(き)かふ挑灯[二九]下駄の音、格子[三〇]の内の燈は、昼[三一]よりも照《てり》かゝやける縫箔《ぬいはく》[三二]の伊達《だて》もやう、銘〳〵たばこ盆に指(し)向(か)ひ、思ひ[三三]の烟くゆらせつ、または文

なんど書(け)る躰、ゑりの白きに、いたづら髪[三四]のふりかゝれるもおくゆかしく[三五]、何かは知(ら)ず隣《となり》どちの咡《さゝやき》合(ひ)たるも心にくし[三六]。人の心を引(き)立(つ)る三弦《さみせん》[三七]の、いとかしましく[三八]は思へども、何となう心うかれ、此界の人ともおもほえず、雲[三九]の通路吹(き)とぢて、天津乙女《あまつをとめ》[四〇]の姿ならんと、何《(いづ)》れを見てもみにくきはなく、又それと定(め)んと思へば、是ぞと思ふわい[四一]だめのなきは、目のうつろひ[四二]ならんと、後には却(つ)てそこ〳〵[四三]に見極(め)る、一夜流《ながれ》[四四]の縁結《えんむすび》は、出雲の神の帳付[四五](く)るにも、さぞいそがしくや有(る)らん。遊び[四六]の趣向《しゆこう》、閨《ねや》[四七]の振舞《ふるまひ》、手くだ[四八]・こ[四九]んたん、やりくり[五〇]のもやうは事古《ふり》にたればいはず、二度目に行(く)を裏《うら》[五一]返すと

二五 吉原廓の東西の堀(おはぐろどぶ)に面した所を西河岸・羅生門河岸と称し、安見世があった。
二六 全部すむとかかる。大門口から左側四番目の通り。 二七 時を得るとかかる。大門口から右側は第一筋で江戸町一丁目、左側は第二筋で江戸町二丁目と、中の町をおいて対する。
二八 上述のかけ言葉をさす。
二九 挑灯は茶屋より客を遊女屋に案内するもの、下駄は地廻りのひやかしの日和下駄をいって、次第に雑踏のますさまをうつす。
三〇 張見世の外にめぐらした格子。
三一 夜見世のともしびの煌々たるさま。
三二 「縫箔」のあて字。刺繡と摺箔であでやかな模様を出した衣装を遊女達の着たさま。
三三 物思う風情にてたばこをのむさま。以下格子よりのぞいて、あれこれ遊女を見立てるさま。
三四 襟足の辺にたれ下った髪の毛。おくれげ。
三五 したわしい。 三六 何となく心がさそわれる。
三七 見世すががきのこと。前出(一二八頁)。
三八 やかましい。 三九 古今、雑上「天津風雲の通路吹きとぢよ乙女の姿しばしとゞめむ」。
四〇 天人。 四一 弁別。 四二 目うつりがするのであろう。 四三 なげやりに。
四四 一夜妻・流れの女の結び合いは。
四五 縁結びの神という出雲の神も、帳簿に一々つけにくかろう。
四六 遊女屋では先ず大座敷に通り、台の物をとり、太鼓持・芸者を呼ぶ。
四七 遊び終って遊女の部屋(又は座敷)に通る。そこが即ち閨である。
四八 男女間(殊に遊里)で、相手をだます手段。
四九 内心のたくらみ。 五〇 表面を作る工面。
五一 史林残花「両回相遭フヲ裏ト曰フ」。

なんいへるは、塗工《しやくはん》[一]よりいひ出し、賣(り)かへる[二]を鞍《くら》[三]がへなどは、古詞もあるなんめれども、只伯樂《ばくらう》[四]の詞に似たり。二度よりは三度、五度よりは七度、段〳〵に面白く、顧愷之《こがいし》[五]が甘蔗《かんしや》[六]にはあらで、漸《やうやく》佳境《かきやう》に入(り)たるを粋《すい》[七]といひ、又通り[八]者といふ。

されば女郎買[九]と灰吹《はいふき》は青い内が賞翫《しやうくわん》とは、近松[一〇]が名言なりと、淺之進は吉原を立(ち)出(で)、男色を試(み)んとて、それより堺町[一一]へ至(り)けるに、是又別世[一二]界の一風流、金剛《こんがう》[一三]が挑灯には名代[一四]の紋を先にてらし、大振袖[一五]の羽織恋風[一六]に翩翻《へんぽん》とひるがへり、見し[一七]編笠《あみがさ》の内ぞゆかしき紫帽子[一八]は、舞臺へ出(づ)るゆるし[一九]の色となん。人の物好は面[二〇]の異なるがごとくなればこそ、稚《をさなき》あり、長《をとなしき》あれども、それ〴〵の相手あるが中にも、四十過(ぎ)[二一]ての振袖、頬髭《ほうひげ》の跡青ざめたるも見ゆ。是等を翫《もてあそぶ》人は好の至れる[二二]なりと、自味噌《てまへみそ》[二三]は上(ぐ)れども、火吹竹[二四]のあえものは笋《たけのこ》の和《やはらか》なるにはしかじ、木挽町《こびき》[二五]に引(か)る[二六]ゝ客は身代は大鋸屑《おがくず》[二七]のごとく、神明參《しんめいまゐり》[二八]の歸足《かへりあし》は、本地垂跡《すいじやく》[二九]の兩道になづむ。湯嶋の二階は千里[三〇]の目を極《きはめ》、英《はなぶさ》町の向側《むかふがは》[三一]は隣《となり》よりもまだ近し。よごれをふく[三二]かやば町、眇眼《すがめ》[三三]もまじる神田の明神、外になければ市ヶ谷[三四]の八幡前、天滿神《あまみつがみ》[三五]のあたり近き室咲《むろざき》[三六]の梅手折(ら)んと、麴町《かうじ》には寐る[三七]をたのしむ。土氣《つちけ》[三八]の取(れ)ぬ土橋より、一ッ目・山猫[三九]な

一　名物六帖「塗工(シャクワン)」。左官。二　遊女が別の花柳街に身うりすること。三　乗馬より駄馬に下りて、荷鞍を負うにたとえたか(麓の色)。四　博労。古代中国のよく馬を相する人伯楽(戦国策)の文字をかる。五　晋の画家。又博学をもって聞える。六　晋書の顧愷之伝に見える逸話。↓補注四五。七　前出(八四頁)。八　前出(一〇六頁)。九　出典未詳。灰吹は青竹にて製した筒。女郎買の青いとは未熟の意。一〇　近松門左衛門(一六五三―一七二四)。元禄・享保の間の浄瑠璃歌舞伎の作者。一一　前出(四二頁)。一二　吉原とはまったく違った境。一三　俳優・野郎にしたがい身辺の世話をする男。一四　前出(一三三頁)。一五　野郎の着する羽織。一六　風に野郎なれば恋をつけた。一七「見し玉だれの内ぞゆかしき」のもじり。一八　前出(六三頁)。ゆかしは紫の縁。一九　王朝時代一般人の使用を許した色。禁色の対で、一に紫があった。ここは出演を許される意。二〇　左伝の襄王三十一年「人心之同ジカラザルハ其ノ面ノ如シ」。二一　野郎の既に成年に達してなお少年の様をすること。「三十振袖四十島田」の応用。二二　前出(九九頁)。二三　男色道最上の趣がある。二三　味噌。前出(九九頁)。二四　十分成長した竹で、形は笋に似たから対比した。二五　堺町・葺屋町と並び江戸の劇場街、今の中央区東銀座。二六　木挽の縁。恋情をさそわれる。二七　微塵になる。木挽の縁。二八　芝神明宮参詣。今東京都港区にある。二九　本地の仏が、衆生済度の為、日本では神として出現したとの説。仏神二道即ち神明前に野郎街と私娼窟があったをいう。以下、江戸における男色女色の岡場所をいう地名は全部↓補注四六。三〇　高台で見はらしのよいこと。三一　通路のせまいこと。三二　よごれた所をぬぐいふくと萱を葺くとかかる。三三　神田明神の祭神平将

んどいへるは、さながら化物《ばけもの》の名に近し。[四〇]莠《はぐさ》の苗《なへ》を乱り、[四一]紫の朱《あけ》を奪ふ、所かはれば品川の風流、[四二]女護《によご》が嶋の[四三]辻番かと思ほゆる。[四四]看板《かんば(ん)》に偽有磯海《ありそうみ》、深川の[四五]ぴんしやんも度重れば飴《あめ》のごとし。[四六]和《(やはらか)》で歯《は》に付(か)ぬ大根畑《だいこばたけ》の居つゞけには、[四七]地黄丸の功を失ひ、鮫《さめ》が橋へ走(つ)ては、[四八]親つぶのにらみをうく。[四九]鞘《こじり》のつまる鐘《かね》撞堂《つきどう》、[五〇]借《さがつ》た跡での板橋より、[五一]千住《せんじゆ》といへば観音めける、万福寺の恋無常、朝鮮《てうせん》長屋の異國《いこく》くさき、いろは・ぢく谷・世尊院、人を[五二]引(き)出すおたんす町、[五三]八まんたまらぬお旅のさわぎ、三味の音じめの[五四]音羽町、かたり明して夜を[五五]根津の、東の空も[五六]赤城より、暗《くらき》に迷ふ藪《やぶ》の下、通ふ足音[五七]高いなり、愛敬稲荷の狐より、[五八]化《ばけ》ぞこなひの市兵衛町、[五九]水の氷《ひ》川の寒空《さむぞら》は、[六〇]ふるふて通ふ胴坊《どうぼう》町、丸山の丸寐姿、新大橋のなが〳〵しき、三十三間[六一]どうよくに、又も[六二]一座を直助屋敷、出る舟あれば入舟町、石場《いしば》につくだ・[六三]けころばし、踏返《ふみかへ》したる[六四]丸太の名物、[六五]立(て)ふとふせふと錢次第、[六六]舟饅頭《ふなまんぢう》に餡《あん》もなく、[六七]夜鷹《よたか》に羽はなけれども、みなそれ〴〵のすぎはひは、[六八]鳶飛《とび》(ん)で天にいたり、魚淵《ふち》に[六九]をどり子の気色まで、残(る)方なくながめ尽せば、淺之進はそれよりも諸國をめぐり遊(ば)んとて、旅の用意するにもあらず、其身其儘出(で)立(ち)て、行(き)つき次第の一人旅、たくはへなければ盗人の氣掛《(きがかり)》もなく、労《つかる》れば休《やすみ》、やすめば行(き)、物うき旅の[七〇]忘草、宿屋

門の片目なのにかける。三四 一番にかかる。三五 麹町の野郎街は天神社傍にあった。三六 むろ中で早く咲かせた梅。若衆のこと。三七 室と麹は縁。麹の出来ることを寝るというと共寝をかける。三八 野暮気、素人気の残る。三九 前出(七八頁)。四〇 孟子の尽心篇「莠ヲ悪ンデ、其ノ苗ヲ乱スヲ恐ル」。莠は雑草。四一 論語の陽貨篇「紫之朱ヲ奪フヲ悪ム也」。共に不正が正をしのぐたとえ。岡場所の公娼街をしのぐ繁昌をいう。四二 女性ばかりの住む想像の島。↓補注四七。四三 江戸の武家地域の警備をする番所。品川の女郎屋の構えによる見立。↓補注四八。四四 成語「看板に偽なし」の逆で、見ばと内容に違ある意。有りが有磯海にかかり深川の縁。四五 深川芸者の張のあるも、なれればやさしくなる。四六 上へは飴の縁、下へは大根の形容。四七 前出(一四六頁)。大根を食すると、地黄の功がきえるという。下へは、功がさめると続く。四八 鮫皮の大粒の斑点。親分の意にもちいる。四九 鮫(鞘)の縁。親分ににらまれ、動きがとれなく、金につきるとかかる。五〇 支払が掛になってたまること。板は痛い事でかかる。五一 下へは千手の意で続く。五二 さそいだす意を簞笥にかけた。五三 真にの意の誓詞。五四 音にかかる。五五 寝ずとかかる。五六 赤いとかかる。五七 高いとかかる。五八 醜い安女郎をいった。五九 水もこおるとかかる。六〇 胴ぶるいの意で続く。六一 堂と胴慾がかかる。下へは慾深くの意。六二 一と切遊びの時間が来て、更に遊びを改めて続けることを直すという。それにかける。六三 前出(一七三頁)。六四 比丘尼の別名。前出(一七三頁)。六五 丸太の縁。六六・六七 各々賤妓の一種。↓補注四九。六八 詩経の大雅「鳶魚戻天、魚躍于淵」。天地造化の作用をいう語。鳶

の[一]出女《おじやれ》が[二]ふすもり顔《がほ》に、葛《くづ》とうどん粉の七分まじつた[三]下り白粉を、[四]所まだらに打(ち)ぬり、頬紅《ほうべに》はまん丸にて、[五]那須《なす》の与市に見せたらば、日の丸かと心得て、[六]よつぴき兵《(ひやう)》とはなつべき、顔つき出してしやべりちらせば、[七]大象も能《(よく)》つながれ、秋の鹿も必(ず)よる。されば道中宿屋の女を、おじやれと名付(け)し其いはれは、旅人其家に泊(り)て、つれ〲にたへかねて、「晩に伽《とぎ》におじやれ」といへば、こそ〳〵と寐に來る故、其名をおじやれとなんいへる。おじやれといふは來いと云(ふ)と、お出(で)といふの間にて、來やれといふより、[八]三四文がた慇懃《いんぎん》なる詞なりと、[九]業平東下《なりひらあづまくだり》の記虚言《うそ》八百巻目に見えたり。

[一〇]金川《(かな)》・[一一]大磯・[一二]御油《ごゆ》・[一三]赤坂、[一四]吉田・[一五]岡崎・[一六]二丁町、[一七]古市・[一八]山田は云(ふ)に及(ば)ず、[一九]浦賀・[二〇]下田、[二一]鳥羽・[二二]あのり、[二三]長嶋・[二四]田部《たなべ》・[二五]印南《いなみ》には[二六]腰掛《こしかけ》、[二七]加太《だ》の[二八]立柱、[二九]色の湊《みなと》多き中にも、[三〇]出口の[三一]柳こきまぜし、花の都の[三二]嶋原より、[三三]祇園の気色[三四]宮川町、縄手《なわて》に我(が)身を[三五]しばられて、跡の[三六]紋日の請合《(うけあひ)》も、[三七]約束かたき石垣《(いしがけ)》町、おられぬ[三八]内野新地より、さわぎに[三九]北野七間の、隠所《(かくれどころ)》は藪《やぶ》の下、[四〇]鳴(か)でこがるゝ螢茶屋、尻の方から灯す火も、暮(る)る頃より[四一]今出川、濁《にご》らぬ水の清水坂、二条・七条・八坂の前、またも遊びに[四二]かうだい寺、嵐になびく柳風呂《ふろ》、壬生《みぶ》・天龍寺・御靈《ごりやう》の前、西石垣のはてまでも、[四三]其よし芦《あし》は[四四]難波津に、今を春べと盛《さかり》なる、

は夜鷹の縁。躍るは踊子にかかる。六九 前出(七九頁)。七〇 旅のうさを忘れるしろ。

一 宿屋の客引兼売色の女。客をまねく語の「おじやれ」よりついた称であろう。二 すすけた顔。三 地方むけの安白粉。四 まだらに。五 屋島の戦に敵船上の扇子を射た源氏の勇士。六 平家物語その条「よつ引いてひやうと放つ」。七 徒然草、九段による。女に心引かれ易いの意。↓補注五〇。八 こころもちていねいなの意。九 でたらめの書名。一〇 東海道五十三次の一。神奈川県。一一 同。以下東海道筋の遊女のある駅を上げる。一二・一三・一四・一五 同。愛知県。吉田は今の豊橋。一六 五十三次の一の駿府(今の静岡市)の遊廓弥勒町の別称。一七・一八 共に今の伊勢市の中。一九 神奈川県の港。二〇 静岡県伊豆半島。以下海辺湊町で売色のあった所を上げる。二一 三重県志摩半島。二二 安乗(畔乗)。志摩半島。二三 三重県北牟婁郡、紀伊長嶋の港。二四 和歌山県田辺の港。二五 和歌山県日高郡の港。二六 未詳。↓補注五一。二七 今の和歌山市中の漁港。二八 ↓補注五二。二九 上へは売色ある湊町、下へは遊女のあつまる所の意で続く。三〇 島原の大門口にある柳。三一 古今、春上「見渡せば柳さくらをこきまぜて都ぞ春のにしきなりける」。三二 京都の公娼街。三三 正しくは祇園。以下京都の私娼街をつらねる。悉くの地名は↓補注五三。三四 景気を見るとかかる。三五 遊の関係で不自由になる。縄の縁。三六 物日。前出(五五頁)。次の紋日を買うことの約束。三七 石の序。三八 自宅(内)にじっとして居られる意。三九 来たとかかる。四〇 螢の縁。四一 出かける意で続く。四二 来ようとかかる。四三 その遊所

[四五]松・[四六]梅の全盛《ぜんせい》は、[四七]新町に色香《いろか》をあらはし、[四八]白人[四九]藝子の[五〇]今様めけるは、[五一]南北に[五二]風情をたゝかはす。[五三]ねたみ曾根崎・嶋の内、戀の坂町[五四]登詰《のぼりつめ》、隠《かく》せど出(づ)る[五五]いろは茶や、[五六]ちりぬる客をつり寄(す)る、目もとの[五七]塩町こつぽりと、たまらぬ味の[五八]安治川《(あぢかわ)》に、深く[五九]はまりし堀江大露地、次第に[六〇]高津《(かうづ)》新地より、我を忘(れ)て神明前、何ほど廣き[六一]のど町でも、柳小路と[六二]身はせまり、何と[六三]しやうまん一家には、[六四]七里けんぱい八軒屋、我(が)身の[六五]難波《(なんば)》新屋敷、れいふ・尼寺《あまでら》・眞田山、浮名《うきな》を[六六]かぶる編笠茶屋、穴に間近《まぢか》き臍《へそ》が茶屋、[六七]六拾四文あり合町、ぜうゆうじ・福ぜんじ、裏〳〵に住(む)[六八]夜發《やほつ》の繁昌《はんじやう》、そふじや[六九]堺に[七〇]千守《ちもり》より、奈良の[七一]木辻に登(り)詰(め)ては、身代をたゝき込(み)、[七二]撞木《しゆもく》町から[七三]墨染《(すみぞめ)》の、花なき枝の[七四]柴屋町、[七五]室津《むろつ》の泊・[七六]鞆《とも》・[七七]おのみち、[七八]みたらい・[七九]からうと・[八〇]上の関、[八一]行來《いきいせこいせ》のなまりには、さりとは[八二]安藝の宮嶋に太夫の全盛《ぜんせい》、後から[八三]指懸《さしかけ》られし鵲《かさゝぎ》の、渡せる橋におく[八四]下の関、恋に跡先[八五]しらぬ火の、[八六]つくしに遊ぶ浦〳〵は、[八七]博多《はかた》・[八八]鳴子に[八九]馬の庄、異國《いこく》の人に[九〇]もまるれば、[九一]角のとれたる[九二]丸山に、[九三]ちんぷん寒國ふりつもる、雪のはだへをあらそふて、[九四]三國《みくに》・[九五]新方《にいがた》・[九六]出雲崎、[九七]敦賀《つるが》・[九八]今町・[九九]金澤より、出羽には[一〇〇]坂田[一〇一]かうやの濱、[一〇二]津輕に[一〇三]青森[一〇四]やすかた町、[一〇五]陸奥に[一〇六]もとめや・[一〇七]八丁の目、[一〇八]松前の[一〇九]ゐさしまで、諸國の[一一〇]風流をながめつくせば、淺之進はいざゝらば是より外國を廻り

の善悪はさておいて。 四四 大阪。新勅撰、春上「難波津に咲くやこの花冬ごもり今を春べと咲くやこの花」。次の梅はこの歌の縁。 四五 新町遊女最上位の太夫の別名。 四六 二位の天神の別名。 四七 大阪の公娼街。 四八 京阪の高級な私娼の一。↓補注五四。 四九 芸を主とする京阪の接客婦。↓補注五五。 五〇 当世風なのは。 五一 南は次の嶋の内一帯、北は曾根崎一帯。以下大阪の私娼花柳界の紹介。地名は皆↓補注五六。 五二 妍をきそう。 五三 ねたみそねみと続く。 五四 熱心になる。坂と登るは縁。 五五 色に出るとかかる。 五六 いろは歌でつづき、寄りつかぬ客をまた引きよせる。 五七 塩は愛嬌の意で上に続く。 五八 味の意で続く。 五九 沈溺する。はまるの縁語。 六〇 次第にこうじる。はげしくなる意で続く。 六一 広い野と続く。 六二 どうしようとかかる。 六三 身を小さくする。柳と狭いは縁。 六四 まっぴらお断り。七・八と続く。 六五 難儀とかかる。 六六 あらぬ浮名で評判になる。編笠は縁。 六七 諸国色ざと直段附「あり合町六十四文」。 六八 大阪の最下級の私娼。 六九 大阪府堺市。 七〇 堺の南部、遊廓のあった所。以下上方と西国の遊女街のある所を紹介。 七一 奈良市木辻町。木と登るは縁。 七二 たたくの縁。京都市伏見区。 七三 同。 七四 滋賀県大津の花街。花なきは柴の序。 七五 兵庫県揖保郡御津町。 七六 広島県福山市鞆町。 七七 同尾道市。 七八 同豊田郡。 七九 唐門(からかど)の誤りか。 八〇 山口県熊毛郡長島。 八一 行きなさい来なさい。安芸方言。 八二 宮島大坂町。あいていやになる意で続く。実際に太夫があったか未詳。↓補注五七。 八三 傘とかかる。太夫の道中にあとから大傘をさしかける。新古今、冬「鵲の渡せる橋におく霜の白きを見れば夜ぞふけにける」。 八四 下関稲荷町。

見んとて、彼仙人より授《さづかり》し羽扇を以(て)海中に入(り)、其上に坐しけるに、さながら大船に乗(り)たるごとく、[一]蒼海漫々《そうかいまんく》として、浪は[二]白馬の走(る)がごとくなれども、羽扇の妙あれば、海水すこしも衣をぬらさず、數日食せざれども餓《うゑ》ず、いづくともなく行(き)けるが、とある嶋にぞ着(き)たりければ、羽扇を取(つ)て陸《くが》にあがり、そこよこゝよとさまよひけるに、いと大なる家の見ゆるを、目あてにしてたどり付(け)ば、淺之進を見付(け)て、多くの人立(ち)出(づ)るを見れば、何れも身の長《たけ》二丈あまり、脊《せ》におふたる子の形も日本人より大なれば、是こそ名におふ[三]大人國《たいじんこく》ならんとは思へども、一向に詞通ぜざれば、互に手を出し口を教(へ)なんど、様〳〵の[四]仕方しても、[五]わかつべふもあらざれば、淺之進心付(き)て、彼羽扇を耳に当(つ)れば、大人の詞も通じ、口にあてゝ物をいへば、また合点《がてん》するさまなりければ、其後は互に詞の通じ合(ひ)、

八五 知らぬとかかる。つくしの枕詞。八六 ここは九州路の意。八七 福岡市の中。柳町の花街。八八 佐賀県東松浦郡呼子の誤りか。八九 未詳。九〇 外国人の間で種々の経験をするから。九一 洗練された。九二 長崎の花街。九三 上から外国のわからぬ言葉「ちんぷんかん」をかける。九四 見るとかかる。福井県三国町。以下日本海側の私娼のいた所の紹介。九五 新潟市。九六 新潟県出雲崎町。九七 福井県敦賀市。九八 新潟県直江津市中にあった。九九 金沢市。一〇〇 山形県酒田市。一〇一 高野浜。酒田の湊町。一〇二 青森県中の旧国名。一〇三 青森市。一〇四 安方町。青森の湊町(雑説嚢話)。一〇五 奥羽地方の太平洋岸北方の旧国名。一〇六 本宮(福島県)の誤りか。一〇七 今の福島県松川町。一〇八 北海道渡島半島の西南の一帯。一〇九 江差市。以上全国の花街については、上林豊明著かくれさと雑考参照。一一〇 ここは遊女のありさまをさす。

一 広い青海原に。

二 白浪のはげしく立つ形容。

三 和漢三才図会及び増補華夷通商考などにある長人国を、小人国に対して称したものか。ただし、三才図会は三四丈。通商考のチイカの条に「長人国ノ総名也、バタウンナドト云フ国モ皆チイカ国ノ属類也、此ノ国ハ人ノ長一丈程ニテ遍身毛アリ好ンデ弓ヲ射ル、矢ノ長六尺男女共ニ其ノ面ヲ五色ニ彩色ヲ風俗トス、人之長一丈ヨリ甚ダ高キモ有ルトゾ、(中略)他国ノ船此ノ国ニ行クトキハ殺ス、故ニ紅毛人モ不往ト云フ、(中略)此ノ国ハ南ノ寒国也トゾ、此ノ国ノ辺ハ皆日本ノ東南ニ当リテ、海上モ八千里、或ハ一万里ノ規ナリト云フ、南極ノ地ヲ出ル事四

十度内外ノ国也」。
四 ゼスチュア。
五 弁別する。判断する。
六 馳走をもって。

七 仮小屋。

八 当時の見世物の口上をそのままに写したもの。ここで源内は当時世上の人間が人間を見世物にする不当を諷したのであるが、自然科学にもとづく唯物的考による平等観というよりは、なお儒教的ヒューマニズムにもとづくものであろう。
九 こんな場合にこそ。
一〇 不注意中、思わぬ出来事にあった時の諺「月夜に釜をぬかれる」による。
一一 悦びのあてがはずれたこと。
一二 ここに沢山即ち多いといったのは、裏で天狗即ち手前味噌のうぬぼれ屋が、当時日本の世間に多いことを諷したもの。表面は飛行する魔物の天狗の意。

「我は日本の者なり」なんど語(り)けるに、様〱馳《ち》走《そう》六に大人のもてなし、二三日も程經て後、「遊山《ゆさん》に出(で)よ」と竹輿《かご》に乘せて、人立《(ひとだち)》多き處に、芦簾《よしず》にて四方をかこみたる仮屋《かりや》七の内へ伴行《ともなひゆき》、臺の上に淺之進を乘(せ)置(き)、をかしき形せし、笛太皷のなりものにて拍子《ひやうし》取(り)、「生(き)た日本人の見せもの、手に入(れ)て這《はは》す様なちつぽけな美男、八作物《(つくりもの)》こしらへものとは違ふて、生《(しやう)》の物を生で見せる、御評判〱」と高聲に呼(ば)はれば、老若男女おし合(ひ)せり合(ひ)、引(き)もきらぬ人群集《くんじゆ》、皆〱指ざし笑ふ躰、淺之進うるさく思ひ、如何はせんと案じけるが、九爰にこそ彼羽扇ならんと、天に向(つ)て仙人を拜し、羽扇を以て飛(び)立(て)ば、小屋の屋根をつき破(り)て、雲井はるかに飛(び)されば、大人どもは一〇月夜に釜ぬか悦の一一口〱に、「是まで日本人の飛行する事聞(き)及(ば)ず。是は定(め)て日本に沢山一二なる天狗にてやあらん」と

いへば、「さればこそ、羽扇[一]を持(ち)たり。しかし鼻は小さかりし」など思ひ〳〵の取沙汰[二]、一人の大人が曰(く)、「諸國廻る天狗なれば、どこぞの色里にて鼻[三]は落したるにぞ有(ら)ん」など、評定しても埒明《らちあか》ず。

夫よりも、淺之進は羽扇にまかせ飛(び)けるが、かすかに嶋の見えければ、其所へぞおり居たりける。此處は小人嶋《こびとじま》[四]にて、人の大さ一尺二三寸に過(ぎ)ず、一人歩行《あるけ》ば鶴に取(ら)るゝ故、四五人連《づれ》にてあらざれば、通(り)得ざる程小さき[五]國にて有(り)ければ、淺之進を見てみな〳〵恐(れ)おのゝき、戸を閉(ぢ)て出(で)ざれば、見すごしてなん通りけるに、次第に奥へ行(く)程、猶更に人小く、五寸三寸の人ありけるが、奥小人嶋に至れば、其大さ豆人形[六]程ぞ有(り)ける。かゝる國にもそれ〴〵の主ありて、さしも奇麗《きれい》に作(り)たる城なんどの邊には、大勢の小人ども登城下城の袖[七]をつらね、さも嚴重《げんぢう》なる其内にも、やんごとなき姫君《ひめぎみ》の輿《こし》に乗(り)て出(づ)る躰、淺之進は指《ゆび》にてちよつと引(つ)つまんで、印籠《いんろう》の中へぞ入(れ)たりけるに、付〴〵《つきづき》[八]俄《にわか》にさわぎ立(て)、西よ東よ〔と〕[九]はせちがふ。輿《こし》に付(き)たる奥家老[一〇]とおぼしき男、うろたへまわる躰なりければ、淺之進また引(つ)つまんで、此度は印籠の下の重《ぢゆう》[一一]へぞ入(れ)たりける。半日ばかりも過(ぎ)て出(だ)し見るに、彼奥家老は姫君を奪(は)れて、云わけなしとや思ひけん、

一　絵にかいた大天狗は羽扇を持つ。
二　評判。
三　瘡毒(梅毒)によって、鼻を落すこと。
四　和漢三才図会、小人《こびと》の条「三才図会ニ云フ、東方ニ小人国有リ名ヲ竫ト曰フ、長九寸、海鶴遇フテ之ヲ呑ム、故ニ出ルトキハ則チ群行ス」。増補華夷通商考の小人国「ホトリヤ国ノ北ノ海浜ニアリト云フ、人ノ高サ二尺許リ鬚眉曾テ男女見分ケガタシ(この作品では十分に区別する)、土地鹿多シ、人皆鹿ニ乗リテ行ク、或ハ鶴ノ如キノ鳥其ノ人ヲ食フ事アリ、故ニ小人常ニ此ノ鳥ト相戦フ。若シ偶山野ニテ此ノ鳥ノ卵ヲ見レバ即チ破レ之テ其ノ種類ヲ絶サントスト云フ」。
五　小さい人の国。
六　豆は小さい意味で、小さい人形。
七　正しく衣装をつけて、一同に行動するさま。
八　つきそいの者ども。
九　原本「東よ」の下「と」欠。意によって補。
一〇　奥方即ち大名将軍などの女性向の諸事を取締まる役。老人があたり、奥方、姫君の他行などには供をした。
一一　重ねの入物になっている、その一段。

一二 ういらうに腰《こし》打(ち)懸《かけ》、腹十文字にかき切(つ)て、うつぶしにぞ伏(し)たりけり。かゝる小き人にてさへ、君臣の義理あればこそと、涙ながらに彼姫を取(り)出(だ)し、一三 もとの處へ歸しける。扨〱むざんの事かなと、それよりも又羽扇に打(ち)乗(り)、あてどもなしに飛(び)行(き)皃《けり》。

風流志道軒〔傳〕卷之三終

一二 外郎。透頂香。黒く方形で、痰をなおす常備薬。印籠中に入れて持っていたのである。なおこの薬は元の礼部員外郎陳宗敬が伝えたものという(近代世事綺談)。

一三 姫をうばって返したのは、高貴の人が、人の娘などを、みだりに自分の妾とすることを諷したもの。返した原因が奥家老の死に感動することになっているのは、著者に、なお古い忠義の行動を肯定する精神があったことを示す。

風流志道軒傳巻之四

扨それよりも、淺之進は羽扇にまかせ飛(び)廻りて、[一]北より南へ流《ながれ》たる大河の邊におり立(ち)けるが、草木の形も見なれざるもの多く、[二]川水の色も異《こと》なるさまになん見ゆれば、歸國の咄の種《たね》にもなるべし。いざや歩行《かち》渡して見んとは思ひながら、深き淺きの[三]そこひさへしらぬ國の川なれば、人の渡りを[四]松が根に、腰《こし》打(ち)懸(け)て向ふをはるかに見渡せば、川の半《(なかば)》に人四五人歩行《かち》渡りの躰なるが、水は腰にも至らざれば、[五]見懸《(みかけ)》にも似ず淺き川にぞ有(り)けるとて、[六]裳《もすそ》をかゝげて渡りけるに、其深さ丈にあまれる川なれば、[七]はかなくも押(し)流され、浮(き)つ沉(み)つ苦《くるしみ》て、既に命も危かりしが、其時また羽扇を取(つ)て、さかまく水をかきわくれば、水は八方へ退(き)て、さながら平地を行(く)がごとく、向の岸《きし》にぞ著(い)たりけり。去(る)にても彼渡りし人はいかゞなりつらんと打(ち)見れば、此國は[八]長脚《ちやうきやく》國とて、體《からだ》は日本人程なれども、足の長さ一丈四五尺なれ

一 原本「北よより」。「よ」一字略。
二 後出の長脚国は赤水の東にありと見える。それを赤い水の河と見ての文。
三 底。
四 待つとかかる。
五 一寸見。
六 衣・着類の裾。
七 思いがけず。
八 和漢三才図会の長脚《(あしなが)》「三才図会云フ、長脚国ハ赤水ノ東ニ在リ、其国ノ人長臂国ト近シ、其ノ人常ニ長臂人ヲ負ヒ、海ニ入リテ魚ヲ捕フ、蓋シ長臂人ハ身ハ中人ノ如クニシテ、臂ノ長サ二丈、類ヲ以ツテ之ヲ推セバ則チ長脚モ亦三丈可《(ばかり)》ナリ」。長臂国と共に、才能の一面にのみ片よった、他面は未発達な人の諷刺。
九「理」のあて字。
一〇 にわかに。
一一 和漢三才図会の長臂《(ちやうひ)》「三才図会云フ、長臂国ハ焦僥国ノ東ニ在リ、其ノ国人ハ海ノ東ニ

ば、此川水には流《ながれ》ざるも断《(ことわり)》[九]なり。扨また彼足長どもは、川中にて淺之進が羽扇の妙ある事を見て、何とぞして奪取《うばひ》(ら)んと、打(ち)寄(り)て評定をなんしけるが、中〳〵卒尓《そつじ》[一〇]には取(り)がたしとて、其隣國の長臂國《ちやうひ》[一一]といへるは、手の長さ一丈四五尺にて、常に盗[一二]を事とすれば、此者どもをかたらひ[一三]て、羽扇を奪(ひ)取(ら)んとぞ計らひける。此事淺之進は夢《ゆめ》にも知らず、川渡の難儀に労《つか》れければ、道の邊の茶店に立(ち)寄(り)、座敷を借(り)て屏風引(き)立(て)、前後も覚えず臥《ふし》居たりしが、何かはしらず、物音にふと目覚して打(ち)見れば、上なる引《ひき》[一四]窓《まど》より、其長さ丈にあまれる細き腕《うで》を指(し)入(れ)て、羽扇をつかんで引(き)上(げ)る。スハ曲者《くせ》ござんなれ、扨は鳥羽繪《とばゑ》[一五]の茨木童子《いばらきどうじ》[一六]、中〳〵羽扇は渡部[一七]の、綱が昔もまつかう[一八]と、懐釼《くわいけん》をぬきはなち、腕《うで》を丁ど切(り)落(と)せば、夫より四方さわがしく、責鼓《せめつゞみ》[一九]鯨波《ときのこゑ》[二〇]天地も崩《くづ》るゝばかりなれば、スハヤ大事と身をかため、走(り)出(で)て見渡せば、数十万の足長ども、手長人をせなに負(へ)ば、手も長く足も長く、其高さ三丈ばかりも有(る)者ども、十重廿重《(とへはたへ)》に取(り)巻(き)て、稲《とう》[二一]麻竹葦《まちくい》と居並べば、譬《たとへ》羽扇の妙ありとも、中〳〵悪く飛(ば)んとせば、宙《ちう》にて引抓《ひっつかま》れんは定[二二]なれば、身の一大事此時と、心の内に仙人を念じ、つか〳〵と馳《はせ》寄(り)て、彼すね長が向ふずね、羽扇を以て打(つ)て廻れば、只さへ長き足なる

在り、人手ヲ垂レバ地ニ至ル、(中略)按ズルニ、所謂長臂、長脚二丈三丈ト云フハ信ジ難シ、丈余ト謂ヒテ可ナラン」。長脚の条の注も合わせ見よ。

一一 日本の俗説に、手の長い者は泥坊というによっての語。

一二 味方にして。人の才能をうらやんで、その工夫をうばうことを諷した。諸事に創案の才を出し、人にみせ誇り、且つ自意識の強い源内は、そうしたことに不愉快を感じたことが多かった故の記事。

一三 下から綱であけしめが出来るようになった屋上の窓。

一四 ここは大阪の耳鳥斎らの描き出した新風の滑稽絵のこと。手足のひょろひょろと長い人物が多い。浪花見聞雑話「安永年中に伏見堀に松屋平三郎とて船碇り帆を渡世とす、此人商売の傍には絵を好みて、絵は鳥羽風を寄所として、一家をなしたり、一代書き残す絵本、画話耳鳥斎、水屋空、古鳥つかい、其余三五品有り(下略)」。

一五 渡辺の綱に羅生門で腕を切られ、伯母にばけて取り返しにいったという伝説の鬼。

一六 源頼光の四天王の勇士。上からわたされないの意でかかる。

一七 全くかくの如し。

一八 責めかける合図に打つ軍陣の鼓。

一九 祖庭事苑によれば、鯨が五月岸に近づき子を産み、八月子をつれて海に帰る時「鼓波成雷」で、水をふくとあるにより、この文字をときの声にあてる。

二〇 稲・麻・竹・葦、それらのしげる如く、幾重にもとりまく形容。

二一 必定。

に、手長人を脊負《せをふ》たれば、竿をたをすがごとくにて、かたはしより打(ち)たふせば、残る者ども一同に、大手をひろげて取(ら)んとすれど、[一]めつたに長きばかりにて、[二]振《ふり》廻し不調法なる腕《うで》なれば、左へくゞり右へぬけ、終に數万の手長・足長、一人も残さず打(ち)たふし、淺之進は羽扇に打(ち)乘(り)、雲間に入(つ)て見おろせば、手長どもは[三]ほう〳〵に[四]高ばひをして迯去《にげされ》ども、足長はたふれる時は、自(ら)起(き)る事ならざるものゆへ、皆腰に太皷《たいこ》を付(け)て、こければ其太皷をたゝくに、常は外より人來(り)て、大舩の帆柱《ほばしら》たてるごとく、[五]轆轤《ろくろ》にてまきおこせども、みな〳〵たふれし事なれば、只其儘にあがく躰、捨(て)置(か)ば餓死《うゑし》なんとて、羽扇を以てぱつとあをげば、たふれ居たる數万の足長、一度にすつくと立(ち)あがり、[六]忙然《ばうぜん》たるを見捨(て)つゝ、四五千里も飛(び)行(き)けるが、また大なる國あり。此國は[七]穿胸國《せんけうこく》とて、男女

一　むちゃに。

二　自由にふるまうこと。

三　散々のありさまで。這い這いながら。

四　尻もったてて這うさま。手が長いので高ばいにならざるを得ない滑稽。

五　滑車。縄をかけて重いものをつり上げる具。

六　茫然のあて字。以下同じ。

七　和漢三才図会の穿胸(せんけう)「三才図会云フ、穿胸国ハ盛海ノ東ニ在リ、胸ニ竅有リ、尊キ者ハ衣ヲ去リ、卑者ヲシテ、竹木ヲ以テ胸ニ貫キ之ヲ擡(か)カシム」。

とも押[八](し)なべて、皆胸《むね》に穴あり。貴人他所へ行(く)にも、竹輿《かご》乗物はなくして、其胸の穴へ棒を通して、かきありけどもいたまず、辻〳〵には賤者《いやしきもの》ども棒をたづさへて、通り[九]を待(ち)人を見れば、「棒やろふ〳〵」となんいへる事、日本の「かごやらふ」といふがごとし。淺之進もかゝれて見んとは思へども、胸に穴なければすべきやうなく、段〳〵奥へ行(く)に随ひて、家居も多く賑《にぎやか》なれども、流石《さすが》夷國《あびす》[一〇]にて、人がらは皆賤《いやしき》さまなれば、淺之進を見て上下男女立(ち)つどひ、「扨も珍しき風俗、かゝる男の又あるべきにや」と、引[一一](き)もきらずの人だかり、日を經るに随(ひ)て、國中此沙汰かくれなければ、此國の主大孔《たいこう》[一二]王の耳に入(り)、官人を以て淺之進を召(さ)れけるに、朝廷《てうてい》の群臣《ぐんしん》、皆淺之進が容皃《ようぼう》の美なるをぞ感《かん》じける。此大王に男子なく、當年十六歳の姫宮一人まし〳〵けるが、淺之進が器量《きりやう》を見給ひ、姫君も大王も此者を婿《むこ》と定め、

八 皆一様に。
九 大道において人待ちしていて。
一〇 野蛮国。
一一 見物の跡をたたぬこと。
一二 穴の大きな程高貴と考えて、王を大孔と名づけた洒落。

此國を譲《ゆづり》あたへんと、群臣をも呼(び)集(め)て、さま〴〵評定有(り)けるが、大王の勅命《ちよくめい》といひ、姫宮の恋人なれば、皆然るべしと万歳[一]を唱《となへ》、いそぎ淺之進をむかへ、裝束《しやうぞく》を改(め)んとて多くの官女達立(ち)つどひ、一間なる所へ伴行《ともなひゆき》、いろ〳〵の綾錦《あやにしき》に、金玉を以て餝《かざり》たる、天子の裝束《しやうぞく》を臺に載《のせ》、官女達とり〴〵に淺之進が帯《おび》をとき、裝束を着《き》せ替(へ)んとして、胸《むね》を見れば穴なし。みな〳〵大に肝《きも》を潰《つぶし》、裝束打(ち)捨(て)迯《にげ》入(り)けるが、一間の方かしましく、「能(き)男とは云(ひ)ながら、貌容《かほかたち》[二]に引(き)かへて、思ひの外なるかたわもの[三]、胸《むね》に穴さへなき形《(なり)》にて、此國の主には存(じ)もよらず、大王様へも姫宮様へも此由奏聞《そうもん》[四]有(る)べし」と、つぶやく聲〳〵聞へければ、淺之進もあきれ居たる所へ、此國の大臣來りて、淺之進に向(ひ)て曰(く)、「汝が容《かたち》勝れたれば、大王迎《むかへ》て子とせんと、宣旨《せんじ》[五]ありしかども、只今官女が申(す)にては、胸に穴なきかたはなるよし、都《すべ》て此國にては、智恵《ちゑ》[六]あるものは胸の穴廣く、智恵《ちゑ》なき者は穴せまし。故に穴せまき者なんどは、高位には登《のぼり》がたし。況《いわんや》穴なきもの、天子にはなしがたければ、是までの約束変改《や(く)そくへんがい》あり、早く國境より追(ひ)拂へと、大王の勅命なれば、此上何と穿胸國に一日も逗留《たうりう》叶はず。いざこざ[七]なしに早《はや》立(ち)のけ」と、下部はわり竹[八]たゝき立(つ)れば、初の契《ちぎり》引(き)かへて、妹脊《いもせ》[九]の縁も淺之進は、我(が)胸

一 後継者の定まった王室をことほぐこと。二 顔の略字。顔と姿。三 自分達と同じでないものを、不具とするこの条は、封建社会の保守性と封鎖性を諷したもの。四 天子に申し上げる。五 天子の口勅を侍従を通じて伝えること。六 度量の有無を、胸中の広狭でいうを、智恵の場合に応用した。七 文句をいうこと。八 手頃に切った丸竹の先を割いたもの。所払いの刑に処するていにならう。九 夫婦の縁。上からは穴がない意で続く。
一〇 ああ情ない。一一 今の北海道。一二 今の沖縄。一三 印度のモゴル地方。増補華夷通商考「莫臥爾(モウル)、北極ノ地ヲ出ル事廿二三度、海上日本ヨリ三千八百余里、暹羅ノ西北ニテ南天竺第一ノ大国也、国ヲ十四道ニ分カテリ、国主在リテ仕置ス、其ノ属国多シ。四季暖国也。(中略)人物シャム人ニ似タリ。下賤ハ色黒シト云ヘドモ(下略)」(和漢三才図会にも)。一四 インドシナ南方にあった国。同「占城(チャンパン)、北極ノ地ヲ出ル事十一度半ノ国也、海上日本ヨリ一千七百里方角交趾国ノ南ナリ、古ノ林邑国ト云ヒシハ此ノ国ノ事ナル由。四季東京ヨリ大ニ熱国也、此ノ国ノ辺ヨリ南天竺ノ内也ト云フ、此ノ国交趾ノ内ニテ交趾ヨリ仕置スル所モ有之トゾ(下略)」。一五 スマトラ。同「蘓門塔剌(ソモンタラ)、(中略)日本ヨリ海上二千四百里、天竺ノ南大海ニアル島国ナリ。(中略)日本ヨリ小キ国ニテ大熱国也。(中略)人物暹羅人ニ似テ、色甚ダ黒ク常ニ裸ニテ風俗最賤シ(下略)」。一六 ボルネオ。同「ボルネラ　浡泥国、(中略)大熱国、八季ノ国也、人物シャム人ニ似テ甚ダ賤シ、大サ凡日本程ノ国ナル由」。一七 ペルシャ。同「百爾斉亜(ハルシヤ)、(中略)日本ヨリ海上五千百里、南天竺ノ西辺也即チ西天竺ノ内也ト云フ、此ノ国天竺開闢ノ最初ノ地ナルヨシ、黄金ノ大

をさぐり見れども、元より少もあなうたてやと、例の羽扇に打(ち)乗(り)て、蝦夷《あぞ》・琉球《りうきう》はいふに及(ば)ず、莫臥尓《もうる》・占城《ちやんばん》・蘓門塔剌《そもんだら》、浡泥《ぼるねら》・百兒齊亞《はるしや》・莫《む》斯哥米亞《すこうびや》、琶牛《べぐう》・亞剌敢《あらかん》・亞尓默尼亞《あるめにや》、天竺《てんぢく》・阿蘭陀《おらんだ》を始として、其外の國〳〵には、家業《かぎやう》をしらぬうてんつ國、髪は本田に銀ぎせる、短羽織に日和《ひより》下駄、じやうるり・三絃《さみせん》・座敷藝、お花といへる地色に打(ち)込(み)、只遊ぶ事を第一とす。しかるに此國折〳〵は大水出(で)て、親の代より譲請《ゆづりうけ》し家業株《かぎやうかぶ》、町屋敷・諸道具・衣類なんどを押(し)流され、火の降《ふる》こと度〳〵なり。又其隣國にきやん嶋といへるあり。神《しん》・儒《じゆ》・佛《ぶつ》の教《をしへ》もなく、からだはしぼり染のごとく、はりこみといふ網《あみ》にて、あくたひと云(ふ)魚を取(り)て肴にし、大酒を呑(ん)できをひ歩行《あるく》を業とす。又おそろしき國あり。其名を愚医《ぐい》國といひ、又藪医《やぶい》國ともいふ。此國の人皆頭を丸め、折に惣髪《そうはつ》なるもあり。学問《がくもん》を表にかざり、人の病を直す事を業とすれども、近年甚(だ)下こんになり、書物を見れば目の先くらみ、尻の下より火焔もえ出(で)、暫時《ざんじ》も学問する事ならず、只世間功者にとばかり心懸(け)、輕薄《けいはく》を常とし、てれん・ついしやうの妙術《めうじゆつ》をきはめ、羽織は小袖より長く、竹輿《(か)ご》のすだれはいき杖よりもふとし、牽頭《たいこ》・媒《なかうど》・屋敷の賣買、天窓《あたま》をふり立(て)かけまはり、見へ第一の藥箱も、銀かなぐはかゝやけども、

塔アリ、十五里ノ外ヨリ見ユルト云フ(下略)」(和漢三才図会「波斯」)。一八 ソ連のモスクワ。同「ムスカウベヤ、日本ヨリ海上一万四千百里、大国也、守護在リテ仕置ス、ヲランダ国ノ東ニテ大寒国也、此ノ国夜長ク昼短キ事多キ国也、風俗ヲランダ人ニ似テ勇強ニ諸人競ヒテ猛犬ヲ畜フトゾ、国法ニテ国王唯一人学文ヲ勉テ、大臣以下学文スル事ヲ禁ズト云フ(下略)」。当時ここ産のムスカウベヤという皮を珍重した。一九 ビルマ南部にあった国。同「琶牛(ペグ)、日本ヨリ海上二千五百四十里　南天竺ノ内也、暹羅ヨリ三日路有之由、釈迦仏此ノ所迄ハ出デ玉ヒタリトテ、住居ノ伽藍今ニ有リ(下略)」(和漢三才図会にも)。二〇 西部ビルマにあった国。同「亜剌敢(アラカン)、日本ヨリ海上二千九百四十里、南天竺ノ内也、国主在リテ仕置ス、暖国也、人物モウル人ニ似タリ」。二一 ソ連の一部アルメニア。同「アルマニア、此ノ国ハハルシヤ国ノ北西ニテ大国也、此ノ国ノ属国ニハルミヤト云フ国アリ、地中ニ金多クテ井ヲ掘ル事アレバ必ズ金ノ塊ヲ掘出ダス、又河ノ底ニ豆粒ホドノ金多シト云フ、然レドモ専ラ是ヲ掘リ取ル事免サザル国法也トゾ」。二二 印度地方一帯の称。和漢三才図会「按ルニ天竺国ニ東西南北中之五ツ有リ、今謂フ所ノ者ハ中天竺カ」。二三 和蘭。二四 遊びにうつつをぬかす者。和漢三才図会所見于闐(うてん)のもじり。以下の諸国は、通人などの諷刺。→補注五八。二五 前出(四七頁)。以下当時の通人の風習。二六 前出(四七頁)。二七 →補注五九。二八 あしだの低く平たい下駄。助六日和下駄といい通人連愛用。二九 主に河東節が語られた。三〇 前出(七二頁)。三一 素人女と恋愛すること。ここは博奕のお花を見立てた。三二 一生懸命になる。三三 家政的危機をいう。

三四 家代々の職業として許された営業権。売買貸借された。三五 抵当・質に入れてとりかえせなくなること。大水の縁。三六 家政の苦しくなること。三七 俠。勇み肌で無頼の職人達。和漢三才図会所見阿黒驕(あべきやん)にならう。三八 信仰道徳をかえりみないこと。三九 全身いたる所いれずみするさま。四〇 口論をふっかけること。あく鯛の張るの縁で網と見た。四一 悪口雑言。四二 きおい肌に行動する。四三 下手医者。和漢三才図会所見烏衣(う)のもじり。四四 月代をそらず頭全体の髪をのばして、たれ又は結ぶ髪風。医者・儒者などの風。四五 気力能力のおとったこと。四六 静座できないたとえ。四七 世の中をたくみにわたること。四八 へつらい。おせじ。四九 俗に医者などを長羽織といい、その風習であった。五〇 医者の上流は駕を常用。その窓にある簾の太いは立派を好んだもの。五一 駕かきのつく杖。五二 太鼓持同様遊里の伴。以下俗医の常とする所。五三 見てくれ。

一 いのこずち。利尿剤にする多年生草本の根。二 駆虫剤にするやぶたばこの実。三 未詳。四 甚だおかしい。五 堅ぐるしい。六 武左。田舎侍を悪くいう語。和漢三才図会所見不刺国のもじり。七 田舎侍を悪くいう語。→補注六〇。八 大きな顔をしている意。九 尊大に物をいうこと。一〇 好色面にしつこいこと。多淫。一一 人の目をごまかすこと、又そのもの。ここはいかさまばくちを諷した。一二 当時隅田川に舟を浮べて賭博をしたことをうがつ。一三 前出(四一頁)。一四 采ころの見立。一五 金も物もすっかりまき上げること。

中の薬は吟味もせず、牛膝《ごしつ》[一]は牛の膝《ひざ》と覚え、靏虱《くわくしつ》[二]には靏のしらみを尋るといふ、古人[三]の詞に遠ひなき、笑止《しやうし》千万[四]なる國にぞ有(り)ける。又四角四面[五]なる國あり、其名をぶざ國[六]といひ、又しんござ國[七]とも云(ふ)。此國の人面《つら》大[八]にして、國なまりをいひちらし、他國より來し者に、おほへい[九]をいへば能(き)事と心得、しつ[一〇]ぶかくして女郎にきらはれ、陰《かげ》で笑はるゝを知らざる程愚なる國なり。又いか[一一]さま國となんいへる所に至れば、此國の人寄集《よりあつまり》、舟[一二]に乘(り)て漕《こぎ》出(だ)し、樗蒲一嶋《ちよぼいちしま》[一三]といふ嶋へ連行《つれゆき》、目の一[一四]より六ッある猛獣《もうじゆう》に喰(ひ)付(か)せて、裸《はだか》[一五]にせんと謀《はかり》ければ、淺之進も早〳〵にぞ迯《にげ》歸(り)けり。

かく様〳〵の苦労艱難《くらうかんなん》、世界中の國〳〵嶋〳〵、殘る所なく廻りければ、羽扇の妙ありとはいへども、元気も足も労れければ、朝鮮《てうせん》[一六]に至(つ)て、人參[一七]のぞうす[一八]いを喰ふ事二月ばかり、又足を休(め)んに、くつきや

一六 今の韓国と北鮮共和国。
一七 朝鮮名産で、最上の精力増進剤であった。源内の物類品隲の人参の条「朝鮮種上品、(中略)近世漢土ヨリ来ル所ノ人参及ビ本邦諸処所産ノ人参等ヲ以テ是ヲ較ルニ其形色気味功用朝鮮人参ニ過ルハナシ」。一八 沢山に食した意。
一九 地球の極地に近く夜の長くつづく国。紅毛雑話の夜国の昼夜「シキンデラル云ふ、春分より秋分まで夜なり、黄昏過の雀色より今少し暗し、秋分より春分までは昼なれど、日に遠き国ゆえ、さまで明るき事はなし、日輪の大さ鬼燈籠(ほおずき)ほどに見えて出没なく、海の面を周りゐるとなり」。
二〇 雑話の春分より秋分にあたる半年。
二一 当時の中国の王朝。一六一六—一九一二年の間続く。
二二 清の高宗(一七一一—一七九九)。年号乾隆による称。宝暦十三年は乾隆二十八年にあたる。
二三 ペキン。当時の都。増補華夷通商考の北京(ホツキン)の条に「京城ハ周廻日本道七里、皇居宮殿楼台美尽セリトゾ」とある。
二四 水にうつしても、うつらない。
二五 后妃や女官のいる所。
二六 長恨歌「後宮佳麗三千人」。
二七 雲の如く美しいびんのさま。二八 かすみがかったような眉。長恨歌「雲鬢花顔」。
二九 ゆきとどきかがやくばかり美しい。
三〇 徒然草、八段「久米の仙人のもの洗ふ女の脛の白きを見て通を失ひけんは(下略)」。元亨釈書、十八に和州上郡人、仙法を学んで空を飛行中、墜落したとある。
三一 全身黄金なれば涎も黄金というか。涎を流すは、性根をうばわれたさま。
三二 かっと開いた大目玉も、恋心にうっとりとする。目を細めるは、よろこび悦にいるさま。

うのこととありとて、夜國《やこく》[一九]に寐ること半年餘[二〇]にして、草臥《くたびれ》も直りければ、また羽扇に打(ち)乗(り)て唐土へとこゝろざし、清朝《しんてう》[二一]の主乾《けん》[二二]隆帝《りうてい》の住(み)給ふ北京《ほつきん》[二三]にならん至(り)けるに、廣き事類なく、繁華《はんくわ》詞にも及(ぶ)べからず。いざや城中に入(り)てながめんとて、彼羽扇を脊《せ》に負へば、忽《たちまち》に影ぼうしもなく、水鏡[二四]も見えざれば、しすましたりと笑《ゑみ》を含《ふくみ》て、大門より白昼《はくちう》に入(れ)ども、人是を知る者なし。それより足にまかせて、數多の宮殿残る方なく見めぐりけるが、後宮[二五]に至(り)て打(ち)ながむれば、三千人[二六]の官女紅粉をいろどり、雲[二七]のびんづら靄《かすみ》[二八]の眉《まゆ》、玉[二九]をつらねし美人の粧、昔久米《くめ》[三〇]の仙人は、物洗ふ女の木綿湯具《もめんゆぐ》のびらつきて、脛《はぎ》の白く見へしにさへ、通を失ひしためしもあり。かく數多ある美人の中に至りなば、釈迦も黄金《わうごん》[三一]の涎《よだれ》をながし、達磨《だるま》の目玉[三二]も絹糸のごとくなるべし。浅之進も心乱(れ)て城外に出る事をしらず、後宮《こうきう》の隅《すみ》に

かくれて、夜な〳〵官女の閨《ねや》[一]へぞ忍びけるが、いつとなく其噂《うはさ》聞へければ、いかさま変化《へんげ》の所爲ならんと、[二]宰相《さいしやう》以下打集《うちあつまり》て評定あり、四方八方燈をてらし、[三]寓直《とのゐ》の武士嚴重《げんぢう》なれども、何事も目に[四]さへぎらず。然れどもかゝる事などは猶やまざりければ、扨は[五]魑魅魍魎《ちみもうりやう》のしはざか、又は日本にてはやると聞(く)、姫《ひめ》路《ぢ》に[六]おさかべ[七]赤手のごひ、[八]狸《たぬき》のきん玉八疊敷、狐《きつね》が三疋尾が七ッの類ならば、[九]打ものわざにてかなふまじ、貴僧高僧に命じて御祈《いのり》あるべしなんど、評議一決せざる処に、宰相申されけるは、「都《すべ》て魑魅鬼神《ちみきしん》の類ならば、足跡はなきはづなるに、御庭のところ〴〵人の足跡殘れるはいぶかしゝ。是にこそてだて段〳〵[一〇]有馬山、油断する所にあらず」と、間ごとの入口に細《こまか》なる砂を散(ら)し置(き)、寓直《とのゐ》の武士[一一]懐中火把《くわいちうたいまつ》を持(ち)て、忍びてなん窺ひ居ける。淺之進はかゝる事とは[一二]露白波《つゆしらなみ》の、[一三]恋の関守《せきもり》うちもねなゝんとつぶやきて、彼羽扇にて身を隱(し)、一間なる所へ忍(び)行(く)に、容《かたち》はさらに見へざれども、散(ら)し置(き)たる砂の上、足跡の付(く)を[一四]めどにして、忍(び)居たる寓直《とのゐ》の武士、彼火把《たいまつ》をなげかくれば、飛(ば)んとする間も[一五]あらむざんや、惣身に火付(き)て燃上《もへ》(が)れば、淺之進すべき様なく、急ぎ帯を引(き)ほどきつゝ、裸《はだか》になりて飛(び)出(づ)る内、羽扇も小袖も一時にみな〳〵灰とぞ成(り)たりければ、丸裸《はだか》の淺之進が姿忽然《こつぜん》とあ

一　江島其磧らの豆男本の、小さい姿で閨中のいたずらをするに趣向を得たもの。なお奥女中絵島が役者生島新五郎を大奥に入れた事件などを下にふむか。
二　天子を補佐、政治を総括する大臣。
三　名物六帖「寓直(トマリバン)」。宿直。
四　目に入らない。
五　文選の西京賦「魑魅魍魎」。魑は山林の気の化したもの。魅は沢神の怪。魍魎は山川の精。
六　俗伝に姫路の天守櫓にある霊狐。今姫路市の射楯兵主神社の末社長壁神社として祭られる。
七　赤手拭稲荷。今の大阪市浪速区にある社(浪華百事談)。
八　狸や狐をいう童詞を用いた。狐・狸の妖怪の所為。
九　武器で対しても。謡曲の船弁慶「打物わざにては叶ふまじと珠数さらさらと押し揉んで」。
一〇　「あり」というを通語で「有馬山」とつける。
一一　袖松明か。安斎随筆、二十九「硫黄(八匁)樟脳(五匁)タンパン(三匁)実石(八匁)唐ノ土(三匁)、右胡麻油にて、木綿切れのいかにも古きにぬり、桜の木こまかに割きて、是れに巻きつけ、長さ四五寸の松明にして袖に入れて持つなり、さて用ふる時、火の付く事早く、しかも一寸一里をともすべし」。名物六帖「火把(タイマツ)」。
一二　少しも知らず。白波は伊勢物語、二十三段「風吹けば沖津白波たつた山」の詠により恋にかけたが、ぬすみ食の恋の意もあるか。
一三　伊勢物語、五段「人しれぬ我が通路の関守はよひ〳〵ごとにうちも寝ななむ」。恋の邪魔はねてほしいの意。
一四　目標。
一五　間もあらず、ああむざんにも。

らはれて、始(め)て人目にかゝりければ、寓直《とのゐ》の武士[一六]おり重り、[一七]高手小手にいましめて、帝《みかど》の前に引(き)出す。されば[一八]楽極(り)て悲生ずるとはかゝる事をや云(ふ)なるべし。宮中にてはひそかに契《ちぎり》て、淺之進が身の上を知(り)たる官女は、扨もむざんの事なりと、[一九]忍び涙《なみだ》に袂《たもと》をしぼり、又事あらはれなば、いかなる目にか逢(は)なんと、心安からざるも多かりけり。

帝王《ていわう》は淺之進を御覧ありて、彼が[二〇]人となりを見るに、「其容貌《ようぼう》賤からざる者の、何故かゝる術《じゅつ》をなして、我(が)後宮《こうきう》へ忍び入(り)たりや」と尋(ね)給へば、其時淺之進頭を振(り)上(げ)、「我は日本江戸の者にて、深井淺之進と申(す)者なるが、我(が)師風來仙人の教にまかせ、諸國の人情をしらんがため、有(り)とあらゆる國〳〵をなん見廻りけるに、此城中の後宮に忍び入(り)、思はずも官女の美なるに心まよひて、我(が)本心を失ひし故、師の仙人のとがめにや、仙術《せんじゆつ》をこめられし羽扇を燒(か)れて術を失ひ、今ぞ我(が)身を[二一]有頂天《うてうてん》、かくのごとくの[二二]丸裸《まるはだか》、馬鹿《ばか》のむき身と笑(は)れて、異國《ゐこく》に恥《はぢ》を殘さん事、是非に及(ば)ぬ次第なれば、とく〳〵刑《けい》に行はるべし」と、[二三]詞すゞしく申(し)上(ぐ)れば、其時帝も群臣も扨〳〵珍しき事かなとて、猶諸國をめぐり見たる事なんど、くはしく申(し)上(ぐ)べきため、縄《なは》をゆるし衣類をあたへ、様〳〵酒肴をもてなして、帝・

一六 上が上へかさなって。
一七 両腕を後方にまわし、上臂下臂から頸にかけてしばる厳重なしばり方。
一八 漢の武帝の秋風辞(古詩源所収)「歓楽極リテ哀情多シ、少壮幾時老ヲ奈何セン」。
一九 こっそりと涙を流す。
二〇 人品。
二一 仏説で三界九地の最上処。転じて何かにふけって我を忘れることをいう。
二二 馬鹿者の丸裸を馬鹿貝のむき身にたとえた。
二三 さっぱりと。

太子を始として[一]百官百寮席《りやうせき》をつらね、後の方には后よりもろ〳〵の女官達、[二]日本人の寐言《ねごと》にあらぬ、珍しき事聞(か)んとて、翠簾《みす》の間に[三]紙なんどはさみつゝ、ひそかにのぞきて聞(き)居給ふ。淺之進漸(く)心落(ち)着(き)て、夫より諸國めぐりたる物語をなす事日をかさねければ、諸國の人物・鳥獸、山海の様子まで、委《くわしく》物語有(り)ければ、帝甚(だ)叡感《ゑいかん》あり、「世界廣しとはいへども、我(が)唐土《もろこし》の[四]五岳《がく》につゞける大山は有(る)まじき」と有(り)ければ、淺之進申(し)けるは、「仰の通り、諸國の山の内にては、まづ五岳が随一なれども、我(が)故郷の日本には、不二《ふじ》といへる名山あり。[五]其大さ五岳にもはるかまさり、[六]八葉の峰そばだちて、[七]四時に雪の消《きゆ》ることなく、何れの國より是を見ても、[八]白扇《はくせん》さかしまに懸ると、詩にも作り、『[九]なか〳〵にいふ言の葉もなかりけり。不二の白雪〳〵』なんどゝ哥にも詠じ、風は[一〇]人穴を出(で)て、[一一]三千世界を涼うし、雪は麓《ふもと》に落《おち》て、[一二]白酒と成(つ)て旨《うま》がらす。五岳なんどのごときは、[一三]草履取にも不足なり」と申(し)ければ、帝大に驚(き)給ひ、「昔日本の画工[一四]雪舟といへる者、我(が)國に來(り)[一五]彼山を画(き)しより、唐土人も[一六]三保の原、[一七]浮嶋《うきしま》の風景《ふうけい》も、我は其意を[一八]繪空言《(ゑそらごと)》にて、五岳には及(ぶ)まじと、今迄は思ひしが、汝が詞を聞(き)しより、初(め)て不二《ふじ》の万國の山にまさりたるを知れり。我も[一九]四百餘州を[二〇]たもてば、

一 ことごとくの役人。
二 わかりにくいことのたとえ「唐人の寝言」を反対に用いた。
三 みすのすき間を広くする為。
四 和漢名数「東泰、南衡、西華、北恒、中嵩」。上はその山のある地方。下が山の名。
五 雑説嚢話の引く、玄光和尚の不二の詩の小序に「然レハ則チ富士ハ、独リ此ノ国之高山ニ非ズ、四海中之高山也、震丹之山ノ如キ、泰山ノ秀、終南ノ大、大華ノ嶮、峨眉ノ高モ及ブ可カラズ」。
六 富士山に八の峰、八の谷あって、八葉の蓮華に似た所よりいう。
七 春夏秋冬。
八 石川丈山の詠「雪ハ紈素ノ如ク煙ハ柄ノ如シ、白扇倒ニ懸ル東海ノ天」。
九 出典未詳。
一〇 富士の人穴。東海道名所図会「足利山(愛鷹山のこと)の麓なり。富士に続きたればふじの人穴といふ。建仁三年六月三日、仁田四郎忠常(中略)富士の人穴に入りし事人口に膾炙す」。又程ヶ谷・神奈川の間にも同名の穴がある。俗説に日本中の風の出る穴という。
一一 世界中。
一二 蒸した糯米にみりんをまぜ、ひき臼ですって醸造したもの。三国一の意で看板に富士の図を出したのでいう。
一三 召使としてつれるの意。
一四 諱は等楊(一四二〇—一五〇六)。画僧。応仁二年(一四六八)渡明して、北画系を修めて帰国した。
一五 唐土で書いた富士と清見寺の画が実際に違っていた逸話による。→補注六一。
一六 見るとかかる。静岡県清水市。駿河湾にのぞみ、松間に富士を見る絶景地。

何に不足もなけれども、不二山ばかり日本にまけたる事、無念類《たぐひ》は中橋[二一]なれば、是より諸國へ申(し)付(け)、多くの人歩《(にんぶ)》を呼(び)寄(せ)て、不二山[二二]を築《きづか》せて、後世に名を殘すべし。汝は彼山を能(く)見覚へつらんなれば、科《(とが)》をゆるして奉行[二三]となすべし。五岳の内何れの山にても、見立次第[二四]基《もとひ》として、不日[二五]に不二山を築《きづく》べし」との勅命《ちよくめい》、淺之進謹《つゝしん》で、「私日本に生れたれば、不二の形《かたち》あらましは覚えたれども、委《くわしき》事は存ぜざれば、御役儀を承りて、不二山成就したりとも、目利《めきゝ》[二六]者に見付(け)られ、爰《こゝ》の所は不出來なり、此岩は付物[二七]なんどゝ、似せ物師の名を請(け)ん事、末代の恥辱《ちぢよく》なれば、一まづ日本へ立(ち)歸り、不二山の雛形《ひながた》[二八]を取(り)歸るべし。しかし其雛形《ひながた》も、外に仕方も有(ら)ざるべければ、唐土中の紙と粘《のり》とを取集《とりあつめ》、不二山をはりぬきにして、此方にて築《きづき》し山に、すつぽりと打(ち)きすれば、其違《たがひ》明白《めいはく》ならん」と、いわせも立(て)ず、宰相かぶりを打(ち)ふりて、「昔秦《しん》[二九]の始皇《しくわう》[三〇]の時、除福《ぢよふく》[三一]といへる大山師が、蓬萊《ほうらい》[三二]山に至(り)て、不死《ふじ》[三三]の藥を求(め)んとて、おこはにかけ[三四]しためしも有れば、うかつには呑《の》(み)込(ま)れず。其上かゝる大山をはりぬきにするは、紙代等も御時節がらには大そふなれば、[三五]出來兼山《(できかねやま)》の子規《ほとゝぎす》、外に仕方は有(る)まじきや」と、冠をかたふけ[三六]思案あれば、淺之進すゝみ出(で)、「此事気遣ひ給ふべからず。舩に乗(り)て行(く)人は、皆王

一七 その画で気がはれてうくとかかる。静岡県駿東郡、田子の浦にそう浮島が原。
一八 画家が想像を加えて、真実と違えて書いたもの。
一九 中国の全領土をいう。
二〇 統治する。
二一 「ない」の末につけていう当時の通言。中橋は、もと、日本橋と京橋の中間にあったが、既に地名のみで橋がなかったのも、この通言の一原因。
二二 当時、駒込及び浅草の富士権現社に人造の富士があって、六月一日富士詣で賑わっていたのを諷したもの。
二三 仕事を主任として担当する者。
二四 適当なのを見はからうままに。
二五 いそいで。
二六 よく目のきく人。
二七 余分のもの。 二八 模型。
二九 中国古代の王朝(前二二一—前二〇六)。
三〇 始皇帝。名政、第一代。
三一 「除」は「徐」の誤り。焦氏筆乗「日本国ハ倭国ト名ヅク、東北数千里ニ山有リ、富士ト名ヅク、又蓬萊ト名ヅク、国中最モ高キ山也、三面皆海ニシテ一朶直ニ上ル、頂ニ火烟有リ、秦ノ時徐福海ニ入リ薬ヲ求ム、終ニ此ニ止マル、今ニ至ツテ子孫秦氏ヲ称ス」。
三二 富士山の別名と見る。
三三 史記の封禅書に蓬萊、方丈、瀛洲の三神山に不死之薬があると見える。
三四 ぺてんにかける。うまうまと欺く。
三五 通語に待兼ねることを「待兼山の子規」というを、出来かねるに転用した。
三六 頭をかたぶけるを、中国の大臣なれば、冠といった滑稽。

の臣下なれば、中〳〵一人の私にて迯(げ)かくれはなるべからず。又不二山をはりぬく事は、我に一ッの仙術《せんじゆつ》あり。紙と粘《のり》は御入用[一]までもなく、唐土中の郡《ぐん》[二]縣《けん》へ公役[三]をかけば、大方には揃ふべし。もし不足なる時は、我(が)日の本の恋[四]風や、其扇屋の夕霧[五]より、藤屋伊左衛門[六]へ贈《おくり》たる文を、もとめてはりぬきにし[七]、叡覧《あいらん》に備へ奉(ら)ん事、本に正直《しやうじき》、日天様[八]掛(け)て少(し)も違ひこれなし」と弁舌をふるふて申(し)上(ぐ)れば、帝《みかど》をはじめ皆〳〵大に感心《かんしん》あり、「今に始(め)ぬ日本人の智恵《ちゑ》なるかな。いそぎ其用意せよ」とて、唐土中へ觸《ふれ》をなし、紙と粘とを集(む)る事山のごとく、大舩三十万艘を寄(せ)て追〳〵に積立《つみたて》、經師屋《きやうじや》[九]の類はいふに及(ば)ず、素人までも小細工[一〇]のきゝたる者は召(し)出(だ)し、淺之進にも様〳〵の賜《たまもの》ありて、不二山張抜太夫《ふじさんはりぬきたいふ》[一一]といへる官を給はり、日和《ひより》を見定め、三十万艘《ぞう》一度に出舩ありけるは、目ざましかりし次第なり。

風流志道軒傳巻之四終

一 費用。わざわざ金をついやすまでもなく。
二 地方の各行政単位への意。
三 朝廷から賦役を命じたら。
四 日本の恋の風を代表する。下の扇と風は縁。近松の夕霧阿波鳴渡「恋風の其扇屋の金山と名は立ちのぼる夕ぎりや」。
五 夕霧阿波鳴渡の女主人公。大阪新町扇屋の太夫。
六 同じ作品の主人公。
七 近松の同じ作品「つら〳〵思へば、けいせいかひより紙くずかひがましじや、かねだして此方へ取る物は状文ばつかり、七百貫目が紙くずではふじの山のはりぬきもらくなこと」とあるによる。
八 お日様。神かけてと同意。
九 表具屋。
一〇 小細工のできる者。
一一 唐朝に仕えた阿倍仲麿(六九八―七七〇)が、光禄大夫の官に任じられたことをふんで、ふざけたもの。

風流志道軒傳巻之五

抑《そも〱》[一二]不二権現《ふじごんげん》と申(し)奉るは、[一三]駿州有度(うど)ノ郡に鎮座《ちんざ》まします。祭《まつる》ところ大山[一四]祇命《つみのみこと》の女《むすめ》、木花開耶媛《このはなさくやひめ》にて、是を浅間《せんげん》の社と申(し)奉る。されば神の[一五]靈妙《れいみやう》はかるべからず。異國より不二山《ふじさん》をはりぬきの用意ある事、忽《たちまち》しろしめされければ、我守護《しゆご》の名山を、唐土へ写《うつ》されては日本の恥《はぢ》なりとて、[一六]愛鷹《あしたか》の明神に御[一七]内談ましく〱て、[一八]曾我《そが》兄弟の神を[一九]早使にて、[二〇]伊勢八幡の兩社へ御注進ありければ、即時に諸國へ觸《ふれ》をまはし、則(ち)不二山の絶頂《ぜつてう》へ、[二一]八百萬《やを》の神〱神ッつどいにつどい給ひて、様〱評定ありけるが、[二二]「昔蒙古《もうこ》より責來《せめ》(り)し時の先例に任すべしとて、[二三]雨の神風の神に命じて、[二四]急ぎちくらが沖《をき》に待(ち)請(け)て、唐《もろこし》の舩を吹(き)くだけよ」と有(り)ければ、風の神申されけるは、「私共一族《ぞく》残らずちくらが沖へ出張をなさば、其跡にては日本に[二五]風をひくもの一人もなくんば、医者《いしや》ども渡世に難儀たるべく思ほゆれば、少〱は跡に殘(し)なん」と伺(ひ)ければ、

一二 和漢三才図会「富士浅間大権現　在富士山祭神　木花開耶姫命(大山祇命之女、瓊瓊杵尊之妃)。

一三 今の静岡県内の古い郡名。今は安倍郡に入る。

一四 原本「祇」。意によって改。

一五 人間の智では、はかれない不思議な神秘力。

一六 静岡県の駿東、富士二郡にわたる山、愛鷹山の山神。犬飼明神と共に、浅間大権現に附く神。

一七 内々の相談。

一八 東海道名所図会「曾我兄弟禿倉(ほこら)　富士川の東、平垣の左の山際厚原といふ所にあり、土人曾我八幡といふ、今も敵討の者信ずるに霊応ありといふ、其側久沢といふに福泉寺といふ寺あり、こゝに曾我兄弟の石塔あり、苔古く文字剝落して見えず」。

一九 急使。

二〇 日本の神の代表。根南志具佐前編「彼国には伊勢・八幡を始として」(四八頁)。

二一 古事記、上「是以、八百万神、於天安之河原、神集集而」。

二二 文永十一年十月二十日、弘安四年閏七月一日、いわゆる神風吹いて来攻の蒙古の軍船をことごとく沈めた例。

二三 共に伊勢神宮の属神で、雨・風を司る神。

二四 韓(から)と日本の潮界にあたる海域をさす。

二五 吹く風と、引く風を混合したおもしろさ。

諸神以ての外怒《いから》せ給ひ、「若《もし》不二山をはりぬかれなば、日本末代の耻辱《ちぢよく》なり。何ぞや医者の難儀ぐらいに替(へ)べきや。其上近年生れつきたる医者は少《すくな》く、家業《かぎやう》にうときの[一]ら者ども、[二]靑菜賣《あをなうり》は[三]淺漬宅庵《あさづけたくあん》となり、肴屋は[四]稲田安康《いなだあんこう》、餅屋は[五]佐藤養閑《やうかん》と名乘(り)、あめ賣は[六]雨井堯仙《あまいげうせん》と改名し、[七]気のしれぬ麻布木庵《あさぶもくあん》が類なれば、はやらぬ時は、[八]『ほうろくはもとの土とぞ成(り)にけり』にて、餓死《うゑし》すべきには至らざれば、瑣細《ささい》の事は打(ち)捨(て)て、唐舩日本におもむかば、雨風の神精力《せいりよく》を尽し、[九]霰《あられ》の神・雹《へう》の神もとも〴〵に力をそへ、[一〇]戸板にごろつく豆のごとく、暫時《ざんじ》の間に吹(き)くだくべし」と、はげしき仰蒙(り)て、雨・風・霰《あられ》・雹《へう》の神は、雲を起《をこ》して降《ふつ》て行(く)。唐人どもはかゝる事とはいざ[一一]白波を凌《しのぎ》つゝ、順《じゆん》風に帆《ほ》をあげて、日本間近くなりける時、待(ち)もふけたる事なれば、黑雲八方より覆《おほひ》かゝり、方角さらにしれざれば、數百万の唐人ども、うろたへまはる折からに、雨風はげしく吹(き)來り、三十萬艘《ざう》の唐舩を一ッ所へ吹(き)寄(せ)て、只一もみにもみくだけば、數十万人の唐人共、海中に飛(び)入(り)て、水練《すいれん》秘術《ひじゆつ》を尽せども、三十万艘《ざう》の大舩に積置《つみおき》たる粘《のり》と紙、一度に海へ入(り)たれば、さしもに廣き洋海《やうかい》も、紙漉《かみすき》の箱を見るがごとく、とろり〳〵とねばりければ、[一二]もちに着《つき》たる蠅《はい》のごとく、皆あら波に打(ち)込(ま)れ、數もかぎらぬ唐人ども、

一 なまけ者。
二 漬物用の菜を売り歩く者。
三 浅漬と沢庵漬を合わせた名。
四 鰡(ない)と鮟鱇を合わせた名。
五 砂糖と羊羹を合わせた名。
六 甘い凝煎のもじり。凝煎は地黄煎飴のこと。地黄煎は前出(一四六頁)。
七 江戸の成語「麻布で気が知れぬ」を用いた名。この諺前出(五四頁)。
八 出典未詳。意は炮烙が破れても、元来の土になるだけ、医者が流行らねば、もとの職業にかえるから、もともとである。この所、当時の俄医者を諷したもの。
九 滑稽に作った神。
一〇 とどこおらず、たえずつづけることのたとえ。
一一 いざ知らず、白波をのりこえて。
一二 とりもち。

一三白《しら》あえとなりて死シたるは、むざんなりける事どもなり。

爰に一ツの一四不思議《ふ(し)ぎ》あり。淺之進が乘(り)たる舩は、日本人のありし故にや、かゝる風雨の中にても、舩は少(し)もいたみもなく、何《(いづ)》ちともなく吹流《ふきなが》され、ゆらり〳〵と一五大舩の、一六思ひ頼(ま)ん方もなく、風にまかせてたゞよひしが、覚えずも日を重(ね)て、糧《かて》も水も盡《つき》んとすれば、生《いき》たる心も一七あら海の、向を見れば一の嶋あり。初(め)て蘓生《よみがへり》たる心地にて、嶋を目あてに漕寄《こぎ》れば、此嶋は一八女護《によご》が嶋とて、男は一人もなくして、女ばかり住(め)る國也。子を産(ま)んと思ふ時は、日本の方に向(か)ひて帶をとき、風を請《(う)》(く)れば、懷胎《くわいたい》して又女子を産《うむ》。王もあれども皆女なり。此嶋の掟《おきて》にて、外より流(れ)來る人あれば、舩より陸《くが》へ上る時、國中の女立(ち)出(で)て、磯邊《いそべ》に草履《ざうり》を直し置(き)、其草履をはきたる者と、夫婦《ふうふ》となる法なれども、はるかへだてし嶋なれば、是まで人の流《ながれ》來る事もなきに、此度舩の漂着《ひやうちやく》せしは、天のあたへと悅(び)いさみ、皆〳〵濱邊《はまべ》に立(ち)出(で)て、前後をあらそひ草履を直せば、淺之進を始として、百餘人の唐人ども、面〻草履をはきつれて、陸《くが》珍しく立(ち)出(づ)れば、はかれし者は取(り)すがりて、一九「こんなえにしが唐にもあろか」と、なれ〳〵しく悅びいさみ、はづれしものは浦山《うらやま》しく聲《こゑ》〳〵にさわぎければ、此國の帝王《ていわう》より役人來りて、御用

一三 肉や野菜の類を、豆腐であえた料理。
一四 不思議のあて字。
一五 「たのむ」にかかる枕詞。
一六 たよる方向もなく。
一七 上からあらずと続く。
一八 前出(一八七頁)。
一九 又とない珍しいよい縁の意。

なるよし、百餘人の者どもを、一人も殘らず竹輿《かご》に乘せ、城内へ連行《つれゆき》ければ、大勢の女共は、[一]闇夜《やみよ》にへそをぬかれしごとく、[二]うつとりとして居たりしが、打(ち)寄(り)て相談しけるは、「此嶋にそだつ者、上《(うへ)》つ方も下ざまも、男のほしきは同じ事なり。いかに御威光《ゐこう》なればとて、殘(ら)ずお上《(かみ)》へ取(り)上(げ)給ふは、扨〳〵[三]つれなきなされ方、我〳〵生(き)て何かせん」と、皆一同に[四]連判《れんばん》して、國中の者一人も殘(ら)ず、城外へ詰《つめ》かけて、「男を返し給ふべし。さもなくば、此城一ッ責破《せめやぶり》て、[五]目に物見せん。彼日本に名の高き、[六]巴《ともへ》・[七]板額《はんがく》にはあらずとも、女の[八]念力岩〔を〕とほす」と、聲〳〵に呼(ば)はりて、[九]恨《うらみ》の氣天地に満《みつ》れば、帝《みかど》も大にもてあまし、如何せんと評定ありしを、淺之進申(し)けるは、「所詮《しよせん》百人ばかりの男にては、國中の者爭《あらそひ》て、上へ取(ら)ば下うらみ、下へ行(か)ば上恨《うらみ》なば、[一〇]是乱世のもとゐなるべし。我に一ッの工夫有(り)。唐にても日本にても、女郎屋といふ事あれば、此上は私共百餘人の者申(し)合せ、女郎のごとく店を出し、[一一]情《なさけ》の道を商ふべし。しかる時は此國の人、貴賤《きせん》上下のわかちなく、金次第にて來るべければ、互に恨《うらみ》そねみもなし。此儀如何」と申(し)ければ、「是はよろしかるべし」とて、それより其旨ふれければ、何れも大に得心して、國中の女ども圍《かこみ》を解《とい》て引(き)退《しりぞく》。

一 突然大事なものをしてやられた意の新造の譬喩。二 ぽかんとして。三 無情な。この所、年貢をめぐる百姓一揆に模した諷刺であろう。四 名をつらね署して判をする。ここは一味徒党の約束をして、誓約の為にした連判。五 ひどい目にあわせる。六 木曾義仲の妾であった勇婦。その活躍は平家物語に見え、後、和田義盛に嫁し、朝夷三郎を生むという。七 城資盛の姨(ば)で、資盛が源将軍に反抗した時勇戦、後に浅利与市に帰す。八 思う力のつよいことのたとえ。原本「を」なし、新しく補。九 為政者の住居が怨嗟の府となった。一揆のさまをうつした語。一〇 わざと誇張した冗談。一一 売色を事としよう。一二 吉原が江戸の北方にあって、北里などと称されるによった。一三 吉原の四方に、俗称おはぐろどぶという堀のあるにならう。一四 引手茶屋。揚屋又は遊女屋へ客を案内する見世。一五 遊女屋より妓をまねき、そこで遊ぶ見世。吉原では、北里見聞録によれば、宝暦十年をもってこの制度はなくなった。一六 吉原では、大門一つであった。一七 吉原では、四郎兵衛と称する番所が、女郎の逃亡その他の監視にあたった。一八 夜郎国(漢書の西南夷伝に見えて、夜郎自大の語のもとになった国)のもじり。一九 遣ると取るの反対でつけた滑稽。二〇 吉原で最高の妓品。宝暦の末まであって、以後名あって人なく、人と揚代にそれに相当するのがあっても名はなくなった(北里見聞録)。二一 吉原で第二番目の妓品。太夫と同じ推移をたどった。これらは揚屋へ呼んで遊ぶのが定式であった。二二 江戸の散娼を吉原に集めたことに初って、遊女屋で客をむかえるが定式。「吉原にあり来りし傾城と違ひ、意気張もなくてふらぬといふ心にて、散茶といゝけるが」(北里見聞録)、後扨都[一二]の北に当りて、しかるべき土地を見立(て)、四方には堀[一三]をほり、茶屋[一四]揚[一五]屋より諸商人の家〳〵まで、不足なく建《たて》ならべ、一方の入口には大門[一六]を拵(へ)て、郭《くるわ》中の男は外へ出(で)ざる爲にとて、関所《せきしよ》のごとくに番人[一七]を付(け)置(き)、淺之進を始として、彼百餘人の唐人を、五人十人引(き)わけて、家〳〵に店を出す。されば女なれば女郎といひ、また遊女などゝいへども、是は男の傾城《けいせい》なれば、其名を男郎《なんらう》[一八]と呼《よび》、また遊男《ゆうなん》とも名づけ、又年の寄(り)たるは、やりての役を勤(む)れども、是も男の事なれば、其名を呼(び)て、とりて[一九]となん改めつゝ、其外は何事も皆吉原を学びて、太夫[二〇]よりかうし[二一]・さんちゃ[二二]、下唐人[二三]は河岸《かし》[二四]へ追(ひ)やり、引ぱりみせ[二五]まで出しけり。衣類も様〳〵工夫しけるが、兎角《とかく》日本の風俗が女の気に入(り)たりとて、唐人共も元服《げんぷく》[二六]させ、捲上鬢《まきあげびん》[二七]に長羽織[二八]、紅白粉《べにおしろい》にて形を粧ひ、黄昏《たそがれ》も過(ぐ)る頃、鈴《すゞ》[二九]の音聞ゆるを相圖に、づらり[三〇]と店に居並(び)て、燈くわつと照《てり》渡れば、待(ち)もふけたる女客、格子[三一]に顔《かほ》をおしあてゝ、何《いづ》[三二]れあやめと引(き)ぞわづらふ其内に、二階[三三]へ上る客もあり、又は茶屋付[三四]・揚[三五]屋入、對《つい》[三六]の禿《かぶろ》[三七]に日がらかさ、羽織[三八]のゐりもしどけなく、つかみ[三九]からげの八文字[四〇]、押[四一](し)わけられぬ人だかり。此國開(け)てこのかた、咄にも聞(か)ざれば、まして見る事は猶初なり。遊男を買(ひ)て遊(ば)んとて、上を下へとこみ合(ひ)て、

に昼三と呼ばれ、宝暦後の吉原はこの系統のもののみになる。

二三 下賤な中国人。

二四 吉原の東西の堀ぎわを河岸といい、切見世と称する安女郎屋があったにならう。

二五 遊女自ら客を引く下等な見世。

二六 月代をそって髷を結わせたこと。国性爺合戦の千里が竹の条に、降参の唐人を日本風に元服させるのに、案を得たのであろう。

二七 巻鬢。賤のをだ巻「巻鬢とて、鬢の毛を上へ搔き上げ、きはにて巻き込みゆひたり、何れも文金風より後の事なり」。芸人などの風。

二八 役者など芸人の風。

二九 吉原の張見世に鈴を相図で出るを模す。

三〇 張見世の気味。

三一 これは張見世を格子越しに物色するていに相当。

三二 沙石集に梶原景茂が菖蒲なる美女を所望、主頼朝の命で三十人の中からさがす時「まこもぐさ浅香の沼に茂りあひていづれあやめと引きぞわづらふ」と詠じた故事。源平盛衰記などには、源頼政のぬえ退治の時の話として、歌も「五月雨に沼の石垣水こえて何(いずれ)かあやめ引きぞわづらふ」とある。江戸時代はこの説が流布。めあてをさだめること。原本「あああめ」。意によって改。

三三 吉原遊女屋では二階に遊女達の間があった。遊女(男)屋と直接交渉で客になること。

三四 茶屋の案内で遊女(男)屋に上ること。

三五 客に揚屋へ呼ばれて遊女(男)のゆくこと。道中とは、その時のねりゆくことをいう。又昼三が中の町の茶屋へ出る時にも用う。

三六 太夫・昼三の道中に禿と称する見習の小女が二人前方につく。

三七 長柄の傘を晴天でもうしろからさしかける。

三八 遊女の打かけの気持。

三九 道中で打かけのつまをからげること。

四〇 道中の足のはこび方。内八文字(京風)・外八文字(江戸風)がある。→矢口渡補注四。

四一 道中を見物せんと人の混雑するさま。

押[一](し)もきらぬ女客、初會[二]も程なくなじみ[三]となり、貰《もらひ》[四]のもめ[五]、もの日[六]の約束、いつしか客も粋《すい》[七]に成(つ)て、立ひき[八]・いきはり[九]、のく[一〇]・切る[一一]の氣味合事[一二]まで、さして替れる事もなし。只世上の女郎に異《こと》なる事は、袖とめ[一三]、かね付[一四]の世話なきのみにてぞ有(り)ける。淺之進を初め唐人どもは、始の程は面白き事いふばかりなく、天上[一五]の栄花《えいぐわ》も是にはしかじと、古郷の事も打(ち)忘れてたのしみけるが、いつとなう事足(り)たる様に思へば、おのづから秋風[一六]の身にしみて、雨[一七]のふる夜も雪の夜も、本につとめはまゝならぬ、後には客を見るもうるさく、気に入(ら)ぬ客はふつ[一八]て見ても、男のふらるゝと遠ひ、義理外聞《ぎりぐわいぶん》もかまはず、夜中取(り)つき恨歎《うらみなげゝ》ば、そうく〳〵はふる事もならず、昼夜をわかず勤(め)ければ、半年も立(た)ぬ内に、色青[一九]く痩《やせ》おとろへ、こつ〳〵と咳《せき》の出るを相圖にして、無《む》[二〇]常《じやう》の恋風にさそはれ、百餘人の遊男ども、西方[二一]浄土《じやうど》へ

一 雑踏するさま。
二 遊女(男)と第一回目に遊ぶこと。
三 吉原では同じ遊女と逢う三回目からを馴染という。
四 すでに客席に出た遊女などを他の客席へ呼ぶ手つづき。
五 悶着(吉原大全「さはる夜並にもらひ引の弁」)。
六 紋日。前出(五五頁)。
七 遊びの玄人。通人。
八 心意気を見せてはり合うこと。
九 意気をつらぬき通すこと。
一〇 客が遊女のもとへ次第に通うことを少くして切れること。消極的な切れ方。
一一 客が遊女とすっぱりと関係を断絶すること。
一二 タイミングよくはこばねばならぬこと。以上の如きは粋人としては、呼吸をはかって、上手にやらねばならない。
一三 前出(一三一頁)。
一四 新造に出る前の行事。吉原大全「姉女郎の見はからひにて新ぞうに出すなり、その十日ばかりまへに、女郎の心安き客七所より、おはぐろをもらひつけぞめをなす、此の日そば切をとのへ、家内はもちろん、ゆかりの茶や船宿へもおくる事なり、又赤飯をむして、しるべのかたへおくる、是また故実なり」。以上のないは男であるから。
一五 仏説でいう天上界の栄花。最上のたのしみとされる。
一六 あきがくること。しみじみといやになって。
一七 出典未詳。
一八 麓の色「客を振るといふは振向くの略語なり、あちらへ振向いて背を見するをいふ、又袖に把(と)るを振離すの意もあるべし」。

[二二]くらがへす。ア、悲きかな、生者必滅《せうじやひつめつ》[二三]のことわり、人の命のはかなき事は、露のごと[二四]とくまたいなびかりのごとしと、佛の教《をしへ》も此事になん。國中の女客は、一かたならぬかなしみの涙に袂《たもと》をしぼりつゝ、我にこそ末かけて[二五]と、いひし言葉もありしなんど、くらきより暗《くらき》に迷ふ[二六]恋路の習ひ、思ひの煙立《けふりたち》[二七]登《のぼる》、返魂香《はんごんこう》[二八]はくゆれども、門〳〵[二九]多き事なれば、幽靈《ゆうれい》さへも出(で)やらず。

しかるに淺之進は如何しけん、煩《わづらい》も出(で)ざれば、只一人生殘《いきのこり》けるに、外の客も皆淺之進一人を、目当《めあて》にして通ひければ、後には昼夜を五十程に切(り)[三〇]て、幾度ともなく勤(む)れど、體金鉄《からだきんてつ》にてや有(り)けん、少(し)も元氣《げんき》お〔ろ〕[三一]へざりけり。淺之進もつく〴〵と我(が)身の上を觀《くわん》ずれば、かく一人生(き)殘れども、身請[三二]せらるゝ事もなく、一生勤死《(つとめじ)》にしても、末のつまらぬ事なり。日頃面白かりし色遊《いろあそび》も、常になりてはうるさきものと、女郎治郎《やらう》[三三]の身の上までを思

一九 房事過多による虚労の症状。
二〇 無常の風即ち死に風だが、恋が原因なので加えた。
二一 西方極楽浄土即ち死の世界。
二二 遊女などが抱え主をかえること。
二三 生きる者は必ず死ぬという、仏教無常の教。
二四 金剛経に「如露亦如電」とあって、一切のもののはかないたとえ。
二五 二世かけて、夫婦になろうといいかわした言葉。
二六 仏説で衆生のさとらず迷うさまをいう。ここはそれを恋路にとった。拾遺、哀傷「暗きより暗き道にぞ入りぬべきはるかに照らせ山の端の月」。
二七 人をしたう思いを火に、そのはげしい情念を煙にたとえた。
二八 煙と縁。これをたけば死者の霊魂を呼びかえすという香。漢の武帝が李夫人の死に際しての故事に始まる。
二九 遊男の霊魂は、客の多いこととて、どの家へ行ってよいかわからない。これが本当のまようである。
三〇 時間を切って売色することを切見世という。
三一 原本「ろ」一字なし。意によって補。
三二 遊女や野郎が客から、身代金や借金を支払ってもらって、自由な身となること。
三三 野郎に同じ。

ひやり、あじきなき世の有様と、思ひつゞけて居眠《ゐねむる》折から、何國《いづく》ともなく、風來仙人忽然《こつぜん》とあらはれ出(で)、藜《あかざ》の杖《つゑ》を以て淺之進を打(ち)するゑれば、淺之進誤入《あやまりいり》、面目《めんぼく》もなくひれ伏《ふし》けり。其時仙人聲《こゑ》をあげ、「それ人世の中に有(り)ては、功成《こうなり》名遂《とげ》て身しりぞくは、春夏にさかへし草木の、秋冬にしぼむがごとく、是卽(ち)天の道なり。范蠡《はんれい》が五湖にのがれ、張子房《ちやうしぼう》が赤松子《せきせうし》に托《たく》せしは、進退《しんたい》の時をしりたる、古今に類なき智者の手本。また千里の馬たりとも、伯樂《はくらく》を得ざる時、强《しい》て功を立(て)んとするは、夏日に氷を求(む)るに似たり。譬《たとへ》わづかに出來たりとも、室咲《むろざき》の梅の色香薄《いろかうす》く、しかも盛《さかり》久しからざるがごとし。或はまた君を得るとも、其身に鷹《たか》の能《のう》あるもの、摺餌《すりゑ》蒔餌《まきゑ》にて畜《かは》んとせば、籠《かご》を離《はなれ》て飛(び)去(る)べし。雲に入(る)の勢ありとも、其身餓《うゑ》に至りなば、却(つ)てすりゑに て事足れりとする、雀《すゞめ》・天告子《ひばり》にもおとるべし。鷹《たか》は死すとも穗《ほ》はつまず、主の目はぬき食ふべからず、速《すみやか》に世をのがるべし。但山林に隱《かくる》るばかりを隱《かくる》ると は云(ふ)べからず。大隱《たいいん》は市中《しちう》にあり。其かくるゝ事一にあらず。賣卜《ばいぼく》にかくれ、医《い》に隱れ、詩にかくれ、哥に隱れ、東方朔《とうぼうさく》は世を金馬門《きんばもん》にのがる。我汝に敎《をしゆる》も、世界《せかい》の人情をしりたる上にて、世を滑稽《こつけい》の間にさけよと敎(へ)しに、汝物にふれて心動《うごき》し故、却(つ)て難儀なる事度〴〵に及べり。人の浮世にまじは

一 老子「功成名遂身退、天之道」。二 中国春秋の頃、越王勾践を助けて呉をうち覇たらしめた功臣。後名をかえ民間に富をつむ。三 太湖及び附近五つの湖。諸説多し。国語に范蠡は呉が滅んでから五湖に浮かび、その終る所を知るなしと。四 張良。前漢をおこした功臣。又兵法家として有名。五 史記の留侯世家、張良の言として、「願クバ人間ノ事ヲ棄テ赤松子ニ従ッテ游ント欲スル耳」。注に「赤松子ハ神農ノ時ノ雨師、能ク火ニ入リ自ラ焼ク、崑崙山上、風雨ニ随ヒテ上下スル也」。六 処世上の出世間と退隠の機会。七 一日千里をゆく名馬。八 戦国策に見える、よく馬を相する人。才能ある人物がこれを知る君主に逢わない時。九 得がたいことのたとえ。一〇 温室で咲いた梅。一一 千里の馬にたとうべき才能の人は、別にたとえれば能ある鷹の如くで。一二 小鳥や家禽を飼うえさ。一三 禄仕をやめて浪人になる。僅かの俸禄のたとえ。一四 能ある鷹の如く雲中高く飛翔する勢を、元来持っていても。このあたりは、著者源内の今浪人である心境と、当時の処世観を示している。一五 生活が困窮すれば小禄で奉公することになるが、これは。一六 雲雀。小鳥以下である。一七 義を守る者は饑えても不義の財をうけない意の諺。ここは大才能の者は饑渇にのぞんでも、小禄にひざをくっせないの意。一八 主の目をかすめて、生活の為のみに禄仕してはならないの意か。一九 真の隠者は人里はなれた所よりは、繁華の中に隠れている人であるの意。王康琚の反招隠詩「小隠ハ陵藪ニ隠レ、大隠ハ朝市ニ隠ル」。二〇 隠者の生態は一様でない。二一 諸芸に遊んで、その才能を試み、隠逸の情をやる。二二 漢書の東方朔伝に、朔が侏儒と同じ待遇をうけた時に直言して、金馬門に

ることは、只錢湯《せんとう》に入(る)がごとし。穢《けがれ》し中へはいる事は、其穢を請《う》(け)ん爲にあらず、けがれを以て穢を落し、掛湯《かゝりゆ》をして出(で)たる時、我(が)身はいつも清《しやう》浄《ぐ》なり。此理を以て世に交らば、我側《かたはら》に[二六]袒裼裸裎《たんせきらてい》すとも、何ぞ我をけがさんや。[二七]汚泥《をでい》の蓮花《れんげ》を染《そめ》ざるは、[二八]涅《くり》にすれども緇《くろ》まざるの理なり。しかるに世の人、物の爲に[二九]とらかさるゝが故に、我(が)身をそこなひ家を破《やぶる》。遊女狂ひにとらかさるゝばかりを、とらかさるゝとは云(ふ)べからず。何事もなづめば害《がい》あり。汝こそ世界中の國〳〵嶋〳〵をめぐりて能(く)見覚へつらん。何れの國に至りても、[三〇]君臣・父子・夫婦・兄弟・朋友の五の道にもるゝ事なし。人のみにはかぎらず、蜜蜂《みつばち》の飛(ぶ)に[三一]君臣あり、烏《からす》の[三二]反哺《はんぽ》・鳩《はと》の[三三]三枝《さんし》に、父子の礼備《そなは》れり。鶏《にはとり》羽をさげて雌《め》を愛し、猫の不遠慮にさかるも夫婦《ふうふ》の道なり。[三四]鼠は十露盤《そろばん》に乗る兄弟あり。犬の尾をふつて集り、[三五]鰮《いわし》すばしりの海にかたまるも、皆朋友《ほうゆう》の道なり。さればこそ、天地の間を引(つ)くるめて、聖人《せいじん》の教《をしへ》に上こすものなし。夫故に、[三六]伊藤先生論語《ろんご》は[三七]宇宙《うちう》第一の書といふ事、尤至極のことにあらずや。其論語の中にさへ、また[三八]時の宜(しき)に随ふべき事あり。[三九]沽酒《かふさけ》・市脯《かふほじし》くらはずとはいへども、[四〇]越後《ゑち(ご)》の塩引《しほびき》、[四一]周防《すはう》の鯖《さば》、[四二]串石決明《くしあはび》・[四三]海參《いりこ》の類、学者もどぶへ捨(て)た事なく、祭《まつり》の醴《あまざけ》より外に、[四四]内で酒を作(り)たる先生もなし。是唐には[四五]池田《いけだ》・

しりぞいた故事。屠隆の注に「金馬隠淪、戯恐侏儒」。巻一所見の風来仙人の教訓と照応。 二三 前漢の未央宮にあった門。東方朔は金馬門侍中となった。 二四 情におぼれて動揺しては、隠者とはなれない。 二五 この世。 二六 かたぬぎはだか。孟子の万章下篇「我ガ側ニ袒裼裸裎スト云ヘドモ、爾焉ゾ能ク我ヲ浼(けが)サン哉」。 二七 周茂叔の愛蓮説(古文真宝)「蓮之淤泥ヨリ出デテ染マズ」。環境にけがされないたとえ。 二八 前漢書の班固叙伝「涅而不緇」。黒くしようとしても黒くならない。本質のかわらぬ理。 二九 本心を失う。 三〇 これを五倫といい、義親別序信の教がこの間にある。 三一 蜜蜂の集団生活を見ての説、本草綱目に「蜂ニ君臣之礼範有リ故ニ一名蠭ト曰フ」。 三二 烏は幼時に口うつしで食を与えられて、長じて親鳥に同じくすると伝える。学友抄「烏ニ反哺之孝有リ、鳩ニ三枝之礼有リ」。 三三 鳩は親鳥より三本下の枝にとまると伝える。 三四 福鼠がそろばんや大福帳にのる画で、大ねら・小ねらといわれるを兄弟と見たか。→補注六二。 三五 鰮の小さいもの。 三六 伊藤仁斎(一六二七―一七〇五)。京都の儒者。古義学を主唱して一世を風靡した。 三七 その著論語古義の内題に「最上至極宇宙第一書」と題した。その稿本現存。 三八 論語の泰伯篇「天下道アルトキハ則チ見(あら)(は)レ、道ナキトキハ則チ隠レヨ」などあるをさす。 三九 論語の郷党篇「沽酒市脯不食」。市にうる酒や乾肉。清潔でないを恐れた語。 四〇 越後(新潟県)産鮭の塩引(北越雪譜)。→補注六三。以下脯に相当する乾物の海産物を上げる。 四一 周防(山口県)に多産の刺鯖。味は落ちる(本朝食鑑)。 四二 串刺にして乾した鮑。本朝食鑑「鮑殻ヲ石決明ト名ヅク」。 四三 熬った海鼠(なまこ)。本朝食鑑にこの文字をあて製法を詳説。

四四 皆買った酒を飲む意。 四五 大阪府池田市。

一 兵庫県伊丹市。共に醸酒地。
二 原本「教と」。意によって改。
三 論語の郷党篇「薑ヲ撤セズシテ食ス」。注に薑は神明に通じ穢悪を去ると。
四 見聞のせまい者のたとえ。荘子の秋水篇「井鼃以テ海ヲ語ル可カラズ」の故事による。
五 荻生徂徠のこと。この所以下儒者を諷刺した。→補注六四。
六 周の祖尸稷の子。家を弟の王季に譲って、南方呉に去った。後の呉国の祖とする(史記の呉太伯世家)。→補注六五。
七 こじつけの説。
八 儒家は文武二道を政治から修身までの両輪と見た(中庸などに見える)。
九 漢文字中国語のわからぬことをいう。屁をひるはたわいなきことをいうたとえ。
一〇 俸禄。
一一 周代の升は当時の日本升より小さいと考証されていた。→補注六六。
一二 主人をかえて年季奉公を転々とする者。以下は中国の簒奪革命の風をいう。賀茂真淵の国意考などに見える説である。→補注六七。
一三 六韜「太公曰ク、天下ハ一人之天下ニ非ズ、乃チ天下之天下也」。天下は君主一人のものでなく、民一般のものであり、自由にはできないの意。
一四 口達者なことをいって。

[一]伊丹《いたみ》といふ名物の酒屋もなく、又海に遠き國故、塩引類の旨ひ事をしらず。狗《いぬ》や猪《ぶた》を食ふ故に、其教[二]もまた異《こと》なり。[三]薑《はじかみ》を捨《すて》ずして食ふとはいへども、膾《なます》のけんは食(は)ぬと云(ふ)が、又日本の礼なり。[四]井戸で育《そだつ》た蛙《かいる》学者が、めつたに唐贔屓《びいき》に成(り)て、我(が)生《うま》れた日本を東夷《とうゐ》[五]と称し、天照太神は呉《ご》[六]の太伯《たいはく》に違《ちがひ》はないと、[七]附會《ふくわい》の説《せつ》をいひちらし、[八]文武の道を表にかざり、[九]ちんぷんかんの屁《へ》をひつても、[一〇]知行の米を周《しゆう》[一一]の升《ます》ではかり切で渡されなば、其時却(つ)て聖人を恨《うらむ》べし。誰《たれ》やらが制札の多きを見て、國の治らざるをしりたりと云(ふ)がごとく、乱《みだれ》て後に教《をしへ》は出來、病有(り)て後に医藥《いやく》あり。唐の風俗は日本と違ふて、天子が渡[一二]り者も同然にて、気に入(ら)ねば取(り)替(へ)て、[一三]天下は一人の天下にあらず、天下の天下なりと、へらず[一四]口をいひちらして、主の天下をひつたくる、不埒《らち》千萬なる國ゆゑ、聖人出(で)て教(へ)給ふ。日本は自然に

仁義を守る國故、聖人出(で)ずしても太平をなす。[一五]唐は文化《ぶんくわ》にとらかされて、國を[一六]韃靼《たつたん》に[一七]せしめられ、[一八]四百餘州が[一九]罌粟坊主《けしぼうず》に成(つ)ても、みづから大清《たいしん》の人と覚へて、鼻《はな》を[二〇]ねぶつて居る様な、[二一]大腰ぬけの[二二]べらぼうどもなり。日本にも昔より、[二三]清盛《きよもり》・[二四]高時《たかとき》がごとき悪人有(り)ても、天子に成(ら)ふとは思はず。日本で天子を[二五]疎略《そりやく》にすると、[二六]慮外ながら[二七]三尺の童子《どうじ》もだまつて居ぬ氣に成(る)といふは、忠義正しき國ゆゑなり。夫故にこそ[二八]天子の天子たるものは、世界中に双《ならぶ》國なし。唐の法が皆あしきにはあらず、されども[二九]風俗に應じて教(へ)ざれば、又却(つ)て害《がい》あり、日本人は小人嶋を虫のごとく思へば、また大人は日本人を見せものにし、穿胸國《せんけうこく》では全き人をかたはと心得、手長・足長のふつり合なること、皆是土地の風俗なり。天竺《てん》の[三〇]右肩合掌《うけんがつしやう》、日本の[三一]小笠原、其仕うちは替れども、礼といへば皆礼なり。只聖人の[三二]すみがねにて、[三三]普請《ふしん》

一五 中国の意。
一六 当時は澄んでよむ。元・清の国をなした中国北方の民族(和漢三才図会)。→補注六八。
一七 うばわれ。
一八 中国全土。
一九 芥子の花の花弁の散った後の姿をいう。ここはそれに似た清人の髪風。和漢三才図会「蒙古ノ風俗頂ヲ剃リ、額ニ至ル、其形ヲ方ニシ髪ヲ正中ニ留ム、之ヲ怯仇児ト謂フ、如今中国ノ民俗皆之ニ習フ」。
二〇 すましている。
二一 いくじなし。
二二 馬鹿者。
二三 平清盛(一一一八—一一八一)。武士より太政大臣となり、子弟と共に朝政を壟断した。
二四 北条高時(一三〇三—一三三三)。鎌倉幕府最後の執権。後醍醐天皇を隠岐に遷した。
二五 おろそか。
二六 失礼ながら。
二七 幼児。
二八 万世一系の天子をほこったもの。
二九 儒学の教も、日本の風俗に合うようにしてゆかねば、効果が上らない。
三〇 右肩をあらわし掌を合わせて、最高の尊敬の意を示す。
三一 小笠原礼法。小笠原長秀のはじめた武家礼法の一。江戸時代は幕府諸大名以下、民間までその法が及んだ。
三二 規矩。みとり図。計画。根本理論。
三三 その理論の応用実践の意。

は家内の人數によつて、長くも短くも大にも小にも、[一]変に應じて作るべし。[二]經《けい》濟《ざい》の道は風俗を正し、足(ら)ざるを補《をぎなひ》しげきをはぶく事、時に隨ひ変に應ず、[三]琴柱《ことぢ》に膠《にかわ》し、[四]酌子《しやくし》を以て定木とはしがたし。然るに[五]近世の先生達、[六]畑《はたけ》で水練《すいれん》を習ふ様な經濟《けいざい》の書を作(り)て、俗人を驚(かす)こと[七]かたはら痛き事なり。[八]其位に在(ら)ざれば、其 政《まつりごと》をはからずといふ、聖人の教を忘《わすれ》て、聖人の道を説出《とき》すは、[九]相撲取《すもうとり》のふんどしを忘(れ)て、土俵《どひやう》入をするがごとし。其外[一〇]浮世《うきよ》の口過《くちすぎ》学者、[一一]管《くだ》の孔《あな》から天をのぞき、[一二]火吹竹で釣鐘《つりがね》を鑄《いる》やうな[一三]偏見《へんけん》を説《とき》出し、我(が)身も[一四]薯蕷《やまのいも》が鰻鱺《うなぎ》になるやうに、尻《しり》の方から二三寸程も、[一五]出來合の聖人に成(り)かゝりたれば、[一六]麒麟《きりん》・[一七]鳳凰《ほうわう》に[一八]星入《ほしいり》の[一九]ひけ物でも出そふなものと、自負《じふ》する学者も世に多し。聖人の教でさへ其道に[二〇]とらかされし、[二一]屁《へつ》ぴり儒者《じゆしや》の手に渡れば、人をまよはす事多し。まして其外の事においては、なづむ時は大に害《がい》あり。汝人情を知(ら)んがため、諸國をめぐる其内にも、唐土《もろこし》にて宮中に入(り)、官女《くわんぢよ》の色に溺《おぼ》しゆゑ、羽扇《うせん》を燒(か)れて難儀をせり。又人の楽《たのしみ》は色慾《しきよく》に上なしと、汝常《つね》〳〵思ひし故、女護《によご》が嶋へ遣して、遊男《ゆうなん》をこしらへ、色慾のあぢきなく、人の命をそこなふ事を、目のあたりに是をしめす。只[二二]浮世は夢《ゆめ》のごとし。汝若《わか》しと思(は)んが、うか〳〵諸國をあるく内、はや七十餘年の星霜《せいそう》を經《へ》たり。いざや汝

一　臨機応変に。
二　国家の経営と人民の救済。当時儒者間で流行した経世論を諷したもの。
三　琴柱をにかわでとめると、琴の調子をかえ得ない。臨機応変の出来ないことのたとえ。楊子法言「譬ヘバ猶柱ニ膠シテ瑟ヲ調ブルガゴトシ」。
四　融通のきかないことの諺「杓子定規」による。
五　最近の儒者達。真淵の国意考にも、「さて少しも物学びたる人は、人を教へ国を治むと経済とやらんをいふに、かの本とする孔子の教すら用ひたる世はかしこにもなきを、こゝにもて来ていかでなにの益にかならん」。
六　実施出来ないことを、むなしく論ずることの諺「畑水練」を用いた。
七　笑止千万。
八　論語の憲問篇「子曰、不在其位、不謀其政」。
九　基本の聖教を忘れて、見かけのみの聖教を説くたとえ。
一〇　生活の為に儒を講ずる輩。
一一　小才をもって、分に過ぎた事を考えるたとえ。
一二　自己の才能以上のことを試みるたとえ。
一三　あやまった説。
一四　変化の突然にして珍しいことのたとえ。
一五　間に合せの。レディメードの。そまつな。
一六　中国の昔、聖人の出世の瑞兆として出るという想像の動物。
一七　中国の昔、天下の道行われれば出現するといわれた想像上の鳥。
一八　鼈甲で、所々に斑点のあるもの、質の悪いものとされた。
一九　きずもの。従って価の安い物。
二〇　おぼれてしまった。

にしめさん」とて、鏡を取(つ)て指《さし》むくれば、彼浦嶋《かのうらしま》[二三]が昔にはあらで、今まで若かりし淺之進、八十ばかりの翁と変《へん》じ、からだには肉薄《にくうす》[二四]く、顔は皺《しは》のみにして頷《をとがひ》長く、鬢髭《びんひげ》も皆ぬけて、おのづから法躰《ほったい》[二五]の姿《すがた》をあらはしければ、我身ながらもあきれはて、あたりをうろ〳〵見廻せば、不思儀や虚空《こくう》[二六]に音樂《をんがく》聞え、光明赫灼《かくやく》とかゝやき、紫雲《しうん》に乘(り)て降るものあり。程なく淺之進が右の手にとゞまりたるを能(く)見れば、木にて作(り)たる松茸《まつたけ》の形せし物にてぞ有(り)ける。其時仙人ゑみを含《ふくみ》、汝が其手に持(ち)たるこそ、昔景清《かげきよ》[二七]が難儀の時、清[二八]水の観世音、身替に立(ち)給ふがごとく、其方女護《によご》が嶋にて大勢の唐人どもと、一度に死すべき命なりしを、淺草の觀音、木の松茸と変《へん》じ給ひ、汝が身[二九]替に立(ち)給へり。此御恩を報《ほう》ぜんため、是よりはやく國に歸り、道に志(す)と云(ふ)文字を取(つ)て、志道軒と名を改め、淺草の地内において、をどけ咄に人を集め、浮世の穴[三〇]をいひ盡して、隨分人を戒《いましむ》べし。汝が咄を聞(く)内にも、女あれば人の気浮(か)れ、坊主は慢心《まんしん》あるものなれば、坊主と女の毒[三一]を云(ひ)て、暫時《ざんじ》の内に追(ひ)まくるべし。イザかく來れよ」とて飛(び)去(る)を、藜《あかざ》の杖《つゑ》をとらへて、仙人に隨ひ行(く)ぞと見えしが、淺草の地内にて、芦簾《よしず》かこひし床《ゆか》の上に、忙《ぼう》[三二]然《ぜん》として坐し居ければ、參《(まゐり)》の老若《らうにやく》立(ち)つどひ、床几《しやうぎ》に腰《こし》を打(ち)かくれば、

二二 腐儒。笑府「腐儒トハ朽敗任ゼザルヲ言フナリ(スタリモノヤクニタタズ)」。
二三 人生のはかなさをいう諺。
二四 浦島太郎の伝説。お伽草子などで一般的であった。
二五 やせたさま。
二六 俗にして頭をまるめたさま。
二七 弥陀三尊が、往生人をむかえに来迎するていと同じ。
二八 悪七兵衛景清。平家の勇士で実在の人物であるが、ここは近松の出世景清で、三条殿で斬られた景清の身代りに、清水観世音が立ったなどの演劇畑の材をいう。
二九 京都東山清水寺にまつられる観世音。
三〇 御殿女中など用いたという木製の淫具のことを諷したもの。
三一 当時の流行語で、癖・欠点・行過ぎその他うがちの対象となる如きものを称した(中村幸彦「うがち」—川柳しなの、昭和二十九年一月号参照)。
三二 悪口。志道軒の事実に合わせてある。賤のをだ巻「志道軒は女と出家が嫌ひにて、婦人出家の内来りて聞人に交り居れば、だん〳〵と当て口をいひ出して、後は居たゝまれぬやうになる故、彼が辻には婦人坊主は来らず」。
三三 茫然のあて字。

彼松茸にて机《つくえ》をたゝき、トン〳〵〳〵、トトントトン〳〵、一とんだ咄の始り〳〵。

一 大変な話。志道軒の話はじめの口上に模したものであろう。

風流志道軒傳巻之五大尾

二 とゝんとんとんと大坂關が原
打(ち)をさめたる萬世の聲
志道軒 三 無一艸

二 この詠は延享戊辰稔(五年即ち寛延元年)に「一無堂志道軒校」として出刊配布した元無草の末に、「謡我」とした漢詩「読史談軍数十春、大悲閣下得名新、曾夫木扣牀頭日、白眼総看世上人」と共にのるもの。大坂関ヶ原は彼が得意とした軍談、大坂陣と関ヶ原陣のこと。「打おさめたる」は敵を打って万世の太平の世におさめた意と、あやしい木片を「とゝんとんとん」と打って話を終るの意がかけてある。そしてかかる話を、かくの如く話す、この木片の音こそ万世に伝える声であるの自負をいったもの。
三 無一は志道軒の堂号。また一無堂とも。

跋

[一]笑の由(つ)て來(る)こと尚《ひさ》し。[二]千早振神代の昔、[三]皇孫《すめみまご》この[四]豊秋津洲《とよあきつす》に降臨《あまくだり》ましくける時、[五]猿田彦《さるだひこ》の大神、[六]天《あま》の八衢《やちまた》にしてみゆきの路を遮《さへぎり》玉ふ。爰に[七]天鈿《あまのうず》女命《めのみこと》、[八]胸乳《むなぢゝ》をあらはし、帯《ひも》を臍《ほぞ》の下におし垂《たれ》て、立(ち)むかひ給ひければ、さしもの大神[九]七咫《(ななあた)》の鼻をひこつかせ、[一〇]赤酸醤《あかかゞち》の眼《まなこ》を細《ほそ》めて、初(め)て[一一]掌《たなうら》を抵《うつ》て笑ひ、相共にみゆきを迎へ奉る。末の世に[一二]俳優《わざをぎ》をなして、人を笑(は)しむる[一三]縁《ことのもと》なるべし。予はやくより[一四]陸雲《りくうん》が癖《へき》ありて、春は霞める山の端と共に[一五]笑ひ初《(そ)》め、花に雪に、餅に酒に、喰(へ)ば喉《のど》につまる程笑はれ、飲(め)ば[一六]津《つ》にむせるばかりおかしけれども、[一七]笑ふ門《(かど)》に來るてふ、福の神はいづちいにけん。[一八]西の宮の[一九]冥助《めうぢよ》もなく、[二〇]笑ひ佛の[二一]護念《ごねん》にも洩《もれ》てさす、四壁《しへき》の月[二二]冷《すさま》じき師走の終《をはり》に、[二三]無物《ないもの》おこせといふ[二四]掛《かけ》乞《どひ》に[二五]腹を抱ゆ。親き友諫《いさむる》に、[二六]古文眞寶《こぶんしんぽう》の理屈《りくつ》を以てすれば、[二七]褎如充耳《わらふことちうじのごとく》、あはれ[二八]虎溪《こけい》、近くは三笑の仲間《なかま》にも加はり、[二九]譙周《しやうしゆう》在(ら)ば獨笑《どくしやう》に伴(は)ん事を思ふ。頃《このごろ》關東に[三〇]一奇《き》人あり、予既に其名を聞(き)て笑ふ。恨《うらむ》らくはいまだ其面を

一　笑の初りも古いことだ。
二　神の枕詞。
三　「すめみま」。天照大神の孫天津彦彦火瓊瓊杵尊。
四　日本の別名。
五　書紀一書「猨田彦大神」。以下日本書紀の神代巻下の一書による。↓補注六九。
六　道のいく筋にもわかれた所。
七　天岩戸で舞った女神。
八　「むなぢ」。乳房。
九　「あた」は手をひろげた長さ。七咫はひどく長いの意。
一〇　赤いほおずき(酸漿)の如き。
一一　手のひらを打って。
一二　芝居。
一三　おこり。
一四　晋の文人。↓補注七〇。
一五　早春の山を「山笑ふ」というをかける。
一六　唾。
一七　諺「笑ふ門には福来たる」。
一八　西の宮の恵比須神。福の神の一。
一九　冥加。おかげ。
二〇　微笑した如き仏像を所々でかく名づける。摂津大願寺(橋本寺)の地蔵、信濃の墨俣の地蔵、土佐幡多郡赤亀寺の不動など。
二一　仏のおまもり。
二二　枕草子のすさまじきものの条「師走の月」。
二三　諺「ない物ねだり」。
二四　借金取り。
二五　おかしがる。
二六　江戸時代最もよまれた中国の古文詩の集。これをもちいて、古くさいことの形容とした。古風な理窟。
二七　つんぼ。詩経の邶風「叔兮伯兮、褎如充耳」。

見て笑(は)ざることを。友人風來子これが傳作(り)て遠く寄(せ)らる。予[三一]卒業《ぎやうををへ》て曰(く)、嗚呼此法師《ほうし》何人ぞや。[三二]摩訶迦葉《まかかしやう》の[三三]拈華《ねんげ》を悟《さとる》に非(ず)んば、[三四]藥山禪師《やくざんせんじ》の[三五]山月《さんげつ》を拜するならん。吾此人と共《とも》に笑ふに非(ず)して、誰《たれ》と共《とも》にかせん。終に笑(ひ)て卷末に書す。また[三六]笑を大方に取(る)に足れり。于時寶曆未の冬、[三七]洛東[三八]わらひの岡[三九]しい葺干瓢《かんぴやう》子、筆を精進齋中に採る。

四〇

四一

二八 盧山記に見える作り話で、画題となっている故事。恵遠法師・陶元亮・陸修静の三人が話に熱中して虎渓(中国江西省盧山にある)を渡らぬとの誓を破って大いに笑ったという。
二九 蜀の文人。→補注七一。
三〇 志道軒のこと。
三一 読みおえる。
三二 釈迦の十大弟子で、頭陀第一といわれた。
三三 拈華微笑の故事。釈迦説法中、大梵天王よりの金波羅華を拈ったが、仏の意をさとったのは迦葉一人であって、彼は微笑したという。禅家で以心伝心のより所とする。
三四 唐の禅僧。名惟儼。九世紀の始め七十歳以上をもって没。諡弘道大師。
三五 宋高僧伝、十七の唯(惟)儼の伝に「一夜明月、彼ノ崔嵬ヲ陟リ、大笑一声ス、声澧陽ノ東九十許里ニ応ズ、其夜澧陽ノ人ハ皆其ノ声ヲ聞ク」。
三六 世間から大いに笑いものになろう。
三七 京都の東の所。
三八 日の岡(京都市東山区)のしゃれ。
三九 未詳。文中から見て僧侶で文雅の人らしい。
四〇 印文「滑稽堂」。
四一 印文「同気相求」。

一陰暦十一月。

嗣出書

根南志具佐後編　全部五冊　近刻

宝暦十三癸未霜月吉辰

江戸神田白壁町

書肆　岡本理兵衞

同室町三丁目

本屋又七

風來六部集 上

放屁論　同後篇　痿陰隠逸傳
里のおた巻　飛た噂の評　天狗髑髏鑒定縁起

風來六部集　全二冊

東武書林　大観堂板

風來六部集序

[一]時《とき》に遇《あは》ざれば孔子《こうし》も[二]お茶《ちや》を引ヶたまひ、[三]管仲《くわんちう》が[四]鞍替《くらがへ》も能所《よいところ》へ乗込《のりこめ》ば、[五]桓公《くわんこう》の[六]揚詰《あげづめ》と成《なつ》て、遂《つい》に斉國《せいこく》の[七]おいらんとなる。予《よ》が先師《せんし》[八]風來山人《ふうらいさんじん》、宿昔《そのかみ》[九]青雲《くも》の梯《かけはし》を踏失《ふみはづし》て、[一〇]天竺浪人《てんぢくらうにん》と成ッしより、[一一]滄浪《そうろう》の[一二]水糝《みづざうすい》に[一三]濁醪《どぶろく》の世《よ》の酔《ゑい》を醒《さま》し、[一四]吐散《つきちら》した る酒反吐《さかへど》は、酔《ゑふ》た浮世《うきよ》に[一五]廻《まは》さるゝ、[一六]酔潰共《のたまくども》に目《め》を[一七]明《あか》す、[一八]太平樂《たいへいらく》の巻物《まきもの》を、纔《わづか》の本《ほん》に書《かき》つゞめ、世《よ》に行《をこなは》るゝ物六巻《ものろくくわん》あり。頃日書林《このごろしよりん》[一九]太平館《たいへいくわん》其小冊《そのしようさつ》にして讀足《よみた》らず、且《かつ》[二〇]ちよぼくさと數多《かづをゝ》きは、回覽《くわいらん》するの煩《わづら》はしきを厭《いと》ひ、六部《ろくぶ》を合《がつ》して二巻《にくわん》となし、是《これ》を号《なづけ》て風來六部集《ふうらいろくぶしう》と題《だい》す。全《まつた》く[二一]殘口《ざんこう》が無駄書《むだがき》を、[二二]八部《はちぶ》せんとするには非《あら》ず。唯是《たゞこれ》[二三]會刻《くわいこく》の[二四]六部《ろくぶ》に御放施《ごほうしや》。

于時安永九年五月十八日　下界隠士《げかいのいんし》[二五]天竺老人《てんぢくらうじん》頼《たのみ》もせぬに筆《ふで》を採《と》る

二六

二七

一 徒然草、二百十一段「才ありとてたのむべからず、孔子も時に遇はず」とあり、聖賢も時流にむかえられぬこともある。二 遊女などの客のつかぬこと。孔子の諸国放浪したをいう。三 春秋時代、斉の桓公を覇たらしめた賢相。四 前出(一八六頁)。管仲初め公子糾に仕え、後桓公にうつったこと。五 斉十五代の王。管仲を登用した。六 遊女を揚げつづけて遊興すること。七 吉原で高級の遊女の称。斉国の太夫となった管仲にかける。八 源内は安永八年没。ゆえに先師といった。九 立身出世の志望を失うこと。張九齢詩「宿昔青雲ノ志」(唐詩選)。一〇 浮浪人。平賀源内の別称。一一 屈原の漁父辞「滄浪之水清マバ、以テ吾ガ纓ヲ濯フ可シ。滄浪之水濁レラバ、以テ吾ガ足ヲ濯フ可シ」。滄浪は漢水の下流。源内は屈原の世に入れられぬに自ら擬していた。一二 水分の多い雑炊。酒後に用いる。一三 にごり酒。漁夫辞「屈原曰ク、世挙(ぞこ)ツテ皆濁リテ、我独リ清メリ、衆人皆酔ヒテ我独リ醒メタリ」。一四 源内の作品をさす。一五 自由にされる。一六 酔い潰れた人。さとらざる世人をいう。一七 覚醒させる。一八 当時の通語で、すき勝手な出放題をいいならべること。一九 書林の名。未詳。二〇 ちょぼちょぼと。二一 増穂(ますほ)残口(一―一七四二)。通称大和(やまと)。国学・神道に通じた。上方で通俗的な講談を行い、この頃の舌耕家・談義本作家の先駆。二二 忌み嫌い、はねのけものにする義の「はちぶす」に、残口八部之書をかけた。→補注一。二三 出版の意の会刻を廻国にかけた。二四 廻国巡礼の六十六部に布施を願うと共に、この六部集の愛読を願った。二五 森島中良(一七五六―一八一〇)。名甫粲、桂川甫周の弟で、源内門、蘭学に詳しい。森羅万象と号して戯作した。二六 印文「淦前」か。二七 印文「森羅萬

放屁論自序

屁《へ》てふものゝある故に、への字も何とやらをかしけれど、天に[一]霹靂《ヘキレキ》あり、神に[二]幣帛《ヘイハク》あり、鷹に[三]經緒《ヘヲ》有(り)、船に[四]艗《ヘサキ》あり、草に[五]女靑《ヘクソカヅラ》あり、虫に[六]氣蠜《ヘツピリムシ》あり。[七]狐《キツネ》鼬鼠《イタチ》の最後屁《サイゴベ》は、一生懸命《ケンメイ》の敵《カタキ》を防《フセ》ぐ。[八]人として放《ヒラ》ずんば獸《ケモノ》にだも如《シカ》ざるべけんや。[九]放《ヒツ》たり嗅《カイ》だり屁《へ》たる君子《クンシ》ありといへば、强《アナガチ》これを賤《イヤ》しむべからず。今評判の[一〇]撒⿱穴氣漢《ヘツピリヲトコ》、[一一]論《ロン》より證據《シヤウコ》[一二]兩國橋。

風來山人誌

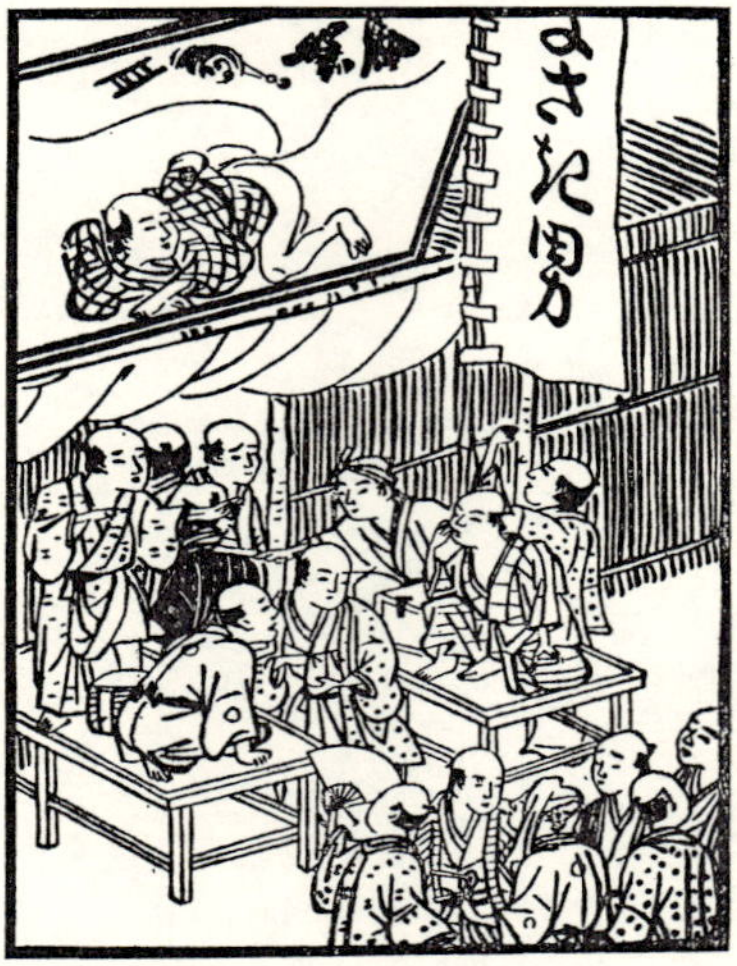

象（しんちまんぞう）」。天竺老人の別号。

一 雷。
二 薫響集（宝暦七年）に「我朝の神にも御幣を御杖代とし」。
三 攣（へを）。鷹の脚に結び係ける紐。
四 集韻「艗ハ首舟ナリ」。
五 アカネ科の多年生蔓草。異臭を発す。重訂本草綱目啓蒙の女青の条「藤本（ツルダケ）ノ女青ハヘクソカヅラナリ」。
六 和漢三才図会の行夜（へひりむし）の条「気蠜 俗ニ屭虫（ヘヒリムシ）ト云フ」。「其頭黄、背黒而シテ黄文有リ、尻扁ク大、之ニ触ルレバ則チ屭（ヘヒ）音有リ、煙有リ、甚ダ臭シ」。
七 松屋筆記、二に癸辛雑識続集上巻「狐 善ク穢気ヲ以テ、犬ニ薫ゼバ目即チ瞽フ」とあるを引き、「按ずるに本朝の俗、これを最後のひとつ屁といへり、狐のみにあらず、鼬鼠また最後屁を放てり、犬猫をなやましむる事あり」。
八 詩経の相鼠篇「人トシテ礼無クンバ、胡ゾ遄ク死セザル」。
九 詩経の衛風「瑟兮僩兮、赫兮咺（けん）兮、有匪君子、終不可諼兮」。
一〇 書言字考「⿱穴氣（へ）」。集韻の屁の条「字林、下出ノ気ナリ、或ハ⿱穴氣ニ作ル」。
一一 諺。空論より実物を見よの意。
一二 前出（七一頁）。へひり男の見世物の興行地。両国橋へ行って見よの意。
一三 諺。仮名手本忠臣蔵、七段目「人参呑んで首くゝる様な物」。養生と自殺と、相矛盾する行動をするたとえ。
一四 江戸で最下級の私娼。一切二十四文。これを相手にすれば性病をうけて、鼻を落すことが多い。
一五 仲間。夜鷹の常得意。柳多留、八「わつちらも武士づき合と夜たかいひ」。
一六 運命で世はさまざまの意。
一七 市川団十郎（二世）（一六八八―一七五八）の俳名。
一八 化粧・服装に工夫をこらしたこと。
一九 中村富十郎（一世）（一七一九―一七八六）の俳名。所作事を得意とした女形。
二〇 中村仲蔵（一世）（一七三六―一七九〇）の俳名。芸の上に新機軸をだした。
二一 山下金作（二

放屁論

[一三]人参《ニンジン》呑(ん)で縊《クビク》る癡漢《タハケ》あれば、河豚汁《フグジルク》喰ふて長壽《ナガイキ》する男もあり。一度で父《テヽ》なし子孕《ハラ》む下女あれば、毎晩夜鷹《マイバンヨタカ》[一四]買ふて鼻《ハナ》の無事なる奴《ヤツコ》[一五]あり。大そふなれど嗚呼《アヽ》[一六]天歟命歟《テンカメイ》。又、物の流行《ハヤル》と不流行《ハヤラザル》も時の仕合不仕合歟。又は趣向《シユカウ》の善惡《ヨシアシ》によるならんか。[一七]栢莚《ハクエン》が氣[一八]どり、[一九]慶子《ケイシ》が所作事《シヨサゴト》、[二〇]仲藏が功者《コウシヤ》[二一]金作が愛敬《アイキヤウ》、[二二]廣治が調子《テウシ》[二三]三五郎がしこなし、[二四]梅幸[二五]浪花《ナニハ》をひしげば、[二六]富三[二七]東都《トウト》に名を顕《アラハ》し、川口[二八]の參詣、淺草の群集《クンジユ》、深川[二九]の角力《スマヒ》、吉原[三〇]の俄《ニハカ》、沙洲《サシウ》[三一]は木挽《コビキ》[三二]町に河東節《ブシ》[三三]の根本を弘《ヒロ》むれば、[三四]住《スミ》太夫は葺屋《フキヤ》町に義太夫節の骨髓《コツズイ》を語る。或《アルヒ》は機関《カラクリ》、子供狂言[三五]・身ぶり・声色《コワイロ》・[三六]辻談儀《ツヂダンギ》、今にはじめぬお江戸の繁栄《ハンエイ》、其品數《ソノシナカズ》へ尽《ツクシ》がたき中に、さいつ頃より兩國橋の邊《ホト》りに、[三七]放屁男《ヘツピリヲトコ》出(で)たりとて、評儀《ヒヤウギ》とりぐ町ゝの風説《フウゼツ》なり。

それ熟惟《ツラヘヲモンミレ》ば、人は小天地[三八]なれば、天地に雷《ライ》あり、人に屁《ヘ》あり。[三九]陰陽相激《インヤウアイゲキ》するの声にして、時《トキ》に發《ハツ》し、時に撒《ヒル》[四〇]こそ、持《モチ》まへなれ。いかなれば彼男《カノヲトコ》、昔《ムカシ》よ

世)(一七三三—一七九九)。地芸上手の女形。 二二 大谷広次(三世)(一七四六—一八〇二)。劇神僊話「男振よく、大様にて調子よく通り」。 二三 嵐三五郎(二世)(一七三二—一八〇三)。明和の末より十一年間、江戸居住。役者綱目「小手きゝの上に和かみありて」。 二四 様子、ふるまい。 二五 尾上菊五郎(一世)(一七一七—一七八三)。安永二年末より三年三月まで大阪嵐座出演。摂陽奇観「江戸表より尾上菊五郎卅三年目にて罷登り乗込(み)之景気大群集せし事梅幸集にくはし」。 二六 なびかせる。 二七 瀬川富三郎(一七五〇—一八一〇)。後の三世瀬川菊之丞。通称仙女路考、大阪の生まれ。安永三年江戸に下り、同年十一月菊之丞を襲名。 二八 武蔵国北足立郡荒川北岸の川口村善光寺への参詣。 二九 大角力は早くは深川の三十三間堂で、明和三年その大破後は深川八幡宮に移り興行。 三〇 吉原で、例年八月一杯、男女の芸者が行なった茶番式狂言。↓補注二。 三一 五代目十寸見河東。三代目門人で安永五年没。 三二 堺町・葺屋町と並ぶ劇場街。 三三 十寸見河東が創始した江戸浄瑠璃の一。河東節は歌舞伎に盛んに用いられた。 三四 竹本住太夫(一世)。二代目竹本政太夫の門弟。文化七年没。明和四年八月江戸に下り、石町に住む。源内作神霊矢口渡を語った。葺屋町にあやつり辰松座があった。 三五 子供芝居。我衣「大阪竹田近江大掾堺町勘三郎芝居の向ひにてからくり並に子供狂言之を見せしむ」。 三六 談義僧が往来で平易に仏道をとくこと。大道芸化していた。 三七 安永三年四月より興行。以下に詳しい。 三八 宇宙の意味の大天地に対し、人間にも、天地に相応するものがあるとて、小天地という。薫響集の序「天ニ有ツテ鳴ル者ヲ雷ト曰フ、地ニ有ツテ鳴ル者ヲ震(ナヘ)ト曰フ、人ニ有ツテ鳴ル者ヲ屁ト曰フ」。↓補注三。 三九 雷を陰陽相

りいひ傳《ツタ》へし[一]階子屁《ハシゴベ》・[二]珠數屁《ジユズベ》はいふもさらなり。[三]碪《キヌタ》・[四]すがゞき・[五]三番叟《サンバソウ》、[六]三《ミ》ツ地《チ》・[七]七艸《ナヽクサ》・[八]祇園囃《ギヲンバヤシ》、犬の吠声《ナキゴヘ》、[九]鷄竄《ニハトリベ》、[一〇]花火《ハナビ》の響《ヒヾ》きは[一一]両國を欺《アザム》き、[一二]水車《ミヅグルマ》の音《ヲト》は[一三]淀《ヨド》川に擬《ギ》す。[一四]道成寺《ダウジヤウジ》・[一五]菊慈童《キクジドウ》、[一六]はうた・[一七]めりやす・[一八]伊勢音頭《イセヲンド》、[一九]一中・[二〇]半中・[二一]豊後《ブンゴ》節《ブシ》、[二二]土佐《トサ》・[二三]文弥《ブンヤ》・[二四]半太夫、[二五]外記《ゲキ》・[二六]河東・[二七]大薩摩、義太夫節の長き事も、[二八]忠臣《チウシン》藏《グラ》・[二九]矢口渡《ヤグチノワタシ》は望《ノゾミ》次第、一段ヅ、三絃淨瑠璃《サミセンジヤウルリ》に合(は)せ、比類《ヒルイ》なき名人《メイジン》出(で)たりと聞(く)よりも見ぬ事は咄《ハナシ》にならず、「いざ行(き)て見ばや」とて、一二三輩《ハイ》打(ち)連(れ)て[三〇]横山町より両國橋の[三一]廣小路橋を渡ラずして右へ行(け)ば、「[三二]昔語《ムカシガタリ》花咲男」とことぐ〵しく幟《ノボリ》を立《タテ》、僧俗《ソウゾク》男女押(し)合(ひ)へし合(ふ)中より、先看板《マヅカンバン》を見れば、あやしの男尻《シリ》もつたてたる後ロに、薄墨に濃取《クマドリ》て彼道成寺《カノダウジヤウジ》・三番叟《サンバソウ》なんど、數多《アマタ》の品を一所《イツシヨ》に寄《ヨセ》て画《エガキ》たるさま、夢《ユメ》を画《エガ》く筆意《ヒツイ》に似《ニ》たれば、此沙汰《サタ》しらぬ田舍者《イナカ》の、若來掛《モシキカヽ》りて見るならば、尻から夢を見るとや疑《ウタガハ》んと、つぶやきながら木戸をはいれば、上に紅白の[三三]水引ひき渡し彼放屁漢《ヘツピリヲトコ》は、囃方《ハヤシ》と供《トモ》に小高き所に座す。その爲人《ヒトヽナリ》中肉にして色白く、三《ミ》ヶ月形《ナリ》の[三四]撥鬢奴《バチビンヤツコ》、[三五]縹《ハナダ》の單《ヒトヘ》に緋縮《ヒヂリ》緬《メン》の襦袢《ジユバン》、口上爽《サハヤカ》にして憎気《ニクゲ》なく、囃に合(は)せ先最初《マヅサイシヨ》が目出度三番叟屁《ベ》、「トッハヒョロ〵ヒッ〵〵」と拍子《ヒヤウシ》よく、次が[三六]鶏東天紅《ニハトリトウテンコウ》を「ブ、ブウーブウ」と撒《ヒリ》分《ワケ》、其跡《アト》が水車、「ブウ〵〵」と放(り)ながら己《ヲノレ》が體《カラダ》を車返り、左ながら車の

剋で説明するのは、朱子学的立場である。二程全書「電ハ陰陽相軋リ、雷ハ陰陽相撃ツナリ」。四 康煕字典に「放也」。風来山人刪訳の刪笑府「撒屁(へひる)」。

一・二 曲屁の類。漸層法的に高まる屁を階子屁といい、連続して出すを数珠屁というか。宗・糞は共に書言字考「へ」と訓む。三 歌舞伎の下座音楽の一。田舎家で打つ砧の音を模して淋しさを表わす。太鼓の太撥を打あわせ、多くは三味線を併用する。以下、各演劇の鳴物の如くひるをいう。薫響集にも、三ツ地・碪・すががきの曲屁のことが見える。四 同。吉原の見世すががき(→根無草後編補注三五頁)を模したもので、吉原の場面に限って用い、単純・緩慢なものに替手を加えた。五 能楽で式三番に最後に出て舞うもの。歌舞伎では幕明きの祝儀として演ずる。ここはその時の鳴物。六 能楽囃子用語。大鼓・小鼓共にツヅケと相対して、手配の基礎になる手。色々な三ツ地がある。七 箏唄の地。箏・平調子、三絃・二上り。手事物(てごともの)に属する。河野対州作・津山検校調の上方唄を箏にとり入れたもの。八 歌舞伎下座音楽の一。京都祇園祭の囃子を江戸風に採配し鳴物としたもので、笛・太鼓・鉦の囃子に、三下り「祇園囃子の合方」がはいる。九 鶏の時をつげる如き音を出す屁。一〇 花火の如く、ドドドンとひびく屁。一一 両国の夏の景物の花火。前出(七九頁)。一二 水車の如き屁。後出。一三 淀城の淀川に面した所にあった水車のこと。都名所図会「難波津へゆきかふ舟は夜とともにたえまなく、城郭の汀には水車ありて、波に随ひ翻々とめぐる」。一四 長唄京鹿子娘道成寺のこと。宝暦三年初演。一五 長唄乱菊枕慈童(らんぎくまくらじどう)のこと。宝暦八年初演。

水勢《スイセイ》に迫《セマ》り、汲《クン》ではうつす風情《フゼイ》あり。

「サア入替〱」と三七打出ｼの太皷《タイコ》と共に立(ち)出(で)、朋友《ホウイウ》の許《モト》に立(ち)寄リ「放屁男を見たり」といへば一座挙《コゾリ》てこれを論《ロン》ず。或《アルヒ》は「藥を用(ゐ)て放《ヒル》」といひ、又は「仕掛《シカケ》の有(る)ならん」と衆議《シウギ》さらに一決《イッケツ》せず。予《ヨ》衆《シウ》人に告《ツゲ》て曰(く)「諸子いふことなかれ。三八放屁藥ある事は我嘗《ワレカツ》てこれを知る。大坂三九千種《クサ》屋清右衞門といへる者、をかしき藥を賣(る)が好《スキ》にて、喧嘩下《ケンクハクダ》し・屁《ヘ》ひり藥等の簡板《カン》を出す。其藥方も聞(き)得たれど、それは只屁の出(づ)るのみにて、ケ様の四〇曲竈《キョクベ》を放(る)ことを聞(か)ず。又仕掛ならんとの疑《ウタガ》ひ尤《モットモ》に似たれども、四一竹田の舞臺《ブタイ》に事替り、四二四方正面のやりばなし。しかも四三不埒《フラチ》の取しまり、何《イヅレ》に仕掛の有(る)ともも見えず。數万の人の目にさらし、仕掛の見えぬ程なれば、譬《タトヘ》仕掛有(る)とても眞《マコト》にひると同前なり。衆人眞《マコト》に放《ヒル》といはゞ、四四其糟《カス》を食《クラ》ひ其泥《ヒヂリコ》を濁《ニゴ》らして、放《ヒル》と思ふて見るが可《ヨシ》。扨つく〲と案《アン》ずれば、かく世智辛《セチガラ》き世の中に、人の錢をせしめんと千変万化《センベンバンクハ》に思案《シアン》して、新《アタラ》しひ事を工《タク》メども、四五十が十四六餅《モチ》の形《カタ》昨日新《アタラ》しきも今日は古く、固《モトヨリ》古きは猶古し。此放屁男《ヘツピリヲトコ》計は咄《ハナシ》には有(り)といへども四七覿《マノアタリ》 見る事は、我(が) 日本 神武《ジンム》天皇《ワウ》元年より、此年安永三年に至(つ)て二千四八四百三十六年の星霜《セイサウ》を経《フ》るといへども、舊記《キウキ》にも見えず、いひ傳《ツタヘ》にもなし。我《ワガ》

一六 歌詞が短く、くだけた俗曲の一。長唄に対していう。小唄。一七 江戸歌舞伎の地・合方として享保頃に始まった静かなしんみりした音曲。歌は独吟。現在は長唄にとり入れられている。一八 伊勢地方におこって全国にひろまった音頭。一九 都太夫一中の語りだした浄瑠璃。以下は声曲類纂に詳説がある。二〇 宮古路豊後掾(一世)。初代一中の弟子で、はじめ国太夫半中といい、半中節を語った。豊後節諸流派の始祖である。二一 享保十五年宮古路豊後掾が語りだした。のち、常磐津節・富本節・清元節の三流に別れた。二二 江戸浄瑠璃の一。土佐少掾橘正勝が始めた。延宝年間流行。二三 上方浄瑠璃の一。岡本文弥が語り始めた。延宝元禄の間流行。二四 江戸浄瑠璃の一。江戸半太夫(一世)が語り始めた。貞享・元禄に盛んであった。二五 江戸浄瑠璃の一。薩摩浄雲の弟子薩摩外記藤原直政が延宝年間語り出した。二六 前出(二二九頁)。二七 江戸浄瑠璃の一。大薩摩主膳太夫(一世)が、享保から宝暦の間に一派を創始した。二八 仮名手本忠臣蔵。義太夫節の代表作。竹田出雲・三好松洛・並木千柳作。寛延元年上演。二九 源内作の神霊矢口渡。本書に所収。三〇 両国橋の西側。三一 両国橋の西岸にあった広い通り。両国広小路と称した。三二 →補注四。三三 水引幕。劇場の舞台の上部に横にはられた長い幕。三四 鬢の毛を撥(ばち)のように三日月形に剃りこんでいる髪型。奴に多い髪風。三五 薄い藍色。三六 書言字考「東天光 俗伝ニ雞ノ暁声ヲ云フ」。三七 興行が終った時に打つ太鼓。三八 →補注五。三九 大阪船町の書肆。赤松閣と号す。四〇 見世物になる放屁の意。曲はすべて見世物の意味。曲馬・曲鞠・曲相撲など。四一 竹田近江機巧芝居。四二 うちひろげて仕掛をするところなしの意。

日本のみならず、唐土《モロコシ》・朝鮮《テウセン》をはじめ、天竺《テンヂク》・阿蘭陀《ヲランダ》諸《モロ〳〵》の國〻にもあるまじ。於戯《アヽ》思ひ付(き)たり。能放《ヨクヒツ》たり」と誉《ホム》れば、一座皆感《カン》心す。遙末座《ハルカバツザ》より聲《コヘ》を掛《カケ》、「先生《センセイ》の論《ロン》甚《ハナハダ》非《ヒ》なり。我《ワレ》申(す)べき事有(り)」と出(づ)るを見れば、頃日《コノゴロ》田舎《イナカ》より來りたる、[一]石部《イシベ》金吉郎といへる侍《サムライ》なり。[二]以の外の顔色《ガンショク》にて、「扨〻苦〻敷《ニガ〳〵シキ》事を承《ウケタマハ》る物かな。それ芝居《シバヰ》・見せものゝ類《タグヒ》、公《オホヤケ》より御免あるは、[三]人を和《クワ》する術《ジユツ》にして、君臣《クンシン》・父子《フシ》・夫婦《フウフ》・兄弟《ケイテイ》・朋《ホウ》友の道をあかし、譬《タトヘ》ば[四]大星《ボシ》由《ユ》良介《ラノスケ》が仕打は、忠臣の鑑《カヾミ》と成(り)、[五]梅枝《ムメガエ》が無間《ムゲン》の鐘《カネ》は、女の操《ミサホ》をすゝむるなり。見せものゝ異様《コトヤウ》なるも[六]親《ヲヤ》の罪《ツミ》が子に報《ムク》ひ、狩人《カリフド》の子は[七]踦《カタハ》と成(り)、[八]惡《アク》の報《ムク》ひは針《ハリ》の先、必(ず)人〻油断《ユダン》するなとの教《ヲシヘ》なるに、近年は只錢もふけのみに掛ㇼ、ケ様の所へ心を用《モチヒ》ず、剰《アマツサヘ》屁ひり男の見セ物、言語道断《ゴンゴダウダン》のことなり。夫《ソレ》屁は人中にて撒《ヒル》ものにあらず。放《ヒル》まじき座敷にて、若(し)誤《アヤマツ》て[九]とりはずせば、武士《ブシ》は腹《ハラ》を切程恥《キルホドハヂ》とす。傳《ツタ》へ聞(く)、[一〇]品川にて何とかいへる女、客の前にてとりはづせしが、其座に[一一]小田原町の[一二]李堂《リダウ》、[一三]堺町《サカイ》の[一四]己《ミイ》なんど居合《ヰアハセ》て、笑《ワラヒ》けるに、彼女《カノ》忍《シノ》び兼《カネ》、一間《ヒトマ》へ入《イリ》て自害《ジガイ》せんとするを、傍輩《ハウバイ》の女が見付(け)、さま〴〵に諫《イサム》れども、『一座がかの[一五]通《トヲ》ㇼ者なれば、惡《ワ》ル口《クチ》にいひふらされ、[一六]世上の沙汰《サタ》に成(る)なればどふも活《イキ》ては居られぬ』との[一七]せりふ。彼二人も詞《コトバ》を尽《ツク》し、『此事決《ケッシ》ていふま

四三 放屁のことゆえ、取りしまりにも埒があかぬの意味。四四 屈原の漁父辞「世人皆濁レラバ、何ゾ其ノ泥(ひじりこ)ヲ淈(にごら)シテ其ノ波ヲ揚ゲザル、衆人皆酔ヘバ、何ゾ其ノ糟ヲ餔(くら)ウテ其ノ釃(しる)ヲ歠(すす)ラザル。(中略)自ラ放タルルコトヲ為ル」のもじり。四五 皆。四六 にたりよったりの意。四七 説文「面見也」。四八 実際は二千四百三十四年である。放屁論後編(二四九頁)と同じ誤り。

一 堅く融通のきかない人物の異称。石部金吉金兜(かなかぶと)とも。

二 けしからぬといった様子。

三 歌舞伎事始「人道和睦のをしへ、これに過ぎたる近道はなし」。

四 仮名手本忠臣蔵中の人物。大石内蔵助に擬す。

五 ひらがな盛衰記中の人物。本名千鳥。夫源太景季に貞節をつくし、無間の鐘に擬して、手水鉢をたたく所、一番の見所。

六 かたわ者の見世物の口上の文句。

七 書言字考「踦人(カタワモノ)(中略)法言・梁楚之間、物体之具ハラザル者之ヲ踦人ト謂フ」。

八 諺。悪事をおかせば、針の尖をめぐるように応報のくること速かであるとの意。因果は針の先とも。

九 思わず人前で放屁すること。

一〇 江戸四宿の一。ここは同所にあった遊里をさす。

一一 江戸日本橋の町名。魚市場があった。

一二 鯉藤。鯉屋藤左衛門。十八大通の一人(御蔵前馬鹿物語)。

一三 前出の如く芝居町。今の中央区にあった。

一四 未詳。

じ』とひたすらになだむれども、『イヤ〱今こそ左様に請《ウケ》がひ玉へ。跡《アト》にていひ玉はんは必定《ヒツヂヤウ》。活《イキ》て恥《ハヂ》をさらさんよりは死《シナ》せてたび玉へ』とかきくどき、とゞまる気色《ケシキ》あらざれば、二人もすべき方《(かた)》なくて、此事口外《コウグハイ》せまじきよし、證《シヤウ》文《モン》を書《カイ》て、漸《ヤウ〱》自害《ジガイ》をとゞめしとかや。可咲《ヲカシキ》事の様なれど、女が自害と覚悟《カクゴ》せしは、[一八]情《ナサケ》を商《アキナ》ふ身《ミ》の上にて、恥《ハヂ》を知《シリ》て命を捨《ステ》んといひ、又[一九]いき過《スギ》の通者《トヲリモノ》も、[二〇]側《ソク》隠《イン》の心ありて、[二一]おほづけなくも證文《シヤウモン》書(い)て人の命《イノチ》を助《タスケ》しは、又艶《ヤサ》しき事ならずや。かく人の恥《ハヂ》とする事を、大道端《ダウバタ》に[二二]簡板《カンバン》を掛《カケ》、衆人の目にさらす事、無躾《ブシツケ》千萬此《コノ》上なし。見せるものは錢もふけ、見るが[二三]鈍漢《ベラボウ》なりと思ふに、[二四]先生雷同《センセイライドウ》し玉ふ事、[二五]見限《カギ》り果《ハテ》たる事也。[二六]盗泉《タウセン》の水、[二七]勝母《シヤウボ》の地、皆其名をさへ悪《ニク》むなり。[二八]非《ヒ》禮《レイ》聞(く)ことなかれ、非禮見ることなかれとは、聖人《セイジン》の教《ヲシヘ》なり」と、[二九]青筋《アヲスヂ》はつてのいひぶん。予答《ワレコタヘ》て曰《イハク》、「子《シ》が辞《コトバ》甚(だ)是《ゼ》なり。去《サリ》ながらいまだ道《ミチ》の大《オホイ》なる事をしらず。[三〇]孔子《コウシ》は童謠《ドウヤウ》をも捨《ステ》ず。我《ワレ》亦屁《ヘ》ひりを取《トル》事論《ロン》あり。夫天地の間に有(る)もの、皆自《ヲノヅカラ》貴賤《キセン》上下の品《シナ》あり。其中に至《イタ》り極《キハマ》りて、下品《ゲヒン》とするもの、大小便《ベン》に止《トヾマ》る。賤《イヤシ》き譬《タトヘ》諭を漢《カラ》にては[三一]糞土《フンド》といひ、日本にては[三二]屎《クソ》のごとしと。其糞小便《クソシヤウベン》のきたなきも、皆五穀《ゴコク》の肥《コヤシ》となりて、万民《バンミン》を養《ヤシナ》ふ。只屁《ヘ》のみ撒《ヒッ》た者《モノ》、暫時《ザンジ》の腹中《フクチウ》快《コヽロ(ヨ)》き計にて、無益無能《ムエキムノウ》の長物《スタリモノ》なり。[三三]上天《ジヤウテン》のことは音《ヲト》もなく香《カ》もなしと

一五 前出(一〇六頁)。
一六 広く世間の評判。
一七 いい分。
一八 遊女稼業。
一九 やたらに通人ぶる連中。
二〇 「惻隠」のあやまり。あわれみいたむ心。
二一 大人げなくも。
二二 書言字考「簡板(カンハン)」。看板。
二三 前出(三七頁)。
二四 人の言に分別もなく同意すること。
二五 あいそがつきた。
二六 中国山東省泗水県の東北にある泉の名。孔子はその名故に飲まなかった。説苑の説叢篇「水盗泉ト名ヅク、孔子飲マズ。其名ヲ醜(にく)メバナリ」。
二七 中国の地名。塩鉄論「里ヲ勝母ト名ヅク、曾子入ラズ。蓋シ名ノ不順ヲ以テナリ」。
二八 論語の顔淵篇「子曰ク、非礼視ルコト勿レ、非礼聴クコト勿レ、非礼曰フコト勿レ、非礼動(な)スコト勿レ」。
二九 いかりの感情を外面にしめして。
三〇 孔子家語の顔回篇で、魯が女楽を入れた時のこと、「吾歌フ可ナランカ」といって、歌ったなどをさすか。
三一 論語の公冶長篇「糞土之牆ハ杇ルベカラズ」とか、左伝の襄公十四年「其ノ言糞土也」など見える。
三二 和漢三才図会「屎(そ)　糞、大便」。
三三 詩経の大雅「上天之載(こと)ハ音モ無ク臭モ無シ」。載は事業の意。

いふに引(き)かへ、音《ヲト》あれども太鼓《タイコ》・皷《ツヾミ》のごとく聞《キク》べきものにあらず。匂《ニホ》ひあれども伽羅《キヤラ》[一]・麝香《ジヤカウ》のごとく用《モチユ》べき能《ノウ》なし。却《カエツ》て人を臭《クサ》がらせ、韮蒜《ニラニンニク》[二]握屁《ニギリベ》[三]と口《クチ》の端《ハ》にかゝり空《クウ》[四]より出(で)て空《クウ》に消《キエ》、肥《コヤシ》にさへならざれば、微塵《ミヂン》用に立(つ)ことなし。志道軒《シダウケン》[五]が腐儒《フジユ》をさして、屁《ヘツ》[六]ぴり儒者《ジユシヤ》といひ初《ソメ》しも、尤千萬の詞《コトバ》なり。斯《カク》ばかり天地の間に無用《ムヤウ》の物と成果《ナリハテ》て、何の用にも立(た)ざるものを、こやつめが思ひ付にて、種〻《シユぐ》に案《アン》じさまぐ〵に撒《ヒリ》わけ、評判《ヒヤウバン》の大入(り)、小芝居[七]なんどは續《ツヾク》べき勢《イキホイ》ならず。富三《トミザ》[八]一人が大當リは、菊之丞[九]が餘光《ヨクハウ》[一〇]も有(り)、屁《ヘ》には固《モトヨリ》餘光もなく、惣《ホン》人《テ》もなく贔屓もなし。実《ジツ》に木正味《キシヤウミ》[一一]むき出しの眞劔勝負《シンケンシヤウブ》。二寸に足《タ》らぬ屁眼《シリノアナ》[一二]にて、諸〻《モロく》の小芝居を一[一三]まくりに撒潰《ヒリツブ》[一四]す事、皆屁威光《ヘイクハウ》[一五]とは此事にて、地《ヂ》[一六]口《グチ》でいへば屁柄者《ヘガラモノ》[一七]也。されば諸〻《モロく》の音曲者《ヲンギヨクシヤ》[一八]、いふべき筈《ハツ》の口、語《カタル》べき筈《ハツ》の咽《ノンド》を以て、師匠《シシヤウ》に随《シタガ》ひ口傳《クデン》を請《ウケ》、高給金《タカキウキン》ははしがれども、声《コヘ》のよしあしは生《ウマ》れ付、月《ツキ》[一九]夜烏《ヨガラス》や五位鷺《イサギ》の、があく〵と鳴《ナク》がごとく、古き節《フシ》の口眞似《クチマネ》はすれども、微塵《ミヂン》も文句《モンク》に意《コヽロ》なく、序破急《ジヨハキウ》[二〇]・開合《カイガフ》[二一]・節《フシ》[二二]はかせの塩梅《アンバイ》をしらざれば、新浄瑠璃《ジヤウルリ》[二三]の文句を殺《コロ》し、面〻《メンく》家業《カゲフ》の衰微《スイビ》に及《ヲヨ》ぶ。然るに此屁《ヘ》ひり男は、自身《ジシン》の工夫《クフウ》計にて、師《シ》匠《シヤウ》なければ口傳《クデン》もなし。物いはぬ尻分《シリワカ》るまじき屁《ヘ》にて、開合《カイガフ》・呼吸《コキフ》の拍子《ヒヤウシ》を覚《ヲボヘ》、

一 最もよいにおいのするもの。二 臭いものをつかんで人の鼻先で開く。特に臭いという。四「武蔵野は月の入るべき山もなし、草より出でて草にこそ入れ」による。五 前出(一五七頁)。六 前出(二二九頁)。この和歌、前出(八一頁)。腐儒を放屁男におとるとする諷刺。七 江戸三座(中村座・市村座・森田座)以外に寺社地五カ所に限り、また日数百日を限って許された規模の小さい芝居及び見世物などを一括していう。八 前出(二二九頁)。九 瀬川菊之丞(二世)。前出(四二頁)。富三はそのあとをついで三世となる。一〇 おかげ。余徳。一一 生正味。そのものの実質もあらわにしての評価。一二 中国の俗語で、肛門のこと。風来山人刪訳の刪笑府「這箇屁眼(ﾍｲﾘ)」。一三 総なめに。一四 人気をさらって他の興行ものを不入で立ち行かぬようにした。一五 閉口のもじり。一六 同音異義の洒落。原句の一語一語を五十音図の各行各列何れかに通ずる他の語に置きかえて他の句を作る。上方では秀句・口合。江戸で地口という。一七 手柄者の地口。一八 音曲をもって一家を構える者。一九 うかれ烏。二〇 音楽・舞楽の一切の表現形式として、序と破と急の三部に分った。二一 音曲の用語。口のあけとじの良否が、発音の良否となること。二二 節博士。音曲の文章の傍につけられた節の指定。日本の古音曲の楽譜。二三 平賀源内の自作の浄瑠璃をあてこんでいったもの。二四 宮・商・角・徵・羽の五音の称から転じて、音声の調子、ねいろの意。二五 楽音の高低を十二種に規定したもの。中国の十二律を基礎とした。壱越・断金・平調・勝絶・下無・双調・鳧鐘・黄鐘・鸞鏡・盤渉・神仙・上無。二六 性格。心だて。二七 斯(し)道開基のもじり、

二四五音《イン》二五十二律 自 備《リツヲノヅカラソナハ》り、其品々を撒分《ヒリワケ》る事、下手《ヘタ》浄瑠璃の口よりも、屁の二六気取《キドリ》が抜群《バツグン》よし。奇《キ》とやいはん妙《メウ》とやいはん。誠《マコト》に二七屁道開基《ヘダウカイキ》の祖師《ソシ》也。但し音曲《ワンギヨク》のみに限らず、近年の下手糞《クソ》ども、学者は唐の二八反古《ホグ》に縛《シバ》られ、詩文章《シブンシヤウ》を好《コノ》む人は、二九韓《カン》・三〇柳《リウ》・三一盛唐《セイタウ》の三二鉋屑《カンナクヅ》を拾《ヒロ》ひ集《アツメ》て柱《ハシラ》と心得、三三哥人《カジン》は居ながら飯粒《メシツブ》が足《アシ》の裏《ウラ》にひばり付(き)、醫者《イシヤ》は三四古法家《コホウカ》・三五後世家《コウセイカ》と、三六陰弁慶《カゲベンケイ》の議論《ギロン》はすれども、治《ヂ》する病《ヤマヒ》も療《ナヲ》し得ず、三七流行《ハヤリ》風の皆殺《ゴロ》し。誹諧《ハイカイ》の宗匠顔《ソウシヤウガホ》は、三八芭蕉《バセヲ》・三九其角《キカク》が四〇涎《ヨダレ》を舐《ネブリ》、茶人の人柄《ヒトガラ》風流めくも、四一利休・四二宗旦が四三糞《クソ》を甞《ナメ》る。其餘諸藝皆衰《ヲトロ》へ、己が工夫才覚《クフウサイカク》なければ、古人のしふるしたる事さへも、古人の足本へもとゞかざるは、心を用(ゐ)ざるが故なり。しかるに此放屁漢《ヘヒリヲトコ》、今迄用(ゐ)ぬ臀《シリ》を以て、古人も撒《ヒラ》ぬ曲屁《キヨクベ》をひり出し、一天下に名を顕《アラハ》す。四四陳平《チンペイ》が曰(く)、『四五我をして天下に宰《サイ》たらしめば、又此肉《ニク》のごとけん』と。我も亦謂《ヲモヘラ》く、若 賢 人《モシカシコキヒト》ありて、此屁のごとく工夫をこらし、天下の人を救《スクヒ》玉はゞ、其 功 大《イサヲシオホヒ》ならん。心を用(ゐ)て修行《シユギヤウ》すれば、屁さへも猶かくのごとし。吁《アヽ》四六済世《サイセイ》に志《コヽロザス》人、或は諸藝《シヨゲイ》を学《マナ》ぶ人、一心に務《ツトム》れば、四七天下に鳴《ナラ》ん事、屁よりも亦甚(だ)し。我《ワレ》は彼《カノ》屁の音を貸《カ》りて、自暴自棄《ジボウジキ》・未熟《ミジユク》・不出精《フシユツセイ》の人々の、四八睡《ユメムリ》を寤《サマ》さん爲《タメ》なりと、いふも又理屈臭《リククツクサ》し。子《シ》が論《ロン》四九屁のごとしといは

祖師は一宗派を開いた僧。二八 古文辞学の末流を諷した。彼らは、文は秦漢以前によるとして、韓柳ら古文家を尊び、詩は初唐・盛唐を範として、きびしく守ることをいった。志道軒伝、一「唐の反古にしばられ、我が身が我が自由にならぬ」。二九 韓愈(七六八―八二四)。字は退之。号昌黎。古文復興を主張した唐の文章の大家。三〇 柳宗元(七七三?―八一九)。字は子厚。韓愈と並んで文章を称せられた古文家。三一 唐の開元から大暦の年号の間で李白・杜甫二大詩人が活躍した頃。三二 古文辞学派の古人の作から語を得てならべ、一人前の作品と思っているをそしる。三三 諺の「歌人は居ながらにして名所を知る」をもじり、和歌を作るというが、とかく生活の為にする所多く、風流を忘れるをそしったもの。三四 中国金元以後の後世派の医学を排して、漢隋の医学を師宗とする学派。名古屋玄医以後、後藤艮山・香川修庵・吉益東洞等がとなえた。三五 古法家に対し金元医学を奉ずる人々。香月牛山などその代表である。三六 人前ではおとなしくて、陰で強がりをいうたとえ。以下諸芸をそしる(志道軒伝、一参照)。三七 安永二年風邪流行(増訂武江年表)。→補注六。三八 松尾芭蕉(一六四四―一六九四)。蕉風俳諧の祖。三九 榎本其角(一六六一―一七〇七)。芭蕉の高弟。江戸座の始祖。四〇 去来抄「先師常に曰く、宗因なくんば我〳〵が俳諧今以て貞徳の涎をねぶるべし」。四一 千宗易(一五二二―一五九一)。茶道千家流各派の始祖。天正十九年横死。四二 千宗旦(一五七八―一六五八)。千家流茶道を庶民の間にもひろげた。四三 後塵を拝する。四四 前漢の功臣(―前一七八)。高祖に仕え、後、諸呂の乱をしずめた。四五 漢書の陳平伝「嗟呼、吾ヲシテ天下ニ宰タラシメバ亦此肉ノ如ケン」。四六 世を救うこと。四七 名声が聞える。屁の縁語。

ゞいへ、我も亦屁一ともおもはず。」

放屁論終

四八 動詞「ゆめむ」の連用形のつもりで、名詞にしたものであろう。夢みる如くぼんやりしていること。 四九 空論のたとえ。

一 痛痒を感じないことのたとえ。

跋

漢《カラ》にては[二]放屁《ホウヒ》といひ、上方にては屁《ヘ》をこくといひ、関東《クハントウ》にてはひるといひ、女中は都《スベ》て[三]おならといふ。其語《コトバ》は異《コト》なれども、鳴《ナル》と臭《クサ》きは同じことなり。その音に[四]三ン等《トウ》あり。ブツと鳴《ナル》もの上品《ヒン》にして其形圓《カタチマロ》く、ブウと鳴(る)もの中品にして其形[五]飯《イ》櫃形《ビツナリ》なり。スーとすかすもの下品にて細長《ホツナガ》くして少(し)ひらたし。是等《コレラ》は皆素人《シロト》も常に撒《ヒル》る所なり。彼放屁男《カノヘヒリヲトコ》のごとく、[六]奇《キ》々妙々に至《イタ》りては、放《ヒラ》ざる音《ヲト》なく、備《ソナハ》らざる形なし。抑《ソモ》〳〵いかなる故ぞと聞(け)ば、彼《カレ》ヶ母常に[七]芋《イモ》を好(み)けるが、或夜《アルヨ》の夢《ユメ》に、[八]火吹竹《ヒフキダケ》を呑《ノム》と見て懐胎《クハイタイ》し、[九]鳳屁元《ホウヒグハン》年[一〇]へのえ[一一]鼬鼠《イタチ》の歳、[一二]今を春邊と梅匂ふ頃誕生《タンジヤウ》せしが、成人《セイジン》に隨《シタガ》ひて、段々[一三]功を屁ひり男、今江戸中の大評判《ヒヤウバン》、[一四]屁は身を助《タスケ》るとは是ならん歟　[一五]讃岐の[一六]行脚[一七]無一坊　[一八]神田の寓居に筆を採る

二 大慧普説、二一「山僧敢道他放屁」。

三 女房詞。和漢三才図会「児女ハ於奈良ト謂フ、言フ心ハ尾鳴(ヲナラス)也」。

四 三段階。芭蕉の曲翠宛書翰「風雅之道筋大かた世上三等に相見え候」。

五 楕円形。六 奇妙を強めていう。

七 既に薩摩芋はやや流布していたが、やはり里芋か。

八 日輪懐中に入ると夢見て英雄を孕む俗伝のもじり。たとえば豊臣秀吉については、将軍譜「其母日輪懐中ニ入ルト夢ミテ之ヲ生ム」などとつたえられている。志道軒伝にも同趣向がある。火吹竹はへこき竹の地口。

九 宝亀元年(七七〇)のもじり。

一〇 丙(ひのえ)のもじり。宝亀元年は庚(かのえ)戌(いぬ)に当る。一一 いたちの最後屁の縁で、十三支目を考えた滑稽。一二 仁徳天皇の即位を祝して王仁が奉った歌と伝える「難波津に咲くやこの花冬ごもり今を春辺と咲くやこの花」(謡曲の難波など)により、辺を屁にかけた。匂ふは屁の縁。

一三 年功を積むの意の甲羅を経る、功を経るに屁をかけた。一四 技芸をそなえるものは生活に便の意の「芸は身を助ける」の諺を、屁の芸なればかえた滑稽。一五 讃岐の生れの意。源内の出身地は讃岐(香川県)支度。

一六 風来山人の号の意と同じく放浪者の意。

一七 無一物即ち何もない、係累もなく金もない貧乏人の意をこめる。ただし志道軒の号の無一堂をかりたものであろう。

一八 源内の住居は一話一言に「宝暦の末始めて江戸に来りて聖堂に寓居す、(中略)後神田白壁町の裏に住居す、又藤十郎新道に移り、又柳原細川玄蕃殿やしき前の町屋に移り(中略)終に馬喰町の町屋に移る」。

放屁論後編自序

[一]倭学先生曰《わがくせんせいいはく》、[二]夜《よる》はおよるの上略《じやうりやく》にて、晝《ひる》とは諸人《しよにん》目を寤《さま》せば、小便をたれ屁を撒故《ひるゆへ》、夜昼《よるひる》の倭訓起《わくんおこ》れり。或《〈あるひ〉》は[三]鯨《くじら》浅《〈あさ〉》き所《ところ》に寐《〈ね〉》入(り)たる内、潮引《うしほ》(き)て洲《す》となる時は、大に困《こま》りて無術竆《じゆつなべ》を撒故《〈ひる〉》に潮《〈うしほ〉》の引(く)をも干《ひる》といふ。此道《みち》を好《この》ませ玉ふ御神《おんかみ》を、[四]蛭子《ひるこ》といひえびすといふ。えびすはへびすの間違にて、あいうえを、はひふへほの[五]通韵《つういん》より誤り來れり。又[六]日本武尊《やまとたけのみこと》[七]東夷《とうい》征伐の時、夷《えびす》ども草に火をかけ、大勢《〈おほぜい〉》一度《〈ど〉》に尻《しり》をまくりて撒《ひり》ければ、焰尊《ほのふみこと》の方へ吹(き)靡《なびき》、御身に火掛《かゝ》らんとする時、御劔をぬいて投付《〈なげつけ〉》給へば、夷《〈えびす〉》の臀《しりべた》をしたゝかに切《き》られ八方へ逃《〈にげ〉》し故、逃《にぐ》る事を[八]へきゐきといひ始め、〈へきゐきとは屁《へ》消益《きゑき》なり。屁消《へきへ》て尊《〈みこと〉》の爲《ため》に益あるをいふなり。[九]十束《とつか》の御劔《ぎよけん》を改(め)て[一〇]臭薙《くさなぎ》の寶劔《ほうけん》と号《なづけ》玉ふ。臭《くさ》き物を薙《なぎ》ちらせしといふ詞也。[一一]大政《〈だいぜう〉》入道清盛《きよもり》は[一二]火の病《やまひ》を煩《わづら》ひ、初は[一三]居風呂《すへ〈ふろ〉》桶に水を入(れ)て體《からだ》を浸《ひた》せば、即時《そくじ》に[一四]湯《〈ゆ〉》となる故、後《のち》は大なる池《いけ》を掘《ほり》、[一五]加茂川《〈かもがは〉》の水を[一六]堰入《せきいれ》這入《はい》られけるに、[一七]水火《〈すいくは〉》激《げき》して頻《しきり》に屁を撒《ひり》しにより、[一八]屁池《〈へいけ〉》の大将と異名《いみやう》せられ、記《しる》せし記録《きろく》を[一九]屁池物語《〈へいけもの〉がたり》といふ。

一　日本古代の精神や文学・歴史・有職等についての学問。漢学に対していう。源内は賀茂真淵門下。国学者の語源俗解への皮肉。

二　試みに日夜の諸説は東雅「夜、ヨといひヨルといふ、ヨとは今日と明日との中間なればなり。(中略)ルといふは語助なり」。日本釈名「或説、日は火の精なるゆゑに名づく、又ひると云ふ説あり、日にあたりて物ひるなり、此等の説用ひがたし、日は上古の自語なれば日の訓をかりて、火をひといふなるべし。ひるといふことばは日より出たり」。

三　寄り鯨をいう。倭訓栞「寄鯨といふは、沙洲に衝上りて帰るを得ず、乾死する也」。増訂武江年表安永元年「四月中旬、鯨の片身なるが神奈川海より上る(下略)」。

四　神の名。書紀の伊弉諾・伊弉冊二神国生の条の一書「遂ニミトノマグハヒシテ、淡路ノ洲ヲ生ミ、次ニ蛭児ヲ生ム」。西宮に祀り西宮夷(えびす)という。俗に恵比須と称して七福神の一。

五　音韻の相通ずること。五十音図中同列同行の文字は互に通じて用いられるをいった。「え」と「へ」は同列である。真淵門下でかかる語源説の流行していた諷刺。

六　景行天皇の皇子。小碓尊。熊襲・東夷を征つ。三十二歳薨。当時一般に「やまとたける」とは読まなかった。七→補注八。

八　辟易。驚いて立ち退き、逃げること。

九　身の長さ十にぎりの剣。神代紀の宝剣出現の条に「ミハカセル十握ノ剣ヲ抜キテ、ズタ〱ニ其ノ虵(ヲロチ)ヲ斬ル」とあって、叢雲の剣にその説明がない。源内の混じ誤った所。

一〇　天の叢雲の剣、草薙のもじり。→補注九。

一一　平清盛(一一一八―一一八一)。仁安二年太政大臣となる。翌三年官を辞して出家し、太政入道と称した。養和元年熱病で薨。薫響集に「あらがね後世平家《こうせい〈へいけ〉》と書《かく》は、當字《あて〈じ〉》なり。また[二〇]兵衛佐頼朝卿《ひやうへのすけよりともけう》[二一]伊豆《いづ》の國《〈くに〉》へ[二二]左遷《させん》の内、貧乏《びんぼう》にて常《つね》に芋飯《いもめし》を喰《くひ》、好《この》んで放屁《はうひ》なされける故、其所《ところ》を[二三]ひるが小島《こじま》と号《なづけ》たり。野《の》にて放《ひる》を野邊《のべ》といひ、山にて撒《ひる》を山邊《やまべ》といふ。古今集《こきんしふ》の歌《うた》に

[二四]霞立春《かすみたつはる》の山屁《やまべ》は遠《とほ》けれどふく春風《はるかぜ》は花の香《か》ぞする

海邊《うみべ》といひ、磯邊《いそべ》といひ、[二五]澤邊《さはべ》の螢《ほたる》は尻《しり》に縁《えん》あり。奥州《おふしう》に[二六]一の戶《へ》・二の戶《へ》、古《いにしへ》[二七]戶《と》の字《じ》をへと訓《くん》ぜしも家《いへ》あれば人あり。人あれば撒《ひる》故なりと倭訓《わくん》の[二八]講釋聞取法《かうしやくきゝとりばう》問《もん》、出まかせに放出《ひりだ》して、此書《しよ》の序《じよ》とはなりけらしブツウ。

[二九]風來山人誌

[三〇]

[三一]

の地にしては、平相国よりぞくさくなりける」。
一二 熱病。→補注一〇。
一三 据風呂。竈つきの風呂桶。
一四 平家物語、六「比叡山より、千手井の水を汲み下し、石の船に湛(た)へて、其に下りて冷やし給へば、水夥しう湧き上りて、程なく湯にぞ成りにける。若や扶かり給ふと筧の水をまかせたれば、石や鉄などの焼たるやうに、水迸りて寄り附かず。自ら中なる水は、焔と成りて燃えければ」のもじり。
一五 京都市中を南北に通る川。鴨川。
一六 せきとめて、水を他に引き入れる。
一七 五行思想でいう水火相剋して。
一八 平家のもじり。 一九 平家物語のもじり。
二〇 源頼朝(一一四七—一一九九)。義朝の三子。従五位下右兵衛権佐であったが、平治の乱で伊豆に流された。後征夷大将軍右大将。 二一 今静岡県。
二二 下の官職におとされること。
二三 蛭島。蛭児島。伊豆国韮山西麓の地。もとは狩野川に挟まれて島の体であったという。
二四 古今、春下「霞立つ春の山辺は遠けれど吹き来る風は花の香ぞする」。辺を屁にもじった。古歌を屁にとりなした例は薫響集に多く見える。
二五 歌語。螢は尻に火をともす故いう。
二六 一戸・二戸共に陸奥国の地名。現在岩手県に属する。
二七 和名抄、門戸類「戸、戸邑之処、倍(へ)」。
二八 僧侶、後には一般も、他人の説をきき、自説として発表すること。聞取法聞ともかく。聞取学問。
二九 初刷本この上に「安永六年丁酉五月」とある。
三〇 印文「天上天下」。
三一 印文「唯我独賤」。合せて釈迦誕生時のいわゆる誕生偈「天上天下唯我独尊」のもじり。

放屁論後編

世の諺《コトハザ》に、[一]剪逕《キリドリ》するも浪人《ラウニン》の習《ナラ》ひと[二]御所櫻《ゴシヨザクラ》の[三]伊勢《イセノ》三郎、[四]風俗太平記《ゾクタイヘイキ》の[五]日本《ニッポン》左衛門なんど、浄瑠璃本《ジャウルリボン》にある時は、さも手強《テヅヨ》ふ侍《サフライ》らしく聞《キコ》ゆれども、夫《ソレ》は血臭《チグサ》ひ時節《ジセツ》の事にて、かく治《ヲサマ》れる時世に、そんな[六]けびらひが有《アル》や否《イナヤ》。[七]とんだ目にあふ故に、今時の浪人は[八]紙子《カミコ》羽織《バオリ》に破編笠《ヤブレアミガサ》、御子孫《ゴシソン》も御繁昌《ゴハンジャウ》猶いつまでか[九]活(き)延(び)るほど恥《ハヂ》の上《ウハ》ぬり、但《シ》浪人のみにあらず、春さきの[一〇]華臍魚《アンカウ》と[一一]目出度(き)御代の侍は段ゝに直《〈ネ〉》が下《サガ》り、工農商《コウノウシヤウ》の三民《ミン》に養《〈ヤシナハ〉》れる[一二]素餐《クラヒツブシ》の様に思はれ、まさかの時は侍《サフライ》でなければ世は治(ま)らず、[一三]日本は小國《〈セウコク〉》でも、唐高麗《カラカウライ》から指《ユビ》もさゝせぬは、皆武徳《ブトク》なりといふ事を、思ひ出す者《〈モノ〉》もなきは、是《〈コレ〉》ぞ誠に太平の世の御恩澤《ゴヲンタク》、[一四]井を鑿《ホリ》て飲耕《ノミタガヤシ》て食《クラ》ふ。[一五]提燈《テウチン》借《カ》りた禮《レイ》はいへども、月日に禮《レイ》はいはざるに等《ヒト》し。段ゝ[一六]太平の化《クハ》にあまへ、世上一統《トウ》金銀にのみ目《メ》が付《ク》故、先祖《センゾ》はお馬《ウマ》の先に進《スヽミ》、[一七]義は金鉄よりも堅《カタ》く、命《イノチ》は塵芥《ヂンカイ》よりも輕《カロ》しと、[一八]踏《フミ》止(つ)て高名を顯《アラハ》したる家柄《イヘガラ》

一 諺「斬取り強盗は武士の習い」。 二 御所桜堀川夜討。義太夫節。文耕堂・三好松洛作。元文二年春大阪竹本座初演。 三 御所桜中の人物。源義経の臣。貧窮して辻斬りの現場を妻に発見されて、「武士の落目に切取り強盗恥にもならず」という。 四 義太夫節。為永太郎兵衛作。寛保三年三月大阪豊竹座初演。 五 本名浜島庄兵衛。大強盗として聞え、延享四年刑死。風俗太平記はその行迹を戯曲化したもの。→補注一一。 六 けぶらい。様子。そぶり。 七 ひどい目に合う。極刑に処せられること。 八 紙子製の羽織。紙子は又紙衣。紙に柿渋を塗り、幾度も日に乾したあと、露にさらし揉みやわらげて衣服にしたてる。渋をひかぬものを白紙子という。貧しい風体をいう。 九 諺「命長ければ恥多し」による。

一〇 鱇。鮟鱇。和爾雅「華臍魚、(中略)俗ニ云フ鮟鱇是ナリ」。魚鑑「冬月の上饌なり、貴賤となく好事家の欲りする所、寒中その価尤も貴し」。よって春になれば安くなる。 一一 太平時の武士。 一二 また素飡。禄盗人。功労・才能なくして高位厚禄を食むこと。 一三 山鹿素行の中朝事実の序「中国(日本のこと)ノ水土ハ(中略)赫乎タル武徳、以テ天壌ニ比スベキナリ」など見えて、一般の考であった。 一四 太平謳歌をいう。帝堯陶唐氏の故事。十八史略、一「老人有リ。哺ヲ含デ腹ヲ鼓チ。壌ヲ撃ッテ歌ッテ曰ク。日出デテ作シ。日入ッテ息フ。井ヲ鑿ッテ飲ミ。田ヲ畊シテ食フ。帝ノ力何ゾ我ニ有ランヤト」。 一五 恩沢の広大なるあまりかえって気づかぬことのたとえ。 一六 太平の世になれて。 一七 司馬遷の報任安書の「死或ヒハ泰山ヨリモ重ク、或ヒハ鴻毛ヨリモ軽シ」から出た諺「義は泰山よりも重く、命は鴻毛よりも軽し」による。 一八 陣の先端にがんばって。 一九 十露盤の珠を貫

の子孫でも、又君を諫《イサメ》万民を教《ヲシ》え、國家《コクカ》の礎《イシズヘ》を堅《〈カタ〉》ふせんと、心《コヽロ》を碎《クダ》く忠臣《チウシン》でも、[一九]算盤《ソロバン》の桁《ケタ》に合《アハ》ず、[二〇]見《ケン》一無頭早急《ムトウサツキウ》に金にならねば、[二一]二一天作《テンサク》[二二]言語道断《ゴンゴダウダン》、[二三]六沈《ロクチン》が[二四]二進《チン》・[二五]雪隠《セツチン》が決《ケツ》ちん、[二六]穴《ケツ》のせまい[二七]仕送《シオク》り用人《ヤウニン》に[二八]乗越《ノリコサ》れ、扨はお家に由緒《ユイショ》ある數《ス》[二九]代《ダイ》出入の町人でも、[三〇]不如意になれば[三二]安くあしらひ、昨日今日《キノフケフ》まで手代奉公、[三一]年季《〈ネンキ〉》野郎《ヤラウ》の成上(り)でも、金さへ持《モテ》ば追従輕薄[三三]御堅勝《ツイシヤウケイハクゴケンシヤウ》御安全、[三四]様《〈サマ〉》の字までをひねくり廻して六ヶ敷(く)認《シタヽメ》るは[三五]地獄《ヂゴク》の沙汰《サタ》も金次第《〈シダイ〉》金が敵《カタキ》の世の中、されば歌《ウタ》にも、「[三六]鉦敲《カネタヽキ》金がないゆゑ鉦《〈カネ〉》たゝく、金があるなら鉦《〈かね〉》はたゝかじ」又、「[三七]それに付(け)ても金のほしさよ」といへる下の句《ク》は、いづれの歌《〈ウタ〉》にも連属《レンゾク》すると[三八]卑《ヒ》劣千万《レツ〈センバン〉》に覚え、[三九]冨十郎が[四〇]鐘入《カネイリ》も、[四一]金の供養《クヤウ》といふ故に、若(し)[四二]才覚《〈サイカク〉》の計策《テダテ》にもと、[四三]味《アヂ》な所へ目のつく世の中、此間さる方にて、段〻と不如意《フニヨイ》に付《〈ツキ〉》、一家中《〈カチウ〉》鎗《ヤリ》の稽古《ケイコ》を止《ヤメ》にして鈴《スヾ》の稽古《〈ケイコ〉》が初(ま)りしとの噂《ウハサ》、よく〳〵聞《〈キ〉》けば、鑓《ヤリ》といふ字《〈ジ〉》は金篇《〈ヘン〉》に遣《ツカフ》といふ字《〈ジ〉》鈴《〈スヾ〉》は金篇《〈ヘン〉》に[四四]令《セシメル》といふ字なれば、遣ふ事を止《〈ヤメ〉》にして、只〻金を令《セシメ》よと、あて字《〈ジ〉》ながらも主命《メイ》は默止《モダシ》がたし。いかなる名人達人《〈タツジン〉》でも[四五]金なき衆生は度《ド》しがたしと、佛《ホトケ》もあちらむくと見えたり。

いつの比にか有(り)けん、江戸[四六]神田の邊《〈ホトリ〉》に[四七]貧家銭内《ヒン〈カ〉ゼニナイ》といへる見る陰《〈カゲ〉》もなき痩《ヤセ》浪人《〈ラウニン〉》あり。抑《ソモ〳〵》彼《カレ》が系圖《ケイヅ》といつぱ、忝くも[四八]天兒屋根命《アマツコヤ〈ネノ〉ミコト》の苗裔《ベウエイ》、[四九]大織冠《〈タイ〉シヨクハン》鎌足《カマタリ》公の

く竹。勘定が合わない。二〇 珠算の用語。毛利重能の割算書「置クニ置ケザル時ハ見一無当(塵劫記には頭)作九一と云ふ。此の心は百目を十一人に割り候へと云ふ時、十人には十匁づつにて候へども、十一人と云ふ時、九一に作るは、拾人に九十目として一人分は残り、十匁の内にて引き申候時、一匁残り申候」。早急は作九のもじり。「見一無頭作九の一」と十露盤をおいても、早速に金はできない。二一 珠算の用語「二一天作の五」に言語道断をかけた。一を二で割るとき、桁の上の五珠を一つおろすこと。二二 もっての外。二三 六進のあて字か。六で割る時の声。二四 二でわる時の声。二五 上からの語呂合せ。便所でつまったの意。二六 上からかかって、狭量の意。二七 家計又は財政方面を専門に担当する用人。↓補注一二。二八 位置が上にならられ。この事風流志道軒伝、一にも見える。二九 御用達の商人。三〇 金廻りが悪くなると。三一 年限を定めて奉公する下賤な男。三二 粗末にあつかう。三三 手紙でも、以下の如き用語で丁重にしたため。三四 当時の書簡では、同じ様の字も、相手の身分によって目上には、字格正しく、目下には略体で書いた習慣。三五 諺。三六 卜養狂歌集所見。↓補注一三。三七 山崎の宗鑑の句として伝えらる。↓補注一四。三八 品性の乏しいこと。三九 前出(二二九頁)。四〇 京鹿子娘道成寺の鐘入りの所作事。娘道成寺は藤本斗文作詞、杵屋弥三郎作曲、中村富十郎と市川団五郎が振付けた。宝暦三年中村座初演。四一 京鹿子娘道成寺「今日鐘の供養を致さうずるにて有るぞ」。鐘を金といいかえた。四二 金を入手の方法。四三 一風変った。甘い。四四 手に入れる。四五「縁なき衆生は度しがたし」この下「不如意」の振仮名は初刷「フニヨヰ」。

の洒落。四六 前出(一三七頁)。四七 平賀源内のもじり。四八 当時のよみ方。天岩戸、天孫降臨の神話に出る五部神の一。四九 藤原鎌足(六一四―六六九)。大化改新の功臣。大織冠を賜う。

一 藤原不比等(ふひと)(六五九―七二〇)。鎌足の第二子。右大臣。贈太政大臣。二 香川県志度町。以下謡曲の海士(あま)による。海女淡海と契り、命を捨てて珠を海底の竜から取りかえした。三 ひそかに情を交す。四 唐から渡った、左右いずれからしても、釈迦三尊の影の映る玉。五 →補注一五。六 謡曲の海士「人々よろこび引きあげたりけり」。七 歌舞伎では、白石彦兵衛作面向不背玉(元禄十)、浄瑠璃では、近松門左衛門作大織冠(正徳二)などがある。初刷振仮名「シバヰ」。八 地位の低い大根役者。九 柿渋を塗った下等のうちわ。貧乏神の持ち物。一〇 始終貧乏しているの意。一一 諸芸に達するものは用いられる意の諺。又、秋田佐竹侯の二百石のまねきを辞退したこと。→補注一六。一二 紬羅が沖。対馬海域の沖。日本と朝鮮の潮ざかい。転じて、どちらにもつかぬ意。一三 中途半端の意の諺「磯にも沖にも着かず」による。一四 なりゆきまかせの放浪生活。一五 正しくは瓢箪。以下同じ。諺の「瓢箪鯰」(「瓢箪で鯰をおさえる」)による。捕えにくくぬらくらしたさま。一六 和漢三才図会「鮎(なまづ)鮧、鯰」。一七 同「鰻鱺(うなぎ)」。うなぎの如くぬらくらしていて。一八 吉原では、火災時用の天水(自然水)をためる桶を、屋上に置いていた。一九 品川の妓楼の海浜にのぞむものは、雪隠を、路面以下に通ぜしめた。二〇 くだらぬ自慢。二一 托鉢して歩く乞食坊主へのほどこし米。わずかの俸禄のたとえ。名物六帖「教化的(コツキハハス)」。仮名手本忠臣蔵、七段目「はつち

御子、[一]藤原淡海公《フヂハラノタンカイ》、[二]讃州志度《サンシウシド》の浦《ウラ》にて海士人《アマビト》と[三]野合《チエ〱クリアヒ》、かの[四]面向不背玉《メンカウフハイノタマ》を採得《トリエ》玉ふ時、一日を[五]六十四文で人足《ニンソク》に傭《ヤト》はれ、[六]「浦人《ウラビト》よろこび引(き)上(げ)たりけり」と、謡《ウタヒ》にも作《ツク》られ、[七]戯場《シバイ》でしても名もなきは[八]い〱役者《ヤクシヤ》のする浦人の嫡流《チヤクリウ》なり。母夢《ユメ》に[九]澁團扇《シブウチハ》を呑《ノム》と見て懐胎《クハイタイ》し、此者を産《ウミ》しより、[一〇]貧乏神《ビンボウガミ》を氏神《ウヂガミ》と仰《アフ》ぎ、七福神《ジン》と喧嘩《ケンクハ》して、故郷《コキヤウ》を去《サツ》て江戸の住居《スマヰ》、されば[一一]諸藝《シヨゲイ》貳百石、無藝《ムゲイ》高なしとやらいへども、此男《ヲトコ》何一ッ覚《オボエ》たる藝もなく、又無藝にもあらざれば、どちら足《タ》らずのちくらが[一二]洋《ヲキ》、[一三]磯《イソ》にもよらず、浪《ナミ》にもつかず、[一四]流《ナガ》れ渡《ワタ》りの[一五]瓢單《ヘウタン》で、[一六]鮧《ナマズ》の樺燒《カバヤキ》[一七]鰻鱺魚《ウナギ》を欺《アザム》き、見識《ケンシキ》は[一八]吉原《ヨシハラ》の天水桶《テンスイヲケ》よりも高く、智恵《チエ》は[一九]品川《シナガハ》の雪隠《セツチン》よりも深《フカ》しと、こけおどしの[二〇]駄味噌《ダミソ》を、千人に一人は実《マコト》かと聞込《キヽコン》で[二一]教化的《ハツチボウズ》の報謝米《ホウシヤマイ》で召抱《メシカヽエ》ふと相談《ソウダン》すれば、「イヤ〱[二二]女は美悪《ビアク》となく宮《キウ》に入(り)て妬《ネタマ》れ、士《シ》は賢不肖《ケンフセウ》となく朝《テウ》に入(り)て悪《ニク》まる。比諭《タトエ》を鳥《トリ》で申さふなら、孔雀《クジヤク》・[二三]錦鶏《キンケイ》・[二四]鸚哥《インコ》の類《タグヒ》、高金出して弄《モテアソベ》ども、外飾《ミエ》のよいばかりで、鳥も捕《ト》らず、晨《トキ》も司《ツク》らず、葱《ネギ》、[二五]線牛蒡《センゴボウ》の[二六]相手にもならず又烏《カラス》の男《ヲトコ》ぶりは悪《アシ》けれども、朝は早く起《オキ》て人をおこし、[二七]吉凶《キツケウ》を能《ヨク》しりて豫告《アラカジメツゲ》しらせば、忝いといふべきを、[二八]烏鳴《カラスナキ》が悪《ワル》ひの、いま〱しい烏《カラス》めのと、悪《ニク》まるゝを見るにつけ、[二九]良薬《リヤウヤク》は口《クチ》に苦《ニガ》く、[三〇]出る杭《クヒ》は打(た)るゝ習ひ、されども御無理《ムリ》御尤《モツトモ》、[三一]君〻《キミ〲》たらず臣〻《シン〲》たらず、[三二]八幡《ハチマン》大名・太郎冠者《クハジヤ》、[三三]脱活《ハリヌキ》の

虎《トラ》見る様に、己《ウヌ》が性根《セウネ》は微塵《ミヂン》もなく、風次第《カゼシダイ》で首《クビ》を振《フツ》て、一生を過《スゴ》さんは、折《セツ》角親《カクオヤ》の産付《ウミツケ》た睾丸《キンタマ》を無《ム》にする道理《ダウリ》、浪人《ラウニン》の心易《コヽロヤス》さは、[三四]一箪《タン》のぶつかけ一瓢《ヘウ》の小半酒《コナカラ》、[三五]恆《ツネ》の産《サン》なき代《カハリ》には、主人といふ贅《ムダ》もなく、知行《チギヤウ》といふ[三六]飯粒《メシツブ》が足《アシ》の裏《ウラ》にひつ付《ツカ》ず、行度所《ユキタキ》を駈《カケ》めぐり、否《イヤ》な所は[三七]茶《チヤ》にして仕舞《シ(マ)》ふ。せめては一生我體《ワガカラダ》を、自由《ジユウ》にするがもうけなり。斯隙《カクヒマ》なるを幸《サイハヒ》に種〻《シユぐ》の工夫《クフウ》をめぐらして、何卒《ナニトゾ》[三八]日本の金銀を、唐阿蘭陀《カラオランダ》へ引《ツ》たくられぬ、一ッの助《タスケ》にもならんかと、思ふもいらざる[三九]佐平次にて、せめては寸志《スンシ》の[四〇]國恩《コクヲン》を、報《ホウ》ずるといふもしやらくさし。[四一]其位《クラヰ》にあらざれば其政《マツリゴト》を謀《ハカ》らず、身の程しらぬ大呆《タハケ》と、己《ウヌ》も知《シツ》ては居《ヰ》るそふなれど、[四二]蓼食《タデク》ふ蟲《ムシ》も好〻《スキぐ》と、生(ま)れ付(き)たる[四三]不物好《フモノズキ》わる塊《カタマ》りにかたまつて、[四四]椽《エン》の下《シタ》の力持、[四五]むだ骨だらけの其中に[四六]ゐれきてるせゐりていとゝいへる人の體《カラダ》より火を出し、病を治する器《ウツハモノ》を作り出せり。抑此《ソモ〳〵コノ》器《ウツハモ(ノ)》は、西洋《セイヤウ》の人電《イナヅマ》の理《(リ)》を以て[四七]考《カンガヘ》、一旦《タン》工夫《クフウ》は付(け)けれども、其身の生涯《セウガイ》には事成《ナ》らず、三代を經《ヘ》て成《ゼウ》就《ジユ》しけるといへり。[四八]阿蘭陀人《オランダジン》といへども知《シ》る者は至(つ)て少く、固《モトヨリ》朝鮮《テウセン》・唐《カラ》・天竺《テンヂク》の人は夢《ユメ》にもしらず、況《イハン》や日本開闢《カイビヤク》以來《イライ》創《ハジメ》て出來たる事なれば、[四九]高貴《カウキ》の旁〻《カタぐ》を初《ハジメ》として見ん事を願ふ者夥《モノオビタヽ》し。

或日《アルヒ》去《サル》屋敷の[五〇]儒官《ジユクハン》、[五一]石倉《イシクラ》新五左衛門といへる人來りて、観《ミ》る事良久《ヤヽヒサシウ》して曰《イハク》、

坊主の報謝米程取って居て」。 二二 出典未詳。 二三 キジ科の美しい鳥。以上の類を唐鳥という。 二四 鸚鵡に似た鳥。高槻城主永井侯が秘蔵したものが、大阪・江戸の見世物となった(摂陽年鑑を引いて朝倉無声著見世物研究に詳しい)。孔雀の見世物は宝暦九年。前出(七三頁)。 二五 織牛蒡。牛蒡をほそく切ったもの。 二六 調理することもできない、すなわち食用とならないことをいう。 二七 烏は和漢共凶を知らせ、死を予報する鳥とされた(和漢三才図会)。 二八 和漢三才図会の慈烏(からす)の条「古ヨリ相伝ヘテ云フ、烏ハ熊野之神使也、凡病人将ニ死スル前、群鳴以テ凶兆ト為ス、大ニ之ヲ忌ム」。 二九 忠告はきき入れにくい意の諺。 三〇 俊傑賢士の讒に遇うことの諺。 三一 古文孝経の孔安国の序「君君タラズト雖モ、臣ハ以テ臣タラザルベカラズ」を用いた。 三二 共に狂言雑劇の滑稽人物。主が主なら、家来も似ているの意。 三三 張り抜き細工で作った虎。自己の意志でなく他人の意志のままに動くものを嘲っていう。 三四 論語の雍也篇「子曰ク。賢ナル哉回ヤ。一箪ノ食(し)。一瓢ノ飲。陋巷ニ在リ。人ハ其憂ヒニ堪ヘズ。回ヤ其楽ミヲ改メズ。賢ナル哉回ヤ」による。ぶっかけは、汁を掛けた飯。小半酒は一升の四半分。二合五勺。転じて少量の酒。 三五 孟子の滕文公上篇「恒産有ル者ハ恒心有リ」による。一定の資業、財産。 三六 小知を飯粒にたとえた。飯粒で足が動きにくくなるように、わずかな知行で、身動きができなくなることを避けたのである。 三七 ちゃかす。 三八 新井白石の説などに影響された考。→補注一七。 三九 または左平治、左平二。人形操の社会の隠語。口または口をきくこと。転じて出すぎて物をいうこと。さしで口。 四〇 国恩を報じ、国益をはかるとは、源内の

[一]「天地人《ジン》の三才《サイ》に通達《ツウダツ》するを儒《ジュ》といふ。我天下の書《ショ》に眼《マナコ》をさらし、理《リ》を以て推《ヲ》す時は、[二]森羅万象《シンラマンザウ》明《アキラ》かならざる事有(る)べからずと思ひしが、今是を見て始《ハジメ》て驚《オドロ》く。それ[三]燧《ヒウチ》と石扁柏《ヒノキ》と扁柏相激《アイゲキ》する歟。又は[四]日輪《ニチリン》の[五]水精硝子《スイセウビイドロ》を照《テラ》し、或《アルヒ》は[六]鏡《カヾミ》に映《エイ》ずる時は火を生じ、時に臨《ノゾン》では目[七]からも出(で)[八]骹《スネ》からも出(で)、扨又貧《ヒン》なる家内《カナイ》へは、[九]火の降《フル》事も有(り)とは聞《キケ》ども、かゝる事は思ひもよらず。いかなる理《リ》にて火《ヒ》出(づ)るや、後学《コウガク》の爲《タメ》承(ら)ん」と。其時主人うち點頭《ウナヅキ》、「書《ショ》を讀計《ヨムバカリ》を学問と思ひ、紙上の空論《クウロン》を以て[一〇]格物窮理《カクブツキウリ》と思ふより間違も出(で)來るなり。さらば火の出(づ)る根元《コンゲン》をお目にかけん」と、取(り)出す小冊《セウサツ》に、「[一一]昔語花咲《ムカシガタリハナサキ》男放屁論《ヲトコハウヒロン》」と題号《ダイガウ》せり。主人笑《ワラツ》て申(し)けるは、「抑〳〵《ソモ〳〵》此放屁《ヘツピリ》といつぱ、四年以前兩國橋《リヤウゴクバシ》の邊《ホトリ》にて、花咲男と号《ナヅケ》、見せものにて近年《キンネン》の大當リ、諸〳〵《モロ〳〵》の小戲場《コシバイ》を撒潰《ヒリツブ》せし趣は此放屁論に詳《ツマビラカ》なり。今年また[一二]釆女原《ウネメガハラ》に出で

常に口にする所。四一 前出。風流志道軒伝、五「其位に在ざれば其政をはからずといふ聖人の教を忘れて」(二一八頁)。四二 人それぞれ嗜好のちがう意の諺。四三 趣味がとりたててないこと。四四 人に知られず苦労すること。自分一人国益などと力むことの自嘲。四五 認められぬ功のない努力ばかり。四六 発電気器。明和七年長崎でオランダ人の発電気の機を見て、自らさとって製作した。→補注一八。四七 底本の振仮名「カンガイ」。初版本により改。四八 底本「イランダシン」。初版本により改。四九 補注一八参照。五〇 儒者。五一 石頭で融通がきかぬ意と、田舎侍をののしる新五左(前出二一八頁)を合せて作った名。

一 才は裁。天道・地道・人道、すなわち万物を裁制するの意。易経「有天道焉、有人道焉、有地道焉、兼三才、而両之故六」。
二 宇宙間に存在するすべての物。あらゆる現象。
三 本草綱目、六「地之陽火ハ三アリ。木ヲ鑽ル之火、石ヲ撃ツ之火、金ヲ戞(う)ツ之火ナリ」。
四 前出(一七五頁)。
五 びいどろは、倭訓栞に「硝子の蛮語也」。
六 首楞厳経義疏、三「彼手ニ鏡ヲ執リ、日ニ於テ火ヲ求ム、此ノ火鏡中ヨリ出ヅトナス」。
七 頭を物にぶっつけた時にいう。
八 諺「脛から火を出す」とは、燧石もない貧乏さをいう。和漢三才図会「脛(きは)骹」。
九 家政不如意甚しいさま。
一〇 格は至る、物は事、事物の理を知り窮めてそこに一貫する原理を見出すこと。朱子学の眼目。

一三三國福平《ゴクフクヘイ》と名乗《ナノ》る。扨此者《モノ》の身の上を尋《タヅヌ》るに、父は大和《ヤマト》の國吉野の郷《ゴウ》の狩人《カリウド》、一四佐次兵衞といへる者《モノ》なりしが、年來多《ネンライオホク》の猪猿《シ、サル》を殺《コロ》せし罪亡《ツミホロボ》しとや思ひけん、近所の者《モノ》兩人といひ合(は)せ一五四國順礼《コクジユンレイ》に出(で)けるに、彼《カノ》殺生《セツセウ》の報《ムクヒ》にや、伊豫《イヨ》の國に至《イタ》りて、佐次兵衞生《イキ》ながら猿《サル》と成《ナツ》て林《ハヤシ》の中へ逃入《ニゲ》(り)ければ、二人の連《ツレ》はあきれ果《ハテ》、是非《ゼヒ》なく國に歸《カヘ》りけり。今童謡《ドウヨウ》に、「一六一ッ長屋の佐次《サヂ》兵衞《ベ》殿、四國《シコク》をめぐりて猿〈サル〉となるんの、二人《フ・タリ》の連衆《ツレシユ》は歸れども、お猿の身なれば置《オイ》て來《キ》たんの」とは、此事因縁《インエン》なり。さて兩人は國に歸り、悴福平《セガレフク》に此訳《ワケ》を語《カタ》れば、一《ヒ》ト方《カタ》ならぬ歎《ナゲキ》なれども、なすべき様《ヤウ》もあらざれば、せめては父が一七現世《ゲンゼ》未來畜生道《ミライチクセウダウ》の若患《クゲン》を免《マヌガル》る爲《タメ》にとて、一八一切經《サイケウ》を供養《クヤウ》せんと思ひ立(ち)、一九鳥が鳴東路《ナクアヅマヂ》を錢《ゼニ》がなく〳〵たどり着《ツキ》、本錢《モトデ》の入らぬ金もうけを工夫《クフウ》して、いつとなく屁《ヘ》を二〇比類《ヒルイ》なき、親孝行《オヤカウコウ》の奇特《キドク》にや、兩國橋の屁撒《ヘツビリ》と江戸中の大評判。夫

一二 前出のこの前編。
一三 木挽町四丁目東の馬場(現在の東銀座)。講釈師や見世物の盛り場。
一三 南水漫遊拾遺五、観弄場雑事に「安永三午年には曲屁福平、同七年戌の春、初音耳四郎出たり」。
一四 安永頃から天明にかけて、後出の如く江戸で俗謡にうたわれた人名。
一五 四国八十八カ所の寺々を巡拝すること。
一六 半日閑話「此頃(安永五)かぞへ歌の童謡大に行はる、繁ければ二三を記す、此の歌山の手より起ると云ふ、愛敬いなりの隠し町辺よりなるべし、一ッとや、一ッ長屋の佐次兵衛どの、四国を廻て猿となるお猿の身なればおいてきタンノウ」「ダンノウ」(以下十六まであり略)。この「タンノウ」「ダンノウ」とついたかぞえ唄は上方に迄及んだ。
一七 生きながら畜生道に落ちたので、現世未来という。
一八 仏教経典を網羅した集。出刊の度に巻冊は増加している。これを読誦する一切経会を開いて供養すること。
一九 東国(あずま)にかかる枕詞。銭が無くと泣く泣くにかけた。
二〇 屁をひるを比類なしにかける。前出の伝王仁の詠によって、大阪・京都で好評を得たことをいう。

よりも[一]浪花津《ナニハツ》に咲《サク》や此花咲男、今を春屁《ハルベ》と咲(く)や此、花の都《ミヤコ》に匂《ニオ》ひ渡《ワタ》り、再《フタヽビ》江戸へ歸り咲(き)、三國福平と名乗《ナノリ》て、釆女原《ウネメガハラ》の春霞《ハルガスミ》、[二]立子這子《タツコハウコ》もしらぬ者なし。扨佐二兵衞と連《ツレ》になり四國をめぐりし兩人も目前《モクゼン》かゝる不思議《フシギ》を見、且《カツ》は福平が志《コヽロザシ》を感《カン》じ、佐二兵衞が追善供養《ツイゼンクヤウ》、共に力を合《アハ》さん爲、[三]空也《クウヤ》上人の[四]鉢扣《ハチタヽキ》、茶筅賣《チヤセンうり》より思ひ付《ツキ》、[五]哥念佛《ウタネンブツ》を趣向《シユカウ》して、[六]六字を飴《アメ》にねりまぜ、[七]うまひだ、うまい陀佛《ダンブツ》うまいだより様ゝの[八]替唱哥《カヘシヤウガ》、扨當世《トウセイ》の[九]立者《タテモノ》は[一〇]仲藏・[一一]幸四良・[一二]三五郎、また[一三]半道《ハンドウ》の[一四]きゝ者は、時に[一五]大谷友右衞門、[一六]鼎眞《ヒイキ》市川團十郎は、[一七]木場《キバ》についでの親父分《オヤヂブン》、其癖《ソノクセ》年は若《ワカ》いだ、若《(ワカ)》い陀佛若陀《ダンブツワカイダ》と賣歩行《ウリアルキ》、大評判に預《アヅカ》りしも、皆福平《フクヘイ》が孝行《カウコウ》のなす所、古今《ココン》にまれなる[一八]屁柄者《ヘガラモノ》」と語《カタリ》ければ、新五左衞門[一九]一圓《エン》に呑込《ノミコマ》ず、「不思議《シギ》の事を承るもの哉。いかにも彼撒屁漢《(ヘツピリヲトコ)》先年兩國にては流行《ハヤリ》しかど、此度釆女原《ウネメガ(ハラ)》へ出(で)たれども、其後は[二〇]聲《オト》もなく臭《カ》もなく今は世間に沙汰もなし。當時諸方にて評判の品ゝは、[二一]飛んだ靈寳珍《レイホウメヅラ》しき物、[二二]十月《トツキ》の胎内《タイナイ》[二三]千里《リ》の車《クルマ》、[二四]鹿《シカ》に兩頭《トウ》あれば[二五]猿《サル》に曲馬《キヨクバ》あり。[二六]穢銀杏《ヨゴレギンアン》が弁説《ベンぜツ》には、[二七]蘓秦《ソシン》・張儀《チヤウギ》も跣足《ハダシ》で逃《ニ》げ、[二八]友《トモ》世《ヨ》・綱世《ツナヨ》が力には、[二九]巴《トモエ》・坂額《ハンガク》干鱈《ヒダラ》持(つ)て禮《レイ》に來る。[三〇]源水が獨樂《コマ》は魂《タマシヒ》ありて動《ウゴク》がごとく[三一]鶴市《ツルイチ》が聲色《コハイロ》はその人そこに在《(アル)》が如《ごと》し。[三二]新之助は一身に骨《ホネ》なく、[三三]どう突請《ヅキウケ》身《ミ》は五臓金鉄《ザウキンテツ》にや有(ら)ん。大魚《タイ(ギヨ)》出れば[三四]大蛇骨《ダイジヤコツ》出(で)、[三五]硝子《ビイドロ》細工・[三六]牽絲傀儡《ナンキンアヤツリ》[三七]古《フルキ》

一 春霞立つとかかる。 二 幼童までも。 三 鉢たたき・踊念仏の祖光勝(—九七二)。 四 空也派の僧について和漢三才図会「紫雲山極楽院、鉢敲、頭髪尋常ノ俗ト別チ無シ、褊綴ヲ著(キ)、洛ノ内外ヲ往来シ瓢箪ヲ敲キ、唱名念仏シ、又茶筌ヲ販(ウ)リテ業ト為ス」。 五 僧形の者が鉦鼓を打って念仏まじりの歌を吟唱する江戸時代の大道芸(柳亭記)。 六 六字の名号。南無阿弥陀仏。 七 名号を飴のうまいにかけていった。実在の飴売りを用いた。↓補注一九。 八 替歌。次がその替歌の一つの文句。 九 名題以上の人気俳優。一座の優秀役者。 一〇 中村仲蔵(一世)(一七三六—一七九〇)。俳名秀鶴。宝暦十年中蔵を仲蔵に改。立役・実悪の名人。 一一 松本幸四郎(四世)(一七三七—一八〇二)。和事・実事・所作事を得意とした。 一二 嵐三五郎(二世)(一七三二—一八〇三)。和事・武道を演じた。 一三 半道化方。敵役で道化た仕草を演ずる役柄。 一四 腕きき。達者。 一五 時に逢うとかかる。 一六 一世友右衛門(一七四四—一七八一)。 一七 鼎眞一とかかる。明和七年襲名。 一八 五世市川団十郎(一七四一—一八〇六)。団十郎は深川木場に住み、木場の親方と異名された四世をついで。 一八 手柄者のもじり。 一九 六字の飴も福平のお蔭という論法。 一九 すこしも理解せず。 二〇 前出(二三三頁)。 二一 安永六年両国に出た開帳の霊宝に模した細工物の見世物。↓補注二〇。 二二 安永五年夏に出た、胎児の十カ月間の過程をつくり物にした見世物。 二三 見世物の一種であろう、未詳。 二四 見世物。ただし本草綱目、五一「茶首机、永昌郡ヨリ出ヅ、是両頭ノ鹿ノ名也、鹿ニ似テ両頭ナリ」。 二五 好評であった見世物(見世物研究)。 二六 辻講釈師。↓補注二一。 二七 前出(一五五頁)の中国の雄弁家。それらもおそれをなして逃げる。 二八 柳川巴代・綱代。女力持ちの見世物。

を以て新《アタラ》しく[三八]田舎道者《イナカダウシヤ》の目《メ》を悦《ヨロコバ》しめ、[三九]鳥娘《トリムスメ》は名にてくろめ[四〇]、[四一]人魚《ニンギヨ》は人をちやかすなり。[四二]子供角觝《ズマヒ》の取組《トリクミ》は、[四三]河津《カハヅ》・股野《マタノ》が[四四]俤《オモカゲ》をうつし、[四五]鬭鶏《トウマル》相撲《ズマフ》の勝負《セウブ》には、[四六]魯《ロ》の[四七]季桓子拳《キクハンシコブシ》を握《ニギ》る。[四八]馬《ウマ》の立合・狗《イヌ》の藝、仕込に馴《ナレ》教に順《シタガ》ふ。是を思へば人並《ナミ》に[四九]人別帳《ニンベツチヤウ》には付《ツキ》ながら、畜生《チクセウ》に劣《オトリ》たる無藝《ムゲイ》の者は心にて、己《オノレ》が恥《ハヂ》を思ふべし。あるが中にも[五〇]險竿《カルワザ》の大當り、[五一]小櫻松江《コザクラマツエ》が笑顔《エガホ》には、[五二]弘法《コウボウ》大師筆を捨《ステ》、[五三]韓退之《カンタイシ》涎《ヨダレ》を流《ナガ》す。[五四]無三飛新藏《ムザントビ》が體《カラダ》は[五五]龍骨車《リウコシヤ》のめぐるがごとく、[五六]早飛梅之丞《ハヤトビ》が[五七]一本綱《ヅナ》は、五躰《たい》を天へ釣《ツル》かと疑《ウタガ》ふ。是等《コレラ》をして珍《メヅラ》しともいふべけれ。何ぞや古《フル》き屁撒《ヘツビリ》を、こと〲く敷(き)長物語、拙者屁《ヘ》の講釋《カウシヤク》を聞(き)には參らず。彼《カノ》ゐれきてるより火の出る道理を聞(か)んとこそ望《ノゾ》みしに、以《〈モツテ〉》の外の[五八]屁《ヘ》あいしらい、さては我らを[五九]屁《〈ヘ〉》の如《ゴト》く思ひ玉ふや」と、[六〇]眞黑《マツクロ》になつて立腹《リツプク》す。

其時錢内詞《ゼニナイコトバ》を和《ヤハ》らげ、「ゐれきてるより火の出(づ)る道理を聞(か)んとお尋(ね)あれども、[六一]一天四海引(つ)くるめての大論《タイロン》にて一朝《テウ》一夕《セキ》に論《〈ロン〉》じがたし。能《ヨ》く近《〈チカ〉》く譬《タトヘ》を取(り)て教《ヲシヘ》ん為《タメ》、扨こそ屁論《ヘロン》に及《オヨビ》たり。夫《ソレ》、佛法に[六二]地水火風空《チスイクハフウクウ》を五輪《リン》といへども、空《〈クウ〉》と風《〈フウ〉》とは躰用《タイヤウ》にて、つまる所は[六三]四大《〈ダイ〉》なり。此水火土氣《ドキ》は天地の間に滿《ミチ》〲たる故、固《モトヨリ》人の體中《タイチウ》に備《ソナヘ》たれば、四《ヨツ》の物皆體中《タイ〈チウ〉》より出(づ)る也。日々の食物糞《シヨク〈モツ〉フン》と成(り)て五穀《コク》の肥《コヤシ》となる。これ人間《〈ニンゲン〉》の體《カラダ》より土《〈ツチ〉》の出(づ)るにあらず

↓補注二二。二九 正しくは「板額」。前出(五八頁)の巴・板額のような力持ちも所詮およばず向うから挨拶にくる。三〇 松井源水。代々源水を称した曲独楽の大道芸人。↓補注二三。三一 大道芸人の声色づかい松川鶴市。↓補注二四。三二 中洲に出た軽業の唐崎新之助。↓補注二五。三三 地をかためる胴突を身にうける芸。↓補注二六。三四 半日閑話「明和五年四月五日夜丑三刻、新吉原五丁町より出火して廓中残らず焼くる、火元は四つ目やとかや、焼灰の中よりあやしき骨出たり、火竜骨といふ」。三五 前出(七七頁)。三六 南京操。糸操のこと。寛文年間に始まり江戸では明和・安永・天明の間にも流行(見世物研究)。三七 古くから物を上演するが、目新しく。三八 田舎から来た巡礼。三九 鳥に似た女の見世物。四〇 ごまかす。名程でなかったのである。四一 人面魚体の人魚は作りものであった意。四二 子供相撲。四三 曾我物語に見える。河津三郎祐茂と俣野五郎景久との相撲。歌舞伎曾我物の題材でもあった。四四 髣髴とさせる。四五 愛玩用の鶏、唐丸に蹴合せる見世物。四六 春秋時代の公国の一。四七 季孫斯(きそんし)。魯の大夫。諡は(桓)。左伝の昭公二十五年の条、季平子(桓子の父)と郈昭伯が、雞の闘から争を起した故事をふむ。四八 馬の二本足で立って見せる見世物の一。四九 江戸時代諸寺に調製させた戸籍簿。宗門帳。人別帳籍。一家中全員の姓名・生年月日等を記した。五〇 険竿(けんかん)は竹竿に縁り綱渡りする芸。顧況の険竿歌「宛陵女児手ヲ擘(ひら)キテ飛ビ、長竿ヲ空ニ横タヘテ上下ニ走ル」。五一 美人の女軽業師。小桜歌仙の門。五二 三筆の一人である名筆家弘法大師さえ、書くことをやめる。五三 韓愈。前出(二三五頁)の名文家。美貌と芸は筆舌につくしがたしの意。

五四 中洲や堺町で興行の軽業師。骨のやわらかい芸をした。五五 竜骨車(りゅうこしゃ)。水を汲み上げて田に注ぐ機械。二人相対してこれを回転する。その形状が竜の骨に似ていることからいう。五六 中洲で興行の軽業師。五七 一本の綱の上をわたる綱わたり。早くは二本綱であった。五八「ぶあしらい」のもじり。五九 軽視軽侮すること。六〇 かんかんになって。六一 全世界。六二 五大。五者ともに法性の徳を具足円満せるによって五輪という。六三 五大・五輪の思想はもと地・水・火・風の四大から来て、それに空大を加えたもの。地の堅性・水の湿性・火の煖性・風の動性に対して空は無礙不障性で、したがって空と風とを体用(本体とその作用)と解する。↓補注二七。

一 根元(こんげん)をしゃれていった。
二 日本釈名、上「或説、日は火の精なるゆゑに名づく」。
三 真言宗の本尊、内は真法界を照らし、外は一切衆生を照らし、一切衆生の心中に本来法爾として存在する仏。垂跡は天照大神である。
四 大日如来の智徳を開示した部門(知法身)。
五 大日如来の理法身を表示した部門。金剛界に対す。金剛・胎蔵を両部という。
六 西方十万億仏土。極楽のこと。
七 阿弥陀仏のことであるが、ここでは阿弥陀仏の寿命無量から、十万億土と共に無限広大の限りまでもの意味をもたせた。
八 遍照・徧照。遍ねく世界を照らすことから大日如来を指すが、ここではすべての仏徳の光を意味する。
九 万有の諸現象は凡て仮有である。即ち、はじめより空にして実有ではないの意味。

や。又小便となり汗《アセ》と成(る)は、體中《〈タイチウ〉》水を出すなり。上《〈カミ〉》に在《〈アツ〉》ては呼吸《コキウ》、下《〈シモ〉》に在(つ)ては屁《ヘ》と号《ナヅ》く。是體中《タイチウ》氣《〈キ〉》の出(づ)るなり。あるが中にも火といへるが萬物《バンブツ》造化《ゾウクハ》の[一]座元《〈ザモト〉》にて、その本《〈モト〉》を大陽《タイヤウ》と号《ナヅケ》、その末《スエ》を火と号《〈ナヅ〉》く。[二]日《〈ヒ〉》と火《〈ヒ〉》の倭訓《ワクン》同じきも天地自然《シゼン》の道理なり。されば神に天照《アマテラス》太神《〈オホンカミ〉》、佛《ホトケ》に[三]大日《〈ダイニチ〉》如來、[四]金剛界《コンガウカイ》とは地《チ》上《ジヤウ》をさし[五]胎藏界《タイゾウカイ》とは地下《〈チカ〉》をさす。[六]十万億土《オクド》[七]無量壽佛《ムリヤウジユブツ》、[八]反照《ヘンぜウ》[九]自己《ジコ》本《〈ホン〉》來空《ライクウ》、[一〇]祕密《ヒミツ》も[一一]悟道《ゴダウ》も引(つ)くるめて、此日輪《ニチリン》ましまさゞれば、土《〈ツチ〉》は皆[一二]本體《〈ホン〉タイ》の石《イシ》、水は皆本體《〈ホンタイ〉》の氷《コホリ》なる故、草木《〈サウモク〉》を生《セウ》ずる事なく、[一三]魚鼈《ギヨベツ》を育《イク》すべき道なし。伎者《ヤクシヤ》あつても座本なければ[一四]戲場《シバイ》の出來ざるに異《コト》ならず。かゝる道理を知る時は、糞《フン》と成(る)も汗《〈アセ〉》となるも、屁の出(づ)るも火の出(づ)るも、同じ體《カラダ》の小天地、固《〈モトヨリ〉》怪《〈アヤシム〉》に足《〈タ〉》らざれども、理にくらき輩は、燧《ヒウチ》より出(づ)る火《〈ヒ〉》は常となる故怪《アヤシ》まず、[一五]ゐれきてるより出(づ)る火は、[一六]飯綱幻術《イヅナゲン》の様に心得、又は[一七]関捩《カラクリ》手づま

人形《〈ニンギヤウ〉》と[一八]一ッ事に覚え、慰《ナグサミ》に呼《〈ヨン〉》で見る旁《カタ〴〵》も多き中に、[一九]天文《〈テンモン〉》暦數《レキスウ》、[二〇]酸《スイ》も甘《〈アマイ〉》も呑込《ノミコン》だ親玉《〈オヤダマ〉》をはじめ、理に通達《〈ツウダツ〉》せる人々は、問《トフ》に[二一]骨《ホネ》ありて答《コタフ》る[二二]にはづみあり。人の分量《〈ブン〉リヤウ》智恵《チエ》の程をしらざる人は、僅《ワヅカ》の藝をいひ[二三]立《〈タテ〉》に、口過《クチスギ》する浪人者や、[二四]日待・[二五]月待に召《〈メサ〉》るゝ、[二六]雜劇《ザツゲキ》の藝者同様に心得たるぞ苦《〈ニガ〉》々し。凡天地の間に、火程尊《タツト》き物なく、その火の道理を目前《〈モクゼン〉》に喩《サト》す故、ゑれきてるほど尊き器《〈ウツハモノ〉》なし。又吾(が)　日本　神武帝《ジンムテイ》より今年まで、[二七]二千四百三十九年、死(ん)で生《〈ウマレ〉》て入替《〈リ〉》る人其數《〈カズ〉》かぞへ尽《ツク》されず。其大勢《〈オホゼイ〉》の人間の、しらざる事を拵《コシラヘ》んと、産《〈サン〉》を破《〈ヤブ〉》り祿《ロク》を捨《ステ》、工夫《〈クフウ〉》を凝《〈コ〉》らし金銀を費《ツイヤ》し、工《タクミ》出せるもの此ゑれきてるのみにあらず。是まで[二八]倭産《ワ〈サン〉》になき産物を見出せるも亦少からず。世間の爲《〈タメ〉》に骨《ホネ》を折《〈オレ〉》ば、世上で[二九]山師《〈ヤマシ〉》と譏《〈ソシ〉》れども、[三〇]鼠捕《ネヅミト》る猫《ネコ》は爪《ツメ》をかくす。我よりおとなしく[三一]人物臭《〈ジンブツ〉クサ》き面《〈ツラ〉》な奴《ヤツ》に、却《カヘツ》て山師はいくらも有(り)。人は藝《ゲイ》を以て山の[三二]足代《〈アシシロ〉》とし、我は山[三三]

一〇 仏教用語。深奥なる教養の秘奥。
一一 仏道の道理を悟ること。
一二 まことの姿。真実の相。
一三 魚とすっぽん。水にすむ生き者の意。
一四 初刷振仮名「シバヰ」。
一五 飯綱は前出(一四六頁)。幻術は人の目をくらます魔術。 一六 機巧芝居(森島中良編奇巧図彙にその類の説明あり)。竹田近江とその系の人が見せた。晋書の天文志に張衡の渾象をいって「其ノ関捩ニ因ル」。
一七 声曲類纂「其頃山本飛驒、手妻人形の所作事あやつりなど取更へし故、見物これを悦び、次第に賑ひしにや」。その流にある人が見せた。
一八 同じ様に。
一九 日月運行の度数を測って暦を作る方法。
二〇 人生の何事をも経験して知っている意の諺。
二一 しっかりした、本質をつく所。
二二 答える方も調子が出る。
二三 うり込みの名目にして、渡世する。
二四 日の神を祭って感謝する祭。正月・五月・九月の吉日に行なった。
二五 月の出をまって拝む祭。近世では、日待と共にむしろ慰安遊興がその目的であった。
二六 名物六帖「雑劇(ザツゲキ)」。芝居。日待・月待の遊びに呼ばれて芝居をする素人役者。多くは芸人。 二七 安永六年は神武紀元二千四百三十七年で、二年誤ること放屁論(二三一頁)に同じ。
二八 日本に産出するもの。
二九 鉱山事業家の意味から、投機家となり、さらに詐欺師の意となった。前出(四〇頁)。
三〇 真に才能あるものは、みだりに外に示さぬ意の諺。ここは本質を示さぬ意で用いた。
三一 もっともらしい顔付の者。 三二 足場(あしば)の意で、したごしらえ。 三三 山師の山事。

に似《ニ》たるを以て[一]藝《ゲイ》の助《タスケ》とす。[二]顕《アラハ》るゝと隠《カク》るゝとは、譬《タトヘ》ばあん餅《モチ》とあんころ餅の赤小豆《アツキ》の如し。まこと金をほしく思ふて、是までの精力《セイリヨク》を一圖《ヅ》に金銀計に凝《コリ》て、一生[三]鼹鼠《ムグラモチ》見る様な親父《オヤヂ》と成(り)、生爪《ナマヅメ》はもがれても、握《ニギツ》たる金は放《ハナ》さず。徒然《ツレ〴〵》艸《クサ》にある通《トフ》り、[四]仮《カリ》にも無常《ムジヤウ》を観《クハン》ずべからず。[五]人は悪《ワル》かれ我善《ヨカ》れ、[六]義理も絲瓜《ヘチマ》も瓢箪《ヘウタン》も、[七]沈香《ジンコ》も焚《タカ》ず屁《ヘ》も撒《ヒ》らず。上手《ジヤウズ》名人といふは扨置(き)、下手《ヘタ》といはるゝ藝もなく[八]食《クフ》て屎《ハコ》して寐《ネ》て起《オキ》て、死《シン》だ所で殘る物は、骨《ホネ》と證文《シヤウモン》ばかりなりと、いふ様なわかちもしらず。[九]弥《イヨイヨ》出るなら[一〇]無間《ムゲン》の鐘《カネ》の、[一一]蛭《ヒル》は扨置(き)蝮蛇《マムシ》や[一二]龍盤魚《イモリ》を糞《クソ》で[一三]こくせうに煑《ニ》て食《クハ》せても、食《ク》(ふ)氣《キ》に成(つ)てためる時は、[一四]盲《メクラ》でさへも出來る金、出來ざる事もあるまじく、近ひ例《タメシ》はゐれきてるを、兩國か淺草へ見せ物に出す時は、[一五]押《オサ》へ付(け)たる大金、[一六]豪猪《ヤマアラシ》・[一七]綿羊《メンヨウ》なんどの例《タメシ》もありと、すゝむる者も多《オホ》けれど、陰陽《インヤウ》の理を尽《ツク》せし物を、勿躰《モツタイ》なしと合点《ガテン》せず。されば[一八]曾子《ソウシ》は飴《アメ》を見て老《オイ》を養(は)ん事を思ひ、[一九]盗跖《トウセキ》は錠《ゼウ》を明《アケ》ん事を思ふ。それ相應の了簡、我は綿羊《メンヤウ》を見《ミ》て日本にて[二〇]羅紗《ラシヤ》・[二一]らせいた・[二二]ごろふくれん・[二三]じよん・[二四]とろめん・[二五]へるへとあん、[二六]さるぜ毛氊類《モウセンルイ》の毛織《ケオリ》を織《オ》らせ、外國《グハイコク》の[二七]渡《ワタ》リを待《マタ》ず、用に給《キウ》せんと心を碎《クダ》き、人は手短《ミヂカ》に錢《ゼニ》をせしめんと計《ハカ》る。いかに物いはぬ畜類《チクルイ》じやとて、毛《ケ》を織《オリ》て國家《コクカ》の益《エキ》にもなる物を、[二八]らしやめんなんどあて[二九]じまいな名をつけ、繪《エノ》

一 諺「芸は身を助ける」を利用。二 世に知られたるものと、世に知られぬものは、究極では相通じているの意。あん餅はあんを中に包み、あんころ餅はあんを外側にして餅を包む。内と外の違いのみで実体は変らない。三 和漢三才図会の「うころもち」の条「鼹鼠」。その草木の根を穿ってやまぬを、金をかきあつめるに見立てた。四 徒然草、二百十七段の語。→補注二八。五 諺「人は悪かれ我よかれ、後生大事に金ほしや死んでも生命のあるように」。利己主義で貪欲なことをいう。六 義理など糸瓜の皮とも何とも思わない。少しも意に止めない意。瓢箪は糸瓜の縁。七 可もなく不可もない意の諺。ここでは、人生有意義なことには手も出さずの意。八 前出(三七頁)。日常茶飯の生活を送り。九 本当に。一〇 前出(二三二頁)。一一 ひらがな盛衰記、四「心にもせよ金にもせよ、心ざす所は無間の鐘、此世は蛭に責められ、未来永々無間堕獄の業を受くとも」。一二 井守。大和本草「竜盤魚(イモリ) 井中ニヲルユヘ井モリト云フ」。一三 濃漿(こくしよう)。肉類をにつめた味噌汁。鯉などに多く用いる。味噌の代りに糞を、魚類の代りに井守などを用いてもの意。一四 座頭金とて盲人で高利で金をかすもののあったを諷した。一五 押えつけて動かないように確実な大金を手に入れることができる。一六・一七 珍獣の山嵐や綿羊を見世物にして当たった例もある。→補注二九。一八 孔門の高弟曾参。孝経の作者。一九 中国古代の大盗。→補注三〇。二〇 紡毛織物の一。ポルトガル語 RAXTA の転。二一 紡毛織物の一。和漢三才図会「羅世板、羅紗ニ似テ薄シ」。二二 呉呂服連、ポルトガル語 GROFGREIN の転。梳毛織物の一。略して呉呂服とも。二三 底本「しよん」。初版により改。絨(じよん)は羅

紗類の少し下品な輸入毛織物。 二四 兜羅綿。綿糸に兎の毛を交織した輸入織物。 二五 紅毛談「毛おりの類ひ多し、らしや、らせいた、へるへとあん(中略)、さるぜ」。 二六 底本「さるせ」。初版により改。ポルトガル語 SARJA の転。 二七 舶載品。 二八 羅紗綿。綿羊をこの名で見世物にした。 二九 よい加減な。 三〇 心苦しい。 三一 世に時めいている。 三二 陸機の猛虎行(文選)「渇シテモ盗泉ノ水ハ飲マズ、熱シテモ悪木ノ蔭ニ息ハズ」。清廉・善良の人が身を汚されることを恐れるたとえ。 三三 当時の流行詞。道理だの意味。南瓜は唐茄子の異名。 三四 諺「骨折って叱られる」ともいう。苦労してかえって叱責非難にあうこと。 三五 諺。「酒盛って尻踏まる」。好意をつくしてかえって損をうけること。「買ふ」は振舞う意。 三六 全く無用のもののたとえ。中落は魚を三枚におろした骨の部分。 三七 源内の故郷の四国を模して。 三八 放屁男の名の三国と左次兵衛の巡礼中の猿を合せて四国猿平。 三九 諺「息の臭きは主知らず」ともいう。自己の弱点を覚らないこと。 四〇 諺。してはならぬことをして、あとでとりつくろおうとすること。 四一 前出(二三五頁)。 四二 古方家は「攻撃を好み、補剤を怯(なった)しとして、百病悉く汗吐下の三に任し、陽を助くる事を忘れ、或は陽虚の症になほ攻撃を事とし」(居行子後篇)であって、下剤を用いることが多かった。寝惚先生文集の「寄古方家」に「医案滅多ニ瀉(ダク)サント欲スルコト頻ナリ」。 四三 正しくは肝癪。激しやすい性質。

具《グ》で體《カラ〈ダ〉》を塗《ヌ》りちらし、引(き)ずり廻して恥《ハヂ》をさらす、綿羊《メンヤウ》の手前も[三〇]氣毒《キノドク》なり。[三一]世にある人は錢をほしがり、錢なき者は意地《イヂ》をはり、[三二]渇《カツ》しても盗泉《トウセン》の水を飲《ノマ》ず。[三三]道理で南瓜《カボチヤ》が唐茄《トウナス》にて、いらざる工夫に金銀を、費《ツイヤス》す故に錢内《ゼニナイ》なり。夫《ソレ》、熟《ツラ〳〵》惟《オモンミレバ》、[三四]骨《ホネ》を折(つ)て譏《ソシラ》るゝは、[三五]酒買《サケカフ》て尻切《シリキラ》るゝ、古今無双《ブサウ》の大だはけ、[三六]屁《ヘ》の中《ナカ》落《オチ》とは是ならん。けふよりゐれきてるをへれきてると名をかへ、我も三國福平《ゴクフクヘイ》が弟子《デシ》となり[三七]故郷《フルサト》をかたどりて、[三八]四國猿平《シコクサルヘイ》と改名《カイメイ》し、屁撒藝《ヘツピリゲイ》の仲間《ナカマ》へ入(り)、芋連中《イモレンヂウ》と参會《サンクハイ》して、尻《シリ》の穴《アナ》のあらん限《カギ》り、撒《ヒ》り習《ナラ》はばやと存《ゾンズ》るなり。[三九]臭《クサ》ひ者の身知らず、以來御用捨《ヨウシヤ》下さるべし」と、[四〇]屁《〈ヘ〉》撒《ヒッ》て後の尻《〈シリ〉》すぼめ、まじめになつていひければ、新五左衞門あきれた顏《カホ》にて、「兎角《トカク》是は[四一]古方家《コハウカ》に[四二]下《クダ》させずは、此[四三]肝積《カンシヤク》はなほるまい」と、つぶやきながら歸《カヘ》ると見て、眠《ネム》らぬ夢《ユメ》は覚《サメ》にけり。

放屁論後編終

追加

去ル[一]申《サル》の歳《トシ》、[二]菅原櫛《スガハラグシ》といへるを工(み)出し、世に行《オコナ》はれける時、[三]好人《スキヒト》より狂歌を給ひし、その返歌幷に序《ジ(ヨ)》を爰にしるす。

[四]用《モチ》ゐれば鼠《ネヅミ》の子も[五]上尖竿《カルワザ》をおぼえ、用《(モチ)》ゐざれば[六]虎皮《(ト)(ラノ)カハ》ノ褌《フンドシ》も地獄《ヂゴク》の古着店《フルギミセ》に釣《ツル》さるとは、とつと昔の[七]唐人の寱語《ネゴト》、眞実《シンジツ》で呵《シカ》らるゝより、[八]座《ザ》なりに誉《ホメ》らるゝが快《コ、ロヨキ》は人情《ニンぜウ》なれば、虚言《ウソ》と追従輕薄《ツイシヤウケイハク》をいはねば、[九]人《ヒト》當世をしらぬといふ。抑《ソモ〳〵》此當世といふもの今ばかり有(る)にあらず。[一〇]祝鮀《シウダ》が佞《ネイ》有(り)て宋朝《ソウテウ》が美《ビ》あらずんば難乎《カタヒカナ》。今の世に免《マヌガ》れんことゝあれば昔《ムカシ》より[一一]有來《アリキタリ》の當世にして、[一二]八百藏が[一三]助六は[一四]柏莚《ハクエン》が助六なれども、人今更の様に心得るも片腹《カタハラ》いたし。我も此當世をしらざるにはあらねども、[一五]万人の盲《メクラ》より一人有眼《ユウガン》の人を思ふて、仮《カリ》にも追従輕薄《ツイシヤウケイハク》をいはざれば、時にあはぬは[一六]持前なり。されども人と生《ウマレ》し冥加《ミヨウガ》の爲《タメ》　國恩《コクヲン》を報《ホウ》ぜん事を思ふて心を尽《ツク》せば、世人称《セジンセウ》して[一七]山師《シ》といふ。予戯《タハフレ》て曰(く)、「智恵あ

一 安永五年丙申。二 源内考案の櫛。源内櫛。↓補注三一。三 底本「ヨキ」。初版により改。好事家。四 東方朔の答客難(文選)「之ヲ用フレバ則チ虎ト為リ、用ヒザレバ則チ鼠トナル」のもじり。鼠の芸の見世物。五 名物六帖「上竿(サホノホリ)」。六 倭訓栞前編「鬼は形なし、さるを倭漢ともに、角ある頭に虎の皮をまきたる体を書くは、丑寅の維(すみ)を鬼門とするより、牛と虎とをとり合せたる也といへり」。七 わけのわからぬことをくどくどいうこと。広韻「寱、音芸 睡語也」。八 おざなり。九 当時の流行語。一〇 春秋時代、衛の人。口才があった。論語の雍也篇「子曰ク、祝鮀之佞有リ宋朝ノ美有ラズンバ今之世ニ免カルルコト難シ」。注に宋の公子美色有り、衰世諛を好み色を悦び、これに非ざれば免れ難きを言うとある。一一 いわゆる当世は何時もあった。一二 市川八百蔵(二世)。五代団十郎の弟子。安永六年七月病死。一三 後に歌舞伎十八番の一となった助六劇。八百蔵は五郎即ち助六役者。現に安永五年の市村座の助六所縁はつ桜にも出演好評。ただしその中途にて病欠。一四 市川団十郎(二代)。代々ゆずりの芸を、又新しく感心するは笑止。一五 諺「目明千人盲千人」によるが、源内は目明は万人に一人しかないとする。一六 生れながらの性格。一七 前出(四〇頁)。一八 底本の振仮名「ノ、シル」。初版により改。呼の振仮名「ヨフ」を初版により改。一九 前出(三七頁)。二〇 本草学者。不老長生・食治却病に当てようと、現在の博物学の如く、諸物を研究する。物類品騭の著あって、源内も一大家。二一 底本の振仮名「ナヅク」。初版により改。二二 名物六帖「草沢医人(ヤブイシヤ)(薛氏医案評を引く)」。二三 下請細工人。二四 論語の陽貨篇「博

る者《モノ》智恵なき者を[一八]譏《ソシル》には馬鹿《バカ》といひ、たわけと呼《ヨビ》、あほうといひべら[一九]坊といへども、智恵なき者《モノ》智恵あるものを譏《ソシル》には、其詞《コトバ》を用(ゐ)ることあたはず。只山師〳〵と譏《ソシ》るより外なし。又造化《ザウクハ》の理《リ》をしらんが爲産物《タメサンブツ》に心を尽《ツク》せば、人我を[二〇]本草者《ホンザウシヤ》と号《ナヅケ》[二一]、[二二]草澤醫人《ヤブイシヤ》の[二三]下細工人《シタザイクニン》の様に心得、[二四]已《ヤム》に賢《マサ》るのむだ書《ガキ》に[二五]淨瑠璃《ジヤウルリ》や[二六]小《ヨミ》説《ホン》が當《アタ》れば、[二七]近松《チカマツ》門左衞門・[二八]自笑《ジセウ》・[二九]其碩《キセキ》が類《タグヒ》と心得、[三〇]火浣布《クハヽクハンプ》・[三一]ゑれきてるの奇物《ブツ》を工《タク》めば、[三二]竹田近江や[三三]藤助と[三四]十把一ﾄからげの思ひをなして[三五]変化龍《ヘンクハリヤウ》の如《ゴト》き事をしらず。我《ワレ》は只及(ば)ずながら　日本の益《エキ》をなさん事を思ふのみ。或は[三六]適《〈タマ〳〵〉》大諸侯《〈ダイ〉シヨコウ》の爲《〈タメ〉》に謀《ハカ》りし事ども、國家の大益《〈エキ〉》なきにしもあらざれども、[三七]狡《〈カウ〉》兎死して良狗烹《リヤウクニ》られ、高鳥尽て良弓藏《カウテウ〈ツキ〉〈リヤウ〉キウカク》る。[三八]細工貧乏人《〈サイク〉ビンボウ》宝《〈ダカラ〉》、嗚呼薄《アヽウス》ひかな。我(が)[三九]耳《ミヽ》垂珠《タブ》と悟《〈サトリ〉》を開《ヒラ》き、[四〇]露命《〈ロ　メイ〉》をつなぐ営《イトナミ》に、當時賤《〈イヤ〉》しき内職にて、[四一]其糟《〈ソノ〉カス》を餔《クラ》ひ其錢をせしめんと思ひ付(き)しを早くも[四二]卯雲木室君《バウウン〈キ〉ムロクン》に[四三]尻尾《〈シツ〉ポ》を見出され、おくり給はる

狂歌に

　　酔《エフ》て來て[四四]小間物見せのおて[四五]際《ギハ》は[四六]仕出しの櫛《〈クシ〉》もはやる筈《ハヅ》なり

実《ゲニ》や[四七]「己《ワノレ》をしらざるに屈《〈クツ〉》して、己《〈ヲノレ〉》を知るに伸《ノビル》」となんいへば、此御咎申さんとて、[四八]我儘《ワガママ》八百を書《〈カキ〉》ちらす。固己《モトヨリオノレ》を知《〈シ〉》らざる人に見せるにはあらず。[四九]嵐《アラシ》音八が

奕ナル者有ラズヤ、之ヲ為スハ猶已ムニ賢レリ」。 二五 源内の浄瑠璃は神霊矢口渡以下全九部に及び、江戸浄瑠璃として歓迎された。 二六 絵本に対して文章を主体とした娯楽読物の意。根南志具佐(宝暦十三)以下滑稽本の成功をいう。 二七 代表的浄瑠璃狂言作者(一六五三―一七二四)。 二八 八文字屋自笑(一六五八―一七四五)、八文字屋本の出版者。作者とも考えられていた。 二九 江島其磧(一六六七―一七三六)。浮世草子作者。八文字屋本の作者。 三〇 石綿、また石綿から織りだした布。源内は宝暦十四年すでに火浣布を織り出して香敷にしたことをのべ、さらに明和二年火浣布略説を刊行し、防火に役立てんと志した。→補注三三二。 三一 前出(二四三頁)。 三二 からくり師(一六六四―一七〇四)。寛文二年大阪道頓堀に水からくりの竹田芝居(たけだのしばい)を創説。機巧人形で有名である。 三三 細工物の見世物師か。 三四 玉石混淆にあつかって。 三五 管子、十四「竜(中略)小ナラント欲スレバ則チ蚕蠋ノ如ク、大ナラント欲スレバ則チ天下ヲ蔵(かく)ス、尚(たか)カラント欲スレバ則チ雲気ヲ凌ギ、下(ひく)カラント欲スレバ則チ深泉ニ入ル、変化日無シ」による。変化測りしれぬことを竜化虎変という。 三六 源内の意経世にあり、田沼意次など権勢者に近づき、しばしば建議せんとしたことを指す。 三七 最初事を起す時に有用であった人物も事成った後は除かれるたとえ。史記の越世家「飛鳥尽キテ良弓蔵レ、狡兎死シテ走狗烹ラル」。 三八 諺。細工に巧みな人は他人のために重宝がられるが結局自分の利益にはならないで貧乏に苦しむの意。 三九 書言字考「耳垂珠(ミヽタブ)」。漢字和訓「神相全編云フ耳ノ薄キコト紙ノ如クナルハ貧窮トアリ」。 四〇 底本「ろ命」。初刷により改。 四一 前出(二三一頁)。「餔

曰(く)、「ア、氣《キ》が遠《チガ》ふたそふな」。

かゝる時[一]何と千里《リ》のこまものや伯樂《ハクラク》もなし小づかひもなし

風來山人誌

ひ」は底本「くうひ」。初版により改。 四二 木室卯雲(一七〇八—一七八三)。字朝濤。通称七左衛門。幕府の御普請方。初号二鐘亭半山。狂歌人。 四三 欠点を見出されること。 四四 酔余の嘔吐を小間物店という。櫛の縁で又、何をでも並べる意も含む。今まで我一人醒めたりとしたが、世間的になって、何でもとりあつかうの意。 四五 仕上りの立派なことを讃えた。 四六 新趣向。 四七 晏子の雑上「士ハ己ヲ知ラザルニ詘シ、己ヲ知ルニ申(の)ブ」。 四八 底本「はがまゝ」。初版により改。 四九 歌舞伎俳優(一世)(一六九八—一七六九)。道化方。大阪より江戸に下る。

一「何とせん」と千里の駒をかけ、さらに駒と櫛の縁による小間物屋をかけた。困った意もある。駿馬たる自分を見出す伯楽の如き人がいない。困ったことに小づかいにも窮したので、一寸いたずらに櫛を作って見たことですの意。万載狂歌集所収。「無題」また、一話一言にも「いかなる時にか」と題して載せられている。

跋

風來山人《フウライサン〈ジン〉》、放屁論後編《ハウヒロン〈コウヘン〉》をひり出して、予をして尻《シリ》へに跋《バツ》せしむ。按《アン》ずるに放《〈ハウ》[二]屁《ヒ〉》字典《ジテン》に曰(く)、屁《へ》[三]ブブウノ反音《カヘシコヱ》ブウ、去聲《キヨセウ》[四]に發《ハツ》して音《〈コヱ〉》スウ、論語《〈ロンゴ〉》に所謂《イハユル》舞雩《ブウ》[五]に風《〈フウ〉》じて、詠《エイ》じて歸《カヘ》らんとは、それこれ是《コレ》をいふ歟。此書《コノシヨ》や始《ハジメ》には狂言綺語《〈キヤウ〉ゲンキギヨ》[六]のすかし屁《ベ》を放《ヒ》り、中《ナカゴロ》は萬物《バンブツ》[七]の理《リ》を掌《タナゴヽロ》に握《ニギ》り屁《〈ベ〉》の極意《ゴク〈イ〉》[八]をこき、末《スヱ》又合《〈ア〉》ふて一《ヒト》[九]ッ屁の尻《〈シリ〉》をすぼむ。讀者《ヨム〈モノ〉》その臭《クサキ》を逐《ヲ》はゞ、高《〈タカキ〉》に升《ノボ》る階梯《ハシゴ》[一〇]屁《〈ベ〉》の一助《ジヨ》たらんと云尓《シカイフ》。

葛西《〈カサ〉イ》[一一] 土民《〈ド〉ミン》姑射杜老《コヤトラウ》[一二]糞艘《クソ〈ブネ〉》[一三]の中《〈ウチ〉》に書《〈シヨ〉》す

[一四]

二 康熙字典(こうきじてん)のもじり。清(しん)聖祖の勅撰の字書。
三 反切の音のこと。漢字音韻法で、ある文字の音を表わすため、他の既知の二個の文字の音、すなわち上の文字の声と下の文字の韻とを合わせて別の一音を構成し、その文字の音を表わすこと。
四 四声の一。発音の末を弱く低くするのを去声という。三十韻に分かれ、仄字に属する。
五 舞雩は雨乞いの祭、又その祭壇。放屁の音にかけた。論語の先進篇「暮春ニハ春服既ニ成ル。冠者五六人。童子六七人。沂ニ浴シ。舞雩ニ風シ。詠ジテ帰ラン」。
六 前出(二五〇頁)。戯れの文詞をいう。
七 天地万物に一貫する道理を手中に握る(自分のものにする、本当に理解する)と、握り屁をかける。
八 奥義を開陳する。「こく」は屁の縁。
九 一つだけ大きくはなつ屁。諺「屁をひって尻すぼめる」。
一〇 前出(二三〇頁)。高きに上るは、人格高尚になる意。
一一 未詳。葛西は武蔵国葛飾郡の古名、隅田川東岸一帯の地。そこに住む人であったろう。
一二 藐姑射の山(仙人の住む山)のもじり。葛西住の肥取りの「こえ取ろう」の声にかけた。
一三 葛西の肥取り糞舟も亦、隅田川の一名物。
一四 印文「葛西士民」。

痿陰隱逸傳《ナエマラインイツデン》自叙

一童-謡曰《ク》、如做出事來做得大則個《トテモスルナラオホキナコトシヤレ》、二穿寧樂盧舎那佛《ナラノダイブツノ》三屁眼則個《ケツシヤレ》。愉-快《ナルカナ》哉言也《ヤ》。可《シ》下以《テ》四俾《シテ》中五慷-慨之士《ノ》《ヲ》一、六中靈《マラヲ》勃起《ワヤサ》上。若《キ》下夫女《ノ》七-媧煉《テ》二五-色之石《ヲ》一、而補《ヒ》八二三-百餘-度《ノ》一、九等莖《ハリカタヲ》一、一〇漢-高揮《テ》二一一三-尺之勢《マラヲ》一、而破《ワルカ》中一三四-百數-年小戸《ノアラハチヲ》上、可《シ》レ謂《ツ》做得大矣《オホキナコトシタリト》。然時《トモ》有《ニ》二先-後一、勢《マラニ》有二小-大一、故其所《ニノハ》レ為《ヤラカス》或異《ハナレドモ》、而其所《モノハ》レ志《シタガル》則一也《チナリ》。嗚呼吾勢《マラノ》之一五逸群、世無《レハ》二容《イル、ノ》レ之淫婦《ヲスケヘイ》一、數説《ナンホクトイテモ》如一六激戸菽焉《トイタニコロツクマメヨ》。易曰《一七ニ》、一八括《ク、ル》レ囊《フクロヲ》无《クシクシリモ》レ咎、无《シト》レ譽《ハネモ》一九、與《ヨリハ》二其起《ノテ》而無《ラン》レ所《キマル》二〇レ施、不《カ》レ如《クニヤくノ》痿之二一愈故《ニナエタリト》痿云レ爾。明和五年春三月風來山人題《ス》二二二悟道軒《ニ》一

二三　二四

一流行歌。とてもするなら大きなことしやれ、奈良の大仏のけつしやれ。二奈良市東大寺の大仏。盧舎那仏は毘盧舎那即ち、大日如来の梵名。三鶏姦すること。四「使」と同じく用いる。五天下のことをうれいいきどおる人。六出典未詳。七中国の古伝説中の人物。伏羲氏の妹、天柱が折れた時、「女媧乃チ五色ノ石ヲ錬リ、以テ天ヲ補ヒ、鼇足ヲ断チ、以テ四極ヲ立テ、蘆灰ヲ聚メテ、以テ滔水ヲ止ム」(史記の三皇本紀)という。八幾度も使用したの意。九張形。陰茎に等しいの意(未知庵主人著川柳四目屋攷)。一〇漢の高祖劉邦(前二四七—前一九五)。一一史記の高祖本紀「吾布衣ノ身ヲ以テ三尺ノ剣ヲ持チ天下ヲ取ル、此天命ニ非ズヤ」。一二剣のもじり。岡田多膳の「魔羅ノ弁」に「勢ト云フハ義読カ」。以下、勢などと書くは、皆、威勢・勢力などの意。一三前・後の漢合せて四百六年の王朝の創業。一四新鉢。戸は陰戸、小は年少のこと。破して国家の業を開いたの意。一五衆にぬきんでていること。一六速度の早い意の諺「戸板に豆を転がす」を転用して、情交不可能のさまを形容した。この才能を入れる君公のない意。一七菽は豆類の総称。ここは女陰を寓した。一八易経「六四、嚢ヲ括ル咎メ无(な)ク誉无シ」。一九あたりをとる意の俗語。二〇男女の間に、関係の出来ることとの流行語。「施」の文字をあてるは実施の意。二一康熙字典「過也」「又進也益也」。ぐにゃぐにゃとなることとの進んだ果には。二二一時の戯号。長枕褥合戦にも「志道軒高弟悟道軒」。志道軒に対する称。二三「天竺浪人」。二四「字余曰水虎」。水虎はかっぱ(前出七五頁)で、若衆をねらうの意。源内その癖あり、仮名世説「風来山人芳町及び南方(品川)にのみ遊び(下略)」。男色細見書に序した。

賛[一]曰

六-寸許《ハカリノ》[二]橛《キノキレ》、[三]十-丈的《ホトノ》舌、墾《ホリ》二萬-物《ノ》根《ヲ》一、[四]説二[五]虚-空《ノ》穴一、[六]盲《メツフシ》二天-下《ノ》晴一、[七]明二娑
-婆《ノ》埒《ヲ》一、哂二人《ノ》[八]行《キ》-過《ルヲ》一、悲二世《ノ》[九]ヽノ《アトモトリヲ》一、
[一〇]咦《イ》、
配[一一]二[一二]闇-浮《ノ》屍《ニ》一、不レ滅二[一三]精-血《ヲ》一、[一四]聞二一-屁-聲一、[一五]悟二捺-落《ノ》滅《スヲ》一、

[一六]無名禪師撰

一 人をたたえる漢文の一体。四字の句をつらねる。ここは明和二年三月七日没の志道軒の賛。底本に落ちた反点を若干補ってある。
二 康熙字典に列子の注を引いて、「断木」。志道軒愛用の、陰茎様の木片をさす。
三 舌三寸というが、その長広舌は十丈にも思われるの意。その気焔に至っては万丈。
四 万物の根元を発見する。志道軒著の元無草にも見えて、その根元とは陰陽の理である。
五 虚空は流行語で、一杯に、全面的にの意。世相の穴を全面的にうがった話をする。
六 天下の識見者をもめくら同然にあつかい。
七 娑婆は現世。埒を明けるは片づけること。現世の様相を簡単に片づけ。八 この頃の流行語。気どって新しがり、現実に即さぬこと。
九「ヽノ」は左より、ノは右よりの意。退歩。以上の二句は、世人の現実に即さないことを、哂い又悲しむの意。一〇 禅宗で師家が学人に接したり、引導の時に、玄旨を開示する時に用いる語。一一 めあわす。交配する。
一二 閻浮提《えんぶだい》。仏説で、須弥山の南方にあり、人間の生活する世界。死者をあつかう僧侶の生活をして、戒を守ったことをいうか。ただし志道軒には妻があったらしい(一話一言)。
一三 精力と血。元無草「今七十有余玉ぐきくつきやうにして、なへるなきは万物造化の大こく天也」。一四 おならの声一ぱつを聞いて。
一五 捺落は梵語で地獄のこと。地獄のほろんだことを悟るとは、後世をのみねがう仏教と違って、人生を楽天的におくるべき見解に達したの意か。一六 風来山人門生無名子(天明七年田舎芝居序)、門人無名子(菩提樹の弁跋、里のをだ巻評跋)など称する森島中良こと、万象亭か。

（痿陰隠逸傳自叙

童謡に曰く、とても倣《す》るなら大きなこと倣《し》やれ、寧樂《なら》の盧舍那佛《だいぶつ》の屁眼穿《けつし》やれ。愉快なる哉言や。以て慷慨之士をして、中靈《まら》を勃起《をや》さしむ可し。夫《か》の女媧の五色之石を煉りて、三百餘度の等莖《はりかた》を補ひ、漢高、三尺之勢《まら》を揮つて、四百數年の小戸《あらばち》を破《わ》るが若き、大きなこと倣《し》たりと謂つ可し。然れども時に先後有り、勢《まら》に小大有り。故に其の爲《やらか》す所は或は異なれども、而も其の志《したが》る所は則ち一也。嗚呼吾が勢《まら》之逸群、世之を容るゝの淫婦《すけべい》無ければ、數說《なんぼくど》いても、戸《とい》に激《たにごろつく》する菽焉《まめよ》。易に曰く、囊《ふくろ》を括《くく》る咎《しくじり》も无《な》く譽《はね》も无しと、其の起《を》えて而して施《きま》る所無からんよりは、如かず痿《くにやく〱》の愈《まさ》るに。故に痿《な》えたりと爾《しか》云ふ。

明和五年春三月　風來山人　悟道軒に題す）

（贊に曰く

六寸許《ばかり》の橛《きのきれ》、十丈的《ほど》の舌、萬物の根を墾《ほ》り、虚空の穴を說く、天下の睛を盲《めつぶ》し、娑婆の埒を明かす、人の行き過ぐるを哂ひ、世の＼ノ《あともどり》を悲しむ。

咦《いい》

閻浮の屁に配し、精血を減ぜず、一屁の聲を聞きて、捺落の滅するを悟る

無名禪師撰）

一 人体を天地になぞらえる考え方による見立。↓補注三。 二 陰茎のこと。 三 「兵衛」の語路。「其」は「彼物」をさす。 四 和漢三才図会の屁の条「児女ハ於奈良ト謂フ」。「お」を冠した女性名の見立。 五 屁は男ので、高くなり、おならは女のですかして臭い。自ら陽陰を示す。 六 礼記「陰陽相摩シ、天地相蕩ス」。中国の陰陽思想による論。 七 老子「天下万物無ヨリ生ズ」。 八 「魔羅ノ弁」に「後門ノ傍ラニ在ルモノナレバ、屁ノ子ト云フカ」。 九 書言字考「朘(シ) 匀会作レ峻、赤子ノ陰、指似(シ)俗字」。 一〇 また「ちんぽ」。 一一 和名抄「玉茎　麻良、是閇字也」(動詞まるの未然形)。また「魔羅ノ弁」に「魔羅ハ梵語ナリ」。 一二 ことに大物をいう。 一三 陰茎の擬人名。好色一代男、八「命にはかまひの無きやうに、作蔵をきられます」。 一四 万葉、十六(三八二一)「うましもののいづくかあかじをさかとらが角乃布久礼にしぐひあひにけむ」。↓補注三三。 一五 中国。 一六 字彙「勢　外腎也」。 一七 字彙「尿男陰異名」。 一八 字彙「屌(ちょう)、男子陰」。 一九 和漢三才図会「外腎、玉茎」と並べる。 二〇 如意君伝「肉具特ニ壮大ニシテ」。 二一 前出(二五七頁)。 二二 口語。文話の対。 二三 chi, pa 現行の中国語に同じ。 二四 和蘭。 二五 現代の和蘭語 Lul の訛。ただし蛮語箋「陰茎　マンネ・レイキヘイト」。 二六 根部の大なるもの。 二七 頭部の大なるもの。 二八 堅きこと木の如きもの。 二九 柔かく勢なき麪の如きもの。 三〇 書言字考「痱癗(イボ)」。 三一 半ば頭部の皮

をかぶるもの。 三二 靫(うつぼ)の如く、中間の太きもの。 三三 亀陵少にしてかかりのないもの。 三四 雁首の高いもの。仮名手本忠臣蔵、八「しゝきがんかうがかいれいにうゥきう」。 三五 志道軒著迷処邪正按内拾穂抄「越前といふはかわをかぶりて皃をみせず」(越前松平侯の供先の槍の形から出た語)。川傍柳、一「越中がはづれ隣の国を出し」。 三六・三七 上または下へ曲るもの。上反をよしとした。 三八 左伝の襄公三十一年「人心之同ジカラザル其ノ面ノ如シ焉」。 三九・四〇・四一 古代中国の君主。禅譲によって位をつたえた儒教の聖人とする人々。 四二 殷の初代の君主。 四三 周の文王。武王の父で民望を得た。 四四 周の初代の武王。 四五 武王の弟、成王を補佐した賢相。以上は儒教の賢人とする人。 四六 孔子・孟子。儒教の確立者。 四七 当時もなお流行の古文辞学では、儒教の根本を、詩・書・礼・楽においた。 四八 釈迦。仏教の創始者。 四九「蔵之本、精ノ処」(和漢三才図会)と考えられていた腎の虚の状態になった症。色欲の度過ぎた衰弱をいう。 五〇 腎は「水蔵為リト雖モ相火寓ス」で、水火の調和が健康な状態。腎虚になると、虚火とてかえって情欲が盛になる。これを火動即ち火が高ぶるという。ここは感情の高ぶり、興奮をかねてである。 五一 釈迦が誕生時に唱えたという語。大気焔と解して「高ぶって」いったとする。 五二 仏像は金色に箔をおかれるから、そこらもまた金箔としゃれたもの。 五三 古今、序の文による。↓補注三四。 五四 景行紀四十年の条、日本武尊に誅された熊襲の長。 五五 景行四十年、尊、東夷を征討する。 五六 書言字考「ヤマトタケノミコト」。景行天皇の皇子(八二―一一三)。 五七 草薙の剣のもじり。 五八 起てども用いざるもの。謀叛にやぶれて無駄となった意。 五九 平将門。天慶年

痿《なえ》陰《まら》隠《いん》逸《いつ》傳《でん》

[1]天に日月あれば人に兩眼あり。地に松蕈《たけ》あれば胯に[2]彼物あり。其父を[3]屁《へ》といひ、母を[4]於奈良といふ。[5]鳴(る)は陽にして臭きは陰なり。[6]陰陽相激《げき》し[7]無中に有《う》を生じて此物を産(む)。因(つ)て字《あざな》を[8]屁子《へのこ》といふ。稚《いとけなき》を[9]指似《しじ》といひ、又[10]珍宝《ちんぼう》と呼(ぶ)。形備(は)りて其名を[11]魔羅《まら》と呼び、号を[12]天禮菟久《てれつく》と称し、また[13]作藏《さくざう》と異名す。萬葉集に[14]角《つぬ》の布具禮《ふくれ》と詠(め)るも、疑(ふ)らくは此物ならん歟。[15]漢《かん》にては[16]勢《せい》といひ、また[17]屎《きう》といひ、[18]屌といひ陰茎といひ[19]玉茎といひ、[20]肉具《にくぐ》と呼(び)、[21]中靈《ちうれ(い)》と命《なづ》け、[22]俗話《ぞくわ》にては[23]雞巴《きいは》といひ、[24]紅毛《おらんだ》にては[25]呂留《りよる》といふ。男たる人ごとに此物のあらざるはなし。其形狀《かたち》大なるあり、小なるあり、長きあり短きあり。或は圓《まろく》或は扁《ひらた》。又は[26]豐下《もとふと》・[27]頭がち、白勢《しろまら》あれば黑陰莖《くろまら》あり、[28]木魔羅《きまら》あれば[29]麩筋勢《ふまら》あり、[30]痱瘟《いぼ》まらあれば[31]牛皮あり。[32]空穗《うつぼ》あれば[33]すぼけあり。[34]龜陵高《かりたか》あれば[35]越前あり。[36]上反《うはぞり》あれば[37]下反あり。其さま同じからざることは[38]人の面の異《こと》なるが如くな

れば、一〻にいひ盡すべうもあらず。其業《わざ》に至(り)ても亦一般《いちやう》ならず。[三九]堯《げう》・[四〇]舜《しゆん》・[四一]禹《う》・[四二]湯《とう》・[四三]文《ぶん》・[四四]武《ぶ》・[四五]周《しう》公・[四六]孔・孟《もう》の魔羅骨には[四七]詩書禮樂の教《をしへ》をこめ置(き)、[四八]釈尊《しやくそん》[四九]胥虚《じんきよ》の[五〇]火が高ぶつては[五一]天上天下唯我獨尊《ゆいがどくそん》と[五二]金箔《きんぱく》の勢尿《まらくそ》を光らせ、[五三]千早振《ちはやふる》神代には魔羅の姿も只直《すなを》なるをもと丶なんしけるが、人の世になり下りて魔羅の心自(ら)頑《かたくな》にて、[五四]川上の梟師《たける》をはじめ、[五五]東夷《あづまえびす》の謀叛《むほん》魔羅を、[五六]日本武尊《やまとたけのみこと》の劔に悉く薙散《なぎちら》し玉ひしより、此劍魔羅臭《くさ》ければとて、[五七]臭薙《くさなぎ》の宝剣と号《なづけ》て末世の[五八]むだまらの戒《いましめ》とす。或(は)[五九]将門《(まさかど)》関東に[六〇]駄《だ》魔羅を怒《(おや)》せば、[六一]純友《すみとも》四國にあて[六二]手弄《がき》をなし、[六三]貞任・宗任・[六四]武衡《たけひら》・家衡が毛臀《けじり》は[六五]頼義・義家の[六六]長御《ながばゞ》にしころされ、前より[六七]交《しめ》しを前九年といひ、[六八]後接《うしろどり》を後三年と云(ふ)。[六九]保元・平治豆の[七〇]萁《(から)》を燃《たひ》て己《うぬ》が陰莖《へのこ》で己が[七一]肛緺《かま》をほり、[七二]平家の奢《おごり》は[七三]至精《いんすい》の池をたゝえ陰毛《つび(け)》の林をなせしも、[七四]範頼《のりより》・義經の勢骨《まらぼね》にたゝき潰《つぶ》され、あたまの大なる[七五]頼朝の勢《(まら)》は[七六]政子の[七七]陰戸《ぼゞ》の[七八]弶《わな》にかゝり、[七九]時政が術中《じゆつちう》に陷《おちいり》て纔《わづか》三代も怒《(お)》(え)通すことを得ず。[八〇]北條九代の大勢《まら》に[八一]三鱗《うろこ》を生じたるも[八二]亢龍の悔《くひ》[八三]高時の[八四]下疳《げかん》となり、[八五]新田・[八六]足利の勢競《まらくらべ》も[八七]楠湊川に[八八]割勢《らせつ》してより、[八九]後醍醐《ごだいご》天皇[九〇]犢鼻褌《ふんどし》のしまり悪く、南北兩頭の勢《まら》と分《わか》る。[九一]足利十五代の[九二]長陰莖《なが(まら)》、[九三]信永・[九四]武智の[九五]早《はや》勢共に痿(え)てより、[九六]太閤の[九七]大勢自慢《(おほまらじまん)》[九八]朝鮮人の糞門《けつ》を穿《ほり》て進む。[九九]こととき勢《まら》は痿(ゆ)ることも速《すみやか》なり。其外倭漢蠻國《わかんばんこく》昔が今に至るまで智恵なき

中、下総国猿島に偽宮を作り叛して誅された。六〇「駄」はつまらぬ意の接頭語。六一 藤原純友。天慶年中、伊予で叛いて誅。六二 相手を想像しての手淫。迷処邪正按内拾穂抄の手習山閑書木(ただがき)の条「百花哥合にあてが木といふも此木の一名也」。むなしい謀叛のたとえ。六三 奥州安倍氏。前九年の役の叛将兄弟。六四 奥州の清原氏。後三年の役の叛将。六五 源頼義(九八八—一〇七五)とその子義家(一〇三八—一一〇六頃)。前九年、後三年の両役に武功あった武将。六六 長馬場。一儀の長いを、乗馬の長いにたとえた語。ここは戦の長年に及んだをいう。六七 正面よりの交接。六八 背面よりの交接。六九 保元元年(一一五六)と平治元年(一一五九)におこり、朝廷・藤原氏・源平の武家も、骨肉が利害により敵となって争った内乱。七〇 近親の争のたとえ。→補注三五。七一「緺」は「鍋」(品字箋に「鍋ハ釜也」)の誤り。底本「かり」。誤刻と見て改。肛門を弄するを「おかまを掘る」というによる造語。身を食う如き争のたとえ。七二 平清盛とその一族。七三 如意君伝「至精欲洩」。酒池肉林のもじりで、女色にふけったことをいう。七四 源範頼(—一一九三)・弟の義経。共に平家追討の大将。七五 源家初代将軍(一一四七—一一九九)。頭が大きいとの俗説がある。→補注三六。七六 頼朝の室。北条氏。七七 岡田多膳の「女人ノ陰門ヲ菩々ト云説」に「女人ノ陰門又陰戸ナリ」。七八 玉篇「罟ヲ道ニ施ス也」。七九 政子の父北条時政(一一三八—一二一五)。頼朝の後、幕府の実権を握り、頼家・実朝の三代で源将軍は絶えた。八〇 北条氏の執権としての権威は高時まで九代続く。八一 北条氏の家紋。鱗が生じ蛇が竜となると下に続く。八二 易経、乾卦上「亢竜有レ悔」。象に「盈、不レ可レ久也」。のぼりつめた竜即ち貴尊を極めた人は、やがて

むだまら數(ふ)るに遑《いとま》あらず。爰に一ッの魔羅《まら》あり。其爲勢《まらとなり》[一]を尋(ぬ)るに天離《あまさかる》[二][三]夷《ひな》の毛深き[四]に生育《そだち》筋骨頗《すこぶる》[五]不骨にして、白陰莖の手薄《てうすき》[六]にもあらず。又物を覆ひかくして濛ゝ《もう〱》[七]たる皮かつぎ[八]にもあらず。事なき時は首《かうべ》をたれて麪筋《ふ》[九]の如く、事あるに臨《のぞん》では强《つよ》きこと金鐵《きんてつ》[一〇]のごとく熱きこと火焔《くわゑん》のごとし。目なく[一一]して見、耳なくして聞(く)。也《ぼゞ》[一二]の廣きに入(り)て迷はず。豚《しり》[一三]のせまきを窮屈とせず。變化《へんくわ》[一四]きはまりなきこと恰《あたか》も龍の如し。浮世の駄《だ》[一五]へきは屄《ぼゞ》[一六]の數とせず。常に國《こく》[一七]へきを思ふて、世間の爲にへきせられず[一八]自《みづから》管仲《くわんちう》[一九]・樂毅《がくき》[二〇]が勢骨に比す。千里[二一]の馬太皷を撞《(う)》(て)ども世に伯樂なければ顏回《がんくわい》[二二]・孔子の勢《まら》も牝《ぼゞ》[二三]に合(は)ずとかや。古《いにしへ》志の高きへのこは多く山林[二四]に痿(ゆ)るといへども、彼西行の[二五]「捨果《すてはて》て身はなきものと思へども、雪の降る日は寒くこそあれ」。魔羅《まら》の怒日《たつひ》はしたくこそあれ。山林に痿(え)てしたきを堪《こらゆる》[二六]時は必ず痳病《りんびやう》[二七]となりて世を恨み、遺精妄想蒲團《いせいもうさうふとん》[二八]を穢《よご》すことあり。されば大陰《たいいん》[二九]は市中《しちう》に痿《なへ》[三〇]、或は醫に痿賣卜《なへばいぼく》に痿《なへ》、陶渕明《たうゑんめい》[三一]は五斗米《ごとべい》に痿(え)、東方朔《とうばうさく》[三二]は金馬門に痿ゆ。功成《なり》名遂《とげ》て五湖に痿《なゆ》るは前代未聞《ぜんだいみもん》の范蠡《はんれい》[三三]が勢《まら》なり。等莖《はりかた》[三四]を帷幕《いばく》の内にめぐらし、交接《とる》[三五]ことを千里の外にあらはし、赤松子《せきせうし》に托《たく》して痿《なゆ》るは古今獨歩《こゝんどつぽ》の張良[三六]が玉莖《まら》なり。三度口說《みたびくどひ》[三七]て容《いれ》られず、世の陰蝨《つびしらみ》[三八]を厭《うるさ》がり陰毛《まらのけ》[三九]を剃《そり》て痿(ゆ)るは藤房卿[四〇]のへのこなり。[四一]その立(つ)ところ各異《こと》なりとい

敗亡の悔があるの意。八三 北条高時(一三〇三―一三三三)。八四 →補注三七。八五 新田義貞(一二九九―一三三八)。八六 足利尊氏(一三〇五―一三五八)。共に北条氏討伐の功臣で、その後勢力を争った。八七 楠正成(一二九四―一三三六)。延元元年(一三三六)湊川(神戸市)で討死。八八 羅切。晋書の刑法志「淫スル者ハ其ノ勢ヲ割ク」。討死をたとえた。八九 九十六代の天皇。吉野に遷座した南朝と尊氏擁立の光厳天皇側の北朝とに別れた。九〇 政治にしまりないのたとえ。九一 足利幕府は、尊氏以来義昭まで十五代。九二 事にのぞんで長く続くもの。九三 織田信長(一五三四―一五八二)。九四 明智光秀(一五二六―一五八二)の演劇畑の変名。共に一代限りの天下。九五 事の早くすむもの。九六 豊臣秀吉(一五三六―一五九八)。九七 大気のたとえ。九八 文禄・慶長二度の朝鮮侵攻を鶏姦にたとえた。九九 勢するどい。

一 為人(ひととなり)のもじり。二 鄙の枕詞。三 田舎。四 草深いのもじり。五 無骨のあて字。六 ひ弱い。七 水気のこもって暗いさま。八 皮かぶり。包茎。九 和漢三才図会「麪筋(フ)俗ニ麩ノ字ヲ用フルハ非也」。ぐにゃぐにゃのさま。一〇 堅くするどいさま。一一 目なく耳なく衣服にうずまるが、美色嬌声に勃起するをいう。一二 説文「也 女陰也」。一三 豚の誤り。音「タク」。博雅「臀也」。男色の場合。一四 竜は想像上の動物だが、風によって化して、大小変化自由であるにたとえた。一五 「へき」は女陰の称。駄は粗末の意の接頭語。一六 正字通「布非切、女子ノ陰」。少事を問題にしない意。一七 国益のもじり。この痿陰は源内自らのことで、彼は常に自己の行動を国益と称した。一八 聘せられずのもじりか。一九 中国の昔、斉を覇たらしめた賢相。二〇 中国の昔、燕を大国とした将軍。二一 伯楽と共に前出(二一

へども、痿《なゆ》るところは皆一なり。[四二]尺蠖《せきくわく》の屈《かゞ》むは信《のびん》が爲なり。[四三]智者のしたがるは能(く)痿(え)んが爲なり。餓(ゑ)たる者は食をなし易く、渇《かつ》する者は飲《いん》をなし易し。[四四]世に交《す》まじきを交《する》ものは多くは欲《したき》をこらゆる徒なり。其したき時に臨《のぞん》で止(む)ことを得ざれば[四五]葭《よし》町・[四六]堺町に走(り)ては、何やら天皇の後胤《こういん》[四七]信濃源氏の嫡流《ちやくりう》を、無慙《むざん》なる哉[四八]黄蜀葵根《ねりぎ》と共に[四九]葛西《かさい》の土民の手に渡し、[五〇]吉原・[五一]品川に遊んでは、[五二]落花心あれども流水情《じやう》なく、[五三]玉門《ぼゞ》をかりて[五四]手弄《せんずり》をかき、無念のむだ勢《まら》のあたまをはりて[五五]發《たつ》までは痿《なへ》、なゆるまでは發《たち》、寐《ね》れば起《おき》、おきれば寐、[五六]喰ふて糞《はこ》して[五七]快美《きをやり》て、死(ぬ)るまで活《いき》る命、[五八]世を我儘《まゝ》の住家《か》と問(は)ば、牝《ぼゞ》と[五九]腒《しり》との領分境、[六〇]會陰《ありのとわたり》の[六一]裏店《うらだな》に[六二]業勢痿《ごうまらなや》して世をおくる、これを号(け)て痿陰隠逸といふ

春も[六三]立(ち)また夏もたち秋も立(ち)冬もたつ間になえるむだまら

志道軒門人

悟道軒誌

痿陰隠逸傳終

四頁)。馬の陰茎を立てて、腹を打つ如きを、太鼓を打つという。二二 共に儒者の師表。二三 牝と同じ。如意君伝「其ノ牝ヲ澡ヒ」。孔子も時に逢わずのもじり。自ら浪人であるを述べた所。二四 へのこを士にあてる。陰者を山林の士と称す。二五 王朝末の歌人(二二八—一二九〇)。次は伝西行詠(本朝文鑑、五など)。二六 房事を中途でこらえると病になるとの俗伝。弦曲粋弁当の十二月手まり歌「ゆくをやらじと、とめてこたへりや、ついりんしやうにあいぜんと」。二七 →補注三八。二八 →補注三九。世を恨みかえって自らの心身をそこなうたとえ。二九 前出(二一四頁)。隠を陰にあてた滑稽。三〇 隠れるに当てた。三一 陶潜。五斗米のことと共に前出(九九頁)。三二 金馬門のことと共に前出(二一四頁)。三三 五湖にかくれたことと共に前出(二一四頁)。三四「籌(はかりごと)ヲ帷幄之中ニ運ラシ、勝ヲ千里之外ニ決ス」(前漢書の高帝紀)のもじり。三五 男女の情交。三六 赤松子のことと共に前出(二一四頁)。三七 度々諫言するに当たる。三八 陰毛に寄生するしらみ。世の雑事のたとえ。三九 僧となってかくれること。四〇 藤原藤房。後醍醐天皇の侍臣。太平記、十三に見えること。→補注四〇。四一 原因は別だが隠者となるは同じ。四二 尺取り虫。易経「尺蠖之屈スルハ以テ信ビンコトヲ求ムルナリ」。四三 なすことある智者は必ず隠逸の境涯に入るの意。四四 すべからざることをするは平生不満のある故で、智者のとらざる所であるの意。四五・四六 前出(七〇頁)。共に男色街。四七 源内は信濃源氏である平賀源心の子孫。よってもと皇統である。その源内の子種即ち精子。四八 前出(二二五五頁)。四九 前出(一二五頁)。五〇・五一 江戸の代表的花街。五二 落花流水は男女相思う情をいう語。落

花に落つる心あれば、水に流す情があるのだが、この流れの女達には情なく。七三 和漢三才図会「玉門ハ玉茎ニ対スル乎」。七四 手淫。七五 結局は、たったりなえたりして。七六 一休咄、一「世の中は喰うてはこしてねて起きて、扨その後は死ぬるばかりよ」。上の「おきれば寐」より、この歌にかかり、末を変じた。七七 中国の俗語。七八 古今、雑下「我が庵は都のたつみ鹿ぞ住む世をうぢ山と人はいふなり」。七九 玉篇「臀也」。八〇 書言字考「会陰《トワタリ》」。陰部と肛門の間。八一 前出(六六頁)。実際、源内は裏店住みであったのであろう。八二 業腹をおさめてのもじり。八三 四季順次にめぐり来る立つと、かねてある。

一 のしこし山の文字をつらね組んで、陰茎の形とする文字遊戯。落書にする。これを山林の一にたとえた。

二 屈原の漁父辞の文句のもじり。前出(二三七頁)。

三「女人ノ陰門ヲ菩々ト云説」に「菩々トハ梵語ナリ、此ヲ開ト翻ス、開ハ則チ産門開通ノ義翻カ」。

四 前出(二五七頁)。

五 論語の述而篇「不義ニシテ富ミ且ツ貴キハ、我ニ於イテ浮雲ノ如シ」。集注に「之ヲ視ルノ軽キコト浮雲ノ如ク然リ」。

六 流行歌の文句であろう。源内のなお才能の用ゆべきあるをいう。

七 麸か跂の誤りか。麪筋のこと。現実には零落、即ち彼のいう天竺浪人の境にあって、不遇をかこつこと。

八 才能あれども用うべき機会のなく、むなしく戯作することを嘆じた語。

九 現実の社会が悪いから、むしろ世に出るよ

痿陰隠逸傳跋

痿‐陰先‐生既《ニ》隠《レ》二濃《ノ》〔一〕志《シ》古《コ》志《シ》山《ニ》一、歎《シテ》曰、衆《ニ》‐人皆起《ヲエタリ》、吾獨《リ》痿《ナエタリ》。不‐義《ニシテ》而〔三〕開《ホ、》且《シツ》

〔四〕穴《ケツスル》。於《テ》レ我《ニ》如《シ》二浮《ヘル》〔五〕雲《ノ》一、吾閲《スレハ》二其勢《ノマラヲ》一、則《チ》大《ナリ》三於見《ミタヨリ》二湯屋《ユヤテ》〔六〕一、雖レ痿《ナエタリ》乎、可レ謂《ツ》二大陰《オホマラト》一矣。

惜《イ》哉其《ノ》痿《ナヘテ》如《クニシテ》レ趺《フノ》〔七〕、而其《ノ》不《ルコトヲ》二起《ヲエテ》如《ク》レ木也。嗚‐呼勢骨《マラホネ》之强、龜稜《カリノ》之高、不《キモ》レ逢《レハ》二

開《ホ、ト》與《ニ》レ穴《ケツ》、則《チ》徒《ニ》搔《カク》二一本手弄《ノセンズリヲ》〔八〕一已、与《ヨリハ》〔九〕二其起《ノヲエン》一也、寧《ロ》痿《ナエンニハ》。ゝ陰《ナエマラノ》〔一〇〕之時‐義大矣哉。

〔一一〕唐《カラノ》之唐‐人《ノ》曰、孔‐子〔一二〕不《モ》レ逢レ時《ニ》、予於《ケルモ》二痿‐陰先生《ニ》一亦云。

〔一三〕皇和明和〔一四〕戊子春二月後學陳〔一五〕勃《チンホツ》姑《コ》書《ス》二于勢臭齋《マラクサイニ》一

一六 

一七 

り、浪人である方がよいと自らなぐさめる意。
一〇 易経「予之時義大イナル哉」。時義は時のよろしきにかなう意。痿陰即ち浪人である方が智者の現代にあるべき姿である意。
一一 中国人。
一二 前出(二二七頁)。
一三 日本。
一四 明和五年。この年出刊されたものと思われる。この所を「文化乙丑春正月」と改め、志道軒伝と題した異販後刷本がある。↓補注四一。
一五 子供の男陰。
一六 印文「陳勃姑印」。
一七 印文「勢臭斎」。

（痿陰隠逸傳跋《なえまらいんいつでんばつ》
痿陰先生《なえまらせんせい》既に濃志古志《のしこし》山に隠れ、歎じて曰く、衆人皆起《を》えたり、吾獨り痿《な》えたり、不義にして開《ぼゞ》し且つ穴《けつ》する、我に於いて浮かべる雲の如し、吾其の勢《まら》を閲《けみ》すれば、則ち湯屋《ゆや》で見たより大なり、痿《な》えたりと雖も、大陰《おほまら》と謂《いひ》つ可し。嗚呼《あゝ》惜い哉其の痿《な》えて趺の如くにして、其の起《をえ》て木の如くならざることを。勢骨《まらぼね》の強き、龜稜《かり》の高きも開《ぼゞ》と穴《けつ》とに逢はざれば、則ち徒らに一本の手弄《せんずり》を掻《か》くのみ、其の起えんよりは、寧ろ痿《な》えんには。痿陰《なえまら》の時義大なる哉。唐《から》の唐人の曰く、孔子も時に逢はずと。予痿陰《なえまら》先生に於けるも亦云ふ。
皇和明和戊子春二月　後學陳勃姑《こうがくちんぼつこ》　勢臭齋《まらくさい》に書《しよ》す）

風來六部集　下

自序

むかし〳〵其昔、[一]祖父《ぢゞ(い)》は山へ柴刈《しばかり》に、娘は川へ洗濯《せんたく》に、その娘の[二]ぼた餅を、[三]萩の花と聞(き)遠え、美しからふと思ひしやら、[四]久米の仙人目をまはし、ずんでん[五]ころり山椒味噌、[六]からき命を漸《やふ〳〵》と息吹《いき》(き)返し、娘も共に雲に打(ち)乗(り)消失《きえうせ》けり。夫《それ》故末世に[七]行衛しれぬ、道中の竹輿《かご》かきを、[八]雲介とは名付(け)たり。扨祖父《ぢゞい》は山より立(ち)歸(り)、おらが娘が[九]飛(ん)だ〳〵と立(ち)さはぐを、近在近郷聞(き)傳へ、飛(ん)だ咄をお聞《きゝやつ》たか、[一〇]飛(ん)だ事だ〳〵と、段〻といひ傳へる。是《これ》飛(ん)だ事の始(ま)り〳〵。

[一一]戌の九月　　　風來山人誌[一二]

一 昔話の桃太郎の冒頭の句。婆を娘に変えた。
二 女の顔の牡丹餅のように円く醜いこと。
三 牡丹餅の異称。また女の脛(はぎ)にかける。
四 徒然草、八段「久米の仙人の、物洗ふ女の脛の白きを見て、通を失ひけむは」。外に元亨釈書などに同じ所伝のある仙人。
五 味噌に山椒の若芽または辛皮(からかわ)を摺りまぜたもの。転ぶのころりに、諺の「ころり山椒味噌」をかける。大食する人の形容だが、ここは次の「からき」を出すつなぎの働き。
六 山椒味噌が辛いと、からき命(危い命)をかける。
七 素姓が明らかではない。「行方もしらぬ」とも。書言字考「籃輿(カゴ)又竹輿ト云フ」。
八 運搬運送に当る人足の異名。本朝俗諺志「雲助といふものあり、いづくのものともしらず来り、往来の日雇駄賃をとりて露命をつなぐ、所さだめずして、ひとへに浮雲のやうなる境界なれば、雲と云ふなり」。
九 娘が祖父に変った一条と飛んだの関係は、当時の流行語による。辰巳之園の「とんだ茶釜の弁」に「是は谷中、笠森に有りし、おせんが、美しきを見て、顔と、顔と、見合せ、能い女とも、誉られず、茶釜に、なぞらへて、とんだ茶釜ト云い出だしたると也」。半日閑話に「明和七年庚寅二月、此頃とんだ茶がまが薬鑵に化けた、と云ふ詞はやる、按ずるに笠森稲荷水茶屋のお仙他に走りて、跡に老父居るゆへの戯れ事とかや」(頴原退蔵著川柳雑俳用語考)。
一〇 大変なことだの意。本文に応じて読売りの売り声をかける。
一一 安永七年戊戌。
一二 印文「風來」。

飛《とん》だ噂の評

我も亦徒然《つれ〴〵》なる儘《まゝ》に、日ぐらし硯にむかひて心にうつり行(く)よしなし事を、そこはかとなく書(き)つくるとは譃《うそ》の皮、折角なひ智恵の底《そこ》を叩《たゝい》て、工夫仕出した金唐革《きんからかわ》も、度〻の雨天に差(し)つかへ隙《ひま》あれ共銭なければ、せふ事なしの別荘《べつそう》に風雅《が》でもなく洒落《しやれ》でもなく浪人の詫《わび》住居喰《くわ》ず貧樂のみなれ共、主人が欲《ほし》けりや飯粒を二百石か三百石に、負《まけ》てやれば何時でも出來ると思へば苦にもならず。二朱か壹歩工面すりや、四海皆女房なりと悟《さと》れば寐覚も淋しからず。とはいへ一人できよろり関〻《くわん〳〵》たる雎鳩《しよきう》は、三股《みつまた》の洲《す》にあり。窈窕《ようてう》たる妓女《をどりこ》は、中洲《ず》にも好逑《よきたぐひ》ありと、口ずさみたる折しも、表の方に人声して、「飛《とん》だ事ンだ〳〵、市川の團十郎色事の大評判。又彼《かの》後家も後家でござる。惚《ほれ》るにも程が有(る)。ほれて惚(れ)てほれぬひた。飛(ん)だ事だ〳〵」と、追〻の賣声は、例のたわひもなき事ならんとつぶやき居たる処へ、或《ある》人來りて曰(く)、「世間一枚飛《とん》だ噂は、

一 徒然草、初段「つれ〴〵なるまゝに、日ぐらし硯にむかひて、心にうつり行くよしなしごとを、そこはかとなく書きつくれば、あやしうこそ物狂ほしけれ」による。
二 嘘言の甚しきもの。皮は後出金唐革の縁語。
三 あるものを全部はたき尽す。
四 平賀源内の考案にかかる金色に彩った皮。→補注四二。 五 雨で製造出来ないので。
六 仮名手本忠臣蔵、九段目「風雅でもなく、しやれでもなく、しやうことなしの山科に、由良の助が侘住居」による。
七 諺。不義の利を求めず、衣食の不自由を憂えず、ひたすらその境涯を楽しむ身の上。源内は、太平楽府(明和六)に跋して「桑津貧楽」と署した。
八 知行。前出(二四三頁)。
九 前出(二四二頁)。
一〇 遊女のあげ代。吉原では二朱女郎や、一分女郎(小見世の上位)が買えたわけだが、ここは岡場所遊びをふくめての意。
一一 世界中一夜妻だらけ。
一二 きょろりかん。ぼんやりと。
一三 詩経の周南「関々タル雎鳩ハ河之洲ニ在リ、窈窕タル淑女ハ、君子ノ好逑(よきたぐい)タリ」に基く。やさしくなくみさご。当時はよい配偶者を求めた詩と解されていた。
一四 隅田川の川下の中洲。新大橋と川口橋の間。中洲ともいう。
一五 たおやかなさま。
一六 前出(七九頁)。
一七 明和八年三股の洲を修造して中洲と称し、酒亭茶店などが多かったが、寛政元年また川に復元された。
一八 好逑はよい配偶。

市川團十郎、或後家に[二三]喰《くら》ひ込《こみ》、段〻ともめ出して、既《すで》に市川の苗字《めうじ》を削《けつ》られ芝居も[二四]構《かまは》るべき程の事なり。ア、愼《つゝしむ》べきは色事也」と、吐息《といき》ついての咄しを聞(き)て、予笑(つ)て問(ひ)て曰(く)、「市川團十郎とは何《なん》人なるや。」彼人腹を立(て)て曰(く)、「しれた事役者也。役者も役者による物なり。[二五]元祖《ぐはんそ》團十郎一天下に名を揚《あげ》てより、初《はじめ》の[二六]柏莚《はくゑん》[二七]後の海老藏、今の團十郎に至る迄、都《と》鄙《ひ》遠近《ゑんきん》三歳の小兒《に》もしり、[二八]親玉といへば團十郎と覚(え)たる、此道の[二九]名家なるを、此度の不埒《らち》故、數代の名家に疵《きづ》を附《つけ》、市川の苗字を穢《けが》し、世上の口の端《は》に掛《かゝ》る事、言《ごん》語《ご》道断《どうだん》の事也。扨彼後家といへるも、左のみ美人の聞へもなく、[三〇]いか物喰《く》ひの噂とりぐ〱。江戸中の物笑ひ」と、[三一]眞《まつ》黑に成(つ)ての咄し、予又笑(つ)て曰(く)、「扨〻先程飛んだ事の[三二]讀賣《よみうり》。其訳も分兼《わかりかね》今亦飛んだ事のお物語、初(め)は本に飛(ん)だ事かと思ひしが、能〻咄承れば、是程飛(ば)ぬ事はなし。夫役者の[三三]身の上は、貴賤《せん》上下の贔屓《ひいき》を請(け)、[三四]諸人愛敬を第一とする也。わけて[三五]立役・[三六]ぬれ事師、女に贔屓せらるれば、[三七]桟敷《さんじき》の入が多ひ迚《とて》、給金も上る也。或は女の櫛《くし》笄《かんざし》、手拭・浴衣《ゆかた》・烟草《たばこ》入に、[三八]贔屓の紋を付(け)る事、是等は不屆《とゞき》千萬なれども、付(け)させる親や亭主がべら坊といふ物にて、役者の方に科《とが》はなし。又[三九]奥勤《をくづとめ》の女中なんど、傳《つて》を求(め)縁にたよりて、扇・[四〇]楊枝差に、役者の手跡《せき》・哥・

一九 五世。前出(二四六頁)。安永七年三十八歳であった。妻は市村羽左衛門の姪。名かめ。
二〇 市川八百蔵(二世)(一七三五—一七七七)の未亡人るや。俗耳鼓吹「市川団十郎三升、市川八百蔵の後家(名はおるや)と密通の沙汰ありし時、八百蔵が後家へさんじやう(三升・参上)つかまつり」。↓補注四三。
二一 引きつづいて。
二二 世間一円を、読売りの瓦版一枚ずりにかけた。 二三 女に溺れること。
二四 追放する。この事件と幸四郎との争いにて、中村座を退座した。
二五 市川団十郎(一世)(一六六〇—一七〇四)。元禄期江戸劇壇の第一人者。
二六 市川団十郎(二世)。前出(四七頁)。
二七 二世団十郎、後に海老蔵と称した。
二八 四世団十郎以後、親方・親玉共に団十郎の異名。 二九 名望ある家柄。
三〇 誰も相手にせぬ女と関係するの意。
三一 熱中して。感情をたかぶらせて。
三二 世間の変った出来事を瓦版一枚ずり、または数枚の摺本として、街上を立読みしながら売り歩くこと。又そのもの(小野秀雄著かわら版物語)。 三三 境遇。
三四 誰もに愛想のよいこと。
三五 前出(五六頁)。
三六 男女の濡事を見せるを専門とする男役。
三七 土間に対して一段高く設けた上等の観客席。上客がはいる。
三八 前出(五七頁)。
三九 将軍や大名などの、妻妾のいるいわゆる奥向で奉公している女中。奥女中。殊に芝居見物をよろこんだことは川柳にも多く見える。
四〇 小楊枝を入れる小さい袋物。

發句を書(い)て貰《もろ》ふて、是を尊《たつと》ぶ事[一]祖師の御筆定家の色紙よりも勝《まさ》れりとす。夫にも千差《しや》万別[二]蓼《たで》くふ虫も好〻と、己〻が贔屓〳〵、或は西の[三]下桟敷、通りながらの[四]捨詞《すてことば》、夫から熱《ねつ》にうかされては、種〻様〻の夢を見る。中にも後家の[五]明重箱、[六]借《かり》リ人《て》の仕合貸《かし》人《て》の歓《よろこ》び、されば奴が[七]土手店《みせ》で、買ッた鞘には事替り、去とは能(く)[八]仕た細工にて、どれにもしつくり[九]相生の、松茸《たけ》賣とは是ならん。こちらの後家も素人《しろふと》なれば、能(い)[一〇]野鴨《かも》の類に成(つ)て、さのみ目にも立(た)ねども、[一一]名高ひ役者の後家故に、大そふなる評判すれど、若(し)も彼團十郎代〻の儒者ならば、相手の後家に[一二]貞女兩夫にまみへずの女の道を破《やぶ》らせ、其身も定(ま)れる妻の外に、他《た》の女を犯《おか》し、江戸中の[一三]口の端《は》に掛《かゝ》る不埒《らち》を仕出して、言語道断共いふべけれ。相手も役者の後家なれば[一四]譬《たとへ》殿御《とのご》に別れても、又の夫をもふけなよ。主有(る)女の不義同前といふ事は芝居で聞(い)ても耳へは入らず。[一五]どふで只は居《おら》ぬ者なれば、團十郎が[一六]せしめてもせしめいでも亦同じ事也。扨又器《き》量《りよふ》のよし惡《(あ)》(し)は、天此人を生ずれば、不男でも惡女でも餘りて打(ち)やつたためしもなく夫相應にかた付(く)物にて人〻の物好次第、鼻《はな》のひくいが[一七]靨《あくぼ》と見え毛深ひが天鵞絨《びろふど》の、手ざわりに覚へるは、外より少(し)も構《かまは》ぬ事也。不器量な女と色《いろ》事したを笑ふなら、美人を女房に持(つ)た者へは、[一八]誤《(あやまり)》證文を書(か)ねば

一 日蓮上人筆の題目や、藤原定家筆の色紙。共に熱狂的に尊崇されるものの譬え。
二 人の嗜好は、それぞれの性癖によるもので、他よりとやかく批判すべきでない意の諺。
三 前出(一三四頁)。
四 役者が桟敷の下を通りすがりにかけた言葉がきっかけで、その役者に恋をする。
五 後家の配偶者なきを、使用されていない重箱にたとえた。
六 「買手の仕合せ売手のよろこび」をもじった。
七 柳原土手(東京都千代田区)の古物見世。奴がそこで買う安物の鞘。
八 出来上った。刀としっくり合わない。刀その外合せものの器の、はずれたのを、後家とかやもめとかいうによるたとえ。
九 しっくり合うと相生《(あいおい)》、また相生の松に松茸(陰茎)をかけた。なお謡曲高砂の「青海波とは是やらん」を踏む。
一〇 ひっかかりやすい好人物。
一一 市川八百蔵の名声は非常に高く、特にその助六の人気は前出(二五二頁)。
一二 説苑「王歜曰ク、忠臣ハ二君ニ事ヘズ、貞女ハ二夫ヲ更ヘズ」。
一三 とやかく評判される。
一四 仮名手本忠臣蔵、九段目(小浪の言葉)「貞女両夫に今日《(まみえ)》ず、譬《(たとえ)》夫に別れても又の夫《(おっと)》を設けなよ。主《(しゅ)》有る女の不義同前」。
一五 そのような性質の女は後家のままで終るものではない。
一六 ものにする。自分のものにする。
一七 底本「ゑんほ」。意によって改。
一八 過失をわび、今後をつつしむ意の証文。

ならず。此方《こっち》に一切喰[一九]ふ気がなけりや、[二〇]人の女房と枯木《かれ》の枝ぶりよからふが悪からふが、[二一]してやんしてどふしやうと、[二二]やつさもつさぺんぺこぺん、いらぬ[二三]おせゝかばやき也。扨〻飛(ば)ぬ事なるを、飛(ん)だ事〻〻と江戸中の沙汰に成(る)は、大そふ過(ぎ)た比喩《たとへ》なれど、[二四]君子の過《あやまち》は月日の蝕《しょく》のごとし。過(つ)時は人是をしるのは[二五]しくれにて、此道の名家故、少(し)の事も仰山《げうさん》に、飛(ん)だ事といはれるは、江戸生抜《はへぬき》の名代の家柄《がら》、當團十郎に至(つ)ても、[二六]株《かぶ》を落さず江戸中の、贔屓が多き故也と、我は却(つ)て頼母《たのも》しく思ふ」といへば、彼人大に腹を立(て)、「後家と契《ちぎ》りて斯《かく》[二七]取沙汰に及ぶ事を、[二八]無躰《むたい》に理を付(け)取[二九]なしをいふ人は、其身にも後闇《うしろぐら》き、下心が有(る)故也」と、以の外の腹立、其時詞《ことば》を和らげて教《をしへ》て曰(く)、「[三〇]小善なりとて捨(つ)べからず。小悪なりとてなすべからず。是は[三一]一通りしれた事にて、寐《ね》ても起《おき》ても飯《めし》と汁《しる》と香の物計喰《ばかりくつ》て居《い》れば、病気も出ず勘定にもよけれ共、うまひ物のほしく成(る)は、お定(まり)の人欲《じんよく》にて、[三二]百病は口より入(り)、諸事の災《わざはひ》[三三]彼所よりおこる。是も親父の呼《よん》でくれた、女房計[三四]かぢつて居れば、[三五]黴瘡《かさ》もかゝらず銭も入らず、結構《けっかう》な事なれども、我も人もそふはつゞかず。[三六]踏《ふみ》はづしは有(る)物なれども、同じ様な踏はづしでも、することとせぬ事有(り)。此処が分らねば、必(ず)[三七]災《はざはい》に逢《あ》ふ物なり。我(が)門人何某が

一九 情事への意欲を起さなければ。
二〇 とやかくいうべきでないものをならべた。
二一 うまく後家をものにしようがどうしようが。
二二 いざこざ。つべこべととやかく評判することは。
二三 いらぬお世話におなじ。「おせゝ」はお世話の江戸語。蒲焼は口拍子でつけた。
二四 論語の子張篇「君子之過チヤ、日月之食ノ如シ、過ツヤ人皆之ヲ見ル、更ルヤ人皆之ヲ仰グ」、説苑「君子之過チハ、猶日月之蝕ノ如シ」による。君子は過ちあるも一時その明を蔽うにすぎず、たちまち、本来の徳にかえるの意であるが、ここでは君子の過ちはすぐ衆目の見るところとなるの意。
二五 末流。同性質のもの。
二六 身分・格式。
二七 評判になる。
二八 無理こじつけに道理を通して。
二九 よきようにいいつくらう。
三〇 易経の繫辞下篇「小人小善ヲ以テ、益無シト為サズ、小悪ヲ以テ傷无シト為シテ去ラズ」。底本「へがらす」。意によって改。
三一 一応。
三二 諺「病は口より入る」による。事文類聚後集「病ヒハ口従リ入ル禍ヒハ口従リ出ヅ」。百病はもろもろの病気。
三三 男女の関係が災の原因となる意。
三四 妻だけを相手としていたならば。
三五 黴毒にもかからず。
三六 失敗。
三七 振仮名正しくは「わざはひ」。

古郷へ歸る餞別《せんべつ》に、送(り)たる一書有(り)」とて、取(り)出して見せにける

門人何某に示す

予若年の時[一]漢書《かんじよ》を讀《よみ》、[二]高祖《かうそ》[三]關中《くはんちう》に入(り)て[四]秦《しん》の苛法《かはう》を去《さる》。[五]法三章《しやう》を立(つ)。我も自(ら)法三章に約して[六]血気の禁《いましめ》とす。盜《ぬすみ》・博奕《ばくゑき》・密夫《まをとこ》なり。此三(つ)の惡しき事は、小兒もしりたる事なれ共、我しらずおかす事有(る)也。常に心を禁むべし。[七]大石內藏介も遊里に在(り)ては、面白き事世の風流の士とさのみ替る事なし。只敵を討(つ)事を忘(れ)ざる也。主親の敵のみ敵と思ふべからず。人々志す処、家業・[八]藝術皆敵を持(ち)たり。討(た)ずんば有(る)べからずと、[九]行住《ぎやうじう》・坐臥《さぐは》にこれを思へば、あちらの物よりこちらの[一〇]稱錘《ふんどう》が重き故、面白き事になずまず、思ふ敵を討(つ)としるべし。早く[一一]其本にかへれ

興《きやう》に乘《じやう》じて酒を呑(む)共、[一二]酒に乘じて興を呑(む)事なかれ

友人何某大に家計《かけい》を失《しつ》して、來(り)て我に談《だん》ずる事有(り)。或人傍《かたわら》に在(り)て問(ひ)て曰(く)、「汝が首有(り)や」。友人曰(く)、「有(り)」。予が曰(く)、「首あらば何の憂《うれふる》事かあらん」と。大に笑(ひ)て去る。これを聞(き)て論[一三]実に過(ぎ)たりといふ人有(り)。予答(へ)て曰(く)、「大丈夫事をなすに、時に臨《のぞん》で[一四]狐疑猶豫《こぎゆうよ》すべからず。然(れ)共其事固《もとより》善惡有(り)。只々[一五]遠きを慮《おもんばかつ》て、首の落(ち)ざる用心

一 後漢の班固撰。前漢二百三十年の紀伝体の歴史。 二 前出(一六五頁)。↓補注四四。 三 中国の地名。今の中国の陝西省の中央。函谷関・武関・大散関・粛関の中にあった故の名。秦は勿論、後々も政治の中心地。 四 秦(秦始皇帝におこる漢の前の王朝)の苛酷な法令。 五 殺人・傷害・窃盗のみを罪すると令した三章。 六 血の気(け)の多いこと。年少のはやり気。 七 大石良雄(一六五九―一七〇三)。赤穂浪士の仇討の頭領。以下のことは仮名手本忠臣蔵などに戯曲化された場合として考えてよい。 八 学芸・技術。 九 日常の起居ふるまい。前出(一六二頁)。 一〇 重量測定の時の標準になる器具。分銅。名物六帖「称錘(ハカリノオモリ)(孟子集注を引く)」。重点がこちらに置かれているからの意。 一一 根本。 一二 酒の勢によって、興味に走ってはならない。 一三 虚がなくて、面白くない。 一四 疑い、ぐずぐずすること。楚辞「心猶予シテ狐疑ス」。 一五 遠く後日のことを考慮すること。 一六 幸免(こうめん)。僥倖にのがれる。うまく法律にひっかからぬ。 一七 内省すれば、法にとわれて、首のあぶない事もあろう。 一八 国の法度。孟子の梁恵王下篇「臣始メテ境ニ至レバ、国之大禁ヲ問ヒ、然ル後敢テ入ル」。 一九 無作法にも。 二〇 最上至極。漢書の趙充国伝「戦ヒテ百勝スルモ、善之善タル者ニ非ザル也」。 二一 扁柏は檜の漢名。檜のように上等の材木。 二二 致命的なあやまちのたとえ。 二三 これまでも、立派に家業を継承しえたの意。 二四 役者穿鑿論「第一、俳諧を能くいたされ、江戸役者での手書き、それに祖父柏莚学問をしつけられしに、近頃また山口なにがしの門人となり、唐本もいつかど読めます」。団十郎は当代の文人と交わり深く、俳諧、狂歌、狂文に長じ、著作も多かった。

すべし。幸《さいわい》[一六]にしてまぬがるゝは道にあらず。人〻心に問(へ)ば、首のぶらつく[一七]事多かるべし。孟子の國に入(り)て大禁《たいきん》[一八]を問(ふ)も、首の用心と見えたり」と謾《みだり》[一九]にしるして禁《(いましめ)》の一助とす。

[二〇]右は善の善たる敎《おしへ》にはあらね共、いかなる扁柏《ひのき》[二一]の上材木でも、初手から鉋《かんな》は掛(け)られず。先《(まづ)》手《て》斧にて荒削《あらけづり》。盗・博奕・密夫の朽《くさり》[二二]さへ入(ら)ざれば、いつでも鉋は掛(か)るなり。彼團十郎が爲人《ひとゝなり》、家業[二三]の敵も討(ち)おふせ、書籍《しよじやく》[二四]を集《あつめ》哥誹諧を樂とし是迄あしき沙汰もなく、木場[二五]に有(つ)ての親父分、其くせ年は若けれ共、闇夜にはなす鉄炮汁[二六]、當[二七]ると死(ぬ)る色事ならず。いはゞ河豚《ふぐ》[二八]もどきを食(つ)ての食傷、明家《あきや》[二九]で棒《ぼう》を振(つ)た計。誰に當障《あたりさわり》もなければ、天竺[三〇]迄持(ち)出しても彼首の気遣なし。隱《かく》す〳〵と思へ共、天道といふ目の玉が、不断上から見てござれば、首の有(る)人間と首のない人間は、誰が見ても知(れ)る也。かふいふ心に成(つ)て居れば、与風《ふと》うまひ首尾[三一]が有(つ)て、人の女房の手を握《にぎ》る、其時はモフ首筋に、墨打[三二]をされたと思へば、こそばく[三三]成(つ)て止《やめ》る也。團十郎もいか程に気丈[三四]でも元気でも、首がなければちんころ[三五]が、うんこ踏(ん)だ様な顔をして、だまつて居ねばならね共、首が有(る)故舞臺での、口上[三六]も男らしく、去とは気象《きしやう》[三七]が面白いと、江戸中の諸見物、益《(ますます)》見増《みます》[三八]の紋所、おいらも神田[三九]の贔[四〇]

二五 深川の洲崎弁天の東北。四代目以来市川家の隠宅があった。五世団十郎をもかくよぶ。前出(二四六頁)。
二六 見当なしに危険なことをする意の諺の鉄砲に、河豚汁の異称鉄砲汁をかけた。
二七 鉄砲汁が当る(中毒する)と死ぬように、発見されると死のさばきをうける情事(有夫の女との密通)ではない。
二八 前出(七四頁)。有夫の女との密通を河豚汁、後家との情事を密通のまがいものと見た語。
二九 労するも見る人がない意の諺。ここでは後家のものを明家に、団十郎の一物を棒にたとえたもの。後家と交わってもさわりはないの意。
三〇 裁判沙汰はおろか何処の外国にまで持ち出しても、刑法にふれることはない。
三一 ひょっと都合のよい機会があって。
三二 裁断の時に、墨縄で線をひくこと。首を切りとられる準備だと思えば、の意。
三三 くすぐったくなって。何か気持悪くなって。
三四 立役で荒事師であるからの語。
三五 ざまの悪い意の諺。
三六 鈴木白藤の筆記に焉馬の歌舞伎年代記を評して「五代目白猿の如き、所作事(中略)愁嘆、一つも出来ず、上もなき大下手なり。たゞ弁舌ばかりはよかりしを、其書に名人の如く書下せり(下略)」とあるように、口跡にとりわけすぐれていた(伊原敏郎著近世日本演劇史)。
三七 役者穿鑿論「此の人、正直にてわる気なく、役者には珍らしき気象、実に戯場の君子とも申しませう」。 三八 評判より実際はすぐれていることを知るの意の見増すに、市川家の紋所三枡をかけた。 三九 源内の住居は多く神田であった。
四〇 団十郎贔屓のグループの一人。

眉組、悪くぬかすとうへんぼく[一]は、どいつでも相手に成(る)。ア、つがもねェ[二]。時に安永七の年、飛(ん)だ噂と[三]菊月上旬、風來山人清住町[四]の別荘に、獨(り)きほふて[五]是を評す

一 気のきかぬ、偏窟な人。この辺、役者評判記に出るひいきの口吻をまねた文。
二 とんでもない、ばかばかしい等の意味。市川流荒事(あらごと)のつらねの最後などに用いる言葉。
三 噂を聞くと、菊月(九月)にかける。
四 深川清住町。万年橋の下流東岸。今の東京都江東区深川清澄町。
五 勇んで。意気ごんで。

序

我(が)風來先生、戯《たはむれ》に筆を採《とり》、多くの小説《よみほん》世に行(は)れてより、[六]近世開板の俗文、[七]名をかすり文意を贋《にせ》、或は直《たゞち》に風來山人と記《しる》すもあり。是皆書林智恵もなくて錢を欲《ほし》がり、謾《みだり》に　先生の名をかたる事、言語道断不届《ふとゞき》千万なり。まだしも[八]評判茶臼藝は、[九]寐惚先生の作にして、筆勢頗《すこぶる》相似たれども、[一〇]作れる花の匂《にほ》ひなきがごとし。其餘[一一]紫《むらさき》の朱《あけ》を奪ひ、[一二]莠《はぐさ》の苗をみだる而已《のみ》ならず、[一三]炭團《たどん》を名玉と欺《あざむ》き、[一四]夜鷹を[一五]昼三《ちうさん》と僞るもの少(な)からず。今より後堅く制して可ならんといへば、先生笑(つ)て曰(く)、我(が)飯を喰《く》ふて人の聲色《こはいろ》を遣ふも、皆人〻の物好にて、[一六]盲《めくら》万人目明三人、賣レるも本屋の渡世なれば、强(ひ)て咎《とがむ》るに及ばずとて、其儘に打(ち)やり置(き)ぬ。頃日《このごろ》書肆清風堂、大場氏の方より、天狗髑《しやれ》髏《かうべ》鑒定《めきゝ》縁起を得て[一七]櫻木に鏤《ちりば》む。是ぞ正眞正銘の　風來先生の作なり。善《よひ》と惡《わる》ひはお手にとりて御覧じやれ。

六 近頃出版の小説類。後続作の源内模倣をいう。

七 名をかすめとる。風来山人めかした名をつける。

八 安永四年刊の滑稽本。一冊。

九 大田南畝(一七四九―一八二三)。蜀山人。南畝は一時かなり源内に接近、交渉があった。↓補注四五。

一〇 古今集序「在原業平は、その心余りて、言葉足らず。しぼめる花の色なくて、匂残れるが如し」による。

一一 悪(贋物)の感化が強く、善きもの(本物)までを悪くするの意。論語の陽貨篇「子曰ク紫ノ朱ヲ奪フヲ悪ム」。

一二 管子の注「(上略)莠ノ苗ヲ穢スガ如クナルヲ謂フ」。意味は前項に同じ。

一三 古今、三「はちす葉の濁りにしまぬ心もて何かは露を玉とあざむく」のもじり。

一四 最下級の売春婦。代二十四文。前出(一八七頁)。

一五 宝暦以後吉原で最高級の遊女。散茶から変化したが、太夫なきあと、その欠を補う存在で、特に呼出し昼三の黒星は、一両一分の揚代で最も高かった。普通の昼三は昼夜共で三分の揚代。

一六 初版、振仮名なし。諺「盲千人目明千人」のもじり。本質を知る人に乏しいの意。

一七 版木は普通桜の木を使った。出版したの意。

一 戯蝶の上に、初版「申霜降月　門人」とあり。安永五(丙申)年十一月。戯蝶は未詳。
二 印文「千秋」「万歳」。

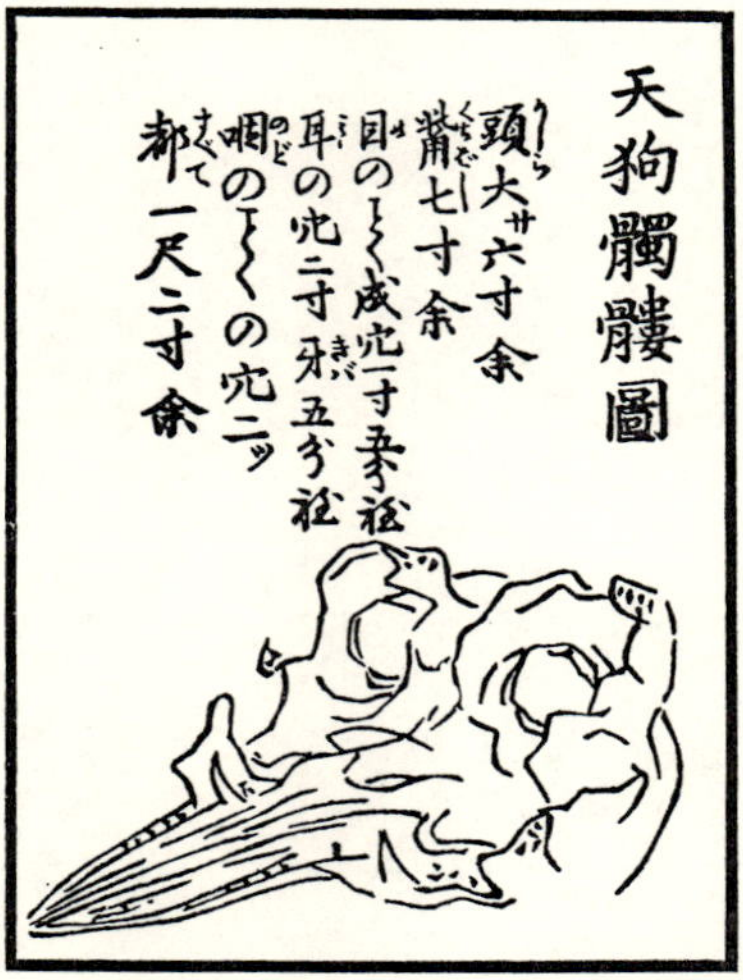

戯蝶謹誌[一]

[二]

序

不時《ふじ》に吹(く)を[三]天狗風といひ、當《あて》なく打(つ)を[四]天狗礫《つぶて》と呼《いふ》。[五]天狗頼母子《たのもし》、[六]天狗誹諧等、みな[七]あてじまいより号《なづけ》しなり。予が拾得《ひろひえ》たる異骨《いこつ》を、天狗の髑髏《しやれこうべ》といひそめしも此類ひならむ歟。しかるを風來先生筆を採《とり》てより普《あまね》く世上に隠れなく、見む事をねがふ人多し。我も亦これを見せて、錢を取《とる》べき工《たくみ》もなく、只持(ち)あるきて隙《ひま》をついやせば、諸《もろ》共に[八]能(き)見せもの也。

人の目を[九]くらまさんにもあらばこそもとより[一〇]山の天狗でもなしと口ずさみて一座の笑種《わらひぐさ》としけるを、今書林《しよりん》のもとめに應じて寫しあたへぬ。

[一一]大場豊水誌
[一二]

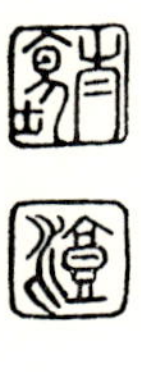

三 旋風のこと。天狗倒し(太平記、二十七)。
四 天狗のうつという礫。閑際筆記、下「人家故無クシテ瓦礫外ヨリ飛ビ来ル。俗之ヲ天狗礫ト謂フ。古今著聞集ニ載ス。三条右府白川之亭ニ此事アリ。一人其傍村ヲ狩シテ、狐狸数頭ヲ獲テ之ヲ殺ス。後飛礫息ム。又近世東武ノ士人之家ニ、夜々飛礫月ヲ踰エテ不レ輟。家人数輩潜ニ舎外ニ在リテ、終夜之ヲ闚フ。一物黟然トシテ門ヲ過グルニ、礫即チ飛ブコト頻リナリ。数輩前後斉ク起リ、其ノ物ヲ執ヘ得、灯ヲ挙ゲテ視レバ、則チ人ナリ。相識ル所ノ山伏、其ノ家ニ以テ怪有ルガ為ニ、己ガ呪禱ヲセシメント欲シテ然リ」。「呼」は初版振仮名なし。
五 無尽・賭博の一種。曲物に一から十五までの木札を入れ、錐でつきあてたものが金を得る方法(宮武外骨著賭博史)。
六 遊戯の一種。俳諧の一句の上中下の各部を各人に分配して随意によませ、それを組あわせて一句とする。
七 よい加減なこと。
八 人の目にさらしてなぐさみとなるものを「とんだよい見世物」と称する。
九 目をくらまさん(眩惑さそう)に、天狗の住所鞍馬山をかける。
一〇 山は山師の意で、上の「くらま(鞍馬)さん」の縁。天狗は自慢の意。山師の自慢ではさらさらないの意。
一一 この前に、初版「安永五年丙申十一月日」の一行あり。大場豊水は源内門。画をよくした(反古篭)。
一二 印文「大場」「豊水」。

天《てん》狗《ぐ》髑髏《しやれかうべ》鑒定《めきゝ》縁《えん》起《ぎ》

明和七ッのとし菊月末の四日、門人來りて藥物の眞僞《しんぎ》[一]を論《ろん》ず。折ふし扉《とぼそ》を叩《たゝ》くものは大場豊水なり。一《ひとつ》の異物を携《たづさ》へ來りて曰(く)、「昨夜天狗を夢む。今朝夢さめて思ふに、けふは[二]廿四日にて愛宕の縁日なればとて[三]芝の愛宕に詣(で)けるに、門前[四]櫻川と号する小流の中に怪《あや》しき物あり。拾《ひろひ》上(げ)て泥土《でいど》の穢《けがれ》を洗(ひ)去れば、しか〴〵の物なり」とて筺《はこ》を開(き)て取(り)出し、「けふ此品を得て歸るさの道にて、見るもの皆天狗の髑髏《しやれかうべ》なりとて市をな

一　真偽を弁ずること。

二　江戸名所図会の愛宕山権現社の条「月ごとの廿四日は縁日と称して参詣多く、とりわき六月廿四日は千日参と号けて(下略)」。

三　芝の愛宕山の権現は慶長八年山城の国から勧請したもの。

四　愛宕山下を東南へ流れていた小川。今西久保桜川町と町名に残る。

五　底本・初版共「僡」。意によって改。

六　オランダ語 Struis Vogel のこと。駝鳥。増訳采覧異言「駝鳥ハ羅甸語ニテ、斯多魯知阿加墨魯斯(ストリコチオ カメリコス)ト云ヒ、(羅甸語、加墨魯斯(カメノコス)ハ、駝ナリ)和蘭、呼ンデ斯多魯乙福阿業児(ストリコホアゲル)ト云フ」。

七　同じことのくりかえし。

せども、固《もとより》俗人の臆見《あてずいりやう》[五]、証《しよう》とするに足らず。希(はく)ば先生眞僞《しんぎ》を弁ぜよ」と。予諾《だく》して門人に告(げ)て各其志をいはしむ。一人が曰(く)、「これ大鳥の頭なり。」阿蘭陀のぼうごる・すとろ[六]いすならん」と。又一人曰

(く)、「蛮夷《ばんい》の大鳥たりとも斯まで大には有(る)べからず。これ大魚の頭骨《かしらのほね》ならん」と。反覆《はんぷく》[七]上下の論、異説まち〳〵にして衆議《しゆ(うぎ)》[八]一決せず。予曰(く)、「これ天狗[九]のしやれかうべなり。」門人驚(い)て曰(く)、「夫レ倭俗《わぞく》の天狗と称するものは全く魑魅魍魎《ちみもうれう》[一〇]を指すなれども、定(ま)れる形有(る)べくもあらず。然るに今世に天狗を画くに、鼻高き[一一]は、心の高慢鼻《かうまん》にあらはるゝを標《へう》して大天狗の容《かたち》とし、又觜《くちばし》の長きは、駄口《だぐち》[一二]を利て差(し)出たがる木の葉天狗[一三]・溝飛《みぞとび》天狗[一四]の形状《すがた》なり。翅《はね》ありて草鞋《わらぢ》をはくは、飛(び)もしつ歩行《あるき》もする自由にかたどる。杉の梢に住居すれども、店賃[一五]を出さゞるは横着者《わうちやく》なり。羽扇《はうちわ》[一六]はもの入をいとふ悋嗇《しわんばう》に譬《ひ》す。

八 底本・初版「儀一決」。意によって改。
九 中国では天狗星、異獣、仏教では一種の悪魔憂流迦(うるか)を指すが、日本では修験道と習合し、山伏姿で鼻高く羽あるものに考えていた。
一〇 山中の怪物と水中の怪物。前出(二〇二頁)。この文脈は、藤井高尚の松の落葉に襲用されたもののようである。→補注四六。
一一 木導の天狗弁(風俗文選)「(前略)世の人の我慢長ずれば、鼻にあらはれ、天狗となりて杉の木ずゑに居を占め(下略)」。
一二 無駄口。
一三 大天狗の眷族の天狗。
一四 下っぱ天狗の意。ようやく溝をとびこえるだけの力しかない天狗。
一五 家賃。
一六 天狗羽団扇。天狗の想像図では必ず羽団扇を持っている。能の天狗は、直径七〇糎あまりの羽団扇を持つ。ここでは貧乏神の渋団扇にたとえた。

一 天狗の図は古法眼元信がかきはじめたという(木導の天狗弁)。二 論語の述而篇「子ハ怪力乱神ヲ語ラズ」。三 自分の意志の謙称。四 薬の良否は、売るもの最もよく知り、使う医者これに次ぎ、実際に服する病者にいたっては全く無知であることのたとえ。五 なまけて弱い者。六 ものぐさ者。七「これでも医者」を略した語。「でも坊主」(教訓乗合船・大通俗一騎夜行)の語もある。八 医者の法体をいう。九 医者や儒者など、いわゆる長袖といわれる人々は、一般より長い羽織をつけた。一〇 おざなり。一一 蜜柑の外皮を乾かしたもの。鎮咳・発汗・健胃などに用い、最もありふれた薬剤。一二 薬屋。薬剤を

これ皆[一]画工の思ひ付にて、実に此《かく》のごとき物あるにはあらず。聖人も[二]怪力亂《くわいりよくらん》神《しん》を語らずとこその玉へ。いま是を天狗の髑髏也とは我々を欺《あざむ》き玉ふや。」予曰(く)、「諸子の疑その理なきにあらず。去ながら我(が)[三]微意《び(い)》を悟《さとら》ずんばいざさらば語り聞(か)さん。古人の曰(く)、『[四]藥を賣《うる》ものは兩眼、藥を用(ゐ)る者は一眼、藥を服する者は無眼』とはとつと昔の譬《たとへ》、今時の醫者といふは、武士の子なれば[五]惰弱《だじやく》者、百性なれば[六]疎懶《ぶしやう》者、町人なれば商を爲《し》得ず、職人なれば無器用者にて、糊口《くちすぎ》を爲《し》兼(ぬ)るもの醫者にでもならふといふ。これを号(け)て、[七]でも醫者とて[八]あたまぐるりの[九]長羽織、見えと[一〇]座なり計にて、藥の事は[一一]陳皮もしらず。長屋も露路《ろじ》も踏《ふむ》もすべるもそこらだらけが醫者だらけ、[一二]藥種屋も盲《めくら》、醫者もめくら、病家は猶盲故、[一三]臭橘《からたち》を枳殼《きこく》とし[一四]鼠麴草《はゝこぐさ》を[一五]芫花《げんくわ》とし、鯨の牙を[一六]うにかうると[一七]氣蠜《へつぴりむし》を[一八]䗪虫《しやちう》とし、[一九]翻白菜《かはらざいこ》を[二〇]柴胡《さいこ》と心得、[二一]廣東《かんとう》人参を人参と思ふ。其外千變萬化の大間違、されども浮世は盲千人、[二二]はくらんの藥ははくらん病《(やみ)》が買(ふ)習なれば、是を賣(る)もの家藏を建《たて》、これを用(ゐ)るもの[二三]四枚肩《しまいがた》に乘(り)、これを呑(む)者[二四]往生《わうじやう》の[二五]素懷《そくはゐ》をとげながら、[二六]恨《うらみ》もせねば気の毒なとも思はず。嗚呼《あゝ》悲しきかな文盲《もんもう》なるかな。予これを憂《うれへ》て[二七]藥物の眞僞を正し、世上の醫者の目を明(け)んとて千辛万苦《せんしんばんく》すれば、うぬらが心に引(き)當(て)て[二八]山などゝの取沙汰、[二九]智者は

売る店。一三 物類品隲、四「枳　実ノ小ナルハ枳実老スレバ枳殻ナリ、和俗カラタチヲ枳殻枳実トスルハ大ナル誤ナリ、カラタチハ枸橘ナリ、混ズベカラズ」。→補注四七。一四 母子草。和漢三才図会「按ズルニ鼠麴、俗ニ母子草ト云フ(中略)、今痰咳ヲ患ヘバ、人其ノ花ヲ採リテ煙草ニ代ユ」。七草の一。一五 藤擬のこと。落葉灌木であるが、鼠麴草と同じく痰の薬であることから誤ったものか。物類品隲、三「芫花　和名ジゲンジ又サツマフヂ　芸種家ニ甚多シ」。一六 一角獣又は一角魚の角。広大和本草「凡今ノ医家用フル処真物少シ、多クハ蛇角或ハ鯨牙・白牛角等ノ類ヲ以テ贋(イツハ)ル、故ニ痘瘡、産婦、急驚風ナドニ用フレドモ、少シモ験アラズ」。一七 前出(二二八頁)。重訂本草綱目啓蒙「釈名、負盤・蜰盤虫・気蠜・(中略)蜚蠊ト名ヲ同ジクシ相似タリト雖モ、終ニ一物ニ非ズ」。一八 蟅虫、いなむし、又おめむし、わらじ虫。玉篇「蟅、鼠婦、負蠜也」。同じ負蠜の名故に、蟅虫と気蠜を同一のものと誤ったのであろう。一九 重訂本草綱目啓蒙の「翻白草」の条に「委陵菜(カハラザイコノ)花ニ異ナラズ(中略)、又委陵菜ニモ翻白菜ノ名アリ、救荒本草ニ出ヅ」。二〇 重訂本草綱目啓蒙「柴胡　アマアカナ古名ノゼリ同上　今ハ通名(中略)河原柴胡ト呼ブモノアリ、胡蘿蔔葉ニ似テ背ニ白毛アリ、故ニウラジロトモ云フ、中夏ニ至リ、五出ノ黄花ヲ開ク、根ハ皮赭黒色薬舗ニ粗皮ヲ去リテ乾シ貨ル、庸医誤用シテ解邪ノ材トス、コレ菜類ニシテ柴胡ノ類ニ非ズ」。二一 山漆また三七草(さんしちそう)の異名。漢方では血病薬に用いる。ありのまゝ「広東人参の功能ある事、世人あまねく知る所なり、然るに是れを朝鮮人参にくらぶれば、其の功はひとしけれども、其の能少しおとれる所あり」。

水を樂《このみ》、仁者は山を樂《このむ》。[三〇]后稷《(こうしょく)》は農を教《をし》え、[三一]禹王は水を治《をさ》む。[三二]過《すぎ》たるをはぶき、足(ら)ざるを補ふは聖人のいさをしなり。[三三]山のやまなる[三四]山の芋、鰻鱺《うなぎ》とならで朽(ち)果(て)なば、[三五]薯蕷《やまのいも》とも甘藷《さつまいも》とも[三六]旨《うま》ひ奴等が[三七]口の端にかゝる浮世《うき》に産(ま)れ來て、牛の糞《ふん》やら[三八]胡麻味噌やら、[三九]やみらみっちゃの[四〇]流渡(り)、[四一]海参《なまこ》の尻《しり》やら頭やら、[四二]蟹《かに》の竪やら横道やら、[四三]にうがにうへとちりあべこべ[四四]銭あるものは利口に見え、[四五]出る杭《くひ》は打(た)るゝ習ひ、天狗のあたまの眞僞を論じ、時を移《うつ》せば腹がへり、日が重れば店賃がふへ、[四六]月が延(び)れば質《しち》が流るゝ。儒者は[四七]本田あたまの通り者をとらへて、[四八]堯舜の民たらしめんとし、[四九]賢女兩夫に見《まみ》えずと、[五〇]女郎屋の二階で[五一]講釋《こうしゃく》をするは、[五二]蠮螉《じがばち》が蜈蚣《むかで》をとらへて、我に似よといふが如し。[五三]動《どう》と止《しい》との文字は合ふても、馬めが合点いたさねば、世話やくがたわけながらも、腹へはいる藥は、人命《ひとのいのち》の存亡《いきしに》にあづかれば、聞(か)ぬまでも[五四]赤目引(つ)ぱり、某《(それがし)》[五五]時珍になりかはり、一問答せねばならねど呑(み)もせず[五六]傅《つけ》もせず目を歓ばすばかりにて、[五七]毒にもならず、藥にも、何の[五八]お茶とうにもならざれば、諸人自甘《みづからあま》ンじて天狗といふて嬉しがるならば、其波を揚《あげ》その[五九]醨《しる》をすゝりて、天狗にするが卓見《たくけん》なり。そのうへ縫目《ぬひめ》の蚤虱《のみしらみ》さへ悉《ことぐく》は見尽されず。まして天地の廣大《くはうだい》なる萬物の際限《さいげん》なき、一人の目を以て極(め)がたければ、答は繪に画《かく》天狗

二二 霍乱を訛ってはくらんの薬と名づけて売るものは、それ相応に自分の病気をはくらんと思うようなてあいが買う。霍乱は夏の上げ下げする病気一般をさす。吐く故にはくらんと覚えたの意。二三 駕籠かき四人が交替にかく駕籠。医者の堂々たる様子。二四 濁世を去って極楽に生まれんとする平素からの志。死ぬことを滑稽化していう。二五 底本の振仮名「そさはる」。初版により改。二六 死ぬ方も恨まず、医者も気の毒と思わない。二七 物類品隲(宝暦十三)を刊し、物産会を開き、伊豆・紀州に採薬し、研究したをさす。二八 山師。二九 論語の雍也篇「知者ハ水ヲ楽ミ、仁者ハ山ヲ楽ム」による。楽はのぞむ、このむ。山(山師)というなら、仁者は山を好むというではないか。三〇 周の始祖。堯の時農師となり、舜の時后稷の官につき、后稷と称した(史記)。三一 父鯀のあとをうけ洪水を治め司空となる。のち舜の譲りをうけて夏を開いた(史記)。源内のする所が山師なら、これら古賢も亦山師なりの意。三二 塩鉄論の軽重篇「今、余リ有ルヲ損ジ、足ラザルヲ補ハント欲ス。富者愈富ミ、貧者愈貧シ」。孟子の梁恵王下篇「春省耕、而補不足、秋省斂、而助不給」。三三 山から掘出した。田舎で生れたままの意。三四 諺「山の芋が鰻になる」。物事が変化し、経上ること。立派に出世することもできないでこのままに終るならば。三五 甘藷とも薯蕷とも区別のつかないような馬鹿な奴等。三六 旨いは真偽弁別不能の意。三七 口の端にかかる(噂される)と、かかる(このような)浮世とをかけた。三八 胡麻を炒って味噌にあわせたもの。牛糞に似たものとして並べた。三九 むちゃくちゃ。四〇 成りゆきにまかせる放浪生活。四一 区別がつかぬもののたとえ。「尻」の振仮名、初版なし。四二 蟹が真直(竪)

殿がお出(で)やるまいものにもあらず。有(つ)たとて天狗ぐらいにさらわれる男でなければ、微塵《みぢん》こわくもなんともなく、無ィとて小遣銭の切(れ)た程に不自由にも思はねば、只[一]造化《ぞうくは》といへる細工人のお心持次第なり。若(し)又天狗が何故死(ん)だと[二]根問(ねどひ)する人の有(る)ならばあまり[三]高慢が過(ぎ)て、科《とが》なき者を悪《わる》くいふたり、人を食(つ)たり抓《つかん》だりがかうじた故、天狗の[四]親玉太郎坊殿怒(り)をなし、[五]木の葉天狗を引(つ)とらへ首ねぢ切(つ)て捨(て)たるを、豊水が見つけて拾《ひろ》ひ上(げ)し物ならん。これ皆[六]余所の事ならず。今時世上に目がなければ、おとなしふ爪をかくせば[七]鳶かと思ふてたはけどもが、[八]茶にしたり馬鹿にする故、[九]謙《けん》退辞譲《たいじじやう》は間に合(は)ず。高慢いはぬは損なれども、又其高慢が過(ぎ)る時は、天道からあたまを[一〇]へさへ、必(ず)憂(き)目にあふものなり。人ゝ慎(つゝしみ)玉へかし」といへば、皆尤とうなづきぬ。

天狗さへ野夫(やぼ)ではないと[一一]しやれかうべ極(きは)(め)てやるが通りものなり

[一二]風來山人書

に進むと思ってゆく横道の如く、人生で脱線したのやら。四三 入我我入。一切諸仏の功徳を我が身に体現することであるが、口拍子で「へとちりあべこべ」とつづけ、何もかも滅茶苦茶の意となる。男色細見序「有頂天上の仏果を得ては、にうがにう、むちやらくちやら、心こゝにあらざれど」。四四 魯褒の銭神論「銭多キ者ハ前ニ処リ、銭少キ者ハ後ニ居ル、前ニ処ル者ハ君長ト為リ、後ニ在ル者ハ臣僕ト為ル」。四五 すぐれている故に禍にあうの意の諺。四六 約束の月を越せば質物は返らない。四七 本田髷(まげ)に結った通人。本田髷は前出(四七頁)。四八 堯や舜治下の民。治者の徳に化し善良であった。四九 前出(二七二頁)。五〇 遊女の部屋や座敷があって、客をむかえる所。五一 底本・初版「譯」。意によって改。五二 蠮螉の誤り。重訂本草綱目啓蒙「蠮螉　ジガバチ」。→補注四八。五三 乗馬の時の言葉。止は停まれ、動は行けの意。止動の理窟は合って正しくても。五四 興奮する形容。やっきになって。相手が聞かなくてもいわねばならぬ。五五 李時珍を指す。明代の名医、蘄州の人、字東璧、本草綱目の著者。五六 薬をつける。五七 諺「毒にも薬にもならず」。五八 仏前に供える煎茶。茶かすにかける。五九 醨(り)はうす酒。漁夫辞「衆人皆酔へり、何ゾ其ノ糟ヲ餔イテ其ノ醨ヲ歠(す)ラザル」。

一 造化主。天地万物を創造化育した神を細工人にたとえた。二 根ほり葉ほり問う。三 憍慢の心から天狗となることは太平記・源平盛衰記その他諸書に見える。四 前出(一〇八頁)。五 前出(二八一頁)。六 当時世間に自己を主張すること流行。それらを流行語で、自慢、高慢、味噌などいい、談義本の対象となっている。

七 鳶はその形態からか、古来天狗の類、あるいはそれにちかいものと考えられていた。参考源平盛衰記「富小路トイヘバ鳶ハ天狗ノ乗物也、小路ハ歩道也」。諸国里人談でも木の葉天狗を鳶に形容している。 八 前出(一〇八頁)。 九 謙遜してゆずる。 一〇 押える。 一一 髑髏(しゃれこうべ)と洒落をかける。野夫(野暮)の標本のような天狗さえ、野暮じゃない洒落者だと、その髑髏を、めききしてやるのが通人というものだ。 一二 この前に初版本「庚寅秋九月」と一行あり、庚寅は明和七年。 一三「醫」に同じ。 一四 魏の呉晋等著。三巻の本草書。清の孫星衍・孫馮翼輯の本で行われる。 一五 所見の本草経に陳皮見えず、橘柚の条にも陳皮のことはない。本草和名「橘柚、一名橘皮、甘皮」、倭名類聚抄「橘皮 本草注云ク、橘皮、一名甘皮、和名太知波奈乃加波、一名木加波」。 一六 医書。 一七 和漢三才図会「青皮(しゃうひ) 本綱、青皮ハ乃チ橘皮之未ダ黄ナラズシテ青色ナル者ナリ、薄クシテ光ル、其ノ気芳烈、今人多ク小柑・小柚・小橙ヲ以テ、偽リテ之ヲ為ル、慎ミテ之ヲ弁ゼザルベカラズ(下略)」。 一八 香川修庵(一六六一—一七五五)。字太仲。儒医一本論を唱えた。後藤艮山門下の古法家。 一九 一本堂薬選。正三冊享保十六年刊。続一冊元文三年序刊。香川修庵著の薬方の書。 二〇 前出(二三五頁)。 二一 駕籠かき。 二二 菩提達磨(—五二八)。禅宗の始祖。嵩山少林寺の九年面壁の坐禅で、民間に親しむ肖像に作られている。 二三 名物六帖「串童(ケャロ)」。男色を売る少年。面壁九年、尻がくさっては役に立たない。 二四 俚言集覧「腹筋をよる　おかしき事(中略)。腹の皮をよる　腹筋をよるとも云ふ」。皮と皮の口拍子。 二五 感慨をはき出すに、鼻先であしらって。 二六 悪口。 二七 日常には使わぬ、迂遠な。

跋

天狗髑髏鑒定縁起といへるは、一とせ予が戲《たはむれ》に書《かき》ちらし、大場豊《ほう》水に與《あた》へたるを、此頃《このころ》書林《しょりん》開板《かいはん》しけるを、或《ある》人見て予に謂《いっ》て曰(く)、「嗚呼《あゝ》子《し》が人を譏《そし》る事甚《はなはだ》しひかな。彼《かの》文中《ぶんちう》[一三]毉者《いしゃ》と藥店《やくてん》共に盲《めくら》とし、陳皮《ちんぴ》もしらずとは何事《ごと》ぞや。まして醫者《いしゃ》・藥屋《くすり》をや。陳皮は蜜柑《みかん》の皮《かは》にして、三歳の小兒も能(く)是を知る。此書行《おこなは》れざる以前《ぜん》、此文を削去《けづりさり》て世の嘲《あざけり》を免《まぬが》るべし」と。予答《こたへ》て曰(く)、「陳皮の事[一四]神農《しんのう》本草經《ぞうけう》には[一五]橘柚《きつゆ》と有(り)。後《こう》世二物自《おのづから》別《べつ》なり。或《あるい》は[一六]方書《ほうしょ》に橘皮《きつぴ》と記《しる》し、[一七]陳皮・青皮のわかちあり。然るを[一八]香川氏が[一九]藥撰《やくせん》に譫言《たはごと》をついてより、[二〇]古方家《こほうか》と稱《せう》する文盲《もんもう》醫者《いしゃ》ども、陳皮を捨《すて》て青皮而已《のみ》をつかふ。陰陽造化《いんやうざうくは》の理に暗《くら》く、藥をしらずして療治するは、坐行《いざり》にて[二一]轎夫《かごかき》と成り、[二二]達磨《だるま》が[二三]串童《かげま》を勤《つとむ》るに似《に》たり。蜜柑の皮より[二四]腹《はら》の皮、日頃《ひごろ》笑止《せうし》千万と思ふ[二五]息《いき》が鼻《はな》へぬけ、戲まじりに書《かき》ちらせしなり。こけおどしの大言にあらず。習ひたくば教《をしへ》てやるべし。若《もし》此[二六]惡たいを無念《むねん》に思《おも》はゞ、藥屋にもせよ醫者にもせよ、[二七]遠《とを》ひ藥はさて置(い)て、陳皮[一]一味の事なりとも、わかるといふ人有(る)ならば、來りて我と議論《ぎろん》せよ。所《ところ》は神田大和町[二]の代地[三]、一月三分の貸店《かしだな》[四]に、貧乏《びんぼう》に暮《くら》せども本名も隠《かく》れなし。」時に安永五ッのとし尻眞赤《しりまっか》いな申ノ極月[五]、借金乞にいひ訣《わけ》の暇《いとま》風來山人識。

[六]

一 漢方の語。薬品の一種。陳皮一いろだけの事でも。
二 亀井町の北、豊島町の西の一角。今の東京都千代田区内。
三 土地収公され、その代りに与えられた土地。
四 貸家。
五 昔ばなしの結び「昔まっこう猿の尻はまっかいな」によった。安永五年は丙申に当る。
六 印文「虚々」「實實」。なお初版の奥に、次のごとくある。

風来先生著述書目
当世野夫論　近刻
虚実山師弁　同
清風堂

七 安永元年の吉原細見「里の緒環」の評の意。「しづの苧環」のもじり。
八 荘周。荘子の著者。史記、荘周伝「其ノ著書十余万言、大抵率ネ寓言ナリ」。寓言はたとえ話。
九 源氏物語をさす。
一〇 漢代の詩人(漢書の司馬相如伝)。
一一 文選所収の子虚賦にみえる変ったことをいう人物。烏有もその文中の架空の人物。
一二 前出(四四頁)。

里のをだまき評自序[七]

[八]荘子《さうじ》が寓言《ぐうげん》、[九]紫式部《むらさきしきぶ》が筆ずさみ、[一〇]司馬相如《しばしやうじよ》が[一一]子虚《しきよ》・烏有《ういう》、[一二]弘法《こうぼう》大師の[一三]兎角《とかく》・亀毛《きもう》、去りとては[一四]久しひ物なり。予も亦彼虚言《かのうそ》にならひ、[一五]氣《き》のしれぬ麻布《あざぶ》先生、[一六]古遊《こいう》・花景《くはけい》の人物《じんぶつ》を設《こしらへ》て訛《うそ》八百を書(き)ちらす。[一七]針《はり》を棒《ぼう》にいひなし、[一八]火を以て水とするは、我が持まへの滑稽《こつけい》にして、文の[一九]餘情《よせい》の諺言《たはごと》なり。或は所ゝ《しよく》の地名《ちめい》なんどは、人の耳馴《みゝなれ》たるに便《たよ》りて、直《たゞち》に其名を出セども、固《もとより》作り物語なれば、實に此事の有(る)にはあらず。見る人怪《あやしむ》べからず。

[二〇]安本元年[二一]毛狐《けのえ》のはつ秋、[二二]有頂天皇《うてうてんわう》九代後胤《ノこういん》、[二三]風來散人[二四]居續《ゐつゞけ》の風呂揚《ふろあがり》、[二五]宿酒《ふつかゑい》の夢

一三 弘法大師は三教指帰で、架空人物亀毛先生、兎角散人、蛭牙公子らによってその志をのべた。兎角は兎の角、亀毛は亀の毛の意。共にありえぬことのたとえ、以上虚構弄文の先例としてあげた。
一四 流行語。もうふるくさい。
一五 「麻布で気が知れぬ」の諺による命名。その諺は前出(五四頁)。
一六 古遊は古くさい遊びをする人物の意。花景は、花街通の意か。
一七 小さいことを大きくいう諺(解説参照)。
一八 鷺を烏という類。
一九 文の景気を添える馬鹿言。妄言。
二〇 安永元年壬辰のもじり。安本丹(あんぽんたん)にかける。安本丹、倭訓栞「あんほんたん、近世の俗語也、朝鮮あさがほを耆-波-草と名づけ、其の実三粒を酒に漬けて、これを人に飲ましむれば、甚だ酔をすゝむ、是れを称してあんほんたんといふ、又よく疝を治す、あはうの転也、○或は云ふ、あんほんたんは、西南海の蛮国の名にても有るべし、六七十年ばかり以前、漂船長崎に滞留す、其の人言語不通、愚痴なりしかば、其の比の流行語に、人を軽侮して、あんほんたんといひしとも聞ゆ」。宝暦末年からの流行語。
二一 「毛」底本・初版共に「手」。意によって改。毛(けのえ)は庚(かのえ)のもじり。
二二 有頂天上を持統天皇などにもじった。有頂天は三界九地の最上天に上るから転じて、我を忘れて得意になるの意。
二三 これまでの作品中、ただ一つ「散人」と用いてあるが、風来山人と同人と見てよかろう。
二四 吉原に居続けした翌朝、女郎屋の風呂に入ることは、当時、又一種の趣とされていた。
二五 二日酔。

中に筆を採《と》る。

一

一 印文「御免候得」「タハヒ〳〵」。たわいない。仮名手本忠臣蔵、七段目、大星由良之介の宿酔の言葉「御免候へたわい〳〵」による。

二 論語の学而篇「賢ヲ賢トシテ色ニ易ヘヨ」(子夏の言で、親父即ち孔子の言ではない)。人の賢を賢として、之を好むこと色を好むが如くにする。賢徳を重んじ、容色に重きを置かない。

三 華厳経から出た語。女は外貌は菩薩のように温和で美しいが、内心は夜叉のように険悪である。

四 すっぱのかわ。かわは口拍子で添えた語。盗賊、詐欺師、かたりの意。釈迦を罵っていう。

五 歌舞伎用語。言外に意志を表示する動作。

六 理窟をいってねじこむ。

七 流行語。むこうみずに。

吉原細見 里のをだ巻評

「賢《けん》を賢として色《(いろ)》に易《かへ》よ」と、唐《から》の親父《おやじ》がむだをいひ、「外面《げめん》似《に(よ)》菩薩《ぼさつ》内心《ないしん》如《によ》夜《や》叉《しゃ》」と、天竺《てんぢく》のすつとの皮が思ひ入にはり込(ん)でも、面白ヒといふ事を呑(み)込(ん)でゐる凡夫《ぼんぶ》ども、氣短《きみじか》にいふてはいけぬと、闇雲《やみくも》に踏破《ふみやぶ》りて、あしびきの山の手に一の艸庵を構《かま》へ、自《みづから》麻布《あざぶ》先生と号《がう》する人あり。されば賤《いや》しき諺《ことはざ》に、牛は牛連《づれ》馬は馬連、同氣《どうき》相求《あいもとめ》同類《どうるい》相集《あいあつまる》の習にて、古遊散人《こいうさんじん》といへるしれもの、殘暑《ざんしよ》の見舞に來りし折節、麻布先生の門人花景《くはけい》といへる當世男來掛(か)りて、四方山のもの語、三人寄れば文殊《もんじゆ》の智恵はどこへやら、そろ〳〵と理に入(つ)て例《れい》の遊びの魂膽《こんたん》咄し、花景しかつべらしく懐中より小冊《せうさつ》を取(り)出し、「先生達も御存(じ)有(る)まじ。これこそ吉原細見の一枚摺《いちまいずり》里の緒環《をだまき》といふものなり。抑此一巻といつぱ、土橋《(どばし)》・中丁・樓下《やぐらした》の腐艸《ふさうけ》化して螢《ほたる》と成リ、今五丁町《(ごてうまち)》に光を爭《あらそ》ひ、全盛《ぜんせい》いはん方なし。京の倡妓《じよらう》に江戸のはりと、それは昔の喩草《たとへぐさ》、

八 踏破る(いましめを破る)足に、踏破の意をもたせて足曳(山の枕詞)をかける。
九 江戸の山の手。下町の対。玄同放言「今俗日本橋以西、四ッ谷、青山、市ヶ谷、北は小石川、本郷をすべて山の手といふ」。麻布は山の手である。
一〇 底本の振仮名「ことばざ」。意によって改。
一一 諺。
一二 易経「同声相応ジ、同気相求ム、水ハ湿ニ流レ、火ハ燥ニ就ク」。
一三 史記の伯夷列伝「同明相照シ、同類相求ム」。以上三つ、同趣同好のものは自然に集まるの意。
一四 愚人。転じてその道のしたたかもの。
一五 モダンボーイ。
一六 諺。凡人も三人よって相談すれば、智恵第一の文殊菩薩のような知恵がでる。
一七 こまかい立入った話になって。
一八 遊里の内幕ばなし。
一九 仲町。深川遊里の一。土橋と共に最も繁栄した。辰巳之園「吉原に昼三あれば、仲丁土橋あり」。↓補注四九。
二〇 深川永代寺門前大通山本町に火の見櫓あり、その界隈にあった岡場所。↓補注五〇。
二一 礼記の月令「季夏之月(中略)腐艸螢ト為ル」。岡場所の私娼(腐草)が吉原の遊女(螢)となったことをいう。↓補注五一。
二二 吉原大全「吉原五町まちといふは、江戸町一丁目二丁目、京町一丁目二丁目、角町(すみちやう)なり(下略)」。ここでは新吉原の遊廓全体をさす。
二三 難波鑑「さる人、長崎の寝道具にて、京の上﨟の張をもたせ、大阪の九軒町にて遊びたしと願ひしとかや」。好色一代男、六「京の女郎に江戸の張をもたせ、大阪の揚屋で逢へば、此上何かあるべき」。

今ぞ吉原深川[一]をもみまぜば[二]、両の手に梅櫻、遊のきつすい[三]喜見城《きけんじやう》[四] 此上の有(る)べきや」と、我一人呑(み)込(ん)でりきみ返(つ)て味噌[五]を上(ぐ)れば、古遊散人熟《つくづく》[六]聞(い)て、彼をだまきの一枚摺、白[七]ひ所も黒ひ所も一面《いちめん》に涙をばら〳〵とこぼし、山の手から吉原まで届きそふなる吐息《といき》をつひて申(し)けるは、「嗚呼《あゝ》笑止《しやうし》[八]なる事を承るものかな。我(が)日本は小國なりといへども、五穀豊饒《ごこくふねう》に金銀多く萬の物に事を欠《かゝ》ず。繁花《はんくわ》の地甚(だ)多し。京[九]に嶋原大坂に新町長崎の丸山をはじめ、諸國の色里かぞへ尽《つく》しがたく、各土地の風流[一〇]有(つ)て何れも面白からざるはなし。有(る)が中にもお江戸の吉原、一[一一]といふて二のなき事は人々のしるところなれば今更にいふがくだ[一二]なり。世上にて目に立(つ)器量も此里の女と競《くらべ》ては思ひの外に見おとす也。近き證據は山下[一三]にてとんだ[一四]茶釜と聞えしは一頃《ひとところ》の大評判、能々聞(け)ば吉原にて何とかいへる女郎なりしが、吉原に居た内は本の十把《ぱ》一からげ左して目に立(つ)事もなし。廓外《くわくぐわい》へ押(し)出せば掃溜《はきだめ》[一五]の鶴砂《いさご》[一六]の中の金《こがね》、飛(ん)だ茶釜の掘出し[一七]ものと大評判に及(び)しなり。斯《かく》吉原の女郎の勝《すぐれ》て宜ふ見ゆる事は、幼少よりの育《そだて》がら、立居《ゐ》振舞《ふるまい》髪容《かみかたち》第一氣《き》取[一八]を大切《たいせつ》とし、禿の時より姉女郎の仕込方あることなり。就中其古《いにしへ》[一九]、太夫・格子《かう》[二〇]の上品《ひん》に至りては、琴三絃はいふに及ばず、詩哥・俳諧《はいかい》・香・茶の湯、碁《ご》・双六・躾方《しつけ》、

一 深川一帯の花街をさす。 二 古今、春上「見渡せば柳桜をこきまぜて都ぞ春の錦なりける」による。 三 生粋。一番の上々純粋なるもの。 四 忉利(とう)天主帝釈(たいしやく)の居城。喜見城勝妙の楽しみとは、長寿を保って常に歓楽すること。遊里にたとえていう。きの音を連ねる。 五 手前味噌を上げる。いい気になってしゃべる。 六「熟」の振仮名、底本「つく〳〵」。初版により改。 七 一枚摺の細見の、文字絵などで黒く見える所にも、地紙の白の所にも。 八 片腹痛いこと。滑稽千万なこと。 九 異本洞房語園、上「諸国遊女町」には新吉原、京都島原、大阪瓢箪町を始めとして主なものだけで二十五カ所をあげている。 一〇 その土地独特の味わい。 一一 あとにつづくもののない、すなわち飛び離れていい。 一二 くだくだしい。 一三 上野山の前とその東部をいう。岡場所と盛り場があって有名。 一四 ここは山下の茶屋女林屋お筆のこと。→補注五二。 一五 思わぬ所によいものがある意の諺。 一六 上と同じ意の諺。 一七 流行語の「飛んだ茶釜」から、郭巨の釜掘りの故事で、掘り出し物にかけた。 一八 気前。気象。心だて。 一九 前出(二一一頁)。 二〇 前出(二一一頁)。 二一 やたらに情を示さない。 二二 前出(二一一頁)。 二三 散茶(のち昼三)に準じて、稍階級下るもの。明和頃の揚代は二分で、切って売ることはない。吉原大全「又附廻しといふ事、ちかき世よりはじまりて昼見せひけても、あんどうを出さゞれば、昼夜の分、火をともせば片じまいとなるなり」。 二四 己が志をまげない、いきはり。 二五 文学・音楽・絵画などの技芸。 二六 旧きことのたえざるたとえ。 二七 神仏が姿を化現すること。あの美しい菩薩があらわれ給おうと。 二八 吉原以外の公許をえない遊里。私娼地。 二九 書言字考「売女(バイ)」。

何れの道《みち》にも闇《くら》からず、諸藝《しよげい》を知(つ)て知(つ)た顔せず、見識《けんしき》有(つ)て[二二]べた付(か)ず、上方の女良などの眞似《まね》てもならぬが吉原なり。今の[二三]さんちや・[二三]付廻しは以前の太夫・格子に劣《をと》らず、[二四]意氣地《いきぢ》あり風雅《ふうが》あり、各たしなみの[二五]藝術あり。これ昔の風義殘り[二六]古川に水絶《たえ》ず。假令菩薩《たとひぼさつ》の[二七]影向《あうがう》あり。天人が天降《あまくだつ》ても負《まけ》ぬが此地の女良なり。[二八]岡場所の[二九]賣女ども、[三〇]奴《やつこ》となりて來りなば、やはり[三一]かへ玉同前に[三二]一月一貫八百ヅヽで預捨《(あづかりすて)》にして置(く)歟、さんとか松とか名をかへて、[三三]爨妾《めしたき》[三四]傅婢《こもり》にして使ふ歟、いつそ[三五]鉄炮店《てつぽうみせ》へでも追下《おつくだ》し、[三六]免許《めんぎよ》の遊所《いふしよ》と岡場所は、[三七]雲泥万里《うんでいばんり》の違《ちがい》ある勢《いきをひ》を見せてこそ吉原ともいふべけれ。いかに末世に成レばとて、岡場所の[三八]土娼《ばいじよ》共に[三九]大造《たいさう》なる名を付(け)て、[四〇]二人禿・[四一]座敷持、歩行《あるき》もしつけぬ[四二]道中、其癖稽古《くせけいこ》に骨《ほね》を折(り)、[四三]家鴨《あひる》の足どり[四四]懸絲傀儡《なんきんあやつり》、[四五]中の町の[四六]人立《(ひとだち)》に氣を登《(のぼ)》して[四七]眩轉《めをまはせ》ば跡のいざこざ面倒《めんどう》なり。又[四八]下地から吉原に居る女良もふがいなし。親方は金さへとれば、幽靈《ゆうれい》をとらまへても商《あきなひ》させ度(き)心なりとも、『イヱわつち等は岡場所の[四九]土妓《ばいじよ》衆と旁輩《ほうばい》には、得成(り)いせん』とつゝぱれば、此相談は[五〇]じやみる筈なり。吉原中に智恵がなく、女良に氣がなき故、斯のごとくに成(り)行(き)て、剰《あまつさへ》自慢そふに細見迄を拵(へ)て世上へ恥をさらすなり。岡場所の客までを引(き)付(け)ふといふ氣をやめて、客が來いでも吉原じやと、[五一]古流《こりう》の角《かど》を崩

三〇 吉原大全「又やつ子といへるものあり、是はいにしへ武家方にて不義などありし婦人を、いましめのためとて、あるひは五年三年のねんにて、此里へつとめに出すを、やつ子といひしなり。その後は端々のばい女、此里へとらるゝもやつ子といふ」。 三一 深川の伏玉の誤りか。岡場遊廓考「子供屋の外、家々に十人二十人ヅヽ、抱へ置き、其家にて売るをふせ玉ト云ふ」。 三二 一貫八百文。売る売らぬにかかわらぬ抱代であろう。 三三 名物六帖「爨妾(メシタキヲンナ)」。 三四 名物六帖「傅婢(モリノヲンナ)」。 三五 切見世(局見世)の遊女。吉原では最下級。揚代は百文の切り売り。 三六 官許の遊里は江戸では吉原のみで、後年四宿の遊里が準官許となった。 三七 天と地ほどに違うこと。 三八 名物六帖「土娼(カクシユウジヨ)」。私娼。 三九 仰山な。 四〇 昼三には禿が二人ついた。柳多留、二八「ひよつこが二羽つく籠の鳥三分」。→補注五三。 四一 自分用の座敷(二つ以上の部屋)を、遊女屋でもっている遊女。昼夜二分、夜一分の揚代以上の遊女。ここはその座敷を専有すること。 四二 揚屋廃絶後太夫に代るものとしての昼三は、仲の町の引手茶屋へ正式に客の送迎に出る時、道中を行った。→補注五四。 四三 不恰好な短い足を家鴨とたとえた。 四四 都の手ぶり、両国の橋「人形をかしらより手足まで、あまたの糸もてつけて、うたひものにあはせて、いとひきあやどりつかふを、南京のあやつりとなづけて、むかしよりこゝにておこなふ」。歩く姿態の定まらないのを、糸あやつりの人形にたとえた。 四五 前出(二二七頁)。 四六 群衆。 四七 眩転は眩暈。 四八 本来。もともと。 四九 名物六帖「土妓(カクシユウジヨ)」。 五〇 事が中途で挫折する。 五一 古い流儀の格式を崩さない。吉原にはいろいろ繁瑣な格式があり、それが、

さぬやうにじつと守《まもつ》て居る時は、奥床敷(く)見ゆる故自《をのづから》繁昌《はんじやう》する也。移《うつ》り安きは人心、上方にても一頃は、[一]祇園町・[二]嶋の内・[三]北の新地が繁昌し、[四]新町・[五]嶋原は不景氣《けいき》なりしが、近頃は又そろ〳〵と[六]餅《もち》は餅匠《もちや》へ復《かへ》るなり。思ひ付にて流行《はやる》事は[七]一花《いつくは》計でさめ安し。當年の[八]俄なども初は手がるくておかしかりしが、後は段〻[九]おもくれて、役者の声色[一〇]門をどり、[一一]何やらに似て氣の毒なりと心有(る)人〻の評判も有(り)しぞかし。病に應《きか》ぬ[一二]まや藥は、[一三]いやゐを抜独樂《ぬきこま》をまはし、いろ〳〵にしやべらねば賣(れ)ぬ故に[一四]もがけ共、眞《しん》に病に應《きく》藥はだまつて居ても買(ひ)に來るなり。料理で[一五]落を取(ら)ふとしたり、さま〴〵の思ひ付は、まや藥を賣(る)同前で女郎の恥と心得べし。又藝者・幇間《たいこもち》も、岡場所にまぎれぬやうにと不断の心得第一なり。かくいへばとて必(ず)しも大(き)な面《つら》はせぬがよし[一六]米が安ふても江戸は江戸なり。買人《(かひて)》の來ぬは[一七]地合が惡いか、染様が氣に入らぬか、模樣が當世にむかぬかと、[一八]代物《しろもの》に氣は付(か)ず、[一九]あぢな所に骨を折(り)、今の様に段〻と思ひ付がかうじたら、[二〇]中の町に[二一]男倡《かげま》茶屋、[二二]大門口で夜鷹《よたか》が引(き)とめ、[二三]大どぶに舩をつなぎ、[二四]舩饅頭《まんぢう》が出よふもしれず、モフそろ〳〵と此節は、岡場所が吉原歟、吉原が岡場所歟、我がおれ歟おれが我歟、女良と賣女のつかみ賣、[二五]何でも撰取《よりどり》十九文、扨苦〻敷(き)事なり」と眉をしかめて申(し)ける。

一つの特色であった。→補注五五。

一 底本「祇」。意によって改。京都東山祇園社前の遊里。宝永正徳の頃から青楼妓館の地となって、やがて島原を圧するに至った。二 大阪島の内にあった遊里。三 大阪北部の遊里。四 大阪の公娼街。五 京都の公娼街。六 前出(一三七頁)。七 かりそめの流行。八 吉原俄。前出(二二九頁)。九 しつこくなって。一〇 茶屋・女郎屋の門前に呼ばれてするおどり。一一 非人の大道芸や大黒舞をさす。一二 まやかしの薬。一三 初版振仮名「こま」なし。松井源左衛門・同源水やその流の大道売薬者のこと。→補注五六。一四 じたばたする。一五 喝采を博する。一六 →補注五七。一七 織物の地質。一八 商品(遊女)の欠点に気がつかずに。一九 一風変った。妙な。二〇 仲之町に、引手茶屋のかわりに陰間茶屋を置く。極端な場ちがいの滑稽。二一 陰間をよんで遊ぶ宿。二二 吉原の大門(正門)で私娼の夜鷹が客を勧誘する。二三 新吉原の廓の三方を廻る溝。二四 前出(一八七頁)。二五 後出(三一一頁)。舟に客をよび込み売春した。二六 百物語、上「心をつくして習ひなばなどかならひえざらん、歌に、植ゐて見よ花のそだたぬさともなしこゝろがらこそ身はいやしけれといへり」。二七 吉原細見。風来山人序。安永三年刊。序の文に「或は骨太毛むくじやれ、猪首獅子鼻棚尻、虫喰栗のつゝくるみも、引け四ツの前後に至れば余って捨るは一人もなく」。二八 骨格が頑丈なこと。二九 毛むくじゃら。毛深いこと。三〇 首の太くて短いこと。三一 高くつきでた尻。三二 上方から江戸に送られた細工品。安物が多かった。例えば、我衣に「下リガサ(中略)下リ女ガサ(中略)下作ナリ」。三三 奢ったり贅沢した其時花景銀烟管《ぎせる》を取(り)直し、灰吹をくわち〱と敲《たゝき》あざ笑(つ)て曰(く)、「古遊子の論、高きに似て甚(だ)低《ひく》し。されば古哥にも『[二六]植《うへ》て見よ、花の育(た)ぬ里もなし、心がらこそ身は賤《いや》しけれ』、同じ天地の間に生ずる人間、國をわけ郡をわけ、村をわけ里をわけて、其品を論ずるは僻事《ひがごと》なり。いかにも吉原は日本第一の遊所にて、女の姿勝《すぐ》れたりといへども、百人が百人千人が千人ながら能(い)と定(め)たるにもあらず。[二七]細見鳴呼《あゝ》お江戸の序に有(る)ごとく、或は[二八]骨太《ほねぶと》・[二九]毛むくじやれ、[三〇]猪首《いくび》・獅子鼻《しゝばな》・[三一]棚尻《たなつちり》の類《たぐひ》なきにしもあらず。吉原の女郎なればとて、代々其家筋有(り)て女郎が女郎を産(む)にもあらず。腹の中から誂(へ)て拵《こしらへ》させるにもあらず。又岡場所の女良とて[三二]下り細工の出來合にもあらず。親兄弟[三三]栄耀《ゑよう》栄花で賣(り)もせず。為事《しやうこと》なしの[三四]廻り足、吉原へ行(き)岡場所へ行(く)も皆夫々の因縁《いんゑん》づく、能(い)も有(り)悪いもあり。[三五]江戸前[三六]うなぎと旅うなぎ程旨味《うまみ》も遠はず、[三七]下り酒と[三八]地酒ほど水の遠もあらざれば、吉原にも[三九]絲瓜《へちま》有(り)、岡場所にも美人あり。又『[四〇]幼少からの育テがら、立居ふるまい髪容《かみかたち》、第一氣どりを大切と』此詞又非なり。[四一]習性《ならいせい》と成(る)といへば、鉢木の梅・[四二]うけぢの松、[四三]仕込にもよるべけれど堯の子[四四]丹朱不肖《たんしゆ(ふ)しやう》なり。[四五]舜の子も亦不肖なり。[四六]三年磨(き)ても無患子《むくろじ》は黒く、十年煮ても石は硬《かた》し。又[四七]龍文鳳姿《りようぶんほうし》とて生(ま)れながらに能

りする為に売ったのでもない。三四 廻り合せ(運命・境遇)に、下の文の行くにかかって、足をつけた造語。三五・三六 江戸近海、特に品川・芝附近の海を江戸前というが、鰻については、物類称呼に「江戸にては浅草川深川の産を江戸前とよびて賞す。他所より出すを旅うなぎと云ふ」とある。三七 上方から江戸に移入する酒。伊丹池田産を主とし、水質のよさをもって、佳酒として賞味された。三八 万金産業袋「総じて江戸にては一切地造りの酒はなし、時として今繁花の江戸、(中略)日夜朝暮につかふ酒、多はみな右にいへる、伊丹富田あるひは池田の下り酒也、(中略)扨此外に、少しは江戸の地酒も有り、信州の上田ざけ、尾州の名古屋もろはく、地まはり奥酒なんどとて、取りまじへ売用すれども、所詮下り酒とのみくらべては、いづれにもにがみ有るやうにて、京にて至極次なる新酒の淡き味より色うすく気浅くて、さすが田舎の水すぢあらはれ、各別味ひよろしからず」。三九 醜婦の形容。四〇 前出(二九〇頁)。四一 書経「習ヒ性ト成ル」。習慣が、第二の天性となる。四二 未詳。四三 訓練。四四 史記の五帝本紀「堯子丹朱之不肖ニシテ天下ヲ授クルニ足ラザルヲ知リ、乃チ権ヲ舜ニ授ク」。四五 孟子の万章上篇「丹朱之不肖、舜之子亦不肖」。四六 諺「無患子を三年磨く」。無患子は落葉喬木、種子は羽子に使う。物類品騭の果部「無患子(ムクロジ)」。物の個性の変えがたいこと。四七 風采すぐれて立派なの意の竜章鳳姿(晋書の嵇康伝)と混同したものであろう。竜章は、将来大成せんとする有望の小児。鳳姿は気高い姿。すぐれた天性・資質の意であろう。

(き)ものあり。八丈嶋で[一]八端《たん》がけを織《をり》、[二]王子《わうじ》から[三]菊之丞が出(で)たれば、[四]土橋・[五]中丁は扨置(き)、[六]根津・[七]音羽・[八]萊菔圃《だいこばたけ》にも[九]楊貴妃《やうきひ》・[一〇]西施《せいし》が有(ら)ふもしれず。扨又當世に疎族《うときやから》、[一一]深川の風流なる事をしらず。只一口に岡場所とのみ覚(え)たるは片腹いたき事共なり。吉原の地は北陰《ほくいん》にかたより、一方口にして道遠く、くはだてざれば行(く)事ならず。深川の地は陽氣にして偏《かたよ》らず。船の通路自由にて、[一二]牡蠣《かき》店の牡蛎《かき》、[一三]文蛤町《はまぐりてう》の文蛤、鰻鱺《うなぎ》は[一四]黑江丁に名高く、[一五]鴈金焼《かりがねやき》は万年丁《まんねんてう》にかくれなし。[一六]竹子《ちくし》の調味《てうみ》、[一七]升屋《せうおく》が洒落《しやれ》、[一八]二軒茶屋、二軒に限らずして栄《さか》え、[一九]塩濱塩を焼(か)ざれども賑ふ。[二〇]角力《すまい》あり、[二一]開帳あり、[二二]山開あり、[二三]夜宮あり。[二四]木場の[二五]岡釣には[二六]太公望《たいこうばう》も[二七]歩《あゆみ》をはこび、[二八]三十三間堂の[二九]大矢數には[三〇]養由基《やうゆうき》も汗を流す。[三一]新地の名いつとなく古《ふり》、[三二]石場の人自《おのづから》和《やは》らぎ、追ゝ客の[三三]入船町、遊びの跡を[三四]直助《なほすけ》屋敷、[三五]表楼《おもてやぐら》・[三六]裏楼《うら》、[三七]裾継《すそつぎ》・[三八]やぐら・[三九]佃《つくだ》新地、中にも土

一 上質の八丈縞。黒・黄色で縞がらはさまざま(万金産業袋)。八丈島のような辺鄙から八反掛の如き上品が出る。二 今東京都北区内。三 二世瀬川菊之丞。前出(四二頁)。四—八 前出(志道軒伝補注四六)。九・一〇 中国の代表的美人。

一一 最大、最繁昌の岡場所。一二 深川の地名。牡蛎以下のものは深川の名物の列記(富貴地座位・江戸名所図会)。一三 蛤町。深川の地名、魚市場があった。続江戸砂子「深川蛤　佃沖、弁天沖、秋の末より冬に至る、貝こまかにして、すぐれて大きなるは稀也」。一四 黒江町。深川永代橋の東、福島橋から富岡門前、富岡橋に至る間の町名。続江戸砂子「大きなるは稀なり、中小の内小多し、甚だ好味也」。一五 深川万年橋附近雁金屋茂左衛門店の名物の菓子。江戸惣鹿子増補「深川万年町雁金焼」(富貴地座位にも)。一六 種おろし(安永十、武江年表所引)の料理茶屋の条「深川竹市、同洲崎升屋」。「竹市」を音読したもの。一七 深川洲崎の料亭桝屋(ますや)宗助を音読したもの。作りが立派であった。一八 深川富岡八幡宮境内にあった二軒の茶屋、松本・伊勢屋を指すが、明和頃すでにこの二軒の外に茶屋が櫛比していた。一九 深川の地名。前出の種おろしの料理茶屋の条「塩浜大紋や(中略)深川八幡宮二軒茶屋」。ここも料亭大紋屋のこと。二〇 前出(二二九頁)。二一 神社仏閣の秘仏・神体を、一定期間をかぎり見せること。すでに興行化していた。二二 岡場遊廓考「毎年三月廿一日より(廿八日まで)、大師御影講に永代寺の庭をひらき、諸人爰に群参して遊宴す、是を山ひらきと云々」。二三 深川八幡宮の宵宮。二四 深川木場町、今東京都江東区。二五 岡釣りの面白さには、あの太公望もやってくるほどである。二六 呂尚。渭水に釣した故事からいう。前出(七

橋・中丁には全盛の君多く、川には[四〇]舩筏《ふないかだ》を組《くみ》、陸《くが》には轎夫《かごかき》の屯《たむろ》をなす。[四一]送りむかいの[四二]提灯《てうちん》は宇治の螢の飛(び)かふがごとく、茶屋に持(ち)込(む)[四三]寐衣《ねどうぐ》は[四四]鳴門《なると》の濤《なみ》の寄(する)がごとし。間《ま》毎《ごと》の座敷はれやかにして、山海《さんかい》の美味《びみ》[四五]割《きりめ》を正《たゞ》し、藝者の調子尋常《よのつね》に勝《まさ》り、さはぎの小哥天下に類《るい》なし。世上の[四六]女の羽織着《きる》と、[四七]サツサヲセ〳〵の[四八]浮拍子も皆此里を始とす。又女郎の氣象《きしやう》をいはゞ、[四九]夜店といへる退屈《たいくつ》なく、或は[五〇]裏《うら》の[五一]三廻目《さんくわいめ》のとわけ隔《へだて》た仕内なく、[五二]新造《しんざう》・[五三]袖とめ・[五四]座敷の普請《ふしん》、簞司《たんす》・長持・夜具・諸道具、抱《かゝへ》の仕着せ・茶屋・舩宿、牽頭《たいこ》・末社《まつしや》の[五五]付ヶ届、[五六]紋日の數〳〵暮《くれ》のやりくり、無心《むしん》工面《くめん》の責《せめ》もなく、同じ勤《つとめ》といひながら、内證の苦しみ薄く、自然と心のびやかにて、氣象に微塵《みぢん》もいやみなし。今吉原へ押(し)出(し)てもあまり跡へは下らぬなり。是でも岡場所と賤しむや」と顔を赤めて論じければ、麻布先生莞爾《にこ〱》と打(ち)咲《ゑみ》て曰(く)、「御兩

八頁)。二七 わざわざ行くこと。二八 深川八幡宮東に浅草松葉町から移建し、大矢数はここで行われた。二九 大矢数とは暮から翌日の暮まで通して矢を射つづけること。その矢数をきそった。→補注五八。三〇 振仮名まま。中国の昔、楚の弓の名手。三一 深川新地。→補注五九。三二—三四 前出(志道軒伝補注四六)。「直助」は遊びを直すとかかる。「直す」は前出(一八七頁)。三五—三八 深川の岡場所。→補注六〇。三九 前出(志道軒伝補注四六)。四〇・四一 後年のものであるが寛天見聞記は、岡場所の盛時天明前後を叙して、「仲町を初め其外の娼婦、客の迎ひとて屋根船にのり、舟宿まで行く事あり、又おくりとて、客とゝもに舟に乗り行くあり、皆衣類髪の飾り美を尽し、時花ものを専らとして高金の品を用ゆ、此舟春夏の頃は、両国川あたりに、納涼花火などに遊ぶ事有り」としている。→補注六一。四二 宇治川は螢の名所。四三 深川仲町・土橋などでは夜具は茶屋より出さず、遊女が持ち込んだ。→補注六二。四四 鳴門海峡は潮流が早いことから次々と持ち込むのをたとえた。四五 論語の郷党篇「割(きりめ)正シカラザレバ食ハズ」。四六 嬉遊笑覧「はおり芸者とは、深川のげいしやより云ふ」とあり、この羽織より女子の羽織は流行した。→補注六三。四七 囃し言葉。風流志道軒伝、一「サツサヲセ〳〵おせゝのかば焼」。四八 浮かれた拍子。浮かれ拍子。四九 前出(一一八頁)。五〇 裏は前買った遊女を次も買うこと、初会に対して裏をかえすという。五一 三廻目は三回目、この時から初めて馴染となり、それぞれ煩しいしきたりがあった。風流志道軒伝、三「二度目に行を裏返すとなんいへるは塗工(しやくはん)よりいひ出し」。五二 吉原では禿が十三四歳になれば振袖新造として遊女となる。

所の争《あらそ》ひ最前より承る。各一理《いちり》なきにしもあらず。去ながら[一]井《ゐ》の内《うち》の蛙《かはづ》大海をしらず。夏の虫氷《こほり》を笑ふの論なり。夫古より著《いちじる》しきは、[二]江口・[三]神崎・[四]野上の里、[五]大磯・[六]假粧《けはい》坂の類、其名残《のこ》りて今はなし。實治《げにをさま》れる御代の御ン恵《めぐ》み、繁花の地は都鄙《とひ》を限らず色里多きその中に、[七]押(し)出シたる免許《めんきよ》の地あり。[八]擬者《なぞらへもの》あり、[九]かくしもの有(り)、[一〇]地者有(り)、[一一]はんかあり。其品々をいはゞ、[一二]傾城・[一三]湯女、[一四]白人《(はくじん)》・[一五]踊子、[一六]比丘尼《びくにン》・[一七]飯盛・[一八]綿つみ、[一九]夜鷹・[二〇]蹴轉《け(ころば)》し・[二一]舟饅頭《まんぢう》の類《たぐひ》は、[二二]小哥にも出たれば人々の知るところなり。近年[二三]提鑑《さげぢう》と稱するは、持はこびの手輕きよりいひはじめ、[二四]山猫と名付(け)しは化(け)て出るといふ事ならん。又[二五]地獄《ごく》とあだ名せしは、其初清左衞門となんいへるもの、此事を企(て)けるを、箱根の[二六]清左衞門地獄にもとづきて、仲間の者の合詞に、地獄〱といひしより、今は其名とは成(り)けらし。[二七]ものゝ名も所によりて易《かは》るなり。浪華《なには》にては[二八]惣嫁《そうか》といひ、[二九]伊勢の鳥羽・[三〇]あのりにては[三一]走リがねと呼(び)、[三二]古市にては[三三]あんにやといふ。伊豆の[三四]下田に[三五]せんびりあり。[三六]松崎に[三七]くねんぼあり。[三八]丹後に[三九]しやらかう[四〇]越後には、[四一]冷水《ひやみづ》・[四二]浮身《うきみ》・[四三]あをのごあり。[四四]長門の萩《はぎ》に[四五]かごまはし、[四六]下ノ関にて[四七]手拍《たゝき》とは舩を見掛(け)て手をたゝくより号《なづ》く。[四八]肥後に[四九]きぶし[五〇]長崎に、[五一]はいはちあり[五二]小女性《こねしやう》有リ。[五三]信州上田《うへだ》に[五四]べざいあり、[五五]松本に[五六]張箱《はりばこ》あり、[五七]加賀に[五八]化鳥《けてう》[五九]名護屋《なごや》に[六〇]もか、[六一]出羽奥州

そのひろめの費用は皆姉女郎の負担であった。→補注六四。 五三 前出(一三一頁)。 五四 座敷持以上の遊女はその座敷を、その遊女の責任において、手入造作などせねばならず、諸道具で飾り立てることも流行し、遊女とその馴染の客にとって大きな負担であった。「箪司」は底本「単司」。 五五 時折や、その場その場の心づけや贈物。 五六 物日。前出(五五頁)。

一 諺。荘子の秋水篇「井蛙以テ海ヲ語ル可カラズ、(中略)夏虫以テ氷ヲ語ル可カラズ」。 二 平安時代、神崎・蟹島と共に栄えた摂津国淀川にそう遊里。 三 江口の下流に位置した遊里。 四 美濃国関が原と垂井の間の宿。遊里として栄えた。 五 相模国大磯の宿の遊里、鎌倉時代に栄えた。 六 相模国鎌倉の遊里。 七 誰にも知れ渡った。有名な。風俗文選、湖水賦「山といへば延暦寺をさす、寺といへば園城寺にきはまり、共におしだしたる霊場なり」。 八 公娼に準じたもの。宿場女郎などをいう。 九 隠し売女。 一〇 素人の風で売春するもの。 一一 未詳。半化か。 一二 官許の遊里の遊女(洞房語園)。 一三 風呂屋のあかかき女と称して、売色したもの。洞房語園補遺「寛永十三年の頃より、町中に風呂屋といふもの発興して遊女を抱へ置、昼夜の商売をしたり、是よりして吉原衰微したる也」。 一四 前出(一八八頁)。 一五 前出(七九頁)。 一六 私娼の一。前出(一七三頁)。 一七 宿場の私娼。おじゃれ。 一八 表むき綿つみの女工と称して、売春した私娼。教令類纂「宝永六己丑年六月 一町中に遊女を綿摘抔と名付隠置候儀、前々より停止之旨申付候処、頃日猥に売女抔差置候之様相聞不届候」。 一九 前出(二七七頁)。 二〇 けころとも。前出(一七三頁)。 二一 前出(一八七頁)。 二二 うか

に[六二]根餅《ねもち》とは、其初の女共蕨《わらび》餅を賣(り)ける故、其名とは成(り)ける也。[六三]津輕にて[六四]げんぽといひ、[六五]南部にて[六六]おしやらくと呼(ぶ)。[六七]松前にて[六八]藥鑵《やくわん》といふは、[六九]尻が早(い)といふ事なり。尊きと賤しきと、善《よひ》と惡ひの差別《しやべつ》はあれども、情《なさけ》を賣(る)は一ッにて、極意に至り至りては粋《すい》もなく野夫もなく、無中に有《う》あり有《う》中《ちう》に無有(り)、尊きと美しきが面白(き)にも限らず、賤しきと醜《みにくき》が面白からざるにもあらず。それ相應の樂《(たのしみ)》にて、[七〇]撮千魚《めだか》は[七一]石菖鉢《せきしやうばち》をめぐり、鯨《くじら》は大海をおよぐ。牡丹も花なり野菊も花なり。夜鷹・舩まんぢうを樂む者は鼻の落(ち)るをこと共せず。岡場所に遊ぶ人は岡場所を最上と心得、吉原よりも勝れりと思ふ。花景丈の味噌を上(げ)る、女の羽織は世の風俗を乱り跡先しらずの浮拍子は遊に風情ある事をしらず、是岡場所の惡風儀也。又内證の苦み薄く自然と心のびやかにて氣象に微塵《みぢん》もいやみなしとは、[七二]鮑魚《はうぎよ》の肆臭《いちぐらくさき》ことを覚へず、深川に遊んで深川の[七三]穴をしらず。夫彼地の女良は[七四]鞍《くら》替ものあり[七五]つき出しあり。甚しきに至りては人の女房を賣(る)もあり。或は女郎の身で[七六]新子をかゝゑ、我(が)身を買(つ)て[七七]めくりを打(ち)、[七八]掛金《がね》百落しの[七九]下《げ》卑《び》有(つ)ていけもせぬ癖《くせ》人を茶にし、客の前にて呫(き)合(ひ)、[八〇]一字はさみであて[八一]付(け)たり、哥の唱哥《が》の[八二]耳こすり、[八三]亭主の身替りの[八四]れん替、前の家名は風呂敷に殘り、大工は[八五]しがく所に工夫をこら

れ草「嚊は饅頭で爺船漕ぎやる。×の×す内、あちらのはうをつんむいて、ほんほに腹も立ちや物も立つから、ヨイカエ」。二三　提重箱に食物を入れ、勤番者に食物を売る名目で売春した私娼(嬉遊笑覧、九)。二四　前出(七八頁)。二五　嬉遊笑覧「安永の初より江戸新大橋際三俣を埋立て、斯地を築き是を富永町と名付け、みせもの芝居茶店とも出来、夜は灯火多く点じて夏日納涼の勝地となる。売女さへ多く出来て是を地ごくと呼べり」。二六　平左衛門の誤りであろう。箱根の火口原には地獄が多く、今大地獄、早雲地獄、小地獄などがある。平左衛門地獄はその一。↓補注六五。二七　尤の草紙、下「物の名も所によりてかはりけり、難波の芦は伊勢の浜荻」。二八　物類称呼「夜発　やほち、和名、京大坂にて○そうかといふ」。二九　鳥羽は志摩国志摩郡。伊勢と誤ったもの。三〇　前出(一八八頁)。三一　物類称呼「遊女(中略)同国(伊勢)鳥羽にて○はしりかねと云ふ」(岩田準一著志摩のはしりかね)。三二　前出(一八八頁)。三三　物類称呼「伊勢ノ山田にて○艶女(あんにや)といふ」。三四　前出(一八八頁)。三五　下田の俚諺「せんびり虫が取り付いたやう」という。男にとりつくものの意(売春婦異名集)。三六　伊豆の賀茂郡の港町。三七　未詳。三八　今京都府。三九　洞房語園「越前の三国あたりにては、遊女の別名をしやらといふ」。同系の語であろう。四〇　新潟県。四一・四二　物類称呼「遊女(中略)又越前越後の海辺に浮身と云ふ物有り、是は旅商人此所に逗留の内女をまうけて夫婦の如くス此家を浮身宿と云ふ」、太平楽巻物「越後国ではうき身といひ、又ひや水となづくるは、ひつふかひといふ事なり」。四三　未詳。四四　山口県萩市。四五　未詳。四六　山口県下関市。四七　越後の寺泊にも同名の

し、[一]一二三王玉《ひいふうみいよぎよく》と名付(け)、流れ渡りの岡場所と、万代不易の吉原をくらべ物には成(り)がたし。又吉原の裏《うら》・三廻《さんくわい》は扱置(き)、詞つきからもの日の左法《さほう》、仕着せ衣裳の模様《もやう》迄、古風を少(し)も易《かへ》ざるが此地の尊き所なれども、未熟《みじゆく》の人の知る所にあらず。又古遊子の議論《ぎろん》尤なる事ながら、これも去(り)とはいらざる世話なり。今吉原の女良少しといへども[二]三千人に餘れり。岡場所より來れるは多しといへども[三]五十人に過(ぎ)ず、孟子《もうじ》に所謂《いはゆる》、『[四]諸《もろ〳〵の》楚人《そひと》これを咻《かまびすしふ》せば』多勢に無《ぶ》勢叶ひ申さず。岡場所の惡風義もいつとなくそろ〳〵と吉原風に変《へん》ずるなり。必(ず)しもいとふべからず。[五]山は塊《つちぐれ》を辞《じ》せず、海は細流《ほそきながれ》を辞せず、日の輝《てら》すがごとく鏡の移《うつ》すがごとく、廣大無邊《くわうだいむへん》の[六]取込《(とりこみ)》勝負、六十餘州の人心千差《せんじや》万別《まんべつ》の物好《ものずき》、粋《すい》は粋《すい》だけ面白がり、鈍漢《こけ》は鈍漢《こけ》程嬉しがる。萬兩も一夜につかい、[七]百疋で二度も行(か)れる、勝手次第の衆生済度《しゆじやうさいど》、廣《ひろ》いが吉原、つかへぬが吉原、[八]花は三芳野女郎は吉原、他所の櫻を芳野へ植(ゑ)ても、即(ち)吉野の櫻なり。岡場所の私娼《ばいくじよ》でも吉原へ來りたれば、直《すぐ》に吉原の[九]倡妓《じよらう》なり。[一〇]美《よひ》と惡《わる》ひは手に取(つ)て御覧《ごらふ》じやれ」。

[一一]甲午の初烌

風來山人書

私娼があったという。四八 熊本県。四九 未詳。五〇 長崎市。五一 物類称呼「夜発(中略)長崎にて○はいはちと云ふ」。灰吹銀八分の値の意。五二 未詳。五三 長野県上田市。五四 船又は弁財の転かという。五五 長野県松本市。五六 善光寺道中金草鞋の下諏訪の条「此宿のおじやれ女のことを針箱といふ」。五七 石川県。五八 未詳。五九 名古屋市。六〇 物類称呼「同国(伊勢)及び美濃にて○もかと云ふ」。守貞漫稿、二十二娼家「地獄　京阪にて白湯文字と云ふ、名古屋にて百花と云、もかと訓ず」。六一 東北地方。六二 物類称呼「出羽秋田にて○ねもちといふ」。六三 青森県。六四 未詳。六五 岩手県。六六 物類称呼「奥州にて○をしやらくといふ」。六七 北海道西南部。六八 物類称呼「奥州松前にて○やかんといふ」。六九 尻が軽いに同じ。七〇 出拠未詳。大和本草も目高の漢名未詳と。七一 石菖蒲を入れる平たい水鉢。身分相応、分際相応の意。七二 悪習慣。孔子家語「不善人ト居ルハ、鮑魚之肆ニ入ルガ如シ、久シクシテ其ノ臭ヲ聞カズ、亦之ト化ス」。七三 欠点。七四 前出(一八五頁)。七五 新しく出る妓。七六 深川遊里の用語で、初めて披露して出た妓。七七 当時流行のカルタばくち。→補注六六。七八 下顎の骨の顳顬に連なる所。掛金百落しとは、顎が外れるほど大食するの意か。風俗文選、嘲宵惑「大あくびにかけがねをはずし」。七九 食いしんぼう。下品。八〇 深川流行のはさみ言葉。→補注六七。八一 皮肉をいったり。八二 あてこすり。八三 家同じくして、経営者のかわること。八四 経営者同じくして、屋号をかえること。八五 志覚。工夫をする所。深川には舟大工が多かつた。

一 未詳。二 吉原遊女の数は嬉遊笑覧、九「後世

跋

童謡《どうよう》に曰(く)、[一二]五尺體《しやくからだ》が三尺解《とけ》て、跡の三尺はちぎる様《よ》な。謹《つゝしん》で按ずるに、解《とけ》るが如くちぎるがごときもの、[一三]海参《なまこ》に藁《わら》あり、人に人あり。或は[一四]新五左・石[一五]部金吉も、一度吉原の風に當れば、其柔《やはらか》なること[一六]山屋の豆腐のごとし。我(が)風來先生嘗《かつて》いへる事あり。豆腐は軟《やはらか》なるをいとはず、遊は和《くは》するを厭《いと》はず。しかはあれども若《もし》豆腐に[一七]膽水《にがしほ》を入(れ)ざれば、[一八]練酒《ねりざけ》のごとく[一九]米柑水《しろみづ》の如く、遊の節〻《ふしぐ》に[二〇]極《きまり》なければ、[二一]闇夜に鉄炮を放《はなす》に似たり。我に極《きまり》あれば先の是非自《をのづから》明《あきら》けし。酒の失《しつ》をしらざれば、酒を呑(み)て酒に呑(ま)れ、遊所の是非を弁《わきまへ》ざれば、遊所に行(き)て前後を忘ると、宜《むべ》なるかな此言《こと》。手前に一箇《いつこ》の[二二]曲尺《まがりがね》ありて、能(く)人の長短《ちやうたん》をしり、今此をだまきの評を著《あらは》す。彼義士[二三]大星由良殿の敵程にはあらずとも、人皆願有(り)望あり。望は本なり遊は末なり。[二四]本を外にし末を内にすることなく、身の分限をしりて程〻に遊(び)なば、[二五]一時《いつとき》の栄花に千年《ちとせ》を延《のぶ》るとやいはん。

繁華おとろへたりといへども享保五年の丸鑑に、散茶女郎ばかり二千人にちかしとあれば、其他準へて知るべし、天明六年遊女禿すべて二千二百七十余人、享和の初、三千三百十七人、文政八年三千六百人」。三 延享年間、岡場所から吉原へ移された私娼の数は嬉遊笑覧によると、多くて平均六十人程度である。↓補注五一。

四 孟子の滕文公下篇の孟子・戴不勝の対話による。善をすすめるものがすくなく、悪をすすめるものが多いこと。「咻」は底本「啉」。孟子の本文により改。↓補注六八。五 十訓抄、一「文にいはく、山はちひさき壌をゆづらず、此の故に高きことをなす、海は細きながれをいとはず、此の故に深きことをなす」。吉原の大いさを讃えている。六 入りこんだ勝負。ごちゃまぜの勝負。七 百疋は銭一貫文。吉原でも四六見世ならば大体二度遊べた。八 諺「花は三芳野人は武士」による。九 名物六帖「倡妓(ケイセイ)」。一〇 大道商人の口上をまねた。一一 安永元年。

一二 半日閑話、安永三年の条に「飴売十七八の歌」の中に「十七八とねた時は五尺のからだが三尺とけて、跡の二尺かちんぬるやうだの引、ヲ、ちんぬるやうだのコウダ」。一三 諺「海鼠を藁で括ったよう」「海鼠を藁でつなぐ」などによる。海鼠を藁で括れば縮んで次第に消失する。

一四 前出(一二八頁)。一五 前出(一三二頁)。

一六 吉原揚屋町にあった有名な豆腐屋。一七 書言字考、一「胆水《ニガシホ》《ニガリ》」。一八 白酒の類、濃く粘気あり、甘味に富む。筑前博多練酒が有名。

一九 柑は泔に同じ。米の洗い汁。泔水。二〇 しまり。

二一 あてどもなく行為することのたとえ。

二二 標準。尺度。二三 飛だ噂の評「大石内蔵介も遊里に在(り)ては、面白き事風流の士とさのみ替る事なし。只敵を討(つ)事を忘(れ)ざる也」。

二四 本末顚倒することなく。 二五 謡曲の邯鄲「栄花の花も一時の」。「御年一千歳まで保ち給ふべし」。

一 森島中良の戯号。

二 印文「和光」「同塵」。

三 里のをだ巻評の初刷本の奥附は次の如し。

△風來先生著述目録

放屁論　出来

痿陰隠逸伝　△仝

△野夫論　△近刻

△虚實山師辨　△仝

東都書林　春寿堂梓

△印の所はこの六部集の底本に利用されている。

安永三年甲午秋七月

門人無名子[一]誌 [二]

風來先生著述書目[三]

風來かな文選　仝

野夫論　近刻

虚實山師辨　仝

江戸下谷池之端仲町通リ

書林 大觀堂　伏見屋善六

神靈矢口渡

五段續役割

段	場	太夫
初段	大序	豊竹伊太夫[一]
	中	豊竹新太夫[二]・豊竹八十太夫[三]
	切	豊竹村太夫[四]
二段目	口	豊竹門太夫[五]・豊竹志名太夫[六]
	中	豊竹伊久太夫[七]
	切	豊竹絹太夫[八]
三段目	口	豊竹折太夫[九]・豊竹新太夫
	中	豊竹村太夫
	切	豊竹住太夫[一〇]
四段目	道行	豊竹村太夫・豊竹伊久太夫
	口	豊竹鹿太夫[一一]・豊竹伊久太夫
	中	豊竹絹太夫
	切	豊竹住太夫
五段目		豊竹鹿太夫

千秋万歳樂

一 義太夫執心録にのる太夫番付に所見。
二 江戸外記座の座元。初代豊竹肥前掾門で三代目の新太夫。↓補注一。
三 豊竹岡太夫門人。大阪の人(浄瑠璃大系図)。
四 中村源治郎。前号八義太夫。執心録「(前略)矢口三の中と道行とも評判よく(中略)、何を語られてもちつと長ひと申せども、声がよくて遣ひ廻しが上手也」(評判鶯宿梅にも評あり)。
五 未詳。
六 執心録の太夫番付に所見。
七 執心録の太夫番に付所見。やわらかで浮いた派手な声の持主。二の中、島台献上のふし事に適した。ちやり場も上手。
八 豊竹此太夫の門。通称理介。執心録「明和七年に下られ矢口渡二の切と四の中大出来で、其後七段目のかけ合平右衛門評判よろしく」。
九 評判鶯宿梅(安永十)「当世の愛敬男にて人ずきあり、時〳〵歌舞伎座へ勤められ、そが祭などの俄に出られ、其元気たくましく、芸道も気につれて段〳〵の上達(下略)」。ちやり語りの上手。三の口のちやりが持ち場。
一〇 又、竹本姓を称す。田中文蔵。屋号丸屋。二代目竹本政太夫門。しばしば江戸に下り、石町に住み、石町の親玉(執心録)とうたわれた名人。文化七年没(浄瑠璃大系図など)。評判鶯宿梅に「過ぎし矢口の三の切もあたりはづさず」。執心録に「矢口新浄瑠り三四とも大当り(中略)、其次が矢口渡益〳〵大当り、今にも抜本にて御存じ住太夫大手柄なり」などあって、この後、矢口渡を得意とした。
一一 浄瑠璃大系図に、豊竹麓太夫の門人で、伊勢の人にこの名あり、その人か。

神靈矢口渡

座本　豊竹新太夫

大序
南朝大内の段

[一]序詞 楚辞《そじ》[二]に曰《いはく》。身《み》[三]既《すで》に死《しゝ》て神以《しんもつ》て靈《れい》なり。子《し》が魂魄鬼《こんぱくき》の雄《ゆう》となる。されば國《こく》事《じ》に死《し》する者《もの》。精神强壮武毅《せいしんきやうさうぶき》長《なが》く。百鬼《ひやつき》の雄傑《ゆうけつ》たるとかや。遠《とほ》く古《いにしへ》を考《かんがふ》れば。異國《いこく》の伯有我朝《はくゆうわがてう》[四]の。菅家《かんけ》[五]の例《ためし》目《ま》[六]のあたり。武藏《むさし》[七]ノ國荏原《くにえばら》の郡《こほり》。矢口《やぐち》の村《むら》に鎭座《ちんざ》まします。新田大明神《にったたいめうじん》[八]の御神德《ごしんとく》。[九]ヲロシ〽靈驗《れいげん》有《り》共。[一〇]ハル 中《カ》ゝに。

[一一]地中[一二] 申《ス》も恐《おそ》れ [一三]ウ 大君《おほきみ》の。ウ 御代傳《みよつたは》りて九十九代 ウ 後光嚴院《ごくはうごんいん》[一四]のしろし召《ス》。ハル [一五]ン 天に二ッ《タ》の日の本《ト》や ウ 南北朝《なんぼくてう》と引《ヤ》分《カ》れ。ウ 都[一六]の花の歸り咲《ざき》 ウ 吉野《よしの》[一七]の内裏《だいり》にまし 中 ますは。ウ 後醍醐帝《ごだいごてい》第七の王子《わうじ》後村上《ごむらかみ》[一八]の皇《すめらみこ》。ハル 仮《かり》の皇居《くはうきよ》も月移《キうつ》り。ウ 爰《こゝ》も雲《くも》[一九]井《ゐ》の御所作《ごしよづく》り經榮《けいえい》[二〇]。フシ中[二一] 殘《のこ》る方もなし。」

[二二]地色ウ 附添《つきそひ》給ふ公卿《くぎやう》には。ウ 四條《しでう》[二三]ノ大《だい》納言隆資卿《なごんたかすけ》坊門《ぼうもん》[二四]ノ宰相清忠卿《さいしやうきよたゞ》。ウ 其外公卿《かくぎやう》天上人《ンじやう》[二五]礼義《トれいぎ》 中 正《たゞ》しく フシ 参列《さんれつ》有《ル》。」

地色中 比は ウ 延文《えんぶん》[二六]四ッの年菊月《としきく》半《キなかば》。ハル 召《シ》に依《よつ》て参内《さんだい》と 色 披露《ひろう》して。ウ 新田左兵《にったさひやう》[二七]衞《え》ノ佐義興《すけよしおき》。ウ 智仁勇備《ちじんゆうび》の ウ 御貌《ンすがた》御階《みはし》 中 の本《ト》 フシ に平伏《ふく》す。」

地色ウ 隆資卿《たかすけ》笏《しやく》

一 →節章解説(四五四頁)。 二 漢の劉向編と伝える、屈原など古代楚地方の作品を収めた中国の古典。王逸注本は十七巻。 三 九歌のうち国殤(王逸注「国事ニ死スル者ヲ謂フ。小爾雅ニ曰ク、無主之鬼之ヲ殤ト謂フト」)「身既死而神以霊、子魂魄兮為鬼雄」(王逸注「国殤既ニ死スルノ後モ精神強壮、魂魄武毅ニシテ、長ク百鬼之雄傑ト為ルヲ言フ也」)。王逸注本を注のままに用いた。 四 中国の鄭の太夫良霄。駟帯や公孫段に殺されたが、後にたたりをなして、帯や段を殺したという(左伝の昭公七年の条)。 五 菅原道真(八四五―九〇三)。藤原時平などの讒で、右大臣から大宰権帥に左遷、任地で没。たたりや神異を示したと伝える(大鏡など)。 六 歴然。 七 今の東京都大田区矢口町。 八 江戸名所図会「(前略)矢口邑にあり。(中略)祭る所の神は新田左兵衛佐義興朝臣の霊なり。十日を縁日とす。拝殿のみを経営す。本社の地は古廟なり(下略)」。 九 →節章解説(四五四頁)。 一〇 →節章解説(四五三・四五五頁)。 一一 浄瑠璃秘曲抄「地は水のごとし、詞はながれのごとし、ふしはよどみのごとしともいへり」。→節章解説(四五三頁)。 一二 →同上。 一三 竹本秘密丸「ウトハうゐて語る心也」。→節章解説(四五三頁)。 一四 北朝の天皇。正平七年(文和元年、一三五二)より建徳二年(応安四年、一三七一)まで在位。 一五 天に二日なく土に二王なし(礼記)というに、当時の日本には南北二王朝が立って。 一六 都で栄えた南朝が、再び吉野で朝廷を作ったの意。 一七 奈良県吉野郡吉野山。 一八 延元四年(一三三九)から正平二十三年(一三六八)まで在位の南朝の天皇。 一九 月の縁。新葉、春下「ここにても雲居の桜さきにけり唯かりそめの宿と思ふに」。 二〇 正しくは「経営」。

取直《りなほ》し 色 イカニ 義興 詞 二八汝《なんぢ》を召事《ス》餘《ヨ》の義ならず。二九父義貞北國《ちゝよしさだほつこく》に亡《ほろ》び。三〇楠父子討《くすのきふしうち》死《ニ》してより無勢《ぶぜい》の南朝《ン》を見侮《みあなど》り。三一尊氏《たかうぢ》押《シ》て將軍《しやうぐん》に任《にん》じ。忰義詮《せがれよしのり》を都《みやこ》に差置《さしキ》。其身は三二鎌倉《かまくら》に引籠《キこも》り。三三四海《かい》を并呑《へいどん》せんず勢《いきほひ》。捨置《カ》ば御大《ン》事。地ハル 汝《ジ》を討手《ツ》に遣《カ》はすべしと ウ 是成《ル》清忠の奏聞《そうもん》。ウ 此事三四勅問《ちよくもん》有《ラ》ん爲といと 中 こま フシ やかなる詔《みことのり》。」地色ウ 義興はつと三五袖かき 中 合《ハ》せ。詞 同じ三六清和《せいわ》の流《ながれ》にて。一門《チン》ながら三七朝敵《てうてき》の首領《しゆれう》といひ。父の仇《あた》にて候へば。尊氏を亡《ほろぼ》さんと昼夜軍慮《ちうやぐんりよ》を廻《めぐ》らせ共。地ウ 彼《かれ》が勢《いきほひ》四海《かい》を覆《おほ》ひ。ウ 味方《みかた》小勢《ぜい》の此時節《じせつ》。ウ 軍《サ》を出し候はんは。ウ 謀《はかりごと》なきに 色 似《に》たり。詞 義興退《しりぞい》て考《かんがふ》るに。彼《レ》が執權《しつけん》三八畠山《はたけ》入道道誓《にうだうだうせい》。三九高《かう》ノ師直師安《もろなほもろやす》にも。劣《おとら》ざる奸曲我儘《かんきよくガまゝ》。已《レ》に親《した》しき輩《ともがら》には功《こう》なきに所領《しよれう》をあたへ。疎《うと》き者は忠臣《ン》をも退《しりぞけ》る。是を悪《にく》む者多《おほ》ければ。地ウ 足利家内乱《あしかゞけないらん》を生《しやう》ぜん事遠《とほ》かるべからず。ウ 其時節《じせつ》を考《かんがへ》て四〇楠正儀《まさのり》と心を合《ハ》せ。ウ 京鎌倉を亡《ほろぼ》さんは。ウ 義興が四一方寸《はうすん》 色 に候。詞 四二天《ン》の時至《キいた》らざるに只今義興討《ツ》て出なば。御勢少《イすくな》き皇居《くはうきよ》の守護《しゆご》。地ハル 心元《ト》なく候と ウ 四三勅答《ちよくとう》 フシ 有《レ》ば。」地色ウ 防門《ぼうン》ノ清忠。詞 ヤア迂遠《まはりとほ》き義興が軍慮《ぐんりよ》。足利家《あしかゞ》の内乱《イン》を待《ツ》て。謀《はかりごと》をなさんなどゝは。相手《イ》の誤《しぞこない》を待《タ》ん迚《(とて)》。四四端《はし》の歩兵《ぶ》をつく下手《へた》象棋《しやうぎ》。四五差當《タ》つたる理《リ》に叶《かな》はず。四六先《さきん》ずる時《キ》は人《ト》を制《せい》し。後《おく》るゝ時は制《イ》せらるゝの本《ン》四七文《ン》。地ウ 四八片時《へんし》も早く討《ツ》て出。ウ 尊氏を亡《ほろ》ぼせよと。ウ 四九横紙破《よこがみやぶ》りの一言《チン》を。ハル 聞《キ》

二一 ↓節章解説(四五三頁)。二二 ↓同上。竹本極秘伝「詞にもあらず地にもあらず」。二三 南朝の忠臣(一二九二―一三五二)。二四 南朝の臣(―一三三三)。二五 正しくは「殿上人」。二六 一三三九年九月。二七 義貞の次男(一三三一―一三五八)。本篇前半の主人公。本篇は太平記、三十三「新田左兵衛佐義興自害事」による。二八 ↓節章解説(四五二頁)。二九 新田義貞(一三〇一―一三三八)は、越前藤島で足利勢の為に戦死。三〇 楠正成・同正行。三一 足利尊氏(一三〇五―一三五八)、延元三年征夷大将軍を、北朝よりたまう。義詮は正しくは「よしあきら」(一三三〇―一三六七)。ただし太平記に「よしのり」。足利二代将軍。三二 鎌倉市。このことは虚構。三三 天下。「并呑」は「併呑」のあて字。三四 天皇のおたずね。三五 浄瑠璃的成語で、人形は袖を振る定まった型をする。三六 新田・足利の二氏はともに、清和天皇より出た、いわゆる清和源氏。三七 太平記、三十一「武蔵野合戦事」に義宗の語「天下の為には朝敵也、我為には親の敵也」。三八 畠山国清。鎌倉管領基氏の重臣。後謀叛して死す。三九 共に尊氏の臣で謀叛をした。師安は「師泰」が正しい。四〇 正成の三男。南朝の武将。四一 心中。胸三寸の中。四二 適当な機会。地の利と共に、軍を動かす重要な要素。四三 勅問にお返事する。四四 将棋で、駒の進め方なく、相手の出方を待って、無意味に、盤面の端の歩を前進させるをいう。四五 当面の理窟にならない。四六 史記の項羽本紀「吾聞ク、先ンズレバ則チ人ヲ制シ、後クルレバ則チ人ノ為ニ制セラル」。四七 従うべき言葉がある。四八 少しの時。四九 無理おし。

流《なが》して 色 義興公。詞 ハア 詩哥管絃《しいかくはんげん》は[一]天上の御玩《もてあそ》び。軍の事は武門《ぶもん》の職《しよく》。[二]百《もゝたび》戦《たゝかい》百《もゝたび》勝《かつ》も善の善たる物ならず。[三]謀を[四]帷幕《いばく》の内に廻らし。勝事を千里の外に決《けつ》するは。地ウ 身[五]不肖《せう》なれ共義興が軍慮の[六]奥儀《おうぎ》。詞 當時《とうじ》[七]守護《しゆご》の武士少《すくな》き皇居《くはうきよ》を捨て軍を出さば。義詮《よしのり》が京都の軍勢。襲《おそひ》奉らんは必定《ひつぢやう》。地ウ [八]其本乱《みだ》るゝ御大事此義は是非《ぜひ》に ハル 御無用と。ウ いはせも立ず[九]防門 清忠ヤア[一〇]過言《くはごん》也 色 義興。詞 官軍少きに似《に》たれ共。[一一]和田楠を始として。皇居の守人《まもりて》いくらも有汝一人居《お》らぬ迚。御味方《みかた》事欠《かく》べきか。ム、聞へた〳〵。軍慮にかこ付尻込《けしりみ》するは。地ハル 軍が強《こは》いか。ウ 恐しいか。ウ [一二]比興未練《ひけうみれん》の 色 [一三]億病者《おくびやう》。詞 コリヤ[一四]綸言《りんげん》は汗《あせ》のごとし。[一五]遠背《いはい》すれば[一六]遠勅《いちよく》の科《とが》。討手に行か。但《たゞし》はいやか。なんと〳〵とせりかけ〳〵。地ウ 己《おの》が工《たくみ》を押隠《シかく》し。ハル [一七]勅定《ちよくぢやう》ごかしの フシ [一八]きめ壓狀《わうじやう》。」地色ウ 義興公[一九]胸《むね》にすへかね。ウ 軍慮の妨《さまたげ》天下の仇《あた》。ウ 引おろして只《たゞ》一討と。立 ハル 寄しが[二〇]待 中 しばし。ウ 禁《きん》裡の騒《さはぎ》 ウ [二一]君への恐《おそ》れ。ウ 去ながら時節《じせつ》至らぬ今度の討手 ウ 拙《つたな》き負《まけ》をなすならば。ハル 先祖の名おれ家の恥。ウ 父義貞伯父《おぢ》[二二]義助。ウ 楠親子が跡を追。ウ 潔《いさぎよ》く討死し。ハル 末代に名を穢《けが》さじと [二三]スヱ 思ひ定て 中 御前に向ひ。詞 勅定の趣《おもむき》畏《かしこま》り奉る。夫について一ッの願《ねが》ひ。先祖[二四]頼光《(らいくはう)》ゟ傳《つたは》りし。[二五]水破兵破《すいはひやうは》の二ッの矢。代ゝ源家の重宝《ちやうほう》たる故《ゆゑ》父義貞所持《しよぢ》せし所。討死の其後北國ゟ差上《(ゲ)》しを。地ウ [二六]大内

一 殿上。公卿方。二 孫子の謀攻篇「是故百戦百勝、非善之善者也」。国や士卒を全くするが軍法の上々で、戦で損傷するが最上でないとの意。三 太平記、三「赤坂城軍事」に「籌(ハカリゴト)を帷幄の中に運らし、勝つ事を千里の外に決せんと」(もと、漢書の高帝紀の句)。「帷幕」の語もその近くに見える。陣中ひそかに計略を立てるの意。四 陣営。五 ふつつか。六 普通に「奥義(おうぎ)」。秘訣。七 守備。八 大学「其ノ本乱レテ末治マル者ハアラザルナリ」。本拠である吉野の内裏が安らかでない一大事となるから。九 正しくは「坊門」。一〇 いい過ぎ。一一 太平記、三十四「和田楠軍評定事」にも「楠左馬頭正儀、和田和泉守正武二人、天野殿に参じて奏聞しけるは」などある。一二「卑怯」のあて字。以下同じ。一三「臆病者」のあて字。以下同じ。一四 天子の言葉は一度出せば、かえすことができない意の諺。礼記や漢書の故事から出て、太平記、十四「綸言の汗のごとくになどなかるらん」。一五 そむく。一六 勅命にそむく。一七 天皇がお定めになったことを口実にして。一八 強圧的にきめてかかること(普通「往生」と書くが、語源的には、むりに書かす証文の圧状の方がよいか。兎園小説別集下巻参照)。一九 承知しかね。二〇 はやる心をおさえる自問自答の語。二一 天皇の前で乱暴しては恐れ多い。二二 脇屋義助(一三〇七—一三四二)。義貞の弟。伊予国府で戦死。二三 ↓節章解説(四六九頁)。二四 源頼光(—一〇二一)。平安末、清和源氏勃興の武将。ただし新田氏は、頼光の弟頼信の末。二五 次に見える如き伝説の源家の宝物。↓補注

に止《とゞ》め給ふよし。何卒《とぞ》下《ダ》し給《たま》はる様。ハル奏聞《そうもん》願ひ奉るど スヱ思ひ込《ン》で 中願ふにぞ。ウ清忠卿せゝら 色笑ひ。詞ヤア[二七]麁忽《そこつ》也義興。忝《かたじけな》くも二《タ》筋の矢は。[二八]養由《やうゆう》が[二九]娘椒花女《しやうくはぢよ》より。汝が先祖《ン》頼光《らいくはう》へ。夢中《むちう》に授《さづけ》し[三〇]奇代《きだい》の重宝。代々源氏の[三一]棟梁《たうりやう》たる者是を所持《しよぢ》す。汝《ジ》が父義貞は[三二]左中將に任《にん》じ。[三三]惣《そう》軍《ン》の大將たる故。矢を所持しても苦《くる》しからず。汝は漸《やうやく》[三四]左兵衛ノ佐《すけ》にて[三五]昇殿《しやうでん》も叶はず。地ハル[三六]あくちも切《レ》ぬぶんざいで。ウ矢を望《マ》んとは[三七]不敵々々。ウ及《およ》ばぬ願ひと フシ[三八]やり込《メ》られ。」地色ウ[三九]こたへにこたゆる義興公。ハル無念《ン》の[四〇]眦《まなじり》[四一]血をそゝぎ。ウ思ひ詰《メ》たる ウフシ其有様《リ》。」

地色ウ叡慮《あいりよ》何とか 中思しけん。ハル隆資卿を近《カ》く召《サ》れ。ウしかく の。中キン[四二]勅定有《レ》ば。ウハツト答《こた》へて 中隆資卿。ウ[四三]玉座《ぎよくざ》に餝《かざり》し二ッの矢恭々敷《うやうやしく》携《たづさ》へて。[四四]階《おばしま》 フシ中近くおり立《チ》給ひ。詞切《せつ》なる汝《ジ》が望《ミ》に任《まか》せ。二《タ》ッの矢を下《ダ》し給《たま》はる。有難《りがた》く[四五]頭戴《てうだい》せよと。地ウ渡し給へば義興公。ウハヽ、はつと飛《とび》しさり。ハル家の面目《めんぼく》[四六]身の冥加《めうが》此上や候べきと歡《よろこび》給へば。地色ウ清忠は[四七]不肖《せう》ぐの フシ[四八]無性面《ぶつちやうづら》。」地色ハル君は二人が胸の内 固《もとより》知《ラ》せ 中給はねば。詞早く朝敵《キ》討亡《チ》し。[四九]震襟休《しんきんやす》め奉れと。地ハル[五〇]御簾《ぎよれん》さつとおりければ。ウ諸卿《しよけう》各々《おのおの》退出《たいしゆつ》有《ル》。

ハルフシ義興公は 中討死《チ》と ウ思ひ定《メ》し御覚悟《かくご》。ハル是ぞ内裏《だいり》の見納《をさ》めと ウ名残《なごり》惜《をし》げに。ウ見返りく。ウ猛《たけ》き心も打 ハルしほれ 中しづく ハル御門《ン》に合。コミ

二。
二六 宮中。
二七 軽はずみ。
二八 養由基。戦国の楚の人。弓の名手。
二九 水破兵破を頼光に伝えた、伝説の女性。↓補注二。
三〇 「希代」のあて字。
三一 主長。頭。
三二 左近衛府の次官。三位または従四位相当の官。
三三 太平記、十六「新田殿被引兵庫事」の条にも、義貞を総大将と称してある。
三四 左兵衛府の次官。従五位相当の官。
三五 天皇の平常の居、清涼殿の殿上の間に昇ること。四位以上と六位の蔵人が許された。
三六 あくちは幼児の口辺に生ずる疹。若ぞうの分際で。
三七 大胆無法。
三八 しかりつけられ。
三九 しんぼう強く堪えて来た。
四〇 書言字考に「マジリ・マナジリ」とよむ。
四一 怒りの甚しいさま。
四二 ↓節章解説(四七二頁)。義太夫大鑑「まづつうれいキンと云ふは、口をふさぎ、歯をくひしばり、鼻へすこしかけていだすおん也」。
四三 天子の御座。
四四 おばしまは欄干のこと(和名抄)。ここは欄干のある宮殿の階段。
四五 「頂戴」の誤字。
四六 一身にとっても、身にあまる仕合せである。
四七 「不承不承」のあて字。不承知のさま。
四八 「仏頂面」の誤字。ふくれづら。
四九 「宸襟」のあて字。天子の御心。
五〇 浄瑠璃の大序に多い御殿の場で、一応評議など終った時の、きまり文句である。

キンさしかゝる。」地色ウ思ひも寄ぬ落し穴《あな》。ウ踏込《ふみこみ》給ふ頭《かうべ》の上。ウ丈《たけ》一に等《ひと》しき大石の。ウどうど落るを身をかため。ハル両手二に 色しつかと。フシ中請留て。詞エイヤウンと飛上り。ア、ラ心得ぬ此有様。此穴へ踏込《み(メ)》ば。三とたんの拍子《ひやうし》に此石の。上《うへ》より落る仕掛《しかけ》四の工《たくみ》。扨は此義興を。なき者にせん爲に。佞人《ねいじん》共の計《はから》ひよな。ハア五おこがましや片腹《かたはら》いたや。譬《たとへ》いかなる盤石《ばんじやく》六たり共。義興が爲には塊《つちくれ》七八同前。去ながらかゝる非常《ひじやう》九の此石を。内裏に置んも穢《けが》らはしと。地ウ両手をずつと差のべて。ハル築地《ついぢ》一〇の外へ 色投給ふ。ウ表に扣《ひか》へし伏勢の。ウ天窻《あたま》の上へ落かゝれば。ウ何かは以てたまるべき。ハル壓《おし》一一に打《(タ)》れて十余人ウ徽塵《みぢん》一二に成てフシ死《(シ)》てげり。」地色ウ殘りし者共身の毛一三立。ウ天狗《てんぐ》一四の所爲《しよゐ》か魔《ま》の業《わざ》か。ハルこはやくと一同にハツミフシ跡をも見ずして中迯帰る。」地色ハル凡人《ぼんにん》ならぬ勇猛力《ゆうまうりき》。ウ末世に。ハル新田大明神とウ拝《をがま》れ給ふも。一五大三重

初段中
九条揚屋の段

一六哥中 一七行末《ゆくゑ》は誰はだウふれん紅《べに》の花。案《あん》一八じ過しを枕に語《かた》れ。ナヲスハルフシ謳《うた》一九ふ一ふし。中媚《なまめ》ける。ウ爰ぞ都の色里へ誰も尋てウ九條《でう》二〇の町キン二一ヲクリ井筒《ゐづゝ》二二が。内のハル居續《ゐつゞけ》二三は。ウ新田小太郎義《よし》二四岑《みね》公。ウ遊《あそ》び労《つか》れしフシ居眠《ゐねふ》りに。」地色ウ太夫の膝《ひざ》を托手《けうそく》二五の。ウ興《けう》二六を催《もよ》ほすフシ牽頭《たいこ》二七の小吉。詞コリヤく五作我小哥ではお目が覚《さめ》ぬ。昨日《きのふ》の意趣《いしゆ》二八に一番参ろか。二九ヲ、望ならやりかけふ。コレお玉殿。三絃《さみせん》頼

一身長。二身がまえして。三義興の勇猛さを紹介して、後段の伏線となした構成。四そのはずみに。五仕組みにこしらえたのは。六馬鹿馬鹿しくもおかしい。七磐石のあて字。大石。八書言字考「ツチクレ」。九同然のあて字。一〇普通でない。おだやかでない。一一築墻。木の骨の上に土をぬりかため、柱を建て瓦屋根をした垣。一二おもし。一三微塵の誤字。一四恐怖の甚しいさま。一五神変の力をもってたたりをする魔。一六→節章解説(四五四頁)。一七→節章解説(四七一頁)。一八西華集などに見える芭蕉の句。「行末は」は上からは、後々のさまもっともであるとつづき、下へは芭蕉の句で、紅の花を遊女に見立ててつづく。一九遊女が将来を心配する情を、語る人もなく、枕にかこつの意。二〇→節章解説(四七一頁)。二一京都島原を、都の古い廓に、六条三筋町などあるので、変名したもの。上から誰も来るとかかる。二二→節章解説(四六六頁)。二三揚屋の名。或は大阪新町で有名な井筒屋の名をかりたか。二四揚屋・妓楼に連日滞在して遊ぶこと。二五太平記にある、義貞の三男武蔵少将義宗(一三三八)を用いた。二六名物六帖「托手(ヒヂモタセ)」(通鑑唐紀)」。脇息。二七興は韻を重ねる。遊びを面白くする。二八太鼓持。二九昨日負けた意趣がえし。三〇一勝負しようか。三一台所と座敷の中間の仕事をする女の召使。揚屋では花車の補助役。三二真面目くさったさま。三三当時流行の罰盃をともなう、次に詳かな「男は女は」とも称した言語遊戯。三四わざとふざけた名とする。おろか者の意。三五婦人の疝気のこと(寸白はもとさなだ虫のこと。疝が似る故に誤り称されたのを医者の名にふざけた。

む。地ハル アイと返事に[三一]中居が三絃。ウ [三二]しかつべらしく 色 差《さし》向ひ。詞 [三三]問《とい》ましよ〱。何でも問《とは》しやれ。問ましよ〱。問しやれ〱。小袖は。羽二重《はぶたへ》。刀は。正宗《まさむね》。坊主《ばうず》は。[三四]鈍《どん》才。お醫者《ゐしや》は。[三五]寸伯《ばく》。女は。おもん。男は。お安《やす》。ヤア待《(テ)》〱今のは。男にお安とは。サア一盃《ばい》呑さにや置ぬと。地色ハル 寄てかゝつて フシ つぎかくれば。詞 ア、コリヤ〱余り騒《さはぐ》な姦《かしまし》しいと 地ハル 云れて二人が 詞 ソリヤコソ[三六]旦那《だんな》のお目が覚た。コレ太夫様。お目覚しに此大盃で。旦那へ一ッ上《(ゲ)》なされ。コレ五作子《す》。[三七][三八]主様《ぬし》は風引[三九]なさつて。頭痛《づつう》がするとおつしやつてじや。アイヤ〱其頭痛の。[四〇]故事來歴《こじらいれき》。[四一]彼《かの》水慈姑《くはゐ》めが。おれ〱はお前が毒《どく》じやといふた格《かく》で。[四二]風〱は太夫様ナフ小吉。ヲイノ[四三]三人に成て二人が淋《さみ》しがるといふ。[四四]付合の[四五]通句《く》の通。人交《まぜ》ずの[四六]ちん〱こつてり。申旦那。内に計ござらず共太夫様を連まして。[四七]東山か[四八]高尾《たかを》の紅葉《もみぢ》。イヤ〱おれは余り長逗留《とうりう》。今朝《けさ》も兄貴義興殿から。大急《きう》用をいふて來れど。まだ[四九]ぶら付て歸らねば。[五〇]堅《かた》い顔で呵《しか》つて居やらふ。ハテゑいわいなせめてマア[五一]二三日。コリヤ太夫様のが御尤《ごもつとも》。淋《さみ》しく成と歸らふとおつしやる。サア[五二]わつさりと酒にしよふ。中居衆。[五三]銚子《てうし》と 地ハル 立騒《さは》げば。ウ 追〻出る 色 中居共。詞 さつきにいふてやりなはつた。江戸兵衛様が來《き》なはつた。追付爰へ見へるぞ〱。長地ウ 都では[五四]藝子《げいこ》と名付[五五]東《あづま》では踊《をど》らぬ時も[五六]踊《をど》り子のす[五七]

三六 お客の尊称。 三七 上方の通言。人名につける接尾辞。一目千軒「人の名にすといふを付くる。是は主の字也、俗にいふぬしといふこと」。 三八 遊女語で、客をさす。 三九 以下、上方語に江戸弁を配しておかしみを出す。 四〇 理由。いわれ。 四一 俗説におもだか科の植物くわいの球茎を食すと、精をへらすという(瓦礫雑考)。病人の夫に、女房が慈姑を食さぬようというと、慈姑がおれよりお前が毒じゃといった小咄(安永三年刊小咄稚獅子など)がある。

四二 頭痛の原因は風邪引きより房事過度にあるの意。

四三 子供が出来て、若い夫婦が、かえって共に居るのがすくなく、さびしがる意。

四四 付句文芸で前句に後句をつけること。ここは雑俳・万句合の類をさす。

四五 応募して選に入った句。

四六 男女の情の親密なさまをいう。

四七 京都の東方の丘陵一帯。遊山の地。

四八 京都北郊(右京区梅ヶ畑)の紅葉の名所。その辺への遊山をすすめる言。

四九 頭痛の全癒せぬさま。

五〇 むつかしい顔をして。

五一 逗留してほしいの意。

五二 はれやかに。

五三 酒を盃につぐ具。両方に口のついたうつわで、柄でささげてつぐ(和漢三才図会)。

五四 上方で客席をとりもつ商売女の一。↓志道軒伝補注五五。

五五 江戸。

五六 江戸の町芸者の前身。上方の芸子と殆ど類似する。前出(七九頁)。

五七 すっきりして。玄人らしいさま。書言字考「訛(ヤサ) 本朝俗字」。

んとして又詫《やさ》しきは[一]夫者《それしや》と[二]町の[三]藍《あゐ》こび茶《ちや》[四]物好《キ》したる袖裙《(つま)》も[五]引《カ》ば フシ 轉《ころ》ばん其風情。」地色ウ 義岑公はじろ〳〵と。ハル [六]不思議そふに 色 顔打眺《なが》め。詞 おりや江戸兵衛といふた故。[七]男藝者かと思つて居たりや。コリヤ 美《うつく》しい踊《リ》子だ。サイナ。あの子はナ此中江戸から登《リ》なはつて。どふす[八]べいかふすべいと。まだ詞が直らぬさ[九]かいで。有《ル》名は呼《バ》いで。江戸兵衛様《ン》と[一〇]仇名《あだな》計《リ》呼《(ブ)》わいナ。ム、夫《レ》で聞《コ》へた。ヤ申旦那。同じ兵衛《べえ》でも少《シ》の事で。[一一]助兵衛でなふて仕合《セ》でござります。アイ [一二]きついおてらしさ。[一三]わつちや此間[一四]登《のぼり》いして。まだ勝《ツ》手をしらないから江戸詞を云《イ》やすによ余《ン》り笑《わら》つてくれなさるな。アイヤ おれも[一五]上尛《じやう》の新《ツ》田で育《そだ》つた故京の詞はな[一六]まけて悪《わる》い。ならふなら太夫なども。江戸の詞にしてほしい。アイ お前の折《リ》〻そふ云《ハ》んすさかいで。わたしも此間藝《ダげい》子《こ》様《ン》に江戸詞を習《ならひ》やんした。稽古《けいこ》にいふて見やんしよふと江戸兵衛が 地ハル 胸《むな》ぐら取《ツ》て。詞 コレナぬしや[一七]詰《つま》りんせんよ。わつちが方《はう》を[一八]打やつて。此中も[一九]丁子《てうじ》屋のみな[二〇]鶴様《ン》の所へいかんしたを。[二一]子供らが見付《ケ》んしたはナ。見なんしアノ。[二二]まじめな顔わい本《ン》にあつかましい。余《ン》り[二三]馬《ば》鹿《か》らしう有《リ》いすによ。ホ、、ヲ、恥《はつ》かしと フシ [二四]袖覆《おほ》へば。」詞 ハ、、コリヤ太夫様《ン》[二五]出來ました。地ウ どふもいへぬと[二六]そゝり立《チ》一《チ》度に フシ どつと打笑ふ。」詞 ナント小吉も五作も。[二七]閉口《へいこう》か。イヤモ。[二八]閉《イ》口の段じやござりませぬ。閉《イ》口次手《ついで》に此所で。

一 接客婦人。玄人女。二 町の風。玄人と町の素人とを合せ持つの意であるにつづく。三 藍色をおびてくすんだ茶色。四 流行をおった。五 袖も裙も長いさま。一方では、袖を引いてくどいたならば、なびいて情を交しそうな風姿をいう。「ころぶ」は踊子などの客をとる意。六「不思議」のあて字。七 柳花通志「男芸者といへるは一座の興を催し、客の心を受け、女郎の気をはかり、茶屋舟宿迄も心を添へて、座のしめらぬやうに取はやす故に、太鼓とは云ひしとなん」。八 関東のべいべい言葉をあだなとした。九 物類称呼、五「畿内近国の助語に〇さかィひと云ふ詞有り。関東にて〇からといふ詞にあたる也」。一〇 綽名。あざな。一一 好色なものの擬人名。
一二「きつい」は甚しい、の江戸語。「てらす」は恥をかかすこと。江戸深川遊里から流行して一般的となる。一三 江戸語で一人称。一四 以下は江戸語も吉原語や町言葉、男女色々の言葉を混じておかしくしてある。一五 上野国(群馬県)新田郡。一六 なまぬるくて。一七 以下は吉原語のまね。つまりませんよ。道理に合わない。
一八 ほっておいて。一九 吉原江戸町二丁目の有名な妓楼(明和六、七年の間は京町一丁目で開業)。
二〇 実在の流行妓。源内櫛の宣伝を助けた(鳩渓実記)。細見に、明和三、四年座敷持(一本部屋持)、明和六年部屋持として所見。以下は、一方の遊女と馴染の関係を断たず、別の遊女の方に遊ぶことは、吉原では禁じられた習慣で、そのことを遊女が客に口舌する態をまねたのである。
二一 禿たち。格の上の遊女(昼三)につく少女。
二二 客が真面目に否定した気分。二三 辰巳之園(明和七)通言の中に「ばからしひ」。二四 恥かしがる時の人形の型の一。二五 上出来。二六 うかれ立ち。二七 太夫の口上におそれ入ったか。

江戸役者の聲色《こはいろ》を。[二九]やりかけ山。江戸兵衛様弾《ひい》て下《ダ》んせ。[三〇]ヲント是もお江戸に隠《レ》なき。市川の團十郎で申《(シ)》ましよ。市川の。[三一]三升《じやう》でせい。詞ア、コリヤ〳〵。[三二]いけもせぬ聲色《ハ》置《キ》にしろ。[三三]南無三宝《ン》[三四]又付《ケ》た。折角《せつかく》[三五]つかい掛《ケ》た所をとめられ。痳病《りんびやう》にならねばよいがと。地ハル天窓《あたま》をかけば中居の 色お玉。詞申江戸兵衛様《ン》。お前此中云《イ》なはつた。[三六]きやんとやら。わんとやら。喰付《くひ》《ク》様な喧嘩《けんくは》の身ぶりが見たいわいな。ヲ、又[三七]身かへ[三八]久《サ》しいもんだよ。わつちや恥《カ》しいによ。モシそんな事《ツ》[三九]たずつと流《なが》した。コリヤよかろふ。地ハル[四〇]所望〳〵と口〻に。ウ望《のぞ》めばフシ立《ツ》て身《み》拵《ごしら》へ。詞[四一]子供衆其帨巾《てのごひ》[四二]取《ツ》てくれなと[四三] 地ウいふ間に五作が椽側《あんがは》の。ウ[四四]布簾《のれん》はづして[四五]當座《とうざ》の 色[四六]肩衣《かたぎぬ》。詞東西〳〵此所で京と江戸との喧嘩《けんくは》の身を致し分《ケ》ます。御神《しん》妙《べう》に御一覽《チらん》下さりましよふ。其為のお断《ことはり》左様に 地ハル[四七]烟管《きせる》で枕をかち〳〵。詞マア上方《ミ》の[四八]出入《リ》はナ。[四九]頭巾《づきん》をかふかぶつて。[五〇]草履下駄《ざうりげた》にてかふいふ身ぶり。[五一]おつな胴聲《どうごへ》を出して。コレ〳〵若《イ》の。ちよと[五二]橋詰《メ》迄出て貰《もら》ひやンしよ。ちよと[五三]下に居て下《(ン)ダ》あれと。此様なまだるい事で日の短《みじか》い時《キ》の間にや合《ハ》ぬによ。江戸の喧《ン》吽は。帨巾《てのごひ》をかふ打懸《かけ》て。かふ肩《かた》を力《キ》ませて。何《ン》のこんだは[五四]つつけめ。人《ト》を[五五]茶にしあがつたうぬが様な[五六]癡心漢《べらぼうやらふ》は。鼻《はな》の穴《あな》へ花緒《はなを》をすげて。何《ン》でも[五七]安賣《スリ》十九文[五八]日和下駄《ひよりげた》にしてくれべい。いま〳〵しい置[五九]上れ《キ(あ)ガ》ホ、 地ハルこんな物だと打

二八 閉口位ではない更におどろいた。 二九 活用語の下に「山」をつけるのが、この頃江戸の通言。 三〇 →節章解説(四七一頁)。 三一 団十郎代々の号。当時は四世団十郎(一七一一—一七七八)。「申ましよ」「でせい」とは声色をつかう時の定った用語。 三二 上手でもない。うまくゆかない。 三三 「しまった」「鳴呼」とかいう気持の時に発する語。 三四 味噌を付けた。しくじった。 三五 声色をやるを「つかう」という。房事を中止すると淋病になるとの俗説にからめての洒落。 三六 俠の唐音。江戸でいさみ肌のことをいう。江戸の仕事師などその風をきそったこと談義本に多く諷してある。 三七 身振(ゼスチュア)をすることの通言。 三八 江戸語。珍しくない。度々のことである。 三九 全くやめにしたの意の流行語。「ずい行のずい流し」などという。 四〇 してほしいと希望をあらわす語。 四一 ここも禿達のこと。 四二 書言字考「帨巾(テノゴヒ)」字彙——ハ手ヲ拭フ者」。 四三 願望の意を示す終助詞。 四四 名物六帖「布簾(ノレン)(水滸伝を引く)」。 四五 間に合せの。 四六 上下の上半部の如き製。着物の上につける略礼服。 四七 拍子木をうつを、廓らしい物で間に合せた。枕は木枕。 四八 喧嘩。 四九 寛延元年初演の浄瑠璃容競出入湊(すがたくらべでいりのみなと)の新町橋出入の段、黒船忠右衛門らの出入のていを模す。ここもいわゆる黒舟頭巾の気持。投頭巾の一。 五〇 守貞漫稿「表は麻裡草履と同物を用ひ、台松材にて狭く緒はばら緒木綿真田紐緒鼠染草色紺染木綿緒也」。丸形。 五一 変などら声。太いにごった声。 五二 出入湊「たいぎながらはしづめへきて下はれ」。 五三 同「ちよと下にゐて下はれ」。そこにいて事情を聞けの意。 五四 はりつけ野郎。人をののしる語。 五五 当時の流行語。

笑へば。ウ皆一同に打こけて。フシ興《けう》を催《もよほ》す計なり。」地騒の ウ内に中居が 色さ一
いばい。詞とかふする内夜が更た。モウお休と 地ハルいふ二塩《しほ》に然ば旦那又明日《めう》。
詞太夫様江戸兵衞様。ヲ、皆三太儀《たいぎ》だ帰つて休め。そんならもふいなんすかへ。
アイわつちもお暇《いとま》お玉殿《(ど)》や。三絃箱頼ますによ。ヲ、皆様よふお出たさば四へ。
アレ小吉様の又じやう五だん。六悪事しなさるな。七ノル詞八さるなは妙義《めうぎ》九の隣《となり》なり。一〇り
なりの宮へ参らふか。らふ一一かかふかの物案《あん》じ。一二あんじ宜《よろ》しう 地ハル頼やすとど
よめきフシ連て立帰れば。」地色ハル義岑公も一間の内ヲクリ一三涅槃《ねはん》の〽床《とこ》に入給ふ。
地色ウ一四一間の内ゟ一五ぶつつかは面《つら》一六ふくらせし 色坊主客《ぎやく》。詞どいつもこいつも初《しよ》一七
會《くはい》だと思つて。余りむ一八ごくし上る。モウ來《く》一九るか〳〵と賣ぬ根《ね》二〇附を見る様に。蒲《ふ》
團《とん》の上に待ぼうけ。地ウいま〳〵しいと云つゝ傍《あたり》見廻し〳〵。ウ相圖《あいづ》のしはぶ
き二つ三つ。ウ跡ゟ出る二一竹沢監物秀時《けんもつひでとき》。ウ二二江田《えだ》ノ判官景連《はんぐはんかげつら》有合ふ二三褥《しとね》を携《たづさ》へ出。
先〻 フシ是へと二四招《しやう》ずれば。」地色ウおめず憶《おく》せず褥の上どつかと居《すは》りし ハル大入道。
ウ尊氏公の二五執權職《しつけんしよく》。畠山《はたけ》入道道誓《だうせい》とは云ねど フシ顔に顕《あら》はれたり。」地ハル兩人
は近く 色指寄。詞家内もふせり。二六倡妓《じよらう》共も寐させ置間を隔《へだて》たる此座敷。とく
とお談《だん》じ申上ん ホ、兼てより此入道天下に望有故に。地ハル二七防門ノ清忠と心を合
せ。ウ新田足利威《あしかゞゐ》を争《あらそ》ひ。ウ合戰に及《およ》ぶ様に二八糸《いと》を 中引せ。ウ楠親子義貞《さだ》なんど

お安くあつかう。馬鹿にする。三六 馬鹿野郎。名物六帖「癡心漢(アホウナルオトコ)(五雑組を引く)」。三七 当時三都ともに流行の十九文均一の廉価販売をいう。↓補注三。三八 角形で差歯のひくい下駄。江戸通り者の愛用(守貞漫稿)。上方の草履下駄に対する。三九 通言。やめにせよの意。

一 原本のまゝ。采配。指揮してさばくこと。二 よい潮時として。三 ご苦労であった。四 さらばよ。別れのあいさつ。五 こんな時男芸者が冗談して、女芸者をからかうが常である。六 手を握ったか何かしたと知るべし。七 ↓節章解説(四六九頁)。義太夫大鑑「惣体詞に七字五字のくぎりのところへ三味線を入れてかたる所也。詞にさみせんの入るところなれば、くぎりよりくぎりまでを間よくかたりつめるやうに心掛くべし」。八 榛名(群馬県の山の名)のもじり。以下尻取り文句で、当時流行であった(綿屋雪著ことばの民俗学)。九 妙義山。群馬県西南の奇峰。一〇「稲荷」にかける。一一「どうかこうか」にかける。一二 あんじょう(上手にの意の上方語)にかけるか。一三 仏語で、絶対さとりの境に入ること。ここは寝るにかけて、男女同衾の愛楽の床を形容した。一四 次の間から。一五 ぶつぶついいながら。一六 おこり顔の。一七 遊里へ第一回目に遊ぶこと。一八 手ひどく待遇する。一九 相方の遊女が。二〇 煙草入など袋物を腰に下げる時、おちぬように紐につける装飾具。人物なども彫刻する。二一 太平記の竹沢右京亮を用いた。そこでもいつわって新田方に味方し、矢口渡で奸計におとし入れる人物。二二 太平記の江戸遠江守らを用いた。二三 古来からの綿入の敷物。二四 うやまってまねく。二五 鎌倉室町

も謀《はかりごと》の圖《づ》[二九]をはづさせ。ウ 憤《いきどほ》らせて討《チ》死させ尊氏一人に 色 成《ツ》たれば。詞 折《リ》を見合せ刺《さし》殺し清忠を王位《わうゐ》に卽《つけ》。此入道將軍職《しやうぐんしよく》。お手前《てまへ》二人を兩執權《しつけん》と思へ共。地ウ 南《ン》朝に有《ル》新《ツ》田義興。ハル 親[三〇]にも勝《まさ》る大《イ》こはもの。ウ きやつが此世に有《ル》内は中《カ》ゝ大望《イもう》思ひも 中 よらず。ウ 彼《かの》楠[三一]も湊《みなと》川[三二]へ無理に追《イ》やつた其格《かく》[三三]で。ウ 尊氏追討《ついたう》の 色 計《けい》略《りやく》。詞 サアそこを存《ジ》て此判官。清忠殿としめし合《ハ》せ。地ウ 南《ン》朝へ忍び込《ミ》きやつが勅定《ちよくぢやう》ごかしじれ[三四]させて討《チ》死さすか。ウ それ迄もなく討《チ》取《ル》かとさま〴〵の 色 計《けい》略《りやく》。

内裏《だいり》を出る時。ウ 門《ン》の上に大石を上置《ゲキ》。ウ 下には落し穴を仕掛踏《しかけふめ》ば上から落《(チ)》る様に。ウ 工夫《くふう》を以《ツ》て拵《エ》 色 置《(キ)》しに。詞 サアお聞《キ》なされ。兼て義興《キ》大力《キ》にて二十五[三五]人《ン》力《キ》有《リ》との噂《うはさ》故。三十人にて持《チ》兼《(ネ)》る大石《キ》を。あたまの上から落し懸《かけ》しに。宙《ちう》にて請留《ケ》剰《メあまつさへ》。手鞠《てまり》か小石《いし》を投《ゲ》る様に。地ウ 築地《ついぢ》の外《ト》へ投出し。此判官が伏勢《セイ》[三六]十三人迄討《チ》殺され。モ 近《ン》年の 色 大しくじり。詞 イヤ〱そんな事では参るまい。此監物《けんツ》が思ひ付《キ》には弟の義岑め。此廓《さと》へ入《リ》込しこそ幸《イ》。きやつから取《リ》入《(リ)》[三七]一《ト》思案《しあん》。ヲ、其事は此入道も油断《ゆだん》なく。二人[三八]の家來を牽頭《たいこ》に仕《シ》[三九]立《テ》て付置《ケイ》たり。ハア此監物は義岑が相方《イ》[四〇]。臺《うてな》と中《ス》女郎をたらし[四一]込《マ》んと色ゝの贈物《おくり》。様ゝに拵《こしらへ》[四二]てもこいつも賢《さかし》き女にて義岑に心中《ン》[四三]立《テ》。むさと[四四]大事[四五]も明《カ》されず。旁《かたぐ》以《ツ》て難《ン》義至極《しごく》。其上水破《すいは》兵破の矢は武運《ぶうん》[四六]の守《モ》りと成《ル》故に。尊氏公も御懇望《こんもう》。これも義興が手に入《レ》ば。

の武家方にあった職。将軍又は管領を輔佐して、政治を総括する。二六 名物六帖「倡妓(ケイ セイ)」(類書纂要を引く)」。二七 正しくは「坊門」。二八 あやつって。二九 計画通りにならないようにさせ。三〇 親義貞以上のしたたか者。恐ろしい奴。三一 楠正成(一二九四―一三三六)。南朝の忠臣にして軍師。三二 今神戸市のうち。延元元年五月正成ここに討死。三三 太平記、十六「正成下向兵庫事」に見える。正成が尊氏勢を一旦京都に入れてから討つ計を出したのを、坊門清忠が、都の外でむかえ討つべしと反対、正成は不本意ながら最期の合戦と出陣して戦死した。本書の大序はこの正成から案を得たことを、作者はここで示したもの。三四 思うままにならぬのを腹立てる。三五 太平記、二十三に見る、義貞の臣篠崎伊賀守が「二十余人」で上げる碇を引き上げ二十五人力などと俗にいわれるを用いたか。三六「ふせぜい」とよむ。三七 気に入るようにして、敵の一団の中へ入ってゆく。三八 前出の五作と小吉。三九 仮にならせて。四〇 相手とする遊女。四一 甘言をもってだます。四二 上手にもってまいっても。四三 遊里で男女互に契の誠意をつらぬき通すこと。四四 かるはずみに。四五 大事な計画をうちあけられない。四六 前太平記、十八「頼光朝臣自椒花女伝弓矢事」で、水破兵破の矢について「妖鬼を鎮め、強敵を伏し、一家の武備、四海の衛護と成りにけり」。

地ウ とかくこつちが皆す[一]かたん。ウ ハテどふかなと三人《ン》が ウ 慾悪《よくあく》[二]ぶ道の思案取《リ》〻。ウ 横手《よこ》[三]を打て竹沢監物 ハル 有《ル》ぞ〱 色 上分別《ンベツ》。詞 某は親入道ゟ新田方の幕《ばつ》[四]下《か》に属《しよく》し。方〻にて手柄も有《リ》しが。地ウ 義貞討《チ》死の其後《チ》は入道殿の御世話《せわ》にて。ハル 尊氏公へ官[五]夫《みやづかへ》[六]からの 色 思ひ付。詞 ム、然《ラ》ばとくと一間《ト》[七]にて。地ウ 示合《しめしへ》[八]さんいざこなたへと三人は ヲクリ 打連《(レ)》〻奥へ入《(リ)》にける。

地ウキン 思ひ〱の。夢《ゆめ》結ぶ ハル 座敷〱も 中 子[九]の刻過《こくぎ》。ウ 一間《ト》を出る 色 義岑公。詞 ノフ臺其竹沢監物とやらはどふしてそなたを其様に。サイナ 死《ン》だ娘と私が顔が生写《キヤウツ》し。娘じやと思ふ迚。紋日[一〇]《ン》其外氣《カ》を付《ケ》て様〻の贈物《おくり》。地ハル とく[一一]にもお前へいふ筈《はづ》なれど。ウ 尊氏方の人 中 なれば。ウ どんな方便《てだて》も計《はか》られずと。今迄お耳《みゝ》へ入ませ《リ》[一二] 色 なんだ。詞 ム、今時の人心むさと氣は赦《ル》されずと。地ウ 咄しの半一間《ト》の内。ハル はつたばた[一三]付物《ク》音《ト》 中 人音《ト》。ウ 先《ヅ》〻こちへと義岑公障子《しやうじ》の。フシ 蔭《かげ》に立忍ぶ。」地ウ 透間《すき》[一四]もなく入道道誓。懐釼《くはいけん》持《(チ)》し竹沢が。ウ 腕捻上《かいなねぢ》怒《ゲいかり》の 色 大聲。詞 我《レ》をたらして遊所へ引《キ》出し。寐首[一五]かゝんづ謀《ト》。ヱ、憎《にっく》い奴《ツ》と捻伏《ス》れば。地ウ 竹沢無念の歯《は》がみをなし。詞 己《レ》が首を土産《みやげ》にして昔《シ》のよしみ[一六]新田方へ。奉公と工《たくみ》[一七]しに。其方便《てだて》の顕はれしは。地ハル ヱ、残《ン》念やと起返《おき》るを。ウ 刄物《は》もぎ取《リ》入道が椽《ゑん》ゟどうど 色 踏《ふみ》落し。詞 ソレ判官 地ウ 心得たりと刀の背《むね》[一八]打骨《ほね》も砕《くだけ》とぶち

一 計画のはずれること。
二 無道。道理にそむくこと。
三 感情のはげしく動いた時の行動。
四 旗本。太平記、三十三、竹沢の義興にいう言に「親にて候ひし入道、故新田殿の御手に属し、元弘の鎌倉合戦に、忠を抽んで候ひき、(中略)御代を待ち候はん為に、畠山禅門に属して候ひつるが」。
五 説文に官を注して「吏ノ君ニ事フル也」。
六 新田方に仕えた経験から思い付いた分別だが。
七 次の間(板坂元著おくのほそ道考—国語と国文学、昭和三十六年三月号)。
八 打合す。相談する。
九 午後の十二時頃。
一〇 物日。各廓で定めた祭日類似のもので、月に七、八日から十数日もある。この日は遊女はかならず売らねばならず、庭銭など特別の金の必要なこともあった。よってこの日は客はこれをやり、遊女は客にたよることが多い。
一一 既に早く。
一二 入れませなんだと同意。一寸品をつけた発言。
一三 ばたばたと音がする。
一四 時間をおかず。人形のあわただしい動きを示す句。
一五 寝入っている人の首を切ること。武士としては卑怯なふるまい。
一六 因縁。親しい関係。前に竹沢の言としてそのことを説明しておいて、ここにこの言を出す、構成巧み。
一七 はかった。
一八 太刀の背の方で打つこと。

居《すゆ》る[一九]。ハル竹沢息《キ》もたへ〳〵に。ウ手足をもがき七轉八倒《しつてんばつたう》[二〇]入道 色聲懸《(ケ)》。詞モウよい〳〵。一《ト》思ひに殺さんより世上[二一]の見ごらし逆傑《さかばつゝけ》[二二]。其松にくゝし[二三]付《ケ》。夜明《ケ》ての上成敗《せいばい》せん。イカニモ左様と 地ウ判官が。ぐつとしめ上《(ゲ)》 ウフシ猿《さる》[二四]つなぎ。詞夜明《ケ》ぬ内にいざお歸り。泥坊《どろばう》[二五]めは此通縛《りしば》つて置《ケ》ば氣遣《イ》なし。仕置《キ》[二六]は家來に云付《ケ》ん。ハルフシイザ歸らふと兩人は。[二七]したり顔にて出《(デ)》て行。」地ウ始終《しじう》忍んで立聞《チ(ク)》臺。ウ手燭携《てしよくたづさへ》走《リ》出《(デ)》。ハル庭《には》に飛おり 中漸《やう〳〵》と。ウ禁解《いましめとい》て 色耳《みゝ》に口。詞竹沢様監物《ン》樣と呼《ビ》生《ケ》る」ハルフシ息《いき》吹返し。詞ホ、臺《ナ》殿か忝《ナ》い。我《レ》も昔《シ》のよしみ有《レ》ば。新田方へ奉公せんと。兼ゞこなたへ頼め共。一《ツ》旦尊氏へ隨《したが》ひし某故疑《うたが》ふも尤《モ》。地ウ[二八]一《ト》ッの功《こう》を立《テ》ん迚仕損《しそん》ぜし殘念《ン》やと。[二九]スエはら〳〵〳〵とこぼるゝ。涙。臺も倶に 中貰《もら》ひ泣。詞ヲ、御無念《ン》は御尤。私を娘も同前《ン》に。地ハル思召《シ》て下さります。ウお心を疑《うたが》ひて ウかふいふ時宜《しぎ》[三〇]は 中私が科《とが》。ウ[三一]こらへてやい 入のと取縋《りすが》れば。詞コレ〳〵泣《イ》て居る所でない。義岑公お入《リ》の事は兩人《ン》がけ[三二]どつたれば。地ウ討手《ツ》の來《こ》んも計《リ》がたし。ウ早〳〵落[三三]し参らせよと。ハル詞も終《をは》らぬ 中其所へ。ウどつと込《ミ》入《ル》捕手《とりて》の 色大勢。[三四]ノリ詞ヤア〳〵義岑此家に居るをはかり知《リ》。入道殿の下《げ》[三五]知《ぢ》を請《ケ》荒濱《あらはま》軍《ン》次向《カ》ふたり。恥を思はゞ腹を切《レ》と。フシ呼はり〳〵乱入《レ(ル)》。」地ウ臺を忍ばせ竹沢監物。ウ[三六]物をも云《ハ》ず[三七]なぎ立《ツ》れば。ウコリヤ叶《かな》はぬと大勢が表《テ》をさし

一九 書言字考「居《スヾ》坐」。打ってへたばらせた。
二〇 七度ころび八度たおれる意で、甚しい苦痛にもだえるさま。
二一 世の見せしめとして、逆はりつけにしよう。
二二「磔」の誤刻。身体を逆に、はりつけ柱につけて殺す極刑。
二三 くくり付け。
二四 俚言集覧「罪人をつなぎたるなどを云ふ」。うしろ手に縛り木などへつなぐこと。
二五 世事百談、三「江戸にて盗賊をどろぼうといひ、大坂にては、放蕩者をどろぼうといへり」。どちらとも解せるが、前者か。
二六 逆磔の処置。身分のいやしい者のたずさわるものであった。
二七 得意そうな顔つき。
二八 浄瑠璃の構成上、やたらに用いられる語だが、ここは軽く用いたのも、やや新しい。
二九 →節章解説(四六九頁)。
三〇 書言字考「時宜《ジギ》(前略)漢元帝紀ニ時宜ニ違セズ」。ただし、ここは「仕儀」のあて字で、事のなりゆきの意。
三一 浄瑠璃のきまり文句で、女人形のうれいの型がともなう。
三二 気づいた。
三三 お逃しせよ。
三四 このノリ詞の部分も、捕手や注進のさだまった文句で、人形の殆ど同じ動作がある。
三五 命令。
三六 行動のはげしく早いさまの形容。
三七 切りはらう。

て フシ迯《ゲ》て行《(ク)》。」 地色ウ いつの間にかははいりけん。ウ障子《しやうじ》の内ゟ荒濱軍次臺を小脇《わき》にかい込《(ン)》で。ハル飛《ン》で出《(ツ)》るを竹沢監物首筋摑《つか》んで 中引《キ》戻し。ウ抜《キ》身もぎ取《リ》軍次が首。討《チ》 フシ落してつつ立《テ》ば。」 地色ハル障子開いて 中義岑公。詞ホ、監物疑《うたが》ひ晴《はれ》た。地ウ當座の褒美《はうび》と投出《ゲ》す一腰《トこし》[一]。ハル ハア有難《りがた》き御惠《めぐみ》。昔《シ》に替《かは》らず 中御奉公。ウ又も討手《ツ》の來《タ》るは必定《ひつぢやう》。詞君には早く御歸り奉公初路次《ろじ》[二]の御供《ン》。ア、そんならお歸りなさんすかへ。隨分お怪我の 地ハルない様に頼《ミ》[三]ますると フシ臺が名殘《リ》。詞ヲ、我《レ》は裏《うら》ゟ密《ひそか》に出《(デ)》ん。監物は表《テ》ゟ委細承知《いさいせうち》仕《ツ》る。イケ。ハアハツト 地ハル表をさして。三重上〽走り行《(ク)》。

初段切　八幡山の段

謠[四]一セイ千早振《ちはやぶる》[五]。神《ミ》の惠[六]の石清水《いはしみづ》[七]。きねが皷《つゞみ》[八]も。聲すめり。地ハル新田左兵衞ノ佐《すけ》 中義興公。ウ今日出《ツ》陣の龍頭鍬形《たつがしらくはがた》[九][一〇]打《ツ》たる ハル五枚兜《かぶと》[一一]。緋威《ひおどし》[一二]の御《ン》着長《きせなが》[一三] ウ威《い》有《ツ》て猛《たけ》き 中御骨柄《こつがら》。ウ同舍弟《クしやてい》小太郎義岑色香爭《いろかあらそ》[一四]ふ ウ若武者《カ》の。ハル花の姿や小櫻《ざくら》[一五]おどし御供《ン》には ウ竹沢監物 色秀時《ひでとき》。ウ其外家《カいへ》[一六]の子士卒《しそつ》迄 ウ万燈《ソどう》[一七]の火《ひ》に映《ゑいじ》たる。ハル鎧《よろひ》の金物《かな》武《ぶ》[一八]の光《カ》り実《げに》も。フシゆゝしく[一九] 中見へにける。」 地色ハル義興仰出さるゝは 色イカニ 旁《かたぐ》。詞此度朝敵足利尊氏。討亡《チほろぼ》せとの勅定《ちよくぢやう》なれ共。必定《ひつ》今度《ン》の一《ツ》戰《ン》は。[二〇]はか〲敷勝利《キしやうり》は有《ル》まじ。地ウ閾《しきみ》[二一]の外《カ》は武將の下知《げぢ》。ウ軍の事は臣《ン》に任《カ》せ。ハル時節《じせつ》の來るを待給《チ》へと ウ色ゝ諫《いさめ》 色申せ共。詞親義貞には劣《おとり》し器量《きりやう》。比興《ひけう》[二二]

一 太刀一本。
二 途中の道すがら。
三 監物に頼むのである。台の人形は両方にこなし。
四 →節章解説(四七〇頁)。
五 神の枕詞。
六 恵みをいのるで、石にかかる。
七 京都の南八幡山にある石清水八幡宮。源家の氏神。
八 禰宜。神官。その奏する鼓の音も清浄にきこえる。謡曲の白髭「宜禰が鼓も声すみて、神さび渡れる折柄かな」。
九 太平記、三十三で、義興の亡霊を写して、「火縅の鎧に竜頭の五枚冑の緒を縮(し)めて」。兜の真正面、鍬形の中から竜の頭のはり出した飾をつけた大将用のもの。
一〇 兜の眉庇の上に、鍬の刃の形とかくわい(沢瀉)の葉の形とかいわれる形の角の左右に出たかざり。
一一「牧」は「枚」の誤り。しころの板が五枚ある兜。
一二「威」は「縅」の誤り。鎧の革や糸を深紅色にしたもの。
一三 貞丈雑記「鎧を著長といふは、鎧は腹巻・腹当・胴丸などよりも草摺長き故なり。(中略)著長とは大将の鎧をいふ。平士の鎧をいふも誤にあらず」。
一四 花の如き器量と武具とが美をきそう。
一五 小桜革(藍地に白く小さい桜の花形を染め出した革)でおどした鎧。
一六 おもだった家来ほどの意。
一七 神社中のことごとくの灯明をつけてまつること。万灯会など定例の所もあるが、ここは祈願のための献灯。

至極《しごく》と清忠が悪口《ッ》。達《たっ》て諫《メ》ば億《おく》二三するに似たり。地ウ先《ン》祖《ぞ》の名迄穢《けが》さん無念《ン》さ。
二四ウ天《ン》運《うん》未《いまだ》至《タ》らず共。ウ正八幡《ン》の御利生。ウ源氏を守りまし 色ませと。詞此宮居にあのごとく。神《しん》慮を仰《あを》ぐ万燈《ン》は。地ウ神《ミ》の恵《めぐみ》を頭《かうべ》に戴《いたゞ》き。ウ一《ッ》戦《ン》に討《チ》亡し。二五震襟《しんきん》やすんじ 色奉らん爲。詞ヤアイカニ監物。汝《ジ》は新参《ン》ながら武蔵《むさし》二六の國の産《さん》と聞《ク》。敵地の案《ン》内よつく知《ラ》ん。此度の先陣《ン》は汝たるべし。地ウ猶も忠勤励《ちうきんはげ》むべしと。ハル仰に監物 色頭《かうべ》を下《ゲ》。詞ハア、有難《りがた》き御詞《ン》。新参《ン》の某《シ》。大役仰付《ケ》らるゝ段武士の面目身の本望《ン》。地ウ君の武勇《ぶゆう》に聞《キ》おぢして。ウ腓腰《すね》二七立《(タ)》ぬ足利勢《イ》。ウ味方は一致《ッち》の逸武《はやり》二八士。ウ只一揉《トもみ》二九に踏破《ふみやぶ》る ウ味方の勝利疑《しやうりうたが》ひなし。片時《ン(し)》も早く ハル御出陣《ッン》と。万卒《ンぞつ》 フシ一《チ》度に悦びの。」地色ウ聲に勇《ミ》の 色御大將。詞イザ神前《ン》へ御暇《いとま》。賽《かへり》三〇もうしの拍掌《かしはで》三一の。地ウ音《ト》三二かあらぬか砂煙《すなけぶり》ぱつと吹來《キ》る風に連《レ》。ハル一《チ》度に消《きゆ》る。ウ燈籠《とうろう》三三コハリの。下皆とこやみ三四の ウ神《ミ》の告纔《つげわづか》に。フシ殘る一《ッ》燈の。」地色ハル光《カ》りは薄《うす》き武《ぶ》運《うん》かと。ウ胸三五に當《タ》りし義興公。ウ所詮勝利《しよせんしやうり》はなき身ぞと。ウ極《メ》し上に極《メ》る覚悟《かくご》。ハル心三六に徹《てつ》して小太郎も。あら心得ぬ 色此不思議《しぎ》。詞尤火を烈敷《はげク》なすも風。消《ユ》るも風とは云《イ》ながら。燈《とも》し立《テ》たる万燈《ン》の。一《チ》時に消《きへ》しは今度の一戦《ッ》。敗軍《はいン》との告成《つげル》か。御身三七の上も覚束《おぼつか》なし。地ウとくと堅慮《りよ》三八を廻《グ》らされ。ハル然《カ》るべしとの給へば。ウ竹沢進《すゝ》んで コハ義岑公の仰共 色存《ン》ぜず。詞神力《ンキ》三九勇者に勝《ッ》事あたはず。

一八 武の威勢。 一九 勇ましく。
二〇 目ざましい。
二一 しきい。同じ「シキミ」とよむに「閫」の字がある。史記の馮唐伝「閫以内者、寡人制レ之、閫以外者、将軍制レ之」。城外のことは武人がかかりの意。
二二 正しくは「卑怯」。
二三 正しくは「臆」。
二四 運命我に味方せずとも。
二五 「宸襟」のあて字。
二六 今東京都と神奈川・埼玉二県にわたる国。
二七 「脚(すね)」の誤り。勇気をうしない、立むかう気力のないさま。
二八 勇気にはやる武士。
二九 一度戦争をしかけると、すぐに敵を打破る。
三〇 名義抄「賽(カヘリマウシ)」。文字は願ほどき、御礼参の意であるが、ここは神社を立去るあいさつの意。上田秋成の「月の前」の「かへりまをして、御手輿にめさせ給ふほど」も同意。
三一 拍手。
三二 音ではないかと思われる程同時に。
三三 →節章解説(四六九頁)。義太夫大鑑「ノリ同様にいさむ所へ付る節なり。文句によりおんはかわれども、ノリを地にしてかたるこゝろ也」。
三四 まっくらやみ。
三五 死を覚悟の義興には、心中思いあたるものあって。
三六 つよく心をいためた。 三七 義興の身体。
三八 「賢慮」の誤り。
三九 怪異の力も、勇士を動かすことができないの意。松屋筆記、七十八「神力業力に勝ず、俗に神力勇者に勝ずといへるは誤也」として、沙石集、六の例を引く。

何の是式[一]に神の告。今南朝北朝と引分れ。威勢[二]にはびこる尊氏が。峙《そばだつ》[三]たる万燈を。地ウ眞此《まつ》ごとく打消《けし》して。ウ南朝[四]一統《とう》の世になさんとの知せの一燈。ウ目出[五]度奇瑞《きずい》に候と底工《そこだくみ》[六]有秀時が。ハル詞[七]を フシ餝《かさ》つて申ける。」 地色ウ義興完尓《くはんじ》と 中打笑《ゑみ》給ひ。詞ホ、よくも祝《いは》ひし監物。義興思ふ子細《しさい》有ば。義岑は只一人。蜜《ひそか》[八]に都へ立帰り。禁庭《きんてい》[九]の守護《しゅご》怠《おこた》るなと。地ハル仰に義岑大に 色驚。詞コハ兄上の詞共覚ず。一旦御供申せし某。目前《もく》怪敷《あやしき》神の御告《つげ》。弥《いよ〳〵》以て心得[一〇]ず。片時も御傍《そば》を離《はなる》る事は思ひもよらず。地ウ生るも死るも兄弟一所。ウ但用に立ぬ腰抜と ウ思召ての御事かと。ハル云せも果ずイヤ 色左にあらず。詞命を捨るは君の爲。子孫《そん》を殘すは家の爲。ノル先祖源の頼光が傳りし。水破兵破の二筋の矢。敵足利尊氏も同じ清和の流なれば。兼て望と聞及ぶ。参内《だい》の折からも。清忠が支《さゝへ》[一一]しかど。地ハル君恩の有難《りがた》さ。ウ某に下し給《たま》はりしは。キン弓矢《ゆみや》[一二]の冥加《めうが》。色家の誉《ほまれ》。詞戰場に持ならば若運盡《もしうんつき》て兄弟一所。討死せんも計《はか》られず。ノル左有時は家の重《ちやう》宝《はう》。敵方へ渡さんは先祖へ不孝《かう》[一三]武名の疵《きづ》。又心得ぬは坊門清忠。必定朝敵一味の族《やから》。地ウ我々都を出るならば其虚《きよ》[一四]に乘ん彼等が工《たくみ》。ウ我に替つて ハル君を守《しゅ》護《ご》し。必《かならず》 忠勤《きん》 中怠《おこた》るな。ウ天の命數《めいすう》[一五]限り有 ウ若も運命 ハル盡果て 入身は戰場に 中さらす共。ウ名は末代に暉《かゝやか》[一六]さん。ウ汝は都へ立帰り。時節を待て消殘る火[一七]

一 これくらいのことを、神の告とは事々しい。
二 威勢をもって世にはびこる。
三 高くそびえた尊氏の如き万灯。
四 天下一統を南朝がおさめる世。
五 めでたいしるし。
六 心底に悪だくみを持つ。
七 上手な言葉で。
八 「密」のあて字。
九 朝廷。この所、都を吉野ととらねば意が通らぬ。
一〇 この告を前にしての、その言葉の意がわからない。
一一 邪魔をしたが。
一二 弓矢とる武士としての幸。
一三 武家の名誉にきずがつく。
一四 手すきを見はからって、謀叛をする。
一五 天からさずかる寿命。
一六 説文に「光也」。かがやく。当時は「かかやく」と澄む。
一七 火の光。暉く・消残る・火影・光は関係ある語を重ねた。
一八 仏語。未来永劫。次の世もその次の世も永久にわたって。浄瑠璃の常套語。
一九 勇ましい。
二〇 恩愛深い兄弟の別れに際して。
二一 詮方もなくと「涙」にかかる。
二二 諺。
二三 気みじかに考え、自刃などなさらずして。
二四 覚悟を堅めたしるしとして。

影のごとく源の。ウ氏の光りを暉《かゞ》やかせ。ウ南朝世々の忠臣と末代に武名を色上《ゲ》よ。詞ノル此詞を用ひずば。[一八]未來永々勘當ぞと。地ウ必死《ひつし》と定《(メ)》し武士《(もののふ)》の口にはハル云《(ハ)》でウ心には是今生の中別れぞと。ハルさしもゆ[一九]ゝ敷御大將。ウ恩[二〇]愛離別《りべつ》の。フシキンクル目の内に滿《みつ》る。涙のキン伏勢をノル防《ふせぐ》。智謀《ちばう》はなかりけり。」地色ウ義岑も勘當との。重き詞に詮方《せんかた》も。ハル涙[二一]を色押へて。詞ハア畏《かしこま》り奉る。[二二]勝負《しやうぶ》は時の運なれば。譬敗《たとへはい》軍有迚も。[二三]必短慮に思さず共。目出度凱陣《がいぢん》待まする。地ウホ、聞入有て滿足《まんぞく》〳〵。ウ今汝にあたへ置二筋の矢を[二四]心のかため。ハル[二五]二張《てう》の弓の名を色取な。詞ノルヤア〳〵めん〳〵。篠塚《(し)のづか》八郎[二六]重庑《しげとら》は[二七]軍勢催促《さいそく》に遣はし。此所には有ね共《(ども)》斯《かく》と下知を傳へたれば。追々跡〳〵かけ付ん。地ウイザ出陣と。仰の内ハルキン引出す中お召のウ[二八]白栗毛《くりげ》に。ハルゆらりとフシめせば。」地色ウ義岑は見上《(ゲ)》。[二九]ハル見おろすウ血筋の中別れ。ウ[三〇]武士の盛を吹ハルちらす無常《むじやう》の。[三一]嵐櫻井のウ親子の思ひ。中[三二]楠がウ名は盤石《ばんじやく》と堅《かため》たる。ウ[三三]義心に劣《おとら》ぬ義興公ハル[三四]障泥《あをり》立トルたる。ウ[三五]鐙《あぶみ》の[三六]鳩胸《はとむね》[三七]隼《はやぶさ》の。ウ翅《つばさ》と駈《かけ》る[三八]駿足《じゆんそく》の跡に隨《したが》ふ諸《しよ》軍勢。ハル飛《(ブ)》がごとくに。フシかけり行《(ク)》。

地色ハル跡に義岑しみ〴〵と。ウ肝《きも》にこたゆる[三九]同棚《どうばう》のスヱ別れに心。中しほ〳〵と。ウ影[四〇]見ゆる迄。伸《のび》ハル上り。ウ見送る影も[四一]籏《はた》の手の。ハル次第。〳〵

二五 二心を持つことを「二張の弓を引く」という。裏切り者の悪名をうけるな。
二六 「虎」の誤刻。時代浄瑠璃の初段には、かかる豪傑が出て、荒事をするのが常で、それに相当して作られた人物。ここは次の活躍の伏線として名を出した。
二七 味方の軍勢の出陣をうながす為。
二八 太平記、三十三に義興の乗馬を「白栗毛なる馬の、額に角の生ひたるに乗り」とある。白栗毛は少し黄がかった栗毛。
二九 常套文句で、二つの人形の定った型がある。
三〇 盛りの義興が、その盛りの齢をもって、やがて死ぬことを暗示する。
三一 上の句から桜を出す。桜井駅。大阪府三島郡。湊川の戦場にゆく楠正成が十一歳の嫡子正行を国にかえすとて、ここで別れた(太平記、十六「正成下向兵庫事」)。作者は、この場は桜井別れに趣向を得た種あかしをしたもの。
三二 楠父子の名誉は、末代まで大石の如く動かない。盤石は「磐石」。
三三 楠父子の忠義心におとらぬ。
三四 鞍の下から両方の鐙の内へたれて、泥のはねをふせぐ馬具。
三五 鞍から左右の脇に下げて、乗り手の足をふまえる馬具。
三六 鐙の先のはり出た所を形容して、頭韻をふんで、同じ鳥類の隼を出した。又、隼の姿をいったもの。
三七 隼の翅ある如く早く走る馬。
三八 正しくは「しゆんそく」。
三九 「同胞」のあて字。兄弟。
四〇 姿。
四一 旗の上部。

に遠《とほ》ざかれば スヱ涙をふくんで立たる 中折から。ウ思ひがけなき[一]宮居の陰《かげ》。ウどつと上たる フシ[二]時の聲。」地ウスハ何者の寄るぞと。ウ傍《あたり》を睨《にらん》で立たる 色所に。詞ヤア〳〵新田小太郎義岑。見参と聲かけて。地ハルキン[三]蹄《ひづめ》を 下飛す。ハル駒[四]下駄《た》や [五]半太夫ウ [六]ゆり上裙《つま》の 色[七]八文字合。中どんなお[八]敵も。ウキン[九]弓張《ゆみはり》の ハルキン目元[一〇]の月や花の顔。[一一]戀の。臺《うてな》が ハル寄かけて。中[一二]いきとはで キンとの合。ウ[一三]討手の大將。中跡からどや〳〵ウ禿《かぶろ》[一四]末社《まつしや》。詞ヤアそなたは臺。コリヤどふじやと。地ハル[一五]力身し腕《うで》も拍子《ひやうし》抜。ウ敵は敵でも フシ中憎《にく》からず。」地色ウ臺は傍《あたり》中見廻して。

詞ヲ、あの[一六]恂りの顔わいナア。いつぞや廓《くるは》の別れの時。兄御様と御一所に。武蔵とやらへ軍仕に。いかねばならぬとおつしやつた。聞と持病《ぢびやう》の此[一七]痞《つかへ》。どふぞいかずと濟よふと。神〻様へ[一八]立願《りうぐはん》やら。[一九]はだし参りのかいもなふ。けふは。出陣なさるゝと。聞て[二〇]身も世もあられぬ故。お顔が見たさ逢たさに。地ハルあの衆頼んで遠《とほ》い道。ウ來《き(タ)》事は來ても大勢の。詞侍様方兄御様の前といひ。物いふ事もならぬ[二一]品。どふかかふかと思ふ内。結《むす》ぶの神の義興様。都にお前を殘すとは。粋《すい》の上[二二]もりヲ、嬉し。ヱ、何じやいナ濟ぬ顔して。人の思ふ様[二三]にもない。地ハル憎《にく》い男と鎧《よろひ》ごし。詞ヲ、[二四]いた。つめつても擲《たゝ》いても。こつちの手が痛《いた》む計。コレイナア。ヱ、そんな[二五]機嫌《きげん》じやないわいの。どふ思ひ廻しても。一所に行ねば兄上の。

一 神社の建物。二 鬨の声のあて字。大勢の一度に揚げる声。三 駒下駄を軍の馬にたとえていう。四 太夫の道中の時にはく下駄。吉原大全「皆人女郎のはき物にはこま下たうつりよしとて、後此さとの風とはなりぬ」。一目千軒「(前略)下駄にて道中あらば、一際花やかなるべしといひ出せしより、各同意して今に至れり」。五 →節章解説(四七〇頁)。ここで、哀れにも勇ましい軍陣の別れを一転して、はなやかな場とするのが構成の妙。六 遊女道中の時のつまの上げ方。吉原大全「道中の名こゝにおこる。つまの取やう、足のふみ出しに習ある事とぞ」。七 道中の時の足のはこび方。内八文字(京風)・外八文字(江戸風)がある。→補注四。八 遊里語。客又は相方。九 上へは、はり強く客に対する意。下へははりのある目、弓張の月と続く。一〇 月の如く花の如き美顔。一一 思いこがれし台。一二 あかぬけがしてあでやかな。一三「お敵」の縁語。一四 太鼓持。一五 力む。威勢をはった。一六「恟(オッル)」の誤り。「びっくり」と訓む。一七 胸のつかえいたむ発作。一八 茶だち塩だちなど誓をしての祈願。一九 参詣の度にはだしでする願立の一。二〇 自分は勿論世間体も忘れて、深く物思うさま。二一 次第。ありさま。二二 最上。第一等の粋人。二三 私(自分)。二四 このおかしみは人形劇の特色を示す演出。二五 そんなうい気分ではない。二六 これも付句の利用であろう。夜ねぬ商売の遊女の、物思いとなると、世間と反対に昼もねないとの滑稽。二七 武家屋敷づとめの女中。外出の機の少い人々の、殊に好物の芝居見物。そのさわぎは川柳などでも好題材。二八 午後十二時頃。二九 大さわぎ。三〇 道中の八文字で、足をふみ開いて出し、向御身の上も覚束《おぼつか》なし。ア、申〳〵旦那。お前をやつては太夫様〻此五作がきつい難義。ヲ、夫〻。太夫様もよく〳〵に思召ばこそ。傾城《けいせい》[二六]の。昼寐《ひる》ぬ程に思ひ[二八]詰。どふぞ今一度お顔が見たいと。屋敷方の女中方が[二七]。芝居《しばゐ》行か何ぞの様に夜の九ッからどつさくさ[二九]。道は飛やらかけるやら。外八文字[三〇]も一文字[三一]。所にやんだお前の出陣。悦び事の我等が趣向《しゆかう》。地ウお敵の旦那を討てしめる[三二] 中寄手の大将太夫様。ウ四方を取巻此鑓手《やりて》[三三]。ウ乱調《らんでう》[三四]に打太皷持。ウ廣《ひろ》[三五]げる指《ゆび》の乱杭《らんぐい》[三六]逆茂木《さかもぎ》[三七]。色酒肴。詞兵粮《ひやうらう》のコレ〳〵〳〵〳〵此提重《さげぢう》[三八]幸の幕《まく》[三九]の内。地ウ跡賑《にぎ》[四〇]はしに呑かけふ。ハル堅《かた》[四一]い姿のウお床《とこ》入。詞コレ門出の笑ひ本[四二]サ、、作《つく》[四三]り物ヤ乾物《かんぶつ》ものとは違《ちが》ふ。[四四]生の物を生でお目にかける。サア〳〵 地ウお出と無理やりに。中キン遉《さすが》に弱《よは》る色の道。ウ女のよれる神[四五]がきに。是非《ぜひ》なく フシ引れ入給ふ。

地色ハル跡に二人は 色したり顔。詞兼て望の彼《かの》一物。引[四六]たくつて主人へ渡せば褒美《はうび》はずつしり[四七]。色男でも遉《さすが》の義岑。[四八]あら立ては事の破《やぶ》れと。地ハル幕を覗《のぞ》いて ハルウうまいぞ〳〵。詞例《れい》の大酒のとろつぺき[四九]アノ紛《まぎ》[五〇]れに奪取《ばひ》(ラ)ん汝は傍《あた》りに眼を配《くば》れ。ヲ、サ合点首尾《しゆび》よくせよと。地ウ小吉は幕へ跡には五作。ウ四方に氣配忍[五一]び コハリ足。中なんなく御矢ウ盗取。ウ小吉が小聲に 色上首尾〳〵。ノル詞是さへ取ば義岑を。ぶち殺すは手間入ず。片時《へんし》も早く主人へ手渡しサアこいと。地ウ

って八の字になる如き足つき。↓補注四。

三一 まっしぐらにいそぐさま。平常ゆっくりした外八文字の道中の太夫が、今日は一文字に急いだ。 三二 占めると締めるの語呂。

三三 槍の手の者の意と遊里のやりて(遊女の世話をする年ゆきの女)をかける。

三四 乱声。笛・鼓を盛んに合す音楽の法。ここは軍陣で鐘・太鼓を盛んにならすこと。太鼓持は縁。

三五 手の股をひろげて、旦那などとよびかけるのは太鼓持の習い。↓補注五。

三六 敵の攻撃をふせぐため不規則にうった杭。

三七 防禦の為に軍陣にめぐらす、木の枝などを組合せて作る垣。

三八 食物・酒・食器などを入れる、携帯・外出用の重箱。

三九 幕をめぐらしてある、その中で。

四〇 旅に出た人、不在の人の安全を祈ってする酒宴。

四一 鎧兜姿なのを、律義な姿にいいかけた。

四二 秘戯画の本。出陣の餞別におくって魔よけとする。

四三 笑い本では、作り物の絵空事だが。次に乾物・生の物と少しずつ意を転じてならべた。

四四 太夫と同衾せよとの意。

四五 徒然草、九段「女の髪筋をよれる綱には、大象もよくつながれ」(出典は五句章句経)。髪に神をかけ、神垣の中へ、女に引かれて入る。

四六 うばい取って。

四七 重い形容。沢山だ。

四八 表に出しては失敗のもと。

四九 泥酔のさま。

五〇 それでわからない間に。

五一 足音をひくくして。

一逸足《いちあし》出して フシ かけり行。」 地色ウ 俄《にはか》に騒《さは》ぐ幕の 中 内。ウ かけ出る義岑に。取付《キ》
縋《すが》る ウ 臺《うてな》も倶に。ウ 引摺《キずら》れても放《はな》さばこそコレ〳〵 色 申殿様。詞 二吃相《きつさう》かへてコ
リヤ何事。なんぞ夢でも御らふじたか。コレ氣を鎮《しづ》めて下さんせ。ヤア何事とは。
兄義興〻預《カ》りし大切《ツ》の二《タ》筋の矢。思ひも寄《ラ》ぬ紛失《ふんじつ》。兼て尊氏懇望《こんもう》と聞《(ク)》。敵《キ》方へ
奪《うばは》れては。味方の不吉《ツ》我《ガ》落度《おちど》。地ウ 兄上への申訳《ケ》と。ウ 三差添《さしぞへ》抜《ク》手に取《リ》付《ク》 色 臺《ナ》。詞
イヤ〳〵放せ。マ、、、マア待《ツ》て下さんせ。ヲ、道理じや〳〵〳〵が。コレ。申《シ》。
今お果なされては。誰が殘つて御《ン》矢の詮《ン》義。兄御様へ此様子。申《シ》上《(ゲ)》る人もない。
もふかふ成《ツ》た上からは。再《ふたゝ》び廓《くるわ》へ歸らぬ四胸。五身を碎《くだい》ても詮《ン》義して。其上で叶《かな》は
ずば。ナ。わたしも一《ツ》所に冥途《めいど》のお供。地ハル 死る命は惜《をし》からねど。ウ 此御難《ン》義
も皆私《わし》ハル 故。詞 コレ堪忍《かんにん》して暫《しばら》くの。お命ながらへ 地ウ 野《の》の末。ハル 山の奥迄も
ウ 夫《ト》よ。ウ 妻《つま》よと呼《ビ》呼《バ》れ。ウ 一《ツ》所に居たらわしや六本《ン》望。ウ 思案《ン》して下さんせと。
ハル 女心のくど〳〵と跡や七先立《ヤ(ツ)》 フシ中 涙也。」 詞 ム、尤〻よく云《ツ》た。此所で相果《イ(テ)》な
ば。盗賊《とうぞく》の八僉義《せんぎ》もならず。九犬《いぬ》死と成《(リ)》一〇骸《かばね》の恥辱《ちじよく》。一《ト》先此場を立退《のい》て。草を一一分《カ》つて
御矢の一二行《ク》衞。地ハル 定めなき身の俄旅《にはかたび》小褄《づま》引《キ》上《(ゲ)》帯 中 引《キ》しめ。ハル 身拵《ごしらへ》する間 中
もなく。ウ 引《ツ》返して二人の牽頭《たいこ》。ウ 跡に付添《(フ)》數多《あまた》の家來。ウ ソレ討殺せと 色 追取《ツリ》
巻《(ク)》。詞ノル ヤア合点《ン》の行《カ》ぬ二人の奴原《やつばら》。扨は御矢を奪《ばひ》取《リ》しも。一三儕《レ》等二人に極《きはま》つたナ。

一 急ぎ足をもって。
二 顔色をかえて。
三 脇差。
四 心中。
五 労苦の甚しいことの形容。
六 道理をいいながら感情を出す、浄瑠璃の若女形の型である。
七 女のことでいうことも、前後してまとまりがない意と、言葉に先き立って、すぐに涙の出るも亦、女の常であるを合せた表現。この所、女人形の見せ場。
八 「詮議」のあて字。捜索。
九 むだ死。
一〇 死後までのはじ。
一一 どんな隅々までも。
一二 上下にかかる。御矢の行衛をさがす。行衛(目的地)を定めなく、又、定まらぬ運命とて俄に旅に出ることになって。
一三 康熙字典に「輩」に同じと。「おのれら」とよむ。
一四 生意気な。
一五 打ってへたばらす。
一六 投げて、蹴ってへたばらす。
一七 手練のわざのかぎりに。
一八 女の業では、すべもない。

何國《いづく》の誰《レ》に頼《マ》れし。サア眞直《まつすぐ》に白状《はくじやう》せよ。ヤア一四ちよこざいな詮《ン》義だて。引《ツ》くゝつて主人へ土産《みやげ》。地ハルアレ一五打居《チすへ》よと聲に連《レ》。ウ捕《とつ》たとかゝるを身をかはし。ウ一六投《ゲ》すへ蹴《け》すへ踏飛《ふみ(バ)》し。ウ一七手をつくして働《はたら》けど。ウ敵は大勢《イ》身は一《ト》つ。ハル見るにハア〱臺が案《ン》じウ助《ケ》ん方便《てだて》も色一八女業《わざ》。ウ群《むらが》る大勢義岑《イ》の。手ウ取《リ》足取《リ》打倒《たふ》し。ウ既《すで》に危《あやう》き折こそ中有《レ》。ウ篠塚《しのづか》八郎重庑《(とら)》はウ一九主君《ン》のお供の後《おくれ》ばせ。ウかくと見る〻飛かゝり。ウ家來を投退《ゲのけ》色踏《ミ》ちらし。詞ノル様子聞《ク》二〇間も足弱《よは》連《レ》。此場を一《ト》先落《ツ(チ)》させ給へ早ふ〱と見送《ク》つて。地ハル宮居の前に色二一鳥居立《チ》。ウ遁《のが》さぬやらぬと家來共。ウ兩足兩腕數《うです》十人《ン》。ハル押《セ》二二どしやくれど色動《うごか》ばこそ。詞にこ〱ほや〱打笑ひ。ム、ム、ハ、、、、二三うづ虫めらが二四ほでてんがう。新田の御内に隠《レ》なき。二五四天王と呼《バ》れたる二六篠塚伊賀守《ノ》が嫡子《ちやくし》八郎重庑。此兩足は二七はへ抜《キ》の。二八大仏《ツ》柱《ばしら》を鼴鼠《むぐらもち》。動《カ》ぬ事いかぬ事。助《ケ》た迚殺した迚。高《たか》の知《レ》たる二九下﨟《げらう》共。早く此場を三〇なくなれ〱。ヤア下﨟とは三一推参《すいさん》也。畠山入道《にう》の郎等石原丹治逸見《はやみ》ノ傳吾。三二姿をやつし義岑を。討取《チ(ル)》方便《てだて》の牽頭《たいこもち》。三三一《ツ》ぱい喰《くは》せて奪《うばふ》た御矢。主人《ン》へ渡せば新田の滅亡《めつばう》。三四廣言吐前髪首《くはうげんはくまへがみ》。三五さらへ落せと切込刀《リ(ム)》。地ウ二六柄《つか》と拳《こぶし》を一握《トにぎ》り。ウヲ、そふぬかせばモウ助《ケ》ぬ。ウ御矢の盗賊《とうぞく》三七観《くはん》念《ン》と。ウ一振《トリ》ふつて打付《ケ》られ。ソレ遁《のが》すなと下知の下。ウどつと馳《はせ》寄《ル》三八雑《ざう》人《ン》原。ウ引《ツ》つかんでは人三九礫《トつぶて》ばらり〱と三重上へ投《ゲ》

一九 義興公の供におくれて、はせつける所。
二〇 間もあらずを「足」にかける。女をつれにしているの意。
二一 宮居の縁。鳥居の如くに両足両手をひろげて大きく立つこと。天王立などと共に浄瑠璃用語で、勇士の人形の一つの型を示す。
二二 左右前後にゆさぶる。
二三 人を軽蔑する語。近松語彙「うじむし(蛆虫)の訛。人を罵つていふ語(下略)」。
二四 「ほで」は腕。俚言集覧「いたづらをする事、京にていふ」。浄瑠璃に多く使用。
二五 栗生左衛門顕友・篠塚伊賀守広重(名は甲子夜話による)・畑六郎左衛門時能・由良新左衛門具滋(倭訓栞など)。
二六 その勇士ぶりは、太平記、二十二「大館左馬助討死事附篠塚勇力事」に見える。
二七 根から生えた大仏殿の大きな柱同然。
二八 力の及ばない意の諺「大黒柱を蟻がせせる」をいいかえたもの。お前達の自分にかかってくるは、先ずそのたとえの如しの意。名物六帖「鼴鼠(ウコロモチ)」。
二九 下郎。身分のいやしい者。
三〇 退散せよ。
三一 無礼な。
三二 仮の姿にかえて。
三三 うまうまとあざむいて。
三四 大きな口をきく。
三五 すっぱり落せ。
三六 太刀の柄をにぎった敵の拳を、その上からつかみとめて。
三七 死を覚悟せよ。
三八 雑兵達。
三九 多くの人を石つぶての如く軽々となげつけること。

ちらす。地ウ無法不敵の石原逸見《はやみ》。ウ透《すき》を伺《うかゞ》ひ切かゝる。ウ身をかはして鉄拳《かなこぶし》。ウ素頭《すかうべ》ぴつしやり石原藥罐兀《やつくはんはげ》あたま。ハルみぢんに碎《くだ》け逸見ノ傳吾。ウ一度にフシ息はたへにけり。

地ハルヲ、氣味よし色心地よし。ウ御矢の有所は畠山。ウ都に有ば一大事。かくと様子を若殿の。ウ御身の上も覚束《おぼつか》なし。ハル一先舘《やかた》へ。イヤ〳〵ウ先我君に追付て中事の次第を申上。ウ思案ぞウ有んハルあら金の。ウ土砂《どしや》踏《ふみ》立る猛虎《もうこ》の色駈《かけり》。ウ獅子奮迅《しゝふんじん》の勢《いきほ》ひは。ウ実《げに》も新田の十六騎《き》。ウ其隨《ずい》一の勇士《ゆうし》の孶《みばへ》。合ハル父《ちゝ》も父たりウ子も子たり。キン二代の忠臣ウ篠塚《しのづか》が武勇《ぶゆう》を。代ゝに傳《つた》へける

第　二

謡月の名所を引かへて。爰やかしこの鯢波《ときのこへ》。地ハル矢並繕《やなみつくろ》ふ小手差原《さしばら》。ウ霰《あられ》たばしる武藏《むさし》中野《の》の。空《そら》物凄《すご》きウフシ氣色《けしき》かな。」地色ウ新田ハル左兵衞佐《すけ》義中興公。ウ勅《ちよく》命ハルもだし難《がた》ければ今度の合戰は。討死と覚悟《かくご》中極《きは》めし軍立。ウ馳《はせ》遠《ちが》ふ馬煙《けふり》太刀の鍔《つば》音天地に響《ひゞき》。日を招《まね》く。ウ魯揚《ろやう》が勢《いきほ》ひ山を拔《ぬく》。項羽《こうう》が力も是

一かたい拳固。二「す」は接頭語。そまつなの意。三石原に薬罐をひきずるような、悪い声をいう。ここは石原丹治とそのはげあたま即ちやかん頭のつなぎに、この成語を用いた。四郎等の言葉で畠山とわかった。五義岑のこと。その若殿に知らそう、がその若殿の身の上も不安だ。六新田の都の邸宅へ一と先ず帰ろうか。七土の枕詞。上から頭韻をふむ。八すさまじく早いたとえ。九勇猛のたとえ。法華経「師子奮迅之力」。一〇太平記、十四「箱根竹下合戦事」に「義貞の兵の中に、杉原下総守・高田薩摩守義遠・葦堀七郎・藤田六郎左衛門・川波新左衛門・藤田三郎左衛門・同四郎左衛門・栗生左衛門・篠塚伊賀守・難波備前守・河越参河守・長浜六郎左衛門・高山遠江守・園田四郎左衛門・青木五郎左衛門・同七郎左衛門・山上六郎左衛門(以上十七人、安斎随筆、山上をのぞく)とて、党を結びたる精兵の射手十六人あり、一様に笠符を附けて、進むにも同じく進み、又引く時も共に引きける間、世の人之を十六騎が党とぞ申しける」。ただし八郎の名はない。一一「めばえ」に通じて、芽生(若芽)の意。

二段目口
武蔵野原合戦の段

一二武蔵野をいう。古来、月の歌枕。一三鯢は雌鯨。子をつれて海に帰る時大きな音をなすよりこの文字をあてる(祖庭事苑)。鬨の声。一四金槐集「もののふの矢並つくろふこての上に霰たばしる那須の篠原」。一五埼玉県所沢市の近く。正平七年閏二月義興ここに足利勢と戦った(太平記、三十一)のを利用した。一六謡曲の殺生石「此原の時しもものすごき秋の夕かな」。一七そのままにしておく。

にはいかで増《まさる》べき。ウ瘻《ひるま》ず去《さら》ぬ ハル戰《たゝか》ひに。ウさしも多《た》勢の鎌倉 中勢。フシ二二色めき立て見へにける。」地ウ追來る敵を喰《くひ》留んと。二三鎌倉方の二四侍大將。ウ江田ノ判官景連《かげつら》家の子郎等前後を囲《かこひ》。ウ太刀拔かざし懸《かけ》向ひ。ウ二五手を碎《くだい》たる働《はたら》きに勝ほこつたる ハル二六官軍《くはん》も少二七しらけて見へたる 色所に。詞ヤア比興《ひけう》也 二八旁《かたく》。竹沢監《けん》物秀《ひで》時是に有と呼《よば》はつて。地ウ判官目懸討てかゝれば合。コミウ家來は主を討せじと。ウ懸塞《ふさが》るを竹沢が二九縱横無盡《ぢうわうむじん》に ハル討ちらせば。ウ叶はぬ赦《ゆる》せと迯ちるを。遁《のが》さじやらじと追かけ フシ行其(ク) 中隙《ひま》に。」地ウ江田判官漸《やうく》と迯のびて ウ味方の加《か》勢を三〇松原に。フシ三一鎧突《よろひつき》して居る所へ。」地ウ三二取て返す竹沢監《けん》物まつしぐらに懸付れば。ウ判官も駈《かけ》向ひ三三丁〳〵はつしと 色三四渡り合合。コミハル暫しが程は戰《たゝか》ひしが双方《さうはう》太刀をからりと捨(テ)。ウ互にむんづと コハリ引組で。ゑいや〳〵と揉《もみ》合しが。傍《あたり》見廻し起《おき》上り。フシ塵《ちり》打払ひ」色小聲に成。詞ノウ判官殿其以來は。サレバ〳〵敵味方と隔《へだゝ》れば互に書通《しよつう》の取遣計。シテ其元の三五手都合《てつがう》は。いかにも弥《いよく》上首尾《しゆび》〳〵。初の程は義興めも中々微塵《みぢん》も氣をゆるさず。サ三六欺《だま》すに手なしと此監物。さま〴〵の忠節顔。今では三七譜代《ふだい》同前に心置なく軍の相談《さうだん》。夫は三八重疊《てうぢやう》。兼てしめし合せし通いつでも三九貴《き》様が討て出ると。味方は迯(ゲ)る。貴様は追《おふ》。手柄《てがら》させて義興に。取入せんと思ふ故。先程は此判官も足早に迯申た。イヤモどふもいへぬ迯ぶり。

一八 陣立。
一九 太平記、三十一「武蔵野合戦事」に「汗馬の違ふ音、太刀の鐔音、天に光(かかや)き地に響く」。
二〇 正しくは「魯陽」。太平記、二十六「四条縄手合戦事」の条「項羽が山を抜く力、魯陽が日を返す勢有り共、此堅陣に懸入つて、戦ふべしとは見えざりけり」。→補注六。
二一 楚の項羽の垓下の歌「力山ヲ抜キ気ハ世ヲ蓋フ」(史記の項羽本紀)。
二二 まけ色が見えて来る。
二三 足利方。
二四 武家名目抄「侍大将とは、其身侍にして一軍の将となれる者を云へるなり」。部将。
二五 手練の程をつくす。
二六 新田勢。
二七 まけ色が見えてくる。
二八 おのおの方。
二九 四方八方。太平記、十「義貞義助の兵縦横無尽に懸け立つる」。
三〇 味方を待つの意を持つ。
三一 鎧をゆり上げ、身体に隙のないようにすること。矢が裏をかかない用心。
三二 同じ所へひっかえした。
三三 太刀の打合いの音。
三四 太刀をかわす。争う。
三五 手元の都合。
三六 諺。色々とだます方法をしかけると、それにのらないことはできない意。
三七 祖先以来一人の主君に仕える家来。太平記、三十三「佐殿今は(中略)謀叛の計略、与力の人数、一事も残らず、心底を尽して知らされけるこそ浅ましけれ」。
三八 甚だ結構なことである。
三九 二人称の尊称。

よつ程[一]下地が有そふな。ウフシハ、、、、とにが笑ひ。詞コレサ監物殿。義興が氣を赦《ゆる》すこそ幸。飛かゝつてす[二]つぱりは。イヤけ[三]もない事〳〵。そふ早[四]まる故先達ても吉野で貴様大しくじり。しる通り力は強《つよ》し。[五]打物取ては鬼神同前。古《こ》今《こん》に希《まれ》な[六]早業手利《はやわざてきゝ》。ハテノフそんなら所詮《しよせん》いけまいか。サいかぬ所をやるが工夫《くふう》。[七]釈迦《しやか》でも喰せる我等が方便《てだて》委《くは》しくは此白紙と。地色ウ渡せば取て色不審《しん》顔。詞何此白紙が思案とは。ヲ、サ[八]仮初《かりそめ》ならぬ密事《みつじ》の計略《けいりやく》落ても人の見ぬ様に。此白[九]紙認《みしたゝ》め置水にひたせば皆讀《みなよめ》る。コリヤ[一〇]おそろだ。出來[一一]た〳〵上分別と。地ウ點《うなづ》き中囁《さゝや》きフシしめし合する折からに。」地ウ又も聞ゆるハル人馬《ば》の音。詞ヲット[一二]任せと渡り合(ヒ)合。二打三打。地ウ[一三]仕組《しくみ》の狂言《きやうげん》逊るをハツミやらじとウ竹沢監物。返《かへ》せフシ戻《もど》せと追て行(ク)。

地色ウ義興公は只一騎。ウ尊《たか》氏に近寄て一時に勝負《しやうぶ》を決《けつ》せんとウ駒を早めて色駈《かけ》給ふ。ウ大將と見るゟも。ウ一度に寄來る鎌倉勢。ハル八方ゟ取囲《りかこみ》。ウ我討取んと色切てかゝる。詞ノルシヤ物[一四]〻しやと懸[一五]向ひ。追かけ追詰切まくる。地ウ[一六]神變《じんぺん》不思儀《しぎ》の太刀[一七]風に。ハル吹ちらされし木の葉[一八]中武者。むら[一九]〳〵ぱつと。フシ逊(ゲ)て行(ク)。」詞ヤア數《かず》にもたらぬ。雑兵《ざうひやう》共うぬらを目懸る義興ならず。イデ尊氏に見参と。地ウ乗出さんとし給へば。コハリ馬はウ俄《にはか》に高嘶《たかいなゝ》き打(テ)[二〇]ど[二一]あをれど進《すゝま》ねば。

一 素質。
二 一さしに殺してしまう。
三 とんでもないこと。思いもよらないこと。
四 気急ぎをする。
五 武器。
六 敏速で上手。
七 釈迦の如き全智全能の人をでも、だまして見せる。
八 大事な秘密のこと。
九 秘事指南車、下「白紙にて文通する術」に「白紙に酒にて文字を書き、乾して後水に入れば、書きたる文字あらはるゝ、密に文通するには、此法をもちゆべし、乾きたる時は白紙とみゆる、かねて向の人といひ合せ置くべし」。
一〇 当時の通言。恐れ入ったことだ。
一一 当時の通言。上出来。
一二 よし承知した。よしきた。
一三 計画したまねごと。
一四 大層らしい。
一五 馬をその方にむけてかかってゆき。
一六 「不思議」のあて字。人智を上まわる不思議。
一七 太刀さばきを風にたとえ、以下吹きちらす、木の葉武者と、風の縁語でつづける。
一八 物の数でない武士。軽視すべき武士。
一九 数群をなして散るさまの浄瑠璃用語。
二〇 鞭で打って馬を早める。
二一 足で、あおり(障泥)をたたいて、馬をすすませる。
二二 がんどうは強盗と書き、藺や菅で作った冑詞ム、扨は。此しげみに伏勢《セイ》有《リ》と覚へたり。シャ何程の事有《ヲ》んと。地ウ進《すゝま》ぬ馬をあをり立《テ》。ウかけ出し給ふ後《ロ》ゟ。案《あん》に違《たが(は)》ず武者一人。ハル鎧の上に蓑《みの》打かけ顔を隠せしがんどう二二中頭巾《づきん》。ウ馳《はせ》行《ク》馬の尾筒《をづゝ》二三を抓《つかん》で色引戻せば。詞ヤア推参《すいさん》成《ル》曲者《くせもの》。討放《チはな》さんは安《ス》けれど此義興が乗《のつ》たる馬を引《キ》留《メ》んとはホ、、、しほらしし二四。ならば手柄《てがら》に留《メ》て見よと。地ウ一鞭《トむち》當《テ》て駈《かけ》出す。ウ馬は駿足《じゆんそく》二五乗《リ》人は達者《たつしや》。ハル踏《ふみ》出す足なみどうくく合。コミウ鐙の金《ナ》物からくく。互《イ》のかけ聲中鄣泥《あをり》二六の音《ト》。ウ谺《こだま》二七に響《ひゞく》武蔵野にまだハル枯《かれ》残る初冬《ツふゆ》の芒《すゝき》かるかや敗醤《をみなへし》二八入乱。上散《ちり》てぞ三重上〽もみ合しが二九。」地ウきやつもしれ者踏《ミ》とゞめトル引《(イ)》つ引《カ》れつフシ争《あらそ》ふ内。」地色ウ頭巾《ン》は脱《ぬげ》て見合《ハ》す色顔。詞ヤア其方は。我家《ガ》來《イ》由良《ゆら》三〇兵庫《ひやうご》ノ助信忠《のぶたゞ》。ム、其意を三一得《え》ざる今の振舞《ふるまひ》。南瀬《みなせ》三二ノ六郎と其方は。我家の政務《せいむ》三三を任《カ》せ古郷《こきやう》三四新田の城を守《モ》らせ。妻子を預置《ケイ》たるに。城を打捨《(テ)》來るのみならず。今尊氏を追《ツ》かけんと。乗出《リ》せし此義興が。邪广《じやま》せしは所存《しよぞん》ばし三五。有《ツ》ての事か速《すみやか》に返答《ンたう》せよ。と以《ツ》ての外の御怒《ンいかり》。地ウ兵庫ノ助は義興のハル姿を見上《ゲ》思はずも。はらくくと涙を中流し。詞君勅命《ちよくめい》を蒙《かうむ》り給ひ。大將たる御身にて。匹夫《ひつぷ》三六の勇《ゆう》を好《このま》せ給ひ。かくかろぐく敷《キ》御振舞《ふる》。千斤《ンきん》三七の弩《ど》は鼷鼠《けいそ》の爲に発《はな》たずと。申事《ス》は申さず迚もよく御存《ジ》。都而《すべて》此度の軍《サ》の様子。日々《ひゞ》注進《ちうしん》の趣《おもむき》にて。とくと思案《ン》を廻《(め)グ》らすに。日比三八の軍慮《ぐんりよ》に違《たが》

のとっぱいに似て先のとがったかぶり物。守貞漫稿の山岡頭巾の条に「古図に山賊を図する必ず被レ之り、芝居にても扮レ之者用レ之、蓋し今も雪国に用ふる繭製の物也、八丈木綿等に非ず、又山樵猟夫も繭製の物を用ふ也」とあるもの（物類称呼に諸の異名をのせる）。ただし、形を似せて布で作ったものもある。

二三 馬の尾の根元の所。

二四 かわいらしい。

二五 正しくは「しゆんそく」。

二六 名物六帖「熊皮鄣泥（クマノカハアフリ）（北魏書を引く）」。障泥（前出三一九頁）に同じ。

二七 書言字考「谺（コダマ）（文選）」。木精。

二八 大和本草「敗醤（ヲミナヘシ）（前略）倭俗所謂女郎花ナリ」。

二九 秋の七草を散らして、争った。

三〇 太平記、三十三に、義興と共に矢口渡に死した一人「由良兵庫助」を用いたもの。

三一 合点のいかない。

三二 太平記、三十三の戦死者の一人「南瀬口（ミナセグチ）六郎」を用いたもの。

三三 家老職だとの意。

三四 上野国新田郡、新田氏の本拠。

三五 係助詞「は」とつよめの助詞「し」の一つになった係助詞。下に疑問の語をもつことが多い。

三六 血気にはやる小人物の勇。孟子の梁恵王下篇「此匹夫之勇、敵一人者也」。

三七 大きな志ある者は小事にかかわらない意。太平記、二十「義貞自害事」に「中野藤内左衛門は、義貞に目加せして、千鈞弩為ニ鼷鼠ニ不レ発レ機と申しけるを、義貞きゝもあへず」（魏志に杜襲の言として見える）。

三八 今までの軍略。

はせ給へば。必定《ひつぢやう》《ン》今度の御出陣《ツン》は。討死との御覚悟《かくご》と。[一]睨《にらん》だ眼《コ》に遠《ちが》ひは有《ヲ》じ。是非《ぜひ》に留《とゞ》め申さんと御舘《やかた》には六郎を殘し置《キ》。密《ひそか》に來つて様子を伺《うかゞ》ひ。御所存《ン》とくと見定《メ》たり。地ウ御氣に障《さは》る事有《リ》共。ウ恥《はぢ》を忍び身[二]をこらし。年を重《かさ》ね日を積《つま》ねば。ハル大功《こう》はなしがたし。ウ一旦《ツ》の御怒《いかり》に御身を失《うしな》ひ給ひなば。ハル誰《レ》有《ツ》て天子を守護《しゆご》し。ウ朝敵を中亡《ほろぼ》して。ウ公家《くげ》[三]一統《ツたう》の代《よ》となさん。ハルヱ、情《ケ》なき我《ガ》君やと。ウ或《あるひ》は怒《いかり》ウ或《イ》は歎《キ》。詞を盡《つく》しフシ理[四]を中せむれば。」地色ウ義興公も内裏の首尾《しゆび》。ウ我胸中《ガけう》を打明《ケ》て。ウ物語《がたら》んかいや〳〵。ウ彼《レ》に打明《ケ》語りなば。ウ行[五]先《キ》へ付《キ》まとひ諫《いさめ》んは色必定《ひつぢやう》。ウ所詮決《しよせんけつ》せし覚悟《かくご》なれば。ウ止《とゞ》めらるゝも六ケ敷《むつかし》と。ハル[六]さあらぬ躰《てい》にて色[七]イヤトヨ信忠。詞夫《レ》は皆汝が廻《ハ》り氣。討死《チ》の覚悟のとは。思ひも寄《ラ》ぬ一言《ン》。[八]目に餘《マ》る敵の大勢。士卒《しそつ》の心を励《はげま》さんと。[九]手をおろしたる我働《ガはたら》[一〇]き。イヤ〳〵いか程に御意有《ツ》ても。此兵庫が有内《ル》は。[一一]一騎《ツき》立《チ》の御働きは[一二]金輪際《こんりんざい》お止《とゞ》め申《ス》。敵陣《ン》は此兵庫が。地ウ[一三]一《ト》當《テ》當《(テ)》て御目にかけん。ウ君は暫《ラ》く御休足《きうそく》と。ウ蓑脱《みのぬぎ》捨《(テ)》て一《ツ》さんに。ハル敵陣《ン》フシさして中かけり行《(ク)》。地色ウ大將の御座《ござ》所尋《ネ》さがして味方の軍勢《ン》。ウ[一四]井彈正《ゐだんじやう》を始《メ》として。ウ追《イ》ゝに駈《かけ》來り。ハル一《ト》息ほつと中つぐ所へ。ウ己《おの》が工《たくみ》を押隠《シ》す惡《ク》には[一五]智恵《ちゑ》の竹沢監物。ウ首二三級《きう》引提《ツさげ》來り。フシ実検《じつけん》に備《そなゆ》れば。」地ハル大將中御覧《らん》じ。詞ホ、監物。數度《すと》

一 推定した所に間違いはなかろう。
二 身体をくるしめ。越王勾践の臥薪嘗胆の故事を下にふむ。
三 朝廷が天下をすべて統治する代。
四 道理を筋立てて語る。
五 行先き行先きにまといついて諫言する。
六 そしらぬ様子。
七 いやいや。
八 見ても全部がわからぬ程に沢山の。太平記、三十一「敵目に余る程の大勢なれば」。
九 大将自ら手出しをした。
一〇 原本の振仮名「はとら」。意によって改。
一一 大将単独の行動。
一二 絶対に。どこまでも(金輪際は大宝積経などで、大地の最も下、百六十万由旬の遠くにある場所の意。よって何処までもの意となり、更に転じた)。
一三 一勝負、勝負をいどんで御覧に入れよう。太平記、十「敵に一当当て見候はん」。
一四 太平記のその条に、義興と死を共にした井ノ弾正忠を用いた。また「執事井弾正」とも見える。
一五 智恵のたけたの意でかかる。
一六 さようでございます。

の高名手柄〳〵。軍《サ》の様子はなんと〳〵。ノル[一六]さん候頃日《このごろ》數《す》日の戰《たゝか》ひにて。勝《つ》に乘《ツ》たる御勢《イ》に。兵庫が[一七]荒《あら》手差加《さしくはゝ》り。[一八]手ひどき味方の軍配《ぐんばい》に。地ウ労《つか》れ果《(テ)》たる鎌倉勢。ウ尊氏を始《メ》として鎌倉さして迯《ゲ》色のびたり。ウ此虚《きよ》に乘《ツ》て責《せめ》付《ケ》給はゞ。ウ敵の大勢皆殺しと。ハル[一九]工《ミ》を隠すフシ勧《すゝ》めの詞。」地色ハルこなたは固《もとより》討《チ》死と。ウ覚悟極《きは》めし軍《サ》なれば。ウ[二〇]いつの時をか期《ご》す中べきぞ。ウ[二一]天下の爲にはウ朝敵。我《ガ》爲には親の敵尊氏を。ウ討《タ》ずんば再《ふたゝ》び生《キ》ては歸るまじ。ウいざ追《ツ》かけん[二二]陣觸《ンぶれ》せよと。ウ勇《いさみ》にいさんで乘《リ》出し給ふ色向ふゟ。ウかけ來るは由良兵庫ノ助ウ信忠かくと見るゟ引提《ツさげ》し。ウ敵の首投捨《ゲ》て。ハル[二三]轡《くつは》づらを色しつかと取《リ》。詞コレ殿。最《さい》前《ン》も此兵庫が。[二四]詞を盡《つく》し申上《シ(ゲ)》しに。まだ御合点《ン》が参りませぬか。ヱ、[二五]淺間しき御所存《ン》。日比に替《ハ》りし御振舞《ル》。[二六]天魔《ンま》が見入《レ》候な。一旦《ツたん》負《まけ》し尊氏なれ共。地ウ鎌倉へ引籠《ヤこも》らば中《カ》〻ウ容易《たやすく》責《メ》がたし。ウ一先《ヅ》古郷へ歸らせ給ひ。ウ[二七]英氣《あいき》を養《やしなひ》時節《じせつ》を見て。ハル討て出るが[二八]万全《ばんぜん》の謀《はかりごと》と。お馬のフシ[二九]口を引返《ツ》せば。」地色ウせきにウせいたる御大將。ウ放《はな》せ〳〵とあせれ共。ウこなたは[三〇]手強《づよ》き忠義の一圖《チづ》。ウヱ、面倒《めんだう》なと義興公。ウ[三一]陣扇《(ぢんあふぎ)》にて兵庫が顔。ウ目鼻《はな》も分《カ》ず丁〳〵〳〵。打《(テ)》ど擲《たゝ》けど色放《ナ》さばこそ。詞ヤア出陣《ツ》の[三二]先《キ》を折《(リ)》。味方の英氣《イ》をくじく曲者《くせ》。[三三]敵に一《チ》味か二心《タ》か。[三四]勘當《ン》じやそこ立《チ》され。主從《しうゞ》の縁《ン》是限《かぎ》りと。地ウ[三五]扇を顔へ投《ゲ》付《ケ》給へば。

一七 新手。
一八 手きびしい味方の軍略。
一九 悪だくみを表に出さないでする。
二〇 今をおいて何時また時期があろうか。
二一 太平記、三十一「武蔵野合戦事」に「新田武蔵守義宗、旗より先に進んで、天下の為には朝敵也、我為には親の敵也、唯今尊氏が首を取つて、軍門に曝さずんば、何の時をか期すべきとて」。「再び生て」は同二十六「正行参吉野事」の正行の奏上など見合せての言句。
二二 出陣の命令。
二三 轡綱。馬の手綱のこと。和名抄「楊子漢語抄ニ云フ韁鞚(薑貢ニ音和名同上(久豆和都良))一ニ馬鞚ト云フ」。
二四 色々と言葉をならべて。
二五 あきれかえったお心。
二六 仏語で、仏道のさまたげをするもの。最も悪質の悪魔にとりつかれた。
二七 強くたくましい元気。
二八 万に一つのしくじりもない完全な計画。
二九 馬の口を、鎌倉と反対の新田の方へむける。
三〇 したたかで且つ一筋の忠義心から出た行動。
三一 軍扇。
三二 調子をくじく。出ばなを悪くする。
三三 敵に味方したか、また、服従心をなくしたか。
三四 父子兄弟のみならず、主従の間でも、叱責をうけて縁を切られるをいう。書言字考「本朝ノ俗君父ノ為ニ擯斥セラル、ヲ勘当ト曰フ」。
三五 この扇はここで、何げなく出して、さてつむじ風で飛ばせて注目させ、三段目に至れば、義興の書置を書いたものであることを、明らかにする趣向の一である。

エ、ハル御勘當とはお情ない。何國《いづく》迄も 中御諫と。ウ又も縋《すが》るを鐙《あぶみ》にて。ウ蹴《け》飛し〳〵 ハルあほり立。諸軍一度に フシ進行《すゝみ(ク)》。」地色ウ跡に兵庫は軻[一]《あき》れ果《(テ)》。ウ留ても留らぬ御若氣《わかげ》。ハルエ、是非もなき次第やと スヱどつかと座して 中男泣。詞譬《たとへ》御勘氣蒙《かうむ》る共。追かけて御諫と。地ウ立上る折 中こそ有。ウさつと吹來る[二]飆《つむじかぜ》。ウ木の葉土石《どせき》を 中巻上〳〵。ウ傍《そば》に捨《(テ)》たる陣扇。ハル倶《とも》に フシ虚空《こくう》へ吹上れば。」地色ウ兵庫は急度《きつと》眼を 色付。詞ア、ラ心得ぬ此有様。捨置れし陣扇。土石と倶に吹上しは。我君の御身の上。地ウ善か惡か何にもせよ。ハル扇の行方《ゆくへ》を ウ見屆《とゞけ》んと跡を。上したふて 三重上〽行空の。[三]

二段目中　新田館の段

地ハル上野《かうづけ》の國 ウ新田《につた》の庄[四]《しやう》義興公の居城《きよじやう》と 中いつぱ[五]。上は嶮岨《けんそ》の山續《つゞ》き。松の古木《こぼく》の枝《えだ》た ハルれて。雲[六]なき龍かと疑《うたが》 中はれ。下はきり[七]岸《きし》 ウ峙《そばだ》つて ウキン晴[八]《はれ》ざる キン虹《にじ》かとあやまたる [九]フシカヽリ塀《へい》には矢間透《やざますき》[一〇]もなく。ハル乱杭逆茂木《らんぐいさかもぎ》引渡し。ウ要害《ようがい》 フシ堅固《けんご》に見へにける。」ハルフシ比しも。小春《こはる》[一一]。中空《カぞら》[一二]や。ハル味方の勢の木枯《こがらし》に ウ敵を木の葉と吹ち ハルらす。ウ武藏野《むさしの》の勝軍《かち》 ウ御壽《ことぶ》き有べし 中と。[一三]御《み》臺所築波《つくば》御前まだ三歳《さい》の 色徳壽丸《とくじゆ》[一四]。中乳母《めのと》が膝《ひざ》に フシいたいけ盛《ざかり》[一五]。」地色ウお傍《そば》の女中[一六]立かはり ウ敵にかち栗[一七]《ぐり》熨斗[一八]《のし》 ハル昆布《こんぶ》。銚子《てう》取ゝ持 中運《はこ》ぶ。ハルお家の家老《からう》 ウ由良兵庫 中助信忠《のぶたゞ》が妻の ハル湊《みなと》[一九]。一ッ子友千代を ウ乳母《めのと》に抱《いだか》せ手づ

一 書言字考「軻(アコガル、)太平記」とある。誤用か。呆れる。
二 書言字考「飆(ツジカゼ)本字ハ飆、匂会暴風下ヨリシテ上ル也」。
三 陣扇の飛びゆく空は上野の方の意で、場を転ずる。
四 荘園のこと。
五 云えば。
六 阿房宮賦「長橋ノ波ニ臥スハ、未ダ雲アラザルニ何ノ竜ゾ」。松の枝を竜に見立てた。
七 けわしい岸。
八 阿房宮賦「複道ノ空ニ行クハ、霽レザルニ何ノ虹ゾ」。岸のそびえた稜線を虹に見立てた。
九 →節章解説(四六七頁)。
一〇 城塀などに矢を射る穴として、長方形に明けた部分。
一一 陰暦十月。
一二 中ばの頃で、空のもようは木枯が吹いてと下に続く。
一三 将軍の奥方。中世では大名の奥方をもいう。築波は筑波による、関東に似合わしく作った名。
一四 義興の童名(太平記、三十三)を転用した。
一五 幼くてかわいい盛り。
一六 腰元。
一七 栗をほして後、搗(か)って皮を去ったもの。祝儀用品。勝ちとかかる。
一八 原本「毘布」。意によって改。昆布を伸して、熨斗あわびの如くした祝儀用品。
一九 原本「溱」とあるを改。以下も同じ。由良・兵庫の縁での命名。

から捧《さゝげ》る嶋二〇 中 臺も。ウ 君を祝《しゆく》する鶴二一亀にやたけ二二心の ハル 味方の手柄《てがら》。松に寄二三た 地 る ウ 御壽《ことぶ》き御前に直し フシ しとやかに。詞 御勝軍の御祝義《しうぎ》お目出度《めでたふ》存まする 地 ハル と申《シ》上《(グ)》れば御臺 色 所。詞 ホ、湊が毎日の出仕二四大義二五〲。殊《こと》にけふは勝軍の祝義迚心の二六付た上物。是まで日毎《ごと》の注進《ちうしん》に一度も悪い沙汰も二七なく。十一分の二八味方の勝。殊《こと》に一騎二九當千の兵庫ノ助も跡から加勢《かせい》氣遣ふ事はなけれ共。地中 ぐど〲思ふは ウ 女の常若《つねもし》や深入し給 ウ はんかと ハル よければよふて案じ 色 られる。詞 イエ〲そこはぬからぬ私が夫勝て三〇兜《かぶと》の緒《を》をしめる御用心させませんと。跡から参る程なれば。殿様のお身の上夫の事に案じはなけれど。私が弟の篠塚《しのづか》八郎。まだ年若な氣丈《きぢやう》三一者。仕損《しそん》じも有ふかと。是計が心がゝり。イヤ〲八郎が手柄の様子。とく〲委《くはし》ふ聞て居る八幡《やはた》での働《はたら》き流石《さすが》お家の四天王。伊賀《いが》ノ守《かみ》が子程有迚一家中の譽沙汰《ほめざた》。ヲ、よい三二弟を持《も》ちやつた。アレ見や友千代三三があの氣丈《きぢやう》。同年《おない》でも德壽《とくじゆ》よりは大がらに見へるはいの。兩《ふた》親の血筋どちらへ似ても強《つよ》からふ。此若が能片腕《よいかたうで》と。地ハル 三四殘る方なき御機嫌《きげん》に 詞 ハア有難《りがた》いお詞本に夫よ。御家中の内儀達御祝儀申《シ》上《(ゲ)》ん迚。お次に扣《ひか》へて居られます。ヲ、それは皆大義〲是へ通せのお詞に 地ウ お傍《そば》女中の案内にて一家中の妻女《さいじよ》達 ヲクリ 連て〽御前へ立出《(ツ)》る。』ハルフシ 思ひ〲の。嶋臺や。中 おとらじと氣を播磨瀉《はりまがた》三五。ウ 君の御名も

二〇 洲浜即ち島形に作った食物をのせる祝儀用の台。食物のみならず色々のかざりものを加えた。
二一 飾り物。
二二 心のはやること。飾りの竹の語をおり込む。
二三 松も飾りの一で、松の緑にかたどって、長寿を祝ったしるし。
二四 役所につめること。ここは登城。
二五 ご苦労ご苦労。
二六 よく気のついた献上物。
二七 しらせ。
二八 十分以上の意。
二九 甚だ強い形容。史記の項羽本紀「一以テ千ニ当ラザルナシ」。
三〇 諺「勝って兜の緒をしめよ」。
三一 気の勝った者。
三二 この所の主従の会話は、後に活躍する湊の素姓性格の紹介である。また、つづく八郎の報告の伏線ともなる。
三三 これも後に身がわりとなる友千代のけなげさをにおわせた措辞。
三四 誠に御満悦の御様子。
三五 高砂のある播磨(兵庫県)の海岸。気を張る(心をつける)とかかる。高砂の尉と姥を飾りとした島台を持参したのである。

ウタイ[一]高砂《たかさご》や敵をさつと掃《はき》[二]ちらし。地ノリ首をさらへ[三]の尉《ぜう》[四]と姥《うば》 小ヲクリ[五]五十《いそじ》。」餘《あま》り
のウ年ばいは ウ流石思案《さすがしあん》の底《そこ》[六] ハル深《ふか》き。井ノ彈正《だんじやう》が妻の 中水木《みづき》[七]。ウキン[八]谷の戸出
る鶯《うぐひす》の ウ笠[九]に縫《ぬふ》てふ梅の 中花。ウフシ勝[一〇]色見せし」 ハル先陣[一一]に。心は世利田《せりだ》[一二] ウ
右馬《うま》之助が 入宿《やど》[一三]に ウ殘せし女房 色お鈴《すゞ》[一四]。ウ云(へ)ねど薄《うす》[一五]き唇《くちびる》の ウ滯《とゞこほり》[一六]なき口上は
[一七]立板《テいた》に水 中長臺《ガだい》[一八]に ウ冨士《ふじ》[一九]の裾野《すその》の 色思ひ付。フシ君の名字《めうじ》に仁田《にたん》[二〇]ノ四 中郎。」
ウ夫[二一]も籠《こも》れる武藏野《むさしの》[二二]に ハル組で臥猪《ふすゐ》[二三]の牙《きば》よりも ハルフシ運《うん》の月形 ウ鎌倉武士。中
[二四]三國一の高名も ウ時に大嶋長門《ながと》[二五]が ハル妻。ウお[二六]浪といへど ウ浪風《なみかぜ》[二七]も治《をさま》る武功《ぶこう》
[二八]君が代《よ》は。ハル千《ち》代に八《や》千代に 入さゞれ 中石《いし》 フシ巖《いはほ》の上の」 下キン釣竿《つりざほ》は。中軍の
先生《せんせい》名も高き。ウキン太公望《たいこうばう》[二九]といふ人かと。ウ女中は寄て ウ其訳を土肥《とひ》[三〇]三郎 入左
ヱ門が。中比翼《ひよく》[三一]と契《ちぎ》る フシ女房お弁《べん》[三二]。」 道具やウ[三三] 七福神《ふくじん》[三四]の舩遊《ふねあそ》び 中しつかり入た
兵糧《ひやうらう》を。キンかつぐ布袋《ほてい》[三五]の。ウ福祿壽《ふくろくじゆ》[三六] キン身[三七]をかためたる 中毘沙門小手《びしやもんこて》[三八]。
中鰕《えび》で夷《えびす》[三九]の大[四〇] ウ敵を。ハル釣寄《つりせ》[四一]て ハツミフシ[四二]打出《うつで》[四三]の小槌《づち》。」 地中市河五郎[四四]が勇力《いう》
ハルをしめて 入ぬる夜の睦言《むつごと》[四五]はつが[四六]も ウ内儀の名 中もおつ[四七]が迚。ウ家中名[四八]うて
の フシぼ[四九]つとり者。」 地キン其外 ウお家眤近《いへぢつきん》[五〇]の ハル女房娘殘りなく。ハル皆それ
〲の捧《さゝげ》物廣間《ひろま》 入せましとならべ置。詞勝軍の御壽《ことぶ》きお目出度《たふ》存じますると。
地ハル一度に開《ひら》く口紅《べに》や。つらりと並《なら》ぶ襠《うちかけ》は。ウ染井[五一]の躑躅《つゝじ》 ウ飛鳥《あすか》[五二]の花。ハル眞間《まゝ》[五三]

一 その播磨潟にある高砂の意と、名声も高いをかける。二 謡曲の高砂では、落葉を掃く老人夫婦が出るのに、敵を一掃する意にかける。三 さらい(竹杷)。木の葉をかきあつめる具。高砂の二人が持っているさらいに、首をそろえて打ちおとす意をかける。四 高砂「通ひなれたる尉と姥は」。五 →節章解説(四六五頁)。六 考えの深い意で、「底深い井」と下へかかる。七 井の縁による命名。八 続後拾遺、賀「君がため谷の戸いづる鶯は(下略)」。九 古今、春上「鶯の笠にぬふてふ梅の花折りてかざさむ老かくるやと」。一〇 勝ちそうな様子。一一 梅を花のさきがけという縁。一二 心はせくと下にかかる。義興と共に死した世良田右馬助(太平記)をかえたもの。一三 自宅。一四 右馬の縁による名。一五 薄い唇のものは口が軽いという。一六 流暢な。一七 弁のたつ形容の諺。一八 たて長の島台。一九 富士山とその裾野を飾りとした趣向。二〇 新田に似た仁田。頼朝富士裾野巻狩に猪をしとめた勇士。二一 伊勢物語、十二段「武蔵野は今日はな焼きそ若草のつまもこもれり我もこもれり」。二二 今度の戦場武蔵野では、仁田の四郎に掛かった裾野の臥猪よりも、敵鎌倉武士は運のつきであっての意。二三 猪の牙も鎌もともに三カ月形をしているから並列した。二四 富士を三国一の名山という縁。二五 高名もその時代に大きくひびいた意でかかる。義興と共に死した大島周防守(太平記)による。二六 大島の縁による命名。二七 天下太平となる。二八 和漢朗詠集「君が代は千代に八千代にさゞれ石のいはほとなりて苔のむすまで」。上へは太平の代の形容、下へは巌を引出す。二九 周の功臣軍師呂尚。渭水の浜に釣をしていて文王に見出され、兵書の六韜の著者に擬される(史記など)。ここはその

の ウ紅葉《もみぢ》に 上[五四]胡枝花寺《はぎでら》を一《ト》ッに寄《セ》たるごとくにて花ゝ。フシ敷ぞ見へにける。」地色ハル御臺《みだい》は御機嫌《きげん》 色うるはしく。詞何《いづ》れも揃《そろ》ふて寄麗《きれい》な事。爰《こゝ》では皆も氣[五五]が詰《つま》らふ。奥へいて緩《ゆる》りつと。酒《さゝ》でも呑《ン》で[五六]たもやいの。友千代も寐たそふな乳母《うば》も共にの 地ハルお詞に。ハツト ウ一《チ》度に[五七]群鳥《むれどり》の ハル立《ツ》や 入姿《すがた》の 上柳《やなぎ》 入腰《ごし》 タ、キ [五八]かいどりの裾《すそ》 ウ[五九]長廊下《ながらうか》 ヲクリざゞめき〳〵連《レ》て入《ル》跡へ。

地ハル是ぞお留守《るす》の[六〇]要石《かなめいし》 ウ[六一]動《うごか》ぬ胸のしめ 中くゝり。ウ南瀬《みなせ》ノ六郎宗澄《むねずみ》 ウ出仕《ツシ》の上下《モ》 ウさはやかに。ウ金作《こがねつく》りの大小も流石《さすが》お家の ハル家老職《からうしよく》と。ウ[六二]云《(ハ)》ねどしるき其人品《じんぴん》 フシしづ〳〵と打通り。詞先《ヅ》以《ツ》て今日は。勝《チ》軍の御祝儀恐悦至極《しうぎきやうえつしごく》と相述《イのぶ》れば。ヲ、六郎か近《カ》ふ〳〵。兵庫が行《ゆ》きやつて其後は。軍の知《(ラ)》せはまだないか。ハア相役の兵庫ノ助申上《シグ》べき子細《しさい》有《ツ》て。軍《サ》の場所迄参りしかど。未《いまだ》便《リ》も是なしと。地ハル噂《うはさ》取《リ》ゝ成《ル》所へ。ウ取《リ》次《ギ》の女中 色立《チ》出《(デ)》て。詞武蔵野の軍場ゟ。兵庫殿の歸られしと。」ハルフシいふ間 中程なく。ハル立《チ》帰る由良兵庫ノ助 中信忠。ウ積《つも》る苦労《くらう》の[六三]黑革威《くろかはおどし》[六四]差《さし》 ウ詰《マ》りたる[六五]胸板《(むないた)》や。キン[六六]軍《サ》出立《チ》を其 中儘《まゝ》に。本フシしほ〳〵として ウ立《チ》出《(デ)》しが。ハル[六七]御座《ござ》を見るゟ。ハアハアと ウ計《リ》に両手をつき フシ[六八]指塡《さしうつむ》いて詞なし。」地色ハル[六九]心ならねば 色女房湊。詞思ひの外早《カ》いお歸り。そして常《つね》ならぬ御顔持《チ》。御臺様のお案《ン》じ。どふいふ訳《わけ》かついちよつと。地ハルウ

二段目切 新田館の段

飾りもの。三〇 義興と共に死した一人。三一 深く夫婦の契をかわす(比翼は爾雅に見える鳥)。三二 三郎を「しやべろう」と地口して、弁の名を作る。三三 →節章解説(四七〇頁)。三四 これも島台の飾り。三五 布の袋の中を兵糧と見立てた。三六 袋の意を上からかける。三七 武装した。三八 上部に小さい袖をつけた籠手の一種。三九 頭韻で夷三郎を出したが、下への意は夷敵。四〇 小さい労で大きな功を上げる諺「鰕で鯛をつる」をふんでいる。四一 前出の諺によるが、下へは「さそいよせる」の意。四二 →節章解説(四六九頁)。四三 打チ出の誤りか。敵を打つ意がかかる。四四「つち」「いち」の口調で出した。また義興の伴をした一人。四五 夫婦の閨のかたらい。四六「つがもない」と内儀がかかる。江戸語。たわいもない。四七 つがもないからの命名。四八 名の通った。四九 肉感的な色けのある女。肉蒲団、二「肥的(ボツトリモノ)」。五〇 じっこん。五一 東京都豊島区の地。ここに植木屋伊兵衛がつつじを多く作っていた。→志道軒伝補注二八。五二 飛鳥山(東京都北区)の名所の桜。→志道軒伝補注二七。五三 真間(千葉県市川市の内)の弘法寺の名物の紅葉。→補注七。五四 萩寺。本所押上の竜眼寺で当時萩の名所。甲子夜話続篇、二十五「萩の漢名を胡枝子と云ふ、諸本草には見えず、たゞ救荒本草曰胡枝子俗名随軍茶」。五五 きゅうくつであろう。五六 たもれやいの。「やいの」は情をもたせる終助詞。五七 群鳥の如く。五八 うちかけ。五九 長く引いてゆく長廊下。六〇 常陸の鹿島神社の境内にある神石。底深く入って、その根を知らぬと伝える。ここは重要人物の意。→補注八。六一 要石の縁。胸中にも確乎たる信念の持

主の意。 六二 いわなくても家老職と明らかな。 六三 頭韻をふむ。黒革即ち紺を以って濃く染めた革でおどした鎧。 六四 胸中苦労でふさがって。 六五 鎧の前部の胴の上部の板状の所。上からは胸の意。 六六 鎧のままで。宗澄の上下姿に相対す。 六七 御台所のおいでになる所。 六八 原本字体をなさず。推して判読した。意は「俯」とあるべき所。 六九 不審なので。気が気でないので。

一 心の晴れやらぬ顔つき。
二 死にもせず生きた顔をさげて。いけしゃアしゃアとした顔つきで。
三 非常に急いだ。
四 蓑の外面の乱れたさまを毛に見立てていう語。蓑の如くに矢が多くささって、先の折れているさま。太平記、六「人見本間抜懸事」に「二人の者共が鎧に、蓑毛の如くにぞ立ちたりける」。
五 まっしぐらに。
六 苦しんで気絶する。
七 気おくれしたか。
八 原本「付ヶた」。意によって改。以下の部分を「八郎物語」という。
九 急の用事の報告で、馬や駕籠を急がせること、またその報告。
一〇 詰めよって。
一一 馬で先の人を抜きながら。
一二 太平記、三十三「新田左兵衛佐義興自害事」に「江戸竹沢は兼て支度したる事なれば、矢口渡の船の底を、二所ゑり貫いて、のみを差し」。
一三 多摩川の支流六郷川のわたしの一。今の東京都大田区矢口町にあたる(江戸名所図会)。
一四 飲み口。液体を入れた樽などの出し口とし

申上《(ゲ)》たがよいわいなと。ウせけばせく程 色屈詫顔《くつたく》[一]。詞何を女の小さし出た。御諫言《かんげん》がお氣に障《さは》り此兵庫を御勘《ン》當。御出《ツ》馬のお供も叶はず。なま[二]面《づら》さげて歸つたはやい。エ、御勘《ン》當とはどふいふ訳。地ハル何科《とが》有《ツ》てと驚《おどろ》く女房。ウ御臺《みだい》所も御不審《しん》顔六郎は 色摺寄《すりよつ》て。詞御諫言《かんげん》の其子細は。サレバサ。勝《ツ》に乗《ツ》たる御大《ン》將。竹沢が勧《すゝめ》にて。鎌倉を責《せめ》落さんと。[三]逸切《はやりツ》たる御出陣《ツン》。其意《い》を得ざる御振舞《ふるまひ》と。地ハル申詞《ス》も終《をは》らぬ所へ。ウ間近《カ》く聞ゆる 中轡《くつわ》の音《ト》。ウコハ何事と見る所に。ハル御注進《ちうしん》と。ウ呼《バ》はり〳〵表《テ》御門《ン》に馬乗捨《リ(テ)》。ウ篠塚《しのづか》八郎重庑。ウ鎧《よろひ》に立《ツ》矢蓑毛《みのけ》[四]と折掛《ケ》。ウ眞《ま》[五]一《チ》文字にかけ 中付《ケ》しが。ウハット計《リ》に息切《キレ》し。ハル悶絶《もんぜつ》[六]すれば湊はかけ 色寄《リ》コレ〳〵〳〵。詞氣を慥《たしか》に持《ツ》ても。八郎のふと 地ハル呼生《ビケ》る。ウ六郎は 色聲高《カ》く。詞日比《ひごろ》の勇氣に似合《ハ》ぬ振廻《ふるまひ》。後《おく》[七]れたるか八郎。比興《ひけう》也重庑と。地色ハル呼《バ》はる聲の通《つう》じてや。ウむつくと起《おき》れば。色ノフ嬉しや氣が付《ハイ》[八]たかと。ハル悦《よろこ》ぶ姉取《ツ》て突退《つきのけ》 色どつかと座し。詞深手《ふかで》に弱《よは》る八郎ならねど。心せかれし早打《チ》[九]に。悶絶《もんぜつ》せしか口惜やと。地ハル歯《は》がみを キンなせば六郎は 色詰《メ》[一〇]かけ〳〵。詞様子はいかにサ何《ン》と〳〵。』されば候我君には。武蔵野の御出馬《ツば》。勇《いさみ》にいさむ味《み》方《かた》の勢《イ》。我《レ》おとらじと乗抜《リ(キ)》[一一]〳〵鎌倉さして責寄《せめス》る。地色ウ兼[一二]て計《はかり》し ハル竹沢監物。ウ江田ノ判官と 色心を合せ《ヘ》。詞矢口[一三]の渡《わた》しの舟底《ふなぞこ》に。穴《あな》をくり明《ケ》[一四]のみを差《さし》今や

おそしと フシ待ぞとは ハルウ夢《ゆめ》にもいざや ウ[一五]白栗《しらくり》 中毛《げ》の トル駒に。 ハル鞭《むち》打《(チ)》我《(ガ)》君は諸 ウ軍に先立駈《(チ)かけ》抜て。 上彼《かの》御舟に召 中給ふ ウお供に随《したが》ふ武士《もののふ》は。 ウ世利田大嶋井ノ弾正《だんじやう》 ハル土肥《とひ》市河を始として。 ウ主従纔《しうぐわづか》[一六]十一騎《き》 ウ[一七]ゑい〱聲にて色押出す合。 ハルウ固《もとより》名高き ウ[一八]玉川の。 ウ余所《よそ》の時雨《しぐれ》に水 中かさ増《まさ》り合。 ハル矢[一九]を射《いる》ごとき ウ川中にて。 詞ハル兼て[二〇]仕組《くみ》の[二一]舟子供怪我《けが》のふりにて[二二]櫓を取落し。舟底《ぞこ》ののみを抜。 地ハル水中へ飛入《(リ)》〱 ハツミ行方 フシしらずくゞり行《(ク)》合。 地中[二三]向ふの キン岸には ウ江田ノ判官こなたには ハル竹沢監物。 ウ伏勢どつと押寄て。 ウ射《いる》矢は[二四]霰《あられ》舟には 色水合。 上譬《たとへ》翅《つばさ》の有ば迚 ウ遁《のが》れがたなき御 中有様。 ハル[二五]天魔《ま》を欺《あざむ》く我君も。 ウ叶《かな》はじとや思しけん ウ鎧《よろひ》脱《ぬぐ》間も ウ[二六]あら無念やと ウ怒《いかり》の御聲諸共に終《つい》に[二七]あへ 中なく。 フシカヽリ[二八]御生害《しやうがい》 中ウ十人の人々も。 ウ思ひ〱に腹 ハルかき切 ウ[二九]そこはかとなく成《(リ)》 中行ば。 ウ追々馳付《はせ(ク)》味方の軍勢。 ウ大将失《うせ》させ給ふ ハル上は。 ウ生存命《ながらへ》て何かせんと。 ウ敵陣へかけ入《(リ)》〱一人も残らず討死と。 上聞ゟ ハツト人々は。 ハル余りの事に ウ詞も出ず フシ[三〇]軻《あきれ》果《(テ)》たる計なり。」 地ハル[三一]一間の内には家中の妻女《さいじよ》。 ウ聞に絶《たへ》兼《(ネ)》聲を上 ウ一度に クルわつと泣 中出す。 ハル八郎は 色[三二]息つぎ 色あへず。 詞此事お知せ申さんと。 暫時《ざんじ》の命ながらへて。 君のお供に後《おく》れたり。 何《いつ》れもさらばと 地ハルいふより早く咽吭《のどぶへ》を ウぐつと

て、穴をうがってさしこんだ管と栓。
一五 前出(三一九頁)。知らずとかかる。
一六 新田大明神の義興と、その摂社十騎社を合せて十一騎。太平記のその条には、「世良田右馬助・井弾正忠・大島周防守・土肥三郎左衛門・市河五郎・由良兵庫助・同新左衛門尉・南瀬口六郎僅に十三人を打連れて」「兵衛佐殿幷に自害討死の首十三求め出し」とある。↓補注九。
一七 ここは力を入れて船を漕ぐかけ声。
一八 山梨県に流れを発して、東流し東京湾に入る川。六郷川はその支流。事実は正平十三年十月十日のこと。よって時雨のことを点出。
一九 水流の早い形容。
二〇 計画。
二一 船のり達。
二二 太平記のその条「渡守已に櫓を押して河を半ば渡る時、取りはづしたる由にて、櫓かいを河に落し入れ、二つののみを同時に抜いて、二人の水手、同じ様に河にかばかばと飛び入つて」。
二三 太平記のその条「向ふの岸より兵四五百騎懸け出でて」。
二四 矢数の多い形容。
二五 天魔さながらの勇力ある。
二六 「あらず」と「あゝ」との嘆声をかねる。
二七 あっけなく。
二八 御自害。
二九 空しくなる。
三〇 前出(三三〇頁)。
三一 次の間。祝儀の場一時に変じて哀愁となる構成の巧みである。
三二 息をつぎもせず、早速に。

一 御台所や女房達、また八郎の上をも。
二 蟬のぬけがらのことで、「もぬけ」の枕詞的な形容。
三 精神虚脱のありさま。
四 悲しみにうたれたさま。
五 「ゐねむり」と訓む。「ふ」を「む」と訓むこと前出(九二頁頭注一三)。
六 空しく死した。
七 死んでゆく。
八 修羅道に堕ち入って苦しむ恨み。闘諍をもって恨みを残して死んだ者が、この道にゆくという。
九 よい運命。
一〇 島台。
一一 →節章解説(四七〇頁)。
一二 地獄でさまざまの責苦をうけること。

貫《つらぬ》き フシ息たへたり。」 地ハル湊は死骸《しがい》に 色取付て。 詞コレ八郎。殿様の御遺言《ゆいげん》。お尋遊ばす御用も有ふに早まつた此最期《さいご》。コレ 地ハルのふ〳〵と縋《すが》り付あなた ウこなたを思ひやり クルかつは スヱと伏て フシ泣居たる。

地ハル御臺所は忙然《ばうぜん》と ウ歎に心空蟬《うつせみ》[二]のもぬけ[三] スヱテのごとくにおはせしが。 地中漸《やう〳〵》心や付たりけん ウしほ〳〵[四]と ハル立上り。 ウ乳母《めのと》が膝《ひざ》に居眠《ゐねふ》[五]りし ウ若君を 色抱取。 詞コレ徳壽。稚《をさな》けれ共大將の子。とつくりとよふ聞《き》きやや。父上は敵の爲にはかなく[六]お成なされたはいの。母も一所に行程に。そなたは早ふ大きふ成。敵を討て父上の修羅《しゆら》[八]の恨《うらみ》を晴《はら》してたも。 地ハル官軍の惣大將 ウ義貞《よしさだ》樣の孫《まご》君。 ウ清和《せいわ》源氏の嫡流《ちやくりう》と生《うま》るゝ ウ果報《くははう》[九]は有ながら。 ウ二人の親に別れなば ウ誰を便《たより》に成人《せいじん》せん。 ウ母が歎も父上の ウ最期《さいご》も夢の ウすや〳〵と ウしらぬ寐中顏の フシいぢらしやと ハル抱《いだき》しめ〳〵 ウ落る涙と ウ泣聲に。ウ御目を キン覚《さま》し 色若君は。 詞いやじや〳〵聞ぬ〳〵。赤《あつか》がほしいと。 地ハル嶋臺の。ウ舟に取付わん 中ばくも。 詞ヲ、數有臺《かずるだい》[一〇]の其中で。此舟がほしいとは 地ハル舩の中にて果(テ) 中給ふ。 上父上 ウ戀しといふ事を ウ自然《しぜん》と虫が知 中せたか合。 ハル思へば〳〵 ウ淺間しや。 色場《ば》所も多《おほ》きに舩の内。前後の敵に取巻れ トル水に ウおぼれて 中御生害《しやうがい》。 文弥上[一一] 此世からなる ウ地獄《ぢごく》[一二]の 中責《せめ》。 詞嘸《さぞ》御無念口惜《おし》かろ。そふとはしらずたつた今迄祝《いは》ひざゞめく此嶋臺。地ハル舟と聞《タ》さへクル恨《うら》めしい。ハル七福《ふく》色神《じん》の冨栄《とみさかえ》も。ウ夫《ト》に別《カ》れ色何かせん。ハルウ鶴亀のウ千代万代《ちよよろづよ》ウ齢《よはい》は嘘《うそ》かハルはか僞《いつは》りか一三サハリ中高砂一四ハルウ住《すみ》の江相《イ》生のウ松にもウ夫婦は有物《ル》中を。ハルはかなき我身《ガ》ウ一五あぢきなの世の中や。ウ祝《いは》ひは却《かへつ》て逆《さか》様事。ウ此嶋臺もいまはしいとウ取《ツ》て投《なげ》ほり押砕《シくだ》き物ウ狂《ぐる》はしきウ風情にて。一六クル一七泣涕《りうてい》こがれフシ伏《シ》給ふ。」

地ハル六郎も顔色ふり上《ゲ》。詞此度の鎌倉責《ぜめ》。其意得《い》ずとは思ひしかど。道にて變《へん》の有《ラ》んと迄は。思ひ設《もふけ》ぬ御災難《さいなん》。周《しう》の一八昭王漢《せうわうかん》を濟《わたる》に。舩人《ト》共是を憎《にく》み。膠《にかは》を以《ツ》て舩をかため。川中に至《いた》る比。膠蕩《にかはとろけ》て舩砕《くだ》け。水中にて失《うしな》ひし。方便《てだて》に等《ひと》しき竹沢が謀《はかりごと》。某御供するならば。仕様模様《しやうもやう》も有《ル》べきに。地ハルヱ、一九しなしたり口惜《おし》やと。ウ無念《ソ》の拳《こぶし》二〇手の裏《うら》へ爪《つめ》ウも通らん風情にてウ涙の玉のばら〳〵ウ二一空にしられぬクル村時雨《しぐれ》フシ二二余所《よそ》の見る目も哀《あはれ》なり。」地ハル一間《ト》の方には女中の中聲〳〵。詞御家中の内方達《チ》。君の御最期面《めんめん》〻の夫《ト》の別れを悲《かな》しみて皆〻自害《じがい》致されしと。地ハル聞《イ》て驚人《タ》〳〵より御臺所は色心付《ヤ》。詞ハア死《ニ》おくれたりさらばぞと。地色ウ二三守《まもり》刀を抜放し。ウ自害と見ゆれば湊は色押留《シメ》。詞ヲヽ悲しいはお道理ながら。今お果遊ばしては。若君様のお身の上。地ハルウイヤ〳〵最《も》早かふ成（ル）二四御運《うん》の末。ウ生《ヤ》てうき目を見んよりはウ死せてたもと中爭《あらそ》ふを。ハル

一三 ↓節章解説(四七一頁)。
一四 謡曲の高砂に「高砂住の江の、相生の松の精、夫婦と現じ来りたり」。
一五 なさけない。
一六 ↓節章解説(四六八頁)。
一七 又は流涕とも書き、涙をさめざめ流すこと。古浄瑠璃以来の成語。
一八 周の四代の王。史記の周本紀の注に、「正義ニ曰ク、帝王世紀ニ云フ。昭王徳衰ヘ南征シ漢(漢水、揚子江の支流)ヲ済ル。船人之ヲ悪ミ膠船ヲ以テ王ニ進ム。王船ニ御シ中流ニ至ツテ、膠液シ船解ク。王及ビ祭公倶ニ水中ニ没シテ崩ズ」。
一九 仕損じた。
二〇 にぎりしめることの甚しい形容。
二一 続古今、雑上「木の葉のみ空に知られぬ時雨かと思へば又もふる涙かな」。涙のはげしいを時雨にたとえ、これは空に関係なしとの意。
二二 第三者が見ても。
二三 武家の女性や小児などが護身用に持つ脇差。
二四 新田家の運命。

六郎刄物《は》 色もぎ取て。詞ヱ、御短慮《たんりよ》成御振舞《ふるまひ》。お家の事も若君の事も。忘れての御生害《しやうがい》ならば御勝手《かつて》次第と 地ハル呵《しか》られて 詞スリヤ死るにさへも死れぬは 地ハルよく〳〵因果《いんぐは》の此身かと ウ歎けば湊も諸共に。ウお道理様やと クル計にて。フシ又さめ〴〵と泣居たる。」地色ウかゝる歎の折こそ有 ハル物見[一]の軍兵 色かけ來り。詞我〻遠見[二]致せし所。遥《はるか》向ふに馬煙《けふり》。數多《あまた》の軍勢此城へ押寄ると相見へたり。地ハル御用心候へと フシ云捨て又引返す。地ウコハそもいかにと御驚。ハル兩人騒《さはが》ず 色扨こそ〳〵。詞竹沢が軍勢共押寄ると覚たり。先〻奥へ御入と。地ハル湊が介抱《かいはう》 ウ漸と ヲクリ一間の。フシ内へ入給ふ。

地ハル六郎は 色心せき。詞ナニ兵庫殿[三]。固《もとより》無勢《ぶぜい》の此城へ。勝ほこつたる竹沢が。大軍を引受る。貴殿の軍慮は何とでござる。イヤ先貴殿の御工夫《くふう》は。此六郎が存るには。我君の吊《とむら》ひ軍。命限《かぎ》り敵を防《ふせぎ》。叶はぬ時は城を枕[四]。討死の外思案はござらぬ。シテ又貴殿の御思案は。此兵庫が存るには。寡《くは》は衆《しう》に敵すべからず[五]。及《およ》ばぬ事に犬《いぬ》死せんより。兜《かぶと》を脱旗《ぬぎはた》を巻[六]。敵へ降《くだ》るより外はござるまい。ム、何敵方へ降参《かうさん》とは。氣が違《ちがつ》たか狼狽《うろたへ》たか。イ、ヤ氣も違はず狼狽も致《いた》さね共。所詮《しよせん》叶はぬ腕《うで》立せんより。降参するが當世《とうせい》[七]かと存る。貴殿もとくと分別《ふんべつ》有と。地色ウ落付程猶 ハルせき立[八] 色六郎。詞ヤア分別もへちまもいらぬ[九]。身は八ッざき[一〇]

一 監視がかりの兵卒。
二 遠方の敵情などを見はること。
三 発語。
四 最後まで城を守って、討死すること。
五 諺。小人数をもって大敵に対することはできないの意。
六 降伏の意志表示。
七 この頃の流行語。近頃むき。
八 兵庫助が落付く反対に、六郎の気分が激してくる。
九 無用なものを「糸瓜の皮」という。分別もなにもへちまの皮同様、無用だとの意。
一〇 ずたずたに、むごい殺されようをしても。

に成《ル》迚も。[一一]二君《じくん》に仕《つかゆ》る六郎ならず。ハ、、、、夫《レ》は近比《カ》若氣《げ》の至《いた》り。[一二]管仲《くはんちう》は[一三]敵へ降《くだ》り。[一四]覇王《はわう》の助《ケ》と成《リ》し例《ためし》。ヤア[一五]なまぬるき[一六]毛唐人《けたうじん》の[一七]引《キ》事。今敵へ降《くだ》ては御臺若君の御身《ン》の上。[一八]未來《みらい》の主君《ン》へ。[一九]どの面《つら》さげて御目見《ン》へなすべきぞ。比興未練《ひけうみれん》の[二〇]畜生《ちくしやう》侍《イ》。詞をかはすも身の穢《けがれ》。汝が様なる憶病者《おくびやう》は。[二一]牛蒡《ごばう》程な尾を振《ふつ》て。[二二]鎌倉武士に[二三]犬《いぬ》つくばい。[二四]糠《ぬか》でもねぶつて命を繋《つな》げと。地色ハル[二五]悪口《ツ》たら〳〵六郎は[二六]疊《たゝみ》フシ蹴《け》立《テ》て入《(リ)》にけり。」地ウ何思ひけん兵庫ノ助ウずんど立《ツ》て身拵《ごしら》へ。ハル奥をさして入《ラ》んとす。ウ[二七]出合頭《イがしら》に色女房湊。詞最前《さいン》からのせ[二八]り合を聞《イ》て居たが。眞《しん》実《じつ》お前は敵方へ。降参《かうさん》なされるお心かへ。ヲ、くどい〳〵。尊氏方へ降参《ン》の手土産《みやげ》。御臺若君引《ツ》く〻つて連《レ》て行《(ク)》。地色ウ[二九]邪广《じやま》ひろぐなと突飛《キ》すを。ハル起直つて色しがみ付《キ》。詞ホンニ軻《あきれ》て物が云《ハ》れぬ。大事の〳〵お主様御難義《ン》の此時節《じ》。命限《ギ》りお力《ラ》に成《リ》はせで。ヲ、科《とが》なき我を勘當し。諫《いさめ》を用《(ヒ)》ず[三〇]むざ〳〵と。殺されし馬鹿大將。新田の家にあいそが盡《つき》た。勘當請《ケ》たりや主でもなく家來でなし。イ、ヤ御勘當請《ケ》たり迚。是迄代〻《イ》御知《ち》行にて。育《そだて》られたお前の體《からだ》。何はとも有《(ト)》是迄に。[三一]一《ト》方ならぬ御よしみ。コレ思案仕《し》かへて下さりませと。地ハル夫思《ト》ひの眞実心《しんじつ》ウ取《リ》付《キ》歎《ケ》ば。詞エ、[三二]めろ〳〵と邪广ひろぐなと。地色ハル突退《つきのけ》刎《はね》退《(ケ)》行《カ》ん《ト》す。ウ裾を押《サ》へて詞コレ待《ツ》た待《タ》しやんせ。譬《たとへ》連《レ》添《(フ)》夫《マ》にもせよ。お主の大事にやかへ

一一 降伏して、主君をかえて仕える。
一二 字夷吾。中国春秋時代の斉の宰相(—前六四五)。桓公をして、よく覇王たらしめた。
一三 管仲は公子糾につかえ、公子小白、後の桓公の讎であり、桓公側にとらえられた。友人鮑叔の尽力で許され桓公に仕えたこと(史記の斉世家)をさす。
一四 春秋戦国の時、諸侯にして、天下の権を握ったもの。
一五 廻り遠い。
一六 中国人。朝鮮人を唐人というに対する。
一七 故事。
一八 あの世へ行って主君義興公へ。
一九 どんな顔で。何の面目あって。
二〇 侍でありながら、人倫をわきまえぬ畜生同然のもの。
二一 太いことの形容。
二二 足利方の侍。
二三 犬の如くつくばう意で、愛想をして機嫌をとるさま。
二四 わずかの食禄。
二五 甚しく悪口をならべて。
二六 怒りの為に足どりも荒く。浄瑠璃の定った語。
二七 両方から行きかかる拍子に。
二八 論争。
二九 動詞「する」のかわりに、他人の行動を悪しざまにいう時に用いる。
三〇 無駄に。
三一 深い交りのあること。
三二 めそめそと泣いて。

られぬ。そふいふ汚穢《むさい》[一]お心なら。夫《ト》迚用捨はない。ヤア細言《こまごと》[二]いはずと爰放《はな》せ。イヤ放さぬとしがみ付《(ク)》。地色ハル ヱ、面倒《めんどう》なと取《ツ》て組伏《セ》。ウ 用意の早縄《なは》[三]手[四]ばしかく椽柱《あんばしら》にくゝり付《(ケ)》。詞 己《レ》が夫《ト》を見限れば。此方《こっち》にも飽果《あきはて》た。夫婦の縁《ン》も是限《ギ》り。女房去《ツ》[五]たと 地ハル 睨《にらみ》付《(ケ)》 フシ 一《ト》間の。内へ入《(リ)》にける。」ハルフシ 跡見送《おく》りて。ウ 女房は ハル 胸迄せきくるうき涙。上 けふは ウ いかなる悪日ぞや。ハル 殿様には不慮《りよ》の御最期《さいご》。ウ たつた一人《リ》の弟を殺し。ウ 頼《ミ》に思ふ夫《ト》に去《ラ》れ 剰《あまつさへ》 此[六]縄目。かふいふ因果《いんぐは》[七]な身の上が又と 入 世に有《ラ》ふかと ウ くどき立《(テ)》〳〵 クル どふと倒《たふ》れて フシ 泣沈《しづ》む。」 地色ウ [八]大手の方には敵の ハル 大勢。ウ 四方を取巻《ク》 クル 責太皷《せめだいこ》[九] フシ 鬨《とき》をどつとぞ上《ゲ》にける。」 地ハル 湊はすつくと 色 立《チ》上り。詞 扨は敵の寄《セ》たるか。御臺様六郎殿。ヱ、此 禁《いましめ》解《とい》てほしいナア。チヱ 恨《うら》めしい我夫《マ》。女ながらもお家の大事。みす〳〵詠《なが》めて居られふか。地ハル と命限《ギ》り根《こん》限り トル 起《おき》つ合。轉《ころ》んづ ウ 身をも 中 がき。ウ 岩[一〇]をも通す ハル 女の 色 一《チ》念合。詞 縄にすらるゝ栢《ひのき》[一一]の柱《はしら》。陰陽《いんやう》[一二]激《げき》して火を生《しやう》じ。縄は燃《もへ》切《レ》どつさりと。こけても打《(ツ)》ても厭《いと》はゞこそ 地色ハル ヘヱ 有難《りがた》しと一《ツ》さんに ウ 奥をさしてぞ走《リ》行《(ク)》。

地色ウ 程なく寄《セ》來る敵の大将 ハル 竹沢監物秀時。ウ 眞《まつ》先《キ》に 色 踊《をどり》出。[一三]ノリ 鬼神《ミ》[一四]と呼《バ》れたる義興さへ討《チ》取《レ》ば城の奴原《やつばら》皆殺し一人《リ》も遁《のが》さず討《チ》取《レ》と込《ミ》[一五]入《ラ》んと フシ する

一 けがらわしい。
二 くどくどいうこと。
三 捕縄とか腰縄とかともいい、人をとらえた時すぐにしばる様に、腰にたずさえている縄。
四 手早く。機敏に。
五 離縁した。
六 縄にしばられるめにあうこと。
七 悪い運命の。
八 城の正面。
九 攻撃の合図にうつ太鼓。
一〇 人間の思い込む念の強いことをいう成語。
一一 柏の俗字。松屋筆記、六十四「本草倭名十二木上に柏実子人一名堅剛一名掬和名比乃美一名加倍之美云々、医心方に柏実和名比乃美云々、和名抄木部に爾雅云檜柏葉松和名非云々など見えて、柏檜の類都て比乃木とも加倍乃木ともいへりと見ゆ」。源内のこの用字の根拠もこれと同じであろう。
一二 源内らしい表現。放屁論後編「それ燧と石、扁柏(ヒノキ)と扁柏相激する歟」。
一三 →節章解説(四六九頁)。
一四 太平記、三十三に義興を述べて「千変万化総べて人の業に非ずと申しける間」とある。
一五 あいての引くにつけ込んで入る。押し入る。

所へ。詞降《かう》参《ン》〳〵と呼《バ》はつて。地ハル立《チ》出る兵庫ノ助。ウ竹沢見るゟ 詞ム、心得ぬ汝が降参《ン》。其手[一六]をたべる監物ならず。ハア其お疑《うたが》ひ御尤。論《ろん》[一七]より證據《しやうこ》[一八]手引《キ》して。此城を乗《のつ》取《ラ》せ。拙者《せつしや》が心底《ンてい》見せ申さん。ム、其詞に相違《さうい》なくば。尊氏公へ申《ツ》上《(ゲ)》。恩賞《おんしやう》は望《ミ》に任《カ》せん去《リ》ながら。降人《かうン》の法《はう》なればソレ家來共。合点と 地色ハル兵庫一人を取圍《りかこみ》。ウ透《すき》もあらせず 色乱入《レ(ル)》。地ハルウ湊は身がるにかい〴〵敷《ク》ウ長刀小脇《わき》にかい込《ン》で。御臺所を先《キ》に立《テ》。透《キ》ウ間を見て落さんとウ心を配《くば》る 中向《カ》ふゟ。

ウ竹沢が家の子笹目《さゝめ》ノ ハル兵太。ウ大勢引《キ》ぐしどつと 色押寄《シセ》。ノリソレ遁《のが》すなと下知《げち》[一九]すれば。ハルウ心得たりと女房がくも手[二〇] ウ入かくなは十 ウ文字《ン》。ウ追立《ツテ》られて敵の大勢《イ》 ウ逸《いち》足出して迯行《ゲク》を ハツミ遁《のが》さじやらじと フシ追《フ》て行《(ク)》。」地色ハル跡に御臺はハア〳〵あぶ[二一]〳〵。ウ長追《ガイ》無用とあせる内。ウ後《ロ》へ廻《ハ》つて笹目《さゝめ》の兵太。ウしてやつたりと飛《ビ》 中かゝる。ウ透《すき》[二二]もあらせず ハル立《チ》歸り。ウかくと見るゟ湊が早業《わざギ》長刀に。ウ血《のり》と一所《ツ》に兵太が首 フシころりと落《(チ)》て死《(シ)》てげり。」詞サア〳〵申御臺様。若君様は六郎殿がお供申せば氣遣《カ》ひない。裏道ゟ早ふ〳〵と。地ハル御臺の手を引《キ》 ウ逸《いつ》参《ン》[二三]にいづく共なく フシ落《(チ)》て行《(ク)》。

地ハル道具[二四]南瀬六郎宗澄《むねずみ》は キン徳壽丸を 中かき抱《いだき》。ウ上に腹帯[二五]しつかとしめ。ハル抜身《キ》引提《ツさげ》眼《コ》を配《くばり》。ウ素肌《すはだ》[二六]ながらも一心《ツン》の。ウ誠は金《ン》石[二七]鉄《キくろがね》の。ウたてづく[二八]者

一六 そのだましの手にのる。
一七 諺。口でいうより実際で示すの意。
一八 案内して。

一九 部下に指図をする。
二〇 武器をつかう秘術をならべた。くも手は蜘蛛手、八方へうち込みつっこむこと。「かくなは」は結果で、緒をねじ違えたような菓子の形。その様に太刀や長刀をふること。十文字は縦横自在のつかい方。この立合も浄瑠璃の一つの型で、舞台でも同じ人形の動きとなる。
二一 浄瑠璃用語で、あやぶむ気持の甚しいさま。ひやひや。
二二 すかさず。正にその時。サワリの場では夫に諫言する女人形の武勇も亦、見せ場の一つである。
二三 ひたすらに急ぐさま。
二四 →節章解説(四七〇頁)。
二五 衣類の下、肌にじかにまく腹帯で、若君を背負ったさま。
二六 鎧その他、物の具を身につけていないこと。
二七 誠心のかたいのを金石にたとえた。また鉄石にもたとえる。よって鉄につづく。
二八 鉄製の盾と対抗する意の「たてづく」とかかる。

一もあら氣の 色 若武《カ》者。 道具 二取《リ》巻《ク》士卒《しそつ》を三蠅虫《はいむし》共。 ゥ 思はぬ心の大丈夫《ちやうぶ》 フシ しんづ〳〵と落《(チ)》て行《(ク)》。」 地ハル 一《ト》間の内〳〵 色 高聲《かうじやう》に。 詞 ヤア〳〵六郎。命計《リ》は助《ケ》てくれん。徳壽丸を置《イ》て行《ケ》と。 地色ハル 呼《ビ》かけられて六郎は 色 きつと。 中 後《ロ》を ハル 見返れば。 中ウ 一《ト》間の障子《しやうじ》さつと ハル 開《ラ》き。 ウ 床几《しやうぎ》にかゝりて竹沢 中 監物。 ウ こなたには由良 ハル 兵庫。 鎧兜《よろひかぶと》に身をかため。 ウ 四采配《さいはい》五追《ツ》取《リ》 ウ ゆう〳〵と フシ さもいかめしき其形相《ぎやうさう》。」 地ハル 六郎は歯《は》 色 がみをなし。 詞 チエ新田代々の此城《しろ》を。 朝敵《てう》の六蹄《ひづめ》に懸《ケ》られ。叛逆《ほんぎやく》不道《だう》の愚《ぐ》人《ン》原《ばら》に。乗《のつ》取《ラ》れしは残《ン》念《ン》や口惜《をし》やナア。あはれ若君《カ》のお供でなくば。うぬらを助《ケ》置《ク》べきか。七命冥加《めうが》な盗賊《とうぞく》共。徳壽君は六郎が懐《ふところ》に入《レ》奉《ツ》れば。千騎《ンぎ》万《ン》騎のお供も同前《ン》。道おつ開《びら》いて早通せと。 地色ハル あく迄に廣言《くはうげん》し脇《わき》目もふらず ウフシ 出《(デ)》て行《(ク)》。」 詞 ヤア〳〵者共。六郎やる八な遁《のが》すなと。 地ハル 下知に随《イ》ふ諸軍勢 ウ 九右《う》往《わう》左《さ》往《わう》に取《り》圍《かこむ》を。 ウ 痿《ひるま》ずさらず切結《りむす》び ウ 爰をせん一〇ど〳〵 三重〳〵戦へば。 地ハル 敵の大勢たまり兼《(ネ)》 ウ 一一しどろに成《ツ》て フシ 引退《キしりぞ》く。 詞 ヤア一二きたなし返《かへ》せと呼《バ》つて。 地色ハル 一三火雷神《くわらいしん》の荒《レ》たる勢《いきほひ》。 ウ 流石《さすが》の二人も底《そこ》氣味悪く。 ウ 奥をさして 中 逃入《レ》ば。 色 ヤア 比興至極《ひけうしごく》の一四うづ虫めら。 ハル 目に物見せんと懸寄《かけリ》しが振返《リ》つて 色 イヤ〳〵〳〵。 地ハル 天にも地にも ウ 一五かけがへなき ハル 若君の御供せん。 ウ イザ此隙《ひま》にと 中 立出る ウギン 手並《なみ》にこりぬ ハル 大勢が。 ウ 又むら〳〵と 色 追《ツ》

一「あらず」と「荒気」とがかかる。

二→節章解説(四七〇頁)。

三とるにたらぬもののたとえ。

四軍陣中で、士卒の指揮をするに用いる具。細く切った厚紙を、木の先に垂れる如き作り。

五「追」は接頭語。しっかり持って。

六じゅうりんされ。

七生命の上で運のよい。

八ゆかすな。

九混乱する状態をいうが、ここは左から右から、さわがしく程の意。

一〇せとぎわ。

一一列をみだして。無秩序となって。

一二見苦しい。

一三雷に火雷・水雷の別あって、火及び水の害を与えるという。その火雷の神。

一四前出(三二三頁)。

一五新田家の一粒種。

一六弱いものをののしっていう。

一七深手を負うたので、足どりをたしかめながら。

一八→節章解説(四六八頁)。

一九新田義貞の従父兄弟(いとこ)。太平記、二十一

取巻《ク》。詞 ヤア性徽《しやうこり》もなき・[一六]蚊《か》とんぼめらと。地ハル 當《タ》るを幸《イ》切立《テ》られ。ウ 多《た》勢を頼《ミ》の雑兵《ざうひやう》共 ウ 一《チ》度に 色 ぱつと。フシ 逃《ゲ》ちつたり。地色ハル 六郎も數《す》が所の[一七]深手《ふかで》 ウ 踏《ふみ》しめ〳〵たどり行《ク》。ウ 城内《イ》には諸軍《ン》勢どつと上《ゲ》たる 色 凱哥《かちどき》を。上 聞《ク》も [一八]入 無念《ン》と立《チ》留《マ》り 中 しが。色 イヤ〳〵〳〵。ハルウ 一《ト》先《ツ》此場を ウ 立《チ》去《さつ》て ウ 行《ク》方《へ》知《レ》ざる義岑公。ウ 御家《か》門[一九]脇屋義治《よしはる》公 ウ 和田楠を始《メ》として。ウ 官軍《ン》一《チ》味に心を 色 合せ合。上 若君を守《リ》立《テ》時節《じせつ》を待《ツ》て[二〇]本意《ン》を遂《とげ》。ウ 今の恥辱《ちじよく》をすゝがんと ウ 無念《ン》ながらも ウフシ 出《(デ)》て行《(ク)》。」地ハル [二一]阿斗《あと》を助《ケ》し[二二]趙雲《ちやううん》が。ウ [二三]長《ちやう》板坡《はんば》の働《はたら》きにも ハル おさ〳〵 ウ 劣《おとら》ぬ[二四]其骨《こつ》 ハル 柄《がら》。上 古今独歩《こゝんどつぽ》の忠 ウ 臣《ン》やと感《かん》ぜぬ者こそなかりけれ

第三

三段目口
焼餅坂の段
(宿屋の段)

地ハル [二五]東路《あづまぢ》を登《のぼり》・中フシ 下《メ》りの ハル 街道《かいだう》は。ウ 武藏相摸《むさしさがみ》の國境《ざかい》。[二六]往來《わうさきるさ》の足休《やす》め。[二七]能程《よきほど》ケ《が》谷《や》[二八]とつかの 中 間も。たへぬ旅人《りよじん》の馬竹輿《かご》も。フシ 爰に[二九]立《テ》場の茶屋が軒《のき》。」地 色 所の名さへ[三〇]焼餅坂《やきもちざか》。ウ 往來《ゆきゝ》の[三一]道者《だうしや》 色 腰打かけ。詞 コレ茶一《ト》ッ下されもふ何《ン》時じやぞ。イヤモウ[三二]七ッ過《ギ》でござりましよ。ナント[三三]川崎迄行《カ》れふかの。イヤ川崎迄は心[三四]

「新田起義兵事」に「左衛門佐義治」と見え、武蔵野合戦でも義興と行動を共にした人。
二〇 本望。
二一 蜀漢の劉備の三歳の幼児。後の劉禅である。
二二 字は子竜、劉備の部将。通俗三国志、十六「長坂坡趙雲救幼主」の条に、劉備敗軍して、趙雲は主より托されたその妻子を見失う。よって敵の包囲の中でさがし求め、奮戦して幼主を助け出した。
二三 今の中国湖北省当陽県の東北。坡は堤。
二四 人品。
二五 関東地方。以下この口の前半はいわゆるちやり場で、滑稽な場面となっている。
二六 ゆきき。往き来について休息するのに丁度よい程だと程ヶ谷にかかる。
二七 東海道五十三次の宿駅の一。今は横浜市のうち。
二八 「と、つかの間(しばらくの間)も」の意の中へ、同じく五十三次の一、戸塚の名を入れてある。戸塚は、今の神奈川県戸塚市。
二九 竹輿(駕)を立てる即ち、やすめるの意が立場にかかる。立場は宿の出入口にあった掛茶屋。「貴賤旅行の上下駕を止め、荷を置き、暫時憩ひて以て人馬を休息する所を云ふ」(駿国雑志)。
三〇 国花万葉記「武州程ヶ谷ゟ戸塚迄二里、坂の下と云ふ所、上り道右の方に武蔵さがみの境有り、やき餅坂、中村の町」。
三一 神社・仏閣へ参詣にゆく人々。巡礼者。
三二 午後四時頃。
三三 今の神奈川県川崎市。五十三次の一で、程ヶ谷より江戸へ二つ目の駅。程ヶ谷より四里弱。
三四 あぶなっかしい。

元《ト》ない神《か》[一]奈《な》川泊《どま》りと見へ[二]まする。コリヤ〳〵太郎左。わりや夕部[三]のふ[四]とり肉《じゝ》[五]しめたな〳〵。何をいふぞい。アノおたふく[六]。腕《うで》[七]は松の木腰《こし》は臼泣《うすなく》聲猪《ぶた》に似たりけりヤアいふな〳〵夫《レ》でも今朝《けさ》立際《チぎは》にこそと二百[八]なぜやつた。有様《リ》はおれも約束《やくそく》したけれどおれが所へはうせ[九]なんだ。ムウそこで手前[一〇]が焼餅か。イヤ夫《レ》で思ひ出した爰の坂を焼餅坂といふげなのノウ御亭主。イカニモ〳〵。此坂に付《イ》てきつ[一一]う謂《いはれ》がござりますお咄《シ》し申ましよか。イヤ〳〵夫《レ》聞《(イ)》てゐたら日がくれるあれ〳〵腹の加減《かげん》も七ッ過。ドリヤ茶代払《(ヘ)》ふと 地ウ 一《ツ》[一二]錢《ン》二錢《ン》[一三]錢つく杖《つえ》[一四]つく道者共 フシ 別《レ》〳〵に急《ギ》行《(ク)》。

地ウ 又も往《ゆ》[一五]來《きゝ》の街道《かいだう》筋 哥 おら[一六]が殿様はナア。姫路をとりやるナ。そこで姫路が繁昌《はんじやう》するといナア 詞 エ ほてつぱらめ[一七]高が[一八]十[一九]二三貫《ン》目の荷《に》を附《ケ》ながら。埒《らち》[二〇]の明《カ》ぬ畜生《ちくしやう》めと。地ウ 鳴《なり》わめく フシ 雷《かみなり》聲。」 地色ウ 馬の上から湊は 色 聲かけ。詞 コレ 馬士《まご》殿私《わし》は馬にはじめて乗《ツ》た。落《チ》ふかと思ふて强《こは》ふて〳〵どふもならぬ。静《しづか》[二一]な程こつちの勝手。殊に竹輿《かご》に召《めし》たは大《イ》切《ッ》なわしが御主人《ン》。ちつとの間も離《はな》れては氣遣《カ》ひ。此竹輿の衆はどふじやぞいのふ。ヲ、氣遣《カ》ひはござりませぬ。東海道《たうかいだう》[二二]五十三次は云《フ》に及《およ》ばず。奥《おく》[二三]街《イ》道迄を股《また》[二四]にかけて居る此長藏。わしが呑[二五]込《ン》だ仕事アレ〳〵もふ爰へ見へる。ヲ、イ〳〵早ふうせやがれヤアイと 地ウ [二六]どやげば跡からい[二七]き

一 程ヶ谷より江戸へ一つ目の駅。距離一里九丁。二 …の見当である。三「部」は底本「卩」。昨晩の宿。四 肥えた。飯盛女の噂である。五 同衾した。六 不器量者。七 源三位頼政の退治た鵺の特色を数えたに擬して、醜女のさまを列挙したもの。八 二百文。飯盛の相場である。「飯盛が寝ぼけて二百棒にふり」。九「来る」の卑語。一〇 お前。対等の人の二人称。一一 こみ入った因縁話。一二 一文。茶だけ飲んだ時の代は一文銭一つ。一三 銭を支払う。「つく」の語は専ら銭の場合に用いる。一四 道者(巡礼者)の持つ杖。「つく」の韻をかさねて、足をはこぶ気分を出す。一五 往来の人が行くの意。

一六 街道の馬子・駕かきなどのよくうたう長物唄の一。

一七 俚言集覧「腹の大なるをいふ。布袋和尚の腹といふことにや」。馬子が馬をののしって、よくこの語を用いた。

一八 せいぜい。

一九 ここは女性一人の重さ。

二〇 はかのゆかない。馬の歩みのおそいをいう。

二一 歩みのおそい程私には好都合。

二二 東海道は京都三条大橋を出て、近江・伊勢・尾張・三河・遠江・駿河・伊豆・相模・武蔵をへて江戸日本橋に至る、江戸時代日本の幹線道路。その間大津から品川まで五十三の宿駅がおかれていた故にいう。

二三 奥州街道。江戸日本橋から岩代国(福島県)白河までの幹線道路。ただし宇都宮までを日光街道として別にすることもある。宇都宮まで二十三駅、以下十駅、計三十三駅。

二四 勢力範囲としている。

二五 引き受けた。

二六 正しくは「どやけ」。わめく。どなる。

せきと登坂道。色に[二八]た山竹輿《かご》の雲《くも》助[二九]共。ハル肩《かた》もあたまもちぐはぐに[三〇]。ウ漸《やうやう》と
追付て。詞ヤイ〳〵寐言《ねごと》[三一]よ早ふ〳〵と儕《おのれ》は馬と人間を一ッだと思ふかやい。け
ふはあまり貰《もらひ》[三二]がなさに。新町[三三]の宿《しゆく》はづれに昼《ひる》寐して居たが。何するも銭設《もふけ》だと。
[三四]願西と云合て新町から戸塚迄。百五十[三五]の駄賃《だちん》かふ急いでは立場で一ぱいせにや
ならないナア願西。ヲ、じつとしてゐると寒《さむ》い故荷《に》を持てあたゝまるのだ。長藏
[三六]我雇《がやとい》じやが何と旦那[三七]に願《ねが》ふて一ぱい呑せい。ヲ、サ何に[三八]もいふな爰が泊《とま》りじや。
これ〳〵六兵衞殿お泊りのお客《きやく》を乗て來たと。地ウ呼に亭《てい》主が走出(デ)。サア〳〵是
へと店先《みせ》へ。ウ湊をフシ馬ゟ抱おろせば。詞ヲ、思ひの外早い來様《きやう》。跡の宿[三九]か
ら[四〇]二里には近い。モウ爰が戸塚とやらいふ所かへ。イヤ爰はといふ[四一]を打消す寐言
の長藏。ヤコレ成程〳〵爰が戸塚の宿。ノ。ノ御亭主と目で知すれば亭主も去者《さる》。
いかにも爰が戸塚でござります。そしてお連は。イヤ連といふは私が主人。地ウ
サア〳〵是へと舁寄《かきせ》させ。ハルいざ御出と介抱《かいはう》[四二]中に。ウ義興の御臺《みだい》キン築波《つくば》中御
前。本フシならはぬ旅に身もやつれ。スヱ立出給ふ御中姿。ウ藁《わら》屋の軒《のき》に三ケ月《みか》
の。みがゝれフシ出る其風情《ぜい》。』地ハル長藏は現《うつゝ》[四三]をぬかし。詞何と二人共に見たか。
旅やつれでもあの器量《きりやう》。旅籠《はたご》屋のふんばり[四四]共とは。伽羅《きやら》[四五]と甘藷《さつまいも》程遠つて美《うつく》しい
もんではないか。あんな物を抱《だい》て寐る男めは憎《にく》い奴じやないかいやい。コリヤ

二七 息をはずませながら。
二八 擁書漫筆、二「にたやまといふ俗語は似て非なる物にいへり。(中略)この丹田山紬が体はなべての紬に似て、性のおとりたるよしにたとへしなるべし」。ここも街道筋のインチキ駕の意。
二九 道中人足。駕かき。
三〇 調子がとれていないさま。後出の如く乞食を臨時にやとったのだから当然。
三一 長蔵のあざ名。
三二 ほどこしもの。
三三 程ヶ谷中の地名。東海道名所図会「むかしは程谷新町帷子とて三宿なりしを、慶長二年一駅となる」。
三四 後出の如く、願人坊主である。よって願西という。
三五 百五十文の運搬賃。
三六 ここは二人称の「われ」。長蔵をさす。
三七 お客さん。
三八 十分心得ているの意。
三九 以前の宿駅即ち程ヶ谷。
四〇 程ヶ谷戸塚間は二里九丁。途中でおろした故に、案外早いはず。
四一 六兵衛が口に出すのを。
四二 お世話をする。
四三 うっとりとなる。現実でないような気持になる。
四四 売女をののしっていう語。また、一般女性をののしる語。ここは前者で、飯盛女をさす(宮武外骨著売春婦異名集)。
四五 雲泥の差をいったたとえ。源内の造語か。伽羅は最上の香木、甘藷は当時江戸で流行り出した最も品の悪い食物。源内の意では、これを食すれば、悪臭く放屁するにおいを比較したものであろう。

長蔵わりや何ぼ所の名じや迚いらぬ焼餅《ャ》だな。そしてつま[一]はづれといひ物ごしといひ。先《ヅ》お前方はどこからどれへ行《カ》しやりますと。地ハル 問《とは》れて湊が 詞 イヤわれ〳〵は武蔵《むさし》の者。地ハル 頼[二]みしお方の御病氣故。ウ 箱根《はこね》[三]へ湯治《たうぢ》に参る者と。フ シ 云[四]紛《イまぎ》らして。詞 コレ主《ジ》[五]のお方。奥へ参つても苦《くる》しからずばあの一間《ト》へ。成程《ル》〳〵御念《ン》に及ばぬサア〳〵是へと。地ハル 亭主が案内《ン》湊も詞[六]そこ〳〵に フシ 一間《ト》の内へ入跡《(ル)》に。」地ハル 願西《ン》は 色 大欠《あくび》。詞 ヤレ〳〵草臥《くたびれ》た〳〵。コリヤ長蔵わりや爰を戸塚だ迚女を欺《だま》し。爰に留《メ》たは何《ン》ぞうまい[七]仕事《しごと》が有《ル》か。他人《たン》[八]にせずと半口《ン》のせぬかナア野中《カ》よ。ヲ、それ〳〵戸塚迄行《ク》を爰で仕舞《しまふ》仕事故。だまつては居たが何ぞ是には訳《ケ》が有《ラ》ふ聞《カ》せいやい。イヤサ訳《ケ》といふて高[九]がかふだ。あの竹輿に乘《セ》て來た女に我等《レ》首[一〇]だけ。供といふも女の事。今宵中に一《ト》[一一]太刀云《(ハ)》せたい思ひ[一二]入《レ》。夫《レ》で戸塚は入込《リミ》[一三]の旅人。聲[一四]山立《テ》ても遠慮のない様に此立《テ》場の雲助宿[一五]を。戸塚の宿《ク》だと欺《だま》して連《レ》て來たのだ。何と智恵[一六]か〳〵と 地ウ うぬ惚《ぼれ》の フシ だみそ[一七]は鼻《はな》[一八]に顯《あら》はれたり。」地ウ 願西《ン》手[一九]を打扨《(チ)》も 色 したり[二〇]。詞 戀[二一]の智恵は又格別。おれは又あの供の女久しぶりの女犯肉食《によぼんにくじき》[二二]。フウ われも其心かサア二人ながら相談はきまつた〳〵コリヤ野中《カ》よわりや何《ン》とする。イヤおりや女ゟ一ぱいやつてぐつと寐たい。そんなら前祝《いは》ひに一《ッ》ぱいヅ、おれがもめる[二三]サアこいと。地ハル 山[二四]も見へざるそら

一 身だしなみも挙動も、普通の人とは思われない。上からは願西の、長蔵への言葉であるが、下へも続いて、不審なので問う気持。
二 主人。
三 古来有名な温泉地。
四 言葉でごまかして。
五 ご亭主。
六 適当に言葉を残して。
七 うまいもうけ仕事。
八 自分らをのけ者にせずに、半分、もうけ口に加えてほしい。
九 つまる所は。
一〇 すっかりおぼれる意。借銭の淵に落入ったり、恋の深い思いにとらわれる時に用いる。ここは後者。
一一 一太刀切り込む。ここは一度共寝すること。
一二 深く思うこと。念願。
一三 人で混雑すること。
一四 大声を上げる。
一五 雲助などをおもにとめる安宿。
一六 大した智恵ではないか。
一七 「だ」は接頭語で、つまらない意。「みそ」は自慢。絵本不尽泉(寛政九)、下「うぬぼれとは東都の方言にて浪華の味噌をあげると同日の談なり」とあるが、「みそ」も、江戸で出来て、早く全国へひろがった語。
一八 鼻をひこつかせて得意になったさま。
一九 感情の動いた時の挙動。
二〇 うまくやった。
二一 恋には特別の智恵が働くものだ。
二二 僧侶が女婬の戒をおかし、肉類を食すること。ただしここは女犯に重点がある。
二三 おごる。金を出す。当時労働者など下賤の語。

祝ひ。ウ実長《げに》[二五]はんが當呑《テのみ》や フシ咽《のど》を。ならして入(リ)にけり。

ハルフシ御痛《いた》はしや。中筑[二六]波御前《ン》。表具[二七]見るもいぶせき藁《わら》やの軒。ウ湊は障子《しやうじ》 中押明《ケ》て。ウ暫《ラ》く是にて旅の憂《うさ》はらさせ給へと フシ進《すゝむ》れば。」地色中御臺は思[二八]ひの顔を上(ゲ)。詞ノフ湊自《みづから》が身の上程。世にあぢきない物はなし。地中二世と連添《レ》(フ)我夫《マ》は。ハル思ひ設《もふけ》ぬ御最期《さいご》。ウいとし可愛《かはい》の我子には生別《ヤ》れ。ウ惜《おし》からぬ命ながらへし 中も。ウ何卒《とぞ》徳壽を世に立(テ)んと。ウ夫を頼《レ》に此艱難《かんなん》。ハルそなたのいかい心 中遣《カ》ひ。ウあかぬ[二九]別《レ》を忠義に 色かへ。詞男勝《まさ》りのかい〲敷(ク)。長《ガ》の旅路の介抱《かいはう》。若煩《シわづら》ひでも仕《し》やらふかと。地色ウ思[三〇]ひ過《ゴ》して悲《かな》しいと。ウ跡は涙に キン詞さへ ノル曇《くもり》[三一]。ハルがち フシなる御顔ばせ。」地ハル倶に悲しき涙を 色隠し 詞是はマアお心弱《よは》い其様に思召(シ)て長《ガ》の旅が成《リ》ませふか。義治《よしはる》様へお前を手渡しする迄は。めつたに風も引(ク)事じやござりませぬ。私が夫《ト》兵庫ノ助。思ひも寄《ラ》ぬ二心故夫《ト》を捨(テ)てお前のお供。又南瀬ノ六郎殿は若君を御介抱《かいはう》。何卒《とぞ》尋逢《フ》たなら仕様模様《しやうもやう》もござりませふ。暫しの間の御艱難《かんなん》。必《ズ》[三二]きな〲思召(シ)《サ》ぬがよふござりますと。地ウ口にはいへど心には。ハル是が新田の。ウ奥方の。上御有様《リ》かと スヱ打しほ 中れ。[三三]タヽキ見かはす ハル顔の花[三四]ぐもり。ウ上[三五]見ぬ鷲《わし》や[三六]鵰《くまたか》眼《コ》。ウ寐[三七]鳥さゝんと寐[三八]言の長藏。ウ願《ン》西が二人連《リ》にて ウフシ奥〻立出《チ》(デ)。詞若《シ》女中様《ン》嘸《さぞ》お労《つか》れでござりませ

二四 はやまった計画をいう諺「山見ぬさきのぬか悦び」などをふむ。結果の程もあやふやなのに、むなしく前祝いをする。
二五 人の金をあてにして酒を呑む意の諺。
二六 前出は「築波」とあって、混じている。
二七 →節章解説(四七〇頁)。
二八 物思いの面持で、顔を上げ。
二九 忠義の為に、嫌になったのではない夫と別かれ。
三〇 とりこし苦労もされて。
三一 言葉もくもる如く、語をなさない意と、愁いにとざされた顔つきの意をかねる。
三二 くよくよ。始終苦労の思いをする形容。
三三 →節章解説(四七〇頁)。
三四 花見頃の日和ぐせで、曇った空をいうが、ここは花の如く美しい顔も憂いの涙でくもっている意。
三五 目上の者をも恐れない驕慢を形容する成語。
三六 欲ふかく物をねらう目つき。鳥に関した語をつらねる。
三七 夜寝ている鳥を、とりもち竿でとること。ここは寝入った女性達をおかそうとする意。
三八 頭韻をふむ。

ふと 地ハル いふに恟《びつく》り[一]泣《キ》[二] 色 顔隠し。 詞 そなたはさつきの二人《リ》の衆。何《ン》ぞ用ばし有《ツ》ての事か。アイ用といへば用の様な物ナア願西《ン》。ヲ、ちつとお前方にアノナアノ。コリヤ〱長蔵おれに計《リ》云《ハ》せずと我《レ》もいへ。ハテマアあたま役[三]じやわれからいへ。イヤわれから。〱〱〱。ム、二人共に云《イ》にくいといふは。酒《さゝ》でも呑《ミ》たい故價《あたひ》[四]をくれといふ事か。アイまあそんな事もよごんしよ。がちつと御無心《ン》がご[五]はります。シテ又外《カ》に無心とは。アイお大事の物では有《ロ》けれど。お二人《リ》ながらアノわしら二人《リ》を今宵《こよひ》一《チ》夜抱《だい》て寐て。乳《ちゝ》を呑《マ》せて下さりませ。ヱ、。アイ出家《ツ》一《ト》人お助《ケ》なさるはいかひ功徳《くどく》でございます。跡にも先《キ》にもたつた二人《リ》。どふぞ取《ラ》[六]せてやつてくだありませと。 地ウ 思ひがけなき一《チ》言《ン》に。 ハル 御臺はとかふ[七]詞もなく。 ウ ぞつとこはげ[八]の フシ 胴震《どうぶる》ひ。」 地ウ 湊も聞《イ》て恟《びつく》りの驚《おどろく》胸を押《シ》しづめ。 ウ 弱《よは》みを見せじと膝《ひざ》立《テ》 色 直し。 詞 ヤア身の程[九]しらぬ慮外《りよぐはい》者。女子じやと思ふてなぶつたらあてが違《ちが》ふ。長《ガ》の旅を女の身で主人《ン》の介《イ》抱覚[一〇]がなふて成《ル》物か。殊《こと》にれつきとした武士の妻。今一《チ》言《ン》いふと赦《ゆる》さぬぞと。 地ウ 尖《するど》き詞に 色 長藏は。 詞 ヘ、、、何と聞《イ》たかこはい事《ン》だないかいやい。そふ強《つよ》ふ出やりやこつちも意地《いぢ》。云《イ》かゝつた色事。コレよふ聞《カ》しやれ。戸塚の宿と欺《だま》して留《メ》たはおれが思ひを晴《はら》そふ計《リ》。爰は武蔵相摸《さがみ》の國境《ざかい》。焼餅坂といふ立《テ》場。一《チ》里四方に此家たつた一《ツ》軒《けん》。

一 前出(三二〇頁)。
二 境遇をかこった涙顔を人に見せて、しられまいとする行動。
三 あたまを丸めた僧侶の役。僧侶は当時、諸のもめごとに口を出して、まとめ役などする習慣があったからの語。
四 金銭。上層では金銭の語をそのまま口に出すをつつしんで、そのかわりにいう語。
五 労働者などの用いる丁寧語。
六 物乞いが、もらいを願う時の言葉。本性を出させた滑稽。
七 とかく。何とも。
八 こわい気持になって、がたがたと身体のふるうさま。
九 身分をしらぬ失礼な奴。
一〇 武術の心得。

泣ても詫《わび》ても外に人は一人もないナア願西よ。ヲヽ、そふだ是非《ぜひ》いやだといやり
や引縛《しば》つて抱て寐る。サアどふだ〳〵 地ウ と二人して。ハル 戀の手[一一]詰の居[一二]催促《ゐさいそく》。
聞程つらき身の難義。ウ 遁がたなき一[一三]世の灘《なだ》 キン 湊は思案し笑顔《ゑがは》を 色 作り。
詞 ハテ夫程に迄思ふて下さるお心を。何[一四]の仇に成物ぞ。私らも長旅の独寐《ひとりね》[一五]有様
はこつちから。ヤア〳〵夫は夢ではないか又[一六]有かくのうそではないか。サア[一七]嘘《うそ》か
誠は寐て知ると 地ハル 脊《せ》[一八]中叩《たゝ》けばぐにや〳〵〳〵〳〵 詞 サア[一九]さつぱりと埒《らち》明た。
此長藏は[二〇]近飢《ちかがつゑ》手附にちよつと口[二一]々と フシ すがり付を。」 地ハル 湊は 色 押留。詞 あ[二二]
なたも私も顔見合せてはどふも恥《はづか》しい。互《たがい》に見へぬ様に目をふさぎ。[二三]めんない
ちどりかけてなら。イヤモウどふなりと ノル 君の仰は背《そむ》きやせぬ。幸爰に[二四]悦巾《てのごひ》
が。おつとよし〳〵。わしがする様にならんせと。地ウ 悦巾取て二人共。湊が
手早くめんないちどり ハル 引しめ〳〵。サア〳〵。ウ 是からこつちも目隠しする。
ウ 用意の内見まいぞと。ウ いへば二人が合点だ。ウ 支度《したく》よくばしらせ 中 てと。
心は[二五]もぬけの キン [二六]から衣き ノル つゝ。馴《なれ》にし褄《つま》 ハル 引上。ウ 湊は御《み》臺に目[二七]くば
せし。中 早ふ〳〵の目遣ひに ハル [二八]毒蛇《どくじや》の口や 中 [二九]門口を。ウ 抜て御臺の御手を
ハル 取。轉《こけ》つまろびつ漸《やう〳〵》と行方。しらず フシ 落給ふ。
[三〇]文弥詞 跡に二人は 色 夢現《ゆめうつゝ》。詞 サア〳〵女中様。早ふ寐たい。聲のせぬはおもた[三一]

一一 直接談判。きびしくせまること。
一二 その場にすわり込んでの催促。
一三 生涯中の大難儀。
一四 何の悪いように考えましょう。
一五 本心をいえば、こっちから望む所。
一六 よくある例の。
一七 歌謡の一節。
一八 年増女が、悪役をなだめる所に、よく用いる浄瑠璃の一つの型である。
一九 きれいに話がついた。
二〇 食事の後にすぐに空腹を感じるくせ。ここは色欲の方に用いた。
二一 接吻。
二二 あの方。尊敬の三人称。筑波御前をさす。
二三 児童のする目かくしの遊び。骨董集「今の世の童の遊びに、目かくし、或はめんないちどりといふ事あり。それを室町家の比は、めなしどちのきのすゞめといひけり。(中略)めなしどちのきのすゞめといへるは、小児、目をつゝみて、うちむれ遊ぶさま、目の無き雀のごとしと云ふ義なるべし。めんないちどりと云ふも、目の無い千鳥の義なるべし」。目かくしをしてなら。
二四 前出(一三三頁)。
二五 もぬけのから。有頂天で心の身にそわぬこと。
二六 伊勢物語、九段「唐衣きつつ馴れにしつましあればはる〴〵来ぬる旅をしぞ思ふ」。
二七 目であいずすること。
二八 危険な場。謡曲の安宅「虎の尾をふみ、毒蛇の口をのがれたる心地して」。
二九 門口をぬけ出して。口を重ねた修辞。
三〇 →節章解説(四七〇頁)。
三一 気をもたせるそぶり。

せぶりか。ソリヤ[一]難面《つれない》ぞへ〳〵。願西よどこに居るぞ。最前《さいせん》からだまつてゐるはわりやきまつた[二]な〳〵。何をいふぞいやい。さつきにから[三]盲捜《めくらさが》しにさぐつても知ぬぞよ。詞ヤア我もそふかおれも知ぬ。[四]あた面倒《めんどう》なと 地ウ 帨巾《てのごひ》かなぐり ウフシ 傍《あたり》を見廻し。詞ヤア〳〵女めはう[五]せぬか。エ、腹の立[六]撮《(ツ)つまゝ》れた遠くは行じぼ[七]つかけよ。地ハル ヲ、合点とかけ出す 中 向ふへ。ハル 竹沢監物が家來犬伏《いぬぶし》 中 官藏。ウ 主の權威《けんゐ》を鼻にかけ供人引 フシ 連歩來る。」地色ウ 所の名主[八]が 色 先に立。詞 是〳〵亭主何か御詮義者が有迚[九]人吟味《ぎんみ》。泊りの衆も皆是へと。地ハル いふに亭主が 色 罷出《(デ)》。詞 イヤ私が所は雲助宿御氣遣ひな者は一人もござりませぬと 地ウ 聞ゟ官藏ぐつと 色 ねめ付。詞 ヤイ〳〵其雲助が猶不審。此度新田義興の家來南[一〇]瀨六郎といふ者。義興の忰《せがれ》を連《(レ)》此邊《へん》を徘徊《はいくはい》するよし。依《よつ》て宿々の旅籠《はたご》やを人[一一]改め。己[一二]が内の泊人殘らず是へ呼出せ。マツ爰に居る坊主《ばうず》め。合点が行《(カ)》ぬ己は何故其ざま。マア生國《しやう》はいづくの者と。」地ハル 問れて願西[一三]錫杖《しやくじやう》 色 振立《(テ)》。[一四]三下リサイモン[一五]地 寄[一六]妙頂來《めうてうらい》 ウ のら如來《によらい》。詞 抑《そも〳〵》わつちが國は上《じやう》[一七]劦。幼《ちいさ》い時から[一八]穴《あな》一小[一九]轉奕《ばくち》。色事覚へて十四で勘當寺《てら》へかけ込和尚《おしやう》の[二〇]大黑《こく》盗《ぬす》んで[二一]欠《かけ》落。商《あきな》ひ知ねば[二二]喰込《くひこみ》計。女房ぐ[二三]るみに轉奕に打込《(ミ)》。夫にもこりずに年[二四]まにはまつて[二五]盆《ぼん》ござぐ[二六]るめに。くるむき[二七]裸《はだか》に坊主にされた。去[二八]とは〳〵うるさいこんだにヨウ。」[二九]セッキヤウ上 次《ぎ》[三〇]は[三一]盲《めくら》の伊

一 薄情な。二 当時の通言。恋愛や、客と遊女の中のうまく成立したこと。又、万事に納まったり、片づいたりしたことをも広くいう。ここは前者。三 目かくししているから、文字通り、めくらめっぽう。四 甚だしい意で、形容語につく接頭語。五 ここは居るという意の卑称。六 だまされた。七 追いかけるの訛。八 村の政治一般を管掌するもの。上方では庄屋、関東では主に名主という。世襲や入札や輪番制もあるが、百姓町人からえらばれて、代官が任命した。九 役柄をもって、宿泊人や通行人をしらべ、検問すること。一〇 次の場を引起こす構成上のたくみな布石。一一 人吟味に同じ。一二 卑称の二人称。一三 この願西は、当時江戸で、代参や祭文がたりや、その他大道芸をする者の多かった願人坊主としてうつされる。願人坊主の持つ錫杖は、柄のみじかいもので、これを振りならして祭文の調子をとった。一四 三味線の調子で、三の糸が、本調子より一音低いもの。当時の歌謡でも、祭文模倣のものは三下りであった。一五 祭文風にかたるしるし。ただしここは古来の祭文(黒木勘藏著近世日本芸能記)ではなく、この頃の願人坊主の流行させはじめた、ちょんがれ又はちょぼくれと称される世俗的な或は滑稽な内容のもの(中村幸彦「ちょんがれ・ちよぼくれ考」山辺道第三号)。→節章解説(四七一頁)。一六「帰命頂礼弥陀如来」のもじり。「のら」は放蕩者の意。一七 上野国。今の群馬県。一八 宮武外骨著の賭博史「路上に小穴を掘つて、其中へ銭を投げ込めば勝となるバクチである。路上に糸を引いて其線内に投げ入れもする。『穴一』は『穴打』の転であらう」。一九「博」の誤り。以下同じ。二〇 坊主の隠し妻。大黒天は寺の厨房に安置される故という語源説がよいか。

勢《せ》 中 参り。 キン 幟片《のぼりかた》手に聲 色 はり上《(ゲ)》。 詞 三二奥刕仙臺《おうしうせんだい》お伊勢様へ。三十三度参り
の盲に御報謝《はうしや》。ヤア己《レ》らが様などう盲に。三三詮《ン》義はないとつと三四ゝうせいときめ三五付《ケ》
られ。 ノリ 詮《ン》義がないとは有《リ》がたい。三六只今のお心ざし。伊勢太《イ》神宮《ンぐう》様へ上《(ゲ)》ます
でござります。まめ〳〵〳〵まめ息災延命《そくさいゑんめい》によふお守《モ》りなされて下さりませ ホ
、、 ハツミ 三七ほう〳〵 フシ 急ぎ出《(デ)》て行《(ク)》。」 三八皷哥 ハル 扨其次《ギ》へ出てくるは。是は戸塚の
色 三九名《な》代《イ》物 合。 中 云《ハ》ねど皆様御 色 ぞんじの。四〇狸《たぬき》の。皐西《きんさい》。皷《つゞみ》にあらぬ四一たゝき鉦。 ウ
四二撞木杖《しゆもくづへ》つき漸と フシ 表をさして出《(デ)》て行《(ク)》。」 ハルフシ 次は四三差詰《さしメ》。 詞 野中の松。アノ私《シ》
は元四四角力《ハすまふ》好《ヤ》。ア、角力といふ物は四五しやう事もない物。大きにけがを致《(シ)》ました夫《レ》
でも角力取《ロ》ならかふ。エイ。〳〵。四六何の事《(ッ)》た。こいつは〳〵。儕《(わ)レ》はコリヤ氣遠《イ》
だな。エ、役にも立《タ》ぬ奴《ツ》等に隙取《ひまッ》た。併《しかし》只今申渡《シ》した。南瀬六郎見付次第《(ケ)》搦取《からめッ》
て此官蔵が旅宿《りよク》へ連《レ》來れ。褒美《はうび》は望《ミ》次第。ヤア四七百性共次《ギ》の宿へ案内《ン》せよ。 地ウ 早
ふ〳〵と云《イ》渡し。皆〻引《キ》 フシ 連《(レ)》急ぎ行《(ク)》。」 地 跡に ハル 長藏 色 一人笑《リ》。 詞 何と聞《イ》
たか二人の者。さつきに四八跡の松原で四九がんばつて置《イ》た五〇金の蔓《つる》。褒美は分《ケ》取《リ》奥でと
つくり相談《さうだん》せふ。 地ウ サアこい〳〵と二人《ン》は ヲクリ 打連《(レ)》〽奥に入《リ》にけり。
地ウキン 既《すで》に其日も 中 五一入《リ》相の。 ハルフシ 鐘の響《ひゞき》も。 中 おのづから ノル 五二寂滅《じやくめつ》 フシ 爲《い》
樂《らく》も五三西の空。」 地色中 願ふは五四弥陀《みだ》の誓願《せいぐわん》力《キ》。 ウ 五五六十六部廻國《ぶくはいこく》に ハル 姿を略《やつ》す五六南瀬

二一 失踪逐電の意。男女同伴でなくともいう。 二二 収入が少くて、所持金やもとでのへってゆくこと。 二三 女房をかけものにまでして、博奕に熱中する。 二四 年増女に惚れこんで。主ある女と見るべきか。 二五 丁半博奕でさいの壺をふせる場所。ござをしいてある。 二六 …と一緒に。 二七 すっかり。私刑をうけて、衣服をはがれ坊主にされたの意であろう。 二八 ちょんがれの終りに多い文句。 二九 →節章解説(四七一頁)。 三〇 次に出たこの宿のとまり人。 三一 只今御笑草に見える、この頃江戸市中をさまよった乞食。→補注一〇。 三二 奥羽地方の仙台市。乞食の出身地をいう。 三三 官蔵の言。吟味の必要なし。 三四 早く行ってしまえ。 三五 叱りつけられ。 三六 前につづきこの乞食の常に口にした言葉。→補注一〇。 三七 ほうほうのていで。 三八 →節章解説(四七一頁)。 三九 名物。 四〇 戸塚の大きん玉という乞食。大きん玉の上においたたたき鉦を打って物乞した。続飛鳥川「戸塚のきん玉、乞食也。きん玉の大成る事四斗俵より大なり。往来の人あまたたへず施す」。この名前はかりに作ったもの。→補注一一。 四一 せのひくい丸い鉦で、普通は座にふせて、撞木でたたく仏具。 四二 たたき鉦の縁。大睾丸で動作が不自由のさま。 四三 最後に。 四四 只今御笑草所収の角力とろんといわれた江戸の狂人をかりたもの。→補注一二。 四五 つまらないもの。 四六 何かと思えばつまらない。 四七 正しくは「百姓」。 四八 通って来た後の。 四九 眼張る。目をつける(穎原退蔵著江戸時代語の研究)。 五〇 金の脈。金もうけする手づる。 五一 日没につく鐘。当時の時刻の習慣では、この時を毎日暮の六つ(午後六時頃)と定めた。 五二 涅槃寂静の境を楽境とする、即ち浄土成道の境を示す語。梵鐘の声はそれを

ノ 中 六郎。 ウ [一]忠義は重《おも》き笈《おひ》の中。錫杖《しやくじやう》 ハル つく〳〵[二]立《チ》留《マ》り。 中 実《げに》春の日の長《なが》き
といへど。 ウ 急《いそが》ぬ旅のあて[三] 色 どなし。 詞 日が暮《レ》ふが夜が明《ケ》ふが[四]高《カ》が野宿《ク》の此身
の上暫《ヲ》くつかれを晴《はら》さんと。 地ウ 笈《おい》をおろして傍《あたり》なる[五]傍示杭《ばうじぐい》打 色 詠《なが》め。 詞 フウ
何ゝ是ゟ東武蔵の國。是ゟ西。相摸《さがみ》の國。扨は爰こそ武蔵相摸の國境と。 地ウ
[六]四方を見廻し。笈の戸を明《ケ》て フシ 四ッの稚子《ナ》は。 地色ハル 義興の若君 色 徳壽丸。
詞 サア誰《レ》もおりませぬ御心よふ御遊びと。 地ウ 道の邊《ほとり》の花折取《リ(リ)》。 ウ [七]爰迄ござれ此
花 色 しんじよ。 ウ サア〳〵御出と膝《ザ》に乗《セ》撫《なで》つ ハル さすつつ六郎が機嫌《きげん》取《リ》ゝ道野
邊の。 ウ 草に露吸蝶《つゆすふてふ》ゝの ハル [八]夢共わかぬ稚《ナ》子の[九]餘念《よねん》はさらに。 フシ なかりけ
り。」 地ウ せめては是へと傍示杭《ばうじぐい》引《キ》抜《イ》て[一〇]押《シ》直し。 ウ 若君を抱《キ》のせ ハル 御顔つく
〴〵打 中 守《モ》り。 ウ 目にもる[一一]涙 色 押《シ》かくし。[一二]果報《くははう》はいみじく源氏の正統《とう》。新田
義興公の[一三]公達《きんだち》と産《うま》れ給へ共。足利尊氏に世を[一四]せばめられ。纔《わずか》の笈に御身《ン》を隠し。
[一五]お乳《ち》の人にも[一六]傅《めのと》にも付添《キ(フ)》者は某一人。 地ウ かく浅間敷《キ》御身の上弓矢神《ミ》[一七]にも。 ハル
[一八]天道にも見離《はな》されしか殘《ン》念《ン》やと。 ウ [一九]拳《こぶし》を握《にぎ》り歯《は》がみをなし。 スヱ 無念《ン》の涙に 中
[二〇]しづみしが。 フシ 去《リ》ながら。 詞 稚《ナ》けれ共源《ン》家の公達《ン》。此六郎が申《ス》事。能《よく》お聞《キ》な
されや。今御足の下なる傍示杭は。武蔵相摸兩國の境杭《イ》。尊氏は相摸の國鎌倉
に[二一]居《きよ》を構《かまゆ》れば。時《キ》に取《ッ》ての足利尊氏。武蔵の國は今畝竹沢監物が領分《れうぶん》。二人が

告げる。 二三 その声で浄土のある西方をかえり見る。 二四 極楽浄土の主は阿弥陀如来なので、弥陀のいわゆる四十八願、一切衆生救済の力にすがろうと思う。 二五 日本六十六カ国廻国の修行者。俗体に白衣をつけ笈を負い、叩鉦をつけ大きな笠の姿。 二六 かりの姿をする。

一 諺「忠義は鉄石より重し」。笈の中に幼児を入れて重い意をかねる。
二 杖を突くと、つかれた形容の「つく〳〵」をかねる。
三 目的地。
四 どうせ。つまる所。
五 境界をしめした立て杭。
六 四方に人気の有無を見て。
七 幼児をあやす言葉。
八 荘周が夢に胡蝶となった故事で、蝶の縁。何も知らないの意。
九 蝶々の如くとかかって、無心のさま。
一〇 場所を作るさま。
一一 目にうかび出る。
一二 甚だよいむくいとして。因果応報。
一三 もとは公卿の子息の意。ここは若君。
一四 世間をせまくなるようにされて。
一五 女性で貴家の幼児養育掛。
一六 男性の御養育掛。
一七 武運をまもる神々。
一八 人間界に天理の正しきをのぞむ儒教の神。
一九 くやしがるさま。
二〇 涙をながして、意気のあがらぬさま。
二一 根拠地としている。

二二 前兆。

二三 もとへもどす。

二四 これはしまった、という気持の時のちかい詞。

二五 日ぐれになってももうけのない。

二六 巡礼などに布施を与えること。六部のいう言葉を逆につかった。

二七 人からもらいものをして世を渡る修行者。

二八 普通の。

二九 おとなしくいうと。

三〇 すなおには。

三一 原本「ば」。意によって改。

三二 とんぼがえりをさせ。

三三 腰に相手の身をのせて、浮かせて投げる柔術の一手。

三四 うるさい奴ら。

三五 殺してしまってやる。

三六 「しやくぢやう」と振仮名あるべき所。六部の持つものは、杖状に柄の長いもの。上部に塔婆形に環をつけたものが付いているのは同じい。

三七 生命をたった。松の縁でいう。

三八 負傷する。

三九 武芸に達した六郎には、の意。

四〇 膝口。膝頭。

四一 たじたじとする。勢いのぬけてよろめく。

軍勢踏破《ふみやぶ》り。武蔵相撲を一《ッ》時に。踏隨《ふみしたが》へ給ふべき前表《ぜんびやう》[二二]。地ウ 夫《レ》を祝《しゆく》せし我《ガ》寸《ン》志追付《ツ(ケ)》尊氏討《チ》亡し。ウ 目出度《(キ)》御代《みよ》 ハル に飜《ひるが》[二三]へさんと 中 祝《いは》ひ フシ 悦《よろこ》ぶ折こそあれ。地ウ いつの間にかは寐言の長蔵。ウ 南無[二四]三宝と若君を。ウ 手早く笈に抱入《キ(レ)》あたふたしめる 中 兩方〳〵。ウ 同じく願《ン》西野中の松 ウ 三人《ン》一《ッ》所に フシ 追取巻《(キ)》。」 地ウ 中にも寐言の 色 長蔵が。詞 コレ六部殿。行暮《ラ》[二五]したる追剝《おひはぎ》じや御報謝《はうしや》[二六]に預《カ》りたい。ホウ 心安《ス》い事ながら。此方も人[二七]の情《ケ》を受て通る修行《しゆぎやう》の身。貯《たくは》へ迚は更《さら》になし 地 ハル と半《ン》分云《ハ》せず 詞 ヤア貯へが有《ル》迚も高の知《レ》た六部の路《ろ》金《ン》。大金《ネ》に成《ル》其笈が貰《もらひ》たい。ムウ此笈がほしいとは。コリヤ常《ネ》[二八]の盗賊《とうぞく》でも有《ル》まい。早速《さつそく》やらふと云《イ》たけれどマアならぬ。ヤア甘《あま》[二九]ふいへば付上《キガ》る。どふで直《グ》[三〇]ではいかぬ[三一]奴二人《ッ》共合点《ッ》か。寐ヲ、。合点と 地ウ 兩方から。組付《ミク》首筋 色 引摑《ツミ》合。詞 右《ギ》と左《リ》へもんどり[三二]打《(タ)》せ。言が透《すか》さず後《ロ》より。しつかと抱《ク》を腰[三三]合車。ヤア面倒《めんだう》なる青蠅《あをばい》[三四]めら。此世[三五]の暇《いとま》を取《ラ》せんと。地ウ 錫杖《しゆしう》[三六]に仕《し》込《ミ》し刀引抜《キ》切払《はら》ふ。ウ こなたは刃《は》物叶はじと。ウ 見せの道具の手に當《タ》る。ウ 茶碗盃《キ》たばこ盆《ぼん》 トル 投付《ゲ(ケ)》〳〵 三重 〽打付《(ケ)》る。地ウ 切払《りはら》ひ切払ふ鎩《ギ》の下に ハル 野中の松。ウ 此世の枝葉[三七]は枯《かれ》うせたり。」 地色ウ 願《ン》西も手[三八]は負《おひ》ぬ。ウ 長蔵有合庖丁《(フ)はうてう》追取《ツ(リ)》立向へど。ウ 手練《しゆれん》[三九]の六郎叶はじと ハル 持《ッ》たる出刃《でば》を投付《ク》ればあや 中 またず。ウ 六郎が膝《ひざ》[四〇]の口へずつぱと立《ッ》よろ〳〵とたぢろく[四一]中《ヲ》。

ウいづく共なく迯うせたり。」地ハル六郎は歯《は》がみをなし。ヱ、討もらせしか口惜(シ)やと。ウ庖丁《はうてう》抜捨(テ)下着の裾《すそ》。ウ引裂《さい》て 色しつかと巻。詞取迯せしは殘念なれど。大事の〳〵若君の御身の上が大切と。地ウ痛手《いたで》にくつせず踏《ふみ》[一] 色しめ〳〵。ウ歩《あゆ》めどちが〳〵[二] ハル足曳《あしびき》[三]の。ウ山坂に氣[四]を春の夜の。そこ共[五] ウ分ぬ宵闇《よひやみ》に ウたどり上行(ク)こそ。三重上〽是非《ぜひ》なけれ。

三段目中　由良兵庫館の段

地ハル由良《ゆら》兵庫ノ助信忠《のぶたゞ》は ウ二張《てう》[六]の弓も引かたの。ウ竹沢[七]が推挙《すいきよ》にて尊氏卿《けう》へ。中宮《みやづかへ》。ウ新《あらた》に所領賜《しよれうたまは》[八]りて不義[九]の冨貴《ふうき》の ウ夫ぞ共。ハルしらぬ我身[一〇]の程《ほど》ケ谷《がや》[一一]や ウ十塚《とつか》[一二]の宿《しゆく》に 中隣《となり》たる。ウ所の名さへ吉田《よしだ》[一三]村傍《あたり》に目立(ツ)。一構《かまへ》[一四]。ウ手を盡《つく》[一五]したる物好の。キンヲクリ[一六]庭に。泉《せん》 中水築《すいつき》 ウ山の木々の梢《こずへ》を ハル洩《もれ》出る。朧《おぼろ》月夜に ウ映《うつろ》ひし。本フシ[一七]櫻が枝の白妙《しろたへ》も 中浮《うかべ》[一八]る。フシ雲《くも》とや詠《なが》むらん。」地色ウ鎌倉《かまくら》[一九]よりの召[二〇]に依《より》て主兵庫が ハル留守《るす》の内。呵人《しかりて》のない妼《こしもと》[二一]共。ウ乳母《めのと》交《まじ》りにどつた[二二] 色くた。詞サア若子《わこ》様のお馬が通る。ハイシイドウ〳〵 地ハル高嘶《たかいなゝき》。まだぐはんぜなき[二三] ウ友千代を 中抱乗《せ》たる ウ四ツ這《ばひ》の。ハル生《うま》れ付(キ)たる棚尻《たなつちり》[二四]。ひこつかせて[二五] フシ中かけ廻れば。」地色ハルノフあぶなやと 中抱おろし。詞コレ皆の衆。旦那《だんな》様のお留守じや迚やりばなし[二六]に騒《さわが》しやるな。若子様をだしにして[二七]面々の慰《なぐさみ》半分。怪我《けが》[二八]させましたらどふしなさる。そしてマア有ふ事か。大な臀《あしき》[二九]を振廻して。お鍋《なべ》殿もお

一 足をふみかため。用心して歩くさま。**二** ちんばを引くさま。**三** 上からは足を曳いて歩く。下へは山の枕詞として続く。**四** 気を張るに春をかける。**五** 玉葉、春上「山の端のそこともわかぬ夕ぐれに霞をいづる春の夜の月」。**六** 二心をもつことを「二張の弓を引く」という。それをかねて「引かた」即ち贔屓にする者を出す。**七** 竹は弓を引くの縁。**八** 領地。**九** 論語の述而篇「不義ニシテ富ミ且ツ貴キハ、我ニ於イテ浮カベル雲ノ如シ」。**一〇** 上からは不義の富貴のはかなきを知らぬ、下へは身の程を知らぬとかかる。**一一** 程に地名の程ヶ谷をかける。**一二** 戸塚のあて字。**一三** 東海道名所図会の戸塚の条「宿中北の町端れに吉田橋といふあり」。この辺の町名。名さえ良いとつづく。**一四** 一かまえの邸宅。**一五** すこぶる手のこんだ普請をした。**一六** →節章解説(四六六頁)。**一七** →同上(四六七頁)。**一八** 朧月の月光下の白い桜を、浮く白雲と見た和歌的発想。**一九** 尊氏側。**二〇** よび出し。**二一** 腰元に同じ。**二二** どたばたと大さわぎするさま。**二三** 分別のない。**二四** 臀部が後へ大きくつき出た尻つき。不器量の一とされる。**二五** ひくひく動かして。**二六** とりしめもなく。しまりなく。**二七** 手段にする。方便に使う。**二八** 正しくは「けが」。**二九** 尻の女房言葉。**三〇** 他人の欠点は目につくが、自分のは気づかない意の諺。又「人の七難は見ゆれど我が十難は見えず」とも。

鍋殿。イヤコレ人《ト》[三〇]の七難《なん》より我《ガ》八難。お乳母殿のおゐどじや迚。余《ン》り小《ちい》そふもござんすまい。なんぼわつちが棚尻《たなつちり》でも。見懸《かけ》に似《に》ず上《ッ》[三一]て有《(ル)》と。どなたでも誉《ほめ》なさるよ。ノフお松殿。そふじやないか。ホヽヽ上《ガ》つたの下《ガ》つたのとは。子供の上《ゲ》る几巾《たこ》[三二]じや有《ル》まいし。イヤコレ〳〵其蛸魚《たこ》[三三]は少差《ちとさし》[三四]合《イ》じやと。地ウどつと フシ笑へば 詞イヤコレ若子様の今すや〳〵。大な聲よして下され。ほんに愛《あい》らしいお子では有《ル》ぞ。サイノ此お子産だ母御が見たい。サレバイノ奥様のない此お屋形《やかた》[三五]。宝《たから》[三六]は身の差合《ハ》せ。寡暮《やもめぐら》しの旦《ン》那様に。わつちが蛸魚《たこ》で吸《すい》付《イ》たら。身[三七]も同前に相《イ》果《ッ》ると。おつしやるで有《ロ》ぞいの。アノお鍋殿《ン》とした事が。旦那様は石部《いしべ》[三八]金吉。女[三九]護《ご》が嶋へやつて置《イ》ても氣遣《カ》[四〇]ひの氣の字もない。イヱ〳〵口先《キ》で[四一]ちよびくさいふより。得[四二]手堅《かた》[四三]ぞふめがしつ[四四]深《ぶか》な。必《かならず》油断《ゆだん》さつしやるなと。地ハル三[四五]ッ寄《ス》れば姦《かしま》しい フシ目[四六]口乾《かは》きの色 中咄し。」地色ウ折から ウ旦《ン》那お帰りと ハル下[四七]部が呼《ビ》[四八]次《グ》中聲に連《(レ)》。ソリヤ ウ野[四九]等《のら》かはいて呵《しか》られな。ウイザ若子様も御一《ッ》所にと。皆打中連《レ》て フシ入《(リ)》にける。」地色ウ舘《やかた》の主《ジ》兵庫ノ助信忠。ハル江田ノ判官《ン》景連《かげつら》を同道《だうどう》にて。ウ立《チ》帰る フシ我《ガ》家の内。」地色ウイザ先《ヅ》あれへと賓主《ひんしゅ》[五〇]の禮《れい》。ハル上座に直《ヲ》つて江田ノ 中判官。詞先《ツ》以《ッ》て今《ン》日は御前《ン》の首尾《しゅび》[五一]も上〻吉。此判《ン》官も去年《こぞ》の冬《ふゆ》。さしも手強《てごは》き新田義興。手[五二]もぬらさず討《チ》取《リ》しは。莫太《ばくだい》[五三]の勲功《くんこう》と。尊氏公御感《ぎょかん》[五四]の余《マ》り

三一 臀部の後につき出たに似ず、陰部が上の方についている。志道軒著迷処邪正按内拾穂抄「元陰陽の種の蒔く所にて、其田地に上中下あり、上はあがりてせばし、下はさがりて広く湿ふかし」。

三二「凧」を二つにして書いた。紙鳶。

三三 迷処邪正按内拾穂抄「蛸津が浦 古今の絶景也〇軒が曰く、開中にいぼのごとくなるもの有り、すいつけば離れがたし」。

三四 さしさわりとなる。

三五 屋敷。

三六 困った時には、持っているものが当面の役に立つ意の諺。醜い召使女達でも、奥様のない今は役に立とうの意。

三七 房事中女子嬌声を発して「モウ死ぬ」などというとその方面の書に見える。それにつれて男も同様だというを、武士言葉にした滑稽。

三八 道徳的に律義な人。特に女性方面に堅い人をいう。 三九 前出(一八七頁)。

四〇 全く心配がない。

四一 軽薄なこと。

四二 えてして。

四三 堅蔵。女性面で堅い人の擬人名。

四四 婬情が深い。その方面にしつこい。

四五 女を三つよせて姦の字となる意。

四六 人の悪口などを口やかましくいう人。又その性癖。 四七 低い位置の召使。

四八 順次に呼んで伝えること。

四九 なまけていて。

五〇 客と主人との間の礼儀。客の江田が、礼儀の末に上座についた。

五一 次第。なりゆき。結果。

五二 さしたる苦労なくして。

五三 正しくは「莫大」。 五四 御感賞。

一　重く用いること。挙用。
二　今日。
三　富有に楽しく生活すること。
四　推挙。
五　滅亡一歩手前にある。
六　簡単に殺す。
七　午後八時頃。
八　むさくるしい住居だが。
九　それではその内に又お目にかかりましょう。今日はこれでおさらば。
一〇　世を憂き、つらいと思う意と、浮草の如くとして下へ続く。
一一　身をよする所もない。
一二　かすかに聞えるので。
一三　思いがけないので驚いて。
一四　面目ないさま。
一五　そのまま邸内へ入らんとする。
一六　むなぐらをつかんで、無理に座らせ。

相撲《さがみ》半國を給《たまは》り。此上もなき悦び。貴殿は固《もとより》義興が舊臣《きうしん》。お疑《うたが》ひも有んかと思ひの外のお取立[一]。ハア御意の通。此兵庫ノ助新田の家を見限《かぎ》り足利家へ降参《かうさん》。[二]當時《とうじ》ケ様の活計《くはつけい》[三]も。貴公と竹沢殿のお取成《なし》[四]。御芳志《はうし》の程言語《ごんご》には述《のべ》られずと。地ウ 媚諂《こびへつら》ひの挨拶《あいさつ》に。ハル 判官猶も近く 中 差《さし》寄。詞 夫に付義興が弟義岑。又忰徳壽丸。今において行衞知ず。少にても手がゝり有ば。古《こ》主迚用捨《ようしや》召れな。ハア イヤ其御念には及ばぬ事。[五]死損《ぞこな》ひの新田の一類。[六]捻《ひね》り殺すに手間隙《ひま》いらず。夫はそふと判官殿。今宵《こよひ》も最早《もはや》[七]初夜《しよや》過なれば。[八]見苦《ぐる》しく共奥の間で。地ウ 夜と共の 中 お物語。詞 イヤ〳〵拙者《せつしや》も急の道。先今晩はお暇《いとま》申さふ。ハテサテ夫は殘念千万。イヤ我等領分ゟ鎌倉への往來《わうらい》には。丁どよい中休。以後《いご》は一寸《ちよつ》〳〵と御尋《たづね》申さふ。[九]然ば其内おさらばと。地ハル 家來引連判官は フシ 己《おの》が舘へ 中 立歸る。地ウ 世を[一〇]うき草の ハル [一一]よるべなき。中 義興の御臺《み》筑波《つくば》御前 ウ 湊 ハル 一人を タ、キ力にて。しらぬ。ウ 夜道を。とぼ〳〵と。フシ 門外にたどり付。詞 道踏迷《ふみまよ》ひし旅の女。地ハル 一夜のお宿と 中 いふ聲の。ウ [一二]ほの聞ゆれば内には不審《しん》。ハルフシ 手燭携《てしよくたづさ》へ ウフシ 歩寄。地色ウ 互《たがい》に見合す顔と顔。ハル [一三]思ひ懸《がけ》なき恟《びつく》りに ウ 兵庫は流石《さすが》[一四]面《おもて》ぶせ。ウ [一五]入んとするを女房は。ハル つか〳〵と立寄て[一六]胸《むな》づくし取て 色 引すへ。詞 コレ嫚な人でなし殿。落人と成給ふ。御臺《み》様の此お姿。嘸《さぞ》本望でござんしよのふ。お前の心一《ト》ッにて。さま〴〵の御艱難《かんなん》。けふ迄お命續《つゞき》しは。地中ウまだしも神仏の扣へ綱《づな》[一七]。ハル世[一八]を忍旅《(ブ)》なればウ何かに付《ケ》て不自由《じゆう》がち。ハル御臺様のお足の痛《いたみ》中此家作《やづく》りの結構《けつかう》さ一夜の無心《ン》と來《き》て見れば。どふかおまへの内そふな。地中かゝる暮《くら》しで有《り》ながらウお主の事も女房の事も。上忘《ス》れ果《(テ)》たる。入無得《むとく》心《ン》[一九]。詞エ義理しらず道しらずとウ異見《いけん》いふもよしみ[二〇]だけ。どふぞ本《ン》心《ン》に立《チ》帰りお家[二一]の御先途《ンど》見届《とゞけ》て。ウ是迄の恥《はぢ》[二二]をすゝぎ。元の女夫に成《ツ》てたべ。ウ憎《にく》い〳〵と。日比のハル恨《うらみ》。キン己やれと。ウ思ふて居たがハル顔見ればウ稚《をさな》馴染《なじみ》。心が味《あぢ》[二三]にウ成《ツ》て來て。ハル恨《ミ》もクル漸《やう〳〵》百分《ぶ》一《チ》。詞友千代は息災《そくさい》なか。流行《はやり》風など引《キ》はせぬか。かふいふ暮《シ》でござるからは。コレ申。[二四]お内儀様《ン》を呼《ビ》やなされぬかいな。コレどふぞ。いふて。地ウ聞せてハル下《ダ》されとウ強《つよ》い様でウ女氣の。ウしどけ[二五]フシ涙にくれ中居たる。」地色ウ御臺も漸《(ク)》顔を上《(ゲ)》。ウ殿様には不慮《りよ》の御最期《さいご》ウ頼に思ふそなたさへ。ハル尊氏へ降参《かうン》。ウ德壽を連《レ》て立退《チのき》し六郎が行衛知《レ》ねば。ウそこや。爰やとウ尋《ネ》ても行先《クキ》ゝが敵の中《カ》。ハル東[二六]の住居《すまゐ》色叶はねば。中脇屋義治《わきやよしはる》殿を頼《ミ》にしてウ上方《ミ》へ志《こゝろざ》し。ウ迷《まよ》ひ來《き》たるも盡《つき》せぬ機縁《きゑん》[二七]。ウならはぬ旅につかれ果《(テ)》。ハル置所《キ》[二八]なき露《つゆ》の身の。ウ消《きへ》[二九]なば消《(エ)》ね兎《と》も角《かく》も。ハルよきに頼《ム》とクルフシ計《リ》にて中跡は。ハル詞もないじやくり[三〇]。」詞ホ、いたはしき

一七 物の倒れかかった時、これをふせぐ為に反対の方に引張っておく綱。その如き神仏の保護をたとえたもの。
一八 世間体をかくした。
一九 非道。
二〇 以前夫婦のゆかりがあるからこそのこと。
二一 末々まで、御主君の家のなりゆきに忠をつくして。
二二 不名誉をとりかえし。
二三 変な気持。小さい時から知り合ってなった夫婦のこと、恋心がやはり出て来て。
二四 主君のことをいいながら、自分のことに及び、忠義をいいながら、夫婦の中に及ぶ、浄瑠璃の一つの貞女型である。
二五 しどけなくと涙にかかる。しどけなくは、とりとめもない意。
二六 関東地方。
二七 仏語で、仏法と衆生の仏縁のことをいうが、ここは縁ほどの意。
二八 やどる所もないはかない境遇。「置く」と「露」は縁語。
二九 新葉、雑下「玉ゆらも世におき難き白露の消えなばきえね光なき身は」。死ぬのなら死んでもおしくない身であるが。
三〇 泣きじゃくり。

一 援助したいといいたいが。
二 俸禄をもらって臣下となった。
三 戦にまけて逃げかくれる人。
四 女性。
五 勘忍して。こらえて。
六 元来は、日の暮れて歩む前の明るい間の意。転じて、まだ逃げることの出来る間の意。ここは両義をかねたか。
七 早々行ってしまいなさい。
八 あいそのない。
九 感情が激して。
一〇 あいそづかしのみをいう人だ。
一一 たわむれる。
一二 外は人間だが、内面は畜生同然。
一三 時々の境遇の盛衰につれて親しくもうとくもなる人心であるの意の成語。
一四 前後に心はみだれて。
一五 いい出した意地で。
一六 身分のある人の歩くことをいう語。
一七 出来ないなら。よくないのなら。
一八 薪木をおく小屋。
一九 荒々しい。
二〇 怒りの動作。
二一 人につらくあたれば、そのむくいとして又必ずつらくあたられるものだの意。
二二 →節章解説(四六〇頁)。
二三 春秋左伝の閔王の条「本必ズ顚ジテ、後ニ枝葉之ニ従フ」。本家が倒れると分家が満足であることが出来ない意。ここは主家が倒れて、家臣が苦労するの意。
二四 背に負うを笈にかけた。

三段目切　由良兵庫館の段

御有様《リ》。お[一]力《ラ》にと申《シ》たいがマアならぬ。昔《むかし》は昔《シ》。今は。足利家の[二]錄《ろく》を食《はむ》此兵庫。新田方の[三]落人搦捕筈《からめとるはづ》なれ共。[四]女義の事なりや[五]了簡《りやうけん》して。見遁《のが》いて進《ン》ぜふ。[六]足本《ト》の明《カ》い中《チ》と[七]つとゝ 地ウ ござれと フシ [八]にべなき詞。」地色 女房は猶 色 [九]せき上《ゲ》。詞 ヱ、聞《ケ》ば聞程《ク》[一〇]あいそづかし。コレ飼養犬《かひかう》も主を知《リ》。尾を振《ツ》て[一一]そばへる物を。犬に劣《おと》つた[一二]人畜生。サア御臺様お立遊《(チ)》ばせ。行《キ》着《キ》次第《しだい》にさんじませふ。ヲ、[一三]時世《キ》につるゝ人心。地ハル 是非《ぜひ》もなき世の有 中 様と。しほ〱 フシ として立給へば。」地 色ハル 心つよくは云《イ》ながら。ウ 流石《さすが》女の[一四]跡や先《キ》。ウ 笑顔《ゑ》作《つく》つて 色 傍《そば》に寄《(リ)》。詞 コレ兵庫殿。[一五]云がゝりに云《(ヒ)》はいふたが。アレ御臺《み》様のお足の痛《いたみ》。殊《こと》に夜更《ふけ》て一寸《ン》も。[一六]おひろいはなさられまい。地ハル 座敷に[一七]ならずば軒《のき》の下《タ》。[一八]木部屋《べや》に成共《リ》たつた一《チ》夜を。イヤならぬ。そんならどふぞ友千代に。ちよつと逢《ハ》せて猶ならぬ。夫婦《ふう》でなければ子でもなし。とつとゝうせふと[一九]あらけなき。地ハル 詞に湊は身を[二〇]震《ふる》はし。詞 ヘヱ御臺《み》様のお供でなくば。喰付《くひ》《イ》ても此恨。[二一]人に報《むく》ひが有物《ル》かない物か。地ハル 覚《(エ)》てござれと ウ 見返り。〱。ハル 御臺所の ウ 御手を引《キ》。すご 中 〱として。[二二]フシカ、リ 出《(デ)》て行《(ク)》。ヲクリ 心ぞ 〽思ひやられたり。

地ハル されば其幹《かん》[二三]摧《やぶ》るゝ時は枝葉《しゑふ》全《まつた》から 中 ずとかや。ウ 南瀬ノ六郎宗澄《むねずみ》は ウ 数多《あまた》の追手《ツ》を ハル 切《リ》抜《ケ》て。ウ 忠義一圖《チづ》に若君を ハル [二四]漸《やうく》脊《せな》に笈の内。中 深手《ふかで》に弱《よは》

る ウ 足[二五]たぢ〳〵。ハル 此家を目當に。フシ [二六]よろぼひ來り。」詞 行暮せし旅人なるが。盗賊《たうぞく》に出合難義至極《ごく》。お家を見懸お願申。御かくまひ下されよと。地ハル 内へはいれば。詞 ヤア其方は南瀬ノ六郎。ム、人非人の由良兵庫。ハレ思ひがけなき對面《たいめん》じやナア。[二七]愚《ぐ》人に向ひ詞はなし。サア〳〵 フシ 勝負《しやうぶ》と詰かくれば。」詞 ハ、、、[二八]血迷《ちまよ》ふたるか六郎。イヤ存外の[二九]譫言《たはごと》。所詮助からぬ我命。己が首を冥途《めいど》の土産《みやげ》。ム、、、血迷たとはそこの事。ナント尊氏公の御威《い》勢見たか。唐土《たうど》天竺《ぢく》はいざしらず。日本の地に在ては。いか程遁《のが》れ隠るゝ共。[三〇]袋《ふくろ》の物を探《さぐ》るに等《ひと》しく終《つい》には尋出されん。そこを計《はか》つて此兵庫。[三一]手短《てみじか》に降参《かう》し[三二]一簾《かど》の知《ち》行を取ば。コリヤ此通豊《ゆたか》の暮し。[三三]彼蟷螂《かのとうらう》といふ虫は。己が斧《おの》を頼にして車に向ふ眞《ま》其ごとく。汝が武勇を頼にして。鎌倉へ[三四]弓引んとは淺はかな了簡《りやうけん》。[三五]大な物には呑《のま》れ。[三六]長い物には巻れるといふ諺《ことはざ》の通。譬《たとへ》いか程働《はたら》いても御威勢にて取囲《かこめ》ば。行先〻が皆敵。其上にソレ其深手。[三七]手向ひはおぼつかない。ヤア[三八]道知ずがぬかしたり。[三九]瓦《かはら》と成て全《まつた》からんより。玉と成て碎《くだけ》よとは古人の[四〇]金言《げん》。身は[四一]醢《しゝびしほ》になるとても。汝がごとき不忠不義恩を忘るゝ六郎ならず。ホ、其理屈《りくつ》は聞へたが。今某と[四二]討果さば。ソレ其笈の内なる徳壽丸。誰有て介抱《かいはう》するぞ。サとつくりと分別《べつ》せよと。地ウ [四三]星《ほし》を差たる 色 一言に。詞 イヤサどふで遁れぬ御命。但《たゞし》は汝善心に翻《ひるがへ》り。かく

二五 足どりの確かでないさま。
二六 よろけながら。
二七 馬鹿者に今更いうべき言葉もない。
二八 のぼせ上った。
二九 「譫言」の誤り。
三〇 いとも簡単なことのたとえ。
三一 手軽に。てっとり早く。
三二 相当な。
三三 文選の四十四「蟷螂之斧ヲ以テ、隆車之隧(あと)ヲ禦ガント欲ス」。蟷螂はかまきり。斧はその臂。自分の才力をしらずして、大敵と争うことのたとえ。
三四 敵対する。
三五・三六 共に力の強いものには服従しておくがよいとの意の諺。
三七 手向いするにはたよりない。
三八 道徳知らず。忠義を知らぬ者。
三九 北斉書の元景安伝「景皓曰ク、大丈夫ハ寧ロ玉砕スベシ、何ゾ能ク瓦全セント」。
四〇 聞くべきの言。格言。
四一 和名抄にこの文字を「之々比之保」と訓む。死罪の末に、ばらばらにして肉体を塩づけにする中国古代の極刑。
四二 討合いをして死んだなら。
四三 的中している推量を下すこと。

まひ申《(ス)》所存《ン》なるか。イ、ヤかくまふ程なりや鎌倉へ降参《かうソン》はせぬはやい。かくまひもせず。本心《ン》にも返らね共。高のしれた小悴一疋《ツ》。鎌倉殿の害《がい》にもならねば。見遁《ガ》してやる分《ン》の事さ。ム、しかと見遁してくれふや。[一]究鳥懐《きうてうふところ》に入時《ル》は獵人《かりうど》も是を取《ラ》ず。ハア忝い 地中 命を惜むに ウ あらね共。ウ [二]御一門《チ》は皆ちり／＼。ウ 義岑公はお行衞知《レ》ず。ハル 新田の家の御血筋殘り給ふは 色 若君計《リ》。詞 大切《ツ》の御命見遁《のが》してさへ下さるれば。御恩《ン》は忘れぬ。コレ手を合して拜申《をがみ(ス)》と 地ウ 油断《ゆだん》を見すまし近寄《カツ》て。ウ 只一討《チ》と切付《ク》るを。ハル 騒《さはが》ず鍔《つば》にて 色 しつかと請《ケ》。詞 ム、、、、迚も及ばぬほで[三]轉業《てんがう》。其手では参るまい。去《リ》ながら。[四]木にも萱《かや》にも心置《ク》は落人の習《なら》ひ。疑《うたが》ひは尤至極《モしごく》。コリヤ見遁《ガ》すといふ其證據《しやうこ》と。地ウ 刀の[五]鯉口《こい》[六]抜《ケ》かけて。[七]丁 ハル く／＼と[八]金打《ンてう》 色 し。詞 深手《カ》の上に[九]氣を揉《もま》ずと。奥の一間《ト》で養生《やうじやう》お仕《シ》やれ。ヘヱ [一〇]天にくゝまり地に抜足《キ》。思慮《しりよン》分別も[一一]愚に返り。かく[一二]成下《ガ》る我身の上。地ハル [一三]弓矢の冥加《みやうが》に盡《つき》たるかと。キン [一四]くらむ心を 中 取直《リ》し。[一五]心ならねど是非なくも。ヲクリ 奥の 〽 一間《ト》にたどり行《(ク)》。

フシハル 程もあら 中 せず。地ウ 討手《ツ》の大勢ばら／＼と乱入《レ(リ)》。ハル [一六]矢ぶすま作つて 中 追取卷《ツ(ク)》。ウ コハ何故の狼藉《らうぜき》と云せ《ハ》も果ず《(テ)》 色 捕手《とりて》の頭。詞 新田の小悴《レ》德壽丸。南瀬ノ六郎を[一七]付込《ケン》だり御渡し有《レ》と罵《のゝし》れば。地ウ 人數の中ゟ馬士《うまかた》の。ハル 寐言

一 困って助力を頼みに来れば、たとえ敵でもこれにあわれみをかける意の諺。顔氏家訓「窮鳥懐ニ入レバ仁人ノ憫ム所」。
二 御一族。
三 「ほで」は腕。「転業」はいたずら。とるにたらぬ手向いをののしった語。
四 少しのことにも世をはばかり、用心することの形容。
五 刀の鍔と、鞘との合う所。鯉の口の如き形になっているからの語。
六 正しくは「抜キ」。
七 金属的な音を示す。
八 「きんちやう」。嬉遊笑覧「伊勢安斎人の問に答へて云ふ、大小刀を抜きて打合せて誓ふを、きんちやうといふ、古書に所見なし、(中略)両刀を打合する事なれば金打と書くなり、其意もし誓約に違はば此のごとく大小刀を打折りて、二度大小を帯せざる身となるべしといへり。この説臆度の非なり。是はもと仏に誓ひてかね打つ事なり。(中略)かねうつと云ふより大小の刀など打合する事もあるにや、戯場院本などには多くあるなれど、そは作者の巧意に出でたることならむ(下略)」。
九 心をつかい心配せずと。
一〇 「くゝまり」はこごむ意。跼天蹐地で、高い天の下にも身を小さくし、広い地上を遠慮して行くの意で、世をはばかるさま。詩経の小雅「天蓋フコト高シト謂ヘドモ敢エテ局(せぐくま)ラザルニアラズ、地ノ蓋フコト厚シト謂ヘドモ、敢エテ蹐(ぬきあし)セザルニアラズ」。
一一 おろかしくなって。
一二 おちぶれる。
一三 弓矢神の冥加。武運つきはてたか。
一四 判断にまよう。

一五 不本意だが。
一六 弓矢をかまえた多人数が、ふすまの如く密にならんで。
一七 あとをつけて追い込んだ。
一八 由良兵庫助に呼びかけた語。
一九 手腕では片付かない。
二〇 十分に。
二一 いざこざの文句をいわないで。
二二 江戸時代幕府から、諸大名などへ幕府の意を伝えるべく派遣した使者。相手の身分上下によって、その時々に人選された。ここはそれにならって用いた、主君よりの使。
二三 軽挙。
二四 ここは早打駕でなく、馬を早く走らせての意であろう。
二五 明らかである。
二六 手っとり早い。
二七 売買の交渉を一口で定める商売。ここはその如く返事をする交渉にたとえた。国性爺合戦、三「頼まれうか頼まれぬか一口商ひ」。
二八 このように、障子中の人を射たりついたりするのも操芝居の一つの型。障子をけはなして人物があらわれる。
二九 不信義者。
三〇 鉄砲・弓の如き遠方より攻撃する武器。
三一 殺す。
三二 このくらいの。この類の。
三三 力のこもらぬ矢。保元物語の「新院御所各門々固」の条「清盛などがへろへろ矢、何程の事か候べき」。
三四 似た性質の者が友達となるの意の諺。易経の繋辞上伝「方ニ類ヲ以テ聚ル」。三五「原」は人数の多いことを示す接尾語。三六 相手の太刀を自分の太刀で受けとめたり、はずしたり。

の長蔵 色 ぬつと出《デ》。詞 コレ親方。一八 金に成《ル》代物を焼餅坂《ヤ》で取逊《リ》し。追手の衆の手に餘《あま》れば。どふでおいらが手際《ぎは》一九にやおゐないと。見へ隠れに付《ケ》て來て。奥へ入《ツ》たをとつくりと見て置《イ》た。二〇 四の五のなしに渡さつしやれ。渡せ。二一 地ウ〳〵と大勢が透《すき》もあらせず詰かける。フシ 折もこそ有表《レ》の方。」地色ハル 上使《し》二二なりと 中 呼《バ》はつて。ウ 入來《リ》る竹沢監物。詞 ヤア家來共麁忽《そこつ》二三の振舞《ふるまひ》。皆引《ケ》。地ウ〳〵と追退《イしりぞ》け。フシ 上座に通れば。詞 ム、思ひ懸《ケ》なき御上使とは。ホ、上使の趣《おもむき》余《ヨ》の義ならず。南瀬ノ六郎徳壽丸。最前《ン》道にて討《チ》もらせしと追《イ》〻の注進《ちうしん》。尊氏公聞《コ》し召《サ》れ。固《もとより》古主の事なれば。兵庫が心底《ンてい》計《リ》がたし。吟味《ぎんみ》せよとの嚴命《げんめい》。早打《チ》二四にてかけ付《ケ》しに。案《ン》のごとく貴殿《ン》隠し置条紛《クでうまぎ》二五れなし。昔《シ》のよしみにかくまふや。又首討《ツ》て出さるゝや手短《みじか》二六の一口《ト》二七商《あきな》ひ。返答《へんたう》いかにと問《とひ》かゝれば。地ウ 兵庫は何のいらへもなく。ウ 傍《そば》に有合弓《リフゆみ》と矢追取《ツリ》。ウ きり〳〵と引絞《キしぼ》り。ハル 一間《ト》を目當《テ》に切《ツ》て放《はな》せば 中 あやまたず。ハル はつしと手ごたへ ウ 血煙《ちけふり》と倶に障子《しやうじ》二八を踏《ふみ》はづし。ハル 朱《あけ》になつて南瀬ノ 色 六郎。詞 ヤア比興至極《ひけうしごく》の表裏者《ひやうり》二九。甘《あま》き詞に我《レ》を欺《あざむ》き。三〇 飛《とび》道具にてしとめん三一とはャ愚《おろか》〻。是式《しき》三二のへろ〳〵三三矢。百筋千筋身に立共《ツ》。何程の事有《ラ》ん。類《るい》三四を以《ツ》て友とする。奸佞邪智《かんねいじやち》の愚人原《ぐン》三五。一《チ》〻首をならべんと。地ウ 無二無三に切《ツ》てかゝる。ウ 心得たりと兵庫ノ助。ウ 請《ケ》三六つ流しつ上段下段《ン》。ウ 尖《するど》き太力筋こなたは手負《ておい》。ウ心はやたけ[一]にはやれ共ウ切込刃《むやいば》を請はづし。ウ左の肩先《かた》切付られかつぱと伏ば。ハルワツト泣。ウ若君奪取《ばい》兵庫が早足《さそく》[三]。ウむつくと起て六郎が。ウやらじと縋《すが》るを又一[二]太刀。ハルうんとのつけにそり中返るを。ウ見向もやらずハル若君の首宙《ちう》に中打落し。フシ検使《けんし》[四]の前に差置ば。」地ハル竹沢につこと笑《ゑみ》を色含《ふくみ》。詞兼て知たる貴殿の心底。疑《うたが》ふ筈はなけれ共。徳壽丸が面躰《めんてい》を見知ざる此監物。焼鳥[五]にへを。念の爲誰見知し者や有罷出よといふ聲に。地ウ以前の馬士おづ〳〵[六]《かた》這出《はい》ハル首をとつくと色見改め[七]。詞今日道にて見付し悴に。相違《さう》はござりませぬ。ホ、是にて万事相濟だり。尊氏公へ申上なば嘸《(さぞ)》御悦喜《あつき》。褒美《はうび》は追て御沙汰[八]《さた》有んと立上れば。ハア何分にも御前宜敷《[九]よろしく》。近比御苦労《くらう》千万。地ウ互に挨拶《あいさつ》ハル竹沢監物首フシ取持せ立歸る。

地フシハル此家の中騷《さはぎ》。地色ウ若君の御身の上と聞よりも。ウ有にもあられず[一〇]ウ御臺所。ハルウ湊が介抱《かいはう》漸《やう〳〵》と道〻も引かへし走。つまづく氣は狂乱《きやうらん》。詞徳壽はいかゞ。若君様。六郎殿はいづくにと。地ウうろ〳〵きよろ〳〵。ウ兵庫にばつたり。詞ム、コリヤ何じや。徳壽丸に逢《あい》たいか逢たくば逢せてやらふと。地ウ投出すは首なき死骸《しがい》。ノル二人ははつと氣も轉動《てんとう》[一一]。詞スリヤもふ若[一二]は殺されたか。地ハルコハ何とせん悲しやと死骸に。[一三]スヱテ取付中泣沈《しづ》む。ハル湊は身震《[一四]ぶる》ひ歯《は》がみ

一 弥猛に。いさましく。
二 一度にぱったりと。
三 機敏な働。また、機転。
四 検証をする為の使者。ここの上使はそれをかねたと見たもの。
五 十分に用心せよとの意の諺。「へを(捉緒)」は飛びたたぬ用心に鷹の足につける紐で、死んだ鳥にも、その紐をつける意。碁盤太平記「焼鳥にへを、用心にあきはない」。
六 こわごわに。
七 「改」と同じ。
八 しらせ。
九 尊氏の手前。
一〇 じっとしておれないさま。
一一 「顛倒」のあて字。心の常態を失うこと。
一二 若君のことを、その父母がいう語。
一三 →節章解説(四六九頁)。
一四 憤りの甚しいさま。

を 色 なし。詞 ヘヱ鬼《おに》共蛇《じや》共魔王《まわう》共。名の付様のない悪人。コレ申御臺様。所詮《しよせん》一五 い
ふても返らぬ事。サア お覚悟《かくご》遊ばしませ。地ウ ヲヽ、いふにや及ぶと用意《ようい》の懐釼《くはいけん》。
ハル 両方が 中 突かゝる。ウ ヤア及ばぬちよこざい一六 ひろぐ一七 なと。ウ 腕首《うで》つかんで突
飛せば。ウ 又突かゝる一念力一八。ハル あしらひ兼《(ネ)》てや兵庫ノ助一九。フシ 一間をさして
逃入たり。」詞ノリ ヤア逃る迚逃そふかと。地ハル 飛込《(ム)》襖《ふすま》二〇 の小影より寐言の長藏 色
踊出《をどり(デ)》。詞 こんな事も有ふかと跡に殘つた甲斐《かひ》有て。重〳〵褒美《はうび》の種《たね》。此趣《おもむき》を
注進《ちうしん》と。地ウ 云捨てかけ出す。ウ 後の障子《しやうじ》の透間《すき》がはつしと打たる手裏釼《しゆりけん》二一 に。フ
シ ぎやつと計に息たへたり。

地色ハル コハ何者の仕業《しわざ》ぞと。ウ 見やる一間に 色 聲高く。詞 官軍の御大將。新田
左兵衞ノ佐《すけ》義興公の御嫡男《ごちやくなん》徳壽君。御安躰《あんたい》二二 にて渡らせ給ふ御安堵《あんど》有と呼《(バ)》はつて。
地ウ 傅《かしづき》出る兵庫助。ハル 見るが二人は 色 夢に夢二三。詞 ヤア徳壽丸は存命《ながらへ》てか。若
君様にてましますかと。地ハル 抱取たは煎豆《いりまめ》に花二四 の笑顔《ゑがほ》二五 のにこ〳〵を。ウ 見る目二六
二七 ぞく〳〵嬉しさは。何に フシ 譬《たと》へん方もなし。」地色ハル 女房ハツト心付。詞 若君
様を助るとは思ひがけなきお前の忠義。嘸《さぞ》かし深い方便《てだて》でがなござんせふ。し
たが最前竹沢とやらに首切て渡したは。何人の子でござんした。ホヽ、夫こそは
忰友千代。ヤアスリヤ此死骸《しがい》が我子か。地ハル ハアはつと計にとうどふし前二八 スヱ 後。

一五 とうてい。
一六 こざかしい業。
一七 行動することの卑称。
一八 一念にこりかたまった為に出る力。
一九 疑問の「や」。兵庫助程のものらしくないので、思う所あって逃げ出したことを示す語。
二〇 小陰。ちょっとした陰。
二一 鉄製の柄がついた小さい刀で、手中から投げほうって、敵のすき、急場に害を与える武器。
二二 「安泰」のあて字。無事。
二三 夢中に夢を見る如く、何が何やらわからない意の諺。
二四 「枯木に花」などと同じく、稀しいことのたとえだが、ここは一旦死んだものが、生きていたことのたとえ。
二五 花のように美しい童顔のわらうさま。
二六 目で見ること。見ること。
二七 甚だうれしいさま。
二八 不覚。判断心・自省心を失って。何もわからなくなって。

一 心底。
二 以下の合戦は、前に同じく、時期は冬で、矢口渡で義興が戦死した正平十三年(延文三年)十月のこととするが、戦の内容は正平七年(文和元年)閏二月の武蔵小手差原の合戦による。この二人の物語の所が立役の人形の所作事の見せ場。ここは二人に女人形二つを加えて、花やかな場となっている。
三 この作では義興が吉野朝で命をうけるが、太平記、三十一「新田起義兵事」では、正平七年二月、「早く義兵を起して将軍を追討し、宸襟を休め奉るべし」との勅使をうけた。
四 太平記、三十一「武蔵野合戦事」によれば、義興・義治・義宗の総勢は九万余騎。
五 同じく太平記によれば「将軍(尊氏)十万余騎を五手に分けて」とある。
六 前出(八一頁)。
七 趣ある。
八 月の名所である武蔵野の月と、「弓張月」の語で縁。弓を張って射る矢の意で下に続く。
九 書言字考「芒(スヽキ)」。穂のないすすき。矢の多く乱れささったさまを見立てて、次の枯野に続く。
一〇 足利・新田二氏は共に清和源氏の出。前出(三〇五頁)。
一一 その勝敗が天下を得るか失うかのわかれ目となる大事な戦。
一二 修羅道のこと。帝釈天と争う鬼神阿修羅のいる世界だが、人間も闘諍をこととして、恨を持って死んだ者はこの界に堕ち、闘諍を常にする苦をうけるという。
一三 「すかど」とあるべき所。
一四 ここも小手差原で義宗軍と戦った尊氏のさま。

ハルふかくに 中泣出す ハル御臺《み》所も御涙。地色ウ我《ガ》身の上に引《キ》かへて。ウ夫婦の一心根《ね》思ひやる。ハルいかに主の爲 中じや迚。ハル我子を殺して此若を助《ケ》てくれる 色志《シ》。詞家來ではなく。氏神《ソ》共命の親共。今更《さら》に礼は フシ詞に。盡《つく》されず。詞そして マアいつの間に友千代と取《リ》かへて此子を助《ケ》た其訳《ケ》が。ホヽ其子細《しさい》は六郎が。申上《ゲ》んと起直《キ》れば。地ハル思ひがけなく又 色悔《ク》り。詞ヤア殺されたと思ひしそなた。ハイヤ此六郎は兼てゟ。命を捨て《(テ)》の謀《はかりごと》。ホヽ忠義はかはらぬ此兵庫。朝敵《てうてき》を善悪二ッ《クタ》に引分《キヤカ》れし 地ハル一《ト》中通《リ》。フシ御物語。」詞二扨も我《ガ》君義興公。亡《ほろぼ》せよと三勅命《ちよくめい》を頭《かうべ》に戴《いたゞき》。必死《ひつし》と定めし御出陣《ツン》。續く兵《つはもの》四六万余騎《よき》。敵は名におふ足利尊氏。隨《したが》ふ軍勢《ソ》五十万余騎《ン》。地ウ兩陣互《たがい》にいどみ コハリ戰《たゝか》ふ。中さしもに廣《ひろ》ウき武藏野《の》の ノル六草より。中キン出《(デ)》て草に入《ル》。キンヲクリ七やさしき詠《ながめ》に引《キ》かへて。ハル八月《ヤ》に縁有《ン(ル)》弓張《ゆみはり》や射矢《いる》 トル乱《レ》て九篠芒《しのすゝき》合。ハルウ枯《かれ》野の草を踏越《ふみ(エ)》 色〳〵。ウキン互《イ》に一〇恥有《はぢルン》源氏と源氏。ハル天下《ン》一一分《ケ》めの晴軍《はれサ》。組《ン》づ組《マ》れつ討《ツ》つ討《タ》れつ。ハル矢さけびの音鯨波《トときのこへ》一二修羅《しゆら》の街《ちまた》に 中異《こと》ならず合。ウ固《もとより》猛《たけ》き御大將《ン》。ハル追《(と)》つまくつつ數《すが》ケ一三度《と》 色の軍《サ》。ハルさしもの尊氏敗軍《はいン》一四にて鎌倉 フシさして引退《しりぞ》く。庇《とら》一五 ハルにも乗《ル》べき御勢ひ。ウ竹沢が勧《すゝめ》にて。ウ跡ゟ追《ツ》かけ討取《チラ》ん ハル續《つゞけ》や〳〵と乗《リ》 色出し給ふ。詞ヲ、其勝《チ》軍が我夫《ガマ》の御身の仇《あた》で有《ツ》たはいの。ノルイエ〳〵いか程逸《はや》らせ給ふ共。無理にお留《とゞ》め申《シ》なば。アイヤそこに[一六]如在《じよさい》の有《ル》べきか。抜《ケ》めなき兵庫殿。さま〴〵お諫《いさめ》申されても。勝《ツ》に乗《ツ》たる御大將。御承引《しやういん》ましまさず。いさむるを[一七]曲事迚御勘當《ン》。ヲ、主従暇《しうぐいとま》の印《シ》迚投《ゲ》付《ケ》給ひしコレ。此扇。跡にて見れば御書《キ》置《キ》。朝庭《てうてい》には佞《ねい》人《ン》多《おほ》く君をまどはし奉《ツ》り。我謀《ト》を用《もち》ゐざれば思ふ軍《サ》の[一八]圖《づ》をはづし。見苦《ぐる》しき負《まけ》をせば。我《レ》のみならず先祖《ンぞ》へ對《たい》し。新田の名字《みやうじ》を穢《けが》さんより。潔《いさぎよ》く討《チ》死せん。汝《ジ》は跡に生《キ》残り六郎と心を合《セ》。悴《レ》を守《(も)リ》立《テ》くれよと有《(リ)》。コレ細〻《こまぐ》との御筆[一九]ずさみ。地ハルさま〴〵お諫《メ》申せ共。ウ聞《キ》入《レ》給はぬ日比の御氣質《しつ》。ノル力《ラ》及ばず中すご〳〵と。ノル[二〇]羽《はね》なき鳥の 中心地《こゝち》にて。是非《ぜひ》なく フシ古郷《こきやう》へ立《チ》歸り。地ウ思案《ン》の間もなく竹沢と。ウ江田ノ判官が謀計《ばうけい》にて。ハル矢口の[二一]泡《あは》と 中きへ給ふ。ウ[二二]名有《ル》家の子郎等《らうとう》は悉《ことごく》討《チ》死し合 ウ守《モ》りがたき ハル新田の城。ウ落城《らくじやう》に及びなば若君の御行衞《ク》。ウ[二三]草を分《カ》つて捜《さが》すは必定《ひつぢやう》。ハル兎《と》やせん角《かく》やと[二四]火急《くはきう》の 色思案合。詞昔唐土《シもろこし》趙《てう》の國に[二五]程嬰杵臼《ていゑいしよきう》といふ二人の臣下《ン》。主の孤《みなしご》を助《ケ》んと。敵を計《リ》し[二六]故事《ふること》を思ひ出して相談《さうだん》極《メ》。ヲ、若君と取《リ》かへて立退《チのい》たるは此六郎。ヲ、サ我《レ》は敵へ[二七]裏《うら》返《がへ》り。[二八]蜜《ひそか》に若君御養育《やういく》。夫《レ》とは知《ラ》ず御臺《み》様。地ウ[二九]燒《やけ》野の雉子《きゞす》夜《ル》の鶴。ハルキン子故に迷《まよ》ふ御《ン》中旅づかれ。ウ最前入《ラ》せ給 色ひし時。詞態難面饗應《わざとつれなくもてな》せしも若《シ》や敵へ洩《もれ》んかと。思ひ過《ゴ》しは若君の御身の爲と思召《シ》。御用捨《ようしや》なされ下さるべしと。地

一五「虎」のあて字。ここは勢いのはげしい形容に用いた。莘野茗談「矢口の渡と云ふ浄瑠璃に、虎にものるべき其勢ひと書きしも作者の誤なり。騎虎の勢ひとは甚だ難義の節をいふ詞なり」。
一六 手ぬかりがない。
一七 けしからぬこと。
一八 勝つべき機会を失って。
一九 筆にまかせてしたためてあること。
二〇 鳥にして飛び立つことが出来ない如く、意気の全くなくなったたとえ。
二一 矢口渡で、泡の如くはかなく生命を終った。泡は水中に没したこともこめてある。
二二 名誉高き。
二三 前出(三二二頁)。
二四 急にせまっての。
二五 子華子に見える故事であるが、大田南畝の奴凧「鳩渓(源内)、儀太夫本を初めて書きしは、神霊矢口の渡なり、三段目南瀬六郎由良兵庫の段は、曾我物語の引事にある、杵臼鄭(ママ)嬰が事にて書きしなり」と、曾我物語によったので、自らこの趣向の種あかしをここでしたのである。子華子のは、中国春秋の時、晋の太夫趙朔の一族が殺された後、この二人が遺腹の子趙武をつれて山中に隠れ、十五年の後、世に出して、趙氏の後を立てたという。曾我物語の咄とは甚だ相違する。→補注一三。
二六 あざむいた。
二七 返忠。うらぎり。
二八 誤字。「密」とあるべき所。以下同じ。
二九 親の子を思うことの厚いたとえ。子を暖める雉が、野火に逢うて一度はとび立つが、また畑の中へ帰って焼け死ぬ(発心集、五)、鶴は夜も子を求めて籠中に鳴く(白氏文集)などといわれるによる。

ウ始終委《しじうくは》しき ウ物語初て明す本心の ウ智略《ちりやく》の。程ぞ 色類《たぐ》ひなき ハル子細を聞て人々の。ウ疑《うたが》ひ晴ても[一]晴やらぬ フシ涙は瀧《たき》を争《あらそ》へり。」地ウ六郎は座を[二]かため落《(チ)》たる刀取上《(ゲ)》て。ウ腹にぐつと 色突《つき》立る。ハルコハ何故の生害《しやうがい》と スヱ驚。ハルすがればにつ 中こと笑ひ。詞ハア快《こゝろよ》や嬉しやなア。助りがたき若君のお命助奉り。御《み》臺様へお渡し申せば。思ひ置事微塵《みぢん》もなし。地ウ我命ながらへては。ハル[三]邪智《じやち》深き鎌倉武士。ウ兵庫殿を疑《うたが》はゞ若君の御身の大事。ウ殊《こと》に數《す》ヶ所の此[四]手にて。ノル助かるべき 色謂《いはれ》なし。詞兼て落《らく》城の折から。友千代を殺させて敵に油断《ゆだん》させんずと。約束《やくそく》にて立退しが。いかに忠義といへば迚。一人の我子を突出して。我に渡した兵庫殿の心根を。[五]思ひ計《はかつ》て惜《おし》からぬ。命を[六]かばひ方々に身を忍び。そこや爰やの[七]貰乳《もらひぢ》も。落人《おちうど》の身の[八]心に任せず。[九]東西分ぬ稚《をさな》子の。餓《うゆ》れば泣出す[一〇]やんちや聲。飯《めし》の[一一]取湯や[一二]地黄煎《ぢやうせん》で。欺《だま》し[一三]すかして漸《やう〳〵》と。なつく程猶いぢらしさ。我を親共乳母《めのと》共。[一四]起ふしの上下にも。伯父《おぢ》よ〳〵としたへ共。夜の[一五]寐覚《さめ》はいつ迚も乳《ちゝ》を探《さぐ》つて泣出し。かゝア〳〵といふ時は。子を持《(タ)》ぬ身も[一六]骨《ほね》身にこたへ。地ウ嘸《さぞ》かし親の心では。ハル[一七]夜の目も合ず慕《した》ふらん。詞どふぞ手渡しせん物と。漸こなたの在所《あり(か)》を聞出し。[一八]忍び來る道追手に出合。去年《こぞ》の深手に不自由《じゆう》の軆《からだ》。又ぞや深手を負《おい》ながら。何卒《とぞ》こなたに一目見せ。其上は兎《と》も角《かく》もと此家へたど

一 事情を聞いても、主家の衰運の中に、子を身がわりに殺したもありで、心は晴れず、涙はきりもなく流れる。少し大げさな表現。
二 いずまいを正して。
三 悪智恵のはたらく。
四 手きず。
五 くみとって。推量して。
六 大事にし。
七 もらいぢち。
八 思うように行かない。
九 何の見さかいもつかない。
一〇 無理をいう声。
一一 おも湯。
一二 「じょうせん」と訓む。橘窓自語、八「飴しる、あめの地黄煎に似たれば、飴を地黄煎といへり。さてじやうせんともよべり。じやうせんは、地黄煎《(ジワウセン)》といふこと也」。地黄煎は地黄を用いた飴。似たような飴をも同名で呼んだ。→補注一四。
一三 泣くのをやめさせる。
一四 寝具のあげおろし。或は「下シ」か。「下ゲ」は誤りで
一五 子供が夜目をさますと。
一六 親子の情なるものが、しみじみと感じられて。
一七 寝ても寝られずに。
一八 こっそりと来る。

一九「餌薬」または「持薬」のあて字か。養生の為に薬を常用すること。
二〇 子をさずかりたいと願ごめすること。
二一 当時の子供のさけられないこの種の病気も、無事すませたので。
二二 四季草、秋下「袴着の祝古より有る事にて、(中略)近世世上に行ふ所は男子五歳の五月五日に袴着の祝をなす、親類幷に其家の重だちたる者着せる、小児は碁盤の上にて之を着るといふ、袴を着るにそこら歩みながら着る僻あり、其れを防ぐ仕方なりといふ」。
二三 寺子屋へ入学すること。この頃は大学や小学にも八歳入学のことが見えるので、普通はこの年頃に、江戸の町方の習慣では初午の日に寺入した。
二四「訳もなく、涙に」とかかる。むしょうに涙を流し、常態をみだして。気絶するかと思われるばかり。
二五 お互が承知の上なら。
二六 全く。
二七 権威。
二八 もっともだが。
二九 天下に関する大事なこと。

り付《ヤ》しかど。跡ゟ慕《した》ふ不敵の曲者《くせもの》。悟《さと》られては一《チ》大事と。夫故《レ》にしみ〴〵と。地ハル顔も見せざる残《ン》中念《ン》さと。ハル語るを聞《(イ)》て女房は。上不便《ン》の者やいぢらしや。詞久《サ》しう連《レ》添《(フ)》夫婦の中《カ》。子のない事を苦《く》にやんで。一九地薬《ぢやく》よ灸《きう》よ湯治《たうぢ》よと。様《マ》〻の心遣《カ》ひ。夫《ト》に隠して仏《ツ》神に二〇立願《りうぐはん》祈《き》願《ン》の甲斐《かひ》有《ツ》て。漸産《うん》だ友千代丸。疱瘡《はうさう》はしかもして二一取《レ》ば。最早《もはや》樂じやと悦んで。二二袴着《はかまぎ》二三寺《てら》入讀《りよみ》物は。何からどふしてかふしてと。案じて居たも皆むだ事。三ッや四ッで死《ヌ》るなら。産《うま》ぬがましで有《ツ》たかと。地ハル二四訳《ケ》も涙に取《リ》乱しきへスヱ入《ル》。ハル計《リ》に中泣沈《しづ》む。ハル兵庫は態《わざと》聲はげまし。詞とくにも死《ス》べき悴《レ》が命。けふ迄もながらへしはまだしもの仕合《セ》。泣《(ナ)》な女房日比に似ぬ比興《ひけう》者。ヱ、未練《みれん》至極《しごく》地ウと呵《しか》られて。上女房は猶しやくり上《(ゲ)》。詞お役に立《ツ》て死《(ヌ)》る命。二五合点づくなら泣《(キ)》もせまい。思ひ切《リ》様も有《ラ》ふけれど。地ウお前一人の了簡《りやうけん》で。ハルわたしには二六露《つゆ》色知《ラ》さず。詞殺して置《イ》て今に成《ツ》て。比興な泣《(ク)》な未《み》練《ン》なとは。いかに男の二七かうけじや迚。我《ガ》儘いふも事に寄《ル》。地ハルむごいわいのとクルフシ打ふしてノル又中さめ。ハル〴〵と泣居たる。」詞アイヤ其恨《ミ》は二八去《ル》事ながらお家の蜜事《みつじ》。二九天下の大事。女童《わらべ》に打明《ケ》る兵庫ならず。とはいふ物のいかに計略《けいりやく》なれば迚。地色ハル朋友《はうゆう》の六郎に手を負《おほ》せ。詞久《サ》しぶりで逢《フ》た悴《レ》をもぎ取《ツ》て。只《たゞ》一《ト》討。知《ラ》ぬそなたの歎《キ》より。我子と知《リ》つゝ手にかける其時の心の内。コリヤどの様に有《ヲ》ふと思ふぞやい。アイヤ何六郎殿忠義といひ器量《きりやう》といひ。末《すゑ》頼もしき若[一]武者を。やみ[二]〱と先立《キテ》て。此兵庫は生《キ》ながらへるを比興《ひけう》[三]とさみして。フシ下さるな。詞 ア、イヤ死[四]は一《ツ》旦にして安《やす》し。跡に残つて若君を守《リ》立《ツ》るこなたの大役《イ》。死《ス》るに増《まさ》る[五]千《ン》辛《しん》万《ン》苦《く》。其上一人《リ》の[六]祕《ひ》藏《さう》子を。イヤ[七]三《ン》代相恩《さうおん》のお主の爲には。我子を殺すもヲ、サ身を捨《ツ》るも塵埃《ちりほこり》共思はね共。君を守《(も)リ》立《(テ)》朝敵を亡《ほろぼ》して。天下の苦《くる》しみを安《ン》ぜんと思ひし事も皆むだ事。地ハル 時に逢《(ハ)》ねば名將も仇[八]に過行《ギ(ク)》[九]光陰《くはういん》の。ウ 矢口の渡しでやみ〱と。詞 愚人《ン》原があざとき[一〇]方便《てだて》に討《タ》れさせ給ひしは。お家の不運《うん》か。南《ン》朝の衰《おとろ》ふべき時なるか。是非に及ばぬ兵庫殿。六郎殿。無念。地ウ 〱と手を取組《(ム)》[一一] ウ 忠臣義士の[一二]溜《ため》涙。ハル 天に通せば銀河堤《あまのがはつゝみ》も切《レ》て。流るらん。」地ハル 御臺所はむせ返り[一三]。ウ 我子[一四]を捨《(テ)》命を捨《ツ》る。ウ かゝる家來の有《リ》ながら。ハル 御運拙《ソつたな》き我夫《マ》の。御身の上の悲しやと。過《ギ》し事迄 キンフシ 思ひ出し ノル中 悲歎《ひたん》の。ハル 涙にくれ給ふ。」地色ハル 六郎は目を見開《ひら》き。詞 ア、後《おくれ》たり狼狽《うろたへ》たり。死する所は遠《ちが》ふ共。我一念《ガチン》は亡君《ばうくん》の御跡《ン》慕《した》ひ奉《ツ》らん。さらば。地ウ 〱と聲の下《タ》。ウ 吭《ふえ》[一五]のくさり[一六]をかき切《ツ》て。ハル かつぱと伏《シ》て フシ 息絶《きたへ》たり。」地上 妻は泣《ク》〱 中 我子《ガ》の死骸《しがい》 フシ かき抱き。」地ウ となふる回向《ゑかう》[一七]は ハル 弘誓《ぐぜい》[一八]の舟。[一九]生死《しやうじ》 ウ の岸《きし》に煩惱《ぼんのう》[二〇]の。ハル 流《なが》れを フシ 渡る。三ッ瀬川[二一]。地上タ、キ かはいや先立《キツ》

一 六郎をさす。 二 みすみす。 三 軽蔑する。 四 諺語大辞典「死ハ一旦ニシテ易シ、司馬遷の人固有一死、死或重於泰山、或軽於鴻毛に本づきしならん」。 五 様々の大きな苦労。 六 澄むのが当時のよみ方。大事な子供。 七 祖父・父・孫と三代にわたって俸禄を得て恩をうけている意。長く深い関係にある主君。 八 むなしく。なすことなくして時をすごす。 九 光陰矢の如しの諺をもって、矢の序とする。 一〇 浅慮な。小利口な。 一一 人手をとりあって大いに泣くさま。 一二 今まで耐えて来た涙の一時にあふれ出る形容。いかに勇士でも少し大げさ。奴凧「矢口渡の名文は、忠臣義士のためなみだ、天に通せばあまの川、つゝみもきれて流るらん、といふ文句を自讃せり」。 一三 しきりにむせび泣をして。 一四 子を捨てるは兵庫助、命を捨てるは六郎。 一五 のどぶえ。和漢三才図会「吭ハ結喉ニ有リテ咽喉管ノ正中ナル故、笛ト訓ヲ同クス。至要之器ナリ、史記ニ所謂亢ヲ絶而死スト云フ者是也。(中略)凡ソ自害ノ人ハ吭ヲ搔クト称ス」。 一六 吭の咽喉に接する部分。生命にとって最大事の所と考えられていた。 一七 死者の菩提をとむらう為の読経。 一八 仏菩薩は広く衆を苦の多いこの世即ち此岸から、極楽浄土の彼岸に救済することを誓願としているが、それを船にたとえていう。 一九 生きかわり死にかわる流転の苦しみをたとえて生死の海という。その変る所を岸にたとえる。 二〇 恩愛の煩悩におぼれる人生を流れにたとえた。 二一 三途川。舟・岸・流・川は縁語。 二二 常陸(茨城県)の歌枕。無常の風ははかなく生命を失うことをたとえたもの。 二三 山城(京都府)の歌枕。塵にまじる芥の如き浮世と下に続く。即ち汚穢のこの世。 二四 武蔵(東京都)の歌枕。住むと上から続

稚子《をさなご》は。無常《むじやう》の ハル 風の櫻川[二二]。ウキン 塵《ちり》に雑《まじは》る コハリ 芥川《あくた》[二三]。ハルフシ かゝる浮世《ヤ》に
中 隅田川《すみだ》[二四]合。ウ 兵庫が心の荒川《あら》[二五]と ウ 見へしも智謀《ちばう》 ウ 深川《カ》[二六]の。ウ 深き忠義の ウ 胸
の中《チ》。ハル 磨《みがき》立《テ》たる玉川[二七]や渕《ふち》[二八]は瀬《せ》と成《ル》 トル 飛鳥川《あすか》[二九]。ハル 御臺《み》は若君に思ひも寄《ヲ》
ず。藍染《あゐぞめ》[三〇] 上 川。ウ 六郎が魂魄《こんぱく》は。ハル 主君の跡を大井川[三一]。上 其源《ト》[三二]の濁《にごり》なき キン
君に。仕る ウ 武士《もの丶ふ》[三三]のやたけ。心ぞ頼もしき

第四　道行　比翼《ひよく》の袖《そで》

哥ハル 白《ラ》[三四] キン 玉か。中 何ぞと。ウ 人《ト》の問《とい》し時。中 露《つゆ》とこたへん落人《おちうど》の。ハル 身
に添《そふ》 ナヲス ものは フシ 影[三五]ばかり。中ウ 夫《レ》さへ月の入《リ》ぬれば。ウ 二人《リ》は ヲン もと[三六]の
中 二人《リ》にて。本フシ けふたち[三七]初《メ》し旅衣《たび》。』 地ウ きるに切《(ラ)》れぬ縁《ン》の 中 糸結《むす》[三八]ぶの。ウ 神
の神かけて。ウ 二世[三九]も三世もまだ合。ハル 先《キ》の キン 世も。中 かはらぬ ウ 中《カ》の。フ
シ 義岑[四〇]は。地中 過《ギ》し八幡《やはた》の難義《なんぎ》より ウヲクリ しるべの。方に ハル やう〳〵[四一]と。長地
ウ 臺諸共 ウ 忍《しの》ぶ身の忍ぶとすれど忍ばれず。まだ夜をこめて[四二] 中 鳥《とり》[四三]が鳴《なく》 ウ 東《あづま》の
方へとたどり行《(ク)》。フシヲクリ 心の〽内ぞ。ハル たよりなき。
二上リ表具 二人《リ》が中《カ》は ウ つき出し[四四]の。中 其日に呼《ン》で呉竹《くれ》[四五]の合。ウ ふしぎな縁《ン》で合。

く。二五 武蔵の隅田川の上流。心の荒い又はあしいと見えたの意。二六 江戸(東京都)の地名。智謀が深い。頭韻をふんで深き忠義の序。二七 武蔵(東京都)の歌枕。胸中はみがいた玉の如く美しい意。二八 前出(八七頁)。たちまちに悪人と思うが、善人とかわるのたとえ。二九 大和(奈良県)の歌枕。逢う意で続く。三〇 武蔵(東京都)の歌枕。逢うの意で続く。生死さまざまこれらも飛鳥川に比すべき人生の変転である。三一 山城(京都市)の歌枕。三二 川づくしで来たのでまとめて「源」の文字を出す。そして川々の上流の澄むを「濁なき」といって、武士の清い心を示す。三三 勇猛心。三四 伊勢物語、六段、芥川へ男女走るの条「白玉か何ぞと人の問ひしとき露と答へて消なましものを」。露と「落」人は縁。三五 供人とてなしの意。三六 影と四人であったのが、元来の二人になった。三七 出発した旅衣裳。たち・衣・きる・糸は縁語。「道行——
三八 縁結びの神に誓って。三九 夫婦は二世というが、未来永劫に。四〇 中のよいと義岑にかかる。四一 やっとのことで。四二 後拾遺、雑二「夜をこめて鳥の空音をはかるともよに逢坂の関はゆるさじ」をふむ。逢坂をこえて東国へむかう気持。四三 東の枕詞。四四 吉原大全「又此里(吉原)にて生育せず、十四五歳已上にて来りし女郎をつき出しといふ」(三都共の用語)。遊女として出た最初の日。(前出一三一頁)。四五「ふし」の枕詞。上からは呼んで(揚げて)くれたと続く。

一 近江(滋賀県)大津。以下地名は、京より武蔵へ下る順次に、東海道五十三次の宿駅。上から「逢う」とかかる。二 近江の水口。皆の噂の種

ハル[一]大津《つ》ぞと 中[二]みな口の ウ葉にうたはれて合。 カハサキウ[三]互《イ》に[四]のぼる ハル[五]坂の下《タ》
中キン人目《ト》の[六]関《せき》も[七]亀山の ハル[八]しやうの悪《わる》いは 中男の ウならひ合。 ウキン見せかけ キ
計《リ》[九]石薬師《いしやくし》。 ハル[一〇]女良に[一一]くは。 中ない ウ物と合。 ハル[一二]見やしやんしたは間遠《まちが》ひの キ
ンかふいふ ハル事に[一三]なるみ潟《がた》。 中おまへも。 捨《(テ)》て[一四]岡崎《おかざき》と。 中思へばわたしも ウ
[一五]藤川のもつれ 中合たる ハル[一六]胸《むね》の内合。 ウ打明《ケ》ていや ウ[一七]あか坂のなんぼ[一八]源氏の
ウ大将でも ウ[一九]御いせいに 色惚《ほれ》や。 中せぬ ウわいな合。 ハル器量《きりやう》[二〇]吉田の。 [二一]二かは
め 中下《モ》ざまの事 ウ[二二]しらすかの。 キン[二三]あらゐ上《ゲ》たる ウ殿ぶりに合。 ウ深《ふか》ふはまり
し ウ[二四]濱松の。 ハル[二五]そぶりを ナヲス[二六]見付《(ケ)》られ フシ中まいと。 地中[二七]誓紙《せいし》を ウ隠す[二八]袋井
の ノル契《ちぎ》りを。 [二九]江戸冷泉[三〇]二世 ハルと合。 [三一]掛川 中や。 ハル[三二]金谷《(かなや)》せぬとは ウいみ詞。
中フシ云《(ハ)》ぬ[三三]嶋 ハル田の キンヲクリ乱れ髪《がみ》。 中フシ人目に。 心[三四]沖津《おきつ》川。 地色中[三五]由井しよ
正《たゞ》しき御身にて ウ此有様《リ》は何事と。 ウ思ひ廻せば廻す程。 ウ[三六]はらの立《(ツ)》のは女の
くせ。 ハル顔つく〲と[三七]三嶋より運《はこ》ぶ[三八]箱根《はこね》の山こへて ウいつかはときに ハル[三九]大
磯と スヱ打涙ぐむ 中計《リ》也。 △ウ[四〇]義岑公も諸共に。 ウ[四一]しほるゝ心 色取直し。 詞大
事をかゝへし我《(ガ)》身なれば。 [四二]鎌倉へ忍び込《ミ》。 再《ふたゝ》び御矢を取《リ》かへすか。 兄上の敵を
討《ツ》か。 二ッに一《ト》ッ何れにも。 助《カ》りがたき我《(ガ)》命。 地ウそなたは都へ立《チ》帰り[四三]亡《なき》跡と
ふて スヱくれ〲と。 跡は[四四]詞も 中涙也。 ○ウ臺ははつと 中[四五]せき上《ゲ》て。 タ、キウソ

にとりはやされて。 三→節章解説(四七一頁)。 四恋情がつのる。 五伊勢(三重県)坂下。 のぼるの縁。 六伊勢の関。 人目をしのんで逢うの意。 七伊勢の亀山。 上から「かまわれる」などの意で続く。 八伊勢の庄野。 性分の悪い即ち浮気するのが。 九伊勢の石薬師。 見かけだけ石の様に堅物。 一〇女郎。 一一伊勢の桑名。 女郎には苦はないと見えるが、思う男にはやはり苦労するの意。 一二尾張(愛知県)宮。 その女郎観は間違いであり、ふとした間違いでこんな事になる。 一三尾張の鳴海。 鳴海潟はその近くの海辺。 月や千鳥の歌枕。 一四お前も捨てておけないと思われるし。 三河(愛知県)岡崎。 一五三河の藤川。 藤の木のようにあなたにすがりつく気持。 一六その胸中を打明けていえば。 一七三河の赤坂。 「明けて」と頭韻で挿入される。 一八義岑が源氏(新田)の大将だからとて。 一九三河の御油を、御威勢にかける。 二〇三河の吉田。 器量がよい。 二一三河の二川。 二皮目。 ふたえまぶた。 美顔の要素。 二二遠江(静岡県)の白須賀。 下賤なことは知らない。 二三遠江の荒井。 洗練された。 二四遠江の浜松。 すっかり惚れてしまった。 浜はまりの意で上から続く。 二五けはい。 松の枝ぶりの縁で頭韻をふむ。 二六遠江の見附。 別人に発見されまい。 二七相愛の男女(殊に花街で)のとりかわす誓の証文。 二八遠江の袋井。 上からは袋の意で続く。 二九→節章解説(四七〇頁)。 三〇誓紙に托す堅いちぎりの情。 三一遠江の掛川。 仏説でいう夫婦二世にかける。 三二遠江の金谷。 その思いがかなわないとは禁句で、それはいわないもの。 三三駿河(静岡県)の島田。 結わぬ嶋田髷で、乱れていて、きぬぎぬのていと想像すべし。 三四駿河の興津。 川は駅の東にある。 歌枕。 人に見られるを恥しく、

リヤ余りじや。ウ 四六どふよくな。ハル今更《さら》いふではなけれ共 中勤の身にて勤をば ウはなれて キン逢は。ハル勤せぬ ウ人よりは又。ハル 四七百そう 中ばい合。ハル 四八粋《すい》程結《けつ》句《く》。キン愚痴《ぐち》に成 中 四九根《ね》のない ウ事に腹も立。ハル 五〇口舌《くぜつ》いふたりつめつたり ウ 五一あちら向ても ハル張《はり》よはく ウ 五二ついした拍子に下紐も合。中猶打解《とけ》て ウひつたりと。中キン抱しめたる ウ睦言《むつごと》に。ウ 五三かはい〳〵の 五四明烏。ハル 五五盡ぬ咄しに ウつく鐘《がね》の。サハリ 五六なら ハルふ事なら夜の明ぬ國に生れて。中いつ迄も。ノル抱れて 五七ねやの隙《ひま》白く。ウ置別れても。ハル 五八うつり香《が》の殘る思ひの。中 五九十寸鏡《ますかゞみ》。六〇片《かた》時顔を合さねば ウ生て居ぬ氣を知ながら。ハルむごい心と計にてすがり付ては 中フシ中〳〵に。地ハルフシ離《はな》れがたなき 中 六一花水《はな》の ハル橋も。漸《やう〳〵》中打過て。ウひらに〳〵と 中 六二平塚《ひらつか》や ハウキンゆかり求《もとむ》る ハル 六三藤沢に。ウ宿《しゆく》の 六四おじやれが聲〴〵に。六五三下リ哥 ウ 六六東男に ハル都の女郎。ウ 六七いきと情 ハルを一ッに 中寄て 色色で。ハル丸めた 六八戀 中の山合。ハル傍《そば》で見るさへにく キン中らしい。ハルそりや余り《(あんま)》合。ウ 六九强《つよ》過る合。ウ 七〇武藏野の月 ハル吉野の櫻。ウ景《けい》と ハルふぜいを 中一ッに寄て 色雪で。ハル丸めた ウ冨士《ふじ》中の山合。ハル噂《うはさ》聞さへ キン中うら山し合。ハルそりや余り合。ウ强 ナヲス過る。フシ中諷《うた》ふ一ふし聞捨て。ハルキンいそげば道も 中 七一とつかはと ウ古郷《こきやう》も近き ウ 七二程谷と ヲクリ思へば 中いとゞ ウ 七三二ッ文字牛《うし》の角《つの》 トル文字合。ハル直な文字。讀《よみ》つ

気づかいする。ここまで台の人形の所作を主として、過去の意を述べる。この一句、下に続いては、現実にかえり、世をはばかり、人目に気をつかいながら東下りするをいう。三五 駿河の原。三六 駿河の由井。由緒正しい。義岑のこと。三七 伊豆(静岡県)三島。顔を見ながら。三八 相模(神奈川県)箱根。頭韻で続く。腹を立てる。三九 相模の大磯。足をはこんで箱根の険を越え。四〇 △と〇ときに逢う(盛んになる)とかかる。四一 意気のめは、太夫が以下かけ合で語る印。四二 この道行も丁度鎌倉に近い所に来た入る。四三 自分の死後、冥福を祈ってくれと、くれぐれもいう。四四 詞なく、涙にくれる。「な」にかかる。四五 感情が高まって。四六 むごい。四七 玄人女の真情は素人女の百倍も深い。四八 粋即ち色道の玄人程、本当に恋をした場合は、理性を失う意の成語。以下遊女の恋をうつす。四九 根拠のないつまらぬこと。五〇 ちわ喧嘩。五一 そっぽをむいて見ても、内心に意気張がなく。五二 つい気が下紐と共にとけて、枕を交す。五三 愛撫の語と鳥の鳴声をかねる。五四 夜明けになく鳥が鳴き。五五 咄はつきないのに明けの鐘がつかれて鳴る。五六「なら」は上の鐘から続き、下へは出来るならの意。五七 寝たいと望むのだが、現実は閨の戸の隙は朝の光で白くなり。五八 男のうつり香も残り思いも残って、恋情は増す。五九 上から増とかかり、下へは顔の枕詞。六〇 少時でも一緒にいないでは。六一 大磯と次の宿平塚の間にあった橋。頭韻を重ねて続く。六二 相模の平塚。平に(どうぞ)平にと知縁にたのむ。六三 相模の藤沢。紫のゆかりの縁で藤(紫色の花)に続く。六四 前出(一八七頁)。六五 以下の二つは当時の流行唄を用いたもの。この調子が三下りなので。六六 諺「東

くされぬ。ウ[一]かな川に漸たどり 三重へ着(キ)給ふ

[二]地藏經中 歸妙頂礼《きめうちやうらい》[三] ハル 地藏尊《ぢざうそん》 ウ しやかの[四] ウ ふぞくを臆《おく》[五] ウ 念《ねん》し。上 惡趣《あくしゆ》[六]に出現《しゆつげん》し給ひて ウ 衆生《しゆじやう》の苦患《くげん》を ウ 導《みちび》 ナヲス けり。」 ハルフシ 鉦皷《しやうご》[七]の聲も。中 幽《かすか》なる。ウ 生《なま》[八]麦村《むぎ》の ハル 離《はな》[九]れ 中 家に。住《すめ》[一〇]ば都と墨染《すみぞめ》[一一]に。ハル 浮世《ヤ》を捨(テ)し道心《だうしん》[一二] 中 者《じや》。本フシ たそ[一三]がれまへの看經《かんきん》は。殊勝《しゆせう》に フシ も又物淋《さび》し。」 地色中 大海《かい》[一四]は塵《ちり》をゑらばず ウ 不[一五]淨《じやう》にも。日は照國《てる》の ハル 公《おほやけ》[一六]や。ウ 持《テ》あましたるあぶれ者[一七]。道具やウ ぶつたくり[一八]の万八[一九]がゆがみ捻《ねぢ》れた繩《なは》の ハル れん。あたまで明《ケ》て 色 ずつと這入《イリ》。詞 コレ道念殿。看經《かんきん》もモフよさつしやれと。地色ウ いへどいらへも[二〇] 下キン 一《ツ》心《ン》不乱願以此功德平《らんぐはんいしくどくべう》[二一]等施《どうせ》一切《いつさい》發《ほつ》菩《ぼ》提心《だいしん》往生《わうじやう》安樂《あんらく》ちやん〳〵と ハルフシカ、リ 鉦《かね》打納《おさ》め燈明《とうめう》 中 しめ[二二]し。詞 ホ、万八様《ン》お出なされませ。イヤ坊《ン》様精《せい》が出るよ。したが先《キ》[二三]の知《レ》ぬ後生願《ごしやうねが》[二四]ふより施餓鬼《せがき》かおんぞうでもじろかい[二五]。ハイ其おんぞうとやらせがきとやらをもじるとは何の事でござりますぞ。イヤコレとぼけた顔せずとおら[二六]は大乘《だいじやう》ぶちまけて仕舞《しまは》しやれ。デモ[二七]一向《ツかう》に存じませぬ。ハテやぼなわろ[二八]じやの。おらはかこひ[二九]者の相談《さうだん》に寺方へ出入故よふ覚《ル》て居(リ)まする。[三〇]おんぞうとは鰻《うなぎ》の事《ン》だが。宗旨《しうし》によつてし[三一]ゆきん共又鉢巻《はちまき》[三二]共いふげな。せがき[三三]とは鯖《さば》の事。又鯖を普賢《ふげん》[三四]といふ事は法花經《ほけきやう》[三五]とやら廿八[三六]とやら片假名《かたかな》[三七]とやらへちまとやら[三八]で。八宗《ツしう》[三九]を兼学《けんがく》せにや一《チ》

男に京女」。好男子美女の代表。義岑と台に相当。六七 いきは東男、情は都の女郎にかかる。六八 恋愛の真最中。思いのつもる意。六九 上々すぎる。七〇 月・花・雪の歌枕の最上を一つに合せたので、「強過る」となる。七一 相模と武蔵の境の戸塚(神奈川県)。急ぐ意の「とつかは」をかける。七二 武蔵の程ヶ谷(横浜市)。近い程(道のり)となった意をかける。七三 徒然草、六十二段「ふたつもじ牛の角もじすぐなもじゆがみもじとぞ君はおぼゆる」。「こひしく思ひまゐらせ給ふとなり」。「こ」「い」「し」くて。

四段目口 道念庵室の段

一 武蔵の神奈川(神奈川県)。読み得ない仮名と上からかかる。二 以下地蔵経の文句。↓節章解説(四七一頁)。三 帰命頂礼のあて字。仏を拝する時のとなえ。四 釈迦。地蔵は釈迦の附属をうけて、釈迦入滅後、弥勒の出世まで、一切の衆生を導く菩薩と、仏説ではいう。五 憶念のあて字。つよく思うこと。六 地獄道・畜生道などの苦悩の世界。七 念仏の時にたたく円い青銅製の器。八 今の横浜市鶴見区生麦町。九 一つ家。一〇 諺。今住んでいる所が最もよいの意。一一 頭韻をふんで続く。墨染の衣。一二 職業的僧侶ではないが、仏道信仰三昧に入った者。一三 夕方。一四 つまらぬ者をも許しておく度量の広さなどいう諺。一五 上に同意。一六 日の照国即ち日本の公儀の有難さで、次の悪漢も生きているの意。一七 無頼漢。一八 「ぶったくり」は強奪。「万八」はうそをいう意。一九 万八の心のねじれたと、繩のれんの古くいたんでねじれたのを合せいう。二〇 返事はただ看経のつづきのみ。二一 善導大師の観無

ゝは知れぬ事だと。[四〇]旦那《だんな》寺の和尚《おしやう》様が[四一]お花の席《せき》で咄《はな》された。今時の出家がこんな事知ないでよい[四二]寺は取ぬぞや。次手に覚て置つしやれ。コレ[四三]人足とは[四四]石《いし》もちの事。[四五]百姓《しやう》とは[四六]田《た》作りの事。こいらはずんど覚《(エ)》やすい。鮹《たこ》を[四七]天がいといふては[四八]凡夫《ぼんぶ》めらが悟《さと》る故に。今では[四九]袋足袋《ふくろたび》とやらかすだ。地ウ [五〇]國姓爺《こくせんや》とは蛤《はまぐり》[五一]浄國《じやうこく》とは 色 鮑《あはび》の事。よふ稽古《けいこ》して置しやれと。地ハル いへど相手にならば[五二]柴《しば》折くべ フシ 火を吹付て。詞 イヤ〳〵かふあたまを丸めては肴《さかな》が喰《くい》たい共思はねば。聞て置氣もござりませぬ。イヤ〳〵夫は悪い了簡《りやうけん》。[五三]世帯仏法腹念仏《せたいぶつぽうはらねぶつ》。コレ坊様。そんな片意地《かたいぢ》云ず共。こなたに少頼事が有。何と聞て下さるべい[五四]か。ハアテあたまを丸めた役なれば。お前のお爲に成事ならとは[五五]忝い。別の事でもないがコレ。[五六]高がかふだは。貴《き》様を歴ゝ《れき〳〵》の和尚《おしやう》に仕立外に[五七]釣《つり》出す仕事《しごと》が有。どふぞ頼まれて下され。ア、イヤ〳〵そんな[五八]おつかない事は赦《ゆる》して下され。ヤレ〳〵こはや醜《おそろ》しやと 地ハル 取ても付ぬ[五九]杵《きね》で鼻《はな》。ウ [六〇]噛《かみ》付様に 色 万八が。詞 イヤコレお坊。余り[六一]潔白《けつぱく》にやらかしてもおれが[六二]がんばつて置[六三]ためんかの[六四]まぶい[六五]げんさいの事さ。ハイ。いやさ昨日《きのふ》の暮過器量《ぎきりやう》のよい女と若い男が。爰の内へはいつたを[六六]とつくりと見て置た。あれは慥《たしか》に欠《かけ》落者こなた一人の仕事《しごと》にや行まい。おれと相談《さうだん》する氣なら男めを[六七]まいて仕舞《しまい》。[六八]玉をこつちへ引たくり。[六九]品川へ賣て[七〇]やれば[七一]十両詰から上の代物。し

量寿経注疏玄義分にのる帰三宝偈の末「願以此功徳、平等施一切、同発菩提心、往生安楽国」。浄土系の宗旨では総回向文として唱える。二二 火を消し。二三 未来の予測も立たぬ。二四 死後の世界の安楽即ち極楽往生。二五 酒を呑む意の隠語。前出(六二頁)。二六 「大丈夫ぶちまけ」を、僧らしく「大乗」の文字でしゃれたもの。おれは心配ないから、内実のままいってしまえ。二七 この「一向」も僧らしい文字の洒落。全く。二八 奴。人をあしざまにいう代名詞。二九 囲者。僧侶のかくし妾。三〇 僧侶仲間の隠語であるが、以下見える中に、他書に見えないものもあって、源内の一時の造語かとも思われる。陰蔵(おんぞう)と関係あるか。三一 紙子頭巾嘉久助咄「しゆきんのかばやき」。三二 形の類似による。三三 施餓鬼の時に散飯(さば)をそなえるからであろう。三四 他に未見。三五 妙法蓮華経。天台・日蓮の諸宗旨が基とする代表的大乗経典。三六 法華経二十八品の廿八。以上はむつかしいもの。三七 反対にやさしいものを混じた滑稽。三八 つまらぬものをいう。三九 八宗(倶舎・成実・律・法相・三論・華厳・天台・真言)の教をあわせ学ぶこと。広く仏学に通ずること。四〇 菩提寺。四一 お花ごま。博奕の一。前出(七二頁)。四二 立派な寺の住職になれない。四三・四五 この二語は源内造語。四四 俗にぐちという硬骨魚。四六 ごまめの別名。四七 本朝藤陰比事、六「天蓋と申すは鮹のから詞」。四八 世俗の人。四九 大通俗一騎夜行「袋足袋を常の喰物に仕て」。五〇 浄瑠璃国性爺合戦の蛤鴫の争による源内の造語。↓補注一五。五一 元来は清い仏の国の意。鮑の中に仏像を生ずるとの俗説による造語。↓補注一六。五二 上から相手にならず、下へは楢の木のしば(薪用)の意。五三 諺で、仏

たがコレ。[一]弓箭《きうせん》筋なら金にやならぬ。又[二]親指《ゆび》に肉《にく》がなけりやこれも[三]商賣《しやうばい》屋で嫌《きら》ふ事。氣を付《ケ》て置《カ》つしやれ。[四]癲癇《てんかん》を[五]揉《ためす》にはなた豆喰《まめくは》しやついしれる。身の代《ロ》はこなたと[六]山割《わり》。なんとうまいか。〳〵と。地ウ 儕《おのれ》一人《リ》が[七]呑込《ミン》でぬれ手で[八]粟《あは》の ハル ぶつたくり。世に[九]万八《ン》といふ事は。色 此男。フシ より始《マ》りける。」地色ウ 道念《ン》は無《む》[一〇]氣 色 まじめ。詞 ハテ扨《テ》お前は[一一]とんだ事。[一二]明《カ》るけりや月《キ》夜だと思ふて。起《キ》てゐながら[一三]寐言《ねごと》いはしやる。一人住《リミ》の此庵室《あんじつ》。欠落者とやら女子とやらそんな事は存《(ジ)》ませぬ。そんならこなたは知《ラ》ないか。しらなけりや是非がない。必後悔《ズこうくはい》さつしやるなと。地ウ [一四]苦《にが》を放《はな》してじろ〳〵とそこら傍《あたり》を ハルヲクリ 見廻し〳〵立歸る。詞 ヤレ〳〵[一五]とんだ男が有物《ル》だと 地ハル 云《イ》つゝ立《(ツ)》て。詞 ホ、冬の日は扨短《みじか》い。咄しする間にもふ暮《レ》たと。地ハル 表《テ》を遙《はるか》にながめやり。ウ 内へ這《は》入《ツ》て ウ [一六]あたふたと門《ド》[一七]の戸しめて フシ せ[一八]ど口の。」地ハル 稲荷《いなり》の社《やしろ》の扉《とびら》を 中 開《ひら》けば。内ゟ出る ウ 義岑公臺《うてな》も倶に フシ し[一九]ほれ顔。詞 マア〳〵こちへと。地中 内へ伴《ともな》ひたつた一枚《チ》 ウ 嗜《たしなみ》の ハル 掛《ケ》[二〇]川莞蓙《ござ》をさらりと敷《キ》 ウ 遙下《はるかガ》つて フシ 手をつかへ。詞 思へば盡《キ》ぬ御縁《ン》迚。昨日《きのふ》不思儀《しぎ》にお目にかゝり。お供申《シ》は申《(シ)》ながら世を忍ぶお身なれば。人の見る目を憚《はゞか》れ共。地色ウ [二一]見る影もなき此庵室《ン》。ハル 忍ばせ申所《ス》も 色 なく。詞 幸《イ》とアノ稲荷様は。此村の鎮守《ちんじゆ》にて。[二二]預《カ》りの此道念外《カ》からい[二三]らいてもござりま

法を信じ念仏をとなえるも皆、衣食の生活の為の意。そんな諺があるではないか。五四 この語法は関東語になれない源内の間違い。五五「とは」の上まで僧の言。五六 要するに。五七 元来は誘惑して引出す意。ここは誤用で、引っぱり出す意。以下は万八の言。五八 こわい。江戸語。五九 全く取りあわぬ形容に「杵で鼻こすつたやう」。六〇 こわいけんまくのさま。六一 きれいごと。六二 目をつけておいた。六三 顔の隠語。六四 美しい意の隠語。六五 ここでは、女をいう隠語。別に、妻をいったり、女を罵る語となったりする。六六 十分に。六七 元来は遊里語(色道大鏡)だが、一般化し、相手に所在のわからないようにする意に用いる。六八 めあてのしろものをいう。ここでは売ろうとする美女のこと。六九 品川(五十三次の宿駅。今、東京都)の遊里。この頃は江戸有数の岡場所であった(品川遊廓考)。七〇 遊女として売る。七一 十両一杯。

一 人さし指と中指の間の筋。手相では剣難の相。心中の心配で遊女には不むき。
二 未詳。
三 遊女屋。
四 なた豆を食せばたちまち発作を起すという。柳多留、十六「なた豆をくわせてぜげん直(ね)をきめる」。
五 康熙字典に見え、一般に、「タメス」の訓を与えられる。
六 山わけ。等分にわけること。
七 承知して。
八 安々と金もうけをする意の諺。
九 物類称呼「いつはりうそといふを、(中略)江戸尾張辺及び上野にて、万八ともいふ(近年の

せねば。神[二四]は見通し稲荷様へ。お詫《わび》申て暫《しば》しの隠家。地中 嘸《さぞ》お氣詰り御究《きう》[二五] ハル 屈《くつ》。ウ いかに世の末 中 なれば迚。ハル 義貞様の御公達。ウ 義岑様共有ふお身が ウ 此有様は何事ぞと。キン こぼす ハル 涙に 色 義岑公。詞 思ひがけなきそなたの世話。何角(なにか)に付て心遣ひ過分《くはぶん》[二六]至極《しごく》との給へば。地ウ ほんに不思議の ウ 御縁にて見ずしらずのわたし迄。ウ いかい ハル お世話と 入 計にてしほるゝ姿。ハル 海棠《かいだう》[二七]の ウキン 雨をおびたる。フシ 風情也。」詞 アイヤ〳〵其お礼には及びませぬ。私はお前様を能存じて居ますれど。末〻[二八]の者なれば御見知も遊ばしますまい。兄御様に附添て武藏野の御合戰。矢口の渡しの御最期《さいご》迄始終《しじう》御供に参りし者。其證據《しやうこ》御目にかけんと。地ウ 仏壇《ぶつだん》の 中 下戸棚《とだな》[二九] フシ 明て取出す 色 一包。コハリ 内に何かは白木の[三〇]箱合。蓋《ふた》を開《ひら》いて ハル 有合す。ウ 物干竿《ものほしざほ》を手[三一]ばしかくきり〳〵しやんと押立れば。ウ 外に類《たぐ》ひの 中 中黒《かくろ》[三二]は。ハル 紛《まが》ふ方なき ウ お家の白籏《はた》。壁《かべ》に立かけ飛 色 しさり。ノリ詞 御《み》籏を所持《しよぢ》する此坊主は。元來御家の御籏持。久助と申者にて身は輕《かる》けれど普《ふ》代[三三]の御家來。地色ウ 矢口でお果なされた時の ウ 其無念さ 色 口惜《をし》さ。詞 冥途《めいど》のお供と川端《ばた》へ幾《いく》度か立寄たれど。御先祖ゟ傳《つた》はりし大切の此御籏。敵の手へは渡すまじ。一先古郷《こきやう》へ持帰り若君様へ差上て。其後は死でくれふと殿様の御最期を。地色ウ 見捨てすご〳〵帰りましたりや。詞ノリ 情なや御家は亡《ほろ》び城は

はやりことばなり)」。
一〇 専ら真面目。
一一 とんでもないこと。けしからぬ。
一二 推察の誤ったことのたとえ。
一三 わけのわからぬことをたとえていう。
一四 嫌味をいって。
一五 けしからぬ男。
一六 あわてたさま。
一七 道に面する戸。
一八 裏の入口。
一九 愁いの顔つき。
二〇 遠江の掛川産のござ。
二一 甚だみすぼらしい。
二二 お守り役。管理者。
二三 手出しをする人。
二四 神さまは何でもご存知の意の諺。
二五 「窮屈」のあて字。
二六 身にすぎて有難い。
二七 古来、美人の愁いの体を形容する語。雨中の海棠は中国の詩題で(円機活法など)、「雨ヲ帯ビテ微紅ニ浥ス」とか「雨ハ紅涙ヲ匀ヘテ、啼粧ヲ学ブ」などの句もある。
二八 身分の低い者。
二九 上段が仏壇になり、その下部を戸棚に作った部分。
三〇 知らずと上からかかる。
三一 手早く。
三二 上からは、類いのないとかかる。中黒は新田氏の紋で、輪の中に横に太く黒く一字を引いた形。
三三 譜代。先祖代々つかえている家筋。

敵に乗《ツ》取《ラ》れしと。聞《イ》た時の[一]ほいなさ悔《くや》しさ。[二]己《レ》やれ敵の中《カ》へ踏込《ふみン》で一人成《リ》共切《リ》殺し。死《（ン）》で仕舞《（ハウ）》と思ひしがイヤ〳〵弟御のお前様のお行衛を尋《ネ》出し。御籏をお渡し申さんと。此通姿《リ》をかへ上方《ミ》へと思ふても。差《さし》當《タ》つて路《ろ》金《ン》はなし。お行衛知《レ》ぬと聞《ク》からは世間《ン》も少《ツト》しづまつたら。古郷《こきやう》の方へ御出有《ラ》んと。此所に住居《すまゐ》して[三]たくはつするも海道《かいだう》筋。待《チ》に待《ツ》た甲斐《かひ》有《ツ》て。昨日《きのふ》不思儀《しぎ》に御目にかゝりましたは。私が[四]存《ン》念《ン》が届《とゞい》たか。有《リ》難やと思へば〳〵嬉しくて。夕部もろく〳〵夜も寐られず。嬉し涙で此正月。名主殿からしてくれた。布子を涙で絞《しぼ》りましたと 地ハル すゝり上《ゲ》たる ウ 泣聲は。ハル 寄特《きどく》にも又 フシ 哀《ハ》れなり。」 地色ウ 義岑公は[五]から ウ 手水《てうづ》。下キン 御籏《み》を取《ツ》て。ウキン 押《シ》戴《いたゞき》。詞 此籏を見るに付《ケ》。討《チ》死なされし兄上の最期の御無念《ン》思ひやる。地ハル 思へば〳〵八幡にて。ウ 我を殘させ給ひしも。ハル 生《キ》ながらへて家を継《つげ》と云《（ハ）》ぬ計《リ》の 中 御情《ケ》。ウ 夫《レ》に引《キ》かへ義岑は。ハル [六]若《カ》氣の至《タ》りの不行跡《かうせき》。ウ 遊所ゟ[七]付《ケ》込し ウ 竹沢が計略《けいりやく》の。元《ト》を捜《さが》せば ウ 皆我故《レ》。ハル [八]手こそおろさね兄上を 上 殺せしも同じ事。ハル 其天罰《ばつ》にて此艱難《かんなん》。ウ 御赦《ゆる》されて スヱ 下さりませ 入 と ウ 歎《なげ》けば臺は[九]しや 色 くり上ゲ。詞 敵の方便《てだて》に[一〇]たらされて。[一一]とやかふ云《フ》たが種《たね》と成《リ》。兄御様の御最期の悪人《ン》を[一二]引《キ》入《レ》し科人《とがン》は此臺。御籏《み》の手[一三]前も恥かしい。罸《ばち》當《タ》りの我《ガ》身をば蹴《け》殺し給へと 地上 打 入 ふして又 中 さめ。 ハ

一 本意なさ。
二 ここは人をののしる語。
三 僧が修行の為に、人の門口に立って米銭の布施をうけること。
四 希望。
五 水のない時に、手水で手を清めるかたちをすること。
六 青年客気のはてに遊蕩して。
七 透を見てつけ入った。
八 自分の手でしたのではないが。
九 しくしくと泣き。
一〇 うまうまとはまって。
一一 何か彼かいったのが原因で。
一二 味方の中へみちびき入れた。
一三 対しても。

ル〳〵と泣居たる。地ハル道念は目[一四]をすり色赤め。詞いふても泣ても返らぬ事。此上にもお前様はお家を發《おこ》すが御孝行。私はかふいふ身の上。是より諸方《しよはう》を修《しゆ》行《ぎやう》して。他《た》力をかりて我君を一社《しや》の神に祝《いはゝ》んと。地ハル思ひ立たる道念が志願《しぐはん》は今にウ傳《つた》はりて新[一五]田の社建立《やしろこんりう》と。たへせぬフシ修行《しゆぎやう》ぞ頼もしき。」フシかゝる折しも。地ウ万八が勧《すゝめ》にて一度に寄來る百姓共。ハル内には色ハツト驚く道念。ウ義岑公は手[一六]ばしかくウ御籏を取て懐中《くはいちう》し又も隠るゝウフシ稲荷の社。」地ウ表の方には無二無三ウ戸を蹴破《けやぶ》つて一時にどつと這入ば。詞ヤア何奴なれば狼藉[一七]《らうぜき》と云せも果ず(テ)コレお坊。此万八が相談に乗《のら》ぬからはお觸[一八]《ふれ》の有た欠落者引くゝつて連て行(ク)。玉はどつちへこ[一九]かしおつたぬかせ〳〵と摑付《つかみ》。ノリそふはさせぬと道念が。地ウ有合(フ)鑾[二〇]《なた》刀を追取て切(ツ)てかゝればハル百姓共色御免〳〵と。ウ迯行(ク)を跡を慕《した》ふてフシ追て行(ク)。」地ウ万八は小[二一]戻りし社を目懸立寄て。ハル扉《とびら》を明んとする中所へウ取て返す道念が。ハル鑾《なた》弓振上(ゲ)し勢《いきほ》ひに色コリヤ叶はぬと万八が一さんにフシ迯て行(ク)。」地色ハル猶もやらじと追かけしが半途ゟ色立歸り。ウ扉を開《ひら》き二人を色呼出し。詞今の奴等が歸らぬ内。此道ゟ落給(チ)へと。キン勧《すゝめ》に是非なく義ハル岑公。ウ臺も用意そこ〳〵に。ウあてどもフシなしに落(チ)て行(ク)。地ハル道念跡を見ウ送《おくり》て社の内へそつと這入《は》。ウ扉を立るフシ間もなく。地ウ追

一四 泣いて涙をぬぐいぬぐいして。
一五 当時も新田の社建立の祈願で市中を廻る者のあったことをいったものか。
一六 手早く。機敏に。
一七 乱暴な。
一八 為政者が、その命を、触書などをもって広範囲に伝えること。
一九 こっそり他へうつす。
二〇 和漢三才図会「鑾刀 俗ニ奈太ト云フ」。
二一 少し行ってからあともどりして。

ゝ歸る百姓共万八も一《チ》度に 色 落合《イ》。 詞 コレ〳〵皆の衆玉の有《リ》所は見て置《イ》た。さつきにもいふ通り何《ン》でも角《か》でも二ッに割《わり》。半《ン》分《ン》はおれがし《ー》てやる。半《ン》分を惣《ニ》割《わり》だぞ。 地色ウ 皆こい〳〵と立かゝり ウ 扉開《ひら》いて引《ャ》出 中 せば。 ウ 思ひ懸《ケ》なく道 ハル念が。 狐《きつね》の面《めん》を ウ 引《ッ》かぶり 色 すつくと。 ハル 立《ッ》たる有《リ》様に ワイと 地ウ 驚《おどろく》 百姓 ハル 共。 万《ン》八も恂《びっく》り フシ は[三]いもう。』 地ハル 道念《ン》は作《ク》り 色 聲。 詞 うぬらが根性《こんじやう》ため直せと稲荷大明神《ン》の御神詫《しんたく》。謹《つゝしん》で 地ハル 承はれと横飛 ウ こん〳〵狐の身ぶり 中 百姓共は ウ 身[四]の毛《け》立《チ》只 色 ハア〳〵と ハル 計《リ》にて一《チ》度に ウ 頭を地にすり付《(ケ)》 ハル 尻《しり》もつ フシ 立《ッ》てひれ伏《(セ)》ば。』 地ハル しすましたりと圖《づ》[五]に乗《ル》 色 道念。 詞 わいらが心をためさん。と假《かり》に女の姿と化《け》し此所へ來りしに。强[六]慾無慙《がうよくむざん》の百姓めら。 文弥地ウ 稲荷の神の御罰《ばっ》にて ウ 田畑《はた》殘らず踏《ふみ》あらし合。 ハル 思[七]ひ知《ラ》さん ウ 思ひ知《レ》とはつたと ハル にらむ目も口も面《ン》で。 地中 隔《へだて》て見へね共 ウ ふ[八]んぢがつたる勢ひに。恐《おそ》れわなゝく百[九]性共。 詞ノリ ア、申《シ》ゝ夫《レ》は余《ン》りお胴[一〇]慾《どうよく》様合。私《シ》等は露[一一]塵《つゆちり》程も曲《まが》つた心はござりませねど合。此万八が頼《ム》故雇《やとは》れて参つた計《リ》合。御免なされて 地色ウ 下さりませと フシ 口ゝ詫《わび》れば。』 詞 ム、そんなら此以後落人など搦捕《からめとる》とは云《ハ》ぬか。何が扨〳〵。夫《レ》なれば赦《ル》して取《ラ》す。ハア有難《りがた》ふござります此お礼には小[一二]豆飯《あづきめし》。イヤまだ有《(ル)》〳〵此庵の道念がたくはつに出た時。通[一三]れと云《(ハ)》ずにたんと入《レ》るか。何

一 手に入れる。とる。
二 一同に平均してわけること。
三 敗亡。こまること。うろうろすること。
四 恐怖のさまの形容。
五 調子にのる。
六 欲心ひどくて、自らかえりみて恥じないこと。
七 そのむくいを知らせてやろう。覚悟せよ。
八 股をひらき力強く、つっ立つ。浄瑠璃に専ら使用する語で、人形もこの時定った型となる。
九 「百姓」が正しい。以下混じているも同じ。
一〇 むごいこと。神の使と思って、「お」「様」をつけたのが滑稽。
一一 いささかもよこしまな心はない。
一二 稲荷への供物。狐の好物といわれていた。
一三 たくはつを断わる時の挨拶。
一四 →節章解説(四七一頁)。
一五 今の茨城県。
一六 子供や召使が、親主人に無断で伊勢参宮をすること。当時の習慣として、道中でも一通り親切にされ、無事帰宅すれば親主人も叱らないこととなっていた。
一七 誘拐して。
一八 前出(三四四頁)。
一九 宿場女郎。旅人の接待をし、一面売笑行為をする。
二〇 これはしまったの意。
二一 →節章解説(四七一頁)。
二二 神奈川県伊勢原町。大山街道にあたった。
二三 百姓の田畑にかけられた税。米その他物産で納めるのが本体だが、金で納める年貢金の場合もある。ここは金の場合。
二四 上手にもっていって結局だますこと。
二五 いんちき博奕に参加させる意の隠語か。

が扱〱。大抓《づかみ》に入《レ》ませふ。夫《レ》なれば赦《ル》して取《ヲ》す。此万八めは大悪《ク》人合。」[一四]林清
儕《(わ)レ》[一五]常陸《ひたち》の[一六]拔《ケ》参りの合。小娘を[一七]かどはかし[一八]神奈《かな》川へ[一九]飯盛《めしもり》に賣《ツ》た事　地ハル　覚《(エ)》て　色　ゐるか。詞　[二〇]南無三宝是は委《くは》しうよふ御存《ジ》。其時は轉奕《ばくち》に負《まけ》しやう事なしの出來《でき》心。微塵《みぢん》も欲《よく》では致しませぬ。お赦しなされて下さりませ。イヤまだ有《ル》〱合。」[二一]イセ
ヲンド[二二]伊勢原《はら》の百性が。ウ　御年《ン》[二三]貢《ぐ》納《をさ》めに出る　中　所を[二四]おこはに　ウ　かけて[二五]舩へ　中　乘《セ》。五十三兩負《まけ》させた　ウ　其云訳《ケ》は少《ツ》共　色　有《ル》まい。詞　アヽ悲しや夫《レ》迄を御存《ジ》か。そふ知《ラ》れてはお[二六]たまりやない。まだ有《ル》〱。隣《となり》の権助が[二七]房州《ばうしう》へ[二八]鰯網《いわしあみ》にいた留主《るす》で。かゝァを儕《レ》が[二九]ちよろまかし孕《はらま》せた迄知《ツ》てゐる。コレハ扱き[三〇]つい見通し。イヤモ一《チ》言もござりませぬ。ヤイ〱百姓共ハアイ聞《ク》通りの大悪《ク》人。万《ン》八めが村に居る故。ソコデ此村が繁昌《はんじやう》せぬ。村境《ざかい》から[三一]追放《ついはう》するおれに付《イ》て引立《ツ(テ)》來れ。ハア畏《かしこま》つたと　地
ハル　百性共。ウ　万《ン》八を[三二]壓狀《わうじやう》ずくめ。ハル　道念は神前《ン》の　ウ　幣帛《へいはく》取《ツ》て　中　先《キ》に立《(チ)》合。」[三三]兵
ごクドキ　[三四]抓面張《つかみづらはる》ぶつたくりの万《ン》八は　色　ヨイ〱。欲《よく》の深《カ》い事は[三五]糀《かうじ》町の井戸よヨウイ〱ヨイ〱〱アリヤリヤコリヤリヤ合　二上リキヤリ[三六]　[三七]ねりま大根《だいこ》で太《ふと》[三八]いの根《ね》と來た。[三九]爪《つめ》の長《ガ》さが[四〇]三十三間《ン》三尺三寸《ン》三分三厘《りん》三毛《もう》三拂《ほつ》。そこで稲荷様の腹を立《(テ)》。ヨイヤサ
[四一]王子の親玉[四二]眞先《キ》がけ[四三]見めぐり[四四]笠森[四五]烏《からす》森《リ》。[四六]杉《すぎ》の森から[四七]三ヶ崎[四八]熊谷《くまがへ》[四九]蕎麦《そば》切《リ》[五〇]九郎助
[五一]福徳[五二]愛敬《あいきやう》稲荷に[五三]西の宮合。此神々の御罰にて。[五四]そこらは若い衆頼《ミ》ます。此万八

二六 たまらないの意の通言。二七 安房。今の千葉県の内。鰯漁は昔から有名。二八 鰯網の手伝いに出かせぎした。二九 ごまかして盗む。ここはひそかに通じて妊娠させた。三〇 すばらしい。三一 元来は江戸時代処罰の一。一定の範囲の居住を許さぬこと。軽・中・重などの区別がある。三二 前出(三〇六頁)。三三 →節章解説(四七一頁)。三四 欲づら張るに同じ。ひどく欲深い。三五 江戸で深いことのたとえにいう。麹町は山の手にあって、実際に井戸が深かった故。三六 →節章解説(四七一頁)。三七 続江戸砂子「練馬大根　ねりまは豊嶋郡也、江戸より三里程戌亥、此地の大根名産也、青みすくなく苦辛の味ひなし、大キなるは尺二三寸周、八九寸周は常也、味よろしく尾州宮重に同じ」。三八 流行語「大木の切口太いの根」。甚だ太い(横着な。ず太い)。三九 欲の深いこと。四〇 例の「三十三間堂に仏の数は三万三千三百三十三体あると云ふ」(俚言集覧)による。毛の十分一は絲、絲の十分一は忽(こつ)。拂は何かの間違いか。四一 王子稲荷。関八州稲荷の司と称される(続江戸砂子)。四二 真先稲荷。橋場隅田川にのぞむ(江戸名所図会)。四三 三囲稲荷。小梅村田中にあり、其角の雨乞の句で有名(同)。四四 谷中感応寺門前にあり、後に水茶屋鍵屋のお仙で有名。四五 愛宕下にあった(同)。四六 新材木町にあった(同)。四七 水道橋土手にあった(同)。四八 浅草寺境内(同)。四九 伝通院内の沢蔵主稲荷の一名。五〇 吉原の中にあった(同)。五一 室町浮世小路(同)。五二 市ヶ谷田丁の上にあった(同)。五三 浅草仁王門近辺にあった(同)。五四 木やり節のかけ声。

めを 上[一]しめろやいヨイサ〳〵ヨイコレハノサヨイヤナア引立合て合こそ 三重〽行末の。地ハル[二]六郷《ろくごう》は近き世よりの渡中にて。ハルフシ其古《いにしへ》は。中都〻。ウ東へ通ふ旅人の キンヲクリ廻るも。ウ遙《はるか》ウキ[三]弓《ゆみ》と弦《つる》。ウ矢口の渡と聞へたる。本フシ[四]其水上《みなかみ》は[五]調布《たつくり》や。ウキさらす垣根《かきね》のウ朝露《つゆ》を。ウ貫《つらぬ》き留ぬ玉川のノル舟を。ハルウ[六]浮《うかべ》る流より フシ知ぬ心の底《そこ》深き。」地色ウ[七]津人《わたしもり》の頓《とん》兵衛が内とは思ひ[八]棧作《かけづくり》。ハル物好したる[九]亭《ちん》座敷 ウ渡世には似ぬ 中家作《やづく》りは。ウ[一〇]馬腦《めなう》の階《きざはし》ウ瑠璃《るり》の[一一]門扇《とばり》 キン[一二]龍宮《りうぐう》城《じやう》の ハル[一三]乙姫か 中夫かあらぬか娘の ノルお舟。ウ[一四]鳶《とび》が孔雀《くじやく》の[一五]ぼつとり者。ウキン田舎《ゐなか》に惜《をし》き フシ姿也。」地色ウ[一六]擔桶《になひ》に水を打かたげ立帰る ノル下人の六藏申 色お舟様。詞 モウ料理《りやうり》は出來ましたか。旦那殿はまだ昼寐《ひる》。ほんにマア[一七]有ふ事か。今渡守の頓兵衛といふては。おそらく日本國中に續《つゞく》者なき大[一八]長者《ちやうじや》なれ共余り人使がひどいから。幾度《いくたび》置ても奉公人が。三日とは[一九]居たゝまらぬ故。お娘御のお前が。[二〇]竈本《へつついもと》の世話なさるで。可愛《かはい》らしい其お手が荒《あれ》ふかと思へば悲しうて〳〵。[二一]酸漿《ほゝづき》程な血《ち》の涙。[二二]御家老《からう》か番頭かと恭《うやまは》れる此六藏。渡舟を漕隙《こぐひま》〳〵には。薪《まき》を割たり水汲《(ン)》だり。いま〳〵しい事では有。[二三]爰な内でも旦那殿と渡舟がなけりや樂《らく》じやと。地ハル[二四]小言《ごと》にお舟は 色[二五]氣の毒《どく》顔。詞 コレ六藏人聞の悪いとゝ様の噂《うはさ》。地ハルよしてたもれと[二六]制《せい》する折から 中どや〳〵と。ウしつかり候兵衛三上十次。

一 物事の終った時、手を打ち合う意の「しめる」に、「とっちめる」意をかけてある。 二 六郷の渡。多摩川の末、矢口渡の下流にある。今の東京都と川崎市の間にある。

四段目中　頓兵衛住家の段

↓補注一七。 三 廻り道の方を弓、直線の方を弦と見て、六郷道と矢口道とを表現し、矢口渡の序とした。 四 ↓節章解説（四六七頁）。 五 拾遺愚草、上「調布（たつくり）やさらす垣根の朝露をつらぬきとめぬ玉川の里」。たつくりは手作りの木綿の意、ただし調布の文字は年貢の布の意。 六「底深き」にかかる。魂胆の深くして、且つ他からは推察できない。 七 名物六帖「津人（ワタシモリ）荘子――換舟若神」。 八 古くは山や岸によせたわたした水辺の家作の意。渡守の家などとは思いがけずの意をかねる。 九 あずまや風に洒落た座敷。 一〇 瑪脳も瑠璃も七宝の一。珍しく華麗なるを示す為に用いた。 一一 漢字和訓「門扇（トビ）」。これをとばりと誤解した。和漢三才図会「幌（とばり）俗ニ暖簾ト云フ」。瑠璃でかざった暖簾。 一二 馬脳・瑠璃で飾る水辺の豪家の見立。 一三 船頭の娘で美しいからのたとえ。 一四 親勝りの子を「鳶が鷹生む」というを、美しいから孔雀にかえた諺。 一五 肉感的で魅力的な美人。 一六 書言字考「担（ニナ）」。天秤を用いて水などはこぶ桶。 一七 とんでもない事に。けしからぬ事に。 一八 ここは金持の意。 一九 しんぼうして居れない。 二〇 勝手元。 二一 奴凧「童謡に、ほゝづき程な血のなみだ、おちて松露になりやしよまい」。この流行歌をとる。大きな血涙。 二二 下人でも一人故、一の家来。武家でいえば家老、商家で番頭。 二三 旦那頓兵衛と渡舟がなければ、ここの内のあり様がないをかくいう滑ウからの[二七]ぴん助 ハル三人連《ン》。色親分《ン》は内にかと[二八]揚口《あがり》から フシ大あぐら。」地ハル皆様《ン》よふお出なさんしたと ウお舟があいその 色[二九]烟盤《たばこぼん》。詞とゝ様はまだ昼寐《ひる》。御用が有《(ル)》なら起《おこ》しませふと。地ハルいふ聲聞《イ》て一《ト》間ゟ[三〇]欠《あくび》 色まじくら。詞ム、今そこへ行《い》て逢《フ》べいと。地ハルゆるぎ出《(デ)》たる主《ジ》の 中頓兵衛。ウ雪を欺《あざむ》く白髪《はくはつ》に朱《しゆ》をそゝいだる ハルしかみ面《づら》。ウ強慾無道《がうよくぶだう》の ウフシ眼《コ》ざし。」地ウ[三一]八反掛《はつたんがけ》の大[三二]廣《ひろ》袖[三三]紙子《かみこ》仕《じ》立の伊達羽織《だてはをり》。ハルどつかと座して。詞ヲ、皆揃《そろ》つてよふ來た。して[三四]仕合《セ》はどふだぞやい。[三五]どふかふ所じやごんせぬ。[三六]持《ツ》て立《ツ》た大しくじり。三人ながら[三七]此中の元《ト》手。[三八]すつぱり負《まけ》て仕舞《しまひ》ました。地色ウ面目《ンぼく》もなき ハル仕合《セ》と。ウフシ[三九]もぢかはすれば。詞ム、ソリヤ[四〇]さん〴〵な目に合《フ》た。ゑいは。負《ケ》る時がなけりや勝《かつ》事もない道理。少《ツト》計《リ》負《ケ》た迚。[四一]補鍋匠《なべのいかけ》が[四二]華鯨《つりがね》を請合《フ》た様に。騒《さはぐ》事たないわい。今一勝負《しやうぶ》やつて見ろ。コリヤ娘よ。ソレ[四三]板厨《とだな》の金を出してやれ。アイ板厨を明《ケ》るにも及《ビ》ませぬ。さつきに品川の兵五郎様《ン》と[四四]青山《あを》の万九郎様が見へて。日外借《いつぞやかり》た金じや迚。持《ツ》て來てゞござんす故。つい[四五]掛硯《かけすゞり》の引出《キ》しへ。ム、そんなら出してやるべいと。地ハル引出し明《ケ》て。詞ヲ、幸《イ》爰に[四六]六包《ミ》有《(ル)》。一《チ》人前二百両で足《たり》ずばもちつと[四七]借《かそ》ふかと。地ハルいふに三人[四八]肝《きも》を 色つぶし。詞ナント聞たか。ヲイ。ヤイ凡金持《チ》も多《おほ》けれど。[四九]つがもないはした錢か何ぞの様に。掛《ケ》硯にも六百両。[五〇]目出度《イ》といふも程が有《(ル)》。

稽。二四 不平の言。二五 困った顔。自分の気持をそこなう意(頴原退蔵著江戸時代語の研究)。二六 止める。二七 ばくち用語で一のこと。以上三人博奕から名付けたと思われるが未詳。二八 座敷へ上るや早々、無遠慮にあぐらをかく。二九 名物六帖「煙盤(タバコボン)」清客寄語 凹猫哥蒙」。三〇 あくびしながら。三一 絹織物の一。万金産業袋「八反掛島(中略)糸織古代よりいふ綾じまの類なり、地につや有りて見事なるものなり。島もやう品々(下略)」。三二 袖口を下の方まであけてある仕立て。三三 紙子で作った。紙子は白い強い紙をつぎ、柿油を塗って乾すこと数度、その後夜霧をうけ、もんでやわらげたもの。衣服などにし寒さをふせぐ(雍州府志)。紙子製の羽織をだてに着ていること。三四 博奕の結果。三五 問題になりません。三六 どう見ても明らかな。三七 先日もらった博奕のもとで。三八 まるまる。全く。三九 もじもじ。きまりの悪いさま。四〇 ひどい。四一 名物六帖「補鍋匠(ナヘノイカケ)」(皇明文則の鄭暁の五忠伝を引く)」。四二 梵鐘のこと。この文字諸芸小鏡(貞享三)の異名之部に、鐘の異名として所見。このたとえは、分不相応の仕事でとまどうこと。四三 戸棚。四四 今の東京都港区青山。四五 かけごづきの硯箱で、下部に引出しもついている。四六 一包み百両。四七 江戸時代には、「貸」を「借」と書く習慣があった。四八 驚きのひどいさま。四九 本朝俚諺「つきもなし、俗につがもなしともいふ。不都合といふごとし」。ここの使用は少し語感がずれる。「つまらない」などの意に用いたか。五〇 結構な。

サレバサ。昔から[一]ない物は金と化物《ばけ》といへ共。化物はまだも出よふか。今時ない物は銭金。折々氣ばらしに芝居を見ても。近年は[二]浄るりでさへ何ぞといや金のない事。余り[三]けちな此時節《じせつ》。有所にはかふ沢山《たくさん》。マアどふすれば此様に[四]めつたに金が出來まするぞ。咄して聞して下されと。地ハル いへば頓兵衛烟管《きせる》[五] 色 こちく〳〵。詞 イヤサ皆が了簡《りやうけん》[六]が悪《わる》いから。出來る金も出來ないわい。塵が積《つも》[七]つて 地色ウ 山といへど積る ハル 内には又吹ちる[八]。詞 二文四文じや埒《らち》や明ない。出世しやうなら 下 相場《さうば》[九]か ハル 金《かな》山[一〇] 色 轉奕《ばくち》は勿論《もちろん》。地ウ 是も近年は[一一]こ 中 ずいかうで 下 能鳧《よいかも》[一二]もかゝ フシ らぬ故。詞 此頓兵衛が思ひ付。彼《かの》鎌倉で借《かし》元[一三]の大將。地ハル 足利ノ尊氏様と ウ 謀反《むほん》[一四]勝負の義興殿が。ウ [一五]やみ雲《くも》の 色 高つぱり。詞 武藏野の[一六]窩賭《どば》で大勝負。元手[一七]の強《つよ》い尊氏様も根《ね》[一八]こんざいぶち負て。コリヤ一番切替[一九]ふと鎌倉へ。地コハリ 盆《ぼん》[二〇]がへ。ウ 何か破《やぶれ》[二一]かぶれの義興。ハル うぬが命を[二二]投 色 長半。ハル 鎌倉へ。中 仕《し》掛[二三]の轉奕。詞 手[二四]におへない首《しゆ》尾に成たを 地ハル 鼻《はな》[二五]ぱりの竹沢監物殿。ウ [二六]かすり取の江田 中 判官殿から。詞 此親父へ人をよこして。[二七]てらをしてくれると思つて。どふぞ魂膽《こんたん》[二八]してくれろと。色々とのお頼。地ウ ハテ後生《ごしやう》[二九]こそ ウ 願ふまいけれ。詞 人の爲に成事だ。じやが。甘《あま》[三〇]口ではいけまいと。水銀奴《みづがねやつこ》[三一]からの思ひ付で舩の底をくり抜て。六藏めにさる[三二]を引[三三]せ。一番[三四] ノル ごつきりで義興め

一 諺。二 浄瑠璃作品中でも。三 しみったれた近頃の世相。四 むやみに。五 親分株の気どった所作。六 所存。七 諺「塵つもって山となる」。小さいものも集まれば大きくなる意。
八 塵は風に散って山とならぬ。わずかな金を蓄えても無駄。
九 現物の取引でなく、市場の価の高下で、さやとりをする投機的な取引。江戸時代では米を主とし、油・綿などでも、その種の相場が行われた。
一〇 鉱山の発見採掘。当時でも最も投機的な事業とされていた。共にあたれば大もうけとなる。
一一 人々がこすく、悪賢くなって。
一二 勝負事などで、金をまきあげる相手。
一三 賭場の親分。博奕のかけ金を融通する意。
一四 謀反気で無茶に勝負をいどむこと。
一五 お互にむやみに大金を張る即ちかけること。以下戦を博奕にたとえる。
一六 賭場。博奕を開いている所。戦場をいう。
一七 資金。軍勢の多いこと。
一八 根から。金輪際から。ねこそぎ。
一九 カルタ博奕で札をくばりなおすこと。
二〇 采ころ博奕で、采をひらく所。転じて札をまく所をもいう。鎌倉へ逃げたをいう。
二一 やけになった。
二二 博奕仕方風聞書「投長半　是は賽三つにいたし、手に持投申候」とある。采ばくちの一種。命を投げ出しての意。二三 攻勢に出ること。
二四 手のつけられない事情。
二五 賭博で、人より先に張ること。古契三娼「うかしのはなつぱりして渡世を送り」。
二六 すこしのもうけでおさまる小博奕打。
二七 寺銭。博奕場で、場の持主に出す口銭。
二八 計画。

を。地ハル川中で《カ》 ウぐ[三五]はんと云《ハ》せた フシ其御褒美《はうび》に此 色頓兵衛。詞尊氏様の尻《しり》[三六]持《チ》で。大名に成《(ル)》筈《はづ》なれど。夫《レ》では結句《けっ》氣が詰《マ》り。好《キ》の轉突が打《タ》れませぬ。[三七]大名けんどんよしにして[三八]。やっぱりたべ付《ケ》た[三九]ぶつかけの渡《シ》守がよござりまする と申上《ツ(ゲ)》たりや。そんなら何なと望《メ》と有《ル》。ハルそこでお金をしたゝか請《うけッ》[四〇]こ。地ハルそいつを元手《ト》に 道具大勝負。色[四一]勝《ツ》程にける程に。[四二]持《チ》丸長者とは。フシおれが事。詞かふ普請《ふしん》をやらかしても。昔《シ》を忘《ス》れない様にと。アレアノ通り床《とこ》の間には櫓《ろ》や蓑《みの》を餝物《かざり》。地ハル出世の因縁《いんゑん》 ウかくの通りと フシ語るにぞ。』地ハル三人は 色不審晴《しんはれ》。詞夫《レ》で聞《コ》へた。そんならおいらも一思案《ン》。何《ン》ぞあて[四三]ずつぽうにやつて見よかい。ジヤガくり抜《ぬこ》ふにも舩はなし。是から坪皿《つぼざら》[四四]をくり抜《イ》て。硝子《びいどろ》[四五]入《レ》てやらかそふナフ候兵。イヤ〳〵夫々《レ》もおらが望《ミ》は。爰なお娘《むす》[四六]の舟底《ふなぞこ》[四七]がくり抜《(イ)》て進《ン》ぜたい 地ハルサア〳〵お暇《いとま》其内と フシ皆〻打連《レ》立歸る。

地色ウ道引違《ツちが》へて走來《リ》る ハル村の小底《あるき》[四八]が 色ずつと這《は》入《リ》。詞申《シ》頓兵衛様。[四九]お尋者の事に付《イ》て。竹沢様から御用が有《ル》。庄屋殿迄只今一寸《ちよつと》。ム、お尋者とは知《レ》た事。新田方の落人の。御詮義《ン》であんべい。夫《レ》なら行《ク》にや及ばない。どちから來《き》ても此渡《シ》を渡らにやならぬ一筋道《ト》。兼て竹沢様としめし合《セ》。新田方の落人が。若《シ》此所へ來《く》るが最期《さいご》。相圖《イ》の烽火《のろし》[五〇]を上《ゲ》ると村〻で法螺《ほら》を吹《ケ》ば。竹沢様から捕手《とりて》

二九 仏心はないが。

三〇 甘く見ては。手ぬるくては。

三一 未詳。見世物か玩具の一であろう。

三二 戸障子のしまりに用いる猿の如くに仕掛けた船底のせんのことであろう。

三三 引きぬかせ。

三四 一回ぎりで。

三五 大打撃を与えた。

三六 喧嘩の時のうしろだて。広く後援の意。

三七 漆で色々の模様を描いた器で出前した蕎麦切・うどんの類。大名の称によってここに出した。→補注一八。

三八 やめにして。

三九 今のかけ。うどん・蕎麦をあたためて、温汁を上にかけて食するもの。

四〇 請けとったの意の洒落語。

四一 ひどく勝ったの意。

四二 大金持。

四三 当て推量。たしかな見通し方針なくして事をするの意。

四四 采ばくちで、采を盆ござの上にふせるもの。また、つぼ。

四五 下に硝子をいれて、見えるようにする。イカサマ博奕の器具。

四六 むすめさん。

四七 共寝がしたいの意。

四八 名物六帖「小底(コツカヒ)字典、凡役使ニ供スル者ヲ小底ト曰フ(下略)」。名主庄屋町役人の下で走り使をする小使をあるきという。

四九 為政者より、被疑者として尋ね、触など出して召捕を命じたもの。

五〇 名物六帖「烽火(ノロシ)(漢書註を引く)」。後のお舟の行動をわからせる為の伏線で、相図を詳述してある。

が出る。若《シ》もおれが方で搦《からめ》取《ル》か討取《ル》か。加勢に及ばぬといふ知《ラ》せには。アノ亭《ちん》座敷の上に釣《つる》した太皷《たいこ》を打《テ》ば。村〻で取《リ》囲《かこ》んだが皆ちる約束《やくそく》。しやう屋どのが[一]大《ヤ》な面《つら》で。[二]どふ参つたかふ参つた隣《となり》の姥《ば》様茶を参つたとむだ[三]計《リ》いふで有《ロ》。イヤ何か様子は知《リ》ませぬが。呼《ン》でこいとの云付《ケ》。そんなら一寸《ト》行《い》てやらふ。ヤイ六藏。若《シ》も落人臭《くさ》いやつが見へたら。烽火《のろし》と太皷の手[四]都合《つがう》を忘《ス》れるなと。地ハル 腰に[五]大だら[六]ぼつ込《ン》で フシ 小底《あるき》を連《レ》て出《(デ)》て行《(ク)》。」地色ウ 跡に六藏小聲に成《リ》 色 申〻《シ》お舟様。詞 ヱ、お前は[七]むごいと ウキン すり寄《レ》ば。詞 とゝ様の留守《るす》に成《ル》と。又[八]じやら〱と[九]てんがう計《リ》。アイヤてんがうじやござりませぬよ。とふからお前に惚《ほれ》て居て。何ぼ口説《くどい》ても[一〇]戸板にごろ付《(ク)》豆《まめ》よ。其[一一]豆故に身をつくし。[一二]根津《ねづ》[一三]音《ト》羽《は》はいふに及ばず。[一四]氷川《ひかは》から[一五]補裙《すそつぎ》[一六]樓《やぐら》。[一七]朝鮮《ちやうせん》長屋《ガ》[一八]鮫《さめ》が橋《はし》。[一九]蘿蔔圃《だいこばたけ》迄[二〇]ほついたれど。[二一]笠森《リ》のおせんと。お前程なはどつこにもござりませぬはい。コレ 申どふぞ叶《かな》へて下さりませ。アレ〱〱。テモ[二二]耳《みゝ》の早いやつでは有《ル》。コリヤ[二三]たまらぬと抱付《キク》。地ハル 放《はな》せ〱と フシ [二四]せり合所《(フ)》へ。」地色ウ 表《テ》口から[二五]日傭《ひよう》の八助 色 コレ六藏殿。詞 ちつとの内用が有《ル》。代《かはり》に渡場《シ》頼《(ム)》といふて。おれに任《カ》せて貴様はコリヤ[二六]じなしやな〱。親[二七]玉へ知《(レ)》ると[二八]毛氈《もうせん》をかぶる出[二九]入《リ》だ。地ハル サア〱ござれと ウ 引[三〇]立《(ツ)》れば。詞 アイヤ少《ト》仕かけた用が有《ル》。もちつと待《ツ》て下され。イヤ〱待《ツ》事はごんせぬ。貴様の顔で色

一 えらそうな顔をして。
二 めんどくさい説明をすることをいう。「隣の姥様云々」も、どうでもよいことの意でつけ加えた。
三 当時の流行語。益のないこと。
四 手続き。
五 大だんびら。幅の広い太刀。
六 ぶち込んで。
七 情のない。
八 悪ふざけのさま。
九 冗談。手いたずら。
一〇 定まらない形容。
一一 女の陰部。この辺みだらのようだが、お舟の美しさをいい、後の六蔵との交渉を効果的にする伏線。
一二 今の東京都文京区根津権現門前にあった岡場所(婦美車紫鹿子・岡場遊廓考など)。
一三 東京都文京区音羽の護国寺門前にあった岡場所(同)。
一四 東京都港区氷川町、氷川社門前の岡場所(岡場遊廓考など)。
一五 裾継。深川七場所といわれた岡場所の一(同)。永代寺門前。当時山本町にあった。
一六 深川七場所の一。永代寺門前山本町にあった。表櫓・裏櫓にわかれる(同)。
一七 東京都台東区寿町にあった岡場所の一(同)。ちょんの間とて格のひくい所。
一八 東京都新宿区若葉町の辺。夜鷹という最下級の街娼の出没した所(同)。
一九 「大根畑」のあて字。東京都文京区湯島新花町(昔は新町家)にあった、切見世という格の低い岡場所の一(同。喜夜来大根)。
二〇 ほつき歩く。うろうろと歩き廻った。
二一 前出の谷中笠森稲荷境内の水茶屋鍵屋の看

事とは[三一]唐《たう》なすも[三二]古《ル》い。[三三]飛《ン》だ茶銚《ちやがま》が西瓜《すいくは》と化《ばけ》たと フシ打連《（レ）》[三四]舟場へ急行《ギ（ク）》。」地ハル娘は跡に 色独言《ひとりごと》。詞けふの髪は[三五]上村《ミ》のおみよ様が。[三六]筋立《テ》てくれなさつた大事の[三七]髩《たぶ》を損《そこな》ふて。此[三八]笄《かんざし》の吹廻しの。地ウ紋迄《ン》なくして ハル仕舞《しまふ》たと。フシつぶやき〳〵入《（リ）》にける。

地ウキン[三九]鴛鴦《をしどり》の トル番離《つがいはな》れぬ。フシ二人連《リ》。地ウ義岑公は漸《やう〳〵》と道念が ハル忠義故。ウ生麦村《なまむぎ》を落 中のびて。ウ新田の方へと志し ノル矢口の。フシ渡《シ》に差《シ》かゝり。」詞ノウ臺。爰が兄義興殿の御最期有《リ》し矢口の渡し。此水底《みなそこ》の恨《うらめ》しやと。地ハル川に向《カ》ひて 中合掌《がつしやう》し。ウ南無。色[四〇]尊靈出離生死頓生菩提《そんれいしゆつりしやうじとんしやうぼだい》と。地ハル回向《ゑかう》の聲と諸共スエに。ハル暫し涙にくれ 中給ふ。フシ臺も。倶に涙聲。詞ヲ、お歎《キ》は御尤。早ふ新田へお帰り有《リ》。御一門《チ》をかたらひて。御矢の詮義《ン》兄御様の敵をお討遊《チ》ばせと。地ハル[四一]諫《いさむ》る詞に 色義岑公。詞見れば渡《リ》に人もなし。道にて聞《ケ》ば此家が。渡《シ》守の内とかや。地ハル頼んで見んと門《ド》口に 色歩寄《ミリ》。詞頼ませふ〳〵との給へば。地ハル奥ゟ走《ツ》て娘のお舟 フシ何《ン》の御用と立出《チ（ツ）》れば。地ハル義岑公[四二]しと 中やかに。詞川の向《カ》ふへ参る者。舟の[四三]無心《ン》との給へば。地ハル顔つく〴〵と打守《モ》り。詞イヱ〳〵舟はいくらも有《ル》けれど。落人の詮義《ン》で日暮《レ》ては出しませぬ。其上にお前の様な美《うつく》しい殿御には。[四四]借《かす》事は猶成《リ》ませぬと。地ハル顔に見とれてうつとりと 中

板娘。浮世絵にも残った美女。前出（一三七頁頭注四三）。
二二 一物の勃起したことをいう。交渉の中に早聞えたか。耳の早いの意。
二三 しんぼうができない。
二四 互にあらそう。
二五 日やとい労働者。
二六 女にたわむれるさま。
二七 主人。親方。
二八 しくじる意の通言。辰巳之園「かぶる もうせんかぶる事也、芝居ゟ出たる言也」。
二九 いざこざ。もめごと。
三〇 引っぱってゆく。
三一 当時の流行語「道理でかぼちゃが唐茄子だ」による。うまくゆかぬが道理。
三二 この流行語も古いの意。
三三 当時の流行語「飛んだ茶釜が薬鑵にばけた」による。名物六帖「茶銚（チヤカマ）」（元顧元慶茶譜を引く）」。人をののしる語に西瓜野郎。とんでもない西瓜野郎でないかの意。
三四 舟着場。
三五 少し前の頃から出現した江戸の女髪結の中で有名な一人であったろう。
三六 たぼをすいて整えること。
三七 たぼをこわした。
三八 笄の飾の部分が紋（役者などの）になって、風にふかれて回転する如くなっていたものか。
三九 鴛鴦が雌雄常につれるというによって二人連れの形容とした。
四〇 生死の世界を離れて往生することを願う回向文。
四一 勇気をつける。はげます。四二 上品に。
四三 依頼。舟を出してほしいとたのむの意。
四四 正しくは「貸」。江戸時代の慣用。

心の内は ハル焼《たき》[一]がらの。ウ胸[二]をこがせる ハル薄烟《うすけふり》[三]。ハルウいとしと思ひ ウ懸香《かけがう》[四]のどふぞ入留[五]たき フシ下心。地ハル義岑公は氣[六]の 色毒《どく》顔。詞我々は急ぎの道。暮に及で宿屋《やど》はなし。差《さし》當[七]つて難義なれば。何とぞ渡して下さりませ。イエ〳〵どふ有ても成ませぬ。宿屋がなくば私の内に。泊《とま》りなさつたがよいわいな。スリヤ留て下されふか。留いで何と致しませふ。地色ウ夫は近比忝い。連の女が持病《ぢびやう》の痞《つかへ》[八]。ウ幸のよい足休《やす》め フシ臺こちへと呼入れば。詞ム、スリヤあなたはお連様かへ。ヱ、憎《にく》らしいと 地ハルぴんとする[九] ウ臺は 色會釈《あしやく》し。詞旅づかれの私ら。お留なさつて下さるとは忝ふござんする。アイお前もお連なら。お泊りなさんせ。サア申(シ)。見苦しけれどアノ奥の亭《ちん》座敷がよい見はらし。地色ウあれで緩《ゆる》りと ハルお足休め。ウ然らば左様[一〇]と義岑公。ウ臺諸共打連て ヲクリ奥の 〽 一間に入給ふ。

地ハルフシ跡打ながめ 中娘のお舟。詞ほんに美《うつく》しいといはふか。可愛《かはい》らしいといはふか。迚[一一]も女に生《うま》るゝならあんな殿御と添て見たい。夫はそふとあの女中[一二]。兄弟なりやよいが。若夫婦なら。わしや何とせふどうせふと。地ハルウおぼこ[一三]娘の一筋に思ひ乱るゝ糸芒《いとすゝき》[一四]。ウキン穂《ほ》[一五]に フシ顯《あら》はれて見へにける。」地ハル義岑公は一間を 色立出(デ)。詞申々お女中。連の女が藥たべる。お湯の 地ウ無心との給へば。

一 香道の時、香木のたきのこったもの。下の「こがせる」にかかり、「心の内」は「胸」に応ずる。
二 恋慕の情をつよくいだく。
三 焼がらの縁で出て、次の懸香をおこす。
四 雍州府志、六「一種香嚢有リ、或ハ匂袋ト謂フ。(中略)嚢ノ左右ニ緒ヲ著ケ、項ニ繫ギ其ノ袋ヲ懐ニス、故ニ元ハ掛香ト称ス」。上からは思いをかけると続く。
五 香の縁語。意は、この家へ義岑の足をとめたい、宿したいの意。
六 困った顔。前出(三八〇頁)。
七 当面。
八 胸もとにさしこみのある病。
九 すねた、腹だたしいてい。
一〇 そうしましょうの意。

四段目切
頓兵衛住家の段

一一 とても事に。
一二 女性。婦人。
一三 うぶで世なれぬ娘。
一四 薄の一種。一筋に乱るるが糸の縁、芒が下の穂に顕われるにかかる修飾。
一五 新続古今、恋一「穂に出でていざ乱れなむ糸薄忍ぶからにぞ人もつれなき」。恋の情の表にあらわれて見える。

ハル娘はハット手を[一六]色もぢ〳〵。詞申《シ》旅のお方様《ン》へ。お前に少《ツト》[一七]御無心《ン》がござんする。[一八]コレハしたり。かふお世話成《ニル》からは。何成《リ》共御遠慮なふ。アイアノ。連《レ》の女中様は。妹御でござんすか。[一九]お内義様でござんすかへ。是は扨《(さて)》かはつた事に御念《ン》が入《ル》。アイお妹御ならよふござんすが。若《シ》御夫婦なら。こつちに少《ツト》[二〇]済《すま》ぬ訳《ケ》がござんする。アイ成《ル》程。あの女は私《シ》の妹。久《サ》ゝの病氣故。保養《ほやう》がてら[二一]淺草の觀《ン》音様へ。連《レ》て参《ン》詣《けい》致しまする。ア、嬉しや〳〵。夫聞《レイ》たらモウ何もかも入《リ》ませぬ。お前どふぞ私が内に。十日も廿日も。十年《ン》も。百年《ン》も逗留《たうりう》なされて下さりませ。[二二]したが。私らが様な田舎《ゐなか》者は。相手《イ》に成《ル》もおいやで有《ラ》ふけれど。ヱ、もふ[二三]つんと。わしに計《リ》物云《ハ》せ。コレイナ〳〵。こちら向《イ》て下さんせと。地ウ右よ左《ギリ》[二四]とハル付廻《ケ》す。ウ琥珀《こはく》[二五]の塵《ちり》や慈石《じしやく》の針《はり》。ウ粋《すい》[二六]もぶ粋も一様《チ》にハル迷《まよ》ふが上の。フシ迷ひなり。」地色ハル義岑公は氣の中毒《どく》さ。詞思ひ懸《ケ》なきお宿の無心《ン》。いかいお世話《せわ》に成《リ》まするると。地色ハル入《ラ》んとし給ふ袂《ト》をひかへ。詞ソリヤ余《ン》[二七]りでござんする。是程思ひ詰《(メ)》た物を。返事《ン》のないはお胴欲《どうよく》[二八]。地ハルウなんぼ田舎生《マ》れでもウ惚《ほれ》たが因果《いんぐは》ハル惚《レ》られたが。ウ不肖《せう》[二九]と思ふてハル下さんせ。ハルサハリ日影[三〇]の木ゝも花咲《さけ》ば岩のはざまの溜《たま》り水。ウ清《すめ》ば住《ム》[三一]世の思ひ出に。ハル叶へてやらふとつ[三二]い一《ト》口。詞いふてくれたが。よいわいなと地ハルすがり付《イ》合中たるハル袖袂《ト》。

一六 恥らいのさま。人形の定った型の一つ。
一七 お頼み。
一八 感動詞。恐縮した気持の時に発する。
一九 人の妻を指す語。
二〇 支障がある。気のすまぬ。
二一 今の東京都台東区にある古来の名刹。
二二 しかし。
二三 一向にの意で、普通は否定の言葉を下に持つ副詞。ここはやや違って、もっぱらの意。
二四 義岑が右へむけば右とついてゆくお舟。
二五 付け廻すことを、琥珀と塵、磁石と針に見立てた。大和本草の琥珀の条「(前略)時珍云フ、高麗国ニ出ヅル者色深紅ト。今按ズルニ贋セ偽ル者多シ、ヨク塵ヲ吸フヲ真トス」(本草家に異説あり)。和漢三才図会「慈石《じしやく》 真慈石一斤四面鉄一斤ヲ吸フ者延年沙ト名ヅク、四面只鉄八両ヲ吸フ者ヲ続采石ト名ヅク、五両ヲ吸フ者ヲ慈石ト名ヅク」。奴凧「(前略)琥珀のちりや磁石の針、粋も不粋も一様に、迷ふが上のまよひなり、といふ文句は、例の物類品隲の余習いまだぬけず、旧癖のおこりたるもおかし」。
二六 粋にしてしかり、おぼこ娘はなおさら、恋にまよえばとめどがないの意。
二七 余り無情なふるまい。
二八 むごい。ひどい。
二九 正しくは「不祥」。運が悪い。
三〇 田舎娘も、年頃になれば恋を知るのたとえ。
三一 溜り水も清むことがあるの清むの音をかさねて、この世の思い出に。
三二 簡単に一口。

ウ 一さはらで落る玉笹《ざゝ》の フシ 二あられもないが戀路なり。」 地ウ 義岑公も三稲《いな》舟の否《いな》にも 色 あらず。 詞 ム、夫程迄に思ふて下さるお志。さら〱四仇《あだ》には。思ひませぬと ハル 地色ウ じつとしめたる ハル 五手の内は。 ウ 六戀の錠前《ぢやうまへ》情の要《かなめ》。互に ウ 七抱《(いだ)》月草の。 ハル 八移《うつろ》ひやすき色糸の九濡《ぬれ》の糸口 ウ 一〇綻《ほころ》び口。 ウ 吸付《すい》引付しめ付て フシ 一一離《はな》れぐたなき風情也。」 地ウ 時に不思儀《しぎ》や義岑公。 ウ 娘も倶に色一三替《かは》り。 ハル ハツト身震《ぶる》ひ忽《たちまち》に。どつかと フシ 倒《たふ》れ一四息絶《きたへ》たり。」 地色ウ 音に驚かけ出る臺。コリヤ ウ 何事と狼狽《うろたへ》ながら柄杓《ひしやく》の水を口うつし。 ウ 介抱《かいはう》しても呼生ても。 ハル 其甲斐《かひ》さらに ハル 詮方も。 中 一五思ひ付たる氣轉《てん》の臺。 ウ 扨は娘の色香《か》に迷ひ。心の穢《けがれ》御 ハル 籏の咎《とがめ》なるかと手を 中 清《きよ》め。 ウ 義岑公の懐《ふところ》へ手を差入て ウ 一六件《くだん》の御《み》籏。 ウ さつと開《ひら》けば忽に ハル 二人は夢の。 フシ 覚《さめ》たる心地《こゝち》。」 地ウ 表の方には六藏が ウ 戻りかゝつて。 ウ 一七窺《うかゞ》ひ足。 ハル 義岑公傍《あたり》を 色 見廻し。 詞 此家に泊りて伺《うかゞ》ひ見れば。家業《かげう》に似ざる普請《ふしん》の一八結《けつ》構。様子といひ場所《ば》といひ。旁《かたぐ》以て心得ずと。娘が戀慕《れんぼ》を幸に一九問《とい》落さんと思ひし故。近寄ば今の二〇しだら。子細《しさい》ぞ有ん此家の内と。 地ウ 御《み》籏を取て ウ 巻納《おさ》め。 ハル 臺來れと引連て フシ 奥の一間に入給《(リ)》ふ。 地ハル 跡に 入 しよんぼり二一ほいなげに ウ 何と詞も 中 二二投首し。 長地 二三 二四手著《たづき》も知ぬ二五海《わだ》中《なか》に ウ 二六楫《かぢ》なきお舟が物思ひ。 ハル 打しほれて キン ぞ フシ 居たりける。」 地色ウ 表に

一 恋情を十分に解するさまをいう諺「さはらば落ちん笹の露」(源氏物語、箒木「折らば落ちぬべき萩の露、拾はば消えなむと見ゆる玉笹の上の霰」)を用いて、男の方からくどかないのに、女の方からなびいて来た意。上の「袖袂」と「さはる」はかかる。

二 笹の霰をかける。転じて、とりみだしたさま。もとはありようもないの意。

三 古今、東歌「最上川のぼればくだる稲舟のいなにはあらずこの月ばかり」による。「稲舟の」は枕詞的修辞。嫌ではない。

四 むだ。

五 手をしめたその手腕。

六 恋情の肝心かなめというべしの意。錠前は「しめる」の縁。

七 露草。昔はその花を衣に摺って染めた。上から抱き付くとかかる。

八 古今、秋上「つき草に衣は摺らむ朝露に濡れての後は移ろひぬとも」。つき草で染めた色のかわりやすい意で色糸にかかる。

九 情事のはじまり。

一〇 糸の縁で、糸口と同意ながら、糸口・綻び口で、口と口とが吸い付きと下へ続く。

一一 抱擁する。

一二 離れがたなきの「が」の誤刻。

一三 青くなって。

一四 気絶した。

一五 し方は思いつかないが、別に気てんを廻して、思いついた。

一六 以前の。新田家の中黒の旗のこと。

一七 様子をうかがうしのび足。

一八 立派さ。

一九 問うて事情をあきらかにさせよう。

二〇 ていたらく。次第。

扣《ひか》へし六藏は。ゥ木部屋《べや》に隠せし一《ト》腰 色ぼつ込《ミ》。詞ノリアノ籏を持《ッ》からは。紛《まが》ひなき新田方の落人。相《イ》圖の[二七]狼烟《のろし》を上《ゲ》ふか。イヤ〳〵討《ッ》手を[二八]引受《ケ》討《(タ)》せては手柄《てがら》にならず。[二九]抜懸《ケ》し搦《からめ》取《ッ》て褒美《はうび》の金。おれ一《ト》人で[三〇]せしめてくれん。うまい〳〵 地ゥ と點《うなづ》き〳〵奥を目がけてかけ入《ル》を。ハル立塞《チふさが》つて娘の 色お舟。詞コレ六藏。そなたは奥の旅人《ト》を。なんとせふと思やるぞ。ヤア何《ン》とゝは知《レ》た事。さつきにとくと見て置《イ》た。[三一]中黑《カ》の籏持《ッ》からは新田の落人。義岑に違《イ》はない。去年《きよン》親方と相談《さうだん》して。舟《ふな》底をくり抜《イ》て。義興を殺す時は。命がけの事手傳《てつだ》はせ。御褒美《はうび》を貰《もら》ふ時は親方一人《リ》で[三二]あたゝまる。此六藏は[三三]おちやつぴい。[三四]出物《(でもの)》に成《ッ》て今は此ざま。其弟の義岑。此度はおれが生捕《いけどつ》て。御褒美[三五]丸《ル》であたゝまり。おれも出世《ッ》をせにやならぬ。邪广《じやま》なさるりやお主迚[三六]用捨《ようしや》はないと。地ゥ留《メ》ても留《マ》らぬ ゥ其勢ひ。ゥ一《ト》間に立聞《チ(ク)》義岑公。ハルゥ娘は一《チ》圖に戀の邪广。ゥ払はん物と フシハル思案を定《さだ》め。詞ヲ、無理にそなたをとゞめはせぬガ。何ぼいふても相《イ》手は武士。若仕損《シしそん》じまい物でもない。纔《わづか》の褒美に目がくれて。わしがいふ事聞《カ》ぬからは。是迄[三七]何のかのといやつたは。皆[三八]謊《うそ》かやと 地色ハル いはれて恂《びつく》り。詞ソリヤお前本《ン》の事か。イヤ〳〵。アノ奥の男めに氣が有《ル》故。おれを留ふといふ謀《はかりごと》。そふうまくは参るまい。イヤノフ。そなたの心を見た上と思ふてゐた故。是迄は返《ン》事もせなんだが。

二一 不本意そうに。
二二 物思いのてい。詞もなくとかかる。
二三 ↓節章解説(四六六・四六七頁)。
二四 たより。万葉、一(五)「たづきもしらに、網の浦に」。
二五 大海の中。万葉、七(一二四七)「(海中《わたなか》)にかこぞなくなる」。
二六 梶とお舟は縁。とほうにくれた。
二七 名物六帖「狼煙」 酉陽雑俎、狼糞煙直ニ上ル、烽火之ヲ用フ」。
二八 導き入れて。
二九 人をさしぬいて。
三〇 うまうまと手に入れる。
三一 前出(三七五頁)。
三二 懐がぬくくなる意で、金もうけをした。
三三 お茶引の訛。娼女が店に出ることは出たが客のなかった場合と同じく、働いたが金にならなかった意。
三四 払い物の意。お安くあつかわれる物。
三五 全部懐に入れ。
三六 遠慮しない。
三七 惚れたはれたといったのは。
三八 謊の俗字。康熙字典に説文を引いて、「夢言也」。また玉篇に「譌ハ謊ニ作ル」。嘘。

夫共に疑《うたが》やるなら。そなたの勝手《かつて》にしたがよいと。地ハル ぴんとすねられ六藏は。ウ 惡寒發熱天窻《(を)かんはつねつあたま》[一]に湯氣《ゆげ》。詞 コイツハエイワイ〳〵。夫ならお前は。此六藏が性根《しやうね》を見た其上では。きまつて[二]くれるといふ腹《はら》[三]か。サイノ。そなたがおれと夫婦《ふう》になりや。とゝ様《ン》の爲に子じやないか。親子の間に拔《ケ》がけして。一人の手柄にするにや及ばぬ。とゝ様は庄屋殿へ行《い》てなれば。とくと相談《ン》した上で。どふ共したがよからふと。地ハル 口へ出任《カ》せ間に合を ハル いふて水棹《みさほ》[四]や詞[五]の楫《かぢ》。ウ 渡《リ》[六]に舟と六藏は。ウ 乘《(セ)》[七]かけられて 色 ふ[八]はと乘《リ》。詞 コリヤ近年《ンン》にない能目《よい》[九]が出たはい。そんならわしは庄屋へ行《い》て。親方を連《レ》て來《こ》ふ。奥の奴《ツ》らを迯《ガ》さぬ様。氣を付給《ケ》[一〇]へ[一一]女房共と。地中 延《のび》[一二]た ウ 鼻毛《はなげ》の[一三]とちめんぼう。フシ 振《ふり》廻してぞ出《(デ)》て行《(ク)》。」地色ウ しす[一四]ましたりと門《ド》の戸の。ウ 懸金《かけネ》[一五]かけてとつかはと[一六] フシ 一《ト》間の内へ入《(リ)》にける。

地フシハル 斯て時刻《じこく》も 中 ひ[一七]さ象《かた》の。ウ 空《そら》[一八]さへ渡る 中 冬《ふゆ》の夜の。本フシ 廿日ゐ[一九]なかの ハル 月出て。ウキン 遠寺《ゑんぢ》の鐘《かね》のかう〳〵[二〇]と。ウ 常《つね》に流る《ガ》ゝ 中 川水も。ウフシ いと物すごき門《ド》口の。」地ウ 一群茂《トむれしげ》る藪《やぶ》の中。ウ ぬつと出《(デ)》たる主《ジ》の頓兵衞。ウ 時分《じン》はよしと呼子《ブ》[二一]の笛《ふへ》。ウ 塀《へい》の蔭《かげ》な下人の六藏。ウ 頓兵衞小聲に。詞ノリ コリヤ〳〵六藏。娘めが目を覚《さま》し邪广《じやま》[二二]ひろげばひち面倒《めんだう》[二三]。物音のせぬ様におれ一人《リ》で忍び入《ラ》ん。手前は表に氣を付《ケ》て。若迯《シゲ(セ)》出ば討取《チレ》よヲツト合点[二四]と 地ウ 點《うなづ》き ウ 呫き六藏は ウ 元《ト》

一 ぞっと寒けがして熱を出すこと。ここはぞっとして、のぼせ上ったさま。
二 流行語の「きまる」。夫婦・恋仲になる意。
三 腹の中。心づもり。
四 水馴竿。川や浅海に用いて船をやる具。上から「いふて見る」とかかる。
五 水棹・渡りに舟の縁。言葉で梶をとるように、相手の心持をかえること。
六 諺。法華経の薬王品「渡ニ船ヲ得ル如ク」。諸事重なって手はずがよいの意。欲と恋が共にころげ込んだと思った六蔵。
七 口車に乗せられて。口で上手にだまされて。
八 まんまとだまされ。
九 博奕の語。望む所の采の目が出た。転じて、好運がむいて来た。
一〇 「給ふ」の語の使用は、気どったいい方。
一一 共は接尾語で意なし。はや夫婦気取りがおかしい。
一二 女に甘い所を見せて。その意の諺に「鼻毛をのばす」。
一三 あわてふためくさまを「とちめんぼうを振る」という(用捨箱、中)。
一四 うまく行った。
一五 戸締りをする金具。
一六 急ぐさま。
一七 空にかかる枕詞。天は丸く瓠形である故、枕詞となったとは真淵の説。よって象(形)の字をあてる。上から、時間が久しく経過した意。
一八 冴え渡る。寒気が満ちる。
一九 亥中。亥の刻即ち午後十時頃。
二〇 鏗々。鐘の鳴る音。
二一 人を呼ぶ相図の笛。
二二 行動することを悪しざまにいう語。
二三 「しちー」。七面倒。ひどくわずらわしい。

の小蔭《こかげ》に フシ身を忍ぶ。』 地ウ頓兵衛は門《ド》の戸を キン引《ケ》[二五]ど。ウしやくれど明《カ》ざれば。ウ大だら引抜《キ(ヰ)》壁《かべ》切《リ》明《ケ》。ウ這《は》入《(レ)》ば吹《キ》込《ム》川風に燈火《ともしび》きへて ウ眞《しん》[二六]の闇《やみ》。ウ勝手《ツ》覚《おぼへ》し我《ガ》内も ウ慾《よく》に心のくら[二七]紛《まぎ》れ。下忍べば ウいとゞ身も重《おも》く。ウ床《ゆか》はぎち〳〵足音《ト》の ウ耳《みゝ》へはいれば立《チ》留《マ》り。ウ一《ト》息ほつと次《ギ》[二八]の間へ又も踏《ふみ》出す。ハル足の下ぴつしやり砕《くだけ》る[二九]芬盤《たばこぼん》。ハルエ、[三〇]どんくさいと心では ウ怒《いかり》ながらも 中そつと投《ゲ》。ウ[三一]陝《ふすま》にばつたり 色[三二]あいたしこ[三三]なんなく。ヲクリ忍ぶ 中亭《ちん》座敷。』ウ梯子《はしご》の上へ二足三足。詞イヤ〳〵。きやつも名におふ義興が一族《チぞく》なればこ[三四]は物と。地ウ[三五]心で點《うなづ》きそつと下り。ウ下《タ》[三六]屋へ廻つて探《さぐ》り寄《リ》。ウ闇《やみ》にも光《ひか》る[三七]だんびらを ウ抜《イ》て突込《(ム)》二階《かい》の板。ハル上にはワツト玉[三八] 中ぎる聲。ウ[三九]してやつたりと刄《は》物 ウ引抜《(キ)》血《のり》[四〇]押《シ》のごひ。ハル二階《かい》の フシ梯子《はしご》かけ上り。』地ウ障子《しやうじ》蹴《け》放し ウ月[四一]影に夜着《よぎ》引《キ》まくり 色見て恟《びつく》り。詞ヤア〳〵わりや娘か。お舟かと 地ウフシ驚《キ》ながら。詞義岑と女めは何國《いづく》へやつた。有《リ》[四二]やうにぬかせ〳〵と。地ウ目をむき出し怒《いかり》の大聲。ハルフシ娘は顔を 中つれ[四三]〴〵と。ハル恨《うらめ》しそふに 色打ながめ。詞申《(シ)》とゝ様。浮世《キ》[四四]に生《うま》れた人毎《トごと》に。慾《よく》をしらぬはなけれ共。お前の様に凝《こり》かたまり。仏共《ツ》[四五]法《はう》共弁《わきま》へず。人《ト》は死ふが倒《たふ》れふが。我《レ》さへよければ構《かま》はぬと。身勝手《ツ》計《リ》の强慾非道《がうよくひだう》。有《ラ》ふ事か源氏の大將。義興様をたばかつて。[四六]むざ〳〵と殺したる其天罸《ツ》が我《ガ》子に報《むく》ひ。霄《よひ》に

二四　承知。
二五　左右に引いても、前後に動かしても。
二六　まっくら闇。
二七　暗いに乗じて行動すること。上からは欲心で心のくらむ即ち平静を失なう意でかかる。
二八　上から、こらして忍んできた息をつぎとかかる。
二九　名物六帖「芬盤（タバコボン）清客寄語　打馬高望」。
三〇　まがぬけたこと。この辺、くらやみの人形の動きが面白い。
三一　「襖」の誤刻か。
三二　ああ痛い。浄瑠璃でよく用いる語。
三三　大した支障なく。
三四　したたか者。
三五　自問自答をして。
三六　ここは亭座敷の座敷の下をいう。
三七　幅の広い大太刀。
三八　おどろく。浄瑠璃では、「魂消る」の文字通り生命の消える如き声と解して、意通ずる方が多い。
三九　うまくいった。
四〇　生血。
四一　月光で。
四二　ありのままに。
四三　つくづく。
四四　この世。以下が「お舟のくどき」である。
四五　全く仏法心即ち慈悲心のない意。
四六　おしげもなく。

泊りし旅のお方。義岑様とは露しらず。地ハルウ 可愛《かはい》らしい殿ぶりに ウ 恥《はづか》しながら[1]心の迷ひ。ハル お傍《そば》へ寄《(レ)》ば恐《おそ》ろしや御籏《はた》の 色 咎《とがめ》。詞 義興様の御怒《いかり》にて[2]悶絶《もんぜつ》せしも。そふとはしらぬ[3]戀路の闇《やみ》。最前《ン》六藏を追《イ》出《(メ)》し。一《ト》間へ忍び様々と歎《なげ》きしに。義岑様のおつしやるには。兄を殺せし頓兵衞が娘故。此世で添事《(フ)》ならね共。親と一《ッ》所でないといふ。[4]一《ト》ッの功《こう》を立《ッ》るなら。未來《みらい》で添ふとおつしやつた。其一言《ト》がわしや嬉しい。此内に[5]お出有《(デ)ッ》てはお身の上も[6]心元《ト》なく。委細《いさい》の訳《ケ》を打明《ケ》て。月の出ぬ間を幸《イ》に。舩にて[7]落し参らせしと。地ウ 聞《(ク)》ゟ頓兵衞じ[8]だんだ踏《ふみ》 ハル 娘が髻《もとどり》 色 引摑《ツつかみ》。詞 エ、己《レ》は〳〵[9]大膽《たん》千万《ン》な。見ず知《ラ》ぬ男めに惚《レ》くさつて。親の大事を他人《ン》に打明《ケ》。[10]手に入《(ツ)》た代物《しろ》を。よふも〳〵落しおつた。[11]道しらず。罰當《チタ》り。地ウ 憎《につく》い奴《ッ》と ウ 拳《こぶし》振《リ》上《(ゲ)》丁[12]〳〵。ウ 手負《おひ》の上の[13]打擲《てうちやく》に。ハル 娘は息もたへ〴〵に。詞 エ、罰當《チタ》り道知《ラ》ずといふ事。お前も[14]見事御存《ジ》か。常《ネ》々[15]不埒《らち》な勝負《しやうぶ》好《(キ)》。剰《あまつさへ》恐《おそろ》しい惡工《わるだくみ》が仕《し》たらいで。たつた一人の娘の戀人。殺さふといふはいとはね共。ハル 跡に殘つた 中 お前の身の上。ハル [16]案じ過《ゴ》しがせらるゝと キン 恨《ミ》歎けば。詞 エ、役にも立《タ》ぬ[17]よまい事。落人を取迯《リ》して此親が[18]立《ツ》物かと。地ウ 突《キ》退《のけ》はね退行《ケカ》んとす。ハル 娘は袖に 色 しがみ付《キ》。詞 異見《いけん》いふても歎《ゲ》いても。聞入《キ(レ)》

一 恋心をおこして。
二 気絶した。
三 恋の為に見さかいがつかなくなって。
四「一つの功」は浄瑠璃や歌舞伎のきまり語で、それによって、自己の誠を示すことになっている。この娘が身代りになる趣向は、文覚と袈裟伝説の原拠といわれる列女伝の京師の節女の故事によったもの。
五 居られては。
六 不安。
七 お逃しした。
八 身をもがき足で地を踏み踏みすること。感情の甚だ激したさま。ここは怒り残念がるさま。
九 きもがふとい。ふとい奴だ。
一〇 自分のものとなった。
一一 道義(父に対して)知らぬ奴。不孝の罪で天罰を当然うける奴。
一二 物を打つさま。
一三 うちたたき。
一四 みんごと。どうやらこうやら。
一五 けしからぬ博奕好き。
一六 今から心配でならぬ。
一七 わけのわからぬぐちや不平。多くは人のくどくどいうを罵って用いる。
一八 やってゆけない。

給はぬ[一九]無得心《とくしん》。かゝ様がござるなら。[二〇]仕様模様《しやうもやう》も有《ヲ》ふ物 地上 何をいふても身[二一]一《ト》ッに思ひ詰《メ》たる義岑様。ウ此世で添《ハ》れぬ[二二]悪縁《ン》と。ウ聞《ケ》ば聞《ク》程猶戀しく。ウお手にかゝつて死《ン》だなら。ウ親と[二三]一《ト》つでないといふ。ウ云訳《ケ》立《(テ)》ば未來《みらい》にて。ハル いとし殿御に逢《あは》れふかと ウ夫《レ》を頼《ミ》二ッには。ウ一人《リ》の娘が先《キ》立《テ》ば ハル[二四]一念《ン》發起《はつき》もし給ひて。ウお心も直《なほ》らふかと ウ[二五]はかない事を頼みにて。ウ覚悟《かくご》極《メ》て死《(ニ)》まする。ハル娘可愛《かはい》と思すならお心を飜《ひるが》へし。ウ義岑様を助《ケ》てたべ。ウ頼まするとウくどき立《テ》ワット計《リ》に伏《シ》沉《しづみ》。ウ血汐《しほ》に争《あらそ》ふ ハルキン [二六]血の涙 ノル 不便《ン》 中 と。いふ ハル も 中 [二七]愚《おろか》なり。』 地ハル 頓兵衛は[二八]せゝら 色 笑ひ。詞 此年迄[二九]仕込《ン》だ根性《こんじやう》。[三〇]釈迦如來《しやかによらい》が元服《げんぷく》して。[三一]誤《あやま》り證文《じやうもん》書《カ》ふといふても。いつかな〳〵[三二]飜《ひるが》へさぬ。相圖《イ》を定めた義岑めを取《リ》迯《ガ》しては。竹沢様へ約束《やくそく》の顔が立《タ》ぬと。地ウ 娘を取《ツ》て突飛《キ》し。ウ二階をかけおり川端《ばた》に ウ仕懸《しかけ》し烽火《のろし》に[三三]火打の早業《わざ》。ハル 天を焦《こが》せる炎《ほのふ》の光《カ》り。ウ兼て相圖《イ》の村〻。より。ウ人を集《あつむ》る法螺《はら》吹立《キ(テ)》。ウフシ さも物すごき其有《リ》様。』 地ハル 娘は苦《くる》しき身を 色 あせり。詞 村〻が大勢にて取巻《カ》れ給ひなば。何迚お命有《ル》べきと。地 ハル[三四]天にあこがれ地にひれ伏《(シ)》 スヱ 正躰《イ》。ハル[三五]涙の隙《ひま》 中 よりも。ウ思ひ付《イ》たる一《ト》思案《ン》。ハル 上なる太皷に[三六]急度《ツ》 色 目を付《(ケ)》。詞 此太皷を打《ツ》時は。生《ケ》捕《どり》しと心得て。村〻の囲《かこみ》をとくと最前《ン》聞《イ》たが[三七]天のあたへ。地ウ 爰ぞ殿御へ[三八]心中《ン》の。ウ女の操《みさほ》と一《ト》

一九 得心しないこと。承知しないこと。
二〇 方法手段。
二一 上からは母なくて一人、下へはひたすら思慕する。
二二 かたき同士でそわれない悪い縁。
二三 同心でない。
二四 急にかわって、仏道信仰に入ること。娘の死が信仰心をさそうかと。
二五 たよりない望。
二六 紅涙。傷口からの血にもまして、悲しみの涙にくれる。
二七 なみ一通りで、意をつくし得ない。
二八 あざけり笑って。
二九 きたえて来た。
三〇 仏法を開いた釈迦が、還俗して髪を結っても。ありようもない事をいったもの。
三一 きおい者達の風習で、喧嘩などの後あやまり証文を書くをひどく嫌った。そのことをまた釈迦にさせて、いかなる事情になってもの意とした。
三二 この根性をかえない。
三三 火打石で火を発せしめること。すばやく点火して。
三四 身もだえするさま。
三五 正躰なしと涙にかかる。
三六 きっと。じっと。
三七 天道のあわれんでさずけたもの。
三八 心中立て。

一　「信」に通ずる(爾雅釈詁)。
二　康煕字典に説文により「鼓ヲ撃ツノ杖也」。
三　この辺、人形の見せ場。
四　傷で不自由な身体をいらいらさせて。
五　六蔵がばちをうばう時のかけ声。どっこい。
六　切り付けられた六蔵が、亭座敷のらんかんより水烟を立てて落ちる。
七　詮方なくして。
八　脇差の鞘。
九　むちゃくちゃに。
一〇　櫓をはげしく押すさまの形容。
一一　流れの早い瀬。
一二　身体を立て、足を水中に動かしてゆく泳ぎの一法。
一三　死にぎわ。
一四　息を引きとる時の苦悶。
一五　紀州(和歌山県)日高郡を流れる川。道成寺の伝説に、まなごの庄子の娘清姫が、旅僧安珍を恋い、蛇体となって、この川を泳ぎ、あとを追ったという。
一六　九州松浦(佐賀県)にある山。ひれふる山伝説に、大伴の狭手比古が任那に使するその別れの時、その妾松浦佐用姫が、この上にのぼり領巾(ひれ)を振って、別離を惜しんだが、そのまま石になったという。
一七　女の苦しみと共に、太鼓の音の間がひらいてくる。間遠に成ると鳴るをかける。
一八　そしてその間が更に遙に遠くなってゆく。又、舞台を遙かの川向うに転ずる意をかねる。
一九　腕力の出る限りこいで。
二〇　いやしい男。
二一　この世に生きている。

四段目跡 渡し場の段

筋に キン思ひ付《イ》たる ハル心の詢《まこと》[一]。よろめく足を踏《ミ》しめ〱。ウ漸枹《ばち》[二]を振《リ》上《ゲ》て。ハル打《(タ)》んとしても手はとゞかず。ウ伸《のび》[三]上《ガ》りてはよろ〱〱。又起直つて飛上《ガ》り。ハルどんと一聲《ト》かつぱと 色伏《ス》。ウ音《ト》に驚《キ》かけ來る六藏。ウ夫《レ》打《タ》せてよい物かと。ウ抱止《キとむ》るを ウ突《キ》退《(ケ)》はね退《(ケ)》 ウ爭《あらそ》ふ内 ウキン身輕《がる》に出立《デツ》頓兵衞が。ウ繋《つなぎ》し舟に飛乘《リ》て。フシ櫓《ろ》を押《シ》立《テ》て漕《こぎ》出す。」地ハル上には娘が身[四]をあせり。色コレノフ〱と ハル聲限《ギ》り呼《よべ》ど。ウ叫《さけ》べど叶《ナ》はねば。ウ又もや枹《ばち》を振《リ》上《(ゲ)》る。ウおつ[五]と任《カ》せと後《ロ》〱。ウ枹《ばち》引《ツ》たくる六藏が ウ脇《わき》差引《キ》拔《(キ)リ》切《(ケ)》付られ。ハル欄干《らんかん》[六]より眞逆《まつさかさま》 フシ川へさんぶり水烟《けふり》。」地ハル上には娘が詮《セン》方も。ウ落《(チ)》たる鞘《さや》[八]を振《リ》上《(ゲ)》て[九]めつたむしやうに ウ打《(ツ)》太皷。ウ響《ひゞき》[一〇]に爭《あらそ》ふ頓兵衞は櫓《ろ》を押《シ》立《テ》てゐいさつさ ウ手疵《きづ》に痿《ひるま》ぬ六藏が。ウ日比に馴《なれ》し水練《すいれん》に ウ早瀬《はやせ》[一一]の浪を事共せず。ウ拔《キ》手を切《ツ》て立《チ》[一二] コハリおよぎ。ハル娘は死[一三]手のだ[一四]んまつま。ウ夫《ト》を慕《した》ふ執着《しうちやく》心《ン》。上蛇共成《ル》べき日高[一五]の川合。ハル領巾《ひれ》麾《ふる》山[一六]の悲《かな》しみも是 トルには合。いかで増《まさ》るべき合。ウ跡は間遠《まどほ》[一七]に鳴《なる》太皷 ハル遙《はるか》[一八]に 三重隔《へだ》ユリたる 上〽川向ふ。

地ウ頓兵衞は腕《うで》[一九]限《ギ》り ウなんなく舟を乘付《リケ》て。陸《くが》へ フシ飛おりかけ出す。」地ハル堤の蔭《かげ》〱 色高聲《かうじやう》に。詞ヤア〱新田小太郎義岑是に有《リ》。匹夫《ひつぷ》[二〇]め待《テ》と呼《ビ》懸《ケ》られ。地ウ頓兵衞は立留《チ》れば。ハルすつくと立《ツ》て 色義岑公。詞現在《げんざい》[二一]の兄の敵見遁《のが》すべき

二二 ひたすら厚い志に感じて。
二三 大胆にして無法者。
二四 自ら禍をまねく意の諺。
二五 運命のきわまる時。
二六 武器をかわしてたたかう。
二七 武器の打合う音。
二八 敵のひるむ手もとに入って。
二九 首を切ろう。
三〇 台をしめつける。
三一 気力のゆるみ。
三二 形勢をよくして。
三三 から竿は籾を打つ農具。長い柄の先にくるるがあって、その先にまた杵類似のものがあり、これを廻して籾を打つ。からさおを廻す如く早くめったうちすること。
三四 前出(四六頁)。頓兵衛・六蔵の二人をいう。地獄の責め苦にたとえた。
三五 断乎息の根をとめてしまう。
三六 今が生命の最期だ、覚悟せよ。
三七 間もあらずの意がかかる。その時おそく。
三八 知らずの意がかかる。
三九 前出(三〇六頁)。義興のたたりで矢が飛んで来て敵を殺すこの趣向は、太平記、三十三「新田左兵衛佐義興自害事」の条で、江戸遠江守が、七寸ばかりの雁俣に射通されると思って、馬から落ちたとあるによった。
四〇 一念こって得た神通力。
四一 俚言集覧「れいれい 明らかなる意なり。レイレイたり、又レイレイとして居るなどいふ」。

奴《ツ》ならねど。どふで助《ケ》ぬ己が命。娘が切《せつ》[二二]なる志《シ》にめで。暫時《ざんじ》の命助《(ケ)》しに。追《ツ》かけ來《タ》る不[二三]敵者。モフ 赦《ゆる》されずと フシ 抜《キ》放せば。詞 ヤア飛《ン》[二四]で火に入夏《ルなつ》の虫。名乗《リ》て出たは百[二五]年《ン》めと。地ウ 渡[二六]り合《(ツ)》て丁[二七]〳〵はつし。ウ 何とかしけん頓兵衛が。ウ つまづく所を義岑公。ウ 付《ケ》[二八]入《(ツ)》て取《ツ》て組伏《ミセ》 ウ 首[二九]をかゝんとする所へ。ウ 臺を引提《ツさげ》六藏が。詞 サア義岑。親方殺さば此女たゞ一《ト》思ひとしめ[三〇]付《ケ》る。地ハル ハット驚《ロ》くたる[三一]みを見。ウ 持《チ》[三二]返して頓兵衛が。踏《ふむ》やら蹴《け》るやら叩《たゝ》くやら。詞 コリヤ六藏娘が敵の二人の奴《ツ》原。なぶり殺しにしてくれんと。地ウ 櫂《かい》と水棹《さほ》のからさほ[三三]打。ハル 無念《ン》〳〵と ウ 義岑公。ハル 臺は苦《ル》しき聲限《ギ》り。ウ 力《ラッ》一ぱい牛頭《ご づ》[三四]馬頭《め づ》が。いつそとゞ[三五]めの一思ひ。ウ 今[三六]が最期觀念《くはんン》と ハル 振上《リ(ゲ)》る間もあら[三七] 中 不思議や。ウ 何國《いづく》〳〵共白羽《ラは》[三八]の矢 ウ 二人が吭《のどぶえ》射ぬかれて。フシ 其儘息は絶果《たえ(テ)》たり。」地ハル 義岑臺は 色 起《キ》上り。詞 お前にお怪我《けが》はなかつたか。そなたは無事なか。去《ル》にても何者の業《わざ》なるぞと 地色ハル 引抜《キ(キ)》〳〵。詞 ヤア是こそは家の重宝《ちやうはう》。水破兵破《すいは ひやうは》[三九]の二《タ》ッの御矢と。地ハル 驚《キ》給へば臺は 色 目早く。詞 其矢に何か短冊《たんざく》が。ム、実《げに》もと月明《カ》り。何ゝ二ッの矢を奪《うばゝ》れては。新田の家名《かめい》の衰《おとろ》へん事を愁《うれ》へ。我一[四〇]念《チ》の通力《つうキ》にて敵の手より奪《うばひ》返し。其方へ与《あたふ》る者也。新田小太郎殿義興と。地ウ 讀《よみ》も終《をは》らず義岑公。ハル ハ、、、、扨は兄上義興公。ウ お命亡《ほろ》び給ひても ウ 魂魄《こんぱく》はれい[四一]〳〵と。ハル 家を思ひ。ウ弟を憐《あはれみ》給ふ大恩《おん》。ハル何を以てか報《はう》ずべき。詞再《ふたゝ》び御矢手に入《(ル)》からは。官《ン》軍をかり集《あつ》め。朝敵を亡《ほろぼ》して兄上の恨[一]を散《さん》ぜん代々傳《つた》はる此御矢《ン》。家の重宝。武運《ぶうん》の守《モ》り。地ハル ハヽヽ有難《りがた》し忝しと踊《をど》り上《(ツ)》て悦び・中給ふ。ウ末世《まつせ》の今に至《タ》る迄ウ新田[二]の社《やしろ》へ参詣《けい》し。ウ守《モ》[三]りの御矢《ン》頂戴《てうだい》の。因縁《いんゑん》[四]フシ斯《かう》とぞ。しられける。」詞ム

地ウ時に向ふの川岸に。ウ松明挑灯《たいまつちやうちん》きらめきて フシさながら昼《ひる》のごとく也。地ハル

、扨こそ〳〵。敵方の捕手の人數《ン》。押《シ》寄《ス》ると覚《(エ)》たり。此隙《ひま》に落のびんと。臺諸共いつさんに フシ漸遁《のが》れ落《(チ)》給ふ。

地ウ程もあらせず竹沢監物。ウ數多《あまた》の家來一《チ》同に 中舩に込乘《こみ(リ)》[五]。詞ヤア〳〵者共。頓兵衛に云《(ヒ)》。付《ケ》置《(キ)》し相《イ》圖の太皷の聞《コ》へしは。落人を生捕《ケリ》しと。待共《テ》〳〵沙汰《さた》[六]せぬは。仕損《ン》ぜしと覚《(エ)》たり。追かけて討留《チメ》ん。急げや[七]つと下知すれば。地ウ櫓《ろ》を押《シ》立《テ》てゐいさつさ。ハル川の半《なかば》[八]に 中乘《リ》出す。」下コハリ不思議や俄《にはか》に風起《おこ》り。ウ川波逆《なみさか》立《(チ)》かき曇《くも》る。上空《そら》に雷電霹靂《らいでんはたゝがみ》[九] ウフシすざ ウまじ。くも又醜《おそ(ろ)》[一〇]しし。」ウ數多《あまた》の家來を始として。ウ水主梶取《すいしゆかん》[一一]色違《ちがイ》[一二]。不敵の竹沢少《シ》も痿《ひるま》ず ハル舩端《ふなばた》につつ 色立上り。詞ヤア比興《ひけう》也者共。此川にて去年《こぞ》の冬《ふゆ》。義興めを殺せし故。恨《ミ》をなすと覚《(エ)》たり。[一三]シヤ何程の事有《ラ》んと。地ウ虚空《こくう》をにらんで立《ツ》たる所に。ハル空中《くうちう》より 色聲高く。

詞ヤア〳〵竹沢監物秀時 慥《たし(か)》に聞《ケ》。汝が術《てだて》に亡びたる新田[一四]左兵衛《ノ》佐義興が。一念爰

一 恨をはらそう。
二 江戸名所図会「新田大明神社　光明寺より五丁南の方、矢口邑にあり。別当は古義の真言宗にして真福寺と号す。高畑宝幢院に属す。祭る所の神は新田左兵衛佐義興朝臣の霊なり。十日(十月を大祭)を縁日とす。拝殿のみを経営す。本社の地は古廟なり。則ち其回りに瑞籬を作り設く。中は一堆にして蒼樹繁茂す」。
三 参詣者は魔除けの矢として、白羽の矢を求めたことは川柳に多い。「品川の星へ新田のそれ矢来る」「品川を的に新田の矢が外れる」など。
四 いわれ。
五 沢山の人数が乗ること。
六 知らせてこない。
七 命令形の下につける接尾語。浄瑠璃には多い。
八 太平記、三十三「新田左兵衛佐義興自害事」の条で、渡守へのたたりを写して「此舟已に河内を過ぎける時、俄に天掻き曇りて、雷鳴り水嵐烈し、吹き漲りて、白波舟を漂はす」とあるによる。
九 書言字考「霹靂(ハタガミ)　匀会　雷ノ急激ナル者」。
一〇 悪むという意によってふった訓。
一一 船頭と舵手。太平記、三十三前条に「逆巻く浪に打返されて水手梶取(スイシユカンドリ)一人も残らず、皆水底に沈みけり」。
一二 青くなる。
一三 感動詞。ものやことを嘲る時に用いる。
一四 太平記、三十三前条に、江戸遠江守や畠山入道が、義興の姿を見たとあるによる。

に顕《あら》はれて恨をなさん。思ひ知《レ》と地ウ呼はる聲の下よりもハル小山のごとく波《なみ》立《ツ》て。ウ舟をゆり[一五]居《すえ》ゆりおろせば。ウ[一六]廣言吐《くはうげんはき》し竹沢も。ハル五躰《たい》[一七]わなく〳〵[一八]膽礬《たんば》色《いろ》。ウ猶も吹來《キ》る暴風《はやちかぜ》[一九]。ハル舩は碎《くだ》けて飛《(ど)》中ちれば。ウ數多《あまた》の家來一時《ツ》に。ウ底《そこ》[二〇]のフシ藻屑《もくず》と成《リ》にける。」地ウ中にも强氣《がうき》の竹沢が。ウ波《なみ》をくゞつて游《およ》ぎ行《(ク)》。ウ上ウより[二一]黑雲覆《くろくもおほ》ひかゝり。ウ甲冑《かつちう》を帶《たい》したるウ義興公の御姿。ウ馬上《ばじやう》ゆゝ敷《タ》出立《ツ》て。ウ御手をのべてウ竹沢が頭を抓《つかむ》と見へけるが。ハル二《タ》ツにさつと引裂《キさい》て。ウ今こそ恨《ミ》はれたりといふ聲倶に中舩《ン》中にて。ウ亡び失《うせ》たるウ十騎《ツき》[二二]の魂魄《こんぱく》。ウ君を守護《しゆご》してありく〳〵とウ空中《くうちう》に顯るれば。ハル雷《らい》もしづまりウ浪風もキン治《をさま》[二三]る御《み》代《よ》の末迄も。ウ運《うん》を守《モ》りの御神德《ごしんとく》。ウ[二四]十騎の宮と諸共《もろとも》に仰《あふ》がれ。給ふぞ有《リ》がたき

第五

地ハル新田左兵衛《ノ》佐義興公。ウ怒《いかり》の一念《チ》止《ンやむ》中時なく。ウ[二五]鎌倉[二六]六波羅《はら》の舘《やかた》にてハル[二七]雷鳴數度《らいめいすど》に及び中ければ。ウ御怒《リ》をなだめんと矢口の村に社《やしろ》を建《たて》。けふ遷《せん》[二八]宮《ぐう》と聞傳《キ》へフシ參詣群集《ンけいくんじゆ》[二九]をなしにける。」地色ウ華表《とりゐ》の方〻人払《はら》[三〇]ひ。ハル勅使《ちよくし》のお入《リ》とざゞめ[三一]けば。中新田小太郎義岑公。ハル粧束《しやうぞく》改め中出給《(デ)》ふ。ウ兵庫《ノ》助信忠

一五 はげしく動揺させる。
一六 大きな口をきいた。
一七 ふるえるさま。
一八「たんば」は即ちたんばんで、含水硫酸銅の結晶で、青い色をしている(和漢三才図会)。まっさおになって。
一九 書言字考「暴風(ハヤチ・ハヤテ) 疾風、迅風、並ビニ同ジ」。
二〇 川底に沈んで死んだ。
二一 太平記、三十三前条に「黒雲一村江戸が頭の上に落ちさがりて、(中略)新田左兵衛佐義興、火縅の鎧に竜頭の五枚冑の緒を縮めて、白栗毛なる馬の(下略)」とあるによる。
二二 新田大明神社の摂社である、十騎の社にまつられた、義興と共に矢口で死した人々。↓補注九。これも、太平記、三十三前条に「十余人前後に随へ」とあるによった。
二三 浪風も治ったの意と、太平の御代の現今にいたる迄。
二四 前出の十騎の社。
二五 鎌倉市。足利氏の関東における本拠。
二六 京都市のうち。京都における足利氏の本拠。
二七 大鏡などに見える菅公のたたりと祭祀の例に、趣向を得たか。
二八 新しい宮居が出来て、神座をうつす儀式。

五段目 新田大明神の段

二九 多数にあつまり雑踏する。
三〇 高貴な人の通行の為に、一般往来の人に、その通路を立去らせること。その為にかけ声をかけること。
三一 ざわざわする。

は徳壽丸を傅《かしづき》て フシ 礼義。正《たゞ》しく扣《ひか》へ居る。」 地色中 程なく勅使四條大納言隆資《たかすけ》卿《けう》。[一]儲《もふ》けの席《せき》に 色 卽《つか》せ給ひ。 詞 ホ、珍《めづら》しし義岑。夫なるは徳壽丸よな。扨も義興が靈魂《れいこん》。鎌倉六波羅《は》の舘にて種ゝ《しゆぐ》の恨をなせし故。尊氏義詮《よしのり》恐をなし。南北朝御和睦《わぼく》調ひ天下太平に治り万民安堵の思ひをなすも全く義興が神靈の徳。古今に類なき忠臣と[二]叡感《えいかん》殊に美《うるは》しく。新田大明神と崇《あがむ》べし。又忰徳壽丸は新田の城を給り父が本領安堵すべし。義岑は[三]少將に任官《にんくはん》し[四]昇殿《しやうでん》を許し給る。兵庫助が忠勤。南瀬《みな》六郎が節義叡聞に達し甚感じ思召る。義岑宜しく[五]沙汰有べしとの[六]綸《りん》命《めい》。 地ハル 猶も忠勤勵《はげむ》べしと聞て兩人 ウ 有難涙。義岑公 色 謹《つゝしん》で。 詞 コハ有がたき[七]勅定此上ながら宜しき樣。 地ウ 奏聞《そうもん》願ひ奉ると勅答有ば 色 兵庫助。 詞 尊氏公の執權《しつけん》畠山道誓。清忠卿と心を合天下を奪《うばは》ん工《たくみ》にて。親しき一家の新田足利爭《そう》乱《らん》に及し段。彼等が悪事顕れ兩家御和睦のしるし迚鎌倉ゟ兩人に縄をかけ引渡されて候なり。 地ウ 夫ゝと有ければ。ハツト ハル いらへて道念が下知に隨ふ守護《しゆご》の 中 武士。 ウ 二人の[八]縄付引出す フシ 折こそ有。」 地色ウ 思ひ懸なき後の方鬨《とき》をどつとぞ上にける。 地ウ 何事と見る所に。 ハル 江田判官景連[九]手の者引ぐし 色 追取卷。 詞 ソレ遁すなと下知すれば 地ウ 心得兵庫は若君を道念に抱せて。 ハル 當るを幸なぎ 中 ちらせば。 ウ [一〇]むら／＼ばつと迯ちるを遁さじ フシ やらじと追て行。」 地色ウ

一 準備してあった席。
二 天皇のおおぼえがよくて。
三 太平記、三十三には、義岑のモデルである義宗を「武蔵少将義宗」と記す。近衛府の官人。正五位下相当であるが、四位もある。昇殿を許されるとあれば四位となったこととなる。
四 前出(三〇七頁)。
五 処置せよ。ここは恩賞のことなどとりはからえの意。
六 天子の命令。
七 天子が自ら定めること。又、そのこと。
八 縄でしばられたこと。
九 部下を引きつれて。
一〇 むらがって四方に散るさま。

其隙に江田《ノ》判官二人《リ》の縄付《キ》 ウ助《ケ》んと立寄《ル》所に 色不思議やな。ハル華表《とりゐ》の笠木[一一]落かゝり ウ清忠景連畠山壓《おし》[一二]に打《タ》れて一時《ツ》に フシみぢんに成《ツ》て死《シ》てげり。」地ハルコハ不思議なる神德と勅使も感涙《かんるい》[一三] ウ義岑公兵庫《ノ》助を 中始《メ》として。ウ有合《リ》ふ人《ト》ゝ下部迄ハツト計《リ》に三拝《ンばい》 色九拝《きうはい》。ウ実著《げにいちじる》き ハル靈驗《れいげん》は。ウ響《ひゞき》[一四]の聲に應《おう》ずる 中ごとく。ウ[一五]水清《きよ》ければ月やどる ハル諸願成就長久《しよぐはんじやうじゆちやうきう》の。キン君と神《ミ》との ウ道直《グ》に栄《さか》ふる。御代《みよ》こそ目出度《めでた》けれ

福[一六]内鬼外戯[一七]作

明和七年

庚寅正月十六日

補 吉[一八]田冠子

玉[一九]泉堂

助 吉[二〇]田二一

跋

樽[二一]ぬき澁柿を笑(つ)て曰(く)。汝我(が)身の澁きを恥(ぢ)ず。澁柿答(へ)て曰(く)。汝も澁を抜(か)ずんば澁く。我も澁をぬかば甘からんと。[二二]善悪は本不二な

一一 鳥居の上に横にわたした木または石。

一二 おもし。

一三 感動のあまりながす涙。

一四 すぐに反応あることの諺。四十二章経「猶、響ノ声ニ応ジ、影ノ形ニ随フガ如ク」。

一五 清い水に月のかげの映ずる如く、心清く信仰すれば、神の霊験はあらわれるの意。

一六 平賀源内の主に浄瑠璃を作る時の戯号。

一七 たわむれに作る。当時の知識人が、浄瑠璃や小説の如く、なぐさみの文章を作る時に用いた語。

一八 解説(二三頁)参照。

一九 同。

二〇 同。

二一 樽抜柿。渋柿を酒樽につめておいて、酒気によって渋味をぬいた柿。

二二 仏教でいう所。善・悪二つにわかれているのも、現象世界でのことであって、本体は一つである。本体の一つである真如が、縁にふれて、善悪とあらわれたのであるとの説。仏説でいう所によって、自分も善悪を気にせずに、この作品を書いたのだの意。

り。一日[一]吉田冠子來りて浄瑠璃の作を請《コフ》ことしきり也。されば盲《メクラ》[二]は蛇《ヘビ》に畏《ヲジ》ず。小戸《ゲコ》[三]は保多《(ぼた)》[四]餅に迯(げ)ずと。不稽《メツタ》[五]無上《ムシヤウ》[六]の筆任せ。只初段の切・三段目の口のみ予が筆にあらず。其餘は闇雲《ヤミクモ》[七]に綴合《ツヾリアハ》せども。今をはじめの作者の巣立[八]。しかも初日[九]の急なれば。引書《インショ》[一〇]を閲《ミル》に遑《イトマ》あらず。校合《ケウガウ》も足(ら)ざれば其誤多からん。澁[一一]のぬけざる澁柿の。澁き所は容《ユル》したまへ。寅[一二]の初春中旬。作者の甲拆福内鬼外《カイワレフクチキグハイ》[一三]。

まじめに成(つ)て誌《シル》す

右之本頌句音節墨譜等令加筆候師若鍼
弟子如縷因吾儕所傳泝先師之源幸甚

名代[一四]　薩摩屋小平太[一五]
座本[一六]　豊竹新太夫[一七]　(朱印)

書肆　江戸室町三丁目
須原屋市兵衞梓　(朱印)

一　解説(二三頁)参照。
二　知らないものの方が強いの意の諺。
三　下戸に同じ。酒量の少い人。前出(一二七頁)。
四　牡丹餅。前言と共に、素人なのだが、気づよくも、ともかく浄瑠璃を作って見たとのことわり。
五　十分に考えないで。でたらめに。
六　やたらに。
七　当時の流行語。めちゃくちゃに。
八　幼鳥の初めて巣を離れること。出発。はじめて作品を出したこと。
九　上演の第一日がせまっているので。
一〇　引用書。
一一　素人くさいことのたとえ。
一二　明和七年。
一三　植物の種の、発芽したはじめのもの。初歩をたとえた。
一四　「なだい」と訓む。興行権の所有者。
一五　当時の江戸外記座の名代。
一六　劇団の代表者。
一七　前出(三〇三頁)。

補　注

根南志具佐

一　**黄帝華胥之遊**――列子の黄帝篇「(黄帝)天下ノ治マラザルヲ憂ヘ、聡明ヲ竭(つく)シ、智力ヲ進メ、百姓ヲ営ス。焦然トシテ肌色皯黣(かんばい)ニ、昏然トシテ五情爽惑ス。(中略)是ニ於テ万機ヲ放チ、宮寝ヲ舎(す)テ、直侍ヲ去リ、鐘懸ヲ徹シ、厨膳ヲ減ジ、退イテ大庭ノ館ニ間居シ、心ヲ斎シ形ヲ服シ、三月政ヲ親ラセズ。昼寝ヲ事トシテ、夢ニ華胥氏ノ国ニ遊ブ。(中略)其国師長ナシ、自然ノミ。其民嗜欲ナシ、自然ノミ。生ヲ楽ムヲ知ラズ、死ヲ悪ムヲ知ラズ、故ニ夭殤ナシ。己ヲ親ムヲ知ラズ、物ヲ疎ンズルヲ知ラズ、故ニ愛憎ナシ。背逆ヲ知ラズ、向順ヲ知ラズ、故ニ利害ナシ。都(すべ)テ愛惜スル所ナク、都テ畏忌スル所ナシ。(中略)黄帝既ニ寤メ怡然トシテ自得ス」。

二　**べらぼう**――嬉遊笑覧、十一に諸説を上げて「又べらぼうも此例なり。或年永代蔵四、都伝内といふ芝居の近所利発なる男色々見せ物を出す。或年頭のをかしげなる者を便乱坊と名付け毎日銭の山をなしぬ。世事談に、寛文十二年の春大坂道頓堀に異形の人を見す。其貌みにくき事譬ふべきものなし。頭するどに尖り、眼まん丸に赤く、頤猿の如し。京師東武に及び、芝居を立て諸人にみせける。是よりかしこからぬ者を罵りはづかしむる詞となれり、といへり。是もそのかみよりべらぼうといふ言ばありて後、その片輪ものに名づけしなり。されば卜養狂歌、この竹をけづりてごくを押しつぶす是ぞまことのそくいべらぼう。物に命(なづく)るに謎のやうなる一種あり、世に益なきものを穀つぶしとは今もいふ事なり。箆は飯を押し潰す物故に、件の如き者を箆といふなり、ぼうは例の賤しむる意なり」と。

三　**貸本屋**――貸本屋の早い頃の十分な調査はないが、大体の見通しは、早くは新本・旧本屋が、希望者にかした兼業であった。正徳享保の間に浄瑠璃本や八文字屋本の娯楽読物の出版が多く、教育の普及と平易な読物の出現で増加した読者との間に、貸本専門業がうまれた。参覲の武士や、下りの商人の多い江戸、遊山客の多い京都や温泉場として早く遊所化した有馬などで殊に発達した。資本主と、配本の者とがあったらしく、宝暦頃から文献には次第に多く見え出すが、写本類を転写して商品とすることは、この貸本屋の方が、出版業者が顧客の依頼によってするよりは上廻って、むしろ専門であった。出版する目途のない著者は、これを貸本屋に出す方法もあった。更には貸本屋で資本をもつものは、出版にも手を出したであろう。この文中に見えるのは、既にこの段階に達していた貸本屋なのである。

四　**鳩の卵**――浮世物語、二「一、鳩の戒の事　京にも田舎にも鳩の戒といふ者有りて、万の事の間を合はせ、さながら其根に入りたることはひとつもなけれども、又しらぬこともなし。あれ是に成替り々々、うそをつきて世を渡る。是を鳩の戒と名付くる事、鳩は人里ちかくすむものにて、雨の降晴を兼ねてよくしりて、雌の雄を追ふ時は雨ふり、雄の雌を追ふ時は雨晴るとかや。それにとつて鴬は、巣を作る事はなはだうつくしく、篠の葉を人の髪すぢにてまとひ、そのなりはまろくして底ふかく、餌ふごのかたちに似たり。鳩これをならはんとて、うぐひすにちかづきて、巣のつくりやうをみるに、ほうき竹ぎれ柴のをれをしたにわたし、その上に巣をかくるそれまでも見とゞけず、竹柴をわたしたるばかりを見て、もはや心得たりと思ひ、をのれ巣をつくる時は、木の枝に柴のをれを渡したるあひだよりもれおちて、打ちくだけて生立ちがたし。口伝も師伝もうけずして、只見及び聞き及びたるにまかせて、根にいらぬわざどもを、しらぬ事なくおぼえがほなるは、鳩の巣にたとへたり。又秋になれば、鳩すなはち鷹となりて、鷹のまねするものなれば、時にしたがひおりによりて、いろ〱になりかはり、世を渡るわざをいたし、人をへつらひだますものを、鳩の戒と申すとなり」と、語源がある。

五・六　虚言八百・人情を論ずる――賀茂真淵の源氏物語新釈惣考から、源氏物語は実録でない、又人情を述べたものであると論じた所を抄記すれば、次の如くである。「物がたりとは実録ならで、人の口にいひ伝へたる事を、まことにまれ、いつはりにまれ、人のかたらんまゝに、書きつけたるてふ意也。（中略）されば此源氏も、先はもの語として、昔延喜の御時よりの事の様を書きたれども、実は式部のある時に見聞くことを専らとして、近き代々の事をもかねて書きたる物と見ゆ。（中略）前後紛々として、いづれにもかたよらず、作りごとのさまを見せたり」。「是もと宮中のおきて正しからず、人情をよくしろしめさぬ故に、まきれあめり。これを一たび見そなはすべらき、いかでか此御心おかせ給はざらんや。此外臣下にいたりても、家〱の心おきて、人々の用意となるべし。或は婬乱の媒となれるとて、にくむ人も侍れど、さしもあらず。人情のひく所ゆゑに、これをみるにうまずして、よくみれば、そのよし、自然に心よりしられて、男女の用意となれる事、日本の神教其物を以て、諷喩する也」。なお当時の文学観については、中村幸彦「近世儒者の文学観」（岩波講座日本文学史）を参照。

七　彼も一時――山県周南の為学初問「古の詩と今の詩と体こそかはれ詩の徳は殊なることなし」。太宰春台の独語「凡唐土と我が国と風俗同じからずといへども、詩と歌との道ばかりは其の道理全く同じ。其の子細は異国も我が国も古も今も人情は異ならざるは、詩も歌も心の声にて性情を吟詠するものなれば、唐と大和と、詞のかはるのみにて、性情を吟詠することは少しもかはることなし」。

八　唐土の古――崔豹の古今注「箜篌引ハ、朝鮮ノ津卒霍里子高ノ妻麗玉ノ作ル所也。子高晨ニ起キ船ヲ刺ス。一白首ノ狂夫有リ、髪ヲ被リ壺ヲ提ゲテ流ヲ乱リテ渡ル。其ノ妻随ヒテ之ヲ止ム。及バズシテ遂ニ河ニ堕リテ死ス。是ニ於イテ箜篌ヲ援シテ歌ヒテ曰ク（歌略）。声甚ダ悽惨タリ。曲終リテ亦河ニ投ジテ死ス。子高還リテ以テ麗玉ニ語ル。麗玉之ヲ傷ミ乃チ箜篌ヲ引キテ、其ノ声ヲ写ス。聞ク者涙ヲ堕シ飲泣セザルナシ。麗玉其ノ曲ヲ以テ、隣女麗容ニ伝フ。名ヅケテ箜篌引ト曰フ」。

九　荻野八重桐――百戯略述、四「宝暦十三年六月、瀬川菊之丞（二代目）荻野八重桐等と共に、納涼のため船を隅田川に出せしが、中洲の瀬の少しくなるところにて、八重桐酔興の余り、蜆を掴（ママ）らんとて川へおりしに、掘立てし溜りにやおちけん溺死せり」。武江年表なども、蜆を取りに川へ下り、溺死したと一様にのせてある。

一〇　閻魔大王――閻魔羅、閻羅ともいい、十王の第五番目、無仏世界または預弥国即ち閻魔王国を主宰する。本地は地蔵菩薩で、衆生の悪をおこなうを遮止し、又罪人を縛し、諸悪を止息せしめるなどの能を持っている。中国で道教と結んで、道服を着、王冠をいただき、赤いこわい顔に作られて、我が国に輸入された。

一一　三千世界――釈氏要覧「三千大世界（前略）長阿含幷ニ起世因本経等ニ云フ、四洲ノ地心ハ即チ須弥山ナリ。此ノ山ニ八山有リ、外ニ遶ツテ大鉄囲山有リテ、周廻囲繞ス。幷ニ一ツノ日月、昼夜ニ回転シテ四天下ヲ照ラスヲ、一国土ト名ヅク。一千国土ヲ積ミテ小千世界ト名ヅク。千箇ノ小界ヲ積ミテ中千世界ト名ヅク。一千ノ中千世界ヲ積ミテ大千世界ト名ヅク。三ヲ以テ千ヲ積ム。故ニ三千大千世界ト名ヅク」。

一二　山師――寛保延享江府風俗志「此江市屋（宗助）並に飯田町遠州屋伝吉とて、此両人は、公儀御普請橋掛等の直段御入用、下直に請負仕始めて、大金もふけたる者にて、家居等甚美麗して、身上よりは見分を大そうに成して、諸事是に順じ花美成る事にて有りし、是世こぞりて山師とは云ひし也、此時分より色々惣代運上等願ふ類の者を山師とは云ひし也、昔の山師は金掘材木元出しを計山師とは言ひし、享保の末より、何事も山師とて請負人出来、少々の普請にても請負ひたる也、然れ共昔は大名衆の御手伝程の大成る事ならでは、山師もかゝらざる事也、普請抔は大工は其通、屋根屋左官手伝、各々別々に入札仕たる事也、今の如き何商売にても、請負ふやうに成る事はなき事也、甚だ律義の事にて有りし、今は諸商買人も各々山師の為業移りて、何によらず皆見え計つくろひて、山渡りごとには成り侍る、諺に山師の玄関とは言ふ事尤成る事也、皆此すがたとは成りぬ」。国益を考えて奔走した源内も、山師と称されて憤ったさまは、六部集所収の小篇に見える。

一三　**叫喚…**――往生要集「第一に地獄にも、亦分つて八と為す、一には等活、二には黒縄、三には衆合、四には叫喚、五には大叫喚、六には焦熱、七には大焦熱、八には無間なり」。一々の説明も亦同書に見える。

一四　**三途川の姥**――撰注仏説地蔵菩薩発心因縁十王経に「前大河是葬頭」の条を注して、「済渡之処二三有リ、山水ト江深ト橋渡ト也、一河ニ三津有リ、故ニ三津河ト名ヅク」。「官前有二大樹一、名二衣領樹一、影住二鬼、一名二奪衣婆一、二名二懸衣翁一、婆鬼警二盗業一、折二両手指一」の条に、「次ニ二鬼影ニ住ムヲ明カニス、二鬼ノ身ノ長ケ十六丈、眼ハ車輪ノ如ク、上歯二百二十、下歯一百八十ナリ、乳房ノ長ク臍腰ヨリ低シ、即チ婆鬼翁鬼其ノ長サ同等也、古抄ニ云ハク、樹ノ陰下ニ於イテ二人ノ鬼有リ、老婆女鬼ハ七人ノ衣ヲ剝ギ、老翁ハ衣領ヲ枝ニ懸ケテ、低昂ヲ点検シテ、罪ノ軽重ヲ奏スルナリ」。

一五　**浅草の一ツ家の姥**――増補江戸咄、五「明王院の姫ヶ池」の条「是はむかし此所に人家まれにして、人のやどりなかりける故、旅人の宿を求むる所なし、爰に野中にひとつの柴の庵有り、是にとしおひたる姥の、若かりし娘を持ちて住みけるが、往来の旅人に宿をかし、石の枕をあたへ、ふしける時上よりも大石をおとし、頭をうちくだきころして、衣裳を剝取り、からだを此池にすてぬ、既に其数九百九十九人に及び、今一人にて千人に成りぬべき処に、浅草の観世音草かりに御身を変じさせ給ひて、笛を吹かせ給ふ、其笛の音をきけば、

日は暮れて町にはふす共宿かるな浅草寺のひとつ屋の内

(中略)其後舒明天皇の御宇、三月十六日に、くわんぜおんは彼姥があくぎやうつもりて、ぢごくにおちん事を、ふびんにおぼしめし、ひとりのちごと現じ、うばがもとに宿かり給ふ、姥此ちごのしやうぞくのびゞしきを見て、宿をかしうちころしてはぎとらんと思ひ、よきにいたわりもてなしける、彼姥がむすめ此児のゆうにやさしくたへなるすがたに心まどひて、彼ちごのふしける所へ、忍び入りてそひぶしけるが、うばかくとはしらで、早児をころさんとおもひ、例の石をおとしける、児はもとよりくわんおんの化身なれば、いづくかうせ給ひけん、むすめはみぢんと成りてはてたり、うばしすましたりとて是を見るに、児にはあらで我娘、石にあたりみぢんと成りたり、かくなさけなきうばなれども、おやこあひしうのなげきふかく、かなしさたえがたくや有りけん、此池へ身をなげうせしとかや、其しうしん大じやとなり、人を取ころす事おびたゝしければ、一社の神にいわひて、その悪霊をなだめければ、今はかへつて守りの神となり、諸病のなんをしりぞけ、ゐきれいおこり、いもはしかのはやる時は、あま酒を作りて、竹の筒に入れ、木の枝にかけて是を祈れば、たちまち平癒するとかや」。江戸名所図会には回国雑記を引いて述べてある。

一六　**堺町の笋姥**――馬場文耕の当世武野俗談(宝暦七年序)「是は江戸御府内は申すに不及、犬打つ童も能く知る所、三ヶ津にて誰しらぬ者もなき乗物町の竹の子ばゞとて、不思議に名高き者あり、其初はしらず、中年の頃、中村十助(勘三郎芝居仕切場役なり、故一と云ひて是も名高き者なり)方にて、焼食やらまかないやらの婆々となりて、十助方にて漸一ヶ年に一両二歩程の給金を取りて居たり、或時此ばゞ浅草の御堂へ寺参りするとて、杖を突き独り行きける折節、向より大きなる町人の葬礼と見えて、麻上下着たる町人大勢出家交り、跡のりもの夥敷し、扨棺の上へかけたる白無垢いかゞしたりけん、風に吹き飛び来て、中村十助ばゞがあたまの上へかゝりける、其儘右の白無垢を奪ひ取りて、右棺の先へ廻り、施主の面々へ向ひ、以ての外ねだり懸りける故、僧俗ともに途中に

て色々詫びけれども、棺をとゞめて殊の外にわなり廻り、うごかさねば、外聞旁施主は分限者の何某なれば、漸々内証にて卒度袂へ金子十五両入れければ、是にて得心して其通りにして帰るといへども、右の白無垢は返さず、持ちて返りけり、夫より此婆ゝ中村方を暇を取り、其頃新和泉町に比丘尼の宿多く有りてはやる時分たり、金子五両程かけて比丘尼宿をいたしける、無慈悲成る故、爰にて少々金子を延しけり、或る時材木町より馴染の客有り、此いわたやへ来(いわたやばゞが家名なり)、比丘尼おぎんと云ふに枕を並べて寝たりしに、夜着の中にて頓死しけり、此客の懐中に小判二十両有りけるを、ばゞ押隠して我慾とせり、扨其客は材木町にて有徳の者成りけるが、親類共外聞を思ひて、内証にて引取りけるゆへ、婆ゝが仕合とこそなりたり、夫より此金子にて芝居・芸子・舞台子・影馬抔を少々抱へ、境町勘三郎座へ借金など、初は少し許にて十助世話にて出しけるが、段々金が金を生じて、後は夥敷き事となれり、鳶沢町古着店の売居などを、何軒といふことなく買調へ、手代を居へて古手商をさせて、色々の事にて金をもふける事、神変ともいひつべし、㊇印は皆竹の子婆ゝがみせなりとかや、此者を竹の子と異名せしことは、抱の影馬に八代太と云ふ子共有りしを、せつかんして終に打殺しける、其子の親元へは竹の子を喰はせけるに、夫にあてられて食傷して死にしとて、表向内証ともに何事なく済ませしゆへ、世こぞつてかれが異名を竹の子と云ふ。近年殊の外富貴と成り、芝居へ大金を出して、中村慶子抔は子分にして威を振ひけるが、去年(宝暦六年)六月病死しけり、増上寺了源院に葬り、円成院頓阿信女と号しける、竹の子が娘おすみ乗物町に紺の商ひして打続き、今芝居の金元して負ぬ気の女にて、当正月十四日境町焼失しければ、未だ夜の明けぬうちに、勘三郎座普請場の幟を染ぬきにさせ、数十本立て、普請は十五日昼より初めけり、猶々二代の竹の子、尤親竹の子も及ばぬとて、半夏婆ゝと人々是を呼びあへり」。

一七　**掃除代**――守貞漫稿「因云ふ、江戸は尿は専ら溝湟に弃之、屎は厠に蓄之。屎俗に『こゑ』と云ふ。こやしの略也。屎こゑ代と云ふ。屎代は家主の有とし、得意の農夫に売之。稀に尿を蓄ふ者あり、皆代家主に収む」。

一八　**火の車**――真俗仏事編、四「問フ、重悪人死スルトキ、火車来迎ノコト世俗専ラ談レ之。本説アリヤ。答フ、提婆達多逆罪ヲ造ルトキ、大地自然ニ破レ、火車来迎シテ、生キナガラ入ニ地獄一ト云ヘル是ナリ」。

一九　**竹の根を**――地獄楽日記、五「又女なれば、常々悋気深く、或は人を妬み、又は産にて死したる故、血の池燈心で笋を掘らする類」。

二〇　**百万劫**――地獄の時間については、往生要集の等活地獄の条で「人間の五十年を以て四天王天の一日一夜と為して、其の寿五百歳なり。四天王天の寿を以て、此の地獄の一日一夜と為して、其の寿五百歳なり」などあって、次第に地獄の深くなる程長くなる。文殊については、「称讃し、礼拝する者は、百千万億阿僧祇劫の生死の罪を除く」などとあるなどをさしていったもの。

二一　**獄卒**――撰注十王経の注に「閻羅卒ハ獄卒也、閻羅卒ハ実業ノ受生也、獄卒ハ罪人ノ業力ノ卒スル所ナリ、故ニ実業ノ受生ニ非ザル也、(中略)卒トハ説文ニ云フ、隷人給事ノ者也、次ニハ閻羅卒之名字ヲ出ス、一ニハ奪魂鬼ト名ヅク、魂トハ陽也、神也、死スル則(とき)ンバ天ニ帰シ、其ノ魂ヲ奪フ故ニ奪魂鬼ト名ヅクル也、二ニハ奪精鬼ト名ヅク、精トハ魄也、陰ノ精也、死スル則ンバ地ニ帰シ、其ノ精ヲ奪フ、故ニ奪精鬼ト名ヅクル也」。

二二　**瀬川菊之丞(二代目)**――新刻役者綱目(明和八年刊)、六「今の菊之丞は、幼名吉次といひ、実は江戸王子の産にして、いとけなきより故菊之丞養子と成り、技芸を伝へ得たり。寛延三年の九月二日より中村座へ出、養父の一周忌追善とて、秋の蝶形見の翼といふ外題にて、石橋の所作が初舞台なり。翌年も同座にて恋女房の、じねんじよの三吉のあいらしさ、(中略)其比子役の上上吉としるし、(中略)同(宝暦)六子の霜月より、菊之丞と改名し、娘道成寺を勤め、これより若女形の部に入り、上吉と記し、女形の巻頭にすゑ、(中略)同十一巳の春、市むら座にて、又々お七あげまき、(中略)同十三も同座(市村座)にて、虎少将の二役、女朝ひなお杉大当り、同顔見せの評より、江戸若女形の巻頭に極まり(中略)、同(明和)七寅の冬、市村座にて竜女をでかし、大上上吉としるしぬ。誠に当時の稀もの、むかしより名人上手あれども、此年ばへにて、斯のごとき勢ひ有る事例なし。第一うつくしく、舞台花やかにて、仕内にいやみなく、直なる芸風にて、贔負つよし。大全に故菊之丞を評して曰く、其うつくしさ、世界のめをあつめたる様に覚えしと書きしもむべなる哉。今の浜村やも、故路考におとらぬ美しさ、古今無双の艶者〳〵」。

二三　**坊主表むきは…**――麓の色、五「今は破戒の比丘も男色より女色を尊び、女の唐名をイの一と称し、又天悦と称す。イノ一は女の字を崩せるなり、天悦は二人悦なり。又若衆を大悦と称す。即一人悦なり。是叢林緇徒の隠語なるとかや」。

二四　**弥子瑕**――韓非子及び史記、六十三の韓非列伝に見える。史記に「昔者、弥子瑕、衛君ニ愛セラル。衛国之法、竊ニ君ノ車ニ駕スル者、罪刖ニ至ル。既ニシテ弥子之母病ム。人聞キ往キテ夜之ニ告グ。弥子矯シテ君ノ車ニ駕シテ出ズ。君之ヲ聞キテ之ヲ賢トシテ曰ク、孝ナル哉ヤ、母之故ノ為ニ刖罪ヲ犯スト。君ト果園ニ游ブ。弥子桃ヲ食シテ甘シ。尽サズシテ君ニ奉ル。君曰ク、我ヲ愛スル哉ヤ、其ノ口ヲ忘レテ、我ヲ念フト。弥子ノ色衰ヘテ愛弛ミ、罪ヲ君ニ得。君曰ク、是嘗テ矯シテ吾ガ車ニ駕シ、又嘗テ我ニ食セシムルニ、其ノ余桃ヲ以テスト」。

二五　**董賢**――漢書、九十三の佞幸伝に、雲陽の人で、哀帝に寵愛をうけたことを述べ、「常ニ上ト臥起ス。嘗テ昼寝ネタリ。偏ニ上ノ袌ヲ藉ク。上起ント欲ス、賢未ダ覚メズ。賢ヲ動スヲ欲セズ。廼チ袌ヲ断ツテ起ク、其ノ恩愛此ニ至ル」。

二六　**孟東野**――古文後集諺解大成の孟東野の解説に「退之之文章の友にて、中好あるに依りて、或時退之、我願くは雲と成り、東野は化して竜と成りて、四方上下相随はんと云へる程の事也、竜は必ず雲に随ふ物なる故に、雲竜の交とは是也」。その詩は重刊五百家註音弁昌黎先生文集、五に「酔留東野」の中に「吾願身為雲、東野変為竜、四方上下逐」云々とある。ただし岡田新川の秉穂録、一に「男風の事を称して、韓雲孟竜といふ、画工の是を写したるも、孟東野を童子の姿に画く、大なる誤なり、韓文にて考ふるに東野は韓退之より年長ぜり、其墓碑にも、東野先生と称せり」。

二七　**弘法大師**――大和事始、一「我朝にて男色を愛する事、空海法師渡唐以来のもの也と云ひ伝ふれど(異説あり、中略)、或人の云ふ破戒の比丘の此戯は、弘法以来の事なるべし」。一条兼良の若気嘲弄物語「又弘法大師のし給ふと云ふ沙汰あり、いかゞととふ、曰く、それは雑談とおぼえ候、いかなる書に有哉覧、更に支証なし」。真言宗の中からおこった俗説である。

二八　**文殊**――弘法との関係は、源内のたわむれか。男色十寸鏡序に「日本にては弘法大師這道の御開基たり。一休和尚の詩に、大聖文殊元開闢、金剛弘法再興来、陰陽無気通用処、人々入得呼善哉ともつくれり」。

二九　**牛若**――麓の色、五「又源牛若丸、美少年の名あり、西塔の弁慶これを愛して、麾下に属せりといへり、尤俗説信ずるに足らずといへども…」。

三〇　**増賀聖**――北村季吟の男色の文献を抄した岩つゝじ、上「古今和歌集十一、恋一、読人不知、思ひ出るときはの山の岩つゝじいはねどこそあれ恋しき物を、此歌北畠准后親房古今抄云ふ、真雅僧都の業平につかはしける、弘法大師弟子、貞観寺僧正と号す」。麓の色、五「或説に在原業平いまだ童形にて、曼荼羅丸といひける時、真雅僧正恋慕し和歌をよみて贈り」。

三一　**阿新**――麓の色、五「又其日野中納言資朝卿の子息阿新丸美色あり、後醍醐天皇寵幸したまふといへり」。

三二　**桐は御守殿**――後はむかし物語の一本書入に「桜(桐ヵ)は御守殿、さくらは公家よ、娘ざかりと撫子の、かきつばたは奥方よ、いろは似たり(れヵ)どあやめは手かけ、ほんにうき世に河がなふたつ、おもひきる瀬ときらぬ瀬と」(森銑三「後は昔物語の書入れ」図書館雑誌一六一号)。この類のもの種々あったのであろう。

三三　**長太郎坊主**――只今御笑草「同じ頃(宝暦)に、長太郎坊主とて、江戸町々のはやりものにて、きたなげなる盲目、しかも片目飛出たるにてありけるが、つゞれ引きまとひ、腰に破れ薦まきて、古笠打かむり、竹の二本杖つきて、子供を相手に何事をかつぶやき、町中をのゝしりあるくゐせものにてありける。今見るめく〳〵めくらにて、明くれ子供たちのためになぶりものさるゝを、おのれがわざとなせり。子供またこれになれて、古わらじ、馬の沓やうのものうち付け、或はあらなはもて破れ笠のはしにくゝりそへなどして、はて〳〵はむさきものなど鼻にぬり手足にぬり、引こかされて打倒れなどして、泣きわめきのゝしる折もあり、エヽ目も見へぬものを、なさけないがきめらだ、此よふにいたづらをするがきめらを産んだ親のつらが見たい。アレまた杖をひつたくらアよしやアがれ〳〵。いかに目くらだといつてもむごい事をするがきめらだ、なんぼ目は見へなゐでも、みんなつらは覚へて居るぞよ。なんどいとふざけたる物にて、時折にはおとなしく、叶ひませぬめくらに御ほうしやとて、二本杖にすがりあるきけるが、おのれ独りさみしき折なんどは、

こゝらの町にはがきどもはないか、いたづらするがきめらはおらぬかなどよびあつめ、西へおひ東へはしり、ひとへに狂人の如くありける」。

(画あり、略)

三四 **蝙蝠羽織**——賤のをた巻「忽彼長羽織やみて、みじかき羽織流行り出でたり、短き羽織の角袖とて袖も大きく、丸みはわづか五分許、袖形をとり四角同様に袖を縫ひて著たり、丈は居りて羽織の裾の畳と摺はらひになる位のみじかさなり、遊人俗客は専ら此羽織を著たりしが、いつとなく直りて又長羽織になり…」とあるも、蝙蝠羽織のこと、古い時代にもあり、その図は山東京伝の骨董集にのる。↓風流志道軒補注五九。

三五 **本田に銀ぎせる**——道普請の例はやや後だが、本田(本多とも書く)は成年男子の髷風で、宝暦末から流行、諸種の異風も出た(当世風俗通に図がある)。本田髷とは大体、半日閑話、一二に「近来男子の風俗甚だ異にして、髪は本多とて中剃りを大きくして髷を高く結ふ。鬢は下鬢とて油をつけず、櫛の歯を入れ、毛筋を通し、後の方は油を付けて置く、其堺を潮堺といふ」といった風である。発生には本多忠勝家中の風に起る(雨窓閑話)とか、本小田原町から出た(安永巷説録)とかで、定まらない。この書刊行に近い賤のをた巻には「扨野郎あたまはぞべ本多とて中剃をいかにも広くそり、髪の間より中剃のみゆるやうにして、根をゆるくつけわけわ(ママ)こんとの間纔にして月代へのぞきたるやうにまきかけて置きたり、多く堺町辺の歌舞妓者のあたまつきにて、歴々にも若き人達は、随分其如くゆはせて、上下著て公儀勤る有様不相応のあたまなり、又豆本多と云ふは至極髪をつめて、尤少くしてわげをいかにも小さく豆粒の如く結ふたるなり。(以下、だまされた風、巻鬢などの風の説明もあり)」と見える。

銀ぎせるは金属の部分を銀製にしたきせる。賤のをた巻「翁が在番の頃(安永)は人によりて銀きせるのたつぷりとしたるにごま竹の白竹のらうをすげ、其らうにわざとわれを見せ、其所へ銀のかすがひうたせて持ちたり、又猶たばこ入きせる筒をゐぞにしきなどにて拵へ、銀のくさりを長く紐にして、銀の火はたきを根付にして用ひたり」。

三六 **海老蔵**——二代目団十郎は初め九蔵、元禄十七年より団十郎。俳号栢莚。新撰古今役者大全に「此人海老蔵と名を更められしは、享保二十一辰の顔見世市村座にての事、異様なる名の様なれども、元祖団十郎の幼名といへり」。又「極上上大吉無類と号し、一体小がらなれども、大男よりひれあり。江戸役者の分、おもてへあらはしてまねるか、心の底にてまねるかのちがひはあれども、此人を鎔(かた)にせぬは稀なり」とあって、後の十八番となった数々の所作事の原型を伝えた。

三七 **景清の狂言**——餝鰕鎧曽我では、呼戻し景清といわれ、戻かごの始となった、景清(海老蔵)と重忠(沢村訥子)との間の呼戻しがあった。その時の二人の仕打もよく、又景清の風体すさまじく、似顔絵の最初となったともいう。伊原敏郎著歌舞伎年表のその条に、「中古戯場説」などを引いて詳かである。同書は更に海老蔵の日記、老の楽の、前年即ち延享四年十一月十日の条を引く、

此日仏師来り、楽やにて予に逢ひ、我此間夢を見る。予と一所にて富士へせん上致し申候と語る。大に悦び、予心におもふ。兼て仏師の趣向アリ。景清にて来春仏工の工夫アリ。

と見える。確証はないが、この時閻魔を摸したとの噂があったのでなかろうか。

三八 **比干**――史記の殷本紀に見える。紂王の王子でいさめてきかれず、末に「比干曰、為人臣者、不得不以死争、廼強諫紂、紂怒曰、吾聞聖人心有七竅、剖比干観其心」となった。

三九 **呉子胥**――史記の伍子胥伝に詳しい。楚の人で、楚王に父兄が殺され、呉に走って呉王を助け楚を討ち、更に越王勾践を下す。勾践を許した呉王夫差を諫めたが聞かれず、呉の太宰嚭の讒言にあい、属鏤の剣をたまい自刃するが、死にのぞみ、わが眼を東門の上にかけよ、「以観越冦之入滅呉也」といった。ために屍は鴟夷革にくるんで江中にすてられたが、彼の予言の如く、呉は越にほろぼされた。

四〇 **木曾の忠太**――源平盛衰記、二十七にも見え、同三十五に、義経らの進軍に対して、貴女御前と別を送しむ義仲に対して、「斯る処に越後中太能景馳せ来つて、敵は既に都に乱れ入れり、如何に閑に打解け給ひ、角はと云ひけれ共、引物の中に籠り居て、尚も遺を惜みけり、能景弓矢取る身の心を移すまじきは女なり、只今恥見給はん事の口惜さよとて、今年三十六になりけるが、縁より飛び下り、腹掻切つて失せにけり」。

四一 **比良山の次郎坊**――道念節の天狗揃「都に愛宕山太郎坊次郎坊」「比叡に大たけ桜川坊、比良の峰には降積む雪の面白や」とあって、次郎坊は愛宕の天狗である。

四二 **のふさんところり山椒味噌**――男色比翼鳥、五「三代つたはる家屋敷三四年の内ころり山枡味噌」。風流漢楚軍談、三「呂大后の手にかゝりころり山枡味噌の桶迄御公義へ取上げられ」。諺語大辞典に「大食家を形容す」とあるも、手早く片づけるからである。

四三 **益気湯**――医道日用綱目「補中益気湯　形神倦みつかれ飲食に傷けられ身熱し、手足怠く頭痛汗出で力なきを治す、甘草(炙)・人参・陳皮・白朮・当帰各一匁、柴胡・升麻各二分、黄芪(蜜炙)一匁半　右八味姜棗を入れ煎ず。○諸病陽気下り陥(おちいる)を升せ提(ひっさ)ぐる○神方又一切の病の後調へ理るの妙剤也、外感といふとも気血虚弱なるものには加減して用ゆべし」。

四四 **芒消**――重訂本草綱目啓蒙、七には朴消の条に出してあるが、源内はこれについて一家言あって、その著、薬品会目録に、

芒消　漢産、是既英消也、非芒消
芒消　同　(伊豆田方郡上舟原村産)辛巳冬十二月、奉台命、到伊
　豆国所手製也　詳見予芒消論
芒消　讃岐産　手製○即焔消也、同名異物

などとある。芒消論は未見。

四五 **小夜嵐**――奥書に「元禄十一戊寅歳孟春吉旦、西鶴書、京一条鏡石町富倉太兵衛、大坂高麗橋村上清三郎、江戸日本橋万町小川新兵衛刊」。ただし西鶴とあるが信用できず、後刷本も多い。半紙本十巻十冊。

四六 **海坊主**――諸伝と、それについて解説は諸書に見えるが、今は俗説をそのまま伝える譚海、八の説の要略を、中山太郎著日本民俗学辞典より引く。「房総の海中に夜泊する時、溺死者の亡霊現はれ舟に近づき、柄杓を借せと頻りに頼むを習とする。其時は柄杓の底を抜いて貸すと、亡霊は終夜海水を汲んで舟へ入れる貌をして舟を沈めやうとする。破船溺死の寃にたへず他船を見ても妬みを起し斯くするのだと伝ふ。松前渡海の舟も時々此亡魂の出現に逢ふと云ふ」。

四七 **松助**――新刻役者綱目「菊五郎(尾上)弟子にて、宝暦六子の冬より、子役にて出られ、宝暦十三の冬より、若女形、明和二冬より、市むら座やぐら三枚に入り、同年の顔みせより、森田座にて女形の立もの、段々と立身して、同五年の頃には、上上白吉に至り、きりやうよく、ひいきあり(下略、立役になったこと見える)」。

四八 **菊次**――新刻役者綱目の沢村淀五郎の条「今の淀五郎は、幼名菊次といひ、宝暦九卯の冬より、中村座へ出で、明和三年の霜月より、森田座にて、淀五郎と改め、古宗十郎弟子と成る。さてもかはいらしいことかな」。

四九 **麻布**――俚言集覧「此は江戸の諺也、江戸の麻布に六本樹と云ふあり、何処に六本の樹ありて、かく名づけしや知る者なし、故に木の知れぬを、人の気のしれぬになぞらへて、心のしれぬを麻布と云ふ、俳諧の発句に、夜の菊花は麻布で黄がしれぬ、桜陰主人云へるあり、諺に麻布で気がし

れぬといふ諺は、気にあらず黄也と、その故は近所に赤坂あり、青山あり、白銀・目黒村あり、五色の内、青赤白黒の四ツあり、黄がなき故に麻布で黄がしれぬとなり」。一般には、操形黄楊小櫛初篇(文政七年)下に「アノ麻布で気が知れぬとは、何の事でござりませうねへ。あれは江戸の麻布といふところは、目黒・青山・赤坂・白銀なんど、五色のうちが四あつて、黄色ばかりがないから、そこで黄がしれぬといふさうさ」と、後者が信じられていた。

五〇　**花の時**――吉原大全「花を植る事、むかしはなかりしに、寛保元酉年(花柳古鑑の考証では寛延二年二月)、思ひ付きてうへ初めり、(中略)大門口より水戸尻まで、青竹をもつて欄干をつくり、桃桜あさがすみにいろをまじへ、春風にかほりて衣にうつるふぜい」とある。時は三月、所は仲の町である。初めは鉢や石台であったが、根のままにうえ、根に石台などをおく風にかわったという。

五一　**灯籠**――吉原の仲の町で六月晦より七月中、色々の形に作って細工をほどこし華美をつくした灯籠を出す行事。享保年中に没した角町中万字屋の遊女玉菊追善の為に出したに始まるという。当時七月は、この灯籠見物を合せて、この間吉原はにぎわった。考証は花柳古鑑や、岡野知十著「玉菊」などにある。源内頃の理解は誤りが多いが、吉原大全や、安永九年刊の玉菊燈籠弁などによってわかる。

五二　**さんちや**――異本洞房語園「寛文五年巳のとし江戸所々に居し茶屋共、吉原へ降参して七十余人入込みたり、(中略)降参の茶屋共に借し、商売為致たり、降参の者共は風呂屋くづれ多く有しゆへ、見せを風呂屋の時の如く構へたり、今の散茶これなり、扨岡より吉原へ来りし遊女は、いまだはりもなくて客をふるなどといふ事はなし、さればいきばかりもなく、ふらずといふ意にて散茶女郎といひけり、是は吉原遊女共が時の戯に、散茶女郎といひしが、いひ止ずして今に散茶といひもて来りしなり」。吉原大鑑は「名づけて散茶といふ、はしぐの茶やに打散りてありしゆへ、さん茶の名是より起れりと云々」。

五三　**科戸の風**――六月晦大祓の祝詞「(前略)科戸の風の、天の八重雲を吹き放つことの如く、朝の御霧夕のみ霧を、朝風夕風の吹き掃ふ事のごとく、大津辺にをる大船を、舳とき放ち、艫解き放ちて、大海原に押し放つことのごとく、彼方(おちかた)の繁きが本を、焼鎌の敏鎌もちて打ちはらふことのごとく…」。

五四　**積物**――この所顔見世の景況については、劇場新話、上「顔見世の事附翁三番叟式の事」に「程なく十月晦日になれば、芝居其外茶屋役者の家々挑灯を出す、其外、表通新道迄茶屋〳〵の軒にかざりものあり、或は若衆より積物・樽・蒸籠・引幕等甚だはなやかなる事、筆に尽しがたし」。芝居の内へ提灯かけることも、同書に「芝居木戸前へ立者役者の紋付たる大提灯を大込に掛並べ、切落しの上にも惣役者の紋と名を書きたる提灯をならべ掛ける、是は役者の方より芝居へ遣す事也、両側の上下桟敷へも茶屋〳〵より丸提灯を懸ける、此事顔見世計也」。

五五　**天神組・地神組**――劇場新話の前掲個所に「此夜若衆中、役者の門々に来りて手を打つ也、是を手打連中といふ、(中略)此手打連中夜更けて皆々芝居切落へ入込み、声色を遣ふ、木戸前には群集の人々山の如く押合ひ…」。

五六　**式三番**――芝居乗合話に顔見世を述べて、「二番太鼓に程もなく、座元式三番をはじめ、是また正月三ヶ日同様(正月の条「座元は式三番叟を相勤め、大夫の翁、恐れ多くも御代万歳を祝し奉る、此式は正月三ヶ日、霜月顔見世朔日より三日迄は同様也」)にして、別火に身を清めて、つゝしみをかさねて勤る事也、斯のごとく顔見世三日の内は大夫元相勤め、四日めよりは下立役より勤る事也」。

五七　**暫〳〵**――諸書に詳しいが、要領のよい渥美清太郎氏の日本演劇辞典より抄出する。「荒事歌舞伎の一演出。姦佞な公家或は武家が、弱い武士や姫、その家臣などを捕へ、『中詰』と称する武士に、首を刎させようとする所へ、『暫らく』と大声をかけて、花道へ英雄が現はれ、『ツラネ』を云ひ、舞台へ来て悪人を拉ぎ、弱者を助け帰る筋を荒事で演出するもの」「江戸劇場の顔見世狂言の吉例となり」「いつも三建目で発端を見せ、その返しがこの場になつてゐた」「主人公の英雄は素袍長袴が普通であるが…」「幕開きの早神楽」「出の大薩摩」。

五八　**モサ**――なまって「どさ言葉」ともいう。式亭三馬の大千世界楽屋探初編(文化十四年)、上に「直実本国、武蔵熊谷の産なり。(中略)所産坂東音にて調子高く、しかも濁《みだ》たり。今いふどさ詞、もさ言の類あきらけし」。「今も猶曽我狂言を見よ。鎌倉の大小名もさ詞にしてはなはだ鄙し。これ古への伝はれる也。すべて古の言は、戯場に遺る。さる中にも、朝比奈の言は、勝れてもさ言なり」。

五九　**火酢芹命**――神代紀のこの所に俳優《わざおぎ》の語が見えるが、本文では火闌降命。この名は一書に見えるが、それでは彦火々出見命は火折尊となっている。古今役者大全には「神代にては火酢芹命、御弟彦火々出見尊と御位をあらそひ、海上に悩まされ、さまぐ＼にくるしみ給ひし体を舞にこしらへ、其子孫の隼人等、大隅薩摩より都へのぼりては、禁庭に舞ひかなでたるを、続日本紀第七・第三十四に、風俗歌儛共又は俗伎共のせ給へり。(中略)火酢芹命赭というて、赤土を掌にぬり顔にぬりてと、神代紀に見えたれば、今の役者の濫觴成るべし」。

六〇　**翰林葫蘆集**――十一巻、観世小次郎画像に「豊聡太子監国、祭祀天地神祇、以布安国利民之政、因作六十六番之面、命河勝弄仮貌真、(中略)太子以其神楽、析神字、名之曰申楽、説文云、申亦神也、大歳在申、以猿配之、故後世称之曰猿楽」。

六一　**出雲のお国**――古今役者大全「近くは永禄の頃にあたりて、江州の浪人名古屋三左衛門といふ人、京都北野において、小舞を覚えたる女をあつめ、説経にあはせ舞はせけるが、出雲のお国といふ風流女《だてをんな》と夫婦となり、歌舞妓と名づけて、男女立合の狂言はじまり…」。

六二　**名古屋三左衛門**――諸説あって定まらぬ人物。室木弥太郎「なごや山三郎に関する二三の問題点について」(国語と国文学、昭和三十年十一月号)は、山三郎三左衛門同人説や、山三郎は慶長八年三十二歳没などの説をあげている。ただし山三郎(尾張人物志などは三左衛門として)は尾張の人であったらしく、江州は、その蒲生氏に仕えたとの説から出たものであろう。

六三　**伊勢座**――古今役者大全の「田舎芝居の事」に「田舎芝居の第一にたつは、伊勢の古市なり。毎年正月末から五月までは、二軒はあるとても、一軒もなき事はなし。昔は伊勢の芝居を、芸のしめばとして、是を首尾よくつとめ、評判よき役者を、京大坂の二番め師にしたる事なり。今は金次第で大立もの、われもぐ＼とゆく故、芝居も次第に高上に成つて、上方に大概はおなじ」。吉田映二著新撰伊勢歌舞伎年代記に詳しい。

六四　**名古屋**――延享頃の夢の跡や、天明の尾陽戯場事始などによると、若宮八幡宮(名古屋市中区末広町)・清寿院(大須観音の近く)・大乗院(中区日出町)・七面堂などで、芳沢玉妻座・岩井甚三郎座・笠屋仙右衛門座・嵐大次郎座など諸座があって、大いに流行したさまがわかる。

六五　**安芸の宮嶋**――古今役者大全「安芸の宮島これ(伊勢)につぎての芝居、市の間の所務にて、昼夜ともに二日か三日づゝに、狂言をかへてのいそがしさ、是へも京大坂にての大立もの、ひとりかふたりに、女形も人に知られしが、まじりてくだれども…」。芸州厳島図会に「歌舞伎芝居の図」があって、「毎歳の三度の市(三月十日から四月八日の春市、六月十日から七月七日の夏市、九月十日から卅日の秋市)には歌舞伎の名人あまた来り、大宮の東の舞台に於て勧進興行す」と説明がある。文化七年の雑話集、赤ぼしさうしの中にも亦ここの芝居のことが見える。

六六　**備中の宮内**――宮内は吉備津神社の門前町で、茶屋と芝居が早く発達し、好色一代男、二「はにふの寝道具」の条の旅若衆の述懐に、「宮島の芝居ずきにさまよい、備中の宮内、讃岐の金毘羅に、ゆく事もあり」と見える。殊に三月九月春秋の祭礼には、大市あって境内に芝居興行があった。そこの宮司藤井高尚の松屋文集「芝居のことば」に「この山里にも、吾が神の春秋ごとに浪華より、そのかたの人ども来て、このわざをぞすなる」とある。

六七　**讃岐の金毘羅**――金毘羅の門前町で行われた興行で、一代男に見えることは前条参照。

六八　**下総ノ銚子**――利根川図志、六の飯沼観世音の条に「境内に見世物軽わざしばゐ、其外茶見世多く至つて賑はし。定芝居は今宮の芝町にあり。

座本、梅本妻太夫」。田舎芝居(天明七年)に「銚子の浦の芝居では、何の狂言でも、大切に張子の赤鬼を出さねば見物が立ちませぬ」(楽屋方言、三にも同じことあり)と、その風習を伝えたのは、源内門の森島中良である。

六九　**高貴の人**——江都百化物(宝暦八年成)の城主の化物の条に「雲州松江の城主松平出羽守(宗衍)は(中略)去年屋敷にて、例の狂言を構へて、出入の町人にもあまた見物を申し付け、役者を多く呼び寄せ給ひて、狂言作者堀越二三治を召されて、大守自ら御差図にて狂言を仕組み、瀬川菊之丞、近年の内八百屋お七を堺町吹屋町にて致すべき間、其芸稽古のため、我等方にてお七の役をさせて、稽古ながら見たしと申し付け給ふ、誠にかはつた世話をやかれけることぞかし、其の後溝口(直範)と羽州出合の時、お七を路考にさせ稽古に致させんと被レ申ければ、溝口の言、夫は御世話御心入の段忝しといわれしと也、溝口は菊之丞がために養父の心になりて居らるゝと見へたりとて…」とある。

七〇　**曾子**——淮南子に「淮南子曰ク、柳下恵ハ飴ヲ見テ曰ク、以テ老ヲ養フ可シト。盗跖飴ヲ見テ曰ク、以テ牡ヲ粘スベシト。物ヲ見ルコト同ジウシテ、之ヲ用フルコト異ナル也」。

七一　**ぼた餅**——牛馬問「阪図餅は牡丹餅と書く、是も盆に盛りならべたるすがたを、牡丹花に見立てたるもの也。異名を夜舟といふ、いつつくやらしれぬといふ義なり。固めずに上に小豆又は大豆の粉などかけたるを、萩のはなといふ。是も萩の花に似たればなり。下総の辺の俗はかい餅といふ」。

七二　**葶菜卿**——葶菜は和漢三才図会に「くうさい」と音のみにして和名を与えない。別に山葵を「わさび」として出す。図会は説明し「本綱、葶菜ハ田園ノ間ノ小草也。冬月地ニ布キテ叢生ス、長サ二三寸、菜梗細葉、二月細カナル花ヲ開ク、黄色、細角ヲ結ブ。長サ一二分、角ノ内ニ細子有リ。野人、根葉ヲ連ネ抜キテ之ヲ食ス。味極辛辣、火ニテ人ヲ焊ルガ如シ、故ニ葶ト云フ」と。源内はよって「わさび」にあてたか。

七三　**櫛笄**——八景聞取法問(宝暦四年)、三「惣て其方達の風俗を見るに。おのれ〳〵が先祖より伝る定紋は付けずして。贔負の役者の紋所を目立やうに大くして付ける。それのみならず櫛笄までに。役者の紋我こそ誰ひいき彼贔負と。人見せにするは何の為に成る事ぞ」(賤のをた巻にも櫛おさえ、ぼうし針などに役者の紋をつけることが見える)。

七四　**作者の詞をも**——芝居乗合話、五「今は夫に引かへ、座頭女形の手引をもつて、作者の身分極まり候、誰が座頭ゆへ作者は誰といふ様になり行き、扨又狂言の事とても、座頭若女形の座頭へ、当顔見世の狂言に、何ぞ思召もあるやと、狂言作者より役者へ尋ね、其役者いろ〳〵好み事ありて、当春はかよふの役、また秋は此役たりし儘、此顔見世は目の替るよふに、是をあれをと役々のあつらへ有りて、中々狂言出来ぬ筈、(中略)作者の意味とんとすたりて、幇間同様に立ものゝ役者の袖にすがりて仰せ書にする狂言故、一向にわかり兼る」。

七五　**沢村小伝次**——このこと西鶴の本朝若風俗、八「小山の関守」の条と、世の伝えとを合せたか。同書「西国三十三所の観音。五番は河内国藤井寺の開帳、天和三年四月に参詣せんと、重といふ人俄にさそふ水、(中略)それより春野の名残草〳〵の花分衣、歩行路おもしろく程なく参りて下向に小山といふ里人のかたにやどり求め、さらば此所に関据えてけふ詣でたる子共を、ひとりも残さず留めて酒事よと、軒の番屋に毛氈しかせ色にとめる酒ばやしと、札を立て立役の源右衛門を目付とし文作の三味線引かけて今や〳〵と待つ所に、沢村小伝次おかしがらせ、竹中半三郎に無理酒を吸かはし、小松才三郎に心を残させ、尾上源太郎が病気を浮かし、彼是十六人日も暮々の長座敷」とあって、血の道の一事はない。古今役者大全、五に「河内国藤井寺開帳の時、戻道にて小山といふ在所にて泊る人多く、大坂の名ある大尽と西鶴同道して、酒おもしろく酌みけるに、隣には前の沢村小伝次、竹中半三郎、小松才三郎、尾上源太郎、泊りけるに、一つに成ての大酒の上、小伝次申しけるは、一日籠にゆられし故か、血の道が起りしやうなといふを、立役の源右衛門、いかに女形なればとて、男に血の道とは、と笑ふを西鶴聞き咎め、ちいさき時より女のいふ詞をのみ習ひ込し故、いさゝかの頭痛をも血の道との言葉、日ごろのたしなみ思ひやられし、女形はかりそめの詞も女こそよけれと誉めしとなり。されば舞台も本の女と見えしと也」（馬場文耕の近世江都著聞集、六にも、これを引く）。よって伊原敏郎著歌舞伎年表も、元和三年四月の条にこの記事を引く。しかし西鶴の「なにはの良はいせの白粉」（天和元年）でも、難波立聞昔語（貞享三年）でも、野良立役舞台大鏡（貞享四年）でも、小伝次は若衆方にて、女形はやっていない。従って天和三年のことではない。又歌舞伎年表によれば、彼が女形に転じたのは、元禄中葉のようである。少くとも西鶴が「ちいさい時より女のいふ詞をのみ」という筈はないので、この話を西鶴に関係づけるのは、作りごとかも知れない。

七六　**高作**——花壇養菊集（正徳五年）、上に見える長作と同じであろう。同書に「たゞ心易きは長作りなり、花十分に咲きてよし、外をかんにんすれば、是を菊の最上とやいはん」とあり、作り様を詳述してある。

七七　**三十三天**——正法念処経第二十五に、住善法堂天、住峯天、住山頂天、善見城天、鉢私地天、住倶吒天、雑殿天、住歓喜園天、光明天、波利耶多樹園天、険岸天、住雑険岸天、住摩尼蔵天、施行地天、金殿天、鬘影処天、住柔軟地天、雑荘厳天、如意地天、微細行天、歌音喜楽天、威徳輪天、月行天、閻摩娑羅天、速行天、影照天、智慧行天、衆分天、住輪天、上行天、威徳顔天、威徳燄輪天、清浄天と列記する。

七八　**豊後ぶし**——常磐津節をいう例は、賎のをた巻「豊後節も次第に高上になり、文句も昔よりは風流になりて、芝居の所作出語りといへば、いつも常磐津文字太夫とて、男もよく上手にていつも其狂言当りたり、其頃専ら世に鳴りて素人芸にても、名を貰ひて女は文字江文字松などとて、此間女客などの馳走に雇はれてあるきたり」。

七九　**弟子分**——家元じきじきの弟子であると、即ち、名取りとなり、常磐津では、師の「文字」をおそって、□文字、文字□などと、芸名を許される。ここは、芸は名取りとなる程でないが、弟子分として、芸名だけもらうというのである。

八〇　**旦那のねつた膏薬売**——廿三番狂歌合に「檀那が煉つた膏薬売、明和年間、予が四五歳のころなりしかども、聊見しりたり、身のたけたかき三十ばかりの男、くり鬢の半奴にて、胴がねづくりの長脇差をさしたるが、さゝやかなるはさみ箱をかつぎたる、其箱の棒の先に、紙におしたるかうやくをさげたり。呼声だんながねつたかうやくは、いでたちまたくこれをとは手伝ふた。後に出でたる与勘平かうやくは、おらアもちつにせたるなり」と、風姿を伝える。続飛鳥川は宝暦十三年の頃一年間程売り歩いたとして「紺看板を着し脇ざしをさし、小さき挟箱をかつぎ、青傘をさし、旦那のねつたかうやくで、おいらもちつくり手伝つたと、唄のやうにいふ」とある。この者敵討の噂のあったことは、浄瑠璃の傾城阿古屋の松（明和元年）、三に「ヲ、サ既に討死するので有つたが、旦那がねつた膏薬で達者で帰つた」とあるは、それをふくむか。これを題材とした小説に、金陵子の敵討天神利生記（明和六年）がある。

八一　**無尽会**——寝惚先生文集の「無尽会稿序」に、「花有リ、実有リ、造物者ノ無尽蔵ニシテ、金多ク、銭多シ。頼母子（タノモシ）ノ初会日ナルガ故ニ茶屋ヲ借レバ一文目ノ茶代ヲ引カレ、遅参ヲ嫌ヘバ八時過ノ座鬮（ザクジ）ヲ除キ、親元潰レズ、無尽将ニ満テントス。鬮ヲ座敷ニ廻セバ余物（アマリモノ）ニ福有リ、欲ヲ心中ニ張レバ咒符（マジナヒ）モ効カズ、若シソレ酒終リ膳取レ人寄リ鬮開クニ至リテ、或ハ第（ダイ）カ拾（ジフ）カト疑ヒ、又偶（チャウ）カ奇（ハン）カト問フ。目安開（メヤスヒラキ）ノ大声ハ摩枯（スリカラシ）ノ無尽師ト為ルベシ。無尽場ノ小言ハ下手ナ義太夫ヲ諷（カタル）ニ似タリ。当者（アタルモノ）ハ進ミ否者（アタラザルモノ）ハ退ク。寺ニ取退（トリノキ）有リ、社ニ富突（トミツキ）有リ、物名ハ其ノ処ニ因ルトイヘドモ、欲気ハ微塵モ無キニ至ツテハ、一間（ヒトマ）ノミ本鬮否（ハヅ）レテ欲心盛ンニ先鋒尽キテ咒符起ル。或ハ持仏ノ飯粒ヲ懐（フトコロニ）シテ、又ハ鰯ノ頭ノ信心ヲ握ル。半口モ当ラズ聾（ツンボ）程モ聴カズ。シカレドモ鬮ニ当レバ跡懸（アトカケ）ノ苦労有リトイヘドモ、人譲レバ亦礼金ノ取徳（トリドク）有リト云フ」。

八二　**お花**——博戯犀照の「お花こま」の条「江戸塵拾巻下云ふ、沢村長十郎訥子、後に助高屋高助と改め、延享のころ始めて是を作る、こまを六角になして、お花半七、お菊幸助、お初徳兵衛をゐがく、其中にお花の絵姿いたつて見事に彩色せしゆへ、お花こまといふとかや、この後こまの造りはかはらねども、絵様いろ〳〵にかはれり、小児の手遊びの具などをもゑがけり、（中略）又ある人云ふ、お花こま後にはお花といへるにつきて、草花などゑがけるもあり、されど一方にはいづれ女のすがたを画きて、これを其徒のことばに娘と称し、その所いづれば勝になるよしきけり、また遠国に木にて六角にこまをつくり、焼印にて紋押したるは、おはなごまの遺風とやいふべき（なお、江戸塵拾の説を妄なりとして諸書を引用する）」。その独楽の面に金をかけ、廻りとまった時、上にあたった面にかけたものの勝となる賭博である（賭博史参照）。

八三 **化物**――この頃世にはやされた人物の楽屋裏評をした馬場文耕の江都百化物（宝暦八年成）の序に「世の中に化粧のものといふは、己が姿を異形にして、よく世とまじはらず。彼もの又は爰にあるかとすれば、かしこへ移り、居所をひとしくせず、昼は見へねども夜るあらはるゝの類、人にして人を化すもの、取あつめて数は百にたらねども、題号としてこゝに記す而已」。

八四 **熊女**――都の手ぶり（刊年は後年だが、記事の内容はかなり前のものを用いる）「両国の橋」の条「同じすぢなる仮家つくりて、うちぎぬかづきたる女子を、たかき所にすゑて、うしろには、しろきあをき紙をへだてはりたるあかり障子をたてつ。副ひ居たる男の、扇さかさまにとりて、まづしはぶきをさきにたてゝ見る人にむかひていへらく、此女子こそ、こしの国なにがしの村なる狩人の子なれ。殺生の罪の、子にむくい侍りて、斯うあやしき身とは生れにたり。さればとをかひとつ罪障のきえうせなんよすがともなれとて、こたびゐてきて、あまねく人々に見せ奉るなりとて、かのうすぎぬをとりのけつれば、げにいひにたがはず、良より手足までひとつらにくろき毛おひつゞきて、目鼻のつきどころさへわかたず、熊女となづけつるもことわりにこそと…」。

八五 **長橋の**――林鵞峯の詩（続江戸砂子所引）「題両国橋」「杠梁新《ニ》建《チ》枕《ス》二長流一、人是陸行吾在レ舟《ニ》、疑似猛竜横臥勢、総州《ハ》為レ尾武《ハ》為レ頭《ト》」の詩も有名であった。

八六 **軽業**――両国栞（明和八年）「今が一本づなじや、初りから〳〵ひやうばんのわ是じや〳〵。太鼓三味せんちやるめら入レかるわざのはやしあり」。四十年前のこととして記す「都の手ぶり」にも詳しい。

八七 **素麪の高盛**――両国栞に「女の声は少しはなにかけていふ、おかけなさい、にうめんかな、ひやぞうめんおやすみなさい、おたばこあがりませ」と呼び声が見える。

八八 **長命丸**――未知庵主人著川柳四目屋攷に詳しい。この薬は、紅毛長命丸とも称し、男性が外用して、局部の感覚を麻痺させて、その時間を延長する薬だという。なお同書にはその功能、使用法や製法も述べてある。

八九 **利口のほうかし**――盲文画話「浅艸のけしの助とて、江戸中知らざる者なき豆蔵ありけり、第一の芸は毬・陶器（とくり）・鎌・刀・玉を交へて豆さへ手玉に取り、鎌刀は手に取る毎に同じく落つる豆を切り割るに、十に十はづる事なく、手妻の内に切り割る、尤壱本足の高足駄はきてする也、或は品玉、又は小き屏風様の物を、角に箱の如く畳み、其内江小玉、或はとくり抔入れて、鵯・鳩などに変じさせ、又種成りとて、何歟蒔きて、暫時に木綿にて造りし真桑瓜、実花葉まで栄へて顕るゝ、其外色々手妻して、日々大入りなり、観音参詣の者は、此けしの助見ざる者はなきが如し、其業古風ながら、頗名人といゝつべし、明和頃迄有りて没したる由、其子其孫今に至りても跡を継ぎ、不絶けしの助と呼び、今は次第に器用になりて、放下もさま〳〵珍らしき芸を尽せども、初代けしの助の如く、名人とは言はず、名人と唱へるは何芸にても、又格別の事なり」。

九〇 **虫の声々**――守貞漫稿、五「虫売　螢を第一とし蟋蟀・松虫・鈴虫・轡虫・玉虫・蜩等声を賞する者を売る。虫籠の製、京坂麁也。江戸精製、扇形船形等種々の籠を用ふ。蓋虫うりは専ら此屋体を路傍に居えて売る也。巡り売ることを稀とす。秋季には当季の商人夏冬の如く多からず」。

（図あり、略）

九一 **ひやつこい〳〵**――燕石雑志「昔ありて今なきものは、（中略）夏日街頭に立ちて水一碗を一銭に売ることはいづれの比よりといふことを詳かにせねど、江戸の外にはかゝる事なし」とある。西鶴の万の文反古、一の三にも既に見え、旧観帳、三上「しら玉の砂糖入を一ッぱい上りやし。四文で真鍮の水呑へ入れて、金の匕を付けてのむのだ。安いもんだ」とある。守貞漫稿にも殆ど同じことが見える。この作品に近い両国栞の売声は「ひやつこいくみたてとうみやうじさとう水」と見える。

九二　**さんげ〳〵**――都の手ぶり「むかひなる川づらには、水にひたりて十余人ばかり、声そろへて何ごとにかあらん、高らかに唱ふ。こはおもきばうざ(病者)を救はんとて、垢離といふことおこなひて、さがみの国なるあふり山の不動尊にねぎいのるなりけり。手ごとにわらしべをもちて川になげうつ。流るゝをよしとし、たゞよふをあしとすとなん。ことはてぬれば、おのがじゝ衣きさわぐに、猶若きものは、こなたかなたたゞよひ、かづきいでゝ遊ぶも、いとあやふし」。大山の山開きは六月二十七日から七月一日まで。その前十七日大川のこの両国の辺で、垢離をとって身をきよめることをする。大山の信仰は、勇肌の職人連に多く、大きな木太刀を納める奇習慣もあるが、川垢離もにぎわしいものであった。その文句は両国栞に「さんげ〳〵六こん大せう(六根罪障)、おしめにははつだい(大峯八大)こんがらどうじ大山大せうふどう明王」(東都歳時記には末「大山大聖不動明王石尊大権現大天狗小天狗」とある)。

九三　**浮絵**――无名翁随筆の奥村政信の条に「俗に浮絵と云ひて、名所其外牧狩の図曾我十番切等遠景を奥深くみゆる図を書き、板行せしあり」などある。両国では、これをのぞき目鏡にしていた見世物があって、その口上は両国栞に長々とあるが省略。

九四　**壺中の仙**――漢書の方術伝に見える故事。汝南の費長房が、壺中に跳り入る術をする薬売りの老翁に逢い、「翁ト与ニ壺中ニ入ル、唯玉堂ノ厳麗ニシテ旨酒甘肴ソノ中ニ盈衍スルヲ見ル、共ニ飲ミ畢ツテ出ヅ」という。後人が、これを「壺中に天地を蔵す」とか、「縮地の法」など、成語にした。

九五　**硝子細工**――見世物研究「享保度には既に三都の観場で興行されてゐた。何しろ珍らしい観物であるといふ所から、日々観客群集したが、硝子師は舞台で小徳利や風鈴の類を巧みに吹分けて見せ、出来上つた品を土産として、看客に鬻いだのである。かく小さな物しか吹けなかつたビイドロも、其後益々発達して、安永五年六月に江戸中州新地で興行した時には、『硝子細工美しく、数取集めたる工夫目を驚かせば、老若ともに是を感ず、されば竜宮の妓に出現したる如く、乙姫も川に泛みて、此土にも竜宮ありしかと疑ふ』(安永販中洲雀)とのやうな奇巧を極めた美麗の細工だつた」。

九六　**幾世餅**――続江戸砂子「幾世餅　両国はし西の詰小松屋喜兵衛　餅を一やきざつと焼きて餡を点す。風味は美也。元禄十七のとしはじめてこれを製す。今諸所に摸して江都の名物となれり」。

九七　**髪結床の紋**――飛鳥川「昔髪結所に、障子へやう〳〵紋所など付るぐらい成りしは、近来明智左馬介湖水渡りの所など染めたる暖簾、其外所々に目を驚かす暖簾懸くる事に成りしは何の故ぞや」とある。その傾向の途中で、志道軒なども書かれたと見てよい。

九八　**講釈師**――都の手ぶり「又たかきあぐらにのぼりゐて、文机のうへにはぼうしぎのかたしを置き、ふるき世の軍物がたりをまねびいふ。まことにや、偽にや、おのがめに見しごとかたりなすもおかし」。

九九　**無縁寺**――江戸砂子「国豊山回向院　増上末　両国橋東詰　(前略)当院は明暦丁酉孟春十八十九両日の火災に死亡せし所の十万七千余人の亡魂のため、厳命によつて草創ありし道場、捨世の勤修不断念仏の地なり。(中略)当院に寺号なし、世俗無縁寺と号する事は、草創のみぎり今の本堂の地は一堆の義塚にて、後年塚のうへに、金銅の弥陀を安置す」。

一〇〇　**浄観坊**――正しくは静観坊、名は好阿。源内の友人平秩東作の莘野茗談に「下手談義といふ草紙、静観房と作者あれど、両国橋もと淡雪豆腐をうりし日野屋、株をば人に譲りて、隣に山本善五郎とて、手習屋をして居たる男の作也」とある。当世下手談義(宝暦二年)、続当世下手談義(宝暦二年。普通三年といわれるが、宝暦二年刊の教訓雑長持にこの書名見えれば、予定より早く二年中に出たものである)の二書はこの人の作で、いわゆる談義本の祖。俗耳に入りやすい上手な文章、例話やうがった構成で、当世社会の欠陥を指摘教訓してある。よって次の語がある。源内も東作と同じ様に考えていたのであるが、三田村鳶魚に異説(滑稽本名作集解題)があって、その方に従うべきようである。

一〇一　**水馬**――嬉遊笑覧、七「江戸にて士人の水練する始は近き事にて、宝暦五六年の頃十人ばかりも出て、両国橋の下元柳橋の処にて稽古したり。又深川越中島橋際には、未熟の者出たり、其頃は馬に乗りて渡るも、乗こみ乗あげともに附添ものはなかりし、今の如き見分あしく、馬と舟とを便にして渡すことは更になしといへり、それより浅草川にも場所を取りて、近ごろは甲冑を着て馬に乗りて渡る。九歳十歳ばかりの者もするなり。水馬功者になれりとみゆ。宝暦頃には甲冑着て馬わたし、又幼年の者馬渡しはなかりしとぞ。今はその場所浅草駒形町、元柳橋、大川橋の三所にて馬渡し有り」。

一〇二　**浅草の代参り**――甲子夜話、六十四の「願人坊主由来並掟目」の中に「一　天台宗祈願加持札守秘符相勧候事」「一　毘沙門天江願結願解代参之事」とある。願主にかわって参詣祈願したのである。何がしかの金を送れば、願人坊主が、天台宗の寺である浅草寺へ、願主にかわって参詣祈願したのである。尤も一種の物乞。

一〇三　**よたか**――夜鷹。本所吉田町入江町を本拠として両国辺にも出没した。婦美車紫鹿子の吉田町の条「こゝよりも切売いづる。両国向・薬研堀・柳原土堤・筋違橋・駿河台・護持院から飯田町・石町渡し・四日市原・御堀ばた筋・京橋びくに橋迄、本店の場所也」。

一〇四　**長櫛**――江馬務著江戸時代風俗史に「寛延宝暦頃からは、町形と称して横長の櫛の流行で、長さ五寸五分、端の高さ二寸二分といふ長みを生じ、他方には莫大なものが多く出で、横五寸八分高さ三寸二分、両端二寸三分両端歯幅五分半、歯の高さ一寸二分といふやうな大櫛を生じた」。

一〇五　**短羽織**　→補注三四(蝙蝠羽織)・風流志道軒伝補注五九。

一〇六　**色有**――元来、この語は上方の芸子(げいこ)で、売色をもするものの称。本朝色鑑に「凡芸子ハ客ト蜜室ニ入ラズ、然リト雖ドモ、消金懇談有ラバ意ニ順ハザルコトヲ難シト為サズ、又両方ト曰ヘル有リ、則チ色有(イロアリ)ト号ク、是酒席ニハ芸ヲ以テシ、蜜室ニ至ツテハ婬事ヲ容ルス之族也」。源内はこの語を用いるが、色即ち間夫(まぶ)のある意に解している如くである。

一〇七　**女妓**――宝暦五年の栄花遊二代男、三に「爰に踊子とて、横山町橋町辺にぜんせいする娘、京都の舞子と同じ、切を定めて情をうる、其内に二品有り、親元まずしくして踊を仕込むこともならねば、三味線の芸ばかりで、それを立てるもあり、また情を次にして踊をおどり人の気をいさめ、色といふにしかけ、親のしらぬ分にて情をうるあり、呼ぶ時は二人きて、ひとりの客にはついへにて、其うへ切にてあれば、高きものゝよふなれど、またさなき事あり」(以下詳しい。金曾木にも引く)。宝暦六年の風俗七遊談、一には風俗を述べて「しどけなき竪結の後帯は。八十の翁も足をとゞめて涎を流し。紫鼻緒の裏付草履は。中折の下駄に勝る。市松染の臑半に。菊五郎染の下着。瀬川嶋田には。梅花の匂ひをふくませて。浮狂人の心をうごかし。春は八幡の山開きに艶色をくらべ。夏は三港(みつまた)両国の楼船に芸を尽し。見る人の魂を飛ばす事は。流星の花火より多く。河東豊後の音曲には。引窓の埃も舞ひ。三味線胡弓の連引には。椽の下の蟾蜍も踊るべし。一度笑へば巾着の底を扣かせ。二度尻目をつかへば鼻紙袋を顛倒せしむ。蹴出しの小褄しどけなく雪の膚を顕はし。又は約束をちぎりては。朱の唇をなめさす。端手なりといへども。娘の形気を失はず」と。なお、三田村鳶魚著江戸時代のさま〳〵の中「江戸芸者の研究」に詳しい。

一〇八　**四条河原の涼**――滑稽雑談「四条河原涼(七日より十八日まで毎夜)是祇園会式の頃、炎熱盛なる故に洛下の貴賤、折を得て東河(異本河原)に出て納涼す、故に水面に涼牀を設けて、茶菓酒飯を商出(異本ひ)、或は放下・品玉の類まで、川辺に市をなす、両岸の人家、数点の燈を挙げて白日のごとし。納涼の老若男女歌舞の声、雲に響き地に盈てり。誠に洛中第一の壮観なり」。本朝文鑑所収の支考の涼賦に詳かである。

一〇九　**吉野**……――続江戸砂子の「楼舩類聚并船主」の中、
(神田川・浅草橋・柳橋)　吉野丸　四ま　平右衛門町　よしのや権七
(江戸橋)　吉野丸　五ま　小あみ町二丁目　弥右衛門
(稲荷橋・八丁堀川)　吉野丸　東湊町　八郎兵衛

とある。塵塚談に「宝暦七八年頃は吉野丸（一番の大屋形也）・兵庫丸・夷丸・大福丸・川一丸など大屋形船にしてすべて六七十艘も有けり」と見える。続江戸砂子に、

（塩留橋）　高尾丸　芝口新町　吉兵衛
（江戸橋）　恵比須丸　四ま　右同丁（本材木町一丁目）　清四郎
（江戸橋）　大黒丸　三ま　通二丁目　平兵衛
（稲荷橋）　大黒丸　同（木挽町）三丁目　七兵衛
（塩留橋）　兵庫丸　右同丁（木挽町七丁目）　長九郎

などの中、間数をしるした大船を、源内は取り上げたと知るべし。

二〇　**めりやす**――長唄の一種で、芝居で、俳優がせりふなしの仕草を続ける時の下座音楽として用いられた。三下りの調を多く用いたしんみりした調子で、曲はみじかい。語源は諸説あって一定しない。

二一　**さわぎ舟**――さわぎ船とは、さわぎ歌をうたう船。さわぎ歌とは、何とかぎったことはないが、三味線・太鼓・大小鼓などの楽器を混じてはやし歌うものをいう。

二二　**祇園ばやし**――京都の祇園会の、山鉾を引く時に用いる、笛・鉦・太鼓を用いてするはやし。江戸では、歌舞伎がこれを鳴物化して下座音楽に用い、それが又一般にも用いられた。

根無草後編

一　**犢鼻**――一休咄、一にある話。伊勢の関の地蔵をはじめて造ったとき、開眼を一休和尚に依頼した。でかけた一休は「つかノ＼とはしりより、彼地蔵のあたまから、小便をしかけ給ふこと、蘆山の滝のごとし。種々の供物もうきになり、流るゝばかりしかけて、開眼はこれ迄なりとて、あづまを指していそがれける」。人々は勿体ないというので、清水で地蔵を洗い、一方はがみをして追っかける者もあったが、「彼追懸けける若者は道にたふれ、彼小便あらひし者共はわなゝきふるひ狂乱し」た。そこで、も一度開眼を一休に頼むことになる。「それは不便のことなれども、是より帰るに及ずとて、布下帯の八百年ばかりにもならんとおぼしきを取出し、これにて地蔵の首をくゝりて置け、忽ちにやまひは治すべしとのたまへば、かの者共勿体なしとは思へ共、数のきとくに恐れて」、言われた通りにすると、たちまちに物の怪がのいたという。

二　**柏車**――新刻役者綱目の市川雷蔵の条「故雷蔵は、始あらし玉柏とて、色子にて京へ出、寛保の始より、若女形と成り、同二の冬、江戸市村座へ初下り、段々と仕上げられ、宝暦三霜月、中村座にて、海老蔵弟子と成り、市川升蔵と改め、それより五郎役をでかし、同八年霜月、大阪中座へ上り、評よく、五年ぶりにて江戸中村座へ帰り、此時より市川雷蔵と改名し、同十四の春、中村座にて、始て祐経の大でき、二番目、助六大当り、いよノ＼ひいきつよく、評よく、明和四亥の年身まかる。今雷蔵、幼名ひな蔵とて出しが、それより役者を止られしが、又明和六丑の五月五日より雷蔵と改め、子やくにて出、助六を勤め、父のおもざしによう似ました。ずゐぶんとはげまれて、父の名を揚げたまへ」。

三　**薪水**――新刻役者綱目の坂東彦三郎の条「元祖彦三郎は、実事の上手にて、三ヶ津に名高く、寛延四未のとしに、江戸にて終る。其子菊松、寛延二巳の霜月より、市村座へ子役にて出で、宝暦元霜月より、二代目の坂東彦三郎と改め、段々と出世あり、若衆形にて、それより元服し、若立役と成、殊外評判よく、度々当りを取しが、をしいかな早世して、西方の芝居へ行かれぬ。今彦三郎は今市むら羽左衛門の弟にて、幼名吉五郎とて、明和七としの冬より、三代目薪水となる、随分はげみ給へ」。

四　**天徳**――論語集註のこの条「魋（宋の司馬向魋）孔子ヲ害セント欲ス、孔子言フ、天既ニ我ニ賦スルニ、是ノ如キ之徳ヲ以テス、則桓魋其レ我ヲ奈如セン」。

五　**株を守て**――韓非子に「宋人田ヲ耕ス者アリ、田中ニ株アリ、兎走リテ株ニ触レ、頸ヲ折キテ死ス、因リテソノ耒ヲ釈テテ株ヲ守ル、復（また）兎ヲ得ンコトヲ覬ヒ、兎復得ベカラズ、而シテ身ハ宋国ノ笑トナル」とある。

六　**切落し**――劇場新話「切落、今は土間の七八の末にて、十一より十三

迄の内少し計りの所也、昔は舞台際より中の間の歩行の際迄惣じて切落也」。

七　**楓紅・露友**――楓紅は富士田楓江。初め、佐野川万菊門の女形、都和中に学び、一中節で二代目和中、後に長唄の唄方となって、藤田(後に富士田)吉次と称した。三味線をもよくして、作曲、長唄の曲調を変化させた。明和八年没、五十八歳(声曲類纂など)。露友は荻江露友。初め千葉新七、又長谷川泰琳とも称した。松島庄五郎に学び、長唄をよくし、明和三年以後露友と称したが、後に荻江節一流をおこした。天明七年没。

八　**脱衣の老婆**――元禄三年の人倫訓蒙図彙に「御優婆(おうば)勧進　伝聞く、彼三途川原にはすさまじき老女の有りて、迷土に趣く男女の一衣をはぎとり給ふとかや。今生より此人に馬をつなげば、余所見をして通さるると、みてきたやうにまざまざといふほどに、女性の信仰するは聞えたる事也」とある。この物乞は明治まであった。これによって、「勧化をせつく」といったもの。

九　**六道銭**――真俗仏事編、四「六道銭　是本漢土ノ俗法ニ習フモノナリ、漢ニハ昏寓銭ト名ヅク、亡者ノ路用ニ備フル意ニテ、吾ガ俗六道銭ト云フ」と。一文銭を六枚入れるのが普通であるが、地獄が財政的に苦しいので、一文銭を、一枚四文の真鍮銭にして、六文のかわりに、二十四文をとろうという勘定。

一〇　**新鋳の当四銭**――四文銭は一枚が四文に通用する貨幣。ここは明和五年江戸亀戸で鋳造し始めた真鍮銭をさす。半日閑話、十二の明和五年の条に「五月朔日より四文銭通用はじまる。表に寛永通宝、裏に青海波を鋳る。是は泉の古字をかたどれるにや、其波紋は始は波数多くして、後には浪の数少し、緡は青き苧縄にて渡りしを両替屋にて藁の緡を墨にてぬりて両替す。今は夫だに黒く染ず」と。俗に、真鍮四文銭・青銭・青波銭などと呼ぶ。

一一　**無間地獄**――この地獄に堕つる者は、食物すべて蛭となって、食に困るなどいうが、ここは佐用の中山の伝説による。諸国里人談、五に「遠江国佐夜中山街道より三里北に光明山あり。此寺の鐘を撞く人は、かならず福徳を得て富貴すれども、来世は無間地獄に堕つといひつたへたり。今は土中に埋む。よつて撞く事あたはず」。無間の鐘をついて、無間地獄へおち、蛭の苦をうけさせることをやめにして、同じ「かねをつく」なら、富をつかせるとの洒落。三百両と富の額をいったのは、浄瑠璃のひらがな盛衰記で、梅が枝が、三百両の為に、無間の鐘をつこうと思い、「此世は蛭にせめられ、未来永々無間堕獄の業をうくとも、だんないだんない」という所があるによった。

一二　**富**――幸田成友著日本経済史「富札」に詳しい。諸寺社などがその建築の修繕再建費用などの為、寺社奉行の許可を得て興行したことが多い。前もって富札を売り出して、一定の期日に、富突とて、櫃の中に入った番号のある木札を、錐で突く方法で抽籤した。その番号の札や、それに近いものには、段階をつけて多くの賞金を出した。よって富突ともいう。

一三　**通り者**――原来は通人の意であるが、やや内容が変化した。麓の色、四などは、「されば巧言令色にして、誰にもよく合ふこと、めりやすの手袋のごとくなる人品を、俗に通者と称すれども」として、真の通者は「よく男女の情に通じ、風流洒落」であるべきだといっている。明和の頃は通人の意もあるが、洒落本の遊子方言が、通り者として描いたのは、通人ぶった半可通であった。通り者ぶるやからをわざと称する意も出来た。又川柳などでは博奕打をこの名でよんでいる(秋農屋「通り者」―やなぎ樽研究九の八)。

一四　**ずい流し**――胡蝶の夢(安永七年)の通言の中に「ながし、流シと書く、ものにかまわぬ事也、むつかしくなる事をもむつかしくせず、さらさらとすます心なり、古語にきゝながし見ながしより出でたり、すべての事をそれきりにしたる心なり」。

一五　**久米の平内**――江戸時代にも、瀬田問答・近世奇跡考・柳亭記など諸説がある。海録、一によれば「久米の平内石像　浅草観音境内に、久米の平内の石像といふあり、この像のゆゑよしは、南畝翁の瀬田問答、京伝の奇跡考等に見えたり。おのれ曾て聞きたる異説あり、彼地の古老言伝へしといふ話には、久米の平内は、三谷のほとりの石工の老父也、平生いとむづかしくこゞとをいへり。没後其子、親の常にこゞといへる像を石もてゐりたりし也、その石像のうしろに、久米氏の墓碑あるにより て、遂に久米の平内の名を冒せし也。上下を着たるにはあらず、近づき見てしるべし。さてこの石工殊に上手にてありし由、その作れる所のもの、今玉姫稲荷の境内右の方に、出山の釈迦像ありといへり。右柳亭種彦ぬしの話、これは兵藤平内兵衛とて、鈴木正三門人にて、二王座禅といへる事を工夫して始めたり。かの石像は二王座禅の姿とぞ、寺は駒込海蔵寺に墓あり、天和四年六月六日没せり」。

一六　**大戸**――名物六帖は出典に余冬序録を引く。曰く「人能ク飲ムト飲ムコト能ハザルニ、大小戸之称有リ。唐宋ノ酒令詩話ニ之ヲ言フコト多シ、今人殆ンド相循ツテ爾云フ、或ヒト問フ、此称定ツテ何時ニ起ルカト、呉志、孫皓人ヲ饗宴スル毎ニ、七升ヲ以テ限ト為ス。小戸ハロニ入レズト雖モ、並ビニ澆灌シテ、尽ヲ取ルト、是三国以前、麴蘖ヲ事トスル者ニ已ニ此ノ品目有リシ也」と。

一七　**卞和が玉**――韓非子の卞和篇に、楚人の和氏が、楚山の中で玉璞を得た。厲王に献上したが、玉人がこれは石だと鑒定したので、王は和氏の左足を刖した。次に即位した武王に和氏は又この璞を献じたが、再び石と鑒定され、今度は右足を刖された。次の文王が即位した頃、和氏はその璞を抱いて、楚山の下に三日三夜泣いた。王がそのわけを問わせると、自分は刖されたのが悲しいのではない。宝玉が石と見られ、私が誑ったといわれたのが悲しいのだと答えた。文王はよって玉人にみがかせると、宝を得ることが出来た。よって和氏の璧という。また史記によれば、戦国の時、趙にあったこの玉を、秦の昭王が十五城をかわりにして、入手せんとしたことが見え、また連城璧ともいわれた。

一八　**しのぶ売**――歌舞妓年代記の宝暦十二年春(二月)中村座の曾我贔屓二本桜の条で、「雷蔵五郎にて大神楽のたて花やか也。次に下河部庄司行平の妹しら菊、二役雷蔵十郎に惚れ、伊豆次郎に中村嶋五郎が懐中せし、証拠の矢の根を取らんとして、双方命を捨てしが、亡魂あとを慕ひて、惹売の姿となりて、十郎を見て恨をいふ。此狂言市川雷蔵始めて勤む。是惹売の元祖也。大磯の虎に芳沢五郎市。くわいらい師でくろく六兵衛。実は京の次郎団十郎。此所作浄るり常盤津文字太夫にて大当り」。

一九　**あかん平**――歌舞妓年代記の明和二年の森田座の勝時栄源氏の条に「(宗十郎)又宗盛に頼まれ清盛の姿にて暫くの請、皆鶴姫雛次に湯起誓を取らせんとする所、雷蔵奴あかん平(伊勢海老あかん平)のしばらくにて、見顕はされて震ふ所おかしみよし」。

二〇　**実の実**――新撰古今役者大全の坂東彦三郎(上手一代)の条に「実の実といふは、此人藤田・柴崎より此かたは此一人のみ。(中略)今に江戸の大だて物、小がらなれどもはゞへあり。家老にしてはあつぱれ〳〵、太刀打、たて入、落付た事此上にやはらかみがあらば、又此上はあるまじ。みぢんも、こぢ付けてあてられし事なく、大上上吉より白極上上吉、上手の上手といふものにて、生の仕内に成りては、此人にこすは有るべからず、長十郎(沢村)は時を得たる上手、此人は真の上手といふべし」。

二一　**石芋**――甲斐(山梨県)山梨郡湯村・美作(岡山県)勝田郡荒内・豊後国(大分県)球珠郡芝塚など諸国にあって、皆弘法大師に結ぶ伝説があるが、一番有名なのは伊予(愛媛県)温泉郡滝見の与門三郎の伝説である。これについて早く、雲根志前編は「芋化石」として説明する、「土佐国田の浦にあり、形状里芋の頭也。円くして外薄黒く瘰あり、石中白色大さ桃栗、或は拳のごとく至つて堅硬也、里人つたへ云ふ、むかし弘法大師封じ給ひし芋なり、化して石となる、よつてくはずの芋といふ。似像の物といへども見る時は真に芋頭也、手に取れば石なる事を覚ふ」(白井光太郎著植物妖異考参照)。

二二　**石蛤**――雲根志に「貝石」として、その産地をあげる。曰く「螺少く蛤類多し」と。諸国里人談、五「石蛤」に「土佐国田野浦の西に十浜といふ所あり。此所の蛤は常のごとくにして中は砂なり。むかし弘法大師此磯にて蛤を見給ひ、何といふ貝なりと尋ね給ふに、是は喰ぬ蛤と答へしより、此所の蛤は身なくして砂なりと云ふ。所にては喰はずはまぐりといふ。(以下、備後国庄原村の石貝、阿波国海符の符貝のことを述べる)」。

二三　**古河では水**――半日閑話、二十四の「古河弘法水之事」に「宝暦六丙子、下総古河に霊水涌出で、五月上旬より時花(はやり)出し、群集する事限りなし、冬に至りおのづから止みたり。江戸にては今弘法と唱へ、又利生有るものは手拭に梵字現らわるゝと云々」。江戸からも行き人々泥水に浴し目やみは目をぬぐうなどしたのであるが、その迷信痴態をにがにがしとして、同六年八月に名水染分紋一冊を出した人あり、それに詳しい。なお弘法の水の伝説は五来重の「弘法清水」(密教研究八十一)参照。またこの根なし草の影響をうけたものであるが、明和八年刊の教訓乗合船、一にも次の如くある。

芋が石になり、川に梵字が流れ、波に題目がゆられ、石面に千体仏を、一夜の内に彫り、国中の挽臼の目を切り、山中の井戸より汗をたれ、高野大師の法水には、盲人が針めどを通し、居ざりが駈出し、手拭犢鼻褌にまで、御判の居つた御利生、飛んだぶんぶく茶釜の、奇瑞をかたり。

二四　**臼の目**――嬉遊笑覧、八「入子枕(正徳元年刻)其頃臼の目切といふ事はやり、国中をさわがしむ。人の申すは弘法大師あはれみをたれ、其年の悪病を救ひ給ふ印と云々。酢香物のおもしに捨置きしも、今朝みれば白妙の石の粉ふりまざ〳〵と目切れたれば、町内立より、三寸よ鰹ぶしよといはひ限りなし。昔もかやうの事ありて、みな〳〵古狸のしわざなり云々。其後も同じ事有りしにや、明和二年前句付(不思議なりけり〳〵)能かむといふ石臼を拝みに来」。

二五　**黄蜀葵根店**――守貞漫稿、二十「京師宮川町某の家にて通和散一名『ねりぎ』と云ふ白き末薬を製し、三都に売レ之、男〇必らず用レ之、先ロ中に入れ津を以てこれを解溶し、〇〇に塗れば即ち滑かになる也、三都男〇用レ之、又新妓始て〇〇の時用レ之、蓋長年には不レ用レ之、十三四歳の者に用レ之ことある也、然ども妓は少年と雖ども必用ひるに非ず、男〇は必用レ之」と。このねりぎに黄蜀葵(とろろ)の根を用いる。重訂本草綱目啓蒙、十二の黄蜀葵の条に「子熟スル時茎根共ニ枯レ、其根葵根ノ如ク白色ナリ、此根ヲトリ還魂紙ノ粘ニ用ユ」など見える。

二六　**王済・和嶠・杜預**――晋書、三十四、杜預の伝に「時ニ王済相馬ヲ解シ又甚ダ之ヲ愛ス。而シテ和嶠頗ル聚斂。預常ニ称ス、済ニ馬癖有リ、嶠ニ銭癖有リト、武帝之ヲ聞キテ預ニ謂ヒテ曰ク、卿ニ何ノ癖有ルヤト、対ヘテ曰ク、臣ニ左伝ノ癖有リト」。又同書の四十二、王済の伝に鄣泥をつけた馬が水を渡らないのを見て、済は馬が鄣泥を惜む故であろうといい、これをぬいでやると、渡った一事を上げ、善く馬性を解す例とし、「杜預、済ニ馬癖有リト謂フ」とある。又同書四十五の和嶠の伝には「家産豊富、王者ニ擬ス、然シテ性至吝、是ヲ以テ譏ヲ世ニ獲、杜預以テ嶠ニ銭癖有リト為ス」と見える。

二七　**盛親僧都**――徒然草の六十段に、「真乗院に、盛親僧都とてやんごとなき智者ありけり。芋頭(里芋のおやいも)といふものを好みて、多く食ひけり。談義の座にても、大きなる鉢にうづたかく盛りて、膝もとにおきつゝ、食ひながら書をも読みけり。煩ふことあるには、七日二七日など、療治とてこもり居て、思ふやうによき芋頭をえらびて、ことに多く食ひて、よろづの病をいやしけり。人に食はすることなし。ただ一人のみぞ食ひける。極めて貧しかりけるに、師匠死にざまに、銭二百貫と坊ひとつを譲りたりけるを、坊を百貫に売りて、かれこれ三万疋を芋頭のあしと定めて、京なる人にあづけおきて、十貫づつ取りよせて、芋頭をともしからずめしけるほどに、またことようにも用ふる事なくして、そのあし皆になりにけり。『三百貫のものを貧しき身にまうけて、かくはからひける、誠にありがたき道心者なり』とぞ人申しける」。

二八　**宗祇法師**――作品化してあるが宗祇諸国物語、三の「盗賊歌に和ぐ」の条に盗賊が宗祇を赤裸にした後に「賊猶あかずや在りけん、宗祇の鬚の長く一つかね計りありしを、しとど取りて、法師に似あはぬ鬚顔、悉く根をぬきて渡せ、箒に結うてつかはんに、嘸(ぜき)つよかん物をといふ、祇は天性ひげを愛し、一生剃らず香をとむるに、ひげにとゞまりてかをり不絶とて、扨なん鬚を愛しぬ、今此の賊に赤裸になされたる事は、露悔ゆる事なくて、鬚をとらんといふにぞ胸つぶれける。盗人猶いらでて、早くぬき渡せ、箒にせんと責めけるほどに、

　我が為に箒計りはゆるせかしちりのうき世を捨てはつる迄

と答へければ、左計りおそろしきあらえびすも、和歌の情はしる事にこそ、手を打ちて、うい事申されたり。この体のやさ法師に、何の悪き所ありて、筋なき物を取るべきと、始めとりたる衣服返しあたへ…」。

二九　**八珍**——周礼の注に淳熬・淳母・炮豚・炮牂・擣珍・漬・熬・肝膋の八種を上げる。ただし諸説があって、一定しない。

三〇　**逆櫓**——平家物語に「梶原申しけるは、今度の合戦には船に逆櫓を立て候はばや。判官、逆櫓とはなんぞ。梶原、馬は駈けんと思へば弓手へも馬手へも廻し易し、船はきと推しもどすが大事候、艪舳に櫓を立違へ、わい楫を入れて、どなたへも安う推す様にし候ばや」とあって、義経は、軍は引かぬをよしとするとて反対、梶原は、よい大将は引くべき時に引くがよいとて争ったと見える。

三一　**衣紋坂**——吉原大全「又土堤(日本堤)より大門の方へ下る坂を、ゑもん坂といふ。是よし原へいたる万客、このほとりにて多くは衣紋などかひつくろうゆへ、かくは名付けたり」。

三二　**待合の辻**——花柳古鑑によれば、早くは別れの辻といったのが、後に待合の辻とかわった。待合の辻と称して後も、場所は揚屋町の角であったが、後年江戸町の角に変った由の考証がある。この頃は吉原大全に「又中の町、江戸町一丁目二丁目の角を待合の辻といふ。むかしは女郎客をむかひのため、大門口より此辺へ床几をならべ、もうせんをしき、女郎こしをかけ客をまち、此所にて出あい、つれ立ちしゆへ、待合の辻といふ。今はそのかた芝居にのみのこりて、吉原の狂言には床几を出し、女郎のこしかける体あり、古風なり」。

三三　**茶屋**——揚屋のあった頃は揚屋と、散茶女郎への遊女屋、その後は遊女屋へ客を案内するを業とした。これも吉原大全に「むかしは揚屋遊び多かりければ、中の町茶や数すくなかりし。後、中の町茶やだん〳〵多くなりて、大門口より水戸尻まで、すき間もなく軒をならべ、日々のはんじやういふばかりなし」。

三四　**夜店**——吉原大全「元吉原に夜見せといふ事はなく、たゞ昼のうち、みせをひらき客をまねきける。明暦年中、新吉原となりて、夜見せをめんぜられし事、前に見へたり。(中略)又夜見せはじめし頃の定めに、昼は九ツより七ツまで、夜は六ツより四ツまでにてありしが、夜の見せ、ひけはやきゆへ、其節おもひ付きて、四ツの鐘のときは拍子木をうたず、九ツのかねをあひづに、四ツのひやうし木をうち、夜見せをひき、そのかへしに、すぐ九ツの時をうつなり。よつて吉原には鐘四ツ引ケ四ツの名あり」。

三五　**三絃**——店すががきとは、張見世の時、歌をうたわず、ただ三味線をにぎわしく引くものである。北女閭起原には「家々によりてすがゞきの手違ふ事なれ共、今はなべて同じ事也」とある。また北里見聞録の引くある書には、古くは歌詞があったとして、その二章を上げている。

三六　**新吾左**——麓の色、三「武人をしんござといふは、賭博の骰子の目より出でたる詞といへども、其説鑿論に近し。想ふに凡て武人は、朋友を片名に呼びて、新五左、甚五左などといふを、女郎耳馴れず可笑き事におもひ、口真似などし戯弄せしより、常語となれるなるべし」。

三七　**白き糸**——淮南子に「墨子練糸ヲ見テ、之ニ泣ク。其ノ以ツテ黄ニスベク、以ツテ黒ニスベキガ為ナリ」。

三八　**夜具の敷初**——いわゆる三つ重ねの豪華な夜具で、勿論客からの送り物で、敷初の式も皆客の金で行う。その式は吉原青楼年中行事「夜具舗初之記」に「夜具の敷初は客の方より送りし儘を若亭に餝り、其妓を招きて飲酌を催し、祝辞を述ぶ。此日妓家の内証より茶屋へ酒肴を送るもあり、夜具持来る銘々へ、女郎より祝義を出し、また内証の若者茶屋船宿の男まで仕きせを出す女郎もあり。敷初の日も蕎麦を以て人に贈り、会釈とする古例にして、概ね袖留かね付の規矩にひとしく、亦た異なるもそれ〳〵の家格に依りて違あり。客は比翼紋の手拭をまきちらせば、若者は松竹梅の台肴をもつて惣花の礼謝とす。されや此敷初は全盛随一の洪福にして、客の見へも亦宜し」とある。

袖留——今まで振袖を着ていたのを、袖をつめ、成年の姿になることであるが、ここは吉原の新造女郎の袖留で、吉原大全に「新ぞうにて見せへいで、なじみの客もつけば、客より袖をとめ、ざしきをもたせ、あるひは部や持となし、夜具等も出来て、しきぞめをなす。長持・たんす・丁字釜・碁・将棋・双六盤・琴・さみせん・書物箱・身仕舞道具・諸色とりそろへ遣す事なり。此日茶や船宿への、しうぎ、ならびに家内そば切ふるまい、総花にいたるまで、新造いだす節と大に同してすこしき異なり。夜具出来、客の方より遣しても、敷初の日までは亭主の方にあづかり、敷初の時にいたりて二階へ遣す事なり」と。

つき出し——吉原大全によれば、「此里にて生育(そだ)ず、十四五歳已上にて来りし女郎をつき出しといふ。是は右にいふ新ぞうと事かはり、姉女郎なきゆへ、亡八より其気量によりて、ざしき持・部や持、あるひはちう三つけまわしにしたて、夜具衣服道具までこしらへ遣す事なり。是も、かくにより七日の内は、新ぞうをつけ、中の町へ出す事まへのごとし。茶や船宿などへ、その女郎の名、ならびに紋所をつけし、さかづきをおくる」と。

身請の祝儀——身請をした時に、遊女及び客より、遊女屋や茶屋の人々に出す祝儀の物品金銭のこと。

三九　**牛**——吉原大全に「又若イ者を牛とよぶ事は、はなにてまわるといふ心にて、うしに比したる名なり。及あるひは妓有とも書けり。牛の字をいみて書きあらためたるか。宝晋斎其角が十牛に牛の字を用ゆ。もつとも事実にかなへり。今は通じて、まわしかたといふ」。

四〇　**台…最中の月**——台は、台の物の略。大きな島台の上に種々の料理をのせて出す仕出し。喜の字は、喜の字屋喜右衛門の略。角町の角にあった。

山屋は、揚屋町山屋市右衛門(代によって市左衛門、市兵衛と称したのもある)。その豆腐は「いたつて極品なり」(吉原大全)と称された。七十五日には色々の種類を上げるが、吉原青楼年中行事には「絹越の金柑豆腐」とある。山屋豆腐という。本石町二丁目に支店も出た(七十五日)。

袖の梅は、吉原大全によれば、「正徳年中、天渓といへる隠者ありて、伏見町に住みけるが、酒客の為に此くすりを製してひろめける。世にある袖の梅のかんばんは、天渓自筆の写なり」。北里見聞録、七に「袖の梅三礼湯振薬」の能書を上げる。「一、第一酒の酔をさまし二日酔によし　一、食しやによし　一、しやくつかへによし　一、引風頭痛によし　一、打身落馬には酒少し加へ用ゆ　一、目まひ立ぐらみによし　一、産前産後血の道によし　一、痰をけし声を能くするには生姜湯にて用ゆ　一、魚鳥木の子一切の毒消によし　一、旅人懐中して諸の不浄を除る也」。

巻せんべいは、江戸丁二丁目角万屋太郎兵衛の工夫で、竹村伊勢大掾方の販売。

漬菜は、仲の町洲崎屋久兵衛製。

昆布巻は、仲の町近江屋権兵衛製。

甘露梅は、梅の実を紫蘇の葉でまいた砂糖漬。吉原大全には松屋庄兵衛手製しはじめたとある。幕末の守貞漫稿には水道尻山口屋半四郎店とある。又後には誹諧通言に「中の町の茶やにて製し客人へくばるなり」と。この三品をならべて大全に「此三品、中の町の名品として、今は一同に茶やよりの配り物となりぬ」という。

群玉庵は、吉原大全「又群玉庵のそば切名物なり」。

最中の月は、前出の竹村伊勢大掾家製の最中で、上あんをもって有名であったが、大全には「近頃最中の月といふ菓子をも製し出す」と。

四一　**大黒舞**——花柳古鑑にその発生について詳かな考証がある。やや後年であるが、その状景について同書は「毎年正月二日より花街に入りそめて、二月初午を限りとす、但し初午二日三日など月初なる時は十日迄日延なすが例なり、むかしの古風を失はず、道外狂言に心尽しなし、はづかの台を構へてうたひ舞ふなり、十二三年巳前までは四幕つゞきなどに狂言を仕組しが、それより後は二まくつゞきを限りとする花街の掟とはなりぬ、いか程の雨雪の日といへども一日も休まず、是も一つの掟なり」と。家々で呼び入れてやらせたのだが、その歌には「大黒天は元日に恵方へむかひ、につこりと笑ひ染たる福寿草云々」とか「ア、大尽舞を見さいな云々」などで始るのが有名である。

四二　**二日…**——この吉原の行事の記事は、やはり、既に多く引用したが、この根無草後編出刊の前年明和五年刊の古今吉原大全によったものと思われるので、この補注も同書、四の「吉原年中行事」の条から該当する所を引くことにする。

二日は買初、家ごとに吉例としてはまぐりをかふ、商人明七ツ時より入りこむ、**七草**、**くらびらき**十四日としこしより十八日まで、廿日は**ゑびす講**、又家々のゑびすかう日限さうゐあり。此月大黒まひ人形まわし引もきらずいりこみ、家々の女郎我も〳〵とまわする事なり。たゞ江戸丁二丁目角のつたやにては、家風にて大黒舞をまわせず。（中略）**初午**、此夜江戸丁一丁め二丁め京丁新丁の通りの中へ、家々の女郎の名を書つけたる大挑灯をともす事おびたゞし。是はいなりへ奉納の為なり。九郎助いなり其外江戸丁伏見丁京丁松田いなり等のやしろへ、客女郎打まじりさんけいはなはだくんじゆす。此伏見丁へ勧請するいなりは、江戸丁二丁目の分にて、初午のみこし・かぐらは二丁目自身番にてつとむ。三月**上巳**花にてことににぎやかなり。女郎のざしきへひなをたつるもあり。（中略）八日**灌仏**、五月**端午**仕着日なり。此日廓外の子供十五歳より巳下の者を大門の内へ禁ず。（中略）七月**七夕**此日七夕まつり、竹のうらへたんざくほうづき扇をつるす。（中略）十五日十六日は**盆**中ゆへ大紋日也。十五日は仕着日にておの〳〵うす衣をいだす、毎年此月朔日より十二日まで、中の丁茶やそろへの燈籠をいだし、十三日十四日の夜とうろうなし。十五日よりは家家の思ひ付にてとうろうを出す。八月**八朔**、此日中の丁へ出る女郎は、皆々上着まで白無垢を着す、故事なり。十四日十五日十六日、**月見**にて華麗を専らとし、座敷に歌舞妓あやつり座をもうけ、その外かざり物等客の心々にて善つくし美つくす事なり。又かざり物に木をうへ山を築き、ちやうちんをつるす事あり、又なじみの客へ月見杯をおくる、故実なり。（中略）九月**重陽**十二日十三日十四日は**月見**にて、八月に同じ。但し片月見をいみて、明月をしまひたる客は後の月もやくそくする事也。十月**玄猪ゑびすかう**は正月と同じ。（中略）十二月八日**事はじめ**（本文事納とあり、八日を言う同じ）。（中略）十七日十八日**観音市**にて、貴賤のくんじゆことにおびたゞし、廿日前後**餅つき**あり。此日みのわ金杉より出入の者、嘉例にまかせ来りて、御代は目出たの若松様よといふ歌をうたひて、もちつきの手つだひをなし、女郎のかゞみ餅をとる。此日女郎より若イ者幷に出入の者へ、しうぎとして衣服を遣はす」。ここになく本文にある涅槃は涅槃会、二月十五日釈迦入滅の日の仏事。

四三　**世界定め**——芝居乗合話、二「扨又九月十二日を、来る顔見世の世界と名付け、三座共に顔見世に相定りし座頭、ならびに狂言作者・大夫元・帳元・頭取打寄りて、顔見世の狂言を相定むる事也、此世界といふは、先顔見世の狂言、太平記・平家物語か、伊豆日記又は鉢の木かと、狂言の躰を極むるを、世界定めるといふ也」。ただし世界定めは、顔見世狂言にかぎらず、新狂言の毎に行うものである。なお劇場新話・戯財録・狂言作書等にも詳しい。

四四　**はなし初**——芝居年中行事の十月十七日の条に、「咄始、寄始ともいふ。昔は此日を足揃共云ひて、総役者麻上下にて舞台へ揃い、小舞などあり。いつの頃よりか其事はなく、今は太夫元へ作者・頭取・立役者のこらず、夫より中役者の頭まで相揃ふ。作者、大名題・小名題・役人替名付をよみきかす。其座に居なりの役者は羽織袴、外座より来る新役者は麻上下にて出席。是に送り迎といふ古例あり。譬へば森田座より中村座へ当顔見世より出る役者は、森田座より此日右の役者へ送りを付くる。中村座よりは迎を遣す、是を送り迎といふ。送り迎は桟敷番・留場・仕切場の者の役なり。右役者宅にて送り迎のものへ酒肴を出し、馳走してかへす事也。扨はなし始の席にて、座元より作者・役者へのこらずひとりびとりに盃計の式あり。是も先新役者へ先へ盃をさし、夫より立もの段々と順に盃事、右盃事の内一度々々に小うたひあり。是は下座の役也。尤何もへ料理へ本膳二つきを出す。大きにいわふ事にて、手を打祝儀をのぶる。茶屋も表裏とも不レ残てうちんを出し、ことの外賑おふ事なり。

中村座にては、牀に梅花活る、おちつきにはまぐり吸物古例なり。

市村座にては、おちつきにぞうに、仕廻にみかんをなげる事古例なり。

森田座にては、おちつきにぞうに古例也。

古来は狂言・名題役割を読み、夫より狂言の筋を初幕より段々に咄あり、そのときあいさつ人にはどうげ方の役にて、あどをうちし事也。是は近年屋(ママ)の名題と役割計をよむ事になりぬ、今は狂言の筋を咄すには、おも役者の方へ作者行きて、ひとり〴〵に相談有る事故、狂言のこんたんものみこむ事也。尤衣装どり其外いろいろと、作者より役者へは相談多きものなり(但右寄始近年は三階にて致す年も有り)」。

四五　**甲乙を顕し**――芝居乗合話、二「扨十月廿日は、ゑびす講、此日は入替り、新役者の分ならびに、狂言作者下立役はやしかたに至るまで、紋看板を出す也。勿論其年の役者は、紋看板出さぬ事也。尤紋看板にも、三尺二尺五寸の高下紋所にも、紺上緑青の品々ありて、一体紺上をねがふ事なれども、上分ならでは紺上はならぬ極め也」。

四六　**扇**――劇場新話に「昔はまねぎといひて幕切シヤギリと倶に木戸中大勢立上り同音にアリヤ〳〵〳〵〳〵とかけ声、扇を開き隣の芝居の方を招く事ありしが今はたゑて此事なし」。

四七　**留場**――芝居乗合話、三「留場役といふものは、若手の者計にて、見物人の酒狂人なるか、または喧嘩口論などのとりしづめをする役にて、年寄りては勤りかぬる場所故に若手を撰む事也、是とてもその日〳〵に急度何程づゝと云ふ払ひ銭とりといふ事もなき事故に、馴染の客なくては出つゞかれぬこと也」。

四八　**桟敷番**――劇場新話に桟敷の構造を説明して「尤桟敷番といふものありて是を割渡す、此桟敷番は大夫元の名代表向の役、衣裳改其外公辺の事にも拘る役也」。

四九　**上桟敷…新格子**――劇場新話の「桟敷名目大概の事」に「東西上桟敷、舞台の方より八間を内格子といふ、此内二間は幕の内也、茶やの買直段一は二十五匁、二は三十三匁、三より八迄三十五匁也、九より六間の間を大夫といふ(八間ともいへり)、其次平(ひら)といふ、六間あり、大夫の四迄三十五匁、大夫の五より平の一迄三十目、平の二より六まで廿五匁也、下桟敷舞台の方より八間を内翠簾といふ、直段上桟敷と同じ、但幕の内一は二十匁、二は二十五匁といへり、九より六間の間を外翠簾といふ、一より四迄三十五匁、五六は三十匁、其次を新格子といふ、東は六迄あり、二十五匁也、此内揚幕の側をハタといふ、直段は同じ、入りのあるなしにて直段高下あるべきにや」。

五〇　**羅漢**――劇場新話「羅漢台は舞台のうしろ高き所也、前ははしがゝりといふ、木挽町には羅漢台なし、目高見物といふは舞台のうしろ外座の方に押合つてゐるをいふ也」。

五一　**向桟敷**――正面桟敷のこと。舞台正面の二階で、「二階向ふ桟敷を引船といふ、本船、中船、跡の名あり」(劇場新話)。

土間桟敷――未詳。土間即ち階下の見物席の中、花道の東西に、花道にかこまれた中央枡席と別に、平土間(前土間)・高土間(本土間)があった。この高土間のことか。劇場新話に「近来本土間に手摺を付け毛氈をかけ、三十匁に売る也」などある。

切落し――土間の後方の席。↓補注六。

追込――おいこみ。向桟敷、即ち二階の正面の後方の席で、いわゆる聾桟敷のこと。

五二　**春狂言**――劇場新話に「顔見世狂言を始として春狂言は二の替り也」と。しかし源内はもしかすると三月三日より始まる三の替と考えていたのでないかと順序からは考えられる。

曾我祭り――同書に「扨五月にいたり、年々春狂言曾我もの語りの狂言取組む事故、曾我の両社を祭り、五月廿八日を祭日と定め、五月中旬より曾我祭りと名付け、惣役者かつらかけず、素顔にて揃ひのゆかた、又は染帷子を著し、子供の花おどり、夫より段々と仕ぬきの狂言、俄のおもひ付、はては雀躍、手踊、女形は花笠おどりの賑敷く、曾我両社の御輿を留場口より本舞台へかき出す、役者のこらず神いさめをして、先今日は是切と打出しの太皷を打つ事成りしに、過にし仮芝居都伝内座の砌にや、此曾我祭りを大そふに取組み、役者の外に芝居掛り合のものまでも、美々敷き衣裳にて、本祭同様に芝居の町内表裏をはやし歩行し、大形のいたかたに付き、御咎めを蒙り、今はその事相止む、しかし芝居内の曾我祭り躰のけやうげん、其模様によつて御差構なき事にや」。

土用休――劇場新話に「六月中旬より土用休也、古来は役者一ヶ年極の事ゆゑ六月休といふ事なし、勿論古人市川柏莚に限り土用中相休しが、今は一体の休となる、近来又土用芝居といふ事あり、重立し役者は休みて、若手中立もの小詰交り興行す、尤直段を安札にして殊の外はやる事也」。

秋狂言——芝居乗合話、二に「また秋狂言も七月十五日より初まる事もあり、残暑つよき折からは、八朔よりはじむる事也、秋狂言も九月にいたれば、あらまし更替りの新狂言に成る事ぞかし」。

三三 **旃檀は**——観仏三昧経「旃檀ハ根芽漸漸生長シ、纔ニ樹ヲ成サント欲シテ、香気昌盛」。

蛇は一寸にして——前者と同じく、すぐれたものは幼時より、その将来の知られる意の諺。

三四 **ぽんぱち**——未詳。

火まはし——紙燭などに火をつけ、輪になった一座を順に廻して、(それを持った人が、火に関した語を一ついう例もある—百物語、上、日本歌謡集成、七所収踊口説集「日待の火まはし」)火の消えた時に、その紙燭を手にしたものが、罰として芸などして見せる遊び。

道具まはし——火まわしと同じ形式で、何でも、手近な道具を廻す。その時歌をうたってはやすが、その歌が切れた時に、道具を手にした者が、同じく罰をうける遊び。

八べ衛——未詳。

地口——地口は同音又は類音の語句に、異議をもたさせる滑稽な言語遊戯であるが、享保期江戸で流行し(我衣)た地口熱が、この頃から再燃して来た。ただ地口をいうのみでなく、これを尻取り的にうけわたしをすることなど、酒席では行われた。神霊矢口渡の初段の中(三一二頁)にも見えている。(綿屋雪著ことばの民俗学参照)

どぐわんす——「どでごんす」のつまった語。山東京伝著奇妙図彙(享和三年)の徳利を地蔵に見立てた一つに、「とつくりちよつと玉をかう持つて、地蔵なんどは、どでごんす」とある。酒席で、手近のものに少しの細工をして、何かに見立てかかる言葉で示し合う遊び。(山中共古著砂払一五頁以下参照)

羅漢舞——諸説あるが後の羅漢廻しであろうと思われる。羅漢廻しは小高吉三郎著日本の遊戯に「いつの頃から行はれたものか判明しないが、徳川時代も末期になつてからだらうと思はれる。多人数の者が円陣を作つて坐り、各自に自分がやらうとする動作を定めておいて、その中の一人が『羅漢さんがそろうたら、まはそぢやないか』と音頭をとる。これをきつかけとして、『よいやさの、よいやさ』と一同で囃しながら各自左隣の者の動作を間違ひないやうに真似て行く、十人ゐれば自分をのいて九人の真似をしなければならない。若し間違へた場合には、懲罰として芸をやらされる」。

蔭絵——嬉遊笑覧に影人形として紹介する所が、それである。曰く「寛文延宝のころ、影人形といひしものは、今も手をうつして影にし、鳥さし犬の首鷹などの形をなし、又いさゝか紙など切りて其の形をうつし、又身にさま〴〵の物をとりつけて、影ぼうしうつすことなどはあり、今の硝子に絵をかきて、彩色したるうつし絵も、予が幼きころより見しものなれど、其の頃は今の如く巧みなる事はなく、石台の花の開く所、又は掛ものの白紙なるに、やがて文字のあらはるるなどにてありし」。

声色——役者や物売りなどの発声をまねること。安永三年の風流浮世くらべは、大道芸人などの言をうつしたもので、その流行を物語る。

中返り——嬉遊笑覧に、手をつかないでかえるをいうが、手をついた場合も亦、同じくしてよいなどと説明がある。男色の少年達は、歌舞伎俳優の修業もしているので、かかることも、酒間の芸として出た。

男は女は——男はと問い、男の名を云い、女はと問えば、女の名で答え、次第に職業を問に出し、それにふさわしい名を答える。その問答を交代に出し合って、とんちんかんな返事をしたものが、罰盃をうける遊び。神霊矢口渡の初段の中(三〇九頁)を参照。

獅子ちよきりちよ——絵本続大人遊(寛政五年)に見える「獅子はどこじや」のことか。同書に「この仕様は、例へば人五人あれば、一人は笛、一人は大鼓、一人は小鼓、一人は太皷の仕方をまねび、残る一人獅子になるなり。今まで獅子を勤めたる者、笛の仕方をとれば、笛の役をしたるもの早く獅子になるなり、獅子また太皷をとれば太皷獅子になるなり、せんぐりかくの如くして、とりの遅き者は酒をのますなり、獅子、笛、太皷、三味線などの身ぶり手つき図によりて考ふべし(図略)」。

投壺――中国から伝来の遊伎で、壺の中へ矢を投げ入れて、その入り方や数で点数の高きを争う。この頃流行して、雅遊漫録(宝暦十三年)、七や、投壺指南(明和七年)・投壺今格(明和六年)・投壺新格(明和六年)などの書が出た。それぞれに詳しい。

五五五　**鎚のお仙**――半日閑話、十二に「谷中笠森稲荷地内水茶屋女お仙(十八歳)美なりとて皆人見に行く、家名鎰屋五兵衛といふ、錦絵の一枚絵、或は絵草紙、双六よみ売等に出る、手拭に染る、飯田町中坂世継稲荷開帳七日之時、人形にも作りて奉納す、明和五年五月堺町にて中嶋三甫蔵がせりふに云ふ、采女が原に若紫、笠森稲荷に水茶やお仙と云々、是よりしてますます評判あり、其秋七月森田座にて中村松江おせんの狂言あり大あたり」。この笠森稲荷は谷中感応寺中門前町にあった。そして鎚と称したのは、瘡守とよんで瘡の神様とし、願がけには土の団子を供し、願ほどきには米の粉の団子を供した故である。(大田南畝著売飴土平伝・三田村鳶魚著足の向く儘の中「笠森稲荷及びお仙茶屋」参照)

五五六　**銀杏のおかん**――半日閑話、十二に「銀杏娘(本竹屋仁平次娘名はお藤、開帳半ばより出で熊谷いなり前のいてう木の下の楊枝屋娘なり)」とあるお藤と間違ったものか、同書には更に「浅草観音堂の後、いてうの木の下の楊枝見せお藤も又評判あり、仇名いてう娘と称す、錦絵或は絵草紙手拭等に出、読うり歌にも出る、是より所々娘評判甚しく、浅草地内大和茶屋女蔦屋およし、堺屋おそで錦絵の一枚絵に出る。童謡『なんぼ笠森お仙でもいてう娘にかなやしよまい(実は笠森の方美なり)どふりでかぼちやが唐茄子だ』といふ詞はやる」。

五五七　**返魂香**――蘇東坡詩集の註に「李夫人死ス、漢ノ武帝之ヲ念ヒテ已マズ、乃チ方士ヲシテ返魂香ヲ作ラシメテ之ヲ焼ケバ、夫人乃チ降リヌ」とあって、武帝の故事におこる。洪芻の香譜には、返魂香をたいて、父母曾高を見た話など見える。

五五八　**三十三身**――観世音菩薩の変化の相。法華経の普門品によると、仏身・辟支仏身・声聞身・梵王身・帝釈身・自在天身・大自在天身・天大将軍身・毘沙門天身・小王身・長者身・居士身・宰官身・婆羅門身・比丘身・比丘尼身・優婆塞身・優婆夷身・長者婦女身・居士婦女身・宰官婦女身・婆羅門婦女身・童男身・童女身・天身・竜身・夜叉身・乾闥婆身・阿修羅身・迦楼羅身・緊那羅身・摩睺羅伽身・執金剛身の三十三。

五五九　**檜熊浜成・武成**――簡単なのをえらんで江戸砂子に「当寺観音の霊像は、人皇三十四代(マヽ)推古天皇の御宇、進中臣といふ人あやまれる事ありて、此所に左迁せらる。其臣檜熊(ひのくま)浜成・武成といふ三(マヽ)人の兄弟主人の跡をしたひ来り、中臣につかへて漁をいとなむ。推古帝三十六年戊子三月十八日、三人の兄弟宮戸川の沖に網をおろすに、あやしきものかゝれり、月かげに見れば観音の仏躰なり」。

五六〇　**枯べし**――音の少ない動詞の未然形につくのであるが、国語学的検討は橋本四郎「ベシ・マジの接続面の混乱」(国語学第二十二輯)に見える。

五六一　**地黄**――医道日用綱目「六味丸(又地黄丸とも云ふ)腎虚して病をなすには皆用ゆべし。水を壮にし火を制するの薬也、熟地黄八十目、山茱萸・山薬各四十目、茯苓・沢瀉・牡丹皮各三十目、右極細末して煉蜜にて丸ず。白湯にて用ゆ。又塩ゆ或は酒にて用ゆるもよし。痰あるものには姜湯(しやうがゆ)にて用ゆべし」、又「八味丸(又八味地黄丸といふ)腎の水火共に虚したる者に用ゆ、又命門の火衰へて脾胃虚寒ずる者を治す、先の六味丸に附子・肉桂各十匁を加へて、六味丸の如くに丸ずるなり」。

五六二　**一睡の夢**――沉既済の枕中記に見える、邯鄲の夢の故事。盧生なる少年が、邯鄲に遊ぶ途中、道士呂翁よりかりた枕をして、生涯の栄枯盛衰を夢みたのが、黍を蒸してまだ熟せない間においてであった。よって一炊之夢というが、近世では、応々あやまって、一睡と書いている。

五六三　**天人の五衰**――仏本行集経、五には、その五つを、一に頭上の華萎み、二は腋下に汗出で、三に衣裳垢膩し、四に身の威光を失い、五に本座を楽まずとして上げている。経典によって多少の相違がある。

五六四　**人間万事塞翁が**――淮南子の人間訓に見える故事。塞の辺の老翁が馬を盗まれて、くやまなかった所、馬が胡の駿馬をつれて帰って来る。それをよろこばなかったこの翁の子が、馬で体をくじいた。これを又くやまなかった翁のその子が、不具故に戦に出ないですんだ。「故ニ福ノ禍トナリ、禍ノ福トナル、化、極ムベカラズ、深、測ルベカラザルナリ」とある。後人これを詩に詠じ、諺にして、「人間万事塞翁が馬」という。

六五　**ながいも**――元文三年軽口宝船、二「されば小哥に長きもあればみじかひも、あるがざしきのやすだゝみといひければ、てい主ぬからぬかほにてやすどこ〳〵などいふた」とあってかなり前からある唄。享和三年の人間万事吹矢的、上「長いきあれば短いきあるは吹矢の縁の下」、文化六年の浮世風呂初編「されば長湯も短湯も、あるは八百屋の椽の下と、松坂音頭の白声は」とある。流行の小歌でなく、音頭なので、かく長く関心を持たれたのであろう。前後の文未詳。

六六　**宝引**――正月の遊びの一。多くの綱の中から、印のものを引あてたものに賞を出す一種の福引。寛保延享江府風俗志に、正月元旦のことを述べて、「夫より五ツ時後には、福引々々とて、飴にて巾着の形に吹き、薄板に付け、紅にて立筋四つ五つ引きたるを箱蓋にかざり、春袋々々とて、小児に福引とてほうびきいだせる者、両掛荷にして来れば、小児大に悦び、一町毎に二三箇所むらがりて、殊の外春めき賑ふ事なり」と。後天明から寛政にかけて、その呼び声から「さござい」と称され、博奕に類した勝負事となり禁止されたことは、宝暦現来集、二に見える。

六七　**瓜造**――催馬楽に「山城のこまのわたりの瓜作り、我をほしといふ、いかにせん、やりやしなまし、瓜たつまでに」。梁塵後抄の註に「狛(こ)は地名、山城国相楽郡、瓜の名所とぞ」。

六八　**月旦評**――後漢書の許劭伝に、「初劭与二従兄靖一倶有二高名一、共覈二論郷党人物一、毎月輙更二其品題一。故汝南俗有二月旦評一焉」。

六九　**三の替**――劇場新話「三月三日新狂言に替る尤曾我狂言二番目也、是を三の替りといふ。顔見世狂言を始として、春狂言は二の替り也、夫故此替りを三の替りと云也」。

七〇　**狂言綺語も法の声**――白楽天の香山寺白氏洛中集記に「願以二今生世俗文字之叢、狂言綺語之過一、転為二将来世々讃仏乗之因、転法輪之縁一」とあるにおこる。仏教の盛んな我が中世では、この言葉が文学者達に好んで用いられた。そして「歌ふも舞ふも法の声」とか、この句の如き諺が生じた。

風流志道軒伝

一　**白眼**――晋書の阮籍伝「籍字ハ嗣宗、礼教ニ拘ハラズ、能ク青白眼ヲナス、礼俗ノ士ヲ見レバ、白眼ヲ以テ之ニ対ス（嵆喜に白眼し、その弟康之に青眼して悦んだ記事がある）」。志道軒は、僧と女が、話を聞きにくれば、これをいたたまれぬ程にののしったのを、白眼といった。そのこと後出。

二　**女形の身ぶり…**――紫のゆかり「さるが中に、いとようとりくはへて、男をうなのけさうのさま、まづしりめに見おこせて、身をかいひそめ、つれなくつくりて、なさけめくやうだい、なれむつるゝなどは、袂をひきもすそをふみ、ねたげにさゝやき、心いられして、ひきまつらへるを、とかうときはなさんと、みじろぎあへるに、ふと人音してにげまどふさま、さながらいひたつるもいとをかし」。

三　**一枚絵**――浮世絵類考の奥村政信の条に「深井志道軒の容を写し画く事妙なりと云ふ」とある。浮世絵名家集成の中に政信画く一葉が収めてある。

四　**三十二相**――諸乗法数「足下平満、足千輻輪、纖長光沢、足跟円満、手足細軟、手足網縵、足趺端厚、伊尼鹿𨅒、勢峯蔵密、自分円満、身毛上靡、孔生一毛、身毛右旋、身真金色、常光一尋、皮膚細軟、処充満、広洪其相、師子身相、肩膊円満、立身摩膝、師子領輪、具四十歯、歯斉牙密、歯牙鮮白、得上味相、広長舌相、目紺青相、牛王睫相、鳥瑟膩沙相、眉間白毫、梵音声相」。

五　**にじり込**――諸芸小鏡「にじりあがりの戸のいかにもしづかに少しあけ、内をみて、扨皆あけてはいりてはき物を直す也、せきだを石の上にろくにぬぎそろへ、くゞりへあがりまはりもどりて、雪駄を前の壁にひきかけて置く、又はわきへよせて下にも置く也、ぬぎたるまゝにてはおかず」。

六　**一目打っては**――賽の河原地蔵和讃「小石を拾ひて塔を積む、一重積んでは父の為、二重積んでは母の為、三重積んでは西を向き、樒程なる掌を合せ(そこへ獄卒が来ることあって)疾々是を積直し、成仏願へと呵りつゝ、鉄の榜(しもと)を振り揚げて、塔を残らず打ち散らす」。

七　**六国**――香道千代の秋、上「近世六国とて、六品の連の香ありとてもてはやす、古来聞かざる事也、古の書にはかつてなし、按ずるに、米川氏の比より此の名目おこると見えたり、むかしはたゞ木所とて、加羅(きゃら)、羅国(らこく)、真那賀(まなか)、真那斑(まなばん)の四をのせたり、其余赤栴檀の事見えたり、佐尊羅(さそら)、寸門多羅(すもたら)の説なし、中比より此二つを加へて、六国と名目をたてはじめたり、其物を試るに、佐尊羅、寸門多羅、ともに一種の香なり、六種品異なり、六種の香と云ふは異儀なし、六国と云ふ時は、其国より其木出ると云ふ事、たしかに弁じがたし、(中略)しかれども羅国、満剌加、蘇門答剌、加羅の四国は、もろこしの書に侍る、さそら、まなばんの二国、いまだ考ず、万国の国中にある仙労冷祖をさそらとし、馬拿莫大巳をまなばんと梵語にては通ずるよし云へども、未だたしかなる書におひて考ず」。なお六国列合之弁に詳しい。

八　**井戸をさらへ**――後年の書であるが先哲叢談、仁斎の条に「左右比屋力ヲ戮(あは)セテ義井ヲ濬(さら)フ。仁斎之ヲ聞キ、出デテ共ニセント欲ス。衆皆曰ク、吾曹(わがともがら)之ヲ成サバ足レリ。何ゾ先生ヲ役スルコトヲ為サントト。仁斎曰ク、敢ヘテ義ノ辱キヲ謝セザランヤ、然リト雖モ余此ノ井ヲ汲ムコト、既ニ衆ト異ナラズ。今豈ニ独リ与ラザルノ理アランヤト。遂ニ綆(かう)ヲ執ツテ其ノ労ヲ分ツ」。「上下を着て」はその律義にして、融通のきかぬを面白くいったもの。

九　**甘藷を焼き**――享保十九年十二月に青木昆陽が「従御奉行所被仰付候板行」として、薩摩芋功能書并ニ作り様の伝を出して、「凡農民の助に成るべきものは薩摩いもを第一とす」と流布したこと。ただし源内は「火打箱で甘藷を焼き」といったのは、国益を考えての行動であるが、なお規模の小さいものと評していたのであろう。

一〇　**ひちりきを吹**――蘐園の儒者達の隅田川に遊んだ例は、山県周南の周南先生文集、一「墨水泛舟作并序」に「丁未中元、邀二物先生一、泛二舟於墨沱河一、子遷子和諸友咸会、会者十余人、多挟二蔡伯喈桓叔夏之技一、絃沱笳交奏、觚翰更命、僕帰期近逼、恐二再会難一レ継、乃不レ能レ無二索居睽離之思一云」と序があって、その詩中にも「飛觴称二逸興一、笙鼓佐二棹歌一」と見える。徂徠門の中、殊に管楽器に巧なのは太宰春台で、前沢淵月著太宰春台によれば、ひちりきのことは見えないが、横笛・笙・笳など種々のものをよくしたので、或は春台あたりを考えたものであろう。

一一　**井田の法**――周の時代の田制。孟子の滕文公上篇などに見える。九百畝の正方形の田を、井字形に九にわけて、中央の百畝を公田とし、それを他の八つをもつ八人の農家に共同に耕させて、その収穫を税とした。春秋穀梁伝の宣公十五年の条に「三百歩為レ里、名曰二井田一、井田九百畝、公田居レ一」とあるが、この法の細部については諸説があり、更に孟子ら儒家の理想論で、現存しなかったとの説も出ている。

一二　**女妓なんど召し抱へ**――江都百化物の儒道のばけものの条に「林家の大儒朝散太夫大学頭信充は、(中略)其上仁義を説く天下の大儒たる人、八代洲河岸の表二階に妾二三人、舞子芸子多く引きつれて、浄瑠璃三味線大騒ぎ度々也」と。又松平宗衍なども、深川枡屋などに、芸人芸子と共に遊ぶことが多かった。

一三　**早鮓**――元禄三年の料理指南抄の鮒の早鮨の例、「一　酒壱斗に塩三合入れ煎ジ候、酢一合加へ申、四五日置候には入れ申さず候、一　食(めし)をさまし右の煎ジ候酒ニ而喰塩ゟ少しからく合せ申候、一　鮒に塩を仕り、一時ほどしませ置き、扱さつと洗ひ、右の食ニて漬け候、是は二日程にて能く候、又四五日も置申候、食の塩生なれよりは辛く仕候、おしは漬け候時ゟ二時ほどもおしかろく仕り、夫より次第〳〵におし強くかけ申し候」。寛延三年の料理山海郷もほぼ同じ、魚類が変っても大体同じ。

一四　**壺入**――時代の早い書であるが色道大鏡に「壺入　挙屋にて遊宴せず、傾城の家主の館へ行きて、女郎と共に興ずる貌也。此の名目酒屋より出でたり、酒を調へて遣して呑まずに、真道に酒屋の内に入りて是を求め、呑み興ずるを壺入といふ」。用例によれば野郎の場合もあって、同じ様に、やとい主即ち野郎の自宅で遊ぶことである。

一五　**蹴ころばし**――塵塚談「けころといふ妓女の事、天明の末迄下谷広小路・同御数寄屋町・同提灯店(異名なり)・同仏店(此も異名なり)・広徳寺前通り・浅草堀田原辺、其外諸所にあり、是も一間の家に二三人づゝ限りに出居る事なり、花費(つとめだい)は弐百文づゝにて、いつも容貌をゑらび出したり、毎月大師縁日三日十八日には未明より出居あきなひせしなり、寛政以来此の売女絶えてなし」。盲文画話に大体同じ内容あり、なお「怪敷硯蓋に酒一銚子出す、銚子替ゆれば直しの旨なり、泊りは取らずと見へたり、暫時の間にて早契り、蹴転しの略言にや可笑」ともある。

一六　**比丘尼**――盲文画話に画と共に詳かである。抄出すれば、「其頃より日増に流行して、浅草門跡前・本所御竹蔵後・安宅・大橋向抔に、比丘尼屋出来、親方をオリヤウと号して、専ら色を商ふ、其内浅草門跡前は、別て大造と成り、盛んに繁昌せしは宝暦年間しきりに栄へ、比丘尼の全盛言ふ量りなし、比丘尼屋も立派なる家にて、五人十人も抱へ置き、店は品川抔の売女屋に似て、奥を浅く仕切り、其前に銘々莨盆を控へて、並び居る揚屋も出来て、客を迎ひに比丘尼道中する体、吉原仲の町の如し、其の姿は紅粉あくまで(粧)、黒繻子にてしたる異形の頭巾に、(帽子)針とて、銀にて色々の簪をさし、左右のもみ上ヶの(毛)を残し垂れ、縫の襠(かいどり)、同下着、巾広帯前にて胸高に結び、塗下駄をはき、褄を取りて目八分に向ふを見(張り振り出)したる容体、昼三の太夫におさ〳〵劣らず」などある。(括弧内は原本破損、複製本の補筆による)

一七　**三河の万歳**――守貞漫稿に万歳の歴史を述べて「江戸に来る者は三河を第一とす(故に専ら三河万歳を唱す)、而て遠江等もあり、尾張にも万歳あり、他国には不ㇾ出歟。江戸に来る万歳の扮、太夫は折烏帽子に麻布の素襖を着し、大小二刀を帯る。素襖色無ㇾ定、紺を専とし、記号亦無ㇾ定。袴或はくゝり袴又は常の袴をも着す者あり。侍烏帽子を不ㇾ用ことは、幕府無官の士着ㇾ之歩行にて登城す、故に与ㇾ之混ぜざる為也。才蔵は侍烏帽子に素襖を着して無ㇾ袴也。或無二素襖一、是亦米袋を携ふ。此才蔵多は総州の夫、年末江戸日本橋四日市と云ふ所に集る。太夫択ㇾ之で雇ふ。是を才蔵市と云ふ。昔は大門通にて行ㇾ之由、或人の話なり」。

一八　**宝引せねば蚊がくふ**――安永三年の小噺稚獅子「蚊のまじない」に「正月日待に夜食などしまい、なんと宝引でもしたいと云ふて、おかみ様ソコを頼み申しますと云ふ、親父は心よけれども、婆大きなむづかし屋なれば、兎角ばば殿の気嫌を取つて見よと、今晩は皆が蚊のまじないをしたいと申しますと云へば…」。

一九　**屋倉太鼓**――劇場新話に「抑櫓は芝居表側正面に高く床を儲け、座元定紋を染出したる幕を打ち、正面は定紋左右は丸の中にきやうげんづくしと書く也。左右の割書に座元の名を記す、尤平仮名也。櫓太鼓正月元日霜月朔日には、囃子方の内より未明に麻上下を着し打之、三座とも同じ古例也、打様に秘伝あるよし、櫓は人の知る所なれども芝居随一の物故爰に記す」。

二〇　**八百屋お七**――宝暦四年の下手談義聴聞集、一「歌舞伎の趣向つきはてゝ。八百屋お七が曾我の親類、頼朝卿が吉原がよひ。とやかくに。昼夜枕をくだひて案じ出し。ずいぶんと新しく当世風をのみ込んで作る」。歌舞伎年表を見るに、寛延三年正月、市村座の通神衜(衜《ちどり》)曾我に中村喜代三郎が八百屋お七をつとめて好評。寛延二年正月、中村座の男文字曾我物語にも、瀬川菊次郎がお七をつとめている。又宝暦元年二月、中村座の伊豆小袖商売鑑にも、佐野川市松がお七となって、曾我物に登場した。かかる例が重なっての評であった。風流志道軒伝の出る前にも、宝暦十一年三月、市村座助六所縁江戸桜にも、瀬川菊之丞がお七をつとめる。宝暦十二年正月の森田座の恋花王(さくら)梅若曾我も、お七吉三をからませた如くである。よって源内もこの句を出したのであろう。

二一　**七種の拍子**――七日に七種の春草で粥を作るのだが、江戸時代ではもっぱら薺(なずな)と、他の数種を混じて用いる。又俎板ではやすことがあった。守貞漫稿に「同(六日)夜と七日暁と再度これをはやす。はやすと云ふは、俎になづなを置き其傍に薪・庖丁・火箸・磨子木・杓子・銅杓子・菜箸等七具を添へ、歳徳神の方に向ひ、先包丁を取つて、俎板を拍ち囃子して、曰く、唐土の鳥が日本の土地へ渡らぬさきになづな七種はやしてはと、と云ふ。江戸にて、唐土云々渡らぬさきに七種なづなと云ふ。残り六具を次第に取レ之、此語をくり返し唱へはやす」と、滑稽雑談の記事も簡単ながら大体同じである。

二二　**綱引**――滑稽雑談の正月十四日の条「和俗、児童今日戯に、大なる縄を数輩打ちつどひて諍ひ引く。或は往還の道路に横へて、往来の男女に纏ひ遮らしめて興ず。是を綱引と云ふ。田舎などには猶おほかめる」。栞草は三井寺門前の行事、十三・十四日の間とする。

二三　**粥杖**――詳くは骨董集や用捨箱に考証がある。続江戸砂子の江府年行事「当日(正月十五日)粥杖、かゆ木とも云ひ、此杖にて女房の腰をうてば、男子をもうくとてうつ也、今はわらんべの戯れ事となれり」。江戸ではこの杖に、柳の木の棒を用い(川柳)、箔をおき彩色したものもあった(守貞漫稿)。

二四　**爆竹**――滑稽雑談「上は禁裏・院中より、下百姓の家居迄、爆竹の造り物を建て、誠に宮庭の遊観なりしが、寛文始のとし、爆竹の火より禁裏の炎上なんど侍りしによて、其後宮城はいふに及ばず、民家まで爆竹を停止せられき。当代には禁裏・院中、十八日にさぎ長とて、ちいさき爆竹の形を造りて相賞せらるゝ。民家には十五日の暁、竈のほとりにて、門松しめかざりなどを焼て、『左義長や東土や』、囃すならし」。

二五　**コリヤマタ組**――何か事が起ると、「こりやまた、何のこつた」などいって、文句をいい、荒い行動に出る、勇み肌の職人達のこと。教訓差出口、一「いかなれば随分、下劣なこりや又が、仏神に慮外するは、手荒するが祭と覚し心得違からなれば」。

二六　**まつさきの田楽**――後はむかし物語「真崎稲荷はやり出て田楽茶やの出来たるは我二十二三歳(宝暦六、七年)の頃なるべし、鳳岡先生の会日に其はなしを初て聞けり、江戸町の名主は先生の門人にて其男が別して甲子屋と申す茶やの田楽はよしと申す也など、先生に語りしを聞けり、其後大に繁栄し、青楼の婦人をいざなひて遊ぶ人も多かりき、向ふ島の秋葉は今信仰薄くなりて淋しけれど、茶やの賑ひは替らず、真崎は神威とともに茶屋もおとろへたり、真崎は手前の角若竹や(後袖すりや)、又甲子屋・川口屋・玉屋・いね屋・仙石屋・きり屋(道を隔て)八田屋などいづれも繁昌なりき」。

二七　**飛鳥の花**――安永の四時遊観録に「花は一重、山桜にして、誠に爛熳と咲きたつころは、雲か雪かと見まがふばかり、平塚明神の辺より遠望殊に可なり、享保年中(道筑の碑は元文四年)あふけなくも、台命によつて、かゝる種を植ゑさせられ、花の山となし給ふ、山中成島道筑老人のなす所の碑あり、なだらかなるすこしき山ながら、眺望、豊島足立の二郡、荒川のながれ、瀑布を帯び、田野畑うつおのこ草つむ女わらべ、花の木の間に見て佳景いはん方なし」。

二八　**染井のつゝじ**――江戸砂子「染井躑躅　名木にあらず、植木屋伊兵衛と云ふ者、つゝじさつきを多く造ル、江府へうり出ス所のつゝじさつきは多く、此辺より出ル、其外売樹木おほくあり」。伊兵衛は伊藤氏、増補地錦抄・広益地錦抄・地錦抄附録などの著書もある。四時遊観録にも、「躑躅霧島　染井植木屋伊兵衛圃中△面向△無三△唐松、三本すぐれて色深し、一丈余めづらしき木也、江都第一の植木屋、千花万花、唐に倭に、鉢植もの其数を知らず」。これについて奴凧に「染井の植木屋伊兵衛がもとに、享保の頃有徳院殿より拝領せしといふ、躑躅の大きなるが三本あり、面向無三唐松といふ木なり、其のち尋ねて見れば、其木もいづちゆきけんみえず」などある。

二九　**鋲乗物**――守貞漫稿「全体青漆押縁黒銅具及び鋲を打つ故に鋲打乗物と云ふは、俗の名付く所歟、或は押びち鋲のみ打ちて別に銅具なきもあり」。

三〇　**荷出す**――荷売りのうちはやは、蜘蛛の糸巻に、天明の頃のこととして「はしぐ〳〵には絵見世さへなければ、団扇を物に入れて、背負ひ竹に通したるをもかたげ、ほんしぶうちは、更紗うちは、ほぐうちはとよびて売りありく、大方は若衆二さいなどなり」。

二一　**高荷**――盲文画話に高荷の木綿売あり、その説明に「己が背丈の格子戸の荷箱にれんじやくを付け、其の荷箱の上江角に包みし木綿地を幾つも段々に積重ね、此木綿の高さ七八尺を積重ね、四方綱にて留め、所々へ手拭に裁ちたるを下ヶ、是を背負ふ故殊の外高荷也、低き所を潜り越へる釣合能く覚へたる物、屋敷の小門をも自由に潜る腰の曲尺合（かねあひ）と見ゆる」とある。よって、ここはこの体裁の蚊屋売のこととなるが、画話には又紙帳売の一条があって「是も又享和の頃まで、夏の中角なる台に縄紐を付け、其上に紙帳大小を数々乗せて、紙帳〳〵と売りけるが、此商人の出立皆一様にて、じゆばんを肌ぬぎ、上の単物の袖は腰へ巻き、裾短く抱へ上げて、三尺手拭にて〆め、白もめんの甲掛股引、菅笠を冠りし姿也、此の出立ならねば紙帳は売られぬ事にや、誰極めしにや可笑、其後絶へて無し」とある。源内或は二者を混じたか。

二二　**不二祭**――続江戸砂子の江府年行事「朔日（六月）富士詣　駒込　別当本郷真光寺　五月朔日よりその夜すがらかけて、朔日の夕景まで参詣群集す。大かたは子供也、おほく髪をみだせり。これ富士禅定の心也。かりのよし簾茶屋多くたちつゞけ、餅酒やうの物を貯へたり。当所の産は五色網袋、軍配うちは、麦わらにて作れる蛇、或は桜桃杏李等のくだもの、かのすがり網に入れて産物とす」。駒込の富士とは、駒込の富士浅間社のことで、ここに人工で富士山を作ってあった。

二三　**麦藁竜**――江府年行事の記事はつづいて、「麦わらの蛇は延宝始のころ、所の女わらんべ麦わらにて作れるねぢり籠とかやいふものゝやうに、ながくあみつゞくれば自然と竜の形に似たり。これを手むだごとのやうにこしらへ、軒におけり、子供の参詣多ければ、玩物にとゝのへぬ。いつとなくしだひにひろごり、ふじみやげにこれあらでは、いかならんやうになりて、今は当所第一の産となれり」。

二四　**八朔の白妙**――吉原大全「八月朔日、此日中の町へ出る女郎は、皆々上着まで白無垢を着す、故事なり。是は元禄年中江戸町一丁目、巴屋源右衛門方の高橋といへる太夫、そのころ瘧（おこり）をわづらひ居けるが、深くいゝかわせし客、八朔紋日のやくそくにて来りしゆへ、うちふし居ける白むくのまゝにて、あげや入りしける体、まことに李花の雨をふくめる風情して、ことにきよらなりければ、その日入つどゐたる万客、高橋がすがたを感嘆せざるはなし。是より後、例となりて、八朔には白むくを着る事になりたり」。

二五　**月見のさわぎ**――吉原大全「十四日十五日十六日月見にて華麗を専らとし、座敷に歌舞妓座、あやつり座をもうけ、その外かざり物等客の心々にて善つくし美つくす事なり。又かざり物に木をうへ山を築き、ちやうちんつるす事あり。又なじみ客へ月見杯をおくる、故実なり」。次の「人形まはし」は、この文の「あやつり座をもうけ」にあたる。

二六　**清見八景**――清見八景は半太夫節から転用したもので、好色与之助の三段目。船の内は隅田川船の内のこと。浮瀬は竹婦人作で、享保十六年七月に演じた。里神楽は丹前里神楽、三番叟は又半太夫節のを用いたもの。詞章は半太夫節正本集・十寸見声曲集に悉く所収、その大半の成立については、江戸節根元集に述べる所がある。

二七　**我が朝の風流**――九月十三夜即ち後の名月を賞することは中国にはたまたまあっても、定ったものでなく、日本に始まるの説あるによる語であろう。秉燭譚に「九月十三夜ニ中秋ト同ク月ヲ賞スルコト、ソノ所謂ヲツマビラカニセズ。徒然草ニ、中秋ト同ク婁宿ナリト云フ。抄物ニ吉備公ノ伝ナド云フ説アレドモタシカナラズ。五雑俎ニ、九月十三日晴レバ釘靴挂ヲ断レ縄ヲト云フコトアリ。コノ日ハルレバ久シク晴ルト云フコトナリ。釘靴ハ今京師ニテ鄙人ノハクツナヌキト云フモノナリ。天気ヨキニ因テ壁ニカケヲクトナリ。先人大府清公、コノ夕月ノ会ニ詩ヲ乞ヒ玉フニヨリテ、コノ事ヲ用ユ。然レドモ明ノ時田家ノ雑占晴雨ヲシルスノ諺語ニテ、サシテ明月ノ事ニアヅカラズ。前年山本通春ト云フ浪士アリ。彰考館ヨリ写シ来ル由ニテ、中右記ノ内抄出シテ示サル。長承四年九月十三日、今夜雲浄ク月明ナリ。是寛平法皇今夜明月無双之由被二仰出一云々。仍我朝以二九月十三夜ヲ一為二明月之夜一也。トコノ文ニテソノ始リ明ナリ」。

二八　**渋谷の隠居**――塵塚談に「巣鴨村植木や菊の事、我等二十歳頃は花壇長サ七八間或は十間程、巣鴨根生の四郎左衛門は拾二三間にて、皆々中菊のみ造りし事也、菊を愛する人多く好みもてあつかひてより其変態百出せり」。

三九　**目黒の餅花**――目黒不動は、泰叡山滝泉寺といい、江戸人士の信仰の厚い不動。餅花は続江戸砂子「目黒の名物也、赤白黄に彩り竹をわりて花僈(ママ)のごとくに結ひ、かの彩りたる餅を、小粒にしてこれをかざり、或は柘植正木の枝に、かづらながくひとしき花を咲かせり」とある。

四〇　**神明の生姜市**――これも続江戸砂子の江府年行事九月の条「十四日より十六日迄芝神明生姜祭、世俗めくされ市と云ふ、市の産は曲物の小櫃(丹ろくしやうにてゑがきたる)、臼杵(子共のもてあそびもの)、土生姜、秋のくだ物、月のはじめより在々所々の生姜日毎に馬につみて来り、社の方二町がほどは生姜の山をつけり、参詣の輩いづれはなくとも、ぜひともせうがは求る事也、泰山をあざむく生姜、三日がうちに一茎も残らざるは誠に繁花のしるし也」。

四一　**餝物**――滑稽雑談に「日蓮宗門の僧俗、毎十月十三日、御影講とて祖像を祭る。種々の好菓及餅麪等、其外島台造花など巧手を絶す。御影講とて盛物を称して、他宗の男女迄見物羣をなす」とある。

四二　**帯解**――子供の附け紐をやめて、帯をつかい始める祝儀、十一月中の吉日を選んでする。男五歳、女七歳の時にした。ただし年は、初めの頃は男女とも九歳であった。

四三　**浅草市**――続江戸砂子の江府年行事に「十七日十八日昼夜浅草市(正月のかざりもの也)江府第一の大市、浅草橋より市物みちみち、御蔵前・駒形・並木にうつり、雷神門の大道東西五丁がほど、三側四側に並び、此境内寸地なし。うらては砂利場、山の宿にみてり。武士がた町百姓、此市に立ちて正月物を求るを嘉例とす」。

四四　**九十**――拳会角力図会に「唐音之事」の条あり九は「キー」、十は「トイシウ」。ただし十を「とらい」というについて、「十は唐音にては十(ト)といふ、拳に都来(とらい)といふものは、都(と)は統也にて物の数をすぶるといふことなり、来(らい)といふものは是また都と音つまるゆへに助語をもちゆるなり」。

四五　**甘蔗にはあらで**――晋書の顧愷之伝「甘蔗ヲ食スル毎ニ、常ニ尾ヨリ本ニ至ル、人或ハ之ヲ怪シム、愷之曰ク、漸ク佳境ニ入ル」。

四六　**岡場所**……以下に上げる江戸の岡場所については、本書が、極初期に属する文献の一であって、後に、同じく源内の里のをだ巻評、安永三年の婦美車紫鹿子、安永九年の色里名所鑑がある。考証に類したものに種くばり・かくれざとなどあるが、前の書物をも引いて豊芥子の岡場遊廓考が、最も詳かである。詳しくは未刊随筆百種所収のそれにゆずり、この宝暦に近い頃の状態を略説する。

神明――芝神明前。今の港区。男色街は、源内序した男色細見三の朝(明和五年)に、その子供名寄があり七軒二十六人を上げる。同地内の私娼は新古二種あり一切七匁五分と紫鹿子に見える。

湯島――湯島天神社地の男色街。今の文京区。三の朝に十軒四十二人をのせ、一切一分又は二分、「仕舞一両二歩、片仕舞昼三歩、夜三分外ニ小花一歩ヅヽ」と見える。なお、此所については前出(五二頁)。

英町――神田英町。今の千代田区。男色街。三の朝に三軒十人を上げる。「仕舞一両三歩、片仕舞昼一両、夜三歩外ニ小花一歩ヅヽ」と見える。

かやば町――今の中央区。男色街であろうが、塵塚談や次出の風俗七遊談の上げる場所の中にも未見。

神田の明神――今の千代田区。右に同じ。

市ヶ谷の八幡前――今の新宿区。男色街。風俗七遊談(宝暦六年)、三「先舞台子を上品とす。葭町是に次ぐ、芝の神明、糀町の天神、湯嶋は其次なり、赤城市谷は是が下たり、浅草馬道、本所廻向院前を下品とす」。また私娼街もあった。揚代二朱(名所鑑)という。

麹町――麹町天神前の男色街。今の千代田区。三の朝に三店十九人を上げ、「仕舞一両一分、片仕舞昼三分夜二分、外小花」。

土橋――今の江東区。深川七場所の一で、仲の町とならんで繁栄の地であった。紫鹿子に白拍子とあるは、いわゆる羽織芸者で、「昼夜四つ切一切り十二匁」とあり、伊達を専らとしたとの記事も仲の町と同一である。

一ッ目——本所一ッ目。今の墨田区。一ッ目弁天の近くにあった故、弁天とも称した私娼街。名所鑑に「一ッ目の里といふ今に酒を商ふ民家有り」と、酌婦の売笑にして、代は「チヨンノ間一分」(紫鹿子)。人柄よく静かにて、独茶屋と呼んだとある。

品川——いわゆる品川の宿場女郎衆として、官許あって、発達したもの。妓楼も多く、妓にも等級があった。紫鹿子に「十匁、七匁、五匁、七百文」などあり。時に細見も出、しきたり、紋日なども定っていた。

深川——江戸市中随一の岡場所。今の江東区。富ヶ岡八幡、永代寺の門前として発達し、仲町・土橋・櫓下・深川新地・石場・入船町その他区域を作って繁栄した。

大根畑——本郷大根畑。今の文京区。上野寛永寺領にあった私娼街。切見世にて七匁五分、また四六見世(昼六百文夜四百文)なるものもあった。洒落本に喜夜来大根(安永中)あり、細見に楼妓選(天明中)がある。

鮫が橋——今の新宿区若葉町のあたり。二十四文の夜鷹の出没地。八景聞取法問(宝暦四年)、二「汝は鮫が橋へ落着、夜発(よたか)をかたらひ、彼が行衛をさがすべし」。ただし名所鑑に「長サ五十間なれどもつかのまにわたる」とあり、五十文のちょんの間もあったか。

鐘撞堂——本所入江町。また四軒ともいう。本所横川の西川端で、鐘撞堂があった故の称。紫鹿子に四六見世が三、四軒ありと見える。名所鑑には「五十の塔あり」と。

板橋——今の板橋区。中仙道最初の宿場で、官許の飯盛女がいた。

千住——今の荒川区。奥州街道最初の宿駅で、官許の飯盛女があった。岡場遊廓考所引明和元年の道中奉行よりの申渡しの内容に、「只今迄本宿一軒に二人、新宿一軒に一人之処、以来本宿無ニ差別一、并一軒ニ何人ト不レ限、板橋千住両宿共に食売女一宿に都合百五十人つゝ迄者相抱可レ申旨被ニ仰渡一候」とある。

万福寺——浅草万福寺門前。今の台東区。五十文のちょんの間がいた(名所鑑など)。

朝鮮長屋——浅草。今の台東区。朝鮮人来朝の時、東本願寺に宿し、その下級官吏用の長屋を作った故の名という。名所鑑「朝鮮山　弐朱、新寺、まへ〳〵より百旦那多し」とある。

いろは——谷中感応寺表門前(今の台東区)にあった。紫鹿子によれば、自身で客をよぶ四六見世があった。古川柳研究、一の五所収梅本塵山「いろは茶屋」参照。

ぢく谷——市ヶ谷谷町の俗称。今の新宿区。選怪興(安永四年)に「昔は一ト切五十文、今百文」という局見世があった。

世尊院——駒込千駄木世尊院前で、今の文京区。一切五十文の局見世(紫鹿子)があった。

おたんす町——小石川御簞笥町。今の文京区。私娼窟は未詳。

お旅——深川八幡宮御旅所の近傍。名所鑑に「南鐐(二朱)の鎖を以て神馬をつなぎおく」とある。

音羽町——護国寺門前。宝永七年の俗枕草紙などに見えて古い私娼街。四六見世(紫鹿子)があった。

根津——根津権現門前町。宮永町・七軒町一帯にわたった。四六見世である(紫鹿子)。洒落本根津見子楼茂(天明二年)に詳しい。

赤城——牛込(今の新宿区)。ちょんの間一分の私娼があった。名所鑑に「むかし壱分の重忠の城跡也」と見える。

藪の下——麻布宮村町一帯の通称。四六見世及びちょんの間があった(紫鹿子・名所鑑)。

高いなり——飯田町(今の千代田区)。世継稲荷近傍にあった。名所鑑に「此所に狐有り、毛色四六して人をばかす」とあれば、ここも四六見世であった。

愛敬稲荷——市ヶ谷教蔵院門前で、ここも四六見世。

市兵衛町——麻布。五十文(名所鑑)で、紫鹿子には、呼ぶ事甚しく、盛んに袖引く客引をしたと見える。

氷川——麻布氷川神社の門前にあった。江戸遊里花(明和八年)に若女形之部上上吉にして「先江戸の吉原、品川、氷川此三人は、はり見せの先生たち」と、切見世でないことをいう。名所鑑に「から堀也ふかさ十弐丈といふ」とあり、十二匁であったと見える。

胴坊町——三田同朋町。そこに金平長屋・高砂長屋・念仏長屋などあって、名所鑑に三田として、「五百坪有りといふ、苗壱本植るに五十本づゝにふへるとなり」とあれば、五百文と五十文があったと見える。

丸山――本郷で、五十文の切見世にて、「三田が七ぅら、新地が三むね、なぜに丸山一ト長屋」の俗謡あって、一長屋で、引っぱること甚しと、紫鹿子にある。

新大橋――深川新大橋。紫鹿子によれば、昼夜四つ切にして、一切り七匁五分。三櫓に似るが客を引っぱるなどある。

三十三間どう――深川三十三間堂附近にあった。名所鑑に「四寸六寸の的にて昼夜の通し矢あり」で、四六見世。元来芸子なので流行歌をよくうたうという(紫鹿子)。

直助屋敷――深川。色里甚好記(安永九年)に五分と五十文としるす。ただし明和八年の江戸遊里花には、「さて〳〵近年は、さつぱりと、評ばんがないゆへ」とある。

入舟町――深川入船町。色里甚好記に七匁五分。名所鑑に「昔此所にて昼夜一角(一歩)仙人仙術を以て、あしの葉を舟となし海上に遊びし所也」とも見える。

石場――深川で新石場・古石場とわかれる。共に越中島に出来た岡場所。同じならびながら、石場の新古によって称した。代共に七匁五分。

つくだ――深川。向土橋またはあひる長屋ともいう。永代寺門前、海岸側蓬萊橋の向にあたる。代は名所鑑に二朱、色里甚好記に七匁五分と見える。

四七　**女護が嶋**――日本におけるこの島の所伝の色々(北条五代記・倭訓栞・好色一代男など)は中山太郎著日本民俗学論考所収の「女護島」の一篇に略述されて、八丈島をそれにあてたことについての検討がある。が源内の説明と同一のものはなく、また源内は八丈島でなく、全く空想の島としている。何かもとづくものがあったろうが、未検討である。

四八　**辻番**――また辻番所。江戸の武家地で、その土地にある大名や旗本などの作っていた警備用の番所。松平太郎著江戸時代制度の研究によれば、間口二間、奥行九尺、棟高一丈三尺、出幅三尺、軒高八尺五寸、それに、式台・下家がつく。突棒・差股等をそなえ、台挑灯又は高張挑灯を夜は用意する。人数は所によって違うが、夜程多く五名前後つめる。品川の遊女屋の台挑灯をかざり、内店として、品川独特の店をするさまを、その辻番に見立てたのである。

四九　**舟饅頭**――盲文画話「安永天明頃まで有りておかしかりしは、舟饅頭と異名せる夜発の浮れ女なりし、多く永久橋の黄昏に集る、あや敷苫ふける舟に婦女壱人座し、ギウは直ニ艫をおして、聞も分らぬ声して呼立つる、うかれ客は屋敷方の折助手合が使帰りの一寸楽み町家の下働き男或は樽拾ひ、車力、馬士の類にて、橋上川端にそゝり群り、見立るには、婦の前の火鉢に、かんな屑様の物を入置き、夫にちよつと火を移せば、はつと燃る火影に、婦の顔見ゆる、脇より見れば、只何となく白のみ見えて分らず、是にて見立済むにや、客其舟へ乗移れば、その儘川中へ漕出し、此浮舟ぞ行衛知られぬ、浮寝の鳥類は放れず、浅妻舟の浅き契りに、深き瘡毒をうつりて、身をあやまつも多かりしとぞ、此婦はやり本所なる吉田、吉岡町の夜発女のいたく瘡病て、歩行ならざる婦を、多分舟へ出せるよし、其後はやゝもすれば、盗賊など追はれて、隠れ所にしたるも有りと沙汰ありしが、停止や有りけむ、ふつに止みたり」。

五〇　**大象も**――徒然草、九段「されば女の髪筋をよれる綱には、大象もよくつながれ、女のはける足駄にて作れる笛には、秋の鹿かならず寄るとぞいひ伝へ侍る」。出典は五句章句経かという。

五一　**腰掛**――未詳。ただし源内は、宝暦年間、この書著述に先立って、紀州のこの地方に、本草学の調査に出かけているから(紀州物産志など)、この辺の記述には信をおいてよいであろう。

五二　**立柱**――古い本であるが好色貝合(貞享四年)の蚊田遺縁の条に、男漁に出て女のみ留守することが多く、「ぬれのはやらぬ世界なければ、船がゝりの旅人男でさへあればばいあひてもてなすなり、(その様をのべて)此おもて渡海の者はとし〴〵来るゆへに知音をこしらへ、とくゐになりて我が家のごとくす、此やりくり世界晴れてのゆるし、本の夫も合点づく也、本亭主猟よりかへりぬれば、かどに船櫂をたてをく也、これをみては他所の夫ゆかぬさはう也、思ふにやりくりのかいになるといふこゝろ」とある。この櫂を立てる習慣をいう。

三三　京都の私娼街……京都の私娼街については元文頃に出来た翠箔志、享和の滝沢馬琴の羇旅漫録、文政三年の襍土一覧などに見えるが、主に翠箔志によって述べる。

祇園――祇園と祇園新地とあり、河東花柳街の中心地。各家中居と称するもの壱軒に四、五人より、十余人に及び、又娘分というをかかえる。「娘拾匁ゟ三拾目位ィ家々之風義有之」。新地は富永町・末吉町・清水町・日枝町などにあり女郎と影子をよぶ。翠箔志等に詳しい。

宮川町――東石垣町を南下した一帯。翠箔志「此場所祇園町同事格ニ而少し替れり、役者舞台子下地子天上伯人中伯人抔之住所多し、但し造用五匁ゟ拾匁迄三匁ゟ三匁五分迄、是ヲ片はだことといふ」（以下宮川町四丁目にある中伯こと本中の説明などあり、省略）。

縄手――翠箔志「縄手　大和大路（東山区）ト称す、いにしへの大和街道なればなり、多ク此筋東側皆商売屋ニ而、西側茶屋也、是ヲ縄手之茶屋トいふ、（茶屋之名集は略）右大躰にして吉悪押込也、一座五匁（中略）但芝居へ連行候はゞ廿五匁、何方へも此割を以て遣し申候」。

石垣町――後に西石垣が見えるから、ここは早く発達した東石垣町のことであろう。鴨河東岸で四条より南の一帯。翠箔志「（家名集は略）右株者三拾九軒今のふれん記ス、右大躰遊極上々、一座六匁（一日上ヶ廿五匁料理雑用とも）此所にも大躰成る事者、野良伯人ヲ呼ぶ故也」。

内野新地――翠箔志「内野新地　上は長者町ゟ下出水迄、東千本ゟ西北は御前通也、茶屋一座三匁五分、其外者一座二（カ）匁五分但し六十四文売也」。

北野七間――北野七軒。また上七軒、京都坊目誌に「上七軒、北野上七軒遊廓は真盛町、社家長屋町、鳥居前の三ヶ町を以て区域とし、公許の遊里なり（中略）爾後茶屋数十戸に及ぶ、宝暦十一年十二月、真盛町より五条橋下南京極町へ、茶屋株の内幾分を、貸附云々」とある。翠箔志に「一座四匁、一日揚二拾匁」。

薮の下――翠箔志に新生洲を紹介して、「右所者二条南側新柳馬場新丸太丁薮ノ下」とあり、この一角であろう。とすれば「一座八十文」とある。

螢茶屋――翠箔志「橋（大和橋）ヲ渡リ、東側ニ螢茶屋とて有之、（中略。螢茶屋之名付は略）右水茶屋にて出女壱人宛有之、今者弐人も有之、元文之近年数人出来し候故、隠しもの候也、一座三匁六分但し六十四文、是ヲ俗ニ分八とも或者間短ともいふなり、以前者井戸ゟ南斗にて表ニ店ヲ出し、裏ニ本宅有り、尻ニ火ヲともし候故螢茶屋と者いふ」。

今出川――月堂見聞集の享保九年閏四月七日に東河原町新地と見えるものこれであろう。天明三年の細見京絵図に、今出川口から南、鴨川東岸に「茶や」と記入してある。

清水坂――「八坂の前」の条に三年坂と見えるのがこれである。八坂の前の条参照。

二条――翠箔志「二条川端新地　新先斗町大文字町大村町此外数町有之、此所者享保癸丑十八年ゟ家建、繁昌故一々知りがたし、上茶屋三匁五分其外ニ壱匁二分生買」。羇旅漫録「京にて見世付ある妓楼は、縄手、二条新地、北野、御所うら等なり、これらいづれも見世をはる。いづれも賤妓にして、見せはうちつけ格子畳わづかに三四畳を敷くべし。二条新地犬多し」。

七条――翠箔志「七条新地　正面ゟ七条迄此所者鼠島之女有之、一座六十四文、但し壱匁弐分」。

八坂の前・かうだい寺――祇園社から東山を南行、清水坂にいたる間。八坂の塔の前や高台寺の前に私娼窟があった。翠箔志に家名ののるは省略して「右高台寺八坂三年坂迄何れも一座三匁五分揚女壱匁、但シ三ヶ処之内、高台寺前よし、遊者八坂塔より前よし、むかし此辺繁昌し而百廿余軒有りしが、今者わづかに残る」。

柳風呂――翠箔志「柳風呂　堀川一条下ル東側、一座四匁一日揚五ツ詰」。

壬生――翠箔志には、壬生寺の内に茶屋あって、「釣もの出合宿也亦呼ものも有之」とあるが、羇旅漫録にも名見え、襍土一覧には「此国、葦簀を以て門を覆ふ」とあり、極下級のものであったらしい。

天竜寺――大竜寺の誤か。翠箔志「大竜寺　四条寺町之東寺内ニ茶屋有、（家名集は略）是者豆腐屋、亦茶屋にて釣物出合之宿也、酒代其折々に寄るべし、丸太二匁座敷なし、呼物五十六文、右者昼斗夜者なし」とある。天竜寺なれば嵯峨でその門前に茶屋類似のものがあった。

御霊の前——翠箔志「中御霊　鳥井之内ニ茶屋有之、諸事右ニ同じ事(釣物出合宿呼もの御座候一座弐匁より六匁雑用外ニ寄るべし)」。

西石垣——翠箔志「享保甲寅十九之頃より料理茶屋水茶屋、店出し段々繁昌して、今常店と成り尤掛ノ茶屋也、(西石垣町家名集は略)一座三匁五分揚十七匁五分、呼物入物者東石垣ニ同じ」(石垣町の条参照)。

五四　**白人**——京都の祇園町先斗町宮川町、大阪の道頓堀(島の内)蜆川(曾根崎)などにいた妓の一種。素人の風体にならったというので白人の称がある。無眉で前帯を本詰、有眉で後帯を中詰、振袖で白歯を若詰という別あり、一日一夜の揚又は約で、切買といい、一切は十一匁六分、約は三十四匁八分であった。ただし所によって切の時間や揚代に相違があった。当時の上方では、最も流行した妓の種類である。以上は詳かな本朝色鑑の記より抄記したもの。

五五　**芸子**——本朝色鑑「芸子(げい)者四六之種類也、最モ祇園新地ニ多シ。尤モ摂ノ浪花ニ有ルヲ以テ佳品ト為ス。三絃ヲ能スルヲ以テ客之ニ会フ。価四六(一会二匁五分)ニ同ジ。其ノ三線曾テ本手ヲ引カズ。唯当世ノ時行哥或ハ上瑠理、二上リ三下リヲ以テ人ニ示ス。唱声雲ニ響キ絃声地ニ満ツ。人之気ヲシテ逆上セシム。又琴ヲ弾ズル有リ、胡弓ヲ皷スル有リ、尺八ヲ吹ク有リ、舞曲ヲ為スコト有リ、踊ルコト有リ、上気限リ無ク、風流極リ無シ。全ク芸ヲ以テ人ノ気ヲ慰ス。故ニ芸子ノ号有リ。凡芸子ハ客ト蜜室ニ入ラズ。然リト雖ドモ消金懇談有ラバ、意ニ順ハザルコトヲ難シト為サズ。又両方ト曰ヘル有リ、則チ色有(イロ)ト号ス。是酒席ニハ芸ヲ以テシ、蜜室ニ至ツテハ婬事ヲ容ス之族也」。

五六　**大阪の私娼街**……この頃のものとして、延享の百花評林、宝暦七年の浪花色八卦、安永二年の浪花今八卦、享和の羇旅漫録などに見える。ただにそれらに見える所を略記する。

曾根崎——曾根崎新地。今は北区。蜆川と一帯となり、島の内に相対して、北方の繁華の地。諸国色ざと直段附(上林豊明著かくれさと雑考所収、刊行を安永年間とすれど未詳)に、「白人四匁(一切)、あげ六枚、中(詰)六匁、あげ十枚」などとある。色八卦・今八卦にも。

嶋の内——今は南区。大阪で当時最も流行の花街。白人もあり、陰間もあった。直段附に「白人花四匁、あげ二十八匁、ぶたい子四十三匁、はな六匁」。今八卦・色八卦にも。

坂町——今の南区、千日前の法善寺の門前で、長町にわたる(延享四年難波丸綱目)。即ち道頓堀芝居の南側一帯。直段附に「花二匁、あげ十二枚」。色八卦に嶋の内に配して説明される。百花評林にも。

いろは茶や——生玉。今の東区にあり、元禄頃からあった(摂陽奇観、元禄五年の条)茶屋。直段附「いろは裏　はな一匁五分」。

塩町——上塩町。今の東区。野堂町、馬場先と一体と今八卦にあり。色八卦「婦人は塩町五六丁目、馬場先すじ、野堂町あたりを上品として」と見える。直段附「しほ町四十八文、げい子同断」。

こつぽり——今の北区。今八卦「こつぽり町は蜆川の東に続き、はるか品くだりたり」。直段附「そね崎こつぽり町　四十八文」。

安治川——色八卦に安治川留島新地と見える。専ら大阪入港の舟乗りを相手の私娼。直段附「安治川　北かは二匁、南かは一匁」。

堀江大露地——延享四年の難波丸綱目の北堀江の条「御池通壱丁目(北の筋)但西横堀吉野屋町、御池橋筋半丁西へ入りて南北ニ二筋町あり、御池橋筋行当りは大らうじ茶屋町也、南北二筋の町名同名也、何れも茶屋町なり」。直段附「二座一匁六分、一座八分、げい子八文(分カ)」。色八卦・今八卦等に詳しい。

高津新地——今の東区。色八卦「高津新地は相生橋二三丁の間を上品とす、なんば新地の女郎に堀江の強あるものなり」。直段附に「一匁五分」。

神明前——天満の神明前か。直段附「神明まへ　百もん」。

のど町——野堂町(色八卦)また野渡町(今八卦)と書く。塩町の条参照。直段附「のど町　四十八文」。

柳小路——堀江の近所。浪花今いま八卦(天明四年)に堀江に附して、「其余六丁目は船と陸とを兼帯し、柳小路は浜と岡とをつとむ」。

しやうまん——勝曼。今の天王寺区。色八卦に「六万だいしよまん、此所煮売といふものを立にして、内に呼び物のあるも見へ、又外からもつれてくる」。直段附に「六まんだい　四十文」とあり、同じであろう。

八軒屋——天満八軒屋。今の東区。淀川を京都への舟の発着所の附近。色八卦等には八軒茶屋として見える。今八卦に「此所れいふうに近しといへども、れいふとは大キに品かわれり、女郎はおじやれの姿ありて、素人づくりのたい也」。直段附「四十八文」。

難波新屋敷——今の南区。色八卦に難波新地と同じくあつかい、「女郎は一段おとりたれどだん〳〵はなやか也」とあり。今八卦等にも所見。直段附「新やしき　花二十六文、げい子　同断」。

れいふ——天満霊符。今八卦「れいふはたうとくも天満宮の東どなりにて、参詣のなぐれ足爰へ立ちより、おかげをかふむる、爰も甚だはなやかめかし、のくのなじむのと東天満あたり色事する若ものも入り込み」。直段附「天満れいふ　七分」。

尼寺——今は東区。色八卦「尼寺前といふは月江寺の西の門から十文字に軒をならべ、あるじの女房が門口につつはつて、鼻へ声を入レ顔でまねいて客をまつ、酒肴も望めば出してもてなす、女郎は方々の落チ合」。直段附「はな三十二文」。

真田山——東区玉造。色八卦には、在郷の若者を相手とする、ひなびて、格のひくいことをうつしてある。直段附「三十二文」。

編笠茶屋——福島。今の福島区。色八卦に「こゝも素人を表にして、大かたくろし、雀ずしの名所なれば百迄の巾着銭にて楽しませ…」。

臍が茶屋——未詳。

あり合町——堀江有合町。色八卦に本茶屋に比して、下級の女郎ある所を上げる中に「羅生門柳小路まとり町ありあい町」とある。直段附「あり合町　六十四文」。

ぜろゆろじ——上福島浄祐寺の近傍であろう。今の福島区。

福ぜんじ——生玉中寺町福泉寺近傍であろう。今の東区。

五七　**太夫**(**宮嶋**)——司馬江漢の天明八年の西遊日記(古典全集本による)の宮島の条には、「娼家三軒あり。夜、見世付あり、揚代十七匁、雑用とも。また昼の間旅館へ呼ぶ時は六匁なり。妓子も同段」とあって、太夫がなかったようである。

五八　**ろてんつ**——孝行娘袖日記(明和七年)、一の二「気に入りのたいこ末社のわけもなきろてんつをあつめて」。

五九　**短羽織**——塵塚談「宝暦四五年頃は伊達男は短羽織にて、袖より下はやう〳〵四五寸もありて、袖ばかりのやうにてありし、明和二三年の頃大坂より、吉田文三郎、吉田文吾などゝいふ人形遣ひ下り、長羽織を著せしを皆人わらひけるが、其時分より段々と長くなり…」。

六〇　**しんござ国**——麓の色の説は前出(根無草後編補注三六)。かかる遊里に関する事柄を国と見立てる趣向は、華里通商考(延享五年)で、遊所を国としたなど先例がある。

六一　**彼山を**——甲子夜話続篇、四「谷文晁が話に、今細川家(隈本)秘蔵の雪舟渡唐富士の幅は妙心寺の什物なり、三斎の時妙心寺の住職に乞借れて江戸に至り、茶席に掛けて愛賞ありしが、装潢あまり麤末なりとて、佐久間将監に頼み、物好きの装潢に替られ又帰国の時、上方へ持ち行かれ暫く国元まで借らんと云ひて持参せられ、年月を送る中に、いつか細川家の物となりしと云ふ、又その図は清見寺の山を前に画きたるものなり、雪舟唐国に在りて、うかと寺山列樹の間に塔を絵がけり、帰りて清見寺を過るに塔なし、雪舟嘆じて我唐人を欺く意なくして、不図絵がきしが、今見れば虚誕になれり迚、寺より拾八町ばかり阻てたりし所に、新に塔を建立す、その方角にて恰も画きし地位によく叶へりとなり、然るに寺の境内にもあらぬ所の塔なれば、誰守るものもなく、遂には乞食の住家となりしが、一日失火して灰燼となる、天明中の事にて歟ありしとなん古人の物に厚きこと感ずるに余りあり」。

六二　**鼠は**——去来の鼠賦(本朝文選)に「大ねら、小ねら、将(はた)廿日鼠と名のり、月〳〵十二の子をうむ。誰が家にかとりつくし得む。もし白子出て、福の神にや愛せられむ」。

六三　**越後の塩引**——和漢三才図会の鮭(さけ)の条に「塩引(志保比岐)作ル法、生鮭ヲ采リ、腹ヲ割キ、鱗腮及ビ腹ヲ去リ、洗浄シテ子胞ヲ填メ腹ロヲ封ジ、塩水ニ淹シテ一昼夜、採出シテ陰乾スルコト一両日、乾クヲ待チ塩水ニ淹スルコト初ノ如シ、採出シテ陰乾ニシテ稲藁ヲ用ヒ包封ス、陰乾スルコト月余ヲ経テ収用ス、此ヲ子籠ト謂フ、(中略)子ヲ塡メザル者此レ普通ノ塩引也、古楚割(須波夜利)ト称スル者ハ今ノ塩引カ」。なお北越雪譜などにも詳かに見える。

六四　**東夷**──文会雑記、二上「元禎云フ、徂徠ノ日本国夷人物茂卿ト、孔子ノ賛ニ書カレタルコトキコエヌコトナリト。君修モ此論尤ナリ、徂来モ少シ、日本ヲオトス心ナリ」。

六五　**呉の太伯**──兎園小説、第八集「天照太神を呉太伯といふの弁」に、その説のいう所と、その反対論がまとめてある。日本を姫氏国ということ。呉国より日本の九州へは海路の順よいこと。内宮に、泰伯が弟の王受に譲ったと同じ三譲をとった三譲伏があるなどの理由をもって、儒者の中では、この中国の宋元の間に出た説に賛成する者もあった。が神道者はこれを嫌う。又日本の古記にそのことなく、中国の文献にも、泰伯子なく、弟がついだその国も越にほろぼされている。姫氏国の記のある野馬台の詩は俗書であるなどの理由で、その説は否定すべきであるなどの反対論である。また広益俗説弁正編、一にも見える。

六六　**周の升**──荻生徂徠の周尺考「又尺より升目をつもりたるに、周礼の嘉量と云ますは四角なる物を丸きに改め、周礼にある器を己が拵たる周尺をば用ひず、夏尺にて積り、周礼の一鬴の入りは六斗四升と云こと古来の伝説にて、左伝にも見へたるを、八斗に改め、皆心儘に跡方もなきことを拵へたり」。兎園小説の「腐儒唐様を好みし事」の一条で、唐好の儒者に中国古典の升で、禄を与えようとする、ここと同じ話が、計算をも入れて出ている。

六七　**天子が渡り者**──国意考に「其はじめはよき人にて禹の世を譲りつるといへる。さらば其次になどやよき人に伝へざりけむ。末に類ひなき紂とやらん云ふわろ人の出るぞ、さらはよきに譲しは、たゞ上つ代一代二代にや。それも通らぬわざなりけり。さて周の文王とやらんは一方をたもちたるによくせずは身の災となるべけれ。ちう王のわろきによりて、中々に人をなづけなどせしはさる事也。武王の時ちうを討ちしを理ある軍とやらんといへど、伯夷叔斉がいさめしとかいふを、孔子てふ人もよき人と宜ひしとか。さらば武王をいかにいはん。誠に義ならばちうの後を世に立つべきを、それが末を韓などへはふらし、やがて自の子ゥまごにゆづりけむ」などとある。

六八　**韃靼**──国意考「さていやしげなる人もいでて君を弑し、みづから帝といへば、世の人みな首べをたれて、順ひつかへ、それのみならず、四方の国をばえびすなど云ひていやしめつるも、其えびすてふ国より立ちて、から国の帝となれる時は、又みなぬかづきて随へり。さらば夷とて賤しめたるも、いたづら事ならずや。はた世こぞりていへる語にはあらざるべし」。

六九　**猿田彦の大神**──日本書紀の天孫降臨の条の一書に「已ニシテアマ降リマサムトスルトコロニ、先駈(サキハラヒ)ノ者(カミ)還リテ白サク、一リノ神有リ、天八達之衢(アメノヤチマタ)ニ居リ、其ノ鼻ノ長サ七咫(アタ)、背(ソビラ)ノ長サ七尺余、(当ニ七尋ト言フベシ)、且(マタ)口尻(カク)レ、明リ耀(テレ)リ、眼、八咫ノ鏡ノ如クニシテ、絶然(テリカガヤケル)コト赤酸醤(アカカガチ)ニ似タリ。(中略)天ノ鈿女乃チ其ノ胸乳ヲ露(アラハ)ニカキタテ、裳帯(モヒモ)ヲ臍ノ下ニ押(オシタ)レ、笑噱(アザワラ)ヒテ向ヒ立ツ」。

七〇　**陸雲**──晋書、五十四の陸雲伝に「雲有笑疾、未敢自見、俄而雲至華(張華)、為人多姿制、又好帛縄纏鬚、雲見而大笑、不能自巳、先是、嘗著縗経、上船於水中、顧見其影、因大笑、落水人救獲免」などとある。

七一　**譙周**──蜀志(三国志の中)、十二の譙周伝「周幼孤、与母兄同居、既長耽古篤学、家貧未嘗問産業、誦読典籍、欣然独笑、以忘寝食、研精六経、尤善書礼、頗暁天文」。

風来六部集　上・下

一　**八部**──増穂残口の八部の書とは、艶道通鑑・安者世鏡・小社探・直路の常世草・神国加魔秡・つれ〳〵東雲・神路の手引草・死出の田分言である(近代名家著述目録)。

二　**吉原の俄**──吉原春秋二度の景物(未刊随筆百種所収)に詳かである。明和三年にはじまり、安永に至って次第に華美になったのであるが、同書に初めの頃のことを述べて、「此頃にわかと云ふは狂言にあらず、踊にあらず、祭礼のねり物と違ひ、頓作の滑稽をむねとしける故、芸者などは夜具を紫ちりめんのしごき帯にてかがり、鏡立をうしろにかざり、羽のさいはいを鎗のごとくにかざり、小室ぶしをうたひ、音頭をはやしける」。安永五年俄番附がはじめて出た頃には、年中行事となり、各町が趣向をこらして、仮装や作り物も多く、見物も雑踏した如くである。

三 **小天地**——為愚癡物語(寛文二年)などにもそのこと見えて、その説明に、「天に日月あれば、我かしらにも両眼をいたゞく、地につちあれば肉あり、草木を生ずれば毛髪を長ず、石あればほね有り、水あれば血有り、法界に火あれば我身にも火有り、かるがゆへにあたゝか也、法界に風有つて万物をうごかせば、わが身にもいき有つてよくうごけり、せかいも地水火風空の五つを以て生じ、わが身も地水火風空の五つを引あつめちゞめもちて、すこしもたがふ事なし」。また和漢三才図会「人身法于天地」の条「按ズルニ、頭ハ則チ地、骨ハ則チ石、肉ハ則チ土、筋ハ則チ道路、毛髪ハ則チ草木、両眼ハ則チ日月、血ハ則チ海水、息ハ則チ風、二便ハ則チ雨、汗ハ則チ露之類、古人概ネ之ヲ言フ所也」と。

四 **昔語花咲男**——半日閑話、十三に大田南畝の伝える所は、「四月、比頃両国に放屁男を見世物にす、霧降花咲男といふ、大に評判あり(放屁論といふ書出る平賀鳩渓作、絵草紙花咲男といふ絵草紙出る)」。

五 **放屁薬**——加藤雀庵のさへづり草に「右の平賀氏が戯書の序に安永三年己午五月末八日と見ゆ、今を去ること七十余年の昔なりけり、同書に安永の頃難波に千種屋清右衛門といふもの、をかしき薬を売ることを好みて種々の薬をうれる中、放屁薬の箇板を出したるよしみゆ、此薬方にては撒覊巴豆(ヘヒルハツ)也、こは寛政年間同じ地にて妾の引札をしたる者と同日の談にしてをかしくも又珍らし」。その千種屋のことは、享保以来大阪出版書籍目録に所見、絵本絵図を出している。その一の妙術天狗通(安永八年)の奥附に、絵本戯功能草を出し、「赤松閣妙薬絵図にあらはし候一冊」とある(「屁つぴり薬の卸元」—浮世絵十九所収)。なお、宝暦七年大阪阪の薫響集に「屁種となる物は、芋・蕎麦切・小豆飯・麦飯・牛蒡等其外多し、妙薬は牽牛子(あさがほのみ)と蚕豆(そらまめ)とを細末し、丸薬にして呑む、尤よし、又鳶の羽の肉付の白き所を黒焼にして、酒にて呑む時は夥敷く出る也、此薬は余り功有り過ぎて、却つてなんぎなるもの也、少し用ゆべし」と見える。

六 **流行風**——増訂武江年表の安永二年の条に「三月末頃より、疫病行れ、人多く死す。(江戸中にて三月より五月まで凡十九万人疫死といふ、大方中人以下なり) 御救として朝鮮人参を給はる。筠庭云ふ、疫病は去年の冬より引続きてなり、品川新宿の内計り、死するもの八百余人と云ふ、江戸町々へ一町につき人参五両づゝ下さる」とある。年表に風邪とないが、年次から見てこのことであろう。

七 **通韵**——泊洦筆話「翁の門人の中にて、狛宿禰諸成、建綾足など、殊に反切になづみて、牽強の語釈おほかりき。ある時、綾足、美樹にあひてかたりいへるやう、おのれ久しく霧の語釈を考へ得ざりしを、近頃発明せりといふ。宇万伎問ひていはく、そはいかなる釈ぞ。綾足答へて、霧と陽炎と同語なり。カギの約キなり。ロヒの約リなり。さればカギロヒの約キリにて、いづれも天地間の一気なり。同語にはあらざるやといふ。時に宇万伎微笑して、やがていへらく、わぬしが霧の語釈によりて、おのれも発明せる語釈あり。鷹と燕と同語なり。綾足がかたぶきて、いかで鷹と燕とは同語なるべきといふに、宇万伎ツバの約タなり。クラの約カなり。さればツバクラの約タカなり。いづれも同じ鳥類なれば、同語物なるもことわりなりとあざけりいふに、綾足答ふべき詞なくして閉口せりとぞ。誠によき答といふべし」。

八・九 **東夷征伐・臭薙**——日本書紀、景行天皇四十年の条「是歳日本武尊、初至駿河、其処賊、陽従之欺曰、是野也麋鹿甚多。(中略)臨而応狩、日本武尊信二其言一入二野中一而覓獣、賊有二殺レ王之情一(王謂二日本武尊一也)、放レ火焼二其野一、王知レ被レ欺、則以レ燧出レ火之、向焼而得免(一云、王所レ佩剣叢雲、自抽レ之薙二攘王之傍草一、因レ是得レ免、故号二其剣一曰二草薙一也、叢雲此云二茂羅玖毛一)」。

一〇 **太政入道清盛は火の病を煩ひ**——扶桑見聞私記「養和元年二月廿八日乙巳入道重病ヲ受ケタリトテ六波羅京中物騒シ(中略)、病付キ給ヒシ日ヨリ湯水モ喉ニ不レ入、身ノ中燃焦レケル事ハ火ニ入ルガ如シ、臥給フニ三四間ヘハ近ヅキ寄リテモアツサ難レ堪、叫ビ給フ事トテハ唯アタ

〳〵ト許也、此ノ声門外マデ響キテ夥シ、唯事トモ不レ覚、東大寺、興福寺、園城寺等ヲ焼カレシ仏罰ニテ火ノ病ヒヲシ給フニヤトゾ人私語申シケリ」。勿論、平家物語などにも見える。

一一　**日本左衛門**――過眼録(続燕石十種)「延享三年丙寅十月御触、重右衛門事、浜島庄兵衛せい五尺八寸云々、(中略)此の庄兵衛尾張の足軽の由、御詮義厳に付、京都町奉行所へ自訴致し、延享四年丁卯正月廿八日、江戸両御番所へ被ニ相送一、夫れより火方盗賊御改徳山五兵衛殿へ相渡り、三月廿一日御仕置あり」。翁草に手配書が引用されている。詳かには三田村鳶魚著江戸の風俗所収の「日本左衛門」参照。

一二　**仕送り用人**――当時のかかる世相を示すものに、寛保延享江府風俗志がある。「武家も武辺よりは筆算あらざれば、出世なき世に成りたる故、今は各々物書き算用達人多し、(中略)中古迄は武家も勘定方の役人ならでは、十呂盤心得たる人はすくなし、武士は算用抔はしらぬと、表へあらはし云ふ事也、今の武士は商見せへかゝり、買物して手前へ十呂盤取り上げ、ぱち〳〵扨々見事成る有様也、礼楽射御書数とあれば、かくのごとく有る事にや」。

一三　**鉦蔵**――ト養狂歌集、上「ある人身上おとろへ、世を捨坊主となりて、南無あみがさを引かぶり、世にすみぞめのころもを着、ほつしんしもくとかねたゝき、我が所へたづねきたり、しゆせうなるものがたりなどし侍りけるまゝ、あまりしゆせうにもおもひ侍らずといへば、その身のすきたるみちなれば、一しゆよみ侍らんとて、此のうたよみたれば、もつとも〳〵とて、後にはそのみも大わらひし侍りけるなり。

かねたゝきかねがなければ　かねたゝく　かねさへあればかねはたゝかじ」。

一四　**それに付けても**――向坂咬雪軒の老士語録に「山崎ノ宗鑑ハ佐々木隠岐前司義清ガ末孫也、若年ヨリ出家シ禅僧ナリシガ、一休和尚其ノ振舞ヲ見玉ヒ、山州薪寺ヘ招キヨセ、朝夕傍ニ召仕ヒス、一休ノ風操ヲ学ビ終ニ悟道ノ名ヲ呼バル、一休没シテ山崎ニ艸庵ヲ結ビ居住ス、人所望スレバ、歌書ヲ講ジ常ニ和歌ヲタシナミ、日ヲ過ス、或時逍遙院実隆ノ許ヘ参リテ、色々物語セシニ、実隆思ヒヨリテ来ル事神妙也、凡ソ昔ショリ何人ノ哥ニテモ、其ノ上ノ句ヲ吟ジテ、下ノ句ヲ云フニ、只一句ニテ相応スル事アリ、トイヘル哥ハ昔ナリケリ、如何ヤウノ上ノ句ヲ取リテモヨク聞ユルト申シ玉フ、宗鑑聞キモアヘズ、左ヤウノケダカキ句ハ上ツ方ノ御モテアソビニ相応ス、私ゴトキ賤キ者ハ、是ニツケテモ金ノホシサヨ、此ノ下ノ句ヲ用イテ古哥ノ上ノ句ヲ取レバ、如何ヤウノ哥ニモ相応致スト申セバ、実隆興ヲ催シ、色々モテナサレケルト也」(天野政徳随筆「それにつけても――」として老士語録を引く)。

一五　**一日を六十四文で人足に傭はれ**――人足の代金は、京都御役所向大概覚書によれば、宝永五年で一匁五分である。

一六　**諸芸弐百石**――平賀源内全集上巻、菊池寛氏蔵書翰「且去秋初佐竹侯より御頼ニ而、羽州秋田へ参候処、国中産物勿論色々経済共被相頼、凡一ケ年二万両斗之国益御座候ニ付、即座御褒美金百両御自画之雲竜なと拝領仕罷帰候、彼地ニ而地方見取ニ二百可被給候、尤御合力知行之由御内意御座候、荒野多所ニより三千石五千石ニも当り候場所御座候得共、出入知行ニ而も知行と申セハ、家来之様ニ相成候故御断申候処…」。

一七　**日本の金銀を、唐阿蘭陀へ引ッたくられぬ**――日本の金銀の流出は、正徳五年の新井白石の建議にもとづく、いわゆる正徳新例によって取り締まられたが、白石の計算によれば、正保五年から宝永五年までの六十一年間に、長崎一港で、金は二百三十九万両、銀は三十七万四千二百貫目であった(折たく柴の記)。明和年間以後長崎からの金銀輸出は全く停止していた。宝暦十三年より以後安政年間まで、日本は外国金銀の輸入国で、従ってこの源内の論はやや的をはずれていたが、白石らの実学に影響されて、かかる考をいだいたのであろう。

一八　**ゑれきてるせゑりていと**――Elektriciteit(オランダ語)をなまったもの。エレキテリセイリテイ、エレキセリテイトとも。源内製作以前、後藤光生(梨春)著紅毛談(明和二年)刊に、図示紹介されていた。源内は明和七年、長崎でこれを見、七年後安永五年その製作に成功した。平賀源内全集上巻所収、平賀輝子氏蔵訴状断簡には次の如くある。「且又ゑれきてると申而硝子ヲ以天火ヲ呼、病ヲ治シ候器物、阿蘭陀ニ有之候由、兼而承り伝へ、私先年長崎逗留之内種々丹精仕候而、漸手掛り出来仕帰府之後七年之工夫ニ而、去々年一月始而成就仕候、其後者高貴之御方様江茂被為召、私浪々渡世之一助ニ茂相成申候(下略)」。この訴状により賈物がすでに拵えられていたこと、従ってエレキテルの人気がわかる。源内のエレキテル製作については、一話一言・作者部類等に見える。「人の体より火を出し」は一話一言にも「人身の火をとりて病をいやす器なり」とある。平賀源内全集下巻所収、源内製作エレキテルの応用図には「阿蘭陀セイキセイエレキテル」とあり、後年、「えれきてる」と「せえりていと」を別物として更に誤ったものであろう。同図には次の如き説明書きがあり、実用化されていたことがわかる。「一右エレキテル儀は、故有て予が先祖平賀源内ゟ譲り請(け)、年来所持致(し)候得共、療治道具と斗り聞(き)伝へ其故を不知(しらず)、元来右道具はヲランダニては日本ニて之鍼の代に是を用ひ、彼胡(かのくに)ニテも甚大切之道具故、其巳後余国へは決而是を不相渡との義聞伝へ罷在候所、去ル儒者是を考(へ)用ひ様工風致候ニ付、早速病性の者をためし見申候所、頭痛歯の痛積気疝気此外何ニ不寄痛所ゟ火気を抜(き)候得者、即功有ルこと神のごとし、別て頭痛歯の痛などは立所に平癒し、且又薬力を以紙細工の人形おのれと働(き)、痛(み)所よりは稲妻の如く火気を生じ御慰ニも相成候ニ付、人々のすゝめにまかせ此度披露仕候、御望の御方は御案内可被下候何時ニても持参仕候、讃州産、尤雨天之節は功能薄く御座候、左文軒」。

一九 **六字を飴にねりまぜ、うまひだ、うまい陀仏**――燕石雑志、三「安永のはじめ、あめこかひなど唄ひて躍る飴売ありき、これも人のよくしりて童はともにうたへり、このゝち亦た、あまいだ節といふ小唄をうたひ、栲(へた)の浅黄なる頭巾を戴き、腰衣にて鉦をならし、二人して一荷の担をさし担ひつゝ、街頭を売りあるく飴商人ありき、是れは安永六七年の事かと覚ゆ」。

二〇 **飛んだ霊宝**――この見世物のこと街談録に詳かに見えて、細工人は名古屋の鯰橋源三郎であった。次に街談録を引く。

○三尊仏。尊体は飛魚、頭は串貝、後光は干鱈、後光仏は常節の中に鱓の頭、台座は吸物椀。

○不動明王。頭は栄螺、顔は鮭の頭、手足は干鮹、体は鮭の塩引、衣は干鮹、袈裟は昆布と馬鹿貝の目刺、剣は刺身庖丁、縛の縄は吊し縄、火炎は鎌倉海老、台座は栄螺と鮑。

○役行者。頭手足とも干大根、衣は若布、髭は野老の毛、袈裟と被り物は干瓢、錫杖は鯣の足、足駄は氷蒟蒻、岩は乾鮭。

○前鬼。頭より腹まで鎌倉海老、手足とも鱈、腰巻は椎茸、斧は貝杓子、台は乾鮭。

○後鬼。頭より腹まで金頭、手足は鱈、腰巻は椎茸、台は寒天。

二一 **纈銀杏**――浅草観音境内、銀杏の木の下にて、滑稽な舌耕をした僧。この銀杏下の人物は霊全と称したといわれる。浅草の霊全の名は、早く千尋日本織(宝永四年)、一の五に「霊善(ママ)が笑談義」として見える。この作品頃の文献では、俳諧名物鑑(明和八年)に銀杏和尚として、「講釈のよしすもひとへ山桜」の一句あり、教訓乗合船(明和八年)、四に、「いつそ、すてんぽに、他愛なしならば、豆蔵よごれを、きくとおもへば、慰になれども」。その他無量談(明和八年)序、当世滑稽談義(明和八年)序、当世こゝかしこ(安永五年)などに見える。宝永から安永までは長きに過ぎる様なので、霊善(全)と纈は別人で、同じ所に出た、又はその形式を模した人物であったと思われる。

二二 **友世・綱世**――中洲雀(安永六年)「巴代が力強といへ共、綱代が顔の美なるにおされ」とある。どのような芸であるかは、わすれのこりに、述べられている。わすれのこり、上「馬を板にのせ、手足にてさし上げ、また立臼をさし、これに米を入れて人につかせ、亦五貫束を片手に持ち、百匁掛の蠟燭四五挺ともしてあふぎ消す。女には珍らしき怪力、巴、板額も一位を譲るべし」。半日閑話「堺町楽屋新道に女の力持見世物出る。此の女、元は湯島の大根畑の娼婦なるよし、車に俵を乗せて是を指す、名を柳川ともよと云ひ、紋所は巴の紋なり、力婦伝といふ書に出づる」。

二三 **源水**――代々松井源水と名のり、曲独楽を見せて、歯磨を売った。田原町に住み、浅草観音境内に店を出す。また玄水とも書かれている。賤のをた巻「この松井屋(松井源左衛門)と同様、世の人のよく知りたるこま廻しの玄水は、今に浅草に居て、若君様始めて浅草辺へ御成りなされ候時は、一番に御覧に入れるなり」。朝倉治彦著随筆辞典雑芸娯楽編引く、

安永九年十月改の「浅草寺内惣見世名前帳」の貸地代には、「五百文
護魔堂脇歯磨店　源水」「一貫二百文　橋本薬師堂脇売薬場　源水」と。

二四　**松川鶴市**――只今御笑草の松川鶴市の条「三股の中洲埋め立て(中略)しばらくのほど、納涼の地たりしころ、(中略)身ぶりもの真似、真を写して、歌舞妓の舞台そのまゝなりし。さかゐやの秀鶴、丸屋の十町闇掛合の□□大当り、古今稀なりしも此ごろと覚ゆ。(補)蜀山按、此もの後に足をあらひて素人となり、出家して蓮乗と号し、四谷内藤新宿の末成子村常円寺七面堂の堂守となれり。新宿の倡家などに、斎非時によばれても、女どもその技をしりて、何にても身ぶり声色せよといふに、古き役者の声色身振りなれば、たれもしるものなし。よりて近比は新らしき役者の声色などを学ぶと、六樹園のかたりしもおかし」。

二五　**新之助**――唐崎新之助。その頃中洲に出ていた軽業の名手。中洲雀「唐崎新之助が軽業、放れ業にして見るに危く、銭を出して気を痛め」。

二六　**どう突請身**――和漢三才図会芸能の項に「竪物(たてもの)附、受重身(ウケミ)」について次のようにのべている。「又人有リ、重キモノヲ腹背ニ載セ、或ハ大臼ヲ腹上ニ置キ、仰臥シテ杵ヲ以テ之ヲ擣ク、或イハ甃ヲ腹上ニ置キ、二人之ニ登リテ躍ル、蓋シ此レ体術ヨリ出ヅ、俗ニ之ヲ受重躬(うけみ)ト謂フ之類カ」。

二七　**空と風とは体用にてつまる所は四大なり**――富永仲基の出定後語(延享元年)にも、次の如くある。「小乗部ニ四大トイフ説ヲ云フテアリマスガ、コノ四大トイフハ、地水火風ノ四ツヲ申シテ、コノ道理ヲ以テ天地間ノ道理、人身ノワケヲモ説イタモノ、コレハ西洋ノ国々デハ、甚ダ古クカラ言ヒ伝ヘタ事デ、今以テ阿蘭陀ナド、スベテ西ノ極ナル国々デハ、是レヲ四元ト号ケテ、是レデ物ノ道理ヲサバクデゴザル、サテ天竺デ古キ昔カラ、此ノ四大ヲモテ諸事ヲサバキ、釈迦ヨリ前ノカノ婆羅門ノ輩ガ、何レモ〳〵是レヲ説キ、釈迦モ夫レヲウケテ説ヲ立テタルコト故、小乗部ノ経ドモニ四大トアルハ尤モナコトデ、実ニ釈迦ノ真面目デゴザル、然ルヲ大乗ニハ、コノ四大ニ空トイフ事ヲ加ヘテ、五大トナシタレドモ、空ト云フモノヲ四大ヘ並ベテハ、一向理ニアタラズキコエヌコトデゴザル」。藤井高尚も後年ではあるが、文政十二年「松の落葉」で同旨のことをより強くのべている。

二八　**仮にも**――徒然草、二百十七段「ある大福長者の曰く、人はよろづをさしおきて、ひたぶるに徳をつくべきなり。(中略)すべからく先づその心づかひを修行すべし。その心といふは、他の事にあらず。人間常住の思に住して、仮にも無常を観ずる事なかれ。これ第一の用心なり」。

二九　**豪猪・綿羊なんどの例もあり**――山嵐は安永元年輸入された。蒹葭堂雑録「豪猪、俗云、也末阿良之。山豬、蒿豬、貆貐、鸞豬等の名あり、安永元年阿蘭陀より薩摩国へ伝来し、翌二年巳の春浪華に来りて観物とす。(中略)当時の豪豬は咬嚁吧(じやがたら)国の産なるを、蘭人捕(り)獲て持渡りしといふ」。南水漫遊拾遺、五にも「今に人口に膾炙するは、安永頃の豪鳥(豪猪の誤りであろう)、山嵐、天明頃の駝鳥、寛政三年の水豹、近来の熊子丈を巻首とす」とあるが、見世物研究の著者は、安永元年、薩摩侯より幕府へ献ぜられた(半日閑話)記事を重んじて、見世物は贋物かと想像している。綿羊即ちラシャメンの見世物は、本文に詳しい。

三〇　**盗跖**――荘子の盗跖篇「孔子与柳下季為友、柳下季之弟、名曰盗跖、盗跖従卒九千人、横行天下、侵暴諸侯、穴室枢戸、駆人牛馬、取人婦女、貪得忘親、不顧父母兄弟、不祭先祖、所過之邑、大国守城、小国入保、万民苦之」と見える。

三一　**菅原櫛**――一話一言、二「或は伽羅の櫛(銀むね、象牙の歯、月に郭公などの細工あり)をつくり、或は金から革等をつくりて常の産とす」。平賀鳩渓実記、三「源内は、種々心を配りて、兎角世上へ流行(はやる)事を工夫せしが、風と思ひ付て、伽羅を長崎より多く持参しけるを取出して、是を櫛に挽せて、銀にてむねを一分通りに覆輪を懸け、是を世上へ弘めんと、(中略)此櫛世上にて源内櫛と名付(け)、江戸一統、今以て流行す」(同書温知双書所収本の大田南畝書入に「岩井櫛といふ櫛也、これは神田大和町代地細川玄蕃頭屋敷前に移りし頃也、門口に一本の柳を植置し也」)。東京国立博物館蔵菅原櫛(源内全集、上巻図版)によると、大小二別あり、共に伽羅に銀の覆輪をかけるが、大は歯象牙、小は銀製である。

三二　**火浣布**――石綿論「宝暦中、平賀鳩渓、始メテ火浣布ヲ製ス即チ是也、(中略)火鼠ヲ取リテ織ル所ノ者ニ比スレバ、則チ其名同ジクシテ其品異

ル、誠ニ本邦一大奇産ナル哉」。平賀実記「源内、火浣布を夥しく作り立て、此の布を風下へ張り置けば、大火の節といふとも、火を防ぐ事疑ふべからず、(中略)今浅草御蔵には、大名方御防あり、夫よりは此の布にて、大袋を作り、御蔵へ懸くる時は、類焼の気遣ひなしと了簡し、先づ火浣布を集めて大なる袋を拵へ段々内々をもつて町奉行へ願ひけるは、(中略)是れにて袋を拵へ、御蔵へ掛け候へば、恐らくは焼失の気遣ひあるべからずと願ひければ、町奉行土屋越前守殿被ㇾ申けるは、(中略)殊さら水の手の外器物を用ふる謂れなし、此の上の心掛け水の手に便利なる道具存(じ)付き候はば、早速申出づべしと…」。

三三　**角の布具礼**――万葉考の説は「こゝに角といふは角姓の醜男ならんか、ふくれは獣の面のふくれ見くるしきを醜なる男にたとへたり、契沖云ふ、よきとたにいふものはいづくとて飽ぬ物をと也、角のふくれは賤しきものゝかたちを鬼にたとへていふ也」。ただし和名抄に「陰嚢」を「布久利」と読む例がある。後年の橘守部は、催馬楽譜入綾で「此角のふくれも男陰を云へり」と、源内と同じ説を出した。

三四　**千早振**――古今集の序「千早ぶる神代には、歌の文字も定まらず、すなほにしてことの心分きがたかりけらし、人の世になりて須佐の雄の尊よりぞ、三十もじあまり一もじは詠みける」。

三五　**豆の萁を**――通俗三国志、三十三によれば、魏の曹丕が、弟の曹植(子建)を、事あってなじった時、詩をよませた。「曹植ガ曰ク、願ハクバ又題ヲ聞カン、曹丕ガ曰ク、我ト汝ト乃チ兄弟ナリ、其意ヲ以テ題トセヨ、曹植コレヲ聞イテ、乃チ作ル、其詩ニ曰ク、煮レ豆燃二豆萁《まめがら》一、豆在二釜中一泣、本是同根生、相煎何太《はなはだ》急」と詠じた故事にもとづく。

三六　**あたまの大なる頼朝**――参考源平盛衰記「兵衛佐ハ布衣ニ薄袴ヲ著セリ、指出シタルヲ見候ヒシカバ、少クオハシマセシ時ニハ似給ハズ、顔大ニシテ長ケヒキク、容貌華美ニシテ景体優美也」。

三七　**下疳**――医道重宝記「色欲動けども遂《なか》はず、或は交合すること潔からずして、玉茎に瘡を生ずるを下疳といふ。(中略)楊梅瘡は下疳或は便毒によつて生じ、又は人より感《うつ》りても又よくこれをなす」。

三八　**痳病**――医道重宝記「脾土傷《やぶ》れを受け、飲食の気を運し、化すること能はず、肺金助なくして、水道清からず、或は色欲を過し及び七情の欝結又は湿熱の雍《ふさ》がり滞るによつて此証をなす」。

三九　**遺精**――医道重宝記「夢に交合して精を泄らすを夢遺と云ふ、又思ひ願ふこと遂《かな》はずして心疲れ、火動き、或は色欲を過して腎虚するもの皆よく遺精をなす」。忘想とは夢遺のことで、遺精の一現象。

四〇　**藤房卿**――太平記、十三「藤房卿遁世事」の条に「其後藤房卿、連続して諫言を上りけれども、君遂に御許容無かりしかば、大内裏造営の事をも止められず、蘭籍桂筵の御遊猶頻りなりければ、藤房是を諫め兼ねて、臣たる道我に於いて致せり、よしや今は身を退かんには如かじと、思ひ定めてぞ御座しける。(中略)竜顔に近附き進らせん事、今ならでは何事にかと思はれければ、其事となく御前に祗候して、竜逢比干が諫めに死せし恨み、伯夷叔斉が潔を踏みにし跡、終夜申し出でゝ、未明に退出し給へば、大内山の月影も、涙に陰りて幽なり。陣頭より車をば宿所へ返し遣し、侍一人召具して、北山の岩蔵と云ふ所へ赴かれける。此にて不二房と云ふ僧を戒師に請じて、遂に多年拝趨の儒冠を解いて、十戒持律の法体に成り給ひけり」。

四一　**明和戊子**――解説で述べるべきであるが、余白がないので、痿陰隠逸伝の異版、志道軒伝を説明しておく。大東急記念文庫蔵、小本一冊、志道軒伝自叙(末を「皇和文化弐年乙丑春正月元旦題悟道軒」と改)三丁、志道軒伝後序(新しく加えたもの、後出)六丁、画と賛一丁、本文及び志道軒伝跋(年号の所「文化乙丑春正月」と改)十一丁(ただし、「又ノ八」の丁付あって、末は「十」)、道歌様のもの(後出)一丁半あって、その裏に「志道軒法名　一無堂栄山大徳　明和二乙酉三月七日　行年八十九歳墓所寺浅草馬道勢至堂苔むしたる一塊を残し有り　本石町四丁目大横町通り名本清板」などとあり、蔵版目録一丁を附す。版は全く新しく彫ったものである。文章の同じ所は誤りが目立つ。本文末の「春も立また」云々の一詠欠く。次に、新補の後序と道歌様のものをかかげる。

志道軒伝後序

ふかき咎《とが》今よりのちはよもあらじつみ浅草《あさくさ》へまいる人〳〵はよく御そんじの奥山《おくやま》に古歯《ふるは》ぬきの源水《げんすい》と此坊《このぼう》が大戯氣《おほだわけ》なり終日軍談《しうじつぐんだん》に浮世《うきよ》の穴《あな》を鏴《くじ》

り木にてこしらへたる松茸《まつだけ》の形《なり》したるおかしきものにて机《つくへ》を扣《たゝ》きそこらだらけか皺《しは》だらけ農顔《のかほ》うちふりて女《をんな》の身ぶりに妙《めう》を得て観音《くわんおん》さん詣《けい》の老《らう》若《にやく》に臍《へそ》を宿《やど》かへさせて笑《わら》ひを取《とり》し怪《あせ》もの也《なり》しも今《いま》は四十年《よそじあまり》前のむかし語《がた》りとなりしを吾師《わがし》悟道軒《ごだうけん》もありしむかしを人《ひと》もわすれじ我《われ》もわすれぬ心《こゝろ》やおかし具《く》古人《こじん》紙鳶堂《しえんどう》のあるじ風来山人《ふうらいさんじん》の遺《い》書を抜萃《ばつすい》し彼御坊《かのごばう》がはなしの種《たね》の玉茎《まら》と陰戸《ぼゞ》といへば御座《ざ》鋪向《しきむき》へは出《だ》されぬ尾籠《びろう》それも源《みなもと》の順《したがふ》が和名抄《わみやうせう》に娼《なら》って雅《が》にとなへては弖連《でれ》突《つく》又作蔵禅宗《さくそうぜんしう》にては本来《ほんらい》の面目房《めんもくぼう》また無逸物《むちもつ》とは無雙《ぶさう》の一物《いちもつ》といふ隠語《いんご》なり其外八宗九宗いつれの宗旨《しうし》にても本尊本地佛《ほんぞんほんぢぶつ》として尊信《そんしん》せさるものもなし女は吾《わか》日本《くに》の宗廟《うぶすな》なりと偏《へん》屈《くつ》な腐儒《くされじゆ》石部《いしへ》金吉《きんきつ》か称《となへ》はしめて御家さまお神様とて崇《あが》め尊《たつと》はせて夫婦和《みとのまく》合《ばい》の氏神《うぢかみ》なりとおもはせ鰥《やもつ》おとこに弄茎《せんずり》のあてかきをさせ浮図《てら》にて秘佛《ひふつ》開帳《かいてう》と建札《たてふだ》して婬婦若寡《すけべいわかごけ》また浮氣《うはき》娘に見せひらかしてそゝのかし春《はる》さきより立《たち》そめて胯《またぐら》の卯《う》月の頃《ころ》までおつはしめて菖蒲刀《しやうぶかたな》に床入《とこいり》の魂胆《こんたん》ばなし七夕の逢瀬《あふせ》の口舌《くせつ》も怨耦《やきもち》のやける匂《にほ》ひを聞《かゞ》せ田《た》の面《も》の節句は湯具《ゆく》のしろきを見せては人の心《こゝろ》をあぢィに佐勢菊《させきく》かさねといふも夫婦《ようふ》かさなり寝《ねる》の祝言《ほきごと》にて年《とし》の暮《くれ》を勢疣《せいば》といわひなをして玉茎《たまくき》にいきほひをもたせ四季《しき》おり／＼の祝《いわひ》もみな陰《いん》と陽《やう》とのふたつを表して譬喩《さとし》それをして終日観音《ひつもすくわんおん》参詣《さんけい》の諸人《しよにん》に軍談《ぐんだん》とまぜこぜにして多くの人《ひと》を笑《わら》はせて臍を宿替《やどかへ》させて行年《ぎやうねん》八十九才を此間《このよ》の打出《うちだ》しとして明和二ツのとし弥生《やよひ》七日地内《ちない》の庵《あん》室《じつ》にて氣《き》をやりしまひ顔《かほ》の皺《しは》と倶《とも》に土中《どちう》へちゞこまり形身《かたみ》に残《のこ》る木《き》の松《まつ》茸《たけ》も常盤《ときわ》の色《いろ》もかはらす在《あり》し昔《むかし》の言種《ことくさ》を悟道軒《ごだうけん》のぬし綴《つゞ》りものして一小冊《いつせうさつ》となし且《かつ》その面影《おもかげ》を好士《かうず》の君子《くんし》に知《し》らしめて菩提揚《ほたいのには》の手向艸《たむけくさ》ともなれかしとの示《しめ》されを向水能転氣弄茎声《むかふみづのふてんきせんずりこゑ》にて請領《しやうれう》して夢中《むちう》になつて弄《かき》ちらかし以《もつ》て序《じよ》となす観人一笑《みるひといつせう》したまへかし文化乙丑春門人不了軒《ふれうけん》すみつこにて書《かき》しまふ事如件《とくたんのことし》

○

極楽《ごくらく》を何国《いつく》のことゝ思《をも》ひしに
　酒《さけ》のきげんで寐《ね》たる我家《わがいへ》

此世《このよ》にて慈悲《じひ》も悪《あく》じもせぬ人は
　さぞや焔广《えんま》もこまり玉はん
なきがらへみちをおしゆる坊《ばう》様が
　いしやをたのんて薬呑《くすりのむ》とは
生《うまれ》きてしぬるなりけりおしなへて
　しやかも達磨《たるま》も猫《ねこ》も杓子《しやくし》も
追善《ついぜん》にあふた佛《ほとけ》の盆棚《ぼんだな》へ
　年《とし》／＼くればうかむ瀬《せ》もなし
あつまりて百万遍《ひやくまんべん》の大さわぎ
　うわきねぶつの聲《こへ》の高《たか》さよ
袈裟衣《けさころも》ありがたそうに見ゆれども
　これはぞく家《か》の他力《たりき》ほうくわん
御詠歌《ごえいか》は今佛道《いまぶつどう》のはやり哥
　しやかの教《おしへ》にとくあるそよ
年《とし》／＼に目出《めで》たふ祝《いわ》ふ松《まつ》かざり
　悟《さとり》て見ればこゝろ細《ほそ》さよ
世《よ》の中は貧《ひん》じや有徳《とく》しや楽《らく》じや苦《く》じや
　何《なん》じやかじやとて末《すへ》はもちや苦《く》ちや
一さいの事誠《ことまこと》に夢《ゆめ》の世《よ》の中《なか》
　文化二乙丑歳正月吉日

なお、見返しに本清の広告がある。これも合せて書きつけておく。

私方に元禄寶永正徳年中の江戸四座の大芝居評判記所持仕候外に享保年中より當時までの古評判記不残御座候間御望み方様御求御覧可被下候芝居事の読本何にても御座候尤かし本にもいたし申候

かし本処
三芝居狂言正本大帳
本石町四丁目大よこ町
通り名　本　清

四二　**金唐革**――菅原櫛の条(三二)参照。なお戯作ながら、源内に取材した風来紅葉金唐革(天明二年)にも「其外金からかわ、とふめがね、ぜめがねの類、いづれも倭国にまれなる奇物、其たくみ凡ならず」とある。

四三　**後家も**――この一件は中村仲蔵の秀鶴日記に、背後の事情まで詳かである。抄記して伊原敏郎著歌舞伎年表安永七年の条にあり。

四四　**高祖関中に入りて秦の苛法を去**――前漢書の上帝紀「吾与諸侯約、先入関者王之、吾当王関中、与父老約法三章耳、殺人者死、傷人及盗、抵罪、余悉去秦法、吏民皆接堵如故」。同書二十二、刑法志「高祖、初入関、約法三章、曰殺人者死、傷人及盗、抵罪」。

四五　**寝惚先生**――大田南畝の戯号である。南畝は洒落と弄文を好み、又彼にはそうした性質の欠けていた、激しくこちごちしい性格の人に興味を持つ人柄であって、殊に才能あれど、むくわれること少いことに不平もあった青年時のこととて、源内に引かれたようである。平賀実記の南畝の書入に「予が平賀源内に初めて逢ひしは明和丁亥の秋也。(中略)神田白壁町へ尋ね行きて、源内にも初めて逢ふ。夫より度々相見せしなり。寝惚先生草稿を持参して…」とある。その寝惚先生文集に序したのは源内であり、根無草後編は彼が序した。南畝は、その随筆類で源内のことを伝えている。のみならず放屁論後編の版下は甚だ南畝の筆に似る。或は彼かも知れないし、金銀開運祭篭内伝(安永九年)の如く、彼の著かと思われる源内張の著述をも残して、一時の親炙の程を物語っている。

四六　**倭俗の天狗と称するもの**――松の落葉、一「これらを見わたして、樹神、山鬼、天狐やうのものなることを、いよく思ひさだむべし、(中略)それとさだまれるかたちはしられしを、今の世にゐにかくは、山伏のかたちにて、翼と嘴とあり」。

四七　**臭橘**――物類品隲の引用はつづいて、「〇漢種享保中種ヲ伝ヘテ駿府官園ニアリ、樹橘ノゴトク葉橙ニ似テ刺アリ、実モ橙ニ似テ稍小ナリ。枸橘　一名臭橘和名カラタチ、和産処処ニ多シ、植テ藩籬トス　〇漢種享保中種ヲ伝ヘテ、東都官園ニアリ、形和産ニ同ジ、俗唐枳殻トスルハ誤ナリ、実大ナリトイヘドモ枳殻トハ別ナリ」。

四八　**蠮螉**――嗚呼矣草「毛詩に、蜾螺負二螟蛉一と云ふ。楊氏法言には似我蜂を出す。然共蚳蚼の説のごとき齟齬あり。似我は似我の子似我となりて、異虫の子似我とならず。殊におかしきは、楊氏法言によりて、我に似よくと似我蜂の鳴音はありといえり。清土の蜂は唐音をつかひ、本朝の蜂は和音を用ひて、鳴分るかもしらざれども、よく聞分しものとおもはる。また似我蜂の異虫の子をはこぶは、隔宿の糧を殖ふるにぞありける」。

四九　**中丁**――七場所など称される深川花街の中心地。婦美車紫鹿子に、「深川仲町、昼夜四切一分切十二匁、此浄土は素人と云ふたて、甚だ花奢風流を好みしが、今は一向に衣裳髪の風伊達に成り、人がら尤あまり能く無し、併さわぎ一事は此所に越す所無し」とある。詳かには岡場遊廓考参照。

五〇　**楼下**――深川永代寺門前山本町の俗称。火の見櫓があった故である。ここの私娼街は、表櫓・裏櫓・裾継の三区域があった。その各々については、紫鹿子に、「中品上上巻頭　深川表櫓　昼夜四切七匁五分　此浄土髪の風衣裳着こなし、大概は仲町をまねる。併し人がら及ばず、音曲さはぎは大概仲町に同じ」、「中品上生　深川裏櫓　昼夜四切七匁五分　此浄土大抵表櫓の如し、其外、さわぎ同断」、「中品上生　深川裾継　昼夜四切七匁五分　此浄土表櫓より少し次なり」。

五一　**腐艸化して螢と成り**――岡場所の売色を禁じ、その私娼を吉原に移すことは、近世を通じ屢々行われていた。嬉遊笑覧、九に「正徳、享保中、隠し売女共捕へられて、吉原町へ下されぬる事度々あり。又延享三年寅二月六日、四年以前亥年中、吉原町へ被二下置一候遊女共御定年季明女数覚書、深川佃町同大和町氷川町門前〆百七十八人、根津宮永町五十人、本所入江町一人、市谷谷町七人、神田小泉町踊子売女十人〆六十八人、北品川二十二人など見えたり」。

五二　**とんだ茶釜**――増訂武江年表の明和七年の条「筠補、此頃とんだ茶釜といふ諺はやる、或云ふ、明和七年二月、上野山下の茶屋女林屋お筆、もとは吉原四ツ目屋の大隅といひし妓なるよし、人みな見にゆく、名づけて茶がま女といふ、錦絵に出る、又云ふ、笠森お仙他に走りて、跡に老父出居るを、戯にいへることゝかや、二説何れか是なる、思ふに、延享二年の春の時津風といふ発句集は、江戸の名物を集めたるなり、其中に、炉開きや二階にとんだ茶釜かな、といふ句見えたれば、前説はうけがたし」(この句は明和八年俳諧名物鑑所見)とあるが、当時の源内は、お仙もお筆をも共に「とんだ茶釜」といっている。

五三　**二人禿**――吉原大全「禿の事並に対のかぶろの事」には次の如くある。「のち太夫女郎、格子女郎は、二人かぶろ三人かぶろをつれたり。さんちや女郎は、かぶろひとりをつれける。是をもつて、太夫、格子、さんちやのかくしきとす。(中略)宝永年中、新町、中あふみやの、みやこぢといゐる、さんちや女郎、禿二人つれ道中せしかば、所のとしより、ふたり禿の事を咎めけるに、ひとりは、みやこぢ妹女郎のつれし禿といふ事にて相すみぬ。それより例となりて、たれ〳〵も対のかぶろをつるゝ事になりたり」。後年の柳花通誌も同旨をのべている。

五四　**道中**――吉原大全「道中揚屋入りの事附長柄の傘並に駒下駄の事」に次の如くある。「道中といふ事は、女郎揚や又は中の町へ出るをいふ。たとへば江戸町の女郎京屋へいたり、京町の女郎江戸やへ出るなど、おの〳〵遠方へ旅立をする心持に比して道中の名こゝにおこる。つまの取やう、足のふみ出しに習ある事とぞ。今はあげやなしといへども、そのかた、のこりて中の町へ出るを道中といふ。雨天の節は、ながへのかさを、さしかけさすなり。長柄は貴人の道具なれども、上﨟といへる名称によりて、むかしより免許ありし事なり、ことさら夜は女郎の定紋付たる大灯燈、ならびに茶や船宿のちやうちん、星のごとくにつらなりて、新ぞう、禿、やりて、若ィ衆大勢、取かこみしふぜい、まことに余国になきけしきなるべし。又むかしの女郎はみな草履をはきしに、中古角町ひしや権右衛門方の芙蓉といへる女郎、寛濶なるものにて、伊達をこのみ、道中の節、快晴にても駒下駄をはきけり。もへいづるくれなゐのすそ、しどけなくふみ出したるさま、瑤池に咲し芙蓉も及びがたきよそほひ、ゆうびに見えければ、皆人、女郎のはき物には、こま下たうつりよしとて、彼此さとの風とはなりぬ。中に江戸町松葉屋半左衛門方にては、今に年始其外、いわい日には駒下駄を用ひず」。

五五　**古流の角を崩さぬ**――吉原大全の「吉原格式」に次の如くある。「青楼の法例あまたあれども、まづ、うらやくそく、若ィ者、やり手への祝儀はもちろん、なじむに及んでは女郎への付とゞけ、或は紋日やくそく、又総花を出し二階花をやり、総仕舞をする抔、客の体によりてある事なり。又吾がなじみの女郎へかくし、外の家へいたる事を禁ず、若至る事あれば、なじみの女郎より向の女郎へ、ことわりの文を遣す、其後客至れば、向の女郎よりしらせこす事、礼義なり。又分ありて切るゝ事あり、それも道理によりて女郎客をつけとらへ、或は髪をきる等の事を法式とす。其他かず〳〵の格式あれども、皆人のしるところなれば是を略す。又身請などにいたりては、客の心しだいといへども、大てい女郎の心安き茶や船宿、あるひは商人、他家にても懇意なる女郎へ置みやげをおくり、又向よりも祝儀を取かはし、出る日には女郎や一家うちより寿をなし、(中略)おくり出るよそほひ、筆に及びがたし」。これにかぎらず吉原では古い格式を重んじていたことは同書、吉原年中行事、また吉原青楼年中行事の倡家の法則等に詳しい。

五六　**いやゐ**――賤のをた巻「又其頃松井屋源左衛門と云ふものは歯磨売なり、真鍮の金物打ちたる黒ぬりの箱を重ねたる高荷を両掛にして、小者にもたせ、赤坂見付下の広小路に出て場を取り、彼高荷を両方へかまへ、居合刀(尤刃引にてよくみがきたるなり)三尺許なるを第一として、夫より段々寸劣りの刀を品々掛けて、居合を抜くなり、小者は相太刀をうつ、後は足駄をはきてぬき、又は三方の上に登りぬきたり、彼三尺計の刀を自由に取り廻して、様々の形をぬきたり、今は見えず、猶相続して渡世するかしらず、此松井屋と同様に(以下松井源水のことがある)」。

五七　**米の値**――読史備要、金銀銭相場一覧によると安永四年には肥後米一石に対して五十四匁から六十匁。安永五年には同五十三匁から六十五匁で、明和四(七十一―七十三匁)・五(七十六・二匁)・六(七十一・五匁―六十八・七匁)年頃に比し、相当安い相場であった。

五八　**三十三間堂の大矢数**――江戸名所図会、十八「同所　○深川富岡八幡宮　二町ばかり東の方にあり、相伝寛永年間　或人云ふ十九年なりと大江戸の弓師備後といへる者射術稽古の為、京師蓮華王院を摸して、三十三間堂を創立せん事を乞ふ、依つて浅草において地を賜ひ、諸家に勧進して建立の功を募る、こゝに於て同十九年壬午十一月普請落成す、(中略)然るに元禄十一年戊寅九月、回禄の災に罹て灰燼せしかば、其後今の地に移させられたりとなり」。

五九　**新地の名**——深川新地をさす。深川越中島築出しで出来た新地。紫鹿子に「中品中生、深川新地、昼夜四切引つぱり、此浄土は佃に物事皆准ず」。

六〇　**表楼・裏楼・裾継・やぐら**——楼下の条(五〇)参照。ただし、やぐらというは、以下三ヵ所を合せての称、楼下の略称を、筆ついでに書いたものである。

六一　**送りむかい**——時代はさがるが、巽大全(天保四年)の「送りむかひの事」に「為になる客又は色客または店者などゝ約束して、迎ひにくる事あり(大かたは舟宿へくるなり)、又むかひに女ばかりよこす事あり、自身に用事を付けて忍んで来る時は、昼夜を仕舞ひて仲町にて三歩なり、送りは仲町土ばしに限る、客かへる時送るには二ッになほす也、新地は夏の内は送りばかり、是も二ッに直す也、芸者は心安き上にては送りする時、用事をつけさせ、一分にて済むなり、顔がとほらぬ客はこれも出来ず」と、深川の風習の一で、大体はこれでわかろう。(岡場遊廓考同文)

六二　**寝衣**——寛政三年の仕懸文庫「しかけぶんことは、子どものきがへを入れてもたせて来るぶんこ也。大いそ(深川のこと)にてきものをしかけといふ事人のしる所なり、尤しかけぶんこを持たせる事は縄町(仲丁のこと)にかぎる」。

六三　**女の羽織着**——巽大全の「羽織の事」の条で「昔は此土地にて娘の子を男に仕立て、羽織をきせて出せしゆへ、はをり芸しやといふ也、それゆへ名も甚助・千代吉・鶴次などゝ云ふなり」。この風が一般にうつった。

六四　**新造**——吉原大全、新造の事「新造といゑるは、あたらしきふねにそへし名なり。五六歳あるひは七八歳より此さとへきたりて、姉女郎にしたがひ十三四歳にもなれば、姉女郎の見はからひにて新ぞうに出すなり。その十日ばかりまへに、女郎の心安き客七所より、おはぐろをもらひつけぞめをなす。此日そば切をとゝのへ、家内はもちろん、ゆかりの茶や船宿へもおくる事なり。又赤飯をむして、しるべのかたへおくる。是また故実なり。新ぞう出る日は格子のまへより、通りの中まで、せいろうをおびたゞしくつみかさね、そのうへに、九尺より二間あるひは三間ほどなる白木の台へ、ちりめん、どんす、にしきのるいをつみかざるなり。姉女郎の座しきにも、ざしきつみ物とて白木の大だいに反物あるひは、たばこ入れ、扇、あせぬぐひの数をのせ、すべて家へ出入するものへ祝儀として遣す事なり。新ぞうを出す客のいたる茶や、船宿のおもてへも、せいろをつむ。其他の茶や船やどへものこらずむし菓子をおくる。此日のざしきのてい、善つくし美つくし、かざり物等、ことばにのべがたし。扨当日より七日の内は、姉女郎かいぶんにて日々衣服をきかへ、中の町へ引つれ出るなり。其外いもと女郎のぶんは、七日が間は同くつれだちいづ、さて七日すみてほうばいの女郎、かわり〴〵に右の新ぞうをしまい遣す事礼義なり。又知音の女郎よりは、祝儀としていろ〳〵のおくり物をなす」。

六五　**箱根の清左衛門地獄**——空華日工集「廿八日(応安八年二月)飯罷リ諸子ト或ハ村巷、或ハ宿舎ニ出遊ス。舎ニ道人有リ、一地ヲ指シテ曰ク、昔平左衛門虐ヲ作スコト計フルニ勝フ可カラズ。此ノ地ニ拠リテ館ヲ造ル、誅ニ臨ミ屋地中ニ陥ル、人皆云フ、活キテ地獄ニ陥ルト。故ニ、今ニ至リテ呼ビテ平左衛門地獄ト為ス」。松屋筆記は同書を引用し「今も平左衛門地獄とて、温泉の湧出処あり」としている。

六六　**めくり**——当時流行したカルタ博奕の一。博戯犀照によれば、天正かるたの変化したものという。そして今日の花かるたの前身ともいうべきもの。札については「かるた四拾八枚、但し一より十二迄有レ之、銘々四枚ヅヽ、四拾八枚に相成申候、内一より十迄は通例之数に唱へ、十一を馬と唱へ、十二をきりと唱申し候」とある。以上を述べる博奕仕方風聞書(未刊随筆百種)に、その遊び方を細述してある。

六七　**一字はさみ**——深川の遊里から流行し始めた隠語の一種。辰巳之園(明和七年)に、次の如き説明がある。

「〇アカサタナハマヤラワ　此通リヘ　カ

○イキシチニヒミヰリイ　此通リヘ　キ
○ウクスツヌフムユルウ　此通リヘ　ク
○ヱケセテネヘメエレヱ　此通リヘ　ケ
○ヲコソトノホモヨロオ　此通リヘ　コ

右の如く、カキクケコの、五音の字を付け云ふ也、譬へば、客と云ふ時は、キキヤカクク。又おんななどとはねる時は。付字にてはねる也。女はオコンナと、オの字へつくコの字を、はねる也。清濁は、本字に直に濁る也、此外に、し付、き付、などと云ひて、其時におうじて、一チ字置に付ける也。知れざる事を云ふ時、はやく此事を考うべし。又此通し言葉も、ロ付けて云ふ時は、いかやうにもはやくいわるゝ也。諸人知る所なれども、知らざるものの便にと、爰にあらはす」。

六 **諸楚人これを咻せば**――孟子、滕文公下篇「孟子戴不勝ニ謂ヒテ曰ク、子、子ノ王ノ善ヲ欲スルカ。我ゲ明カニ子ニ告ン。此ニ楚ノ大夫、其子ノ斉語センコトヲ欲スルモノ有リ、則チ斉人ヲシテ諸ニ傅タラ使メンカ、楚人ヲシテ諸ニ傅タラ使メンカ。曰ク、斉人ヲシテ之ニ傅タラ使メン。曰ク、一ノ斉人之ニ傅シ、衆楚人之ニ咻セバ、日ニ撻チテ其斉ナルヲ求ムト雖モ得可カラズ。引テ之ヲ荘岳ノ間ニ置クコト数年ナラズ、日ニ撻チテ其楚ナランコトヲ求ムト雖モ、亦得可カラズ。子ハ薛居州ヲ善士ナリト謂ヒ、之ヲシテ王ノ所ニ居ラシム。王ノ所ニ在ル者、長幼卑尊、皆薛居州ナラズ、王誰レト与ニ不善ヲ為サンヤ。王ノ所ニ在ル者、長幼卑尊、皆薛居州ニ非ルナラバ、王誰ト与ニ善ヲ為サン。一ノ薛居州、独リ宋王ヲ如何セン」。

神霊矢口渡

一 **豊竹新太夫**――安永十年の評判鶯宿梅に上上吉として、豊竹新太夫を上げ、「此新太夫といふ名目は、前にいへる処の、古人肥前掾(初代豊竹新太夫にして初代肥前掾、豊竹越前少掾門、江戸に肥前座をおこし、宝暦七年五十四没―浄瑠璃大系図)の前の名なりしが、古肥前掾門弟に、豊竹哥門といへる少年の者ありしが、宝暦十三年春肥前掾座にて、軍法富士見西行の上るりを致し、豊竹文字太夫罷下り、三段め中古肥前(二代目肥前掾で二代目新太夫豊竹越前少掾門で旧名伊勢太夫―浄瑠璃大系図)とかけ合大出来也、其五段目は、源平花合戦を出語いたしたり、其時年十六歳にて、前髪にて初而の見物へ目見也、三味線は岡村弥吉相勤む、夫より年々稽古なし、新太夫といふ名をもらい受け、暫く外記座元いたせし処病死して、其弟子御蔵前代地松屋十兵衛、古新太夫(三代目弟子にて七太夫といひしが、師匠の名を付け、去ル安永四未年より座元と成り外記座を興行する」と。この哥門の新太夫である。

二 **水破兵破**――前太平記、十八の「頼光朝臣自ニ椒花女ニ伝ニ弓矢ニ事」に「我は楚の恭王の大夫、養由基が娘椒花女と云ふ者なり、さても我父由基、射芸を嗜めり、或時大聖文珠薩埵、養由に託して宣く、汝は是我化身なり、吾汝に三徳を教へんとて、文珠自ら双眼の睛を取つて、二の鏑に作り給ふ、是れを水破兵破と名付く、又五台山の麓に、両頭の大蛇あり、信楽慚愧の衣の糸を、八尺五寸の弦に絢係けて一張の弓となし、是を雷上動と云ふ、多羅葉を集めて直垂を作り、着せしめ給ふ、即ち件の弓箭を以て、柳葉を的として射る術を教へ給ふ、されば由基百歩を隔て、柳の葉を射るに、百発つて百中る、或時晋と楚と鄢陵と云ふ所にて戦ひしに、由基甲に蹲つて之を射る、盾七枚を射徹す、其精兵強勢此の如し、天下無双の名を顕し、弓を取れば、行雁も列を擾り、飛鳥も忽ち地に落ちぬ、然るに由基其寿七百歳を経て、既に命終りなんとする時、広く天下を見案するに、弓矢を伝ふべき人なし、娘なれば汝に授くべしとて、吾に伝置いて其身空しく成りぬ、今吾も亦命尽きなんとす、又伝ふ可き弟子なければ、心憂き事に思ひしに、大聖文珠、又吾に告げ給はく、汝所伝の弓箭を伝ふ可き者、扶桑国に在り、名を源頼光と云ふ、彼亦我化身にて、童名を文珠と云へり、是れ此値遇あるが故なり、其器当に弓箭を伝ふべき者なり、急ぎ彼の国に到つて授与すべしと宣ひき、吾れ喜び思ふ事限なし、即ち此に来つて、足下に見ゆ、此弓箭を授く可しとて、水破兵破雷上動幷に彼の直垂とを授けて、又雲居に飛去ると見給ひて、則ち夢は醒めぬ」とある。この条「養由」の文字も見える。

三 **何でも安売**――我衣に「享保八九年の頃、櫛笄三ッ櫛其外女子小道具品々を、現金掛直なし安売代十九文にて、目つきによりどらせ売る商人あり、殊の外はやりて後には町々辻々にて上物をも並べをき、三十八文一通品々、十九文品々、或は十三文一通品々、数多並べ、小刀はさみ糸類将棊駒三味線道具鼻紙入緒〆盆塗物きせる鏡剃刀人形墨筆の類に至るまで、右の価に売りて少々も利に成るものは何にても置きて売るゆへ、見物の人多く、珍しきゆへ調る人多く、いよ〳〵繁昌したり」と。その他嬉遊笑覧などにも説明がある。大阪のは明和雑記、談笈に見え、京都のは、滑稽本の何でも十九論(明和八年)に述べてある。

四　**八文字**——三田村鳶魚「太夫道中の見物」(芝居風俗所収)に詳しい。本書にうつす遊女の風は、京都として、上方語を用いさせてあるが、風姿や習慣は江戸吉原をうつしたものである。

五　**広げる指**——浮世草子時代から、太鼓持の所作を形容するのによく用いられるが、一例を引けば、延享四年の自笑楽日記、四の三「諸国牽頭持の是旦那くわつくわつと手のまたを広げる事は。芳原より始まりしが。(中略)すべて芳原へいりこむたいこといふは。過半役者声色づかひにて。座敷によりては身ぶりをもするゆへ。東の荒事仕の手づきが。くせとなりたる由。巌嶋米居士の袖日記にも見へたり」。

六　**魯揚が**——淮南子の覧冥訓「魯陽公韓ト難ヲ構フ、戦酣ニシテ方ニ暮ントス、戈ヲ援ケテ之ヲ推ケバ、日之ガ為ニ反ルコト三舎」とある故事による。

七　**真間の紅葉**——四時遊観録「下総真間山弘法寺本堂の前、石階を登りて有り、一本なり」。

八　**要石**——広益俗説弁「俗説云ふ、日本を背に負ひたる大なまづありてうちかへさんと思ふといへども、鹿島大明神かなめ石をもつて、首尾をつらぬき置きける故につよく動くことあたはず。たま〳〵石ゆるげるときに地震す。此こゝろをよめる歌に、ゆるぐともよもやぬけじのかなめ石かしまの神のあらんかぎりは。

今按ずるに非なり。神祇正宗に云ふ、以《て》レ石《を》作《る》レ柱者《を》、石腐乃際《くつるのあひだ》、尚神明在《います》乃神誓也《しんせいなり》。(神社便覧《の》引レ之一書《の》石御座とあり。)常陸国誌云ふ、要石《は》在ニ鹿島郡鹿島神祠東高天原一、石根入《ること》レ地《に》、無《し》下知《れる》ニ其大小《を》一者上。俗謂《って》ニ扇柄釘《あふぎのえのくぎを》一曰《かなめと》レ要、是名《けて》レ石《を》要者《かなめとするものなり》。土人相伝、有《って》ニ大魚一囲ニ繞日《す》本《を》一、首尾会《す》ニ於斯地《このちに》一。鹿島《かしま》明神釘《して》ニ其首尾《に》一以《て》貫《く》レ之《を》不レ得ニ動揺《すること》一。譬如《し》ニ扇《の》柄《の》得《て》レ釘《を》而堅固《けんなるが》一。此石即《ち》釘也云《とふ》、荒唐可《し》レ笑と見えたり」。

九　**十一騎**——義興以外の十騎については、江戸名所図会の「十騎社」に「同所(新田大明神社)道を隔てゝ向ふにあり、新田左兵衛佐義興の家臣十人の霊を祀る。此所も拝殿のみにて、本社は一堆の荒塚のみなり。土民登与瀬明神と称す。(中略)十騎とは所謂、井弾正忠、大島周防守、南瀬口六郎、由良兵庫助、同新左衛門、世良田右馬助、市川五郎、土肥三郎左衛門、以上八人の名太平記に出る所なり。其余の人名今しるべからず。然に異本は、松田与市、宍道孫七、堺壱岐権守、進藤孫六左衛門等の名あり。猶可考」。

一〇　**盲の伊勢参り**——只今御笑草に「伊勢大神宮」として「同じ比にてありける。きたなげなる盲人、破れ笠竹の杖をつき、古き木綿の幟に伊勢天照皇大神宮としるしたるを高々とささげ、腰に柄杓さして何事かつぶやき、町々を修行しあるけり。志しの者ありて一二銭をとらすれば、誠によろこばしげに受けて、かの幟いと高々とさゝげ、のぼりの棹を杖もてたゝきながら、

只今のお心ざし、伊勢天照皇大神宮様へあげ〳〵〳〵〳〵奉るでござりまする、まめ〳〵〳〵〳〵〳〵息災お守り被レ成て下さいませとて、おどりもてあるくにありける」。(図あり略)

二　**狸の𤏐西**——理斎随筆に「むかし七八十年以前に、東海道戸塚大陰嚢とて名だかゝりし乞食ありける。其後引続きて、予が長崎におもむきし寛政のころにも、同じ駅にまた大なる陰嚢の乞食ありて、旅人通行せる路傍に出て、陰嚢の上にたたき鉦を置きて念仏申して銭をもらひ世を渡るいとなみとせる者あり。日暮れて家にかへるには、彼きんに紐をからげて結びあげ、肩に掛けて戻ると。むかしの二代目なれと申したる有り、一とせ紅毛人江戸へ拝礼に来れる時、これを見て不便の事なり、水を取りて癒しあたへんと通事を以て申しければ、彼の乞食答へて、其志の程は忝けれど、我は此陰嚢の故をもつて、今日銭を得て楽に暮す也。今此陰嚢人並になりては、却て飢渇に及ぶべければ、此陰嚢こそ我命の親な

りとて、療治を受ずとかや。をかしき話なり」と。

一二　**元ハ角力好キ**――只今御笑草に「角力とろん」として、「神霊矢口渡にもつゞり入れたる、天明の頃迄江戸町々をあるきし四十計りの男、うしろより見れば坊主にて、只額髪の所少し計角み入たる形りに剃り残したるが、大縞の破れたる広袖の物著て、片はしよりといふものに尻つまげ、白木綿の長きふくろ手に提げ、門門に立ちて大き成る声して、角力とろんナコウボウタとて片手ひろげ、何やらんつぶやきけるが、いかにも田舎角力人のれいらくにやあらん、左右の耳なんども打ちひしがれ、片手は叶はぬ様にて、自由せる右の手も大指と次指とは打ちひしがれたる儘にのびずぞ有りける。さればこそ角力と云ふ物はこわひ者だと、微音にいひけるは聞こへし」。

一三　**程嬰杵臼**――曾我物語、一「杵臼程嬰の事」に、次の如く見える。孝明王戦に負け自害に及んで、十一歳の太子の屠岸賈のことを、杵臼・程嬰の二臣に託した。敵大王の探索きびしい時、程嬰がいうに「われ等が君を養じ奉るに、敵こはくして国中に隠れ難し、されば吾等二人がうち一人、敵の王に出で仕へん、といはん時、さるものとて心を許す事あらじ。時に我が子きくわくといひて、十一歳になる子を一人持ちたり。幸わが君と同年なり。これを太子と号して、二人がうち一人は山に籠り、一人は討手に来り、主従二人を討ち首を取り、敵の王に捧げなば、如何でか心許さざるべき。その時敵を易々とうち取るべし」とあった。杵臼はよって、きくわくと共に山に籠り、程嬰は降参して、太子の討手にむかう。賢明なきくわくは太子と名乗って自害、杵臼もあとを追う。かくて危機を脱し、程嬰は敵の一の大臣となる。隙をうかがった程嬰は、敵王を討って、屠岸賈の世にした後、杵臼の墓前に腹かき切って死んだ。

一四　**地黄煎**――本朝世事談綺、一「古へ堂上より医家に命じて地黄煎を製せしむ。其法穀芽の末粉に、地黄の汁を合せ、これを煉りて用ゆ。腸胃を潤し、気血を益すの良糕なり。今は地黄の汁を用ひずといへども、此名を以てす。京稲荷前にて、専ら製レ之、江戸にては下り飴と称す」。地黄煎飴の製法は、万金産業袋、五に詳かであるが、割愛する。

一五　**国姓爺**――近松門左衛門作の国性爺合戦、第二のいわゆる「はまづたひ」の条に、大蛤を鴫がねらって、嘴を蛤にはさまれ、争うを見て、国性爺(和藤内)が両雄を戦わせてその虚を討つという軍法の奥義にさとりを開く所がある。

一六　**浄国**――和漢三才図会、鰒の条「鰒殼ノ裏ニ画仏ノ像ヲ堆（ウツタカク）スル者有リ、人以テ奇異ト為ス、多クハ売僧ノ所為（シワザ）也、其ノ造ル法ハ濃干墨ヲ用ヰテ、物ヲ画キ之ヲ乾シテ、醋ヲ盛リテ久キヲ経テ後墨ヲ拭ヒ去レバ則チ跡堆ク起リ物ノ象（カタチ）鮮明ナリ」。白河燕談「客問フ、本朝都鄙、鮑ノ貝之中ニ仏像有ルヲ覩ル」。その他想山著奇聞集、五などにその例を見る。

一七　**六郷**――奴凧「四段目の口、わたしもり頓兵衛が所の文を、はじめ稲毛や東作(平秩東作)よみて見て、此よしみね基とも、今の六郷通りを来れば、矢口の渡しにかゝらず、此いひわけなくてはいかゞと難ぜし時、直下に筆を採りて、六郷は近き世よりの渡しにて、其水上は弓と弦、矢口の渡しにさしかゝり、と書しを見て、さすがに東作も称嘆せしなり」。六郷の橋及び渡しのことは、一話一言・燕石雑志・柳亭筆記等に詳しい。柳亭筆記に種々考証の末「寛文延宝の道中記の類にはみなこの橋あり、貞享の洪水に流亡せしが、その後仮橋にてしばらくありて後、ながく船渡しとなりぬとぞ」と結論する。

一八　**大名けんどん**――けんどんについては、慳貪・見頓などの文字をあてて、江戸時代以来説がある。語源はともかくとして、意は滝沢馬琴が、耽奇漫録に附記した如く、「けんどんは箱に入れて処々へ持出すの義にて、見世売のみなるを手打といひしに、今はなべてもち出す事となりぬ」である。従って、蕎麦切も温飩もあり、柳亭種彦の還魂紙料には、菓子のけんどんの用例をも上げている。大名と称するは、その箱に大名の紋ある舟を画いたからで、耽奇漫録に「慳貪蕎麦切また俗に大名けんどんといへり(この説の誤りなるは前述)、大名とよびしよしは諸侯がたの船をかず〳〵ゑがけるをもて也、此後世に憚りてあたらくさ〳〵の絵やうをゑがきても猶その名は残りし也」(図あり)とあるをもってよしとすべきであろう。馬琴と美成のこれについての論争は、新燕百十種に「けんどん争ひ」として所収。

「神霊矢口渡」の節章解説

祐田善雄

一　浄瑠璃を読むための節章

劇文学として浄瑠璃を理解するためには、言葉や事柄の注釈とともに節章《ふししょう》の知識を持つことが望ましい。浄瑠璃の文章は、曲節《ふし》が附くように作詞されているから、そうした観点から簡単に節章の解説をする。

浄瑠璃の節附《ふしづ》けに用いられる記号を節章《ふししょう》という。節はふしで、章は記号のことであるが、節章の一にフシがあるので、浄瑠璃全般のふしの時は曲節《ふし》と呼んでフシと区別する。

浄瑠璃の節章は、五線譜のように個々の音を表記する表音楽譜でないから、厳密な表音的作曲はできない。その反面、歌詞の意味に即した奏法楽譜であるから、浄瑠璃の構成や劇的な進展がよく判り、節章の譜が理解できたら、浄瑠璃を読むのに役立つように思われる。

浄瑠璃で作者と呼ぶ場合には、普通は作詞者のことをさして、作曲者は余り省みられない。『神霊矢口渡』の作者が福内鬼外その他であることは正本に明記してあるが、作曲者はどこにも記されていないし、誰であるかもはっきりしない。このように作曲者に対して関心が薄いのは、浄瑠璃の性格が語り物であるために詞章本位の考えが支配的であることから来ているのであるが、一方、多分に作曲の在り方にも原因するところがあるように思われる。

義太夫節の作曲は、一般の音楽に見られる如く、演奏者以外の作曲専門家が自主的に節附けするようなことはなく、太夫と三味線弾《ひき》が相談して歌詞の意味や語調で骨組みを作り、細かい点は、演奏の際に語り風に合わせて工夫するのであって、幅の広い、ゆとりのある演奏本位の作曲態度が取られてきた。従って、再演三演の時には細かい点が初演通りでないことがあっても不思議ではなかった。『神霊矢口渡』の後刷本が、初版本をスキ写したカブセ彫りで、誤字が多いにもかかわらず、十分通用することができたし、底本の節附《ふしづ》けを改めた朱書入れ本が多く見受けられるのは、そのためであろう。

このように見てくると、再版以後の諸本には多少の異同があるにしても、初版本には初演の際の演奏者や作者の解釈が多分に盛り込まれていることは、大体認めてよいだろう。浄瑠璃を読むために節章の知識が役立つのは、初演の節章が作者と密接な繋がりを持った作曲であるからである。音楽的な考察からすれば種々問題があると思うが、ここでは浄瑠璃を読むための知識という範囲内で簡単に解説することを、前以てお許し願いたい。

二　節章の基本的な表現形式

節章の表記記号には文字譜と墨譜の二種類がある。文字譜は文字で書いた記号であるが、ある一定の長さの歌詞にわたって附けられている。墨譜は名目上は声明《しょうみょう》から発し、実質的には謡曲など中世芸能の伝統を受け継いだもので、各文字の右側に短い直線や曲線の記号を書いて一字毎の音を示すが、ゴマ点、節博士《ふしはかせ》、スミフなどの名称で呼んでいる。その記譜法は次の如くである。

(1)詞・地・フシなどの文字譜は浄瑠璃の基本となる節章である。

(2)ハル・ウ・中などの文字譜は音の高低を示す。

(3)ヲクリ・三重その他多くの文字譜は旋律型を示す。

(4)墨譜は声の抑揚を示す。

文字譜の(1)基本的な節章や(3)旋律型は詞章と関係が深いから文学研究に役立つが、(2)(4)の音楽的知識もまた見逃がすことのできない意義があると思う。墨譜に記された発声法をはじめ、足取《あしど》り、音遣《おんづか》い、開合《かいごう》、間《ま》など、音楽的な表現技巧を義太夫節では重んずるが、これらは活字化することができないので割愛して、ここでは文字譜だけを問題にする。

浄瑠璃の基本形式は詞《ことば》・地《じ》・フシから構成される。詞はせりふ、地は曲節《ふし》のある文学的な叙事叙景を、フシは音楽的な抒情を表現するが、『神霊矢口渡』を大きく二分すると、地・詞を中心とする筋本位の文学的な部分と、曲節《ふし》を中心とする歌謡本位の音楽的な部分に別けられる。

後者の代表的なものは四段目の「道行《みちゆき》」(三六九頁)であるが、それに準ずる景事《けいごと》(又は、けいじ)には二段目中《なか》の「島台献上」(三三一頁)や三段目の段切《だんぎ》り「川尽し」(三六八頁)がある。これらをふし事と呼ぶが、その名称が示す如く、多くの特殊な曲節《ふし》が附いている。ウタイ・道具屋・タタキ・哥・表具・カハサキ・江戸冷泉・サハリなどがあって、色彩の変化に富み、抒情的な雰囲気を盛り上げて、太夫のノドや人形所作の華麗さを楽しませる場面である。

以上の外に筋本位の部分にも歌謡をはめ込んで筋を展開させるところがある。三段目口《くち》の犬伏官蔵の人吟味に対し返答者達の芸尽し(三五〇頁)には、サイモン・セッキヤウ・皷哥を使っている。四段目口の道念狐つきのチヤリ場(三七八頁)の責めには文弥・林清・イセヲンド・兵庫クドキ・キヤリを使っている。

この種の特殊な曲節《ふし》をうまく使って全体的な音楽効果を挙げるが、ふし事のような曲節《ふし》本位のところは実演して始めて味わえるもので、文章を読んで理解することは難しいから、地・詞を中心とする、筋本位の部分を専ら説明することにしたい。

地は地合《じあい》とも言い、太夫が三味線に合わせて抑揚高低をつけ間《ま》をよく語る部分をさすが、詞が会話を写実的に表現するのに対し、事物や情景の説明に使われ、せりふの中に割込む場合も多い。義太夫節の特色は地合にあるが、音の高低や声の扱い方などにより、地中・地ウ・地ハル・地色の四つに大きく分類する。この四地の区別を語り分けることができないと、浄瑠璃は滅入って面白くないとされている。中を基調とすると、ウは「浮く」を意味して中より一段高い調子、ハルは「張る」ところの高い音で、色は詞でも地でもない中間的な表現である。地色には、音の高低によって、地色中・地色ウ・地色ハルの区別がある。

フシは道行や景事に多いが、叙事の部分で地の代りに使う場合には、フシ落ちの如く、地の曲節《ふし》として取扱われる。そのためにフシを特殊な曲節《ふし》としないで地の一種と考える人もある。

地・詞・フシの関係を知るために、大序《だいじょ》の一節を引用する。

(引用文は振り仮名を省略し、文章の詞は「 」で包む。以下同様。)

地色ウ 隆資卿笏取ッ直し「イカ 色 ニ義興汝を 詞 召ス事余の義ならず。父義貞北国に亡び。楠父子討死ニしてより無勢の南ッ朝を見侮り。尊氏押ッて将軍に任じ。忰義詮を都に差置キ。其身は鎌倉に引キ籠り。四海を并呑せんず勢。捨置カば御ン大事。『地ハル 汝ジを討ッ手に遣カはすべし』と ウ 是成ル清忠の奏聞。ウ 此事勅問有ラん為」と 中 いと フシ こまやかなる詔。　(三〇四頁)

右の一節でも判る通り、詞と地という表現は文章と曲節《ふし》とでは必ずしも同一に扱われてはいない。文章の上では「 」の中が隆資卿の言葉で、その前後の説明句は地であるが、曲節《ふし》では詞の部分をせりふで語り、他の部分を地の調子で語るので、実質的な内容は文章とぴったり合致するとは言い切れない。そのために文章のせりふを言葉と表記して曲節《ふし》の詞と区別して使うことにする。地色ウで「隆資卿笏取ッ直し」と隆資の動作を説明するが、隆資はすぐに詞にかからず、せりふと地の中間的な表現の「色」で「イカニ義興」と呼びかけて詞に移るのである。しかも詞の途中から地に変り、その調子も絶えず高低してハルからウ・ウ・中と移り、フシになって隆資関係の文章は終る。

隆資の言葉は途中で詞から地に変るが、この種の曲節《ふし》の地を文章の地と区別するために地合《じあい》と呼んでいる。文章の意味内容からすれば言葉の部分であるにもかかわらず、曲節《ふし》では地として扱うので、地合の特色をよく飲み込んで曲節《ふし》本位に考えないと混乱を生ずる恐れがある。すなわち、浄瑠璃の地合は文章の地と同じであろうとなかろうと、「地」という曲節《ふし》の附いた部分はすべて地合と称しているのである。

言葉の中に色や地合があることは浄瑠璃の複雑多彩で変化に富んだ表現を可能にしている。同じ隆資卿の言葉でも、清忠の奏聞を示した間接話法の『　』の部分は、詞から地ハルの高い調子になり、隆資卿が説明する「是成ル清忠の奏聞。此事勅問有ラん為」はウの調子にして変化を与えている。文章の言葉が終ると地合は中の調子に落ちるので、説明の地に変ったことが理解できる。このように隆資卿の言葉が曲節《ふし》の上では色・詞・地ハル・ウ・ウと音の調子が高低起伏して絶えず流動するために、実際に演奏した時には、単に文章を素読するよりも言葉の内容がよく理解できるのである。このように曲節《ふし》には作曲者の解釈が秘められていることに留意すべきであろう。

この一節の最後にフシが附いている。これは「やかなる詔《みことのり》」と語る間に調子を落として曲節《ふし》を納める節章で、フシ落《お》ち(フシオトシともいう)と言うが、四条大納言隆資卿の話が終ったことを示している。

引用の部分を曲節《ふし》の上から形式化すると、

地(又は地色)――詞――地(又は地色)――フシ

になるが、このような基本形式の小単位を繰り返すことによって場になり、場が集まって小段になり、小段を積み重ねて大段になって『神霊矢口渡』五段が構成されるのである。

三　節章による段の構成

1　大序―序詞・ヲロシ・大三重

浄瑠璃を読むためには段の基本的な知識が必要である。五段組織の時代物浄瑠璃では発端の小段を大序と呼ぶ。『矢口渡』では序詞・ヲロシが済んで本文に入り、小段の最後に大三重《おおさんじゅう》を附けるが、これが大序の定型である。もっとも大序は、序詞以外に地やその他で始まる場合もあるが、初段の最初の小段であるとともに全五段の序を兼ねるので、特に大序《だいじょ》と呼んで他と区別して取扱う。

発端が序詞で始まると、その終りはヲロシで締めくくり、開幕の儀式的な意味を含めて全段の精神や主題を暗示する。真の意味で大序と呼ぶにふさわしいのは序詞・ヲロシの部分であって、これがあるから、小段をも大序と呼ぶのである。

序詞
楚辞に曰。身既に死て神以て霊なり。子が魂魄鬼の雄となる。

されば国事に死する者。精神強壮武毅長く。百鬼の雄傑たるとかや。遠く古を考れば。異国の伯有我朝の。菅家の例目のあたり。武蔵ノ国荏原の郡。矢口の村に鎮座まします。新田大明神の御神徳　〽《ヲロシ》霊験有ッ共。中々《ハル》に。　（三〇四頁）

序詞は、文章の句切り毎に三味線を大まかにあしらいながら棒読み風に語って、幕開きの荘重な雰囲気を表現する。一般的な約束としてヲロシで最も主要な人物のことに触れるが、『矢口渡』では、矢口村に新田大明神と祭られた新田義興が主要人物であることを暗示し、その結末が第五段の段切りで完結するという構成になっている。

その場合に、普通の形式であれば、ヲロシの〽（〽は曲節《ふし》を語り出す記号。ふしの二字を略体化して作字せるものと言われる。）に七五の文句があって段落になるが、『矢口渡』は文章が切れていない。曲節《ふし》の上では「霊験有り共」で荘重にゆっくり語り納めて区切りを附けているのだろう。「中々に」からハルで音を高くはり上げて次へ続き、大序の本文に移る。

最初の場面は南朝大内の段で、出だしにマクラがある。又はオキ浄瑠璃といい、南朝後村上天皇の仮皇居の場面描写で、発端の雰囲気を作る。居並ぶ諸臣のならべ文句から新田義興の出になって、本筋の劇的な展開が行われる。義興は、敵役の坊門清忠との問答で戦場の討ち死を決意して、仮皇居を退出するが、帰途に敵役側の磐石落としの計略で圧死の目に遭うところを無事脱れる。

このように立役方と敵役方との対立が展開する劇的葛藤の発端が大序であるから、どの浄瑠璃を見ても大体構造様式が共通して定型化している。大序が済んで以後に波瀾万丈の劇的変化が起こるのであって、儀礼的な意味を含めて定型化している点が大序と呼ばれて特別扱いされる所以である。従って、余りひねった難しい曲節《ふし》はなく、品位をもってさらっと筋を運ぶから、終りの締めくくりもよく整っている。

大三重

凡人《地色ハル》ッならぬ勇猛力ャ。末《ウ》ッ世に。新田大明《ハル》神ッと拝《ウ》れ給ふも。　（三〇八頁）

文章も最初の序詞・ヲロシと呼応して大序の終結部らしい表現であるが、曲節《ふし》も三重のなかでも特に大らかでテンポのゆるい大三重が附いている。そのため荘重になって完全に締めくくるという感じがする。

2　段切りとマクラ

五段の各段は、一段ずつがマクラに始まって段切《だんぎ》り（段切れともいうが、文楽では段切りと呼び慣らわしている。)に終るが、そのなかでも五段目の段切りは全曲の終結をつけるものとして大序に呼応するから、祝言で終るのが通例である。

「コハ不思議なる神徳」と勅使も感涙義岑公兵庫ノ助を始メとして。有ッ合ふ人ト丶下部迄ハット計ッに三ッ拝九拝。実著き霊験は。響の声に応ずるごとく。水清ければ月やどる諸願成就長久の。君と神ミとの道直ゞに栄ふる。御代こそ目出度けれ　(三九九頁)

このように全曲の終末部として完結した幕切れになっているが、特に「諸願成就長久の。君と神ミとの道直ゞに」をハルやキンの高調子で強調して祝言の意味をこめ、最後を下げて結末を静かに納めるのは典型的な段切りである。

五段目は全体の結びとして御代を寿ぐ祝言の形式であるが、他の段でも段切りにはそれぞれの段が持つ性格を幕切れで反映させるのが普通である。初段が篠塚八郎の武勇、二段目が南瀬五郎の働きで、ともに修羅場の段切りであるが、愁歎の性格を持つ三段目では、『菅原伝授手習鑑』のイロハ送りを見習って、精霊送りの川尽しのふし事で悲劇的な詠歎を効果的に扱っている。四段目は全く一変して新田義興の神徳奇瑞で天変地異を現わす。このように段切りには趣向をこらして各段の性格を反映するのである。

それに反し、段初開幕のマクラは段切りと違って、各段の性格を反映するとは言えない。一般にマクラではその段の時間、場所、登場人物の身分・境遇・姿態などを説明して、舞台替りでざわめく観客を劇的な雰囲気に引き入れるための準備的な役目をするが、全段のマクラである大序こそ懇切丁寧であるけれども、それ以外の段はどれも場面描写だけで余り深くは立ち入らない。二段目の例を挙げると、

月ャの名ィ所を引ャかへて。爰やかしこの鯨波。矢並繕ふ小手差原。霰たばしる武蔵野の。空物凄き気色かな。(三二四頁)

謡から語り初めて小手差原の修羅場を描写するだけで、登場人物は出てこない。三段目は立テ場茶屋、四段目は道行の跡が地蔵経で初まる道念庵室、五段目は新田社で、いずれも簡単な場面描写に過ぎない。これは段の開幕が主要人物の登場しない口の場から初まるからである。

段の構成として見る時、マクラから次第に上昇して劇的な興奮が盛り上がって段切りになるのであるから、マクラは簡単で、段切りは懇切丁寧になるが、後に述べる通り、一段を端場と切場に分けると、マクラは端場でしかも口の格だし、段切りは切場の幕

切れであるから、詞章や曲節《ふし》に精疎の差が生ずるのは当然である。

3　三重とマクラ

『矢口渡』を読んで気付くことは、五段目を除いたら、どの段も一段を通して同じ舞台の段はなく、必ず途中から舞台が替っていることである。二段目の例を挙げると、前半の武蔵野原合戦の段(三二四頁)は戸外の戦場であるが、後半の新田館の段(三三〇頁)は屋敷内のことで、全く別の舞台装置である。このように幕は下りないけれども引き道具やせり出し、せり上げなどの道具替りで場面が変る時に、三重《さんじゅう》の曲節《ふし》が使われる。三重を探せば大体舞台転換を推察できるが、文中に使う三重もあって、すべての三重が舞台転換専用というわけではないけれども、その区別は文章を読めば簡単にできるし、太夫の語るのを耳で聞けばなお一層明瞭になる。声明《しょうみょう》から起ったと言われる三重が、義太夫節に取入れられて、こうしたところに使われているのである。武蔵野原合戦の段の終にある三重の例を挙げると、

「……《地ウ》善ッか悪ク《ハル》か何にもせよ。扇の行方を見届《ウ》ん」と跡を。
《上》したふて《三重》〽《上》行空の。《地ハル》上野の国新《ウ》田の庄義興公の居城と
《中》いつぱ。（三三〇頁）

このような上音の三重を上《かみの》三重という。段の最後の「善ッか悪ク」からウ・ハル・ウと調子を上昇して気分を盛り上げ、「したふて」を上(カン声《ごえ》)で語って上三重で終り、太夫は退場する。三重の曲節《ふし》は抑揚を附けて長く引っぱるから、途中で二分することができるが、その時は、次の太夫は前の太夫が語り終った三重を受け継いで三重から初める約束になっている。ここも同様で、次の太夫は前の太夫を受け継いで三重から語り初め、「行空の」に移るが、この間に舞台の道具建てが変って新しい場面の新田館の段になる。前に述べた大三重も舞台転換の三重である。

五段の各段は、一段ずつ幕が下りて舞台替りになるが、段の中を三重で分割した場合には道具替りだけで幕は下りない。しかし、どちらもマクラがあって独立した段になっているので、現在では分割したものを番附や五行本には段と明記しているし、一般にもそう呼んでいる。そこで便宜上五段の各段を大段、三重で分割した段を小段と区別して呼んでおく。

三重で道具替りする場合の文章描写は、段切りと違って軽く、人物の登場退場などの簡単なものであるが、三重に続く小段のマクラは場面描写が懇切丁寧で、大段のマクラよりも格が重い。前掲の場面に続く新田館の段のマクラを次に挙げる。

上したふて《三重》　〽《上》行空の。　上野《地ハル》の国《ウ》新田の庄義興公の居城と
中いつぱ。上は嶮岨の山続き。松の古木の枝たれて《ハル》。雲なき竜
かと疑はれ《中》。下《タ》はきり岸峙《ウ》つて晴ざる《ウキン》　虹《キン》かとあやまたる
塀《フシカヽリ》には矢間透もなく。乱杭《ハル》逆茂木引《キ》渡し。要害《ウ》堅固《フシ》に
見へにける。　　（三三〇頁）

同じ二段目でも小手差原の描写よりは遙かに精写しているのであって、マクラを見ても武蔵野原合戦の段と新田館の段に格式の相違があることは諒解できるだろう。

大段を二分する時、前の小段より後の小段の方が、マクラと終結部を精密懇切に描写していることは、大段全体からすれば、簡単な開幕から漸層的に気分を盛り上げて、後段の切場を中心に段切りでまとめるという、基本的な構成様式を取っていることによるのである。この点をもっと突込んでみよう。

4　ヲクリ

丸本の見返しにある番附を見ると（三〇三頁）、「五段続役割」として各段毎に太夫の語り場を載せているが、口《くち》・中《なか》・切《きり》とあるだけで、浄瑠璃の本文のどの部分に当るかが判らない。三重で舞台転換する時に太夫の交替をやることは既に述べたが、それ以外は口・中・切と分割するための判定基準がはっきりしない。

『矢口渡』初演の明和七年（一七七〇）正月より約九十年後になるが、文久元年（一八六一）五月の稲荷境内東芝居の番附を参考にして、口・中・切を考えてみたい。

初演の明和ごろの江戸では太夫の数が少なくて掛け持ちが多かったのに対し、文久ごろの上方では太夫の数が多く、初段は見習い格の勉強場として使われていたから、この場合の参考にならないが、その他の段は大体初演の場割を生かしているように思われる。そこで道行と初・五段目を省略して二・三・四段目を丸本の番附と比較する。

丸本所掲の初演番附		文久元年稲荷東芝居の番附
二段目		
口（豊竹門大夫・豊竹志名大夫）	武蔵野原合戦の段	口（豊竹音賀太夫　奥（竹本住太夫
中　豊竹伊久大夫	新田館の段	中（竹本佐賀太夫
切　豊竹絹大夫		切（竹本弥太夫
三段目		
口（豊竹折大夫・豊竹新大夫）	宿屋のだん	口（竹本実太夫　奥（竹本長枝太夫
中　豊竹村大夫	由良兵庫屋敷の段	中（竹本咲太夫
切　豊竹住大夫		切（豊竹湊太夫

四段目

口（豊竹鹿大夫・豊竹伊久大夫）　道念庵室の段　口（豊竹和国太夫）奥（竹本多満太夫）

中　豊竹絹大夫

切　豊竹住大夫　頓兵衛内の段　中（竹本住太夫）切（竹本染太夫）跡（竹本長枝太夫）

この比較によって、文久の時は、初演の口を口と奥に、四段目の切を切と跡に分割して命名していることが判る。

初演の時は奥という名称を使わなかったけれども、口に二人ずつの太夫がそれぞれ居るから、実質的にはすでに初演当時から口が口と奥に分割されていたことが知られる。

これに反し、四段目切の頓兵衛内では、初演の時に住大夫が跡（落合《おちあい》ともいう）の渡し場まで一人で語ったのに、文久の時は染太夫が切を語り跡を長枝太夫が語って二人で分割している。頓兵衛内から渡し場へ移るのは三重で舞台転換が行われるから、切のなかを切と跡に分けても不都合ではないが、五行の稽古本には、「艇梁場《わたしば》の段」の題名で切と跡を一冊に収めているし、舞台転換があっても、跡にはマクラがないから独立した段とは考えにくいので、実質上は跡を切の一部とみるべきであろう。

以上のことから初演の場割りを考えると、口を一段と数えているのに、中と切を合せて一段としていることがわかる。二・三・四段目の口は、武蔵野原合戦の段、宿屋の段（焼餅坂の段ともいう）、道念庵室の段であり、それぞれ三重で道具替りして、新田館の段、由良兵庫屋敷の段、頓兵衛内の段になるが、後者はいずれも中と切を合せた段である。道具替りした新しい舞台の初めにはマクラがあるから、この分割と段名は認めてよいだろう。

一段を口・中・切と分ける時、現在では演技面から口と中を端《は》場《ば》、切を切場《きりば》と呼んで、両者の間に詞章・曲節《ふし》・芸の上からそれぞれ大小・長短・軽重の格差をつけている。小さく、短かく、軽い端場には、端場の語り方、弾き方があって、切場とは格の違うものとするが、原則としては切場と舞台面が同じで筋を説明する引き立て役の場が端場である。端場のうちで、切場と舞台面が別で筋が独立してまとまっているものを立端場《たてはば》と呼ぶ。普通は口と奥に分けるから、段の構成は口・奥・中・切の形式となる。この方法をそのまま初演当時の『矢口渡』に当てはめると、二・三・四各段の口は立端場に当るが、立端場の意識をもって作詞作曲したかどうか、芸の上からそのように簡単に割り切れるかどうかはわたくしにはわからない。ただ中は切に従属する端場の芸格で、口を二分した場合よりは上位の扱いになることは認められる。とまれ、このような太夫交替の単位を場と呼んでいる。

同じ舞台で行う太夫の交替は、ヲクリでやるのが普通である。ヲクリは、人物の登場退場で舞台の気分が転換する時に使われるから、口を二分したり、中と切とで太夫交替したりする場合にはヲクリでやる慣例になっている。頓兵衛内の段を例に挙げると、

「……あれ《地色ウ》で緩りとお足《ハル》休め。」「然《ウ》ラらば左様」と義岑公。臺《ウ》諸共打連レて　奥の《ヲクリ》〽一ト間に入給ふ。跡打《地ハルフシ》ながめ

（三八六頁）

ヲクリで新田義岑と臺が退場して、中の端場から切場へ移り、舞台の空気が一変する。ヲクリは三重のように段落がつかず、道具替りはしないけれども、「奥の」と長くゆり流して余韻を残すから、次への期待が尾を引いて太夫が交替できる。前の場がヲクリで終ると、後の場はヲクリで初まり、語り出しは〽のところからである。道具替りがないからマクラは附かない。

ヲクリがなくて太夫の交替をしたと思われるのは、二段目の口である。この場合は、墨譜かフシ落ちで決めるより致し方がない。こうした例外はあるにしても、大体太夫の交替は舞台の気分が転換するヲクリでやっているが、ヲクリは太夫の交替専用とは言い切れず、単なる人物の登場退場や音楽的な曲節《ふし》に用いる場合もあるのである。

5　フシその他

幕で区別する単位を大段、舞台転換の単位を小段、太夫交替の単位を場とするなら、その下の単位は地・詞・フシから成る曲節《ふし》の基本形式であろう（四五一〜四頁）。小段の段落が三重、場の段落がヲクリであるなら、基本形式の句切りは文末のフシである。

丸本や稽古本には単にフシと書くだけであるが、文末で次第に調子を落として句切りとなるために、一般にはフシ落ち、あるいはフシオトシと呼び慣らわしている。

『矢口渡』で使われているフシ落ちの種類には、フシの外に、ウフシ・中フシがある。ウフシは浮き音、中フシは中音のフシ落ちで、普通のフシ落ちとは音の高低やユリ方に多少の相違が見られる。その他にフシのように語るフシカヽリがある。

御《ハル》臺所の御手《ウ》を引キ。すご〳〵《中》として。出て行《フシカヽリ》。心ぞ《ヲクリ》〽思ひやられたり。

（三五八頁）

「出て行」でフシ落ちのような節廻しで語り、ヲクリに移って段落になる。

フシ落ちは、文字譜ではフシと書くだけであるが、墨譜によるといろいろの語り方があって、それぞれ独特の音楽効果を出す。

一般的に言って、その特徴は曲節《ふし》本位の句切りになっていることである。大序の例を挙げると、

(1)「……あ《地ハル》くちも切レぬぶんざいで。矢《ウ》を望マんとは不敵〳〵。
及《ウ》ばぬ願ひ」とや《フシ》り込メられ。(2)こ《地色ウ》たへにこたゆる義興公。
無《ハル》念ッの瞼血をそゝぎ。思ひ詰《ウ》メたる其《ウフシ》有リ様。(3)叡《地色ウ》慮何と
か《中》思しけん。隆《ハル》資卿を近カく召サれ。しか《ウ》〳〵の。勅《中キン》定有レば。
ハット答《ウ》へて隆《中》資卿。玉《ウ》座に餝し二ツの矢恭ミ敷携へて。階
近《フシ中》くおり立チ給ひ。(4)「切《詞》なる汝ジが望ミに任せ。二タツの矢
を下タし給はる。有リ難く頂戴せよ」と。渡《地ウ》し給へば
(三〇七頁)

右の文で(1)(2)(3)の結末にフシが附いている。この場合に(1)は文章の上では句切りになっていないが、曲節《ふし》では句切りになっている点が、文章と曲節《ふし》の相違である。(1)は坊門清忠の罵倒、それに「やりこめられ」て新田義興が激怒するのが(2)である。(3)は勅定を受けた四条隆資の仲裁という具合いに、フシの区切りで三人三様の性格を印象づけるように作曲するから、敵役と立役と中間的人物と三人の間に相互の区別と移り変りが浮き彫りされる。フシの前と後とで人物が違っている場合には、文章の途中であっても、フシ落ちで切れ目を附けて人物を語り分けるのである。これは文章に見られない表現技巧であろう。

音《地ウ》トかあらぬか砂煙ぱつと吹キ来る風に連レ。一《ハル》チ度に消る燈《ウ》
籠の。皆《コハリ》とこ《下》やみの神ミ《ウ》の告纔に。残る一《フシ》ッ燈の。光《地色ハル》カりは薄
き武運かと。胸《ウ》に当タりし義興公。
(三一七頁)

これもまた文章では句切っていないが、曲節《ふし》では句切っている例である。「残る一ッ燈の」と語る間にフシ落ちになって燈籠のことが終る。ここまでは燈籠を中心とした描写であるが、その次は新田義興に移って、地色ハルの高調子になるから、「残る一燈」に対する義興の悪い予感が印象づけられる。そのために掛詞を使った文章を音楽的に処理してはっきりした変り目を附けているが、ここが文章と曲節《ふし》の相違で、作曲の面白さがあるところである。

このように曲節《ふし》の句切りが文章と一致しない場合もあるが、大部分の句切りは両方に共通していて、文末などで気分を変える場合に多い。登場退場、死ぬ、忍ぶなどの場合では、フシの前と後とで人物が替り、気分が転換するが、こうした句切りにフシ落ちが使われる。

死ぬ場合と忍ぶ場合の例を挙げる。

何《ウ》かは以ッてたまるべき。圧《ハル》に打れて十余人微《ウ》塵に成ッて死《フシ》て
げり。残《地色ウ》りし者共身の毛立ッ。
(三〇八頁)

「先《ウ》ッミこちへ」と義岑公障子の。蔭《フシ》に立忍ぶ。透間《地ウ》もなく入道道誓。　（三二四頁）

こんな例を挙げたら到るところにあるが、フシの代りに色を使う場合もある。色はフシほど強い句切りではないが、気分的な息継ぎになっている。色の例を挙げると、

兵庫《地色ハル》一人を取ッ囲。透《ウ》もあらせず乱《色》レ入。湊《地ハルウ》は身がるにかいがい敷〃長《ウ》刀小脇にかい込ッで。　（三四一頁）

竹沢監物側の手勢が乱入して句切りになり、地合が改まって湊の奮闘に移るように、人物が交替して地合が変化する時に色を用いて息継ぎをすることもある。

また、最後が低音で納まって次の地がハルなどの高音で出る場合には、音の移りがフシ落ちの代役を果しているから、フシと書かないこともある。

次に、スヱテも文の句切りをする役目を荷うことがある。すべての場合に通ずるというわけではないが、ある種のスヱテはフシ落ちと同様に使われていることを注意しておきたい。

このように、フシ落ちその他で句切り句切りの変り目を附けるのは、老若男女の区別、喜怒哀楽、情景変化の描写などの場合に、変り目をつけることが、やかましく要求されるからである。その

意味から、フシ落ちやスヱテなどに注意して読むことが、劇文学として浄瑠璃を理解するのに役立つであろうと考える。

6　地と詞との移り

浄瑠璃の構成において基本となるのは地・詞・フシであるが、終止譜を示すフシについて述べたから、地と詞について考える。

地と詞の解釈が文章と曲節《ふし》とでは同じでない。文章からすれば、言葉である部分が途中から地合に移っていることは多いが、言葉の中の地合であろうと、文章の地に相当する部分であろうと、曲《ふ》節《し》の上ではどちらも地合である点には差別がない。ここで地と詞というのは、文章の意味を離れて曲節《ふし》の問題として取扱っていることを断っておきたい。

地と詞の関係で構成の上から問題になるのは、相互の間が円滑に移って行くために、作曲には如何なる配慮がなされているかについてである。地合にしても詞にしても基準となる調子があるから、移って行く場合に、そのままの調子を持ち続けるか、調子を変えて新しく出発するかによって、違った音楽効果をもたらすが、それが劇文学の理解に関係があるように思われる。

詞より地合への移りは、詞の内容によって地色と地との使い分

けがあるし、実際に演奏する場合は種々技巧的な工夫をしているけれども、丸本記入の節章では詞より直接地合へ移るのが普通である。それに対し、地合より詞へ移る場合には雑多な形式があって曲節《ふし》と文章との関係がまぎらわしくなっているから、その点を中心に述べる。

最初に地合の調子がそのまま詞へ受け継がれる場合の例を挙げる。

(1)胸《地ハル》ぐら取ッて。「《詞》コレナぬしや詰りんせんよ。わつちが方を打やつて。此中も丁子屋のみな鶴様ッの所へいかんしたを。子供らが見付ヶんしたはナ。見なんしアノ。……」(三一〇頁)

(2)竹《地ウ》沢無念の歯がみをなし。「《詞》己レが首を土産にして昔ッのよしみ新田方へ。奉公と工しに。其方便の顕はれしは。エ《地ハル》、残ッ念や」と起返るを。(三一四頁)

(3)障《地色ハル》子開いて義岑公《中》。「《詞》ホ、監物疑ひ晴た。当《地ウ》座の褒美」と投ヶ出す一ト腰。(三一六頁)

(1)(2)の如く地ハル・地ウのままの調子で詞へ続く場合と、(3)の如く地ハルを中に下げて調子を整える場合とがあるが、これは詞の内容と地の調子との関係によって決まる。

一体、中・ウ・ハルなどの調子の高低は男女の区別や感情の抑揚に関係する。女子はウかハル、男子は中かウを基本の高さとするが、感情が激しい場合は高音、沈静すれば低音になって、一概にどの調子が何に当るなどとは言えない。(1)のハルは女子が嫉妬で感情の激した状態を現わして高音の地合になっているが、詞の内容がそれにふさわしいからそのまま移っている。(2)は男子の歯がみをして無念がる激情をウの調子で詞へ移すが、詞の途中から地合に変り、「エ、残念や」とハルにして無念の感情を現わしている。それに反し、(3)は義岑が障子を開けて出る時にはハルであるから、そのままの調子で詞へ移ると内容にそぐわないので中へ落としている。

これらの例では、途中で調子を整える整えないに拘らず、地合と詞の関係には繋がりがあるが、これよりは、一旦地合に句切りを附けるか色合いを附けて詞へ移る場合の方が、独特の持ち味を発揮するのである。そうした例にフシと色がある。

フシ落ちで句切りを附ける例を挙げると、

判《地ウ》官が。ぐつとしめ上《ウフシ》猿つなぎ。「《詞》夜明ヶぬ内にいざお帰り。……」(三一五頁)

判官が竹沢を猿つなぎに締め上げる時に、フシ落ちで調子を落としながら三味線をジャンと入れるから、締め上げの動作が完了して句切りになる。それ故に次の詞は地合とは関係なく出て気分がはっきり改まる。このように句切りの動作をはっきりさせる時にはフシを使って詞へ移り、動作の段落を示すのに用いる。

フシに似たものに色ドメがある。色は、フシのようにユリはないが、地と詞の中間の色合いで一本調子になっているから、前が中・ウ・ハルの何であっても、それにかかわりなく詞に続くことができ、地より詞へ移る橋渡しには最も適当している。

跡に二《地色ハル》人リはし《色》たり顔。「兼《詞》て望ミの彼一チ物。……」　（三三二頁）

轡《ハル》づらをしつ《色》かと取リ。「コ《詞》レ殿。最前ンも此兵庫が。詞を尽し申ッ上しに。……」　（三二九頁）

前者は得意気であるし、後者は諫言のために激していて、いずれもハルの調子で感情をあらわに向き出した状態であるが、詞へ移る前に色になって、一本調子に駄目を押して止まるから、気分の調整や転換ができて詞への移りが円滑に行われる。フシ落ちのようなはっきりした句切りではないけれども、気分的な息継ぎとして義太夫節独特の表現ができるので、この種の色を特別に色ドメと名づける。色ドメは前にも挙げた如く（四六二頁）地から地へ移る場合にも使うが、頻繁に用いられて独特な効果を挙げるのは地より詞への移りにおいてである。

文章の地に使う色ドメの外に、曲節《ふし》の詞の代用として呼び掛けや発語の部分に色が使われる。この場合でも、曲節《ふし》が色で止まるから、色ドメの一種であるには違いない。

心《ハル》に徹して小太郎も。「あら心得ぬ此《色》不思儀。尤《詞》火を烈敷〃なすも風。消ュるも風とは云ィながら。……」　（三一七頁）

両《ハル》人ン騒ず「捌《色》こそ〱。竹《詞》沢が軍ン勢共押シ寄スると覚たり。先ッ〱奥へ御ン入」と。　（三三八頁）

前者は文章の詞に当る部分を、曲節《ふし》で地・色・詞の三段に分けて語るが、この種の色は発語や呼び掛けに多く、「此不思儀」とか「捌こそ〱」のように短い言葉が多い。

以上、地より詞への移りを円滑に運ぶために使う、さまざまな音楽的技法の例を挙げたが、これらの曲節《ふし》にはそれぞれ違った持ち味があって、浄瑠璃を複雑多彩で変化多いものにしている。

四　旋律の型

構成が骨組みを形づくるのに対し、浄瑠璃に色彩を与え、魅力あるものにするのは節廻《ふしまわ》しである。その旋律には多くの型があるが、三重・ヲクリ・フシの如く、段落を示す旋律が文章の途中で用いられると、段落とは違った音楽効果を現わして、義太夫節の旋律を豊富にしている。

音楽的な節廻《ふしまわ》しの型が劇文学の理解に役立つのは、音楽としての表現力によることは言うまでもないが、型の性質とも関係がある。長い文章にわたって附いている場合と短い字数とでは音楽効果が違い、前者が文章の表現とからんで情緒を盛り上げるのに対し、後者は音楽的な強調や高潮的表現が多い。

このように節廻《ふしまわ》しを使う場所や字数が音楽効果に関係するので、その点を配慮して、『矢口渡』に使われている旋律の型を簡単に説明する。

1 三重

三重には多くの種類がある。古くは七種類であったが、豊澤廣助師の分類に従うと、現在は十二種類になっている。大多数は舞台転換に用いられるが、文章の途中でも使うことが多い。

ど《ウ》っと馳寄ル雑人ン原。引ッ《ウ》つかんでは人ト礫ばらり〱と《三重》
《上》〽投ゲちらす。無《地ウ》法不敵の石原逸見。（三二三頁）

捼《ウ》ずさらず切リ結び爰《ウ》をせんどゝ 《三重》〽戦へば。敵《地ハル》の大勢たまり兼しど《ウ》ろに成ッて引《フシ》キ退く。（三四二頁）

茶《ウ》碗盃キたばこ盆投《トル》ゲ付〱 《三重》〽打付る。切《地ウ》リ払ひ切払ふ鍬キの下に野《ハル》中の松。（三五三頁）

その他に二三例があるが、戦争や喧嘩など勢い込んだ場合に、その雰囲気を盛り上げるために三重を使っている。

2 ヲクリ・小ヲクリ・ウヲクリ・ギンヲクリ・フシヲクリ

ヲクリのうちで、段落すなわち太夫交替に関係のないヲクリが若干ある。この場合でも、何らかの形で人物の登退場があって気分が替る。記号はヲクリ〽の〽があるのとないのとがある。

お《地ウ》傍女中の案ン内にて一ッ家中の妻女達チ連レて 《ヲクリ》〽御前ンへ立チ出る。（三三一頁）

湊《地ハル》が介抱漸《ウ》と一ト間《ヲクリ》の。内へ入《フシ》給ふ。（三三八頁）

襖《ウ》にばったりあい《色》たしこなんなく。忍《ヲクリ》ぶ亭《中》座敷。（三九一頁）

ヲクリの一種に小ヲクリ・ウヲクリがある。小ヲクリは三字に、ウヲクリは四字に附ける曲節《ふし》で、『矢口渡』には次の個所に見えている。

首《地ノリ》をさらへの尉と姥　五十《小ヲクリ》《いそじ》。余りの年《ウ》シばいは（三三二頁）

過《地中》ギし八幡の難義よりしるべ《ウヲクリ》の。方にやう《ハル》〱と。（三六九頁）

ギンヲクリは澄み切った感じの音色で、やさしさや色っぽさを表現し、小ヲクリや中ヲクリよりは高音である。例を挙げると、

手《ウ》を盡したる物好キの。庭《キンヲクリ》に。泉《中》水築《ウ》山の木々の梢を洩《ハル》出る。

（三五四頁）

フシヲクリは道行物に限られた曲節《ふし》で、道行のマクラが終る部分についている。従って、『矢口渡』では一ヶ所だけである。

鳥《中》が鳴東《ウ》の方へとたどり行。心《フシヲクリ》の〽内ぞ。た《ハル》よりなき。

（三六九頁）

「心の」の曲節《ふし》が終る瞬間に浅黄幕が落ちるが、その間に合《あい》の手が入り、「内ぞ」から義岑と臺の道行が始まる。ヲクリの中で一番長く、花やかな感じがする。道行物だから当然だが、三味線の調子は高い。

3　フシ・中フシ・ウフシ・ハルフシ・フシハル・フシカヽリ・ハルフシカヽリ・ギンフシ

フシ・中フシ・ウフシが、フシ落ちとして句切りに用いられる時には、曲節《ふし》本位に附けられることを既に述べた。それを承知していても、読んで行くうちに、文章の上で句切りにならないところにフシがあると、フシ落ちと考えてよいかどうか、非常にまぎらわしい。

修《フシ》行ぞ頼もしき。か《フシ》ゝる折しも。万ッ八《地ウ》が勧にて（三七七頁）

金《ハル》谷せぬとはい《ウ》み詞。云《中フシ》ぬ島田《ハル》の　乱《キンヲクリ》れ　髪。人《中フシ》目に。心沖津川。

（三七〇頁）

右の文章で「修《フシ》行ぞ頼もしき。」「人《中フシ》目に。心沖津川。」が句切りであることは明瞭だが、文初や途中にある「か《フシ》ゝる折しも」「云《中フシ》ぬ」は、文章上からは句切りとは考えにくい。しかし、このフシを境に気分が改まっているのであって、かかる用法は近松時代にもよく見掛ける。

気分が改まる時に用いるフシにハルフシがある。開幕や舞台替りした時、ヲクリやフシ落ちの後で気分が改まった時、哥が終ってナヲスの後などに多いが、文章の途中でも曲節《ふし》の気分が改まる場合によく用いる。文章の出だしであろうと途中であろうと、曲節《ふし》本位に考えて気分が改まる時にハルフシを使うのである。

文初の例として、二段目の新田館から引用する。マクラの情景描写が済んで、気分が改まって劇的内容へと進む時の出だしで、明るくのびやかに語る。

要《ウ》害堅固《フシ》に見へにける。比《ハルフシ》しも。小春。中ヵ空や。味方《ハル》の勢の木枯に敵《ウ》を木の葉と吹キち《ハル》らす。武《ウ》蔵野の勝軍サ御《ウ》寿き有ル

べし《中》と。御臺所築波御前ッまだ三歳の徳寿《色》丸。乳《中》母が膝にい《フシ》たいけ盛。　（三三〇頁）

途中の例として、短い部分に附いているものを挙げると、

「……一《地ハル》チ夜の御宿」とい《中》ふ声の。ほの聞《ウ》ョゆれば内には不審。手《ハルフシ》燭携へ歩ミ寄《ウフシ》リ。互《地色ウ》に見合ハす顔と顔。　（三五六頁）

「竹《詞》沢様ッ監物様」と呼ビ生ヶる　息《ハルフシ》吹返し。「ホ《詞》、臺ナ殿か忝ナい。……」　（三一五頁）

目《地ウ》をむき出し怒の大声。娘《ハルフシ》は顔をつれ《中》〲と。恨《ハル》しそふに打《色》ながめ。「申《詞》と丶様。……」　（三九一頁）

右の例で判る如く、文初、文末の区別なく、ハルフシの特色は曲節《ふし》として気分が改まる場合に附けられていることである。『矢口渡』では二ヶ所に地ハルフシが使われている。これは地合のハルフシで、ハルフシと同じである。

その他にフシハル・地フシハルがある。これはハルフシの一種だけれども、手が違うらしい。

奥《ヲクリ》の〽一ト間にたどり行。程《フシハル》もあらせ《中》ず。討《地ウ》ッ手の大勢　（三六〇頁）

竹《ハル》沢監物首取《フシ》。持せ立帰る。此《地フシハル》家の騒《中》。若《地色ウ》君の　（三六二頁）

フシカヽリはフシのように語る曲節《ふし》である（四六〇頁）。また、ハルフシカヽリというのは、ハルフシのように語る曲節《ふし》で、例を挙げると、

ちゃん〱と　鉦《ハルフシカヽリ》打納め燈明しめし《中》。「ホ《詞》、万ッ八様お出なされませ。」　（三七二頁）

ギンフシは非常に高い音で、感情が激しい口説《くどき》などの悲歎の極にある場合に用いる。

御《地ハル》臺所はむせ返り。……過キし事迄　思《キンフシ》ひ出し　悲《ノル中》歎の。涙《ハル》にくれ給ふ。　（三六八頁）

4　本ブシ

本ブシは義太夫節本来の曲節《ふし》で、ユリを多く入れて抑揚に富み、基準通り丁寧に語るべきものとされているが、種類は多い。同じことでも端場で語る時は切場よりは基準が軽く、ユリなどを多少簡略にしても許されるという話を聞いている。

洩《ハル》出る。朧月キ夜に映《ウ》ひし。桜《本フシ》が枝の白妙も浮《中》る。雲《フシ》とや詠むらん。　（三五四頁）

「の」にユリがあって抑揚を附けて語る。

5　長　地

手著《長地》も知ラぬ海中に楫《ウ》なきお舟が物思ひ。打《ハル》しほれ《キン》てぞ居《フシ》たりける。　（三八八頁）

長地は「物思ひ」までの部分である。浮音がちにゆっくりと同じ音高で繰返して語るから、長地と名づけられたらしい。「手著《たづき》も知ラぬ海中《わだなか》に」と「楫《かぢ》なきお舟が物思ひ」とのように、七五の二文句又は三文句の繰返しから成り、真中のウで区切りを踏んで移って行く形式で、はんなりとしてやさしい感じの曲である。

6　ト　ル

トル・クル・ノル・ハルなどは、記号が似ている上に、よく似た場所に使うことがあるので、誠にまぎらわしい。

トルは、前の曲節《ふし》が終って三味線が入り、次の曲節《ふし》になる時に、後の曲節《ふし》が三味線を待たずに出る場合に附いている曲節《ふし》で、三味線を弾《ひ》くべきところをトッて太夫の声が出るのでトルという。気分的には今までとは変って突っ放した感じになる。

夢《ハルウ》にもいざや白栗《ウ》毛《中》の駒《トル》に。鞭打《ハル》我君は……　（三三五頁）

命《地ハル》限キり根限り起つ《トル合》。転んづ身《ウ》をもがき《中》。　（三四〇頁）

右の「駒に」「起つ」がトルで、字数は少ない。

7　強調に関係のある節章――クル・入・スヱテ・スヱ・コハリ

場面が高潮に達して緊迫感が強くなると、強調することが多い。その場合に高音と低音とでは全く感じが違うのであって、高音は女のクドキのように悲痛の余りに発するが、低音は男泣きのような自責感や天変地異の無気味なところに多い。

高音の強調にはクル・入を使うが、スヱテ・スヱ・コハリを使った場合には、低音にもかかわらず、強調の感じが漂う。

クルは声だけをクッて強く駄目を押すから、普通にしゃべっているよりも感情が強く表現される。『矢口渡』では全部切場にあって、最高潮に達した場面の女のクドキに多い。

一《地ハル》ト間の内には家中の妻女。聞《ウ》クに絶兼声を上ケ一チ度《ウ》にわつ《クル》と泣出す《中》。　（三三五頁）

物狂《ウ》はしき風情《ウ》にて。泣涕《クル》こがれ伏ッ《フシ》給ふ。　（三三七頁）

同じく感情が高潮した時に使うのに入がある。謡曲の入から来たもので、その部分だけクッて強調する場合に用いる。

かふ《ウ》いふ時宜《中》は私が科。こら《ウ》へてやい《入》のと取リ緕れば。　（三一五頁）

凱《色》哥を。聞《上》クも無《入》念ッと立チ留マ《中》りしが。　（三四三頁）

前に述べた如く、ある種のスヱテはフシ落ちと同様に文の句切りに使われるが、本来スヱテやスヱは悲しみ、歎き、物思いなどが極度に高ぶった時に、低音でその感情を強調する場合に使うものなのである。従って余り長い字数には附かない。

「……ヱ、是非《ハル》もなき次第や」とどつ《スヱ》かと座して男泣《中》。（三三〇頁）

「……コハ何《地ハル》とせん悲しや」と死骸に。取付キ《スヱテ》泣《中》沈む。（三六二頁）

右に示す如く、高音のハルから出て三味線の一番下まで押して行って居すわるが、フシ落ちのようにそこで切れるのではなく、すぐに次の手へ発展するから、据《スヱ》という。

スヱテとスヱとの区別は現在つかなくなったが、スヱはスヱテほど強くなく、音を下げてから押さない。

低音の強調を現わす場合にコハリを使うことがある。低い音で強調するから、不気味な感じが漂い、天変地異の描写や妖怪変化の出現など、神変不可思議な場面や戦場の修羅場などに使う。

乗《地ウ》ヨ出タさんとし給へば。馬《コハリ》は俄《ウ》に高嘶き打どあをれど進ねば。（三二六頁）

両《地ウ》陣互にいどみ戦《コハリ》ふ。さ《中》しもに広《ウ》き武蔵野の草《ノル》より

櫓《地ウ》を押ッ立チてゐいさつさ。川《ハル》の半に乗《中》ッ出す。不《下コハリ》思議や俄に風起り。川《ウ》波逆立かき曇る。（三六四頁）（三九六頁）

8 拍子に関係のある節章――ハヅミ・ノリ

拍子に関係のある節章にハヅミとノリがある。

ハヅミ・ハヅミフシは、人物の出入りなどで普通の動作よりは勢いよくやる時に附けるが、三味線にのらず弾んだ感じで早くやる。

水《地ハル》イ中へ飛入〱 行《ハツミ》キ方しらず《フシ》くゞり行。合 （三三五頁）

逸《ウ》足出して逃ゲ行クを 遁《ハツミ》さじやらじと追《フシ》ッて行。（三四一頁）

「……お守モりなされて下さりませホ、、」ほう《ハツミ》〱《フシ》急ぎ出て行。（三五一頁）

ハヅミが等間隔のリズムに乗らずに早くやるのに対し、ゆったりと語ってリズムに合うのをノリ・ノルと言うが、地ノリと詞ノリの二種類がある。どちらも三味線はあるが、地ノリは三味線の拍子にのるのに対し、詞ノリは詞の拍子を等間隔にとってリズムにのるのをいい、三味線の手には合わない。地ノリと詞ノリの例を一つずつ掲げる。

程《地色ウ》なく寄《セ》来る敵の大将竹沢監《ハル》物秀時。真先《ャ》《ウ》に踊《色》出。「鬼神《ミ》《ノリ》と呼《バ》れたる義興さへ討《チ》取《レ》ば城の奴原皆殺し一人《リ》も遁さず討《チ》取《レ》」と込《ミ》入《ラ》んとする所《フシ》へ。（三四〇頁）

「……名を取《ル》《色》な。ヤア《詞ノル》〳〵めん〳〵。篠塚八郎重虎は軍勢催促に遣はし。此所には有《ラ》ね共斯と下知を伝へたれば。追《イ》ゝ跡〻かけ付《ケ》ん。イザ出《ツ》陣《ン》《地ウ》」と。仰の内（三一九頁）

9　義太夫節以外の曲節

『神霊矢口渡』には、義太夫節以外の歌謡がかった曲節《ふし》を多数取入れて浄瑠璃の色彩に変化をつけている。これらの曲節《ふし》を説明する便宜上二つに分けて、地合の曲節《ふし》として頻繁に用いられるもの、一回だけ特定の場所で用いられるものとに区別する。

前者には次の諸曲節《ふし》がある。

①**謡**　謡の荘重な感じがマクラにふさわしいので、『矢口渡』では三ヶ所ばかり冒頭に使っている。

②**タタキ**　道行や景事によく用いられるが、ふし事にしても普通の地合にしても、陰気な口説《くどき》や愁歎に多く、登場退場でも滅入った雰囲気が漂う時に使う。古くから鉢たたきの省略語という説があるが、門附芸のたたきの旋律を移したものだろう。

③**文　弥**　岡本文弥が創始した浄瑠璃の一流で、文弥の泣き節と言われ、哀れで沈んだ気分に使うが、愁歎場のみに使うのではなく、『矢口渡』の四段目口ではチャリがかった味を出すのに使っている。

④**表　具**　岡本文弥の門弟表具屋又四郎が語り出した曲節《ふし》で、表具屋節、又四郎節とも呼ばれた。文弥節に似た哀婉な調子で愁歎めいたところに使われる。

⑤**道具屋**　道具屋吉左衛門が創始した浄瑠璃の一流で、登場退場又は名乗りなどに使うが、得意気な時、華やかな気分が漂う場合、道化めいたところなどに用いられる。

⑥**半太夫**　江戸半太夫の創始した曲節《ふし》で、主要人物の登場に使う。『矢口渡』では初段の切で女主人公臺《うてな》の登場のところにあり、やさしい感じを現わす。

⑦**江戸冷泉**　江戸半太夫が創始した江戸節の冷泉《れいぜい》をいう。普通の冷泉と比べて、途中に合の手があるのが特色である。冷泉は『十二段草子』の「さてもやさしの冷泉や」というところについてあった曲節《ふし》と言われ、冷泉節という特殊な流派があるのではない。

⑧ヲンド　民謡の一種で、群舞の音頭から取入れた、のびやかでリズミカルな曲節《ふし》。『矢口渡』の初段の中にある。

⑨カハサキ　道行に使われている。もと間の山節から出て、これに踊をつけたのが川崎音頭で、更に転じて伊勢音頭になったといわれるが、元来川崎音頭と伊勢音頭とは別種であったのが後に混用したものらしい。

⑩地蔵経　下座音楽にもある通り、寂しい寺院などの場面に用いる。

⑪サハリ　『矢口渡』には道行の外に二段目切と四段目切にあり、いずれも愁歎か色模様のクドキの部分である。この種の濃艶なところでは、音楽効果をあげるために義太夫節以外の曲節《ふし》を取入れるが、他流に触った部分をサハリと呼ぶ。

⑫哥　流行歌を取り入れた部分。

以上の曲節《ふし》の中で、道行に使われているのはタヽキ・表具・江戸冷泉・カハサキ・サハリ・哥で、約半数になる。

次に、景事で一回だけ用いた特殊なものについて述べる。

一は三段目口で、『菅原伝授手習鑑』の寺子改めと『壇浦兜軍記』阿古屋の琴責めを混ぜたような場である。犬伏官蔵の人吟味に対する応答を祭文・説経・皷哥の芸尽しで演ずる場面で、いずれも品のよいものではない。

⑬サイモン　ここのサイモンは、山伏が錫杖を伴奏に使って演奏した説経祭文で、賤民芸を取入れたもの。

⑭セツキヤウ　伊勢間の山から出た門《かど》説経で、門附芸にやる説経節。

⑮皷哥　曲舞《くせまい》や謡曲から出たもので、皷だけを相方にする哥。

他は四段目口の道念狐つきのチヤリ場で、道念が百姓や万八を責めるのに、文弥・林清・イセヲンド・兵庫クドキ・キヤリなどいろとりどりの曲を責め道具に使っている。

⑯林清　京都の日暮林清が創始した門附芸の歌念仏で、物寂しい感じを現わす場合に使う。普通はリンゼイと読むが、曲節名としてはリンショウと呼んでいるようである。

⑰イセヲンド　伊勢地方から出た音頭形式の民謡。

⑱兵庫クドキ　関西地方の盆踊などでやるクドキの一種。

⑲キヤリ　神木や木材を綱で曳く時の木遣唄《きやりうた》で、途中にヨイヤサと掛け声を入れる。

以上のように旋律には多数の型があるが、ここに示されたような特殊な使い方を知ることも浄瑠璃を理解するためには必要だけれども、もっと根本的なことは、浄瑠璃の音自体に潜んでいる性格を知ることであろう。

五　音が表現する高潮と強調

段の構成や旋律の型を説明して、文章との関係を述べたが、ここでは高潮と強調の問題に触れて、音と文章との関係に及びたい。演劇では感性の高潮した瞬間を重視する。段の構成で最も重んずるのは、劇的な興奮と感動を効果的に演出する最高潮の場面であって、特に苦心するのは音の使い方である。

『矢口渡』では中・ウ・ハル・ギン・上・下・ヲンやそれらの複合したハルウ・中ギン・ウギン・ハルギンなどの音が使われ、それぞれ一定の高さを持っている。中を基準とすれば、ウは浮く音、ハルは張る音、ギンは吟の音である。上は甲《カン》とも呼ばれ、甲《カン》高い最高音で、場面の感情が極端に高ぶった場合など、高潮した場面によく使われる。下は乙《オツ》の音で、ヲンは乙の乙で非常に低い音である。これらの音の持つ特質と性格を利用して、義太夫節では音に意味内容を持たせて、種々の音楽的な表現をしている。

登場人物の語り分けは、音高の差を利用する。

館《地色ウ》の主ッ兵庫ノ助信忠。江田《ハル》ノ判官ッ景連を同道にて。立《ウ》チ帰る

我家《フシ》の内。「イザ先《地色ウ》ッあれへ」と賓主の礼。上座《ハル》に直ッつて江田ノ判《中》官。「先《詞》ッ以ッて今ン日は……」（三五五頁）

右の例で、兵庫ノ助はウの調子、江田ノ判官はハルの調子で、両者の区別が聞き分けられるように配慮して、最後に中へ下げて詞へ移っている。普通の男子は中かウぐらいの音が多いが、この場面は普通より調子を上げてウとハルの対話になっている。音の一つ一つは音感だけで、何の意味内容もないが、このように前後関係で調子を決めると、音の高さにいろいろの意味内容が生ずる。

例えば、ハルギンの音一つだけを取り出したら、如何に高音であっても一定の高さを示すだけで、何ら感情表現をしない。しかるに同種の音が集中的に連続すると、激しい感情が表現されるのである。

「……義岑《ウ》様を助ヶてたべ。頼《ウ》まする」とくどき立《ウ》テワット計リに伏ッ沈。血汐《ウ》に争《ハルキン》ふ血の涙不《ノル中》便ンと。いふも愚《ハル中》なり。（三九三頁）

ウの調子が続いてお舟のクドキが終り、それを締めくくって「血の涙」をハルギンで特に調子を高く上げるから、クドキ全体が強調されてお舟の悲痛感が強く迫るが、その後を中音に落として悲痛な余韻を残し、最後をハルと中で締めくくってクドキの高

潮した気分を納める。このようにウの音を連続的に集中すると高音の雰囲気が作られ、クドキの感情に盛り上がりが生ずる。高音自体には意味がなくても、漸層的に集中し連続的に繰返すことによって、高潮の場面が展開されるが、興奮が極度に達すると、特に高く強い表現で強調するから、印象が鮮明になる。このような音の使い方が浄瑠璃の特色である。

　高潮は高い音を使うが、強調はいつもこのように高い音とは限らない。例えば、

　川《ハル》の半に乗《中》ッ出す。不《下コハリ》思議や俄に風起り。川《ウ》波逆立かき曇る。
　空《上》に雷電霹靂《はたたがみ》《ウフシ》すざまし。くも又醜しし。（三九六頁）

　ハル・中・下コハリ・ウ・上と、音が高下に激しく流動して、ウフシで納まる。最低音の「不《下コハリ》思議や俄に風起り」の不気味さと、最高音の「空《上》に雷電はたたがみ」の力強さとの対照によって、神霊が出現し奇瑞を現わす異常な雰囲気が形成される。このように低音の強調が使われるから、強調は必ずしも音の高低には関係しないが、高潮の場合には低音の例は見かけない。

　高潮と強調のみならず、一般に浄瑠璃では、個々の音よりも音が集まって形成する場を重んじ、場の中における音の相対的な関係が重視される。音自体の個々の高低よりも、場における相互関係の高低に注意が払われる。場というのが端場切場と混同されやすいならば曲節《ふし》の基本単位を考えてもよいが、その中で、音は絶えず高低昇降し、抑揚変化して気分を盛り上げる。長地のように平坦なウ音の繰返しは特殊な例で、一般には絶えず流動して雰囲気を作る。地・詞の関係、特に文章の上で詞になるべき部分を、詞と地合で表現するのも、そうした意味があるのであって、絶えず刺戟を与えて流動し展開することが必要である。そこには音の高低・抑揚による波動があり、高潮・強調が生まれる。

　このように場が音の集合で形成され、高潮・強調が生まれることは段の構成と関係する。一段の組織は、初めは平坦であるが、漸進的に劇的興奮を与えて次第に高潮して行き、最後の煮つまった最高潮の場面で強調して段落を納めるという構成になっている。このような組織においては、最高潮の場面が現われるのは切場であるから、浄瑠璃は切場中心になる。従って、端場は、切場における高潮や強調を生かすための準備段階であって、刺戟的な高い音や強い音、変化の多い曲節《ふし》を使うのは、慎しむように要請される。語る側の心構えも切場と端場とでは違っていて、本ブシを例にとると、切場では規格通り丁寧懇切に正しく語らねばならないが、端場では簡略にやっても許容されるのである。芸に格差があ

るのだから、文章も同様である。演奏・作曲・作詞がすべて切場中心に全力を集中するから、見どころ聞きどころは切場に設けられる。そうした例に『矢口渡』から八郎物語とお舟のクドキを選んで、高潮と強調が如何に表現されているかを説明しよう。

この二ヶ所を選んだわけは、どちらも文章の言葉に当る部分を詞と地合の曲節《ふし》で語っているから、浄瑠璃の特色がよく判ること、次に、八郎物語は、切場の前半にあって叙事的で、男子を主人公とする物語形式であるのに対し、お舟のクドキは、切場の後半にあって抒情的で、女子を主人公とする愁歎の口説《くどき》形式であるから、両者それぞれの特色によって浄瑠璃の一面を対照的に示していると思われるからである。

八郎物語は二段目の切にあって、篠塚八郎が新田義興水死の経過を話術で聞かせる場であるが、筋本位内容本位に句切りを踏んで話を進めるから、聞く者に筋がよく理解できる。

六郎は詰《色》メかけ〱。「様《詞》子はいかにサ何ッと〱。」⑴「されば候我君には。武蔵野の御出サ馬ゟ。勇にいさむ味方の勢イ。我レおとらじと乗リ抜〱鎌倉さして責寄スる。⑵兼て計《地色ウ》し竹《ハル》沢監物。江田《ウ》ノ判官と心《色》を合ハせ。矢《詞》口の渡しの舟底に。穴をくり明ケのみを差今やおそしと待《フシ》ッぞとは。⑶夢《ハルウ》にもいざや白《ウ》栗《中》毛の駒《トル》に。鞭《ハル》打我君は諸軍ッ《ウ》に先キ立駈抜ケて。彼《上》御ッ舟に召レ給《中》ふお供《ウ》に随ふ武士は。世《ウ》利田大嶋井ノ弾正土《ハル》肥市河を始メとして。主《ウ》従纔十一騎ゑ《ウ》い〱声にて押《色》ッ出す《合》。⑷固《ハルウ》名高カき玉《ウ》川の。余《ウ》所の時雨に水かさ《中》増り《合》。⑸矢を《ハル》射ごとき川《ウ》中カにて。兼《詞ハル》て仕組の舟ナ子供怪我のふりにて櫓を取リ落し。舟底ののみを抜キ《地ハル》。水イ中へ飛入〱行《ハツミ》キ方しら《フシ》ずくゞり行《合》。⑹向《地中》カふの岸《キン》には江田《ウ》ノ判官こなたには竹沢《ハル》監物。伏《ウ》セ勢どつと押ッ寄セて。射《ウ》矢は霰舟には《色》水《合》。⑺譬《上》翅の有ラば迯遁《ウ》れがたなき御有《中》リ様。天《ハル》魔を欺く我カ君も。叶《ウ》はじとや思しけん鎧《ウ》脱間もあら無《ウ》念ッやと怒《ウ》の御ッ声諸共に終にあへ《中》なく。御生《フシカヽリ》害十《中ウ》人ッの人ゝも。思《ウ》ひ〱に腹かき《ハル》切リそこは《ウ》かとなく成行《中》ケば。追《ウ》ゝ馳付味方の軍勢。大《ウ》将失させ給ふ上《ハル》は。生《ウ》キ存命て何ニかせんと。敵《ウ》陣へかけ入〱一人リも残らず討チ死」と。聞《上》クゟハツト人トゝは。余《ハル》マりの事に詞《ウ》も出ず軻《フシ》。果たる計なり。

（三三四頁）

篠塚八郎が、南瀬六郎に問い詰められて、新田義興及びその家臣らの水死を報告するという形式であるが、経過を報告する間に次第に高潮して行く過程を、曲節《ふし》の上から七段階に句切っている。これを分析すると、

(1)出だしは味方の状態を説明する部分で、出陣の叙事だから平静に詞で語る。

(2)敵側の状態を描写して地合に移り、敵味方の対陣が詞と地合に分けて語られる。ここまでが序である。物語の地合は詞的要素が強いから、詞より地合への移りは色合いを附けた地色でやっている。基調がウ・ハルの高調子になっているのは、悲痛で詠歎的な報告だからだろう。

(3)フシ落ちの句切りで、新田義興側の意気軒昂たる攻撃態勢を描写する。「彼御ッ舟」を上音で声を張り上げるのは、義興を印象づけて注意を引くためであろう。

(4)色で調子を変えて合の手になり、三味線をあしらって玉川の水かさが増した情景を描写する。

(5)予ねての謀計通りに実行して、舟子が舟底ののみを抜くところの描写である。義興水死事件の動機であるが、高音で、地・詞・地と移り、フシ落ちと合の手が終止譜で、舟子の仕事が終結したことを印象的に示す。この句切りを境に今までの敵味方の対立的な態勢に変動が起こる。

(6)敵方の攻勢と(7)味方の敗勢が描写される。(1)から(6)までは準備的漸進的な場面で、高調子を積み重ねる間に雰囲気が作られ、物語の核心に触れる。

(7)の水死で最高潮になる。その部分を印象的に強調するのが八郎物語の中心点である。「譬翅の有ラば迚」と上音で歌い上げる強調の一点こそ、情緒的な盛り上がりの結集した場面と言えるであろう。義興の水死を描写する間に、上・ウ・中・ハル・ウ・ウ・ウ・中・フシカ、リと調子が絶えず高下して、気分的な情緒を盛り上げるが、その間、墨譜による声の抑揚、太夫の音遣い、足取り、開合、間などによって、効果的な演出が行われる。その後、家臣の追死で物語は終る。

このように、物語は内容本位筋本位に句切りを踏んで断層的に話を進め、話と話との間の展開で漸進的に高潮を盛り上げて、最後の最高潮で強調するのである。

これに対し、高潮を重視するのはクドキでも同様であるが、両者の間には質的な相違がある。クドキは、物語のように話の内容に進展性がなく、クドクことに結集するから、重層的に感情をかり立てて情緒本位に高潮し、音楽的な色彩で歌い上げる。自分の主観を吐露するクドキの高潮と強調は、経過報告の物語よりは、誇張されて強く激しい。

お舟のクドキは四段目の切(三九一頁)にあるが、左例の最後に

「くどき立テ」とある如く、口説《くどく》ことが最も重大な要素となっている。

お舟は父頓兵衛の一と突きで死ぬ羽目となったが、父が非情にも新田義岑を追い馳けるのに対して、義岑を助けようと悲痛な叫び声を上げて父を口説くのであった。

浄瑠璃では、この種の形式をクドキと呼んで、愁歎場の定型とするが、ここではクドキの前半を省略して後半だけを引用する。

突《地ウ》キ退はね退ケ行カんとす。娘《ハル》は袖にしが《色》み付キ。(1)「異《詞》見いふても歎ケいても。聞キ入給はぬ無得心。かゝ様がござるなら。仕様模様も有ラふ物　(2)何《地上》をいふても身一トツに思ひ詰メたる義岑様。此《ウ》世で添ハれぬ悪縁ンと。聞《ウ》ケば聞ク程猶恋しく。云《ウ》訳ケお《ウ》手にかゝつて死ンだなら。親《ウ》と一トつでないといふ。(3)二ッに立ば未来にて。い《ハル》とし殿御に逢れふかと夫《ウ》レを頼ミは。一《ウ》人リの娘が先キ立テば一《ハル》念ン発起もし給ひて。お心《ウ》も直らふかとは《ウ》かない事を頼みにて。覚《ウ》悟極メて死まする。(4)娘《ハル》可愛と思すならお心を翻へし。義《ウ》岑様を助ケてたべ。頼《ウ》まする」とく《ウ》どき立テワット計リに伏シ沈。血《ウ》汐に争ふ血《ハルキン》の涙不《ノル中》便ンと。いふ《ハル中》も愚なり。　　　(三九二頁)

ここに到るまでのクドキの前半においても、お舟は父を説得しようとしたが、効を奏しなかった。それにも屈せず、命を投げ出して義岑を救おうとするのである。このお舟の悲痛な心情を歌い上げるのが口説《くどき》であって、曲節《ふし》の上から四段階に句切ると、

(1)詞の出だしは、父の気性から考えて説得が難しいことを歎くつぶやきである。

(2)詞から地合へ移ってクドキ後半の本文になる。お舟が死を目前にしてクドクのには二つの理由があった。一は、お舟の義岑に対する止み難い思慕の情からである。それは「何《地上》をいふても身一トツに思ひ詰メたる」激しい心情から発したもので、上音に張り上げて強調する。思慕の激しさは、義岑のためなら命を投げ出しても親と一トつでない証拠を示さずしては、未来で「い《ハル》とし殿御に逢れふか」と案ずる、突き詰めた思いなのである。

(3)他の理由は、娘の死を動機として父が「一《ハル》念ン発起もし給ひて」改心することを願う、はかない望みであるが、義岑思慕ほど強くないことは、文章からも曲節《ふし》からも窺うことができる。

(4)がクドキの結論である。(2)(3)の理由で死を覚悟したお舟が「娘《ハル》可愛と思すなら」と、父の愛情にすがって翻意を懇願し泣き叫ぶのであった。

右の四段階のクドキは、地合の「血汐《ウ》に争ふ血の涙《ハルキン》」で強く締めくくって最高潮に達し、曲節《ふし》もハルギンで極度の高調子に歌い上げる。

このように見ると、お舟の高ぶった、突き詰めた、感情はよく現われているけれども、愁歎の感情を極度にまで歌い上げるクドキの高い激しい調子に欠けているように思われる。

この場合の四段階は、(1)が詞、(2)以降が地合になるが、曲節《ふし》の上では、(2)(3)(4)の句切りが八郎物語のように明確にはなっていない。この相違は物語とクドキが作詞作曲の性格を異にしているためだろうと思う。

物語が、過去の報告を叙事的に客観的に順序立てて物語るのに対し、クドキは、口説の字を当てる通り、意中の悩みを打明ける主観的な説得が中心であり、相手に訴える抒情的な性格を持つ。従って、理性よりも感情に流れるが、感情には持続性がないから、絶えず刺戟を与え強調することによって、高潮の感じをかもし出すことが必要である。情緒本位のクドキでは、基盤のウの調子に上やハルで強調して重点的に音楽的な感情表現の雰囲気を作り、場を単位として波動的に移って行く。(2)(3)(4)の句切りは、強調を中心とする場単位の句切りであるから、物語のようにフシ落ちや合の手で段落を附けるような明確なものとはならない。物語では文章が曲節《ふし》をリードするが、クドキでは曲節《ふし》が文章の主体となるから、句切り一つでも両者の間には相違が生ずるのである。

物語とクドキを比較する時、物語が整然とした様式を持つのに対し、上例のクドキには切場らしい高潮と強調の曲節《ふし》が少なく、物足りない感じがするだろう。これはクドキを四段目切の最高潮の場面に置かないよう内輪目に押さえて作曲しているからである。詞章や曲節《ふし》が最も力を入れた見どころ聞きどころは、クドキに続く太皷からお舟の死までの場面であって、押さえに押さえた激情がここで一挙にほとばしり出て、切場らしい盛り上がりとなっているから左に引用する。

（1）娘《地ハル》は苦しき身をあせ《色》り。「村《詞》々ゟ大勢にて取巻カれ給ひなば。何迚お命有ルべき」と。天《地ハル》にあこがれ地にひれ伏正躰《スヱ》イ。涙《ハル》の隙《中》よりも。思《ウ》ひ付ィたる一ト思案ン。上《ハル》なる太皷に急ッ度目《色》を付。「此《詞》太皷を打ッ時は。生ヶ捕しと心得て。村々の囲をとくと最前ン聞ィたが天のあたへ。爰《地ウ》ぞ殿御へ心ッ中の。女の操《ウ》」と一ト筋《キン》に思ひ付ィたる心《ハル》の詢。（2）よろめく足を踏ミしめ〳〵。漸《ウ》枹を振リ上ケて。打《ハル》んとしても手はとゞかず。伸《ウ》上カりてはよろ〳〵。又起直って飛上カり。ど《ハル》んと一ト声かっぱと伏《色》ス。

(3)音トに驚キかけ来る六蔵。「夫レ打タせてよい物か」と。抱テ止るを突キ退はね退争ふ内 (4)身軽に出テ立ッ頓兵衛が。繋し舟に飛乗リて。櫓を押ッ立テて漕出す。(5)上には娘が身をあせり。「コレノフ〱」と声限キり呼ど。叫べど叶ナはねば。又もや枹を振リ上る。(6)おっと任カせと後ロから。枹引ッたくる六蔵が脇差引キ抜切リ付られ。欄干より真逆川へさんぶり水烟。(7)上には娘が詮ン方も。落たる鞘を振リ上てめったむしやうに打太皷。(8)響に争ふ頓兵衛は櫓を押ッ立テてゐいさっさ (9)手疵に痿ぬ六蔵が。日比に馴し水練に早瀬の浪を事共せず。夫トを抜キ手を切ッて立チおよぎ。(10)娘は死手のだんまつま。夫トを慕ふ執着心ン。蛇共成ルべき日高の川。領巾麾山の悲しみも是には。いかで増るべき。(11)跡は間遠に鳴太皷遥に隔たる〱川向ふ。

(三九三頁)

右の箇所をフシ落ちで三分して、お舟・六蔵・頓兵衛の動きを説明する。

(1)お舟が太皷を打つ思案を決める。(2)太皷を打つと、(3)六蔵は周章てて止めようとするし、(4)頓兵衛は義岑を追いかけて舟を漕ぎ出す。ここで急に緊迫感がみなぎるが、お舟はハル、六蔵はウ、頓兵衛はウキンの調子を基本として、三人三様の心情や動作を語り分けて太皷の効果を上げている。

太皷がかもし出す異様な雰囲気の中で、(5)焦る思いのお舟が打つ太皷、(6)六蔵とお舟とのからみ合い、揚句の果てには六蔵が川へ落ち込んで一段落。

(7)邪魔する者がなくなってお舟はめったむしょうに太皷を打つ。太皷の音が次第にテンポを早くするにつれて気分が高潮するが、それが(8)櫓を漕ぐ頓兵衛と(9)川に落ち込んだ六蔵の所作に反応して緊張は倍加し、次第に感情がぎりぎりのところまで押し上げられる。このように気分が煮詰まった瞬間が(10)娘の死の断末魔に結集されて歌い上げられるから、愁歎の極度となって人の心を打つが、調子も高音のハル・上や合の手などを使って強調する。お舟のクドキから盛り上がって来た愁歎の感情がここで最も強く表現され、お舟の義岑に対する心情が悲しい破滅となって描写される。クドキの持つ愁歎の趣向はお舟の死で(11)完結する。

かく見てくると、愁歎の実質的な効果はお舟のクドキから始まって太皷より死に到って完結するのであるが、クドキがお舟一人の心情を訴えて口説くのに対し、太皷より死までの場面は、三人の登場人物をそれぞれ調子を変えて語り分けるから、複雑で変化に富んだ愁歎の雰囲気を盛り上げることができ、同じ愁歎でも両者は違った様式である。この場のクドキが出来るだけ刺戟的な高い音や強い音、又は変化の多い曲節《ふし》を避けて端場的な構成を取っているのは、お舟の死の愁歎場で切場らしい高潮と強調の技巧を縦横に駆使して効果をあげるためであろう。同じクドキでも切場の中心に置かれたら、もっと激しい高潮や強調が見られる。

以上、物語と愁歎の例を述べたが、このように曲節《ふし》は詞章に即して具体的に附けられ、誰がどこで何をどうしたかが判るようになっている。かかる曲節《ふし》の具体性によって、登場人物の語り分けや音が表現する高潮と強調の様式に注意することが、浄瑠璃を読むために役立つなら、今後の研究は節章の利用にあると思う。そしてこの方面が必要であることを誰もが認識しながら、最も後れているのもこの点だと思う。

六　結　語

浄瑠璃の研究は余りにも文学的傾向を重視し過ぎた嫌いがあった。その責任の一半は、節章を敬遠し、音楽記号を無視した、翻刻態度にあるように思われてならない。

劇文学の中で、能・狂言・歌舞伎では、舞台と結びついた、しかも読むための翻刻があるから、劇文学の演劇的な特質を理解できるが、浄瑠璃では、翻刻の大部分が原本主義で、丸本通りベタ組みに活字化するから、文学的傾向に陥らざるを得ない。節章の知識に乏しいために、色を抹殺し、色ドメ、フシ落ちが判らず、従って構成が理解できないから、節章を省略して原本通り忠実に翻刻するより仕方がなかった。浄瑠璃を聞くと判り易いのに、活字で読むと判りにくいことが多いのは、節章に対して翻刻者の配慮が払われなかったからだろう。

再々述べた如く、浄瑠璃の特質を把握するためには、曲節《ふし》本位に考えて節章を利用することが必要である。三重やヲクリのように明らかに文章が切れる部分やフシ落ちのような変り目の句切りを改行するだけでも、ベタ組みよりはよほど読み易くなる。文章の言葉を括弧で包んで、曲節《ふし》の詞と区別するだけでも、詞と地合の曲節《ふし》に注意を払うようになるだろう。

従って、マクラ、人物の登場退場、気分転換、場面替り、段切りなどの定型的な組織構造が明瞭になる。端場切場の区別、登場人物の語り分け、場面描写、物語・口説《くどき》・詰め合いなどの見どころ聞きどころの把握が、節章のヒントで得られたら、劇文学としての浄瑠璃が面白く読めるようになるだろう。節章は、浄瑠璃を語り、聞くためだけではなく、読むためにも欠くべからざるものである。節章に理解ある翻刻が現われた時に、浄瑠璃は劇文学の対象として読むことができるようになるだろう。

このような理想を最初からわたくしが抱いていたわけではなかった。『矢口渡』の節章解説を執筆する間に次第に固まって行き、演出や節章解説のある、従って文字譜、改行、括弧などを施した翻刻本が出来たら、浄瑠璃研究は進歩するに違いないと信ずるようになった。今度の執筆を機会に、近松や海音なども含めて、義太夫節浄瑠璃をそうした観点から見直したいと思っている。

ここに発表の機会を与えられたのは、中村幸彦氏のご好意によるものですが、このようにまとめることができたのは、長年義太夫節を研究しておられる倉田喜弘氏の並々ならぬご援助と懇篤なご示教によるものです。その他にも、野澤喜左衛門師をはじめ、多くの方々からご指導を賜わりました。ここに記して厚くお礼を申します。

日本古典文学大系 55
風来山人集

1961 年 8 月 7 日　第 1 刷発行
1988 年 5 月 13 日　第 21 刷発行
2016 年 11 月 10 日　オンデマンド版発行

校注者　中村幸彦《なかむらゆきひこ》

発行者　岡 本　厚

発行所　株式会社 岩波書店
〒 101-8002 東京都千代田区一ツ橋 2-5-5
電話案内 03-5210-4000
http://www.iwanami.co.jp/

印刷／製本・法令印刷

ISBN 978-4-00-730521-4　　Printed in Japan